LA MISÈRE

LA MISÈRE

PAR

LOUISE MICHEL

2ᵉ PARTIE

ET

JEAN GUÊTRÉ

1ʳᵉ PARTIE

DESSINS DE L. TINAYRE — GRAVURES DE J. TYNAYRE

PARIS

A. FAYARD, LIBRAIRE-ÉDITEUR

78, BOULEVARD SAINT-MICHEL, 78

LA MISÈRE

PAR

LOUISE MICHEL

ET JEAN GUÊTRE

Dessins de L. TINAYRE

Gravures de J. TYNAIRE

Librairie républicaine, 78, Boulevard Saint-Michel, **Paris.**

LES VICTIMES DE LA DÉFAITE

I

LA FAMILLE DU DÉPORTÉ

Est-ce aujourd'hui ? Est-ce hier que commence cette histoire ?

C'est aujourd'hui, c'était hier, ce sera encore demain, si vous voulez, car la misère est aussi vieille que la société, et durera autant qu'elle, si on n'y met bon ordre.

C'était en octobre, pendant un de ces jours qui collent du gris au cœur du pauvre monde, Mᵐᵉ Brodard descendait l'avenue des Gobelins pour se rendre à son travail. Elle était teinturière en peaux, un dur métier pour une femme, et avec cela, écœurant au possible. Mais on y gagne un peu plus qu'à la couture, et Mᵐᵉ Brodard était seule, depuis longtemps, pour élever sa famille.

C'était une femme de trente-cinq ans ; elle en paraissait davantage. Pourtant, en la regardant bien, on voyait que le chagrin, les grandes fatigues, plus que le temps avaient dû blanchir ses cheveux et faire des rides à son visage. Ses yeux noirs étaient très beaux, ses dents très blanches. Sa figure maigre avait une grande expression de résignation et de bonté. Un nez mince, à narines mobiles, indiquait chez elle une profonde sensibilité, c'est-à-dire une faculté perfectionnée pour la souffrance.

Les habits de Mᵐᵉ Brodard, soigneusement rapiécés et d'une propreté parfaite, témoignaient d'une certaine vaillance contre la misère. La pauvre brave travailleuse serait même parvenue à la dissimuler tout à fait, cette misère, si elle avait pu raccommoder elle-même sa chaussure. Mais la force d'une femme ne suffit pas à réparer cette partie de son vêtement.

La teinturière s'en allait à travers la brume de la grande avenue, les pieds humides, la tête basse, l'air pensif, marchant comme une vieille, le dos courbé.

Elle ne voyait pas ceux qui allaient et venaient sur le même trottoir ; tout absorbée par une foule de réflexions pénibles, elle ne savait pas seulement pourquoi elle marchait.

C'est qu'elle en avait du *tintoin*, la pauvre femme ; c'est que le découragement commençait à la gagner. Il y avait bien de quoi. Voyez donc, ce qui s'arrangeait d'un côté se décousait de l'autre, dans sa position. Elle venait de passer quatre mois à l'hôpital et maintenant que son fils était un vrai soutien, que la famille commençait à pouvoir manger son content, voilà qu'Angèle, l'aînée de ses filles, était tombée malade à son tour. Elle avait dû tant trimer, pendant que sa mère n'était pas là : au lavoir, au ménage, à l'atelier, partout. Cette petite l'inquiétait bien. Mon Dieu ! qu'avait-elle donc ? Une enfant qui ne lui avait jamais donné que de la joie ! dont toujours on avait été si content à l'école et à la tannerie.

Et la mère énumérait dans sa tête toutes les qualités de sa fille :

Elle savait si bien faire le ménage ! Avec ça, adroite comme une fée, dans la teinture des peaux, — même que M. Rousserand, le patron, n'en revenait pas, — et courageuse, et jolie, et gaie comme une fauvette. Une petite mère pour ses sœurs, un éclat de rire pour la maison, un rayon de soleil, quoi !

Oui, c'était ainsi, il n'y avait pas bien longtemps encore. Maintenant c'était plus ça, bien au contraire : Angèle était pâle, triste et muette. A force d'y penser, Mᵐᵉ Brodard se souvint pourtant que la tristesse d'Angèle ne datait pas du départ de sa mère pour la Pitié. Elle l'avait vue toute *chose*, quelque temps avant, mais elle avait pensé que la petite avait peut-être les pâles couleurs de l'anémie. On mangeait si peu depuis le départ du père. Et maintenant, qu'est-ce que cela pouvait bien signifier ?

« Oh ! il faut que je le sache » se disait la pauvre mère. « Il doit y avoir autre chose qu'une maladie, dans ce profond abattement de mon Angèle. Si c'était une petite coureuse, je pourrais penser... mais non, c'est impossible, elle ne connaît personne. A la tannerie, il n'y a que des ouvriers, des camarades de son père. C'est pas ceux-là qui la détourneraient du droit chemin... Et pourtant, quelle mauvaise idée !... Non ! non ! elle est trop sage, trop modeste. Mais enfin, qui sait ? Il y a tant de canailles qui n'ont rien à faire. On n'entend parler que de monstres souillant des enfants ! Oh ! si c'était vrai !... Ma petite, ma belle petite, mon innocente petite !... »

Mᵐᵉ Brodard était arrivée dans la rue Censier, devant sa tannerie. Mais elle n'entrait pas. Elle était bouleversée par l'idée qui lui était venue, par les suppositions qu'elle avait faites.

« — Non, » dit la pauvre mère, parlant toute seule, comme il arrive quand on oublie tout, excepté sa peine, — « non ! je ne pourrais pas travailler avec ce doute dans l'esprit. Ça ne peut pas durer comme ça, il faut que je sache, il faut qu'elle me dise... Qu'est-ce que ça me fait de perdre une heure ou deux ? C'est mon devoir de veiller sur ma fille ! Et si elle était tombée !... Ce serait encore mon devoir de le cacher. Ah ! Dieu fasse que ça ne soit pas ! »

Elle cherchait à se rassurer et, tout en retournant sur ses pas, elle voulait croire qu'à force de vivre dans le malheur elle en avait comme une habitude, une espèce de besoin. C'était idiot, tout ce qu'elle avait supposé.

Mᵐᵉ Brodard remonta l'avenue, entra dans la rue Croulebarbe et enjamba ses escaliers quatre à quatre. Elle était chez elle.

Le logis était pauvre, les chambres étroites, les meubles vieux, mais l'ordre et la propreté qui entretenaient tout cela, le rendaient agréable à voir.

Angèle était là. Elle ne témoigna aucune surprise de voir revenir sa mère. Sans doute, elle aussi avait des préoccupations. C'était une fille de quinze ans, très grande pour son âge. Une blonde aux traits fins, l'air souffrant, le visage marbré, les yeux battus. Elle faisait déjeuner ses petites sœurs, tout en leur repassant des tabliers sur un bout de la table. La mère vit qu'elle avait versé, dans les tasses de Louise et de Sophie, tout le lait qu'on avait laissé pour elle et la gronda doucement.

Est-ce que ça avait du bon sens, à la fin, ce que faisait Angèle ! Est-ce qu'on pouvait vivre de l'air du temps ? Elle en avait donc assez de la vie ? Elle voulait donc laisser tout le fardeau à sa mère ? Vrai ! c'était le comble alors ! Fallait-il pas songer aux petites qui ne demandaient qu'à grandir et à être sages ?

Angèle laissait dire sa mère, et ne répondait rien. Elle s'entortillait frileusement dans un vieux tartan rouge qui la pâlissait encore. Elle avait l'air d'être très lasse.

— Mais qu'as-tu donc, enfin ? demanda la mère.

La jeune fille devint subitement très rouge et, baissant ses longues paupières bistrées, répondit qu'elle n'avait rien, qu'elle serait bien heureuse qu'on ne la tourmentât point. Elle ne mangeait pas, parce qu'elle n'avait pas faim. C'était bien simple. C'était une épargne.

— Une épargne ? fit la mère comme indignée. Non ! non ! il y a autre chose.

— Quoi donc ? demanda Angèle d'une voix alanguie.

— Ce n'est pas naturel, dit M⁽ᵐᵉ⁾ Brodard, qu'une fille si confiante comme tu l'étais autrefois, se comporte comme tu te comportes. Suis-je devenue si méchante que tu ne puisses pas m'ouvrir ton cœur ? Je ne suis pas changée, moi, je suis toujours ta mère. Parle-moi avec confiance.

D'où vient ta tristesse ?

— De rien.

— De rien ? Oh ! ma petite Angèle, c'est impossible, ce que tu dis là. Est-ce qu'il y a de la fumée sans feu ? Est-il possible que mon gentil pinson soit devenu, sans cause, une triste chouette ? Tu as un secret, dis ?

— Non !...

— Quoi ! tu oseras soutenir que tu n'as rien qu'un mal ordinaire ?

— Est-ce que je sais ? fit Angèle avec abattement.

Peu à peu, elle était redevenue blanche comme une tête de cire. Voyant l'air navré de M⁽ᵐᵉ⁾ Brodard, elle ajouta :

— Je suis un peu malade, c'est vrai ; mais ne t'inquiète pas, maman, ça se dissipera. J'ai eu du chagrin parce que l'amnistie n'a pas passé, ça m'a donné un coup, lorsque j'ai vu que papa ne reviendrait pas encore. Ce pauvre père ! je l'aime tant !

Et trouvant le prétexte bon pour sa douleur, la pauvre petite fondit en larmes.

Les enfants regardaient étonnées et, sans savoir pourquoi, finirent par pleurer comme leur sœur.

— Allons, dit la mère en soupirant, j'en aurai le cœur net : demain je te conduirai à la visite.

— Demain ?

— Oui.

— Eh bien ! j'irai, si ça peut te faire plaisir ; là, es-tu contente ?

Elle dit cela d'un petit ton résolu, qui rassura presque la mère. On croit si facilement ce qu'on désire que Mme Brodard se sentait toute soulagée. Elle s'était trompée, pour sûr. Elle était presque heureuse après ce qu'elle avait craint. Elle voulut prendre sa fille dans ses bras, Angèle recula effrayée.

Alors la mère comprit tout. Une sueur froide lui coulait dans le dos, sur les tempes. Pour ne pas tomber, elle dut se cramponner à son lit. Elle voulait parler, mais sa gorge, toute sèche, ne pouvait laisser passer un son. Elle demeurait là, les jambes tremblantes, le visage froid, les mains crispées sur le bois de la couchette.

Angèle, la figure couverte de ses deux mains, était debout devant sa mère. Elle avait l'air d'une statue de plâtre représentant la Douleur.

— Oh ! mon Dieu ! mon Dieu ! dit enfin Mme Brodard, mon Dieu ! Voilà donc le reste !... Voilà donc la récompense de tant d'efforts pour bien faire ?

Elle alla tomber sur une chaise. Elle n'avait plus au visage une goutte de sang. Sans les flammes qui passaient dans ses yeux, on eût pu la croire morte, avec sa tête renversée, sa face livide, ses mains pendantes.

Les petites épouvantées se jetèrent sur leur mère en criant :

— Angèle ! Angèle ! vois donc maman ! viens la secourir !

Angèle vint tomber près de sa mère et se cacha la tête sur ses genoux.

Pendant un instant, on n'entendit rien que des sanglots. Heureusement, les pauvres gens n'ont pas le temps de s'abîmer dans leur douleur. Mme Brodard se remit la première. Elle releva sa fille, la prit dans ses bras et la serrant fortement sur son cœur, lui dit, en la couvrant de baisers et de larmes :

— Console-toi, mon enfant, calme-toi, que personne ne sache notre malheur. Peut-être n'est-il pas irréparable. Je vais conduire les petites à l'école en m'en allant à la tannerie. En attendant, couche-toi, repose-toi, quand je reviendrai tu me diras tout, et nous chercherons ensemble ce qu'il faut faire. Ne t'inquiète pas du déjeuner d'Auguste, je l'apporterai tout cuit.

Angèle promit de faire tout ce qu'on venait de lui ordonner de dire, tout ce qu'on désirait savoir. Pour sûr, elle allait se coucher. La mère pouvait s'en aller *tranquillement* à son ouvrage.

Toute chancelante encore, la courageuse femme se dirigea vers la table sur laquelle sa fille était occupée à repasser quand elle était venue, elle donna un dernier coup de fer aux tabliers, et les mit aux petites. Elle chercha, et trouva un panier, regarda dedans et vit qu'il y avait du pain, des pommes, et deux morceaux de fromages bien pelés. C'était le déjeuner des enfants, qu'Angèle avait déjà préparé avec un véritable soin de mère.

Alors, Mme Brodard se bassina un peu les yeux avec de l'eau fraîche, puis elle appela les deux petites, pour les conduire à l'asile. Avant de s'en aller, Louise et Sophie coururent à leur sœur, et la baisèrent sur les yeux, comme pour en arrêter les flots de larmes qui s'en échappaient.

Angèle les tint longtemps tous deux dans ses bras. Elle ne pouvait détacher ses lèvres de leurs visages.

Au moment où Mme Brodard passait le seuil, la jeune fille, retrouvant tout à coup des forces nouvelles, s'élança vers sa mère, les mains jointes en lui criant:

« Embrasse-moi encore une fois, embrasse-moi! pardonne-moi! »

— Mais ne t'émotionne donc pas comme ça, dit doucement la mère en la caressant d'un regard de ses bons yeux, tout noyés de larmes; tu sais bien qu'avant tout, je suis ta mère. Aie confiance en moi. Quand nous serons seules, nous aurons un entretien. Si tu es coupable, je te pardonne d'avance, si tu ne l'es pas, oh! alors, ma fille, je t'aimerai davantage, si c'est possible.

Elle s'en alla, non sans avoir encore une fois essuyé de ses lèvres les pleurs d'Angèle. Demeurée seule, la jeune fille courut à la fenêtre, l'ouvrit et se pencha dehors pour voir sa mère et ses sœurs.

Mᵐᵉ Brodard et ses enfants formaient dans la brume un groupe indécis. A mesure qu'elles s'éloignaient, il semblait à Angèle qu'elle ne voyait plus que leurs fantômes.

— Adieu, maman! adieu! cria la pauvre fille, quand elles eurent disparu au coin de la rue Croulebarbe, adieu, Sophie! adieu, ma petite Louise!

C'est fini, je ne vous verrai plus !

Elle venait de prendre une grande résolution.

Toute frissonnante, Angèle se laissa tomber sur une chaise, les yeux noyés, sans songer à fermer la fenêtre, par laquelle entrait un brouillard glacé qui la pénétrait jusqu'aux os, mais elle ne le sentait pas. Dans sa pauvre tête endolorie roulait quelque chose de si énorme qu'en dehors de ça elle ne voyait, elle ne sentait plus rien. Il s'agissait pour elle de s'en aller ou de rester.

Si elle s'en allait — et elle y était bien résolue, — où irait-elle? Si elle restait, que de malheurs en viendraient peut-être ! De ce fait, qui paraissait si simple, une misère atroce pouvait fondre sur ceux qu'elle aimait tant. Il ne fallait pas que quelqu'un des siens la retrouvât au logis. Elle ne pouvait, elle ne devait pas répondre aux questions que lui ferait sa mère. Non, mais que deviendrait-elle, dans ce vaste monde si rempli de méchants?

Et, dans sa sagesse de quinze ans, mais avec cette maturité que donne le malheur, la petite Angèle cherchait, avec mille déchirements, à travers toutes les obscurités de sa conscience, toutes les difficultés de sa position, où était le devoir.

Si elle s'en allait, elle pouvait mourir de misère. Et... elle n'était pas seule... Eh bien, qu'est-ce que cela faisait? ne valait-il pas mieux que ce fût elle et l'autre? « Si je reste ici, » se disait la jeune fille, « qui sait si la souffrance, si la haine, si les supplications de ma mère ne m'arracheraient pas le secret de mon malheur. Allons, du courage, il le faut! »

Angèle se leva, prit dans un tiroir un cahier de papier écolier, en arracha une feuille et se mit à écrire la lettre suivante :

« Chère maman,

« Je ne sais pas si je suis coupable de te quitter, mais j'ai cru bien faire en
« vous débarrassant de moi.

« Tu as deviné comme je suis et tu as failli en mourir; pourtant, au lieu de

« me battre, comme aurait fait peut-être une autre mère, c'est toi qui me conso-
« lais ! O maman ! maman ! il n'y a personne d'aussi bon que toi, sous le ciel.

« J'ai l'âme déchirée de te faire encore ce chagrin ; à l'idée de vous quitter
« tous, il me semble que mon cœur saigne ; mais il le faut.

« Un jour, maman, un jour, quand tu sauras tout, tu verras que j'ai bien fait,
« au moins je le crois, car je n'ai personne pour me conseiller ; seulement pour
« me décider, je me suis souvenue des paroles de mon père, quand nous le vîmes,
« Auguste et moi, dans sa prison, t'en souviens-tu, maman ? Nous étions avec toi
« à Satory. Il nous dit comme ça, en mettant sa main sur notre tête :

« *Dans la vie, une fois qu'on le connait, il faut faire son devoir ; le reste n'est rien.*
« Souvenez-vous, mes enfants, que la mort même ne doit pas nous effrayer, quand
« il s'agit de ça.

« Nous étions trop petits pour comprendre alors, mais depuis, à force d'y pen-
« ser, j'ai bien fini par savoir ce que ça signifiait.

« J'agis donc d'après ce que je sens, d'après ce que je crois bon, pensant bien
« faire. Si je me trompe, pardonne-moi. Je t'en supplie, maman, ne cherche pas
« à connaître celui qui m'a perdue, ce serait un malheur de plus ; nous en avons
« assez. Que mon père surtout ne sache jamais rien. Ah ! le pauvre, il serait trop
« malheureux ? S'il revient, tu lui diras que je suis morte ! Les petites le conso-
« leront, il pensera que je n'ai pas cessé d'être innocente.

« Adieu, Auguste, adieu, mon bon frère, veille bien sur nos sœurs, qu'elles
« aillent à l'école le plus longtemps possible. Ce serait excellent si, un jour, elles
« avaient un de ces états qu'on fait à la maison.

« Je vous embrasse tous du fond de mon cœur, je ne cesserai jamais de vous
« aimer plus que moi-même.

« Votre fille, votre sœur qui est bien affligée de vous quitter,

« Angèle Brodard »

Angèle plia la lettre, toute humide encore des pleurs qu'elle y avait répandus,
y écrivit l'adresse comme s'il se fût agi de la porter à la poste et la plaça bien en
vue, sur la table.

Cela fait, elle prit, dans un des lits qui garnissaient la chambre, un petit
paquet qu'elle ouvrit et en étala le contenu. C'était une layette faite de pièces et
de morceaux. Il n'y avait pas grand chose, mais enfin l'indispensable pour un
nouveau-né.

Angèle compta pour voir s'il ne manquait rien, refit le petit paquet dans
lequel elle introduisit deux vieilles chemises à elle, quelques mouchoirs, un
fichu, une paire de bas, tout cela bien propre, et le déposa à côté de la lettre. Elle
donna encore un coup de balai, un coup de torchon, cira une vieille paire de galoches de sa mère, les remit en place, et se lava les mains. Après s'être assurée que
rien ne traînait, elle s'entortilla dans son tartan, reprit le paquet et s'assit, comme
pour se recueillir, avant de quitter, pour toujours peut-être, l'abri où s'était écoulée
sa courte existence.

La grande Olympe.

Angèle, on le voit, était une nature prévoyante, ordonnée, une vraie graine de ménagère. Dans un autre milieu, elle fut devenue une de ces femmes modèles qui sont l'orgueil de la petite bourgeoisie. Dans des circonstances favorables à leur développement, sa beauté, les qualités de son cœur, son esprit, son bon sens pouvaient en faire un de ces êtres harmoniques dont toutes les facultés sont en accord, dont la forme corporelle semble un reflet de l'âme.

Nous allons voir où la fatalité moderne, c'est-à-dire la misère, conduisit cette enfant du peuple, que la nature avait marquée pour en faire un type de perfection.

II

L'ENFANT DU PAVÉ

Il est nuit. Une nuit d'octobre humide et froide. Dans l'ombre du boulevard extérieur, les lanternes de l'Elysée-Montmartre vacillent sous le vent et jettent des clartés indécises sur un groupe de femmes qui causent au bout du trottoir. Elles sont trois : l'une, déjà vieillie par l'existence qu'elle mène, est vêtue d'une robe d'un bleu clair dont le reflet met des tons verdâtres sur le visage maquillé de la fille, car c'en est une, la grande Olympe, avec ses yeux veloutés, peints en dessous de couleur bistre, ses joues creuses, son nez mince, ses pommettes saillantes, sa grande bouche gracieuse, au fond de laquelle il manque des dents. C'est la reine des danses légères. De son petit pied, elle a décoiffé toute une génération de chicards. Elle est avec Amélie, une petite bonne d'enfants qui vient de quitter sa place et s'est mise sous la protection de M. Nicolas, un artiste qui, en attendant mieux, la lance dans le monde... des barrières.

M. Nicolas est aussi quelque peu journaliste : il écrit, à ce qu'il prétend, dans des feuilles très *chic* et bien pensantes, ce qui l'oblige à aller à la messe, le dimanche et à suivre les sermons des prédicateurs en vogue. En réalité, M. Nicolas appartient à la police... Ce quidam craint d'autant moins d'être reconnu, que ses talents secrets s'exercent à l'ombre des autels.

Il a ses vues sur Amélie, brunette portant encore sur ses joues de pommes d'api le hâle appétissant du village; elle est futée, cette petite paysanne; elle a compris à demi-mot les projets et les espérances de M. Nicolas. A eux deux, ils font déjà une belle paire et rendront infailliblement des services à la rue de Jérusalem, qui les leur revaudra. Ce couple fera son chemin; en attendant, il fait le trottoir.

Olympe et Amélia avaient à causer ensemble... Maintenant elles écoutent la petite Angèle, qui est toute *chose* en leur parlant.

Olympe explique à son amie qu'elle a vu cette gamine pas plus haute que ça. Elle est pourtant l'aînée des filles de Mme Brodard, une bien brave femme, qui a eu bien du mal à gagner sa pauvre vie depuis que son homme a été envoyé chez les Canaques, parce qu'on l'avait vu, avec un képi de communard, saluer une voiture de cadavres qui, le 26 mai 71, sortait de la caserne Lobeau, marquant, sur les pavés, son passage en traînées de sang.

Olympe avait demeuré sur le même palier que Mme Brodard. Elles étaient amies, au temps où la grande fille était une honnête ouvrière en peau et qu'elle crevait de faim. Comment cette petite Angèle l'avait-t-elle dénichée dans un bal public et que lui voulait-elle, à cette heure, si loin de chez sa mère?

— Mais viens donc ici sous le bec de gaz, que je te voie un peu. Allons parle, dit la grande fille.

— Oh! si vous saviez, Mlle Olympe! dit la petite en cachant son visage de ses deux mains, si vous saviez!...

— Eh bien, qu'y a-t-il? Est-ce que j'y puis quelque chose? Ta mère est-elle malade? Une de tes petites sœurs est-elle morte? Auguste a-t-il perdu sa place chez *l'honnête* M. Rousserand?

Elle soulignait l'adjectif avec une ironie qui lui changeait le visage. Et, comme l'autre ne répondait pas, elle reprit avec impatience :

— Mais parle, parle donc !

— Non, dit Angèle en ramenant autour d'elle le petit châle noir dérangé par le mouvement qu'elle venait de faire, non, non, tout le monde se porte bien ; mais c'est... oh ! tenez... tenez-moi, je me meurs ! Et elle se mit à pousser des cris en s'affaissant sur le trottoir.

Amélie voulant la relever se baissa et la saisit à bras le corps, mais Angèle se débattait.

— Elle accouche, exclama la petite bonne qui semblait experte en la matière.

Olympe se précipita vers la malheureuse enfant; Amélie cria au secours; les passants s'arrêtèrent. Ce fut un vrai rassemblement, qui attira les gardiens de la paix.

Angèle se tordait dans les dernières convulsions de la maternité, mêlant ses cris à l'orage de notes qui emportait les danseurs dans un galop infernal.

Un instant, l'orchestre se tut. On cherchait Olympe et Amélie. On les appelait pour une de ces danses de *caractère* qui feraient rougir les sergents de ville (si les sergents de ville pouvaient rougir.)

— Eh bien ! les petites chattes, criait Nicolas au seuil de l'Elysée, que faites-vous ?

Le rassemblement l'attira, il perça la foule et vit les trois femmes, en tas, sur le pavé.

Un cri rauque, strident comme une scie qui, dans son va et vient, rencontre un clou, un cri de bête domina le bruit des cuivres qui recommençaient leur tintamarre.

La petite Angèle venait d'ajouter un anneau à la chaîne de la misère : elle avait mis au monde une fille !

La tête sur le seuil de l'Elysée, étendue et comme morte, Angèle évanouie n'entendait plus rien. L'enfant vagissait.

Si bas qu'une femme soit tombée, la pitié est toujours au fond de son cœur. C'est un des bons sentiments qui subsistent au milieu de toutes les abjections.

— Faut-il être bête, disait Amélie, en cherchant à réchauffer dans les siennes, les mains de glace de l'accouchée, et moi qui avais envie de lui ficher une torgnole, parce qu'elle m'embêtait, avec ses pleurnicheries !

Les marchandes d'oranges, les marchands de contre marques et tous les petits industriels des barrières criaient qu'on ne pouvait pas laisser là la pauvre petite femme.

Olympe accroupie tenait l'enfant et le couvrait des pans de sa robe.

On s'attendrissait, on faisait cercle autour de la malade; les danseurs et les danseuses s'exclamaient, les gardiens de la paix couraient chercher un brancard. Des élèves en médecine offrirent leurs services, et l'opération de la délivrance se fit à la lueur des becs de gaz.

L'accouchée n'avait plus conscience d'elle-même. Un officier de paix arriva enfin. Il fit transporter à la *Bourbe* Angèle et son enfant.

Olympe et Amélie allèrent visiter la jeune mère et voulurent être les marraines de l'enfant qu'elles baptisèrent du nom d'Elisa.

— Elle est à nous, disaient ces malheureuses; si Angèle mourait, nous l'adopterions.

III

RETOUR AU LOGIS

Angèle ne mourut pas ; comme les autres, elle dut s'en aller au bout de ses neufs jours, quoiqu'elle fût bien malade encore. C'est la règle; on ne l'avait pas faite pour Angèle, elle s'y conformait, voilà tout. S'il lui en arrivait du mal, l'administration n'y pouvait rien. Au reste, on avait bien fait les choses : la mère était avertie, depuis le matin, de l'heure où sa fille sortirait de la Bourbe.

Mme Brodard, impatiente de revoir son enfant, était devant la porte de l'hospice, bien avant l'heure. Le temps s'était radouci, il faisait un de ces beaux soleils d'automne, comme l'été de la Saint Martin en allume dans les pâleurs du ciel, pour chauffer le pauvre monde et réjouir un peu les poitrinaires qui s'en vont. Le boulevard de Port-Royal, avec ses longues files d'arbres pelés, entre lesquelles s'allongeaient à perte de vue les rubans gris de l'asphalte, n'était pas désagréable à voir.

C'était le moment du déjeuner, les ouvriers allaient et venaient, les uns causant et riant, les autres graves et pensifs. Il y avait parmi eux des tanneurs. Ça remua la pauvre mère. Elle se souvenait de son mari. Elle se souvenait de ce temps où, heureuse entre toutes les femmes de sa condition, elle avait un homme si bon, si courageux, si habile dans son métier, s'éreintant au travail pour donner aux siens tout ce dont on avait besoin.

C'était le bon temps, où les enfants tout petits encore coûtaient peu, où l'on avait quelques économies et tant d'espoir ! C'était le temps où l'on ne devait rien à personne, où l'on était considéré dans le quartier. C'est qu'alors il n'y avait pas ça, sur les Brodard !... Et maintenant !...

Midi sonna. La mère eut un violent battement de cœur. Elle allait donc revoir son Angèle. Un monsieur vint s'asseoir sur le banc, en face de la Bourbe. Ça contraria horriblement Mme Brodard. Elle avait bien besoin de témoin, vraiment !

La grosse porte s'ouvrit enfin et Angèle chancelante, son enfant dans les bras, parut sous le porche. Sa mère se précipita vers elle, la prit dans ses bras, la serrant à l'étouffer, baisant ses joues amaigries, pleurant comme une Mageleine.

Angèle sachant que sa mère l'attendait, avait craint des reproches. Des reproches, bon Dieu ! il était bien question de ça, avec une telle mère !

Mme Brodard soutint sa fille jusqu'à l'omnibus qui devait les ramener toutes trois au quartier des Gobelins.

Dans la voiture, Angèle, cachée sous un châle que sa mère avait apporté, se

dissimulait le plus qu'elle pouvait. L'air libre, le grand jour de la rue redoublaient
sa honte. Mme Brodard tenait l'enfant sur ses genoux ; elle l'embrassa à plusieurs reprises, donnant à son tour à la pauvre petite le baptême des larmes
que tant de fois déjà elle avait reçu de sa mère.

Mme Brodard se disait qu'elle était grand'mère, grand'mère à trente-cinq
ans. Et, n'était la circonstance, elle ne se sentait pas trop jeune pour ça. Car, vrai,
c'est surtout le mal qu'on se donne, les peines qu'on a, la misère qu'on traîne,
qui vous vieillissent.

Voilà ce qu'elle pensait. Madeleine Brodard, quand tout attendrie, elle regardait sa petite fille, sentant bien qu'elle l'aimait malgré tout. Pauvre trognon, ça
entrait dans le monde par une fausse porte. Eh bien ! à qui la faute?...

A l'arrivée d'Angèle, les petites Louise et Sophie, se précipitèrent vers elle
en criant et frappant dans leurs mains : La voilà ! la voilà!

— C'est vrai, c'est vrai! elle nous apporte une sœur : — Fais voir !... Fais
voir !

— Où l'as-tu achetée?

— Combien te coûte-t-elle?

C'étaient des questions à n'en plus finir et des cris et des démonstrations de joie.

— Pourquoi es-tu restée si longtemps?

Et elles embrassaient Angèle, et toutes deux se poussaient, cherchant à se
sir de la petite Liza.

Le garçon, lui, le visage contracté, regardait cette scène, sans dire une parole.
Angèle, qui venait de s'étendre sur le lit de sa mère, appela doucement : Auguste!
Auguste! Et elle tendait vers lui des mains de cire blanche.

Auguste vint lentement. C'était un beau garçon de seize ans, maigre, nerveux,
avec un visage pensif, des yeux profonds. Ce n'était pas le gamin rieur, qui lance
son esprit en pétards au nez des bourgeois. Auguste était une de ces productions
hâtives auxquelles la misère fait porter des fruits qui n'ont passé par aucune
fleur. Depuis l'âge de huit ans, il travaillait dans la tannerie de M. Rousserand.

Il y avait de l'homme, et de l'homme malheureux sur le front de cet adolescent.

Auguste n'avait pas eu d'enfance. Il bûchait sans fin ni trève, tout le long du
jour; le soir, il allait à l'école. Le dimanche, il s'occupait à la maison avec sa mère
et Angèle, quand Angèle était là. Lorsqu'elle s'en était allée, il ne savait pourquoi,
le pauvre gamin avait pleuré toutes les larmes de ses yeux. C'est au point que le
contre-maître lui avait dit d'avoir à fermer les robinets de ses fontaines, sans
sans quoi il le ficherait à la porte. « Ça gâtait le lustre des peaux. Le patron
n'entendait pas ça. » Auguste était lisseur.

Vrai! le patron! il lui en flanquait sur le dos, cette canaille de contremaître.
M. Rousserand? Mais, c'était la bonté même!... Bien loin de chasser Auguste, il
l'avait augmenté de cinq sous par jour, et, si cette petite vaurienne d'Angèle
n'avait pas fait la farce de s'en aller, elle gagnerait maintenant ses trois sous de
l'heure. Avant sa fugue, elle en gagnait deux, rien que ça. Pour une gamine qui
vomissait rien qu'à mettre ses doigts dans l'urine des teintures, est-ce que c'était

pas joli, deux sous de l'heure, un franc quarante par jour? Telle était du moins l'opinion de M. Rousserand, et il la faisait connaître, sans ménager les termes de mépris à la petite fugitive.

— Tu m'en veux à mort? demanda Angèle, à son frère, dis, tu m'en veux, tu me méprises?

— Je te plains!

— Alors, tu me pardonnes?

— Je te pardonne.

Il dit cela comme s'il eût été le père de la jeune fille. Il reprit:

— Oui, je te pardonne, à condition que tu me diras tout.

— Quoi, *tout?*

— Eh mais! quel est le misérable...

Angèle frissonna. Elle regarda son frère avec un visage si suppliant, et un tel effroi qu'il s'en sentit remué jusqu'aux moelles.

— Non! non! dit-elle, il ne faut pas que tu saches... Ce serait autre chose, si tu savais... Ah! nous avons été bien malheureux, depuis que le père est là-bas! mais si quelqu'un pouvait se douter... Non! non! impossible, je ne dirai rien. Non. Jamais! Jamais! »

Elle pleurait si fort que le lit en était tout mouillé.

— Mais, laisse-la donc, fit la mère, tu sais combien elle est têtue; c'est parce que j'ai voulu la forcer à m'ouvrir son cœur, qu'elle s'en est allée. Elle ne dira rien et peut-être est-ce pour le mieux. Il ne manquerait plus que tu te fasses des affaires, à ton tour.

Auguste ne répondit pas. Il pensait : Un jour ou l'autre, je saurai bien... et je tuerai l'homme, s'il refuse de nous faire réparation. Je suis le père, ici, et le père de là-bas sera content, s'il voit que j'agis comme il aurait agi

Le lendemain et les jours suivants, Auguste revint à la charge. Angèle fut impénétrable. Elle gardait son secret.

La petite grandissait et venait à merveille. La mère et l'enfant étaient une grosse charge pour le pauvre ménage, mais personne ne s'en plaignait, au contraire.

Les choses iraient mieux plus tard, disait la mère. M. Rousserand, — mon Dieu! que cet homme était bon! — M. Rousserand s'était informé d'Angèle; il parlait de la reprendre à 20 centimes l'heure. Vrai! Elle avait plus de chance qu'elle n'en méritait. « Les petites garderaient Liza » avait dit le maître tanneur. Il pensait à tout, ce père de l'ouvrier. Mᵐᵉ Brodard était tout émue en parlant de lui, si bien qu'Angèle fâcha tout à fait sa mère, parce que, là-dessus, elle ne voulait rien entendre. Non! Non! dût-elle être coupée en morceaux pour ça, elle ne retournerait pas à la tannerie.

« — C'est une *féniante,* dit la mère, une rien qui vaille; si elle travaillait, nous mettrions les deux bouts ensemble, au lieu de cela, nous sommes dans les dettes jusqu'au cou, parce qu'elle n'en veut prendre qu'à son aise. Autrefois, c'était pas comme ça. Mon Dieu! mon Dieu! qu'elle est changée! »

Angèle était une nature passive, en apparence, mais avec des côtés arrêtés. Elle supporta les reproches, les criailleries, puis, quand elle en eut assez, elle

résolut de s'en aller. Mais où? Voilà, elle ne savait pas. Elle ne voulait plus être
une charge, elle voulait qu'Auguste la laissât en repos, avec sa bête de curiosité.
Eh! mon Dieu! si elle ne parlait pas, elle avait bien ses raisons, sans doute. Ce
gamin avait un an de plus qu'elle, et pour ça, il faisait l'homme, il l'ennuyait à la
fin.

IV

LES SOUPÇONS.

Un matin, Auguste fut appelé dans le cabinet du patron. C'était une pièce
assortie au reste de l'usine : tout y était puant, gluant et repoussait l'œil comme
l'odorat.

M. Rousserand, grand, gras et solide gaillard, avait passé la cinquantaine. Il
avait la physionomie douceâtre, les yeux petits, rusés, les paupières tombantes.
Ses lèvres étaient minces, son front vaste, ses joues pleines et luisantes. Le nez
était charnu, un nez de viveur. Le bas de la figure, orné d'une belle barbe gri-
sonnante, était massif et trahissait des appétits de plus d'un genre.

Au milieu de ses ouvriers, M. Rousserand, ancien ouvrier lui-même, portait
la blouse blanche, de gros sabots et le tablier de toile rousse; enfin la livrée
complète du travail.

Ce brave Rousserand, il n'était pas fier du tout, malgré les *millions* qu'il avait
su *épargner* sur le travail d'autrui.

M. Rousserand lisait une lettre ainsi conçue.

Brest, ce 25 mars 18...

« Mon cher patron.

« Après demain, je serai à Paris. Puis-je compter sur du travail? Je sais que
« vous avez été très bon pour ma femme et pour mes enfants et je vous en remercie
« bien. Si vous voulez me réoccuper, vous verrez que vous n'avez pas obligé un
« ingrat. Avant d'embrasser les miens, j'aimerais pouvoir leur dire : me voici, j'ai
« de la besogne d'assurée, vous ne manquerez plus de rien. Donc, avant d'entrer
« chez moi, je passerai chez vous pour avoir la réponse.

« Bien des choses à la patronne de ma part.

« J'embrasse votre petite qui est de l'âge de mon Angèle; elle doit être gran-
dette à présent.

« Je vous salue avec considération,

« Jacques BRODARD. »

« *P. S.* — Ne dites rien à ma femme, ni aux camarades, ni à personne ; c'est
une surprise que je veux faire. »

M. Rousserand examina le calendrier, ouvert sur son bureau, puis la lettre. Elle avait un jour de retard. Il écrivit au bas : *A refuser* et la mit dans sa poche. Puis, se tournant vers Auguste, il lui dit d'un air paternel :

— Eh bien ! mon petit, comment vont les affaires chez vous ?

— Mais comme ça, pas trop bien, je gagne encore si peu, répondit Auguste

— Et vous êtes beaucoup.

— C'est vrai.

— La famille s'est augmentée ?

Auguste ne répondit rien. Il tortillait sa casquette. Il était mal à l'aise. M. Rousserand l'examinait.

— C'est tout ce que vous avez à me dire patron ? demanda enfin l'apprenti.

— Un instant, tu es à l'heure, mais à mon compte, reste-là. Je voulais te dire...

— Quoi ?

M. Rousserand semblait embarrassé.

— Je voulais te dire, poursuivit-il, qu'ayant été le camarade de ton père, j'aurais voulu faire quelque chose pour lui, mais les affaires sont mauvaises, le travail ne va pas et...

Auguste interrompit le patron.

— Cher patron, dit-il avec un de ces élans du cœur, si faciles à provoquer chez les bonnes natures, ah ! cher patron, vous avez fait le possible pour nous.

M. Rousserand regarda l'apprenti jusqu'au fond des yeux, comme s'il n'eût pas été bien sûr de la sincérité d'Auguste. Mais le visage de celui-ci exprimait tant de gratitude que le maître tanneur en parut tout à fait touché.

— Tu es un bon garçon, dit-il, toi ; il est fâcheux que tous les membres de la famille ne te ressemblent pas.

— Que voulez-vous dire ? demanda Auguste, avec un tremblement dans la voix.

— Je ne veux rien dire, sinon qu'Angèle doit se remettre au travail. Les affaires ne vont pas très bien, je te l'ai dit, mais n'importe, il y aura toujours de l'occupation pour elle, ici. Vous avez une *charge* de plus, je le sais.

Auguste devint cramoisi. Cette insistance à rappeler la honte d'Angèle froissait le jeune garçon.

— Voyons, voyons, fit le patron avec bonté, il ne faut pas rougir. C'est pas ta faute si elle a mal tourné. Tout ce que tu peux faire, c'est de l'empêcher de recommencer, et pour ça, il n'y a que le travail.

Auguste était bien de cet avis. Le travail, c'était le relèvement, le travail, c'était le préservatif.

« — Vous avez raison ! Il faudra bien qu'elle s'y remette. Je vais la chercher, je vous l'amène tout de suite. »

Un éclair passa dans les yeux de M. Rousserand. Une bouffée de sang lui monta à la face.

— Sapristi ! qu'il fait chaud ici, dit-il, cette machine à vapeur remplit toute l'usine de buée.

Il tomba comme un bœuf qu'on assomme ; le sang l'aveuglait.

Et il s'essuyait le front. Auguste regarda avec surprise autour de lui. Il n'y avait pas la moindre trace de vapeur. On était au mois de mars, et il faisait encore bien froid.

Auguste ne put s'empêcher de trouver cela drôle. Quand le patron abaissa le mouchoir avec lequel il avait cru dérober à l'apprenti l'expression de son visage, et qu'il vit les deux yeux du jeune garçon braqués sur les siens, il parut très contrarié. Cette espèce d'examen — qui n'était cependant que de la surprise — cet examen enleva tout d'un coup sa belle humeur à M. Rousserand.

« Au fait, » dit-il d'un ton bourru « qu'elle vienne ou ne vienne pas, ça m'est parfaitement égal, tu comprends. Et je suis bien bon de m'occuper ainsi de mes ouvriers. Mais voilà! on a trop de cœur et ça ne vaut rien dans notre *métier*. »

Et comme Auguste, de plus en plus étonné, restait là à regarder M. Rousserand, celui-ci demanda avec une voix qui n'avait rien d'amical.

— Eh bien! que fais-tu là? Crois-tu que je n'ai pas autre chose à faire que de m'occuper d'une petite coureuse que vous avez tous si mal gardée?

Mme Brodard était au lavoir, les petites sœurs à l'école et Angèle seule à la maison berçait Lize sur ses genoux, quand Auguste revint de la tannerie. Les beaux cheveux blonds de la jeune femme ruisselaient sur ses épaules et serpentaient le long de son corsage. Elle était en train de se peigner quand la petite avait eu soif, et s'était mise à crier. Elle était adorable avec ses longues paupières baissées sur l'enfant, les lèvres entr'ouvertes par un doux sourire, son petit nez grec, son grand front rêveur, l'ovale parfait de son visage raphaélien. Dans sa blancheur pourprée, son teint avait un éclat extraordinaire. Avec sa petite gorge nue, les genoux relevés pour donner le sein à sa fille, elle ressemblait au type de la maternité, tel que le rêvent les peintres et les sculpteurs.

Auguste demeura frappé de la beauté d'Angèle, de son air candide et bon. De nouveau, elle lui remplit le cœur, comme lorsqu'ils étaient petits tous deux et qu'il l'aimait tant. Non! non! cette charmante créature n'était pas ce qu'on croyait, bien sûr. Il y avait de la fatalité dans son malheur. Et Auguste s'indignait en songeant que bien des gens la méprisaient. Ce M. Rousserand en parlait avec un sans-gêne...

Auguste aurait donné une de ses mains pour que ce qui était ne fût pas. Mais les faits sont inexorables. Et la colère gonflait la poitrine de l'apprenti. Oh! s'il avait tenu l'homme qui avait déshonoré Angèle!... il eût été capable de l'étrangler lui, chétif, quand bien même c'eût été le patron!... le patron, une espèce d'Hercule.

Ce rapprochement fit monter le rouge au visage d'Auguste. Il s'en voulait d'une telle pensée. Un homme qui avait la religion du travail et une si belle femme... Allons donc, c'était tout bonnement idiot, et méchant par-dessus le marché. Pourtant, il avait eu un drôle de regard tout de même, le patron, lorsqu'il avait espéré qu'ELLE allait revenir. Et puis cette répugnance de la jeune fille... Allons donc, il devenait fou! Et pourtant il n'y avait pas à tortiller, le patron avait eu une drôle de binette.

— Mais qu'as-tu, demanda Angèle, qu'as-tu donc à me regarder comme ça, en roulant des yeux?

Auguste venait de prendre son parti, il allait brusquer les choses.

— Écoute, répondit-il, je viens de chez M. Rousserand; il veut te voir.

— Ah!

— C'est un brave homme, un ancien ami du père.

— Un ami du père! C'est lui qui t'a conté ça? Un ami du père! cette canaille!

— Tu es injuste, Angèle; le patron aime un peu les curés, c'est vrai, mais au fond, il est brave, et il nous veut du bien.

Angèle eut un sourire qui en disait long.

Auguste poursuivit:

— Il veut que tu reviennes et il faut que tu y retournes. Tu vois bien qu'avec cinq francs par jour, nous ne pouvons pas vivre à sept. Nous sommes sept maintenant, songe un peu. Le patron a dit que, pour toi, il ferait des sacrifices.

Angèle garda le silence. Elle se pencha sur la petite Lize et se mit à l'embrasser fièvreusement.

— Tu ne réponds pas? demanda Auguste.

— J'ai déjà répondu à maman. Je ne veux pas.

— Pourquoi?

— Parce que!

— M. Rousserand est la crème des hommes. Qu'as-tu donc contre lui?

— Rien!

— Mais alors!

— L'odeur de la tannerie me suffoque.

— Comment? Mais nous y sommes nés dans la tannerie. Angèle, ma petite sœur, tu ne dis pas la vraie raison.

— Possible. Laisse-moi la paix. Tu n'as pas besoin de faire le finaud. Tu sais que j'ai ma tête aussi, quand j'ai dit *non* c'est *non*.

— Fallait toujours le dire, alors!...

Sous ce coup de fouet, Angèle devint très pâle. Elle ferma les yeux pour arrêter les larmes qui bientôt filtrèrent à travers ses longs cils d'or bruni, et ruisselèrent sur ses joues.

— Pardon! oh! pardon! cria Auguste prêt à pleurer lui-même. Je ne voulais pas t'offenser, je suis une brute.

— Non, dit Angèle, tu ne sais rien, mais tu fais ton devoir, toi ; moi je fais aussi le mien en refusant de... quitter ma petite pour aller travailler dehors.

— Alors, ce n'est pas à cause de M. Rousserand?

— Quelle idée!

— Le tiens-tu pour un honnête homme ou pour une canaille?

— Oh! pourquoi nous occuper de lui? demanda Angèle dont les lèvres tremblaient. Pourquoi?...

Elle n'acheva pas. Auguste était déjà dans l'autre pièce, remuant quelque chose comme de la ferraille.

La mère, avec un paquet de linge mouillé sur l'épaule, rentrait en ce moment. Elle vit son fils cacher sous sa blouse quelque chose de long qu'il avait pris dans les outils de son père. Elle pensa que c'était une *étire* dont quelque camarade avait besoin et n'y fit pas attention. Auguste avait les pieds trempés. Ses galoches buvaient l'eau comme des éponges. Il les jeta dans un coin et essaya une vieille paire de souliers qui avaient appartenus à son père. Ils lui allaient presque. Auguste se sentait homme. Il sortit.

Mme Brodard monta au grenier étendre son linge et y passa deux heures à chercher de quoi faire un petit jupon à Liza.

Enfant de malheur! ça venait comme un chou. C'était si rose, si blanc, ça connaissait déjà sa grand'mère, ça lui riait avec un petit air... Il fallait l'aimer, quoi! Et la nourrir, et s'*échiner* pour elle. Ah ! misère! Il ne manquait plus que ce grain au chapelet.

Quand elle redescendit, Mme Brodard fut bien étonnée de ne pas voir Angèle et la petite. Louise et Sophie avaient mis la soupe sur le feu. Auguste non plus n'était pas là et l'heure était passée. La mère se souvint que son fils ne l'avait pas aidée à décharger son linge. Cette particularité l'inquiéta.

Elle sortit pour aller à la recherche de ses enfants.

Sur l'escalier, elle rencontra la concierge qui lui dit qu'Angèle avait passé en pleurant devant sa loge. Elle avait un paquet et sa petite dans les bras. Pour Auguste, elle l'avait vu aussi. « Il avait la figure bouleversée. Il était pâle comme un navet. On aurait dit qu'il venait de faire un MAUVAIS COUP ! »

Les plus horribles pressentiments agitèrent la pauvre femme. Une douleur interne lui serra le cœur. Effarée, elle s'enfonça dans l'ombre pour aller à la recherche de ses enfants.

V

LE MEURTRE

Auguste était retourné à l'usine, mais il n'avait pu travailler. Il avait rôdé un peu partout pour trouver le patron. Le patron était chez lui, c'est-à-dire dans l'une des superbes maisons qu'il s'était fait construire sur le boulevard de Port-Royal.

Ce M. Rousserand, — c'était à n'y rien comprendre — ce M. Rousserand avait là, tout un pâté de maisons neuves ; et il y avait des gens qui pouvaient nier la puissance de l'épargne, quand le tanneur, ayant commencé sans un sou vaillant, avait une rue à lui.

On racontait des choses impossibles de la maison qu'il habitait avec sa famille. S'il fallait en croire le vieux surveillant qui y allait quelquefois, pour des commissions à la patronne, ce n'était qu'or et velours dans les chambres de Mme Rousserand.

Le patron ne recevait jamais ses ouvriers chez lui, Auguste dut l'attendre devant la belle grille du jardin, au fond duquel on voyait un charmant pavillon Louis XV.

Pendant qu'Auguste, sous le grésil et sous le vent de mars, attendait battant l'asphalte d'un pied impatient, le maître tanneur, enveloppé d'une robe de chambre en cachemire gris de perle, doublée de satin ponceau, les pieds dans de chaudes pantoufles de soie que sa femme lui avait brodées, Monsieur Rousserand se carrait dans un vaste fauteuil. Ce n'était plus le patron comédien, posant pour ses ouvriers, dans un milieu puant, avec des habits sales, c'était le capitaliste arrivé jouissant avec volupté de tous les raffinements de la richesse.

M. Rousserand écoutait d'un air aimable les observations que lui faisait une belle jeune femme, sévèrement vêtue de noir. C'était Mlle de Méria, l'institutrice de Valérie, la petite Rousserand. Une mignonne adolescente de l'âge d'Angèle, ainsi que l'avait fait remarquer Brodard, dans la lettre écrite à son patron.

Dans la haute cheminée du salon pétillait un feu clair qui aurait dû réjouir les yeux de Mme Rousserand, assise elle aussi dans un immense fauteuil, où elle semblait comme perdue, elle suivait d'un œil vague le mouvement des flammes et semblait étrangère à la conversation qui se tenait tout haut devant elle.

Valérie était en face de sa mère, sur une chauffeuse, tisonnant les bûches et s'amusant des étincelles qu'elle en faisait jaillir, à l'aide de pincettes à manche d'argent ciselé.

Elle était déjà bien jolie cette petite demoiselle Rousserand, avec ses grands yeux noirs, ses cheveux d'un châtain ardent, sa peau brune et ses joues fraîches comme les roses du printemps. Aussi comme son père l'aimait ! Pour elle, il avait toutes les ambitions. Rien ne lui coûtait quand il s'agissait de sa fille.

La pièce où étaient réunies ces quatre personnes était vaste, bien éclairée par de hautes fenêtres et meublée avec un grand luxe. Quelques toiles de maîtres, du fond de leur cadre d'or, animaient les murs tendus de velours rouge. Du plafond — — une œuvre d'art peinte à la fresque par Stephane Baron — descendait un lustre de bronze doré garni de bougies à gaz. Les tapis de haute laine représentaient des sujets assortis à celui du plafond. Les fenêtres étaient drapées de cachemires de l'Inde. Le piano, les meubles, les consoles, la table étaient de bois des îles, incrustés d'arabesques d'or. C'était le luxe moderne dans tous les raffinements du confort ; dans toutes les élégances de l'art appliqué à l'industrie.

De gros bouquets de fleurs naturelles s'épanouissaient dans des vases de Sèvres, sur des jardinières de bronze doré, répandant les plus doux parfums dans l'atmosphère tiède du salon. Plusieurs glaces de Venise se renvoyaient en les doublant toutes les richesses de cet Éden.

Certes quelqu'un avait dû guider M. et Mme Rousserand dans le choix de leur ameublement.

Tout à coup Valérie cessa de tourmenter les bûches et, se tournant vers son père, s'écria : — Mais tu es trop gentil, tout de même, comment ! nous aurons un équipage à nous ?

— A vous, à vous trois, bien entendu, répondit M. Rousserand en regardant l'institutrice, qui baissa les yeux.

— Non non, tu es trop aimable. Un équipage avec un gros cocher galonné ?

— Oui.

— Avec deux chevaux noirs ?

— Noirs ou gris, de la couleur que vous voudrez.

— La calèche sera découverte ?

— Découverte ou fermée, suivant le temps.

— Et Mlle de Méria, maman et moi pourrons, quand nous voudrons, aller avec au bois de Boulogne, à Vincennes, à Clamart, partout ?

— Partout.

— Il faut que je t'embrasse.

Et la petite se jeta dans les bras de son père qui déposa sur son front un chaste baiser.

Mme Rousserand n'avait pas bougé, n'avait pas dit un mot.

— Comment veux-tu nos chevaux, maman ? lui demanda la petite.

— Quels chevaux ? fit la femme du tanneur sortant comme d'un songe.

— Et mais, répondit Valérie, les chevaux que papa achète pour toi, pour moi pour Mlle de Méria

Madame Rousserand eut un sourire amer.

— Des chevaux pour moi ? je n'en ai pas besoin, dit-elle. Mais il est possible qu'il en faille à Mlle de Méria, elle est habituée au luxe.

— C'est une plaisanterie, n'est-ce pas, madame ? » dit l'institutrice d'un ton patelin, « peut-être une ironie ? »

— Mon Dieu ! que c'est désagréable , interrompit la petite , mais vous n'êtes jamais d'accord, Mademoiselle et toi. Dis donc, chère maman ! dis donc de quelle couleur tu veux tes chevaux ?

— Mes chevaux !

Madame Rousserand se leva et, d'un ton ferme, déclara qu'il y avait assez d'omnibus pour elle dans Paris. Elle était du peuple, elle s'en vantait et n'avait pas plus besoin d'équipage que son mari d'une épée au côté.

Le tanneur haussa les épaules. L'institutrice et lui échangèrent un regard. Mme Rousserand surprit ce regard. Ses yeux s'agrandirent, sa bouche s'ouvrit. Mais ce ne fut qu'un éclat. Son visage reprit sa placidité ordinaire. Elle eut même un sourire. Un sourire comme en ont ceux qui viennent d'acquérir une douloureuse certitude.

Mme Rousserand, Agathe Monier, était la fille de l'ancien propriétaire de la tannerie qui appartenait maintenant à son mari.

Monsieur Monier, un patron du bon vieux temps, ou plutôt du temps à venir — si la direction du travail appartenait à un homme seul dans l'avenir — M. Monier, un brave homme dans toute la force du mot, n'avait jamais cherché à faire des profits exagérés. Il ne demandait à sa situation qu'une honnête aisance, trouvant juste d'abandonner le surplus à ceux qui le gagnaient.

Il avait fait donner à sa fille une forte instruction, autant pour en faire son premier commis que pour satisfaire en elle un besoin de sa propre nature, car lui ne savait rien et en avait souffert toute sa vie.

En donnant sa fille au plus intelligent de ses ouvriers, au plus instruit, au plus *avancé*, M. Monier avait obéi aux suggestions de sa conscience.

Étienne Rousserand beau, jeune, robuste, réprésentant à la fois la force physique et la force intelligente, ne pouvait manquer de plaire à Mlle Monier, tendre et craintive nature de femme qui semblait toujours avoir besoin d'affection et d'appui. Le mariage devait la changer.

Comme son père, Agathe était la bonté même. Son esprit ouvert par l'instruction à toutes les grandes conceptions de la pensée humaine, s'était laissé séduire par les théories d'Étienne. En l'épousant elle croyait épouser un réformateur ; elle s'aperçut bien vite qu'elle avait épousé un ambitieux hypocrite.

Alors ce fut entre ces époux , dont l'un méprisait l'autre, une lutte sourde, continue, tenace, un enfer muet.

Le mari et la femme, suivant une ligne absolument opposée, devaient se trouver bientôt aux deux antipodes de la morale. M. Rousserand ne cherchait qu'à augmenter, par tous les moyens possibles, sa fortune déjà immense, Mme Rousserand ne voyait dans cette fortune qu'une montagne à pic, dont l'accroissement ne pouvait que la séparer, de plus en plus, de l'homme qu'elle avait choisi pour la guider vers le bien et l'aider à le faire.

M. Rousserand sentait bien qu'entre *lui* et *elle* il y avait quelque chose de froid, qui ressemblait au mépris, et il en voulait à sa femme d'avoir conservé les principes à l'aide desquels il s'était introduit dans sa confiance, il avait capté son amour.

M. Rousserand, par cette pente naturelle à chacun de nous, ne pouvant imaginer les autres autrement bâtis que lui même, pensait que le prétendu désintéressement de sa femme, sa simplicité étaient une comédie dont il ne connaissait pas le but. Car Agathe, malgré son mari, avait conservé le contrôle de leur comptabilité et l'exerçait avec une minutieuse exactitude. Elle voyait tout, elle savait tout. Il était obligé de la ménager, car ils étaient mariés sous le régime dotal avec communauté d'acquets, de sorte qu'une grande partie de ce qu'ils possédaient appartenait à Agathe. Les terrains que le père Monier avait acheté 1 franc en valaient cent vingt-cinq à cette heure. Et il y en avait de quoi bâtir une petite ville sur les bords de la Bièvre.

M. et Mme Rouserand formaient donc le ménage le plus mal assorti. Mais attachés par la plus insupportable chaîne, ils étaient forcés de vivre ensemble, car, devant la loi, ils n'avaient ni l'un ni l'autre aucun motif de séparation.

Un seul point les rapprochait : l'intérêt de leur fille. Mais là, aussi d'accord sur le but, ils différaient essentiellement sur les moyens. Longtemps M. Rousserand avait laissé à sa femme le soin d'élever Valérie, et Agathe, trompée comme épouse dans ses espérances, avait deversé sur sa fille le trop plein de ses affections. Elle s'était adonnée avec passion à l'éducation de cette enfant. Elle était en droit d'en attendre les meilleurs résultats, quand M. Rousserand s'était avisé de lui donner une adjointe : Mlle de Méria, une demoiselle du grand monde, qui ne devait pas tarder à imprimer une mauvaise impulsion à l'esprit de Valérie

La petite reprit l'entretien. — Ainsi, dit-elle à sa mère, tu ne veux pas que mon père nous achète un équipage.

— Non.

— Pourquoi?

— Parce que je *veux*, madame Rousserand appuya sur ce mot, je veux que papa fasse droit aux réclamations des ouvriers et leur accorde l'augmentation qu'ils demandent. Nous devons signer le nouveau tarif, cela coûtera plus que l'équipage, mais ce sera beaucoup plus utile.

Sans donner à son mari le temps de lui répondre, madame Rousserand prit sa fille par la main et sortit, pour vaquer à quelques-uns des soins domestiques qu'elle s'était réservés.

Demeuré seul avec l'institutrice, M. Rousserand lui dit :

— Vous le voyez, chère mademoiselle de Méria, ma femme n'a pas su monter avec notre fortune. C'est une bourgeoise sentimentale, une rêveuse qui n'entend rien aux réalités de la vie. Oh ! si j'avais été compris et secondé...

Elle le regarda d'une singulière façon.

— Si vous aviez été secondé? demanda-t-elle.

— Je serais député par le temps qui court... Une femme...

Il s'arrêta comme effrayé, puis ayant l'air de prendre un parti, il ajouta lentement, soulignant chaque mot :

— Une femme de votre intelligence, qui aurait marché d'accord avec moi, vers le même but, cette femme serait arrivée au premier rang.

— C'est possible.

— N'en doutez pas. L'état démocratique, c'est par excellence la fusion des éléments sociaux. Les révolutions font monter à la surface...

— L'écume?...

— Non, les audacieux...

— Et c'est votre femme qui vous empêche d'aspirer au premier rang?... Une mme si... chétive !

M. Rousserand rougit. Il était compris et dépassé par Mlle Méria.

Quand le domestique vint annoncer le dîner, le tanneur était plongé dans une rêverie pleine de trouble, mais non sans charme.

Auguste attendait toujours.

C'était au mois de mars, l'hiver avait été rude. Il faisait encore très froid, un froid de dégel qui vous pénétrait jusqu'aux os. Auguste se promenait de long en large, pâle et frissonnant, une main sous sa blouse.

A trois heures, M. Rousserand, en grande tenue de ville, une canne à la main, cossu, étoffé, une grosse chaîne d'or tirée sur son ventre par un paquet de breloques, l'œil et la joue allumés par l'excellent repas qu'il venait de faire, M. Rousserand se trouva en face d'Auguste.

Il parut surpris de voir, sur la voie publique, quelqu'un qui devait être dans ses ateliers. Il demanda brusquement :

— Que fais-tu là? Pourquoi viens-tu flâner par ici?

— Je vous attendais, dit l'apprenti.

— Moi?

— Oui, vous-même.

— Voyons, que signifie ce ton, cette attitude? demanda le tanneur. Ne pourrais-tu pas ôter ta casquette en me parlant?

Ce disant, monsieur Rousserand décoiffa Auguste du bout de sa canne. Celui ci ramassa sa casquette, et, l'enfonçant sur ses yeux, dit d'une voix ferme :

— Je vous attends depuis quelques heures, j'ai quelque chose de très important à vous demander.

— Je n'ai pas le temps de t'écouter.

La bête et le chasseur passaient tour à tour dans la lumière. (Page 34.)

— Il le faut.

— C'est trop fort!... une telle insistance. Tu vas me faire manquer le commencement de notre assemblée de patrons. Laisse-moi passer ou je te...

Il fit un geste menaçant. Auguste le saisit par le bras.

— Oh! vous m'entendrez, dit-il. Je me moque de tous les patrons, ce sont des gueux. Il s'agit de ma sœur.

— De ta sœur?

— Oui de ma sœur. Ça vous étonne qu'un gamin comme moi vienne vous demander des comptes!

— Des comptes? Est-ce que je puis en avoir avec des gens de votre espèce?

— Ah!

— Est-ce que j'ai quelque chose à démêler avec la petite vaurienne dont tu oses venir me parler ici?

— Vraiment! je suis bien audacieux, n'est-ce pas? Vous n'êtes pour rien dans le malheur d'Angèle? Cependant j'ai quelques mots à vous dire à son sujet.

— Viens demain au bureau.

L'indignation allumait de telles flammes dans les yeux du gamin que le tanneur se recula et fit mine de s'en aller. Il sentait venir quelque chose de ridicule et de fâcheux. Auguste le retint par le bras.

— Vous m'entendrez, dit-il, il le faut, non pas demain, mais à l'instant même.

— Eh bien! dit le tanneur, plus inquiet qu'il ne voulait le paraître, si tu as quelque chose d'important à me dire tout de suite, allons dans mon jardin.

Et poussant l'apprenti, il entra avec lui, par la petite porte.

— Vous êtes un hypocrite, un lâche! Vous avez abusé de ma sœur! cria Auguste.

— Quoi donc? demanda Rousserand passant subitement du rouge au cramoisi. Que dis-tu, petit misérable? veux-tu bien ne pas parler si haut.

— Je dis que vous êtes une canaille et que vous me rendrez raison, sans quoi je vous tue comme un chien!..

M. Rousserand ne s'attendait pas à cette conclusion; on le prenait à l'improviste. Un instant, il parut troublé, mais un coup d'œil jeté sur le gamin le rassura.

Quoi! ce déguenillé, ce va-nu-pieds, ce ver de terre osait s'attaquer à lui? à lui, l'homme posé, renté, considéré, auquel les députés, les sénateurs rendaient visite? à lui qui pouvait, quand il voudrait, en se présentant en province, siéger à la Chambre? à lui, décoré par l'empereur, pour services exceptionnels? Non, c'était trop fort.

— Écoute, dit-il à Auguste, tu es le fils d'un camarade, je ne veux pas l'oublier; je ne te ferai pas arrêter pour tentative de *chantage;* mais ni toi, ni les tiens ne recevrez plus un sou de la maison Rousserand; et ne recommence pas, sans quoi j'appelle un sergent de ville.

Il avait l'air indigné. Il se parlait à lui-même, disant :

— Non! non! je suis trop bon et l'on en abuse. Ça m'apprendra.

— Ainsi vous niez? demanda le frère d'Angèle.

— Aimerais-tu mieux que j'avoue et t'offre de l'argent pour te taire, pour me ficher la paix? Au fait, je suis pressé, ajouta-t-il comme s'il voulait en finir. Voyons, combien veux-tu pour que je sois à jamais débarrassé de ta clique et de toi? Allons vite : combien te faut-il?

Le tanneur chercha dans son portefeuille, en tira un papier et le tendit à Auguste. C'était un billet de banque.

Le petit Brodard prit le billet, le déchira, en jeta les morceaux à la figure de Rousserand. Instinctivement, celui-ci fit un mouvement pour les ramasser. Il se baissa. Prompt comme l'éclair, l'apprenti décrocha du plus haut bouton de son gilet une étire qu'il avait cachée sous sa blouse, et, s'élançant sur son patron, lui porta à la tête un coup si violent que le colosse tomba comme un bœuf qu'on assomme. Il poussa un cri terrible. Le sang l'aveuglait.

Auguste prit la fuite.

VI

LA CHAMBRE D'UNE FILLE

Angèle ne connaissait la vie que par une ou deux de ses faces. Elle ignorait le reste. Mais à l'école des sœurs, on lui avait appris qu'il est une providence, pour veiller sur les gens de bonne volonté. Elle croyait à cette femme de ménage du bon Dieu.

Forte de son amour maternel, de son désir d'être sage, Angèle se dit qu'elle trouverait bien le moyen de vivre honnête et d'élever sa fille, sans le secours de personne. Elle avait ses raisons pour quitter la maison maternelle. Elle la quitterait, voilà tout. Il le fallait, c'était son devoir, le plus tôt serait le mieux ; elle en aurait fini avec tous les mystères.

Donc, le jour même, après mille déchirements, elle s'enfuit avec Lisette dans ses bras. Elle se dirigea du côté de Montmartre.

Quand elle avait demandé à ses amies Olympe et Amélie à quoi elles s'occupaient, les bonnes pièces lui avaient répondu qu'elles étaient employées principales aux bals de l'Élysée.

Angèle n'avait rien vu là-dedans que de fort naturel. Cette petite fille-mère ne savait rien de rien encore. Jusqu'à son *accident*, elle avait vécu de travail et de privations tournant dans le même cercle de misère, comme un chien aveugle qui pousse une roue.

Angèle chercha longtemps avant de trouver Olympe et Amélia. Le portier ne savait pas où elles demeuraient ; pour les voir, il fallait attendre l'heure du bal. Enfin, elles arrivèrent. Angèle leur conta sa peine, au moins en partie. Car, au fond de son âme, il y avait un coin fermé.

Les deux conseillères furent unanimes.

— Il faut filer, nous allons te trouver un garni.

— Mais, dit Olympe, comme réfléchissant à une formalité, on ne voudra pas lui louer : *elle n'est pas en carte.*

— Eh bien ! elle s'y mettra, c'est bien simple.

— Mais, elle n'a pas l'âge.

— As-tu fini ! Est-ce que la police vous demande votre acte de naissance à présent !

Une carte ? Mais c'est simple comme bonjour. Nicolas lui aura ça tout de suite, et même peut-être sans passer par le *fauteuil*, si ça la gêne, cette enfant. C'est entendu, n'est-ce pas, tu vas figurer dans le sacré bataillon et écrire ton nom sur le grand registre de M. le préfet.

— Qu'est-ce que c'est? demanda Angèle.

Amélie voulait répondre, Olympe lui coupa la parole et expliqua minutieusement les choses, sans rien déguiser, avec des termes qui donnaient chaud à la petite. Elle expliqua longuement les obligations de la *carte*. On était forcée de suivre le premier venu. Il fallait passer à la visite tous les quinze jours, au moins; pour la moindre chose, on était envoyée à Saint-Lazare. Les agents des mœurs étaient de la clique, des *salopiaux* auxquels il fallait graisser la patte, sans quoi on en voyait de dures avec eux. Et puis il y avait la patente; fallait payer au gouvernement bien plus que pour un autre état. Et pourtant, il y avait des saisons où les affaires allaient bien mal.

Enfin, il y avait ceci et cela et, comme bouquet, les mauvaises maladies qui vous clouaient à l'Oursine pour des mois pendant lesquels on vous coupait, on vous brûlait comme de la viande de boucherie.

On pouvait être arrêtée sans savoir pourquoi, retenue en prison sans avoir rien fait de mal.

Voilà ce que c'est, termina la grande fille. Mets-toi en carte, si tu veux.

Angèle se révolta :

— Oh! non! non! fit-elle en serrant contre son sein la petite Liza qui, de ses grands yeux étonnés, regardait la flamme des becs de gaz danser dans l'ombre épaisse du boulevard. Oh! non, non! Je ne veux pas. Je veux être honnête, moi!

— Alors, répondit cyniquement Amélie, *t'as* pas besoin de nous, ma fille, si tu postules pour la *rose ;* c'est pas not'affaire de t'aider.

— Chacun son idée, fit Olympe, c'est jeune... c'est plein d'illusions. Elle en reviendra. Je ne lui donne pas trois semaines pour se convaincre qu'une femme, avec un mioche ne peut pas vivre de son travail, à Paris. Non! non! Est-ce que nous n'avons pas toutes passé par là? Eh! malheur! la *vertu* est-ce pas notre premier rêve !...

— Moi, pas, déclara Amélia, j'ai toujours pensé que c'était de la blague.

Olympe eut l'air de ne pas avoir entendu ; elle ajouta en fermant les yeux et se pressant le front de sa main amaigrie, comme si elle regardait en-dedans, passer les images de ce qu'elle allait dire.

— Oui, n'est-ce pas, tu voudrais trouver un travail qui te donne de quoi manger à toi et à la petite, de quoi payer une chambrette sous les toits, de quoi t'acheter quelques loques passables, sur le carreau du Temple! Hein! Est-ce ça?

Angèle fit signe que oui.

Olympe éclata d'un rire de pitié :

— Tu n'es pas dégoûtée, fit-elle.

Amélie ne comprenait plus. Tout ça l'ennuyait. Elle ne voyait pas pourquoi on avait des remords, des hésitations, un tas de machines qui ne servaient à rien qu'à rendre le monde malheureux. Il aurait fallu qu'au lieu de tomber entre les pattes de quelque gamin, qu'elle ne voulait pas nommer dans la crainte qu'on fasse du bobo à son chéri, il aurait fallu qu'Angèle rencontrât un homme comme Nicolas, par exemple ; en voilà un qui s'entendait à styler une femme !...

Angèle, toute frissonnante sous le vent de la nuit, mal garantie par sa mince robe d'indienne, ecoutait, comme dans un rêve, toutes les choses désespérantes que lui débitaient ses compagnes.

Vaguement, la pauvre fille entrevoyait bien des difficultés, mais le sentiment maternel la soutenait dans ses espérances de *bien faire*. Il était impossible de ne pas réussir, quand on avait de si bonnes intentions. Elle le dit à Olympe qui se contenta de lui souhaiter bonne chance, tandis que Amelie lui donnait son adresse au cas où elle deviendrait *raisonnable* et *pratique, sans blague.*

Là-dessus, elle retournait au bal.

Angèle allait s'éloigner, quand Olympe, qui restait là toute songeuse, eut une idée. Au fond elle était bonne, cette friperie de jeunesse et le sort de la petite mère la touchaient. Ses remords lui rappelaient des temps... hélas! que c'était loin! que c'était bête! des temps où elle-même avait eu de ces velléités vertueuses. Ça lui avait bien réussi vraiment! Après ça, il y avait un monde entre ce passé et le présent, et peut-être les choses étaient changées! Car, de ce qui se faisait dans le monde des honnêtes gens, dans le monde du travail, elle ne savait plus rien.

— Écoute, dit-elle à Angèle, je comprends bien que si tes parents sont dans la panne, s'ils t'embêtent, tu ne puisses rester à leur charge. Tu veux essayer de vivre en travaillant, c'est une bêtise; mais ça ne fait rien, faut voir tout de même. Voilà ma clef, et voici mon adresse : tu peux rester dans ma chambre pendant quinze jours. Moi, je n'y remettrai pas les pieds tout ce temps-là.

Tu sais, faut que j'aille à ma petite maison de campagne. Demain, à la *visite*, on va, pour sûr, me délivrer gratis un billet d'aller pour le département de l'*Oursine*.

Angèle tressaillit. L'autre reprit tranquillement comme pour aller au devant d'une répugnance :

— Tu mettras des draps blancs au lit, y en a une paire dans la commode. Ils sont un peu déchirés, mais tu les raccommoderas. Quand on veut être vertueuse, on ne saurait trop se recommander à la fée aux aiguilles. Hé! hé! hé!

— Tu es donc malade? demanda Angèle toute songeuse, car le nom de l'Oursine lui faisait un certain effet ; même avant ce que lui en avait dit Olympe, elle savait quelque chose sur ce lugubre établissement.

— Non, fit l'autre avec un gros rire, moi malade? au contraire, mais je suis touchée de la grâce, j'éprouve le besoin d'une retraite et mon directeur me l'ordonne.

La jeune mère fit un pas pour se retirer, Olympe ajouta :

— Y a une crèche près de chez moi, tu pourras y porter la petite ; ça coûte quatre ou six sous par jour. Tiens voilà cinq francs pour commencer.

Et comme Angèle faisait des façons :

— Prends! prends, dit Olympe : Je vais être logée, nourrie, blanchie, *blanchie* surtout, aux frais de l'État; prends sans scrupule, et laisse-moi faire un peu la besogne de la Providence; tu vois que je m'y entends comme si je n'avais pas fait autre chose de ma vie, ça me portera bonheur. Adieu, *v'la* la polka des Veaux qui commence son branle-bas. Je *m'en* sauve J'embrasse pas la petite, pauvre amour! tu comprends pourquoi!

Angèle se dirigea vers la rue des Poissonniers où était la chambre d'Olympe. Elle avait donc un asile et de quoi attendre quelques jours : dans sa tête enfantine encore, elle se voyait maîtresse d'un petit ménage, jouant le soir, après sa journée, avec la chère créature qu'elle portait dans ses bras fatigués. Et elle pressait le pas. Le temps lui durait d'être *chez elle*. A son âge et dans sa situation, quinze jours c'est un avenir.

En quittant la maison paternelle où elle n'espérait plus revenir, la pauvrette avait éprouvé une sorte de défaillance quand, du fond de son cœur, elle avait dit adieu à ces pauvres chambres où s'était écoulée sa courte vie. Elle y laissait tant d'êtres chers.

Oh ! qu'elle avait pleuré la pauvre Angèle, en songeant que les petits ne trouveraient plus Lisette à leur retour. Elle les chérissait, ces gamines, avec lesquelles tant de fois elle avait joué à la maman.

Maintenant, elle n'était plus une maman pour rire. Non ! elle en avait déjà versé des larmes à ce propos.

Songeant à toutes ces choses, Angèle s'en allait à travers la nuit, dans les rues qui longent le boulevard. Les maisons lui semblaient énormes dans l'obscurité que tachaient çà et là quelques becs de gaz.

Elle était bien lasse. Elle avait faim, car sa petite n'avait fait que téter tout l'après-midi. Angèle n'avait pas soupé.

Enfin, n'en pouvant plus, elle arriva au logement d'Olympe. Il était situé au quatrième étage d'une petite maison borgne, aux murs éraillés, verdis à la base, suant l'humidité, exhalant des odeurs de vice qui prenaient à la gorge.

Angèle pensait obstinément à sa pauvre mais honnête maison du quartier Mouffetard. Elle n'osait pas entrer dans la loge, où la portière dormait dans un grand fauteuil. La lumière d'un quinquet éclairait son visage jaune, son nez crochu. Au fond de sa bouche ouverte, on voyait deux ou trois longues dents noires. Une vraie figure de sorcière qui glaçait la pauvre petite.

Angèle restait là, hésitant à réveiller la vieille. Elle savait bien que la chambre d'Olympe était au dernier étage, mais l'escalier était noir comme un four. Il y avait de quoi se rompre le cou.

Un locataire vint heureusement prendre sa clef dans la loge. Angèle entra derrière lui.

— Que voulez-vous? lui demanda la vieille; ce n'est pas ici un bureau de nourrices. Nous ne logeons pas à la nuit les femmes seules. Allez-vous-en.

Angèle expliqua qu'elle venait chez son amie, Mlle Olympe, et qu'elle avait la clef. Qu'elle serait bien reconnaissante à la bonne dame si elle pouvait avoir un petit bout de chandelle pour s'éclairer dans l'escalier. Elle avait peur de tomber avec l'enfant, ce qui ferait du bruit et réveillerait les locataires. Elle était une honnête personne. Elle venait là pour travailler.

La vieille eut un mauvais sourire. Elle donna en rechignant ce que lui demandait Angèle, grommelant qu'elle en avait plein le dos de pratiques comme ça! que cette grande bourrique d'Olympe n'en faisait pas d'autres et qu'après avoir ramassé tous les chiens pelés du quartier, elle remplissait son logement de vagabondes à cet'heure; mais elle, la mère Grichon y mettrait bon ordre. La chambre était encore payée pour quinze jours. Eh bien, après ça, elle irait traîner ses savates où bon lui semblerait, cette grande bique, avec sa queue de chiens, de chats galeux et de mendiants.

Angèle monta péniblement jusqu'à son gîte. Elle recula avec épouvante à la vue du taudis qu'il lui faudrait habiter. C'était une grande chambre tapissée de papier jaune déchiré par places. Les meubles étaient neufs, mais à demi-brisés, tout était encombré de jupons, de chemises, de bas sales. Sur la table il y avait, entre les restes d'un repas, sur une nappe tachée de vin et de café, des peignes, une bottine, du savon, une brosse à dents dans une tasse ébréchée. C'était le désordre, la malpropreté, dans toute leur repoussante laideur.

La pauvre Angèle n'en revenait pas.

Elle eut mille peines à faire sur un fauteuil une place pour y déposer la petite.

Elle alluma sur la cheminée, une bougie qui émergeait du goulot d'une bouteille et se mit à chercher les draps dont Olympe lui avait parlé. Elle les trouva dans un tiroir de commode, pêle-mêle avec des souliers, des rubans, des pots de pommade, des boîtes de fard, un tas de fioles. Il y avait des lucarnes à y passer la tête dans ces draps, de vraies loques enfin. Angèle les mit au lit, pourtant; elle aimait mieux des trous que les taches.

Pour changer Lisette, la jeune fille prit dans le petit paquet qu'elle avait apporté, des langes bien raccommodés mais bien blancs, exhalant une odeur de lessive qui la touchait. C'était sa mère, sa pauvre mère qui les avait lavés, ces langes. Qu'elle était bonne, mon Dieu! qu'elle était donc bonne! Et tout en emmaillotant la petite, Angèle fondait en larmes, au souvenir de tous ceux qu'elle avait abandonnés.

Quand la petite fut endormie dans le lit d'Olympe, Angèle se laissa tomber sur un fauteuil et se mit à penser.

Elle se demandait pourquoi elle était là, si loin de tous ceux qu'elle aimait? Que faisait-elle dans cet endroit suspect? Qu'avait-elle fait pour être obligée de quitter le logis maternel? Était-ce sa faute si ce gueux de patron, sous prétexte de lui donner des nouvelles de son père, l'avait entraînée dans un guet-apens? Non, sans doute, ce n'était pas sa faute. Est-ce qu'elle savait!... Oh! si les femmes du peuple comprenaient bien les choses, elles ne laisseraient rien ignorer à leurs filles. A quoi sert l'innocence à celle qu'on ne peut pas garder?... Oh! elle agirait autrement avec Liza. Mon Dieu! mon Dieu! si elle pouvait donc la préserver de tout mal... Mais comment ferait-elle? voilà. Liza non plus n'aurait pas de père. Son père! quel monstre! et dire que si elle avait parlé, si elle avait dénoncé l'infâme dont le souvenir la faisait trembler, personne ne l'aurait crue. Et lui, ce gros porc, il n'aurait pas eu honte d'enlever le travail, le gagne-pain de la famille qu'il venait d'augmenter.

C'était affreux, pensait Angèle, pendant que des ruisseaux de pleurs coulaient sur ses joues. C'était affreux, mais qu'y faire? Elle était habituée à toutes les injustices. Elle ne se révoltait pas. Elle ne savait pas même que M. Rousserand eût commis un crime sur sa personne et que, de ce fait, il pouvait aller aux galères. Les gens de cette importance lui paraissaient au-dessus de toute atteinte. Est-ce qu'il y avait des lois pour les malheureux? Qu'avait donc fait son père pour qu'on l'envoyât à six mille lieues de la France?... Il avait salué des cadavres et porté un certain képi. Pour ça, quatre enfants et une femme s'étaient trouvés dans la plus profonde misère, dans le plus noir abandon. Si c'était là la justice des hommes, eh bien, vrai! c'était du propre. Elle avait bien fait de garder le secret de sa honte.

Ainsi pensait Angèle, pendant que le vent de mars soufflait au dehors, chassant au-dessus des cheminées des nuages gris qui passaient sur la lune. La neige fondue tombait en eau des gouttières sur le pavé, avec un bruit de fontaine qu'Angèle écoutait sans le vouloir.

Elle était si fatiguée, qu'elle n'avait pas le courage de se mettre au lit. Enfin voyant que la lumière allait s'éteindre, elle fut prise de peur et commença à se déshabiller.

Elle n'avait plus que ses bas à ôter quand elle entendit des pas. Anxieuse, elle tendit le cou pour écouter. Elle pensa que peut-être c'était Auguste qui la venait chercher. Mais non, ce n'était pas lui. On marchait pesamment. On s'arrêtait à sa porte... Grand Dieu! une clef tournait dans la serrure! Angèle se sentait mourir.

La porte s'ouvrit. Un homme entra.

VII

UNE CHASSE FANTASTIQUE

Olympe avait oublié que *sa chambre*, — ce refuge qu'elle avait si généreusement offert à Angèle, — appartenait non pas à elle seule, mais à sa clientèle.

Sous son masque joyeux, Olympe cachait le dégoût d'elle-même et surtout le dégoût des autres. Elle faisait machinalement le métier pour lequel elle payait patente à l'État. Elle était en règle et obéissait à la fatalité qui, de plus en plus, la poussait vers la dégradation.

Ne pouvant plus en pleurer, la fille de joie riait de sa honte et semblait s'y complaire. Elle ne comptait plus les éclaboussures. Que lui importait! Un océan de fange avait passé sur elle. Sa chambre était devenue une halle.

Autrefois, Olympe n'avait que des attitrés temporaires, qui venaient les uns après les autres. Maintenant, le hasard était son pourvoyeur. Tantôt elle en avait par-dessus la tête, tantôt pas assez pour vivre. Dans ses jours de veine, elle dépensait ou donnait tout; dans ses temps de *panne*, elle avait faim et s'en fichait. Tout lui était égal.

Parmi les habitués anciens quelques-uns avaient un passe-partout.

Au même instant deux larges mains s'abattirent sur ses épaules.

Quand l'un des fidèles se trouvait dans le temple de cette déesse du trottoir, Olympe poussait un verrou intérieur qu'Angèle n'avait pas vu.

La pauvre enfant était à demi morte de terreur. L'homme lui faisait l'effet de l'un de ces ogres dont sa mère l'effrayait quand elle était petite. Dans la demi-obscurité de la chambre, elle le voyait de proportions colossales. Elle s'imagina qu'elle faisait un rêve! rêve terrible et, comme un oiseau fasciné par un serpent, elle attendait, les yeux grands ouverts, que l'homme lui parlât. La chambre commençait à s'emplir d'une écœurante odeur de vin. L'homme prenait la direction du lit. Angèle tomba sur ses genoux en joignant les mains

— Maman! maman! cria-t-elle, comme si sa mère pouvait l'entendre.

— « C'est moi, » dit entre deux hoquets une voix pleine de ce bruit d'eau, qui sort du gosier des ivrognes. « Pourquoi donc que tu appelles ta maman? Est-ce que tu veux qu'elle tienne la chandelle?... »

« Olympe, ma fille, faut tout de même avoir une conscience... ça serait du propre. Non! non! pas plus de maman que dans mon œil, je n'aime pas ça... La pudeur avant tout. »

Il s'avançait vers le lit.

Angèle courut à l'enfant. Elle la prit dans ses bras. L'ivrogne avait manqué de tomber sur elle. Il s'était vautré sur les matelas n'ayant pas même eu la pensée ou la force d'ôter ses vêtements souillés.

Angèle s'élança vers la fenêtre, l'enfant serrée contre la poitrine.

L'homme grogna quelques mots qu'elle ne comprit point.

Tout à coup, il se dressa sur son séant, regarda d'un air hébété autour de lui, aperçut Angèle et se mit à sa poursuite.

Trébuchant, il voulut se retenir à la cheminée, et renversa la bouteille dans laquelle brûlait la bougie.

Le bouge s'emplit d'ombre et le plancher d'éclats de verre.

Il y eut alors, dans les ténèbres, une chasse épouvantable, pendant laquelle chasseur et gibier renversaient tout, piétinaient sur tout, cassaient tout, sans que personne s'en émût. Angèle, suffoquée de peur, ne pouvait crier, et, eût-elle appelé au secours, qui s'en serait dérangé, dans cette maison?

L'ivrogne jurait à faire éclater le plafond. Mais il ne pouvait saisir la petite; il ne la voyait pas.

Tout à coup, comme si les détresses de la terre avaient des complices au ciel, la lune vint encadrer sa face ronde dans la lucarne, et éclairer la scène, de sa lumière froide comme l'œil d'un juge.

L'ivrogne voyait Angèle, maintenant.

Tantôt il parvenait à la saisir et se cramponnait à elle comme un oiseau de proie, tantôt elle se dégageait, martelant de coups de poing la face de l'ivrogne, mordant la main qui l'étreignait.

Un moment, la petite Liza, froissée dans la lutte, poussa des cris perçants; mais personne ne vint davantage. Est-ce qu'on pouvait s'imaginer qu'un enfant en chair et os faisait sa partie dans une bacchanale? Quand ils étaient lancés, Olympe et ses hôtes n'avaient-ils pas poussé tous les cris imaginables, fait tout le bruit possible?

La jeune mère n'avait qu'un bras pour se défendre. Elle criait, elle appelait Dieu à son secours. Mais Dieu était aussi sourd que les locataires de l'hôtel et la poursuite continuait.

La bête et le chasseur passaient, tour à tour, dans la lumière, pour disparaître dans l'ombre.

Enfin, mâté par la boisson qui alourdissait son cerveau, tandis que la fatigue rompait ses membres, l'ivrogne mugit et s'abattit sur le plancher, où il demeura immobile comme une masse sans vie. Pris de ce sommeil profond de l'ivresse, il se mit à ronfler.

La nuit était redevenue profonde, la lune avait fini son rôle dans la scène; le ciel baissait son rideau de nuages.

VIII

ENTRE BALAYEURS

Il n'était pas jour. Les becs de gaz brûlaient encore dans l'ombre alanguie du matin. Toutes les boutiques — ces yeux de la rue — étaient fermées et les maisons semblaient endormies sur le boulevard Montparnasse. De temps en temps, comme un dogue qui rêve, le pavé grognait, grinçait sous les roues de quelque grosse voiture puis, peu à peu, tout retombait dans le silence.

Une équipe de balayeurs, le cou engoncé dans des mouchoirs de coton, ou de vieux cache-nez de laine, coiffés jusqu'aux yeux, déboucha dans le haut de la rue de Rennes. Hommes et femmes s'alignèrent lentement, dans la brume, et les balais commencèrent, sur l'asphalte, leur cadence monotone.

Sans parler, les hommes et les femmes qui composaient cette équipe, s'acquittaient de leur besogne avec des mouvements mécaniques qui les faisaient ressembler à des ombres chinoises, quand le bruit d'un volet entr'ouvert, l'éclat d'une lumière sur le trottoir arrachèrent à la bande matinale, un *Ha!* de satisfaction.

— Tonnerre de Dieu! cria une des ombres, — la plus allongée de la compagnie. — Tonnerre de Dieu! j'ai cru que la sorcière n'en finirait pas d'ouvrir son caboulot, ce matin. Il fait une sacrée bise qui vous passe à travers les os.

— D'autant plus facilement, dit une voix de femme, qu'il n'y a absolument que la peau sur les vôtres, docteur.

Sans répondre, l'ombre mit son balai sur l'épaule, les autres l'imitèrent, et l'on se rendit en corps chez la mère Marion, une bonne vieille trônant derrière son comptoir, comme une reine constitutionnelle, dans une somnolente majesté, tandis que son premier ministre, Piarou — un gars de son pays — versait une tournée de tord-boyaux aux humbles fonctionnaires de la voirie.

On but la goutte sur le zinc. Les estomacs réchauffés délièrent les langues. On se mit à causer un brin.

C'était bon de tuer le ver, car on en faisait un métier de brute ! — Était-ce pas une horreur d'être debout dans la froidure, quand toutes les bêtes de la création dormaient encore. Vrai, c'en était une chienne de vie. — Si encore on y gagnait de quoi manger! de quoi se chauffer! de quoi s'acheter des galoches! mais va t'en voir s'ils viennent, il fallait traîner ses savates dans la boue qu'on enlève. Dieu de Dieu y en avait-il dans ce gueux de Paris des ordures à balayer — sans compter celles qu'on ne balayait pas.

Après la première tournée, les Alsaciens et quelques femmes s'en allèrent, les autres restèrent là. On avait bien le temps; pour les trois francs cinquante que vous donnait la ville, on n'avait pas besoin de se la casser, on en faisait toujours trop.

— Et nous nous plaignons! dit philosophiquement la grande ombre qu'on avait appelée docteur — un dépenaillé qui eût fait honte aux mendiants de Callot, — et nous nous plaignons, quand les femmes, qui en font autant que nous, gagnent moitié moins, comme si leurs habits, leur nourriture, leur logement coûtaient moins que les nôtres! Que dites-vous de ça, père Henri?

— Je dis que c'est comme bien d'autres choses une injustice, une infamie. Mais que veux-tu, mon pauvre Léon, c'est comme ça, nous n'y pouvons rien, faut se soumettre à son sort, quand on ne peut pas le changer.

— Hé! hé! fit Léon, savoir!

Les deux interlocuteurs sortirent à leur tour pour aller rejoindre l'équipe. Le père Henri, un beau vieillard à longue barbe blanche, ne disait plus rien. Léon paraissait songeur. Il demanda à son compagnon :

— Vous avez l'air tout chosé ce matin, êtes-vous malade ?

— Non ! répondit laconiquement le père Henri.

— Embêté?

— Passablement !

— Pourquoi?

— C'est une grosse question.

— Eh bien ! à nous deux peut-être parviendrons-nous mieux à la débrouiller ; vous savez que je suis votre ami et que, lorsqu'il ne s'agit pas de moi, je suis de bon conseil.

— Je sais que tu es un homme et qu'il y a un cœur vaillant sous tes guenilles.

— Merci! nous parlerons de moi une autre fois : dites-moi d'abord ce qui vous afflige.

— Eh bien, si tu veux le savoir, je te conterai ça. Viens nous-en chez la mère Morion.

Les deux balayeurs retournèrent au cabaret, demandèrent un petit verre de n'importe quoi et s'attablèrent, comme pour le déguster.

— Figure-toi, dit le père Henri, que mon neveu, Jacques Brodard, arrive ce matin de Calédonie.

— Rien de plus naturel que ce fait, interrompit Léon. Il y était allé, il en revient; le malheur n'est pas là sans doute?

— Non. Le malheur est que, pendant son absence, il s'est passé des choses...

— Bon, sa femme ennuyée de son veuvage...

— Léon, dit le vieillard avec un peu de sévérité, qnand un homme de mon âge, confiant dans ton bon sens, que tout le monde conteste — veut bien te consulter, tu ne dois pas faire de ça un sujet de plaisanterie.

— C'est vrai, vous avez raison, père Henri, dit le dépenaillé gravement, c'est vrai; mais si je ne riais pas de tout, il faudrait que j'en pleure, et, vous comprenez, c'est une habitude. Revenons à nos confidences. Mme Brodard?...

— Mme Brodard est la plus brave femme que je connaisse, mais, que veux-tu, seule pour élever quatre enfants, elle n'a pas pu tout faire, leur gagner à manger, les surveiller et.... la petite Angèle... pendant que sa mère était malade...

— Je comprends.

— Ça va être une surprise! Et lui qui voulait en faire une, m'a écrit qu'il arrive comme une bombe, sans rien dire.

— C'est d'un bête...

— Oh! oui! c'est bête. Il n'y a que les personnes sentimentales pour faire des âneries. On ne l'attend pas à la maison; il va y tomber comme une tuile, quoi! Et puis, ce n'est pas tout, j'y suis allé hier soir, la mère était comme une égarée, seule avec ses deux petites, hagarde, échevelée, je n'ai pu en tirer un mot. Il se passe là quelque chose d'extraordinaire. Les deux aînés, Angèle et Auguste n'y étaient pas.

— Diable !

— Je demande où ils sont, elle me dit qu'ils vont rentrer, qu'elle était un peu malade, que je ne devais pas faire attention à son air, que pour sûr, Angèle et Auguste ne tarderaient pas, qu'il fallait aller me coucher, et patati et patata, que j'étais vieux, que M. Rousserand était une clique, qu'il avait ce qu'il méritait, enfin un tas de choses décousues, comme tu vois.

— En effet.

— Je connais Magdeleine, — ma nièce s'appelle Magdeleine — elle devait être hors d'elle-même. Pour se mettre dans un tel état, il en faut, à une femme aussi habituée à la misère, aux malheurs de toutes sortes. Je crains bien que l'entrée de mon pauvre neveu chez lui ne soit le bouquet de sa malheureuse existence. Je le connais : c'est un homme qui a l'air rude, un lapin qui tenait un poids de quarante à bras tendu, mais au fond, c'est une femme, pour la sensibilité. Je suis sûr qu'à l'heure qu'il est, il se monte le bourrichon, se fait un tableau de son entrée chez lui et fond en larmes, rien qu'à la pensée de tenir sa femme et ses enfants dans ses bras. Comment lui annoncer?...

— Écoutez, père Henri, à votre place, moi, je lui ferais d'abord pressentir les plus horribles malheurs. Il s'attendrait à tout, puis je lui dirais la chose, qui lui paraîtrait une bagatelle, car enfin, après tout, de quoi s'agit-il? d'une petite fille qui a mal tourné. Eh bien, avec un peu de logique, on prend son parti de tout.

— Tu crois?

— Bien sûr, mais il faut de la logique. Si j'étais père, je me dirais : que ma fille se perde tôt ou tard, peu importe. L'essentiel serait qu'elle ne se perdît point; mais, puisqu'il est dans la force des choses que, dans une république où « il n'y a pas de question sociale », une femme pauvre qui veut rester honnête ne puisse s'empêcher de mourir de faim qu'en se tuant en une fois ou, tous les jours, un peu, il m'est fichtre bien égal qu'elle commence aujourd'hui ou demain le seul métier qui la fera vivre.

— Malheureux! tu ne sais donc pas ce que c'est que l'honneur d'une famille?

— J'ai sur l'honneur d'autres idées que vous.

— Et que mon neveu.

« Tu ne connais pas ce pauvre Brodard, il n'a pas étudié ce que tu appelles la logique ; ça va lui porter un coup.

— Baste, il en reviendra.

— Allons, dit tristement le vieillard, je vois bien que tu n'es pas plus en état de me donner un bon conseil que le dernier de nos pauvres camarades qui ne savent rien de rien, et n'ont jamais lu un livre de leur vie.

Le père Henri ajouta en branlant sa vieille tête blanche :

— A quoi ça sert d'avoir tant étudié, pour n'être pas plus avancé que les autres dans les affaires de la vie ? pour n'y pas voir plus clair ?

— Vous avez raison, ça ne sert pas à grand chose.

— A toi, du moins, ça n'a pas même pu te procurer de quoi vivre. Ta science! c'est comme nos révolutions ; ça promet tout et ça ne donne rien.

— Parce que la science, comme nos révolutions, a servi jusqu'à présent des ambitions personnelles : mais la vraie révolution fera de la science la servante de tous, et les choses changeront de face sur la terre. Vous verrez, vous verrez, Savoir, c'est pouvoir! Le monde marche, rien ne peut l'arrêter, le progrès obéit à des lois constantes, immuables. Tous les efforts des coquins qui gouvernent l'humanité ne la retiendront plus longtemps dans les ténèbres, dans le froid de l'égoïsme individuel. L'amour régénérera l'âme humaine, l'ordre remplacera l'oligarchie des intérêts. Et le bonheur — but suprême de la vie — et la vertu — moyen suprême du bonheur — seront les souverains de notre univers. »

Léon s'était levé ; il agitait ses longs bras maigres et marchait à grands pas dans le caboulot. Ses yeux étincelaient dans son pâle visage, au fond de leurs orbites.

— Il est fou! dit la mère Marion, que les éclats de voix de l'inspiré venaient d'arracher à sa somnolence, il est fou, voilà son vertigo qui le reprend.

Ce mot rappela le gueux à lui-même et l'enleva à ses visions. Il jeta sur le comptoir l'unique pièce de dix sous qu'il possédait, releva sur ses oreilles un lanbeau d'écharpe rouge, prit son balai comme il aurait pris un sceptre et alla rejoindre son équipe. Il avait oublié le père Henri.

Le train allait arriver. Le père Henri se dirigea vers la gare.

IX

LE RETOUR D'UN DÉPORTÉ

La cruelle nécessité de venir en aide à sa femme et à ses enfants, avait fait taire l'amour-propre dans l'âme de Jacques Brodard, et, sur le conseil de ses amis, il avait consenti à signer son pouvoir et comme, après tout, le pouvoir aimait à jouer la comédie de la clémence, on avait fait remise de sa peine au fédéré, lui laissant la flétrissure d'une grâce.

Le tanneur était un hommme dans toute la force de l'âge. La déportation l'avait maigri, le soleil calédonien lui avait grillé la peau, mais le malheur — cette pierre de touche de la valeur humaine — avait encore trempé son caractère et nullement abattu son courage. Quand les sons aigus du sifflet d'arrivée indiquèrent l'entrée en gare, le rapatrié eut comme un éblouissement. Son cœur se mit à battre avec une telle force qu'il dut y porter la main pour le comprimer. Il était donc dans sa chère grande ville, dans ce beau Paris qu'il aimait tant, il allait y revoir tous ceux qu'il adorait : sa femme, son Auguste, sa belle petite Angèle et les deux jeunes qu'il avait laissées au berceau. Comme tout ça allait être grandi ! quels cris de joie on allait pousser en le voyant.

Un petit paquet à la main, Jacques Brodard se dirigea vers la porte de sortie et chercha le père Henri du regard.

Pauvre vieux ! Il était si changé que Brodard avait eu de la peine à le reconnaître ! Les deux hommes s'embrassèrent étroitement. Quoiqu'ils s'attendissent à ce qui leur arrivait, ils ne savaient quoi se dire ni l'un ni l'autre.

L'oncle et le neveu entrèrent chez un marchand de vin et y vidèrent un canon de gros bleu, dont le voyageur avait bien besoin pour se réchauffer. Puis ils se mirent en chemin pour la rue Croulebarbe.

Tout en causant, ils allaient le long des grands boulevards extérieurs, le père Henri, ayant bien de la peine à suivre la marche impatiente de Jacques, et à répondre à toutes ses questions. Ne sachant pas bien au juste ce qu'il devait dire ou taire, le vieux balayeur s'avisa de parler de lui.

Voilà, il n'était plus à la raffinerie de M. X. où il espérait mourir en travaillant.

— Monsieur X. a-t-il donc fait de mauvaises affaires ? demanda Jacques.

— Pas du tout, répondit le père Henri. Il s'est retiré du commerce avec plus de 30 millions. Il a tout un quartier à lui appartenant, quand je n'ai pas un sou, après avoir travaillé soixante ans pour lui !

— Et comment vis-tu donc maintenant ?

— Je balaye les rues, mon ami, un métier comme un autre, mais trop dur pour un homme de mon âge.

— Je croyais que M. X. avait promis des pensions à ses vieux ouvriers.

— C'est vrai, et j'espérais bien en avoir gagné une, après soixante ans de service dans la même famille, mais promettre et tenir sont deux, pour les bourgeois. Il paraît même qu'il avait toutes sortes de bonnes raisons pour manquer à sa parole, car, le conseil municipal, le justicier par excellence, laisse une rue de Paris porter le nom de cet homme qui, dans un moment de dépit, parce qu'il n'a pas réussi à se faire élire député, a fermé son usine et mis sur le pavé douze cents hommes, sans autre motif que de venger, sur des innocents, le refus que lui faisait une circonscription de la représenter à la chambre. — Soixante ans de travail ! un balai pour récompense et la rue pour retraite !

— Ah ! mon pauvre oncle ! Voilà la justice des bourgeois, leur honnêteté, fit Brodard en serrant énergiquement dans les siennes les mains du vieil ouvrier.

Et ce gueux de X. n'a fait aucune démarche pour te faire entrer au moins dans une maison de vieillards?

— Dans une maison de vieillards? Mince! comme tu y vas, mais pour entrer dans un hospice quelconque, il faut au moins être protégé par le confesseur du président de la république. Pour un lit vacant, il y a *trente mille demandes*. Sais-tu ça?

— Toujours et partout le même résultat d'une vie de travail et de peine, dit Jacques tout attristé, heureusement que me voici de retour et c'est moi qui te donnerai tes invalides. Ah! va, je n'ai pas perdu l'habitude de bûcher et je vais en découdre. Tu viendras chez nous, ça nous portera bonheur. Ça avait toujours été l'idée de Magdeleine de te prendre avec nous, elle t'en avait parlé dans le temps?

— Oui, quand ma pauvre fille est morte. Mais alors, j'étais encore solide, et puis j'avais trop de chagrin pour venir en donner le spectacle à tes petits. Faut pas de tristesse pour les enfants.

Le pauvre vieux cherchait dans sa tête, un moyen d'avertir son neveu du malheur d'Angèle, mais il ne trouvait rien, les mots ne lui venaient pas pour instruire le père d'une telle affaire.

Jacques Brodard ne se doutait de rien, il faisait des projets d'avenir, disant à son oncle qu'il apportait ceci et cela pour ses enfants, pour sa femme. Il avait mis à la petite vitesse un grand coffre plein de choses curieuses, des boîtes qu'il avait confectionnées lui-même, en bois des îles, un tas de bibelots qui allaient bien les faire rire. Puis, avant même d'entrer chez lui, il passerait chez ce grand farceur de Rousserand, auquel il avait donné du PATRON gros comme le bras, dans sa lettre, un camarade à lui pourtant, un peu poseur, mais pas mauvais au fond.

— Mais tu ne sais donc pas que Rousserand est mort ou presque mort, et que tu n'as pas besoin d'aller chez lui ce matin, dit le vieux Henri.

Jacques parut bien contrarié, cette mort lui faisait une grande peine. Enfin il n'y pouvait rien. Et il allongeait ses grandes jambes, impatient de voir les siens. Le pauvre vieux suait à le suivre.

Tout à coup, Jacques, ne pouvant se contenir, s'élança en courant dans l'avenue des Gobelins. Non, il ne pouvait plus attendre, il avait des ailes aux pieds.

— Arrête! arrête! Jacques, lui cria le vieillard, arrête! j'ai quelque chose à te dire. Mon Dieu! mon Dieu! Tu vas comme le vent, arrête-toi.

Jacques Brodard s'arrêta et attendit son oncle. Il était grand jour et le tanneur pouvait lire une profonde angoisse sur la figure du pauvre vieux balayeur.

— Oh! fit Jacques, en portant la main à son front tu vas m'annoncer un malheur! Fou que j'étais de me réjouir. Allons parle! parle vite, je t'en prie, ne me fais pas languir. Je ne vais pas trouver tous les miens, n'est-ce pas?

Le père Henri ne savait plus que dire, sa langue s'épaississait, il bredouillait quelque chose que l'autre ne comprenait pas.

— Mais parle donc! dit Jacques, en s'efforçant de paraître calme, quel est celui que je ne verrai plus? Voyons, je suis un homme, tonnerre de sort! qu'attends-tu?

Salut a la beauté mère !

— C'est qu'il s'agit d'Angèle, dit le vieillard d'une voix étranglee.
— D'Angèle? exclama Jacques, d'Angèle? de ma petite Angèle?
— Oui.
— Elle est morte?...
— Non !
— Malade?
— Non !
— Mais alors?

Le vieil Henri baissa la tête sans répondre. Jacques se creusait la cervelle et, ne trouvant rien, commençait à se rassurer. Ce pauvre vieux battait la breloque, évidemment. Si Angèle n'était ni morte ni malade, c'est que tout allait bien. La pensée du déshonneur de son enfant ne pouvait même lui venir à l'esprit. Dans son souvenir, elle était encore toute rayonnante de la grâce ingénue de ses dix ans. Il la voyait avec ses grands yeux bleus, étonnés et profonds, ses cheveux bouclés, son bon sourire innocent. Que venait-on lui chanter avec ces avertissements bêtes?

— « Écoute, » dit le balayeur, « arrêtons-nous un instant, je n'en puis plus. C'est une grande et dure corvée pour moi d'être obligé de te dire la chose. »

Jacques se remit à trembler. Il voyait bien que le vieux parlait sérieusement et qu'il n'était pas fou. Cependant il avait beau chercher, se torturer l'esprit, il ne trouvait rien qui pût justifier les préambules alarmants de son oncle. Ils s'arrêtèrent.

Le vieillard prononça à voix basse :

— « Angèle a un enfant! »

Jacques chancela, et vint tomber sur l'un des bancs de l'avenue; il y demeura comme foudroyé.

Des gouttes de sueur froide mouillèrent ses tempes, tout son sang lui refluait au cœur, et pâle comme un plâtre fraîchement moulé, il demeurait là, immobile.

« Angèle a un enfant! »

Ces mots, qui lui avaient été dits à voix basse, tintaient à ses oreilles en sons aigus, lui pénétraient dans la cervelle comme des pointes d'acier. « Angèle a un enfant! » C'était atroce! Et il avait fait six mille sept cents lieues pour venir entendre ça. Mais qu'avait-il donc fait pour être si malheureux?

— Eh bien! lui demanda le vieillard, que comptes-tu faire?

— Tuer celui qui a déshonoré mon enfant.

— Mais on ne le connaît pas. La petite n'a rien voulu dire.

— Pas même à sa mère?

— Pas même à sa mère.

— Ah! je le trouverai bien, moi.

« Ce doit être un de ces riches dépravés auxquels il faut des morceaux choisis, et c'est nous, nous qui devons les leur fournir!... » Il renversa sa tête en arrière et serrant les poings, il en menaça le ciel en s'écriant : « Malheur! malheur à lui! »

Il se leva, et tout chancelant, se dirigea vers sa demeure, réglant maintenant son pas sur celui du vieillard.

« O ma fille! ma fille! » disait-il d'une voix navrée. Et des ruisseaux de pleurs coulaient sur ses joues, arrosant sa longue barbe. Les passants se retournaient pour regarder cet homme dont tout l'être trahissait la douleur. Mais lui, insensible à ce qui n'était pas sa peine, allait sans savoir où, sans voir personne.

« A quinze ans! à quinze ans! elle est déjà mère! » disait le pauvre repatrie. Et il pensait en s'attendrissant qu'il ne lui en voulait pas. Elle! oh! il la cacherait dans son sein, il la relèverait par son amour, il la nourrirait du travail de ses mains.

Avant d'entrer dans la rue Croulebarbe, Jacques y jeta un long coup d'œil,
en reconnut toutes les maisons. Rien n'était changé que lui-même. Cela lui fit
une impression. Dans les grands bouleversements, qui font tout crouler en lui,
l'homme s'étonne toujours que les choses restent stables.

Des voix d'enfants montaient fraîches et joyeuses, par-dessus les murs d'une
pension de garçons. Cela attendrit Jacques. C'était là, dans le bon temps, que
son petit Auguste allait à l'école. Ce cher enfant! celui-là du moins, il le retrouverait tel qu'il pouvait le souhaiter. S'il fallait en croire les lettres de Magdeleine,
ce serait un homme. Oui, un homme courageux et grave, un travailleur instruit
comme il les faudrait tous pour faire changer les choses de ce monde.

L'oncle et le neveu approchaient du logement occupé par madame Brodard,
dans une maison sans concierge. Ils passèrent devant deux gendarmes qui se
promenaient de long en large, faisant craquer leurs grosses bottes sur le pavé. Les
agents se rangèrent pour faire place aux ouvriers et les suivirent.

En touchant le seuil de sa maison, Jacques fut pris d'un tremblement nerveuse
C'est à peine s'il pouvait monter l'escalier. Enfin, il voyait sa porte, il voyait
l'ombre des deux couloirs entre lesquels elle se trouvait; il voyait le petit écusson
en tôle sur lequel il avait lui-même peint son nom en lettres rouges. Sa femme,
ses enfants étaient là, derrière, dans ce grand silence qui l'inquiétait. Le cœur
lui battait à rompre. Il toucha le bouton de la serrure. Au même instant, deux
larges mains s'abattirent sur ses épaules.

Jacques se retourna vivement. Il était entre deux gendarmes. Les autres montaient. L'un de ceux qui l'avaient saisi demanda avec la froide tranquillité de la
force sûre d'elle même :

« Êtes-vous Jacques Brodard?

— Oui, répondit le tanneur, qui se croyait dans le monde des rêves.

Le gendarme exhiba son mandat et prononça les paroles sacramentelles qui
font d'un être libre, une chose appartenant aussi souvent à la vengeance qu'à la
justice :

« Au nom de la loi, je vous arrête. »

X

TOUJOURS DANS LA CHAMBRE D'OLYMPE.

Angèle, on s'en souvient, épuisée par sa lutte avec l'ivrogne, était tombée
elle aussi, à demi-morte de terreur dans un angle du taudis. L'ombre s'épaississait autour de la jeune mère.

Oh ! pensait Angèle si c'était seulement l'ombre éternelle! Que ce serait bon
d'être pour toujours endormie avec ma petite Lize dans les bras.

Pauvre Lize, on eût dit qu'elle comprenait les angoisses de sa mère. Elle pleurait encore, mais elle ne criait plus.

Angèle tâchait de l'apaiser tout en veillant contre une nouvelle attaque.

Elle eut de la chance, cette attaque n'arriva pas. Le silence n'était plus troublé que par les ronflements de plus en plus sonores de l'ivrogne.

Il ne fallait pas songer à trouver des allumettes dans le désordre du taudis.

Son excursion dans le monde, à la recherche d'une position honnête, commençait bien pour Angèle. Pauvre graine de misère, elle avait la prétention de germer autre part que dans la boue! Je vous demande un peu s'il y avait du bon sens !

Elle passa la nuit dans un angle de la mansarde, mordue par les frissons de la fièvre, les pieds en sang, n'ayant pour tout vêtement que sa pauvre chemise, se courbant sur sa fille pour la réchauffer, luttant malgré sa terreur contre un sommeil de plomb qui fermait ses paupières.

La fatigue l'endormait, la frayeur la réveillait à tout instant. Et dans ces quelques minutes d'anéantissement qui sont le sommeil de la fièvre, des visions terribles passaient et repassaient en procession de fantômes dans sa tête endolorie.

Elle se voyait au fond d'un cloaque avec sa petite Lize. Son père — oh! qu'il était changé avec sa longue barbe blanche, son œil profond et ses joues creuses, — son père voulait les sauver, mais, attaché à une roche, il ne pouvait venir à leur aide, et les gardes-chiourme riaient de son impuissance, tandis que le sang coulait sous les meurtrissures de la chaîne.

Puis, cette figure du désespoir dans l'impuissance s'évanouissait dans l'ombre grise du rêve, celle d'Auguste, hâve, maigre la remplaçait. Un rictus sauvage relevait sa lèvre et montrait une rangée de dents aiguës, serrées par une rage froide. Il avait un couteau à la main et du sang sur sa blouse. La scène se passait dans un endroit désolé qu'Angèle se figurait être une plage. La bise sifflait et tordait les cheveux d'Auguste. Puis là-bas là-bas, dans l'écume, la mer roulait ses petites sœurs.

Angèle s'éveillait, les tempes humides d'une sueur glacée, et la réalité se dressait devant elle plus atroce que les tortures du cauchemar.

Les premières lueurs de l'aube commencèrent à jeter des lueurs jaunâtres sur les toits. Puis le soleil s'alluma dans les teintes orangées du ciel. Il était grand jour. Les moineaux babillaient au bord de la fenêtre. Angèle ouvrit ses grands yeux bleus et parut d'abord tout étonnée de se voir au milieu de ce chaos.

La mémoire lui revint. L'ivrogne, plongé dans le sommeil, était toujours là sur le plancher, au milieu d'un tas de débris.

La jeune fille put quitter son coin, se couvrir à la hâte de ses pauvres habits, envelopper son enfant dans le vieux châle dont sa mère s'était privée pour elle, le jour de sa sortie de la Bourbe.

C'était un mercredi. Les hospices ne sont pas ouverts à Paris ce jour-là. Angèle se promit d'aller voir Olympe le lendemain. Suivant ce qu'elle avait annoncé, la grande fille devait être à l'Oursine dans la matinée. Elle irait la voir et lui demander l'explication de l'atroce visite de la nuit; elle se sentait malade, mais le jour la rassurait.

Elle se hasarda à regarder l'ivrogne, c'était un homme de quarante-cinq à cinquante ans. Sous la fange qui le couvrait, on pouvait distinguer des habits neufs d'une coupe élégante, il avait dû rouler dans bien des choses malpropres avant d'en arriver à ce degré d'ivresse qui descend l'homme au-dessous de la brute.

Une chaîne d'or, rompue par le milieu, émergeait de la poche de son gilet; sans doute, on en avait violemment arraché la montre.

Dans un coin, un chapeau carabossé tenait compagnie à un portefeuille qui s'était ouvert en tombant. Angèle y vit des billets de banque et un bout de carte de visite sur laquelle il y avait une couronne.

C'était sans doute un particulier qui avait le moyen de se soûler du matin au soir, de perdre son argent...

Ha! pensait la petite Angèle dans son simple bon sens, ça ne doit pas coûter beaucoup de peine d'être riche à celui-là. Mon Dieu! que les choses sont drôles en ce monde : dire que l'un de ces chiffons de papier nous mettrait du pain sur la planche à moi et à ma fille; dire que je n'aurais qu'à tendre la main. Mais pas de ça, n'est-ce pas, Lizette? Grand-père ne serait pas content.

Angèle n'avait pas l'idée de s'approprier un des billets de banque, non. Ce qu'elle en disait, c'était histoire de faire des comparaisons.

Elle aurait bien voulu savoir le nom de l'intrus pour en parler à Olympe et si elle eût eu moins peur, elle aurait pu tirer entièrement du portefeuille une carte de visite sur laquelle elle lisait la moitié d'un mot... *ria*.

XI

A TRAVERS LE MONDE

Son enfant sur les bras, Angèle descendit, donna la clef à la portière et s'en alla sans bien savoir si elle reviendrait.

Elle descendit, commença à lire les annonces écrites à la main et portant un timbre jaune : *ici on demande des ouvrières* pour ceci ou pour cela.

Décidément elle avait de la chance. Il lui semblait qu'elle n'avait qu'à se présenter n'importe où pour avoir ce qu'elle souhaitait. Mais, d'abord, elle n'osa entrer nulle part. Les maisons étaient trop belles. Elle n'était vraiment pas présentable dans ses habits fripés par les évènements de la nuit ; ses pieds mal chaussés, déchirés par les tessons la portaient comme sur des épines ; cela lui donnait l'air godiche. Cette petite Lize pesait déjà lourd sur les bras fatigués de la petite mère. Elle allait avec peine par les rues ; mais n'importe, elle allait tout de même au devant de ce hasard miraculeux après lequel courent tant de déses-pérés.

Le monde du commerce s'éveillait, les boutiques s'entre-bâillaient. Des ouvriers en blouse blanche la pipe à la bouche, sortaient de chez le mastroquet pour se rendre au travail. Les marchands ambulants descendaient le faubourg Montmartre, poussant devant eux leurs charrettes vides du côté des Halles.

Angèle s'arrêtait pour voir les annonces. Mais, toujours il y avait ceci ou cela qui l'arrêtait. Enfin une de ces annonces, écrite en pattes de mouches, lui donna confiance. Il y avait là de grosses fautes d'orthographe qui la rassuraient :

« *On demande des ouvriair au cegon.* »

Angèle, nous l'avons dit, avait été à l'école. Elle était intelligente et n'y avait pas tout à fait perdu son temps. Sans doute, elle n'était rien moins que savante. mais, cependant, elle avait gagné quelque chose à l'enseignement routinier et mécanique auquel on avait soumis sa raison. A force d'entendre épeler, elle avait appris ce qu'on appelle l'orthographe d'usage, c'est à dire toutes les complications inutiles de notre langue, soigneusement conservées par l'Académie, dont le rôle, — comme celui de tous les pouvoirs en France, — semble se borner au maintien de certains abus.

Angèle leva les yeux sur l'étage où, indubitablement, elle allait avoir du travail. D'après l'annonce, elle se figurait une entrepreneuse qui ne serait pas difficile. Elle vit un balcon garni de lierre et de quelques plantes à feuillage persistant ; puis, une haute enseigne sur laquelle une jeune fille en blanc, raide comme une poupée de Nuremberg, représentait une mariée. Au-dessus, en grosses capitales, était écrit :

AU LYS DANS LA VALLÉE

Au-dessous :

Madame Régine.

Puis venait une explication en lettres jaunes :

« COSTUMES POUR MARIAGE ET AUTRES CÉRÉMONIES. »

Tout ça gâtait bien un peu la première impression d'Angèle. Mais bah ! On pouvait voir... le second, ce n'était pas bien haut.

Elle entra, tâchant de passer inaperçue devant la loge. Mais sur les premières marches, ses souliers commencèrent à faire un bruit de savates qui attira l'attention du portier.

— Où allez-vous ? cria le redoutable gardien.

— Chez madame Régine, répondit Angèle tachant, sans y parvenir, de donner de l'assurance à sa voix :

— Madame Régine n'est pas encore levée.

— J'attendrai, monsieur. C'est pour de l'ouvrage.

— On ne séjourne pas dans l'escalier. Allons, descendez, vous reviendrez à huit heures.

Angèle obéit. Que faire jusqu'à huit heures ? Il en était six. Attendre ? Mais où ? — Dans la rue.

La petite l'avertit qu'elle avait soif en se mettant à pleurer. Angèle se souvint que depuis la veille à midi, elle n'avait pas mangé. Elle se décida à entamer la pièce de cinq francs qu'Olympe lui avait donnée.

Elle entra dans une crémerie. Angèle ne se sentait pas d'appétit. Elle avait la fièvre. Pourtant elle prit quatre sous de café au lait et un petit pain, dont les bouchées lui raclaient la gorge, tant elle avait l'estomac serré. La petite eut un verre de lait sucré qu'elle but comme une chatte, au grand contentement de la crémière, une bonne grosse femme qui n'en revenait pas de la beauté de ce petit trognon.

Angèle demanda la permission d'attendre là jusqu'à huit heures, ce qui lui fut accordé avec une entière bonne grâce. Même, on lui offrit de passer dans l'arrière-boutique pour changer son enfant.

Elle était peut-être mouillée, cet amour. Si la petite mère avait besoin de quelque chose, elle n'avait qu'à le dire. On avait assez de torchons, de serviettes et de vieilles loques de linge, blancs comme neige, car il en fallait dans la crèmerie, et la propreté était l'âme de tout.

Le cœur d'Angèle se fondait de reconnaissance ; elle accepta avec empressement les offres de la bonne crémière, lava la petite dans un baquet d'eau tiède et lui mit du linge blanc.

Angèle revint chez madame Régine. Elle était un peu reconfortée, et quoique les pieds lui fissent mal, elle passa devant la loge d'un pas presque assuré.

Mais voilà que la petite se mit à crier. Elle voulait toujours téter, cette mauvaise graine. Elle n'en démordait pas et Angèle dut monter un peu plus haut que le second, s'asseoir sur une marche et donner le sein à Liza.

XII

JEHAN TROUSSEBANE.

Un jeune homme monta et s'arrêta devant la porte de madame Régine. Il était venu vite et se remettait avant d'entrer. Par hasard, il tourna les yeux du côté d'Angèle.

Elle était derrière une fenêtre, dans une espèce de clair obscur, au fond duquel la fièvre donnait à la blancheur de son teint, des transparences pourprées d'un éclat extraordinaire. Le soleil dorait ses cheveux qui, mal retenus dans leurs grosses tresses, avaient autour de son visage, des éparpillements confus de flocons d'or.

Le jeune homme fut d'abord ébloui. Il n'avait vu que le visage et il demeurait bouche béante, sans oser faire un mouvement, comme s'il eût eu peur de faire évanouir la vision.

Mais quand, détachant avec peine ses regards du visage de la petite mère, il examina les habits d'Angèle, il parut soulagé.

Il ôta le large béret qui lui couvrait la tête, et s'inclinant jusqu'à terre, il dit à la jeune femme :

— Salut à Vénus mère !

Angèle, toute surprise, regarda l'individu qui l'abordait, lui parlant en termes inconnus.

C'était un grand garçon, à figure de guignol, la bouche rieuse, fendue jusqu'aux oreilles, l'œil malin ; avec ça un gros nez en bec de perroquet, un menton de galoche et quelques poils de barbe roux, courant ébouriffés les uns après les autres.

Angèle ne put s'empêcher de rire en voyant cet étrange personnage vêtu d'un paletot jaunâtre, portant sous le bras un immense portefeuille de maroquin noir d'où s'échappaient des papiers de plusieurs teintes.

— Salut à Vénus mère, répéta l'original ; et, avec un sérieux à faire pouffer, de rire, il ajouta :

— Je m'appelle Jehan Troussebane, je suis peintre et veux prouver à notre époque de réalisme que l'art, c'est l'idéal. En attendant que je puisse réaliser le mien, je fais d'horribles têtes à poupées qui servent de modèles à nos élégantes pécheresses et même à nos vertueuses matrones. Je fais de la mode enfin, pour parler sans périphrases. Ce matin, je me rendais chez Mme Régine, pour le croquis d'une toilette, comme seule peut en inventer cette gorgonne, quand je vous ai rencontrée, ma blonde enfant, quand le hasard a voulu donner un corps à mes rêves d'artiste.

Angèle était ébahie.

Jehan Troussebane continua :

— Je veux ramener l'art au beau, à la forme plastique, telle que la nature en a conçu le plan et le réalisera quand les hommes seront arrivés à la perfection. Les sculpteurs, les peintres sont les agents de cette révolution esthétique qui changera tous les hommes en Apollons du Belvédère et toutes les femmes en Vénus.

Angèle n'en revenait pas, et, malgré sa bonne figure comique, Jehan Troussebane commençait à lui faire peur. Elle ne comprenait pas un mot à ce qu'il disait. C'était peut-être un échappé de quelque maison de fous. Elle se leva comme pour monter à l'étage supérieur.

S'il allait faire du mal à sa petite. Oh ! non, il paraissait trop bon tout de même

« O Beauté ! » cria Jehan éperdu, « ne t'en va pas ! Ne remonte pas vers

Elle lui tendit une pièce de deux sous. (Page 58.)

l'olympe. Je vais te dire en langage terrestre ce que j'attends de ta beauté, de ta
bonté, car tu dois être aussi bonne que belle.

Angèle s'arrêta. — Je ne comprends rien à ce que vous me chantez, fit-elle, ni
ce que vous voulez de moi ; mais, comme vous n'avez pas l'air méchant, si je puis
faire quelque chose qui vous soit agréable...

— Si tu peux quelque chose pour moi ?... sache que tu peux me rendre plus
célèbre que Raphaël, car la Fornarina, avec sa figure de cheval, était une macaque

près de toi : Tu es la beauté moderne, vive Dieu ! la beauté moderne ! la beauté qui pense, non la froide statue.

« Décidément c'est un insensé, » pensa Angèle, et elle commença à monter. Ce mouvement ascensionnel décida Jehan Troussebane à parler clairement.

— Madame, dit le peintre, j'ai mon atelier à deux pas d'ici, si vous voulez y venir poser pour la tête et le buste, aussi chastement drapée que si vous étiez ma sœur, venez-y avec votre enfant. Je vous payerai — Oh ! que n'ai-je la caisse de M. Ingre ! — Je vous payerai un franc de l'heure.

— Quand faudra-t-il venir, demanda Angèle éblouie. Un franc de l'heure pour une femme ! on n'avait pas l'idée de ces choses, au quartier Saint-Marcel.

— Attendez, nous sommes ? quel jour sommes-nous donc ?

— Mercredi.

— Ah diable ! La paye est samedi, il faudra attendre jusqu'à dimanche matin.

Il donna son adresse qu'il écrivit au crayon. Rue Saint-Joseph 35, au 7me, une porte facile à reconnaître. Il y avait dessus une sanguine représentant l'enfer du Dante.

Angèle répondit qu'elle ne manquerait pas. Le peintre embrassa la petite et vint sonner chez Mme Régine. Pour y entrer, Angèle attendait que Jehan Troussebane fût sorti et elle se rassit sur l'escalier.

Une ouvrière monta et derrière elle un monsieur. Ils se saluèrent, comme des gens de connaissance, et s'arrêtèrent à causer un instant devant la porte de Mme Régine. Ils aperçurent Angèle.

— Que faites-vous là ? lui demanda l'ouvrière étonnée de voir quelqu'un à cette place.

— Je suis venue, répondit Angèle, toute troublée par cette simple question, je suis venue pour l'affiche.

— Quelle affiche ?

— Celle où l'on demande des ouvrières.

— Ah ! Est-ce que vous seriez de la partie ?

— Je sais très-bien coudre et peut-être si c'est pas bien difficile...

La jeune fille qui parlait à Angèle l'enveloppa d'un regard plein de tristesse.

— Mais, ma pauvre femme, dit-elle, on ne vous acceptera pas faite comme vous êtes et avec un enfant encore.

— Vous croyez ?

— Mais bien sûr. Surtout ici. Mme Régine ne vous recevra pas. Il faut de la toilette. C'est bête comme tout, mais que voulez-vous ! c'est comme ça.

— Alors, il faut que j'aille ailleurs.

— Ce sera la même chose. Partout il faut de la tenue.

— Mais pour avoir du travail chez soi ?

— C'est encore pis. Si vous êtes mal habillée, on n'aura pas confiance en vous. Il y en a qui ne reviennent plus avec l'ouvrage qu'on leur donne : il y a tant de misère, vous comprenez. Voulez-vous suivre mon conseil ?

— Ah oui ! oui ! dites-moi, que faut-il que je fasse ? Vous voyez, j'ai un enfant

—·une jolie petite fille!... Je voudrais l'élever honnêtement, travailler pour elle.

— Quel âge avez-vous?

— Je suis dans mes seize ans.

— Pauvre petite! reportez votre enfant chez vous, requinquez·vous un peu, je parlerai pour vous. Revenez.

— Et moi aussi, je parlerai pour vous! dit le jeune homme. Si Mme Régine ne vous acceptait pas, venez au Moine Saint-Martin, ici, rue Turbigo; ce n'est pas loin, vous demanderez M. Prevel.

Angèle se confondit en remerciements.

— Venez ce soir, après sept heures ou demain entre huit et neuf.

Et M. Prevel arrondit les bras, fit aux deux femmes un beau salut et monta à l'étage supérieur.

Angèle redescendit après avoir mille fois remercié sa protectrice.

Elle prit l'omnibus et remonta vers Montmartre. Il s'agissait de se débarrasser d'abord de la petite, après on verrait, tout ne pouvait pas se faire à la fois. En tout, il fallait de l'ordre. Et la pauvre créature se donnait du courage, tant qu'elle pouvait, refoulant ses soupirs, rentrant ses larmes pour sourire à sa Lizette.

Mais voilà qu'en descendant de l'omnibus, ses pieds la faisaient tellement souffrir qu'elle fut obligée de s'asseoir sur un banc des boulevards extérieurs. Elle ne pouvait plus marcher. L'eau et le sang trempaient ses bas. Le ciel était tout drôle. Tantôt radieux, tantôt sombre, ses coups de soleil, suivis de grésils, partaient comme des éclats de rire, et la pauvre Angèle, transie, fiévreuse, effarée sous le vent, se disait que vraiment si le bon Dieu s'en mêlait, il se fichait du monde.

XIII

A LA RECHERCHE DU TRAVAIL.

Le souvenir de sa mère, de son frère, de ses petites sœurs obsédait Angèle. Il est vrai, ce n'était pas la première fois qu'elle avait fui la maison, et pourtant on devait y être bien inquiet. Que de soucis à la fois! Par moments, sa tête toute remplie de projets, d'affaires sans issue, d'images douloureuses, sa tête lui faisait l'effet d'être grosse comme un boisseau, et le vertige la secouait.

Enfin, malgré sa fatigue et ses souffrances, elle ne pouvait pas toujours demeurer sur ce banc.

Heureusement la crèche n'était pas loin. Elle y alla.

L'excès de son malheur la rendait hardie, à la fin, il y avait dans ses allures quelque chose d'une révoltée. Elle osa entrer, demander les conditions auxquelles l'enfant serait admise.

Ces conditions étaient bien simples : Il fallait payer six sous par jour et produire d'abord le bulletin de naissance et le certificat de vaccine de Liza.

Les six sous, Angèle les avait l'acte ; de naissance, elle ignorait si on en avait dressé un. Pour ce qui était de la vaccine, on pouvait en voir les marques sur les petits bras ronds de sa Lizette.

— C'est votre petite sœur ? demanda la religieuse à Angèle.

— C'est ma fille, répondit la petite Brodard en rougissant.

— Jésus-Marie ! Êtes-vous mariée ?

— Non !

— Mais alors, malheureuse, à quel âge vous êtes-vous perdue ? A quel âge avez-vous écouté les suggestions du diable ?

— Ce n'est pas le diable, c'est un homme DÉVOT qui m'a perdue.

— Malheureuse que dites-vous ? Un dévot ? Ne calomniez pas votre prochain.

— Je ne calomnie personne. Je dis ce qui est, rien de plus.

— Mais qui accusez-vous ?

— Je n'accuse personne, vous dis-je. Si je ne suis pas honnête aux yeux du monde, ça ne fait rien, j'ai ma conscience pour moi.

La religieuse n'avait pas l'air bien convaincue de l'innocence d'Angèle. Elle parla du bon Dieu et de la Sainte Vierge, du repentir qui rachète le péché. Enfin elle parut s'apaiser. Puis elle écouta froidement, mais enfin , elle écouta la jeune mère, et lui donna même quelques indications pour se procurer les pièces qui lui manquaient.

L'acte devait être à la mairie de Montmartre. Il y était en effet. Les journaux avaient parlé d'une naissance devant l'Élysée. Ils avaient intitulé ce fait divers : *Un enfant de la rue.*

La religieuse savait cette chose scandaleuse.

Angèle alla à la mairie où elle n'attendit pas plus d'une heure, où on l'appela fille Brodard, pour lui remettre le bulletin de naissance de son enfant.

Munie de ce bulletin Angèle retourna à la crèche. Malheureusement, elle n'avait pas trouvé la sage-femme qui devait, sur la recommandation de la bonne sœur, délivrer le certificat de vaccine. Enfin on passa sur cette formalité, les religieuses n'ayant pas le scrupule exagéré, quand il s'agit des règlements municipaux. La jeune mère paya six sous et cette fois Lizette était admise.

— Nous la mettrons tout au bout, dit la religieuse. Une enfant née comme ça ne doit pas être avec les autres.

Angèle eut un frémissement d'indignation. L'idée lui vint de remporter l'innocente. Mais comment la nourrir sans travail ? Pour avoir ce travail, pour le chercher, il ne fallait pas un enfant sur les bras ! Était-ce pas une chose à l'envers ? « Quoi ! » se disait Angèle, « il faut donc avoir l'air de ne manquer de rien pour obtenir quelque chose. »

Les yeux noyés de larmes, elle sortit de la crèche.

La religieuse emporta Lize du bout des doigts, comme si elle eût craint d'être souillée par le contact de cet être charmant. Elle le déposa dans un berceau séparé. Mais la sœur de Saint-Vincent de Paule était femme, en dépit de l'église, comme Olympe l'était en dépit de la prostitution, elle mit un doux oreiller sous la tête de la petite maudite.

Angèle avait pu se débarrasser un instant de sa fille. Quant au costume, elle n'en possédait pas d'autre.

Angèle pourtant ne voulait pas, ne pouvait pas renoncer à l'espérance d'avoir du travail. Elle parlerait à Mme Régine et finirait bien par l'intéresser à sa petite Lize. Quand elle gagnerait, elle saurait se requinquer autant qu'une autre. Comme pas une, elle aimait l'ordre et la propreté. C'était dans son sang, disait sa mère.

Angèle redescendit le faubourg, les pieds meurtris, saignant dans ses vieux bas, marchant comme sur des pointes d'aiguilles, tantôt pleine d'espérance, tantôt découragée et craintive jusqu'aux larmes.

Son entrée chez Mme Régine fit sensation. Toutes les ouvrières la regardèrent d'un air... Mais ce fut surtout la maîtresse du Lys dans la Vallée, dont l'accueil pétrifia la jeune fille.

La dame n'avait qu'un œil, mais quel œil !... quels regards de dédain il décochait à Angèle. La pauvre petite avait préparé toutes sortes de belles paroles pour attendrir sa future maîtresse. Mais elle ne put trouver un mot quand Mme Régine lui demanda ce qu'elle voulait et que, sans attendre la réponse de l'infortunée, elle lui tendit une pièce de deux sous en disant :

« Il faudra que je donne au concierge l'ordre de ne pas laisser monter des pauvres ici. Ces gens-là sont vraiment d'une audace... »

Angèle n'en entendit pas davantage. La figure en feu, le visage ruisselant, affolée, elle se précipita vers la porte qu'elle ne trouvait pas.

La jeune ouvrière qui lui avait parlé le matin, rouge, comme si elle-même eût reçu la moitié de l'affront, alla ouvrir et serra expressivement la main d'Angèle en y glissant une pièce de vingt sous.

Cette marque de sympathie, cet acte de fraternité firent du bien à la pauvre Angèle. Elle se dit que tout le monde n'était pas méchant, et qu'elle finirait bien par trouver de braves gens qui l'aideraient. Elle en avait déjà rencontré. Elle se souvenait de la bonne crémière. N'étant pas loin de chez l'excellente femme qui, elle aussi, s'était intéressée à elle et à sa petite Lize, elle y alla pour manger un morceau. Elle dépensa dix sous presque sans scrupule, pensant que le peu de nourriture qu'elle prenait allait se changer en lait pour son cher trésor.

Il lui restait encore 4 fr. 12 sous. Elle ne se désespérait pas. Elle finirait bien par trouver quelque chose à faire. Fallait pas se désespérer, ça n'avançait à rien. Angèle était déjà un esprit pratique. Sans sa grande inexpérience des choses de la vie, elle eût été capable de mener à bien sa propre existence si les misérables le pouvaient.

La nuit venait, il était temps de songer à la petite. Elle était brisée de fatigue, la pauvre Angèle ; pourtant, il fallait remonter le faubourg. La jeune fille, puisant des forces dans son amour maternel, se remit courageusement en marche. Mais le chemin lui parut bien long et bien pénible. Un vrai calvaire. Pendant qu'elle le gravissait, elle se disait qu'il était extraordinaire que, dans une grande ville comme Paris, il n'y eût pas un endroit où celles qui avaient envie de bien faire trouvassent du travail à toute heure.

Angèle arriva enfin devant la crèche. D'autres mères venaient aussi chercher leurs enfants. Elles étaient proprement vêtues. C'était des femmes d'ouvriers. Les sœurs leur faisaient bonne grâce. Avec Angèle, il n'y eut pas un mot d'échangé.

La petite mère prit sa fille dans ses bras et l'emporta, toute heureuse de la sentir contre son sein.

Il semblait à Angèle qu'après l'avoir perdue elle retrouvait sa Lizette. Un instant ce bonheur lui fit oublier tous ses soucis.

Mais les soucis, ah ! quel chiendent dans la tête du pauvre monde ! Ceux d'Angèle ne tardèrent pas à lui tenailler le cœur et le cerveau.

Où allait-elle passer la nuit ? Devait-elle retourner chez Olympe ? Mais si l'ivrogne y était encore ? et si, dégrisé, il allait y revenir ? Elle avait bien 4 fr. 12 sous, dans sa poche, mais si elle les dépensait et que le lendemain, elle ne trouvât pas plus d'ouvrage qu'aujourd'hui ?...

Elle était bien perplexe, quand elle aperçut Amélie qui venait de son côté avec M. Nicolas.

Elle fut bien contente de les voir. Depuis le matin, elle était au milieu de la foule indifférente, c'étaient les premières personnes de connaissance qu'elle rencontrait.

Et eux aussi parurent enchantés. M. Nicolas surtout. En apercevant Angèle, il avait poussé une exclamation de joie. Ce brave couple l'avait cherchée partout. C'étaient des amis ça. Dès six heures ils étaient à sa piste. Ils avaient couru à la chambre d'Olympe, mais quoi, les oiseaux avaient quitté le nid, il n'y restait plus que ce sacré de Méria, un homme de la haute qui s'arsouillait pas mal ; un bon enfant, tout de même, cousu de billets de banque et de pièces d'or et pas regardant du tout.

Angèle leur raconta la terrible nuit qu'elle avait passée avec l'ivrogne.

Amélie pouffait de rire. — « Et, demanda-t-elle, il ne t'est pas venu à la pensée de regarder dans ses po... ?

M. Nicolas venait de marcher sur le pied de sa compagne. Elle n'acheva pas.

Angèle avait bien compris ce que voulait dire Amélie. Elle était révoltée. Elle avait vu le mouvement de Nicolas. Elle commençait à sentir une sorte de répulsion pour ce couple dont le vice cimentait l'union.

M. Nicolas parla de la petite. Fallait-il qu'un homme fût lâche pour abandonner un tel amour d'enfant et une femme comme Angèle, une vraie primeur ! une fraise des bois !

Disant cela, le prétendu journaliste faisait claquer sa langue, saluait les femmes et s'en allait après avoir échangé un regard d'intelligence avec sa maîtresse.

Angèle avait surpris ce regard, elle se défiait sans savoir pourquoi, mais avec une sûreté d'intuition particulière à certaines natures.

— Eh ! dit Amélie, d'un air dégagé, il a raison : ton béguin est un monstre. Comment l'appelles-tu ?

— Je n'ai dit son nom à personne, pas même à ma mère.

— A ta mère, je comprends, mais à une amie, tu pourrais bien confier la chose. Ça ne tire pas à conséquence. Tu l'as bien dite à ton frere.

— Moi ?

— Oui, toi.

— Jamais ! jamais ! C'est un secret qui mourra avec moi.

— Comment, Auguste ne sait rien de rien ?

— Non.

— Tu le jurerais sur la tête de la petite.

— Je le jurerais.

— C'est quelqu'un que tu aimes alors ?

— C'est quelqu'un que j'abhorre, que je méprise. Mais ne m'en demandez pas davantage, Amélie, vous n'en saurez pas plus que les autres. J'ai mes raisons pour agir comme ça.

Amélie vit bien qu'elle perdrait son temps à vouloir faire parler cette petite. C'était une tête...

— Eh bien, occupons-nous d'autre chose, dit la fille d'un ton indifférent. Je ne tiens pas plus à savoir tes secrets que ceux de polichinelle. Sais-tu que le patron de ta mère ?...

— Eh bien ?

— M. Rousserand...

— Qu'a-t-il fait ?

— Ha ! rien du tout. Mais on lui a fait quelque chose... Quelque chose de pas bien agréable.

Ce disant Amélie regardait Angèle avec tant de fixité que la pauvrette baissa les yeux sans oser interroger son interlocutrice.

— Eh bien ! dit l'autre, ça ne t'intéresse donc pas, cette histoire, dont tous les journaux s'occupent, et qui a mis sens dessus dessous le quartier Mouffetard ? Pourtant quand on connaît les gens...

— Oh ! si, dit Angèle, ça m'intéresse bien, tout de même, dites-moi ce qui s'est passé.

— On a fendu la tête à M. Rousserand. Il a son affaire.

— Ah !

Angèle paraissait prête à se trouver mal. Elle était pâle comme un linge. Elle demanda d'une voix étranglée :

— Il est mort ?

— Non, répondit Amélie qui ne la perdait pas de l'œil, non, il n'est pas mort, mais il n'en vaut guère mieux.

— Sait-on qui a fait le coup ?

— Pas encore. On parle d'un ouvrier.

— Agé ou jeune?

— Tu m'en demandes trop. Bonsoir, ma chatte. Avec Nicolas, nous viendrons te voir ce soir chez Olympe. Retournes-y, de Méria n'y sera plus. Aie pas peur, nous sommes là pour te protéger. Nous apporterons des choses pour la petite et pour toi. T'inquiète pas du souper. Il y aura ce qu'il faut, du boudin, de la saucisse, comme s'il en pleuvait, du fromage d'Italie, une tourte et du livarot. Je ne parle pas des *chandelles*, tu dégusteras ça.

XIV

LE JOURNAL.

Sur ces promesses affriandantes, Amélie alla rejoindre Nicolas dans une brasserie voisine. Le drôle, devant un bock vide, attendait impatiemment sa maîtresse.

— Eh bien, lui demanda-t-il, sais-tu quelque chose de positif?

— Non, répondit-elle, mais j'ai des soupçons.

— Des soupçons, c'est autant que rien, c'est du vent. On ne les paye pas. Il nous faut du positif.

— Nous en aurons.

— Quand?

— Ce soir.

— Comment?

— Je lui ai promis d'aller la voir dans la chambre d'Olympe et d'y apporter de quoi nous flanquer une bosse.

— Diable! mais, tu t'avances beaucoup, il reste à peine dans mon gousset un ou deux des louis que j'ai... empruntés à de Méria pendant qu'il était plongé dans les douceurs du sommeil.

— Sois tranquille, pour un meurt-de-faim comme ça, un peu de charcuterie, un morceau de fromage, le pain à discrétion, ça représente une orgie de nourriture.

— Ah! très bien.

— Ça ne boit jamais que de l'eau, et avec une ou deux *chandelles* de Bourgogne dont nous aurons notre part, nous lui délierons la langue à cette petite guenon.

— Pas si guenon que ça! protesta timidement le prétendu journaliste. Et comme Amélia commençait à le regarder de travers, il ajouta : — Non, ce n'est pas guenon, sans être une beauté.

— Elle ne ferait pas mon caprice.

— Ni le mien, je n'aime que les femmes bien portantes. C'est trop pâle, trop mièvre, ça n'a que l'âme à rendre. On aurait peur de la casser en y touchant. Enfin, tu crois pouvoir lui tirer les vers du nez?

On faisait cercle autour d'une marchande de mouron. (Page 59.)

— Bien sûr.

— Mais je m'étonne qu'une fine mouche comme toi, n'ait pas pu ouvrir la bouche à une petite niaise de son espèce et que pour cela il faille...

— Dame! si c'était si facile de faire parler le monde, la police n'aurait pas besoin de nous. Va toujours dire où l'on pourra *la* trouver et reviens vite. J'ai de fortes raisons de croire que le tanneur a été *refroidi* par le frère pour avoir été trop chaud auprès de la sœur. Mais n'en parle pas, ça fera plus d'effet quand nous viendrons dérouler toute l'histoire au chef de la police de sûreté, ça nous posera.

— Possible, mais il faut savoir s'il est bon d'accuser le tanneur. Songe donc, un homme qui possède des *cents*, des *mille* et des *millions*. S'il tourne l'œil on pourra tout lâcher, mais s'il en réchappe faudra voir.

Au fait, j'y pense, fit la drôle en se frappant le front. Avant tout il est utile que je voie...

— Qui ?

— Quelqu'un.

— Tu as des secrets pour moi ?

— Non, mon ange, tu sauras tout, mais plus tard.

M. Nicolas laissa Mlle Amélie en tête à tête avec un mazagran et se dirigea vers une station de fiacres.

A peine Mme Nicolas, comme elle s'intitulait, était-elle disparue à l'angle du boulevard, qu'Angèle s'était précipitée vers un kiosque pour acheter un journal du soir. Elle en prit un au hasard, retourna sur le banc qu'elle venait de quitter, et sa Lize sur ses genoux, commença à parcourir les faits-divers avec d'affreux battements à la tête et au cœur. Elle voyait rouge, ses dents claquaient. Elle ne trouvait pas la nouvelle qu'elle avait tant d'intérêt à savoir :

Enfin elle lut :

« Voici les nouveaux détails qui nous sont parvenus sur le crime raconté par « les feuilles du matin :

« M. Rousserand a été vu, sur le boulevard de Port-Royal, devant chez lui, « avec un homme en blouse. Tous deux parlaient avec animation. Ils sont entrés « dans le jardin où l'assassin, pour perpétrer son crime, se serait servi d'une « *étire* — couteau de tanneur — qu'on a retrouvée tâchée de sang à quelques pas « de la victime. On soupçonne un des anciens ouvriers de M. Rousserand le « nommé B*** qui, selon les renseignements fournis par la préfecture de police, se- « rait arrivé de la Nouvelle-Calédonie, grâcié par M. le président de la République. « Ce dangereux communard a dû rentrer hier à Paris. Nous donnons ce bruit « sous toute réserve. La justice informe. »

« M. Rousserand n'a pas encore repris connaissance. Cependant les chirur- « giens et les médecins qui le soignent, conservent encore un peu d'espoir. »

« Le quartier Mouffetard est dans la consternation. »

Angèle à demi morte, ne savait plus où elle était. Elle laissa tomber le journal, qu'une bouffée de vent emporta. Tout tournait autour de la malheureuse enfant : les passants, les arbres et elle-même. Sa tête était comme remplie d'ombre ; dans ses oreilles tintaient des bruits de chaines et passaient des râles de moribonds. Elle ne se souvenait plus pourquoi elle était là sous le grésil de mars. Un instant elle se crut folle. Elle en eut presque de la joie. Sans doute tout ce qu'elle venait de lire était une imagination de sa cervelle malade. Mais non! Tout était vrai, puisqu'elle souffrait tant.

Angèle se traîna jusqu'à l'omnibus qui va de Montmartre à la barrière Saint-Jacques. Instinctivement, elle retournait au logis, chez sa mère. Pourquoi? Elle n'en savait rien. Elle voulait revoir sa maison, ses petites sœurs. Elle voulait savoir qui avait fait le coup. Était-ce son père? Était-ce Auguste qui l'avait vengée? Son père! ah! qu'allait-elle lui dire? Comment paraître devant lui avec l'enfant dans les bras. Mais s'il était revenu pour tuer M. Rousserand, il savait donc?... C'était à se jeter la tête contre les murs. Pauvre père! Elle qui avait tant désiré le revoir! Quelle arrivée!

La nuit était venue, l'omnibus roulait avec un bruit agaçant sur le pavé des rues, Angèle regardait les boutiques, pleines de lumière, passer devant ses yeux. Dans sa tête, tout était de plus en plus sombre et les images désolées des siens y passaient en formes spectrales.

Un instant la peur la saisit plus fort en songeant que si elle allait chez ses parents, elle aggraverait peut-être le sort de son père ou de son frère. Si on l'arrêtait? Alors il lui faudrait tout dire devant la justice et l'on verrait bien que l'un des deux était l'assassin. Tant qu'ils n'étaient pas pris, elle devait se cacher elle-même. Mais où?

Dans la chambre d'Olympe? Nicolas pouvait y venir et cet homme, qui se disait son ami avait une mauvaise figure. Les questions d'Amélie lui semblaient louches. Elle se défiait.

Irait-elle dans un garni quelconque? mais là, Angèle le savait bien, il faut donner son nom et la police... cette odieuse police qui sait tout, la forcerait de venir témoigner contre son père.

Non, ce n'était pas là qu'il fallait aller. Eh! mais, qu'elle était folle! Et l'asile de nuit?...

Juste, la voiture passait devant.

XV

L'ASILE DE NUIT

Quand Angèle y entra, il y avait foule à l'asile de nuit. C'était l'heure où l'administration distribue la soupe aux réfugiées.

Un demi-bec de gaz, descendant du plafond dans la grande salle d'attente, faisait sortir de l'ombre une soixantaine de têtes pâles.

Il y avait là des mères de familles, chassées de leur pauvre logis par les propriétaires, des jeunes filles en haillons, maigres, flétries, sorties on ne sait d'où; des femmes âgées tombées sous le fardeau de la vie et ramassées dans la rue.

On faisait cercle autour d'une marchande de mouron.

Pendant le dégel, elle était tombée de faiblesse sur le trottoir. On l'avait portée à l'asile de nuit. Maintenant qu'un petit verre de vin chaud lui avait rendu un peu de forces, assise sur une chaise basse, elle étendait devant le poêle, ses mains tremblantes, toutes crevassées. Dans sa petite figure, ridée comme une vieille pomme, ses grandes prunelles fauves recommençaient à luire sous ses paupières à bourrelets rouges. De sa jupe rapetassée, mouillée jusqu'aux cuisses, ramenée par-devant, sortait une buée à travers laquelle on la voyait, comme une de ces vieilles fantastiques des contes de fées, dans une image à demi effacée par la moisissure.

Une grande efflanquée qui tournait le dos à Angèle dit entre deux accès de toux :

— « Ah! là! là! la petite mère, vous avez dû faire du chemin dans la crotte pour vous mouiller comme ça. »

— « Hé! hé! pas plus que toi, peut-être, pour t'y sécher comme un hareng saur, répondit la vieille. »

La grande efflanquée se retourna vivement pour cacher le rouge qui lui montait au visage. Angèle reconnut Olympe.

— « Après ça, » dit la vieille, s'adoucissant, « c'est p't'être pas plus ta faute que la mienne, si nous sommes comme nous sommes. »

On appela Olympe pour la visite. Elle y alla. Une des surveillantes dit à la marchande de mouron : « Hé! ben! la petite mère, ça va mieux? On a remis de l'huile dans la lampe, la mèche se rallume. Mais faut *pu* faire de bêtises : quand on a *su* le casaquin tant d'années de service, on prend sa retraite. L'hospice, avec ses trois repas par jour, ses bonnes robes de laine, ses grandes salles bien chaudes pour l'hiver, vous va à c't'heure comme une bague au doigt.

— Qu'en savez-vous? demanda la vieille en s'animant, et elle se mit à raconter la mort de tous ses anciens.

Ah! elle en avait des quartiers de misère : de père en fils, de mère en fille, tout le monde, dans sa famille, mourait à l'hôpital! C'était-y pas un vrai guignon! Fallait donc toujours subir son pauvre sort sans essayer de le changer? Ah! non! la petite marchande avait juré de mettre une fin à *c'te* manière de commencer lé grand voyage, elle voulait changer de station. Elle avait déjà commencé. Vous allez voir.

Un jour qu'elle-même sortait de la Pitié, elle avait trouvé la chambre vide. Sa mère était à la Salpêtrière où on l'avait mise avec les gâteuses! Je vous demande un peu! une femme qui avait l'esprit sain comme l'œil! Ah! jour de Dieu! elle était partie comme un coup de pistolet, pour la chercher. Elle l'avait gardée sept ans, infirme; ça lui en avait donné du fil à retordre : ses quat'sous avaient filé chez l'apothicaire, et son ménage pièce à pièce, chez *ma tante!* C'est égal! elle ne s'en repentait pas, et si c'était encore à faire, oui, elle irait sur ses genoux, chercher sa pauv' maman.

Pour elle, c'est comme si tous les notaires y avaient passé, elle était bien résolue à continuer le métier malgré les soixante-quinze ans qu'elle allait avoir le 26 février prochain.

— « Tiens ! » dit une femme en noir, qui se tenait timidement en dehors du cercle, « juste l'âge de Victor Hugo. A votre place je lui écrirais. »

— « A qui ? » demanda la marchande de mouron.

— « A Victor Hugo. »

— « Victor Hugo ? Connais pas ; C'est p't'être quelqu'un de l'Assistance publique ? »

— « Est-il possible ! » fit la dame en noir, « que vous, vous n'ayez jamais entendu parler de Victor Hugo.

— « Que voulez-vous, » reprit la vieille comme étonnée, « on ne peut pas connaître tout le monde. Puis ça ne m'avancerait pas beaucoup : je ne sais pas écrire, moi. »

Elle avala encore quelques gorgées de vin chaud, et reprit toute ranimée :

« Non, je ne sais pas écrire. Est-ce que du temps de Napoléon le Grand y avait des écoles pour les *gensses* comme nous ? Garçons et filles, on poussait sur le pavé de Paris, pour la consommation de la grande armée. On n'avait pas besoin de savoir lire pour donner ou recevoir des coups de sabre ; pour suivre les régiments. Hé, hé, hé ! ce que j'en dis-là c'est pas pour moi : j'avais bien alors, d'aut'lièvres à courir. Pourtant les occasions ne manquaient pas. Telle que vous me voyez, à dix-huit ans j'étais un beau brin de jeunesse, tout de même. Dans le faubourg Antoine, où je suis née, j'avais le choix entre tous les bossus, les boiteux, dont on n'usait pas pour la guerre et qu'étaient, dans ce temps, les seuls à marier. Mais, jour de Dieu ! c'était pas le *conjongo* qui me donnait dans l'œil, avec sa séquelle de moutards. Songez donc : l'aînée de cinq ; pas de père ! Avait fallu en découdre de la besogne, avec la pauvre mère, pour emplir le bec à une telle couvée ! Ah ! les enfants ! j'en avais un dans chaque cheveu ! »

— « Ainsi, » demanda la femme en noir, « vous ne vous êtes jamais mariée ? »

— « Si fait, » répondit la vieille, « faut ben faire une bêtise une fois en sa vie ! Mais par exemple, celle-là était pommée. Figurez-vous : lorsque tout mon monde fut placé, mort ou... perdu — nous étions trois filles — et que je n'avais *pu* que ma mère à nourrir, j'épouse un tailleur, tout plein gentil, bon ouvrier, rangé comme une fille ; avec ça nous devions être heureux comme le poisson dans l'eau. Je t'en fiche ! c'était un politiqueur enragé qui se faisait flanquer à la porte de tous les ateliers. Ha ! le chômage ça allait avec lui. Fallait travailler pour trois et... pas moyen de se fâcher, il était si bon ! Obligé d'entreprendre le *vieux* qui ne donne pas toujours, le pauv' cher homme rêvassait à un tas de chimères, en tirant l'aiguille dans not' mansarde. Disait t'y pas que la république viendrait et qu'*a* donnerait de l'ouvrage et, comme ça, le nécessaire à tout un chacun !

Ha ! ben ! Nous l'avons vue la République en 48 ! Mon mari qu'en raffolait *s'a* fait tuer pour elle, dans les journées de juin. Et voilà ! Depuis, en avons-nous pas vu *un* aut' de république ? Allez ! allez ! plus ça change, comme on dit, plus c'est la même chose pour nous.

Quand on est petit, la rue, le froid, la faim ; quand on est grand, le travail sans profit, sans fin ni cesse ; quand on est vieux, de la misère, sur toutes les coutures, en veux-tu en voilà, comme des galons d'or sur les livrées. »

« Et dire », poursuivit la petite vieille après un silence, « et dire que ça a été, que ça sera toujours de même en ce bas monde. Et tenez, plus je vieillis, plus je vois que ma petite avait trop d'esprit pour vivre. »

« — Comment ça », demanda Angèle.

— On avait eu toutes les peines imaginables pour la faire entrer dans le monde : elle s'en est sauvée à la première occasion. A trois jours, elle est morte !

La marchande de mouron soupira. Elle s'était levée, avait pris le paquet de sa marchandise qu'on avait déposé auprès d'elle et se disposait à partir. Une surveillante proposa à la bonne femme de la faire admettre dans une maison de l'Assistance publique.

« — Merci bien ! » dit la vieille, avec un sourire plein de finesse, « merci bien ! Pas besoin de se déranger pour moi. Depuis plus de soixante-cinq ans que je *peine* pour gagner ma vie ou celle des autres, j'y suis habituée, voyez-vous, ça me manquerait p't' être. Dame ! ben sûr que je n'ai pas toutes mes aises, dans mon perchoir de la Glacière ; la bise y vient faire de fameuses *parlotes* sous les châssis ; le veau rôti, le bouillon gras n'y tombent pas souvent dans la cheminée. C'est égal, j'y suis chez moi et j'aime mieux grelotter là en cassant la croute que j'ai gagnée, que d'avoir autrement tout à gogo. Ça vous paraît farce, n'est-ce pas ? Que voulez-vous ! ce trou où l'on gèle en hiver, où l'on cuit en été, c'est mon hôtel à moi, on m'y trouvera raide sur ma paillasse, le jour où je ne pourrai plus me traîner dans les champs, chercher du mouron pour les petits oiseaux ! »

— Hélas ! pensa Angèle que n'ai-je, moi aussi, un perchoir où je serais en sécurité pour travailler tout le long du jour. Oh ! je ne demanderais pas autre chose. Mais il paraît que c'est trop.

Le temps durait à Angèle qu'Olympe revînt. En l'attendant, la vue de toutes les misères qu'elle avait sous les yeux faisait diversion à la sienne.

Elle était assise près d'une femme dont la maigreur dépassait tout ce qu'on peut imaginer. Un squelette ! la personnification de la faim ! Blotti à ses pieds, un petit garçon tâchait de dissimuler ses dix ans. Il était trop grand pour être admis à l'asile des femmes, pas assez pour entrer dans celui des hommes. Dans Paris « la ville immense » il n'y avait pas de place pour ce pauvre être.

« — Tâche qu'on ne te voie pas », lui disait sa mère. Et elle pria Angèle d'étendre un peu sa robe sur lui. Elle raconta qu'elle était veuve, que le pauvre mioche n'avait pas connu son père : c'était un maçon qui s'était tué en tombant d'un cinquième. Elle était enceinte, quand ce malheur était arrivé ; ça lui avait tourné le sang. Elle avait eu des crises nerveuses qui lui avaient tordu les doigts. Elle était incapable de faire un travail de couture. Son petit avait été placé aux Enfants Assistés, et elle, sans asile et sans pain, ramassée par la police, mise au dépôt.

« — Au dépôt ? » demanda Angèle, qu'est-ce que c'est ? »

« — C'est une prison, sauf votre respect, une prison, où l'on met ceux qui ne possèdent plus rien au monde ; on n'y est pas mal du tout.

Elle soupira. « Je voudrais bien y être encore, » dit-elle. « Je lavais la vaisselle, je rendais tous les petits services que je peux rendre, estropiée comme me voilà. » Elle montrait ses pauvres doigts ankylosés. « Les gardiennes savaient que je suis une honnête femme et avaient mille bontés pour moi, quand un jour, on a fait sortir mon petit des Enfants Assistés et moi de la prison, pour avoir soin de lui, comme si d'être enfermés ça nous avait donné la santé, du travail ou des rentes ! [1] »

Angèle était navrée. Hélas ! hélas ! elle le voyait bien, elle n'était pas la seule infortunée. Que le monde des pauvres était triste ! Et elle trouvait des larmes pour d'autres malheurs que les siens.

Olympe rentra dans la salle. Angèle l'appela. La grande fille fut bien surprise de voir là sa petite amie. « Et moi qui te croyais bien tranquille dans ma chambre, explique moi donc, » dit-elle.

Angèle lui raconta toute sa nuit.

« — Grande bête que je suis ! » fit Olympe en se frappant le front, « j'ai oublié de te dire qu'il y a un verrou. »

« — Mais vous », demanda Angèle, pourquoi êtes-vous ici ? Et, puisque vous n'êtes pas entrée à l'hôpital pour quelle raison n'êtes-vous pas revenue dans votre chambre ? »

« — Histoire de me distraire un peu, de changer, quoi ! Tu ne peux pas savoir, mon pauvre chou, tout ce qu'il y a d'embêtant dans la vie que je mène. Toujours rigoler, s'étourdir, étourdir les autres, avoir des fleurs sur la tête, de la fange à ses jupes, le sourire aux lèvres, et la mort dans l'âme ! Voir les hommes comme ils sont, quel écœurement ! Si tu savais quels égoïstes ! quels lâches ! Il y a de quoi vomir ! Une fois qu'ils ont de nous ce que la misère, ce que la fatalité nous force de leur donner, ils ne s'informent pas si nous avons faim, ou froid, si nous sommes malades ! Ah ! les hommes ! les hommes, quelle fripouille ! C'est pour t'aider à te passer d'eux que j'ai voulu te céder ma chambre. Tu vois que j'ai mal réussi. Il paraît que je ne suis bonne à rien. C'est le métier qui veut ça. »

« — Tu pleures ! » ajouta-t-elle en se penchant vers son amie. « Tu pleures ah ! que tu es heureuse de pouvoir pleurer. Moi j'ai les yeux aussi secs que la poitrine. »

Et elle se mit à tousser.

On appela Angèle au guichet. Olympe prit la petite sur ses genoux pendant que la jeune mère se rendait devant le directeur de l'établissement.

C'était un homme dont la bonne figure, l'air paternel inspirèrent tout de suite confiance à Angèle. Pourtant il avait une plume à la main et devant lui un registre. Cela inquiétait la jeune fille. Néanmoins, elle ne fut pas trop intimidée pour lui parler quand il demanda :

« — Comment vous appelez-vous ? »

Elle osa répondre sans aucune hésitation.

« — Angèle. »

« — Angèle qui ? »

« — Angèle tout court, si vous le permettez, monsieur. »

1. Authentique.

« — N'avez-vous pas un autre nom ? »

« — J'en ai un autre, mais je ne veux pas le dire.

« — C'est différent. Si vous avez des motifs pour le cacher, je n'insiste pas. Vous n'aurez pas lieu de vous repentir de votre franchise ; seulement, je ne puis vous laisser coucher dans le dortoir des personnes honnêtes. Sans doute vous n'avez ni recommandation ni papiers ? »

« — Aucuns. »

« — N'importe, voici votre numéro, vous coucherez dans une chambre séparée, si toutefois le rapport de la visiteuse vous est favorable. Allez. »

Angèle suivit une surveillante qui s'enfonça avec elle dans un couloir sombre, au bout duquel elles se trouvèrent devant une rangée de cabines, fermées par des rideaux. La surveillante en ouvrit une, y poussa Angèle et lui dit :

« — Déshabillez-vous, lavez-vous bien ; puis je vous visiterai. »

Elle tira le rideau.

Angèle fit ce qu'on lui avait commandé. Comme toutes les femmes vraiment femmes, la propreté était une de ses passions. Elle eut un rayon de joie d'avoir de l'eau à discrétion. Elle demanda quelques vieux morceaux de linge pour ses pieds saignants, la surveillante lui en passa en soulevant le rideau. Au bout d'un quart d'heure, Angèle demanda si elle pouvait sortir.

« — Oui », dit la surveillante, quand je vous aurai vue. Et elle s'approcha, une petite lampe à la main.

Angèle était déjà vêtue.

« — Comment ! » demanda l'employée, « vous ne savez donc pas ce que c'est qu'une visite ? Allons vite, robe, jupons et chemise bas. »

Angèle se mit à pleurer. Était-elle donc une fille des rues ? Allait-elle se montrer toute nue comme une bête ? Non ! non, ce n'était pas ainsi que sa mère l'avait élevée. Elle avait un enfant, c'était vrai, mais le monde pouvait-il savoir s'il y avait tant de sa faute ? C'était indigne, à la fin, qu'on la traitât comme une coureuse.

Elle était si révoltée qu'elle parlait avec une grande hardiesse. Si c'était comme ça qu'on donnait un asile, eh bien ! vrai ! on pouvait le garder , elle n'en voulait pas. Elle coucherait plutôt sous un pont.

La surveillante, qui était une brave femme, un peu cuirassée par toutes les misères qui lui passaient sous les yeux, avait écouté Angèle sans l'interrompre. Elle lui expliqua que cette chose qui la mettait sens dessus dessous, était toute naturelle. C'était tout bonnement une règle et une bonne règle encore ; avec çà on n'avait pas à craindre de donner asile à des personnes qui apporteraient de mauvaises maladies dans l'établissement. C'est qu'elle, la surveillante, s'y connaissait. Elle vous inspectait un corps de femme comme un médecin, sans plus tirer à conséquence : la petite ne devait pas avoir peur de se montrer.

Mais Angèle était têtue, elle ne voulut rien entendre et s'en alla retrouver Olympe. Elle lui conta son aventure.

« — Eh bien, mon pauvre chien, si tu en es là, tu n'as qu'à retourner chez ta

Mᵐᵉ Brodard avait laissé tomber son ouvrage. (Page 68.)

mère, » dit la fille. « Quand on a de tels scrupules on fait difficilement son trou dans le monde.

— Chez ma mère? mais vous ne savez donc pas », répondit Angèle, « qu'à l'heure qu'il est personne ne doit avoir de l'ouvrage chez nous.

— Ça fait rien, vaut mieux souffrir avec ceux qu'on aime, que d'être heureux tout seul. Oh! si seulement, j'avais quelqu'un qui m'aime, moi! une tante, une sœur, un frère!...

Ce mot venu par hasard sur ses lèvres sembla remuer au fond du cœur de la pauvre fille de pénibles souvenirs.

Elle répéta :

« Un frère ! Un frère ! Ah ! malheureux ! Un frère ! »

« — Vous en aviez un ? » demanda Angèle, et comme l'autre ne répondait rien elle ajouta :

— Sans doute il est mort.

— Il est possible qu'il vive encore. — On ne meurt pas de honte, — mais il est mort pour moi.

L'image de son frère l'attendrissait au point de lui faire verser des larmes, à elle dont les yeux brûlés n'avaient plus que des flammes.

Elle se leva. « Allons, viens ! » dit-elle, « puisque tu ne veux pas te conformer aux règlements de l'asile de nuit, cherchons fortune ailleurs. Tu le vois, hein ? et tu m'y fais penser, il y a de la canaillerie même dans les meilleures choses des honnêtes gens ; ils ne peuvent pas se figurer la misère sans le vice, sans les maladies honteuses, et les établissements qu'ils créent pour débarrasser de nous la voie publique, sont tout aussi humiliants que le Dépôt. Et ce sont des philanthropes qui ont inventé ça ! Nom d'un chien ! je leur conseille de prendre un brevet. Il était pourtant bien simple d'imiter les garnis.

Les deux femmes descendaient la rue des Feuillantines « Vois-tu », disait Olympe, « je te l'ai dit, il faut retourner chez toi, je vais t'accompagner. Va, ce n'est bon à personne la solitude, et encore moins à une jeunesse comme toi. »

Et comme l'autre semblait décidée à suivre son avis, elle ajouta :

— Et moi, je retournerai dans mon taudis, dans mon *roi des bouges*, comme dit de Méria, et j'y crèverai un de ces quatre matins. Ce ne sera pas un grand dommage, car vrai ! j'en ai assez.

Elle avait voulu porter Lize et la tenait avec toutes sortes de précautions, lui disant des mots si doux, la baisant par-dessus ses langes avec de si gros soupirs, qu'Angèle en était tout attendrie et se sentait au cœur une grande compassion pour la pauvre fille de joie, et aussi une grande confiance. Avant d'aller plus loin, elle lui conta ce qu'elle avait lu dans le journal, lui fit part de ses craintes à l'égard de son père et des raisons qu'elle croyait avoir pour ne pas reparaître au logis.

Olympe était atterrée. « Eh bien ! » fit-elle, « en v'la une tragédie ! Ah ça, c'est donc cette clique de Rousserand qui ?...

Angèle éclata en sanglots.

— Ne pleure pas, ne pleure pas, poursuivit Olympe, et surtout, pas de honte avec moi, je *la* connais, va, j'ai passé par le même chemin que toi, mon pauvre chou.

— Comment ?...

— Eh ! oui, oui ! Moi aussi, j'ai eu un enfant de ce cochon. Si seulement, il était *refroidi* pour toujours ! ça en préserverait d'autres.

— Un enfant ! Pauvre Olympe, et il est mort ?

— Pardi !

Elle ajouta d'une voix étrange : « Est-ce que ça peut vivre des enfants de malheur comme ça? Oh! oui il est mort! Je te conterai ça un jour, tu verras! Tu verras si ma vie a été toute de miel. »

Dans ce que lui disait Olympe, Angèle était surtout frappée d'une chose, c'est que les enfants venus comme ça ne vivaient pas, ne pouvaient pas vivre. Elle s'empara de la petite comme si le contact de la prophétesse devait lui porter malheur. « Est-ce que sa Lizette mourrait aussi? »

— Et quand elle mourrait? demanda Olympe, ne serait-ce pas pour le mieux pour elle et pour toi? Mourir à cet âge c'est un bonheur pour des êtres marqués d'avance comme nous, pour la misère et la honte !

« Mais, il ne s'agit pas de ça, » poursuivit la fille. « Je suis une grande bête avec mes désespérances. Je te déchire l'âme, pardonne-moi. C'est que, vois-tu, quand je songe à mon passé, je vois ton avenir devant mes yeux, et j'éprouve je ne sais quelle mauvaise satisfaction à me plonger jusqu'au cou dans le désespoir; tu comprends, quand on est *rigoleuse* par métier... »

— Eh bien?

— Eh bien! se laisser être triste, c'est un changement, c'est-à-dire un soulagement.

— Oh! que vous avez dû être malheureuse pour en venir là.

— Je te crois, mais pour l'heure, faut plus penser à tout ça, se complaire dans la moutarde c'est encore de la bêtise. Voyons les choses comme elles sont, et occupons-nous du plus pressé.

— Oui, qu'allons-nous faire?

— Examinons. D'abord, tu as cru cacher ton secret à tout le monde ; cependant on l'a deviné.

— Mais qui?

— Je n'en sais rien; Auguste, peut-être.

— C'est possible, il avait des soupçons.

— Tu crois?

— Même au premier moment, j'ai cru que c'était lui qui avait fait le coup.

— Bon! si ton père est arrivé, le gamin lui aura conté ton affaire, et ce brave Brodard a fait la sienne au Rousserand.

— Oh! mon père! mon pauvre père! » fit Angèle avec désespoir, « on le tuera et c'est moi, moi qui serai cause de sa mort.

— Non, non, » répondit Olympe, « non, on ne le tuera pas si tu veux le sauver, si tu sais le défendre.

— Ah! que faut-il faire?

— D'abord, savoir ce qui s'est passé depuis ton départ de la maison. Je vais y aller, car il ne faut peut-être pas qu'on puisse t'y trouver avant de nous être concertées. Je vais, si tu veux, te conduire dans un garni où l'on te recevra sur le vu de ma carte.

— De ta carte?

— Eh oui, innocente, la carte, c'est une garantie de payement. Tu as encore quelques sous, moi, je suis rincée. Mais l'hôtel que je te propose n'est pas le

Splendide Hôtel; une nuit là ne nous coûtera pas les yeux de la tête, et l'on ne te visitera pas.

— Oui, mais, il faudra tout de même donner son nom. »

— C'est possible, à moins que je te présente comme... ma fille. Pourquoi pas. Je suis presque aussi vieille que ta mère. »

Angèle ne répondit pas. « Allons, dit la malheureuse, » ça ne te va pas, ça ne te flatte pas ? Alors, retourne chez moi, mets le verrou et n'ouvre à personne. Je frapperai trois coups.

XVI

LA VISITE.

Mme Brodard avait laissé tomber son ouvrage. C'était fini, elle n'en pouvait plus. Elle se sentait vaincue par le sort, elle n'avait plus de courage. Que pouvait-elle dans ce grand désastre! Son mari arrêté, son fils en fuite, et sa fille... où était-elle à cette heure? Tout était ruines autour de la pauvre femme, il n'y restait plus rien que les deux petites lui représentant l'inexorable nécessité de vivre encore pour continuer la lutte. Oui, il fallait travailler, mais comment?

Dans notre monde, où toutes les forces sont le plus souvent en antagonisme, y a-t-il un emploi inévitable de ces forces? Suffit-il de vouloir travailler pour avoir du travail? La nécessité fait-elle loi? Non, puisque des millions d'hommes, d'enfants et de femmes sont pieds-nus, tandis que des milliers de cordonniers n'ont rien à faire, et qu'il en est ainsi de tous les autres états.

Louise debout, près de Magdeleine, et Sophie sur une haute chaise, le coude sur la table, le menton dans sa main, la tête inondée de la lumière de la lampe, regardaient leur mère avec cette tristesse étonnée des enfants qui est comme une protestation instinctive contre les douleurs dont ils reçoivent le contre-coup.

Les heures passaient, sonnant lentes et graves dans le silence de cette pénible veille, et la mère, pour la première fois de sa vie, oubliait de faire coucher ses enfants.

On frappa à la porte. Cela fit tressaillir Mme Brodard, et épouvanta les petites, elles poussèrent un cri. Il y a des moments, quand on est bien ébranlé par les secousses de la vie, où un dé qui tombe, une porte qui s'ouvre, vous font l'effet d'une décharge d'artillerie.

Olympe entra. Magdeleine ne la reconnut pas d'abord; elle était changée par les oripeaux qu'elle portait, la maladie qu'elle traînait.

Elle restait là, au milieu de la chambre, saisie d'un respect involontaire devant la douleur de son ancienne amie.

— C'est moi, dit-elle enfin, c'est ta pauvre Lize, ne la reconnais-tu pas Magdeleine?...

Au temps où elle était ouvrière en peaux, Olympe s'appelait Lize.

— Ah! bonne créature, c'est toi, répondit Mme Brodard, tu t'es donc souvenu de nous, et tu viens nous visiter dans notre grande affliction.

— Oui, c'est ton malheur qui m'attire.

— Tu veux dire nos malheurs.

— Je les connais tous, dit Olympe, et elle lui fit part de ce qu'elle croyait savoir d'Auguste et de son père.

Mme Brodard hochait la tête, elle pensait bien que c'était Auguste qui avait assommé M. Rousserand, elle n'affirmait rien pourtant, elle croyait... Olympe devait comprendre ça, plus on avait eu confiance dans ce monstre, et plus l'indignation de l'enfant avait été grande. Il avait frappé comme un homme, un homme de cœur, qu'il était déjà. Mais alors pourquoi avait-on arrêté Brodard? Était-il responsable du meurtre? Y avait-il de la politique dans son cas?

Sous cette rubrique de l'ordre social, telle que l'ont imaginée les gouvernants contre les gouvernés, les gens du peuple sont habitués à toutes les persécutions. Rien ne les étonne quand il s'agit de politique. Mme Brodard savait bien qu'à l'abri d'un mot on se permettait tout. Allait-on aussi arrêter son Angèle? C'était bien possible.

Olympe, dans son désœuvrement de fille, lisait assidûment tous les petits journaux. Elle avait une certaine connaissance des affaires judiciaires, et affirma qu'Angèle serait simplement citée dans l'affaire comme témoin. Elle s'offrait à lui faire la leçon. Demain, dans la matinée, elle la ramènerait après l'avoir stylée comme il faut. Le juge d'instruction pourrait l'envoyer chercher quand il voudrait, la petite saurait ce qu'il fallait dire.

— Mais où est-elle? demanda Mme Brodard.

— Chez moi.

— Chez toi?.. Oh! mon Dieu!

— Oui, chez moi... Est-ce que tu aurais peur que je *lui* donne un mauvais exemple, un mauvais conseil?... Si tu pouvais avoir une idée pareille?...

Elle semblait anéantie. Mme Brodard dut s'excuser et la consoler, dire qu'elle ne la méprisait pas. Alors Olympe demanda de venir tous les jours pour aider ses amies. Voilà, elle était ce qu'elle était, une pauvre créature. Elle savait bien qu'elle n'était pas digne d'entrer dans un honnête logis, de toucher la main à des gens comme les Brodard, mais elle n'avait pas mauvais cœur, et ce qui l'affligerait le plus, serait d'*en* avoir de reste, quand ceux qu'elle aimait, qu'elle estimait tant n'*en* auraient pas assez.

Mme Brodard la laissait dire. A quoi bon faire de la peine à cette pauvre malheureuse en lui déclarant net que jamais elle n'accepterait rien d'elle?

La grande fille s'en retourna, promettant de revenir le plus tôt possible.

XVII

ENTRE GENS D'ÉGLISE.

Le boulevard de Port-Royal, d'ordinaire si paisible, si désert, était plein d'animation et de bruit. La foule stationnait devant la grille dorée du jardin Rousserand. On s'entretenait du meurtre, on en recherchait les causes, on en commentait les conséquences.

Le bruit avait d'abord couru que l'usine allait être fermée. Non seulement elle ne l'était pas, mais une affiche portant le nom d'Agatbe Monier avait été collée sur les murs, donnant avis que la tannerie Rousserand restait ouverte, et même, eu égard aux réclamations des ouvriers, Mᵐᵉ Rousserand faisait savoir à qui de droit que, *chez elle*, le prix du travail était désormais fixé à 60 centimes, et la journée à 10 heures.

— L'avis provoquait des réflexions.

— Cette Mᵐᵉ Rousserand, c'était ça, une maîtresse femme, une fine mouche.

— L'accident ne lui faisait pas perdre la tête.

— Vrai! elle n'avait dû rien gâter aux affaires de son mari.

— Son mari! pauvre homme! ce serait bien malheureux pour lui de casser sa pipe, quand il avait tant de tabac dans sa blague...

— Enfin, le maître tanneur ne mourrait peut-être pas de son coup d'étire.

— Quand on avait de quoi mettre sur l'endroit qui vous faisait mal...

— C'est égal, celui qui avait fait le coup aurait son compte.

On parlait de l'arrestation d'un communard arrivé le matin. Mais ça ne pouvait pas se rapporter à l'assassinat de M. Rousserand... La justice avait fait une descente dans le jardin, on avait trouvé un soulier d'homme sur le sable...

Mˡˡᵉ de Méria, toujours de noir vêtue, l'air hautain, parut derrière la grille. Elle traversa la foule, qui se rangea pour lui faire place. On la prenait pour Mᵐᵉ Rousserand. Une voiture l'attendait sur la chaussée. Elle se fit conduire rue des Postes.

La maison devant laquelle s'arrêta l'institutrice, avait l'apparence austère et glacée des maisons religieuses, dont l'extérieur est une enseigne comme une autre : grands murs sombres, étroites fenêtres ouvertes sur la rue comme des judas, hautes portes de chêne à clous de fer. De l'intérieur, pas un bruit ne filtrait au dehors.

Mˡˡᵉ de Méria sonna avec une certaine vivacité, entra dans une vaste cour plantée d'arbres, finement sablée. Elle s'enfonça dans un large corridor, monta quelques marches, et s'arrêta devant une de ces portes capitonnées qui servent à assurer le silence des méditations chez les dévôts et les savants riches.

Elle frappa d'une certaine manière sur la seconde porte, qui s'ouvrit à demi béatement.

— Soyez la bienvenue, ma chère fille, dit en tendant la main à l'institutrice un homme vêtu de la robe du prêtre. Je vous attendais. Veuillez prendre place et recevoir d'abord ma bénédiction.

Elle baissa la tête et s'assit dans l'unique fauteuil de la chambre, attendant que le prêtre la questionnât.

— Eh bien, ma chère fille, demanda l'homme noir en se plaçant en face de la visiteuse. Eh bien! Quelles nouvelles?

— Mauvaises, mon père.

— A quel point de vue, ma fille?

— Au point de vue spirituel.

— Ah!

Il prit, dans une tabatière d'or, une large pincée de tabac d'Espagne, et la huma lentement avec un bruit discret.

— Expliquez-vous, ma fille, poursuivit le prêtre, n'avez-vous réussi à rien?

— Pas encore.

— Vous m'étonnez, ma fille, avec l'esprit qui vous anime, la capacité qui vous distingue, et le secours de nos prières...

— Tout cela, mon père, est impuissant devant l'opiniâtreté de cette femme.

— Comment?

— Mme Rousserand est une libre-penseuse.

— Ah! mon Dieu!

— Une athée.

— Puissance du ciel!

— Une socialiste!

— Sainte Vierge! c'est la boîte aux sept plaies, cette femme-là! Une personne qu'on disait si simple! Mais enfin, son mari ne partage pas, n'a jamais partagé des opinions si condamnables. C'est un pratiquant sincère, une des colonnes de *l'ordre moral*, sa femme ne peut empêcher la religion qu'il a professée de lui apporter ses secours et ses consolations.

— Et pourtant elle l'empêche.

— C'est incroyable. Mais, dites moi, ma fille, a-t-elle donné une raison de sa conduite?

— Oui.

— Je suis curieux de la connaître.

— Mme Rousserand ose prétendre que son mari n'ayant pas la plénitude de sa connaissance, ne peut ni accepter ni refuser librement les secours de la religion, que, par conséquent, ils lui sont inutiles, la conscience seule pouvant donner une sanction aux actes qui relèvent de la morale.

— Il fallait lui expliquer que le viatique, le saint viatique, comme le baptême, n'était pas dans ce cas, et pouvait agir en dehors de la volonté humaine, contre cette volonté même.

— Je n'y ai pas manqué, mon père, mais là-dessus, Mme Rousserand a osé me répondre des paroles que le respect dû aux choses saintes m'empêche de vous répéter.

— Expliquez-moi tout, ma fille, c'est pour le service de Dieu. Il nous faut tout savoir pour tout prévoir, pour tout empêcher. Qu'a-t-elle dit du saint viatique?

— Elle a dit, mon père..., non, vous ne voudrez pas le croire.

— Je croirai tout, ma fille, ce siècle ne peut plus nous porter d'étonnement.

— Songez, mon père, qu'il s'agit de l'un des sept sacrements, et que cette femme....

— En a parlé dans des termes impies.

— Hélas!

— N'importe, nous devons les connaître. Qu'a-t-elle dit du saint viatique?

— Elle a dit qu'elle le méprisait comme tous les vains symboles du catholicisme et que j'eusse à la laisser en repos. Elle m'a parlé enfin comme à une femme de la halle et m'a traitée du haut de ses sacs d'écus. Mais, patience! J'aurai mon tour. M. Rousserand n'est pas mort.

— Ainsi, vous croyez qu'il vivra?

— Je l'espère.

— Le saint viatique l'y eût aidé et cela eût été d'un effet salutaire sur la population du quartier.

M\ue de Méria eut un sourire involontaire. Le prêtre s'en aperçut et lui dit avec une sévérité onctueuse :

— Le visage d'une vierge catholique, au service de l'Église, doit, comme la porte du tabernacle, ne s'ouvrir que sous la main du prêtre. Défiez-vous, ma fille, défiez-vous de la vivacité de votre esprit et de la force de vos impressions.

M\ue de Méria baissa la tête avec docilité. Elle était maintenant sérieuse en décochant au prêtre certains regards obliques qui le troublaient assurément, car, il répétait, sans bien s'en rendre compte :

— Oh! le saint viatique! le saint viatique!

— L'abbé Toncar qui a été littéralement mis à la porte par Mme Rousserand, vous en donnera des nouvelles, du saint viatique qu'il apportait.

— Eh bien! que faire? Il faut nous soumettre. Sans doute, il eût été bon que notre cher fils Rousserand donnât l'exemple d'une bonne mort; mais, puisque Dieu, dans sa miséricorde, veut bien prolonger sa vie, il faut songer à le défendre.

— Oui, défendez-le contre toutes les odieuses imputations qui commencent à avoir cours contre lui et je vous promets d'en faire le pendant de votre manufacturier dont l'usine est devenue un couvent et dont les ouvriers et les ouvrières remplissent les églises, le dimanche.

— Quelles sont les imputations dont vous parlez, ma fille, et qui selon vous pèseraient sur notre grand industriel?

M\ue de Méria baissa les yeux comme honteuse de ce qu'elle allait révéler et dit à demi-voix :

— L'homme arrêté ce matin est le père d'une petite fille, **assez jolie**, qui a travaillé dans les ateliers de M. Rousserand...

— Ah!

— Cette fille a quinze ans. Elle est devenue mère!

— Diable!... Ne faites pas attention, ma fille, si le nom **du** malin m'est

Alors ce fut une mêlée épouvantable. (Page 76.)

échappé, c'est que l'affaire est grave. Cette fille, selon vous, serait mineure. Vous comprenez?...

— Je comprends. Mais n'importe, il s'agirait seulement de prouver qu'An- gèle Brodard *est ce qu'elle est!*...

— Vraiment!

— C'est-à-dire, démontrer que si notre ami a cédé au démon... c'est elle, c'est cette fille qui l'a tenté, et qu'avant de le connaître, elle avait eu une conduite plus que légère, étant du matin au soir à l'abandon. Son père revient de Calédonie. Ce sont là des précédents qu'on peut faire valoir.

— En effet.

— Vous le savez, mon père, « l'esprit est prompt, mais la chair est faible. »

— Je le sais, ma fille, répondit le père très convaincu. Je le sais, mais le repentir est une autre innocence. Il suffit d'avoir la contrition parfaite pour effacer les crimes les plus abominables. Notre ami a déjà été si cruellement puni de son péché, — s'il l'a commis — que l'attrition, au moins, a touché son cœur et que Dieu, dans sa miséricorde, lui a sans doute pardonné. Il s'agit maintenant de punir celle qui l'a porté au mal. Le Saint-Esprit m'assistera. Allez en paix, ma fille, et soyez persuadée que tout tournera à la confusion de nos ennemis et à la plus grande gloire de l'Église. Nous avons des amis à la Sûreté générale, au Parquet, dans la presse. Rousserand sortira blanc comme neige des mains de la justice. Il nous devra tout et, vous comprenez...

— Parfaitement.

— Mais il y aura des difficultés.

— Devant un tel résultat, il n'y a point à hésiter et vous n'hésiterez pas, mon père, à sacrifier, s'il le faut, une obscure enfant du peuple au bien de l'Église.

— Soyez tranquille et je vous le répète, allez en paix, ma chère fille. Je vais de ce pas chez le greffier du juge d'instruction, dont la femme est toute à nous.

Un domestique à face béate entra dans le cabinet et présenta une carte à l'ecclésiastique.

— Faites entrer, dit vivement le saint homme, après avoir jeté un coup d'œil sur cette carte, faites entrer. C'est Dieu lui-même qui nous envoie un de ses instruments. Retirez-vous, ma fille, tout ira bien.

Mlle de Méria salua et sortit. Dans le corridor, elle rencontra M. Nicolas qui s'effaça le long du mur pour la laisser passer.

XVIII

LA SOURICIÈRE

Revenue dans la chambre d'Olympe, Angèle s'était hâtée de faire, avec un oreiller, un lit sur un fauteuil, pour sa petite Lize. Étendue sur ce canapé, épuisée, fiévreuse, elle attendait Olympe qui devait lui apporter des nouvelles de la maison. Elle n'osait pas se coucher, ne sachant pas comment son amie entendait s'organiser pour dormir.

Elle n'était pas hardie, la pauvre petite. Rien ne pouvait la mettre à l'aise. Elle n'osait toucher à rien dans le taudis d'Olympe. Le désordre, la malpropreté, si antipathiques à sa nature l'effrayaient. Et puis, il y avait le vice, dont chaque objet semblait là un complice et un témoin.

Pauvre Olympe! était-il possible, avec un si bon cœur, de tomber si bas, se disait la petite. Comme elle aurait voulu la ramener à une autre vie, tout nettoyer, faire de l'ordre autour d'elle ! Instinctivement elle sentait que l'ordre matériel tient à l'ordre moral et en est comme l'étiquette.

Si Olympe voulait, on travaillerait à deux ; on s'en irait demeurer dans un autre quartier. Mme Brodard s'occuperait du ménage : Auguste et le père... Hélas ! hélas ! quelle folie de rêver de telles choses. Auguste et le père ! Où étaient-ils tous deux ? Ça portait malheur de faire des châteaux en Espagne.

Olympe tardait bien à venir. Angèle était brisée et complètement épuisée. Cependant, elle n'osait pas se laisser aller au sommeil et faisait de pénibles efforts pour se tenir éveillée. Ses paupières alourdies se fermaient, elle était envahie par une sorte d'engourdissement.

Tout à coup, la jeune fille fut tirée de sa torpeur par des éclats de rire et un bruit de pas dans l'escalier. Elle reconnut la voix d'Amélie. Cette vilaine fille venait avec Nicolas. Que c'était désagréable ! Angèle, dans son trouble, au milieu de tous les bouleversements qui la secouaient, avait complètement oublié la visite dont l'odieux couple l'avait menacée.

Décidément, elle les détestait ces deux vilaines bêtes ; et voilà, elle était pourtant obligée de les recevoir, car ils frappaient à coups redoublés criant qu'ils allaient enfoncer la porte.

Heureusement, se disait Angèle en se dirigeant vers la porte, Olympe va venir. Elle était horriblement contrariée.

Ils entrèrent, le verbe haut, éclatant de rire. Deux individus les suivaient ; l'un était un ami, un bon zig, très convenable, un camarade de M. Nicolas qu'on présentait à la petite. Elle ne devait pas avoir plus peur de lui que de son propre père. Il venait là, histoire de rigoler un brin. Il s'en retournerait après le souper. C'était un employé de nuit. Amélie donnait sa parole d'honneur qu'Angèle pouvait se fier à lui.

Angèle était terrifiée. Plus Amélie lui en disait pour la rassurer, plus elle avait peur.

L'autre arrivant était un garçon chargé de bouteilles et de victuailles, pour lesquelles on ne trouvait pas une place.

Amélie trancha la difficulté en renversant tout ce qui était sur la table et en le poussant dans un coin. Alors, il fut question de dresser le couvert. Mais, comme toute la vaiselle d'Olympe était sale, Amélie descendit chez le marchand de vin pour faire monter ce qui était nécessaire. Dame ! c'est qu'on était dans l'intention de faire ripaille.

Angèle eut beau dire qu'elle était malade, qu'elle n'avait pas faim ; qu'elle désirait se coucher aussitôt qu'Olympe allait venir.

On ne l'écoutait pas.

— Ha ! bien, si Olympe venait, n'y aurait plus personne de triste : la fête serait complète, car il n'y en avait pas une comme cette grande rigoleuse pour faire crever de rire, avec ses histoires de croque-morts. Il fallait l'attendre, cette grande bique, et l'on allait se faire du bon sang.

Justement, elle arrivait comme marée en carême, quand tout était prêt pour la recevoir. Mais elle n'était pas de bonne humeur, Mlle Olympe. La vue des assiettes de charcuterie, des bouteilles et de tout le tremblement qui garnissaient la table, bien loin de lui faire plaisir, parurent singulièrement l'irriter.

Est-ce qu'on avait besoin de boustifailler à cette heure?

Qu'est-ce que toute cette clique venait faire chez elle?

Elle priait la compagnie de décaniller et plus vite que ça.

Qu'est-ce que c'était que cet ostrogoth que personne n'avait jamais vu et qui se permettait d'entrer chez elle comme dans une halle, de se vautrer comme un veau sur ses meubles?

M. Nicolas et Mlle Amélie avait beau répondre de l'intrus, dire qu'ils le connaissaient, que c'était un ami, qu'elle avait tort de s'emporter et qu'en le conduisant chez elle, ils n'avaient eu aucune mauvaise intention. Olympe ne voulait rien entendre. Elle savait bien pourquoi on l'avait amené. Pour qui la prenait-on? Eh bien, il ne manquait plus que ça, à la fin de tout.

Elle était furieuse et ne mâchait pas les termes, non, elle les crachait énormes à la face de ceux qu'elle considérait comme des complices, pour perdre Angèle, pour la pousser dans la boue où elle ne voulait pas tomber, la pauvrette.

Le seul contact de Mme Brodard, sa confiance avaient réveillé dans la fille perdue tous les bons sentiments qui dormaient au fond de son âme et qu'elle croyait morts. Elle n'y comprenait rien elle-même, mais le fait était ça : elle rapportait, de chez l'honnête et malheureuse ouvrière, elle ne savait quelles forces nouvelles qui la poussaient à dire tout ce qu'elle disait pour protéger et défendre sa petite amie. Ses idées étaient toutes changées...

Les autres n'en revenaient pas et n'y comprenaient rien. Mais elle s'en fichait. Mme Brodard — une véritable amie, celle-là, une honnête femme — avait eu confiance en elle et l'avait priée de veiller sur sa fille. Est-ce que M. Nicolas ne comprenait pas ce que ça voulait dire? Est-ce qu'il se fichait du monde d'amener chez elle des gens à figure de mouchard? Oui, appuyait-elle, de mouchard, car elle voyait bien à sa mine que cette pratique-là était une roussaille.

Amélie, qui avait la langue bien pendue, voulut protester, Olympe d'une gifle, bien appliquée sur le museau, l'envoya rouler sur le plancher.

— Chignon véreux! exclama la villageoise en se relevant, et, s'élançant sur son ancienne camarade, elle fit pleuvoir sur elle une grêle de coups de poing.

Angèle voyant son amie prête à succomber se porta à son aide. Les hommes prirent fait et cause pour Amélie. Alors ce fut une mêlée épouvantable. Les assiettes, les verres, les bouteilles volaient en éclats. Les hommes hurlaient, les femmes glapissaient, l'enfant criait. C'était un tintamarre comme on n'en avait jamais entendu. Cela descendait jusqu'à la loge.

La vieille portière jurait que la grande bourrique d'Olympe aurait un congé en règle pas plus tard que le lendemain.

Pendant que les femmes se tenaient aux cheveux et qu'Angèle tapait de confiance sur l'intrus, M. Nicolas, qui voulait sans doute égaliser les chances de la victoire, M. Nicolas abandonna la lutte, se pencha vers la fenêtre et donna un coup de sifflet qui se perdit dans le bruit du bastringue. Il recommença.

Alors deux ou trois ombres se détachèrent de la muraille et, bientôt, sans l'épouvantable vacarme qui emplissait la chambre, on aurait pu entendre des pas dans l'escalier.

La porte s'ouvrit. Des agents de la police des mœurs firent irruption dans le bouge et se précipitèrent sur les femmes.

Olympe poussa un cri terrible en voyant Angèle chanceler et tomber comme morte dans les bras d'un agent. Elle voulait parler, expliquer que son amie n'était pas une fille. Elle n'était pas EN CARTE. On n'avait pas le droit....

« — Pas en carte! Eh bien! alors, elle est en double contravention : tapage nocturne et débauche non autorisée » dit l'un des agents.

Olympe protesta de l'innocence d'Angèle.

« — Ferme ta gueule, » riposta l'un des policiers, « tu nous embêtes, allons, marche, vous vous expliquerez à la préfecture. »

Il poussa la fille et voulut l'entraîner. Mais dans la prévision de ce qui allait suivre, elle opposa une résistance désespérée. Elle voulait protéger Angèle. Elle mordit les agents, ce n'était plus une femme, c'était une tigresse.

Les agents la renversèrent, et l'un d'eux, un genou sur la poitrine de la malheureuse, lui mit un bâillon dans la bouche, un autre lui lia les mains. Ainsi réduite à l'impuissance, deux hommes la descendirent.

Angèle venait derrière, portée par un sergent de ville. Dans la lutte, elle avait perdu son bonnet, ses cheveux dénoués balayaient les marches de leurs longues tresses. Amélie suivait sans dire un mot.

M. Nicolas resté seul avec son ami, alluma un cigare et dit:

— Nous avons bien travaillé, nous pouvons passer à la caisse de la rue des Postes et à celle de la rue de Jérusalem.

Ils s'en allèrent, l'enfant resta seule.

XIX

LE SUICIDE

Auguste avait fui le théâtre de sa vengeance sans avoir été aperçu de ceux qui s'étaient portés au secours de M. Rousserand. Sans savoir où, il s'en était allé du côté des fortifications, l'âme pleine des effarements du meurtre, répétan sans le vouloir le cri de sa conscience bouleversée : « J'ai tué un homme! j'ai tué un homme!»

Cela lui paraissait énorme, épouvantable.

Toute la nuit, le jeune meurtrier avait erré dans la campagne, en proie à toutes les visions de la peur, croyant entendre dans chaque bruit le rugissement suprême de sa victime, voyant un gendarme dans toutes les épaisseurs de l'ombre.

Au matin, grelottant de froid, mourant d'inanition, il s'était trouvé du côté de Pantin, dans la plaine des Vertus.

Assis sur un tronc d'arbre au bord du canal Saint-Martin, avec beaucoup d'espace autour de lui, frissonnant dans ses minces habits de toile, Auguste était lamentable à voir. Maintenant, il se sentait hors le droit commun. Chacun pouvait l'arrêter, le signaler, le livrer à la justice. Il était un malfaiteur. Cela se voyait, il y avait du sang sur ses manches. Quand il s'en aperçut, il quitta sa blouse et la jeta dans l'eau qui coulait lentement à ses pieds. Mais voilà que sa chemise était aussi tachée de larges plaques rouges! horreur! cela allait jusque sur sa peau et lui marquait les bras. Un instant, il eut la pensée de suivre sa blouse au fond du canal et d'en finir, ce sang le brûlait. L'eau le laverait. Mais non, rien n'efface le meurtre. Son mal était là, dans cette pensée terrible: les morts ne reviennent pas. D'ailleurs à quoi bon essayer de se noyer? il savait nager.

Qu'allait-il devenir, il lui faudrait se cacher toujours, ou bien se livrer lui-même à la justice. Dans le premier cas, où trouverait-il de quoi soutenir sa misérable existence? Dans le second, il serait obligé de dire pourquoi il avait tué M. Rousserand, et alors, tous les journaux raconteraient la honte d'Angèle et son père le saurait, car, à Nouméa, les déportés lisaient *le Moniteur*.

Perdu de douleur au milieu de toutes les impossibilités et les horreurs de sa position, Auguste résolut de chercher dans la mort un asile contre la prison, et ce qui pouvait s'ensuivre.

Il détacha sa cravate, l'examina avec soin, la tordit pour lui donner plus de solidité, la passa au-dessus d'une grosse branche et la tenant par les deux bouts, s'y suspendit afin de s'assurer qu'elle pouvait supporter le poids de son corps.

Il répéta plusieurs fois cet exercice. La cravate tint bon; alors, sûr de son affaire, il se rassit sur le tronc d'arbre, et se mit à considérer la nature qui l'entourait.

Comme il arrive souvent au mois de mars, où la température est changeante comme une femme capricieuse, le temps s'était subitement radouci, et, des hauteurs d'un ciel bleuâtre, le soleil inondait la campagne d'une lumière chaude et colorée. Les pousses des arbres qui s'allongeaient sur le chemin de halage commençaient à bourgeonner; du grand talus au-dessus duquel il se trouvait, montaient des odeurs de violettes et, tout au loin, là-bas à l'horizon, verdoyait en teintes pâles la forêt de Bondy, tandis que les blés, étendus en tapis de gazon, couvraient la plaine de toutes les nuances de l'émeraude.

En contemplant ces choses, Auguste pensait: voici venir le printemps et je ne le verrai pas; je n'entendrai plus babiller mes petites sœurs comme des oiseaux; pendant que les lilas fleuriront, je pourrirai lentement sous la terre, et ma mère, dans sa profonde détresse, m'appellera, et je ne l'entendrai point. Je vivrai moins que ces brins d'herbe!... Pourquoi? Parce que je suis un meurtrier. J'ai tué un homme. J'ai obéi à ma colère. Ma colère était juste, mais il est juste aussi que je meure puisque tout m'abandonne. Je vais donc mourir. Et après?...

Après, il y avait le cercueil, les vers et tout ce qu'une imagination de seize ans, surexcitée par tant d'émotions, pouvait évoquer d'images cruelles.

— Après! répéta Auguste, poursuivant son terrible monologue, après, je ne verrai plus rien, mes yeux s'empliront d'ombre, mon cœur aussi, et les images de ceux que j'aime n'y seront plus.

Il frissonna et ses grands yeux se clouaient effarés sur les taches rouges de ses manches.

Un merle, trompé par le soleil qui reluisait dans le vert tendre des blés, un merle croyant au printemps, se mit à chanter.

— Tu chantes, lui dit Auguste, tu chantes et moi, je vais mourir!

Jamais Auguste n'avait fait tant attention aux choses de la campagne. Qu'il eût aimé à y vivre, à s'enivrer d'air et d'espace, travaillant au grand soleil. A cette heure suprême, sentant la grande nuit prête à l'engloutir, les couleurs du ciel, les gerbes d'or de la lumière lui faisaient une impression étrange. Il lui semblait les voir pour la première fois. Il lui semblait aussi que le vent et l'eau, se mêlant aux bruits de la terre, formaient une musique comme il n'en avait jamais entendu. Avant de l'endormir pour toujours, la mère universelle la grande nature berçait l'enfant sur son sein, et lui laissait entrevoir toutes les richesses de sa poésie.

Auguste se pressait le front, il croyait faire un mauvais rêve. S'il allait s'éveiller

Mais non, il était bien là, perdu dans l'immensité de ce monde, qui ne savait rien de ses douleurs et de son abandon.

Il allait mourir, voilà le certain. Avec tant d'espace sous le ciel, il n'y avait plus pour lui de place que dans les prisons ou sous la terre.

Auguste était bien résolu à se donner la mort, pourtant il restait là, immobile, muet, tandis que dans sa tête les images passaient tumultueuses, animées comme les tableaux d'un drame populaire.

Il se voyait petit garçon, sur l'épaule de son père, quand on allait en famille du côté des fortifications. L'oncle Henri venait avec eux. Pauvre vieux, était-il bon tout de même! Comme il s'amusait avec les enfants. C'était ça une bonne pâte d'homme! Ça l'empêchait pas d'être à présent dans la misère.

Et Angèle, cette gamine, comme elle aimait à courir dans l'herbe, à s'y laisser tomber avec lui. Auguste la revoyait avec une couronne de bluets sur ses cheveux blonds, assise avec lui au bord de l'eau. Il ne savait pas où, mais ça lui était resté dans l'idée avec le sentiment des premières joies de sa vie.

Ce souvenir l'attendrissait. Pourquoi ce temps était-il si loin? Les parents semblaient alors si gais. Qu'ils étaient beaux encore, la mère toute jeune avec son bonnet garni de roses, et le père dans sa blouse blanche comme neige!

Comment donc étaient venus les jours sombres? Pourquoi le siège, le pain qui donnait la maladie, le bombardement?

Auguste ne savait pas, et il s'en étonnait. Il aurait voulu vivre pour pénétrer les causes de ce grand désastre, dans lequel ils avaient tout perdu. Il se souvenait de cette affreuse nuit où le père n'était pas rentré, puis de la vie de travail et de peine qu'il avait menée depuis; la faim, le froid, toutes les misères qu'il avait eues, et il se disait que de laisser tout ça, ce n'était pas perdre grand chose.

Oui, mais il y avait quelqu'un qui aurait eu bien besoin de lui. Voilà...

« Allons », conclut Auguste en se levant, « c'est pas tout ça, il faut en finir tout de suite: **j'ai faim, j'ai froid, je n'ai même plus d'habits, et j'ai tué un homme !** La prison m'attend, je ne puis plus être utile aux miens, ni à personne, c'est le moment de casser sa pipe, quand on en a une. Moi, je n'ai jamais fumé comme les autres, ni pris aucun plaisir. J'en suis bien fâché, car, à cette heure, j'en aurais emporté le souvenir dans le royaume des taupes, où je vais aller servir aux vers des dîners froids. »

Après cette lugubre plaisanterie, il quitta sa chemise et la jeta à l'eau. Puis il descendit dans une anfractuosité de la berge et se lava les bras, il ne voulait pas qu'on trouvât du sang sur son cadavre; cela fait, il chercha un arbre convenable à son dessein. Il en trouva un portant dans le tronc, les restes d'une forte branche.

« Voilà mon affaire », dit-il avec un soupir, « ceci est un clou parfait; décidément la Providence veille à tout, dans ma destinée. C'était mon sort d'être pendu; et pourtant si mon père n'avait pas salué cette charretée de cadavres, ce ne serait pas arrivé. Rousserand aurait craint un homme, Angèle serait encore une enfant. A quoi tiennent les choses...

La colère le reprenait. C'est égal, il avait son affaire ce faux bonhomme, cet hypocrite qui souillait les petites filles et allait à la messe. Mais, était-ce à lui à se faire justice?... A lui, pauvre enfant ignorant! Oui, mais les hommes, mais les juges étaient toujours du parti des riches; l'argent tenait lieu d'innocence et de droit; Auguste n'avait que seize ans et cependant il avait assez vécu pour constater partout la chose.

Seize ans ! Il avait seize ans, et il allait mourir.

Hélas! hélas! que c'était bête de se laisser aller à la fureur. Il aurait si bien pu aider Angèle. A quoi ça lui avait-il servi de tuer ce Rousserand? Il était bien avancé à cette heure et puisque le mal était fait, il aurait mieux valu chercher à le réparer. Maintenant, c'était trop tard. Oui, c'était trop tard.

Il fit un nœud coulant à sa cravate, et se la passa autour du cou après l'avoir nouée aux deux bouts. Alors, il jeta un long regard autour de lui comme pour emporter dans la nuit éternelle, l'image de la nature.

Mais, comme si elle avait eu des affinités secrètes avec le jeune martyr, cette nature semblait bouleversée comme lui. Des nuages gris moutonnaient au ciel, et par instants, le faisaient tout sombre. Des bouffées de vent crachaient du grésil sur la poitrine nue de l'enfant. Des frissons ridaient sa peau et cela le faisait penser au froid de la mort. Il avait hâte d'en finir !

Il était si faible, il tremblait si fort, — était-ce de froid ou d'émotion? — qu'il eut de la peine à grimper à la hauteur de deux mètres, à se tenir au tronc de l'arbre pendant qu'il essayait d'accrocher la cravate à la vieille branche. Il dut s'y reprendre à deux fois. Enfin, il réussit et se laissa glisser le long du tronc qu'il tenait embrassé. « Adieu, maman! » cria-t-il, et, d'un coup de talon, il se poussa dans l'espace où il demeura suspendu et immobile, après quelques oscillations, tandis que l'écho d'un jardin voisin du canal répétait : « maman! maman! »

C'est ainsi qu'il parlait, en coupant vivement la cravate d'Auguste. (Page 82.)

XX

LE DOCTEUR DU BALAI.

« Il l'avait dit, il l'a fait, palsembleu ! Messieurs les honnêtes gens, voilà une fière graine de bandit que le vent pourrait semer en la détachant de la potence. »

C'est ainsi que parlait une de nos connaissances, le docteur du balai, comme l'appelaient ses camarades, — Léon, l'ami de l'oncle à Jacques Brodard, oui, c'est ainsi qu'il parlait en coupant vivement la cravate d'Auguste.

Avec des précautions infinies, le dépenaillé du matin — qui maintenant avait la mise honnête d'un artisan — déposa par terre l'enfant qui ne donnait déjà plus signe de vie. Il se mit à lui frotter la poitrine et les tempes à tour de bras. Il prit dans sa poche une petite fiole, la déboucha, et la mit sous le nez du pendu. Puis il quitta prestement la vieille redingote qu'il portait sous sa blouse, en coupa un pan avec son couteau, imbiba ce pan de la liqueur du flacon, et recommença les frictions de plus belle. Il s'arrêta et imprima à la poitrine des mouvements respiratoires. Une grande pâleur remplaça peu à peu sur le visage de l'adolescent les plaques violacées dues à la strangulation. Léon, le balayeur, qui avait l'air de s'y entendre, versa quelques gouttes du contenu de sa fiole sur les lèvres du pauvre gamin.

Ce cordial fit son effet : Auguste ouvrit les yeux et parut tout surpris. Il se demandait s'il s'éveillait dans le monde des morts.

Cela se pouvait bien ; car, en vérité, ce monde-là devait être, par excellence, le pays des songes et voilà qu'au-dessus de sa tête le ciel semblait de plomb, et qu'autour de lui traînaient les vapeurs grises du rêve. L'étrange figure qui le regardait, ajoutait encore à la fantasmagorie de ce réveil.

Il semblait à Auguste qu'il renaissait tout petit et il appela encore :

« Maman ! Maman ! »

Ça avait été son dernier mot, ce fut son premier. »

— Ça s'est pendu comme un homme et voilà que ça appelle sa mère, à présent, dit le balayeur, en prenant dans les siennes les mains d'Auguste pour les réchauffer. Eh bien, mon bébé, ça va mieux hein ? Attends un peu que je te frictionne avec mes saintes huiles. — Il le frottait d'eau-de-vie. — Nom d'un chien ! elles valent la sainte ampoule, tu vas voir. »

Auguste se ranimait. — Allons te voilà gaillard, poursuivit Léon, tu peux marcher maintenant, hop ! debout, et décampons si tu ne veux pas que monsieur le commissaire de Pantin vienne te demander pourquoi tu voulais *décaniller* sans passeport pour le pays où l'on ne trouve plus de billet de retour.

Léon descendit le talus derrière lequel il avait entendu le monologue du petit Brodard et assisté à sa tentative de suicide. Il y avait là un sac, un panier, un paquet rangés en ordre. Il ouvrit le paquet, en tira une sorte de longue soutane d'un noir verdâtre qu'il tendit à Auguste.

— Rends-moi mon paletot, lui dit-il, et enveloppe-toi bien dans ma robe de chambre. Pas comme ça, voyez-vous, il tremble comme une feuille, pauvre bambino, voilà ce que c'est de faire l'homme.

Et il l'arrangeait, l'emmitouflait comme aurait fait une mère.

Le sac sur une épaule, le panier et le paquet à la main, Léon voulait encore donner le bras à Auguste. Celui-ci eut beau s'en défendre et dire qu'il irait bien tout seul, il dut, bon gré mal gré, obéir à l'étrange compagnon que le hasard ou la Providence lui avait envoyé pour le préserver de la mort.

Auguste et son sauveur étaient revenus au chemin de halage et le suivaient se dirigeant du côté de Bondy, Léon riant et plaisantant des giboulées qu'ils recevaient sur le casaquin, narguant le temps et la misère, comme il disait, pour distraire le petit qui, les jambes molles, la tête lourde, marchait sans rien dire pensant à sa mère, à ses sœurs qui, peut-être, par sa faute, n'avaient pas de pain ! Cependant, au fond, il n'était pas fâché de se sentir vivre. Qui sait si les choses ne pourraient pas s'arranger. Dans ce monde, rien n'est irrévocable que la mort. Il l'avait vue de près, il en frémissait encore. Pour sûr, il ne recommencerait pas. Et pourtant, cette mort, cette horrible mort, il l'avait donnée à quelqu'un — lui ! Et de ce fait, il l'avait méritée peut-être !... Il était plein de trouble. M. Rousserand était bien coupable, mais personne n'avait rendu justice à Angèle.

Et, dans ce trouble, il ne songeait pas même à remercier celui qui l'avait sauvé, qui le soutenait d'une main si paternelle pour l'aider à marcher, qui, à chaque instant, s'informait de son état.

Ils avaient dépassé le village de Bondy. Ils quittèrent le chemin de halage et se dirigèrent du côté de la forêt. « Halte ! » cria le balayeur, » nous voici presque sur mes terres » et il s'arrêta devant une cabane en planches, autour de laquelle s'étendaient quelques mètres de terrain enclos de verges quadrillées.

« Voici mon domaine, » poursuivit le balayeur, je te prie, mon enfant, de t'y considérer comme chez toi et d'y accepter l'hospitalité, tant que tu voudras, tant que tu le trouveras bon et nécessaire. Je ne te demande pas ton nom. Tu es mon hôte, je n'ai pas besoin d'en savoir davantage. »

Auguste fut bien touché. Mais il était si las, si délabré, qu'à peine il avait la force de dire une parole de remerciement.

Ils enjambèrent la haie. « Nous voilà devant mon château » dit Léon, « tu vois, la porte et la fenêtre sont tournées au levant, la meilleure de toutes les expositions. » Il prenait des airs de propriétaire. « Nous serons là comme des ministres en vacances, tu vas voir. »

Léon appelait fenêtre un grand carreau de vitre fêlée et maintenue en dedans par une quantité de bandes de papier découpées en soleil.

Une grosse serrure fermait la porte de la cabane, le balayeur prit, dans le panier qu'il avait au bras, une énorme clef avec laquelle il ouvrit. Une bouffée d'air concentré vint frapper au visage les nouveaux amis.

L'endroit était étrange, mais pas désagréable à voir. Il y avait là un ensemble de choses bizarres, mais Auguste ne vit rien qu'un tas de bruyère sèche qui exhalait une bonne odeur maintenant que la pièce était aérée. Le pauvre petit jetait sur ce lit de cénobite un regard que son hôte comprit, car il l'engagea à se coucher, le couvrit de la soutane et l'arrangea de son mieux, sur l'herbe sèche.

— Quelques heures de sommeil et il n'y paraîtra plus, dit Léon, tiens, prends-moi ça.

Et il lui donna une croûte humectée d'un peu d'eau-de-vie. C'est tout ce que j'ai à t'offrir, pour le moment, ajouta-t-il, mais quand tu t'éveilleras ce sera une autre paire de manches.

L'enfant épuisé s'endormit profondément. Vers les deux heures de l'après-midi, il ouvrit les yeux et regarda devant lui. Il se trouvait dans un drôle d'endroit, tout de même.

Par la porte grande ouverte, Auguste voyait sur le fond pâle du ciel passer de gros nuages à bords argentés avec des dos et des ventres énormes ouatés de gris. De temps en temps, le soleil, qui avait l'air de jouer à cache-cache au fond de l'azur, le soleil faisait une brusque apparition, lançant dans la cabane des flots de lumière blanche qui traînaient un instant sur les meubles du balayeur et s'évanouissaient subitement.

L'hôte d'Auguste était debout devant une espèce de large banc qui pouvait bien figurer une table de cuisine. Il paraissait fort absorbé par la confection d'une soupe dont il coupait le pain en tranches, qu'il disposait symétriquement dans une soupière ébréchée. Près de lui, posée sur quatre pieds en bois brut, une boîte, à laquelle il manquait un côté, formait un siège qui ne manquait pas d'imprévu. Les murs étaient tapissés de caricatures et de papiers imprimés. Dans l'endroit le plus clair du logis, derrière le carreau, une large planche formant pupitre, était soutenue et maintenue en position par une tringle de fer. Sur des tablettes, grossièrement rabotées, quelques ustensiles de cuisine se pavanaient entre des bouquins poussiéreux.

Mais le maître-meuble de cet étrange habitacle était une grande armoire à deux battants, peinte en noir et sur les portes de laquelle, des milliers de figures algébriques et de chiffres étaient écrits à la craie.

Dans un coin, sur un petit poêle de fonte qui ronflait de chaud, une casserole glougloutait, répandant une odeur de haricots qui faisait venir l'eau à la bouche d'Auguste. Le pauvre gamin n'avait pas mangé depuis plus de vingt-quatre heures et son appétit était plus éveillé que lui-même. Malgré son trouble, ses peines, ses angoisses, ses remords, il aurait mangé un clou. C'est ainsi qu'est la belle jeunesse.

Auguste aurait donc bien désiré que son hôte lui offrît un peu et même beaucoup de ce qui cuisait dans la casserole, mais le balayeur, tout occupé de son affaire, ne voyait pas le gamin le regarder d'un œil quêteur.

C'était tout de même un drôle d'homme, celui que les balayeurs, ses camarades, avaient surnommé le docteur. Il était grand, maigre, sec comme un pendu avec une longue moustache sur sa bouche largement coupée comme pour parler fort et longtemps. Ses yeux étaient bleus, petits, phosphorescents avec des regards de fusée. Sa face osseuse, sa peau tannée, son menton pointu lui auraient donné l'air d'un don Quichotte, s'il avait eu la mine grave du héros de la Manche. Mais, toute la personne du balayeur exprimait le sarcasme et la moquerie. Cela intimidait Auguste. Pourtant — était-ce reconnaissance ou sympathie spontanée? — le jeune garçon se sentait vivement attiré vers le balayeur.

N'osant parler, l'enfant se mit sur son séant et toussa pour attirer l'at-

tention de son hôte. « Ah ! te voilà enfin réveillé » dit celui-ci. « Eh comment
ça va ?

— Bien, répondit Auguste, très bien, grâce à vous, monsieur ; aussi *je* voudrais pouvoir dire combien je vous suis reconnaissant, mais je suis encore tout *chose*, je ne trouve pas les mots pour vous remercier.

— Tu n'as pas besoin de me remercier.

— Oh ! si fait, j'en ai besoin.

— C'est différent, ne te gêne pas, si c'est pour toi.

Auguste ne sut alors que répondre.

— Tu vois bien, dit le balayeur, qu'il n'y a rien de plus bête que les remerciements.

— C'est possible, mais vous devez penser de moi...

— Quoi donc ?

— Peut-être de mauvaises choses.

— Qui sait ?

— C'est que, je ne veux tromper personne, voyez-vous.

— Je n'en doute pas : la sincérité c'est le commencement de la misère. Tu dois être franc comme l'or.

— Monsieur, il faut que vous sachiez...

— Quoi ?

— Que je suis...

— Bon ! bon ! je ne te demande rien, rien absolument rien, entends-tu, que de manger la soupe avec moi. Une soupe ! je ne te dis que ça, tu m'en donneras des nouvelles.

Auguste voulut se lever. « Non » lui dit son hôte, « tu mangeras dans ton lit, comme un Romain de la décadence, d'autant plus que nous ne sommes pas ici au Parlement, nous ne roulons pas sur les sièges. Dame ! tu comprends, il y a beau temps que pas un ami n'a passé le seuil de mon castel, je suis ici incognito. Je n'y traite jamais personne. »

Le balayeur poussa le banc près du lit de bruyère, s'assit auprès, dans ce qu'il appelait sa chaise curule et servit la soupe à Auguste dans un grand pot à confiture, se réservant le fond de la soupière qu'il expédiait avec un bruit prolongé de la langue afin, peut-être, de tromper le petit Brodard sur la quantité qu'il s'était réservée.

Il en fut de même pour les haricots auxquels l'invité fit le plus grand honneur. Comme dessert, on eut un morceau de brie coulant, d'une saveur, d'un goût à ressusciter un mort. Le balayeur n'en prit pas plus gros qu'une langue de chat, déclarant que pour lui, toutes les friandises ne valaient pas une pipe ; qu'il allait en fumer une de longueur et que, pendant ce temps, on causerait comme de vieux amis.

Auguste, qui était plein de délicatesse, ne fut pas dupe de celle de son hôte. Il en était tout attendri. Il se fit un devoir de ne rien lui déguiser. Il lui raconta tout ne voulant pas surprendre la bienveillance de celui qui l'avait sauvé. Il fallait que M. Léon sût bien à qui il donnait l'hospitalité. L'autre le laissait dire, puis il l'interrogeait discrètement sur son père, sur sa famille, sur la pauvre Angèle. Quand il eut bien saisi tous les fils du drame que lui racontait le jeune garçon, il se leva, croisa les bras sur sa poitrine et demanda :

— Eh bien ! que comptes-tu faire, à présent?

— Me livrer à la justice pardi ! pour être puni si j'ai mal fait, comme je le crois.

— Ce n'est pas sans raison, que tu es troublé par le souvenir du meurtre que tu as commis.

« Mais si la vie de l'homme [doit être sacrée pour l'homme, tu sauras plus tard que celui qui donne la mort peut être un justicier. »

L'enfant joignit les mains. — «Est-il possible, » demanda-t-il, «est-il possible que j'aie été dans mon droit de faire ce que j'ai fait?.. »

— Comme tu aurais été en droit de tuer le loup qui aurait mangé le bras à l'une de tes petites sœurs, d'écraser le serpent qui aurait piqué ta mère !

— Que vous êtes bon de me dire ça !

— Non, je ne suis pas bon, mais je crois être juste, et puisque ta pauvre conscience d'enfant s'alarme à tort, je suis bien obligé de t'apprendre que ceux qui violent les lois de la nature, sont des criminels qui se placent eux-mêmes en dehors de l'humanité.

— Et vous croyez que M. Rousserand...?

— Est un monstre, oui! Il y en a comme cela beaucoup sur la terre; sous un visage humain, ils cachent les instincts du cochon et les appétits de l'hyène : ni leur cerveau, ni leur cœur n'est fait comme le nôtre. Ce sont des tigres-pourceaux.

— M. Rousserand n'était pas cruel, je vous assure », affirma Auguste qui tenait à rendre justice à sa victime. « Pour cochon, je ne dis pas. »

— Pas cruel ! » exclama le docteur, « pas cruel, sache, innocent, que tout ce qui a manqué chez toi et chez ses mille ouvriers, le pain, les vêtements, toujours; le feu en hiver; les remèdes pendant la maladie, l'instruction pour les enfants tout cela, tu le retrouveras chez ton Rousserand en superflu, en luxe de toutes sortes, tu le trouveras accumulé en monceaux d'or qui se changeront en chaînes de fer pour vous river éternellement à la misère.

— Ainsi j'ai bien fait?

— Oui.

— Absolument bien fait?

— Heu ! heu !

— Ah! vous voyez, vous ne m'approuvez pas entièrement.

— C'est que dans certains cas en tuant un homme, on fait tort à d'autres. Ce Rousserand a une femme, une fille. Si par ton fait, elles allaient être dans la misère, tu devrais les aider et réparer le dommage que tu leur as causé. Cette réserve faite, je te répète que tu as bien fait, que tu étais dans ton droit et que tu ne dois pas être puni.

— Mais, tout de même, comme personne ne m'a vu faire le coup, on pourrait en accuser un autre.

— Hélas ! c'est quelquefois arrivé.

— Alors il faudrait me livrer moi-même, n'est-ce pas !

— C'est ton devoir.

— Je le ferai, on me tuera peut-être, mais c'est égal.

— Non, sois tranquille, on ne te tuera pas. Seulement, il faut savoir expliquer ta conduite, montrer aux juges que tu as été un justicier et non un assassin.

— Mais, monsieur, hasarda tendrement Auguste, est-ce qu'on peut mentir devant un tribunal? Je ne veux pas, je ne peux pas mentir, moi.

— Et qui te dit de mentir?

— C'est que, en tuant mon patron, je n'ai pas songé du tout à la justice mais seulement à la vengeance.

— Justice et vengeance sont souvent la même chose.

Auguste ne comprenait pas tout ce que lui disait son hôte, mais il avait confiance dans ce singulier personnage et s'abandonnait entièrement à ses conseils.

— Il faut, poursuivit le balayeur, il faut faire savoir à ceux qui te jugeront que le misérable Rousserand, après avoir outragé la nature dans ta sœur, a voulu t'outrager aussi toi-même en t'offrant de lui vendre ton silence.

— Oui ! oui ! je le dirai, j'expliquerai... je raconterai que mon sang n'a fait qu'un tour quand il m'a donné ce billet. Tout à coup, je me suis senti une rage, une espèce d'aveuglement...

— C'est que vois-tu, mon petit, il y a de la bête, dans les meilleurs d'entre nous, et de la bête féroce, malheur à qui la réveille. Mais n'y pense plus, nous reparlerons de tout cela plus tard. Avant d'aller te livrer à la justice, il faut te calmer, te reposer, te remettre enfin; tu as l'air d'un échappé de la petite Roquette et les hommes jugent souvent sur la mine.

— Je le sais bien.

— Si tu le sais, tâche de te donner une bonne apparence. Prends un bon repas. Jusqu'à demain, personne ne viendra nous déranger, nous sommes bien tranquilles ici.

— C'est vrai qu'on y est bien. Dommage tout de même, que je n'ai pas laissé tous mes soucis dans le jardin de M. Rousserand.

— C'est qu'on est loin de laisser ses douleurs dans le sang répandu de celui qui nous les a causées, elles font partie de nous-même, vois-tu. Seulement, faut pas les augmenter en s'y complaisant, en y pensant sans cesse. Un chagrin qu'on tourne et retourne dans son esprit, qui vous fait pencher la tête d'un côté, c'est de la pose comme une autre. Ce que je déteste le plus au monde, après ces exploiteurs, ce sont ceux que le malheur affaisse.

Seuls, les véritables hommes savent lutter contre la méchanceté de leurs semblables et la fatalité des choses.

Si tu veux, pour te faire passer le temps, je vais te raconter une histoire.

Auguste ne demandait pas mieux que d'être distrait de sa peine. Son pauvre cœur était gonflé à crever, au souvenir de sa mère et de ses sœurs, dont la véritable détresse avait dû commencer à son départ de la maison.

CHAPITRE XXI

HISTOIRE D'UN MAITRE D'ÉCOLE

Le balayeur toussa, cracha, se moucha longuement, dans un grand morceau de papier qu'il mit dans sa poche, bourra consciencieusement sa petite pipe de terre, l'alluma lentement, en tira quelques bouffées de fumée qu'il envoya en longues spirales aux solives du plafond, se cala sur sa boîte et commença son histoire.

« Il y avait, dans un village d'Auvergne, un jeune maître d'école, qui vivait content de son sort, heureux de se sentir utile et d'habiter un beau pays. »

— Comment un beau pays ? » demanda Auguste qui n'était pas bien fort en géographie « un beau pays, la patrie des *charbounias*, des porteurs d'eau et des marchands de bric-à-brac ? »

« — C'est la plus belle contrée de la France, » répondit le balayeur avec un certain orgueil ; « nulle part il n'y a de plus hautes montagnes, de plus belles vallées, de plus riantes plaines étendues entre les collines. Il faut la voir au printemps, quand les pommiers, les pêchers en fleur neigent blanc et rose sur le vert des prés !

— Allons, fit Auguste, mettons que je n'ai rien dit et continuez votre histoire. »

Le balayeur reprit :

« Le maître d'école n'avait plus au monde qu'une petite sœur, et une vieille grand'mère. Elles étaient tout pour lui, il était tout pour elles. La grand'mère faisait la cuisine, et s'occupait du ménage ; la petite, une joyeuse enfant, tout en babillant comme un oiseau, aidait la bonne vieille et grandissait et se portait comme un charme. On les aimait tous trois dans le village de X***. Leur vie s'écoulait paisible, sans grande joie mais exempte de toutes les agitations qui donnent la fièvre aux grandes villes.

« Songe donc : pas de loyer à payer, ils étaient logés dans la maison d'école, une maison blanche avec des treilles, une maison devant laquelle s'étendait une grande place plantée de tilleuls. Et puis ce n'est pas tout, il y avait encore derrière un petit jardin pour des légumes et des fleurs. Le maître avait un petit traitement qui suffisait à ses besoins et à ceux de sa famille. Les paysans lui donnaient du lait, du beurre et des fruits...

« Nom d'un ch...! » interrompit Auguste, « c'était un paradis ça et si tout le monde en avait autant ?...

« — Il y aurait bien des soucis de moins parmi les pauvres, dit le balayeur, de ces soucis qui consomment si bêtement nos forces. Ah! si les hommes s'entendaient, il serait plus facile qu'on ne pense de se loger et de se... Mais laissons cela, il s'agit du maître d'école de X... et de sa famille pour le moment. »

« Ce maître s'appelait Léon Paul. C'était un esprit droit, un cœur candide et bon, croyant au bien et cherchant à le faire par tous les moyens possibles. A

Le jeune maître vit avec surprise des hommes en tricorne, en culottes, en habits verts à queue
de morue. (Page 93.)

force d'y penser, il était parvenu à savoir que la politique n'est pas étrangère au
bonheur ou au malheur des hommes et il suivait avec une attention extrême les
événements qui se passaient alors en Europe. Il était abonné à l'*Éclaireur Républicain* que redigeait Millière.

— « Millière? » demanda Auguste, « il me semble que j'en ai entendu parler. »

— « Sans doute, tu en as entendu parler » répondit le balayeur. « Millière,
c'est ce député de Paris qu'on a fusillé sur les marches du Panthéon et qui est

tombé sous les balles des assassins du peuple en poussant ce cri sublime : Vive l'humanité!

« Au temps dont je te parle, Millière était un jeune avocat. Il habitait Clermont-Ferrant et y rédigeait une vaillante petite feuille socialiste qui charmait Léon Paul par toutes les espérances qu'elle lui apportait d'un avenir meilleur pour la France et d'une grande fédération des peuples pour l'Europe. C'est que, vois-tu, quand la France devient libre toutes les nations opprimées reprennent courage. En apprenant la proclamation de notre république, l'Italie, la Hongrie, la Pologne avaient secoué leurs chaînes, et les rois avaient tremblé sur leurs trônes. Les poètes annonçaient déjà la fraternité universelle.

« Léon Paul était dans l'admiration de toutes ces choses et il les trouvait si naturelles, si justes, qu'il ne doutait pas de leur réalisation immédiate. La terre allait devenir un paradis dont l'homme serait le dieu. A vingt ans, on croit si facilement aux choses qu'on désire!

« Au grand scandale de son curé, Léon Paul se déclara socialiste, ce qui lui fit perdre la leçon qu'il donnait au fils de M. le maire. Mais n'importe, il ne la regretta pas et même cela lui donna une certaine audace.

« Après bien des hésitations, il avait osé envoyer plusieurs lettres à l'*Éclaireur* et ces lettres avaient été publiées, ce qui, naturellement, l'avait couvert de gloire aux yeux des habitants de son village.

« Ces braves gens étaient fiers de voir le nom de leur jeune instituteur, imprimé dans les papiers publics, qu'il leur lisait, en les expliquant, le dimanche sous les tilleuls et même, quelquefois, dans la grande salle de l'auberge. En même temps, toutes ces choses l'avaient signalé à la haine des ennemis de la Révolution. Cela va sans dire.

« Léon Paul était sur le point de se marier avec la fille de l'un de ses collègues : le maître d'école d'un village voisin.

« Elle était si jolie, la fiancée de Léon Paul, qu'à cinq lieues à la ronde on la connaissait sous le nom de la belle Isabeau; ce qui l'ennuyait bien, car c'était une fille modeste craignant beaucoup qu'on parlât d'elle.

« Non, non, ça ne lui faisait pas plaisir du tout, lorsqu'elle allait à Issoire et que les beaux messieurs de la petite ville s'arrêtaient pour la regarder en se demandant : « Ne serait-ce pas là la belle Izabeau des Nonnettes ? »

« Elle était des Nonnettes, un village juché entre le ciel et l'eau, d'où l'on découvre un monde de verdure, et des tours en ruines, et des montagnes toujours blanches de neige, et des forêts de sapins toujours verts. Rien qu'en y pensant, il me semble que je respire l'odeur des aubépines et des violettes, et que j'entends siffler les merles sur les branches fleuries des abricotiers

« Léon Paul allait voir sa maîtresse chaque dimanche et, tous deux courant à travers les prés, sous les arbres ou le long des vignes, au-dessus de l'Allier, se faisaient de belles promesses de s'aimer jusqu'à la mort.

C'était le printemps de leur vie. Avec eux, les projets allaient bon train :

« Là! comme on aurait soin de la grand'mère! comme on lui épargnerait de la peine; comme on élèverait bien la petite sœur! Comme chacun se promettait de faire son devoir ! Que de bonheur dans la vertu, à l'horizon !

« Léon Paul était si content qu'il en était comme dans un songe, oubliant qu'il y avait sur la terre des méchants et des ambitieux, voyant tout en beau, s'attendrissant au chant d'une fauvette, trouvant partout quelque chose qui se rapportait à son bonheur prochain. L'amour lui avait tant agrandi le cœur, qu'avec lui y était entré tout ce qui vivait, aimait ou souffrait sur la terre.

« Léon Paul aimait Zabeau comme on aime à vingt ans pour la première fois : il en avait fait une idole qu'il parait du meilleur de lui-même. Il ne la voyait que de loin en loin, mais, dans son imagination, elle était toujours présente. C'est à elle qu'il attribuait tous les bons sentiments qu'il avait, tous les mouvements qui le poussaient au bien et l'entraînaient vers les grandes choses.

« Du jour où il l'avait connue, le monde moral s'était agrandi pour lui et pour mériter la possession de ce trésor d'innocence et de beauté, il aurait voulu pouvoir faire des choses impossibles. En attendant qu'il s'en présentât, le maître d'école se rabattait sur les humbles devoirs de sa profession et les remplissait avec un zèle que rien ne pouvait refroidir.

« Tout allait bien.

« Oui, tout allait bien, et rien ne semblait devoir faire obstacle au bonheur de Léon Paul ; son mariage était fixé pour le commencement de janvier 1852 et l'on était en décembre 1851.

« Les pommes de terre, les noix, qui sont les dernières récoltes, étaient rentrées ; la vendange, en barrique, attendait le chaland dans les caves d'où elle envoyait à la rue la bonne odeur du vin nouveau ; les paysans battaient en grange ; les veillées s'organisaient ; les femmes faisaient provision de chanvre pour le filage de l'hiver. C'était le grand repos de la nature qui commençait, et, avec lui, une grande activité dans la vie intime du paysan. Chez nous on faisait des changements.

« La vieille grand'mère, toute soucieuse, préparait le nécessaire pour bien recevoir la femme de son petit-fils. Sans doute elle était inquiète, car elle ne savait pas combien elle tenait de place dans les projets d'avenir des deux fiancés : les gens âgés sont enclins à la tristesse et à la défiance.

« La petite, au contraire, était dans le ravissement. L'arrivée d'une belle-sœur dans la maison, c'était quelqu'un de plus pour l'aimer. Du matin au soir, elle parlait des beaux habits qu'elle aurait à la noce. Elle sautait comme un cabri en allant faire les commissions ; elle chantait... elle m'embrassait... elle était tout joie. Pauvre Lize ! si elle avait su...

— « Tiens, » interrompit encore Auguste, « elle s'appelait Lize ?

— « Oui, Lize, » répondit songeusement le balayeur, « Lize un nom bien doux que je ne puis prononcer sans émotion.

— « C'est comme moi, il me fait un effet : la petite de ma sœur s'appelle Lize aussi et vous ne sauriez croire comme ce pauvre trognon me tient au cœur. Hélas ! où est-elle à présent ! Que devient sa mère ! Si je ferme les yeux, je les vois toutes deux, l'une portant l'autre, Angèle pâle et triste, la petite souriant avec sa bouche rose et me regardant avec ses grands yeux de bluets. Mais je vous en prie, continuez votre histoire. »

Le balayeur reprit son récit.

« Figure-toi que Paul... Il s'interrompit. « Je dirai Paul tout court dorénavant, pour abréger. » Il continua : « Paul était si heureux déjà, dans l'attente de son bonheur, qu'il en avait oublié la politique : sans qu'il s'en inquiétât, plusieurs numéros de l'*Éclaireur* ne lui étaient pas parvenus.

« Il était content : tout ne devait-il pas marcher à souhait, dans le monde ? On l'eût bien étonné si on lui avait dit que quelque chose y était de travers, l'homme est ainsi fait : lui d'abord, l'univers ensuite.

« Tout allait donc à souhait pour notre ami, quand un soir le fils de cadet Jeandron, — l'instituteur de Saint-Babel — arriva à la maison d'école, pâle, bouleversé, ruisselant de pluie, les pieds fangeux. Il apportait une affreuse nouvelle. »

« Le neveu de Bonaparte avait trahi la République et fait arrêter les représentants. Dans Paris, des généraux français égorgeaient le peuple ! »

« Le sang de Paul ne fit qu'un tour. Il se repentit d'avoir été heureux tandis que la patrie, sa mère, était livrée aux soldats. Mais Paris n'est pas la France entière, la province va se lever, pensa-t-il.

« Jeandron dit qu'en effet la province s'agitait, plusieurs départements avaient résisté au coup d'État : Millière, de Mariol, Maradex, Vinal-Lajarige, Antoine Guerrier, Rixin et les autres bons citoyens de Clermont-Ferrand avaient fait un appel aux armes. C'était le devoir de tous de se rendre à cet appel. Il fallait sauver la République ou mourir en la défendant. »

« Paul fut de cet avis : il prit à peine le temps d'embrasser sa grand'mère et sa petite sœur et, sous le premier prétexte venu, courut à Clermont.

« C'était heureusement un samedi soir et le jeune instituteur, sans négliger les devoirs de son état, pouvait s'absenter jusqu'au lundi matin.

« Il était plein de courage et de confiance dans le bon sens du pays, dans la justice de sa cause. On ne pouvait manquer de triompher, ce serait l'affaire de quelques jours. On enverrait le brigand au bagne et tout serait dit. »

« Ainsi pensaient les jeunes gens ; mais, arrivés à Clermont, ils virent avec consternation les soldats se promener ivres et menaçants par les rues. Le peuple en habit rouge avait tiré sur le peuple en blouse bleue, en veste grise. La vieille cité était morne. Le crime de Paris pesait sur elle. Tous les coquins levaient la tête. Ils sentaient que leur heure était venue. Les honnêtes gens remplissaient les prisons.

« Il n'y avait déjà plus rien à faire. Toute résistance eût été vaine.

« Paul et son ami reprirent tristement le chemin de leurs villages. En passant devant la cathédrale, ils entendirent le chant du *Te Deum*.

« L'Église ne se contentait pas d'être la complice d'un assassin, d'un parjure, elle glorifiait le meurtre et la trahison !

« Alors quelque chose mourut dans le cœur de Paul : la religion, et, comme il n'avait pas encore ce qui doit la remplacer, il sentit au dedans de lui un vide immense. Il était si malheureux, si désolé, qu'il aurait voulu être mort.

« Le temps était affreux, les chemins détrempés. Le ciel prenait sa part des douleurs de la terre : il se fondait en eau.

« Jeandron quitta son ami aux Martres et Paul continua sa route tout seul, le cœur brisé.

« Sur les quatre heures, il arriva au village. Sa grand'mère avait été bien inquiète. La petite avait pleuré tout le long du jour et la bonne vieille, qui croyait à l'instinct des enfants, disait que c'était signe de malheur. Elle était toute pâle. M. le maire était venu deux ou trois fois à la maison d'école, et avait été aussi mécontent que surpris de ne pas rencontrer l'instituteur.

« La soirée du dimanche s'écoulait tristement.

« Assis devant le poêle de la classe, Paul songeait à la ruine de toutes les espérances qu'il avait conçues pour le bonheur de l'humanité, et il déplorait l'aveuglement des hommes qui les porte sans cesse à confier leurs intérêts à un seul, quand il leur serait si facile d'en rester les maîtres.

« Dans le fond de son cœur, le jeune homme avait pourtant une espérance : les choses changeraient et puis, dans ce grand naufrage, il restait pour lui une île riante où il pouvait aborder. Son mariage était toujours fixé pour le mois prochain. Si cette pensée ne le consolait pas entièrement, elle atténuait sa peine.

« — Que veux-tu c'est comme ça, » dit philosophiquement le balayeur, « les meilleurs d'entre nous finissent par prendre leur parti de tous les malheurs publics, pourvu qu'ils y échappent, ou croient y échapper.

« Au dehors, la pluie tombait avec un bruit monotone et le jeune maître, absorbé par ses réflexions, n'entendit pas entrer monsieur le maire, de sorte que lorsque ce redoutable magistrat, les bras croisés, la tête en arrière, lui demanda d'une voix grave et solennelle — une voix particulière aux sots investis d'un mandat public — « d'où venez-vous? » Léon Paul qui se balançait sur sa chaise, fit un tel soubresaut, qu'il tomba à la renverse.

« Monsieur le maire — dont la modestie n'était pas précisément la vertu capitale — flatté de cet effet d'éloquence, s'adoucit et se pencha vivement vers son suborbonné pour l'aider à se relever.

« Le jeune homme ne lui en donna pas le temps. Il était déjà sur ses pieds et s'asseyant lui-même, invitait le magistrat à en faire autant.

« — « Rassurez-vous, jeune homme, » dit M. le maire. « Je ne viens pas ici comme un juge sévère, mais comme un ami. »

« Léon Paul était jeune, il ne put s'empêcher de sourire. Le roi de la commune le vit bien et fronça le sourcil.

« La grand'mère voulut s'en aller et emmener la petite, mais le maire déclara qu'elle n'était pas de trop et la bonne vieille resta, bien curieuse en vérité de savoir la suite.

« Monsieur le maire reprit :

— Répondez franchement, jeune homme, d'où venez-vous?

— Je parle toujours franchement, monsieur, il est au moins inutile que vous me fassiez cette recommandation. Je viens de Clermont, s'il vous importe de le savoir.

— Je m'en doutais et qu'alliez-vous faire dans cette ville?

— Mon devoir.

— Votre devoir! Qu'entendez-vous par votre devoir? Prenez garde à ce que vous allez répondre.

— Mon devoir, comme celui de tous les bons citoyens, était de défendre la République.

— Ah! vous êtes avec les partageux de l'*Éclaireur?*

— Je suis contre les bandits de monsieur Bonaparte.

— Et alors que comptez-vous faire, quand le prince président va demander si on approuve le coup d'État qui nous sauve, direz-vous *oui* ou *non?*

— Je dirai non, mille fois non et tous ceux qui diront oui...

— Tous ceux qui diront oui?...

— Sont des ignorants, des ambitieux sans âme, des lâches et des gredins.

— Vous croyez?...

— J'en suis sûr.

— Il suffit, M. Léon Paul, il suffit. Vous venez de donner votre démission. Vous n'êtes plus instituteur de la commune, si vous ne rétractez les audacieuses paroles que vous venez de prononcer.

— Je ne rétracte rien de ce que ma conscience m'ordonne.

— Mais, malheureux! vous perdez votre avenir.

— J'aime mieux perdre mon avenir que mon honneur.

— Soit.

— Si je ne trouve pas une autre place, je travaillerai de mes mains pour nourrir ma petite sœur et ma grand'mère ; si je ne puis être utile aux hommes en les instruisant, je leur serai encore utile d'une autre façon.

« Le magistrat eut un mauvais sourire. « — Vous n'êtes pas seulement révoqué, dit-il, vous devez être puni pour vos mauvaises tendances et votre façon de répondre à un magistrat. »

« Il sortit et les gendarmes qui l'attendaient à la porte entrèrent dans la maison d'école, s'emparèrent du jeune maître, l'enchaînèrent, lui mirent les menottes comme à un malfaiteur, et l'emmenèrent malgré les cris de sa petite sœur qui ne savait à qui courir. Après s'être jetée sur son frère pour le défendre, elle s'était précipitée vers sa grand'mère, tombée comme morte sur le plancher. »

« Ce que souffrit le pauvre jeune maître sur la route d'Issoire à travers l'épaisse nuit, sous une pluie battante, par des chemins défoncés, songeant avec effroi qu'il laissait derrière lui une vieille femme, une enfant dont il était le seul soutien, deux êtres faibles et sans défense qu'il nourrissait de son amour et de son travail. Qu'allaient-elles devenir sans lui?

« Quoiqu'il eût parcouru seize lieues, depuis la veille, il ne faisait pas attention à sa fatigue, tant le chagrin et l'indignation le possédaient. Ce ne fut que lorsqu'il tomba sur la paille d'un cachot qu'il sentit ses membres brisés et sa peau toute ridée par les frissons de la fièvre. Il eut un sommeil peuplé des plus affreuses visions. Il voyait sa grand'mère sur son lit de mort, tendre vers lui ses pauvres vieilles mains pour le bénir, mais il ne pouvait approcher.

« Entre elle et lui, il y avait les grilles d'une prison.

« Le lendemain quand il s'éveilla et qu'il se vit sur un grabat, dans le jour gris d'un cachot, il fut près de s'abandonner au désespoir en songeant dans quel état il avait quitté sa grand'mère et sa petite sœur. Mais la pensée du devoir accompli le soutint. Les deux pauvres créatures qu'il aimait tant seraient secourues. A supposer qu'on le considérât comme un coupable, ce qui était monstrueux, elles étaient innocentes, elles. On n'allait pas les faire souffrir pour lui. Et puis sa fiancée, sa belle Izabeau, viendrait les consoler, les aider.

« Dans cette douce espérance, Paul prit un morceau de pain et but quelques gorgées d'eau. Il se trouva un peu réconforté et quand le porte-clefs vint lui ouvrir pour la promenade de midi, il put faire connaissance avec ses compagnons de captivité.

« Les Bonapartistes, obéissant au mot d'ordre de Paris, faisaient du terrorisme dans lequel le grotesque le disputait à l'odieux. On avait arrêté en pleine représentation des comédiens ambulants, que le jeune maître vit avec surprise en habits verts à queue de morue, en tricorne, en bas rouges, en culottes jaunes, se promener en riant dans la cour, tout fiers d'être pris pour des hommes de parti.

« Les voleurs faisaient bande à part; les détenus politiques étaient entre eux. Au premier coup d'œil qu'ils jetèrent sur le nouveau venu, ils le reconnurent pour un des leurs : l'honnêteté ça se voit sur la figure d'un homme. On l'embrassa, on le félicita.

« A son âge, il était beau d'être persécuté pour la justice et de souffrir pour une grande cause. Voilà ce qu'il entendait et son abattement faisait place à un certain orgueil qui l'élevait au-dessus de toutes les misères présentes.

« L'accueil de tous ces braves gens faisait du bien au pauvre jeune homme. Il se sentait fier d'avoir quelque chose de commun avec eux. Ils étaient nombreux. M. Bonaparte n'avait pas toute la France avec lui. Des paysans, des ouvriers, des bourgeois avaient tenté de lui résister. Ils étaient là, dans cette cour humide tous ceux d'Issoire et des environs, moins craintifs, plus calmes assurément que les juges vendus, attendant pour les condamner l'ordre de Paris. Je les vois encore ces Vieux de la Vieille. »

— Comment ! interrompit Auguste, vous y étiez donc aussi?

— Eh oui ! J'y étais, je m'en vante ; c'est un honneur d'être du côté des vaincus quand les vainqueurs sont des traîtres. D'ailleurs, ne vois-tu pas que je raconte ma propre histoire? — répondit le balayeur, — et il poursuivit :

« Oui, je les vois encore : le père Colombier, le maître de l'école mutuelle d'Issoire, un petit maigre qui allait de l'un à l'autre, trottant comme une souris, jurant que dans quelques mois on allait bien rire, quand Badinguet serait traduit en cour d'assises; puis le père Grenier jouant la *Marseillaise* sur son flageolet de buis; Auguste Guerrier, le rude forgeron, un lapin celui-là: d'un coup de poing il avait démonté l'épaule au premier des agents qui avait mis la main sur lui pour l'arrêter ; c'étaient Fraisse, le petit vigneron; Pomel, le savant naturaliste, Peghoux, le charpentier de Saint-Babel; Vacher, le barbier qui savait si bien clouer le bec à ceux de la réaction; Delorme, le fin tisserand qui vingt fois avait sauvé la vie à son prochain, en exposant la sienne dans les inondations, dans les incendies ; et tant d'autres dont j'ai oublié les noms, des vaillants, des cœurs d'or, la crème du pays.

» Tous ces braves gens recevaient force visites, et les parents et les amis qui les venaient voir leur passaient en cachette des vivres et de l'argent, dont les plus pauvres d'entre nous recevaient leur part.

« Pour moi, personne ne venait. J'étais dans une inquiétude affreuse quand, par l'entremise des parents de mes amis, j'appris que ma grand'mère était morte. On ne savait ce qu'était devenue ma petite sœur

« A ce souvenir, une larme monta aux yeux de Paul. Pour cacher cette larme, il mit sa main sur sa figure et garda le silence pendant quelques minutes. »

XXIII

SUITE DE L'HISTOIRE DU MAITRE D'ÉCOLE.

« Que te dirai-je », reprit le maître d'école, auquel nous restituerons son vrai titre, « les jours, les semaines, les mois se passaient dans la plus cruelle attente. C'est en vain que j'espérais la visite, les consolations d'Izabeau. Elle ne venait pas. »

« L'homme jeune se cramponne à ses chimères, et, contre toute apparence, je croyais encore à l'amour de ma fiancée, contre toute raison je m'obstinais à penser qu'elle m'avait écrit. On avait surpris et arrêté ses lettres, peut-être même dans sa propre famille. Son père était vieux, il avait peur de perdre sa place. Voilà tout.

« J'étais donc un fou d'ajouter par mes craintes aux tortures de ma situation, à la douleur d'avoir perdu la meilleure des mères ; Izabeau trouverait bien moyen de me faire savoir qu'elle m'attendait, qu'elle m'aimait toujours. Que j'étais insensé de me tourmenter à propos de ma sœur ; elle était auprès de ma maîtresse. C'était si simple qu'il fallait être dépourvu de raison pour croire autre chose.

« Chaque jour je guettais l'arrivée de la petite Anna Guerrier, dont la gentillesse avait obtenu les bonnes grâces de notre geôlier. En venant voir son frère Auguste, elle apportait, dans son panier d'écolière, qu'on ne visitait pas, les lettres pour les détenus. Mais, hélas ! Jamais, jamais il n'y eut rien pour moi.

« Nous fûmes transférés à Clermont, où nous eûmes l'avantage d'être visités par M. Canrobert. Ce personnage nous fit assembler dans la grande cour de la prison. Il eut l'audace de nous prêcher la soumission aux lois, lui qui venait de les violer toutes.

« Indigné, je sortis des rangs et je dis en regardant bien celui qui se croyait notre juge :

« — S'il y avait encore des lois en France, vous seriez en prison, attendant la dégradation militaire que vous avez encourue pour avoir traîné le drapeau à la suite d'un bandit ; attendant la mort pour avoir trahi la France ! »

Une fille passa. (Page 101.)

« Tous les prisonniers applaudirent et le général du nouvel empereur en fut pour sa courte honte.

« On me mit au cachot; mais, n'importe, j'étais content. Je me sentais homme par la fermeté, par la haine du mal.

« Je ne te raconterai pas, mon enfant, tout ce que je dus souffrir, interné plus tard dans une petite ville du Nord, où, sous la surveillance de la police, je ne pus jamais trouver d'autre ouvrage que sur les routes, comme casseur de pierres. Quelle vie ! Et avec cette atroce misère : la solitude du cœur, avoir encore la douleur de voir le monde reculer. Que j'étais malheureux !

« Et toujours pas de nouvelles du pays.

« Eh bien, crois-tu que j'espérais encore dans l'amour, dans la constance d'Izabeau ! Je me l'étais figurée aussi bonne que belle, dans la folie de mon affection, j'avais trouvé mille raisons pour excuser son silence.

« Un soir, c'était en 1855, j'arrivai aux Nonnettes. J'avais fait des prodiges d'adresse pour tromper la police, d'économie pour me procurer une mise décente, afin de paraître avec moins de désavantage aux yeux de ma promise. Je cours à la maison d'école et je vois, sur le pas de sa porte, Izabeau toujours belle, toujours fraîche, avec cet air d'innocence et de modestie qui me ravissait.

« Le temps de l'absence s'effaçait comme un songe. Je me précipite vers la jeune fille et, la prenant dans mes bras, je l'embrassai, je l'embrassai à l'étouffer.

« Elle poussa un cri en appelant au secours.

« — C'est moi, lui dis-je, Izabeau, c'est moi, c'est ton fiancé qui revient, ne me reconnais-tu pas ?

« — Qu'est-ce que cela signifie ? demanda une voix rude.

« Je me retournai vivement et me trouvai en face d'un jeune homme à figure insignifiante, mais d'une haute stature, un solide gaillard avec des poings énormes.

« C'était le mari d'Izabeau !...

« Je m'enfuis comme un insensé !

« Le lendemain, des paysans de X*** me ramassèrent devant mon ancienne demeure, où j'étais revenu sans le savoir, sans le vouloir. J'étais sans connaissance. Il paraît que je faisais pitié. De bonnes âmes eurent compassion de moi ; un homme et une femme m'emportèrent dans leur maison et me soignèrent.

« Quand je fus guéri, j'appris que ma sœur avait été recueillie dans une de ces maisons religieuses qu'on appelle des ouvroirs, où l'on exploite les enfants. Mais ce fut tout ; personne ne put m'en dire plus long. On ne savait pas où était le couvent qui s'était emparé de la petite Lize.

« J'étais en rupture de ban, que pouvais-je faire ?

« Je n'avais plus qu'à m'en aller, si je ne voulais pas procurer des ennuis à mes protecteurs.

« Je me rendis au cimetière pour dire adieu à ma grand'mère ; hélas ! personne n'avait songé à marquer d'une croix de bois la place où reposait ma dernière, mon unique amie ! Je ne possédais donc plus rien sur la terre, même parmi les tombeaux.

« — Et n'avez-vous pas retrouvé votre sœur ? demanda Auguste, dont l'amour fraternel emplissait l'âme et qui attachait une grande importance à ce sentiment.

« — Attends un peu, » dit le maître d'école, « j'y viendrai à ma sœur. Je n'ai pas fini de te raconter toutes mes misères.

« Je vins à Paris, ce cerveau du monde qui attire irrésistiblement à lui tout ce qui pense, où, en bien comme en mal, les extrêmes se touchent. A force de patience, et après avoir fait trente-six métiers, je parvins enfin à entrer comme professeur dans une pension de garçons.

« Je me croyais sauvé, j'allais revivre de la vie intellectuelle, toucher des livres, manier des âmes d'enfant, les instruire, les éclairer, les porter au bien.

«Pour comprendre toute ma joie de cette modeste place, il faut que tu saches que je l'avais achetée par des années de privations, de froid, de faim. Car, pour arriver à me procurer seulement un habit propre, j'avais dû terriblement épargner sur le prix de mes journées de manœuvre, avec tous les chômages qui tombent sans cesse sur l'ouvrier de cette dernière catégorie. Mais rien ne m'avait coûté :

« Je suis né éducateur. La nature, qui a fait de l'homme un être essentiellement incomplet, a distribué à chacun de nous des aptitudes sociales différentes, destinées à nous lier étroitement les uns aux autres, par le besoin que nous avons de ce qui manque à chacun. Me retrouver avec des enfants à conduire, à aimer, c'était une chance. Mais, hélas! comme s'il était dans ma destinée d'être trompé dans toutes mes espérances les plus légitimes, le dimanche qui suivit mon entrée dans la pension, le maître vint me dire qu'avant de sortir pour profiter de mon jour de congé, je devais d'abord me rendre à la messe.

« Naturellement, je refusai. N'ayant plus la foi catholique, je ne voulais pas faire un acte d'hypocrisie en assistant à une cérémonie que, depuis longtemps, je regardais comme un symbole dont le sens, d'ailleurs faux, est entièrement perdu.

« Je le dis ingénument au maître de pension, qui m'ouvrit les portes toutes grandes, et m'invita à aller chercher fortune ailleurs.

« De nouveau, me voilà sans asile, sans ressources ; désespéré, dans ce grand Paris, si dur à ceux qui n'ont pas d'état ou sont dans l'impossibilité d'exercer le leur ; réduit à la dernière extrémité. Que de fois la pensée de me détruire se présenta à mon esprit. Mais, sur le point de me suicider, je me disais :

« Tant qu'il te reste une parcelle de force, tu n'as pas le droit d'anéantir cette force. Elle appartient à tes semblables, un jour ou l'autre, tu en trouveras l'emploi.

XXIV

SUITE DE L'HISTOIRE DU MAITRE D'ÉCOLE. — LE FRÈRE ET LA SŒUR.

« Une nuit de détresse, comme en traversent souvent les malheureux des grandes villes, une nuit où, errant effaré comme un chien perdu, je ne savais où aller coucher, je me trouvais dans la rue de Seine, rasant les murs, écrasé par l'ombre énorme des hautes maisons. Depuis plus de quarante-huit heures, je n'avais pas mangé...

« Après avoir passé par la phase aiguë des crampes d'estomac, j'étais dans celle de l'abrutissement. Une seule pensée roulait dans ma tête : à manger! à manger! J'avais si faim, qu'un instant je restai cloué devant un tas d'ordures, sur lequel s'éparpillaient quelques feuilles de salade, attendant, pour m'en repaître, que la rue fut tout à fait déserte.

« Mais toujours quelqu'un passait.

« Tantôt c'était un étudiant qui rentrait de la brasserie, sa maîtresse au bras, chantant et riant, se poussant tous deux sur le trottoir, écrasant dans la fange ce que je convoitais de mettre sous la dent. J'avais contre eux des rages folles : cette impudente jeunesse me narguait.

« C'était l'aveugle du pont des Arts, devenu voyant, faisant sonner dans ses poches la monnaie du jour et son pas, bien assuré, sur l'asphalte. Un gueux qui abusait des meilleurs sentiments de l'humanité, vivait de ses mensonges, tandis que je mourais de ma droiture.

« Derrière l'aveugle, une pauvre ouvrière, à moitié endormie de fatigue, venait de l'atelier; puis le chiffonnier, coq malfaisant, qui, de son ergot de fer, gâtait tout, enterrant ma salade sous le détritus.

« J'allai un peu plus loin, titubant sur mes jambes comme un homme ivre, la peau du ventre cousue au dos, l'estomac pincé par d'horribles titillations.

« Je m'assis sur le seuil d'une porte cochère élevée d'une marche sur le pavé. Là, enveloppé de nuit, avec des désirs insensés de repos, je levai les yeux.

« Des profondes hauteurs du ciel, baignées de sombre azur, les étoiles regardaient au fond de la rue comme pour me voir mourir.

« J'avais le délire. Il me semblait que les astres parlaient entre eux des malheurs et des folies de la terre; qu'ils se montraient cette chose inouïe : un homme, dans toute la force de l'âge, s'éteignant faute d'un peu de pain, au milieu d'un amas énorme de provisions regorgeant des halles et de tous les magasins de la ville monstre.

« Il me montait au nez des odeurs de pain chaud, et, dans mes oreilles, bruissaient des fritures. C'était insupportable. Tandis que ma langue était sèche comme un morceau de bois, mon front dégouttait de sueur. Mes dents mâchaient à vide.

« Ce devait être la fin. La camarde venait.

« Au loin, tandis que des fantômes voltigeaient autour de moi, m'éventant de leurs ailes glacées, les notes d'une musique de bal s'éparpillaient dans la nuit, secouant devant mes yeux des gerbes de lumière; des femmes parées de fleurs, faisaient bruire à mes oreilles le cliquetis des assiettes et des verres. Je voyais, dans des glaces magiques, se refléter toutes les richesses, toutes les splendeurs de la grande vie oisive; je voyais les repus, servis par des squelettes d'ouvriers en blouse, rouler sous les tables.

« Une ronde de sergents de ville dissipa cette hallucination. J'avais une profonde horreur des prisons. La haine de l'arbitraire était si vivace, qu'elle survivait en moi à toutes les facultés et les éveillait encore à ce moment, où je n'étais plus qu'une ruine prête à s'effondrer. Je ne voulais pas être arrêté comme vagabond.

« Oh non! je ne le voulais pas, car c'est une chose affreuse que la société puisse enfermer comme un criminel celui qu'elle n'a pas su employer.

« Je me levai et fis quelques pas derrière les agents, comme un homme qui ne les craint pas. Mais je ne pouvais pas longtemps faire si bonne contenance. Autour de moi, les maisons, les lumières, la nuit et le ciel m'entraînaient dans une ronde infernale. Je fus obligé de me cramponner aux barreaux de la porte cochère.

« Une fille passa. Elle me vit.

« — Veux-tu venir avec moi? demanda-t-elle.

« J'éclatai d'un rire qui me tordit. Elle était bonne, celle-là.

« — Allons, dit la fille, tu es un peu gai, mais ça ne fait rien; suis-moi si tu veux, autant toi qu'un autre; viens-tu, oui ou non?

« — Tonnerre de Dieu! tu prends bien ton temps !

« — Le temps? Mais il est superbe, le ciel est allumé d'étoiles, la nuit est tiède, viens ; regarde-moi, je suis jeune, beaucoup me trouvent belle, viens !

« — Passe ton chemin.

« — Pourquoi ne veux-tu pas m'écouter et me suivre?

« — Je meurs de faim !

« Disant cela, je m'affaissai sur le trottoir.

« — Pauvre bougre ! dit la fille d'une voix toute changée qui me remua jusqu'aux os, pauvre malheureux ! prenez mon bras, essayez de vous relever, prenez mon bras, je suis forte, je vous soutiendrai. Il a faim. Mais c'est atroce d'avoir faim ! Je sais ce que c'est. J'ai eu faim aussi. N'ayez pas honte ! Venez ! venez ! nous allons souper ensemble, c'est moi qui paye. Quand vous aurez de l'argent vous me rendrez ça.

Elle se penchait vers moi, la charité lui donnait des forces; elle m'enlevait de terre.

« Je la suivis, les jambes branlantes, sans savoir où j'allais, sans avoir conscience ni du temps, ni du chemin, ni du lieu. J'étais comme dans un accès de somnambulisme.

« Il me sembla que nous roulions dans une voiture, sur le pavé; des feux follets entraient par les portières avec un vent froid, puis tout s'eteignait brusquement, lumière et bruit.

« Je m'éveillai dans une chambre faiblement éclairée par une lampe à pétrole. J'étais couché. La fille, penchée sur moi, une cuiller et une tasse à la main, me faisait boire du bouillon. Une autre femme, une horrible vieille, allait et venait autour d'elle.

« C'était la maîtresse du garni où nous nous trouvions. Une agréable odeur de viande rôtie me flattait les narines.

« — Bon! bon! le voilà qui revient, dit la fille ; madame Grichon, apportez le bifteck. Il n'a pas d'autre mal qu'un creux au ventre.

« Mme Grichon fit ce qu'on lui commandait et s'en alla en disant : « En voilà, des pratiques ! Elle n'en fait jamais d'autres, cette sacrée folle d'Olympe; elle va maintenant ramasser le client dans le ruisseau et changer ma maison en asile de nuit pour tous les crève-faim, et faire abîmer mes affaires par des va-nu-pieds. »

« — C'est bon, c'est bon, dit la fille, je me mettrai dans mes meubles. Fichez-moi la paix.

« Olympe, — puisque c'est ainsi qu'on appelait la malheureuse, — Olympe se mit en devoir de me servir. J'avais honte, je voulais refuser, mais je n'y tins pas;

la viande paraissait si bonne, le pain était si blanc, et la bête avait si faim !

« La fille me coupait les morceaux et me les présentait avec tant de bonne grâce que je finis par me laisser faire, et je mangeai, je mangeai que c'était une horreur!

« Tantôt la fille était d'une gaieté folle en me voyant engloutir tout ce qu'elle apportait, tantôt elle en était effrayée et voulait me retenir. Prenez garde, disait-elle, vous allez vous faire du mal. Nous avons le temps. Tout est pour vous. Puis elle devenait familière et se remettait à me tutoyer. Elle me dit en me montrant, à travers un beau rire, ses petites dents blanches :

« — Mais, mon petit, arrête-toi ; tu mangerais sans boire le derrière d'un âne.

« Ce bête de mot me fit un effet. C'était le mot de ma pauvre grand'mère, quand elle me reprochait d'avoir toujours faim, tout en me coupant d'énormes tranches de pain bis. Leur sollicitude à mon égard faisait rencontrer, dans une plaisanterie de mauvais goût, ces deux femmes si différentes.

« C'était étrange, en vérité.

« Je regardai Mlle Olympe.

« C'était une belle brune, grande, la taille souple. Ses yeux étaient doux, son regard caressant. Sa bouche avait une indéfinissable expression de moquerie douloureuse. Elle riait à vous fendre l'âme.

« Je cherchais où j'avais entendu ce rire, car, bien sûr, je l'avais entendu quelque part, il remuait en moi un monde confus de souvenirs.

« La figure d'Olympe elle-même ne me semblait pas inconnue. Sa vue m'inondait le cœur d'une immense pitié. J'y étais maintenant :

« Cette fille perdue avait une vague ressemblance avec ma mère.

« J'examinai avec intérêt le lieu où nous étions.

« La chambre était dans un grand désordre. Cela m'affligea. Cette femme n'avait pas dû être élevée par une mère. Personne ne lui avait appris à régler sa vie, et voilà sans doute pourquoi elle était ce qu'elle était.

« Maintenant, j'étais tout à fait bien, je voulais me lever, m'en aller. Il n'y avait qu'un lit, il n'était pas convenable à moi de l'occuper plus long temps.

« Mais elle insista pour que je me reposasse encore. Elle était heureuse de veiller auprès d'un brave homme qui avait eu besoin d'elle.

« Elle voyait bien que j'étais une honnête personne. Elle remplissait auprès de moi le rôle d'une amie ; je ne devais pas sitôt le faire finir en parlant de m'en aller. Elle allait s'asseoir à mon chevet et veiller sur moi.

« Elle prenait des airs maternels. Elle voulait m'endormir comme un enfant. C'est qu'elle avait un filet de voix des plus agréables. Elle désirait que j'en juge et commença :

Il me faut, disait un guerrier
A la belle et tendre Imogine,
Il me faut, je suis chevalier,
Repartir pour la Palestine.
Quoi ! tu pleures en ce moment !
Que ces pleurs ont pour moi des charmes.
Il surviendra un autre amant,
Et sa main essuiera tes larmes !

« Elle allait commencer le second couplet.

« Je l'interrompis.

— Qui vous a appris cette complainte ? lui demandai-je, très attendri par ce vieil air et cette naïve poésie que je savais depuis longtemps.

« Elle ne répondait pas. Je renouvelai ma question :

« — Qui vous a appris cette complainte ?

« — C'est ma grand'mère, dit-elle enfin avec un grand soupir. Elle ajouta comme se parlant à elle-même : « Oh ! la pauvre ! Si elle me voyait... »

« Elle se mit à fondre en larmes.

« Alors, sans pouvoir m'ôter cela de l'esprit, je m'imaginai que cette fille était ma sœur, et je regrettai de ne pas être mort sous la grande porte cochère ! Pourquoi. mon Dieu ! pourquoi la nuit qui m'avait enveloppé n'était-elle pas l'éternelle nuit !...

« La fille pleurait toujours.

« — N'êtes-vous pas de X*** ? lui demandai-je, tremblant qu'elle ne répondît oui.

— Non ! non ! fit-elle avec force, je ne suis pas de X***. Je suis du quartier Mouffetard, entendez-vous. Je ne connais personne dans l'endroit que vous croyez. Moi, de X*** ? Allons donc ! vous voulez rire. Ah ! ah ! il me prend pour une auvergnate.

« Olympe se tut. J'étais dans un trouble inexprimable. Je n'osais plus lui adresser la parole. Elle se défendait d'être d'Auvergne et elle savait que le petit village de X*** en faisait partie, c'était inexplicable ; plus je la regardais et plus, dans ses yeux, dans tous ses traits, je retrouvais quelque chose d'une image à demi-effacée par le temps.

« Sous mon regard Olympe baissait les yeux. Elle affectait l'indifférence, mais elle était pâle, ses dents claquaient. Son effroi me dit tout. Elle me reconnaissait. C'était ma sœur !

« — Votre sœur ! cria Auguste. Est-ce possible ?

« — Oui, répondit le maître d'école. Voilà comment je la retrouvai. »

XXV

AU DÉPOT

L'homme de parti, conscient de ses actes, et prêt à en subir toutes les conséquences, n'est jamais surpris de l'arbitraire.

C'est contre cette force subversive qu'il a combattu. Au retour d'une déportation, être arrêté sous un prétexte quelconque, peut même sembler naturel à l'homme politique.

Mais pour qui subit le contre-coup des orages humains, comme la feuille balayée par le vent subit les tempêtes de la nature, l'obscurité dans laquelle se meuvent les événements qui l'entraînent est une souffrance de plus.

Dans les malheurs ordinaires, comme dans les catastrophes qu'ils subissent, l'étroitesse du cercle dans lequel tourne leurs douleurs, rend aux simples ces douleurs plus intenses.

Au contraire, toute douleur personnelle tend à s'écarter de l'individu qui souffre pour ses opinions : emprisonnement, jugement, exécution, tout cela ne le préoccupe qu'au point de vue de sa cause. Le premier a le sentiment et la vue de sa propre infortune; l'autre, la vision de l'avenir.

Jacques Brodard, arrêté pour avoir salué des cadavres, sans autre intention que celle de donner à des morts une marque de respect et de pitié, avait encore l'étonnement naïf des mesures injustes.

« Comment se fait-il qu'on m'arrête puisque j'arrivais pour être libre? » se demandait le rapatrié. « Suis-je devenu fou? Le malheur de mon Angèle m'a-t-il renversé sur l'avenue des Gobelins? Ce qui m'arrive n'est-il que le rêve d'un homme évanoui?... »

Cette pensée lui donnait l'oppression des cauchemars. Bien sûr il allait s'éveiller. Une seconde captivité, sans savoir pourquoi, ce serait trop dans la vie d'un homme.

C'est que, dans sa bonne et simple nature, ce malheureux croyait encore à la justice; il lui en coûtait de penser que les hommes qui l'exercent peuvent en abuser sciemment. Et malgré tout ce que lui avaient dit ses compagnons de Nouméa, il avait mieux aimé attribuer le jugement dont il était victime à une erreur qu'à un parti pris de terrorisme. Des juges français auraient-ils pu condamner un père de famille s'ils avaient pu le supposer innocent? Non, ces officiers du conseil de guerre n'étaient pas de telles bêtes féroces.

Sans doute, la déportation avait placé Brodard dans un milieu d'où son point de vue étant tout à fait changé, il avait vu les hommes et les choses sous un aspect tout nouveau, mais au fond, il était resté optimiste. Il croyait au bien. La grâce dont il avait été l'objet l'avait réconcilié avec le monde.

On lui rendait justice enfin. On allait lui faire réparation. Sa famille, sa chère famille lui payerait, en bonheur, un long solde d'arriéré.

Mais alors, si ce n'était pas une fantasmagorie de la fièvre, que pouvait donc signifier sa présente arrestation? Réelle et compliquée du déshonneur de sa fille, elle donnait raison à ses camarades les révoltés de Nouméa : le monde s'en allait en putréfaction morale, il fallait le purifier et en balayer l'ordure. C'était la grande œuvre de cette Révolution qu'on prônait là-bas. Il le comprenait maintenant.

Des flots de colère lui montaient à la tête.

C'était trop, à la fin! N'y avait-il pas assez de tortures pour lui dans l'affreuse surprise que lui avaient faite les révélations du père Henri?

Accroupi dans un coin du Dépôt, brisé par les longues fatigues du voyage, enfiévré par les événements quasi-fantastiques qui l'avaient traîné en prison, Jacques Brodard cherchait à s'allonger un peu, sur la paille, entre un vieux à

Clara Bussoni se revoyait dèjà dans sa petite chambre.

figure vénérable et une bande de gamins pris, au coup de filet, dans une entreprise de vol à la tire.

La vue de ces précoces bandits faisait mal à l'honnête ouvrier. Des enfants en prison! était-ce possible! Leur cynisme l'étonnait autant qu'il l'affligeait.

L'aîné de la bande avait quinze ans et tout ça, dans un langage crapuleux que l'ouvrier ne comprenait plus, parlait de noce, de pipes et de femmes!

Nul ne paraissait inquiet de sa famille. Cette vermine humaine semblait un produit des fanges du pavé. Quelques-uns avaient déjà la vanité du crime et se vantaient de chôses impossibles! Des enfants! C'était à faire frémir.

Eh! mais! que faisaient-elles donc ces fameuses écoles de Paris, dont toute la France s'entretenait, au dire des journaux que Brodard lisait à Nouméa?

Ces petits vauriens s'étaient-ils échappés des bancs de l'école primaire pour commettre leurs méfaits?

Alors c'était du propre !

Quelle morale enseignait-on à cette triste graine? Et si, au contraire, ces petits malheureux n'avaient pas passé par l'école, pourquoi les mettre en prison? Ils avaient agi sans discernement. C'est dans une maison d'éducation qu'il aurait fallu les recueillir.

Oui! oui! pensait Brodard, en entendant les gamins faire d'horribles plaisanteries sur le pauvre vieux qui les écoutait sans rien répondre, oui, ils avaient raison, ceux de là-bas, en disant que tout était encore à faire, dans notre pays.

Le vieillard, près duquel Brodard était étendu, paraissait aussi calme, aussi paisible au milieu de la vermine et des puanteurs du Dépôt que s'il eût été dans sa propre demeure, et comme un patriarche entouré de nombreux enfants.

Malgré l'intensité de ses propres misères, l'ouvrier qui avait cru à un changement profond pendant son absence, trouvant les choses de la moralité publique dans un état pire que celui où il les avait laissées, n'en revenait pas.

Voilà donc, disait-il, voilà donc ce qu'on voit dans cette fameuse république : des enfants corrompus jusqu'aux moelles, des vieillards déshonorés par la prison.

Celui-là avait une bien honnête figure. Il regardait Brodard et avait l'air d'en avoir pitié.

L'ouvrier gardait un silence farouche, les yeux pleins de flammes, la face crispée, le front douloureux, comme battu par toutes les idées qui se heurtaient dans sa tête, il se tordait les mains en songeant à sa femme, à ses enfants qu'il n'avait pu embrasser.

— Êtes-vous malade? lui demanda le vieux d'une voix pleine de compassion. Avez-vous soif? J'ai sur moi une petite bouteille d'eau rougie, en voulez-vous?

— Non, merci bien! dit Brodard, je ne veux pas vous en priver.

— Ça ne me privera pas, prenez, prenez! Les gardiens me connaissent, je puis en avoir d'autre. Buvez, ça vous fera du bien, vous avez la fièvre, peut-être ?

— Je ne sais pas si j'ai la fièvre, je suis hors de moi, je ne me connais plus.

— Pauvre homme !

— Dans ce qui m'arrive, je ne sais pas si je dors ou si je veille.

— Vous ne vous attendiez pas à être arrêté?

— Oh ! non.

— C'est pas comme moi, j'ai dû me donner une peine considérable pour me faire pincer.

— Tiens! cria l'un des gamins, elle est bonne celle-là. V'là le vieux qui nous la veut faire à l'oseille. Écoutez ça, vous autres.

— Quoi donc? demanda le vieillard.

— Eh ! mais! l'histoire de votre arrestation, ma vieille branche, ça doit être curieux,

— Contez nous ça, contez nous ça, dirent les autres.

Alors le vieux, qui aimait sans doute, comme tous les vieux, à être écouté, commença et dit qu'il était tailleur de son état.

Il avait bien travaillé pendant sa chienne de vie. Maintenant, il n'en pouvait plus. Les yeux, brûlés par les veilles et autres choses, refusaient le service, les mains tremblaient et ne pouvaient plus tenir une paire de ciseaux.

Le tailleur avait eu femme et enfants, trois beaux garçons. De tout ça, qui était le bonheur, il ne lui restait plus rien ! plus rien que le souvenir ! ses fils avaient été tués pendant la guerre et la Commune : l'un par les Prussiens, l'autre dans les rangs des Fédérés, le troisième dans celui des lignards. Leur mère était morte de douleur et lui, comme un pauvre cheval de rancart, mis à la porte de son atelier.

Voilà la vie de l'ouvrier, ajouta le vieux avec un soupir :

Élever des enfants pour les faire dévorer par des guerres, que le monde se fait sans savoir pourquoi ; par des révolutions qui profitent à l'on ne sait qui ; travailler comme des bêtes de somme pendant les belles années de sa vie et ne pas même être assuré de pouvoir se reposer à l'hôpital, quand on n'en peut plus et qu'on tombe comme un cheval fourbu, sous le fardeau de l'existence.

— Tiens ! dit l'un des gamins, mais c'est pas rigolo ce que vous nous contez à, ma vieille branche je croyais que vous alliez nous faire tout plein rire avec l'histoire de votre arrestation.

— Patience, j'y viendrai ; ça vous amusera, mauvaise graine de voleur.

Et le vieux reprit :

— Quand j'eus grignoté, petit à petit, pour le faire durer plus longtemps, tout ce qui me restait, vendant l'un après l'autre, avec une peine infinie, toutes les pièces de notre pauvre mobilier que ma bonne femme... — Le conteur essuya une larme — que ma bonne femme avait acheté ; quand il ne resta plus rien, il fallut descendre dans la rue et tendre la main. C'était dûr.

Arrêté pour mendicité, j'ai fait connaissance avec le Dépôt. — On n'y est pas mal. — Malheureusement, on n'y reste pas toujours, — j'ai été relâché.

Alors, je n'ai plus rien trouvé dans mon trou. Il était occupé par un autre malheureux. Mon propriétaire, un marchand de bric à brac, au mépris de tout, car vous savez qu'on n'a pas le droit de saisir le lit des gens, s'était emparé de mon dernier matelas, pour se payer d'un mois de loyer. Le gueux ! un matelas qui valait au moins vingt-cinq francs, quand je ne lui en devais pas plus de dix.

Je me serais contenté avec quatre francs de retour. A ce marché, il en gagnait onze. Il n'a pas voulu, il m'a mis à la porte.

— Quelle fripouille ! fit l'un des gamins avec mépris.

— Fallait donc mettre le feu à sa cambuse, dit un autre, encore plus indigné.

— Comme vous y allez, répondit le vieux. Le feu, mes petits agneaux, ça peut causer du dommage à qui ne vous en a pas fait. Pour se venger, faut pas toucher aux innocents, sans ça vous êtes une clique. C'est mon principe à moi.

— Alors, qu'avez-vous fait ?

— Je me suis contenté de faire, à ses dépens, de la besogne au vitrier.

— Comment ça ?

— Tout naturellement, fallait l'avertir.

— C'était pas la peine.

« — Si, c'était la peine. Je vais le trouver et je lui dis : « Vous me devez quinze francs, voulez-vous me les rendre? Moi, qu'il dit, je ne vous dois rien, que la porte, faites-moi le plaisir de vous donner de l'air. »

Pas plus poli que ça, le propriétaire.

Alors, moi, je riposte : M'sieu Canut, prenez garde, vous vous mettez le doigt dans l'œil.

— Ah! je me mets le doigt dans l'œil, c'est bon à savoir, je vais appeler mon garçon qui va vous mettre son pied quelque part, qu'y me dit.

Là-dessus, je me retire. Mon voleur de propriétaire s'imagine m'avoir effrayé. Pauvre homme! Le voilà qui se met derrière son comptoir à vérifier sa caisse et moi avec une grosse pierre : Pif! Paf! Dzinn!

— Avez-vous des verres cassés à vendre? que je lui crie, et je me sauve.

Il court après moi. Je le laisse venir, bien près, tout près. Je me retourne; Pan! Je lui fous une gifle. Il me la rend; nous nous empoignons et v'là une bataille entre un va-nu-pieds et un propriétaire. Il crie à la garde! à l'assassin !

Les sergents de ville arrivent, à la queue leu-leu. Pas de chance, c'est le propriétaire qu'ils arrêtent. Ils me laissent là, disant que je serais entendu comme témoin. On me prenait pour l'autre.

Ça ne faisait pas mon affaire, mais du tout. Je vais au poste et je conte mon cas au chien du commissaire. Mais v'la t'y pas que c't'animal s'avise de me prendre en pitié! « Je dois me rassurer, je n'irai pas en prison, il fermera les yeux, il connaît le père Canut, c'est une clique et si le droit n'est pas de mon côté, y a la justice et ça lui suffit, et patati et patata... »

Alors, vous comprenez, la moutarde me monte au caisson et là-dessus je dis des sottises à ce pauvre homme et alors comme ça le regarde, il me fait arrêter et voilà.

— Mais, crient les gamins, c'est pas farce du tout.

— Pas farce? Dites donc, les mômes, qu'est-ce qu'il vous faudrait donc pour vous faire rire, si c'est pas rigolo qu'un honnête homme doive faire du boucan, du dégât ou un vol pour se procurer un abri?

XXVI

AU CACHOT

Le monde n'a pas changé, se disait Brodard et la république est un mensonge, puisque les pauvres sont toujours pauvres, les enfants du peuple toujours mal gardés, les ouvriers pas mieux garantis qu'autre fois contre la vieillesse.

Un agent tout essoufflé vint demander au gardien du Dépôt qui avait dirigé l'arrestation du nommé Brodard. Il s'agissait de savoir si le prévenu avait ou n'avait pas fait résistance.

Pour être fixé, il fallut descendre toute une filière de mouchards, compulser des paperasses, verbaliser, ensuite de quoi, l'agent appela le prévenu.

Brodard se leva. Son air inoffensif, sa bonne figure loyale surprirent d'abord l'employé de la police. Mais, habitué à toutes les comédies de la démoralisation, il pensa que le prévenu se faisait une tête pour le rôle qu'il voulait jouer, dans le dénouement de la tragédie du Boulevard de Port-Royal.

En pensant que c'était un communard il crut pouvoir dire au prévenu :

— Il est inutile de feindre, nous connaissons votre férocité et la profondeur de vos trames.

Satisfait de sa phrase, l'agent renfonça son menton dans un foulard roulé autour de son cou rouge et boutonné comme celui d'un dindon.

Brodard comprenait de moins en moins. Une demi-douzaine de policiers l'entourèrent pour le conduire en cellule.

« Diable ! » disaient les gamins, en voyant ce déploiement de force pour faire marcher un homme, « Diable ! il paraît que c'est un fameux. »

Le vieux branlait la tête ?

— Oui ! oui ! c'est un fameux désespéré ! disait-il.

Brodard était au secret. Du soupirail de son cachot, percé très haut dans la muraille, descendait un jour terne, éclairant faiblement les deux ou trois objets qui composaient le mobilier du détenu, un peu de paille, une cruche, un banc.

Dans le grand silence de son étroite prison, Brodard trouva d'abord une sorte d'apaisement. Là-haut, dans la grande salle, au milieu du ramassis de toutes les misères, de tous les vices, de toutes les hontes, sous l'œil des policiers, il n'avait pas osé s'abandonner à sa douleur.

Maintenant, il était seul, personne ne le voyait pleurer ; ses cris de désespoir ne frappaient que les murs sourds de sa prison.

Il s'assit sur la paille et se mit à réfléchir.

N'avait-il pas, par hasard, mérité son sort ? Et il rappelait tous les souvenirs de sa pauvre vie d'homme, afin d'examiner si quelque chose, en lui, pouvait justifier les rigueurs du sort qui l'accablait.

Les images mobiles, sur lesquelles la mémoire burine le passé, venaient, tour à tour, comme les tableaux d'un magique géorama, représenter à l'ouvrier les principales scènes de son existence.

C'était d'abord son mariage avec Magdeleine, oh ! ce tableau là en avait des couleurs ! Y en avait de la lumière, dans cette petite chambre, sous les toits ! Comme les oiseaux y chantaient au milieu des pots de fleurs, quand le lendemain de ses noces, il s'était réveillé chez sa petite femme. Était-elle charmante dans sa camisole blanche, son jupon rouge et ses beaux cheveux bruns un peu en désordre.

Active comme une abeille, elle s'était levée sans bruit, et soufflait déjà sur la fenêtre, le feu du petit réchaud sur lequel chauffait le lait pour le déjeûner du matin !

Comme il l'aimait! sa chère Magdeleine, et il énumérait dans son cœur toutes les bonnes qualités qui la rendaient aimable :

C'était une travailleuse! et avec ça toujours de bonne humeur, toujours le mot pour rire. Elle ne ressemblait pas à ces femmes de mérite, acariâtres qui vous font envier les rigoleuses. Et puis quelle mère! Toujours avec ses enfants. Il avait promis de la rendre heuseuse! Eh bien! de ce côté là, n'y avait-il rien à dire?

Avait-il tenu ses serments?

La main sur la conscience, avait-il quelque chose à se reprocher à l'égard de sa femme?

Non! non! à part quelques petites scènes de jalousie, dans les commencements, une ou deux parties avec les camarades, d'où il était revenu un peu pompette, il n'y avait pas eu la moindre querelle entr'eux. Pas seulement ça. Et retirant l'ongle du pouce d'entre ses dents, il les faisait claquer.

Plus il avait vécu avec Magdeleine, plus il l'avait aimée, car plus il l'avait estimée!

Comme fils, avait-il fait son devoir?

Oui, sa mère était morte dans ses bras en le bénissant, en lui souhaitant, comme récompense à Magdeleine et à lui, d'avoir des enfants qui leur ressemblent.

Et quand la famille était venue, et avec elle la gêne, n'avait-il pas, pour nourrir ses petits et laisser sa femme à la maison, travaillé jusqu'à dix-sept heures par jour?

Oui, c'était bien ça, en été il allait à la cuve avant l'aurore et ne rentrait le soir qu'à la nuit, pouvant à peine manger, pouvant à peine trouver la force de se déshabiller, tant il était las, quand il s'endormait du lourd sommeil du bœuf, et du travailleur surmené.

Il avait bien supporté toutes les charges de la famille, sans en avoir d'autres joies que celles du dimanche, quand on allait se promener ensemble.

Mais ces joies étaient rares. Il y avait eu les maladies, la diminution dans les heures de travail, quand ça n'allait pas, il y avait eu parfois de la misère.

Hé! bien! quoi! il ne s'était pas plaint.

Il avait subi son sort sans penser, seulement, qu'il était victime d'un état de choses subversif. L'idée que dans le dénûment, on pût se révolter contre les riches ne lui était venue qu'en déportation, au contact d'hommes réellement convaincus que le sort du prolétaire est entre ses mains, et qu'étant le nombre, il dépend de lui de changer sa destinée.

Mais là encore il n'avait rien fait que des réflexions.

Était-ce de cela qu'on voulait le punir?

Ces pensées le reportaient à la Nouvelle Calédonie.

Il revoyait la mer, il entendait les cyclones battre les récifs, fouetter les vagues, déraciner les arbres des forêts, et il pensait qu'entre l'homme et la nature il y a bien des ressemblances. Peut-être, quand elle bouleverse tout, essaye-t-elle de changer quelque chose aux lois qui la maîtrisent. Sait-on à quelle secrète impulsion obéissent les forces de l'ouragan?

Le voyage de Calédonie avait ouvert l'esprit au déporté.

Il se revoyait au milieu de toutes les splendeurs de cette nature primitive éclairée par une lumière intense, montant la petite côte de la Poste, attendant anxieux l'appel de son nom pour recevoir la pauvre lettre écrite par Angèle ou Auguste.

Quelquefois cette lettre contenait vingt sous en timbres-poste. Chers enfants! comme ils avaient dû se priver pour procurer un peu de tabac à leur père. Mais lui ne fumait plus. Poussé par la force morale d'un sentiment, l'homme peut ce qu'il veut. Les vingt sous étaient mis de côté pour acheter des choses destinées à réjouir la famille.

Tonnerre de sort! il ne serait pas là quand arriverait la caisse contenant toutes les épargnes de l'exil.

Les lettres de sa femme et de ses enfants, il les avait encore dans sa poche, quand on l'avait arrêté. On les lui avait prises au greffe.

Y avait-il quelque manigance là-dessous?

Il n'y comprenait rien.

Là-bas, à la presqu'île Ducos, il avait bien des fois entendu les autres gronder contre la violation du secret des lettres.

« Ribour et Aleyron avaient-ils peur que les spectres de leurs victimes ne fussent cachés dans ces lettres? Non, non! Ils pouvaient être tranquilles, les massacreurs! Les massacrés dormaient sous les pavés de Paris, à six mille lieues de là. »

Cet Aleyron, on en disait de belles sur son compte. C'était lui, d'après le bruit public, qui présidait les massacres de la caserne Lobeau et le gouvernement n'avait pas eu honte de donner à ce bourreau, la haute main sur ce qui restait des vaincus échappés à ses cruautés.

Voilà ce qu'on disait à propos des lettres. Lui Brodard se contentait de prendre les siennes, et s'en allait plein d'émotion lire, à travers ses larmes, les expressions de tendresse qui lui venaient de si loin. On pouvait bien voir sa correspondance, lui et les siens n'avaient pas de secret.

Non, il ne pensait pas à récriminer, il ne pensait qu'à sa famille, quand il recevait des nouvelles de France. Pourquoi donc les lui avoir enlevées, ce qui pour lui était un vrai trésor, mais qui, assurément, devait être d'une grande insignifiance pour la police?

Pour cette âme droite, ces agissements étaient d'aussi grands motifs d'étonnement que sa condamnation l'avait été pendant six ans.

La voiture de morts qu'il avait saluée, passait aussi dans les fantasmagories de ses souvenirs. Il la voyait aux lueurs cuivrées de l'incendie, dans Paris flambant comme une torche. Il la voyait, s'égouttant rouge sur les pavés; débordant de têtes grises et de pieds d'enfants.

C'était vers la caserne Lobeau.

Avant d'être arrêté là, il avait erré dans la ville en flammes, pris d'une immense pitié pour les victimes de la boucherie qu'on appelait, en style parlementaire, le RÉTABLISSEMENT DE L'ORDRE.

Ce qu'il avait vu, il ne pouvait y penser sans une profonde horreur.

Songez donc, dans le jardin de la Tour Saint-Jacques, — là où jouent insoucieux les petits enfants, il avait vu dans une hideuse tranchée presqu'à fleur de terre, des mourants, des blessés qu'on avait jetés parmi les morts, se lever sous les morsures de la chaux vive, se tordre, montrant des faces livides, des fronts troués, des visages sanglants. Il avait entendu une bouche agrandie par un coup de sabre pousser un cri.

A ces mouvements, à ces cris les soldats s'étaient arrêtés.

« Ils ne sont pas tous morts, » dit un sergent.

L'officier qui présidait à l'enfouissement eut un mot de fossoyeur :

« Baste! continuez, si on voulait les croire, il n'y en aurait pas un de mort! »

Plus loin, Brodard avait vu, près d'un monceau de chair humaine, des soldats préparer la soupe.

Quelques-uns chantaient des chansons de leur pays. L'une d'elles l'avait frappé. Sa mère la disait sur son petit lit, quand il était enfant et qu'elle cherchait à l'endormir.

C'était le chant des Vagres.

> Dans la nuit profonde,
> Bon Vagre, ou vas-tu ?
> Quand l'orage gronde
> Tout de cuir vêtu,
> Quand l'orage gronde
> Bon Vagre, ou vas-tu ?
>
> Voyez la potence
> Là-bas, paysans,
> Le vent y balance
> De vieux ossements
> Voyez la potence,
> Là-bas, paysans.
>
> La torche et l'aurore
> Font rouge le jour
> Leur reflet colore
> La haine et l'amour !
> La torche et l'aurore
> Font rouge le jour.

Le soldat ne comprenait pas plus le sens de cette naïve chanson des Vagres, dont il berçait le sommeil des fédérés morts pour la grande cause, que Brodard ne le comprenait lui-même. Mais il semblait à celui-ci entendre la voix de sa mère, dans ce grand égorgement.

Et n'était-ce pas sa mère, en effet, cette liberté en sang qui caressait du vieux souffle des Jacques les victimes de l'éternel despotisme !

Du fond de sa prison, Brodard revoyait toutes ces choses terribles : des journalistes et des prostituées fouillant de la canne et de l'ombrelle, les yeux et les entrailles des morts.

Dans le grand silence de son étroite prison, Brodard trouva d'abord une sorte d'apaisement.
(Page 109).

Il voyait passer des chasses à l'homme, dont les unes allaient jusqu'aux remparts ; les autres, guidées par des flambeaux, précédées de chiens hurlant à la curée, s'enfonçaient dans les catacombes. Puis des mères, des femmes, cherchant leurs maris, leurs enfants parmi les morts !

C'était épouvantable !

Que de fois, assis devant sa hutte de Calédonie, par les grands clairs de lune du ciel Austral, il avait cru voir sous les miaoulis passer les ombres plaintives des massacrés de la Commune.

Maintenant il était en France. On n'y tuait plus les vaincus de mai, mais on les arrêtait encore et les morts revenaient toujours!

Brodard se pressait le front de ses deux mains. Il se sentait devenir fou.

Heureusement, on vint le chercher pour le conduire devant le juge d'instruction.

Enfin, il allait savoir de quoi on l'accusait, car il n'avait absolument rien compris à ce que lui avaient bredouillé les gendarmes en l'arrêtant. Il était si troublé.

XXVII

ANGOISSES MATERNELLES.

Angèle ne reprit connaissance qu'au Dépôt.

En se voyant sur les planches d'un lit de camp, entre des femmes inconnues, elle ne sut pas d'abord où elle était.

Elle se souleva, regarda autour d'elle et vit dans une grande salle, à peine éclairée par un bec de gaz qu'on avait baissé, une trentaine de femmes étendues sur la paille, dans des coins, ou au milieu, sur le lit de camp.

Quelques-unes des prisonnières étaient en toilette, d'autres en haillons. Il y en avait de proprettes qui ressemblaient à des ouvrières. La plupart ronflaient comme dans leur lit, d'autres se plaignaient en dormant.

Depuis quelque temps, l'étrange était tellement entré dans la vie d'Angèle que son sommeil était rempli de songes bizarres et que, parfois, elle ne distinguait plus la réalité du rêve.

Toutes ces formes vagues, saillissant de l'ombre, dans les tons châtoyants de la soie ou sous les grisailles de vêtements passés de couleur, lui faisaient l'effet d'êtres fantastiques.

Angèle se demandait ce qu'elle faisait là, malade et brisée? Instinctivement elle chercha sa petite. Ne la trouvant pas, comme d'habitude, à portée de sa main, elle fut prise d'un vague effroi, et les événements qui l'avaient conduite dans ce lieu lui revinrent en mémoire.

Elle comprit qu'elle était en prison, et poussa un cri en appelant Olympe :

« Ma petite!... où est ma petite?... »

Olympe, accroupie devant le lit de camp, pleurait tout bas. C'est qu'elle se sentait coupable d'imprudence, la malheureuse. C'est elle qui avait entraîné la fille de son amie dans cette souricière.

— Ma petite!... Ma petite ! répétait Angèle.

— Ta petite? fit l'autre bien embarrassée, ta petite... mon Dieu ! faut pas s'en inquiéter... y a une Providence... J'ai toujours cru à la Providence, moi!... ELLE est en sûreté...

— Où?

— Chez moi?

— Chez vous! Ah! malheureuse! malheureuse que je suis! chez vous!... toute seule?...

— Il y a des voisins...

— Des voisins! oh! Dieu tout-puissant! Je les connais ces voisins-là!

Angèle se tordait les mains répétant sans cesse :

« Seule! toute seule. »

Non, c'était trop horrible! ça ne pouvait pas être. Une idée et avec cette idée une espérance vint à la jeune mère :

Amélie n'avait pas dû être arrêtée. Elle était restée là-bas, son amant devait l'avoir défendue contre les agents des mœurs.

Elle en parla à Olympe qui n'osait pas la détromper.

« — N'est-ce pas, disait Angèle, » Amélie n'est pas avec nous? elle veillera sur la petite. Elle n'est pas méchante, cette fille. Non, oh! non, bien sûr ; elle n'est pas méchante, elle ne m'en voudra pas de m'être mise de votre côté. Ces choses-là s'oublient, on pardonne à ceux qui sont dans le malheur.

« Et puis, l'enfant est sa filleule, son devoir est d'en avoir soin, quand je ne suis pas là. Étais-je folle de tant me tourmenter. »

— Non! non, ne te tourmente pas, les choses s'arrangeront.

— Bien sûr, Amélie n'aura pas longtemps à s'occuper de Lize. On ne peut pas me garder en prison moi, je n'ai rien fait, je suis innocente. Défendre une amie, c'est si naturel, personne ne peut trouver à redire à çà.

Angèle parlait fiévreusement. Tout à coup, elle s'arrêta, elle venait de voir sur le corps de l'une des femmes endormies, une robe semblable à celle que portait la maîtresse de Nicolas, pendant la visite que cette dernière avait faite chez Olympe.

« Amélie! Amélie! » cria d'une voix égarée la petite Brodard, « Amélie!... Elle n'y est pas!... Mon Dieu, faites qu'elle n'y soit pas! »

Amélie se mit sur son séant et regarda autour d'elle en se frottant les yeux, Qui donc l'appelait?

Cette tête ébouriffée, qui se levait contre son dernier espoir, fit l'effet d'un spectre à la pauvre Angèle. Une apparition de la mort, telle que l'a personnifiée l'imagination populaire, l'eût moins épouvantée. Elle ne put retenir un cri.

La chambrée s'éveilla :

Voleuses; maîtresses de tripots; maquerelles de bas étages — les autres sont rarement inquiétées; — vieilles vagabondes que les règlements de l'asile de nuit rejettent dans la rue[1]; prostituées en contravention, écume des boulevards levée dans une rafle, toutes se mirent à bougonner.

« Lize! Lize! ma petite Lize! » criait Angèle effarée, « je veux parler au chef! y a-t-il un chef ici! »

Elle était hors d'elle.

—

1. Avec papiers ou références elles (les vagabondes) seront admises aux dortoirs avec lits, mais ne peuvent y coucher *plus de trois nuits consécutives* sans une autorisation spéciale d'un membre de la commission de surveillance. (Art. 7 des statuts de l'hospitalité de nuit donnée aux personnes sans asile par la Société philanthropique).

Les femmes la regardaient mécontentes, étonnées.

« — Qu'avait-elle à gueuler, cette petite dinde avec son chef ?

« — Les roussins dormaient tous à cette heure.

« — Elle devait en faire autant, et laisser le monde tranquille.

« — D'où sortait-elle, celle-là, pour se permettre un tel boucan ?

« — Est-ce qu'elle se croyait chez elle ?

« — Sur les coussins rembourrés de noyaux de pêche de la préfecture de police, on avait eu tant de peine à s'endormir, et voilà que cette grue venait les éveiller.

« — Si elle ne se taisait pas, on allait lui flanquer une tripotée

« — Elle le méritait bien. »

Mais Angèle ne les écoutait pas, ne les entendait pas.

Que lui importaient les clameurs de toutes ces mauvaises filles !

Une seule ne disait rien, elle regardait curieusement Angèle et semblait la plaindre en la reconnaissant ; c'était la jeune ouvrière qui avait témoigné tant d'intérêt à la petite Brodard, chez madame Régine, et lui avait donné vingt sous.

Angèle ne la voyait pas, elle continuait de crier :

« Mon enfant ! mon enfant ! »

Amélie n'y pouvait rien, elle s'était recouchée. Olympe cherchait à calmer les inquiétudes de la pauvre petite mère.

— Mais ne te tourne donc pas les sangs comme ça, lui disait-elle, il ne lui arrivera rien, demain à la première heure, tu la trouveras encore endormie. Et si par hasard on te gardait jusqu'à midi...

— Jusqu'à midi !...

— C'est bien possible qu'on te relâche avant, si nous sommes plus tôt conduites devant l'inspecteur. Je prendrai tout sur moi, tu verras, on ne te fera rien. Mais vois-tu, jusqu'à midi, il n'y aurait rien à dire.

— Vous êtes folle, Olympe, jusqu'à midi !... Ha ! ha ! ha ! jusqu'à midi ! Est-elle drôle ! Est-ce que j'ai fait quelque chose de mal ?... On doit m'ouvrir tout de suite, tout de suite, entendez-vous ! Je veux parler au chef, ma petite ne peut pas demeurer seule jusqu'à demain.

— Elle ne sera pas seule.

— Ah !

— La mère Grichon a l'habitude de me monter à déjeuner, de venir faire mon ménage... Elle verra bien...

— Non ! non ! non ! ce n'est pas vrai ! elle ne montera pas. Est-ce qu'on peut vous porter à déjeuner quand vous êtes ici ! la vieille sorcière le sait bien.

« Est-ce qu'on fait votre ménage à présent ?... Mon Dieu ! mon Dieu ! son ménage ! »

Elle alla vers la porte, — une porte de chêne — la frappa des pieds et des mains à s'en meurtrir. Elle ne le sentait pas, elle continuait malgré les efforts d'Olympe pour l'en empêcher.

Naturellement, personne ne vint.

« — Le chef!... Je veux parler au chef » répétait la pauvre petite.

« — Mais qu'a-t-elle donc à nous raser comme ça, avec son chef? » demandaient les femmes.

« — Est-ce qu'elle a une araignée dans le plafond?

« — Qu'on la mette avec les déménagées qui attendent la voiture pour Sainte-Anne, alors!

« — Mais laissez-la donc tranquille, sans cœur que vous êtes, » dit l'ouvrière du *Lys dans la vallée,* « c'est une mère inquiète de son enfant, un amour de petite fille, je l'ai vue ce matin. N'y a pas de quoi rire allez. Je comprends sa peine, moi.

La chambrée s'apaisa.

On n'avait plus sommeil. On parla des enfants. Toutes ces malheureuses les adoraient.

Chacune avait son histoire à raconter là-dessus. Elles parlaient toutes à la fois. Le sentiment maternel était débordant, vivace encore au fond de toutes ces pauvres âmes tarées. Dans ces cœurs attaqués par toutes les dégradations, il y avait un coin d'une tendresse, d'une pureté infinies pour les enfants.

Une voleuse raconta qu'elle avait commencé le *métier* pour donner du pain à ses mioches; une prostituée, qu'elle s'était vendue pour les siens.

« — Les enfants! n'y avait que ça de bon sur la terre.

« — Ça vous aimait sans vous juger.

« — Pour eux on faisait tout, on pouvait tout faire.

« — Mais voilà, on les perdait après s'être perdues pour eux. Alors qu'est-ce qu'on avait?

« — Oui, qu'est-ce qui vous restait?

« — Une boucle de cheveux, au fond d'une boîte.

« — C'était bien ça : une boucle de cheveux qu'on n'osait, qu'on ne pouvait même pas porter sur son cœur.

« — Était-ce drôle, et pourtant on y portait des médailles.

« — Oui, mais c'était pas la même chose. »

A les entendre, toutes étaient des héroïnes de l'amour maternel. Beaucoup disaient vrai, d'autres mentaient sans doute. Mais, dans leur hâblerie sentimentale, il y avait l'expression naïve d'un grand sentiment qui les rattachait encore à la nature, à la morale.

Olympe avait aussi sa lamentable odyssée; elle la raconta, espérant que l'intérêt qu'Angèle y prendrait la distrairait de ses horribles craintes.

Voilà, pour bien comprendre combien elle avait souffert comme mère, fallait savoir ce qu'elle avait souffert comme enfant.

Tout lui avait manqué dans la vie. Elle n'avait connu ni père ni mère et n'avait eu un peu de bonheur que lorsque son frère l'avait prise avec lui dans le village où il était maître d'école. Elle avait alors sa grand'mère · une bonne vieille qui l'aimait comme ses yeux et lui laissait faire ses quatre volontés.

Pauvre femme! Elle était morte de saisissement quand on était venu arrêter son petit-fils, au moment où ce mufle de Badinguet avait fait son coup d'État.

Elle s'en souvenait comme si c'était hier. Il pleuvait à verse quand les gendarmes avaient emmené son frère, le meilleur des hommes ! Elle était restée seule avec sa grand'mère qu'elle croyait endormie mais dont l'immobilité lui faisait peur, et le lendemain, quand on avait enterré la pauvre vieille, il pleuvait toujours. A plus de vingt-cinq ans de distance, elle entendait encore les gouttes d'eau tomber sur le bois du cercueil au bord de la fosse.

Elle avait huit ans alors, et plus personne au monde. Dans son effroi d'être toute seule, elle était allée à pied dans un autre village pour trouver la fiancée de son frère. Elle était arrivée à moitié morte de fatigue et de peur.

La famille de Mlle Izabeau — c'était le nom de sa future belle-sœur — ne lui avait pas fait bon accueil.

On s'était empressé de l'expédier à Clermont où, après une halte de quelques jours à l'hospice, on l'avait envoyée dans une autre ville pour y être placée dans un couvent. Tout ça pour faire perdre sa piste à son frère, un impie, qui disait-on l'aurait conduite dans la voie de perdition.

Elle, qui jusqu'alors, avait été libre comme un oiseau des bois, était maintenant dans la plus triste des cages.

On lui avait abîmé la santé et abruti l'esprit à force de travail. Si encore on lui avait appris un métier qui pût la faire vivre ! mais non, elle avait fait de la lingerie, — cette triste besogne dans laquelle les femmes honnêtes ne gagneraient pas l'eau qu'elles boivent, si on achetait l'eau — et qui ne peut rendre une jeune fille propre à autre chose qu'à la domesticité.

Mais les gens riches et les gens d'église ont besoin de servantes : voilà une des raisons pour lesquelles ils entretiennent des ouvroirs. Et, d'ailleurs, ça rapporte.

Si elle avait eu des famines de cœur dans ce milieu glacé ! si elle avait souffert d'être captive, fallait pas le demander ! Aussi avec quel empressement elle avait pris la première place qui s'était présentée. Elle était venue à Paris comme fille de chambre. Mais, voilà ! les béguines ne lui avaient pas même bien appris à faire un ménage. Elle avait perdu son emploi et était entrée comme ouvrière dans une teinturerie de peaux. C'est là qu'elle avait connu les parents d'Angèle, — des perles d'ouvrier ; — c'est là qu'un patron l'avait séduite, rendue mère et poussée dans cette fameuse mauvaise voie dont toute la clique des calotins devait tant la préserver.

Elle avait d'abord essayé d'être honnête. Elle aimait tant son petit qu'elle aurait voulu en être estimée. Elle le voyait déjà grand et elle s'échinait au travail ; mais elle avait eu beau faire, il avait fallu glisser dans la moutarde et, peu à peu, y enfoncer jusqu'au cou. Et tout ça, sans être assurée d'avoir seulement du pain, car le vice, c'est comme autre chose, pour en tirer profit faut avoir l'expérience, savoir calculer.

« Tout ça m'a manqué, » poursuivit Olympe : « vous allez voir ce qui en résulte.

« Un jour que mon petit Paul — il s'appelait Paul — était bien malade et que j'étais dans une affreuse panne, pour lui avoir des médicaments, je fus obligée d'aller au bal pour y chercher pratique, laissant mon enfant sous la garde de ma vieille portière. Je passai la nuit dehors à rigoler, la tristesse et l'effroi dans l'âme. Quand je revins au matin, avec les drogues, c'était trop tard, le petit était mort !

« — Ah! vous voyez! » cria Angèle cette conclusion inattendue. « Vous voyez, Olympe... Et vous l'aviez recommandé à quelqu'un! Et moi, moi! je ne dois pas craindre? »

Olympe avait trop parlé. Elle le sentait et en était au désespoir. Elle ne ferait donc que des bêtises. Voilà, la pauvre petite mère était plus angoissée que jamais! Était-elle bête! était-elle bête! vrai! elle l'était à payer patente! A toutes les consolations embrouillées qu'elle donnait à Angèle, celle-ci ne faisait aucune réponse.

L'ouvrière du *Lys dans la vallée* vint serrer la main à la petite Brodard qui ne fut nullement surprise de la voir là, nullement envieuse d'en savoir la cause. Elle ne pouvait plus parler, elle était anéantie.

La jeune lingère dit qu'elle avait été arrêtée par erreur, en sortant de son atelier. Elle n'était pas inquiète, un mot devait suffire pour la faire relâcher. Et si Angèle n'était pas libre, c'est elle qui irait chercher l'enfant; elle s'appelait Clara Bussoni : la petite mère pourrait se fier à elle. Elle était connue dans son quartier pour une honnête personne. Elle ne promettait que ce qu'elle pouvais tenir : elle aurait soin de Lize,

Clara Bussoni se revoyait déjà dans sa petite chambre.

Une faible pression de main avait seule répondu aux offres obligeantes de la jeune ouvrière.

Le silence se rétablissait, le sommeil engourdissait les langues, les femmes se rendormaient. Angèle retenait ses soupirs. Elle désirait qu'Olympe eût un peu de repos. Elle se sentait prise dans un engrenage de fer. Ce n'était pas une raison pour que sa misérable amie partageât son ardente veille. Elle ferma les yeux. Mais elle ne dormit pas. Immobile, la pensée ardemment concentrée sur un point fixe, elle voyait, elle entendait ce qui se passait dans la chambre d'Olympe. Elle sentait ses seins se gonfler de lait et sa petite, la bouche sèche, crier dans le bouge.

Puis en songeant que Lize pouvait tomber de son fauteuil, qu'elle était étendue par terre blessée, mordue par le froid, effrayée par la nuit, un immense désespoir remplissait l'âme d'Angèle. Supposer cela, avoir de telles visions, passer par les plus affreux pressentiments et ne pouvoir voler au secours de sa fille! N'y avait-il pas de quoi devenir folle!

Le cœur serré comme dans un étau, elle ne pleurait pas, les tempes lui battaient, sa gorge, sa langue lui semblaient de bois; une ligne douloureuse cerclait ses tempes. Le timbre des horloges lui sonnait les heures dans la tête. Cela la faisait horriblement souffrir.

Comme elles passaient lentement, toutes ces heures! comme l'attente allongeait les minutes pour la pauvre petite mère. Était-il possible qu'une nuit pût durer comme cela! Mauvaise nuit! elle serait éternelle!

Elle ne le fut pas. Le jour vint, pâle et blafard se coller aux vitres de la grande salle. Mais cette lumière n'apportait avec elle aucune chaleur : Angèle avait froid jusque dans les os.

Elle se leva et vint se mettre contre la porte. Voilà, elle ne devait pas perdre une seconde pour sortir, pour voler au secours de sa petite Lize. Elle serait la première dehors; elle saurait bien expliquer... elle n'avait pas peur... il s'agissait de son enfant... Le chef était un homme, il ne la mangerait pas, il l'entendrait, il aurait pitié ! Peut-être ce serait un père !

Un père ! cela lui rappelait M. Rousserand et elle craignait tout. Aussi, pourquoi les femmes n'étaient-elles pas juges, quand il s'agissait d'autres femmes ! Elles comprendraient mieux, elles seraient clémentes. Les hommes ne pensaient qu'à punir.

Le sentiment passionné, qui se dégageait de son enfant, absorbait tellement toutes les facultés d'Angèle qu'elle ne voyait plus que lui dans l'univers. Père, mère, frère, petites sœurs tant aimées, tout ne lui était plus que des affections secondaires, effacées, presqu'oubliées en ce moment terrible.

Affolée, elle voulait pourtant paraître tranquille. Vaguement, elle sentait que le calme est une force et elle voulait être calme.

Enfin, une clef tourna dans la grosse serrure et la porte s'ouvrit.

Une religieuse de l'ordre de Marie-Joseph entra dans la salle suivie d'un homme apportant des gamelles pleines de soupe.

Angèle se précipita dans le corridor, mais elle fut saisie par une sentinelle qui la ramena de force. Alors, elle se mit à genoux devant la sœur, et les mains jointes, elle supplia qu'on la laissât sortir.

— Mais, ma pauvre petite, dit la sœur, je n'ai pas le pouvoir de vous faire mettre en liberté.

— Je suis innocente.

— Je vous crois, mais je n'y puis rien.

— Oh ! si, madame, si, vous y pouvez quelque chose : faites-moi parler au chef. Je..

— Quel chef?

— Celui qui commande ici.

— Le préfet de police?

— Je ne sais pas. Celui qui peut me faire sortir.

Et comme la religieuse la repoussait doucement, cherchant à se dégager de ses étreintes, Angèle se cramponnait à elle en disant :

— Madame ! madame ! Il faut que je sorte ! Vous n'avez pas eu d'enfant, mais vous avez eu une mère, n'est-ce pas? Ayez pitié de moi ! Je suis mère, je suis innocente ! Ma petite Lize est innocente aussi. Je ne voulais que du travail ! Elle est toute seule dans une maison ! On m'a emportée.. je n'ai pas su. C'est un vrai coupe-gorge !... Personne ne viendra la secourir ! .. songez donc, madame, elle a six mois.. Si vous la voyiez madame, vous en seriez tout attendrie. Il y a là une demoiselle qui la connaît... une honnête demoiselle !... Elle peut vous dire que je cherchais du travail avec l'enfant sur les bras...

— Laissez-moi passer, dit la sœur, plus émue qu'elle ne voulait le paraître, laissez-moi passer, je n'ai pas le pouvoir que vous me supposez, cependant je vais parler à quelqu'un et quand M. X... viendra, il vous interrogera tout de suite.

M. Nicolas se mit en devoir de lire son rapport.

— Et quand viendra-t-il?

— Pas avant onze heures.

Angèle fut prise d'une défaillance. Elle s'était levée, elle retomba mourante sur le parquet.

XXVIII

UN FONCTIONNAIRE.

La sœur s'était trompée, M. X*** l'un des redoutables chefs de la division des mœurs, ne vint qu'à midi. C'était un homme gras, bouffi, jaunâtre, chevalier de

Sainte-Anne, — on était bien avec le grand maître de la police russe, — décoré de la légion d'honneur.

Il avait besoin d'un long repos, cet honnête fonctionnaire et ma foi, pour les 10,000 francs — une misère — qu'on lui donnait, il n'avait pas besoin de faire du zèle. Les femmes pouvaient attendre. Ce n'est pas elles qui se plaindraient.

Et puis, appuyé comme il l'était par la rue des Postes, dont il était un des affiliés, il n'avait pas besoin de s'inquiéter de son avancement.

Sous cette bonne république athénienne, les gens *soutenus* faisaient tous leur chemin.

M. X*** s'assit lentement devant son bureau, dans un bon fauteuil, se cura les dents, bâilla plusieurs fois, se plaignit intérieurement de son sort et finit enfin par étendre sa grosse main blanche sur un tas de lettres cachetées, les unes arrivées déjà de la veille, les autres depuis le matin. Mais il ne se pressait pas de les lire.

Quel profond ennui de dépouiller une telle correspondance. Cependant, il fallait en prendre son parti. M. X*** ne devait s'en rapporter qu'à lui-même. Il y avait là un tas de choses confidentielles, des cas pour lesquels seul il pouvait agir. La police des mœurs

« ..... N'est pas ce qu'un vain peuple pense. »

se disait le digne fonctionnaire, et cette maxime, qui lui donnait de l'importance à ses propres yeux, le faisait sourire. Il se sentait un habile homme — sentiment bien doux dans toutes les positions, mais particulièrement quand on occupe un poste important dans l'administration. — Oui, il fallait être fin pour se tenir en équilibre dans un tel emploi.

Il y avait tant de précautions à prendre si on ne voulait pas se faire des ennemis dans le grand monde — toujours à ménager — tout en ayant l'air de pousser le service, d'être l'homme du métier, l'homme indispensable. C'est qu'il ne manquait pas d'opportunistes prêts à se contenter de sa place.

Heureusement, il n'y avait que lui pour savoir ménager la chèvre et le chou.

On en était sûr en haut lieu et voilà pourquoi il était maintenu malgré les clabauderies de la presse.

Telle maison de débauche clandestine avait des clients dans les plus hautes régions sociales et telle proxénète, des influences. Elle rendait des services à la préfecture ; pouvait-on s'occuper des mineures auxquelles une personne si utile donnait quelquefois un asile momentané ? Pouvait-on risquer de faire rencontrer dans un mauvais lieu, nez à nez avec des employés de la basse police, messieurs les sénateurs, messieurs les députés, messieurs les généraux, tels et tels qu'attendaient les portefeuilles ?

Il fallait de la prudence ! un tact !...

Mais Dieu merci ! M. X*** en avait à revendre. Il se rendait cette justice qu'il avait su bien mener sa barque au milieu de tant d'écueils. Il s'était tiré de tous les mauvais pas en ne faisant rien... Sa méthode était bien simple. En l'appliquant consciencieusement il s'était montré d'une profondeur... dont il était satisfait.

M. X*** commença à décacheter ses lettres, les jetant au panier en les marquant de certains signes, selon le cas, pour y faire répondre par le sous-chef.

Il y en avait de drôles, il y en avait de tristes.

Parmi celles-ci, une mère envoyait la photographie de sa fille — une enfant de treize ans, — qui avait disparu. La demande de recherches était apostillée par un ami de M. X***. Voilà pourquoi elle arrivait directement entre les mains du grand fonctionnaire S'il fallait en croire le portrait, la fillette était d'une beauté merveilleuse.

M. X*** était sur le point d'écrire, en marge de la lettre, une note qui aurait mis sur pied toute la police, pour retrouver l'enfant, quand son regard tomba une seconde fois sur la photographie.

« Tiens ! tiens ! tiens ! » dit-il en la considérant attentivement. « Tiens ! tiens ! tiens ! J'ai vu ça quelque part. Hé ! hé ! hé ! Cette sacrée Mina... Je ne sais pas comment elle fait son compte... Ma parole d'honneur ! elle est impayable ! Treize ans... Où a-t-elle pêché ce joli petit poisson ? C'est égal, il faut l'avertir d'être prudente, tout de même. Avec leurs associations pour l'ABOLITION DE LA POLICE DES MOEURS, pour l'ABOLITION DE LA PROSTITUTION, cette engeance de républicains ne demande que du scandale. C'est dégoûtant, ma parole d'honneur.

Il reprit la lettre.

« Voyens un peu ce qu'est cette espèce de mère ? »

Il examina l'écriture, une grosse écriture, mal formée, avec des mots à demi-effacés.

On avait dû en verser des larmes sur cette lettre.

M. X*** sourit des fautes d'orthographe, — ce gros bonhomme était un sot lettré. Il lut la signature :

« Veuve Mixlin, blanchisseuse, rue Nationale, 14. »

Il n'y avait pas à s'occuper de cette affaire, au moins pour l'instant.

M. X*** allait répondre lui-même à son ami que si la Préfecture était obligée de retrouver tous les objets perdus dans Paris, elle aurait trop à faire. Dans l'intérêt même de la fillette, il engageait la blanchisseuse à laver son linge sale en famille. Dans des cas pareils le moins de bruit possible était le meilleur.

Le haut fonctionnaire prit une autre lettre. Celle-là d'une petite écriture serrée, raide, droite, impérieuse disait simplement :

« Mettre en CARTE la fille Brodard (Marianne-Angèle). Préliminaires confiés à l'agent N. E. E. O. spécialement recommandé. »

Pas de signature : une croix imperceptible.

« Mettre en carte n'est pas difficile » pensa tout haut M. X***, « pourvu que Nicolas ait attrapé la donzelle, ce sera l'affaire d'une minute. Mais quel intérêt peuvent avoir les révérends... à une telle opération ? »

« Que m'importe ! Je n'ai pas besoin de le savoir : Il suffit qu'ils le veuillent, mon intérêt est de servir les leurs.

Il consulta son agenda :

« Brodard ? j'y suis: affaire Rousserand, ça me regarde seulement par ricochet. »

« Monsieur A***, le jeune substitut m'a fait prier de rechercher cette fille Brodard. »

M. X*** écrivit un mot et sonna.

Un garçon de bureau à face obséquieuse se présenta :

« Faites à l'instant porter ceci à son adresse, dit M. X*** en tendant au garçon le billet qu'il venait de faire. Il faut attendre la réponse. »

Le garçon en prenant le pli y jeta un coup d'œil détourné et sûr d'être agréable, dit vivement :

« M. Nicolas est dans la salle d'attente.

« Ah ! très bien ! très bien ! Faites entrer. Inutile de porter la lettre. Vous êtes un garçon d'esprit, Joseph, j'aurai soin de votre avancement. »

Joseph s'inclina jusqu'à terre, puis il courut chercher M. Nicolas pendant que le chef se faisait un visage de... chef.

M. X*** les jambes croisées, l'œil distrait, l'index dans une des boutonnières de son gilet, demanda à M. Nicolas s'il avait mis la main sur la fille Brodard.

— Elle est arrêtée depuis hier, répondit l'agent d'un air de fausse modestie.

— Très bien ! parfait ! M. Nicolas, vous êtes un homme précieux. J'aurai soin de vous.

Nicolas remercia son supérieur et se mit en devoir de lui lire son rapport.

Voici cette pièce qui devait figurer au procès de Brodard :

« L'an mil huit cent soixante-dix... le 31 mars à dix heures et demie du soir,
« rue Sainte-Marguerite, n°.... à Montmartre, dans le logement occupé par la
« nommée Léon-Paul, dite Olympe, fille soumise, inscrite sous le numéro 2453,
« ont été arrêtées :

« 1° La fille Brodard (Marie-Anne-Angèle) au milieu d'une véritable orgie,
« sous l'inculpation de tapage nocturne et de flagrant délit de débauche clan-
« destine. Cette fille insoumise, jusqu'ici, était parvenue à échapper aux règle-
« ments de police. »

« 2° La fille Léon-Paul, pour tapage nocturne, rébellion à l'autorité, coups et
« même blessures aux agents. »

« 3° La fille Amélie Sandié. »

« Au moment de leur arrestation, les trois femmes se battaient avec fureur et
« avaient ameuté le quartier par leurs cris. Les deux premières étaient dans un
« tel état d'ébriété que l'une mordait les agents de la force publique et que la
« plus jeune, c'est-à-dire la fille Brodard, est tombée ivre-morte dans les bras
« des sergents de ville, accourus au bruit pour assister leurs confrères de la
« police des mœurs. »

— Le rapport est-il signé ? demanda M. X***.

- Parfaitement.

— En avez-vous un duplicata.

— Oui, monsieur.

— Faites-en une troisième copie et portez-la vous-même au juge d'instruction, chargé de l'affaire Rousserand. Vous communiquerez l'autre à qui vous savez. Vous avez compris ?

— Oui, monsieur.

On frappa discrètement à la porte.

Une tête pâle apparut au fond d'une cornette.

M. X*** fit un geste et M. Nicolas disparut.

La cornette et sa propriétaire, l'une cachant l'autre entrèrent tout à fait.

M. X*** avec un empressement plein de courtoisie et de respectueuse défé-rence offrit un siège à la visiteuse, l'assurant qu'en toutes choses, il était son humble serviteur.

La sœur dit qu'elle avait une prière à faire à monsieur le chef de division. Celui-ci répondit que la demande quelle qu'elle fût était accordée d'avance.

La sœur Étienne ne voulait pas déranger M. X*** elle se tenait modestement debout pour lui parler disant vite ce qu'elle souhaitait, pour ne pas abuser d'un temps précieux.

Il s'agissait d'interroger au plus vite et de relâcher, s'il était possible, de relâcher, immédiatement, une pauvre créature que, sans doute, on avait arrêtée par erreur.

M. X*** affirma que les erreurs étaient impossibles. La préfecture, comme le pape, avait son infaillibilité.

La sœur, très peu flattée de la comparaison, n'en laissa rien voir et dit qu'il était bien possible, en effet, qu'elle se trompât. Sa protégée était une fille mère, mais elle n'était pas hardie comme les autres; on pouvait user de clémence envers elle, elle avait un air si doux ! Elle était si désespérée qu'elle faisait pitié.

M. X*** eut la bonté de s'informer des motifs de ce grand désespoir.

La sœur Étienne peignit, avec une certaine chaleur, les angoisses de la mère dont l'enfant était restée seule, ignorée de tous dans un logis étranger. Il fallait avoir compassion, et relâcher la prisonnière.

M. X*** ne voyait à cela aucun inconvénient, dès l'instant que ça faisait plaisir à Mme Étienne.

L'arrestation de ces malheureuses étaient des mesures de simple police qu'on modifiait à volonté. Il n'y avait pas de loi pour défendre ces femmes.

Cela étonnait un peu la religieuse, mais au fond, elle ne le trouvait pas mal. Les filles de joie étaient des réprouvées que Dieu seul pouvait absoudre, et si elles ne trouvaient contre l'arbitraire aucun refuge dans les lois humaines, elles en trouveraient encore moins dans les lois divines.

Voilà ce que, dans son ignorance des véritables principes de la morale, pen-sait la sœur Étienne. Elle ne savait pas que cette prostitution — contre laquelle toutes les vengeances célestes devaient justement s'exercer — n'est qu'une con-séquence inévitable du célibat systématique des religieux, du célibat forcé des soldats.

Et pourtant elle était intelligente et bonne, la sœur Étienne, de plus elle était belle — ce qui ne gâtait rien à ses arguments en faveur de sa protégée. Elle s'était

faite religieuse dans un de ces moments d'enthousiasme qui touchent au délire, portent aux plus grands sacrifices et sont la folie des grandes âmes.

— Comment s'appelle votre protégée? demanda M. X***

— Angèle Brodard, répondit la sœur.

— Angèle Brodard!... Ah! madame, vous ne savez pas à qui vous vous inté-
ressez.

— Mais monsieur...

— Cette fille est une abominable créature!

— Est-il possible?...

— Une créature de la dernière catégorie.

— C'est bien surprenant : elle n'a pas une figure vicieuse.

— Elle n'a pas d'enfant.

— Oh ! pour cela, monsieur, je suis sûr du contraire.

— Ne soyez pas si affirmative, ma chère sœur, vous pourriez vous tromper.

— Il y a des accents qui ne trompent pas.

« — Comme il est facile d'induire en erreur ces colombes du ciel! » fit M. X***
en roulant ses prunelles vers le plafond, « tenez, madame, lisez ceci :

Il lui tendit le rapport de M. Nicolas.

« Voyez, » ajouta-t-il : « ce qu'est la misérable qui a su capter votre pitié. »

La religieuse, le rouge au front, lut le documeut qu'on lui présentait.

« C'est égal, » dit-elle, en le rendant à M. X*** « c'est égal, si misérable, si fangeuse que soit cette jeune fille il y a, en dehors d'elle, une innocente.

— Ainsi, vous croyez encore à l'histoire de l'enfant. Vous ne connaissez pas
ces âmes perverses.

— Vous vous trompez, monsieur, je les connais et c'est parce que j'en ai déjà
beaucoup vu que celle-ci m'a remué le cœur par sa tendresse maternelle.

— Sa tendresse maternelle! Vous voulez plaisantez, ma sœur, ha! ha! ha! sa
tendresse maternelle!

— Vous n'auriez pu en méconnaître les vrais accents, si vous l'aviez entendue comme moi.

— Tenez, madame, une gageure : Je vais envoyer à la recherche de cet enfant.

— Merci, monsieur.

— Vous verrez qu'il n'existe pas.

— C'est égal, faites cela pour moi, je me trompe, faites-le pour l'amour de
Dieu.

— Soyez tranquille, madame, je vais expédier l'affaire ; sinon pour l'amour
de Dieu ; — je ne suis qu'un pécheur ; — au moins pour vous être agréable, ma
charmante sœur, — car vous êtes charmante en vérité — et pour vous je...

Elle l'interrompit :

— Hâtez-vous, monsieur, fit-elle sans avoir l'air de le comprendre, hâtez-vous,
il y a peut-être une âme à sauver, peut-être deux.

— Expliquez-vous, chère madame Étienne.

— Si la malheureuse Angèle Brodard est telle que la représente le rapport
que je viens de lire, il serait bon de lui enlever son enfant pour le placer dans

une maison d'orphelinat où, du moins, il recevrait une éducation chrétienne.

— Nous verrons ça : Il n'y a là rien d'impossible, si la chose vous est agréable ; seulement, il faut que l'enfant existe. C'est là le lièvre de votre pieux civet.

La sœur n'insista pas et se retira fort surprise des manières de M. X***. Quant à celui -ci, obstiné comme tous les sots qui ont avancé quelque chose, et ne mettant nullement en doute son infaillibilité, il ne crut pas devoir donner suite à la promesse faite à sœur Étienne.

A quoi bon chercher un enfant qui n'existait que dans l'imagination pervertie de la petite prisonnière ? Et il cessa d'y penser, prit un journal qu'il avait apporté, s'enfonça voluptueusement dans son fauteuil et se mit à lire.

Mais la politique ne parvenait pas à le captiver. Il pensait à la sœur Étienne. Quel dommage de cacher tant de beauté sous cette affreuse cornette. C'est égal, tout lui allait à cette femme-là !

XXIX

LA PRÉVENTION.

L'angoisse d'Angèle avait atteint un tel degré qu'elle se sentait devenir folle. Elle ne connaissait plus personne, n'écoutait plus rien et poussait des cris si plaintifs et si continus, que toute la chambrée en était agacée, à la fin.

Quelques-unes des prostituées qui d'abord avaient plaint la petite mère, l'auraient battue maintenant. Ça durait trop.

Amélie avait été interrogée, elle n'était plus là. Mais, était-elle libre ? Irait-elle à la rue Sainte-Marguerite ?

Olympe et la jeune ouvrière de Mᵐᵒ Régine essayaient de le faire croire à Angèle, mais la pauvre petite avait le presentiment d'un malheur et rien ne la rassurait ; plus rien maintenant ne pouvait lui donner un peu d'espoir.

Elle avait essayé de prier, mais Dieu, comme les hommes, était sourd à ses lamentations, insensible à son immense douleur. Il pouvait la faire cesser d'un regard, il ne le voulait pas sans doute puisque personne ne venait la chercher pour la conduire vers sa petite Lize.

Le jour baissait, la nuit descendait noyant d'ombre les coins de la grande salle. Angèle n'avait pas mangé depuis plus de trente heures et elle n'avait pas faim. La fièvre la brûlait.

La sœur revint. Elle apporta cette bonne nouvelle que M. X*** avait envoyé voir ce que devenait l'enfant. On allait bien sûr l'apporter à sa mère.

La pauvre Angèle saisit les mains de la messagère et les baisa en fondant en larmes. Ses beaux yeux en étaient comme deux fontaines.

Cela la soulagea un peu. Elle cessa de crier et de gémir, et l'oreille tendue, se mit à écouter.

On allait lui porter sa Lizette ; de nouveau, elle la tiendrait dans ses bras. Sans doute, ce pauvre agneau serait bien malade, peut être, mais les enfants, c'est vite revenu avec le lait et les soins de leur mère. Oh ! Dieu était bon, tout de même , il avait eu pitié d'elle et, dans son cœur, elle le remerciait :

Olympe et la jeune ouvrière pleuraient avec Angèle. Enfin on allait être délivré de toutes les horribles suppositions qu'on avait faites au sujet de l'enfant. L'espoir revenait au cœur de la jeune mère. Mais cela ne dura pas.

Le temps passait et rien ne venait. On avait trompé la sœur ou bien comme les autres, par pitié, elle avait voulu tromper la pauvre petite Brodard.

Plus poignantes que jamais, les angoisses recommencèrent à tordre le cœur d'Angèle. Elle s'assit sur le bord du lit de camp et là, le cœur noyé de douleur, les bras pendants, l'œil atone, la peau brûlée par la fièvre, elle attendait... Sans les tressaillements nerveux qui la secouaient par intervalles, on eût pu la croire morte tant son beau visage se teintait d'une pâleur verdâtre.

Ses compagnes, partageant ses craintes, ne savaient plus que lui dire. Elles se sentaient devant une insondable douleur et elles se taisaient.

S'identifier aux douleurs d'autrui est certainement le meilleur moyen d'atténuer les siennes. C'est ce qu'avait expérimenté la gentille et bonne ouvrière de madame Régine.

Clara Bussoni avait pris une part si vive aux malheurs de la petite Angèle qu'elle en avait oublié ses propres chagrins.

Cependant, elle avait bien de quoi se tourmenter pour son propre compte :

En sortant de l'atelier où elle avait travaillé fort avant dans la nuit, à une robe pressée, elle avait vu fuir des femmes sur le boulevard. Croyant à quelque danger public, la jeune ouvrière s'était sauvée comme les autres, et comme les autres aussi elle avait été ramassée dans une de ces rafles qui sont la négation la plus absolue de l'inviolabilité des personnes.

Il aurait fallu voir si d'abord Clara tenait tête aux agents des mœurs ; mais la réflexion lui venant que toute résistance était inutile et, qu'étant innocente du délit qu'on lui reprochait, elle n'avait rien à craindre, elle s'était laissé emmener.

Mais hélas ! elle devait apprendre à ses dépens quelle garantie offre l'innocence des accusés, dans certains cas, qui ne relèvent que du bon plaisir des fontionnaires.

En vertu de quel droit des femmes peuvent-elles être arrêtées sur le simple soupçon d'un délit qu'elles ne peuvent commettre seules et pour lequel leur complice jouit de la plus parfaite impunité? Mais surtout que signifie au XIXe siècle, dans une république, ce pouvoir accordé à des hommes de la plus basse moralité d'arrêter, de retenir en prison n'importe quelle femme?

Clara Bussoni n'était pas la première victime des grossières méprises, des coupables agissements d'une escouade d'agents des mœurs.

Après tant d'abus contre de soi-disant coupables, mais encore contre des femmes innocentes, il est remarquable qu'une aussi détestable, aussi immorale institution que cette police des mœurs, trouve encore quelqu'un pour la défendre et une Chambre pour la payer

Entre les Rousserand et les Brodard, il y a de la honte et du sang.

Heureusement ou malheureusement, la jeune et honnête ouvrière n'était attendue de personne autre que de la maîtresse d'atelier, et sa détention, en se prolongeant, l'inquiétait de ce côté-là. Et puis il y avait ses voisins dont l'estime lui était précieuse. Qu'allait-on penser d'elle, dans sa maison ?

Clara Bussoni était une de ces âmes délicates qui ont besoin de l'estime des autres autant que de la leur propre.

Elle était bien effrayée de voir revenir la nuit. Hélas ! il fallait se résoudre à la passer dans cette abominable chambre, entre toutes ces filles de mauvaise vie.

Si madame Régine venait à apprendre son aventure, elle était capable de la mettre à la porte. Cette femme qui tenait tant aux dehors, était si dure!

Clara Bussoni était donc bien inquiète pour elle-même, mais elle avait un cœur si compatissant, que la situation d'Angèle la préoccupait plus encore que la sienne propre.

Pauvre Angèle! Elle ne se sentait plus vivre maintenant que par la souffrance.

XXX

UNE VISITE INATTENDUE

Le premier avril, pendant que sa sœur, après une nuit d'angoisses au Dépôt, y commençait une journée plus affreuse encore; pendant que son père, au fond d'un cachot, rêvait, l'âme brisée, au triste sort de sa famille, Auguste suivi du maître d'école rentrait à Paris.

Avant de se constituer prisonnier pour répondre du meurtre qu'il avait commis, l'enfant avait voulu retourner chez lui. Léon-Paul ne l'en avait pas dissuadé, sachant bien que l'incertitude, sur le sort de ceux qu'on aime, est le pire de tous les états du cœur, et que la crainte d'un malheur est souvent plus douloureuse que ce malheur lui-même.

Il se mettait à la place de la pauvre mère.

« Vois-tu » avait dit le maître d'école, « avec la certitude d'un désastre quelconque commence, ou la lutte pour repousser les effets du mal, ou la résignation à l'inévitable, ce qui est le commencement de la vraie sagesse. »

Avec son nouvel ami, le petit Brodard remontait l'avenue des Gobelins dans laquelle son père était entré la veille avec tant de joie, avec tant d'espérance au cœur, qu'il avait ensuite gravie comme un calvaire, puis redescendue entre deux gendarmes, la honte au front, devant des groupes de curieux.

Mme Brodard vaquait tristement à quelques soins domestiques, tout en songeant aux moyens d'arriver près des juges, afin de les implorer pour son mari. La rumeur publique lui avait appris le motif de l'arrestation. Elle savait bien qu'il n'était pas l'auteur du meurtre de M. Rousserand... Elle pouvait l'affirmer...

Oui!... Mais alors, il lui faudrait éveiller les soupçons sur son fils, sur ce cher et malheureux enfant dont l'absence n'était que trop significative.

De quelque côté qu'elle se retournât, elle était sur des épines. Elle connaissait son fils; c'était une nature ardente, emportée; mais sensible et délicate à l'excès; avec ça une droiture naturelle... Il pouvait céder à l'entraînement d'une généreuse colère, mais sa mère savait bien que chez lui les réactions étaient terribles. Il avait presque tué un homme, cela pouvait lui paraître affreux maintenant qu'il devait être de sang-froid. Et elle craignait tout, même ce qui avait failli arriver.

Elle n'en finissait pas, la pauvre Magdeleine, de tourner et de retourner dans sa tête endolorie mille suppositions terribles qui y roulaient comme des boules de plomb, lui meurtrissant la cervelle.

Quand elle cessait de penser à Auguste et à son mari, au manque d'ouvrage et à ce qui allait s'ensuivre, c'était pour s'inquiéter d'Angèle. « Mon Dieu! mon Dieu! » se disait Mme Brodard « pourquoi ne suis-je pas allée avec Olympe? cette bonne mais folle créature était-elle en état de guider quelqu'un? Dans une telle compagnie, ma fille ne pouvait courir que de mauvaises chances! Elle se repentait d'avoir été faible par bonté d'âme.

Dans la crainte de froisser une pauvre fille perdue, voilà, elle compromettait son enfant.

Mon Dieu! mon Dieu! que c'était bête! Et la petite?

Encore un déchirement pour Magdeleine. Ce pauvre chou; comment n'en aurait-elle pas été inquiète, puisqu'on s'attache à n'importe quelle bête qu'on élève, n'est-il pas naturel de s'attacher à un petit enfant qui vous tient de si près, surtout quand c'est un amour, comme cette Lize.

C'était jeudi, Sophie et Louise n'allaient pas à l'école; assises toutes deux, sur le même banc, près de la fenêtre, elles regardaient tristement passer les nuages dans le ciel. Ne sachant pas s'il y avait encore du pain à la maison, elles ne demandaient rien. Dans la misère, l'expérience mûrit vite, même chez les enfants.

Le père Henri ayant déjà terminé sa tâche de balayeur, était venu offrir à sa nièce de l'accompagner partout où elle croirait bon d'aller pour son mari.

Le pauvre vieillard était bien abattu, au fond, mais il feignait de ne pas l'être et quoiqu'il fut payé pour en douter, il affectait une certaine confiance dans la justice des hommes. Par exemple il était de plus en plus furieux contre la mauvaise race des patrons. Ce qui ne l'empêchait pas d'ajouter : « tout ce qui est violent ne dure pas. » Il aimait les maximes, et il en débitait en veux-tu en voilà pour prouver que la « situation changerait, qu'il y aurait une détente dans le sort. »

« C'était pas Dieu possible autrement! »

Magdeleine écoutait toutes ces paroles judicieuses, sans en être autrement rassurée. En entendant du bruit dans l'escalier, elle eut un éclair de joie, croyant que c'était Angèle qui revenait. Elle faillit s'évanouir en revoyant Auguste.

La mère et le fils tombèrent dans les bras l'un de l'autre, confondant leurs larmes, s'embrassant, sans pouvoir dire un mot. Les petites, toutes joyeuses de revoir leur frère, le tiraient par le vieux tricot que le maître d'école lui avait prêté.

Les deux balayeurs s'étaient serré la main en silence et Léon-Paul, assis près de son vieil ami, contemplait, les yeux humides, cette scène de désolation dans laquelle les innocents jouaient le rôle principal.

Le premier moment d'effervescence et de douleur passé, le petit Brodard raconta à sa mère et à son oncle ce qu'il devait à Léon-Paul.

Est-il besoin de dire de quelle manière le bon maître d'école fut remercié par la mère à laquelle il avait conservé un fils? Si elle pleura, la bonne Magdeleine en écoutant le récit de l'enfant, il ne faut pas le demander. Léon-Paul était désormais de la famille.

« Où est Angèle? » demanda Auguste, en s'apercevant enfin qu'elle n'était pas là.

Mme Brodard baissa la tête sans répondre.

— « Partie? n'est-ce pas! » fit Auguste « Oh! malheur! c'est encore moi qui te cause ce chagrin-là. C'est moi qui l'ai tant tourmentée que...

— Calme-toi, elle reviendra.

— Tu sais donc où elle est?

— Oui.

— Ce n'est pas alors comme la première fois, qu'elle est partie?

— Non.

— Ne peut-on pas aller la chercher?

— Elle ne tardera pas, maintenant.

— C'est qu'il faut que je m'en retourne et, auparavant, je voudrais la voir, lui dire adieu.

Mme Brodard frissonna. Elle n'osait pas demander à Auguste pourquoi, lui aussi, voulait la quitter. Elle comprenait bien qu'il le fallait.

Cependant, elle cherchait à le retenir et dit qu'Angèle serait là dans un moment. On ne pouvait courir après, c'était trop loin. Cette grande folle d'Olympe, — qui était bien la bonté même — l'avait recueillie et allait la ramener.

Au nom d'Olympe, Auguste avait regardé le maître d'école. Celui-ci pâlissait. Sa malheureuse sœur était-elle en relation avec la famille Brodard? Comment cela se faisait-il? Il se souvint qu'elle avait habité le quartier et la coïncidence cessa de lui paraître étrange.

Comme le roman, la vie veille à ses rencontres qui semblent combinées à plaisir par le hasard.

Magdeleine voyant le pénible effet que le nom de la fille produisait sur Auguste, et sur Léon-Paul, devenu plus soucieux, s'empressa de dire qu'Olympe toute perdue qu'elle était, avait de la conscience et qu'il n'y avait rien à craindre. Elle était d'une honnête famille d'Auvergne et l'honnêteté, ça se transmettait avec le sang.

Auguste, pour détourner la conversation d'un sujet qu'il sentait devoir être pénible à son ami, demanda si, pendant son absence, il n'était rien venu de Calédonie.

Mme Brodard et son oncle se regardèrent avec anxiété.

Il ne sait rien, pensaient-ils.

L'enfant s'étonnait du long silence du père. Quand il y en avait, c'était le mercredi qu'on recevait les lettres et l'on était jeudi.

Le vieil Henri prit la parole et raconta, le plus doucement qu'il put, avec des précautions infinies et l'arrivée de Jacques et son arrestation et ce qu'il savait de l'accusation portée contre lui.

« — Que dites-vous ? » cria Auguste hors de lui.

« Mon père ici ! Mon pauvre père arrêté ! Malheureux que je suis, il ne manquait que ça. Vous devez vous tromper ! Mais c'est épouvantable ce que vous racontez là. Je cours me livrer ! J'aurais dû y aller plus tôt. »

Sa mère voulait lui parler, le retenir encore. Mon Dieu ! Il fallait voir... On avait le temps. Elle l'avait saisi par sa ceinture. Il la repoussa.

« Il le faut ! il le faut ! disait-il, laisse-moi m'en aller. Mon pauvre père ! Il est ici et je ne l'ai pas vu ! et tu n'as pas même pu l'embrasser ?

— Non, ignorante de tout ; j'avais passé la nuit à l'attendre, à attendre notre Angèle. Toute fiévreuse, je sommeillais sur une chaise, quand je suis éveillée par un petit bruit dans l'escalier, puis une grande rumeur dans la rue. La frayeur me prend, je pense qu'on te rapporte mort ; tremblante, j'ouvre la fenêtre, je regarde et je vois ton père se débattre entre les mains des gendarmes. Une telle chose était si incompréhensible que je l'ai d'abord prise pour un de ces mauvais rêves, comme on en fait tant dans les moments de grandes afflictions.

— Pauvre mère ! Pauvre père. Et tu voudrais me retenir. Non ! Non ! C'est moi qui dois être en prison, c'est moi qui ai tué ce Rousserand.

« Monsieur Rousserand n'est pas mort, » dit une voix de femme qui fit retourner vers la porte acteurs et spectateurs de cette pénible scène.

Une dame entrait.

Dans le trouble où l'on était personne n'avait entendu frapper la visiteuse.

« La patronne ! » exclamèrent à la fois Auguste et Magdeleine.

Que venait-elle faire chez eux ?

En voyant son mari couvert de sang, les yeux fermés, le front ouvert, Mme Rousserand s'était presqu'évanouie. Victime d'un attentat dont elle ignorait la cause, cet homme redevenait pour elle celui qu'elle avait aimé, le père de sa fille. Devant la mort, qui s'avançait, c'est-à-dire l'irréparable, elle sentit quelque chose comme un remords lui pincer le cœur. Elle pensa qu'elle avait eu des torts envers lui, qu'elle avait manqué de patience, de résignation. Peut-être avait-elle mal compris cet homme et s'y était-elle mal prise pour le maintenir dans la bonne voie ou l'y ramener. Une autre peut-être eût été heureuse avec lui...

C'est le propre des sots et des méchants, de créer pendant leur vie, des peines aux bons et de les tourmenter après leur mort par des regrets.

Agathe se souvenait avec émotion qu'Étienne l'avait initiée à la science sociale. Dans ce temps-là il avait l'enthousiasme de la vertu. Ces souvenirs l'attendrissaient. Elle attendait avec des battements de cœur l'arrêt du chirurgien.

Quand elle entendit dire que la blessure n'était peut-être pas mortelle, elle se jura à elle-même de tout tenter pour ramener son mari au bien. Il aurait vu la mort de près et cela pouvait servir les projets de sa femme. Mme Rousserand était dans ces dispositions en soignant le blessé, quand elle fut interrogée par le juge d'instruction. Les questions qu'il lui adressa à propos de la famille Brodard, la mirent sur la voie de la vérité.

Elle ne savait pas tout, et ne pouvait pas supposer jusqu'à quel point Étienne

Rousserand était coupable, et cependant, elle fut prise d'horreur et de dégoût pour ce patron qui avait pu profiter de sa situation pour déshonorer une enfant, dont cette situation même le créait tuteur.

L'étire qui portait entaillé dans l'une de ses poignées, le nom de Brodard, le soulier d'homme trouvé dans le jardin, la lettre du rapatrié dans la poche du maître tanneur ne laissaient aucun doute sur l'auteur du meurtre.

Mais toute la pitié d'Agathe était pour le père dont on avait souillé la fille. Oh! comme elle comprenait la colère de cet homme, comme elle compatissait au désespoir où devait être toute cette pauvre famille.

Quand les médecins eurent définitivement prononcé que M. Rousserand guérirait de sa blessure, elle confia le malade à une garde et à un chirurgien et s'occupa des affaires de l'usine. C'était là, désormais, qu'elle comptait employer toutes les forces de son activité. Son parti était pris.

Dans la profonde droiture de son esprit, Mme Rousserand ne doutait pas de l'acquittement de Brodard. Elle sentait que si la procédure suivait son cours normal, c'est le patron séducteur qui sortirait flétri des débats de la cour d'assises.

Mon Dieu! il le méritait bien, mais il était le père de Valérie, de cette enfant innocente à laquelle elle eût voulu épargner l'ombre d'un déshonneur.

Voilà pourquoi Agathe Monier s'était rendue chez les Brodard, dans l'espoir d'étouffer l'affaire et décidée aux plus grands sacrifices pour y parvenir.

Au reste, dans sa pensée, ces sacrifices quelqu'énormes qu'ils fussent, ne seraient qu'une faible compensation au dommage causé par Rousserand aux malheureux Brodard.

Mme Rousserand, simplement vêtue de laine sombre, avec un fichu de dentelle noire sur la tête, avait plutôt l'air d'une ouvrière aisée que d'une riche bourgeoise; elle semblait être venue, sans cérémonie, en voisine, chez des égaux.

Tous la regardaient ébahis et Auguste, que l'espoir gagnait, répétait presque joyeux :

« Il n'est pas mort! il n'est pas mort! ah! tant mieux! Tant mieux! Je ne suis pas un meurtrier. Ma foi! J'aime mieux ça. J'expliquerai aux juges... Ah! si une fois nous pouvons encore être tous réunis. »

Le vieil Henri, plein de défiance à l'endroit des patronnes, aussi bien que des patrons, regardait Agathe d'un mauvais œil.

— Comment! dit Mme Rousserand en jetant sur Auguste un regard où il entrait plus de pitié que de colère — Comment, c'est toi qui as tenté d'assassiner ton patron?

L'enfant allait répondre, le vieil Henri l'en empêcha. « Prends garde! dit-il, on vient ici pour nous tirer les vers du nez et si madame avait pour deux liards de bon sens, elle comprendrait que sa place est ailleurs.

— Je ne viens pas en ennemie, croyez-moi, répondit la femme du tanneur, et j'apprends avec une profonde consternation qu'un innocent a été arrêté à la place du coupable et...

— Il n'y pas de coupable ici, madame, interrompit le maître d'école, mais un justicier.

— Je **n'ai pas** trouvé d'autre mot pour désigner l'agresseur de M. Rousserand, pardonnez-moi et surtout croyez tous que ma visite a pour but de m'assurer des moyens de réparation :

— Ç'est bon! c'est bon! fit le vieillard en branlant sa tête blanche, ici nous
sommes payés pour connaître les patrons et nous en méfier.

— Il peut y avoir des exceptions, dit le maître d'école; je m'en étais toujours
douté, depuis que madame est là, j'en suis presque certain.

Mme Rousserand remercia avec effusion le maître d'école de la bonne
opinion qu'il avait d'elle et jeta un regard circulaire sur toute la chambre : sur le
vieillard, sur les enfants, sur Léon Paul. Si rapide que fût cet examen, il suffit
à la femme du tanneur pour se convaincre qu'elle était dans un milieu honnête
entre de braves gens, dont un seul lui était hostile.

Ce pauvre logis avait un cachet particulier d'ordre et d'arrangement. Pour
qu'il en fût ainsi dans un moment pareil, il fallait que Madeleine Brodard fût
une femme exceptionnellement douée pour la tenue du ménage.

Voilà ce que pensait Mme Rousserand en s'asseyant, toute troublée, sur la
chaise de paille que poussait devant elle une main tremblante.

Il y eut un moment de silence pénible.

Tiens! tiens! tiens! se disait Léon-Paul, voilà du nouveau. Cette Rousserand me revient assez. Belle tête, ma foi, belle tête! œil superbe; lignes nobles,
fermes, harmonieuses. Il doit y avoir un cœur chaud sous cette poitrine
maigre.

« Madame, » commença enfin Agathe Monier en s'adressant à Magdeleine
interdite, « vous êtes étonnée de me voir chez vous.

— En effet, balbutia Mme Brodard, je ne m'attendais pas... Je ne pouvais pas
m'attendre... mais c'est égal. J'espère que votre venue chez nous n'est pas d'un
mauvais augure.

— Je viens avec l'intention de vous être utile.

— Hélas! madame, après ce qui s'est passé entre nos deux familles, je crains
bien...

— Quoi?

— Que votre bonne volonté ne puisse nous servir.

— Vous vous trompez.

— Dieu le veuille !

— Ce n'est pas la femme d'Étienne Rousserand qui vient vous voir...

« — Et qui donc? » demanda Magdeleine de plus en plus étonnée.

« — C'est, » répondit l'autre d'un ton de voix ému, « c'est la patronne de la
tannerie. C'est Agathe Monier qui vous tend la main, et vous demande pardon.

— Mais, madame, vous n'êtes pour rien dans nos malheurs.

— Je sais le contraire : j'ai mal fait mon devoir.

« Voilà du nouveau ! » pensait le maître d'école et il n'aurait pas donné sa
place pour une séance à l'Académie.

Le vieux grommelait entre ses dents et disait tout bas à sa nièce :

— Prends garde! prends garde! c'est un piège.

« — Mal fait votre devoir! » exclama Magdeleine, mais, madame, personne ne peut vous accuser de ça : vous ne nous deviez rien. »

Une larme monta aux yeux de Mme Rousserand, elle l'essuya furtivement avec son doigt. Ah! pauvres ouvriers, pensa-t-elle. Je ne leur dois rien! Ai-je seulement une cuiller qui ne vienne d'eux?...

Agathe aurait bien voulu leur expliquer ce qu'elle pensait à l'égard de ce que se doivent, mutuellement, ceux que les nécessités de la vie sociale associent pour une œuvre collective. Elle aurait voulu s'appesantir, surtout, sur les devoirs du patron envers l'ouvrier, mais elle était trop émue.

— Elle pleure! disait encore tout bas le vieil Henri, elle pleure, défie-toi Magdeleine.

— Décidément, pensait le maître d'école, cette femme est quelqu'un. Et il clouait sur elle son regard perçant sans pouvoir l'en détacher.

« — Chacun est juge de ses propres actes, » poursuivit Mme Rousserand. J'ai eu des torts, je le confesse, je ne viens pas pour les réparer entièrement, parce qu'hélas, c'est impossible, mais pour essayer d'en rendre les conséquences moins désastreuses pour vous.

— Si elle t'offre de l'argent c'est un piège, dit le vieil Henri à l'oreille de Magdeleine, si elle t'en donne, envoie-le lui par la figure.

Mme Brodard avait de la peine à se défier de Mme Rousserand. Elle ne pouvait croire que sa visite cachait quelque mauvaise intention. Seulement, elle ne comprenait pas quels torts la femme du tanneur pouvait s'attribuer dans toute cette terrible affaire. Elle attendait des explications.

Agathe le comprit et donna ces explications :

Connaissant son mari, elle n'aurait jamais dû permettre qu'il eût sous sa coupe d'innocentes jeunes filles. Elle avait manqué de prudence, de prévoyance, de fermeté, elle avait sa part de responsabilité dans les malheurs de la famille Brodard. Oui, elle le sentait, et elle voulait faire quelque chose pour cette famille infortunée.

« Alors, » dit le vieil Henri en se levant, « retirez-vous, madame, c'est la seule chose raisonnable que vous puissiez faire pour nous, afin qu'on ne puisse pas dire des Brodard qu'il vous ont vendu l'honneur de leur fille.

— Mais, monsieur...

— Mais...

— Il n'y a pas de mais : entre les Rousserand et les Brodard il y a de la honte et du sang. On ne se donne pas la main par là-dessus.

Mme Rousserand baissa la tête et se leva pour s'en aller. En passant devant le maître d'école, elle lui glissa une carte dans la main.

« — Allons bon! » dit Léon Paul, « me voici dans le drame, à présent, jusqu'au cou. Il va falloir de la prudence pour y jouer le rôle qui te convient, mon bonhomme. » Et il glissa la carte dans la poche de son pantalon.

Près de franchir le seuil de la porte, Agathe se retourna :

« Vous êtes sévère pour moi, » dit-elle au vieillard, « quand vous me connaîtrez mieux vous me rendrez justice. En attendant, je vous pardonne. »

Auguste faisait sa première étape dans les sombres défilés de la justice. (Page 146.)

Le vieil Henri ne bougea pas.

— Adieu, Mme Brodard, poursuivit Agathe. Souvenez-vous au besoin —
elle appuya sur le mot — souvenez-vous que vous avez en moi, je n'ose pas dire
une amie, mais une personne disposée à vous aider en toutes choses. Ne vous
défiez pas et comprenez bien que le même malheur nous unit.

Elle tendit la main à Magdeleine qui la serra.

— Au revoir, fit-elle enfin en s'en allant, après avoir distribué quelques baisers aux enfants, j'emporte de vous, pauvre femme, pauvre mère, une profonde
estime et une grande pitié. Nous nous reverrons.

Magdeleine ne sut que répondre. Mais elle était bien touchée. Auguste n'en revenait pas. Le visage du maître d'école s'éclairait. Seul le vieillard conservait sa défiance.

XXXII

ENTRE FEMMES

En allant chez les Brodard Mme Rousserand avait laissé Mlle de Méria auprès de sa fille et un chirurgien auprès de son mari, dont, nous l'avons dit, la blessure quoique grave, ne présentait plus aucun autre danger qu'un profond anéantissement de forces.

Le tanneur avait complètement repris connaissance. Mais soit qu'il fût incapable encore de prononcer un mot, ou qu'il feignît une impuissance absolue de ce côté afin de remettre, au plus tard possible, l'inévitable déposition qu'il lui faudrait faire, il n'avait pas encore parlé.

Naturellement, les docteurs avaient ordonné le repos le plus absolu.

Pour se rendre chez les Brodard et éviter la foule, Mme Rousserand avait passé par une petite porte donnant du pavillon dans la rue des Lyonnais.

Maintenant, voyant que l'ombrageuse fierté de la famille Brodard était un obstacle à ses vues et rendait une réparation difficile, Agathe s'en revenait l'âme pleine de découragement, absorbée par une foule de réflexions pénibles qu'avait fait naître sa visite chez l'ouvrier tanneur. Non, elle le sentait bien, elle n'avait pas fait son devoir envers la famille de Jacques, dont deux générations d'ouvriers avaient usé leur vie, ou une partie de leur vie, au service des siens

En apprenant l'arrestation de Brodard, Mme Rousserand avait bien envoyé un secours à Magdeleine, mais ce secours, en argent, avait été refusé. On ne recevait pas l'aumône. Et voilà. Agathe n'en avait pas demandé davantage, tout occupée qu'elle était par la perte de son bonheur domestique et par la vaine recherche du meilleur emploi des richesses, dont elle voulait revendiquer sa part. Courant après la théorie de ses principes, elle avait laissé échapper la meilleure occasion de les mettre en pratique.

Mlle de Méria, arrivant de la rue des Postes, et Mme Rousserand se rencontrèrent dans le jardin.

Avant de se saluer elles échangèrent un regard aigu comme une pointe d'acier, puis, avec l'affabilité hautaine dont elle avait pris l'habitude envers Agathe, qui avait dédaigné jusque-là d'y faire attention, l'institutrice demanda :

— D'où venez-vous donc, chère Madame ?

— D'où j'avais affaire, chère Mademoiselle ; et vous ?

Mme Rousserand n'avait pas habitué Mlle de Méria à un tour si décidé. Celle-ci fut à la fois étonnée et profondément blessée. Mais elle n'en laissa rien paraître et baissant ses longues paupières brunes, elle répondit doucement :

— Hélas ! Madame, si je vous dis d'où je viens je cours le risque de passer à vos yeux pour un esprit faible.

— Il peut vous arriver pire de ce côté, mademoiselle, répondit Agathe durement.

— Ah ! Et quoi donc ?

— De passer pour une institutrice négligente et qui fait bon marché de ses obligations.

— Mais, chère madame, dit Mlle de Méria qui parut légèrement soulagée, — elle s'attendait à autre chose, — mais chère madame, en quoi ai-je manqué à mes devoirs ?

— Vous ne deviez pas quitter ma fille dans le moment de trouble que nous traversons. Ne sentez-vous pas la gravité de ce qui pourrait arriver, si quelques propos, comme il en circule parmi nos domestiques et nos employés, venaient aux oreilles de Valérie ?...

— Ne me grondez pas de l'avoir laissée seule un instant. En la quittant c'est encore d'elle que je m'occupais.

— Mais quelle nécessité ?... Puis-je savoir enfin le motif d'une sortie qui a tout l'eu de m'étonner ?

— Eh bien ! s'il faut vous le dire, je viens de commander une neuvaine à Sainte-Geneviève pour la guérison du père de Valérie.

Agathe regarda fixement Mlle de Méria qui, légèrement décontenancée, baissa les yeux.

— En vérité, mademoiselle, dit la femme du tanneur, un peu désarmée par la délicatesse de l'institutrice à désigner le blessé sous ce titre « le père de Valérie, » en vérité il est inconcevable qu'après avoir démuselé et lancé sur moi toute la prêtraille du quartier, vous alliez encore me brouiller avec les saintes du paradis qui n'ont que faire avec les blessures de M. Rousserand. Vous savez très bien que je ne crois à aucune des jongleries catholiques.

— Mais M. Rousserand y croit.

— Pas plus que vous, ma chère demoiselle, seulement, comme vous, il fait semblant d'y croire, pensant y avoir intérêt.

— Madame !

— Mademoiselle ?

— Vous abusez de ma situation.

— Il vous est loisible d'en changer.

— Mlle de Méria devint très pâle. Un instant elle balança entre une guerre ouverte et la guerre sourde qu'elle faisait depuis longtemps à la mère de son élève. Mais elle se décida vite. Elle ne devait pas quitter la place. Elle aurait son tour. Cette petite bourgeoise ne la connaissait pas pour oser ainsi l'outrager. Elle changea de ton et répondit.

— Oh ! madame, vous êtes bien dure pour la pauvre institutrice. Qu'avez-vous à me reprocher en dehors de cette sortie ?

— De vous occuper trop du père, avec lequel vous n'avez absolument rien à faire, et pas assez de la fille, près de laquelle vous devez me remplacer, quand d'autres devoirs m'obligent à vous la confier.

— Depuis quelques temps, madame, vous, qui vous piquez de grandeur d'âme, vous que l'on dit si bonne, prenez à tâche de me chagriner, de m'humilier.

— C'est une compensation que je me suis donnée sans y prendre garde.

— Que voulez-vous dire? Qu'avez-vous à prétendre?

— Votre conscience, s'il vous en reste, vous répondra mieux que moi.

— Mais, madame, vos paroles sont un congé.

— Vous êtes libre de les interpréter dans ce sens. Je vous le dis pour la seconde fois.

Les deux femmes étaient arrivées dans le salon; elles s'étaient assises, sentant bien qu'il leur fallait conclure quelque chose et que cet entretien allait changer leur situation respective.

La déclaration si nette de Mme Rousserand fut suivie d'un long silence, pendant lequel les deux interlocutrices étaient occupées de pensées bien différentes.

Le visage de Mlle de Méria avait passé du pâle au livide, les yeux obstinément baissés, avec quelques larmes tremblotant au bout de ses longs cils, le corps affaissé, les mains jointes sur ses genoux, l'institutrice semblait abîmée de honte et de douleur. Cela impressionna Mme Rousserand. Quoique sans préjugés, elle savait les faire entrer en ligne de compte dans ses jugements et comprenait ce que cette fille orgueilleuse devait souffrir.

Agathe croyait difficilement au mal. Avec cette bienveillance universelle qui est la faiblesse des âmes trop sensibles, elle était portée à réagir contre ses répulsions, à douter de l'évidence même des choses qui lui enlevaient une croyance. Elle avait peur de se tromper, d'être injuste. Que de fois elle avait cherché des excuses aux actes qui l'avaient le plus fait souffrir de la part de son mari. Quand les torts ne touchaient qu'elle, elle pouvait les oublier bien vite.

Mme Rousserand se demandait si elle était dans son droit, de parler ainsi à une femme contre laquelle elle n'avait, en somme, que des présomptions et pas une preuve. Était-elle jalouse de l'institutrice? Si cela était, elle aimait donc encore son mari? Non, non, ce n'était pas possible, elle était irritée contre Mlle de Méria à cause de l'enfant, voilà tout.

— Pourquoi?

— D'abord parce qu'il lui semblait que l'influence de la femme noble avait gâté Valérie en substituant des manières guindées au charmant naturel de la petite fille; et puis elle avait sur son élève un ascendant qui diminuait celui de la mère.

Ce n'était pas tout : Mme Rousserand s'était fait de la pureté de sentiments nécessaire à une institutrice une idée peut-être exagérée.

Mlle de Méria avait vingt-cinq ans; elle était belle, elle était femme.

Sans s'en rendre compte, peut-être la fille des preux en avait assez de l'existence végétative qu'elle menait par état. Elle voulait vivre. Quoi de plus naturel? se disait Agathe. L'institutrice, dans l'espèce de disette sentimentale où elle se trouvait, avait fait la coquette avec M. Rousserand. C'était peut-être un peu sa faute, à elle, qui avait toujours été si froide envers l'étrangère.

Mme Rousserand se disait encore que Mlle de Méria étant sa subordonnée, elle se devait à elle-même de la traiter avec égards.

Dans la crainte d'être injuste, la bonne Agathe glissait dans la faiblesse. Peu à peu, sous l'empire de tous ces raisonnements, plus ou moins judicieux, son visage changeait d'expression. C'est que autant Mme Rousserand était inflexible sur les principes qu'elle avait adoptés, autant elle était de bonne composition dans l'habitude ordinaire de la vie.

Mlle de Méria sentait qu'elle gagnait du terrain : à travers ses larmes elle voyait ce qui se passait dans l'esprit de Mme Rousserand et se disait que les soupçons de la petite bourgeoise se dissiperaient, et qu'elle resterait maîtresse de la place. C'était sa faute aussi, pourquoi n'avait-elle pas d'abord entrepris la conquête de la femme avant celle du mari. Cette sotte libre-penseuse n'eût pas été difficile à capter si seulement elle, Blanche de Méria, avait feint d'entrer dans ses vues. Oui, mais il eût fallu changer de rôle et cela avait ses dangers. Il était nécessaire à ses projets personnels, aux intentions de ceux auxquels elle obéissait qu'elle restât. Elle resterait.

— Quand dois-je partir ? demanda Blanche les yeux pleins de larmes.

Agathe ne répondit pas.

L'institutrice interpréta à son avantage le silence de sa rivale, — car bien qu'il ne se fût rien passé d'appréciable entre elle et M. Rousserand, c'était bien une rivale, celle qui avait osé lui faire un affront.— Décidément la roture fléchissait, force resterait à la noblesse.

—Ainsi vous me chassez, madame, » reprit Blanche de Méria, « ce n'est pas assez de m'avoir rendu, sans motif sérieux, — car je vous défie de trouver contre moi la plus légère cause au ressentiment dont je ne veux pas rechercher le motif, — ce n'est pas assez de m'avoir rendu si pénible le séjour de votre maison par une froideur qui, à la longue, était devenue pour moi une véritable souffrance; vous terminez nos relations par un outrage que, dans votre bonté, vous épargneriez à la dernière de vos servantes. »

Le ton de ces paroles était si ému, la voix de Mlle de Méria si tremblante en les prononçant, que Mme Rousserand en fut touchée. Elle ne se décidait pourtant pas à parler. Elle était indécise de ce qu'il fallait dire.

L'institutrice reprit :

— Votre silence m'indique assez la conduite que je dois tenir. Il faut que je quitte sur-le-champ une maison où je semble de trop.

— Vous avez le temps, mademoiselle, vous êtes comme seule à Paris, puisque vous ne pouvez pas demeurer chez M. votre frère; je ne prétends pas vous créer les embarras d'une recherche précipitée de position.

— Merci ! madame.

- Prenez un mois, deux mois, ce qu'il vous faudra enfin, pour trouver une situation qui vous convienne.

Mlle de Méria leva sur Agathe son grand œil noir, tout humide de pleurs, et dit, comme étonnée et profondément émue :

— Oh ! vous êtes bonne, je le sens. Pourquoi ne nous sommes-nous pas concertées? nous nous serions rencontrées, j'en suis sûre, sur un terrain commun ?

— Lequel, mademoiselle?

— L'intérêt de notre Valérie. »

Elle aime ma fille, pensa Mᵐᵉ Rousserand, elle voulait l'élever à sa manière et mon mari l'y poussait, c'est peut-être là tout le secret de ces regards que j'ai surpris entre eux. Si je m'étais trompée ! Je dois m'être trompée... Et alors?... Je suis injuste envers une personne qui a pu errer dans l'intérêt qu'elle portait à mon enfant. Mais elle était de bonne foi.

— Oui, poursuivit l'institutrice, nous devions, au préalable, nous entendre sur un système d'éducation.

— C'est possible.

— Ce système, je l'ai compris autrement que vous. Voilà mon grand tort, n'est-ce pas?

— Peut-être.

— Alors pardonnez-moi d'avoir été de ma race, c'est-à-dire d'avoir compris, autrement que vous, les devoirs de la richesse, d'avoir essayé de mettre l'éducation de Valérie en rapport avec l'immense fortune qui l'attend, quand vous aviez pour elle des vues plus modestes. A vos yeux j'ai eu tort de suivre les inspirations de M. Rousserand, dont les visées sont plus ambitieuses et peut-être contraires aux vôtres ?

Agathe était fort troublée. Elle sentait que Mˡˡᵉ de Méria cherchait à capter sa confiance, à se justifier, à rester auprès de Valérie, et, malgré toutes les bonnes raisons qu'elle croyait avoir pour revenir à l'institutrice, dont l'isolement lui faisait pitié, elle avait une vague défiance.

— Tout peut se réparer, poursuivit Mˡˡᵉ de Méria : pendant les deux mois que vous m'accordez encore, laissez-moi essayer de conquérir votre estime et de faire selon vos vœux.

— Ainsi, pour m'être agréable, vous renonceriez à vos principes?

— Jamais, madame, pas plus que vous ne renonceriez aux vôtres. Mais qu'importent les moyens pourvu que nous atteignions le but.

— Quel but?

— La perfection et le bonheur de Valérie, à laquelle, dans la disette d'affection où je me trouve, je me suis attachée si profondément que la pensée de la quitter me déchire le cœur. Car c'est ainsi pour nous, pauvres membres rapportés des familles auxquelles nous consacrons notre vie, aux premiers orages domesti-ques, c'est nous qui sommes brisées, détachées, emportées par la tourmente. »

Cette phrase à effet ne manqua pas le sien.

— Soit, dit Mᵐᵉ Rousserand, restez, essayez !...

Et elle quitta le salon.

Demeurée seule, Mˡˡᵉ de Méria se leva et se mit à fouler le tapis d'un pied impatient.

— Folle ! folle ! que tu es, fit-elle en menaçant du doigt l'ennemie qui venait de sortir, il aurait mieux valu pour toi marcher sur la queue d'un serpent à son-nettes que d'offenser ainsi une de Méria, réduite à envier ta place.

Elle se rassit et se mit à rire, montrant deux rangées de petites dents aiguës.

— Ah ! ah ! ah ! quelle histoire ! Moi obligée de demander merci à cette bourgeoise !... Pauvre petite femme ! Elle avait l'intention de me mettre à la porte. Ah ! ah ! Mais ce n'est pas moi, qui serai chassée de cette maison... C'est elle..... s'il ne lui arrive rien de pire. »

Valérie rentra. Elle apportait une lettre, cachetée de cire rouge, aux armes des Méria : trois merlettes sur champ de sable.

L'institutrice rompit le cachet avec une certaine impatience. La lettre était de son frère, Hector de Méria, celui-là même que nous avons vu dans la chambre d'Olympe faire passer une triste nuit à la petite Angèle. Oui, Hector de Méria, un mauvais sujet qui donnait bien du souci à sa sœur et qu'elle rêvait de marier à l'héritière des Rousserand.

Mlle de Méria passa dans la chambre d'étude avec Valérie, qu'elle mit à l'ouvrage et, se plaçant devant la fenêtre, lut attentivement la lettre qu'elle venait de recevoir. En voici le texte :

       « Ma chère sœur,

« A quelque chose malheur est bon » dit le proverbe dont nous allons éprouver
« la vérité :

« L'accident arrivé à ton ours, en rappelant au vieux cousin S... que tu exerces
« tes talents et uses ta jeunesse chez ce monde-là, a — dit-on — réveillé chez
« lui cette solidarité aristocratique qui unissait, autrefois, tous les membres de
« la noblesse.

« Le réveil, comme tu penses, ne s'est pas fait seul ; ceux que tu sais ont
« manœuvré de telle façon qu'ils ont troublé l'eau dans l'abreuvoir de la vieille
« bête de manière à te permettre d'y pêcher.

« Le cousin est donc ici.

« Circonstances à noter.

« 1° Il est seul avec un domestique.

« 2° Il a annulé son dernier testament.

« 3° Il cherche un héritier qui puisse réaliser ses vues.

« Dommage que j'ai plus suivi les sermons que les clubs, j'aurais bien fait
« l'affaire. On ne peut pas tout prévoir. Heureusement que tu es là, ma colombe,
« vierge encore de toute attache, du moins aux yeux des profanes.

« Dans l'opinion de Mme de V... tu n'as qu'à caresser la marotte du bonhomme
« et tout ira bien. Mais pour cela il faut absolument que tu sois au courant d'une
« certaine histoire arrivée à l'une de nos parentes, la belle marquise de...
« histoire qui te donnera la clef du caractère énigmatique du vieux cousin. Tu
« ne comprends pas, n'importe ; cette histoire est un roman. Il a existé sous
« ce titre : UNE FAUTE. Imprimé à Paris, il n'a point paru, ayant été acheté
« pour être détruit par M. de Saint-Cyrgue, avant que le dépôt en fût opéré
« (je parle du roman). L'auteur, un ancien maître d'école, est un fort mau-
« vais sujet. Destitué lors du coup d'État il a fait tout les métiers à Paris,

« Je suppose qu'il ne sera pas bien difficile de retrouver ce déclassé. Il doit avoir
« conservé le manuscrit de son œuvre.

« Donc, que tes amis se mettent en campagne pour te procurer ça. Ils peu-
« vent risquer beaucoup pour mettre dans notre jeu une carte de plus, l'enjeu
« est évalué à plus de **vingt millions !** Vingt millions ! ! !...

« O ma sœur ! C'est avec un respect mêlé de crainte que j'écris ces deux mots
« qui représentent pour nous toutes les splendeurs, toutes les jouissances, tous
« les honneurs dus à notre race.

« VINGT MILLIONS OU UN MILLION DE RENTE ce qu'il faut enfin pour que les
« Méria reprennent leur rang dans le monde.

« A l'œuvre donc, ma Blanchette, il s'agit d'en finir avec le menu gibier,
« indigne de notre poudre que tu as poursuivi. Voici une proie digne de tes
« belles quenottes. Nos amis ont fait lever le cerf, à toi l'honneur de tirer la
« première.

« La chasse est ouverte, hôtel de Clermont, rue de Seine. Elle peut commencer
« tous les jours depuis huit heures du matin.

« Il est entendu d'avance que la moitié du butin appartiendra en nu-propriété
« à nos amis, nu-propriété dont nous jouirons pendant notre vie.

« Je baise ta patte de velours.

H. DE MÉRIA.

« En perspective du troisième ciel, le 1er avril 18... »

L'institutrice écrivit le nom de l'hôtel sur son calpin puis froissa lentement
ce qu'elle venait de lire, en fit une boule qu'elle jeta dans la cheminée du salon.
Cela fit un peu de flamme, puis quelques minces parcelles noires qui flottèrent
un instant au-dessus du brasier et s'évanouirent sur les charbons.

Mademoiselle de Méria était pâle et les mouvements précipités de son sein
trahissaient une profonde agitation. Elle sortit. Elle étouffait et avait besoin
d'être seule.

Mlle de Méria poussa le verrou de sa chambre et se jeta sur un fauteuil ; les
mains jointes en murmurant :

— Vingt millions ! vingt millions ! et l'indépendance ! Un duc — il n'y a que de
ça dans cette république — un duc, des châteaux et plus de Rousserand à la
clef, de tanneries infectes à l'horizon !... Pouah ! comment ai-je pu mettre le nez
dans cette ordure ? Heureusement je ne me suis compromise en rien. Des espérances tacites — toujours désavouables — des regards, quelques furtives pres-
sions de main, qui peuvent s'interpréter de mille manières.

« L'espérance donnée à un sot est un trésor inépuisable pour une femme
comme moi. Elle en dépense des monceaux sans s'appauvrir d'une obole, sans
s'avancer d'une semelle.

« Vingt millions ! vingt millions ! Quel rêve ! oui ! mais je ne les tiens pas
encore. Ils sont dans les mains d'un vieillard obstiné et maniaque, une espèce
d'énigme pour tous les partis qui le détestent, pour toutes les religions qui le
maudissent. »

On passait, on s'arrêtait encore beaucoup devant la grille des Rousserand. (Page 151.)

« Madame de V. est sérieuse et mes amis tout puissants. Il faut que le succès
soit possible, sans quoi ils n'y emploieraient ni leur temps ni le mien. Sans
doute il y aura de grandes difficultés, des difficultés peut-être insurmontables,
tandis que la fortune des Rousserand était là, sous ma main, je n'avais qu'à la
prendre quand j'aurais voulu et par un double mariage... Il est vrai que L'AUTRE
est un obstacle, mais il y a une Providence... aux ordres de mes amis. »
    « La fin justifie les moyens. »
    « D'ailleurs, je ne m'en serais pas mêlée... ce n'eût pas été mon affaire. »
    Elle réfléchissait.

— Le reste vaudrait mieux. Tentons-le en gardant les Rousserand comme pis-aller ! Il n'y a pas une minute à perdre. Audard, le valet de chambre que les bons pères ont placé ici, m'est tout dévoué; c'est un homme sur lequel je puis compter. Je vais l'envoyer chez les...

« Il faut que j'aie ce manuscrit avant demain. Je le lirai cette nuit si c'est possible, après quoi, j'irai voir M. de Saint-Cirgue.

« Sans doute, madame de V. va m'envoyer des explications. Car tout cela est bien étrange. »

Elle se regarda dans la glace et en constatant son indiscutable beauté, elle s'écria :

— Oh ! si ce vieux n'était pas... trop vieux !...

XXXIII

CHEZ LE COMMISSAIRE.

Auguste et son ami Léon Paul était dans la rue Geoffroy-Saint-Hilaire, devant la petite maison blanche à fronton sculpté, dans laquelle se trouve un commissariat.

Le petit Brodard regardait autour de lui d'un air de profonde tristesse. Il enviait le sort de tous les gens qui allaient et venaient par la rue et sur le boulevard. Intérieurement, il disait adieu à la liberté.

En passant le seuil de cette porte ouverte devant lui, en pénétrant dans la salle au fond du couloir, où il voyait des sergents de ville, assis les jambes croisés, il faisait sa première étape dans les sombres défilés de la justice.

Auguste embrassa étroitement le maître d'école, lui recommanda plusieurs fois sa mère et ses sœurs, surtout la pauvre Angèle, dont l'absence prolongée l'inquiétait bien.

Léon-Paul promit de faire son possible pour aider les parents de son jeune ami à sortir de la passe terrible dans laquelle ils se trouvaient. Il n'était qu'un pauvre homme, mais il avait la bonne volonté qui fait réussir à aider ses semblables.

Tous deux, l'enfant et lui, avaient en se quittant les larmes aux yeux.

Quand Auguste entra chez le commissaire, quelques gens de mauvaise mine, déguenillés, un ivrogne qui avait battu une marchande de vin, attendaient dans la première pièce. Un petit employé, assis derrière un bureau, paperassait d'un air d'importance.

— Que veux-tu? demanda-t-il avec cette familiarité brutale que les fonctionnaires se permettent trop souvent envers les enfants du pauvre.

— Je veux parler au commissaire.

— Pourquoi?

— C'est mon affaire.

Un sergent de ville qui se dandinait sur une chaise crut devoir intervenir .

— Dis-donc, toi, là-bas, tâche d'être poli.

— Soyez-le vous-même, riposta Auguste qui avait le sentiment de sa dignité et ne craignait jamais de l'affirmer à l'occasion. De quel droit vous permettez-vous de me tutoyer? demanda-t-il.

— De quel droit? Eh bien! en voilà un polisson, attends un peu, je vais te tirer les oreilles, pour t'apprendre à parler.

Le sergent de ville s'avançait pour mettre sa menace à exécution. Heureusement un autre agent de la force publique l'en détourna en l'appelant.

— Hé! Martin?

— Quoi?

— Je viens de faire une trouvaille.

— Part à deux, si elle n'est pas réclamée.

— Réclamée! Non non, sois tranquille, pas de récompense honnête pour de semblables colis égarés. Et l'agent mettant la main sous son manteau, poussa devant lui un enfant de quatre à cinq ans.

C'était un petit garçon chétif, chaussé de sabots fêlés, vêtu d'une mince blouse de coton passé et d'un tablier à manches en laine noire soigneusement rapiécés aux coudes et sur le devant. Il baissait la tête; ses longs cheveux bruns, ondulés, ébouriffés, lui couvraient le visage.

L'employé appela l'agent qui venait d'entrer.

— Où avez-vous fait, demanda-t-il, cette belle découverte?

— Au champ de Navets.

— Et que faisait-il là?

— Il pleurait, tout transi, devant une fosse fraîchement comblée. Il appelait sa mère, gémissant comme un chien perdu.

— Pauvre petit!

— Pauvre mioche!

— Pauvre môme! crièrent en même temps plusieurs voix. La figure de l'employé, si sèche d'ordinaire, celle des sergents de ville naturellement impassible, exprimaient la pitié. Mais c'était surtout sur les rudes visages des gens qui atten-daient leur tour, que se lisait la plus profonde compassion.

L'employé écarta les cheveux de l'enfant et les assistants virent son petit visage maigre, éclairé de deux grands yeux noirs, dont les larmes et le froid avaient gonflé les paupières.

— Comment t'appelles-tu? lui demanda l'employé.

— Alcide, répondit l'enfant d'un ton craintif.

— Alcide! quelle ironie! Le nom de la force à cette faiblesse, de la puissance à ce roseau sans racine.

— Alcide! le terrible Alcide, dit l'un des sergents.

— Alcide qui? demanda Martin.

— Alcide.

— Mais tu as un autre nom?

— Je ne sais pas.

— Où demeures-tu?

— Nous demeurons dans le jardin, à présent.

— Quel jardin?

— Là-bas! là-bas!

— Avec qui demeures-tu dans ce jardin?

—Avec maman. Oh! maman! maman!

— Il parle du cimetière, dit celui qui avait amené le pauvre mioche.

— Oui, reprit l'enfant, la poitrine gonflée de sanglots, le jardin du cimetière, maman y est restée, dans la boîte et puis dans le trou avec beaucoup de terre par-dessus... Je voulais ôter la terre, mais il y en avait trop, je ne pouvais pas.

Et de plus belle, il se remettait à sangloter, versant de grosses larmes.

Ça fendait le cœur.

Auguste pleurait, les gens de mauvaise mine juraient, l'ivrogne montrait le poing au plafond, les agents tortillaient leur moustache, se retenant pour ne pas paraître sensibles; l'employé se mouchait à toute minute. Il reprit l'interrogatoire :

— Comment s'appelait ta maman?

— Elle s'appelait maman.

— Oui, elle s'appelait maman pour toi, mais les autres, comment l'appelaient-ils?

— Maman!...

— Y avait-il une concierge chez vous?

— Oui.

— Et comment disait-elle à ta maman

— Elle disait Nini.

— Sais-tu le nom de la concierge?

— Oui. Mam'Mixlin. Elle est blanchisseuse.

— Où?

— Je ne sais pas.

— Quel âge as-tu?

— Quatre ans et demi.

— As-tu un papa?

— Oui.

— Où est-il?

— Sur la cheminée, dans le beau cadre d'or.

On se mit à rire.

Était-il farce ce pauvre môme! était-il farce et gentil!... Cré coquin de sort! Qu'est-ce qu'elle fichait donc cette fameuse Providence pour amener là cet amour d'innocent? L'un des vauriens expliqua aux autres que les choses étaient comme ça.

En attendant qu'on le mette aux Enfants-Assistés, on allait le flanquer au Dépôt : une prison! Comme si d'avoir perdu ses père et mère était un crime. Ah! misère! il y avait de quoi tordre le cou au genre humain!...

Il fallait d'abord interroger l'enfant comme les autres; il dut prendre rang en attendant le commissaire.

Le va-nu-pieds n'avait pas menti : ces étranges criminels que la mort ou la détresse de leurs mères, l'abandon de tous jettent sur le pavé où la police les ramasse, comme la voirie y ramasse le fumier, ces petits, ces innocents, avant d'avoir un abri honnête, doivent aller en prison!... En prison! O femmes qui couvez de votre amour et de vos soins, dans une atmosphère de vertu, les enfants que la nature vous a donnés, avez-vous connaissance de ce crime?...

Quoi! parce qu'elles sont détachées de leur tige, des fleurs de l'humanité, des enfants devront séjourner dans des lieux de désolation et de honte, y respirer l'air que toutes les impuretés sociales ont corrompu en y passant!!!

Et dans notre criminelle indifférence, nous osons nous vanter d'être parvenus à un certain degré de civilisation! Mais les sauvages sont plus avancés que nous du côté des sentiments et des secours dus à l'enfance malheureuse! Chez les Peaux-Rouges, l'orphelin a pour mères toutes celles de sa tribu, quand certains des nôtres ont la prison en attendant l'hospice!... Nos administrations municipales, qui dépensent tant d'argent pour encaserner les abandonnés, les orphelins, — quand elles ont cessé de les emprisonner, — ne pourraient-elles imiter ce qui se fait en Suisse, où l'adoption dans les familles devient un honneur, une récompense pour celles que la commune juge dignes de faire l'éducation de ses pupilles?

C'est là un système peu coûteux, basé sur la nature, et qui donne à l'orphelin tout ce qui lui manque dans les établissements de l'Assistance publique : la tendre affection d'une femme, la protection d'un homme et la possibilité de développer des sentiments de famille, base et point de départ de toute morale humaine.

On fit asseoir le petit entre Auguste et l'ivrogne; l'apprenti rapprochait de lui, le plus qu'il pouvait, l'orphelin pour le réchauffer. L'ivrogne lui passait les mains dans les cheveux, pleurant sans larmes et comme un dindon glousse; il cherchait à consoler l'enfant, à le rassurer.

— As pas peur! disait-il entre deux hoquets, as pas peur! nom d'un chien! Je vas parler au commissaire, moi, Cadet Baudin, qu'a servi la Commune, — et c'était pas pour les trente sous, nom de Dieu! — Je vas parler au commissaire, et je t'adopte, tu viendras chez la bourgeoise et puis ni ni c'est fini pour la pompe! Tu seras mon héritier, et quand on a un héritier, faut gagner des pépettes, nom d'un pétard! faut en gagner. Oui.

— Taisez-vous, biberon, dit Martin, le pauvre gosse aurait un joli tuteur avec vous.

— De quoi? J'suis un peu licheur, c'est vrai, mais j'fais de mal àpersonne.

— Avec ça, et la marchande de vin que vous avez assommée?

— J'y ai mis l'œil au beurre noir, c'est encore vrai, mais, voyez-vous, sergent, c'est que j'aime pas qu'on *m'ostine* et la mastroquette *m'ostinait* là : a voulu me soutenir que j'étais *dedans*, quand c'était elle qu'était *dedans*. Nom d'un chien, est-ce qu'on peut se laisser asticoter comme ça par une femelle qu'a son *jeune homme!* J'y ai donné une petite giffle avec mon poing, pas plus que ça. Mais ni ni, c'est fini, à bas les pattes quand on a un héritier, faut être tranquille et taire sa gueule et gagner de la *morniavaise*. T'entends, mon fiston? Embrasse pépère.

Cadet Boudin avait saisi l'enfant que sa trogne rouge effrayait. On eut de la peine à le lui ôter. Il gloussait d'une façon lamentable. On le menaça de le mettre au violon, s'il ne se tenait pas tranquille.

Une femme entra l'œil en feu, les joues allumées. Elle venait chercher la police pour mettre ordre à une véritable horreur, disait-elle.

— Quoi donc? quoi donc? demanda l'employé.

— Voilà la chose, répondit la nouvelle venue : Un de nos voisins, M. Ribout, avait pris l'habitude de battre sa femme. Pour un oui, pour un non, pif paf, comme si on cassait des assiettes; on n'entendait que ça du matin au soir, quelquefois même dans la nuit on en était réveillé en *roubresaut*. Naturellement ça faisait pas l'affaire à Mam'Ribout, une pauvre jeunesse qu'est pas plus grosse que deux sous de beurre et qu'a déjà eu deux enfants et bientôt trois. Elle s'a sauvée de la maison pour aller chez sa mère. Alors le mari a juré comme ça de se venger et tantôt, comme il l'a rencontrée chez le marchand de vin, où elle venait chercher un litre pour le dîner de son père, v'là qu'il tombe dessus, qu'elle est casiment morte et maintenant y veut l'emmener à toute force.

— Mais si c'est sa femme, objectèrent les agents.

— Eh! oui, c'est sa femme, mais puisque je vous dis qu'il la bat comme plâtre et qu'il veut l'entraîner chez lui pour lui flanquer encore des ramonnées.

— Eh bien! nous n'y pouvons rien : l'homme est l'homme, il a le droit d'emmener son épouse où il veut; c'est la loi.

— La loi! quéque chose de propre, alors, si elle permet d'assommer une femme enceinte. Tenez, v'là le cas que j'en fais de vot'loi. Elle cracha en l'air et s'en alla, disant :

— Quand je devrais ameuter le quartier, il ne l'emmènera pas, non, il ne l'emmènera pas.

La conscience du peuple, son bon sens éclataient dans l'ardente et énergique protestation de cette simple travailleuse, contre la tyrannie du pouvoir que les mâles se sont arrogé, en bas comme en haut de l'échelle sociale.

Auguste écoutait et regardait les divers spectacles qui passaient sous ses yeux, donnant une forme lamentable aux abus de la force, à l'insensibilité des hommes. Le malheur de cette femme qu'on battait, de cet enfant qu'on allait emprisonner, l'affligeait comme son propre malheur.

Quelque chose disait, au fond de l'âme de l'adolescent, que tous les pauvres souffraient presque du même mal, et il se sentait une immense pitié pour ses compagnons d'infortune. L'abandonné qui se pressait près de lui lui semblait un petit frère. Oh! comme il aurait voulu être fort et grand, savoir bien son état pour gagner beaucoup et donner de même. Si le hasard l'avait fait naître chez un patron, le pauvre Alcide n'aurait pas été au Dépôt.

Auguste Brodard fut enfin conduit, non devant le commissaire, mais devant un officier de paix, auquel il déclara, avec une fermeté, un calme qui surprirent le magistrat, qu'il venait se constituer prisonnier à la place de son père, Jacques Brodard, indûment arrêté sous une inculpation de meurtre que lui seul, Auguste Brodard, avait commis sur la personne de M. Rousserand.

Après avoir écrit les nom, prénoms et qualité de l'accusé volontaire, l'officier de paix, profondément surpris, commença à l'interroger.

— Quels sont les motifs qui vous ont poussé au crime dont vous vous accusez?

— Ce n'est pas un crime, monsieur, mais une juste vengeance, au moins à ce que m'a assuré un homme en qui j'ai toute confiance.

— Comment s'appelle cet homme?

— Me prenez-vous pour un mouchard?

— Eh bien! comment justifiez-vous ce qu'il vous plaît d'appeler une juste vengeance? Pourquoi avez-vous tenté d'assassiner M. Rousserand?

— M. Rousserand, que nous regardions comme le bienfaiteur de notre famille, avait déshonoré ma sœur.

— Quelles preuves avez-vous à donner de ce que vous avancez?

Auguste n'avait pas de preuves matérielles à donner. Il n'avait pas même l'aveu d'Angèle. Il raconta naïvement, avec l'accent de la vérité, sa conversation avec sa sœur, la tentative que le patron avait faite pour acheter son silence; cela lui paraissait une charge accablante pour le tanneur. Il dit comment M. Rousserand avait voulu payer le déshonneur d'Angèle.

L'officier de paix demanda si Auguste pouvait prouver ce qu'il avançait.

— Mais, monsieur, puisque le patron n'est pas mort, il peut dire si je mens.

Après lui avoir fait raconter minutieusement toutes les circonstances du meurtre, l'officier de paix dirigea Auguste sur le Dépôt.

Ce fut entre deux agents, dont l'un tenait par la main le petit Alcide, que le jeune Brodard se rendit à la prison où étaient déjà enfermés son père et sa sœur.

XXXIV

UNE RENCONTRE

Léon-Paul, en quittant Auguste, s'était dirigé du côté de chez Mme Rousserand. Maintenant, arrêté devant la belle grille en fer forgé qui séparait le jardin du boulevard, assis sur un des bancs verts de la voie publique, il réfléchissait à ce qu'il allait dire à la femme du tanneur, tout en conjecturant ce qu'elle pouvait avoir à lui communiquer.

On passait, on s'arrêtait encore beaucoup devant le pavillon Louis XV des Rousserand. Bien qu'on sût déjà que le tanneur ne mourrait pas de sa blessure, le quartier était toujours un peu en émoi. On savait que le meurtre n'avait pas eu un mobile ordinaire, et l'audace de l'assassin passionnait le public en excitant sa curiosité.

Parmi les curieux, Léon-Paul remarqua un vieux monsieur dont la barbe et les cheveux blancs, la haute taille, la figure malicieuse et fine attirèrent son attention. Sans aucune affectation, il se promenait de long en large, traversant les groupes, ne perdant pas un mot de ce qui se disait :

Derrière lui, ayant l'air de marcher dans son ombre, venait un petit homme, portant avec sans-gêne une redingote noire dont la coupe allait à sa physionomie. Son cylindre sur la nuque donnait à sa mine éveillée, à son regard hardi une badauderie affectée.

De temps en temps, l'homme et le vieillard échangeaient une parole, un signe

Le vieux monsieur vint s'asseoir près du maître d'école et lui demanda s'il était du quartier.

— Pas plus que vous, répondit Léon-Paul.

— Et comment savez-vous que je n'en suis pas?

— C'est que vous avez l'accent de la Limagne, si je ne me trompe.

— Diable! dit le vieillard en souriant, ce n'était guère la peine que je fisse le tour du monde pour rapporter intactes des inflexions de voix qui risquent de me faire passer ici pour un marchand de peaux de lapin. Je parie mille francs que vous êtes aussi auvergnat que moi.

— Vous pourriez les gagner, si quelqu'un tenait l'enjeu.

— De quel côté du Puy-de-Dôme êtes-vous?

— De Saint-Cyrgue.

Le vieillard regarda fixement son interlocuteur et lui demanda :

— Me connaissez-vous?

— Je n'ai pas cet honneur, dit le maître d'école.

— Je m'appelle Maxis de Saint-Cyrgue.

Le balayeur se leva, quitta sa casquette et, d'un air respectueux, salua le vieillard : « — Et moi, » fit-il, « je suis Léon-Paul, l'auteur anonyme d'UNE FAUTE, dont peut-être vous avez brisé la carrière littéraire en anéantissant le premier ouvrage, qu'il avait eu tant de peine à faire imprimer. »

« — Au reste, » poursuivit le maître d'école en tendant la main à M. de Saint-Cyrgue, qui la serra, sans rancune, « le livre ne valait pas le diable, et je ne sais pourquoi, j'ai eu, pendant un temps, du ressentiment de ce que vous aviez fait.

— Pardonnez-moi, monsieur; je vous ai vainement cherché pour vous indemniser de vos peines. Mais, en ayant les moyens, je devais anéantir la relation d'un drame de famille que vous n'aviez pas le droit de livrer à la publicité et dans lequel vous n'aviez vu qu'une réfutation de certaines théories sociales. Malgré la précaution que vous aviez prise de changer le lieu de la scène, le nom des personnages, trop de gens pouvaient les reconnaître, et moi-même je n'aurais pas manqué de faire rire à mes dépens, sous ce nom de chevalier de Pont-Estrade. Les événements que vous racontiez intéressaient l'honneur d'un homme que j'ai longtemps regardé comme mon fils. « Il soupira. » Voilà pourquoi, termina-t-il, j'ai fait mettre UNE FAUTE au pilon.

— J'apprécie vos motifs, monsieur de Saint-Cyrgue, et, croyez-moi, si j'avais su que cette histoire fût vraie, je ne l'aurais jamais écrite. Elle m'avait été racontée en prison par un de mes compagnons de captivité; il me l'avait donnée

Il y a bien longtemps, disait le vieillard, que je ne me suis si bien chauffé (Page 159).

pour un roman. Plus tard, en voyant s'accomplir la triste destinée de mon livre, j'ai compris que le prisonnier avait joué au naturel le rôle qu'il avait attribué à Artona.

— « Il est singulier », dit M. de Saint-Cyrgue, « qu'après avoir tant souhaité « de vous rencontrer, tout fait en vain pour y réussir, je vous trouve ici, sans vous chercher. »

— En effet, c'est assez singulier. Mais croyez bien, monsieur, que si j'ai constamment et systématiquement refusé de vous voir et de vous céder le manuscrit, c'est que mon éditeur avait cru de ma part à un chantage. Il m'avait dit que vous partagiez son opinion, et je vous en voulais. Voilà pourquoi, malgré ma pauvreté, je n'ai pas accepté les offres que vous me fîtes faire.

— Et maintenant?

— C'est différent.

— Tout est pour le mieux. Voyez-vous, monsieur Léon-Paul, je crois à un certain arrangement géométrique des effets et des causes morales; je suis sûr qu'il sortira quelque chose de notre rencontre.

— Je le souhaite, monsieur, pourvu que ce soit bon.

— Ce sera toujours bon pour quelqu'un.

— Qui sait?

— Si ça ne vous dérange pas, venez me voir à l'hôtel de Clermont-Ferrand, rue de Seine; nous causerons d'une foule de choses qui ne peuvent manquer de vous intéresser, si vous êtes l'homme que je crois.

« Mais, dites-moi, » poursuivit le vieillard en changeant de conversation, « est-ce que, par hasard, vous connaîtriez les Rousserand? »

— Oui, un peu, indirectement. Mais quel intérêt?

— Vous le saurez plus tard.

— Bon.

— Connaissez-vous une certaine institutrice qui se trouve chez ces tanneurs, et qu'on nomme Blanche de Méria?

— Non.

— Vous serait-il possible d'avoir des renseignements exacts sur sa manière d'être avec les parents de son élève?

— Peut-être.

— Vous me rendriez, mon ami, un bien grand service en vous chargeant de ce soin. Il y va de ces intérêts pour lesquels, je le sais, vous avez tout sacrifié.

— Alors, comptez que je ferai le possible pour arriver à connaître ce que vous désirez savoir. Mais ne vous offensez pas si je demande à vous connaître un peu mieux, avant de vous servir.

— C'est trop juste.

Le vieillard se leva. « J'étais venu », dit-il, « avec l'intention de faire une « visite à Mlle de Méria, mais il vaudra mieux que je sache, auparavant, quelque « chose sur son compte. Adieu et à demain. »

Il frappa légèrement l'asphalte du bout de sa canne à pomme d'or, et le petit homme qui était resté dans les groupes, écoutant, les mains dans ses poches, le nez au vent, vint vite offrir son bras à M. de Saint-Cyrgue, qui s'éloigna avec lui dans la direction de la barrière Saint-Jacques.

Eh bien! se dit à lui-même le maître d'école, plus que jamais le monde est un théâtre dont la vie humaine est la comédie. Du diable si je m'attendais à ce qui m'arrive. Décidément, l'imprévu est devenu le fond de mon existence. Moi qui rêvais d'aller me délasser des fatigues de l'hiver au milieu des arbres qui verdoient, loin des rues qui poudroient, enfoncé jusqu'aux cheveux dans mes chers calculs, dans ma chère cabane, et me voilà mêlé à des drames, à des tragédies, dont je suis devenu le comparse sans l'avoir cherché. Me voilà également embarqué dans une sorte d'intrigue qui pourrait bien devenir une pièce de genre, avec le vieil original que je viens de rencontrer.

Léon-Paul fit quelques pas vers la grille.

— « Allons, dit-il », poursuivant tout bas son monologue, « voyons cette Rousserand, qui d'abord m'a fait une impression excellente, impression de premier mouvement dont il faut se défier. Nous allons savoir ce qu'elle a l'intention de faire pour mes pauvres amis. »

XXXV

CHEZ MADAME ROUSSERAND

Léon-Paul était plongé dans ces réflexions quand le valet qui l'avait introduit, vint le prier de passer dans le cabinet de madame.

Ce cabinet était une grande pièce, si différente du reste de l'appartement, qu'elle semblait un contraste voulu, cherché, une protestation de ce qui était ailleurs.

Là, point de riches tapis, de tenture, de meubles somptueux, tout était simple et portait le cachet d'un goût sévère, d'habitudes studieuses, d'un ordre minutieux.

Au milieu de la pièce, une grande table de chêne, couverte de papiers rangés symétriquement, de lourdes chaises, un fauteuil canné, des casiers verts et, le long des murs, à la portée de la main, des tablettes chargées de livres : tel était le mobilier du bureau. Peut-être avait-il appartenu au père de Mme Rousserand. Agathe s'en servait-elle par goût personnel ou par piété filiale ?

Quelques cadres attirèrent l'attention du maître d'école : les uns bordaient de fines gravures représentant des sujets mélancoliques ; d'autres, des sentences des maximes, des pensées empruntées à divers auteurs ; le tout écrit d'une grosse anglaise, ferme, lisible comme de la typographie.

Léon-Paul s'approcha et lut :

« Pour atteindre à la vérité, il faut, une fois dans sa vie se défaire de toutes les opinions qu'on a reçues. »

DESCARTES.

« Quelle sotte chose que l'opinion publique ! un homme de trente ans séduit une jeune personne de quinze ans : c'est elle qui est déshonorée. »

CHAMFORT.

Ha ! très bien ! Tout s'explique, dit en lui-même le maître d'école. L'homme est une drogue, la femme une brave et intelligente femme : ils doivent être à couteaux tirés. Ma première impression sur Mme Rousserand était bonne.

Poursuivons :

« La morale est capable de démonstrations aussi bien que les mathéma-
tiques. »

LOCKE.

« Voilà ce que je ne serais pas faché qu'on me prouvât, au lieu de l'affirmer et
je ne serais pas faché non plus d'avoir là-dessus l'avis de Mme Rousserand, » dit
tout haut Léon-Paul. Et il continua :

« Ne lisez pas pour contredire et réfuter, ni pour croire et admettre, ni pour
trouver de quoi jaser et discourir; mais pour peser et examiner. »

BACON.

« Qui a fait les partages de la terre si ce n'est la force ! Toute l'occupation de
la justice est à maintenir les lois de la violence. »

VAUVENARGUES.

Dans le même cadre correspondant, sans doute, à l'une des plus fermes espérances de celle qui les avait copiées, le maître d'école lut encore les maximes
suivantes :

« L'ère des peuples est venue, reste à savoir comment elle sera remplie : il
faudra d'abord que l'Europe se nivelle dans une même existence. »

CHATEAUBRIAND.

« L'humanité est son œuvre à elle-même. »

VICO.

« Le genre humain doit se réunir en un vaste corps organisé, ayant connaissance de lui-même. Ses intérêts feront place à l'amour universel et le but de
l'existence sera de former une vie sociale juste, vertueuse et grandiose à la
fois. »

FICHTE.

« Toutes les familles ne seront qu'une famille, et toutes les nations qu'une
nation. »

LAMENNAIS.

« *Amen!* de tout mon cœur » dit Léon-Paul; et se retournant pour aller à un
autre côté du mur, il se trouva en face de Mme Rousserand qui lui tendit la main
en souriant.

Ils s'assirent et la conversation devint bientôt cordiale entre eux. Agathe se
sentait à l'aise avec le maître d'école, de secrètes affinités de pensée et de sentiments devaient bientôt les unir dans une commune sympathie.

Mme Rousserand remercia Léon-Paul de l'avoir si bien devinée. Mais cela ne l'étonnait pas, elle était sûre que, dans l'intérêt de ses malheureux amis, il viendrait la voir afin de lui faciliter les moyens possibles de réparation. Elle comprenait, elle appréciait les scrupules des Brodard et la défiance de celui qu'elle croyait l'aïeul de la famille.

Pauvre homme ! ce n'était pas étonnant, disait Agathe, sans doute, il avait beaucoup souffert durant sa longue vie, et l'expérience qu'il avait faite des hommes ne l'avait pas disposé à la confiance.

Elle ajoutait qu'elle comptait absolument sur M. Léon-Paul, pour l'aider à vaincre les difficultés qu'offrait sa situation si délicate vis à vis de gens pour lesquels elle était disposée à tous les sacrifices.

Le maître d'école, au risque de déplaire à son interlocutrice, dont il sentait bien que la volonté était d'étouffer l'affaire, le maître d'école dit hardiment que la première des choses à faire pour les infortunés sur lesquels pesait, d'un poids si énorme, la faute de M. Rousserand, serait de ne point empêcher l'évidence de cette faute. L'apprenti serait acquitté, s'il était prouvé que le patron avait abusé de la petite Angèle.

« — Je sais, » poursuivit Léon-Paul en voyant Agathe baisser les yeux d'un air pensif, « je sais que la femme de M. Rousserand peut douter de cette faute...

— Vous voulez dire de ce crime ? interrompit Agathe.

— Le mot est plus exact, vous avez raison, madame. Mais je le répète, vous pouvez douter de ce crime — puisque crime il y a — et ne pouvez pas joindre vos efforts aux nôtres pour en fournir la preuve.

— Eh pourquoi pas ? s'il n'y a point d'autres moyen de réparation envers cette famille infortunée ? Mais laissez-moi croire, M. Léon-Paul, laissez-moi croire que l'affaire peut-être étouffée et l'action de la justice enrayée.

— Ce sera bien difficile, madame, à moins que M. Rousserand ne s'y prête.

— Aussitôt qu'il sera en état de m'entendre et de me répondre, je lui parlerai et, peut-être, sous l'empire de certaines préoccupations, sous la menace de certains agissements de ma part, peut-être, consentira-t-il à tout ce que nous voudrons.

— J'en doute.

— Que je réussisse ou non, permettez-moi de vous remettre pour Angèle et son enfant un secours provisoire. Dans la profonde détresse où se trouve Mme Brodard, elle n'a pas le droit de repousser ce secours.

Mme Rousserand tendit au maître d'école un billet de mille francs et, comme il refusait de le prendre, elle dit :

« Cet argent n'est pas seulement une compensation à l'irréparable dommage que mon mari peut avoir causé à la famille Brodard, songez que c'est une très faible portion de ce qu'en bonne justice, nous devons à Jacques. »

Léon Paul ne comprenait plus.

« — Expliquez-vous, madame, expliquez-vous », dit-il, « je ne demande pas « mieux que de vous croire et d'être s'il y a lieu le facteur de vos prétendues « restitutions. »

« — Mes prétendues restitutions ? » reprit-elle avec feu. « Tenez, M. Léon-Paul, vous allez voir si j'ai raison. Voulez-vous me permettre de vous faire connaître certaines particularités de notre position et de les appuyer de quelques chiffres. Vous allez voir que je suis un peu femme d'affaires et que je n'ai pas oublié mon métier de comptable :

Agathe prit une grande feuille de papier y traça des colonnes au crayon, s'arma d'une plume et dit à Léon-Paul : approchez-vous nous allons établir un compte.

Le maître d'école obéit et Mme Rousserand continua :

— Je me trompe fort ou vous êtes pour le moins, aussi avancé que moi dans la matière que nous allons traiter. Dans tous les cas, vous êtes un homme de sens et de bonne volonté, il n'en faut pas davantage pour saisir le raisonnement d'une pauvre femme qui n'a d'autre science que le désir de bien faire et de rendre A CHACUN CE QUI LUI REVIENT.

Léon-Paul était fort intrigué.

Agathe poursuivit :

« Admettez-vous que dans une entreprise industrielle il y a trois facteurs :

1° le capital;

2° la main d'œuvre;

3° la direction?

— Ce n'est pas discutable.

— Ces trois agents peuvent-être considérés comme des outils, des instruments de production, n'est-ce pas ?

— Oui.

— Chacun d'eux a-t-il droit dans les bénéfices de l'entreprise à laquelle il a coopéré à une part proportionnelle à sa production ?

— Sans aucun doute.

— Alors, écoutez une petite histoire que je veux vous raconter : Elle se rapporte indirectement à ce qui nous occupe et pourrait s'intituler :

UN INCOMPRIS

« Il y avait une fois un peintre qui, ayant devancé son époque, s'était mis en tête de rendre la nature telle qu'il la voyait et non telle que la mode voulait alors qu'on l'interprétât. »

« C'était le temps de David où, sur les champs de bataille, des soldats nus comme des vers, blessés à mort, du fond de leurs cadres dorés, souriaient éternellement aux amateurs. »

« A lutter contre ce que l'on appelle des idées reçues, le pauvre peintre vécut dans la misère, usa ses forces et finalement fut obligé de confier ses tableaux à un marchand de paravents qui avait promis de les lui payer lorsqu'il les aurait vendus. »

« Malheureusement, la clientèle du marchand de paravents n'était composée que de belles dames et de gens de goût qui aimaient à voir des bergers et des bergères, frisés et enrubannés comme des caniches, folatrer sur leurs écrans, en robes et en vestes de satin. Ils avaient horreur du vulgaire et auraient donné toutes les fleurs des champs pour une rose artificielle. Le traficant rapporta au malheureux artiste toutes les toiles, moins une dont il s'était défait au profit d'un Anglais. »

« Le peintre avait un fils qu'il aimait de toute son âme et auquel il aurait bien voulu enseigner, ce qu'il appelait les secrets de son art; mais, voyant où cet art le conduisait, il garda le jeune homme des pinceaux et des couleurs comme de la peste. »

« Et même pour l'éloigner le plus possible de la peinture, Jean Monier — c'est le nom du peintre — fit apprendre à son fils le métier de tanneur. »

« Or, le jour où le marchand de paravent rapporta toutes les toiles du pauvre artiste, disant qu'il ne se déferait jamais de semblables croûtes, Jean Monier sentit que ce coup était le dernier et qu'il allait en mourir. »

« Il appela son fils et lui commanda de crever tous ses tableaux, d'en jeter les morceaux dans la cheminée et d'en faire un bon feu, car il faisait froid. »

« Le fils obéit, bien à contre-cœur, car il trouvait toutes les choses que son père avait faites extraordinairement belles. Les toiles les unes après les autres brûlaient comme des allumettes et le vieillard étendait devant la flamme ses mains tremblantes disant : il y a bien longtemps que je ne me suis si bien chauffé. Ha! ha! ha! quelle belle lumière sur mon œuvre ! ! ! »

« Il ne restait plus qu'un tableau sans cadre représentant un homme ivre le visage couvert de meurtrissures, rentrant chez lui après une querelle. Sa femme l'attendait le pied sur un berceau, travaillant à la lueur d'une lampe. L'homme était si réel qu'il faisait horreur, la femme n'était pas jolie, ce qui était alors inadmissible en peinture. Il y avait là des jeux d'ombre et de lumière qui formaient des oppositions trop heurtées et telle qu'on n'en voit que dans la nature. Une semblable composition ne pouvait passer pour un effet de l'art. »

« Louis Monier, le fils, demanda en grâce de ne pas être obligé de crever encore cette peinture dont la vue, assurait-il, suffirait pour dégouter à jamais de l'ivrognerie. Mais le vieux peintre était inexorable. »

« Non! non! » disait-il, « non, mon fils, brûle tout! et qu'il ne reste de mes efforts et de mes douleurs, pas même l'ombre d'une fumée. »

« En ce moment on frappa à la porte et Louis alla ouvrir. Un homme entra. Il était vêtu d'un costume étranger et portait des lunettes à monture d'or. »

« — Est ce ici, » demanda-t-il, » chez le célèbre peintre Jean Monier? » et ses yeux brillants comme des escarboucles derrière ses lunettes, se clouaient sur le dernier tableau du vieillard. »

« — C'est ici, non chez le célèbre, mais chez le pauvre Jean Monier », répondit le jeune homme, « que désirez-vous? Qui avons-nous l'honneur de recevoir dans notre pauvre logis?

« — Je désire acquérir quelques-uns des tableaux de Jean Monier. Je suis van Sadlen d'Amsterdam. »

« — Et moi, Smidt de Londres », dit un nouveau venu en poussant la porte entre-bâillée. « Je viens couvrir d'or les toiles de ce maître. Voulez-vous en faire autant ? »

— Nous allons voir.

— Comment, vous oseriez les disputer à l'Angleterre?

— Et pourquoi pas? Je les aurai toutes.

— Tu n'en auras pas une. Tes marchands ni ton gouvernement ne sauraient en donner le prix. Elles ont leur place marquée d'avance dans nos musées et dans les galeries de nos lords. »

« — Hélas, messieurs, dit en pleurant le fils de l'artiste, il ne reste plus de toute l'œuvre de mon père que cette petite toile, sauvée du feu par le plus grand des hasards. »

« Les deux marchands se précipitèrent sur le tableau. — Un tableau unique !... — Un chef-d'œuvre unique !...

— « Il est à moi », dit van Sadlen, « je suis venu le premier, j'en donne dix mille francs ! dix mille francs ! une toile de trois pieds. »

— « Pleutre ! fit l'Anglais, un chef-d'œuvre ! dix mille francs ! Tu ne l'auras pas ! cet ivrogne qui ferait vomir rien qu'à le regarder, vaut à lui seul mille livres sterling.

— Les donnes-tu, Smidt, cela fait vingt-cinq mille francs? sais-tu?

— Je les donne.

— Et moi, j'en paye vingt-cinq mille cinq cents.

— Trente-mille !

— Trente et un mille !

— Cette femme verse de vrais pleurs, l'homme titube sur ses jambes, ses poings remuent, je n'avais pas vu ce chat dans la pénombre, il me semble que je l'ai entendu miauler.

— Trente et un mille francs !

— Trente-deux.

— Trente-trois !

— Trente-quatre mille francs !

— Quarante ! quarante et un, quarante deux mille ! cria l'Anglais qui voulait atterrer son concurrent et ne lui donnait pas le temps de surenchérir.

« Le Hollandais était en nage. Les yeux lui sortaient de la tête. Smidt était calme. Il saisit la toile et cria :

« — Soixante mille francs !

Il se fit un grand silence. Puis, tout à coup, Jean Monier éclata d'un rire sec.

« — Maître Smidt, êtes-vous devenu fou ? soixante-mille francs pour une toile de trois pieds? cria van Sadlen.

— Ce n'est pas trop cher puisqu'il ne reste plus que deux tableaux de Jean Monier, l'incomparable peintre qui a ramené l'art à la nature. »

« Voyons, maître, est-ce marché conclu : Soixante mille francs?

Jean Monier fit de la tête un signe affirmatif.

Il riait toujours ! Il riait plus fort !

Le prêtre leva les yeux au ciel. (Page 169.)

« Van Sladen s'enfuit.

« Smidt sortit son portefeuille, en tira lentement une liasse de billets de banque qu'il compta lentement, lentement les déposant à mesure sur la table. »

« Le vieil artiste regardait, l'œil arrondi, la face crispée. Tout à coup, au moment où l'Anglais triomphant, le tableau sous le bras, repassait le seuil de la porte, Jean Monier se leva, courut à lui et voulut lui enlever sa toile.

« Non non, tu ne l'auras pas! au feu! au feu! les magots de paravent!

« Le pauvre artiste était devenu fou.

Sa raison avait résisté à tant de souffrances, elle s'abîmait dans son premier bonheur.

« C'est avec la somme que le destin semblait avoir jetée comme une dernière ironie au génie méconnu que s'établit le fils de l'artiste, Louis Monier, mon père. Je ne crois pas qu'un capital puisse avoir une plus pure origine. Les cinquante-quatre mille francs affectés à la fondation de notre tannerie représentaient quarante ans de travail, d'efforts sans nom, quarante ans de lutte et de misère pour ramener la peinture au vrai moral, sans lequel les arts ne sont qu'un puérile passe-temps.

« Le jour où mon père commença sa vie de patron, il prit avec lui quelques ouvriers, dont le nombre moyen a été de dix pendant quarante ans qu'il a exercé sa profession.

« Le père de Jacques Brodard n'a pas quitté le mien pendant toute la durée de son entreprise de tannerie.

« Brodard père, je viens d'en faire le relevé, et ses compagnons gagnaient en moyenne 27,000 francs par an. Donc puisqu'on payait ce prix la location de ces machines humaines, c'est qu'aux taux légal d'un capital quelconque, on leur reconnaissait une valeur intrinsèque de 54,000 francs.

« En admettant que le directeur, qui peut se considérer aussi comme une force en location, s'attribue une valeur trois fois plus grande que celle accordée à ses ouvriers, il représentera une somme de 162,000 francs.

« Après 40 ans de travail, les machines de direction et de main-d'œuvre étant entièrement usées, il convient que le prix en soit prélevé sur les bénéfices de l'entreprise et remis aux ayant-droit.

« Or, quand mon père a cédé les affaires à son gendre, il avait réalisé : UN MILLION, dont son intention était de faire un usage social, tout en réservant pour moi la part qu'il croyait due à son capital et à sa coopération dans l'affaire. »

« Ne se sentant pas capable de faire un tel partage, puisque beaucoup de ses ouvriers étaient morts ou l'avaient quitté; n'ayant pas trouvé une base morale à ses calculs, Louis Monier, voulant avant tout être équitable, avait chargé Étienne Rousserand, qui se piquait alors de socialisme, d'exécuter ses dernières volontés [1]. »

---

1. Un million à répartir dans les données de madame Rousserand produirait d'abord à l'entrepreneur :

1° Son capital soit.	54.000 fr.
2° La valeur de sa gestion évaluée à.	162.000
Les dix ouvriers auraient droit à.	540.000
Total à déduire.	756.000 fr.

Cette somme retranchée d'un million donne un reste de 244.000 francs à répartir entre tous les facteurs dans la proportion de la valeur qui leur a été attribuée :

Chaque ouvrier pour une part, ci.	10 parts.
Le patron pour trois parts, ci	3
Le capital pour une, ci	1
Total.	14 parts.

Or 244.000 : 14 = 18.428 fr. 57 réellement dus à l'ouvrier, ce qui porte la part de celui-ci 54.000 + 17.428 fr. 57 = 71.428 fr. 57.

Celle du patron en y comprenant la part attribuée à son capital dans les bénéfices réels s'élève à la somme respectable de 233.428 fr. 57.

Agathe soupira, puis elle se mit à écrire, couvrant de chiffres la feuille de papier qu'elle avait prise et la tendant au maître d'école : « Voyez » dit-elle en lui montrant le résultat. « Voilà ce que nous devons à Jacques Brodard par son père sur l'héritage de Louis Monier :

71,428 fr. 57 c.

« Je ne parle pas de ce qui est dû à Brodard lui-même pour la coopération qu'il nous a donnée pendant dix-huit ans. »

Et maintenant, refuserez-vous d'accepter cet àcompte pour Angèle et son enfant?... L'enfant d'Étienne... peut-être. »

Le maître d'école était très ému. Il prit le billet que lui tendait madame Rousserand et le mit dans la poche de son gilet en disant :

Que vos motifs soient réels ou supposés, votre théorie juste ou fausse, j'admire l'ingéniosité de votre cœur à travers les généreux paradoxes de votre esprit : Si vous voulez me le permettre, je viendrai vous voir quelquefois et nous reparlerons de vos idées et de l'emploi des richesses acquises.

« — Je serai heureuse, monsieur, de continuer à faire votre connaissance, » répondit Agathe, « je ne cherche pas une approbation à mes idées, mais la vérité et la justice. Vos restrictions me donnent plus de confiance en vous que ne l'eussent pu faire des compliments. »

« — Merci, madame. A bientôt. Je vais chez mes pauvres amis, je ferai le possible pour vaincre les scrupules qu'ils ont manifestés contre toute acceptation d'argent. Demain, je viendrai vous rendre compte de ma commission. »

XXXVI

LA FIN JUSTIFIE LES MOYENS

Le maître d'école se rendit immédiatement chez madame Brodard; il ne la trouva pas. Elle avait laissé les deux petites chez une voisine et la clef chez la concierge. Si Angèle venait pendant l'absence de sa mère, on devait lui remettre cette clef.

Léon Paul fut extrêmement contrarié de ce contretemps. L'importance du dépôt qu'il avait entre les mains l'effrayait. S'il allait perdre, si on lui volait ce billet? Il aurait bien voulu en être déchargé. Enfin, *se soumettre à ce qu'on ne peut éviter* étant une de ses maximes favorites, il se dit qu'il n'avait qu'à prendre patience puisque selon la sagesse des nations « tout vient à point à qui sait attendre. »

La bonne Magdeleine, peu au courant des allures de la justice et ne mettant nullement en doute la mise en liberté immédiate de son mari, avait voulu qu'à son arrivée chez lui, le pauvre père trouvât au moins tous les enfants qui lui restaient et elle était allée à la recherche d'Angèle, dont l'absence prolongée commençait à l'inquiéter horriblement. Elle comptait sur la vue de toutes ses chères petites pour consoler un peu Brodard de l'emprisonnement de son fils.

Si le maître d'école avait su où demeurait sa misérable sœur, peut-être se serait-il décidé à la revoir, en allant chez elle sous prétexte d'y chercher Angèle. Mais voilà, en proie à la honte de ses souvenirs, il n'avait pas osé s'informer de la malheureuse fille, quand on avait prononcé son nom devant lui. Pauvre Lize ! il la revoyait toute petite, toute innocente et, comme les larmes lui en venaient aux yeux, il cherchait à en détourner ses souvenirs.

Ainsi que Magdeleine, Léon Paul croyait à un prompt élargissement de Brodard et il en éprouvait un certain embarras, à cause de l'argent qu'il avait à offrir. La mère, toujours plus attentive aux besoins de ses enfants, plus inquiète des nécessités de la vie, eût été peut-être plus facile à gagner que l'homme.

Ne sachant pas quand madame Brodard serait de retour et ennuyé de l'attendre, le maître d'école prit le parti de s'en retourner dans ce qu'il appelait sa maison de campagne. Il y reverrait le manuscrit promis à monsieur de Saint-Cyrgue ; et, avant de le livrer à celui qui croyait avoir intérêt à le détruire, à jamais, il en extrairait les pensées qu'il jugerait bonnes à conserver.

Léon Paul se dirigea donc vers la forêt de Bondy, se promettant de revenir le soir et de faire connaissance avec les membres de la famille Brodard, qu'il n'avait pas encore vus et qui tous l'intéressaient, car tous étaient malheureux, tous étaient victimes d'une fatalité sociale, contre laquelle l'excellent homme savait bien qu'on pouvait, qu'on devait combattre.

A force d'aimer son prochain, à force de méditer sur les moyens de le rendre heureux, le maître d'école était arrivé à savoir que l'humanité — être collectif — comme l'être individuel est assujettie à des lois invariables de développement, dont la connaissance doit suffire pour préserver l'espèce de maux qui ne tiennent pas à sa nature et dont la misère et l'oppression sont les deux formes les plus odieuses.

Pendant que le maître d'école, cheminait de son pas traînard de philosophe rêveur, songeant à madame Rousserand, pour laquelle il se sentait une profonde sympathie, tout en ne partageant pas absolument des idées qu'il se promettait bien de réfuter à la première occasion, mademoiselle de Méria attendait dans la plus vive impatience le résultat de son message à la rue des Postes.

L'institutrice donnait une leçon de piano à Valérie, mais sa pensée était loin de la sonatine, dont elle battait la mesure, d'un mouvement machinal.

De son côté, la petite était distraite ; ainsi que sa mère l'avait craint, demeurée seule la filette avait profité de sa liberté pour interroger les valets, afin d'apprendre quelque chose sur les causes de l'agression dont M. Brodard avait été victime. Hélas ! la pauvrette avait entendu des choses qui la troublaient profondément en portant atteinte au respect qu'elle avait toujours eu pour son père.

L'oreille tendue au dehors, à travers le bruit de l'instrument, l'institutrice distingua celui d'un frôlement léger qui se produisit sur le bois de la porte.

Mademoiselle de Méria se leva et sortit.

Dans le couloir, s'effaçant de cette façon mystérieuse qui n'appartient qu'aux faux dévots, le valet envoyé rue des Postes tenait une lettre qu'il remit à l'institutrice.

Dans cette lettre, chiffrée, il était dit qu'on connaissait *l'homme* et que le soir même un fidèle serviteur de l'Église, qu'on attendait, tenterait d'acheter ce dont Blanche avait besoin pour commencer l'attaque des millions. Ce serait pour le mieux si le comte Hector venait lui-même prendre des renseignements et des instructions auprès de ses anciens maîtres et aussi recevoir des avertissements qui ui étaient devenus indispensables.

L'institutrice déchira cette lettre et en brûla les morceaux. Elle était si agitée qu'elle ne tenait plus en place. Elle renvoya Valérie à sa mère et sous le prétexte d'un violent mal de tête, se retira dans sa chambre pour méditer à l'aise sur la conduite qu'elle devait suivre pour se trouver à la hauteur des circonstances qui allaient décider de sa fortune. La haine qu'elle avait ressentie contre Agathe se noyait dans l'immense préoccupation qui la dominait. Elle avait besoin de parler à quelqu'un de ses craintes et de ses espérances et bien qu'elle eût une médiocre confiance dans son frère, elle l'envoya chercher par le fidèle Audard, auquel l'accident arrivé à son maître faisait des loisirs. Au reste, en agissant ainsi, elle obéissait à ses supérieurs qui, eux aussi, désiraient voir le comte. Elle lui transmettait leurs ordres.

Hector de Méria n'était plus le pochard que nous avons vu dans la chambre d'Olympe, en proie à la plus crapuleuse ivresse. C'était ce jour là, un élégant gentilhomme un *col-cassé* comme disaient les cocottes, un dandy dont les manières, la mise, en un mot toute la personne marquait une origine aristocratique. Et cependant ce n'était pas absolument le type du parasite.

Non, M. le comte de Méria était une de ces forces du passé qui se cramponnent d'autant plus à la société qui les rejette, qu'elles se sentent menacées de disparaître à jamais de la scène du monde. Hector, ancien officier de carabiniers, décoré de plusieurs ordres, vivait de ses parchemins comme un autre de ses terres. Il était attaché en qualité d'administrateur à deux ou trois entreprises financières qui le payaient largement pour couvrir de ses croix et de son titre, des opérations plus ou moins risquées. En outre, par devoir originel défenseur ardent du trône qu'on n'avait pas et de l'autel qu'on n'avait bientôt plus, l'ex-officier sans emploi — un Méria ne pouvait pas servir la République — l'ex-officier était le spadassin en titre des journaux pieux qui tous signaient de son nom leurs articles provocateurs. Cela lui rapportait quelqu'argent de poche.

Sans les crises de brutalité qui le poussaient aux plus folles comme aux plus tapageuses orgies, le comte de Méria eût été porté à la Chambre ou au Sénat par le parti clérical. Il parlait assez bien un jargon de caserne et de sacristie et faisait des conférences fort suivies du beau monde et de quelques blouses blanches, pour faire croire à l'existence du parti dans le peuple. Certes, comme tant d'autres, le comte eût été capable d'outrager les républicains au Parlement d'y jeter, du haut de la tribune, des défis à la raison. Mais hélas! on ne pouvait pas le pousser, il avait commis trop d'imprudences, fait trop d'esclandres dans les bouges pour qu'on pût le transformer en vase d'élection.

Cet aimable frère, pour lequel elle avait des faiblesses de mère, quoiqu'elle fût plus jeune que lui, avait ruiné sa sœur. Mais elle ne lui en voulait pas trop, elle concevait ces appétits chez un homme de sa caste. D'ailleurs, elle ne savait pas tout et avait une certaine confiance en elle-même pour l'avenir.

Hector, pour restituer à Blanche ce qu'il lui devait pour la doter avait compté jusque là, sur quelqu'aubaine financière. Mais rien ne lui ayant personnellement réussi, il s'était tourné vers la compagnie de Jésus plus solide, plus généreuse que les faiseurs auxquels il avait aidé à garnir leur caisse de l'argent des jobards de toutes nuances.

En attendant que la chance tournât pour lui, Méria se ruinait en promesses données à Blanche avec une libéralité toute patricienne.

— Eh bonjour, ma Blanchette, dit le comte en entrant. Je t'attendais, voilà pourquoi je ne suis pas venu plus tôt.

— Est-ce que je suis libre? Est-ce que je puis sortir quand je veux? demanda aigrement Mlle de Méria.

— C'est vrai. Mais l'affaire en vaut la peine et si tu avais pu te débarrasser de ta petite chenille, nous aurions été plus à l'aise chez moi, pour causer de nos affaires.

— Oui, mais c'était impossible : cette Rousserand est d'une exigence! et, pour avoir un instant de loisir, j'ai dû feindre une indisposition.

— Quel ennui! Enfin, cela ne durera plus longtemps. As-tu écrit à nos amis.

— Sans doute.

— Auras-tu le manuscrit à temps?

— Je n'en suis pas sûre, mais je l'espère ; nos amis sont aussi actifs que puissants.

— Je le sais.

— Ce ne sont pas eux qui laisseront passer l'occasion. Et si depuis que tu es entré dans leur giron... si tu avais voulu...

— Je t'en prie, ma chère sœur, ne parlons pas de ce qui aurait pu être mais de ce qui sera. L'avenir nous amène le Pactole et tu n'es pas contente.

— Nous n'y nageons pas encore.

— Nous y nagerons, nous y plongerons, nous y barbotterons, sois tranquille.

— J'admire ta confiance.

— Elle a sa raison d'être ; Mme de Vilsord arrive demain matin. Elle sera là vers les huit heures ; tâche d'être libre pour la recevoir. Elle t'apporte toutes les instructions nécessaires pour faire le siège du gaillon et s'en emparer.

— C'est bien aimable de sa part, mais quel intérêt?...

— Le sien, ma chère. La bonne dame a les dents longues et désire mordre au gâteau, un peu trop, peut-être. N'y a pas grand mal à ça : promets-lui tout ce qu'elle demandera, nous verrons après; surtout, pas d'écrit. Les paroles n'engagent à rien.

— Toutes tes recommandations sont superflues, mon cher Hector, je sais aussi bien si ce n'est mieux que toi ce qu'il faut que je fasse. D'ailleurs, en toutes choses, j'agirai d'après le conseil de nos amis.

« Mais j'y songe, fit-elle négligemment, il serait peut-être bon dans les circonstances difficiles que nous traversons d'aller te mettre à la disposition des bons Pères. »

Hector fit la grimace. Il redoutait les révérends qui s'arrogeaient sur lui un droit de direction et se montraient souvent parcimonieux pour les services rendus. Et puis, il avait ce jour-là un rendez-vous avec quelques viveurs de son espèce pour une de ces parties, sans nom, dans lesquelles des filles du ruisseau, des plats pimentés, du tabac de caporal, le débraillé de rigueur réveillaient chez ces êtres fourbus par les jouissances de la haute vie, quelques sensations violentes que, dans leur dépravation satisfaite, ils décoraient du nom de plaisirs.

— Je suis de conseil aujourd'hui, hasarda le comte, je crains qu'il me soit impossible...

Blanche regarda son frère dans les yeux.

— C'est à moi, demanda-t-elle, c'est à moi, que tu veux faire accepter de semblables prétextes ?

— Mais je t'assure...

— Allons donc, je sais fort bien que tes administrateurs peuvent t'attendre et te voient le jour où leur caissier te paye le droit qu'ils ont acheté d'étaler ton nom et tes titres sur le ..s prospectus. En dehors de cela, tu ne vas jamais au siège social de ton entreprise. Je t'ai fait entendre qu'il serait bon, maintenant je te dis, sans ambage, qu'il faut aller voir nos amis. Comprends-tu ?

— C'est bon !... c'est bon ! on ira, ma petite reine, pas moyen de vous en conter, pas moyen surtout de vous résister. Mais, dis-moi, Blanchette, plaisanterie à part, as-tu quelques louis à me prêter ?...

— Comment, le premier du mois ?

— Eh oui, une dette de jeu, je suis à sec. Au journal on ne paye que le dix.

Ce n'était pas le moment de récriminer.

Blanche prit dans son petit secrétaire en bois de rose, un billet de cinq cents francs et le tendit à Hector.

« — Tiens, » lui dit elle, « mauvais sujet, si nous ne réussissons pas auprès de M. de Saint-Cyrgue, tu seras peut-être bien heureux que je t'aie préparé la petite chenille et son cocon dont tu sembles faire fi ! Sans les munificences des Rousserand à mon égard, je ne pourrais même te prêter cette misère. »

Le comte empocha le billet sans cérémonie, embrassa sa sœur et s'en alla d'abord déjeuner, après quoi il prit une remise et se rendit à la rue des Postes, entra dans la maison que nous connaissons déjà, y fut reçu par le même prêtre, le révérend Davys-Roth, un des jésuites chassés d'Allemagne, une sorte de cadeau de M. de Bismarck, parlant français comme un Parisien, ayant fait ses études à Saint-Sulpice.

Après les compliments d'usage, le saint homme dit au comte :

— Mon fils, vous rendez des services à l'Église et je ne puis m'empêcher de vous porter pour cela un tendre intérêt. Mais, d'un autre côté, vous menez une conduite entièrement opposée aux principes que vous proclamez dans vos conférences. Cette conduite, je dois vous en avertir, vous conduira en cette vie à une prompte déconsidération et dans l'autre, songez-y, à votre perdition éternelle.

— Ah ! l'enfer est encore loin, mon révérend père.

— Mais le mépris est proche, mon fils, c'est-à-dire l'impuissance de servir efficacement l'Église.

— Le mépris ? le terme est un peu fort, repartit le comte rougissant. N'importe, ajouta-t-il, je l'accepte comme une pénitence. Je me corrigerai.

— Cent fois, mon fils, vous l'avez promis et toujours les passions l'emportent sur vos bonnes résolutions. A la longue le mal que vous commettez peut rejaillir sur la cause dont vous avez accepté la défense, cette cause de Dieu dont les serviteurs vous ont protégé dans le monde.

— Je n'oublierai jamais tout ce que je vous dois, mon cher père, et..

— Il ne s'agit pas de nous, mon fils, il s'agit de l'Église. Les bons offices que vous lui rendez vous sont assez payés, ce me semble, pour que vous puissiez aire bonne figure dans la société.

— Où voulez-vous en venir, mon père ?

— A ceci, mon fils : Nous avons appris avec douleur que vous laissiez traîner votre nom dans des affaires d'industrie...

— Mais vous-mêmes, n'êtes vous pas entré dans cette voie, et les grands magasins que vous avez montés sous le nom de X. et de Z. ne sont-ils pas ?...

— Des affaires ? oui ; mais celles-là ne peuvent contribuer qu'au triomphe de l'Église, à sa prospérité temporelle ; tandis que celles dans lesquelles vous trempez peuvent vous mener loin. Nous savons ce que nous faisons tandis que vous allez, sans vous en douter, à votre perte morale. Il faut donner votre démission.

— Je la donnerai. Mais...

— Point de condition : votre obéissance servira vos intérêts.

— Mon père, j'ai des engagements.

— On les remplira. Tenez-vous seulement sur vos gardes et veillez sur vous-même. Ne donnez plus de scandale, sans quoi nous nous verrions forcés de nous priver de votre concours.

— Mon père, vous parlez de scandale et je ne crois pas avoir mérité...

— Il y a trois jours, un homme de la police, un homme à nous, heureusement, a trouvé en état d'ivresse dormant chez une fille, un gentilhomme que vous connaissez peut-être...

Hector baissa la tête.

« Je ne suis pas un saint » dit-il humblement, « mais un pauvre pécheur. »

— Confesser ses péchés c'est commencer à les effacer, mais chercher le moyen d'en éviter le retour est encore mieux.

— Et ce moyen ?

— Un bon et riche mariage, mon fils, un mariage chrétien qui fasse passer dans vos mains une grande fortune et donne à votre naissance le prestige de la richesse, Mlle de Méria vous a sans doute parlé de ses projets là-dessus ?

— Elle m'en a parlé.

— Eh bien ?

Le comte de Méria dirigea sur Léon-Paul le canon de son revolver. (Page 174.)

— Eh bien ! il n'y a pas lieu de s'en occuper pour l'instant.

— Pourquoi cela ?

— Il faut savoir ce qui adviendra de cette affaire de succession.

— L'un n'empêche pas l'autre et les millions de M. Rousserand ne gâteraient rien aux millions de Saint-Cyrgue.

Le comte de Méria fit la grimace et dit qu'il ne se souciait pas d'être le gendre d'un malotru qui se faisait casser la tête par un ouvrier. Que sa sœur et lui, avec la fortune de leur cousin, aspiraient à monter et non à descendre. Les Rousserand étaient un pis-aller.

— Hector, mon fils, dit le jésuite en se levant, comprenez bien que nous devons autant que possible nous assimuler toutes les forces du présent pour assurer le triomphe du passé. Nous devons être les plus riches pour devenir les plus puissants. Quand le militarisme était la force nous avons régné sur le militarisme ; aujourd'hui c'est l'industrialisme qui règne, nous voulons dominer, nous dominerons l'industrialisme.

— Je n'ai rien contre, mon père, mais si, dans la fortune de M. de Saint-Cyrgue, j'ai le quart qui me revient, aux termes de nos conventions, je me contenterai de ça.

Le prêtre leva les yeux au ciel.

— O Dieu de miséricorde » fit-il « vous le voyez, les plus obligés à votre service ne pensent qu'à eux et l'intérêt général, c'est-à-dire l'intérêt de l'Église disparaît devant leur égoïsme.

— Mais, mon père, voulez-vous donc centraliser dans vos mains toutes les richesses de la terre ?

— Non, mon fils, mais au moins en diriger l'emploi, ce qui vaut mieux.

— Vous aurez de la peine à y arriver.

— Non ! non ! Dieu nous aidera : toutes les richesses lui appartiennent et nous, qu'il a établis ses représentants, devons être la forme visible de sa sainte Providence.

— Je n'ai rien contre cette prétention, mon cher père, et pour ma part, j'y contribuerai, pourvu toutefois, que j'arrive à la fortune. Je l'emploierai selon votre volonté.

— Je prends acte de votre promesse, mon fils, et nous allons, aujourd'hui même, fixer les moyens d'en assurer l'exécution.

— Et si ces moyens ne me convenaient pas ?

— Vous êtes libre de les rejeter. Mais alors, sorti de la voie que nous avons tracée devant vous, comte de Méria, vous retomberez dans la poussière dont notre main vous a tiré, pour la plus grande gloire de Dieu.

— Ah !

Il ne manque pas de jeunes nobles qui, pour ressusciter les vieux priviléges de leur caste, désirent s'attacher au parti de l'Église. Et, je dois vous dire que, sans votre sœur, dont l'intelligence seconde si bien nos vues, il y a longtemps que nous nous serions privés de vos services.

— Oh ! mon père, je ne songe pas à vous quitter, à séparer mes intérêts des vôtres et l'héritage de M. de Saint-Cyrgue dont nous remettrons la moitié dans vos mains...

— L'héritage de M. de Saint-Cyrgue n'est pas une proie aussi facile à prendre que vous vous l'imaginez. Réduit à vos propres forces, à vos ressources personnelles, vous ne l'auriez pas.

— J'en suis persuadé, mon père, aussi je viens mettre toute l'affaire et moi-même sous votre direction.

— C'est bien, dit le prêtre avec une évidente satisfaction.

En ce moment le domestique du révérend Davys Rolh entre-bâilla la porte.

Il tenait un papier à la main. Le jésuite lui fit signe d'approcher, prit le pli, qu'il s'empressa de lire, s'excusa en disant au comte que c'était pour le service de Dieu devant lequel devaient s'effacer toutes les vaines formes de la politesse humaine.

Le papier qu'il venait de recevoir était le rapport de Nicolas sur l'arrestation d'Angèle. A mesure qu'il avançait dans sa lecture, la figure du jésuite s'éclairait.

— Tout va bien ! dit-il, M. Rousserand — Dieu lui conserve la vie — M. Rousserand est entre nos mains. Il ne tiendra qu'à vous d'épouser sa fille.

— Et les capitaux qui sont la sauce de ce petit poisson de Seine ?

— Taisez-vous, mauvais sujet, dit le jésuite souriant, « taisez-vous ; toutes les chances sont de votre côté, tâchez d'en mériter la réussite. Et maintenant, occupons-nous de Saint-Cyrgue.

— Je ne demande pas mieux, répondit Hector, M. de Saint-Cyrgue occupe maintenant la première place dans mon cœur.

— Hélas ! le brave homme est âgé, il peut mourir d'un moment à l'autre. Il est indispensable de se hâter. Il faut ne vous en rapporter qu'à vous-même pour avoir le manuscrit dont parle Mme de Vilsort. Cela fait, laissez agir Mlle de Méria.

— Je suis prêt à tout ce que vous jugerez convenable à cet égard.

— Il faudra agir selon les circonstances, mon fils, et ne jamais oublier que « la fin justifie les moyens ! »

— Comment l'entendez-vous, mon père ?

— D'après les renseignements que nous avons sur l'homme au manuscrit, il est possible que l'argent ne le décide pas et alors...

— Je comprends : Je suis le parent, le champion, le vengeur de l'une des héroïnes du roman et... un bon petit duel.

— Non ! non ! Un duel gâterait tout, il faut des témoins, cela fait du bruit, la presse a mille yeux pour voir et cent mille bouches pour raconter. Vous trouverez autre chose. Au reste, ajouta lentement le père Davys Rolh, vous n'emploierez la force qu'à la dernière extrémité. Comprenez-vous ?

— Je comprends.

— Je vais vous mettre immédiatement en relations avec un habile homme. Vous aurez à vous concerter ensemble pour arriver à vos fins.

Le père frappa sur un timbre, le domestique reparut.

— Faites entrer dit-il, le porteur du papier que vous venez de me remettre.

Le comte de Méria ne put retenir une exclamation de surprise quand le jésuite lui présenta M. Nicolas. De son côté, le pseudo-journaliste laissa échapper un signe d'étonnement.

— Ils se connaissent, pensa le père, tant mieux ! cela ne peut pas nuire.

Les hasards de leur vie de débauche et d'hypocrisie, plusieurs fois avaient fait rencontrer, à l'église et ailleurs, le comte de Méria et le mouchard, mais tous deux ignoraient qu'ils étaient au service des mêmes maîtres. Nicolas s'en réjouissait, Hector en était humilié.

Le révérend Davys Rolh suivait, sur le visage de ses agents, l'impression de leur rencontre. Cela pouvait servir. Il leur remit de l'argent, indiqua où ils trouveraient Léon-Paul, dont il releva l'adresse dans un immense registre, recommanda la prudence, et donna sa bénédiction aux deux compères.

A peine le comte et Nicolas avaient-ils passé le seuil de la porte que le jésuite, qui s'était levé, se laissa tomber sur un fauteuil en disant à demi-voix d'un air profondément découragé :

« A quels agents ! Bon Dieu ! à quels agents les saints sont-ils obligés de recourir ! Consciences vénales, âmes perverses, corps flétris par toutes les débauches, êtres tarés, compromis, voilà nos serviteurs ! Hélas ! hélas ! qui nous rendra le temps où nous allumions à la foi de nos doctrines, des cœurs pour notre domination, des bûchers pour nos ennemis ! »

« Enfin » ajouta-t-il avec un grand soupir, « il faut se sommettre à l'inévitable et tirer des circonstances le meilleur parti possible. Une partie des forces de l'humanité ont pris une forme bien commode pour les saisir : le capital qui représente les efforts, le travail de toutes les générations passées le capital est à nous, c'est-à-dire la puissance. Avec l'argent nous reconstruirons une autre féodalité !... »

XXXVII

LES ERREURS DE LA POLICE

Le bon maître d'école, avant de s'en retourner à Paris pour y faire la commission de Mᵐᵉ Rousserand, le bon maître d'école appuyé sur sa bêche, regardait devant sa cabane, un petit carré de terre qu'il venait de préparer pour y planter des choux.

Le jour baissait quand le comte de Méria et son compère s'arrêtèrent devant la clôture du jardinet.

— N'est-ce pas M. Léon-Paul, ancien maître d'école de Saint Cyrgue, que nous avons l'honneur de saluer ? demanda Nicolas en soulevant son chapean.

— C'est moi-même, messieurs, répondit Léon-Paul, seriez-vous du pays, par hasard ?

— Non, monsieur.

— En ce cas, puis-je savoir ce qui me vaut d'être accosté par vous ?

— Nous venons pour une affaire.

Léon-Paul, fort surpris, examina les visiteurs. Leur figure ne lui revenaitpas.

— Nous vous ferons connaître l'objet de notre visite, dit le comte, si vous voulez bien nous permettre d'entrer chez vous.

— Et si je ne vous le permets pas ? demanda Léon-Paul qu'une vie des plus accidentée avait rendu défiant ; et il ajouta que, n'ayant pas l'avantage de connaître ces messieurs, et étant fort pressé de s'en retourner à Paris, il n'avait pas le temps de les recevoir.

Nicolas prit un air dégagé et assura que l'affaire en question était si simple, qu'elle pouvait se traiter par-dessus la haie et ne demandait pas plus de dix minutes pour être expliquée et conclue.

Léon-Paul s'appuya sur sa bêche, bien aise d'en sentir le manche dans ses mains encore robustes, et pria les visiteurs de s'expliquer. Puisqu'il ne fallait que dix minutes, ce n'était pas la peine de prier ces messieurs de s'asseoir. On causerait bien ainsi.

— Je suis éditeur, commença Nicolas.

— J'en suis bien aise pour vous, monsieur, si vous gagnez honnêtement votre vie à ce métier qui, selon la moralité de ceux qui l'exercent, leur donne le moyen de faire un peu de bien ou beaucoup de mal.

Les deux visiteurs se regardèrent étonnés. Ils n'avaient pas prévu cette tournure de la conversation. Il y eut un moment de silence. Enfin Nicolas reprit :

« J'exerce mon métier le plus honnêtement qu'il m'est possible, heureux, quand j'en trouve l'occasion, de produire des hommes tels que vous.

— Diable, et quand ça leur arrive, les hommes tels que moi vous ont sans doute plus d'obligations que le public.

— Trève de modestie, monsieur Léon-Paul, nous savons que vous êtes un penseur, un philosophe méconnu, un grand écrivain !

— Voilà une révélation qui ne me serait pas désagréable si j'étais sûr que vous ayez pu apprécier en connaissance de cause, des qualités dont j'entends parler pour la première fois.

— Mon admiration, n'a rien qui doive vous étonner monsieur, je suis le successeur de Flamingo l'éditeur auquel vous avez vendu UNE FAUTE.

— Ah ! fort bien ! répondit Léon-Paul, et il pensa qu'il s'agissait d'un chantage auquel l'arrivée de M. de Saint Cyrgue pouvait donner lieu, s'il s'y prêtait.

« Quelques feuilles échappées à l'autodafé auquel un vandale avait condamné votre œuvre nous ont donné le désir de la rééditer « poursuivit Nicolas, » « et si vous y consentez...

— Je n'y consens pas du tout, monsieur.

— Et pourquoi ?

— C'est mon affaire.

— Réfléchissez, nous vous payerons le prix que vous voudrez, monsieur Léon Paul.

— Je ne suis ni ambitieux ni besogneux. L'hiver je gagne ma vie à balayer les rues de Paris, et cette honorable fonction publique, outre le repos qu'elle donne à ma conscience, me permet de passer les étés à la campagne, d'y écrire pour moi seul les impressions éprouvées pendant la dure saison des frimas, comme disent les poètes. Personne, messieurs, n'est moins accessible que moi aux tentations de la fortune.

— Mais, dit le comte, croyant avoir trouvé un argument irréfutable : la fortune c'est le moyen de faire le bien.

— Ou de se corrompre, répondit le maître d'école.

— Laissez-nous croire que votre décision n'est pas irrévocable et que vous ne voudrez pas priver la littérature d'un chef-d'œuvre qui...

— Messieurs, vous pouvez être de fort honnêtes renards, mais je ne suis pas un corbeau et ne pourrais vous offrir même un morceau de fromage blanc. Si vous êtes les successeurs de Flamingo vous devez savoir que cet honnête industriel avait cédé ses droits à M. de Saint Cyrgue.

— Nous le savons : ces droits se bornaient à une édition, pour laquelle vous aviez traité avec l'éditeur. Donc vous êtes encore maître de l'œuvre que nous payerons le prix que vous fixerez.

— Et c'est parce que j'en suis le maître, que je la garde. Bonsoir, messieurs, je vous remercie. Il fit mine de rentrer dans sa cabane.

Les deux agents des jésuites échangèrent un coup d'œil significatif et sautèrent dans le jardinet

Deux hommes arrêtés à quelque distance, semblaient observer ce qui se passait devant la cabane.

— Ceci, dit le maître d'école en se retournant, ceci est une violation de domicile avec escalade, je vous prie de sortir de chez moi, si vous ne voulez faire une connaissance trop intime avec ma bêche. ».

« Ecoutez, bon homme » fit Hector, « je suis de la famille des Roche-Brune, j'ai voulu vous payer le manuscrit qui peut compromettre l'honneur de notre maison, vous refusez, je l'aurai de gré ou de force. »

— Et comment cela ?

— Nous nous battrons.

— Vous voulez rire.

— Pas le moins du monde.

— Je ne me bats pas.

— Alors, mon cher, vous allez me forcer à vous tuer.

Et le comte, soit qu'il eût ou non l'intention d'exécuter sa menace, sortit de la poche de son paletot, un revolver dont il dirigea le canon sur Léon-Paul. Mais celui-ci, plus prompt que son adversaire, leva sa bêche et l'abattit sur l'arme qui alla tomber à quelques pas en se déchargeant d'un coup. La balle frappa le carreau, si artistement maintenu en place par l'industrie du maître d'école, et le fit voler en éclats.

— Vous allez me payer ma vitre, cria Léon-Paul en se précipitant sur le comte de Méria qu'il saisit par sa cravate et lui asséna un formidable coup de poing sur le nez.

Nicolas se porta au secours d'Hector, tout en donnant un coup de sifflet. Les deux hommes qui s'étaient avancés, peu à peu, accoururent de la route. Ils enjambèrent la petite haie, tombèrent sur le maître d'école qu'ils terrassèrent après une lutte de quelques secondes.

Lié, garrotté, bâillonné en un instant, Léon-Paul fut porté par les nouveaux venus jusque vers un fiacre qui stationnait au tournant du chemin.

— Au Dépôt ! cria Nicolas en renfermant sur le maître d'école et les deux agents la porte du fiacre, au Dépôt de la Préfecture et attention, la capture est bonne.

Le mouchard des jésuites retourna vers le comte qui essuyait, de son mouchoir de fine baptiste, le sang qui lui coulait sur le visage. Le maître d'école avait la main lourde.

— Tout n'est pas profit dans nos excursions, dit Nicolas, mais ce ne sera rien, j'espère que nous n'aurons pas lieu de nous repentir d'avoir mené rondement l'affaire. Jamais nous n'aurions pu venir à bout autrement de cet entêté. Et maintenant, cherchons tranquillement le manuscrit.

— Mais, dit Hector, un peu effrayé, nous avons peut-être risqué gros, à ce jeu là?

— Il est vrai que vous eussiez mieux fait de laisser le revolver dans votre poche, mais baste! l'endroit est désert, l'affaire s'est passée sans témoins et j'ai l'ordre d'arrêter un certain démagogue d'origine étrangère qui doit être expulsé dans les vingt-quatre heures.

— Mais alors vous êtes de...?

— De la police, oui, monsieur le comte, pour le service de l'Église

— Très bien, mais quel rapport?

— Nous mettrons l'affaire sur le compte d'une erreur et il n'en sera que ça.

— Vous plaisantez.

— Pas le moins du monde. Ne suis-je pas aussi irresponsable que M. le préfet de police lui-même, des erreurs que je puis commettre?

— Mais comment donc, mon cher, sous un gouvernement républicain?

— Monsieur le ministre de l'intérieur nous couvre tous de son ombre et de l'impunité dont il jouit.

— Très bien! très bien! votre république a du bon, tout de même.

— Assurément, pour qui sait s'en servir. Quant à la recherche des papiers dans la cabane de notre conspirateur, elle s'explique d'elle-même.

— En vérité, Nicolas, vous êtes un homme précieux.

— Vous voudrez bien en témoigner devant qui de droit.

— Oui, à charge de revanche.

— Si jamais nous avons le bonheur d'asseoir notre roy sur son trône, souvenez-vous, comte, que je puis faire comme un autre, mieux qu'un autre peut-être, un excellent préfet de police. Je me sens toutes les aptitudes de l'emploi.

— Au besoin, je m'en souviendrai.

Ils entrèrent dans la cabane demeurée ouverte et commencèrent à chercher.

La clef était à l'armoire que les deux complices ouvrirent. Au-dessus d'une masse de papiers, le premier objet qui frappa leurs yeux, fut le billet de *mille francs* confié à Léon-Paul pour être remis à Angèle.

Nicolas, l'œil allumé par une telle découverte, s'empressa de mettre le billet dans son portefeuille disant que c'était là une véritable pièce à conviction. Et il commença à bouleverser l'armoire, dans l'espérance d'en trouver d'autres.

L'armoire était pleine de cahiers, dont le titre de quelques-uns, fut un véritable sujet de joie pour les deux agents des jésuites. Ils mirent de côté pour les livrer à leurs maîtres, avant de les porter à la police, une petite liasse dans laquelle se trouvaient les opuscules suivants :

LA FIN DES RELIGIONS MÉTAPHYSIQUES

LA CONSPIRATION DU BON SENS

GUERRE AUX ÉTEIGNOIRS

RECHERCHES DES LOIS SOCIOLOGIQUES

RÉVOLUTION PAR L'ÉDUCATION

LA FIN DES GOUVERNEMENTS ACTUELS

Nicolas était triomphant. Il y avait là sûrement de quoi faire pourrir son homme en prison. Il se trouvait qu'en cherchant à servir les jésuites, le mouchard avait servi la police. De Méria cherchait le manuscrit dans une mer de paperasses et s'impatientait de ne pas le trouver.

Les deux complices n'avaient pas songé au plus simple, ils avaient négligé de voir ce qui n'était pas enfermé et traînait sur la planche relevée le long du mur en guise de pupître. C'est là, qu'à la fin, ils découvrirent ce qu'ils cherchaient.

Le soir du même jour, après avoir fait coucher Valérie de meilleure heure que de coutume, Mlle de Méria était commodément assise au coin de sa cheminée, où brûlait un bon feu, ayant devant elle une petite table sur laquelle, à côté d'une lampe à demi voilée de gaze verte, étaient posés plusieurs rouleaux. Elle en prit un et le déploya. Il était écrit d'une grande coulée, un peu irrégulière, dans laquelle on pouvait suivre les impressions de l'auteur.

Une foule de notes marginales, de renvois par lettres alphabétiques, à un gros cahier de papier jaune, devaient rendre sa lecture assez difficile à Mlle de Méria. Mais en songeant que cela pouvait l'aider à s'emparer de la fortune immense de M. de Saint Cyrgue, elle commença avec la plus grande attention à lire ce qui suit :

UNE FAUTE

PREMIÈRE PARTIE

(Qui devrait être la dernière si, en littérature, comme en beaucoup d'autres choses, le bon sens prévalait sur la mode et la morale sur la spéculation.)

CHAPITRE I

L'HÔTEL DES TROIS MOINEAUX

On était en pleine république et les hôtes des Trois Moineaux — une des bonnes auberges de la ville d'Issoire — étaient des démocrates. Devant eux, une vingtaine de bouteilles vides attestaient que les clients de la mère Trinquanet n'avaient pas la pépie.

Comme dans la plupart des réunions humaines un peu nombreuses, tous les types de la race se trouvaient réunis, depuis le génie qui s'affirme par le silence jusqu'à l'imbécile qui se trahit par un bon mot.

Les élections approchaient et l'effervescence républicaine entretenait la fièvre des illusions. On attendait de grandes choses du gouvernement provisoire. La province faisait comme elle le pouvait l'apprentissage de la vie politique. On s'assemblait pour en discourir, on buvait pour en mieux parler.

— Voyons, Montavoine, dit Pierre Artona — le président du club, — à une figure moutonnière qui le regardait d'un air hébété, je te défends de boire un

Brutus demanda à Artona s'il connaissait les gens de la rue du Chien. (Page 181).

verre de plus, sans cela tu ne sauras rien dire de ce que tu as à nous communiquer. Et d'abord, à quoi bon tant de préambules ?

— Oui, dit M. Madozet, l'homme le plus riche de la ville, dépêchez-vous, Montavoine, Artona craint d'être grondé par sa femme.

Artona tourna dédaigneusement son grand œil clair sur Madozet : « Et quand cela serait, » demanda-t-il, « aurais-je tort ? Depuis quand les citoyens doivent-ils traiter leurs femmes comme des servantes en les faisant attendre plus qu'il ne faut ? »

Madozet ne répliqua point. Il remplit le verre de Montavoine qui, sous le regard impérieux d'Artona, n'osa y toucher et s'apprêta à faire ses communications à l'assemblée.

— Citoyens, dit-il, fermez bien les portes.

La Tulipe, dit Brutus, un meunier à l'air fin et intelligent, ferma la porte de la salle, mit la clef dans sa poche et revint s'asseoir près de Montavoine : allons, jappe maintenant, vide ton sac, dit-il, et *sans papier*, flanque-nous un beau discours sur la table.

Montavoine se leva, mit la main dans l'ouverture de son gilet, avança la tête devant lui, à droite et à gauche, ouvrit plusieurs fois la bouche, mais rien n'en sortit.

— Allons donc, cria Brutus, tu abuses de la permission d'être bête; dis ce que tu sais ou assieds-toi. Si tu veux absolument que ce que tu as dans la boule se tourne en discours, jette-le dans l'oreille du citoyen Madozet, et il nous servira ça aux fines herbes de son éloquence.

Madozet lui lança un regard de travers.

Montavoine resta planté sur ses jambes, ses deux gros yeux fixés sur Artona, qui lui dit avec bonté :

— Parle, mon bon, l'éloquence n'est pas nécessaire entre amis, tu as fait tes preuves de civisme, et comme tu n'aspires pas à la succession de Mirabeau, tu sers la République à ta manière en observant, dans la mesure de tes moyens, les démarches de nos adversaires.

— De nos ennemis, interrompit Madozet.

— De nos adversaires, reprit Artona avec calme, et il poursuivit : voyons, Montavoine, qu'as-tu découvert?

Montavoine ouvrit de nouveau la bouche et cria : « A bas les rats! [1] » Puis il se rassit, se mit le visage sur une assiette pleine de coquilles de noix, sur lesquelles il s'endormit du sommeil subit et profond de l'ivresse.

Artona ne put retenir une exclamation de mécontentement; il se leva pour sortir.

— Un instant, que diable, lui cria Madozet en l'arrêtant; la citoyenne Artona est donc une tigresse? Trinquons à la République, je vais vous dire ce que cette brute avinée a dans le ventre. Je le sais, moi.

— Parbleu, dit Brutus en riant, ça m'aurait étonné qu'il se fût fait une lessive sans que vous y eussiez un paquet.

— Citoyen meunier, reprit Madozet en riant jaune, un bon républicain doit être un Argus. Il commença :

— Vous souvient-il que, il y a quelques années, M. Grouladoux acheta, pour un client inconnu, une maison de la rue du Chien. Sans calculer la dépense et le peu de valeur que pouvait avoir un immeuble dans une rue si étroite et si sombre, il y prodigua les réparations, la meubla avec un luxe scandaleux, agrandit le jardin aux dépens de plusieurs bicoques, qui lui coûtèrent les yeux de la tête,

(1). En Auvergne on appelle rats-de-cave les employés à la perception de l'impôt sur les boissons.

puis des murailles de prison masquèrent cette mystérieuse demeure aux regards indiscrets.

— Allons, oui, toute la ville sait cela, dit Brutus qui répondait pour chacun, en quoi cette rengaine peut-elle intéresser la patrie?

— Patience, reprit Madozet; un jour, une chaise de poste s'arrêta devant la maison de la rue du Chien, dont la porte se referma sur quatre personnes, dont une n'est jamais ressortie; les trois autres sont d'abord des domestiques plus discrets que des tombes, et la quatrième, une femme voilée que l'on voit sortir deux ou trois fois l'an pour aller on ne sait où. Personne ne pourrait dire ici si elle est brune ou blonde.

— Je vous vois venir, interrompit encore Brutus, vous avez découvert que ces gens qui se cachent sont des conspirateurs?

— Vous ne croyez pas si bien dire, maître Loustic, répondit Madozet, qui continua :

— J'ai acquis la preuve que les habitants de la rue du Chien sont des aristocrates, peut-être des émissaires d'Henri V.

— Vraiment! crièrent quelques moutons de Panurge; mais alors, il faudrait leur faire une visite.

— C'est cela, fit Artona, sous prétexte de fraternité et de liberté publiques, nous devrions aller troubler la solitude d'êtres malheureux.

— Malheureux! répéta un gros boulanger qui jusqu'alors n'avait ouvert la bouche que pour boire, malheureux! des gens qui ont des écus à remuer à la pelle! Savez-vous comment ils se sont débarrassés des visites de charité? Je le sais de source certaine, moi : c'est le neveu de la servante du curé qui me l'a dit.

— Contez-nous ça, Bourassou.

— Figurez-vous, citoyens, que les dames... chose... comment les nommez-vous donc?... vous savez bien, les filles de M. Machin... vous rappelez-vous : le gros nez qui allait à la chasse avec le fils Babillon?

— Va donc, les dames Cadenas, dit Madozet.

— Oui, c'est ça même, reprit Bourassou, les dames Cadenas, qui sont à la tête de l'œuvre de la Sainte-Providence, des femmes intrépides qui vous descendraient un carabinier de cheval et qui m'ont forcé, moi, abominant les calotins comme je les abomine, à donner vingt sous pour je ne sais quelle chapelle.

— Dans ce cas, dit Brutus, ce sont des femmes fortes, mais tâche, sac à farine, de ne pas entamer l'histoire de leurs qualités et de leurs défauts; Artona est pressé; dis-nous vite quels rapports ces Cadenas peuvent avoir avec les portes de la rue du Chien?

Bourassou reprit :

— Voilà donc que ces dames Chose, qui, entre nous, sont bien les plus curieuses femelles de la terre, ces dames n'auraient pas été fâchées, comme beaucoup d'autres, du reste, de voir un peu l'intérieur de cette maison de loups-garous ; elles profitèrent du moment où les deux domestiques étaient dehors et allèrent sonner à la porte de... du... aidez-moi donc...

— A la porte, animal, cria Brutus impatienté, elles sonnèrent à la porte! Qu'as-tu besoin d'ajouter autre chose?

— Parbleu! cria un vieux maître d'école, parbleu! il a raison, qu'avez-vous besoin d'arrondir vos finales, de faire de la littérature!

— Croyez-vous qu'il en soit capable? demanda à demi-voix un imbécile enrichi qui ne savait pas lire.

— De faire de la littérature? reprit Brutus en comprimant une envie de rire.

— Oui, de la littérature!...

— Il est capable de tout!!!

— Diable! fit l'imbécile, il faudrait prendre garde alors.

— Je crois bien, mais laissons-le dire.

Bourassou continuait sa narration :

— Elles sonnèrent *que sonneras-tu*. A la fin, un homme, plus blanc que de la farine, vint leur ouvrir, les salua sans dire un mot, leur fit signe de le suivre dans un cabinet arrangé comme une chapelle, leur montra un canapé, se mit devant un superbe bureau et attendit qu'elles s'expliquassent.

Quand elles eurent conté leur *boniment*, il plongea la main dans un tiroir, l'en retira pleine de pièces d'or qu'il remit aux visiteuses ébahies, lesquelles prirent congé de lui sans avoir entendu le son de sa voix.

Le lendemain, le curé recevait un titre de rente de quarante mille francs, avec prière d'en affecter le revenu, pour les habitants de la rue du Chien, aux quêtes qui dorénavant se feraient dans la ville. Ce monde-là ne voulait voir personne.

— Quarante-mille francs! exclamèrent plusieurs voix.

— N'est-ce pas une horreur de donner tant d'argent aux calotins, continua un enfant prodigue qui aurait mangé le budget.

Il ajouta en soupirant :

— On pourrait faire tant de bonnes choses avec quarante mille francs.

— C'est une horreur! C'est une horreur! crièrent tous les *démoc-soc*, encore sur leur séant.

— Ces brigands d'aristocrates jettent l'argent par les fenêtres sans penser combien il représente de travaux et de douleurs pour le prolétaire, dit une voix sombre qu'on couvrit d'applaudissements.

— Ce n'est pas le moment d'en faire un crime à l'homme de la rue du Chien, dit le président du club.

— Perdez-vous la tête? vociféra Brutus; voilà un individu qui donne quarante mille francs aux indigents de notre ville, et vous criez haro! tas d'huîtres!

— Moi, je propose de boire à sa santé, poursuivit le meunier, et de voter d'acclamation des remerciements à ses portes, puisque la vue d'une binette humaine lui est si particulièrement désagréable.

Il ajouta à mi-voix en regardant l'assemblée :

— Ma foi, je ne peux lui en vouloir de ça, à ce brave homme d'homme.

Arçona sourit. « Tu as tort, dit-il à Brutus, de t'enthousiasmer pour une chose toute naturelle. La richesse a ses devoirs. »

Et il regardait M. Madozet qui semblait rêveur.

— Est-ce là tout ce que vous aviez à nous apprendre sur les habitants de la rue du Chien? demanda-t-il.

L'autre lui répondit avec colère :

— Vous me prenez donc pour une brute?

« Sans toutes ces ridicules interruptions, je vous aurais déjà prouvé que ces gens, qui paraissent avoir rompu avec le monde extérieur, y entretiennent des relations fort suivies et sont des agents secrets du bâtard de la duchesse de Berry.

— Vous me prouverez ça, vous? fit Artona en pâlissant.

Bientôt il se remit, et affectant le plus grand calme :

— Prouvez, dit-il, je vous écoute.

Madozet réfléchit un instant, et, promenant un regard autour de lui, il ne vit plus que cinq ou six têtes droites sur les épaules qu'elles étaient chargées de surmonter, les autres étaient à côté des bouteilles, sur la table, tenant compagnie à celle de Montavoine. La perruque du vieux maître d'école avait glissé sur un fromage qu'elle coiffait à demi.

— Nous reparlerons de cela plus tard, si je le crois utile à notre cause, dit Madozet! Pour l'instant je ne tiens pas à vous convaincre.

Artona ouvrit la bouche pour répondre; un pied s'appuyant sur le sien avec intention lui coupa la parole et Brutus, très sérieux cette fois, répondit:

— Je pourrais vous dire, citoyen, que tous les secrets qui intéressent la République appartiennent aux républicains, mais nous ne croyons pas à vos folles conspirations; vous êtes comme ces médecins qui dotent leurs clients de maladies plus ou moins effrayantes. En guérissant leurs malades du mal qu'ils n'ont pas, ils se font à bon marché des réputations d'hommes habiles. Du reste, puisque vous avez des preuves en mains, on ne demande pas mieux que de vous croire et d'agir si c'est nécessaire au parti.

Madozet se mit à jouer avec ses pouces ; il n'avait pas l'air d'entendre.

Artona et Brutus sortirent ensemble, après avoir salué froidement leur compagnon.

Quand ils furent dehors, Brutus demanda à Artona s'il connaissait les gens de la rue du Chien.

Le président du club baissa la tête et ne répondit pas. Sur quoi le meunier lui serra la main sans pousser plus loin les questions.

CHAPITRE II

UN VIEIL AMI

Artona tout soucieux entra dans une maison de modeste apparence, monta au second et se trouva dans son cabinet en face d'un monsieur d'âge douteux, d'une mise élégante, d'une figure teintée d'ironie.

— Mon cher, dit l'inconnu, je ne vous en veux pas de ne point lire, sur mon visage, un nom que vous ne devez pas avoir oublié, car, moi-même, j'ai peine à croire que vous soyez ce gamin fougueux — génie en herbe — qui croyait si fermement à l'efficacité de la science, au sacerdoce de l'art et à un tas d'autres sornettes, enfin...

— Monsieur !...

— Ah ! vous mordiez à belles dents à toutes choses, depuis les racines grecques, accommodées par l'abbé Donizon, jusqu'aux pommes vertes de mon jardin, accommodées par dame Nature.

— M. Maxis de Pont-Estrade ! exclama Artona se levant pour serrer la main fine et blanche qu'on lui tendait.

— Maxis de Pont-Estrade lui-même, répondit le visiteur, Maxis de Pont-Estrade, et je ne dirai pas par la grâce de Dieu, — il serait comique de voir le Père Éternel s'occuper de ces choses-là — mais par la volonté spéciale de défunt sa tante, comte et seigneur de Lavaure :

A tous les amis présents et passés, sans en excepter les republicains barbus, offre de bourse et de bons conseils.

Artona était ébahi.

— Eh bien ! continua M. de Pont-Estrade, cela te va-t-il ? Tu me permets de te tutoyer n'est-ce pas ?

— Oh ! cher Maxis, je vous le demande, répondit Artona avec émotion.

— Et tu acceptes ?

— Quoi donc ?

— Les conseils, la bourse que j'offre aux vieux amis ?

— Les conseils oui, la bourse non.

— C'est tout le contraire qu'il faudrait faire. Laisse-moi te parler avec franchise : tu n'as pas l'air riche : par un temps de canicule, tu as un paletot d'hiver et, à ce qu'on m'a dit, pour achever de t'éreinter, une femme, une belle-sœur sur les épaules.

— Je n'ai besoin de rien, tant d'autres sont plus à plaindre que nous. Notre travail nous suffit. Nous avons le nécessaire.

— Mais le nécessaire te manque entêté : tu as des bottes éculées et ta femme, que l'on dit jolie, trotte du matin au soir pour donner des leçons de piano. La malheureuse ! Je suis sûr qu'elle porte des tartans et des chapeaux fanés, et toi !...

M. de Pont-Estrade se leva croisa ses bras sur sa poitrine.

— Et toi, toi ! poursuivit-il, tu es expéditionnaire à la sous-préfecture d'Issoire !... Des crétins administratifs te font copier leur prose !

— Il n'y a pas grand mal à ça ; combien d'autres, qui valent mieux que moi, sont encore plus déclassés !

— En voilà une raison et une belle excuse ! dis donc que tu as gaspillé ton intelligence, éparpillé sur dix professions tes étonnantes facultés, au lieu de les concentrer sur une seule qui t'eût mis à ta place. Ah ! quand je pense à ce que tu aurais pu faire, il me prend des envies de te donner des coups de canne. Et, par-dessus tout cela, te voilà républicain pour couronner l'œuvre.

—Mais embrasse-moi donc, mauvaise tête, dit Pont-Estrade en ouvrant les bras à son ami qui s'y jeta avec effusion.

Tous deux étaient fort émus.

— Voyons, poursuivit Maxis, pourquoi es-tu venu échouer à Issoire?

— Ce serait une trop longue et trop ridicule histoire. Ma femme va rentrer. Je vous conterai cela une autre fois. Mais comment m'avez-vous découvert?

— Parbleu! en te cherchant, absolument comme les astronomes découvrent les planètes, quand ils en ont besoin.

— Vous avez besoin de moi?

— Sans doute.

— Et pourquoi?

— Pour te faire partager ma chance.

— Excellent ami! Mais racontez-moi un peu comment vous est venue la fortune.

— Bêtement! Artona, bêtement! Elle n'est pas le fruit de mon travail et son origine m'impose le devoir d'en chercher un emploi conforme à l'idée que je me fais de la probité.

« Voilà l'affaire:

« Moi, qui ne crois à rien, je te croyais arrivé à quelque chose et, je vivais en paix, mangeant les dernières pierres de Roche-Brune dans les plaines de l'Inde où j'étais allé pour réaliser des rêves de... chasseur. »

— Je sais, je sais, interrompit Artona, une fantaisie.

— Par ma barbe! Tu ne sais rien du tout, répondit Pont-Estrade. Je poursuis:

« Chasser le tigre, c'est charmant, mais ça ne peut pas durer toujours. Je m'en revins donc aussi gueux que don Quichotte n'ayant pas même un Rossinante.

« Je ne sais comment le diable se mêlant de mes affaires, me conduisit à Baden-Baden. Qu'allais-je faire dans cette galère? Je n'en savais rien moi-même n'ayant pas dix louis en poche, mais par contre, une douzaine de parchemins dans mon sac de voyage. C'était un enjeu comme un autre. Je joue ma baronnie de Tormeil contre vingt mille écus. Je les gagne. Nous doublons les mises, je gagne encore. Nous redoublons, je gagne toujours. »

« Mon adversaire, un drapier d'Elbeuf était bleu, rouge, vert, jaune; son visage passait par toutes les couleurs du prisme. »

« Le lendemain, le drapier dégoûté des grandeurs, regrettant ses richesses me cherche querelle. Je lui flanque un bon coup d'épée pour lui apprendre à vivre, avec cela il reprend le chemin de sa Normandie et moi celui de la France. »

« Note bien, mon ami, l'origine de mon premier capital et je poursuis, » dit Pont-Estrade de son ton dégagé de sceptique.

« En passant à Paris, je me fais dorer sur toutes les coutures et je tombe à Lavaure où j'éblouis une tante antédiluvienne que ma famille s'était transmise de père en fils. Une foule d'ardents neveux, de cousins impossibles entouraient la douairière, l'assiégeaient de soins, l'étouffaient de caresses: *Veni, vidi, vici*, et, cela sans le vouloir, parole d'honneur, j'ai la gloire d'enterrer mon éternelle tante. »

« Je partais satisfait d'avoir accompli un devoir que je ne pouvais, hélas ! transmettre à mes héritiers, comme trois générations ascendantes de Pont-Estrade se l'étaient transmis quand le notaire de la famille court après moi, m'invitant à venir prendre possession de Lavaure et de ses dépendances. En un mot, de tous les biens de madame la comtesse, meubles et immeubles : une montagne de richesses, grossie par soixante-quinze ans d'économie harpago-nesque... Quelques millions ! »

— C'est ce qui s'appelle un bonheur insolent, dit Artona avec un doux sourire.

— C'est un bonheur bête, reprit Pont-Estrade. C'est l'os pour le chien qui n'a plus de dents. Mais si ce gallion vient trop tard pour moi, il vient à point pour les amis et surtout pour certains rêves que je n'aurais jamais cru pouvoir réaliser. »

Il sortit de sa poche un gros porte feuilles et le tenant dans ses mains il poursuivit :

— Naturellement, te croyant heureux, je n'ai d'abord pas plus songé à toi qu'au Grand Turc, pas plus qu'au petit Bergonne, le neveu fortuné de tant de chanoinesses. Mais j'ai couru à Saint-Babel pour savoir ce qu'était devenu ma cousine Valentine, cette rose printanière que j'avais laissée, sans dot, dans ce vieux trou de la Roche-Brune.

— J'apprends qu'elle est mariée à de Bergonne ! Vertu-Dieu ! Est-ce possible. Ce petit marquis lui allait comme un collier à une carpe. Mais le beau de l'histoire c'est que personne n'a pu me dire où loge ce couple désassorti. Tu dois le savoir, toi, tu ne peux pas l'ignorer.

— En effet, je... je devrais le savoir... Mais depuis longtemps...

— Depuis longtemps ?...

— Nous nous sommes perdus de vue avec Gustave.

— Est-il possible ?

— Hélas ! nous avons eu une querelle dans laquelle, je le reconnais, tous les torts étaient de mon côté.

— Ah ! Diable ! Alors tu ne peux me renseigner ?

— Non.

— Eh bien, n'en parlons plus et changeons de conversation. L'argent, je le sais par expérience, ne fait pas plus le bonheur que la misère ne fait le malheur ; cependant, quand il ne manque plus que ça, — je parle de l'argent, — quand il ne manque plus que ça dans un ménage, bien fou serait le mari qui le repousse-rait.

Il mit le portefeuilles sur la table et continua :

« L'argent c'est de l'eau — comme disent nos paysans — mais l'eau quand on a soif, est une bonne chose. Avec de l'argent on garde chez soi sa petite femme qui devient une fée domestique et l'on renvoie sa belle-sœur en lui faisant des rentes pour la voir le moins possible.

Pont-Estrade présenta le porte feuille à Artona.

— Tu acceptes ; n'est-ce pas ? dit-il.

Monsieur Maxis de Pont-Estrade ! exclama Artona. (Page 182.)

— Je refuse. Oui, je refuse, mais je n'en suis pas moins touché. N'insistez pas,
ce serait inutile. Ah ! vous êtes un noble cœur, donnez cela à de vrais pauvres.

— L'aumône ! je m'en garderai bien. C'est le levain de la misère.

— Faites-en des institutions philanthropiques, alors.

— Pas davantage, je suis absolument de l'avis de Turgot.

— Et quelle était son opinion là-dessus ?

« — Souvent », a-t-il dit, « on présente à quelques particuliers des secours
contre un mal dont la cause est générale, te quelquefois le remède même qu'on

voulait opposer à l'effet augmente l'influence de la cause. Nous avons un exemple
frappant de cette sorte de maladie dans quelques maisons destinées à servir d'asile
aux femmes repenties. Il faut faire preuve de débauche pour y entrer... Ce que
j'ai dit du libertinage est vrai de la pauvreté. » Tu devrais savoir ça depuis
longtemps, toi qui te mêles de politique.

Il s'en alla en grommelant : « l'aumône, des institutions !... Il y a mieux à faire,
et quant à lui c'est un âne de beaucoup d'esprit, mais c'est un âne. Je reviendrai quand sa femme y sera. »

Il réfléchit : « Que diable peut-il s'être passé entre lui et le petit marquis
de Bergonne ! C'est un mystère qu'il me faut éclaircir. Peut-être pourrai-je être
bon à quelque chose, dans cette affaire à ma chère Valentine. »

CHAPITRE III

L'ÉTUDIANT MYSTÉRIEUX

« Un quart d'heure après le départ de M. de Pont-Estrade, Madame Artona
entra dans le cabinet de son mari. C'était une petite brune d'une figure agréable,
d'une physionomie intelligente et bonne. Elle était mal chaussée, mal gantée.
Son mantelet, soigneusement entretenu, était devenu trop étroit, son chapeau
avait deux ans. La gêne était écrite sur toute sa personne. Elle avait sans doute
l'air plus triste que de coutume car son mari lui dit :

— Je crois, ma chère Lucy, que tu me caches quelque chose. Je t'en prie, ne
vole pas la moitié de tes peines. »

« — S'il faut te le dire, mon ami, je n'ai plus une seule leçon, » dit Lucy en
laissant couler ses larmes, « aujourd'hui j'ai été remerciée partout. Tes opinions
m'ont fermé toutes les portes. »

« — Il y a une providence humaine qui nous en ouvrira d'autres. »

« — Ce n'est pas pour moi que je m'inquiète, continua Lucy, nous sommes
encore jeunes et forts, mais ma sœur qui n'a jamais pu s'habituer à la gêne,
comment prendra-t-elle cette situation ? »

« En ce moment on entendit dans l'escalier le pas de madame de la Plagne, la
belle-sœur d'Artona. Suivie d'un jeune garçon de quinze à seize ans, elle entra
dans le cabinet. »

« Madame de la Plagne était aussi confortablement vêtue que sa sœur l'était
peu. C'était une femme sèche, nerveuse et sensible, se disant chanoinesse parce
qu'elle était sortie du couvent, où son caractère impérieux n'avait pu trouver à se
satisfaire. Elle était venue demeurer chez sa sœur où elle régnait en souveraine,
tout en ayant l'air de sacrifier ses goûts et ses intérêts à ceux du jeune ménage. »

« C'était une de ces créatures profondément habiles qui savent donner le
change sur leur vrai caractère, et faire passer leur égoïsme pour du dévouement.
Elle avait une petite rente qu'elle était censée employer aux besoins de la mai-

son, mais elle en consommait les trois quarts pour sa toilette. Pleine d'esprit, jouant à la bonne femme, elle trouvait toujours le moyen de confesser les bons mots qui lui étaient échappés. Au dehors, tour à tour mielleuse et insolente, mais toujours grande dame, au dedans pleine de ces aspérités domestiques qui, au frottement journalier, deviennent une véritable souffrance pour ceux qu'elles touchent. »

« Madame de la Plagne était enthousiaste et crédule, dès qu'il s'agissait de son intérêt. Elle cultivait les parents à héritage, dépensait vingt francs par mois de port de lettres, et trente francs de voyage, étant toujours à la piste de quelque parent titré, riche et sans enfants. »

Mademoiselle de Méria interrompit sa lecture. — Voilà qui est étrange, dit-elle, tout haut. Madame de Villesort doit ignorer le contenu du manuscrit dont elle m'a recommandé la lecture, car, en vérité, ceci est un portrait d'elle encore ressemblant, bien qu'il date d'un peu loin.

Elle se remit à lire.

« Ce soir-là, une sourde tempête grondait au fond de la gorge de madame de la Plagne. Ayant appris l'affront fait à sa sœur, elle craignait la gêne dont il ne ne pouvait manquer d'être suivi. »

« Accoutumée à lire sur la physionomie de madame de la Plagne, Lucy sentait venir l'orage. Après avoir offert une chaise au jeune garçon, elle s'était assise elle-même en prenant un tricot à la portée de sa main. »

« La pseudo-chanoinesse s'occupa de la présentation du jeune homme qu'elle venait d'amener. »

« — Voici, » dit-elle en le désignant, « l'élève dont je vous ai parlé. Il désire prendre des leçons de peinture et de chant. J'espère que votre femme et vous, monsieur, allez pouvoir disposer de quelques loisirs. »

« Le ton de ces dernières paroles était gros de querelles domestiques. Artona n'y prit pas garde. Il considérait le nouveau venu dont la vue semblait l'avoir jeté dans une surprise extraordinaire. »

« Nous l'avons dit, l'élève qu'on proposait aux époux Artona pouvait avoir quinze à seize ans ; son costume était celui des jeunes paysans aisés des environs, de ceux qui étudient pour être prêtres. »

« Mais cet adolescent n'avait du paysan que l'habit : son teint blanc, légèrement coloré des roses de la jeunesse, lui donnait l'air aristocratique. Ses grands yeux gris, un peu naïfs, étaient d'une beauté singulière. Contrairement à l'usage des gens de sa condition, il portait les cheveux longs. Sa bouche fine, son nez légèrement courbé, son front haut et large, l'ovale parfait de son visage en faisaient le plus joli garçon du monde. »

« — Comment vous nomme-t-on ? » demanda Artona. »

« —Gaspard, répondit le jeune homme en s'inclinant avec une certaine aisance. »

« Lucy le regarda, et de saisissement laissa tomber son tricot. Elle devint fort pâle. « Ce sont vos parents » demanda-t-elle « qui vous envoient chez nous ? »

« — Non, madame. »

« — Alors, monsieur, il nous est impossible !... »

« — Comment? comment? » cria la chanoinesse, est-ce que vous auriez eu quelque chose à démêler avec les parents de ce jeune homme et le meunier de la Roche-Brune?.. »

« — Seriez-vous véritablement le fils de Jean-Louis Alard? » demanda Lucy, « en ce cas, ce serait différent. »

« — Je ne suis pas son fils, mais son neveu et son pupille, » répondit Gaspard rougissant. « Il a toute autorité sur moi, c'est lui qui pourvoit à tous les frais de mon éducation. Mais il me laisse entièrement libre de choisir mes professeurs et... »

« — Je suis fort occupé, interrompit Artona, ma femme aussi et je ne pense pas que nous puissions accepter un nouvel élève. »

« — Ne l'écoutez pas, dit la chanoinesse, mon beau-frère veut plaisanter. »

« — Peut-être craignez-vous que je vous donne trop de peine à dégrossir, mais rassurez-vous sur ce point, » dit ingénument le jeune Gaspard à Artona, « j'ai déjà eu plusieurs prix de musique et M. Barhichard, le maître de dessin, a eu la modestie de m'avouer qu'il ne pouvait plus rien m'enseigner. »

« — Quoi qu'il en soit, répondit Artona, ma femme et moi ne pouvons devenir vos professeurs qu'avec le consentement *écrit* de vos parents. »

« — Mais, monsieur, supplia Gaspard, c'est une surprise que je veux leur faire, »

« — Croyez-vous que Jean Louis Alard, le meunier de la Roche-Brune, appréciera beaucoup une telle surprise? »

« L'enfant se troubla. »

« — Monsieur, » dit-il en rougissant de plus belle, je croyais... mon oncle à la vérité n'est pas connaisseur... mais ma tante... si vous vouliez... »

« — Je suis fâché de vous faire de la peine, mon jeune ami, mais il est inutile d'insister, » dit Artona d'un ton où la fermeté affectée trahissait l'émotion contenue.

« Gaspard salua et sortit. »

« Il était temps; madame de la Plagne étouffait. Elle ne comprenait rien à la conduite d'Artona et encore moins à celle de Lucy. Or, ce que madame la chanoinesse ne comprenait pas, ne pouvait être qu'une énormité. »

« Mais laissons-la jeter en fougueuses métaphores toutes les fleurs de sa réthorique. Occupons-nous de notre nouvelle connaisance. »

« Gaspard avait fait ses études au collège d'Issoire. Reçu bachelier à quinze ans, il attendait, disait-on, l'âge d'entrer au grand séminaire. C'était du moins ce que pensaient les commères du quartier Saint-Antoine, dont la pénétration ne date pas d'hier, comme chacun sait. »

« Sur l'opinion des dites commères s'était faite celle des dames pieuses, que le journal d'Issoire avait ainsi traduite, lors du dernier succès de l'écolier :

« Le riche meunier de la Roche-Brune, pour marquer à Dieu sa reconnais-
« sance et le remercier de la prospérité de sa maison, veut donner au Seigneur un
« ministre qui pourra, comme Ravignan, le faire aimer par sa parole, comme le
« père Labillotte le célébrer par ses chants. »

« Les bonnes dames de la haute volée n'attendaient rien moins de ce jeune *lévite*, comme elles l'appelaient déjà, et autour duquel la population de la ville, enthousiaste par tempérament, avait fait un certain bruit. »

« Les malveillants, les moutons de Panurge, dont l'éternel troupeau a des représentants un peu partout, les malveillants et les sots, après eux, prétendaient que les cléricaux payaient l'éducation de Gaspard, afin d'accaparer cette merveille de précocité à son profit. »

« Cependant, toute cette brillante éducation se faisait avec l'économie ordinaire aux villageois. Gaspard avait été externe au collège. Pendant tout le temps de ses études il avait habité et habitait encore une maison de l'impasse Saint-Antoine. Impasse parallèle à la rue du Chien et appartenant tout entière à M. Madozet. »

« Gaspard et sa marraine, une vieille femme qu'on appelait la « Nanette du château » vivaient fort retirés dans l'impasse et ne voisinaient avec personne. »

« Chaque semaine, Marguerite — la femme de Jean-Louis Alard, le meunier, envoyait des vivres au petit ménage, ce qui dispensait la Nanette de toute communication avec le dehors. »

« Tout cela était bizarre et occupait les commères. Plus bizarre encore paraissait l'idée que Jean-Louis avait eue de faire enseigner le piano et le dessin à son neveu. A la vérité, c'étaient peut-être les maîtres qui avaient mis ça dans la tête du meunier de la Roche-Brune pour les bénéfices qui leur en revenait, car on ne parlait rien moins que de la somme énorme de trente francs par mois, consacrée à l'étude des beaux arts. Il est juste d'ajouter que personne ne croyait à ce chiffre exorbitant, si ce n'étaient les mange-tout. »

« Depuis qu'il avait passé ses examens, plusieurs familles de la haute société avaient fait des avances à Gaspard. Des protectrices éclairées des arts et des sciences, Mécènes en jupons, dont la spécialité est de faire sortir de la poussière des talents ignorés et de les produire à la lumière de leurs candélabres, avaient voulu attirer chez elles le neveu de Jean-Louis. »

« Mais, soit timidité, soit tout autre motif, le jeune savant avait remercié et s'était tenu chez lui, d'où il ne sortait guère depuis qu'il n'allait plus au collège. »

« Et d'abord qu'est-ce que cela signifiait de continuer à demeurer à Issoire puisqu'il avait fini ses études? Ce Gaspard était un être mystérieux qui se plaisait vraiment à exciter la curiosité du monde, sans jamais la contenter. »

« Jugez un peu : on ne connaissait pas d'ami à l'étudiant. Pour la Nanette du château, les voisines la savaient dans la maison, mais elles ne l'avaient jamais revue depuis le jour où elle était arrivée avec le petit Gaspard. »

« Il y avait là quelque chose de pas naturel. Plusieurs fois les fines commères du quartier Saint-Antoine s'étaient dit que la brave femme était peut-être malade, et avaient offert de venir la soigner. Mais l'étudiant avait toujours remercié en ajoutant invariablement : « ma marraine se porte bien, elle n'a besoin de personne. »

« Tout cela était bien louche et provoquait des remarques désobligeantes pour les habitants de l'impasse. »

« Ces caquets, particuliers à la province, où tout ce qui essaye de marcher hors des sentiers battus, a le don d'exciter la curiosité publique, ces caquets avaient trouvé un auditeur fervent dans M. Madozet, qui flairait là une intrigue

.dont il brûlait d'avoir la clef. Instinctivement, il sentait que le mystère de la rue du Chien pouvait avoir des ramifications dans l'impasse Saint-Antoine. »

« Plusieurs fois, maître Groudaloux lui avait proposé d'acheter l'impasse pour un client qu'il ne nommait pas. Mais Madozet en avait demandé un tel prix que le notaire avait reculé. »

« Plusieurs fois aussi, le propriétaire avait essayé de lier conversation avec son locataire, mais Gaspard ne lui avait répondu que par monosyllabes et avait tenu sa porte absolument close. »

« M. Madozet se creusait la cervelle pour deviner l'énigme qui l'occupait peut-être plus encore que le reste de ses concitoyens. Il flairait quelque chose de sombre dans l'étrange existence de cet enfant que le malheur avait, sans doute, assez mûri pour le mettre en défiance de tout ce qui portait une face humaine. »

« Monsieur Madozet, qui avait passé la quarantaine, n'était pas marié, quoiqu'il n'eût eu qu'à choisir parmi les plus riches beautés de la ville d'Issoire, sa fortune étant la plus considérable du pays. Mais des circonstances que nous allons raconter au cours de ce récit l'avaient empêché de prendre femme. »

« Tous les êtres en dehors des lois naturelles, c'est-à-dire sans liens affectueux, sont, plus que les autres, portés aux habitudes puériles. La curiosité des vieilles filles est traditionnelle, celle des vieux garçons ne leur cède en rien. Ces créatures déclassées dans l'ordre physique, manquant, pour la plupart, des pâtures du cœur, ou de ce tenace esprit de corps qui fait d'un ordre une famille, s'absorbent volontiers de tout ce qui, un instant, peut remplir le vide de leur existence monotone. »

« Quoique Madozet fût pétri d'ambition, comme on le verra par la suite, et que les élections prochaines fournissent une large pâture à son activité, il trouvait encore le temps d'espionner Gaspard. Il mettait un certain amour-propre à deviner ce que cet enfant voulait cacher. »

« Se rendre maître d'un secret, c'est acquérir un moyen d'action sur ceux à qui on l'enlève, se disait Madozet, qui en était venu à ramener au *moi* jusqu'aux éventualités du hasard. Il avait d'abord sondé le mystère pour le mystère, maintenant il en cherchait le fond pour savoir s'il n'y découvrirait pas quelque chose dont il pût profiter. »

CHAPITRE IV

ESPIONNAGE.

« Pendant que Gaspard était chez Artona, Madozet entrait dans son cuvage, où, depuis quelque temps, il faisait des séances tellement longues, qu'elles avaient éveillé l'attention du quartier Saint-Antoine. »

« Il n'est pas rare de voir les Auvergnats s'attabler dans les caves et s'y réunir pour jouir ensemble de la douce atmosphère du sous-sol et aussi, parfois, pour échapper à des recherches matrimoniales qui viennent trop souvent troubler le doux tête-à-tête des amis de tonneau. Mais la bourgeoisie a d'autres mœurs que le peuple accepte sans les pratiquer. »

« Madozet était un monsieur, il était riche, il pouvait aller seul dans une de ses caves sans que personne y trouvât à redire. Cependant, il avait tellement usé de cette prérogative de son rang, que les habitants de l'impasse Saint-Antoine se demandaient ce que le riche bourgeois pouvait faire dans son cuvage, à moins qu'il ne préparât les discours dont, tous les soirs, il éblouissait les Issoiriens aux assemblées du club. »

« Le cuvage de M. Madozet prenait jour sur l'impasse et était mitoyen de la maison mytérieuse dont Bourasson avait parlé à l'hôtel des Trois-Moineaux. Deux chambres, dont l'une était louée à Jean-Louis Alard pour son neveu, surmontaient le rez-de-chaussée. Ces deux chambres étaient desservies par un escalier commun aboutissant à la rue. »

« Il était facile à Madozet de dissimuler sa présence dans l'étage où il avait établi son observatoire sur une haute caisse, garnie d'une chaise. A la hauteur de cette chaise, peu à peu, il avait percé dans le mur un trou en entonnoir, de manière à tout voir, à tout entendre dans la chambre de Gaspard, sans être ni vu ni entendu. Au côté opposé, un autre *judas* avait été ouvert sur la cour de la maison de la rue du Chien. »

« A force de patientes investigations, Madozet était parvenu à entrevoir, sinon à pénétrer, le mystère de ses voisins. Voilà pourquoi, soit qu'il fût de bonne foi dans ses suppositions, soit qu'il hasardât le faux pour savoir le vrai — en supposant que quelqu'un le connût parmi les démocrates — soit que cela pût servir à ses projets, il avait attiré l'attention de ses amis politiques sur les étrangers dont avait parlé Bourasson. »

« Plus favorisés que les curieuses voisines de Gaspard et que Madozet lui-même, par la vertu de notre baguette de romancier, vous et moi, ami lecteur, allons pénétrer dans l'impénétrable intérieur du jeune savant. »

« Cet intérieur, meublé par les soins du meunier de la Roche-Brune, était une pièce délabrée, avec une étroite fenêtre donnant sur l'impasse. Une petite grille de fonte, un lit de sangle, une chaise grossière, une table en sapin, sur laquelle étaient épars des papiers et des livres ; un coffre de chêne soigneusement fermé, servant de commode, tel était l'ameublement de cet obscur réduit. »

« Madozet à son observatoire n'attendit pas longtemps. Gaspard, l'air soucieux entra chez lui. Son premier soin fut de tirer et d'écarter sur leur tringle de fer, les rideaux d'indienne jaune qui garnissaient la fenêtre, de manière qu'aucun regard indiscret ne pût glisser dans son intérieur. »

« —Il ne paraît pas surpris de ne pas voir sa marraine, pensa Madozet, décidément, il y a pour la vieille une issue dans l'autre maison. »

« Gaspard ouvrit un placard vide et écouta. N'entendant rien, il prit dans sa poche un couteau avec la lame duquel il se mit à gratter la muraille, imitant le bruit discret d'une souris qui perce un trou. »

« Il s'arrêta pour écouter encore. »

« Au bout d'un instant de silence, trois petits coups frappés de l'autre côté lui répondirent. »

« La figure de l'enfant s'illumina. Il donna un coup sec dans la muraille, après quoi il referma la porte du placard, prit une clef dans la poche de sa veste, ouvrit le coffre en tira une livrée bleue et or, jeta sur son lit ses vêtements de villageois, endossa la livrée, se chaussa de fins bas de soie jaune, de souliers à boucles et enfin, après s'être regardé dans un petit miroir, se ganta de peau de daim. »

« Maintenant, il était prêt, il attendait comme le moment d'entrer en scène. Pour tromper son impatience, Gaspard prit un livre mais en vérité ses yeux seuls suivaient les lignes, sa pensée était loin »

« Il revint au placard et se remit à gratter mais cette fois rien ne lui répondit. »

« Les choses ne se passent pas comme de coutume » se dit Madozet, « peut-être vais-je voir du nouveau. »

« Gaspard alluma une chandelle, feuilleta son livre, sans pouvoir fixer sa pensée. Il se mit à tambouriner sur la table, s'interrompant de minute en minute pour écouter. »

« La nuit était tout à fait venue. Les bruits du dehors avaient cessé. La ville semblait enveloppée de silence et ce silence redoublait celui de l'impasse. »

« Gaspard prit dans son gousset une petite montre d'argent et regarda l'heure. « Au fait », dit-il tout haut, « il n'y a point encore de retard : *elle* va venir. »

« Un léger bruit se fit entendre du côté de l'armoire. Le jeune homme y courut, tourna une manette que Madozet n'avait pas aperçue et, dans l'encadrement du fond éclairé de l'autre côté, une femme, vêtue de velours noir, profila sa haute silhouette.

Elle fit quelques pas dans la chambre.

Cette femme était belle comme une statue de Phidias, taillée dans le plus pur Paros. Mais elle était aussi pâle que ce marbre. Sa chevelure, d'une abondance extraordinaire, était si uniformément blanche qu'on l'eût crue poudrée. Ce signe de vieillesse anticipée n'ôtait rien à la beauté de la dame, y ajoutait même un charme indéfinissable. Deux grands yeux d'un bleu violet brillaient pleins des éclats d'une vie intense dans ce visage de neige. »

« Gaspard se jeta dans les bras de la dame. Elle l'étreignit avec amour, baisa ses joues, ses cheveux, puis tous deux disparurent par la porte du placard. »

« Tiens ! tiens ! tiens ! » dit derrière eux la voix incisive de Madozet qui semblait descendre des poutrelles du plafond, « tiens ! tiens ! tiens ! voilà du nouveau, hé ! hé ! hé ! C'est bien elle, je ne me trompe pas ! A dix-huit ans de distance, mon cœur la reconnaît. Malédiction ! c'est bien elle, cette Valentina, le seul être qui soit resté pur dans mon souvenir. C'était bien la peine d'avoir gardé cette croyance. Ha ! ha ! ha ! belle marquise ! On conspire chez vous, mais on y fait l'amour ; c'est bon à savoir. C'est donc pour vous que la valetaille, les autres jours, venait chercher ce beau page à larges boutons. Vrai Dieu, j'en suis bien aise. Triple sot, je croyais encore à quelque chose ! Mais c'est fini. Malheur à celle qui a embarrassé ma vie de son importune image. Je me vengerai.

Une femme vêtue de velours noir profila sa haute silhouette. (Page 192.)

V

LE CLUB

« Après une journée passée dans les vignes, une partie de la population mas-
culine d'Issoire, réjouie par le plaisir et le bon vin, était venue au club pour s'af-

firmer à elle-même que l'étude des droits politiques n'excluait pas le droit de rire, de chanter, de dire des bêtises jusqu'au pied de la tribune. »

« Ce soir-là le club avait une physionomie plus animée que de coutume. Madozet y devait faire sa profession de foi, et plusieurs orateurs en renom, venus de loin, étaient inscrits pour y parler. Ce qui n'empêchait pas les Démosthènes du crû de vouloir donner à ces étrangers un échantillon de l'éloquence du pays. »

« Bourasson, le boulanger; le jardinier Montavoine n'auraient pas cédé leur tour de parole pour une tonne de bordeaux. »

« Au dehors, les femmes républicaines ou les réactionnaires (le mot était d'usage), massées devant les portes et les fenêtres de la salle, formaient une sorte de second public dont les applaudissements ou les huées se prodiguaient libéralement aux orateurs. Pendant les entr'actes, on politiquait là aussi chaudement qu'à l'intérieur. »

« Voici un spécimen de ce que chantait, chaque soir, ce chœur qui n'aurait pas mieux demandé que de sortir des coulisses pour monter sur la scène. Mais les hommes ne le permettaient pas. La femme n'était pas comprise dans les droits nouveaux. »

« — Dites donc, Simonne, avez-vous entendu ce qu'a dit le gros Caban? »

« — Pardine! si je l'ai entendu : il a parlé du citoyen Le Dur-Rollin et de ses cocottes? »

« — Quelles cocottes? »

« — La Martine, la Mennais, toutes ces rien-qui-vaille pour lesquelles nous avons dû payer l'impôt des quarante-cinq centimes. »

« — Qu'est-ce que vous dites, vieille folle? »

« — La vérité pure, jeune effrontée. »

« — Silence donc, on n'entend rien! »

« — Montavoine est à la tribune. Dieu que cet homme parle bien. Et pourtant ce n'est qu'un paysan comme nos hommes! On devrait le nommer député. Nos maris le porteront au conseil ou le diable y sera! »

« — Portez qui vous voudrez, Simonne, mais taisez-vous. »

« — Tais-toi, toi-même, fleur de balais, nez d'orteil! »

« Cependant les bonnes femmes eussent été bien empêchées d'entendre ce qu'avait dit Montavoine; depuis cinq minutes, il avait prononcé d'une voix tonnante le mot « citoyens ». Comme certains orateurs sacrés, jouant le recueillement, il s'arrêtait avant d'aller plus loin. »

« Les paysans commençaient à murmurer et des flots montants de « nom de nom ! » donnaient le diapason de leur impatience. »

« Montavoine, qui revenait des vignes et se trouvait encore sous leur benoîte influence, voyant sans doute l'assemblée à travers la liqueur vermeille qui lui montait au cerveau, s'écria enfin : »

« — Citoyens, nous sommes tous les enfants de l'amour... »

« Un ouvrier cria dans la salle : En ce cas, mon vieux, tu ne ressembles pas à ton père. »

« L'orateur vit qu'il avait fait fausse route, il reprit : Nous sommes tous les enfants de l'amour de la patrie! » (Applaudissements prolongés parmi les vestes grises).

« Montavoine encouragé continua :

« Si nous sommes les enfants de la patrie, la patrie doit nous nourrir, comme une mère nourrit ses enfants. »

« Une voix :

« — C'est fichtre vrai! Tu parles comme un livre relié en veau, Montavoine, tu seras représentant, corbleu! »

« L'orateur se rengorgea. »

« — Hélas! poursuivit-il, la patrie, cette marâtre, nous laisse crever de faim (s'animant) oui, nous crevons de faim et de soif, surtout... »

« Une voix goguenarde se fit entendre et applaudir par cette interruption :

« — Montavoine, mon vieux, pas de fioriture : tu es plein jusqu'au goulot de boudin et de grillade puisqu'hier tu as tué pour ton usage un cochon de cinq cents. »

« — Hélas! oui! J'ai tué mon cochon; c'était, je l'avoue, une forte bête. »

« — Pas si forte que toi. » (Vacarme dans la salle.)

« Les paysans murmuraient; Montavoine était un de leurs orateurs. « On ne veut pas qu'il parle, disaient-ils, parce qu'il porte comme nous la veste grise. »

« — Ça ne l'empêche pas de s'expliquer comme un maître d'école. »

« — Nos pioches! nos pioches! nom de nom! si nous avions nos pioches! »

« L'orateur descendit au milieu du tumulte. »

« — Citoyens, cria Artona, je ne puis plus présider une assemblée dont les membres foulent ainsi sous leurs pieds la dignité de la République. Je donne ma démission. »

« — Nous l'acceptons; f... nous le camp, tu n'es qu'un aristo vendu à la sous-préfecture. »

« — C'est vrai, il est vendu! »

« — A bas Artona! »

« — A bas les aristo! »

« — A bas les rats! »

« — Oh! tas de dogues! criait Brutus, le meunier, au lieu d'écouter ceux qui veulent vous instruire... »

« Mais sa voix se perdait dans le bruit. »

« Bourasson s'élança à la tribune. « Vous avez raison, » hurla-t-il, « Artona est vendu non à la préfecture, mais à Henri V qui est ici!... dans notre ville! »

« La foudre éclatant au milieu de la salle n'eût pas causé une plus vive surprise. »

« — Henri V, ici? demanda-t-on de toutes parts. »

« — Ici même, » répondit Bourasson étourdi du succès de sa révélation « ici, dans la maison... Vous savez, cette maison qui... cette maison que... là-bas, dans la rue du... Enfin, là où demeurent ces gens que l'on ne voit jamais. »

« — Dans la rue du Chien? demanda un notaire connu pour ses opinions légitimistes. »

« — Oui, c'est ça même, dans la rue du Chien. C'est là qu'on a vu le Roy avec un sac de balles sur le dos! »

« — Ce que vous dites-là est impossible, objecta le notaire, Henri de Bourbon est à Londres. »

« — Oui, oui, à *l'ombre!* à *l'ombre!* vociférèrent les paysans dont la plupart ne connaissaient la République que par ses excès et ne voyaient dans cette seconde aurore de la grande Révolution qu'un retour au partage des terres. »

« Pénétrer dans la maison de la rue du Chien, dont les habitants passaient pour scandaleusement riches, était donc une perspective affriandante pour le troupeau des vestes grises. Il n'y eut qu'une voix pour une visite domiciliaire. On se leva en tumulte pour y courir. »

« Madozet s'élança à la tribune et arrêta la foule. Le prestige de la richesse lui rendait tout facile : là où l'éloquent Artona n'avait pu se faire entendre, on fit silence pour écouter le parvenu. »

« Madozet voulait aller chez celle qu'il avait appelée la Marquise, muni, comme laissez-passer, d'une sorte de mandat public qui ferait ouvrir devant lui les portes mystérieuses de la rue du Chien. »

« Citoyens, » commença-t-il, « comme candidat à la députation, je voulais ce soir faire ici ma profession de foi. Mais les actes vaudront toujours mieux que les paroles. L'incident soulevé par Bourasson me force à m'occuper de questions d'un ordre plus élevé. La présence dans notre ville d'un prétendant au trône, serait un danger public qu'il faut conjurer. Mais, citoyens, pour réussir à faire cette importante capture, il ne faut pas aller donner l'éveil au gibier. Y aller tous serait une imprudence. Chargez-moi de reconnaître le terrain et nous agirons. »

« — Bravo ! bravo ! Allez-y et revenez vite ! »

« — Ainsi, vous m'ordonnez d'aller à la rue du Chien ? »

« — Oui ! oui ! »

— Non ! non ! nous irons bien nous-mêmes ! criaient les paysans. Mais la majorité de la salle avait confiance en Madozet. Il l'emporta par un vote motivé.

« — Prenez garde d'être emblousé par ces aristocrates, cria une voix. »

« Madozet eut un sourire narquois qui en disait long. »

« — Avant la fin de la séance, répondit-il, vous saurez à quoi vous en tenir. »

« Il salua et sortit de la salle dix minutes après Artona. »

« — Vive Madozet ! »

« — Vive la République ! »

« — A bas les aristos ! »

« — A bas les rats ! »

« Tels furent les cris qui accompagnèrent Madozet jusqu'à la porte. »

« Le cœur gonflé, les yeux humides, Artona se promenait sous les arbres de la place qui s'étend devant la salle où le club tenait alors ses séances. Il écoutait les clameurs furieuses qui s'échappaient de cette étrange école politique. »

« — J'espère que tu en as assez, hein! » dit une voix railleuse tandis qu'une main se posait sur l'épaule du président. « Tous les hommes sont fous, le diable m'emporte ! »

« — Oui, cher monsieur de Pont-Estrade, vous avez raison, » répondit Artona, « la folie de l'égoïsme possède la masse et l'ignorance l'aveugle sur ses véritables intérêts. Mais patience ! laissez luire la lumière dans tous ces cerveaux obscurs et vous verrez où nous mènera le suffrage universel. »

« — Mais malheureux ton suffrage, soi-disant universel, et qui n'est rien moins que restreint, puisque les femmes n'en possèdent pas l'exercice — ton suffrage universel est un coutelas dans les mains d'un enfant aveugle et obstiné. Il s'en servira contre lui-même, tu verras. »

« — C'est bien possible, mais le principe sera... »

« — Laisse-moi tranquille, avec tes principes. Tu me forces à parler politique comme si je voulais me chauffer au soleil du budget, comme si, semblable à vous tous, je croyais ou je faisais semblant de croire à l'amélioration de la race humaine, en dehors de la science, par de vains systèmes sortis de toutes pièces d'un cerveau de novateur. Tout est affaire de lanterne, mon vieux. »

« Il s'arrêta brusquement. »

« — Mais à propos de lanternes, fit Pont-Estrade, il ne fait guère plus clair dans les rues d'Issoire que dans la tête de beaucoup de ses habitants. Connais-tu la rue du Chien ? »

« A cette question inattendue Artona tressaillit. « La rue du Chien ? » répéta-t-il, « vous voulez aller dans la rue du Chien ? »

« — Oui, pour avertir les gens d'une certaine maison de se tenir prêts à recevoir la visite des citoyens paysans qui, à ce que j'ai pu voir, ne seraient pas fâchés de boire un coup à la santé d'Henri V et, aux dépens de quelqu'un dont la réputation de fortune et la vie mystérieuse ont allumé d'ardentes convoitises et éveillé une de ces sottes curiosités de province, qui doivent se satisfaire à tout prix. »

« — On a parlé de ça? » demanda Artona d'une voix troublée. On voudrait inquiéter ce pauvre?... »

« — Ce pauvre qui? »

« — Gustave de Bergonne. »

« Un long silence suivit cette réponse. Artona, après l'avoir faite, semblait s'être cloué au sol, tandis que M. de Pont-Estrade, en proie à une vive émotion, piétinait sur place. Sans doute sa situation d'esprit avait en ce moment quelque chose de bizarre. Il en sortit avec sa brusquerie habituelle. »

« — Corbleu! » dit-il, « je pense que tu vas immédiatement avertir Valentine et son mari? »

« — Vous les avertirez vous-même, monsieur de Pont-Estrade, puisque vous avez l'intention de leur faire une visite. »

« — Comment donc? Mais c'était sans les connaître... Qui aurait pu supposer?.. Non, non! Je n'irai pas... On n'arrive pas du Congo chez des amis, pour leur porter des preuves de l'imbécillité, de la méchanceté des hommes qu'ils ont fui. C'est à toi à y aller, à m'annoncer. »

« — Je ne puis », dit Artona d'une voix étranglée. « Faut-il que je vous le répète : Je suis brouillé, brouillé à mort avec Gustave. Tout ce que je puis faire, c'est de garder les issues de la rue du Chien avec mes amis. On n'arrivera jusqu'au marquis de Bergonne qu'en me passant sur le corps. »

« — Diable ! tu t'enflammes comme une étoupe, calme-toi, nous n'en sommes pas où tu crains : *mons* Madozet — un drôle qui manquait sans doute à l'équilibre politique du pays — mons Madozet a pris les Bergonne sous sa haute protection. Il n'y a rien à craindre pour aujourd'hui. Tiens-toi en repos, si tu peux. Demain, j'irai voir nos amis. Adieu, je retourne au club pour savoir quelle curée le citoyen Madozet jettera à cette meute. »

VI

LE SAUVETEUR

« Pendant que M. de Pont-Estrade et Artona causaient ensemble de choses qui semblaient les émotionner presqu'autant l'un que l'autre, Madozet se présentait à la porte de la maison mystérieuse. »

« Suivant les habitudes de circonspection observées à ce logis, on ouvrit d'abord un guichet assez large, derrière lequel apparut une belle tête de vieille, vivement éclairée par une lanterne, dont la lumière fut dirigée de manière à faire reconnaître le visiteur. »

« Au brusque mouvement que la surprise imprima à la vieille, en reconnaissant Madozet, celui-ci répondit : »

« — Oui ! Oui ! Nanette, c'est moi ! c'est bien moi ; mais ne craignez rien. Je ne viens *plus* en ennemi. Croyez bien qu'il m'a fallu même une puissante raison pour me présenter ici. Il ne s'agit de rien moins que de la vie de vos maîtres ! Il faut que, sur-le-champ, je parle à la marquise. »

« Et comme Nanette ne répondait rien et ne se pressait pas d'ouvrir. »

« — Nous sommes en République, savez vous ? ajouta-t-il d'une voix sinistre. »

« Nanette, quoiqu'effrayée par ce mot de République, dont la chose lui semblait si fatale à la noblesse au service de laquelle elle était née, Nanette comprenait instinctivement que, si le danger existait, il était plutôt dans celui qui venait pour le conjurer que dans le danger lui-même. Aussi demeurait-elle les yeux écarquillés, les bras ballants devant l'effronté visiteur. »

« Celui-ci, voyant l'hésitation de la servante, lui tendit, à travers le guichet un papier cacheté, sans doute préparé pour le cas prévu où la porte lui serait refusée. »

« — Remettez, dit-il, remettez à l'instant cette lettre à votre maîtresse. Il y va pour elle des intérêts les plus graves. Tenez, voilà cinq francs pour votre peine. »

« Il présenta à la servante un gros écu qu'elle ne prit pas et qui tomba dans la cour. »

« Le bruit argentin de la pièce sur le pavé, tira Nanette de l'espèce de stupeur dans laquelle la plongeait la visite de M. Madozet. Sans nul doute, il n'était que trop connu dans la maison de la marquise. »

« La porte s'ouvrit lentement avec un bruit de fer rouillé, et Nanette montra au visiteur la loge du portier, dans laquelle elle l'invita à entrer et à l'attendre jusqu'à ce qu'elle pût lui transmettre les ordres de MADAME. »

« La servante, après avoir allumé deux bougies, sur la cheminee, s'en alla vers le corps de logis principal. Madozet s'était jeté sur une chaise. »

« — Décidément, se disait-il, je n'ai pas de bonheur avec ces Roche-Brune. Il était écrit que tout, dans cette famille maudite, tout, jusqu'aux valets m'abreuveraient d'outrages. Cette servante n'a pas daigné ramasser mon argent et elle me fait attendre dans une loge, comme un mendiant. Mais patience!... peut-être j'aurai mon tour. Je vais pouvoir rendre mépris pour mépris, affront pour affront. »

« Quel sentiment poussait Madozet chez la mystérieuse marquise de Bergonne! Lui-même n'eût pu le dire. C'était peut-être à la fois une vague réminiscence d'amour et le désir de se venger. — De quoi? — nous le saurons bientôt. — Lequel de ces deux extrèmes, qui se touchent si souvent dans un cœur ulcéré, allait avoir le dessus? Les circonstances qui pèsent si fort dans les destinées humaines en décideraient. »

« En attendant qu'on vînt lui rendre réponse, M. Madozet faisait son thème :

« Il venait sauver la marquise d'un danger (qu'il avait suscité.) Cette ruse coupable le mettait en présence de la dernière idole de sa jeunesse et le cœur lui battait comme à vingt ans. Il préparait sa phrase d'entrée, en choisissait les expressions, en arrondissait les périodes. S'identifiant à celle qu'il venait voir, il se donnait la réplique pour des réponses tantôt humbles et caressantes comme en sait trouver l'amour; tantôt mordantes et cruelles comme la haine en crache au visage d'un ennemi. Madozet sentait une joie de démon lui noyer le cœur en songeant qu'il possédait un des secrets de la marquise. »

VII

UN COUPLE FORTUNÉ

« Il était neuf heures! l'heure du souper dans les grandes maisons. Toutes les fenêtres étaient soigneusement fermées dans la salle à manger de Mme de Bergonne. De lourds rideaux de velours vert interceptaient la lumière intérieure qui aurait pu se glisser au dehors à travers les lames des persiennes. Un lustre de bronze doré, suspendu à la voûte, éclairait de ses vingt bougies une table sur laquelle étaient dressés deux couverts. »

« La nappe, de la plus fine toile damassée, était brodée aux quatre coins d'un riche écusson, dont le dessin maniéré se répétait sur l'argenterie en délicates ciselures. »

Au fond de la salle, une carriatide de marbre portait sur sa tête l'aiguière et le plat d'argent massif dont les valets, après le repas, versaient l'eau parfumée sur les doigts des convives. »

« Ce couvert si somptueusement dressé dans une pièce dont chaque meuble, chaque chaise était une merveille de sculpture sur bois, dont les murailles représentaient un éternel printemps, tous leurs panneaux de vieille tapisserie des Gobelins, ce couvert semblait attendre un heureux couple. »

« Un valet en grande livrée bleu et or, semblable à celle dont nous avons vu Gaspard se revêtir, un valet se promenait autour de la table. Quand tout lui parut à sa place et disposé avec une minutieuse symétrie, il ouvrit une des lourdes portes de chêne de la salle et cria : »

« — Madame la marquise est servie. »

« Alors, parut un homme vêtu d'une longue robe de chambre de cachemire, fixée à la taille par une torsade à glands d'or. Un bonnet grec richement bordé était posé sur ses cheveux grisonnants. »

« La barbe de ce personnage n'avait pas été faite depuis des années. Ce que toute cette végétation de poil inculte laissait voir du visage, était pâle et chétif. L'œil fixe, morne, semblait sans lumière, et sur le front, jauni comme celui d'un vieillard, le chagrin ou la maladie avaient creusé leur passage en rides profondes. »

« Une femme, celle que nous avons vue chez Gaspard, entrait, suivie de son groom favori, par une porte opposée. »

« Cet homme était monsieur le marquis Gustave de Bergonne et cette femme, sa femme, Valentine de la Roche-Brune. »

« Ils se saluèrent, en silence, et s'assirent en face l'un de l'autre. »

« Le repas commença. La marquise mangeait à peine et suivait d'un œil inquiet les mouvements du marquis qui ne mangeait pas du tout. A chaque instant, il tendait son verre à Gaspard qui semblait y verser à regret. »

« — Monsieur, demanda Mme de Bergonne d'une voix dont le timbre douloureux parut réveiller son mari ; avez-vous toujours la fièvre ? »

« L'homme jeta sur sa femme un regard vague, puis il porta à son front ses mains amaigries. »

« — La fièvre ?... Oui, je l'ai... Qu'est-ce que cela peut vous faire ?... La fièvre n'est pas une mauvaise chose ; elle me réchauffe un peu. Depuis que le soleil est éteint j'ai toujours froid. »

« — Chassez ces idées, monsieur, » reprit la marquise, « vous voyez bien que le soleil s'est levé aujourd'hui ; vous savez bien qu'il se lèvera demain pour éclairer la terre. »

« Le marquis éclata de rire, jeta sa serviette sur la table et se mit à arpenter la salle à grands pas. »

« — La terre, oui, il éclairera la terre » dit-il, « les autres hommes aussi, peut-être, mais il n'éclairera pas les morts !... Je suis un mort. Pourquoi me laissez-vous sans sépulture ? »

« Le marquis était fou. Sa folie était périodique. A chaque renouvellement de saison il était saisi par une crise de démence qui le prenait tout à coup, le quit-

Un valet en grande livrée bleu et or se promenait autour de la table. (Page 200.)

tait de même et durait de quinze à vingt jours pendant lesquels il ne dormait pas. »

« Était-ce là le secret que les habitants de la maison mystérieuse, comme on appelait, à Issoire, la maison du marquis, cachaient avec tant de soin ? — Peut-être. »

« Monsieur de Bergonne reprit sa place et sembla s'absorber dans de pénibles réflexions. La tête en arrière, les yeux à moitié clos, immobile, il ressemblait à un cadavre, dont la barbe et les cheveux auraient poussé sous la terre. »

« Nanette entra. Elle apportait la lettre de Madozet. Sans doute cette lettre était aussi péremptoire que pressante, car, à peine la marquise y eut-elle jeté les yeux, qu'elle se leva passa dans son cabinet et ordonna d'introduire le visiteur. »

CHAPITRE XIII

UN RENDEZ-VOUS !

« Quand Madozet entra dans le cabinet où l'attendait la marquise, celle-ci, brisée par les émotions du souper qu'on venait d'interrompre, troublée par le billet qu'elle tenait à la main, était plus pâle que de coutume. Cette pâleur, vivement tranchée par un vêtement de velours noir, donnait à la noble figure de Mme de Bergonne quelque chose de si étrangement imposant, que le visiteur en fut interdit. »

« C'est à peine si, dans la chambre de Gaspard, M. Madozet avait assez vu la marquise pour la reconnaître ; il n'avait pas remarqué l'étrange transformation que le temps ou le malheur avait opéré en elle. En la retrouvant aussi sculpturalement belle, il eut comme un frisson de peur. Il lui sembla qu'en passant le seuil de cette demeure, il avait commis une sorte de sacrilège, quelque chose comme la violation d'un tombeau. »

« Mais cette impression dont la durée et surtout l'effet n'appartient qu'aux organisations sensibles devait se dissiper bientôt. »

« La marquise parla la première. »

« — Quel motif, » demanda-t-elle d'une voix tremblante, « quel motif a pu vous pousser, monsieur, à violer le secret de ma demeure et vous a fait employer une sorte de menace pour obtenir une entrevue, que nos relations passées rendent plus qu'étrange ? »

« Plus étonné que touché de l'état de la marquise, M. Madozet cherchait à démêler sur le visage de Mme de Bergonne la nature des souffrances qui l'avaient ainsi transformée. »

« — Ces relations, » répondit-il, « quelque pénibles qu'elles aient été pour vous, ne sauraient détruire le sentiment qui les rendit telles parce qu'il ne fut ni agréé ni apprécié. Et la preuve qu'il subsiste toujours, c'est que je viens pour vous sauver ! »

« La marquise ne manifesta aucune émotion. Madozet poursuivit

« — Oui, vous sauver !... Quelques républicains se sont imaginé qu'on ne se cachait pas sans raison. »

« — Vraiment ! »

« — Ils ont pensé que votre intérieur était un foyer d'intrigues... — Ah ! rassurez-vous — d'intrigues politiques. Ils ont résolu de faire une perquisition chez vous. »

« — Républicains nous-mêmes, vous le savez bien, monsieur Madozet, il me semble que nous n'avons rien à craindre ni mon mari ni moi, de coreligionnaires politiques. »

« — Ah ! madame ! vous ne connaissez pas nos paysans ! Mais je serai là pour vous défendre. Je ne veux pas qu'on sache ce que vous cachez... Les secrets d'une femme sont chose sacrée. »

« — Je vous remercie, » dit-elle, d'une voix douce, « je vous remercie de vos offres de services et de l'intention qui vous a amené. Désormais je mettrai tout cela devant le souvenir du mal que vous nous avez voulu faire autrefois. Quant à ce que je puis avoir à cacher, croyez, monsieur, qu'il n'y a, dans le mystère de notre existence, rien que d'honorable. »

« Elle s'était levée comme pour indiquer au visiteur que son audience était finie. »

« — J'aimerais à vous croire, dit-il, en se levant aussi. »

« — Expliquez-vous, monsieur, » reprit la pauvre femme d'une voix si basse et si tremblante qu'à peine son interlocuteur l'entendit, « expliquez-vous, je n'ai ni le temps ni la volonté de chercher le sens de paroles dont je ne comprends bien que l'insultante intention. »

« — Vraiment ! Vous ne me comprenez pas ? » dit M. Madozet de sa voix fausse.

« Les instincts de son imagination dépravée reprenaient le dessus. Le sentiment de respect involontaire, dont il s'était senti frappé en entrant, avait fait place à une sorte de colère sourde. Il ne savait pas, précisément, ce qu'il voulait, ce qu'il attendait de la marquise, mais il avait besoin de lui laisser voir du mépris. Ce qu'il avait pensé d'elle, en la voyant venir chez Gaspard, il voulait qu'elle le sût. Il reprit :

« — Alors, il vous serait indifférent, madame, qu'on surprît chez vous le jeune Gaspard habillé en laquais. »

« Et comme elle le regardait de ses grands yeux bleus étonnés et profonds, il ajouta :

« — Pardon ! vous me faites dire des choses qui me font mal, car — je le constate presque avec douleur — mes sentiments n'ont pas changé pour vous. »

« — Sans doute, » répondit la marquise, « en me faisant perdre l'habitude d'échanger ma pensée avec les indifférents, la solitude a obscurci mon intelligence. Je vous le répète, je ne comprends rien à vos paroles. »

« — Ni à mes sentiments ? »

« — Vos sentiments ?... »

« Par un mouvement rempli de dignité, elle se plaça sous un rayon de la lampe et, montrant les lourdes tresses blanches et les boucles de son front :
« Voyez, dit-elle, si je n'ai pas lieu de m'étonner que dix-huit ans d'absence n'aient pas jeté sur votre flamme autant de glace qu'ils ont fait tomber de neige sur mes cheveux. »

« Mais cette pudique exhibition manqua son effet. Madozet demeura ébloui de la beauté plastique sur laquelle l'absence de couleur arrêtait le regard, et dont la pureté forçait l'admiration. »

« — Oh ! qu'elle est jeune encore, » se dit-il ; et il crut à la vérité du roman qu'il avait bâti sur la marquise et le jeune Gaspard. »

« — Eh ! que m'importe, » reprit Madozet avec une brutalité qui eût fait rougir Mme de Bergonne si tout son sang n'eût afflué au cœur, « que m'importe ces cheveux blancs ! Les montagnes de la Magdeleine sont-elles moins coquettes, moins riantes, dans leurs robes vertes constellées de fleurs, parce que leurs sommets sont poudrés comme des têtes de nymphes d'opéra. Ah ! vous le savez bien, vous êtes toujours adorablement belle ! »

« — Monsieur ! » répondit Mme de Bergonne indignée, « je ne sais ce que j'ai à craindre, ni quelle ténébreuse trame vous venez ourdir autour de moi, ni quel rêve monstrueux vous avez fait, mais je ne puis ni ne dois vous écouter davantage. »

« — Et pourquoi cela ? »

« — Parce que je suis Valentine de Bergonne. »

« Il se mit à ricaner. »

« — Vous jouez, » dit-il, « dans la perfection un rôle qui vous va bien, mais dont, malheureusement, je vous ai vu chez le jeune Gaspard, déposer le masque pour celui de la marquise Almaviva. »

« — Sortez ! » cria Mme de Bergonne, « sortez ou j'appelle mes gens ! Vous parlez de mon fils ! »

« Madozet ne bougea pas. »

« — Pardon ! » reprit l'impudent après un moment de surprise, pendant lequel il supputa les nouvelles chances que pouvait lui donner ce coup de théâtre, « pardon, madame, mais si Gaspard est votre fils, il ne saurait être à la fois celui de M. de Bergonne et son valet. »

« — Je vous jure, monsieur, » dit-elle d'une voix suppliante, « je vous jure... »

« — Ne jurez pas, madame ; si vous n'avez pu convaincre votre mari de sa paternité, comment pourriez-vous m'en convaincre, moi, que M. de Bergonne a envoyé chercher à dix heures, une certaine nuit, dont vous n'avez pas dû perdre le souvenir. »

« La marquise se couvrit la figure de ses deux mains. »

« Madozet poursuivit : »

« — Cette nuit-là, madame, on me fit jouer le rôle d'un génie malfaisant. Malheureusement pour vous, introduit un instant sur la scène où se jouait votre drame de ménage, j'ai vu, j'ai compris. Au milieu de tous les commentaires soulevés par votre disparition, moi seul ai démêlé la vérité. »

« Mme de Bergonne fit un geste suppliant. »

« — Rassurez-vous, » reprit le lâche qui jouissait des angoisses de la malheureuse femme, « rassurez-vous, je n'ai fait part à personne du résultat de mes observations. D'ailleurs, j'ignorais que vous fussiez si près de moi. J'avais placé trop haut, l'idole de mon cœur pour la livrer moi-même à l'avilissement du public ! Valentine, je vous ai toujours aimée !... »

« — Monsieur, » dit la marquise écrasée de honte et de douleur, « je vous ai vu, quelquefois, je vous ai vu franc jusqu'à la brutalité. Vous n'êtes pas venu dans le but seul de m'avertir d'un danger et pour le triste plaisir d'insulter une femme sans défense. Vous espérez, vous voulez autre chose ! Dites-le, monsieur,

dites-le, si c'est une de nos terres que vous convoitez, serait-ce la Roche-Brune,
je ferai mon possible pour que vous l'ayez. »

« — Ah ! c'est ainsi que vous me jugez ? » fit Madozet en haussant les épaules :
« des terres, de l'argent ! voilà le seul mobile que l'on peut supposer à un manant
comme moi ! Mais, une fois pour toutes, sachez donc que je suis, que j'ai toujours
été plus riche que M. de Bergonne ! »

« — Même quand vous étiez l'intendant de mon cousin Maxis de Pont-
Estrade ? »

« — Prenez garde de m'irriter, madame, une insulte de plus ce serait trop. Je
vous dis que l'appât du gain n'a pas de quoi me donner une ombre d'émotion. »

« — Alors que voulez-vous ? »

« — Sans doute la réalisation d'une chimère : je veux que vous cessiez de me
haïr, de me mépriser ! »

« — Je ne vous ai jamais haï, » répondit la pauvre femme redevenue humble,
« je ne vous ai jamais haï et je n'ai le droit de mépriser personne. »

« — C'est trop d'humilité, madame. Tenez, faisons la paix, une bonne fois, cela
vaudra mieux. Permettez-moi de revenir vous voir, d'entreprendre ma réhabilitation... »

« — Vous savez bien que nos relations passées rendent la chose impossible.
Que dirait le monde auquel nous voulons échapper ? Que dirait mon mari ? »

« — Nous mettrions dans mes visites un mystère qui... »

« — Assez, monsieur, assez ! »

« De nouveau elle lui montra la porte. »

« — C'est ainsi que vous le prenez ! » fit Madozet en se carrant dans son fauteuil,
« c'est ainsi que vous le prenez ! Eh bien, à bas les masques ! Jouons à visages
découverts et cartes sur table ! Lisez dans mon jeu et voyez si j'ai de belles
cartes contre vous : tant que je vous ai crue respectable, vous le savez, j'ai fait
taire mes sentiments, plus tard, je vous ai respectée jusque dans votre faute.
Mais aujourd'hui !... »

« — Aujourd'hui ? »

« — Aujourd'hui — en attendant que j'en obtienne une plus douce — je suis venu
chercher la revanche de tous les mépris dont vous et les vôtres m'avez abreuvé. »

« — Soyez content, » répondit M.me de Bergonne dont un reste d'orgueil aristocratique faisait bouillonner le sang, « soyez content, vous avez dépassé votre but :
je suis assez humiliée, assez anéantie sous vos insultes pour ne pas oser vous
faire jeter à la porte par mes valets après vous avoir craché au visage ! »

« Madozet eut un rire de démon. »

« — Voilà qui me met à l'aise, » dit-il : « Mêlez vos faveurs d'autant d'amertume
qu'il y a de haine dans mon amour et nous serons quittes. »

« Il s'était levé. Il se rassit. »

« — Vous permettez ? » fit-il, d'un ton naturel. »

« — Comment donc ! Monsieur ! » répondit Valentine, les lèvres relevées par
un rictus convulsif, « comment donc ! Ne vous gênez pas : parlons comme de
vieux amis. »

« — Oui, c'est cela, comme de vieux amis. J'ai fait une remarque, madame. »

« — Laquelle, monsieur ? »

« — C'est que toutes les femmes — fidèles ou non — trompées par le mariage adorent leurs enfants. »

« — Ah ! »

« — Oui, et vous, madame la marquise, dont l'union a dû être si malheureuse, pouvez dire si je me trompe. »

« Elle ne répondit pas. Il poursuivit : »

« — Je suis sûr que vous devez avoir la fibre maternelle plus sensible qu'une autre et trouver encore dans les caresses de votre fils comme un arrière-goût de fruit défendu... »

« — Où voulez-vous en venir ? »

« — A constater qu'un tel amour, comprimé par le mystère que comportent vos circonstances, doit être comme un flot arrêté dans sa course. Vous devez aimer cet enfant, de toute la retenue que vous impose la présence de votre mari. »

« — Démon ! » exclama la pauvre mère qui entrevit les projets du parvenu. »

« — Oui, vous l'aimez, vous devez l'aimer au delà de tout, « poursuivit Madozet, » ce jeune homme, qui est déjà une merveille, à ce qu'on assure. Vous tenez à son estime plus qu'à la vie, peut-être ? »

« La marquise frissonna. Prise d'une sorte de vertige, refoulant son orgueil de caste et jusqu'à sa dignité de femme offensée, elle s'empara de l'une des mains de Madozet. »

« — Qu'est-ce que cela vous fait ? » demanda-t-elle, « qu'est-ce que cela vous fait qu'une mère aime son enfant et veuille en être estimée ? Dites, monsieur, cela vous est indifférent, n'est-ce pas ? »

« — Mais, madame... »

« — Ce serait affreux d'être obligée de rougir devant son fils !... Mais, à quoi vais-je donc penser ? Il faudrait être un monstre pour vouloir avilir une mère devant son enfant ! Vous êtes incapable d'une telle infamie !... Oh ! je le sais, vous n'êtes pas méchant, seulement vous voulez le paraître !... »

« Elle tremblait, les paroles sortaient entrecoupées par le claquement de ses dents. Elle faisait pitié. Lui, calme et froid, l'écoutait sans rien dire. Elle poursuivit : »

« — Vous m'en voulez parce qu'autrefois je... je vous ai méconnu... Pardonnez-moi, monsieur, pardonnez-moi, un préjugé de naissance qui m'empêchait alors de mesurer les hommes à leur valeur personnelle. Oh ! voyez-vous, l'orgueil de caste, c'est terrible, on suce cela avec le lait. C'est pourquoi il faut me pardonner !... Je vous demande pardon !... la fille du comte Paul, Valentine de la Roche-Brune, celle que vous avez aimée, vous demande pardon ! »

« Elle était presque à ses genoux dans l'attitude la plus humble. C'était plus que Madozet n'avait espéré. »

« — De grâce, » lui dit-il, « relevez-vous ! Votre fils ne saura rien. »

« — Ah ! merci ! »

« — Non, il ne saura rien, car vous m'accorderez la faveur de vous voir... quel-

quefois. Ne prenez pas cet air de victime. Ce que je demande n'est pas un sacrifice. Me le refuser serait me pousser à bout... »

« — Et si les convenances me défendent de vous recevoir... Si ma conscience... »

« Madozet eut un brusque mouvement d'épaules. »

« — Si votre conscience parle trop haut, » dit-il, « vous lui répondrez ce que
dans une *autre* occasion vous avez dû lui répondre ! »

« Mᵐᵉ de Bergonne vit bien que cet homme était de bronze et qu'en vain, elle
s'était abaissée devant lui. Elle se rejeta vivement dans un fauteuil, l'œil ardent,
la lèvre frémissante. »

« — Allez, » fit-elle, « dites-moi bien que je n'ai d'autre alternative que d'être
avilie à mes propres yeux ou à ceux de mon fils. C'est bien là votre dernier mot,
n'est-ce pas ? »

« — C'est le vôtre, madame, quoique j'y attache un autre sens, c'est aussi le
mien. »

« Il se fit un silence que rompit Mᵐᵉ de Bergonne. »

« — Je ne veux pas être déshonorée devant mon fils ! » dit-elle lentement,
« non, je ne le veux pas ! »

« — Alors ? »

« — Je vous attendrai, après-demain, à huit heures, au château de la Roche-
Brune... »

« Le parvenu se leva. Un éclair de joie féroce brilla dans ses grands yeux
ronds. Il releva la tête avec orgueil. »

« — Après-demain ! dit-il, après-demain, vous me donnez un rendez-vous ?... Ah !
c'est trop, madame, je ne mérite pas... et cependant, vous me jurez sur l'honneur ?... »

« Elle l'interrompit. »

« — Je n'ai plus d'honneur, mais je vous jure, sur celui de mon fils qu'après-
demain, à huit heures du soir, vous me trouverez à la Roche-Brune. »

« Le ton de ces dernières paroles émut presque Madozet. »

« — Vous m'en voulez beaucoup ? demanda-t-il. »

« — Non, monsieur, je vous pardonne ! »

« Elle le reconduisit en répétant à voix basse : »

« — Après-demain, à huit heures du soir, à la Roche-Brune. »

Ici se terminait le premier cahier du maître d'école. Mˡˡᵉ de Méria fatiguée
des notes, des ratures et des renvois dans lesquels elle avait eu peine à se reconnaître, se leva, se détira longuement, bâilla et se mit à chercher la suite. Mais
elle ne la trouva pas.

En vérité c'était bien ennuyeux, d'autant plus que ce qu'elle avait lu jusque-
là, ne l'instruisait guère de ce qu'elle voulait savoir. A peine y était-il question
de M. de Saint-Cyrgue. Ses amis se seraient-ils trompés ?

Ce n'était pas probable. Mais où donc était le nº 2? Ce maître d'école avait
apporté dans son travail le désordre de ses idées. C'était un cuistre sentimental
qui ne connaissait pas même la psychologie d'un cœur de femme. A priori, cette
marquise lui paraissait insensée.

Enfin il fallait prendre patience et persévérer.

Le n° 2 manquant, elle prit le n° 3 intitulé :

CHAPITRE XXVIII

A BATONS ROMPUS.

Le sous-titre : MAXIS DE PONT-ESTRADE fit pousser une exclamation à Mlle de Méria.

« Enfin, » dit-elle, « ce n'est pas trop tôt entrer dans le sujet qui m'intéresse. »

Elle lut :

« Ceci nous reporte à dix-huit ans en avant :

« Maxis de Pont-Estrade était alors un gentilhomme rempli de charmants défauts et de folles qualités. Type de cette généreuse mais inconséquente aristo cratie qui, tout en voulant conserver à la royauté sa prérogative, croyait con-courir à la réalisation de l'égalité en brûlant elle-même ses parchemins. Ames nobles, que le sentiment de la justice poussait dans le parti du peuple, mais que la poésie des traditions retenait au service du roi. »

« Maxis résumait en lui les aspirations des nobles du dix-huitième siècle. Par sa mère, nourri dans le culte du passé, et plus tard dans celui de la philosophie par un précepteur républicain, il s'était trouvé à vingt ans, la tête et le cœur remplis de sentiments si contradictoires, que, sans rien pouvoir nier positive-ment, il commença à douter de tout. »

« Né avec une âme faite pour la vertu, le chevalier s'était jeté, faute d'emploi, dans les plaisirs tumultueux dont il sentait le vide, et avait rempli l'Auvergne du bruit de ses prodigalités. Quarante ans plus tôt il eût partagé le glorieux échafaud des Girondins, ou peut-être aurait-il déjà péri en essayant de sauver le roi. »

« Mais le temps des grandes luttes était passé. L'époque bourgeoise dans laquelle il commençait sa vie d'homme, ne lui semblait pas mériter la dépense des sentiments qu'il sentait bouillonner en lui. »

« Héritier d'une grande fortune, victime de son éducation faussée, de son insouciance, de sa bonne foi, il fut éveillé un matin par les huissiers, dans son manoir de Pont-Estrade. »

« Il laissa là toute cette canaille et courut chez Madozet, son régisseur, jeune homme d'affaires très capable et d'une intégrité notoire. Il avait crié par-dessus les toits que M. de Pont-Estrade se ruinait; qu'il n'y pouvait rien, qu'il en était au désespoir; que les amis du chevalier pourraient dire qu'il l'avait pourchassé jusque dans ses parties de plaisir; où on l'avait vu porter des papiers timbrés, dont le fou gentilhomme avait allumé son cigare. »

« La vérité, c'est que les Madozet, père et fils avaient sourdement travaillé à la ruine de Pont-Estrade. Ils étaient déjà riches que la fortune de leurs maîtres était vermoulue d'hypothèques. »

« C'est la loi des transmissions de la richesse. La bourgeoisie se substituait

Sortez, ou j'appelle mes gens ! Vous parlez de mon fils. (Page 204.)

alors partout à la noblesse. Elle la dépossédait comme le prolétariat, tend, aujour-
d'hui, à déposséder la bourgeoisie. Et il en sera ainsi jusqu'à ce que la politique,
entièrement subordonnée à la morale, laisse jouir simultanément toutes les classes
des biens de la terre et des trésors que l'humanité a accumulés pendant des
siècles. »

« Le dernier Madozet était le Talleyrand de la famille. Avec une habileté profonde, il avait su tenir Maxis dans l'ignorance la plus complète de l'imminence
du naufrage qui allait emporter sa fortune. »

« Il va sans dire que le jeune corbeau guettait l'aire et la proie de l'aiglon. »

« Maxis, sans s'en rendre compte, mais avec l'intuition des natures droites, se persuada que Madozet n'était pas étranger à son désastre. C'était donc avec une sourde colère qu'il se présenta chez le régisseur. »

Madozet devina instantanément les dispositions de Maxis ; il vit que les excuses et les explications qu'il avait données, par lettres, n'avaient pas été reçues. Des monceaux de papiers couvraient son bureau. »

« — Vous le voyez, Monsieur le chevalier, je m'occupe toujours du débrouillement de vos affaires. »

« — C'est bon, c'est bon, maître Madozet, » reprit Maxis en s'asseyant, « vous nous avez donné des preuves de la bonne gestion de nos biens, et, puisque vous êtes en train d'en tirer au clair les dernières bribes, ayez la bonté de me dire si, avec ce qui me reste, je puis servir d'honnêtes pensions aux serviteurs de ma famille ? »

« — Monsieur le chevalier, après la liquidation, il vous restera tout au plus dix-huit cents francs de rente. »

« Il ajouta, avec une sorte de timidité : Et tous mes appointements me sont dus, depuis trois ans. »

« — Ce qui fait, monsieur Madozet ?

« — Que M. le chevalier me doit six mille six cents francs et les intérêts. »

« — Impudent ! drôle ! » cria Maxis furieux, « il faudra que je te paye pour m'avoir ruiné, et tu oses me réclamer des intérêts, encore ! Des intérêts ! tiens, fripon ! les voilà ! »

« Il cingla quatre ou cinq coups de cravache sur la figure blème de Madozet, qui ne poussa pas un cri. Il sut dominer sa douleur et sa rage ; il lui importait de laisser croire qu'il était en bons termes avec M. de Pont-Estrade. »

« De là, Maxis se rendit chez son notaire. Le brave homme, très bourru d'ordinaire avec son client, le reçut avec une grande affabilité et lui offrit de puiser dans sa bourse. »

« Diable ! mon vieil Audiffret, lui répondit le chevalier, la ruine est bonne à quelque chose, puisqu'elle nous sert à connaître nos vrais amis. »

« — Hélas ! je ne serai pas longtemps le vôtre, monsieur de Pont-Estrade, je suis vieux ; hâtez-vous de tirer de mon amitié tout ce qui vous en peut être utile. »

« — Merci ! Audiffret, je n'accepte que ce que je puis rendre ; il me reste dix-huit cents francs de rente, j'aime autant rien que si peu ; constituez-les en viager à mes domestiques, proportionnellement à leurs années de services. »

« Le notaire fit des représentations ; elles ne furent point écoutées. Tous les serviteurs de Pont-Estrade eurent des retraites, excepté Madozet, dont le compte, grossi des intérêts et des coups de cravache, fut soldé plus tard. »

« Lorsque Maxis revint à l'étude pour signer les brevets des pensions, le vieux notaire inquiet lui demanda :

« — Qu'allez-vous devenir, maintenant ? »

« — Le diable m'emporte si je le sais ! » répondit insoucieusement le chevalier ; « je vais peut-être solliciter du service chez les Turcs, comme mon cousin de Bonnevalle. Avec un turban orné de la demi-lune traditionnelle, avec une robe de cachemire, des pistolets à la ceinture et une pipe monumentale, je viendrai peut-être vous présenter mes hommages, dans quelque dix ans d'ici. »

« — Ce ne sera guère la peine de vous déranger pour moi, reprit le vieillard avec un sourire, dans dix ans... »

« — Ne parlons pas de ça. Bonsoir, mon ami, ne vous inquiétez pas de moi. »

« Il sortit. »

« Dans la rue, il rencontra son cousin, M. le comte Paul de la Roche-Brune qui lui dit : »

« — Je suis charmé de te rencontrer-là. »

« — Et moi donc, » reprit Maxis, « imagine-toi si je suis aise de me voir en face de ta bonne et loyale figure : depuis quinze jours je me promène dans des bas-fonds ornés de museaux de fouine, appartenant à cette intéressante variété de l'espèce humaine nommée gens d'affaires, avoués, agréés, huissiers, recors, ce que l'on peut appeler véritablement le diable et son train. »

« — Pauvre ami ! »

« — Tel que tu me vois, je suis une espèce de chevalier Job, pourtant avec cette différence notable entre le sage biblique et moi que son infortune appela la vermine et que la mienne l'a chassée. Me voilà libre et délivré de toutes les sangsues de la richesse. »

« — Ainsi tu es ruiné ? »

« — Ruiné ! on est ruiné quand on a tout perdu. »

« — Ah ! tant mieux s'il te reste quelque chose, je croyais le contraire. »

« — Il me reste le soleil, l'air pur, l'eau des fontaines, la voûte azurée du ciel, l'ombrage des bois. Dire en plein mois de juin qu'on est ruiné, c'est proférer un blasphème dont je suis incapable. Il faut être juste, que diable ! Avant même que que je naquisse, la société m'avait décerné certains titres, certaines prérogatives par lesquelles je me suis trouvé placé au-dessus d'une foule de gens dont les trois quarts, peut-être, valaient mieux que moi; aujourd'hui, la balance fraudu-leuse qui m'élevait sur un de ses plateaux vient de me vider à terre, où par parenthèse, je suis ravi de pouvoir te serrer la main. »

« — Bonne et singulière nature, voilà les seules récriminations que t'arrache le malheur ! »

« — Parbleu ! ne faudrait-il pas sonner la trompette du jugement dernier, parce que M. de Pont-Estrade s'est laissé duper par des coquins? Tant pis pour lui ! il ne pourra plus entretenir des valets de chiens, des laquais fainéants ! La belle affaire ! Il ne pourra plus jeter l'or à des drôlesses qui se moquaient de lui ! Le grand dommage ! Il n'y a qu'à savoir prendre le bon côté des choses pour être toujours content. L'infortune, outre la sagesse qu'elle nous force à pratiquer, a encore ses faces touchantes : ce vieux loup d'Audiffret, que j'avais toujours pris pour un juif, un philistin, m'a mis la larme à l'œil. »

« — Pas possible ? »

« — Il m'a dit des choses telles que sa hure de sanglier m'a paru tout à l'heure plus charmante que les plus frais minois des vierges émancipées du quartier latin. Quand *icelles* m'aidaient à faire mon cours d'anatomie comparée. »

« — Voilà un singulier effet d'optique vertueuse. J'aurais voulu avoir un peu de ta philosophie dans un temps. »

« — Quand tu t'es vu sur le point de travailler pour vivre ! Va, c'est la niaiserie de nos prétentions qui fait notre misère. En donnant des bras à tous les hommes, la nature a clairement manifesté son intention de nous voir travailler tous. »

« — Bon ! et avec tes deux bras que comptes-tu faire ? »

« — N'importe quoi. »

« — Mais encore ? »

« — Je n'y ai pas réfléchi, la Providence y pourvoira. »

« — Ah ! tu crois à la Providence ? »

« — A la Providence humaine, oui. Adieu Paul. »

« — Ne t'en va pas, viens avec moi chez M⁰ Audiffret. J'y vais pour une affaire qui te regarde. »

« — Comment ! une affaire a encore l'impudence de me regarder, l'effrontée ! Serviteur, madame, mais je ne désire pas vous connaître. Mon cher, j'en ai assez de ces demoiselles à la chevelure embrouillée, je n'ai plus le moyen de leur acheter des peignes d'or. »

« — Viens donc, cher cousin, cette affaire-là ne te coûtera rien ; au contraire. Te souviens-tu de m'avoir prêté une somme ? »

« — C'est possible, et tu veux me la rendre ? »

« — Je ne le puis pas en ce moment, mais je veux m'en reconnaître débiteur, par devant M⁰ Audiffret. »

« — A quoi bon ? je t'ai prêté quarante mille francs, je m'en souviens, tu t'en souviens, cela suffit. Point n'est besoin d'autres formalités. »

« — Je ne puis accepter cet arrangement. »

« — Tu es difficile ; je vais t'en proposer un autre : Pour nous, gentilhommes, la Roche-Brune, la seule terre qui te reste, vaut cent mille francs, n'est-ce pas ? »

« — C'est possible. »

« — Mais, pour des spéculateurs, elle n'en vaudrait pas cinquante. »

« — Tu l'estimes assez haut. »

« — Et tu veux me donner une hypothèque de quarante mille francs sur ta propriété ? »

« — Je le veux, et je le dois. »

« — Arrangeons-nous. Donne-moi verbalement, en usufruit, la moitié de la Roche-Brune, et permets-moi d'y vivre avec toi. Nous améliorerons le domaine, nous défricherons un peu du parc, nous y ferons des coupes savantes, du drainage, des assolements ; nous élèverons des moutons. »

« — Des moutons ? tu veux rire. »

« — Le diable m'emporte si j'ai jamais parlé plus sérieusement. L'élevage du bétail, l'agriculture sont occupations nobles. »

« — Ah ! »

« — De nos mains patriciennes nous conduirons la charrue et, pour être de nouveaux Cincinnatus, il ne nous manquera que d'avoir un peu sauvé la patrie. Un petit détail qui n'ôtera rien à cette similitude glorieuse. Sans cela nous aurions valu Brutus au timon de l'État. Mais revenons au fait; que dis-tu de ma proposition ? »

« — Je la trouve excellente, mais cela ne m'empêche pas de vouloir régulariser ce qui doit l'être. »

« — Écoute-moi : j'ai l'honneur d'être célibataire : toi tu es veuf, ce qui vaut encore mieux; par contre, tu te trouves à la tête d'une jolie fillette, — elle doit être gentille à présent —; de plus, tu es l'heureux seigneur d'une servante barbue qui t'est fort attachée. Je les institue mes légataires universelles. »

« — Mais c'est une plaisanterie, à ton âge. »

« — Si tu soulèves une objection, si tu me refuses un asile, ou si tu te montres trop exigeant pour me l'accorder, je pars pour la Turquie, je me fais pacha à trois queues, j'abjure ma religion, je vous déshonore. »

« — Ho! »

« — Je convole tous les jours à de nouvelles noces, je remplis mon sérail de femmes qui me donneront toute la gamme de tons, depuis le noir lustré de l'Éthiopienne jusqu'à la Géorgienne au teint de lis. »

« — Viens, » dit le comte avec émotion; « viens, noble cœur! c'est en riant que tu me forces à accepter tes bienfaits; c'est en pleurant de reconnaissance que je les reçois. Viens, et puisses-tu trouver la paix dans ma maison. »

« — J'espère y trouver mieux, — puisque j'y trouverai un véritable ami. »

« Voici comment le chevalier Maxis de Pont-Estrade était devenu le commensal du comte Paul de la Roche-Brune. »

— Enfin, dit mademoiselle de Méria, voici quelques renseignements utiles, quelques traits qui peignent le caractère de l'homme. Il était jeune alors, le temps et les circonstances ont pu apporter bien des changements dans sa manière de voir.

Elle se remit à feuilleter.

— Tiens! dit-elle, qu'est ceci?

CHAPITRE XX

CONFIDENCE ENTRE PENSIONNAIRES :
LUCY DE LA PLAGNE A VALENTINE DE LA ROCHE-BRUNE

— Ce doit être de la petite Vilsord. Elles ont été liées elle et la marquise. Voyons ce que cette niaise pouvait dire à notre belle cousine.

C'est daté du couvent.

« Le lilas est en fleur; la giroflée, sous le vent, balance sa tête d'or bruni; le soleil caresse la terre ; les oiseaux chantent dans les buissons parfumés ; dans le vaste enclos, nos compagnes babillent et jouent; nos maîtresses, le rosaire à la main, se promènent le long des allés. Pourquoi suis-je si triste ? En apparence, rien n'est changé autour de moi : c'est toujours le même sourire de la nature, le même calme profond, la même atmosphère de quiétude et de sainteté ! Qu'est-il donc survenu pour que ma pensée vagabonde ose sans cesse errer au delà de ces murailles que je ne dois jamais franchir ? Pourquoi donc les tranquilles joies du cloître ne me suffisent-elles plus ?

« Ah ! Valentine, c'est que tu n'es plus là ; c'est que ton amitié, qui jetait ses rayons lumineux sur les murs du couvent, ton amitié ne m'éclaire plus ; il fait nuit dans mon âme. Si tu savais quelle place tu y tenais ! quelle part tu en as emportée ! Mais à quoi bon te parler toujours de moi !

« C'est que je voudrais t'attendrir sur ma solitude et t'empêcher ainsi de m'oublier ! M'oublier ! est-ce que c'est possible ? Et pourtant, toutes les religieuses me l'assurent : la maîtresse des novices me disait encore ce matin, en m'autorisant à t'écrire : « Le monde aura bientôt effacé votre image dans le cœur « de Valentine ? laissez-la vivre un an de cette vie factice de la haute société, « dans laquelle va la placer sa naissance, et vous verrez, mon enfant, ce que valent « les amitiés de la terre. »

Elle a dit cela, Mme du Saint-Nom-de-Marie, mais elle se trompe, n'est-ce pas ? tu m'aimeras toujours, tu m'écriras souvent, et, si la vraie noblesse, la bonté, l'esprit, la fortune, la beauté ne te donnaient pas le bonheur (ce qu'à Dieu ne plaise !) tu me confieras tes peines pour que je les partage.

« Va, brille, aime, sois heureuse, mais ne m'oublie pas, et, comme par le passé, que nos âmes soient unies devant Dieu : moi, la prière qui le touche ; toi, la joie qui le glorifie. »

« Adieu, Valentine ; dis-moi comment est le monde, dis-moi quel effet il a produit sur toi. As-tu été au bal ? Peins-moi un peu ta demeure pour que je puisse donner un cadre à ton portrait chéri. »

— Quelle puérilité sentimentale ! Et pourtant cette petite fille devait être bien contente d'elle-même après la confection de cette lettre, dit Mlle de Méria. Et dire, poursuivit-elle, que j'en ai écrit de semblables, et qu'en les écrivant, je croyais aux sentiments que j'y exprimais.

Elle soupira.

— Ces temps sont loin et depuis mon cœur s'est ossifié ! C'est triste mais c'est comme ça.

Voyons la réponse :

DE VALENTINE A LUCY.

« Je suis mécontente de vous et du couvent. Quoi ! on y doute de ma sincère amitié ?

« C'est joli, en vérité, mademoiselle ; si le monde est trompeur, le couvent est ingrat. »

« Je t'aime, ma chère Lucy, comme j'eusse aimé une sœur si le bon Dieu m'en eût donné une : cela est affirmé une fois pour toutes. Si quelque chose pouvait te faire oublier, sois sans inquiétude ; du côté de la fortune, nous sommes ruinés, très ruinés ! »

« De tous les domaines composant l'immense patrimoine de mon père, il ne nous reste rien que le vieux manoir de la Roche-Brune, dont un romancier (ces gens-là ne parlent pas comme les autres) dont un romancier dirait: « Nid d'aigle.

« perdu dans les nuages, dont les tours démantelées, les murailles décrépites, les
« hautes salles habitées par les hirondelles, ont fait envoler tous les oiseaux
« bleus de la *gente châtelaine*. » Et la gente chatelaine ce serait moi. »

« Hélas ! oui, ma chère, je le crains bien, je coifferai, sans doute, cette sainte
renfrognée que je me représente revêche et maniaque, ayant emporté au paradis
sa perruche, son parapluie et son chien. Ne ris pas, je parle très sérieusement.

« Chère amie, Cervantès a tué le dernier des chevaliers errants, et quel autre
qu'un don Quichotte oserait grimper à la Roche-Brune pour y apporter ses hommages à une fille sans dot ? »

« Tu me demandes des nouvelles du monde ? »

« Le monde que je vois ici, je le découvre de ma tourelle : il est vert, émaillé
de bouquets blancs et roses, d'arbres fruitiers en fleur ; des ruisselets le traversent ; des montagnes couronnées de neige ou voilées de nuages floconneux le
bornent au loin ; les oiseaux l'animent de leurs chants ; des troupeaux de chèvres
et de moutons l'habitent sous la garde des bergers. »

« Tout cela est grand, c'est un morceau de l'infini ! Ce monde-là ne te fera
jamais oublier. »

« Adieu, chère bonne, le facteur rural, qui nous traite toujours en seigneurs,
vient me demander mes lettres. Le cher homme est vieux, je ne veux pas le
faire revenir demain. Dans quelques jours, tu auras une autre *missive*. Tu le
vois, je suis stylée, je fais honneur à nos maîtresses, je ne me répète pas. »

LA MÊME A LA MÊME.

« La Roche-Brune est une ruine ; la giroflée et le lierre y masquent seuls les
crevasses que le temps a ouvertes dans ses créneaux ; les hautes salles sont
nues et décarrelées, les fenêtres, dégarnies de châssis, ont l'air d'yeux sans prunelles ; les statues du parc sont mutilées ; les fontaines taries n'ont plus dans
leurs bassins de lave noire que des eaux stagnantes, versées par la pluie ; le toit
est crevé en plusieurs endroits. Heureusement, la mousse a mis des rideaux
verts sur les blasons, honteux de tant de misères. »

« J'ai eu toutes les peines du monde à me trouver une chambre au milieu de
cette longue file d'appartements qui, sous Louis XV, logea le Royal-Cravate,
dont mon aïeul était colonel. »

« La chambre que j'ai choisie, je suis parvenue à la rendre habitable avec
l'aide de mon frère de lait, Jean-Louis Allard, et mon cousin, Maxis de Pont-Estrade, qui m'ont aidée. J'ai ramassé plusieurs lambeaux de tapisserie, nous les
avons cloués sur les murs et sur le carrelage, dont Jean-Louis a bouché les
trous avec de la terre glaise. Mon cousin a fait poser des carreaux aux fenêtres
et m'a confectionné deux belles jardinières en souche de vigne, qui s'harmoni-
sent très bien avec six vieux fauteuils de chêne, dont le dessus déchiré a été
remplacé par une étoffe d'un bleu sombre, que Maxis a posée lui-même avec des
clous à larges têtes de fer argenté. »

« Quand toutes ces réparations ont été faites, Maxis s'est frotté les mains :

« — Bon, » a-t-il dit, « tu seras là comme une châtelaine du moyen âge, et c'est chez toi que, désormais, se feront les réunions du soir ; ton père et moi passons nos journées dehors, nous n'avons pas besoin de beaux appartements. Tu as joliment bien fait d'arriver. Je me demandais, il y a quelques mois, à qui je pourrais donner mes tableaux, que je ne puis voir la nuit ; ma table à pieds tords, qui ne me sert à rien, puisque je mets toujours ma bougie sur mon petit guéridon. En regardant ma belle pendule de bronze, je me disais : voilà un meuble bien inutile, puisque je connais l'heure au soleil et que, la nuit, les coqs la chantent en coquericos retentissants. Pour mes coupes bizantines, je te demande un peu, si ce n'est pas une profanation d'y mettre des peignes à barbe et des brosses à dents ? »

« Et, là-dessus, il a fait porter chez moi, malgré moi, toutes ces magnifiques choses. »

« Le reste du château fait contraste avec ma chambre dont mon cousin a lui-même repeint et regratté les moulures. »

« Mon père est toujours très bon ; il me laisse faire tout ce que je veux. Je lis, je brode, je vais courir dans les champs avec Jean-Louis ; j'aide Nanette dans les soins du ménage, et, quoiqu'elle bougonne un peu de me voir empiéter sur ses attributions, je n'en demeure pas moins ferme dans la résolution que j'ai prise de la soulager autant que possible dans son travail ; songe donc, je n'ai pas connu d'autre mère que cette excellente amie. »

« Le soir, après dîner, mon père vient se reposer chez moi des fatigues de la chasse et Maxis de ses travaux champêtres. Ils parlent un peu politique, se disputent, après quoi mon père s'endort. Nanette, sur sa chaise basse, file sa quenouille ; mon cousin nous lit quelque belle histoire qui nous fait pleurer toutes deux, ou bien nous parlons de choses et d'autres. Mon cousin a une conversation vraiment drôle, il ne pense pas comme tout le monde. »

« Voilà ma vie, chère bonne petite sœur, telle qu'elle est. Je ne la changerais pas pour une plus brillante, et si tu la partageais, je pourrais dire qu'elle me rend parfaitement heureuse. »

— Allons, dit Mlle de Méria en remontant sa lampe, voici poindre le roman dont M. de Saint-Cyrgue, baptisé Pont-Estrade par le narrateur, va sûrement être le héros.

Elle poursuivit sa lecture.

LUCY A VALENTINE.

« Que je te trouve heureuse dans cette haute solitude où tu jouis des deux biens les plus précieux de la vie : de la liberté et d'affections pleines de désintéressement. »

« Valentine, tu veux que, moi aussi, je t'ouvre mon cœur ! Hélas ! c'est peut-être un péché que je vais faire, et, à coup sûr, c'en est un de t'écrire en cachette ; mais j'étouffe, il faut que je verse le trop-plein de mon âme dans ton âme. Que

Ils s'en revenaient la gibecière vide, causant le long du chemin. (Page 219.)

Dieu me pardonne ! Je souffre d'un mal inconnu et sans siège. Une feuille que le vent emporte, une fleur brisée par l'orage, une phrase musicale que nous avons entendue ou répétée ensemble, suffisent pour me faire pleurer ; et cela m'arrive si souvent, même à l'église, que nos maîtresses, qui sont loin de se douter de l'état de mon cœur, disent que j'ai le don des larmes. L'on me félicite de l'abondance de la grâce qui met tant de pleurs dans mes yeux.

« Le moindre bruit qui m'arrive du dehors me fait frissonner ; un charretier qui passe en chantant, un orgue de barbarie qui jette au vent sa kyrielle d'airs connus, dont les notes affaiblies viennent jusqu'à mon oreille troublée, le bruit

du flot qui bat les murs du couvent, tout cela me bouleverse. Pourquoi ? Je n'en
sais rien.

« J'aime toujours autant le bon Dieu ; d'où vient que l'air du couvent me
pèse comme la chape de plomb de l'hypocrite dans la Divine Comédie ? Si tu
étais là ! si, surtout, j'étais auprès de toi, je ne serais pas si malade. Valentine,
le calme des bois et des montagnes, c'est la vie dans le repos ; le calme du couvent, c'est le repos dans la mort. Ces femmes, ces saintes qui, le long des corridors, glissent comme des fantômes, sont mortes à tout ce qui indique la vie : à
l'amitié, qui en est l'âme ; au bruit qui en est la manifestation.

« Leurs ombres glacées, en se projetant sur les murailles, y ont laissé du
froid ! J'ai froid et j'ai peur ici ! »

« Ce voile blanc, que j'ai si ardemment désiré, me fait d'avance mal à la tête,
et les voiles noirs, la robe des professes, me font l'effet d'épouvantables linceuls.
C'est bien mal, n'est-ce pas ? c'est un péché mortel ! c'est une épreuve, peut-être !
Oh ! dis-moi que c'est une épreuve : puisqu'il faut que je sois religieuse, puisqu'on
me prend sans dot, c'est que j'ai la vocation !!... »

« Adieu, mon amie, jusqu'à ce que j'aie découvert un moyen de recevoir tes
lettres sans les faire passer par les mains de Mme Saint-Nom-de-Marie, ne mets
rien dans tes réponses qui puisse faire soupçonner l'état de mon âme.

« Parle-moi du chevalier Maxis ; il m'intéresse au plus haut point, etc. »

DE VALENTINE A LUCY.

« Je le crois bien, qu'il t'intéresse, mon cousin Maxis. Moi, j'en suis folle.
Pourtant, il est fantastique, il est bourru, il me gronde, il me câline, il se moque
de moi, il me fait rire et pleurer. Il a la plus jolie figure, et pourtant on ne peut
lui assigner d'âge précis. Tantôt il a l'air jeune, tantôt il a l'air vieux. Sa manie
est d'abhorrer l'humanité en général, et de lui rendre service en particulier. La
Roche-Brune, déjà si haut perchée sur la montagne, il la voudrait dans les
nuages ou dans l'île de Robinson. Tous les jours, il regrette de n'avoir pas une
toison, comme les moutons du Berry ou seulement comme les chèvres du Thibet. »

« — Vois-tu, petite, » me dit-il quelquefois, « vois-tu, tous nos malheurs viennent du manque de toison, les philosophes moralistes et philanthropes, en recherchant la cause des malheurs de l'humanité, sont toujours demeurés à côté de
la question. Tiens, je prends la guerre et je lui demande : Qui vous a créée et
et mise au monde ?

« — C'est l'ambition.

« — De qui l'ambition est-elle fille ?

« — De l'orgueil.

« — Comment l'orgueil s'affirme-t-il ?

« — Par le vêtement.

« Nous y voilà. Otez à César son manteau de pourpre, sa couronne de laurier ;
mettez-lui de la laine et des cornes comme au premier venu des mérinos, et
César, sûr d'être toujours confondu avec le reste du troupeau, ne passera point

le Rubicon. Et qui sait, si tous les hommes avaient de la laine sur le dos, s'il ne faudrait pas fonder un prix Gobert pour trouver des rois ? »

« Tu peux, chère Lucy, juger l'homme par ce spécimen de son excentrique conversation. Au milieu des folles boutades où il me malmène, il a souvent des délicatesses infinies ! il me laisse lui parler de toi, vingt fois par jour ; il m'écoute avec bonté. Il me fait sur ton compte mille questions qui me plaisent, il t'appelle notre amie. »

« Il m'apprend un peu de botanique, et, quoi qu'il soit savant comme un gros livre, il se traite d'ignare avec la meilleure foi du monde. »

« Il vient de m'acheter un piano, et, comme je le sais aussi pauvre que nous, sa générosité m'a touchée jusqu'aux larmes. Ce que voyant, il m'a dit :

« — Garde l'expression de ta trop vive reconnaissance, fillette, et apprends que l'égoïsme est au fond de toutes les actions humaines, même celles qui te paraîtront le plus désintéressées ; j'ai acheté pour moi ce grand crin-crin, qu'il te plaît d'appeler un piano, afin que lorsque je râclerai du violon, tu puisses m'aider à faire le charivari qui me dispensera de parler politique à ton père. S'il aime la cacophonie, il pourra chaque soir s'endormir satisfait. »

« Je relis ma lettre ; elle est pleine de choses qui n'intéressent que moi ; aussi, c'est ta faute : pourquoi veux-tu que je babille en t'écrivant comme je babillais près de toi, cédant toujours à l'impression du moment, etc. »

CHAPITRE XXI

UN CAPRICE DE CHASSEUR

« Le comte Paul de la Roche-Brune et Maxis de Pont-Estrade étaient à la chasse depuis le matin. Comme tous les grands talents, ils dédaignaient les victoires faciles et ne jetaient leur plomb qu'à un gibier digne d'eux ; n'en ayant pas trouvé ce jour-là, ils s'en revenaient la gibecière vide, causant le long du chemin. »

« — La chasse m'ennuie, » dit le chevalier, » elle n'est plus possible en France.

« — Depuis quand ? » demanda le comte.

« — Depuis qu'on a vendu à la roture le droit de devaster nos forêts.

« — Bah ! pourvu qu'il y ait du gibier pour tout le monde.

« — Allons donc, je m'étonne qu'un seul gentilhomme ait pu conserver le goût d'un plaisir dont il doit partager le privilège avec tout manant qui peut se payer un permis de chasse.

« M. Paul regarda son cousin en clignant de l'œil, ce qui était chez lui l'indice d'un grand étonnement. »

« — Voilà, » dit-il, « une manière de voir que je ne te connaissais point. »

« — Quel homme peut se vanter d'en bien connaître un autre, » répondit évasivement le chevalier.

« — Et que sont devenus ces fameux DROITS DE L'HOMME dont tu étais hier le partisan si absolu ?

« — Rien n'est absolu en ce monde, et mon esprit, moins que toute autre chose. Sa sagesse, sa justice dépendent d'une foule de circonstances fortuites qui ne lui permettent pas d'avoir une opinion irrévocable.

« — Mais les droits, les principes !

« — Affaire de tempérament, mon cher, question de circonstances, Quand il fait beau et que j'ai bien dîné, j'aime tous les hommes, je rendrais alors service au dernier d'entr'eux, je pratique la fraternité sur la plus large échelle ; mais s'il pleut, si j'ai fait maigre chère, je trouve fort inconvenant qu'on ait aboli les droits féodaux ; je ne me sens plus fabriqué de la même pâte que Monsieur l'adjoint.

« — Quelle misantrophie !

« — Tu as beau rire, c'est comme ça : il y a des instants où je brûlerais la charte et les ministres avec.

« — Ha !

« — Je suis dans un de ces moments. Il me faudrait d'autres émotions que celles d'atteindre ou de manquer un lièvre. Ces forêts françaises sont d'une insignifiance insupportable.

« — Quant à cela, tu as raison.

« — Je les aimerais mieux guirlandées de boas et de serpents à sonnettes, pleines d'hyènes et de léopards, que de leur voir cet aspect pacifique. Parle-moi des forêts de l'Inde, voilà des receptacles de fortes émotions, de vrais dangers. On est quelque peu dévoré, mais on s'amuse, on chasse l'ennui !

« — Je te comprends, » fit M. Paul d'un air profond.

« — Tu me comprends ? » demanda l'autre avec inquiétude.

« — Oui, car je sens, comme toi, la platitude de nos forêts et le peu de ressources qu'elles offrent à un amateur de ta force.

« Maxis respira longuement. Ils étaient en vue du château. Valentine, la fille du comte Paul de la Roche-Brune, accoudée à la balustrade d'une terrasse décrépite, les regardait venir de loin. Le chevalier leva les yeux sur elle. Il y avait de l'adoration dans son regard. »

« Il reprit la conversation :

« — Pas un loup, pas un sanglier ! c'est à mourir de consomption ! C'est à laisser rouiller son fusil ! Tiens, je donnerais vingt ans de ma vie pour me procurer vingt mille francs.

« — Vingt mille francs ! Pourquoi faire ?

« — Pour aller dans l'Inde.

« — A quel propos.

« — Pour y chasser le tigre.

« Le comte pensa : J'avais cru comprendre, mais je n'y comprends plus rien. Pour que Maxis parle de vingt mille francs, quand je lui en dois quarante, il faut qu'il ait envie, ou plutôt besoin de nous quitter. »

« Et M. de la Roche-Brune se demandait avec inquiétude où il trouverait une si grosse somme. L'honnêteté lui faisait un devoir de la chercher. »

« — Dis donc Maxis, » demanda-t-il au chevalier qui marchait tout songeur à côté de lui, « dis donc, si tu tiens absolument à cette chasse au tigre... »

« — Moi, pas le moins du monde, c'est une folie. Pourtant un de ces jours... je serai forcé de vous quitter. Mais vingt-cinq louis me suffiront, et je sais où les prendre.

« — Ouais ! » répondit intérieurement le comte, « il ne fallait pas parler de vingt mille francs. »

« Il regardait son cousin, dont la figure ordinairement narquoise et spirituelle, avait à cet instant, une étrange expression de tristesse. »

« La fille du châtelain agitait son mouchoir pour saluer les deux chasseurs. Quand ils furent à portée de sa voix, elle leur cria : »

« — C'est ainsi qu'on répond à mes signaux ? Qu'est-ce donc que cet air funèbre ? Y a-t-il grève de bécasses ? révolte de perdreaux ? insurrection de lièvres ? »

« — Taisez-vous, petite folle, les idées libérales n'ont pas encore pénétré dans les forêts d'Auvergne, » répondit M. de la Roche-Brune, « le gibier s'y comporte mieux que les chasseurs. Venez nous embrasser. »

« Elle descendit, tendit le front à son père et mit sa tête blonde sur l'épaule de son cousin qui ne l'embrassa pas, comme à l'ordinaire, mais lui serra la main. »

« Le comte les observait. Il vit le chevalier frémir au contact de sa cousine. Il s'en alla tout rêveur en se disant à part : Je n'avais pas songé à cela ! Pauvre chevalier ! il aurait fait un si bon gendre ! Ah ! s'il n'avait pas gaspillé sa fortune !... A qui donc vais-je demander vingt mille francs ? »

« Une autre pensée ne vint pas à ce père. Maxis avait trente ans, Valentine très développée pour son âge, en avait quinze ; ils eussent fait un couple superbe et des mieux assortis. Mais une vie simple, remplie par le travail, embellie par des affections de famille et telle qu'elle eût convenu au chevalier, semblait au comte une idylle bouffonne. »

« Avec le cynisme naïf de beaucoup d'honnêtes parents, M. Paul spéculait sur la beauté de sa fille, sur l'antiquité et la valeur de ses parchemins. Valentine trouverait un mari qui redorerait le blason de Roche-Brune. Il ne pouvait payer le bonheur de Maxis d'une déchéance qui ferait rouler dans la classe des travailleurs deux des plus pures incarnations de l'aristocratie française. »

« Si Valentine ne trouvait pas un parti digne d'elle, il la donnerait à Dieu et le couvent ensevelirait, dans ses murs, la dernière des Roche-Brune. »

CHAPITRE XXII

UN INUTILE

« Arrivé dans sa chambre, Maxis accablé se jeta sur une chaise et se mit à réfléchir. Quel était donc ce sentiment nouveau qui triplait en lui certaines facultés et lui en ôtait tant d'autres ? »

« Il alla se regarder dans une petite glace, placée sur une des boiseries de la fenêtre. »

« — J'ai l'air jeune encore, » se dit-il, « je n'ai que trente ans et pourtant je dois être vieux puisque je ne suis bon à rien ! Misérable rejeton d'un arbre de luxe que la foudre a frappé, ma racine est morte; je ne puis plus faire autre chose que... d'aller chasser le tigre... Et encore, non, je n'ai pas ce qu'il me faudrait. Oh! pour l'avoir, je donnerais la moitié des jours qui me restent à vivre. »

« Il porta les mains à son front. Mais il avait beau se creuser la cervelle pour donner une issue au flot tumultueux des pensées qui lui battaient le crâne, il n'y parvenait pas et répétait : »

« Oh! *l'aimer* et être plus gueux qu'un hidalgo ! l'aimer et avoir dépensé sa vie en loisirs bêtes ! N'avoir pas su conserver de quoi lui faire un nid doux et chaud ! N'avoir pas prévu qu'un jour l'imprescriptible nature me demanderait des comptes !... Ces effluves de sève qui me montent au cœur, je dois les refouler... Voilà le véritable châtiment d'une vie inutile. »

« C'était en juin, Maxis se mit à la fenêtre. Des moissons d'or émaillées de bleuets et de coquelicots, couvraient la plaine. Deux fauvettes chantaient dans les branches feuillues d'un platane. Au pied du mur, une chatte coquette lustrait au soleil sa robe tigrée. Un coq se promenait majestueux au milieu d'une dizaine de poules qui, tout en caquetant, le regardaient de cet œil oblique dont les almées de la basse-cour contemplent leur sultan. »

« Le chevalier regarda plus loin et vit des moutons brouter l'herbe sur les flancs verts des collines, et des chèvres manger les pousses des arbustes ou le dessus bleuâtre des touffes de serpolet. Des ruisseaux gazouillaient sous les saules en courant à la rivière. »

« Tout, dans ce calme paysage, semblait marcher facilement à son but. Cette paix, ces harmonies de la campagne, toutes ces eaux trouvant leur pente, tous ces arbres chargés de fruits, toute cette splendeur de la nature dans l'accomplissement de ses lois d'instinct et d'affinité faisait un contraste douloureux avec la tourmente intérieure de Maxis de Pont-Estrade. »

« Il le sentit et ses yeux se remplirent de larmes. »

« — Allons, poursuivit-il, point de faiblesse . j'ai trente ans, aucun moyen de me créer une famille, un passé ridicule, un avenir où il fait noir, et une passion démesurée. Il faut partir ! »

« Ce mot semblait lui déchirer le cœur et pourtant il le répétait : »

« — Partir! est-ce possible? Partir et céder la place à un autre. A un autre ! cette gracieuse, tant bonne! tant belle créature! Oison que je suis, n'ai-je pas, pour comble de malheur, été la signaler à des hommes de son âge! Pourquoi ai-je écrit cette folle lettre? Leur ai-je bien dit tout ce qu'il fallait pour les enflammer? — Oui sans doute. »

« Il chercha sur sa table, parmi quelques papiers et se mit à lire le brouillon de la lettre suivante. »

MAXIS DE PONT-ESTRADE A ARTONA.

« Jeune amant de la beauté. »

« Toi qui rêves de Vénus Calypige et t'amouraches des restes de celle de Milo ; toi qui cherches l'idéal des formes dans une fille d'Ève, viens. »

« Diable ! non, ne viens pas. Vous êtes jeunes tous deux, tous deux au mois d'avril de la vie ; ce serait une affaire bâclée ! Vous n'avez le sou ni l'un ni l'autre, et moi, indigne cousin de la comédie, je n'aurais pas de quoi dorer les nœuds de votre hymen ! »

« Mort de ma vie ! A quoi donc pensais-je quand je te disais de venir dans ce nid de chouette où s'est fourvoyée notre colombe ? »

« J'ai oublié de te dire tout d'abord qu'il s'agit de ma petite cousine, la fille du comte Paul de la Roche-Brune, le plus fort chasseur connu depuis Nemrod ; un vrai gentilhomme taillé comme l'Hercule de Farnèse. »

« Ma Valentine — elle s'appelle Valentine, — est la petite fille de ce fameux Roche-Brune dont je vous ai raconté l'histoire, à Gustave et à toi, ce Roche-Brune, espèce d'autruche à grains d'épinards qui mangea en un quartier d'hiver, quatre châteaux, trois forêts, plusieurs hôtels à Paris et laissa à son fils une foule de carcasses. »

« Je te disais de venir ! Non pas, mon drôle, laissons mon étoile dans le ciel, et sous prétexte qu'elle a quinze ans et que vous en avez vingt, ne la jetons pas dans la vallée de misère. Si tu la voyais, tu l'aimerais (je parle de Valentine et non de la misère) si tu l'aimais, tu voudrais l'épouser. »

« Quelle folie ! »

« Épouse la gloire, mon garçon, épouse cette veuve de tant de maris morts à l'hôpital, il n'y aura que toi de malheureux, tandis que si tu épousais ma Valentine... »

« Tu es habile, Artona, et la nature t'a fait peintre. Si ce qu'ont dit de la parole certains farceurs littéraires est véritable, tu peux, sur ce que je vais te conter faire un portrait de ma cousine. »

« Prends ton pinceau, jeune rapin, charge ta palette des plus riantes couleurs, et toi et moi, comme les maîtres de l'art, commençons par l'ensemble. »

« L'ensemble, saprelotte ! Je m'aperçois qu'un tableau est comme une histoire, il lui faudrait une introduction. Une belle femme est une synthèse qui nous mènerait au déluge. »

« Mets donc sur ta toile la taille de Diane chasseresse. Et maintenant, encadre de lourdes tresses blondes le visage de l'une des vierges du Titien. Sous des cils d'or, allume des yeux d'un bleu de pervenche avec ces reflets électriques, chauds reflets de grandes âmes et des cœurs puissants. Mets la pensée dans un beau front, le sourire sur des lèvres rouges, entr'ouvertes comme pour laisser voir des dents... je ne te dis que ça ; il faut les voir ainsi que le nez mignon aux narines vermeilles, et le menton à fossettes et les joues veloutées.

« Étends sur tout cela un vernis d'innocence, de grâce et de candeur, la carnation d'une rose de Bengale et le portrait est fini. »

« Je serre la main à l'ami Gustave, à l'abbé, je dépose aux pieds des trois parques qui filent vos jeunes destinées les hommages les plus respectueux. Puissent-elles mettre à leurs quenouilles beaucoup de fil de la Vierge que vous irez rattraper au diable. »

« Cette lettre est idiote, pensa le chevalier avec douleur. Encore une fois, pourquoi l'ai-je écrite? Pourquoi? Pourquoi? — c'est que j'aime éperdument celle qui en est l'objet; c'est que j'ai besoin de parler d'elle! C'est que l'homme est fait pour l'homme, c'est que, riant ou pleurant, il a besoin de dire à ses semblables un peu de ce qu'il éprouve; et puis, quand j'écrivais cette folie, je ne connaissais pas encore toute l'étendue de mon malheur, je voulais me railler moimême. Triple insensé! Je suis le barbier de Midas, j'ai découvert que mon cœur a des oreilles d'âne. »

« Il alla devant la table de sapin remplaçant le beau guéridon de chêne sculpté qu'il avait donné à Valentine, ouvrit un tiroir y prit une rose blanche depuis longtemps fanée, tombée sans doute des cheveux blonds de sa cousine, et la baisa ardemment. »

« — Voilà, dit-il, tout ce que j'emporterai d'elle, car il faut partir. Et pourtant, si Paul voulait, je ne partirais pas! S'il savait quel courage je pourrais puiser dans mon amour en travaillant pour elle... en vivant pour lui! Mais, non, il n'y consentirait jamais! Lui demander sa fille, ce serait lui réclamer sa dette. Jamais! jamais je ne ferai cela! »

Ici, il manquait encore un chapitre. La nuit s'avançait mademoiselle de Méria tombait de fatigue mais elle poursuivait sa lecture, tous les instincts de l'ambition surexcités en elles par l'espérance la tenaient éveillée.

CHAPITRE XXIV

L'EMPRUNT.

« Dans un élégant bureau — salon de l'une des plus belles maisons d'Issoire, un homme d'une trentaine d'années était assis devant une table chargée de livres et de papiers. »

« L'homme était légèrement trapu et de taille moyenne. Tout son être portait l'empreinte de la force contenue. Ses yeux noirs, aux larges prunelles jaunes, avaient la douceur cruelle des yeux du chat. Sans être massif, le bas de la figure trahissait des appétits sensuels. Le menton était court et rentré. Le nez mince et pointu indiquait des instincts cupides. »

« Chez cette homme le front était démesurément haut, mais fuyant et déprimé, marquant cette funeste hauteur de vue qui, si elle ne va pas au delà de la pénétration, gâte au moins la jouissance par les desséchements de l'analyse. »

« Cet homme était l'ancien régisseur de Pont-Estrade. L'expression habituelle

Madozet se redressait avec la fierté du serpent qui sentirait la puissance mortelle de son venin.
(Page 228.)

de sa physionomie était une noblesse bâtarde que l'on remarque dans les domestiques de grande maison. Ce qui frappait dans l'observation de ce visage, c'était
la puissance au service de la ruse. »

« M. Madozet était venu habiter Issoire, où il travaillait à se populariser dans
la haute bourgeoisie, dont il espérait capter les suffrages pour arriver à la députation et aussi pour essayer d'y faire un mariage selon ses goûts. »

« Madozet n'était pas un ambitieux vulgaire, il avait plus soif de considération
que de fortune. Ce jour-là, il attendait quelqu'un et avait cet air soucieux que doivent avoir les grands capitaines le jour d'une bataille décisive. »

«L'homme d'affaires allait, en effet, livrer une bataille longtemps désirée, et dont le gain pouvait lui donner la considération nécessaire à la réalisation de ses projets. »

« Un laquais galonné sur toutes les coutures, ouvrit la porte du salon et annonça :

« — Monsieur le comte Paul de la Roche-Brune. »

« — Bonjour, monsieur Madozet, » dit le visiteur s'inclinant légèrement, pour répondre aux saluts obséquieux de son hôte, « bonjour, monsieur Madozet, on vous a dit, n'est-ce pas, que j'avais besoin de vingt mille francs et vous consentez à me les prêter en hypothéquant la Roche-Brune ? »

« — C'est-à-dire, monsieur le comte, que j'étais tout disposé à faire cet arrangement avec vous, mais les informations que j'ai prises sur votre domaine ont légèrement modifié notre programme. »

« — Ah ! »

« — Une hypothèque de vingt mille francs sur un bien qui n'en vaut pas trente est une hypothèque insuffisante. »

« — Comment, monsieur, vous n'estimez la Roche-Brune que trente mille francs ? »

« — Et, en supposant que, pour rentrer dans la valeur de ma créance, je fusse obligé de faire vendre le château, je crois que je l'aurais encore estimé au-dessus de sa valeur. Dans cette extrémité, les hommes d'affaires, les frais de justice me mettraient à découvert comme créancier. »

« — Alors, » monsieur dit Roche-Brune en se levant, « je vous demande pardon et... »

« — Un instant, monsieur le comte, » interrompit Madozet, « veuillez m'accorder encore une minute; je n'ai pas dit que je ne voulais pas vous prêter la somme dont vous avez besoin, mais simplement que le programme arrêté par nos entremetteurs était légèrement modifié. Je suis tout disposé au contraire à vous être agréable en toutes choses. »

« — Merci. »

« — Seulement, si vous le voulez bien, au lieu de vous prêter sur hypothèque, je vous prêterai sur *réméré*. »

« — Ça m'est égal. »

« — J'en suis bien aise, car, de cette façon, nous éviterons les frais de justice en cas de non-payement. »

« — Très bien. »

« — Voici ce qui est faisable : j'estime la Roche-Brune trente mille francs, mettons qu'elle en vaut quarante. »

« — Oui, monsieur Madozet, elle les vaut et au delà. »

« — Soit, je la prends pour ce prix. »

« Le comte fit un brusque mouvement. L'autre poursuivit : »

« — C'est-à-dire que je lui reconnais cette valeur sur laquelle je vous prête vingt mille francs, que vous me rendrez à une époque que nous fixerons. Si, à l'expiration de cette époque, vous ne pouviez me payer, je vous donnerais vingt mille francs de retour et la Roche-Brune serait à moi. »

« Le comte réfléchit. Il se demandait comment il pourrait rendre cette somme de vingt mille francs. Mais en songeant que sa dette envers le chevalier ne lui permettait pas d'hésitation, il accepta les propositions de Madozet, comptant vaguement sur une coupe générale des bois de son parc pour se sortir d'affaire. »

« — Pour combien de temps désirez-vous contracter l'emprunt? demanda Madozet. »

« — Pour un an. »

« — Pour deux si vous voulez, monsieur le comte. Dans tous les cas, je vais faire mettre un an dans l'acte. Nous pourrons toujours, si bon vous semble, faire une prolongation. Assurément, je ne tiens pas à avoir la Roche-Brune. »

« — Alors tant mieux. »

« — J'ai assez d'autres embarras sans celui-ci. Si votre domaine m'appartenait, je m'amuserais à le restaurer en entier et ce serait une folie. »

« — Faites dresser l'acte, dit tristement le comte dont le cœur se serrait, je prendrai les fonds en venant donner ma signature. »

« — Voulez-vous m'en débarrasser tout de suite? demanda Madozet en sortant d'un tiroir un volumineux portefeuille. Il en vida le contenu sur la table. Au milieu d'une foule de valeurs diverses, il prit deux billets de dix mille francs et les tendit à M. de la Roche-Brune. Celui-ci les mit lentement dans la poche de son gilet en disant : »

« — Vous avez fait vos affaires, monsieur Madozet? »

« — Je n'ai pas à me plaindre de la fortune, monsieur le comte. Ce que vous voyez là — il désignait le fouillis de billets de banque — et ici — il montrait une pile de titres sur un des rayons de sa caisse — pourrait être la dot de ma femme, s'il me prend fantaisie de faire un mariage selon mon cœur. »

— Vous voulez vous marier? »

« — Oui, si je trouve quelqu'un à mon gré. »

« — On trouve tout, avec de l'argent. »

« — Vraiment, monsieur le comte, pensez-vous ce que vous dites? »

« M. de Roche-Brune ne répondit rien. Madozet poursuivit avec feu : »

« — Pourvu que ma femme m'apportât de la naissance et de la beauté, je ne lui demanderais pas autre chose. Mais, je la veux noble et ne regarderais pas à la dépense pour redorer son blason. »

« M. Paul ne put s'empêcher de répondre :

« — Vous aimeriez à pratiquer le système des compensations, et vous espérez qu'il se trouvera un gentilhomme assez pauvre et assez... »

« Le comte s'arrêta. Il venait de palper les billets de banque de Madozet. Il était le débiteur de cet impudent, c'est-à-dire son surbordonné dans l'ordre matériel nouveau. Le capital lui faisait sentir sa chaîne. »

« — Assez quoi? demanda Madozet. »

« — Assez... original pour vouloir anter sa souche d'un... »

« — D'un dandin, n'est-ce pas? Achevez votre pensée. »

« — Je n'ai pas l'intention de vous offenser, monsieur, brisons-là ; je vous prie. Revenons sur un terrain où nous pourrons nous entendre. Parlons de nos affaires. Faites, je vous prie, dresser l'acte qui me rend votre débiteur, stipulez tels intérêts qui vous conviendront et... »

« — Je vous prête cela sans intérêt, répondit l'homme d'affaires se levant pour reconduire son hôte. »

« — Monsieur, » reprit le comte sourdement indigné des prétentions que Madozet lui avait laissé voir, « monsieur, je vous ai proposé une affaire. Je ne vous ai pas demandé un service. »

« Madozet devint blême. Pourtant, il sut se contenir et répondit :

« C'est bien, monsieur le comte, je me souviendrai que c'est seulement une affaire que nous avons conclue. Vous me payerez l'intérêt légal. »

« Et celui de votre insolence, » ajouta-t-il tout haut, quand monsieur de la Roche-Brune eut refermé la porte derrière lui. « Oui, vous me payerez tout cela plus cher que vous ne pouvez croire, oison titré. Ah! je vous laisse entendre que je puis changer vos ruines en élégants châteaux modernes, que je puis vous rendre le luxe évanoui de votre folle race, et vous me répondez par la plus sanglante ironie! Vous croyez-vous donc encore au temps de la féodalité, que vous osez m'écraser ainsi du talon?... Noble ruiné! Mais vous ignorez donc que la Révolution, qui a déshabillé tant d'idoles, vous a mis à nu et m'a jeté sur les épaules votre pourpoint de velours brodé d'or! »

« Madozet marchait à grands pas! il se redressait avec la fierté d'un serpent qui sentirait la puissance mortelle de son venin. »

« — Vous m'avez insulté, poursuivit-il, moi, qui suis le galion d'or, c'est-à-dire la force devant laquelle on se prosterne aujourd'hui. Vous m'avez bafoué, messieurs les gentilshommes rafalés, vous m'avez bafoué en m'empruntant de l'argent! L'argent, mais c'est tout à cette heure. Je vous le ferai bien voir. C'est avec de l'argent que vous et vos pareils nous vendent leurs filles et leurs parchemins. »

« Certes, je jouerai de malheur, si ce gentillâtre ne vient pas bientôt me supplier d'épouser cette péronnelle dont, je ne sais comment, la fantaisie m'est venue. »

« Vraiment, je n'ai pas de chance, il faut que je tombe sur cette race entêtée, lorsque tant de nobles maisons lorgnent mes écus par les yeux de tant de douairières qui ont des filles à marier. »

CHAPITRE XXV

UN PRÉTENDANT

VALENTINE A LUCY (*fragment de lettre*).

« Maintenant que nous pouvons nous parler sans contrainte, laisse-moi te
« dire combien je suis affligée de ton état, pauvre petite sœur! Combien je vien-
« drais vite te chercher si j'étais riche encore; comme je m'empresserais de
« partager avec toi la fortune qui donne accès dans le monde; mais, mon amie,

« je suis aussi pauvre que toi, et peut-être serai-je obligée de venir te retrouvei
« au couvent. »

 « Va, la vie est triste partout : là-bas, trop de calme ; ici des tempêtes.
« Maxis, tu sais, cette singulière et toute bonne créature, il est parti ! Mon Dieu,
« est-ce que c'est bien vrai ? Je te l'écris, et je ne puis le croire. Il est parti ! Je
« répète cela tout le long du jour. Il est parti ! Je ne puis dire autre chose. Il est
« allé dans l'Inde pour chasser le tigre ; il le dit, du moins ; mais moi, je sais
« bien ce qu'il est allé chasser ! »

 « Nous ne sommes plus que trois dans nos chères ruines : mon père, Nanette
« et moi. Je n'ose laisser voir la tristesse que me cause le départ du chevalier.
« Pauvre ami, si dévoué, si bon ! Il est embarqué maintenant ; s'il allait faire
« naufrage ! Prie pour lui, chère Lucy, les peines de tes amis te feront oublier
« les tiennes. »

 « Tiens ! une visite ; je suis seule à la maison ; je te quitte pour un instant. »

 « C'était Madozet qui interrompait la lettre de Valentine. »

 « L'homme d'affaires était mis avec une élégance pleine de goût, et sa figure
rusée avait un masque de gracieuse bonhomie. »

 « « Il salua Mlle de la Roche-Brune avec une aisance mêlée de respect. »

 « Valentine se rappelait vaguement d'avoir vu Madozet. Trompée par ses
bonnes manières, elle le prit pour quelques parent qu'elle n'avait pas encore vu.
Pour attendre le retour de son père, elle invita l'étranger à monter dans sa
chambre ; le seul endroit présentable du vieux château. »

 « Madozet suivit son introductrice et s'assit en face d'elle, à côté du piano
donné par Maxis. »

 « Valentine était ce jour-là vêtue d'une robe noire qui dessinait admirablement
sa taille de déesse. Dans ses longs cheveux blonds, tordus derrière sa tête en
une épaisse couronne, deux roses blanches étaient négligemment posées. Elle
était belle ainsi, comme un rêve de poète. »

 « Madozet l'avait vue quelquefois, mais de loin. Elle lui avait paru assez charmante pour lui inspirer un caprice. De près, il en fut ébloui. Cette perfection de
formes, cette pureté de lignes, cette splendide incarnation de la grâce et de la
jeunesse mirent des étincelles dans les yeux de l'homme d'affaires. »

 « En cet instant, tout l'or qu'il avait lui parut de mince valeur ; ces nombreux
domaines ajoutés les uns aux autres lui semblèrent trop étroits pour faire un
parc à Valentine. »

 « Vue de près, elle brouilla tous les plans de cette nature positive, et en une
seconde, lui fit perdre ses plus claires notions d'arithmétique transcendante.
Il pensa que M. Paul avait bien fait de trouver ses prétentions impertinentes.
Une foule de sensations nouvelles traversèrent le cœur de Madozet. »

 « Pourtant, il se remit de cet ébranlement et se prit à considérer, à la dérobée,
cette Ève séduisante et ingénue qui, sans le savoir, venait le troubler dans la
possession de son jardin aux fruits d'or. »

 « Pour entrer en conversation avec elle, il chercha un sujet qui put plaire à la
jeune fille. Naturellement, le départ de Maxis se présenta à sa pensée. Il connais-

sait son ancien maître ; il savait que chez lui le mépris avait coutume de se traduire par le silence. Il ne douta point que la jeune fille n'eût jamais entendu parler de sa gestion infidèle à lui, Madozet, le riche financier du jour. »

« — Mademoiselle, dit-il de sa voix la plus mielleuse, vous avez perdu un charmant commensal, M. le chevalier Maxis de Pont-Estrade. »

« A ce cher et triste souvenir, soudainement rappelé, deux grosses larmes brillèrent dans les yeux de Valentine, et le visage cauteleux de Madozet lui devint presque sympathique. »

« — Vous l'avez connu ? » demanda-t-elle avec une émotion qui déplut à l'homme d'affaires ; « vous l'avez connu ! N'est-ce pas qu'il était bien bon ! »

« Les sentiments sont comme les flots ; un obstacle peut en contenir l'expansion. Au cœur des jeunes filles, il s'amasse souvent des lacs de confidences qui s'échappent en torrents involontaires, à la première issue qu'on leur présente. »

« — Vous l'avez connu, reprit Valentine, sans donner au visiteur le temps de lui répondre ; alors vous savez quelle âme il cachait sous les apparences d'un caractère frivole ! »

« — Oui, une bien belle âme, » reprit l'autre avec une sorte de commisération hypocrite, « un grand cœur ! » Il répéta en soulignant ces mots : « un grand cœur qui s'est trop prodigué. »

« Le coup ne porta point. Valentine était d'une innocence angélique ; elle répondit naïvement : Oh ! monsieur ses prodigalités ne l'avaient point appauvri, il y avait encore au fond de son âme d'inestimables trésors. »

« L'homme d'affaires était perspicace, nous l'avons dit, trop perspicace même : à l'instant se construisit, dans sa pensée, une idylle domestique dont Valentine et Maxis furent institués les héros, et il résolut de déchirer toutes les premières pages de ce roman afin d'en rendre la suite impossible. »

« Il reprit : Je vous crois, mademoiselle, le chevalier est un homme remarquable, un peu trop grand seigneur, peut-être, pour notre époque positive, où le levier d'argent est le seul qui puisse soulever les obstacles dont la vie se hérisse à chaque instant. M. de Pont-Estrade a royalement gaspillé sa fortune, son existence, son bonheur. S'il m'avait écouté, il serait riche encore, la femme qu'il aimait... »

« Valentine fit un mouvement. »

« Madozet n'eut pas l'air de s'en apercevoir ; il poursuivit : »

« — La femme qu'il aimait n'aurait pas connu la misère. Lui-même... »

« Il s'arrêta comme si, dans un excès de confiance il eût craint d'avoir été trop loin et de nuire à autrui. »

« — La misère, reprit vivement la jeune fille, vous dites qu'il a aimé une femme, et que cette femme est dans la misère ? »

« Un des principaux talents de Madozet était de savoir mentir avec la dernière assurance, quand le mensonge pouvait lui servir. »

« — Hélas, oui ! répondit-il, elle est dans la misère !... Mais de quoi donc vais-je vous entretenir ?... Pardon, mademoiselle, laissons les torts du chevalier

en faveur de toutes les qualités qui le distinguent. D'ailleurs, que vous importe
le sort d'une misérable créature que le monde a rejetée, que son am... que
M. Maxis, veux-je dire, a délaissée. »

« Cette insinuation perfide devait tuer, du même coup l'estime et l'affection
trop vive de la jeune fille pour Maxis. »

« Elle resta silencieuse, l'œil cloué au parquet. Madozet ricanait en dedans. »

« Bien joué, se disait-il, en lisant comme en un livre ouvert sur la belle figure
de Valentine, et se rendant compte mieux qu'elle-même des sentiments qu'elle
éprouvait; bien joué, vous vous êtes cru un premier amour, mademoiselle, il
faut en rabattre. Je suis fâché qu'il en coûte quelques larmes à vos beaux yeux
(que je voudrais essuyer de mes lèvres) mais la place blanche que vous croyiez
occuper dans le cœur du volage, une autre, une femme que le monde a rejetée,
vous comprenez cela, petite Agnès, une femme *perdue* s'y est assise avant vous.
Cet homme si bon a causé le malheur d'une pauvre créature qui croyait en son
amour! c'est affreux, n'est-ce pas ? »

« Il reprit : »

« — Après ça, M. le chevalier n'ayant plus rien ne pouvait venir en aide à
cette femme ; il s'est retiré ici comme le rat de la fable dans son fromage. Bien
d'autres, que je désapprouve, il est vrai, ont fait comme lui. »

« Valentine leva la tête :

« — La misère! c'est affreux, n'est-ce pas monsieur? demanda-t-elle. »

« — La misère est relative, répondit Madozet, enchanté de faire parade d'un
peu de philosophie et d'en éblouir la jeune fille ; la misère, comme le bien, comme
le mal, est toujours proportionnelle au bien-être, au bonheur passés de ceux sur
lesquels elle tombe. La misère, pour les uns, c'est manquer de brioche ; pour les
autres, c'est manquer de pain! pour celui-ci, c'est avoir des souliers sans semelles;
pour celui-là, c'est d'acheter des bottes à la mécanique. Pour moi, la misère
(Madozet brûlait ses vaisseaux), ma misère serait de ne pas trouver pauvre celle
à laquelle je voudrais faire une existence dorée. Ma misère serait de ne pas pouvoir lui dire : Tu étais née pour habiter un château, je veux te donner un palais !
Tes parents ont dissipé ton patrimoine, mais je ne veux de toi que toi ! »

« Il s'était levé, il venait à elle, l'œil ardent, les mains jointes. Valentine,
subitement éclairée, se recula jusque vers la fenêtre, et de là, demanda avec
hauteur : »

« — Qui êtes-vous, monsieur ? »

« — Un homme qui vous aime ! répondit Madozet suppliant. »

« — Sortez ! cria la jeune fille. »

« Et avec un geste de reine outragée, elle lui montra la porte. »

« Madozet fit quelques pas pour s'en aller; il se ravisa et se retourna lentement
vers Valentine :

« — Vous apprécierez la valeur de ma déclaration, dit-il, quand vous vous
rendrez compte de votre situation et de la mienne; quand vous saurez tout ce
qu'il y a de désintéressement dans mon amour, vous me pardonnerez. »

« Il essuya une larme absente. »

« — Vous me demandiez, tout à l'heure, ce que c'est que la misère : elle est à votre porte, mademoiselle de la Roche-Brune, elle vous guette à travers vos toits défoncés, elle pend à vos murailles en vieilles tapisseries, elle siffle à travers les vitres brisées de vos fenêtres ; elle vous menace de toutes parts sans que votre père s'en préoccupe. Voilà pourquoi j'ai parlé ! Est-ce un crime ? Alors, punissez-moi de vous avoir crue assez supérieure pour ne point attacher d'importance à des préjugés, à des minuties qui tiennent votre sexe en tutelle ! Je croyais parler à une femme, je trouve une pensionnaire ! »

« — Taisez-vous ! Asseyez-vous, dit Valentine, piquée. Voici mon père qui rentre, je vais l'avertir que vous êtes là. »

« Elle passa devant Madozet, qu'elle effleura de sa robe. »

« — Puissances de l'enfer ! qu'elle est belle ! exclama-t-il quand elle fut dehors, oh ! je l'aurai... ou... malheur à elle et à sa race !... »

CHAPITRE XXVI

JEUNES AMOURS

« L'amour, ce flambeau divin qui renouvelle sans cesse celui de la vie ; ce sentiment profond et mystérieux qui triple les puissances de l'être en le perpétuant, ne peut être savouré dans sa plénitude par les hommes étroits, auxquels échappe toujours le grand côté des choses. L'amour, le véritable amour présente d'abord sa face immatérielle dont le fond touche à l'infini ; c'est celui des âmes nobles. L'amour qui commence par le désir est un faux amour ; c'est celui des cœurs tarés. »

GUSTAVE A ARTONA.

« Je l'ai revue, mais je n'ai point encore osé la saluer. Hier, elle allait à la
« messe ; je l'ai suivie ; je voulais lui offrir de l'eau bénite, le cœur m'a manqué.
« Trouve un prétexte, mon ami, dis un mensonge, s'il le faut, mais je reste en-
« core quelque temps. Je ne puis pas revenir sans lui avoir parlé, n'est-ce pas ? »
« Je suis dans un trouble inexprimable. Un rien me fait pleurer. Quand je la
« vois si belle et si imposante, malgré son air gracieux et doux, je ne puis
« m'empêcher d'être jaloux de toi ; je voudrais avoir ta taille et ta figure pour
« attirer ses regards ; ton esprit, tes talents, ton incomparable voix, pour la
« charmer. Hélas ! je suis si petit, si chétif, je me demande comment j'ai l'au-
« dace de lever les yeux sur elle, de l'aimer ? car je l'aime ; je ne te l'avais pas
« dit, mais c'est la vérité. *Je l'aime*, je souffre et je suis ravi d'écrire ce mot. *Je*
« *l'aime*, moi, *elle*, cette adorable Valentine qui n'en saura jamais rien, puisque je
« mourrais plutôt que de le lui dire. »
« Oh ! comme les jours passent vite en pensant à elle, en attendant le moment
« de la voir ! Mais jusqu'au jour où Maxis de Pont Estrade t'a écrit cette lettre

Devant nous une ferme était au milieu de l'eau. (Page 242).

« qui m'a bouleversé, je n'avais pas vécu. Avant d'avoir vu Valentine, j'avais
« mal vu toutes choses ; je n'avais pas senti ce qu'il y a de sublime dans les
« mystérieuses profondeurs du ciel pendant une nuit d'été ; je n'avais point re-
« marqué le nombre infini d'étoiles qui regardent les ruines solitaires, ou se
« mirent en silence dans les ruisseaux de la prairie. L'harmonie du vent, les
« mille voix du soir, je ne les comprenais pas. »

« Avant d'avoir entrevu Valentine, la nature était pour moi un livre écrit en
« une langue inconnue et dont les premiers feuillets seuls — parlant d'amitié —

« étaient compréhensibles pour moi. Maintenant qu'ELLE a rayonné dans mes
« ténèbres, tout s'anime, tout s'éclaire. Il me semble que je comprends le lan-
« gage de tous les êtres, que je devine les merveilleuses lois d'amour qui font
« étinceler les astres dans le ciel immense et les insectes dans la bruyère en
« fleur. »

« Tu dis : il est fou ! Non, ami, non, je ne suis pas fou ; j'aime, je suis heu-
« reux ; je l'ai vue ce soir, voilà mon bonheur ; je la verrai demain, voilà mon
« ambition. Fais des vers, fais de la peinture, il faudra du temps pour que tu
« arrives au lyrisme qui chante dans mon âme, au fond de laquelle se gravent
« les traits de Valentine ; au fond de laquelle son image est bercée par des har-
« monies qui me ravissent et me transportent. »

« Oui, tiens, tu as raison, je suis fou, je divague, et le réveil sera terrible, sans
« doute ; mais qu'importe l'avenir quand le présent est si doux ! Je suis si com-
« plètement heureux de voir mademoiselle de la Roche-Brune ! »

« Ne va pas croire que le nouveau sentiment fasse tort aux anciens ; au
« contraire, mon amour pour Valentine agrandit toutes les facultés de mon âme,
« toutes les affections de mon cœur. »

« Ton Gustave

« DE BERGONNE. »

« Elle était bien heureuse d'être aimée d'une telle façon », pensa tout haut
Mlle de Méria, « si un homme de mon rang — les autres ne comptent pas — si un
homme de mon rang m'avait témoigné un tel amour, mon cœur, mon esprit auraient suivi une autre voie et peut-être n'y aurait-il pas eu de place en mon âme
pour l'ambition. Ah ! l'ambition ! est-ce là une passion de jeune fille ? Hélas !
dans *notre monde* personne n'a daigné s'apercevoir que j'étais belle ! que j'étais
femme.

Elle reprit sa lecture.

CHAPITRE XXVII

AMITIÉ

LUCY A VALENTINE.

« Je suis contente, chère amie ; j'ai retrouvé le calme, presque la joie des
« premiers jours. Non plus cette effervescence de bonheur que me donna notre
« amitié, mais quelque chose de tranquille comme les approches du sommeil. »

« Une espèce de molle torpeur s'est emparée de moi. En repoussant au loin
« les folies de l'imagination, les efforts de ma volonté ont engourdi notre
« amitié, je le sens, je n'aimerai plus rien de ce qui touche à la terre ! Toi-même,
« Valentine, tu vas t'effaçant de mon cœur, et bientôt je ne me souviendrai de
« toi que devant Dieu. »

« Tiens, je suis déjà fatiguée de t'écrire. Je te parais étrange, n'est-il pas
« vrai ? Je t'aimais tant, autrefois ; je t'aime encore, peut-être, mais mon cœur
« ne bat plus de la même manière. Mon âme n'est plus qu'un grand vide noir
« dans lequel est un crucifix avec cette devise :

SOUFFRIR ET MOURIR

« Souffrir et mourir, n'est-ce pas là ce que doit souhaiter toute âme aspi-
« rant à la vie religieuse ? Souffrir et mourir, voilà le commencement et la fin de
« tout. »

« Pourtant, les insectes bourdonnent dans l'air et lui impriment des mouve-
« ments de vie. Il vient des rayons chauds entre les murs froids des cellules, et,
« dans l'épaisse verdure des marronniers, les oiseaux gazouillent comme s'ils
« devaient toujours vivre. »

« Tout est vanité, rien n'est grand, rien n'est beau, rien ne doit durer que la
« mort et ses conséquences ! Si ce n'était point un péché, je voudrais être déjà
« morte ! »

« Adieu, c'est la dernière fois que je t'écris sans la permission de la maîtresse
« des novices, et ta réponse sera la dernière qu'elle ne verra point. Je ne veux
« plus m'écarter de la règle : la règle donne le calme, le calme du cloître est un
« avant-goût de la mort. La mort est la porte sombre qui ouvre l'éternité. Je ne
« veux plus penser qu'au Seigneur. »

« Lucy était la septième fille de M. le baron de la Plagne, qui avait été lieute-
nant dans les gardes-du-corps. En 1830, il avait cru de son devoir de priver le
gouvernement de sa vaillante lance et s'était retiré à la demi-solde. »

« Depuis, son maigre patrimoine s'en était allé, pièce à pièce, dans l'entretien de sa nombreuse lignée, et aussi dans le superflu nécessaire au train de tout
gentilhomme qui se respecte et dont un travail roturier tacherait l'antique
blason. »

« Tandis que son mari jouait ou dépensait au cercle le nécessaire de ses enfants, Mme la baronne, accablée de soucis, pleine de fiel contre son trop noble
époux, faisait des efforts inouïs pour ramener l'aisance disparue et obtenir des
bourses dans les couvents ou les séminaires. Sa vie se passait en visites et en
rédaction de lettres ou de placets, en voyages, qui avaient pour but d'entretenir
d'étroites relations avec les parents sans héritiers directs. »

« Mme de la Bruneray, tante et tutrice de Gustave de Bergonne, cousine au
dixième degré de M. le baron, aidait la baronne de sa bourse ou de son crédit.
D'abord elle avait même voulu l'aider de ses conseils. Mais les conseils étant ce
qui se demande le plus facilement, ce qui s'accorde le plus libéralement, sont un
papier-monnaie que l'on se hâte de faire courir quand on l'a reçu. Rarement on
le garde en caisse. »

« — Si j'étais à votre place, avait dit Mme de la Bruneray, en attendant des temps meilleurs, j'ouvrirais, avec mes filles, un atelier de broderies. La broderie est un art noble, toute la noblesse vous aiderait. »

« — M. le baron ne le souffrirait pas, » avait répondu la baronne.

« Et il n'en avait plus été question. »

« Mme de la Bruneray avait fait des trousseaux à presque toutes les jeunes de la Plagne, disséminées dans les couvents d'Auvergne, où toutes étaient vouées, d'avance, à l'état monastique. Pauvre troupeau dispersé, pauvres enfants créés pour vivre en famille et que l'orgueil isolait au milieu d'étrangers qui mesurent le pain ou le rendent amer en le donnant. »

« Quand elle entra au couvent d'Issoire, Lucy avait neuf ans. C'était une enfant frêle, affectueuse et très impressionnable. Elle aimait tant ses petits frères et ses petites sœurs, que le chagrin de les quitter la rendit malade. »

« Cependant, elle se consola et commença à s'abituer à la vie collective, qui fait de chaque enfant une mécanique uniforme de ces étranges succursales de la maison paternelle nommées collge ou pensionnat. »

« Jusqu'à un certain âge, les enfants que l'on garde en troupeau n'ont pas de sexe, et, chez la pensionnaire, vous trouverez les allures du collégien, et quelquefois ses gamineries mutines. »

« Au couvent, comme au collège, on peut remarquer entre des êtres disproportionnés un accord de sentiments qui semble bizarre et qui n'est qu'une harmonie de plus dans la nature morale. Par elle la faiblesse se met spontanément sous la protection de la force, comme le lierre sous le chêne. »

« Mais, au couvent, il y a quelque chose de plus qu'une protection accordée à l'être chétif par l'être exubérant de vie. Il se mêle déjà, dans cette protection, un sentiment confus de maternité. »

« Un couvent, un collége, sont de petits mondes dans lesquels on peut étudier ce que sera un jour cette génération en fleur. Toutes les passions naissantes, proportionnées à la taille de ceux qui les portent, y causent les mêmes orages relatifs qu'elles causeront plus tard dans la société. La famille a déjà mis son empreinte d'égoïsme et de préjugés sur la plupart de ces êtres qu'elle a reçus innocents des mains de la nature, et qu'elle lui rendra pourris de vices, perdus d'orgueil, pleins d'idées fausses sur le bonheur et la vertu. »

« A la pension, les riches ont une cour, traînent à leur suite des flatteurs et des envieux ; les forts ont des complaisants, les faibles y sont opprimés par la multitude. On n'y accorde qu'une médiocre attention à la supériorité morale. Les résultats, voilà ce qui commence par frapper l'homme ; la richesse donne des gâteaux et des joujoux ; la force, qui est aussi une richesse, se fait redouter ; la supériorité, dont les conséquences sont lointaines, afflige la médiocrité et l'envie, toujours les plus nombreuses, là comme ailleurs. »

« En vérité c'est un petit monde ! Le bien et le mal y sont seulement moins frelatés qu'autre part ; le bien y est naïf, le mal y est candide. La société n'a point mis encore sur ces jeunes âmes toutes ses couches de vernis menteur. »

« Tandis que ses sœurs et ses frères avaient été disséminés çà et là, à travers le département du Puy-de-Dôme, Lucy était demeurée à Issoire, où tout le

monde connaissait la gêne de sa famille, où chacun avait vu les efforts de sa
mère pour soutenir une de ces positions bâtardes touchant le grand monde d'un
côté, et de l'autre la misère. »

« Nobles ou bourgeois, filles d'artisans aisés ou de paysans riches, toutes les
pensionnaires des couvents avaient, chez elles, entendu leurs parents ou leurs
amis s'égayer aux dépens de M. le baron et de Mme la baronne, auxquels la ma-
lignité du public issoirien conservait scrupuleusement ce titre dérisoire. »

« Lucy apportait au couvent une part du ridicule paternel. »

« Aux récréations, la petite *baronne* fut accablée de ces lazzis bêtement méchants, si douloureux aux cœurs sensibles, et qui, entre enfants, sont décochés
avec une sorte d'innocence cruelle. »

« Lucy essaya de se plaindre aux maîtresses, qui l'engagèrent à ne pas se
formaliser des plaisanteries de ses compagnes. Elles lui dirent que c'était là de
petites épreuves, proportionnées à son âge, que le bon Dieu lui envoyait ; que
lui-même, pendant sa vie, avait été moqué et bafoué, qu'elle devait se trouver
heureuse de souffrir comme Notre-Seigneur. »

« — Puisque c'est ainsi, » pensa l'enfant, qui goûtait médiocrement les
charmes de la résignation, « je le dirai à ma mère. »

« C'est toujours au tribunal de cette bonne fée, qu'au jeune âge nous portons
notre cause, quand l'injustice ou l'oppression nous menacent. *Je le dirai à ma
mère*, sainte confiance de l'enfant dans l'équité et le pouvoir maternels. »

« Lucy le *dit à sa mère*, mais il lui fut répondu :

« — Mon enfant, tu sais combien je t'aime, mais tu sais aussi quelle gêne est
la nôtre ; tu es au couvent avec bourse entière, endure les railleries de tes compagnes, sans avoir l'air de les entendre ; tu les lasseras par ta patience. Tu es
bien nourrie, tu apprends très bien, tes maîtresses sont contentes de toi, et la
supérieure m'a donné à entendre que, si la vocation religieuse te venait, elle t'accepterait sans dot. Ta naissance s'oppose à ce que tu prennes un état, c'est donc
là un avantage auquel il faut savoir faire des sacrifices, et tout ira pour le mieux. »

« Un soupir, gros de douleurs comprimées, sortit de la poitrine de l'enfant,
et ce fut tout. Elle entrevit vaguement quelque chose de noir au fond de son
avenir. »

« Mme de la Plagne se retira fort satisfaite d'elle-même, en se disant : Lucy
est une bonne petite fille qui ne manque pas d'intelligence ; celle-là du moins ne
nous fera jamais rougir ; elle m'a comprise, elle se fera religieuse ; notre rang
ne périclitera point en elle. »

« Dès lors, Lucy, édifiée sur sa position, l'accepta avec une douloureuse résignation, se prêta passivement aux jeux malins des pensionnaires *payantes*, et
devint le bouffon qui ne donnait point la réplique, mais ne se fâchait pas des
plus méchants tours. Plus jamais elle ne sentit les pancartes qu'on lui attachait
à l'épaule, les longues cornes de papier qu'on mettait dans ses grosses tresses.
Cette feinte indifférence passa pour de la stupidité. Bientôt on ne l'appela plus
que la Bête-à-Bon-Dieu, et par abréviation, la Bêta. »

« Ce sobriquet ridicule déchirait l'oreille de Lucy ; néanmoins, elle y répondait comme à son nom de baptême, quelquefois même en souriant de son douloureux sourire. Elle payait en patience et en douceur le pain qu'on lui donnait. »

« Il va sans dire que, perdue dans son ridicule, nulle main n'avait cherché sa main, nul cœur ne s'était inquiété si elle avait un cœur. »

« Un jour, une *nouvelle* arriva de Paris, où elle avait commencé son éducation. C'était une héritière, une conquête pour le couvent dans lequel elle venait terminer ses études. Elle avait treize ans alors, un an de plus que la Bête-à-Bon-Dieu. »

« C'était Valentine de la Roche-Brune. »

«Valentine passait pour fort riche alors. Elle arrivait de la capitale, elle était *grande*. Que de titres à l'adulation ! Aussi, fut-elle accueillie comme une souveraine qui daigne visiter une petite ville. »

« Mlle de la Roche-Brune, avec la grâce aisée qui lui était particulière, accepta tous les hommages qu'on voulut bien lui rendre. Elle trôna, elle fut reine, et néanmoins resta bonne fille, tout en méprisant un peu ses complaisantes et dédaignant ses envieuses. La Providence plaça son lit à côté de celui de Lucy. »

« Nous disons la Providence, car cette expression de la justice des choses ne saurait demeurer étrangère aux peines de l'enfance isolée et comme perdue dans ces grandes maisons froides, où il n'y a de chaleur et de bien-être que pour celles protégées par les rayons d'or de la bourse ou du cœur maternel. »

« Une nuit, Valentine entendit des gémissements étouffés à côté d'elle ; elle se leva et alla vers le lit de la Bête-à-Bon-Dieu. Lucy rêvait, tout en pleurant ; elle parlait à voix basse ; son sommeil était craintif, comme ses veilles. »

« Valentine se pencha pour écouter :

« — Non, disait la pauvre petite, que vous importe l'amitié d'une triste créature comme moi ! »

« Ici un silence ; puis, comme répondant à une question, Lucy reprenait :

« — Je suis le bouffon du couvent, le jouet des pensionnaires *payantes*. On me donne du pain mais on me laisse appeler la *Bêta*. »

« Les sanglots contenus recommencèrent ; mais, cette fois, la Bête-à-Bon-Dieu ne pleurait plus seule ; Valentine, émue jusqu'au fond de l'âme déposa un baiser sur les yeux de Lucy. »

« A la lueur de la lampe de nuit, la petite baronne, subitement éveillée, vit Mlle de la Roche-Brune presque agenouillée devant sa couchette. Elle étendit les mains pour s'assurer qu'elle ne rêvait pas et poussa un faible cri en sentant le bras de Valentine, à travers sa longue manche de percale. »

« — Ne dis donc rien, ne fais pas de bruit ; tu réveillerais *San-Carlo* (la surveillante, sœur Saint-Charles), j'ai à te parler. »

« Lucy ouvrit tout grands ses yeux encore humides. »

« — Veux-tu être mon amie ? » poursuivit Valentine, « je suis plus âgée que toi, et beaucoup plus grande ; veux-tu que je sois ta petite mère ? Je te défendrai contre toutes les sottes du couvent. S'il y en a une qui s'avise de te tourmenter, tu verras comme je vais l'accommoder, car tu acceptes, n'est-ce pas ?

« — C'est un rêve », dit Lucy, « c'est un rêve, je vais m'éveiller. »

« — Mais non, tu ne rêves pas. Embrasse-moi, allons, il ne faut plus pleurer. Je suis ta petite mère, à présent, et petite mère défend qu'on pleure. »

« Tout en parlant ainsi, du revers de ses grandes manches, elle essuyait ses yeux et ceux de sa nouvelle amie. »

« — Mon Dieu ! que vous êtes bonne ! »

« — Il faut me tutoyer ; sans cela, maman se fâchera. »

« Elle lui donna une petite tape sur la joue. »

« — Et maintenant, bonne nuit. »

« Elle l'embrassa, la borda dans son lit, ce qui est l'emploi le plus important de cette maternité volontaire. »

« Pour s'assurer à elle-même qu'elle n'était pas le jouet d'une illusion, la Bête-à-Bon-Dieu passa le reste de la nuit sans dormir. Le bonheur la tint éveillée jusqu'au jour. Quand la cloche sonna, que toutes les têtes roses se dressèrent sur les oreillers blancs, et qu'au milieu d'elles elle vit apparaître le charmant visage de Valentine qui lui souriait doucement, Lucy crut voir une étoile se lever dans sa nuit. »

« La petite mère, un peu paresseuse les autres jours, sortit vivement de son lit et courut à sa fille, écarta les boucles noires qui voltigeaient sur le front pâle de la Bête-à-Bon-Dieu et l'embrassa à la vue de tout le dortoir étonné. »

« — Mesdemoiselles », dit-elle ensuite à ses compagnes qui la regardaient curieusement, « mesdemoiselles, j'ai à vous dire que celles d'entre vous qui tiennent à rester en bonne intelligence avec moi aient à respecter Lucy et à s'abstenir désormais de toutes méchantes plaisanteries à son égard. »

« Elle vaut mieux qu'aucune de nous ; elle m'a donné son amitié, et je veux tâcher de la mériter ; celles qui voudront avoir la mienne, en second ordre, bien entendu, viendront tout de suite demander pardon à mon amie. »

« — Taisez-vous, petite folle, cria sœur Saint-Charles, vous savez bien qu'on ne parle pas au dortoir. »

« — Je répare une injustice, ma mère, répondit Valentine d'un ton souverain. »

« — Mais la règle ? reprit la sœur. »

« — La règle est bonne, » interrompit Valentine, « mais la justice passe avant. »

« La religieuse parut réfléchir et ne répondit rien. Encouragée par le silence de la nonne, Valentine continua, en s'adressant aux élèves :

« Je l'ai dit, et je le répète, afin qu'on le sache bien, celles-là qui feront des excuses à mon amie, celles-là auront droit à mon estime et à mon amitié. »

« Personne ne bougea, tant la prétention parut exorbitante. Décidément, Mlle de la Roche-Brune voulait abuser de son ascendant ; exiger des excuses à la *Bêta*, c'était un acte de tyrannie insensée.

« — Allons, dit Valentine en promenant sur ses compagnes un regard hautain, j'ai bien fait de ne pas croire à vos protestations menteuses ! Vous êtes des *jetons*, je vous méprise ! »

« Il y eut une sourde rumeur, mais personne n'osa répondre. »

« Lucy était à la fois effrayée et ravie. Valentine lui donna la main pour descendre à la chapelle. A la récréation, elles jouèrent ou se promenèrent ensemble. Elles eurent de ces entretiens naïfs, si pleins de charme, dans lesquels les jeunes âmes commencent à s'ouvrir à la douce chaleur des sentiments de choix. »

« Valentine fut la providence de Lucy ; elle la défendit, mit en lumière ses belles qualités, son intelligence déjà remarquable ; révolutionna l'opinion en sa faveur, et, par un de ces revirements comme on en voit parfois dans le monde fit porter au pavois celle qui gémissait dans l'abaissement du ridicule. »

« Le cœur de Lucy éclatait d'une reconnaissance dont l'expression était une sorte d'adoration muette pour Valentine. Jamais un nuage ne vint assombrir leur amitié : l'une était si douce, l'autre était si bonne. »

« Tant que Valentine y demeura, le couvent fut une sorte d'oasis pour les deux amies. Lucy aurait pris le voile avec joie, ayant au fond de l'âme une espèce de coquetterie puérile qui lui faisait souhaiter de paraître belle aux yeux de son amie. La prise d'habit ne serait pour elle autre chose qu'une fête dans laquelle sa sœur — comme elle appelait Valentine — la verrait à travers des flots de mousseline et de dentelle, enveloppée d'un nuage d'encens et éclairée par la chaste lumière de mille cierges. »

« Avec la vénération que lui inspirait l'habit religieux et les soucis d'une position personnelle, tels avaient été les plus puissants ressorts de la vocation de Lucy. »

« Le départ de Valentine n'avait jamais été prévu. »

« O jeunesse ! jours charmantssur lesquels l'avenir ne projette jamais d'ombre, où les prévisions du lointain ne peuvent flotter qu'en étendards couleur de rose. O jeunesse ! temps béni. Les fondateurs de toutes les religions n'ont pas trouvé de meilleure récompense pour la vertu que de te promettre éternelle ! »

CHAPITRE XXVIII

L'INONDATION

VALENTINE A LUCY.

« Ta lettre est un adieu suprême ; elle m'a déchirée ! Tu souffres d'autant plus
« que tu ne sens pas ton mal. Tu voudrais mourir, dis-tu, mais **tu te meurs !**
« L'étroite règle t'étouffe, le silence te glace, le couvent te tue. Viens, la Roche-
« Brune est pleine de soleil. De ma fenêtre, nous entendrons, dans le chemin
« creux, chanter les laboureurs qui vont aux champs ; le dimanche, sur la place
« de l'église, nous irons au village voir danser les jeunes filles. »

« Viens, que je réchauffe ton pauvre cœur refroidi. Viens, petite sœur, ma
« chambre est assez grande pour deux ; nous y serons comme dans un nid. Viens,
« tu m'aideras à faire mon salut, je t'aiderai à vivre ; nous **ferons** du bien autant
« que cela sera possible, et puisque nous n'avons pas d'or à donner aux malheu-
« reux, nous leur donnerons un **peu** de notre cœur et de notre temps. »

Comme s'il avait entendu cet appel fantastique, Gustave apparut à l'horizon. (Page 247).

« Il n'y a point de maîtresse d'école à Saint-Babel; nous ferons la leçon aux
« petites filles, nous herboriserons, nous cueillerons des simples pour les malades
« que nous aurons à soigner. N'est-ce pas que rien n'ira mieux? Nous serons
« deux atômes de Providence jetés dans ce petit coin du monde. »

« Viens, il n'y a pas que le couvent pour parler de Dieu. Si tu savais combien
« il fait bon prier ici sur nos terrasses lézardées, dont le fin duvet des mousses
« recouvre les appuis dentelés par le temps. Leurs brèches sont drapées par des
« rideaux de lierre. Au loin, on voit la plaine, plus loin les montagnes. On a le
« ciel sur la tête, on est entouré d'immensité. »

« Ici on sent Dieu partout. L'insecte qui bourdonne, l'oiseau qui chante, la
« brise qui passe, semblent murmurer le nom de l'Éternel; de l'Éternel qui a
« béni la vie; qui en a répandu les sources; de l'Éternel, qui a mis l'horreur de la
« mort dans tout ce qui peut tressaillir. Entends-tu, Lucy, désirer la mort c'est
« aller contre la volonté suprême! »

« La mort! ne parle pas de cela, c'est affreux. J'ai vu l'autre jour des malheu-
« reux l'attendre; j'en suis encore toute troublée. Il faut que je te raconte cela. »

« Nanette et moi nous étions allées au marché. Le matin, la rivière était
« débordée, et nous eûmes bien de la peine à passer le bac. Sur les bruits qui
« couraient d'une inondation, nous couchâmes à la ville. »

« Quand nous revînmes, le lendemain matin, l'Allier était un bras de mer; la
« hutte du batelier était emportée, et tous les champs riverains couverts d'une
« eau houleuse et jaunâtre, au-dessus de laquelle flottaient une foule d'objets
« sinistres à voir. Tantôt c'était un matelas, une cabane de berger, un mouton,
« des volailles, un berceau vide; tantôt c'était le cadavre d'un bœuf, que les bras
« d'un saule accrochaient au passage, comme pour nous donner le temps de
« constater la puissance du flot qui l'emportait ensuite. »

« Une multitude d'insectes, de rats, de serpents, se succédaient sans cesse sur
« les bords et fuyaient effarés devant le fléau. »

« Le rivage était plein d'une foule consternée, accourue pour se repaître de ce
« spectacle à la fois terrible et grandiose. »

« Bien loin devant nous, une ferme était au milieu de l'eau, qui n'était plus
« qu'à un mètre du toit. Sur ce toit passablement incliné, la fermière, ses
« enfants, ses servantes, le berger, le valet de labour, se tenaient assis dans une
« effrayante immobilité.

« Depuis quatorze heures, ces malheureux attendaient la mort. Plusieurs
« barques avaient vainement tenté d'aller à leur secours, et la rivière emportait
« dans ses vagues épaisses, le cadavre de deux hommes, victimes de leur auda-
« cieux dévouement. »

« Le rivage retentissait de cris d'effroi et de douleur. Un paysan, trempé
« jusqu'aux os, était agenouillé sur le bord, grattant convulsivement la terre avec
« ses ongles ou tendant ses bras dans la direction des naufragés. Sa figure était
« livide, son œil semblait cloué sur le toit que l'eau allait atteindre; c'était le
« fermier. Comme nous, en revenant du marché, il n'avait pu rentrer chez lui. »

« — Ils vont périr! ils vont périr! criait-on de toutes parts. Voyez, la grange
« s'écroule, la maison va s'écrouler aussi. Mon Dieu! ô mon Dieu! ayez pitié! »

« Nous vîmes la fermière prendre son plus jeune enfant dans ses bras et le
« serrer étroitement; les domestiques prirent les autres et se groupèrent à
« genoux, en levant au ciel les mains de tous ces petits innocents. Par un mou-
« vement spontané, la foule les imita, et mille bras se tendirent vers Dieu, mille
« bouches demandèrent miséricorde! »

« Je m'étais cachée la figure sur l'épaule de Nanette; je ne voulais pas voir ce
« qui allait se passer. Près de moi, j'entendais deux hommes causer à demi
« voix. »

« — Vois-tu, disait l'un, c'est un bonheur que cette grange soit tombée; la
« maison d'habitation, plus solide qu'elle, ne tombera pas de sitôt et va devenir
« plus abordable. De ce côté, tous les bâtiments d'exploitation faisaient autour du
« corps de logis des courants d'une force inouïe; ce sont ces courants qui font
« chavirer les barques. C'est le moment. Je vais y aller, moi ; reste-là, Gustave,
« un seul homme suffit; si je péris tu tenteras le coup, ménageons nos forces! »

« — Comme tu y vas, » reprit l'autre, « du tout, je te suis, si tu te noyais, je
« me jetterais à l'eau pour te repêcher, et les bonnes gens n'en seraient pas plus
« avancées. »

« — Brave cœur! »

« — C'est bien difficile d'être brave quand on est avec toi! Et, d'une voix un
« peu grêle, je l'entendis crier :

« — Holà! holà! une barque. »

« Je me retournai et reconnus un petit jeune homme que, depuis quelque
« temps, j'avais vu chasser autour de la Roche-Brune. Son ami était un grand
« beau garçon à l'air intelligent et fier. Par hasard sans doute, les yeux de ce
« dernier s'arrêtèrent sur moi, et, comme s'il eût deviné tout l'intérêt que m'ins-
« pirait son salut, il dit à la foule qui les entourait pour les empêcher de courir à
« une mort certaine :

« — Laissez-nous faire, et ne craignez rien ; nous les sauverons. »

« — Oui, nous les sauverons, ajouta l'autre, priez pour nous. »

« Et ils s'élancèrent dans un futereau[1] où le fermier les suivit. C'était la troi-
« sième fois qu'il essayait d'aller au secours des siens. »

« Le grand jeune homme dirige l'embarcation, les autres rament avec lui.
« Tous les yeux sont fixés sur eux, tous les cœurs les suivent. Un silence profond
« succède aux clameurs, toutes les lèvres se ferment dans la crainte de troubler
« ces intrépides jeunes gens. On n'entend rien que le grondement sourd du flot
« contre le flot. Avec une effrayante rapidité, une espèce de houle furieuse pousse
« la barque sur la maison. »

« Tout à coup un cri terrible sort de toutes les poitrines! Le futereau
« a disparu derrière les bâtiments. On ne sait s'il aborde ou s'il vient d'être
« englouti. »

« Une minute d'affreuse anxiété se passe, puis on voit la fermière se cram-
« ponner à une cheminée et tendre son enfant à deux bras levés pour le recevoir;
« les domestiques imitent leur maîtresse, donnent leurs précieux fardeaux et
« disparaissent tour à tour, les femmes d'abord, les hommes ensuite. »

« Dix minutes encore, et la barque reparaît. »

« Le beau jeune homme, calme comme un dieu, tient toujours le gouvernail ;
« l'autre rame avec courage ; la fermière est presque évanouie sur l'épaule de
« son mari ; un domestique a pris les avirons du maître. »

« Après mille dangers, mille circuits ; après que vingt fois ils ont été sur le
« point de chavirer, ils abordent! Et comme si Dieu attendait cette minute solen-

---

1. Espèce de canot pointu fort étroit, dont on se sert pour la pêche sur l'Allier.

« nelle où ils toucheront le sol, derrière eux la maison s'écroule et s'abîme en dé-
« crivant sur l'eau un cercle immense qui vient mourir sur les bords du fleuve. »

« Je te laisse à penser quelles félicitations, quels hourras accueillirent les
« naufragés, et surtout les admirables jeunes gens qui les avaient ramenés.
« Chacun voulait les voir et leur serrer la main. Ils ont eu bien de la peine à se
« dérober à l'enthousiasme public . J'aurais voulu leur témoigner aussi
« mon admiration, mais je n'ai pas osé leur parler, quand ils ont passé devant
« nous en ôtant respectueusement leurs chapeaux.

« Et, pendant que je pleurais d'attendrissement, tout le monde demandait,
quand ils eurent disparu :

« — Quels sont ces braves enfants ? »

« — Les connait-on ? »

« Un monsieur a répondu : C'est le marquis de Bergonne et un de ses amis,
« sans doute. »

« C'était un spectacle touchant de voir cette foule, tout à l'heure si effrayée et
« maintenant si rayonnante. Il semblait que les deux jeunes gens avaient, à
« chacun, sauvé une famille. »

« Il faut que la masse des hommes soit moins mauvaise qu'on veut le dire,
« puisque les actes de dévouement l'émeuvent et la ravissent à ce point. »

« Tu le vois, la vie libre a des imprévus grandioses qui parlent de Dieu et de
« la vertu avec plus d'éloquence, peut-être, que notre aumônier. Les désastres
« publics, dont l'écho vous trouble à peine, là-bas, sont pour nous des châti-
« ments dans lesquels le père qui frappe les uns découvre les trésors enfouis
« dans l'âme généreuse des autres. »

« Tout cela est plein d'admirables enseignements, n'est-ce pas ? ».

« Mais je m'aperçois que ma lettre va me ruiner en frais de port. Adieu, mon
« amie. Si tu m'aimais autant que je t'aime, tu serais bientôt près de moi. »

CHAPITRE XXIX

LE CALME AVANT L'ORAGE

« Le soir du jour où cette lettre arriva au couvent elle fut saisie avec le reste
de la correspondance, sous le traversin de Lucy. »

« Grand fut le scandale parmi les bonnes sœurs, dans la vie desquelles rien
n'est donné à l'imprévu. Dans cette vie organisée comme une horloge qu'on
monte chaque matin avec la clef de la règle, le moindre incident devient un événement capital. C'est là que se forment les tempêtes dans les verres d'eau ; c'est
là qu'une insignifiance peut produire une catastrophe. »

« C'en fut une véritable pour la mère de Lucy, que la découverte de ces innocents épanchements. Le lendemain, elle reçut de la supérieure le billet suivant :

ᴛ

« Madame,

« C'est avec le plus vif regret que le conseil des Dames de chœur se voit dans
« la triste nécessité de refuser l'habit des novices à mademoiselle Lucy, dont la
« vocation ne semble pas suffisante.

« Sa santé, profondément altérée, nous fait un devoir de la rendre, tout de
« suite, à sa famille dont les bons besoins et l'affection, avec la grâce de Dieu, ne
« tarderont pas à la rétablir.

« Que le Seigneur vous ait en sa sainte garde, madame, et vous fasse sup-
« porter avec courage les épreuves dont la vie est semée.

« J'ai l'honneur d'être, dans le saint cœur de Jésus et de Marie, votre sœur en
« Dieu.

La supérieure,
« Sœur SAINTE-CATHERINE. »

« Mme de la Plagne n'était pas encore revenue de son ahurissement, qu'elle
reçut la visite du comte Paul. Il venait avec Valentine la supplier de rappeler
Lucy et de la leur confier pour quelque temps, afin de lui faire prendre le bon air
des montagnes. M. le baron était absent ; Mme la baronne remercia en son nom
et accepta l'offre qui allait lui épargner les soucis et les dépenses d'une maladie. »

« M. de la Roche-Brune et sa fille emmenèrent Lucy. »

« La santé revient vite quand la maladie n'est causée que par la contrainte,
une famine morale, et que l'âme retrouve d'un coup, sa pature et sa liberté.

« A la Roche-Brune, tout fut bientôt calme et joie. Lucy, loin d'y être une
charge, comme l'avait d'abord craint Nanette, Lucy y avait apporté l'aisance.
Comme autrefois, elle payait au couvent, sa pension en douleurs cachées sous
un sourire, elle la payait maintenant au château en activité, en petites inven-
tions productives, en bonne humeur, en jolies chansons qui réjouissaient les
voûtes délabrées du vieux castel. »

« A la grande satisfaction de la gouvernante, Lucy imagina d'élever en grand
la volaille, dont la nourriture ne coûtait presque rien et dont le produit devint
une source inattendue de bien être. »

« Lucy soignait elle-même les couvées, veillait à l'éclosion de la richesse commune qui, sous la forme de jolis poussins, sortaient de l'œuf, exactement,
disait-elle, comme les mondes et les étoiles de Bavagan. »

« Encore, par les soins de Lucy, le vaste potager s'était rempli de légumes
qu'on envoyait à la ville. M. Paul, toujours un peu distrait, ne s'apercevait de
rien que d'une augmentation de bien-être dont il faisait honneur à la Providence.
De temps en temps, Madozet venait le voir et semblait au mieux avec lui. »

« Plusieurs fois l'audacieux homme d'affaires avait tenté de parler à Valentine, mais celle-ci l'avait su tenir à distance. »

« Les jeunes filles faisaient les plus jolis châteaux en Espagne pour le printemps suivant. En attendant, comme deux fées de l'intérieur, elles mettaient toutes choses en ordre, ne perdaient pas une minute, travaillaient pour les pauvres et trouvaient encore le temps de lire et de s'instruire elles-mêmes. »

« Un dimanche d'automne, les deux amies étaient sur la terrasse. Le ciel avait ces tons cuivrés qui mettent des reflets de vie sur le feuillage mourant des grands arbres. Au loin les vignes du côteau, rougies par la gelée, se détachaient sur la terre noire des champs d'alentour, déjà labourés pour les semailles d'hiver. Des tribus arriérées d'hirondelles sillonnaient l'espace. Le vent tiède du midi qui, à cette époque de l'année, verse comme des effluves de printemps sur la terre, emportait au loin les feuilles mortes des grands platanes et des marronniers du château, les roulait en tas le long des garde-fous, ou les étendait en tapis sous les pieds des jeunes filles. »

« De temps en temps, un coup de fusil, répété par l'écho des montagnes, dominait le bruit du vent et semblait une note sauvage jetée par l'homme dans cette douce et triste mélodie qui berce la nature au moment où elle va s'endormir. »

« Valentine et sa compagne, bien loin d'être choquées par les détonations qui venaient jusqu'à elles, semblaient, au contraire, fort satisfaites de les entendre. »

« A coup sûr, la présence d'un chasseur leur eût été particulièrement agréable, car, à chaque coup de fusil, les grands yeux de Valentine suivaient la même direction que ceux de Lucy, et semblaient vouloir percer le voile de feuilles mouvantes que la forêt étendait au-dessus de son domaine, impénétrable encore. »

« — Il ne viendra pas, dit Valentine, il est peut-être malade ou fâché, j'ai si vilainement accueilli son salut d'hier qu'il doit me garder rancune. »

« — Aussi pourquoi es-tu si raide avec ce pauvre garçon qu'un de tes sourires a l'air de transporter au ciel et qu'un coup d'œil froid assassine ; cela se voit sur sa jolie petite figure pâle. »

« — Ma chère, reprit Valentine avec une légère pointe d'impatience, en voulant arranger les affaires de ton protégé tu les gâtes souvent. Pourquoi me rappeler qu'il a une jolie petite figure ! vraiment, cela va bien à un homme, une jolie petite figure ! Y aurait-il, par exemple, quelque chose de plus impatientant que d'avoir un mari avec une *jolie petite figure !* »

« Elle ajouta : Moi, vois-tu, j'aurais aimé un homme comme Mirabeau, un beau monstre, à taille d'athlète, avec une âme formidable. »

« — Et des passions de Titan, ajouta Lucy avec un malin sourire ; peste ! tu n'es pas dégoûtée ! mais alors, que viens-tu faire ici ?

« — J'y viens admirer la nature, répondit Valentine, et regarder de quelles nuances elle va teindre son déshabillé du soir ; j'y viens pour dire adieu aux hirondelles ; j'y viens, surtout, pour être avec vous, mademoiselle la méchante, et voir quels jolis reflets le soleil couchant met sur votre teint d'Espagnole. Là, êtes-vous contente ? »

« — Oui et non. »

« — Ah ! voilà ! Il faudrait vous dire que je viens ici comme la veuve de Malborough. Ecoute-moi, mignonne : certes, ce petit jeune homme est charmant avec ses éternels costumes de chasseur tyrolien, et j'ai pour lui la plus haute estime depuis que je l'ai vu exposer si vaillamment sa vie pour aller au secours de mes naufragés. Il doit avoir une belle âme et je l'aimerais vraiment pour ami ; mais j'ai lu dans ses yeux que ce ne serait point là son compte ; il a l'air de m'être plus attaché encore que mon cousin Maxis qui... Enfin c'est égal... »

« — Quoi tu n'en voudrais pas pour ton mari ? »

« — Non, c'est son ami que j'aurais aimé si je l'avais reçu ; tu sais, celui dont je t'ai parlé dans une lettre. »

« Valentine, sans le savoir, subissait l'ascendant du beau. Comme toutes les natures complètes, elle sentait ce qu'elle ne savait pas et la beauté lui semblait une des formes les plus adorables de la nature. Le compagnon de Gustave de Bergonne avait fait sur elle une vive impression contre laquelle elle cherchait à réagir. »

« — Ce qui me plaît dans mon petit marquis », reprit-elle toute songeuse, « c'est sa constance et sa discrétion ; voilà trois mois qu'il marche dans mon ombre, que son regard me demande : voulez-vous que je vous parle, voulez-vous que j'entre à la Roche-Brune ? Cela me touche, et s'il n'était pas aussi riche qu'il est, adoptant la mode anglaise, je l'aurais déjà présenté à mon père. »

« — Et c'est parce qu'il a de la fortune que tu veux le désespérer ? »

« — C'est parce qu'il a de la fortune que je ne puis l'encourager »

« — C'est qu'alors l'autre te tient au cœur et que tu l'aimes peut-être ? »

« — Du tout, je l'admire. »

« — C'est presque la même chose. »

« — Non, va, j'aime bien plutôt ce chevaleresque amoureux ; il me rassure contre Madozet. Quelquefois, j'ai peur de cet homme ; il vient ici librement, il a des affaires avec mon père ; le marquis me rassure, il me semble que, dans le péril, je n'aurais qu'à appeler : A moi, Gustave, à moi! »

« Et la folle enfant se mit à rire. »

« Comme s'il avait entendu cet appel fantastique, Gustave apparut à l'horizon. Lucy et Valentine se cachèrent aussitôt derrière un pan de muraille à demi écroulée. »

« Le marquis, rassuré par la solitude apparente des ruines, s'avança vers l'endroit que les jeunes filles venaient de quitter. »

« Il était pâle, profondément abattu, et relisait pour la dixième fois peut-être une lettre qu'il avait reçue de son meilleur ami. En voici le contenu :

« Viens, j'ai porté ce matin à l'imprimerie ton traité d'économie politique. Les « apparences sont sauvées, tout va bien, excepté la pauvre tante de la Bruneray « ta mère adoptive, qui est au plus mal ; elle ne se doute point de la gravité de « son état, mais si tu veux passer avec elle les deux ou trois jours qui lui restent « à vivre, pars tout de suite. Instinctivement, du reste, la bonne dame souhaite « vivement ton retour.

« Ta dernière apparition à été trop courte. L'abbé commence à se douter de « la vérité. Ta présence est donc impérieusement nécessaire ici. Je ne te parle « pas de moi, je sais ce qu'on doit de sacrifice à l'amitié. »

« — Partir ! il faut partir, disait Gustave ; oui , je le sais bien ! D'ailleurs, à quoi bon rester ? Elle ne m'aime pas, elle ne m'aimera jamais. Ce sera une étoile dans mon ciel, voilà tout. J'ai envie de me faire prêtre. Puisque je dois passer ma vie dans l'isolement de l'amour ; donnons à tous ces trésors de l'âme, accumulés pour une seule. C'est cela, mais avant, il faut que je lui parle. Pour cela, je reviendrai, quand ma tante ira mieux ou... »

« Une larme tomba de ses yeux : »

« — Pardonnez-moi, dit-il, bonne seconde mère, je vous avais presque oubliée. »

« Pendant ce monologue, Bergonne était arrivé près de l'endroit où étaient les jeunes filles. Il avait dans sa gibecière un gros bouquet de ces dernières fleurs sans parfum que le soleil d'automne semble épanouir à regret. Ce bouquet qu'il lança sur la terrasse, vint rouler aux pieds de Valentine. »

« — Tiens ! dit-elle, voici sa carte de visite; j'ai envie de la lui rendre. »

« — Oh ! » fit Lucy, « pourquoi l'affliger ? »

« Valentine prit dans sa ceinture une touffe de violettes et les lança dans la direction que le bouquet, auquel elle était une réponse, avait suivie pour arriver sur la terrasse. »

« Gustave, radieux, ramassa les violettes et s'enfuit comme un avare emportant son trésor. Il fit seller son cheval, jeta vingt francs au garçon d'écurie de l'auberge du Petit-Chapeau, où il logeait d'habitude, et, ventre à terre, prit la route de Riom. »

« Comme Gustave de Bergonne sortait de Saint-Babel, Madozet y arrivait. »

« Les deux rivaux se croisèrent sur la route que domine la Roche-Brune. »

CHAPITRE XXX

L'ÉCHÉANCE.

« Madozet allait jouer un grand coup. Son ambition et son amour devaient sortir triomphants de l'intrigue dont il avait les fils et dont les habitants du château se trouvaient enveloppés comme des alouettes dans les rets de l'oiseleur. »

« La nuit commençait à traîner à terre ses ombres indécises. C'était cette heure mélancolique qui n'est plus le jour, pas encore la nuit, et pendant laquelle dans la campagne les troupeaux rentrent à l'étable et le travailleur au foyer. Au village, toutes les tâches sont finies ; c'est l'heure du délassement universel qui va précéder le repos. Il y a du recueillement dans l'air, des joies tranquilles sous les chaumes, c'est l'heure où l'on ne peut repousser le pauvre qui demande asile. »

« Les ténèbres qui vont envelopper le monde sont pleines de mystérieux enseignements et de craintes salutaires. Il semble que l'ombre, en envahissant tout, rend plus éclatante la lumière intérieure,

Le comte saisit d'une main Madozet par le cou, de l'autre par une jambe et le jeta
par la fenêtre. (Page 254.)

« En se sentant comme mêlé à l'océan de la nuit, on a besoin de s'affirmer, à
soi-même, qu'on a une autre manière d'être que les choses avec lesquelles on
est confondu. »

« Plus la matière semble s'abîmer dans la matière, plus l'idéal — âme de
l'humanité — se dégage et plane au-dessus des épaisseurs terrestres. De là ces
épouvantements de la conscience alarmée, ces projets généraux, ces rêves
insensés que le jour emporte dans les pans de sa robe transparente et que nous
traitons, au matin, de folles chimères, de fantômes de nuit ! Et pourtant, qui

sait ! Ce sont là, peut-être, les véritables côtés sous lesquels nous devrions envisager les actes accomplis et qui doivent s'accomplir encore. »

« Mais qu'importe au méchant que le soleil se couche ou se lève ! La paix de la nature ne se communique point à son cœur ; les harmonies du soir glissent, sans s'y arrêter, dans son cerveau rempli de projets ambitieux ; que lui importe ce qui fait impression aux humbles et simples. Lui, insensé, court au but qu'il a donné à sa vie, croyant y trouver le bonheur. Comme si le bonheur existait sans la vertu.

« Madozet pressait sa monture. Des flots de haine, d'espoir, d'amour et de triomphe lui montaient au cœur. Dans le paroxysme d'une fiévreuse surexcitation, il parlait seul en apostrophant les personnages avec lesquels il allait entrer en scène. Il disait : »

« Belle Valentine, orgueilleuse patricienne, et vous, stupide gentillâtre, bouffi de vanité et de folles prétentions, vous voilà dans mes serres ; prenez garde. Ah ! je vous ai suppliée, gente demoiselle, je vous ai demandé votre cœur à genoux, j'ai eu l'air de trembler sous la glace de votre regard ; les rôles sont changés maintenant ! »

« Il était presque arrivé. La Roche-Brune découpait en noir, sur le ciel doré du couchant sa silhouette mélancolique. Quand il fut en face de cette ruine majestueuse, il lui montra le poing :

« — Ah ! vous m'avez insulté, » dit-il tout haut, « vous m'avez insulté, orgueilleux débris d'un fantôme de puissance. Eh bien, moi, si je n'obtiens satisfaction pleine et entière, je ferai passer la charrue dans votre parc, je vendrai les sculptures de vos blasons pour en faire des enseignes d'auberge ! »

« Il était arrivé devant la vieille grille. Il sonna, comme n'avait jamais sonné le maître. »

« Nanette, qui flairait un ennemi puissant, vint humblement prendre la monture de Madozet et la conduisit à l'écurie. »

« M. Paul venait de dîner comme un chasseur qui a trouvé le repas servi cuit à point. Assis dans un grand fauteuil, les jambes croisées devant une table sur laquelle il y avait trois tasses, le comte en attendant qu'on versât le thé, se donnait encore l'immense béatitude de fumer un délicieux cigare. Son œil suivait avec intérêt la vapeur légère qui sortait de sa bouche et dont les capricieux méandres montaient se perdre dans la tiède atmosphère de l'appartement. »

« Valentine et Lucy allaient et venaient par la chambre, avec ce gazouillement d'oiseau que l'on n'écoute pas, mais que l'on est charmé d'entendre, à travers la rêverie dans laquelle vous jettent une bonne digestion et les fumées du tabac. »

« M. Paul, dégrisé des vanités terrestres, se trouvait bien dans sa médiocrité ; il se baignait dans le calme d'une vie tranquille, et si, parfois, à la vue de sa fille, une pensée importune venait plisser son large front, il se disait · « Baste ! elle n'a que dix-sept ans, elle est adorablement belle ; qui sait si cette incomparable beauté ne lui servira pas à trouver un bon mari ? Sa mère était moins

bien et je l'ai épousée sans dot. — Puis avec un soupir, il ajoutait tout bas :
C'est égal, j'aurais pourtant bien désiré me choisir un gendre. »

« — Bonjour, cher monsieur de la Roche-Brune, je vous demande pardon de
m'annoncer moi-même, dit Madozet en entrant. »

« — Parbleu ! ce n'est pas votre faute, mon cher, si nous n'avons plus
d'antichambre à présent et de laquais pour vous introduire ; mais c'est égal,
vous n'en êtes pas moins le bienvenu. »

M. Paul regarda Valentine d'une façon particulière ; elle avança un fauteuil.
Madozet s'y installa, après avoir, par habitude sans doute, décoché un regard
suppliant à la jeune fille qui y répondit par un coup d'œil glacial. »

« Valentine enleva discrètement les trois tasses vides : on n'en avait pas
une quatrième, impossible d'inviter personne. »

« Madozet nota l'incident et en fit une charge de plus :

« — Ah ! ah ! » se dit-il, « on ne veut pas rompre le sel avec un manant.
O race obstinée, tant de coups de hache ne vous ont donc pas appris que le tiers
est une force ; hier celle de l'échafaud, aujourd'hui celle de l'or, demain celle du
sabre, peut-être !

Il s'assit, et, de son plus doux sourire et de sa plus gracieuse inclinaison de tête :

« — Monsieur de la Roche-Brune, » dit-il, « ma visite a pour but de vous
en éviter une autre qui eût pu vous être désagréable... Si... vous n'êtes point
en mesure pour le rachat de la vente sur réméré. »

— « Bien obligé, » dit Roche-Brune, « je ne suis point en mesure, en effet,
et vous avez sans doute l'obligeance de m'apporter une prorogation, ainsi que
nous en sommes convenus, il y a un mois ? »

« — Hélas ! cher comte, » répondit Madozet en jouant innocemment avec la
poignée d'or de sa badine, « hélas ! l'homme propose et l'occasion dispose. »

« M. Paul devint pâle. Pourtant avec la candeur des âmes droites qui ne
peuvent croire à la noirceur humaine, il se remit. »

« — C'est-à-dire, mon brave Madozet, qu'avant de signer une prorogation,
vous désiriez fixer l'échéance nouvelle. Eh bien, ce ne sera pas long, je vais
faire abattre toute la futaie de mon parc, et, dans deux mois d'ici, vous serez
soldé, nous ne sommes pas encore au moment des coupes, mais n'importe,
j'aime autant être débarrassé de cette affaire. Ainsi, c'est convenu ? Mettez deux
mois dans le sursis. »

« — Désolé ! cher comte, désolé de ne pouvoir vous être agréable en cette
circonstance, mais... »

« — Comment ! morbleu ! au mépris de nos conventions, auriez-vous !... »

« — Pardon ! monsieur de Roche-Brune, nos conventions sont écrites, et,
malheureusement, l'exécution m'en est étrangère à présent ; quelque modification
que nous y ayons apportée verbalement, il ne dépend plus de moi de rien
changer à l'acte que vous avez consenti. Je ne suis plus votre créancier ! »

« — Ayez la bonté de vous expliquer, monsieur Madozet, de vous expliquer
clairement, s'il vous plaît ! Je n'aime point à deviner les énigmes dont pour
moi le mot est peut-être *ruine*, et pour vous !... »

« — Pour moi ! »

« — Quelque chose de plus, monsieur ! Mais ce n'est point de vous qu'il s'agit ; daignez me dire pourquoi je ne suis plus votre débiteur et dans quelles mains vous m'avez mis.

« — Je ne suis plus votre créancier, parce que vous savez qu'il y a quinze jours j'ai acheté Pont-Estrade avec ses quatre fermes. »

« — Je l'ignorais, mais qu'importe ? »

« — Il importe beaucoup, monsieur, aux explications que vous me demandez : le château avec ses dépendances, m'a été adjugé pour la somme de cinq cent vingt-deux mille francs. »

« A ce chiffre, énorme partout, mais pyramidal pour l'Auvergne, où les capitalistes sont rares, les jeunes filles ouvrirent de grands yeux. »

« Madozet remarqua avec joie ce symptôme de surprise. Il poursuivit :

« — Cinq cent vingt-deux mille francs ne se trouvent pas toujours dans le coffre-fort d'un petit propriétaire comme moi. Il m'a fallu faire argent de tout, monsieur de la Roche-Brune, et j'ai dû consentir un transport de votre créance à une personne que m'a procurée mon notaire. Ce transport aurait dû vous être notifié et sans une négligence de mon notaire... »

« Le comte eut un ricanement de fureur. »

« — Et, sans doute, » demanda-t-il, « cet homme auquel, sans m'en prévenir, vous avez vendu le droit de me chasser de la Roche-Brune, cet homme me refuse tous délais ?... »

« — Il refuse ! »

« M. Paul laissa tomber ses bras avec accablement. »

« Il y eut un silence. »

« Valentine le rompit. Elle se tourna vers Madozet :

« — Ainsi, dit-elle, c'est la ruine, c'est la misère que vous m'apportez ? »

« — Peut-être, mademoiselle, cela dépend. »

« Il y eut encore un silence. »

« Valentine reprit :

« — Je ne connais rien aux affaires, mais il me semble, monsieur, qu'avec la fortune que vous possédez, il ne vous serait pas difficile de trouver vingt mille francs à emprunter. »

« Madozet eut un mauvais rire :

« — Vous croyez, demanda-t-il à la jeune fille en la regardant en face, « vous croyez que je pourrais ?... »

« Le comte l'interrompit :

« — Tenez, » dit-il brusquement, « jouez cartes sur table, monsieur Madozet, je vous en supplie : pour manquer ainsi à toutes les lois de l'équité, pour faire si bon marché de votre parole, vous avez un motif, vous désirez obtenir quelque chose de nous, vous avez un arrangement à nous proposer. Vous savez combien je tiens à la Roche-Brune, et vous voulez escompter la faiblesse qui m'attache à ces ruines où sont enterrés mes aïeux. Si c'est cela, faites vite, dites-nous vos prétentions. »

« — Ne me faites pas l'injure de croire qu'un sordide intérêt m'a guidé dans cette affaire, et la preuve, c'est que je ne demande pas mieux que de vous être utile, si toutefois vous daignez accepter mes SERVICES. »

« M. Paul devint pourpre : Il se souvint de ce qu'il avait dit à Madozet. Il ne faisait, ne voulait faire avec lui qu'une AFFAIRE. »

« — Ainsi, demanda-t-il, vous nous obligerez gratuitement ? »

« — Vous allez savoir quel prix je mets au service que je vais vous rendre. »

« Valentine regarda Madozet avec sévérité, presque avec mépris. »

« — Oh ! » poursuivit l'homme d'affaires, répondant au regard de la jeune fille : « Je ne suis pas gentilhomme, moi, on me l'a assez fait sentir ; je suis un rustre enrichi, je dis brutalement ma pensée et mes espérances, je ne viens jouer ici ni le pur désintéressement ni l'amour. Tenez, monsieur le comte, je suis franc : un peu de votre noblesse donnerait de l'honorabilité à mes écus ; mes écus redonneraient de l'éclat à notre noblesse. Je possède plus d'un million, j'ai trente ans, j'aime Mlle Valentine, je l'épouse sans autre dot que les dettes paternelles, payables le jour du contrat. Cela vous va-t-il, monsieur de la Roche-Brune ? »

« Le comte ne répondit rien ; il était plongé dans une rêverie profonde, Madozet crut qu'il pesait la valeur de ses offres ; il ajouta :

« — Je reconnaîtrai à ma future cinq cent mille francs dont le contrat portera quittance ; je ferai réparer la Roche-Brune dont je laisserai la jouissance à mon beau-père pendant sa vie. »

« — Vous êtes vraiment bien bon, répondit M. Paul en ricanant mais... je n'accepte pas ! »

« — Comment ! » fit Madozet stupéfait, « vous refusez, dans votre position ? »

« — Dans ma position, comme dans toute autre, il ne m'est pas permis de vendre ma fille à un malhonnête homme ! »

« — Monsieur ! »

« — Quelque offensante que soit la vérité, vous devez l'entendre : Entre la fille du comte Paul de la Roche-Brune et vous, il y a un abîme sur lequel aucun pont d'or ne peut être jeté. »

« — Prenez garde, alors, que je ne l'emplisse de larmes, cet abîme ! »

« — Des menaces ? chez moi ? »

« — Monsieur, c'est que vous avez la déplorable habitude de répondre par l'insulte à toutes les offres que je vous ai faites. »

« — J'y réponds par des vérités ; si elles sont insultantes, ne vous en prenez qu'à vous-même. Vous avez un million, deux millions, soit ; mais ces millions, où les avez-vous pris ? Mademoiselle de la Roche-Brune peut-elle en accepter une part ? Ce ne sont pas des parchemins, dont je fais peu de cas, qui nous séparent, non ! »

« — Ainsi, c'est votre dernier mot ; vous en avez calculé les conséquences, n'est-ce pas ? Vous savez que la misère ?... »

« — Monsieur, nous sommes pauvres, c'est vrai, mais il nous reste l'honneur, que nous ne voulons pas vendre. »

« M. Paul s'était levé; il se rassit après avoir, de l'œil et du geste, montré la porte à Madozet. »

« Celui-ci prit son chapeau : »

« — C'est bien, » dit-il, « après m'avoir insulté, vous me chassez, maintenant; tant mieux, cela me met à l'aise pour vous faire ma déclaration de guerre. Soyons ennemis, puisque vous l'avez voulu. L'homme que j'avais choisi pour prête-nom, dans l'espoir de vous amener à mes fins, n'est autre qu'un de mes serviteurs ; ne soyez donc pas étonné si, après-demain, un laquais vient prendre possession de votre domaine nominal. Car la somme qu'il vous faudrait pour empêcher cela, vous ne la trouverez pas, puissant seigneur. La lutte est tellement inégale entre nous que j'ai quelque honte de la commencer, et si vous vouliez... »

« — Non, monsieur, non, laissez-moi, » dit le comte, dont le visage s'empourprait de colère, dont le cœur battait avec furie ; « sortez. Tous les amis de la Roche-Brune ne sont pas morts. On peut me prêter, on me prêtera... »

« Madozet haussa les épaules : »

« — Vous espérez trouver vingt mille francs, comme cela, dit-il, en mettant votre loyauté en gage. Une telle candeur me fait de la peine! Rappelez-vous de ce que je vous dis : vous ne trouverez pas seulement à emprunter mille écus, même en hypothéquant votre plus cher trésor : la beauté de mademoiselle! Il n'y avait que moi pour me contenter d'un tel gage. »

« A cette vermineuse injure, le comte redressa sa haute taille. Sa face puissante était injectée de sang. Il courut à la fenêtre, l'ouvrit précipitamment, revint vers Madozet, passa derrière lui, le saisit d'une main par le cou, de l'autre par une jambe et le lança dans la cour. »

« Tout cela en moins de temps qu'il n'en faut pour l'écrire.

« L'attaque avait été si soudaine, si imprévue, que Madozet n'avait pas eu le temps de pousser un cri, et que les jeunes filles n'avaient pu s'opposer à cet acte de violence, après lequel M. Paul vint s'asseoir près du foyer, dont il se mit à tisonner les bûches comme si rien d'extraordinaire ne venait de se passer. »

« Épouvantée, Valentine descendit en courant pour voir dans quel état se trouvait l'audacieux créancier. »

« Un honnête homme se serait rompu le cou; Madozet était sain et sauf. Il était tombé dans un cloaque. »

« En le voyant déjà sur ses jambes, Valentine remit la chandelle à Nanette, que le bruit avait attirée, en lui disant :

« — Fais lumière à monsieur. »

« Puis elle ajouta :

« — Ce ne sera rien qu'un peu de boue de plus. »

« Et elle rentra. »

CHAPITRE XXXI

NANETTE

« M. Paul attisait toujours le feu, dont la flamme vacillante éclairait la vaste pièce. La jeune fille s'assit en silence devant la table. Nanette revint apporter la chandelle. Valentine, morne et pâle, entendait sans l'écouter le crépitement du bois dans la haute cheminée. »

« La servante, avec cette sorte de familiarité respectueuse particulière au dévouement, s'assit à côté de son maître, et, relevant un des coins de son tablier, se mit à pleurer en silence; mais bientôt sa douleur éclata en sanglots. »

« — Pourquoi pleurez-vous, Nanette? demanda M. Paul, cessant de tourmenter les bûches. »

« — Monsieur, cet homme, ce Madozet, que Dieu confonde ! a dit qu'il allait nous chasser de la Roche-Brune; qu'après-demain il serait le maître ici!... Oh ! monsieur le comte! il a dit que dans un mois il ne resterait pas pierre sur pierre de notre pauvre vieux château. Il a dit... »

« Les larmes étouffèrent sa voix. »

« — Je lui dois vingt mille francs, Nanette, répondit le comte d'une voix creuse, et si après-demain, avant midi, je ne les ai pas... »

« — Vingt mille francs! Doux Jésus! vingt mille francs! disait Nanette en joignant les mains. Vingt mille francs! juste la somme! »

« — De quelle somme parlez-vous? demanda brusquement M. Paul. »

« — Des vingt mille francs que ma mère, mon père et moi avions gagnés à votre service. »

« — Tu avais vingt mille francs, tu ne les as plus, tant pis! ils t'auraient bien servi maintenant, tu as eu tort de les dépenser. »

« — Oh! oui; mais, pourtant, monsieur, quand vos habits ne tenaient plus, il fallait bien les renouveler, et quand mademoiselle était à la pension, il fallait bien payer ses trimestres! C'est vrai que j'aurais pu peut-être économiser un peu; mais enfin, monsieur le comte, vous ne pouviez pas vivre tout à fait comme un paysan, et, de temps en temps, ne vous fallait-il pas un verre de vieux vin! Oh! si ce qui arrive n'était pas arrivé, je ne me serais jamais repentie d'avoir dépensé notre argent comme ça; mais qui pouvait prévoir que c'était juste la somme qu'il nous fallait! et dire que je ne l'ai plus! »

« Ses larmes redoublèrent. »

« Le comte lui ouvrit ses bras, mais Nanette ne le vit point; d'ailleurs, l'eût-elle vu, ce qu'elle avait fait lui paraissait si simple, qu'elle n'eût point compris qu'une chose si naturelle pût combler la distance d'elle à son maître. »

« — Tu as fait cela! » cria M. Paul en courant à sa servante, « tu as fait cela pour nous, Nanette? »

« Il lui prit les mains et les serra dans les siennes, puis il l'embrassa. Valentine aussi s'était levée et prodiguait les plus douces caresses à la femme de charge, confuse de tant de démonstrations. »

« Ce que n'avait pu faire la ruine, la reconnaissance le fit : M. Paul se mit à pleurer. Les deux femmes voulurent le consoler. »

« — Non, non, leur dit-il, laissez-moi, ces larmes sont douces; et toi, mon amie, sois bénie pour ton dévouement; Dieu seul nous acquittera envers toi. Je suis ruiné, entièrement ruiné! Je n'ai pas même de quoi te donner du pain dans tes vieux jours. Oh! c'est affreux! Si encore je ne devais pas à Maxis les vingt mille francs que je dois toucher! Mais c'est une chose sacrée, à laquelle je ne veux même pas songer, dans la crainte d'en perdre un écu. »

« Il se mit à arpenter la chambre. Valentine se jeta à son cou :

« — Laisse-moi, lui dit-il tristement, laisse-moi, j'ai besoin d'être seul. »

« Et il se retira. »

« Pendant plus de trois heures que les pauvres femmes restèrent à se concerter, les plus folles propositions, les projets les plus impraticables furent tour à tour proposés, examinés et rejetés. »

« — Mon Dieu! que faire, alors, dit Valentine, si tout est impossible? »

« Il n'est pas croyable, cependant, que mon père, qui a autrefois si généreusement obligé tant d'amis, ne trouve pas à emprunter cette somme de vingt mille francs? »

« Et, avec la touchante candeur de la jeunesse et des belles âmes, elle ajouta : « Nos amis ne laisseront pas consommer notre ruine. Allons les trouver. »

« — Nos amis! reprit la servante, nos amis? Quels sont nos amis? »

« A cette question si simple, la jeune fille baissa la tête. Hélas! depuis longtemps, tous ceux qui avaient ambitionné ce titre s'étaient éclipsés. C'est à peine si, de loin en loin, quelque gentilhomme, chasseur et ruiné comme M. de la Roche-Brune, venait boire avec lui le coup de l'étrier, avant de partir pour une expédition contre les renards du bois de la Fouillouse. »

« Il y avait bien le vieux curé de Saint-Babel, mais quoi? le bonhomme était pauvre. Les gros revenus de l'Église appartiennent aux évêques. »

« Les anciens métayers des fermes du château, qui tous aimaient bien le comte? Mais ils ne conservaient pas d'argent; ils étaient avides de terres et s'obéraient presque toujours pour en acheter de nouvelles. »

« Allard, le meunier, peut-être pourrait prêter quelques pistoles? Mais qu'est-ce que cela, quand il fallait vingt mille francs! »

« C'était vraiment à se jeter la tête par les murailles. »

« La chandelle étant usée, la lumière s'éteignit. Au dehors, la lune versait ses ondes de pâle lumière sur les ruines silencieuses. Son globe, dont le gracieux contour semblait une immense prunelle d'or, regardait à travers les fenêtres derrière lesquelles se versaient tant de larmes. »

« Il se faisait de pénibles silences, pendant lesquels on n'entendait rien que le cri plaintif du grillon, chantant son éternelle complainte sous la pierre du foyer. »

« Le vent du soir s'était apaisé. Un calme profond et solennel descendait des

Et moi je vais vous faire voir de quel bois on se chauffe à la Roche-Brune. (Page 261.)

hauteurs du ciel. Il y a souvent un contraste ironique entre la nature et celui qui s'en ose croire le roi. Tandis que les tempêtes intérieures bouleversent l'homme ; tandis que toutes ses fibres, pincées par la douleur, jettent — tocsin de l'âme — des notes remplies de désespoir, la nature, impassible, accomplit ses grands mouvements, verse autour d'elle la paix et le repos, ouvre son vaste sein à tout ce qui veut dormir, couvre tout, endort tout de ses ombres muettes, excepté la douleur de l'homme ! »

« Personne ne dormit au château de la Roche-Brune. M. Paul passa une partie de la nuit à écrire ; Valentine, épuisée de larmes, s'était couchée, mais ne put cependant trouver le sommeil. Nanette la laissa sur le minuit. »

« Elle erra d'abord quelque temps dans ces chères ruines, qu'il allait falloir quitter pour toujours. Elle y était née, la pauvre femme ; ses yeux, en s'ouvrant au jour, s'étaient arrêtés sur leurs pierres lézardées et noircies par les siècles. Elle connaissait toutes ces vastes chambres, ces hautes salles, sous les voûtes sonores desquelles, comme une plainte, se répercutait le bruit de ses pas. »

« Elle contemplait avec douleur ces blasons sculptés dans le marbre, que la Révolution et le temps avaient respectés, et que le marteau du niveleur allait jeter dans l'herbe. »

« — Encore un peu de temps, » disait Nanette, « et ce sera tout. Les ruines de la Roche-Brune seront de la poussière ! La Roche-Brune sera morte ! Oh ! si je ne devais ma vie à monsieur le comte et à sa fille, je me coucherais dans la tour du Levant, et là, j'attendrais que les démolisseurs m'ensevelissent sous ses débris ! »

« Après un silence, Nanette reprit :

« — J'ai fait un péché, un grand péché, j'ai souhaité la mort. Mon Dieu ! pardonnez-moi ! »

« Elle se trouvait dans la chapelle. La vue de ce lieu vénéré l'avait rendue au sentiment religieux, ce sentiment dénaturé par les théologiens dogmatiques, mais qui subsiste vivace et impérissable dans tant de cœurs sincères, d'esprits éminents, qui croient l'avoir éteint avec leur foi. La religiosité fait partie de la nature humaine. Je n'en veux pour preuve que cette ardente recherche de l'idéal qui possède les penseurs et les pousse au progrès. »

« Nanette avait pris de la religion ce qu'elle a de bon, c'est-à-dire le sentiment et la poésie. »

« Des rayons de lune éclairaient çà et là le sanctuaire en ruine. Le vent d'automne, par les fenêtres dégarnies de vitraux, avait roulé des tourbillons de feuilles sèches, arrêtés aux angles des piliers, où elles remplaçaient les coussins de velours sur lesquels les hautes et gentilles dames étaient venues s'agenouiller jadis. »

« Le long des parois, plusieurs générations de Roche-Brune étaient couchées sous des tombeaux à demi écroulés, dont les inscriptions et les statues, couvertes de mousse, attestaient le néant des vanités humaines. La mort se cachait sous les ruines, les ruines se cachaient sous le manteau vert de la nature. »

« Aux temps ordinaires, Nanette avait peur dans la chapelle ; mais en ce moment, préoccupée de sa peine, elle ne faisait aucune attention au jeu d'ombre et de lumière qui donnait un aspect fantastique à toutes ces tombes bouleversées par le temps. »

« Elle s'agenouilla sur les marches brisées du sanctuaire et pria Dieu de toute son âme. »

« Puis elle commença son rosaire et le récita jusqu'à trois fois. Enfin, vaincue par la fatigue, elle finit par s'endormir. »

« Au matin, Valentine la trouva encore accroupie sur ses talons, la tête appuyée contre une colonne et dormant, tenant en ses mains un gros chapelet de bois noir. »

« Valentine s'agenouilla à ses côtés et pria en attendant le réveil de son ami. Le comte était déjà parti, laissant un mot pour rassurer les pauvres femmes. »

CHAPITRE XXXII

LA PRISE DE POSSESSION

« Il pleuvait. C'était une de ces tristes matinées d'automne dont le ciel verse sur la terre attristée l'humidité et le froid. »

« Sans en rien dire à personne, et sous prétexte d'aller implorer de prétendus amis, Nanette avait été à Issoire tenter une démarche auprès de Madozet, elle était donc absente. De son côté, Lucy était aussi partie sans rien dire. »

« Le comte, Valentine, la mère Allard, Jean-Louis formaient un groupe désolé au milieu de la chambre que de la jeune châtelaine. »

« Les meubles étaient déjà sur une charrette prête à partir pour le moulin, où le père Allard avait offert l'hospitalité à son ancien maître. »

« — Onze heures, » dit M. de la Roche-Brune avec angoisse, « onze heures ! Allons-nous-en, Nanette ne viendra pas plus que Lucy. Nos chères amies se font des illusions, et, d'ailleurs, à quoi bon espérer plus de leurs connaissances que des miennes? Nanette sera-t-elle plus éloquente pour ses maîtres que je ne l'ai été pour ma fille! Vidons les lieux, ajouta-t-il lentement. »

« Il prit la main de Valentine. »

« — Ma fille, lui dit-il lentement, mon enfant, pardonne-moi, je n'ai pas su te conserver un asile, j'ai follement gaspillé ton douaire, je suis un misérable! Pardonne-moi! »

« Valentine se jeta dans ses bras, et, un instant, leurs larmes se confondirent. »

« — Père, répondit-elle enfin, je n'ai rien à te pardonner, je t'aime, je te vénère, et si tu as autant de courage que moi, nous pourrons encore être heureux. Entre Nanette et toi, je serai toujours bien. Nous travaillerons; Dieu nous aidera. Allons-nons-en, que cet homme ne nous trouve pas ici! »

« Ils sortirent. Jean-Louis, le frère de lait de Valentine, portant le fusil de M. Paul, marchait devant, avec les chiens, qui, de temps en temps, se tournaient pour regarder leur maître venant derrière eux avec sa fille. La mère Allard fermait la marche, emportant dans son tablier et dans une immense corbeille tout ce qui lui avait paru de quelque valeur. »

« Dans la cour M. Paul s'arrêta, et, se tournant du côté de la chapelle où dormaient ses aïeux :

« — Adieu! » cria-t-il, comme si leurs poussières eussent pu l'entendre! adieu Roche-Brune! adieu!... »

« Ses jambes fléchissaient sous lui, des gouttes de sueur froide coulaient de son front. Il fut obligé de s'asseoir un moment :

« — Reste-là, dit-il, à Jean-Louis, et ne laisse entrer l'autre que lorsque midi aura sonné. »

« Puis il se remit en marche. Les pauvres femmes le suivirent

« Le cœur de Valentine se brisait. D'horribles frissons ridaient sa peau d'albâtre, et quand elle eut passé le seuil de la porte extérieure, ses yeux ardents ne pouvaient se détacher de cet imposant amas de ruines que la brume couvrait d'un nuage comme pour les dérober à ses regrets.

« Mille liens imperceptibles qu'elle sentait parce qu'ils se rompaient, attachaient son âme à ce vieux manoir, et tandis que l'inconnu ouvrait devant elle ses vagues et sombres perspectives, elle comprenait bien qu'elle laissait derrière elle le calme, la tranquillité, l'indépendance. »

« Qu'allaient devenir son père et Nanette, cette généreuse servante à laquelle on ne pourrait, peut-être, rendre le pain qu'on lui avait mangé? La misère les attendait tous les trois. Elle avait bien l'espoir de se rendre utile aux siens ; mais, hélas ! elle sentait confusément combien un travail de femme est peu payé. »

« Onze heures et demie sonnèrent. La voiture s'ébranla ! C'était fini ! On se mit en marche pour Saint-Babel. Valentine, appuyée sur sa nourrice qui fondait en larmes, ne pouvait pleurer. Son cœur se brisait, mais ses yeux restaient secs. »

« Jean-Louis ferma la grille derrière eux. En roulant sur ses gonds, la vieille porte sembla grincer un adieu convulsif à ses maîtres pour lesquels elle ne devait plus s'ouvrir ; à ses maîtres, mornes et désespérés, qui s'en allaient la tête basse comme le premier homme et la première femme chassés du Paradis par la légende chrétienne. »

« La pluie, une pluie fine et pénétrante, continuait à tomber, mais Valentine n'y faisait pas attention. Il n'était pas encore midi, et Dieu était encore au ciel. »

« L'excès du malheur le rend presque toujours incroyable; on veut douter, et l'on doute ; la certitude ne suit pas toujours l'évidence. »

« Dans la sombre amertume de son chagrin, un vague espoir flottait au fond de l'âme de la jeune fille. Mais, en attendant, elle s'éloignait de la Roche-Brune, laissant derrière elle, à chaque buisson de la route, un lambeau de ses espérances. »

« A travers les rafales du vent, un bruit de voiture se fit entendre, et bientôt après, une élégante calèche apparut au détour du chemin. C'était Madozet qui, avec de joyeux camarades, venait prendre possession de la Roche-Brune. »

« A la vue de ce cortège désolé, l'homme d'affaires fit mettre ses chevaux au pas, et lorsqu'il passa près de Valentine, dont les vêtements étaient déjà trempés de pluie et souillés de fange, il dit à haute voix : »

« — Chacun son tour dans la boue ! »

« La mère Allard leva la tête et lui cria : »

« — Celle-là peut se laver, la tienne restera toujours à ton front !

« Arrivé devant la grille du château, Madozet mit pied à terre et sonna violemment. »

« Jean-Louis, le fusil sur l'épaule, apparut derrière les barreaux :

« — Que voulez-vous? » demanda-t-il d'un ton bourru. »

« — Parbleu! je veux entrer chez moi, maroufle; je suis le nouveau propriétaire du château. »

« — Pas encore, laissez sonner midi... »

« — Comment, drôle, tu me refuses l'entrée de ma maison? »

« — Puisque tu veux jeter à terre ce nid de hibou, enfonçons la grille, » dit un des joyeux compagnons de Madozet, « tu ne vas pas nous laisser, pendant une demi-heure, nous morfondre à la pluie. »

« — Adopté! crièrent les autres, et comme Jules II entrons par une brèche. »

« Puis, s'adressant à Jean-Louis, en essayant d'ébranler les barreaux :

« — Tu vas voir, toi, comme nous allons te tirer les oreilles, si tu ne nous ouvres à l'instant! »

« — Et moi, je vais vous faire voir de quel bois on se chauffe à la Roche-Brune! »

« Il les mit en joue :

« — Avancez, maintenant, et essayez de passer cette porte avant midi! »

« — Le drôle a de singulières façons, dirent les amis du nouveau châtelain en s'écartant brusquement. J'espère, Madozet, que si tu l'as acheté avec le château, tu le revendras avec les démolitions! »

« — Des démolitions! Prenez garde que mon fusil n'en fasse avec vos carcasses, tas de filous! » cria Jean-Louis. »

« Et pour bien développer sa pensée il ajouta :

« — Car, vous en êtes tous, des filous, de la canaille, puisque vous n'avez pas de honte d'être avec le Madozet, une fouine qui tromperait le bon Dieu. »

« Le cocher, sur son siège, riait sous cape; Madozet était bleu de rage; il regardait Jean-Louis avec des yeux flamboyants. »

« — Oh! je ne te crains pas, moi, » ajouta le jeune meunier, « et je dis librement mon opinion sur toi et tes amis, comme je la dirai demain à tout le village. Si ça te vexe tant mieux. J'en suis bien aise! ça t'apprendra que l'argent n'est pas tout en ce monde, et que la droiture est quelque chose aussi. »

« — Mais stupide, brute, je suis dans mon droit, la loi est de mon côté. »

« — Et du mien, y a la justice ! »

« — De gré ou de force je t'obligerai bien à me respecter. »

« Pour toute réponse, Jean-Louis cracha sur la voiture et se mit à chanter avec un mépris contenu :

« On vous respectera,
« Larira!
« Quand? quand? quand? quand? quand?
« — Quand les poules auront des dents. »

« Onze heures trois quarts avaient déjà sonné : »

« — Prenons patience, dit l'homme d'affaires en se refourrant dans la calèche, nous n'avons pas longtemps à attendre. »

« Un homme à cheval, ayant en croupe le garde champêtre, se présenta à la portière. »

« — Monsieur Madozet? » demanda l'homme ruisselant de pluie et de sueur. »

« — C'est moi, monsieur. »

« — Je suis le chargé d'affaire de M. le comte de la Roche-Brune, veuillez, je vous prie, me remettre avec un reçu quelconque, la grosse de l'acte qu'il vous a consenti sur réméré : voici les vingt mille francs qu'il vous doit. »

« Et l'homme tendit une liasse de billets de banque. »

« Madozet, éperdu de voir sa vengeance lui échapper, balbutia quelques mots inintelligibles. Enfin l'audace de son caractère reprit le dessus; il se remit, et tirant sa montre, il la présenta à l'homme : »

« — Vous le voyez, dit-il, c'est trop tard, il est midi ! »

« — Ta montre avance, fripon ! » cria Jean-Louis qui, derrière la grille, suivait pantelant les péripéties de cette scène, « ta montre est le contraire de ta conscience, il n'est pas midi. N'est-ce pas, père Waterloo, que les trois quarts viennent seulement de sonner à l'instant ? »

« Le garde champêtre, à qui s'adressait Jean-Louis, tira de la poche de son gilet un gros *oignon* d'argent qu'il mit sous les yeux de Madozet : »

« — Moins dix, monsieur, vous voyez, et c'est celle-là qui règle l'horloge. »

« — *Fiasco*, mon cher, dit un avoué qui se trouvait parmi les amis du financier, fiasco! Tournons bride, le tour est joué! Tu vas nous payer un air de feu et un bon dîner à l'auberge du Petit-Chapeau. »

« — Oui ! oui ! file, file, cria Jean-Louis en passant le canon de son fusil à travers la grille, file, ou je te démonte une épaule. »

« Il ajouta : Ne me regardez donc pas avec ces yeux terribles, ça m'empêcherait de recourir à vous quand j'aurai besoin d'argent. »

« Madozet, blême comme un mort, jeta la grosse de l'acte à celui qui se prétendait l'envoyé du comte, et le cocher partit au grand galop de ses deux chevaux anglais. »

Le jour commençait à poindre. Blanche de Méria était trop fatiguée pour continuer sa lecture. Elle éteignit sa lampe et se coucha.

INTERRUPTION DE LA MISÈRE D'EN HAUT

REPRISE DE LA MISÈRE D'EN BAS

XXXVIII

LA POLICE DES MOEURS.

Le matin du second jour de leur arrestation les deux amies furent séparées. Olympe conduite devant l'officier de paix chargé, sous les ordres immédiats de M. X., de la police des mœurs.

La malheureuse prostituée n'avait qu'une pensée : sauver Angèle. Afin de ne pas indisposer les agents qui l'avaient arrêtée et qui étaient là pour témoigner de sa rébellion, elle ne les contredit en rien de ce qu'ils racontèrent.

Elle avouait tout.

Pour sûr, elle était ivre et ne s'en cachait pas, ce n'était pas la première fois que ça lui arrivait. Elle était aussi coupable que le voudraient, que le diraient messieurs les agents : des finauds qui avaient l'œil et qu'on ne mettait pas *dedans* quand on y était soi-même. Oui ! elle les avait bousculés, mordus, honnis ; elle leur avait résisté, elle leur avait dit des injures. Elle leur en demandait pardon. Si elle était punie, ce serait bien fait pour elle. Car une femme ne devait pas se mettre dans l'état où elle était. Après ça, monsieur l'officier de paix le savait bien, elle n'était plus une femme, elle était une fille publique ; quelque chose moins que rien. Elle se souvenait des moindres circonstances et les rappelait.

Les agents qu'elle avait bien des fois accoutumés à d'autres façons, n'en revenaient pas. Vrai, on leur avait changé la grande Olympe.

Elle voulait qu'on la condamnât ; ça lui était égal. Mais on devait mettre immédiatement sa petite amie en liberté. Celle-là n'était coupable de rien, bien au contraire, la pauvrette, si monsieur l'officier de paix, qui était sévère mais juste, si monsieur l'officier de paix savait la moitié de ce que cette jeunesse était malheureuse, et innocente, pour sûr, il la flanquerait dehors et plus vite que ça.

Enfin, elle parla tant et si bien qu'elle finit par intéresser l'officier de paix en faveur de son amie.

Il ordonna qu'on fît venir immédiatement devant sa redoutable personne la protégée de mademoiselle Léon-Paul.

Olympe condamnée *administrativement* à six mois de prison fut conduite à Saint-Lazare.

Condamnée administrativement! Sait-on que cela signifie la négation la plus absolue du droit humain ? Sait-on que ces sortes de condamnations ne sont entourées d'aucune des garanties accordées aux jugements des plus grands criminels ? Quoi ! la prostitution d'une femme — résultat de l'impudeur des hommes, — doit-elle placer un être humain en dehors du droit commun et faire un éternel mensonge du premier article de nos codes :

« Tous les Français sont égaux devant la loi. »

Quand Angèle entra dans le cabinet de l'officier de paix, elle était si faible qu'elle n'avait plus la force de pleurer. Les lourdes tresses de ses beaux cheveux blonds s'étaient détachées et lui encadraient le visage. Il y avait sur ses traits une telle expression de souffrance et d'angoisse, elle semblait si jeune pour porter une si grande douleur, que le magistrat en eut compassion.

Il l'interrogea vite et dit qu'il n'y avait pas lieu, en ce qui le regardait, à aucune condamnation. *Après les formalités d'usage* elle devait être immédiatement mise en liberté.

Là-dessus il confia la jeune fille à un agent qui la conduisit au cabinet préfectoral où se pratiquent les visites sanitaires et où l'attendait un médecin.

L'agent poussa doucement Angèle vers le fauteuil.

Ne sachant ce qu'on lui voulait, elle se laissa faire, d'abord ; mais quand elle comprit l'intention du médecin, retrouvant tout à coup dans le sentiment de sa pudeur une énergie dont elle ne se croyait plus capable, elle se leva furieuse, son pâle visage subitement coloré par l'indignation, elle osa résister et parler.

Eh bien ! Qu'est-ce qu'ils avaient donc tous ces honnêtes gens ! tous ces gens de police pour se permettre... Non ! non ! elle ne voulait pas !... Elle ne se laisserait pas faire... On verrait bien. Est-ce que quelqu'un pouvait avoir un tel droit sur elle ?... Mais c'était épouvantable à la fin. Quoi ! parce qu'elle était une pauvre fille séduite, on pouvait, on voulait tout se permettre. Mais les bêtes étaient moins sales que les hommes !

Le médecin, sans doute habitué à ces résistances, attendait, le lorgnon à l'œil, regardant la révoltée, qu'il ne trouvait pas laide du tout, dans son indignation.

— Alors, lui dit doucement l'agent, vous ne voulez pas ?

— Non !

— Dans ce cas on va vous conduire en prison, et, bonsoir la petite fille.

— Mais c'est affreux ce que vous faites-là.

— C'est le règlement, je n'y puis rien.

Angèle tomba sur les genoux devant le médecin et les mains jointes, la tête en arrière, redevenue pâle comme un linge, dans l'attitude d'une statue du Désespoir, elle recommença ses supplications, parlant de sa mère, de sa petite qu'elle trouverait morte, peut-être !

Le docteur dit à Angèle que toutes ses paroles étaient inutiles, qu'il n'y avait pas possibilité de faire autrement : les règlements de police étaient chose sacrée. Elle ne pouvait pas le comprendre, mais cela tenait à de hautes considérations de morale et d'ordre public.

Angèle dit qu'elle croyait monsieur le docteur ; qu'il devait avoir raison, mais, tout de même, s'il était possible de n'être pas visitée ?...

Le médecin eut l'extrême condescendance de répondre à la jeune fille que, si elle voulait sortir du Dépôt, il fallait qu'elle passât par cette petite formalité. Au fond, ce n'était rien : deux minutes, et tout serait fini. Elle pourrait retourner vers son enfant.

« Son enfant » d'après l'opinion franchement exprimée de M. l'agent de la

Elle joignit les mains au-dessus de sa tête et, poussant un cri, tomba à côté de Lise. (Page 270.)

police des mœurs qui avait conduit Angèle, *son enfant*, cela indiquait assez qu'elle n'avait pas toujours été aussi têtue...

Angèle devint livide et chancela, mais tout d'un coup, rappelant son courage : « O ma Lize ! mon ange ! viens à mon secours ! » cria-t-elle, « viens ! c'est pour toi que j'endurerai cette honte [1] ! »

1. Une fois les femmes arrêtées elles sont soumises à la visite médicale, de gré ou de force. On a essayé de nier la force ; mais à cette question : — *Si une fille s'y refuse :* l'administration répond qu'on la gardera en prison jusqu'à ce qu'elle s'y soumette. En langage administratif

Elle s'élança vers le siège infâme, s'y étendit, livra son beau corps à qui le voulait voir. Et, quand ce fut fini, quand elle se retrouva debout, les mains sur ses yeux, elle redemanda d'une voix basse et tremblante qu'on lui ouvrît la porte.

Mais tout n'était pas fini. Une fois entre les mains de la police française, les choses ne vont pas si vite du côté de la liberté, pour les citoyens et surtout pour les citoyennes arrêtées indûment par cette institution pourrie, restes de la vieille société et des plus mauvais gouvernements du passé.

Angèle devait encore subir la formalité de l'inscription.

L'agent conduisit la petite Brodard à travers la préfecture dans différents bureaux ; cela prenait beaucoup de temps. C'est tout ce qu'elle percevait de ses allées et venues, pendant que l'agent lui parlait d'une voix cauteleuse. Dans une sorte d'effarement stupide, elle se laissait mener à travers les longs corridors, sans savoir où, sans savoir pourquoi.

L'agent lui expliquait qu'on la mettrait en CARTE. Après ça, elle serait bien tranquille et libre de faire tout ce qu'elle voudrait, sans avoir rien à craindre, de la police, au contraire. La CARTE était une sûreté personnelle, un gagne-pain comme un autre. Et si la petite voulait, elle ne manquerait pas de protecteur.

Ah ! on allait la mettre en carte, comme Olympe? Eh bien ! après ?

. Après? Elle s'en fichait ; elle se fichait de tout, à présent. Après, elle aurait le droit de courir vers son enfant. N'était-ce pas là tout ce qu'elle voulait? que lui importait le reste?

Elle parlait avec une grande animation, l'œil allumé par la fièvre, prenant l'agent pour confident de ses espérances :

Elle retrouverait Lize vivante, bien sûr ! Est-ce qu'il n'y avait pas un Dieu? Est-ce qu'un petit agneau comme ça, un ange n'était pas toujours sous la protection du ciel ?

L'agent était bien de cet avis ; la petite mère n'avait pas à s'inquiéter.

Enfin, Angèle Brodard fut inscrite sur le registre de la police des mœurs, sous le n° 4386.

On lui délivra sa carte. Elle était en règle, maintenant, ou du moins elle le serait, quand elle aurait choisi son domicile et qu'elle l'aurait fait connaître à la préfecture. Elle devait être dans ses meubles ; sans quoi, il fallait qu'elle entrât dans une maison de tolérance, c'était encore le règlement.

L'agent lui expliquait minutieusement toutes ces choses. Il était bien aimable et la regardait d'une façon tout à fait bonne. On voyait qu'il lui voulait du bien.

Il offrit à la petite de parler pour elle à une directrice de maison, une femme charmante et si maternelle pour ses *filles !*

cela ne s'appelle pas de la contrainte. Je suis à même d'affirmer d'après mes renseignements particuliers que, dans certaines circonstances, on n a pas usé de tant de longanimité. Il est avéré que des vierges ont été brutalement soumises à la visite : on ne dira pas que c'est de leur plein gré.

(Rapport présenté au conseil municipal de Paris, par M. Yves Guyot, séance du 26 novembre 1880.)

Si, au contraire, elle voulait rester chez elle, il connaissait quelqu'un qui lui achèterait un mobilier. Elle n'avait qu'à le dire ; elle rembourserait cela petit à petit, sur ses BÉNÉFICES. Puis il la mettrait sous la protection d'un souteneur [1]. — Fallait toujours en avoir un — un souteneur très chic, un vrai lapin, dont les *marmites* ne séjournaient jamais longtemps à Saint-Lazare, quelles que fussent leurs contraventions.

Et comme Angèle ne répondait rien à toutes les offres gracieuses de l'agent et qu'elle ne cessait de répéter :

— Mais laissez-moi partir ! laissez-moi m'en aller » il finit par lui faire prendre enfin le chemin de la porte.

A présent, elle était libre et elle avait un état. Plus tard, quand elle comprendrait mieux les choses de la vie, elle remercierait la police qui lui mettait vraiment le pain à la main.

Elle était inscrite, elle était sous la protection des lois.

Sur ces bonnes paroles, il la quitta en lui recommandant bien de venir donner l'adresse de la maison où elle allait exercer sa profession et surtout de ne pas manquer la visite, qui avait lieu tels et tels jours du mois. Elle était *inscrite*, elle ne devait pas l'oublier.

Oui, Angèle était inscrite, comme prostituée, et elle avait SEIZE ANS !

Et c'étaient les soi-disant gardiens des bonnes mœurs qui l'avaient marquée de force pour la débauche.

Et c'est un fait qui se renouvelle à chaque instant à la préfecture de police.

Et ceux qui sont chargés de faire exécuter la loi la violent tous les jours avec impunité.

A qui donc s'applique l'article 334 du code pénal ?

« Quiconque aura attenté aux mœurs en excitant, favorisant ou FACILITANT
« la corruption de la jeunesse, de l'un ou de l'autre sexe au-dessous de l'âge de
« vingt et un ans, sera puni d'un emprisonnement de six mois à deux ans et
« d'une amende de cinquante à cinq cents francs. »

Après un texte si formel, et lorsqu'on sait aujourd'hui d'une manière si certaine, que la police française a inscrit sur ses registres, comme prostituées, des enfants de 14 ans ! on se demande pourquoi les préfets qui se sont rendus coupables d'aussi grands abus de confiance envers la nation n'ont pas été traduits en police correctionnelle et flétris par l'opinion publique ?

1. La police des mœurs a engendré un individu inconnu à Londres et partout où la police des mœurs n'existe pas, tout à fait spécial à Paris : c'est le souteneur. Voici quelles sont ses diverses fonctions.

Il fait le guet pour la femme et la prévient par un signal quand il voit un agent des mœurs.

De temps en temps, si l'occasion est favorable il la défend tantôt contre les agents des mœurs tantôt contre des clients récalcitrants.

Enfin quelquefois, il a des rapports intimes à la fois avec des voleurs et avec la police. Les

XXXIX

ANGOISSES MATERNELLES !

Angèle avait quatre francs dans sa poche, reste des libéralités d'Olympe et de Clara Bussoni. Elle se jeta dans le premier fiacre qu'elle vit et dit au cocher qu'il y avait pour lui vingt sous, s'il la conduisait bien vite rue Sainte-Marguerite. Ah ! ce n'était pas un caprice de sa part pour éreinter les pauvres chevaux, c'était pour sauver un enfant. Elle le disait parce que le cocher avait l'air d'un brave homme.

Le cocher ne demandait pas mieux que d'aller vite, mais les rues de Paris sont si encombrées. A chaque instant il y avait des embarras de voitures, il fallait s'arrêter. Surtout dans cette interminable rue Montmartre.

Angèle, les genoux serrés, les mains crispées se disait qu'elle n'arriverait jamais. Assise, le buste droit sur les coussins du fiacre, elle supputait les chances qu'elle avait de trouver sa petite encore vivante :

D'abord, elle avait confiance en Dieu et dans les braves gens. Des braves gens ! mais il y en avait partout. C'est qu'on ne les connaissait pas. Est-ce qu'elle n'avait pas rencontré la crémière ! Et Clara Bussoni donc ! Cette bonne fille avait été appelée avant elle. On avait dû la relâcher. Bien sûr, elle avait couru à Montmartre. Elle allait la trouver auprès de Lize. Et puis il y avait encore cette Amélie. Certainement, ce n'était pas une personne estimable, mais enfin, elle était femme et marraine de l'enfant.

Jusqu'à la vieille Grichon pouvait être une chance de salut pour la petite Lize. En montant les lettres aux locataires, elle aurait entendu des cris. Elle avait l'air d'une sorcière, mais un petit enfant, en danger, ça attendrirait les pierres ; et d'ailleurs, est-ce qu'on devait juger les gens sur le visage. Non ! Non ! Le patron était un joli homme et pourtant !...

deux passages suivants des *Mémoires de Canler* vont nous édifier sur sa principale fonction et nous montrer comment la police des mœurs l'a engendré et développé :

« Un autre souteneur avait une espèce de bureau d'agent d'affaires. Lui, vendait des délations à ses collègues. Un « de ceux-ci avait sa *marmite* à Saint-Lazare, il venait à ce bureau, il achetait une délation qu'il allait porter à la « police où, en échange, on lui donnait la liberté de sa marmite. Une fille est condamnée à six mois de Saint-Lazare ; « le souteneur vient au bureau. Avez-vous une bonne délation ? — Oui, l'adresse de deux voleurs fameux que la police « ne peut pas trouver.

« — Combien ? — Cinq cents francs. — C'est trop cher, je ne peux pas. On débattit. Le prix fut de 300 fr. et le « souteneur alla à la police porter l'adresse en échange de la liberté de la fille.

« J'ai connu un souteneur nommé Coutelin, celui-là même qui, d'après la déclaration de Lacenaire, lui avait prêté sa « chambre de la rue de Sartène pour y assassiner un garçon de banque. Ce Coutelin avait toujours dans plusieurs quar-« tiers cinq ou six *marmites* qui, tous les soirs, lorsqu'il faisait sa tournée, lui remettaient chacune une ou deux pièces de « cinq francs. Cet homme, en grande réputation près des filles, était extrèmement recherché par elles parce qu'il ne lais-« sait jamais une de ses marmites plus de deux ou trois jours à Saint-Lazare. »

Et comment ? il allait faire des révélations à la préfecture de police et, en échange de ses révélations, on lui donnait la liberté de la fille.

(Rapport de M. Yves Guyot).

Mon Dieu ! mon Dieu ! Il y avait du monde en face ! quelqu'un aurait entendu sa fille, car cette Lize vous avait un petit coffre... Vrai, on l'entendait de loin quand elle s'y mettait. Elle se portait si bien !

A travers ses pleurs, cette pensée faisait sourire la petite mère.

Angèle, autant qu'elle le pouvait, cherchait à se calmer à cause de son lait. Voilà, elle sentait ses seins gonflés appeler la bouche rose de Lize ; fallait songer à ça et ne pas s'aigrir la bile.

Le fiacre roulait cahin-caha et se rapprochait enfin du but de sa course. L'angoisse de la jeune fille redoublait d'intensité.

Quand on fut arrivé, la portière était déjà ouverte et la pauvre enfant s'élança sur le pavé en criant au cocher de l'attendre.

Mais le cocher, non payé par sa cliente, l'était pour se défier des gens de ces parages. Voyant Angèle s'engouffrer dans l'allée humide, il courut derrière elle, la saisit au moment où elle allait entrer dans la loge.

— Eh ! dites donc ! la petite mère ! on ne me la fait pas deux fois... Faut me payer, je connais le truc et le bouge avec, y a une porte de derrière.

— Laissez-moi ! Laissez-moi ! Voici trois francs. Je n'ai pas voulu vous faire du tort. Mais j'ai la tête perdue, voyez-vous.

— Comment ! comment ! pas besoin d'excuse, la bichette, puisqu'on paye.

Il mit l'argent dans la poche de son pantalon et s'en alla tandis qu'Angèle se précipitait dans la loge.

La mère Grichon faisait mijoter quelque chose dans une casserole. Assise sur une chaise basse devant un petit fourneau de terre, elle tenait toute la largeur de la pièce. Pour aller décrocher les clefs, qui pendaient à des clous plantés dans le mur en face d'elle, il fallait la déranger.

Angèle n'avait pas le temps d'attendre : leste comme un daim, elle passa sans la toucher par-dessus le dos courbé de la portière et s'empara de la clef d'Olympe pendant que la vieille, en courroux, se levait pour lui barrer le passage. Mais qui aurait pu arrêter cette mère ?

La clef était là, à sa place habituelle. Personne, peut-être n'était venu. Angèle n'osait s'en informer. D'ailleurs l'horrible vieille dérangée dans une des plus vétilleuses phases de la préparation de son fricot, n'arrêtait pas de vomir des injures contre toutes ces drôlesses qui sortaient de Saint-Lazare ! Des fripouilles ! qu'elle flanquerait à la porte, un peu lestement. Mais cette petite drogue-là, était le bouquet : une poison comme ça, venait jouer sur elle à saute-mouton ! Mais elle verrait ! elle verrait !

Pendant que la mère Grichon lui montrait le poing, Angèle montait les escaliers quatre à quatre. Arrivée devant la porte, elle s'arrêta : le cœur lui faillissait. La sueur lui coulait sur le visage en larmes glacées. Ses doigts tremblants ne pouvaient introduire la clef dans la serrure. Enfin, quand elle y fut cette mauvaise clef ne tournait pas. Angèle s'était trompée, il fallait redescendre.

Ah ! non, alors ! Non. Elle poussa des pieds, des épaules et, sous l'impulsion surexcitée des forces maternelles, la porte céda.

XL

LA VICTIME

La fenêtre ouverte par les rafales de mars, éclairée par le jour gris du ciel, la chambre d'Olympe présentait le plus repoussant aspect. Les flaques de vin séchées sur la nappe, les débris de vaisselle sur le parquet, les meubles brisés, hors de leur place, le pêle-mêle de la lutte, les bouleversements de l'orgie s'y étalaient dans le cynisme inconscient que les hommes, débordés par leurs passions, impriment quelquefois aux choses, en les touchant. Et, au milieu des éclats muets de toutes les colères, de toutes les indignations qui s'étaient allumées dans ce lieu de débauche, la petite Liza, immobile, gisait sur le plancher, dans le calme de la mort.

Angèle se précipita sur son enfant, couvrit de baisers le pauvre petit corps déjà raidi depuis de longues heures. Elle sentait bien que c'était fini ! que Lize était morte ! Mais, elle ne pouvait, elle ne voulait pas le croire.

« Non ! Non ! » disait-elle, « elle vit, son cœur bat, je le sens !... je la sauverai... Elle avait trop soif, elle s'est évanouie, voilà tout !... Elle va revenir !... »

Agenouillée près du petit cadavre, Angèle le couvrait de sa poitrine pour le réchauffer. Oh ! c'était impossible autrement, Dieu la lui rendrait ! Il pouvait tout !... Et cela lui était bien égal de laisser un enfant à sa mère. Qu'est-ce qu'elle ferait sans sa petite Lize ?

« Reviens ! Reviens ! mon agneau ! » criait-elle. « Reviens ! J'ai tout fait pour toi. Dieu le sait, Lize ! Lize ! Voilà du lait, bois, mon ange, bois. »

Elle était comme folle et cherchait à introduire son sein gonflé de vie dans la bouche de la petite morte, et quand enfin, saisie par l'âcre odeur qui se dégageait du cadavre, Angèle ne put se refuser à l'évidence, elle joignit les mains au-dessus de sa tête et, poussant un grand cri, tomba à côté de Lize.

Ses yeux se fermèrent ; le bruit de ses artères, battant son front, couvrit le bruit du dehors ; l'ombre envahissait sa tête ; le froid gagnait ses membres ; son cœur, comme détraqué, lui battait la poitrine à coups sourds et redoublés. Elle perdit connaissance, murmurant à travers ses dents crochetées : « Maman ! maman ! au secours ! »

XLI

RETOUR AU LOGIS MATERNEL.

Pendant que sa fille l'appelait dans un cri de désespoir suprême, Mme Brodard, dévorée d'inquiétudes, ne tenait plus en place. Elle allait et venait par la chambre, le cœur serré, les yeux secs, tendant l'oreille au moindre bruit, frémissant au moindre choc du dehors. Un vaste effroi l'entourait. Toutes ces fibres étaient tendues par la crainte. Les voix de la misère, du chômage, du déshonneur bourdonnaient dans sa tête. Elle voulait penser et ne pouvait pas. Elle essayait de faire son ménage et voilà, elle tournait et retournait, dans ses pauvres mains tremblantes le panier vide que les petites n'avaient pas jugé utile d'emporter à l'école.

C'est qu'hélas! leur mère n'avait eu rien à y mettre que deux carottes, qui tenaient bien à l'aise dans les poches des petits tabliers.

Sophie, qui avait déjà de cette résignation narquoise, qu'on remarque chez quelques enfants de Paris, avait pris les carottes, assurant que c'était bon pour les vers et pas du tout mauvais pour les petites.

Les deux fillettes s'en étaient allé gaiement. Arrivées sur le trottoir, balançant en cadence leurs mains enlacées, elles chantèrent à mi-voix la ronde navrante des petits de la plus riche ville du monde :

> « Dansons la capucine!
> N'y a pas de pain chez nous
> Y en a chez la voisine
> Mais ce n'est pas pour vous !
> Pi...i...i...i... !

Magdeleine était allée la veille rue Sainte-Marguerite. Mais la vieille Grichon ne l'avait pas renseignée sur le sort d'Angèle. Elle avait dit qu'elle ne connaissait pas, qu'elle ne voulait pas connaître les amies d'Olympe. Cette grande bourrique était absente, Dieu merci! depuis plusieurs jours. Sans aucun doute, comme à l'ordinaire, quand elle n'était pas là, c'est qu'elle était à sa petite maison de campagne (Saint-Lazare). Et c'était bien heureux. On avait la paix depuis que le bastringue avait été fermé par la police. Elle se battait pas mal l'œil de toutes les Angèles, Angélas, Angéliques ; pas plus que des Paulettes, Lizettes ou Jacquettes qui venaient dans le taudis : ceux qui avaient perdu cette marchandise de contrebande, devaient aller la réclamer à la douane de la préfecture de police. On l'embêtait. Est-ce qu'elle tenait bureau de réclamations?

La pauvre mère atterrée avait écouté, sans chercher à les comprendre, les paroles venimeuses qui sortaient de la bouche édentée de la vieille, comme les miasmes d'une bouche d'égout. Son Angèle n'était pas chez Olympe, voilà tout ce qui la frappait. Où allait-elle la trouver, voilà ce qui la préoccupait.

Il fallait retourner à la maison car, si Brodard revenait, sa femme devait être là pour lui adoucir, autant que possible, les émotions qui ne pouvaient manquer de le saisir en entrant chez lui. Et puis, elle n'avait pas d'argent. Comment se procurer de quoi offrir au moins une bonne soupe et une bouteille de vin au pauvre rapatrié?

Magdeleine, tout en cheminant vers la rue Croulebarbe, s'était dit qu'elle devait recourir à ses amies.

Ses amies ! Où étaient-elles ? Les malheureuses comme elle n'avaient pas le temps de cultiver l'amitié, en dehors de la famille. Travailler! toujours travailler sans fin ni trêve, tel avait été son lot, et pour arriver à quoi?... Où était la justice sur la terre? Qu'avait-elle fait à Dieu pour qu'il l'abandonnât ainsi à toutes les forces du mal? Et puis tous ceux pour lesquels elle se sentait de la sympathie ou qui lui en avaient témoigné étaient presque aussi pauvres qu'elle.

Est-ce que le travail rapporte plus à l'ouvrier que le pauvre nécessaire pour entretenir ses forces et perpétuer son espèce?

Magdeleine savait cela d'instinct.

Eh! mais! elle y pensait, maintenant, si elle allait voir Mme Mixlin, avec laquelle elle était en bonne amitié, quand elles étaient voisines et que leurs hommes travaillaient ensemble? Cette brave femme, qui savait si bien gagner sa vie, ne devait pas être embarrassée pour lui prêter une pièce de cent sous. Elle était concierge et repasseuse, n'avait qu'un enfant, et quoiqu'elle fût seule pour subvenir à ses besoins et à ceux de sa fille, économe comme elle l'était, elle devait avoir de l'argent.

Madame Brodard avait hâté le pas et après avoir regardé chez elle si son mari n'était pas venu, s'était rendue rue Nationale.

Mais là son désespoir avait trouvé un pendant.

Mme Mixlin, assise sur une chaise basse, devant son poêle éteint, *tremblait la fièvre*.

La blanchisseuse, dont M. X. avait en fait rejeté la demande de recherches, était une femme un peu plus jeune que Mme Brodard. Celle-ci la reconnut à peine, tant ses traits étaient changés et bouleversés par la douleur. Elle faisait pitié.

Elle raconta à Magdeleine que sa seule joie en ce monde, la lumière de ses yeux, sa petite Rose avait disparu. Cet affreux malheur lui était arrivé le lundi. Il y avait déjà cinq jours. Voilà, elle l'avait laissée pour garder la loge pendant qu'elle même allait au lavoir — c'était une femme pour la raison. On pouvait se fier à elle comme à une personne de quarante ans. — Quand elle était revenue avec son faix de linge sur les bras, elle avait trouvé la loge vide.

D'abord la mère ne s'en était pas trop émue, tant que le jour avait duré; elle avait seulement cherché chez les voisins, mais à la nuit, elle était déjà comme folle. Elle était allée à la Morgue, à la police, partout, jusque chez la somnambule. Mais rien! Rien, toujours rien! Elle avait dépensé déjà toutes ses petites économies pour chercher ou faire chercher son enfant; elle était anéantie et se souciait de son travail comme de rien à présent; le linge des pratiques pourrissait dans un baquet, ça lui était égal. Quel intérêt avait-elle dans la vie? Aucun, elle attendait la mort. Oh! si quelqu'un pouvait la tuer! Elle ne se faisait pas d'illusions, elle savait bien pourquoi on lui avait pris son innocente Rose. Elle était trop belle, aussi! Et elle, mère insensée! s'était enorgueillie trop de fois de l'incomparable beauté de son enfant. Ça lui avait porté malheur. Mais elle la retrouverait, oui, et elle n'aurait pas besoin de la justice pour se venger. Elle ouvrirait le ventre au scélérat au compte duquel s'était fait l'enlèvement. Mais si on allait la tuer?... Oh! cela s'était vu!... Et les frissons de la fièvre se mêlaient aux frissons de la terreur pour secouer la pauvre femme.

Ils se mirent sous un rayon de soleil qui descendait le long du grand mur.

Magdeleine s'en était retournée chez elle la mort au cœur, se disant, sans que cela amoindrît sa peine, qu'elle n'était pas la seule à plaindre.

La nuit était venue et Brodard était toujours en prison, Angèle toujours absente. Il y avait de quoi se jeter la tête après les murs et pourtant la courageuse Magdeleine essayait de lutter, de reprendre des forces, de se raisonner, de faire son ouvrage, de s'occuper de ses petites. Oh ! si elle avait pu avoir un travail quelconque ! Elle en aurait abattu oui , pour tromper son impatience, et tâcher d'endormir sa douleur.

Hélas ! il ne fallait pas même penser à se procurer une occupation lucrative. La tentative d'assassinat commise sur M. Rousserand fermait la porte de tous les ateliers à la famille Brodard. Il n'y avait rien à faire pour l'instant que de subir son pauvre sort. Si encore Brodard revenait !... Enfin, il ne pouvait pas tarder. Et Magdeleine n'osait pas aller à la recherche d'Angèle, dans la crainte de se croiser avec lui. Il fallait bien que quelqu'un fût là pour le recevoir. Jacques, à la maison, c'était la misère en moins, une protection en plus. Elle connaissait bien son mari, c'était ça un homme ! un père ! Oh ! il trouverait le moyen de travailler. Pour leur donner du pain, il irait casser des pierres sur les routes, s'il le fallait. Cette confiance, qu'elle avait en son mari attendrissait la pauvre femme et des larmes humectaient ses yeux brûlés par l'insomnie.

Maintenant, Jacques ne pouvait tarder. La justice ne serait pas la justice, si elle retenait plus longtemps un innocent en prison.

Mais les heures passaient et la pauvre mère attendait toujours en vain sa fille et son mari.

Tout à coup des pas légers firent crier les marches de bois de l'escalier, Magdeleine pensa que c'était Angèle. Enfin elle revenait ! Sa mère se leva pour aller lui ouvrir, mais l'émotion était trop forte. Ses jambes tremblantes ne pouvaient porter Mᵐᵉ Brodard. Elle se rassit.

On frappa. Cela donna un coup à Magdeleine. Ce n'était pas sa fille. Angèle n'avait pas besoin d'avertir pour entrer chez elle. C'était une jeune personne étrangère qui venait.

Cette jeune fille pâle, agitée, l'air honteux, dit qu'elle venait du Dépôt où elle avait laissé Angèle en proie à la plus horrible inquiétude, au sujet de la petite Lize, abandonnée chez Olympe, depuis la nuit du jeudi. Elle était allée d'abord rue Sainte-Marguerite pour essayer de secourir l'enfant, mais l'horrible vieille qui gardait la porte avait refusé de la laisser monter et même de lui laisser expliquer les choses. Elle venait chercher la mère d'Angèle qui aurait plus d'autorité, peut-être ; Mᵐᵉ Brodard était la grand'mère de l'enfant. Elle avait des droits... Il y avait urgence. Il ne fallait pas perdre une minute. Depuis la nui du jeudi.

— Depuis jeudi ! s'écria Mᵐᵉ Brodard, mais quel jour sommes-nous donc ?
— Samedi.
— Samedi ! Alors l'enfant est morte ! Et ma fille ! ma fille aussi en prison ? Oh ! tenez, mademoiselle, je ne vous crois pas, je ne peux pas vous croire. L'enfant... cet amour de petite Lize !... ma pauvre Angèle !... Non, voyez-vous c'est un rêve. Quand on est si malheureux que nous sommes, le sommeil est plein de songes terribles. Je vais m'éveiller ! attendez un peu que je m'éveille.

— Mais Mᵐᵉ Brodard, songez donc que toutes les minutes sont sans prix si vous voulez essayez de sauver l'enfant d'Angèle. Non non ! vous ne dormezpast Tout ce que je vous dis n'est que trop vrai. Venez vite.

— Allons ! dit Magdeleine comme égarée. Je vous suis... conduisez-moi, mon enfant, ayez pitié de moi... J'ai la tête perdue, voyez-vous !... Je ne vous ai même pas remerciée, c'est que vous ne savez pas, vous ne pouvez pas savoir ce que nous sommes malheureux. Et vous dites que ma fille... Ah ! mon Dieu ! mon Dieu ! il ne nous manquait plus que ça !... Et puis cette Lize ! oh ! c'est trop tout de même ! c'est trop !

Magdeleine était debout, mais elle ne bougeait pas ; ses jambes étaient de plomb. En vain Clara Bussoni — on a bien deviné que c'était elle — en vain Clara cherchait à l'entraîner quand la porte s'ouvrit violemment et Angèle, la petite Lize étroitement serrée contre sa poitrine, les mains crispées sur le petit cadavre qu'elle retenait de toute la force instinctive de son amour, doublé par la surexcitation de son désespoir, Angèle les vêtements en désordre, le visage livide, les cheveux épars, vint tomber aux pieds de sa mère.

<h2 style="text-align:center">XLII</h2>

UN INTERROGATOIRE

Jacques Brodard avait déjà subi plusieurs interrogatoires, dans lesquels naturellement, il avait nié avec la plus grande énergie, le meurtre qu'on lui imputait. Il alléguait n'avoir eu aucune raison de commettre un tel crime. Sa droiture native éloignait de lui jusqu'à la pensée que Rousserand pût être l'auteur du malheur d'Angèle. Un patron qui avait été un camarade ! Allons donc, il se serait regardé comme le dernier des hommes s'il avait pu concevoir un tel soupçon. Ces dénégations si franches avaient paru au juge d'instruction le comble de l'habileté et de la scélératesse. Pour chercher à mettre Brodard en contradiction avec lui-même, à s'enferrer, il lui avait laissé croire à la mort de M. Rousserand.

Naturellement, ce petit subterfuge n'avait produit aucun effet sur Brodard.

Il s'agissait pour lui d'établir un *alibi*, c'est-à-dire de prouver qu'il n'était pas à Paris le jour du meurtre.

Ce meurtre avait eu lieu le 30 mars, dans l'après-midi et Brodard était arrivé le matin du 31. C'était bien simple, mais qui pouvait en témoigner ? Le vieil Henri ? Il était l'oncle de l'accusé, son témoignage n'était pas valable.

Restaient les dénégations de Brodard ; mais quelle valeur avaient-elles, quand, à force de tourner et de retourner la question, le juge avait fini par embrouiller l'ouvrier, dont le cerveau ébranlé par tant de secousses violentes, vacillait dans la précisation des dates.

Et puis, il y avait la lettre adressée à Rousserand, lettre post-datée par erreur et qui faisait foi contre Brodard.

Le malheureux rapatrié était toujours au secret. Il passait les longues heures de sa captivité dans une sorte d'effarement douloureux, tantôt en proie au plus profond découragement, tantôt agité du plus violent désespoir.

Parfois, il avait peur de devenir fou et, pour en finir, pour qu'on lui laissât voir sa femme et ses enfants, il lui prenait des envies de dire tout ce qu'on voudrait.

Mais alors, on l'enverrait de nouveau en Calédonie, au bagne ! N'importe ! cela vaudrait mieux que d'être en France à un pas de tous les siens, sans pouvoir même rassasier ses yeux de leur vue.

Puis cette pensée du bagne le faisait frémir. Le bagne ! Que d'horreurs ignorées sous ce mot. Il avait vu cet enfer de près. Outre ses tortures, la faim, le dénuement, le travail forcé, les cohabitations immondes , c'était encore le déshonneur complet pour les siens et pour lui. Non ! non, il fallait nier, se défendre, faire triompher son innocence avec la vérité. Là était le devoir.

On vint chercher le tanneur le samedi 2 avril pour le conduire dans le cabinet du juge d'instruction.

M. A... accueillit Brodard d'un air moins glacial que de coutume.

Il venait d'interroger Auguste et, dans la persuasion de l'innocence de Brodard, il se disposait à faire signer en faveur de ce dernier une ordonnance de non-lieu par le procureur de la République.

Cependant, obéissant à la lettre plutôt qu'à l'esprit de la loi, le juge devait pour remplir son mandat dans les formes prescrites, interroger l'accusé une fois encore. Avant de lui rendre la liberté, il fallait s'assurer que le père n'était pour rien dans le crime dont le fils se reconnaissait coupable.

— Brodard, dit monsieur A..., persistez-vous à nier que vous êtes l'auteur du meurtre, commis sur la personne de M. Rousserand, votre ancien patron ?

— Oui, monsieur le juge, je persiste. Si je disais le contraire ce serait un mensonge.

— Mais si vous n'avez pas agi vous-même directement dans le meurtre, vous y avez poussé une autre personne !

— Moi ? monsieur, et quel intérêt avais-je à ce meurtre ?

— Ainsi, vous déclarez formellement n'avoir point usé de votre autorité paternelle pour pousser votre fils à un acte de vengeance ?

— Mon fils ! ah ! que dites-vous, monsieur le juge ! un père pousser son fils à commettre un crime ! Est-ce que c'est possible ?

— Dans votre esprit c'était peut-être une simple vengeance.

— Une vengeance ? Et pourquoi ?

— Il est impossible que vous l'ignoriez et, dans votre intérêt, je vous conseille de renoncer à une feinte qui peut gâter votre cause. Avouez que vous avez poussé votre fils.

— Sur tout ce que j'ai de plus cher au monde : sur la tête de ma femme et de mes enfants, je vous jure que mon fils est aussi innocent que moi-même.

— Du moins vous feignez de le croire.

— J'en suis sûr.

— Tenez, lisez la déclaration qu'il vient de signer lui-même.

Le juge tendit un papier à Jacques qui, l'œil troublé par l'émotion et en s'y reprenant à plusieurs fois, parvint enfin à déchiffrer ce qui suit. C'était écrit de cette horrible écriture de greffe qui semble coulée pour mettre à l'abri de toute compréhension les vieilles formules de la prose judiciaire.

« L'an mil huit cent soixante et... a comparu devant nous, juge délégué aux

« instructions criminelles, séant au Palais de justice, en **notre** cabinet, le nommé
« Auguste Brodard, demeurant à Paris, rue Croulebarbe, fils mineur de Jacques
« et de Magdeleine Ardoin, apprenti tanneur, ainsi déclarant :

« Lequel nous a fait savoir que le trente mars à trois heures de relevée, il **a**
« commis sur la personne d'Étienne Rousserand, maître tanneur, notable com-
« merçant, chevalier de la légion d'honneur, demeurant à Paris, boulevard de
« Port-Royal, une tentative de meurtre avec intention bien arrêtée de donner la
« mort audit sieur Rousserand, son patron.

« Interrogé par nous sur les motifs de sa tentative d'assassinat , ledit
« Auguste Brodard répond que c'est pour venger sur le sieur Rousserand le
« déshonneur de sa sœur, laquelle, d'après les allégations du déclarant, aurait
« été rendue mère par son patron.

« Sur les dites déclarations, dont nous donnons acte, le mineur Brodard nous
« requiert de remettre immédiatement en liberté son père, qui ne saurait être
« retenu en prison pour un attentat dont lui, Auguste Brodard, se déclare le
« seul auteur, etc. »

Jacques était confondu. Quoi ! Rousserand était l'auteur de tous leurs
désastres ! Le monstre ! abuser de l'enfant d'un camarade !

Des flots de colère lui battaient la poitrine. Puis la pensée d'Auguste l'attendrissait. Brave enfant comme il avait fait son devoir ! Et il venait se constituer
prisonnier !

Un monde de pensées douloureuses s'agitaient dans la tête du pauvre père.

Il supposait bien que les juges ne condamneraient pas rigoureusement le
frère qui avait essayé de venger sa sœur, mais enfin, on pouvait l'enfermer
jusqu'à sa majorité dans une maison de correction; c'est-à-dire dans une école
de dépravation mutuelle. Hélas ! quoiqu'il eût agi comme un homme, ce n'était
pourtant qu'un enfant que le mauvais exemple pouvait entraîner au mal. Oh ! si
on allait gâter cette belle nature !

Comment faire pour éviter une condamnation à son fils? Ce Rousserand, cet
ignoble Rousserand était riche; il avait des amis, de l'influence, il serait soutenu,
et eux, de soi-disant communards, seraient accablés, confondus par la puissance
de leur ennemi.

— Eh bien! » demanda le juge, qui épiait sur la figure du tanneur l'effet de la
déclaration signée par Auguste, « eh bien! accusé Brodard, que dites-vous des
faits allégués par votre fils lui-même ? N'êtes-vous pour rien dans la détermination prise par lui de tuer son patron?

— Non.

— Ne l'avez-vous ni conseillé ni assisté?

— Non.

— Cependant on a trouvé sur le lieu du crime un de vos souliers et un outil
tranchant s'adaptant à la blessure du maître tanneur.

— C'est possible.

— L'outil — qu'on nomme je crois une *étire* — porte votre nom entaillé au
couteau sur l'un de ses manches.

— Ah! bien, si on a trouvé mon soulier, mon *étire*, c'est bon à savoir.

— Oui, et malgré les déclarations de votre fils, malgré vos dénégations, ces pièces vous accusent en laissant peser sur vous des charges de complicité.

—Vraiment, malgré ce que dit mon brave enfant, on pourrait encore croire que c'est moi qui ai commencé de régler son compte à Étienne Rousserand?

— Sans doute.

— Pour la justice, l'étire et le soulier parlent contre moi?

— A moins que vous ne puissiez expliquer d'une manière satisfaisante la présence de ces objets sur le théâtre du crime.

Brodard garda quelques instants de silence et enfin, faisant un effort sur lui-même, il répondit :

— Je n'ai rien à expliquer pour ma défense, car c'est moi, c'est bien moi et moi seul qui ai voulu tuer Rousserand.

— Réfléchissez, dit le juge étonné, réfléchissez bien aux conséquences des paroles que vous venez de prononcer; elles peuvent vous mener plus loin que vous ne pensez. Ne vous laissez pas emporter par un mouvement irréfléchi d'amour paternel. Vous devez la vérité à la justice.

Brodard ne répondait pas. Il tenait ses yeux baissés.

— En persistant dans votre dire, vous pouvez, continua le juge d'instruction, vous pouvez être condamné aux travaux forcés à perpétuité.

— Comment! demanda l'accusé, pour avoir vengé l'honneur de ma fille?

— Il est prouvé, ou à peu près, que l'honorable M. Rousserand est tout à fait étranger à l'abus de confiance dont votre fils a cherché à couvrir son crime ou... le vôtre.

— Alors nous avons voulu tuer notre patron.

— Non, il y a eu tentative de chantage.

—Ah! très bien, Voilà qui explique tout. Parbleu! nous avons tous les torts. Je ne m'expliquais pas bien les choses, vous venez de me les faire comprendre. C'est simple comme bonjour.

— Accusé, ne le prenez pas sur ce ton ironique.

— Oh! je n'ai pas envie de blaguer, allez, monsieur le juge. D'ailleurs il n'y a pas de quoi, mais il faut bien que je me rende à l'évidence.

— Comment! l'évidence?

— Eh oui, ça crève les yeux : ma petite Angèle est une petite gueuse qui faisait la vie. Étienne Rousserand, innocent comme l'enfant qui vient de naître, et puis chevalier de la Légion d'honneur, n'aurait pas touché ça avec des pincettes. Et nous autres avons voulu profiter de... Mais c'est abominable de notre part. Tentative de chantage!... Ah! ah! ah! c'est d'un cocasse!...

Et Brodard, rouge de fureur, se labourait la poitrine avec ses ongles, riant comme un autre sanglote. Sa figure était si menaçante que le juge d'instruction en avait peur.

L'habile magistrat reprit d'un ton plus doux, qu'il tâchait d'imprégner de bienveillance :

— Persistez-vous à vous déclarer coupable de la tentative d'assassinat com-

mise sur la personne de M. Étienne Rousserand? Réfléchissez bien avant de
répondre.

— C'est tout réfléchi : l'enfant est un enfant. Il a cherché à se dévouer pour
me sauver, mais c'est moi qui ai fait ce coup. Voilà, quoiqu'on soit capable de
tout, on a comme ça tout de même, quelque chose pour les siens, vous voyez.
On peut vouloir assommer et faire *chanter* un honnête patron et...

— Vous avouez donc la tentative de chantage?

— Tout ce que vous voudrez, mon brave monsieur. Renvoyez Auguste chez
sa mère et permettez, puisque j'avoue tout, permettez que je voie au moins ma
famille.

Et des larmes lui tombaient des yeux sur sa grande barbe grise. L'indignation
faisait place à l'attendrissement. La pensée de sa femme, de ses enfants, lui amol-
lissait le cœur.

On le reconduisit dans son cachot, mais il ne devait pas y rester longtemps.
Il n'était plus au secret et allait monter d'un étage, c'est-à-dire habiter une cellule
d'où il pourrait sortir quelques heures pendant la journée pour prendre l'air
dans la cour, avec les autres prisonniers.

XLIII

UN GRAND COUPABLE

La sincérité est toujours le meilleur moyen de se concilier l'indulgence
des hommes. Auguste s'étant constitué prisonnier volontairement, devait être
l'objet de certains égards, toujours accordés aux criminels qui se reconnaissent
coupables.

Dès les premiers jours de sa captivité, il aurait pu se promener dans la cour
de la prison, aux heures réglementaires, mais il avait mieux aimé rester dans sa
cellule.

Le cœur gros, les yeux gonflés, le pauvre enfant, assis sur sa paillasse, la tête
dans ses mains, subissait la réaction de tous les entraînements qui l'avaient
violemment poussé hors de la voie commune. Le milieu lugubre dans lequel il se
trouvait lui assombrissait l'âme; les murailles grises déteignaient sur lui;
le grand silence de la prison lui faisait peur. Pour la première fois, en la perdant,
il comprenait ce que vaut la liberté.

Mais dira-t-on, avait-il donc été libre jusque-là? Celui qui grandit dans toutes
les contraintes de la misère n'est-il pas un véritable esclave?

Sans doute, mais Auguste, s'efforçant d'être homme au travail pour aider
sa mère, pouvait se croire libre puisque son esclavage était volontaire. Maintenant il se sentait entre les mains d'une puissance supérieure contre laquelle il
ne pouvait rien.

Le sentiment du devoir accompli avait d'abord soutenu son courage au fond de sa cellule de prisonnier, il avait des mouvements d'orgueil d'avoir agi en homme, mais ces mouvements ne duraient pas. Il n'avait que dix-sept ans; à cet âge l'exaltation et le découragement se succèdent parfois sans transition.

Les premières heures avaient été remplies par l'espérance de rendre son père à la famille; mais comme le juge d'instruction qui avait interrogé Auguste n'avait pas daigné condescendre jusqu'à lui dire si oui ou non Jacques Brodard serait relaxé, le pauvre enfant était plein de trouble et s'abandonnait à toutes sortes de craintes.

Le petit Brodard avait bien résolu de ne pas se mêler aux autres prisonniers que, dans sa droiture exagérée, il regardait comme un rebut de l'espèce humaine; la solitude eut vite raison de ses répugnances.

Dès le second jour, il s'empressa de sortir quand le porte-clefs vint ouvrir sa cellule. Il étouffait, il avait besoin d'air, il avait besoin de voir et d'entendre des hommes, de leur parler, de vivre de la vie de ses semblables.

Que voulez-vous ! c'est comme ça.

La belle jeunesse aime l'espace, la lumière, le bruit, le monde; l'étroitesse d'une cellule, l'obscurité, le silence, la solitude sont des tortures pour elle.

Dans la cour, Auguste se sentit mal à l'aise. On avait l'air de le regarder comme un intrus. Il y avait là des enfants de son âge qui parlaient un langage cynique; des vieillards ravagés par le vice, amaigris par les privations, des hommes jeunes, des hommes mûrs, flétris, fatigués, dépenaillés. Tous les degrés de la vie humaine étaient représentés dans ce ramassis de toutes les misères.

La prison, c'est un ulcère de l'humanité, cela repousse et fait compassion. La vue de cette partie du monde séparé du reste, partageait le cœur du petit Brodard entre l'horreur et la pitié. Il se promenait la tête basse, tâchant de s'isoler au milieu de cette foule avec laquelle il ne voulait pas se confondre.

Mais le monde des prisons n'est pas précisément gêné par ce qu'on appelle les convenances. Il n'y a pas besoin d'être *présenté* pour se parler.

Quelqu'un frappa sur l'épaule d'Auguste :

— Hé ! petit !

L'apprenti se retourna et vit devant lui un vieux à figure de dogue maigre qui le regardait d'un air gouailleur.

« — Pardon, excuse, mon mignon, » dit le vieux, « veux-tu faire connaissance avec moi ? C'est la première fois que t'es pincé hein?

— Oui, comment le savez-vous?

— C'est que t'as l'air de t'amuser comme un carpillon dans une boîte.

Auguste, malgré l'appréhension que lui causait le contact d'un être vraisemblablement dégradé, ne voulait pas faire le fier. Il répondit :

— Oui, c'est la première fois que je viens en prison, et vous ?

— Moi, mon mignon, je ne les compte plus. A mon âge, tu feras de même.

— J'espère bien que non.

— L'on espère toujours mais, vois-tu, c'est une illusion. Une fois qu'on y est entré c'est fini : on est perdu !

— Que dites-vous ?

Ce chien, peut-être un affamé comme moi, me mordit. (Page 286.)

— Je te dis ce qui est, c'est comme ça et tu le verras. Il y a un proverbe bien vrai quoi qu'il nous vienne d'Allemagne : « laisse-toi prendre un cheveu par le diable et tu es à lui pour l'éternité. »

— Mais le diable ne m'a rien pris du tout. Je suis un honnête garçon, moi !

— C'est-à-dire, tu as été, honnête ! Parbleu ! comme les camarades. Crois-tu donc que tous ceux que tu vois grouiller, comme une vermine dans cette cour, n'ont pas commencé par être innocents ! Moi qui te parle, jusqu'à sept ans, j'ai été comme une eau de roche au fond du bois.

Le vieux soupira.

— Oui, » poursuivit-il, « je m'en souviens, je n'aurais pas alors fait du mal à une mouche, et ma mère — une larme brilla sur le bourrelet rouge de sa paupière — ma mère m'avait surnommé le berger des hannetons, tant j'avais le respect de tout ce qui a vie. Mais quand elle fut morte de honte et de douleur... — je parle de ma mère — quand elle fut morte mes sentiments changèrent avec l'abandon et la réprobation idiote de tous.

— La réprobation ? est-ce qu'un enfant de sept ans peut être réprouvé?

— Bien sûr.

— Et pourquoi ?

— Le péché originel, mon migon, le péché originel.

— Je ne vous comprends plus.

— Tu n'as donc jamais appris le catéchisme?

— Si, je l'ai appris.

— Alors tu dois savoir que : pour la faute d'un homme, des millions et des millions d'hommes doivent être rôtis, sans jamais être cuits, pendant des millions et milliards d'années pour satisfaire à la justice (quelle justice!) d'un vieux qui s'intitule le père de tous ces embrochés, au moins à ce que nous affirment les calotins chargés par le gouvernement de nous enseigner la morale.

— Mais quel rapport ?...

— Patience ! patience, j'y viendrai ; tu as le sang vif, mon mignon. Le rapport ? le voilà :

Le monde n'est pas plus parfait que le bon Dieu : j'ai été damné pour la faute de mon père.

— Qu'avait-il fait votre père ?

— Est-ce que je le sais, moi?

— Mais enfin ?

— On l'avait guillotiné, voilà le plus clair de son histoire et de la mienne.

— Guillotiné !

— Oui, guillotiné ! le papa !... fils de guillotiné, ça vous fait un nom sur le pavé de Paris. A sept ans, chassé, conspué, vagabond, montré au doigt par les bonnes boutiquières de Montmartre à leurs petits, j'étais recherché dans la haute pègre et, plus d'un escarpe fameux ne dédaignait pas de m'avoir pour complice.

— Pour complice à sept ans !

— Eh, mon mignon, je n'avais pas mon pareil pour faire le guet.

— Est-il possible ?

— Très possible, puisque c'est absolument comme je te le dis. Mais, tout n'est pas rose, jasmins et petits fours pour un mioche qui commence son apprentissage de la vie en aidant à faire des machabées.

— Des machabées ?

— Là ! tu ne sais pas encore ce que c'est, innocent : des hommes, des femmes des enfants qu'on refroidit.

— Vous voulez dire qu'on assassine ?

— Eh bien oui, qu'on assassine, puisque tu aimes les mots cossus.

— Quoi ! vous avez aidé !... Ah ! non ! non ! ce n'est pas vrai, vous voulez me faire croire...

— Eh ! que veux-tu que je te dise : depuis l'âge de sept ans je me suis trouvé seul sur le pavé de Paris, je n'ai jamais rencontré personne qui se soit intéressé à moi autrement que pour m'employer au mal. Abandonné à tous les hasards est-il étonnant que je sois devenu ce que je suis ?

— Eh qu'êtes-vous ?

— Un ennemi des honnêtes gens. Sous prétexte de me corriger ils m'ont traîné pendant mon enfance et ma jeunesse de prison en prison : pendant mon âge d'homme, de bagne en bagne. Je n'avais en perspective que le vol, j'ai volé !... j'ai fini par tuer, par tuer moi-même !

— Quoi, demanda Auguste en se reculant instinctivement vous avez tué ! tuer pour voler ?

— Oui !

— Vous auriez pu faire autrement.

— Je l'ai essayé ; imposible. Il y a dans la vie des pentes fatales. Tu vas voir :

« Une fois, il y a de cela une vingtaine d'années, je ne sais quelle bêtise me passa par la tête, mais je résolus de tâter un peu de l'honnêteté. »

« Naturellement, je sortais du bagne, où j'avais appris l'état de menuisier. Je vas trouver un patron et je lui dis : vous avez de l'ouvrage, moi je suis compagnon, voulez-vous m'occuper ? Il me dit comme ça : où est votre livret ? Moi, je réponds : je vous le montrerai.

« Je travaille huit jours ; mon travail va bien car je suis bon là, mais, point de livret. Le patron exige que je lui montre mon passe port. Il lit : FORCAT LIBÉRÉ.

Ça sonne mal et le lendemain il me dit :

« N'y a plus d'ouvrage. Je vous dois tant. Voilà votre argent. Moi je me dis, il faut partir ! Je suis connu. Alors j'en prends où j'en trouve. Voilà mon histoire passée et à venir. Voilà la tienne, peut-être mon mignon ; je ne le souhaite pas, mais enfin, ça pourrait bien t'arriver. (¹)

— Non ! non ! dit Auguste avec force, ça n'arrivera pas, je sais travailler, le bien d'autrui ne me fera jamais ni besoin ni envie, je n'ai commis ni vol ni rien qui porte atteinte à l'honneur, j'ai essayé de tuer un homme qui a déshonoré ma sœur, ce n'est pas un crime ça.

— Tant mieux pour toi, mon petit, tant mieux pour toi, si tu peux sortir d'ici pour n'y plus revenir ; mais je crains bien que tu te trompes. Dans tous les cas, je souhaite de me tromper moi-même, car vrai, tu as une figure qui me revient. Tu ressembles comme deux gouttes d'eau à un de mes camarades de chaîne, le seul être que j'aie bien connu sans le mépriser. C'était un Corse ; comme toi, il avait assassiné par vengeance. Quand il est mort, je l'ai pleuré. Il m'avait retourné le cœur faut croire. Mais ne parlons plus de ça. Mon histoire t'ébouriffe, hein ? Tu te dis v'là un fameux gueux, n'est-ce pas ?

1. Extrait presque littéralement de la Gazette des Tribunaux.

— Oh ! non !

— Alors, que penses-tu de moi ? Je serais curieux de le savoir.

— Je vous le dirai franchement.

— Ça me fera plaisir.

— Quand vous m'avez parlé, j'ai éprouvé une espèce de frayeur et j'ai été tenté de ne pas vous répondre. J'avais du mépris pour vous comme pour les autres et, maintenant...

— Maintenant?...

— Maintenant, je méprise surtout le monde qui sait si mal tirer profit des enfants.

— Alors, tu ne me méprises pas trop, moi?

— Écoutez, je ne sais pas mentir : ça me fait quelque chose de penser que vous avez tué pour voler. Ça me paraît abominable; mais tout de même en songeant à votre enfance, à votre triste vie, je me sens le cœur plein de pitié pour vous et de haine contre les riches indifférents qui peuvent voir, sans s'en tourmenter, tant de pauvres petits à l'abandon.

Et Auguste raconta ce qu'il savait de l'orphelin qu'on avait trouvé au Champ de Navets, et auquel on donnait une prison pour asile.

Le vieux l'écoutait en branlant la tête et disait : « Voilà, c'est toujours la même histoire. »

Les deux prisonniers, le vieillard et l'enfant, tous deux aussi mal vêtus l'un que l'autre de mauvais habits de toile, sentaient la bise leur souffler sur la peau; pour se réchauffer, ils se mirent à arpenter la cour. Maintenant, ils ne disaient plus rien, tous deux étaient songeurs.

Auguste et sa nouvelle connaissance se mirent en espalier sous un rayon de soleil qui descendait le long du grand mur.

L'apprenti était vivement intéressé par la misérable vie qu'on venait de lui raconter, il demanda :

— Mais, dites-moi, mon vieux camarade, personne n'a donc essayé de vous moraliser quand vous étiez jeune?

— Oui, dans les maisons de correction, quelquefois, à coups de cravache ou en me mettant à la chaîne comme un chien, on a cherché à éveiller en moi ou à faire naître l'instinct du devoir. Mais ça ne prenait pas, comme tu penses, et j'étais réputé gangrené jusqu'à la moelle.

— Pauvre malheureux ! vous n'avez jamais été aimé?

— Jamais !

— Vous n'avez pas eu d'ami?

— Non, excepté ce Corse dont je t'ai parlé. Et encore j'étais seul à l'aimer. Il me plaignait mais il ne m'aimait pas, lui. Au fond, il me méprisait. C'est même ça qui m'avait donné envie d'être honnête et de travailler.

— Vous auriez dû continuer de marcher dans ce chemin-là.

— Mais, innocent, tu as bien vu que c'est impossible. Est-ce que quelqu'un a voulu m'aider parmi ces honnêtes gens? Tu verras, tu verras, comme ils sont durs. Et puis quand on est tout seul, à quoi bon lutter?

— C'est vrai tout de même, que ce doit être embêtant d'être seul. Ame qui vive n'a donc voulu de votre amitié?

— Non, jamais! jamais!

« Eh mais » ajouta le vieux avec un sourire qui donna froid à Auguste, « je me trompe, quelqu'un a essayé de me faire connaître les douceurs de... l'affection, et je serais vraiment un ingrat de ne pas m'en souvenir. Tu vas voir.

« Une fois, je m'étais échappé de la Petite-Roquette. Au fond de ma cellule, j'avais combiné dans ma tête une foule de plans, dont le moindre devait me donner l'indépendance : 1° je pouvais vendre du mouron pour les petits oiseaux; 2° des allumettes. »

« — Comment ça, des allumettes? »

« — Eh oui, dans ce temps-là c'était un commerce à la portée de tous les crève-faim; aujourd'hui, c'est plus ça. Mais revenons à mon voyage dans le pays de l'amitié.

3° En voyant quelques petites choses aux étalages, je pouvais m'établir marchand de contremarques. »

Le petit Brodard fit un mouvement.

— Eh, » dit le vieux, « ne fais donc pas comme ça le dégoûté. Comment veux-tu qu'une pauvre graine de misère de mon espèce ait pu faire des projets d'avenir sans y mettre le vol à la clef? Quand on n'a sur la terre ni bien, ni parent, ni rien de rien, je te l'ai dit et je te le répète, on en prend où l'on en trouve. Pas moyen de faire autrement, mon petit.

— Mais le travail? » objecta timidement Auguste.

— Le travail! innocent! Est-ce que tous ceux qui en ont besoin pour vivre en peuvent avoir pour cette raison? Tiens, tu me fais suer, avec ton travail. Ne me regarde pas de cet air bête; tu as l'air d'une image de la morale en actions. Écoute, tu feras tes réflexions après.

« Naturellement, comme c'est dans la fatalité de ma vie, ou peut-être dans la force des choses, rien de ce que j'avais rêvé ne fut possible, pas même de voler une orange pour apaiser la soif qui vous brûle le gosier, quand la faim vous a assez tordu les boyaux.

« J'avais voulu travailler sur le port, décharger des pierres. Il paraît que c'était là une prétention insensée. On me le fit bien voir et les portefaix me le firent même sentir à coups de pied quelque part. Un des plus robustes s'amusa à m'écrire à l'encre bleue, sur la figure, que le droit au travail n'était pas compris dans les droits du dernier venu.

« Je n'osais pas demander l'aumône car la prison était au bout du flagrant délit de mendicité, et je redoutais ça plus que la mort. »

« Alors, un soir que j'avais trop faim, me voyant dans cette ville immense où il n'y avait pour moi d'autre abri qu'une prison; d'autre travail que le vol — c'est-à-dire encore et toujours la prison — je résolus de dire bonsoir la compagnie et, dans cette idée, je m'en fus à la Morgue pour voir si les pensionnaires de l'endroit ne s'y trouvaient pas trop mal.

« Il y avait sur le matelas de pierre un jeune homme, un ouvrier qu'on venait de repêcher dans la Seine. Les yeux grands ouverts, il avait l'air de regarder le monde. Je demeurai là des heures et des heures à le voir, oubliant ma faim et songeant que bientôt je serais à ses côtés et que la foule ferait des réflexions en me voyant. Ce serait la première fois qu'on me plaindrait.

« J'entendais d'avance les habitués de la Morgue dire entre eux : « Oh! ce pauvre garçon!

« Comme il est jeune!

« Comme il est maigre!

« On dit qu'il s'est suicidé!

« N'est-ce pas une horreur de penser à ça!

« Un enfant!

« Il commençait à faire sombre. Chacun s'en allait dîner. J'étais presque seul mais toujours auprès du machabée. Tout à coup, il me sembla qu'il avait fait un mouvement et que ses grandes prunelles grises s'étaient arrêtées sur moi.

« Je m'enfuis. »

« Toute la nuit j'errai sur le quai, dévoré par la faim, marchant comme dans un rêve, sous le ciel plein d'étoiles; regardant l'eau noire où se noyait la lumière des becs de gaz. »

« Auprès de moi, j'entendis un chien ronger un os, je voulus le lui prendre. Ce chien, peut-être un affamé comme moi, me mordit. Je descendis la berge pour aller laver ma blessure dans l'eau de la Seine. Mais cette eau qui devait bientôt me couvrir, grondait comme une meute de dogues en se brisant aux arches. Ça me faisait froid dans le dos.

« Je remontai sur un pont. C'était le pont Notre-Dame. »

« Le jour venait, un beau jour qui rayait le ciel d'une grosse barre couleur de rose. Des marchandes de fleurs commençaient à passer sur leurs petites voitures et puis, des ménagères qui allaient au bateau. »

« Des jardins de l'évêché montaient des odeurs de lilas qui me faisaient mal à la tête. Des terrassiers allaient et venaient causant de leur travail; puis des blanchisseuses, les manches retroussées, leurs battoirs à la main, descendaient vers la Seine se racontant leurs misères, se plaignant d'être obligées de laisser de si bonne heure le ménage, les enfants. Mais, il fallait gagner sa chienne de vie et celle des moutards. »

« Aucune ne faisait attention à moi. Tout ce monde, malheureux entre les malheureux, avait pourtant un gîte. Ils en sortaient, ils y retourneraient le soir. Un lit! un gîte à soi! on ne sait pas assez ce que ça vaut. Celui d'où je venais, où l'on me porterait bientôt se dressait là-bas au-dessus de la berge, et je voyais son petit toit rougeâtre briller au soleil levant. »

« C'était triste tout de même de songer que je pouvais pourrir sur ces tables de marbre, et que personne au monde, personne ne viendrait me réclamer! Hélas! depuis la mort de ma mère, aucun ne s'était occupé de moi que pour me faire du mal ou m'enfermer comme un malfaiteur. »

« Non, pour sûr, on ne viendrait pas réclamer ma pauvre carcasse. »

« J'étais si désespéré, j'avais si faim et pourtant j'hésitais à en finir. Le ciel était

si bleu et le soleil si chaud que ça m'embêtait de m'en aller par un si beau temps.

« Alors, je croyais encore un peu au bon Dieu, dont les aumôniers des prisons nous racontent tant de mensonges. Pour sûr, il pouvait bien, si ça lui faisait plaisir, retirer pour moi un pain des fours du paradis et me l'envoyer. N'avait-il pas fait une chose dans ce genre pour un nommé Élie? »

« Je me mis à demander pardon au père Éternel, à prier Jésus et la Vierge et les saints et mon bon ange ; tout en regardant les ramiers passer dans le ciel. »

« Mais faut croire qu'on avait autre chose à faire là-haut que de s'occuper d'un enfant qui mourait de faim. Les oiseaux continuaient à voler sans m'apporter la moindre bouchée de pain. Paris éveillé et déjà bruyant commençait son train infernal. De grosses voitures chargées de victuailles, viande, légumes, fromage, pain se rendaient aux halles centrales, et moi, faute d'une bouchée, je me sentais mourir. »

« L'estomac me brûlait ; c'était intolérable. Si je tardais, je n'aurais plus la force d'enjamber le garde-fou. Il fallait en finir. »

« Après bien des hésitations, des battements de cœur, je prends mon élan et *clouc*, me voilà dans la Seine, au beau milieu. »

« Ce fut bientôt fini : Une petite bataille entre l'eau qui se laissait battre et me regardait de ses grands yeux verts, puis quelques secondes d'étouffements puis, plus rien, le grand sommeil, le vrai repos.

« J'en avais pour longtemps. C'était fini enfin, sous la terre qu'on serait bien obligé de me donner, j'allais *pioncer* comme le fils du plus gros bourgeois. Mais pas de chance, tu vas voir :

« Le corbeau que j'attendais, avec son pain de quatre livres, n'était pas venu et celui que je n'attendais pas vint me chercher là où j'étais si bien. — Je voudrais y être encore. — Une grande merluche de curé — un brave homme tout de même — en allant dire la première messe à Notre-Dame, m'avait vu faire le saut périlleux. V'la t'y pas qu'il s'avise de venir me repêcher. »

« — N'y avait pas de mal à ça » dit Auguste.

— Pas de mal à ça? Ah! l'imbécile! je lui en voudrai tant que je vivrai.

— Comment? à un homme qui a exposé sa vie pour sauver la vôtre?

— Oui! oui! Il n'avait qu'à passer son chemin. L'affaire était dans le sac, il n'avait qu'à l'y laisser. Cet animal-là, croyant bien faire — je ne peux pas dire non — a mis la plus belle fleur dans le bouquet de mon existence.

— Comment ça?

— Voilà la chose, petit : y avait un genre de prison que je ne connaissais pas : la prison religieuse, la cage au bon Dieu où l'on met les petits oiseaux tombés du nid. C'est là que la bonne bête de curé, qui m'avait sauvé, me plaça pour faire mon éducation et des escarpins de lisières.

— Ce n'était pas déjà si mal.

— Tu crois ça? Eh bien, la Petite-Roquette, avec sa graine de scélérats, valait encore mieux que l'orphelinat des bons frères de... je ne sais plus quel cœur, de Jésus et de Marie...

— Ç'est pas possible?

— Est-il drôle ce bambin! avec ses étonnements! Va, vis seulement un peu plus et tu en entendras bien d'autres.

Le vieux soupira. Il prit dans une tabatière de bois une grosse prise qu'il aspira lentement; puis s'essuyant le nez du rebord de sa main, il poursuivit :

« Jusqu'alors, j'avais vécu avec des loups qui avaient laissé sur mon pauvre corps la marque de leurs crocs et de leurs griffes; à l'orphelinat de X. je fis connaissance avec toutes sortes de bêtes visqueuses qui bavèrent sur moi.

— Je ne vous comprends pas, mon vieux camarade.

— Tant mieux! tant mieux! petit, c'est pas la peine de tirer tout ça au clair

— Mais vous m'avez dit qu'une amitié...

— Une amitié? là! oui, je me souviens.

Il éclata de rire répétant : une amitié!... C'est vrai qu'un saint homme de frère eut pour moi mille bontés et m'aima de la plus jolie façon qui se puisse imaginer. Il m'enseigna des choses qui s'apprennent au bagne mais que les bons frères ont perfectionnées. »

« J'étais sorti scrofuleux de la Petite-Roquette; je m'enfuis du couvent, épuisé de vice, corrompu jusqu'aux moelles, effaré, abruti, ne croyant plus qu'au mal.

« Mais voilà la cloche qui sonne. Bonsoir, mignon, tâche si tu peux de ne pas arriver où j'en suis, car vrai, il y a des jours de noir où je mangerais volontiers des côtelettes d'honnêtes gens. »

XLIV

L'ATELIER DE JÉHAN TROUSSEBANE

Le jour venait par une large fenêtre à tabatière dans le galetas que Jéhan Troussebane et l'un de ses amis avaient transformé en atelier, au-dessous d'un toit de la rue Saint-Joseph.

C'était bien, assurément, le plus singulier endroit du quartier Montmartre, que l'atelier des deux jeunes peintres, où tout respirait l'insouciance des intérêts matériels, où tout était marqué au coin du caprice et de l'originalité.

Il sortait parfois de ce sanctuaire de l'art — comme l'appelaient pompeusement ses propriétaires — des éclats de rire qui se détachaient en coups de cymbales, à travers les affairements des maisons voisines et le grand brouhaha de la rue.

Pour le quart d'heure, l'étrangeté habituelle de l'atelier se renforçait de quatre jeunes hommes pendus dans le vide, et dormant, comme des loirs, sur des hamacs de ficelle.

Les dormeurs étaient enveloppés : l'un dans une toge romaine, l'autre dans une limousine, le troisième dans un manteau de hussard et le quatrième — un nègre superbe, — dans un vieux jupon de velours jaune.

Jéhan Troussebane s'éveilla le premier. (Page 290.)

Au-dessous, et autour des jeunes gens, les objets les plus bizarres occupaient le plancher et les murs biscornus de la mansarde :

L'art devait suivre là deux courants opposés car, à côté d'études brossées avec un soin minutieux, et entièrement classiques, la fantaisie grimaçait, sur une foule de toiles, les effets les plus imprévus de la peinture naturaliste.

Des têtes de mort, vivement éclairées, riaient de leur rire éternel au-dessus de costumes bariolés de merveilleux, de châtelaines et de pages du moyen âge. Des casques de pompier brillaient dans deux panoplies d'armes romaines ; des boîtes à couleurs, des fleurets étaient épars un peu partout. Une cible servait d'auréole à une horrible poupée articulée, agenouillée dans une pose recueillie, la tête couverte d'un long voile et une pipe de terre à la bouche.

L'atelier était plein d'objets sans nom, et dont leurs propriétaires ignoraient peut-être l'usage. Ils étaient drôles, cela avait suffi pour déterminer les jeunes gens à en faire l'acquisition. Les meubles portaient tous le cachet de l'extravagance. On ne pouvait s'asseoir sur les chaises, manger dans la vaisselle, ni coucher dans le lit. Tout était fait et avait été rassemblé là pour être vu.

Jéhan Troussebane s'éveilla le premier. Il étendit ses longs bras maigres pans toutes les directions, bâilla, se frotta les yeux et enfin, après avoir imprimé à son hamac un balancement qui se communiqua aux autres, sauta sur ses habits, en tas au dessous de son lit aérien.

Il avait enfilé son pantalon et se disposait à passer le paletot jaune qu'il portait le jour où nous avons fait sa connaissance sur le palier de Mᵐᵉ Régine, quand une idée, traversant la cervelle du peintre, il s'arrêta.

« Arrière ! » cria Jehan en poussant du pied le malencontreux paletot, « arrière, vile pelure des cornichons européens, livrée de l'esclavage moderne, arrière ! Je suis libre aujourd'hui ! C'est dimanche, je prends un bain de paresse, je me grise d'idéal, je nage dans l'art pur et je me mets à l'aise comme un pacha, dans ma robe prétexte. »

Ce disant, l'artiste mettait une longue blouse blanche constellée de taches.

Il faisait un jour radieux et Jéhan Troussebane n'en voulait pas jouir seul. Il appela ses camarades.

« Frères, réveillez-vous ! amants de la couleur, poètes qu'attend Charenton, financiers qu'attend l'hôpital, ouvrez vos quinquets. Vous allez voir comment le soleil, ennuyé de passer ses flèches d'or à travers les haillons du ciel, vient de balayer toutes les guenilles des nuées. Levez-vous, la lumière est splendide ce matin. »

Personne ne bougea.

Alors Jéhan Troussebane commença à tirer la toge dans laquelle était roulé son plus proche voisin. « Eh ! Lapersonne ! » cria-t-il, « Lapersonne, mon copain, *elle* va venir !

« — Laisse-moi dormir, animal, » répondit Lapersonne en ramenant sur ses oreilles la toge qui lui servait de couverture.

« — Ami, réveille-toi, je t'en prie, » réitéra Jéhan.

« — Pourquoi faire ? demanda l'autre, en ouvrant tout à fait deux grands yeux d'un bleu clair au regard aigu.

— Eh ! mais, pour préparer l'autel de la déesse.

— Quelle déesse ?

— Tu ne te souviens pas ?

— Non.

— L'ange qui doit venir ce matin.

— Est-ce que cet ange vient pour moi ?

— Non, Dieu merci !

— Alors, fiche-moi la paix.

— Ainsi, tu refuses de m'aider à mettre de l'harmonie dans le désordre de notre atelier?

— Tu me fais suer avec ton harmonie! faut-il tant de façons pour recevoir une petite coureuse!

— Une coureuse! canaque blindé, une coureuse!

— Une rouleuse, si tu aimes mieux.

— Lapersonne, tu abuses de ma longanimité et de mon affection, mais prends garde! tout s'use, tout meurt : il y a des astres dont notre terre ne serait qu'un grain de sable et ces astres se sont usés au frottement de quelque fluide inconnu; je te prie de respecter mon adorée, sans quoi notre amitié s'évanouira comme une ombre légère.

La figure de Jéhan Troussebane commençait à s'allumer. Lapersonne était bon, quoique d'humeur violente. Il se radoucit, sentant bien qu'il y avait du dépit sous les plaisanteries de son camarade.

— Tu vois bien que je blague, dit-il, que puis-je faire pour ton béguin?

— La regarder avec attention et sans parti pris, et me dire comment tu la trouves. Tu vois que je ne te demande pas l'impossible.

— C'est facile, en effet; qu'en résultera-t-il, je te prie?

— Écoute, tu as sur la peinture d'autres théories que les miennes...

— Heureusement!

— Eh bien, je gage que cet amour de femme te réconciliera avec l'art classique

— Jamais de la vie!

— Après l'avoir vue tu comprendras les idéalistes, tu aimeras, tu adoreras Raphaël.

— Moi! Raphaël! ce roi des lécheurs? Tiens! je voudrais avoir là sa Vierge à la chaise pour lui crever l'œil.

Jéhan Troussebane leva les bras au ciel et Lapersonne courant vers la sainte à la pipe lui allongea quelques coups de pied dans les reins en disant :

— Voilà comment je traiterais la Fornarina si je la tenais, et l'archange saint Michel aussi : je vengerais le diable !

— Malheureux, que dis-tu ? Non, non, tu ne ferais pas une éraflure à cette toile divine où Raphaël a laissé un des plus purs reflets de son génie. Saint Michel, l'idéal de la fidélité et de l'amour sans tache! le triomphe du bien sur le mal! la force dans la beauté! saint Michel!

— Apporte-le et tu verras si je ne lui crève pas la paillasse, à cette crapule versaillaise du vieux temps qui, depuis des siècles, donne des tours de reins à ce pauvre communard de Lucifer.

Jéhan avait bien envie de prendre fait et cause pour le divin Sanzio, mais il se retint, songeant qu'une discussion avec l'irritable naturaliste l'empêcherait de parler d'Angèle, ce dont il ne pouvait se retenir. Il se tut.

Lapersonne, toujours en courroux, recommença.

— Je parie mon casse-tête tonquinois contre ton parasol indien, que ta petite rouleuse n'a pas l'ombre de beauté.

— Que dis-tu, malheureux ? c'est Vénus Génitrix en personne ; je te l'ai dit, je le soutiens et je le répète.

— Hélas ! oui, pour la centième fois, ça tourne à la scie.

— Eh ! mon cher, si tu l'avais vue...

— Je la verrai, je ne la verrai que trop, cette vulgaire blonde aux yeux bleus.

— C'est une blonde délicieuse, je te l'ai dit, blanche comme la neige, un teint d'une transparence ! un nez ! des yeux ! un ovale ! un aïr d'innocence ! La Vierge-mère, quoi, dans toute la pureté de sa maternité divine ; une femme comme la nature en donne de rares échantillons, un de ces êtres sur lesquels elle rassemble toutes les perfecti ons du type, dont elle façonne l'idéal, lentement, peu à peu, dans l'intention de la généraliser pour l'avenir.

— Toqué, va ! triple toqué.

— Comment, tu ne crois pas que la nature ?...

— Laisse-moi tranquille avec ta nature, je te promets de voir ta Dulcinée d'un œil indifférent.

— D'un œil indifférent ! Lapersonne, rappelle-toi de ce que te prédit ton copain Jéhan Troussebane : si tu n'es pas une glace détachée du pôle Nord, tu en auras un coup de soleil, de mon inconnue.

— Moi ? moi ? moi ?

— Oui, toi ! toi ! toi ! ce sera ta punition pour avoir sacrifié au vulgaire et adoré le laid. Tu en seras amoureux — je parle de ma Vénus-mère — oui, amou-reux ! et elle ne pourra pas te souffrir, elle t'abôminera ! Tu tenteras de me l'enle-ver et un duel, un duel à mort terminera nos relations. Oreste tuera Pylade.

— Archi toqué ! décidément ton araignée fait des petits. Elle est bonne, celle-là : prétendre que nous croiserons le fer jusqu'à nous crever la paillasse pour une almée de Montmartre ! Eh ! mon pauvre Troussebane, je me moque de ta Vénus comme d'une belette empaillée.

XLV

LA BONNE HOTESSE

Les deux jeunes gens allaient se fâcher pour tout de bon, quand heureusement la porte, qui n'était fermée qu'au loquet, s'ouvrit pour donner passage à Mme Mercier, crémière au rez-de-chaussée et propriétaire du galetas.

Elle portait un petit plateau sur lequel fumaient deux tasses.

— Eh bien ! en vl'a une autre... maintenant ; comment, vous êtes quatre ? ex-clama Mme Mercier — c'était le nom de la nouvelle venue — vous êtes quatre et je n'ai apporté que deux purges. A la vérité quand il y en a pour deux il y en a pour quatre.

— Chère et respectable hôtesse, répondit Troussebane, souffrez que pour aujourd'hui Lapersonne et les amis, ici présents, échappions à vos soins.

— Eh pourquoi ?

— Parce que l'hospitalité a ses devoirs. Vous êtes trop bonne pour ne pas le comprendre. Impossible de prendre en compagnie ce que vous apportez-là.

— Mon cher enfant, c'est d'un doux, d'un facile.

— Je ne dis pas le contraire, mais...

— Il faut se purger au printemps, si l'on veut se bien porter.

— D'accord, mais j'attends une visite.

— Ça ne fait rien. L'effet n'aura lieu que dans quelques heures.

— Mais, madame Mercier, c'est une demoiselle.

— On la purgera aussi.

Un immense éclat de rire accueillit cette proposition.

— Là ! vous riez, fit la bonne femme en branlant la tête, je ne vous en veux pas ; la gaieté est de votre âge, et cependant, ce que je dis n'est pas si bête que ça en a l'air car, vos amis et vos amies, ceux qui sont là et celle qui va venir sont peut être, comme vous, des abandonnés au milieu de Paris, sans mère pour veiller sur eux. Quand ils profiteraient de l'occasion pour se nettoyer les humeurs... Ha ! mon père !

La bonne femme venait d'apercevoir le nègre et les deux tasses lui glissèrent des mains, inondant de leur contenu les vêtements de Lapersonne.

Dans le feu de la discussion, le naturaliste avait oublié de s'habiller.

Le nègre dont la figure de suie se découpait nettement sur un pan de la robe jaune, ouvrait aussi grands que possible ses yeux aux paupières bridées et dans un large rire montrait ses dents d'une blancheur éblouissante.

« — Ha ! mon père ! » répéta l'hôtesse au comble de l'étonnement ; les bras m'en tombent avec mes pauvres tasses ; expliquez-moi donc un peu ce que cela veut dire. Est-ce un ramoneur ? un charbonnier ? »

— C'est un fils de la Terre-de-Feu, chère madame Mercier, » répondit Lapersonne avec un sérieux à faire crever de rire, « un fils de la Terre-de-Feu, ce qui vous explique sa couleur de charbon. N'ayez pas peur, il n'est pas sauvage et s'appelle Mozambique, pour vous servir.

— Mozambique ! en voilà un nom. C'est égal s'il veut se purger à cause du printemps...

— Y songez-vous ? monsieur que je vous présente est docteur de la Faculté de Mico-Micon et premier médecin de la reine Mico-Micona. Il est pour le moins aussi fort que vous sur l'article des purgations. Il en existe, dans son pays, qui vous font partir, des entrailles d'un homme. comme des chandelles romaines. De plus, il connaît des recettes sans pareilles pour toutes sortes de maux. Il vaut un roi de France pour guérir les écrouelles. C'est le plus illustre savant des îles Salmigondi.

« — Si seulement il avait un secret pour les démangeaisons de la langue, votre médecin couleur de bitume fondu, vous feriez bien de le lui demander, » répondit en riant la crémière. « Il a tout de même bon air, votre Mozambique, et puisque vous ne voulez pas vous purger aujourd'hui, mes enfants, descendez tous à la crémerie et vous aurez un café aux petits oignons.

— **Aux** petits oignons ! » exclama Mozambique, affectant de parler créole, quoi qu'il sût le français comme un Parisien, « aux petits oignons ! moi vouloir goûter café aux petits oignons.

—Allons, trêve de bêtise ; qu'on se lève, qu'on s'habille et qu'on travaille à ce fameux tableau qui doit nous faire tous rouler carrosse. Mais auparavant qu'on vienne déjeuner.

—Hélas ! répartit Lapersonne, vous avez traité mes habits comme de vulgaires estomacs, vous les avez inondés de thé des Alpes ; si vous m'obligez à descendre, il faudra que je vienne en toge à la crèmerie, en toge romaine, entendez-vous ? Or, comme nous ne sommes pas au Mardi gras... madame Mercier.

— **Eh bien**, on lui montera son *cafmar* à lui, » répondit la bonne femme en s'adressant au reste de la chambrée. « Allons hop ! que tout le monde s'habille et à l'ouvrage ! »

— Mais c'est dimanche, aujourd'hui, » objecta celui des jeunes gens qui n'avait pas encore bougé de son hamac.

« — Eh, mon ami, le dimanche est malheureusement un jour comme un autre, pour les travailleurs ; le dimanche ils ne mangent ni ne logent à l'œil », répondit la crémière avec un soupir « et, comme pendant la semaine, ils ne font guère d'économie, ils sont bien obligés de travailler quand ils devraient se reposer et se gaudir un peu.

— Soyez tranquille, maman Mercier, on va en découdre aujourd'hui et le tableau avancera d'un cran. Il me vient un modèle superbe, dit Jéhan.

— Je ne dis pas non, mais le tableau ce sera long et vous ne le vendrez pas tout de suite ; il faudrait mieux faire de ces petits paysages qu'on vous paye vingt francs la douzaine, ce serait plus sûr.

— Vous doutez de moi, madame Mercier, vous n'avez pas confiance dans mon talent et vous prenez plaisir à remuer le fer dans ma plaie : des toiles à vingt francs la douzaine ! des dessins de mode ! Vous ne me croyez pas capable d'autre chose.

— Qui parle de ça ? ce que j'en dis c'est simplement parce que le terme approche.

— Comment, le terme ?

—Eh oui, mes enfants, le temps coule tout doucement mais il va sans s'arrêter et nous emmène ; nous courons sur le huit, il faut cracher au bassinet du propriétaire, l'argent des locations.

« — Les propriétaires sont une race immonde », affirma Lapersonne, « heureusement que ce grand garçon à face jaune et à tignasse rouge, que vous voyez là, dans ce hamac, ce garçon a trouvé le moyen de les supprimer en masse, les propriétaires et tous les patrons, et tous les exploiteurs de la race humaine. »

« — Voilà une bonne invention », répondit la crémière « mais faudra bien du monde, que je crois, pour l'exécuter. En attendant, faut payer et payer au jour dit, car c'est pas la patience qui les mènerait au paradis — s'il y en a un — cette mauvaise race. Il vaudrait mieux avoir affaire au diable qu'à un propriétaire ; ça n'attend pas, voyez vous, ce monde à qui rien ne manque. »

— Nous le savons, voilà pourquoi il faut les déposséder, » dit le jeune homme aux cheveux rouges.

« — Certainement » crièrent les deux artistes.

« — Ce sera pain béni » appuya Mme Mercier, « mais n'empêche qu'il faut payer et vous le savez, mes pauvres enfants, vous êtes un peu en retard avec moi. »

Le visage de Jéhan Troussebane et de Lapersonne se teintèrent d'une nuance de mélancolie, ce que voyant la bonne crémière, elle ajouta :

— Je sais que vous êtes d'honnêtes garçons et que si vous me manquiez de parole, ce serait par impossibilité et non par mauvais vouloir. Mais, je vous avertis là, comme une mère, qu'il faut travailler pour remplir vos engagements, sans quoi, vous me feriez manquer aux miens et il pourrait m'en cuire ainsi qu'à vous, mes bons amis.

— Soyez sans inquiétude, maman Mercier, dit Troussebane, d'ici à quelque temps, nous pourrons vous faire prendre un bain d'or et vous achèterez la maison de votre gueux de propriétaire, et vous ferez cadeau de ses termes à celle qui vous succèdera dans la crèmerie, afin qu'elle puisse heberger gratis les peintres dans la gène.

— Vous voulez rire.

— Pas le moins du monde. Tenez, si vous pouviez seulement procurer cent mille francs à notre ami Rollando... — il montrait le jeune homme aux cheveux roux.

— Cent mille francs ! Quelle bonne farce.

— Oui, cent mille francs et il vous rendrait des millions !

— Ah ça ! mais c'est donc un sorcier, votre ami ? Il supprime les propriétaires. les patrons, toute la vermine qui ronge le pauvre monde et encore, il remue les millions à la pelle. Est-ce par le même procédé ?

— Non ! Non ! Mais c'est que, voyez vous, il n'est pas seulement ce qu'on appelle un économiste, mais il est encore mécanicien. Il a vingt cordes à son arc.

— Tant mieux, il pourra peut-être m'arranger la pendule qui ne marche plus. Mais si je ne suis pas trop curieuse, quel est son genre de mécanique ?

— Il en a fait une qui n'est encore que sur le papier, mais elle figurera à l'exposition prochaine, vous la verrez pourvu qu'il trouve les cent mille francs nécessaires pour l'établir. Ce sera la merveille des merveilles !

— Vraiment ! Et qu'est-ce qu'elle fera donc, cette fameuse machine ?

— On y mettra une poignée de chanvre d'un côté, de l'autre il en sortira une chemise toute repassée.

La bonne crémière allait se récrier et demander si Jéhan Troussebane voulait se moquer d'elle, quand on frappa à la porte de la mansarde, quoiqu'elle fût entre-bâillée.

XLVI

LE MODÈLE

Une tête pâle apparut. Jéhan Troussebane poussa un cri de joie : il avait aperçu Angèle. La petite Brodard s'était souvenue de la proposition du peintre et elle venait pour essayer de gagner de quoi payer le cercueil de sa petite Lize, de quoi acheter du pain à ses sœurs.

A la vue des jeunes gens, dont trois étaient en chemise, elle referma la porte disant qu'elle attendrait.

Lapersonne se drapa de son mieux dans la toge romaine. Le nègre et le mécanicien s'habillèrent à la hâte. La crémière s'en alla.

Sur le palier, elle rencontra Angèle. Les deux femmes se regardèrent toutes surprises.

« Eh! mais! Je ne me trompe pas? » demanda M\u1d50\u1d49 Mercier « c'est bien vous qui êtes venue l'autre jour avec un amour de petite fille? »

Angèle fit signe que oui.

— Pauvre petite! dit la bonne crémière en lui prenant la main, pauvre petite! Je vois qu'il vous est arrivé quelque chose. En attendant que cette ménagerie de singes soit en ordre, descendez avec moi et venez prendre quelque chose. Vous en avez besoin.

Angèle secoua la tête.

— Une bonne tasse de chocolat vous remettra, ma pauvrette, puis vous me conterez les malheurs qui vous sont arrivés. Vrai! il a dû en pleuvoir sur vous, depuis que je vous ai vue, pour vous mettre dans un tel état. Rien ne soulage comme de dire ses peines. Je le sais par expérience.

M\u1d50\u1d49 Mercier émue de compassion cherchait à entraîner la jeune fille.

— Merci! dit Angèle en s'asseyant sur le haut de l'escalier, merci de votre bonté. Je n'ai pas faim.

— Mais une tasse de chocolat ça se prend sans faim.

— J'ai l'estomac trop serré.

— Et pourquoi?

— Ma petite est morte!...

— Morte! Depuis quand?

— Je ne sais pas.

Elle raconta ce qui lui était arrivé, la bouche et les yeux secs, sans qu'un sanglot sortît de sa poitrine, sans qu'une larme mouillât ses paupières brûlées par la fièvre.

La bonne M\u1d50\u1d49 Mercier, au contraire, pleurait comme une fontaine. C'était trop triste tout de même de voir une jeunesse si malheureuse.

— Et que venez vous faire ici? demanda M\u1d50\u1d49 Mercier.

— Poser.

— Poser?... Est-ce possible, vous qui avez l'air si modeste. Mais ma pauvre enfant c'est un vilain métier. Est-ce la première fois que vous le faites?

— Oui.

— Savez-vous qu'il faut être nue comme la main

— Oh! non! non! vous vous trompez, madame, ce monsieur m'a dit que je poserais comme si j'étais sa propre sœur, sans ça je ne serais pas venue.

— C'est différent.

— Je suis une pauvre fille trompée, mais, voyez-vous, pourtant je suis

Elle était si belle dans sa pâleur que les amis du peintre en furent saisis d'admiration. (Page 298.)

honnête tout de même. Le monde me méprise ; mais le monde ne sait pas. Ce M. Troussebane m'a promis vingt sous de l'heure, c'est beaucoup, mais j'ai confiance en lui. Il a l'air si franc.

— Lui, c'est la crème des hommes, dommage qu'il soit un peu toqué. Mais ça a le cœur sur la main, voyez-vous tous ces artistes. C'est comme cette grosse bête de Lapersonne, un enragé qui se dispute du matin au soir avec M. Jean, il donnerait sa peau pour ceux qu'il a l'air de vouloir écorcher. Mais, dites-moi, ma pauvre fille, dans l'état où vous êtes, c'est bien fatigant de poser.

— Ça ne fait rien. Je poserai tant qu'ils voudront pour vingt sous de l'heure.

Et toute préoccupée de la pensée qui l'avait fait venir elle ajouta :

— Le convoi des pauvres, ça ne coûte rien, mais le cercueil, il faut le payer, sans ça on mettrait ma pauvre Lize à même la terre comme un petit chien. Et puis ma mère et mes sœurs ont faim !

— Comment faim ?

— Eh oui ! Depuis hier au matin, elles n'ont presque rien eu à manger.

— Depuis hier au matin ! les pauvres ! Comment n'avez-vous pas pensé à moi?

— Nous demeurons si loin, et puis je vous connais depuis si peu de temps, je n'aurais pas osé...

Jéhan Troussebane, impatient de travailler à son chef-d'œuvre et, surtout, de revoir la jeune fille, l'appela doucement.

Angèle entra dans l'atelier et s'assit sur une haute chaise, avec une caisse sous les pieds.

Le chagrin répandait sur les traits d'Angèle, un charme si mélancolique, elle était si belle dans sa pâleur nacrée que les amis du peintre en furent saisis d'admiration.

Il n'y avait qu'un instant, le réaliste Lapersonne niait l'ascendant de la beauté, maintenant il ne pouvait plus détacher ses regards du modèle, dont il avait tant blagué. Il était de mauvaise humeur contre lui-même. Jéhan Troussebane triomphait modestement.

Il drapa sur les épaules d'Angèle la robe jaune, dans laquelle le nègre avait dormi ; il dénoua les cheveux du modèle, lui mit sur la tête un voile de gaze bleu, lui tourna le visage dans la lumière et, s'éloigna de deux pas pour contempler l'effet de tous ces arrangements.

« Superbe ! superbe ! » s'écria-t-il ; « prenez votre enfant sur vos genoux et je m'engage à faire quelque chose de divin. Tournez les yeux! c'est ça, c'est bien ça ! Il y a dans ce regard plein de douleur une vision de l'avenir. Marie pressent la mort du Christ. Oh ! si je pouvais peindre ce que je vois, comme je le vois, mais il y a loin de la main au pinceau et du pinceau à l'œil et au cœur ! »

Il était hors de lui et répétait : « L'enfant ! l'enfant ! il faudrait l'enfant » ça ne va pas sans ça. Cette petite n'est pas une mère, c'est le type idéal de la maternité. Tu vois ! tu vois ! si je m'étais trompé. »

Angèle ne comprenait pas tout ce que disait Jéhan Troussebane, seulement elle entendait qu'il lui demandait d'avoir Lize sur ses genoux. Pauvre Lize, elle attendait le petit cercueil que sa mère venait lui gagner au milieu de tous ces joyeux garçons. Elle ne devait pas indisposer le peintre contre elle. Mon Dieu ! s'il allait ne pas vouloir l'employer sans l'enfant, ce serait affreux de l'avoir quittée.

— Monsieur, dit elle, excusez-moi, je n'ai pu amener la petite.

— Et pourquoi?

Angèle n'eut pas la force de répondre.

— Je vous avais tant priée de venir avec elle. Elle est si jolie, cet amour, avec ses grands yeux de bluets, étonnés et rêveurs, sa peau de rose pâle et ses traits mignons. Vous l'auriez tenue toute nue dans vos bras, l'effet eût été renversant !

« — Animal ! imbécile ! brute ! » cria Lapersonne se précipitant vers Angèle défaillante pour l'empêcher de tomber, « ne vois-tu pas que tes stupides questions torturent cette pauvre enfant. Elle se trouve mal. »

Les jeunes gens s'empressèrent autour de la jeune fille. Pour qu'elle eût plus d'air, on la mit sur un hamac, on lui inonda les tempes d'eau et de vinaigre.

Pendant qu'elle était encore évanouie, la bonne crémière revint. Elle apportait deux tasses, une pleine de café pour Lapersonne, l'autre pleine de chocolat pour Angèle.

Elle se joignit aux jeunes gens pour soigner la malade. C'était vraiment son affaire à la brave femme qui avait, par excellence, ce travers des dames françaises — est-ce un travers ? — de se mêler de médecine.

En un tour de main, Mme Mercier débarrassa la petite Brodard des oripeaux dont l'avait couverte Troussebane et lui frictionna l'estomac. Elle lui fit prendre quelques cuillerées de chocolat, puis à voix basse, elle raconta la mort de la petite Lize et que c'était pour avoir de quoi l'enterrer que la pauvre jeune mère était venue poser.

Les jeunes gens étaient saisis.

La pitié se glisse si facilement dans le cœur de la belle jeunesse qu'aucun vice capital n'a corrompu !

Le nègre, indigné, roulait des yeux blancs et disait qu'une femme en cet état lui faisait aimer son pays sauvage où la nature, presque sans travail, donne à chacun suivant ses besoins. Ah ! si elle voulait venir avec lui, cette belle blanche, il en ferait une reine des noirs.

Lapersonne, les poings serrés, réfléchit un instant et avisant sa vieille montre qui pendait à un clou, la décrocha vivement, sortit et revint au bout d'un quart d'heure.

Angèle avait repris connaissance. Elle avait voulu poser. Jéhan Troussebane, sa palette à la main, essayait de peindre, mais il était si ému, si troublé qu'il n'arrivait pas même à tracer une ligne.

Lapersonne lui dit quelques mots à l'oreille et le peintre s'arrêta sous prétexte qu'il lui manquait une certaine couleur, sans laquelle on ne pouvait rien faire. Et les boutiques étaient fermées. Il fallait remettre cela à une autre fois. Mais c'était égal, Angèle avait mis au moins une heure et demie à venir, il en fallait autant pour s'en retourner, cela faisait trois et une de pose, quatre, à 3 francs, ça se montait à 12. Chacun son compte.

On lui compta la somme. Douze francs ! la pauvre petite n'en croyait pas ses yeux.

Elle voulut réclamer, mais Jéhan Troussebane dit que c'était convenu et qu'il ne donnerait ni un liard de plus, ni un liard de moins. Il avait bien dit trois francs de l'heure.

Lapersonne, pour couper court à toute discussion, ajouta qu'ils étaient ainsi carrés en affaires, eux, les artistes peintres ; que c'était à prendre où à laisser, pour Angèle, si elle voulait conserver leur pratique. Tous les dimanches, elle pourrait revenir.

Il prenait un air bourru.

Elle céda et dit qu'elle remerciait bien ces messieurs, qu'elle leur obéissait, mais elle savait bien à quoi s'en tenir.

Jéhan lui fit comprendre qu'elle pouvait s'en aller en toute sécurité de conscience et Mozambique offrit de la porter jusqu'à une voiture. On eut toutes les peines du monde à empêcher le nègre de mettre ses offres à exécution.

En descendant l'escalier, soutenue par Jéhan Troussebane, Angèle se répétait à elle-même qu'il y avait bien des bonnes gens sur la terre, car elle n'était dupe de rien, dans le procédé des artistes à son égard.

XLVII

L'ENTERREMENT

A midi Angèle était de retour chez elle ; à deux heures, le convoi de la petite Lize se mettait en marche pour le champ de Navets. Louise et Sophie donnant la main à Mᵐᵉ Brodard et la jeune mère, appuyée sur le bras de Clara Bussonni, formaient le cortège.

Quand les deux croque-morts s'étaient emparés du petit cercueil pour l'emporter, quelques voisines sur le pas de leurs portes, faisaient des réflexions :

— C'en était une de moins à peiner pour gagner sa chienne de vie.

— C'était une véritable aumône que Dieu faisait aux pauvres de les cueillir à cet âge.

— On était bien heureux de mourir tôt, puisqu'il fallait mourir.

— Les mieux partagés en ce monde étaient ceux qui n'y faisaient qu'entrer et sortir.

— Ceux qui s'en allaient n'étaient pas à plaindre, non, mais il y avait ceux qui restaient. Une mère était toujours mère, n'importe comment elle le fût.

— C'est égal, cette pauvre gamine d'Angèle serait bien débarrassée.

— Et Mᵐᵉ Brodard, donc !

— C'était ça une femme malheureuse et qui ne méritait pas son sort.

Les langues allèrent leur train jusqu'à ce que le convoi eut atteint la place d'Italie. Là, on ne connaissait plus les pauvres femmes et le petit enterrement passait à travers la foule indifférente, sans arrêter le regard de personne.

Clara Bussonni entendant des pas, tout près d'elle, se retourna et vit, avec surprise, que le cortège s'était augmenté de quatre jeunes gens parmi lesquels un nègre et Jéhan Troussebane qu'elle connaissait.

Chacun de ces messieurs avait à la main une couronne de fleurs blanches. Ils suivaient en silence, tête nue.

Angèle ne pleurait pas. Elle ne pouvait. Le cœur serré comme dans un étau, les traits décomposés, la figure livide, l'œil cloué sur ce petit cercueil, elle suivait, comme dans un cauchemar, sans être sûre, sans croire que sa Lize fût dans cette sinistre boîte de sapin jaune qui lui faisait l'effet de quelque chose de fantastique. Est-ce qu'elle n'avait pas fait des rêves aussi terribles?

Non! non! tout cela n'était pas vrai. — Il y a des choses qu'on ne croit pas tout d'un coup. — Quoi! ce petit être qui tenait tant de place dans son âme et dont l'image, ensevelie dans son cœur, y remuait tant de fibres, cet être charmant n'était plus qu'un peu de chair glacée qui allait pourrir sous la terre?

Non! mille fois non. Ces petites lèvres roses qui lui avaient donné tant de baisers n'étaient pas refroidies pour toujours! Et ces regards qui s'échangeaient entre elles comme des éclairs de joie, comme des rayons de soleil! Est-ce que c'était fini?

Et comme l'inexorable réalité s'emparait de l'esprit d'Angèle pour lui confirmer la certitude de son malheur, elle se demandait qui pouvait maintenant lui donner la force de supporter l'existence avec ses hontes et sa misère?

Pour qui souffrirait-elle?

Pour qui? Pour qui?

Une voix secrète, la voix de sa conscience, lui répondait :

Pour ta mère! Pour ta mère, martyre comme toi de son amour pour ses enfants; pour tes petites sœurs, qu'il faut préserver d'un sort pareil au tien.

Et Angèle, dont le malheur autant que la nature, avait mûri la raison, dont les sentiments avaient formé le cœur, Angèle se promettait de vivre pour sa famille, pour ses petites sœurs. Elle modérerait sa douleur pour ne pas affliger les siens; elle la cacherait au fond de son âme.

Voilà ce qu'elle pensait, la petite Brodard, cette enfant de seize ans, inscrite sur les registres de la police des mœurs et que le premier libertin venu avait le droit d'emmener coucher avec lui, voilà ce qu'elle pensait cette singulière fille publique en allant, le cœur brisé, enterrer ce qui avait été plus que sa vie.

On approchait du cimetière. Plusieurs convois avaient rejoint celui de la petite Lize. C'était pour sûr des convois de pauvres. Ils venaient à la queue leu-leu, suivis de peu de monde, menés bon train par les cochers qui avaient hâte de jouir des restes du dimanche. Derrière l'un de ces tristes équipages, il y avait un chien mouton, que le portier du champ de Navets arrêta au passage.

Mais le chien, sans doute décidé à remplir jusqu'au bout le devoir qu'il s'était imposé d'accompagner un ami, le chien passa malgré le gardien qui se mit à sa poursuite et le ramena à grands coups de bâton devant la grille.

L'ami de l'homme s'était assis gravement, dans l'attitude méditative d'un sphynx. Il attendait.

— Pauvre bête! dit tout bas Lapersonne à Jéhan Troussebane, il me prend des envies d'assommer cette brute de portier.

— Je t'en prie, modère-toi, pas d'esclandre, suivons le petit corps, répondit Jéhan en entraînant son camarade, et pour le calmer il ajouta :

— Quand nous reviendrons, nous l'emmènerons, s'il est encore là. Un atelier sans chien, c'est un chandelier sans chandelle. Nous l'apprendrons à poser.

— C'est bien pensé et je ferai de ce que je viens de voir un tableau. Hein?

as-tu remarqué quelle couleur! quel chic : ce cercueil nu, et derrière, une men-
diante en haillons multicolores, et dans l'ombre du corbillard, un chien crotté.
Je tirerai de là des effets...

On était dans le champ de Navets, une Arabie avec des arbres sans feuillage,
aux tiges grosses comme le bras. De longues lignes de petites croix, de petits
écussons enchevêtrés, plantés dru les uns contre les autres, indiquaient l'endroit
où s'était évanouie une légion de prolétaires.

Les convois suivirent une longue tranchée ouverte à perte de vue dans la
terre crayeuse.

C'était la fosse commune!

La fosse commune dans laquelle les cadavres d'hommes, d'enfants et de
femmes, dans une épouvantable promiscuité, mêlent les fermentations de la
mort.

Lize fut placée entre deux grandes bières au pied d'une petite qui, toute
découverte, attendait une annexe. Mme Brodard et ses enfants n'étaient pas
révoltées de voir ça. Les pauvres gens sont habitués pour eux-mêmes et pour les
leurs à toutes les turpitudes de la part d'autrui. Mais les jeunes gens étaient
indignés. La personne, les lèvres retroussées, disait au nègre surpris :

— Dame! il en meurt tant de cette vermine d'ouvriers qui n'ont pas su économiser de quoi s'acheter six pieds de terre; il en meurt tant et de leurs petits aussi,
que l'administration, ne sachant où les mettre, les verse, les tasse, les entasse pour
qu'il lui reste au moins un peu de place pour ceux qui peuvent payer!... Cela ne
se fait pas ainsi, dans ton pays. Voilà la morale. Voilà comment on entend favoriser et généraliser ce culte des morts, dont la poésie bourgeoise ose se vanter.

— Puisque la place manque pour enterrer les pauvres, pourquoi n'a-t-on pas
recours à la crémation? demandait Rolland. J'ai fait le plan d'une vaste
association funéraire qui en fait de bénéfices...

« — Laisse-nous la paix avec tes bénéfices et tes affaires », interrompit Jéhan
Troussebane «tu me fais horreur avec tes chiffres et tes calculs. Quoi! tu voudrais
aussi spéculer sur les morts! Vois cette pauvre petite, vois! elle fait pitié; une
douleur muette, la vraie douleur! Et ces enfants, quelles grosses larmes!

On jetait quelques pelletées de terre sur le petit cercueil. Cela semblait
tomber sur le cœur d'Angèle. Pauvre petite mère! Elle était livide. Ses jambes
flageolaient sous elle. Clara Bussonni et Mme Brodard l'entraînèrent.

Louise et Sophie suivaient en poussant des cris.

Les jeunes gens jetèrent leurs couronnes et s'en allèrent, sans avoir parlé à
Angèle. Pourtant elle les avait vus et son regard leur avait dit ce que sa bouche
n'avait pas la force d'articuler : c'est qu'elle était bien reconnaissante de leur
attention et qu'elle les en remerciait.

A la porte, ils retrouvèrent le chien et la vieille qui le flattait de la main en
lui disant :

— C'est bien, Toto, c'est bien, tu es une bête qu'a plus de naturel que bien du
monde ; viens avec moi, puisque tu n'as plus personne à aimer.

Et comme le chien ne bougeait pas, elle ajouta cherchant à l'entraîner :

— Que veux-tu, mon pauvre vieux, il est mort, faut bien faire une fin.

Le chien poussa un gémissement.

—Allons, pas de bêtises, poursuivit la vieille, comme si le chien la comprenait, viens, je suis l'amie de ton maître et je veux partager avec toi la croûte que je gagne en vendant du mouron ; pour une bête, t'as encore pas trop mal de chance.

Les jeunes gens s'approchèrent et offrirent à la marchande de mouron d'adopter et d'emmener le chien.

— Eh! répondit-elle, je ne demanderais pas mieux car, vrai, le commerce ne va pas assez bien pour se mettre comme ça des charges sur le dos, mais Toto ne vous suivra pas.

— Pourquoi?

— Parce que les bêtes, c'est comme les enfants, ça prend surtout les défauts du monde avec qui ça vit.

— Ce qui signifie?

— Que la bête est une vraie mule, car celui qui vient de prendre enfin ses invalides au champ de Navets, son maître n'avait pas son pareil pour l'*ostination*. Et si Toto a mis dans sa boule de pas vous suivre, mille saucisses ne les démarreraient pas. D'ailleurs, essayez.

Les jeunes gens éprouvèrent bientôt la vérité de ce que leur disait la marchande de mouron, le chien résista à toutes les avances qu'ils lui firent.

« — Là » fit la vieille en s'appuyant sur sa béquille et prenant son chemin par pointe, « là, je l'avais bien dit. Allons, viens avec moi, nous serons deux dans mon château de la Glacière. Il me fallait bien un chien, en vérité, pour m'aider à manger mes rentes. »

Le chien la suivit.

— « Voyez » termina la marchande de mouron, « voyez si les bêtes sont indifférentes à l'amitié, ça connaît, ça aime les amis de ses amis. »

Les jeunes gens s'en allèrent tout pensifs.

Angèle, à moitié morte de douleur, monta avec sa mère, son amie et ses sœurs sur l'impériale du tramway. Elle venait d'enterrer son premier, son plus grand amour. Dans cet affreux et banal cimetière, elle laissait une partie de son cœur.

XLVIII

UN LOGEMENT S'IL VOUS PLAIT

Les larmes sont le premier signe de l'inévitable apaisement que le temps apporte à nos douleurs. Pleurer, c'est déjà moins souffrir et Angèle, sous les chaudes caresses de sa mère et de ses petites sœurs, Angèle avait pleuré, pleuré à ruisseaux. Enfin !

Elle s'était laissé déshabiller et coucher sans résistance. Elle ne voulait pas, comme tant d'autres, éterniser son mal ; elle ne demandait qu'à être un peu consolée, à ravoir un peu de force pour essayer de chercher de l'ouvrage. A travers les bouleversements de sa pauvre âme, elle songeait à ce monsieur Préval qu'elle avait rencontré sur l'escalier de Mme Régine et qui lui avait donné son adresse en lui promettant du travail. S'il tenait sa parole aussi bien que le peintre, ce serait là une ressource.

Comme elle aurait eu du courage à travailler, si elle avait eu encore sa petite Lize !

Épuisée de larmes, Angèle avait fini par s'endormir.

Alors Clara Bussonni se sentant inutile au pauvre ménage, se retira non sans avoir été remerciée mille fois de Magdeleine et baisée par les petites, qui sentaient en elle une amie de la maison.

Comme Angèle, Clara, la plus honnête, la plus chaste des filles, avait été mise en CARTE.

Mais qu'y pouvait-elle ? A qui se plaindre pour obtenir la réparation d'une injustice si criante ?

A quel tribunal les pauvres gens peuvent-ils recourir contre les abus de pouvoir???...

— Aux journaux ?

— Mais ceux qui osent signaler à la vindicte publique, les magistrats prévaricateurs, sont criblés d'amendes, suspendus, supprimés, ruinés ! Clara le savait bien. D'ailleurs elle ne connaissait personne dans la presse. Et puis, ne valait-il pas mieux cacher à tout le monde la tache qui était tombée sur elle. Cette honte lui était venue sans quelle sût ni pourquoi ni comment.

Si elle était désolée, humiliée, l'honnête Clara, il ne faut pas le demander. Pourtant, au fond de tout, elle espérait qu'on n'EN saurait rien et que cela ne l'empêcherait pas de gagner sa vie comme par le passé.

Elle était une des meilleures ouvrières de Mme Régine, on ne la renverrait pas pour quelques jours d'absence. D'autres avaient fait de plus longues fugues sans être remerciées.

Voilà ce que pensait Clara Bussonni en se rendant à la maison où elle avait une chambrette sous les toits.

La portière était de ses amies et de son pays. Toutes deux étaient venues d'Alsace, après la guerre de mil huit cent soixante et onze. Toutes deux avec cet esprit de conduite, cette sobriété qui caractérisent les Alsaciens, avaient trouvé à vivre honnêtement là où tant d'autres femmes sont obligées de mourir de faim ou de se prostituer.

Clara n'avait pas osé raconter à sa compatriote, la cruelle et honteuse mésaventure qui lui était arrivée. Elle avait mis son absence sur le compte du travail. La portière ne s'était doutée de rien.

Quelle ne fut pas la surprise de la pauvre ouvrière, lorsqu'elle se vit repousser de la loge par son ancienne amie, qui lui dit, en la laissant sur le pas de la porte :

— Voici, votre *conché*, mademoiselle, les filles *gomme fous* sont indignes d'*hapiter* une *maisson* honnête. »

La mort approchait, les mains de la jeune fille tombèrent le long du fauteuil. (Page 310.)

Clara voulut s'expliquer, s'excuser, faire appel au lien qui les avait unies, l'autre ne lui en donna pas le temps.

— Allez ! allez ! » reprit la brave Alsacienne, *che* ne vous *gonnais* pas, *che* ne veux *bas fous gonnaître* et *che fous brie*, mademoiselle, de *basser* votre chemin. *Che* ne *beux* avoir aucun *gommerce* avec *fous. Fous* n'êtes plus d'*Alsace.*

— Mais, ma chère Suzel, expliquez-moi...

— Non ! non ! mon mari me l'a défendu. Allez-*fous*-en malheureuse ! Nous savons où *fous* avez *bassé* votre temps depuis *cheudi. Ébargnez-fous une nouvelle mensonche.* La *bolisse* nous a *tonné* de vos nouvelles. »

Et la concierge ferma sa porte sur les talons de Clara.

Arrivée dans sa chambre, la jeune fille tomba sur une chaise et se mit à sangloter.

Ah ! elle avait espéré échapper aux conséquences de l'inscription ! Pauvre folle ! Elle sentait bien, maintenant, que cette inscription la séparait, non seulement des seuls amis qu'elle eût à Paris, mais, encore, de tous les honnêtes gens.

Il lui prenait des envies irrésistibles de s'enfuir de ce terrible Paris, où les filles pauvres sont exposées à tant de périls, en butte à tant d'outrages, et où il est si difficile de gagner sa vie.

Mais où aller ?

En Alsace ?

Hélas ! les Prussiens y traînaient leurs grands sabres par les rues et c'était pour ne plus les voir qu'elle était venue à Paris.

En Alsace ! Qui lui donnerait aide et protection dans ce pays de son cœur, maintenant qu'elle n'y avait plus que des morts?.. Ses frères avaient été tués par les ulands, son père et sa mère, par le chagrin d'avoir perdu jusqu'à leur patrie !

Tout était deuil pour elle là-bas.

Et ici, elle était seule, oui ! bien seule, surtout depuis que l'odieuse police, non contente de l'avoir déshonorée, lui avait encore aliéné les seuls êtres qui s'intéressassent à son sort, sans doute en venant après coup prendre des renseignements.

Clara regardait sa petite chambre, ses meubles achetés pièce à pièce au prix des plus pénibles épargnes, et dont la possession et l'usage avaient été autant de petits bonheurs successifs. Ils cadraient si bien, là où ils étaient. Ailleurs ce ne serait plus ça.

Tout était si en ordre, si propret dans ce nid de jeune fille, que c'était un vrai crève-cœur pour celle qui l'avait construit si péniblement de le démembrer pour le refaire ailleurs. Ailleurs, y aurait-il comme là, une si large place sur la fenêtre pour le basilic et les giroflées qui y secouaient leur bonne odeur dans la chambre ? Ailleurs y aurait-il du soleil pour la petite linote d'Alsace qui ramageait au-dessus des pots de fleurs ?

Certes, Clara le savait bien, elle ne trouverait pas dans tout Paris, un logement si commode et à si bon marché, avec tant d'air et de lumière.

Elle prit tristement le papier que lui avait remis Suzel pour voir quand elle devait quitter sa chambre.

Hélas ! au nom de la morale publique, et « attendu qu'elle était au nombre des filles soumises » on lui donnait quarante-huit heures pour quitter son logement.

Voilà, le propriétaire parisien a la pudeur vigoureuse, et les lois sont pour lui. Celui de Clara (il faut le dire pour être juste), celui de Clara donnait bien asile à deux ou trois drôlesses, entretenues, plus ou moins luxueusement, suivant l'étage ; mais, il faut enfin distinguer ; la location était au nom des entreteneurs ; la morale était sauve.

Clara n'avait pas un moment à perdre pour trouver un autre logement. Cela commençait bien, pour elle, qui comptait reprendre le lendemain le cours ordinaire de sa vie de travail.

Pourtant, la jeune fille ne douta pas d'abord de trouver une autre chambre sous les toits. Mon Dieu! elle n'était pas difficile, elle prendrait ce qui se présenterait. Tout lui était égal à présent ; un atelier pour travailler, un trou pour dormir, voilà ce qu'il lui fallait, pour oublier son atroce mésaventure.

Dans cette pensée, elle écrivit une lettre informant Mme Régine qu'une affaire imprévue la forçait de ne rentrer à l'atelier que le mercredi suivant. Elle priait humblement la patronne de lui conserver sa place.

La lettre cachetée avec un peu de mie de pain, aplatie avec le fond d'un dé à coudre et mise à la poste, l'ouvrière se coucha sans souper, bien inquiète du lendemain et se proposant de se lever à la première heure pour aller à la recherche d'un logement.

Hélas! que cette recherche fut pénible! Clara la commença presque avec le jour, d'abord dans son quartier, puis autour, puis plus loin. Elle ne trouvait rien, on ne voulait d'elle nulle part.

Comment donc, une fille seule !

On ne loue pas à des femmes autre chose que des appartements. Celle qui a les moyens de payer n'importe comment, est respectable aux yeux des propriétaires.

Clara fit le tour de Paris, tantôt à pied, tantôt en omnibus. Elle ne découvrit pas un pauvre trou où l'on voulût d'elle, pour son argent.

Dans Paris, la capitale du monde, une immensité que l'ouvrier embellit de son art, enrichit de son travail, féconde de son activité, il y a peu de place pour lui, mais il n'y en a pas du tout pour sa sœur quand elle est seule et honnête ; l'isolement est un crime pour l'abandonné.

O logique! ô morale!

Là où la courtisane occupe des palais, l'humble travailleuse n'a d'autre asile que le garni louche des barrières.

Et Clara devait déménager le lendemain. Où mettre ses meubles auxquels elle tenait tant?

Que faire?

Implorer Suzel?

— Mais la jeune ouvrière connaissait trop bien l'entêtement de sa compatriote, pour espérer de la faire revenir sur son compte. Quand une idée s'est plantée dans une cervelle étroite, il n'est pas facile de l'en faire sortir et Suzel, bon cœur, mais esprit borné, avait l'obstination de la bêtise vertueuse.

Et puis, Clara allait-elle s'abaisser devant la seule personne qui aurait dû, — la connaissant si bien — se porter garante de son honnêteté ?

Elle passa vite devant la loge sans y regarder.

Suzel en sortit et lui remit sans rien dire, mais avec des larmes dans les yeux, une carte postale dont sans doute elle avait lu la teneur :

« Inutile de vous représenter au *Lys de la Vallée*. Il n'a plus de place pour une « gourgandine de votre espèce. Votre compte est chez le portier. »

Clara monta l'escalier lentement, s'arrêtant à chaque étage pour se reposer, car elle était bien lasse et bien émue.

Arrivée dans sa chambre, elle s'assit sur son petit lit enveloppé d'un drap blanc, soigneusement tendu. Au fond de l'horizon le soleil se couchait dans un ciel d'un bleu tendre velouté, sur lequel se découpait en vif une forêt de cheminées empanachées des fumées du soir. C'était l'heure du dîner, l'heure des réunions de famille.

Il entrait par la fenêtre ouverte, une lumière qui vernissait d'or tout le mobilier de l'ouvrière.

Elle n'avait plus d'ouvrage, plus de logement, plus d'ami. Tous ceux qui la connaissaient la regardaient comme une fille de mauvaise vie.

Eh bien ! que devait-elle faire ?

Il ne lui restait plus qu'à mourir. Elle était seule au monde, personne n'avait besoin de sa vie, elle pouvait en disposer. Elle le pensait, du moins.

Clara regardait avec d'inexprimables serrements de cœur, sa petite pendule de bois noir, entre les bustes désolés de l'Alsace et de la Lorraine qui décoraient sa cheminée, garnie d'une nappe brodée comme un autel et embellie de fleurs artificielles récemment achetées.

Machinalement, elle écoutait chanter sa linote et des larmes, de grosses larmes d'enfant lui coulaient des yeux en songeant que cet oiseau était comme elle un exilé.

Elle lui ouvrait la cage en disant :

— Tu as des ailes, retourne dans les forêts d'Alsace.

L'oiseau s'envola et Clara ferma la fenêtre. Elle chercha dans sa commode et y prit un vieux jupon de coton rouge qui avait appartenu à sa mère. Elle le baisa, le déchira par petites bandes, en calfeutra porte et fenêtre ; tira de la cheminée son petit réchaud qu'elle poussa au milieu de la chambre, l'emplit de charbon de bois et, cela fait, remit de l'ordre dans les moindres coins, épousseta, rangea tout.

La nuit venait, l'ouvrière s'assit en face de la fenêtre, la tête renversée sur le dossier de sa chaise, les yeux levés vers le ciel, elle pensait.

Elle pensait au temps où, toute petite et ignorante des fureurs et des injustices des hommes, elle jouait le soir avec ses frères, devant la porte de leur maison. Son père et sa mère, assis sur le banc, dehors, causant avec les voisins, en tillant le chanvre. Comme tout sentait bon autour d'eux, que d'air, que de jour ! que d'espace ! que de verdure ! Et quel calme ! on vivait de si peu et l'on était content. Et la vie s'écoulait doucement, doucement comme l'eau paisible d'un ruisseau.

Le père était tisserand. Il gagnait assez pour les siens et il chantait tout le long du jour en poussant la navette, accompagnant de la voix, le bruit cadencé du métier. La mère était bonne ménagère, les enfants tant aimés et si bien tenus !

Ah ! cette guerre ! cette funeste guerre qui était venue tout détruire !

Et pourquoi ?

Est-ce qu'on le savait, seulement ?

Que pouvait-elle comprendre à ces ruines qui la laissaient sans abri, à toutes ces morts qui la laissaient seule au milieu du vaste monde ?

Ayant tout perdu, elle était venue en France pour avoir une patrie et voilà, ce pays de son choix pour lequel ses frères étaient morts, ce pays la traitait comme la dernière des dernières, et, en payant, elle n'y pouvait trouver un abri.

Elle le voyait bien, son malheur était sans remède. Elle n'avait plus qu'à mourir. Oui ! sous la terre il y avait assez de place pour les malheureuses !

Elle aurait bien voulu être enterrée en Alsace, dans ce petit cimetière où dormaient ses parents et qui maintenant, si rien n'était changé, devait verdoyer et fleurir au fond de son village... mais il ne fallait pas y songer.

Le ciel s'était empli d'étoiles.

Clara alluma sa petite lampe à pétrole et bien décidée écrivit d'une main tremblante.

« Je me fais mourir volontairement par le charbon. La cause en est à la po-« lice qui m'a mise au nombre et sur la liste des filles publiques, sans que jamais « de la vie, j'aie fait quelque chose de contraire à l'honnêteté.

« Si seulement on n'avait pas révélé la chose de ma mise en *carte* à ceux qui « me connaissent et, si, comme auparavant, j'avais eu du travail et une cham-« bre, j'aurais supporté l'injustice qu'on m'a faite, espérant que la police aurait « fini par reconnaître son erreur.

« Il y en a qui pensent que c'est mal faire de s'ôter la vie ; je crois qu'ils ont « tort, car il vaut mieux mourir que de vivre sans honneur. D'ailleurs, « je demande pardon à ceux que je scandaliserais en faisant la chose de me tuer.

« Je fais cette déclaration non pas tant pour moi, qui n'ai plus de juge sur « la terre, mais parce qu'étant d'Alsace, je tiens à ce qu'on sache bien que je ne « suis pas ce qu'on croit.

« Je pardonne à Suzel Braunviller d'avoir cru ce qu'elle a cru, et, le croyant, « d'avoir aidé à ma résolution ; je lui donne les pendants d'oreilles que j'ai rap-« portés d'Alsace et les deux petites figures de plâtre — images du pays — qui « sont sur ma cheminée. »

« Tout ce qui se trouvera dans ma chambre, ainsi que mes habits, je le donne à « Angèle Brodard, demeurant rue Croulbarbe ; cette pauvre petite a souffert sans « plus l'avoir mérité de la même injustice que moi.

« Si quelqu'âme charitable, ayant un peu de pouvoir, était touchée de me voir « mourir à vingt ans, sans avoir mérité de finir si tôt, je la prierais bien de faire « effacer mon nom des registres de la police.

« Paris, le 4 avril 18..
« Clara Bussonni. »

Elle plia cette déclaration et la mit bien en vue, sur sa commode. Elle boucha le trou de la serrure, s'assura que le paravent s'adaptait bien à la cheminée et qu'aucune fissure ne pouvait donner passage à l'air.

Alors elle commença à allumer la braise.

D'abord elle voulut s'étendre sur son lit pour y mourir aussi commodément que possible ; une pensée venue du cœur l'en empêcha et le dernier acte de sa vie devait être un acte de la plus délicate charité :

Elle pensa que, peut-être, cela ferait quelque chose à Angèle de coucher dans un lit où quelqu'un serait mort, et puisqu'elle lui donnait le sien... elle désirait que la pauvre petite en jouît sans trouble, sans répugnance, espérant qu'elle s'y trouverait bien.

Le seul meuble qu'elle eût rapporté d'Alsace était un vieux fauteuil dans lequel sa grand'mère était morte. Clara s'y assit près du réchaud et après avoir pensé, pour s'en réjouir l'âme, que le fruit de son travail, ses chers meubles, seraient à quelqu'un qui les méritait, et auquel ils feraient plaisir, elle commença à élever son esprit au-dessus des choses de la terre.

Les mains croisées sur ses genoux, l'œil fixé sur les charbons ardents au-dessus desquels commençaient à flotter dans une vapeur bleuâtre des figures fantastiques, Clara Bussonni murmurait des prières ; puis ses lèvres cessèrent de s'agiter, sa tête s'emplissait d'une ombre épaisse et ses oreilles d'un bruit lointain. Les tempes lui battaient, l'air devenait rare dans la chambre.

La mort approchait. Les mains de la jeune fille se décrochèrent, ses bras tombèrent le long du fauteuil.

Le lendemain on lisait dans quelques feuilles bien pensantes, très bien vues de la préfecture.

« *Les honorables dames qui demandent la liberté de la prostitution* vont avoir une « occasion de faire éclater leur charité et de quoi aiguiser leur colère :

« Une fille insoumise, la nommée Clara Bussonni, prise sur la voie publique « en flagrant délit d'excitation à la débauche, et ayant été mise en carte, a tenté « de se donner la mort en s'asphyxiant à l'aide du charbon.

« Heureusement pour elle, les voisins de cette trop sensible prêtresse de « Vénus, avertis par l'âcre émanation du carbone et une forte odeur de brûlé, « ayant enfoncé la porte, ont trouvé la malheureuse entièrement sans connais- « sance, ayant une main à demi carbonisée. »

« Elle a été transportée d'office à l'Hôtel-Dieu et bientôt devra répondre « devant la police correctionnelle de sa tentative de suicide. » De la petite note laissée par Clara, pas un mot.

Voilà comme les feuilles agréables brodent l'histoire des misères privées, pour peu que ces misères s'élèvent contre le pouvoir établi.

XLVIII

ENTRE DEUX FEMMES

Mlle de Méria s'était éveillée toute soucieuse. Le manuscrit enlevé au maître d'école ne lui apprenait pas encore grand chose de ce qu'il lui importait de savoir. Tout était d'un grand décousu dans cette sotte composition, et puis il manquait peut-être l'essentiel.

A la vérité, elle avait encore trois rouleaux à parcourir. Elle avait bien envie de les lire et de se rendre ensuite chez M. de Saint-Cyrgue, mais pour rester dans sa chambre, il fallait continuer à feindre une indisposition. Et, feignant cette indisposition, elle ne pouvait sortir.

Au reste, dans l'état de trouble où était la maison, elle aurait eu mauvaise grâce d'être malade. Il y a des instants où, suivant les circonstances, un malaise est une faute.

Mlle de Méria prit donc le parti de se bien porter et de remplir auprès de Valérie ses fonctions d'institutrice.

Elle écrivit au révérend Davys-Rolh qu'elle l'attendait dans l'après-midi ; puis elle s'habilla lentement, avec soin, se regardant dans la glace et constatant avec plaisir que la fatigue l'avait un peu pâlie.

Elle trouva que cela lui allait bien. Encore une nuit passée sans sommeil et ce serait au mieux pour intéresser M. de Saint-Cyrgue.

On gratta à la porte de la chambre. Mlle de Méria courut ouvrir.

Audard, le valet de chambre de M. Rousserand, entra en mettant un doigt sur sa bouche, comme pour indiquer un silence prudent à l'institutrice.

« — Que voulez-vous ? » demanda-t-elle tout haut sans tenir compte des airs mystérieux du messager.

Les éventualités imposaient à Mlle de Méria un redoublement de prudence. Si l'affaire des millions allait réussir, il lui importait que personne ne connût ses visées d'hier.

Le valet prit l'attitude d'un confident de comédie et se rapprocha.

« — Que voulez-vous ? » répéta l'institutrice en se reculant avec hauteur. « Si vous êtes chargé de m'apprendre quelque chose, dites-le simplement. »

— Je viens de la part de monsieur...

— Pour ?

— Prier mademoiselle de se rendre auprès de lui.

— Très bien ; comment se porte-t-il ?

— Il est beaucoup mieux.

— J'en suis bien aise. Dites-lui que je n'ai pas le temps, que je suis occupée avec sa fille ; que je lui fais mes compliments.

Cela fut dit d'un ton sec qui n'admettait pas de répliques, mais pouvait provoquer des commentaires.

— Tiens ! tiens ! tiens ! se dit le valet, voilà du nouveau. Je croyais que la demoiselle ne visait que les écus ; aurait-elle eu la bêtise de se laisser brûler au feu qu'elle a allumé. Ce serait drôle.

« — Eh bien ! qu'attendez-vous ? » demanda Mlle de Méria.

— Une autre réponse. Il est impossible que mademoiselle n'en ait pas une autre à faire à M. Rousserand. Avant de parler à madame, il a quelque chose à demander à mademoiselle.

— Avant de parler à madame ?... Ne lui a-t-il pas encore parlé, depuis l'accident ?

— Non, mademoiselle.

Il ajouta en baissant les yeux :

— Elle est sortie.

— Déjà !

— Oh ! ces bourgeoises ne prendront jamais les habitudes du grand monde, ça se lève à des heures impossibles !

— C'est de votre part une réflexion déplacée, mon cher, quand vous parlez de votre maîtresse.

— Mademoiselle sait bien que sans sa présence ici, je n'aurais jamais consenti à servir de si petites gens ; quoique monsieur soit, après tout, un homme distingué dans son genre, et un bel homme.

Le regard de Mlle de Méria se radoucit.

Audard poursuivit :

— Refusez-vous de lui donner un conseil. Il m'a expressément ordonné de vous dire qu'il faut qu'il vous voie et vous voie seule.

L'institutrice regarda le valet par-dessus l'épaule et lui demanda ce que cela signifiait. En vérité la maison devenait une succursale de Charenton. Que lui voulait-on ? Que penserait Mme Rousserand de tous ces mystères ?

Audard prit un air candide et assura que madame estimait trop mademoiselle pour penser à quoi que ce fût de blessant et...

Un violent coup de sonnette interrompit le valet de chambre.

— Mademoiselle, « dit-il, » voit combien monsieur est impatient de lui parler.

— Quel imbécile ! s'écria Blanche quand Audard fut sorti, quel imbécile ! je suis sûre maintenant qu'il a laissé surprendre à cet aigre-fin de laquais les espérances qu'il nourrit à mon égard. Oh ! si j'arrivais à capter M. de Saint-Cyrgue ! ce serait pour moi une insupportable chose que quelqu'un...

Le valet revint.

— Monsieur m'envoie supplier mademoiselle de venir lui parler.

— C'est bon ! c'est bon ! j'irai tout à l'heure avec mon élève.

Elle prit sur la cheminée la lettre qu'elle avait écrite pour le révérend Davys-Rolh et la mettant sous les yeux du laquais, elle demanda :

— Avez-vous le temps de porter ceci à son adresse ? C'est très pressé.

— Le temps de transmette à monsieur la réponse de mademoiselle et je cours où elle m'envoie.

Cinq minutes après, Blanche vit Audard sortir par la petite porte de la rue des Lyonnais. Alors, sûre de pouvoir parler sans témoin à Rousserand, elle se rendit auprès de lui.

Mais elle y mit le temps ; s'arrêtant à chaque pas, se demandant quelle devait être son attitude.

Elle ne devait rien risquer tant qu'elle n'était pas sûre de la réalisation de ses espérances dorées. Et pourtant ce tanneur l'ennuyait bien. Quel supplice d'en attendre quelque chose et quelque chose d'irrégulier. Encore s'il était veuf...

M. Rousserand, la tête enveloppée de bandes, était assis sur son lit, pâle et l'air troublé. Il tendit les mains vers Blanche. Son geste et ses yeux demandaient pardon.

Il l'examina de l'œil d'un commissaire-priseur. (Page 318.)

Mademoiselle de Méria prit dans les siennes les mains du tanneur et les serra.

Il la regardait avec adoration, sans rien dire. La nuance de bistre, que la fatigue d'une longue veille avait étendue sous les yeux de l'institutrice et qui allait si bien à sa peau brune, semblait à Rousserand une preuve irrécusable du plus tendre intérêt. Comme il l'aimait! C'était ça une femme d'esprit et de bon ton. Sûrement l'affaire d'Angèle lui était connue et elle lui pardonnait. Il n'y avait que les femmes nobles pour avoir de ces façons et s'élever au-dessus des préjugés du vulgaire.

Il lui baisa les mains, l'une après l'autre, longuement, malgré la petite résistance qu'elle opposait.

— Pourquoi demanda-t-il, ne vouliez-vous pas revenir? J'avais tant besoin de vous voir! »

— Je vous le dirai plus tard, « fit-elle en cherchant à se dégager ; » je serais venue de moi-même. Il était imprudent de m'envoyer quérir. »

La figure du tanneur exprima l'étonnement et l'inquiétude.

— Calmez-vous, poursuivit-elle, songez à votre situation, méditez ce que vous avez à dire à la justice.

— À la justice?

— Sans doute, à la justice. Il est possible que le juge d'instruction vienne aujourd'hui.

La figure du blessé s'assombrit.

— Rassurez-vous, dit Blanche, et soyez homme.

— Comment l'entendez-vous ?

— Soyez un homme supérieur aux événements ; dominez-les pour qu'ils ne vous dominent pas. Il y a dans votre cause des intérêts généraux qu'il ne faut pas froisser par trop de franchise. Vous êtes le représentant d'un parti.

— Expliquez-vous, soyez mon conseil, sauvez-moi du ridicule de ma situation.

— Niez tout et vous vous sauverez vous-même. Niez tout et il ne restera de cette sotte affaire qu'une cicatrice. Vous n'aurez pas de peine à convaincre M. A... le juge d'instruction.

— Vraiment!

— Il est de nos amis. Tout a été arrangé entre lui et de puissants personnages que j'ai eu le bonheur d'intéresser en votre faveur.

— Est-il possible ? oh ! vous êtes mon ange tutélaire.

— Non, mais simplement une femme qui vous porte intérêt.

Elle disait cela avec une grâce si souveraine, que le tanneur en était à la fois saisi de respect et d'admiration.

— Quand on saura, poursuivit-elle, que celle dont on vous accuse d'avoir ravi l'honneur est ou sera demain sur le registre de la police, l'accusation tombera d'elle-même.

— Quelle femme ! Quelle femme ! » murmurait le maître tanneur quand elle fut éloignée, « avec elle je me sens de force à devenir sénateur, ministre !... que sais-je encore?... Comme elle me comprend ! comme elle ressemble peu à mon insipide Agathe. Ah! comment rompre l'insupportable chaîne qui me lie à cette ridicule bourgeoise?

La bourgeoise entra sans se faire annoncer, juste au moment où elle fournissait à son mari le sujet d'une apostrophe.

« Eh bien, dit madame Rousserand en s'asseyant dans un fauteuil, bien en face du blessé ; eh bien, il paraît que tu vas mieux et que tu es en état d'être entendu par le juge d'instruction. Que vas-tu lui répondre au sujet d'Angèle Brodard?

— La vérité, répondit le tanneur d'une voix faible.

— Très bien ; mais qu'entends-tu par la vérité?

— Ce que j'entends ?

— Oui ! conviendras-tu avoir mérité le coup d'étire que tu as reçu ?

— Jamais ! ce serait mentir.

— Comme tu dis cela ! Regarde-moi bien en face et jure-moi que tu n'as pas séduit la petite Brodard.

— Allons donc ! est-ce qu'on séduit de telles espèces ?

— Ah ! c'est une espèce, cette jolie petite fille, et tu ne l'as pas détournée ?

— Non.

— Tu n'es pas le père de son enfant.

— Non ! mille fois non !

— Comment expliques-tu le coup d'étire ?

— Cette abominable enfant m'a accusé, pour se couvrir, aux yeux de sa famille.

— Ainsi tu es innocent ?

— Je le jure.

— Menteur ! fit Agathe avec dégoût, menteur et lâche ! je suis sûre du contraire.

Il prit un air offensé.

— Vous ai-je donné le droit de suspecter mes paroles ?

— Un peu.

— Expliquez-vous.

— C'est à toi de t'expliquer. Il faut que je sache ce que tu diras au juge d'instruction.

— Pourquoi ?

— Parce que, moi aussi, je suis témoin dans l'affaire ; c'est moi qui t'ai vu la première baignant dans ton sang ; c'est moi qui t'ai porté les premiers secours.

— Merci ! chère Agathe !

— Il n'y a pas de quoi, j'aurais fait la même chose pour n'importe quel homme, dans un pareil cas.

— Vous êtes cruelle, Agathe ! vous que j'ai tant aimée !

Il fit le geste d'essuyer une larme.

Un instant, cela la troubla. Elle était si bonne, elle croyait si fermement au bien qu'un retour à la vertu ne l'aurait pas surprise, dans le plus endurci des criminels. Mais, habituée à déchiffrer les sentiments de son mari sur sa figure de faux bonhomme, elle n'y vit pas, en regardant bien, l'ombre d'une émotion.

— Écoute-moi, dit-elle, écoute-moi, Étienne Rousserand, je ne suis pas venue pour faire du sentimentalisme avec toi et échanger des fadeurs conjugales. Le temps en est passé.

— Hélas !

— Ce n'est pas ta femme, c'est ton associée, c'est Agathe Monier, la bailleuse de fonds de ton industrie, qui te parle.

— Madame !... que signifie cette comédie !

— Ah ! tu prends cela pour une comédie ! Ne comprends-tu pas que, suivant ta déclaration au juge qui va venir t'interroger, tu perds ta réputation ou ton honneur. Il n'y a pas d'autre alternative pour toi : perdu comme notable commerçant si tu avoues, déshonoré à mes yeux si tu nies.

— Et comme témoin, vous voulez vous concerter avec moi ? demanda Rousserand évitant de répondre.

— Peut-être.

— Vous ne me voulez pas de mal alors ? Oh ! vous avez raison, madame, car la perte de ma réputation, que vous semblez redouter, retomberait sur notre fille, que désirez-vous savoir ?

— Ce que tu répondras quand il te sera demandé si, oui ou non, tu as séduit la petite Angèle.

— Agathe, vous êtes folle, en vérité, si vous croyez un mot de cette imputation. Le pire de mes ennemis n'accueillerait pas mieux que vous un bruit si injurieux.

— C'est que le pire de tes ennemis ne te connaît pas comme moi.

— Vraiment ! Est-il possible ?.. Tu me crois capable...

— De tout, oui !

— Mon innocence éclatera à tous les yeux.

— Excepté aux miens.

— Pourquoi ?

— Parce que je te crois profondément corrompu, Étienne Rousserand. Tu as trompé mon père pour t'emparer de son bien, tu m'as trompée pour t'emparer de ma position, tu as trompé tes camarades en faisant semblant d'être un ami du progrès, tu as trompé les honnêtes gens qui te croient homme d'honneur. Ton âme n'est pétrie que de mensonge.

— Mais c'est affreux, ce que vous dites-là, madame. Est-ce une rupture que vous cherchez ?

— Ai-je besoin de prétextes pour cela, et ne m'en as-tu pas déjà donné trop de motifs véritables ? Mais trêve de récriminations. Revenons à nos affaires.

— Oui, revenons-y. Je vous déclare, comme je déclarerai au juge et devant le juge, que je ne suis pas coupable.

— C'est bien décidé ?

— Oui !

— Ainsi, après avoir augmenté la misère de ces pauvres gens, avoir porté dans leur famille le trouble et le déshonneur, tu ne crains pas d'agrandir ton crime en le niant ?

— Ma chère Agathe, vous avez toujours eu des tendances à l'exagération. Les romans ont gâté votre bon esprit. Vous vivez dans des régions idéales qui font tort à toutes les réalités de votre vie. Vous lisez trop.

— Quelle sollicitude ! Ah ? l'honnêteté c'est du romanesque pour toi ! Étienne, tu as donc si profondément oublié la notion du bien — à laquelle ton hypocrisie a été jusqu'ici un hommage, — que tu oses me parler ainsi quand je fais un appel à ta conscience ?

— Vous extravaguez, je n'ai rien à vous répondre.

— « Écoute, » poursuivit-elle les joues empourprées, « écoute, si tu m'avais entendue, je t'aurais pardonné; si tu avais manifesté le moindre repentir de ton abominable action, je t'aurais aidé à la réparer. Maintenant, c'est fini. »

— Qu'est-ce qui est fini?

— La vie commune !

— Ha !

— Il y a longtemps que nous sommes séparés de fait, je veux que nous le soyons de droit.

La figure du blessé s'éclaira. Ses yeux faux brillèrent d'un éclat singulier. Sa femme allait au-devant de tous ses vœux secrets. Si elle prenait l'initiative d'une séparation, elle mettait tous les avantages du côté du mari, pourvu que l'affaire d'Angèle tournât comme l'avait fait espérer Blanche.

Il tâcha de dissimuler sa joie et reprit:

— Vous voulez, c'est fort bien, reste à savoir si vous pouvez vous séparer de moi.

— Je ne puis, répondit-elle, laisser entre tes mains toute la fortune dont tu ne connais pas l'emploi normal. Je veux au moins la diminuer autant qu'il me sera possible afin de diminuer tes moyens de faire le mal.

Là-dessus elle sortit.

XLIX

POUR LE TRIOMPHE DE LA BONNE CAUSE

Dans l'après-midi, Mlle de Méria reçut de M. de Saint Cyrgue une lettre dans laquelle il s'excusait de n'avoir pas encore fait de visite à sa jeune parente. Il était malade et la priait de venir le voir.

Cette lettre agita Blanche. Les perspectives et les éventualités du lendemain ne lui sortaient pas de l'esprit.

Les leçons de Valérie s'en ressentirent. Elles étaient données avec une préoccupation qui n'échappa point à Mme Rousserand.

L'institutrice avait des impatiences qu'elle s'efforçait en vain de réprimer.

De son côté, l'enfant était nerveuse; ses yeux se remplissaient de larmes à la moindre observation. Agathe aussi semblait profondément bouleversée.

Il y avait de l'orage partout, dans la maison du riche industriel.

Mme Rousserand se disait que c'était fini, bien fini entre elle et le père de sa fille. Il venait de lui donner les preuves de la profonde corruption de son cœur. Il n'y avait plus rien à espérer de cette nature dévoyée. Il n'y avait plus de possible que la séparation. Et pour l'obtenir il fallait établir la culpabilité du maître tanneur. C'est à quoi elle rêvait.

Elle regardait sa fille avec d'inexprimables serrements de cœur. Le véritable lien était là, c'est là que le déchirement se ferait sentir.

Un homme et une femme qui ont un enfant sont unis en lui, quoi qu'ils fassent. Les lois peuvent les divorcer, la nature les a unis à jamais dans cet être qui perpétue leurs deux existences.

On vint dire à Mlle de Méria qu'un monsieur la demandait et l'attendait.

Madame Rousserand tressaillit. Était-ce le juge d'instruction ? Elle aussi allait être mandée auprès de lui, sans doute.

L'institutrice se leva avec un calme plus apparent que réel et se rendit au salon.

Elle y trouva le révérend Davys-Roth, en habit civil.

Il venait pour arrêter avec mademoiselle de Méria la manière dont elle se présenterait chez M. de Saint-Cyrgue. Il était important de caresser les folles manies sociales du vieillard ; d'entrer dans ses vues, de lui faire des objections pour lui donner le plaisir de les combattre et d'en triompher.

La fin de la lecture du manuscrit devait fournir à la jeune fille les arguments et les connaissances qu'elle avait à faire valoir. Il n'était pas en peine, le révérend Davys-Roth pour ce qui regardait le tact et l'intelligence de sa pénitente. Mais il s'agissait de capter un vieillard obstiné, un original dont le caractère et l'esprit montraient quelquefois subitement les côtés les plus inattendus.

M. de Saint-Cyrgue était fin, adroit, invulnérable du côté des passions, que Mlle de Méria aurait pu exploiter, pour... la plus grande gloire de Dieu !

Tels étaient, du moins, les renseignements qui lui avaient été fournis. Mais tout ceci pouvait céder devant une impression... L'homme était homme à tous les âges de sa vie, témoins Abraham et Zacharie. Il ne fallait pas douter de la puissance du Très-Haut, et, comme Judith, déployer toutes les séductions de l'art et de la nature pour le triomphe de la bonne cause.

L'essentiel était que la première impression fût bonne.

Le révérend discuta avec Mlle de Méria sa phrase d'entrée. La plus grande simplicité était nécessaire dans la parole et dans l'habit.

Il demanda à voir la robe, le mantelet, le chapeau qu'elle mettrait le lendemain. C'était capital. Elle alla s'en vêtir et revint s'asseoir en face de lui.

Il l'examina de l'œil d'un commissaire-priseur, corrigea quelque chose dans le maintien, recommanda certains détails et, après avoir donné la bénédiction à sa belle pénitente, se retira fort satisfait.

Le soir venu, Blanche de Méria reprit l'histoire interrompue d'*Une Faute*.

UNE FAUTE (*Suite*)

CHAPITRE XXXIII

REPRISE DE POSSESSION

« Jean-Louis ouvrit la porte à deux battants :

« — Entrez, » dit-il, père Waterlo, et vous, mon brave monsieur, entrez aussi, s'il vous plaît ; vrai, je n'aurais pas plus de plaisir d'ouvrir au bon Dieu,

Attendez-moi une minute, je cours avertir M. le comte et je reviens comme le vent faire un *fouga* (dans la langue du pays, un feu de joie) pour vous sécher et vous réchauffer tous deux. Vous me pardonnerez, n'est-ce pas, d'aller d'abord porter du feu à ceux qui ont froid au cœur. »

« — Allez ! allez, mon brave ami, ils ne sont pas loin, » répondit l'étranger en descendant de cheval.

« Une demi-heure après, le comte et sa fille, avec la mère Allard rentraient au château. »

« L'étranger visitait les ruines. Jean-Louis, avant de le prévenir de l'arrivée de ses maîtres, s'empressa de faire dans l'immense cheminée de la salle à manger un feu des temps anciens. Il prit dans la charrette où l'on avait chargé le mobilier, quelques fauteuils et quelques chaises qu'il disposa devant le foyer. »

« Le comte et sa fille, revenus dans la maison qu'ils croyaient avoir abandonnée pour toujours, ne pouvaient proférer une parole. Les grandes émotions, joie ou douleur, sont muettes. M. Paul et Valentine se regardaient, se serraient la main sans proférer un mot, tandis que la mère Allard, remettant toute chose en place, allant et venant par la maison, comme si elle n'était pas trempée jusqu'aux os, ne pouvait se lasser de parler et de s'exclamer. »

« Le cœur de Valentine était bouleversé par la oie. »

« Elle n'avait pas compris grand'chose à l'explication donnée par Jean-Louis, sinon qu'ils étaient sauvés. »

« Un beau jeune homme avait payé leur dette. Là-dessus, ils étaient revenus. »

« Où était ce sauveur? Qui était-il? ce n'était pas Bergonne, assurément, puisque Jean-Louis l'avait trouvé beau. Dailleurs le fils du meunier connaissait le marquis. Ah! ce sauveur, quel qu'il fût, Valentine lui vouait une reconnaissance éternelle. Il entra. »

« C'était un homme de vingt ans. Un long manteau brillant de pluie, négligemment jeté sur les épaules, donnait de l'ampleur au buste et faisait valoir la haute taille de l'étranger. Ses cheveux noirs tombaient en boucles naturelles sur son cou plein de vigueur. Il portait toute sa barbe, déjà épaisse et frisée. Ses yeux d'un bleu noirâtre avaient une grande expression d'intelligence et de fierté. Son nez court, légèrement aplati du bout, indiquait une personnalité. Sur ses lèvres, il y avait le sourire de la bonté. Toute sa personne était empreinte de noblesse. »

« D'un coup d'œil, Valentine vit tout cela; quant à *lui*, il enveloppa la jeune fille d'un regard d'admiration. »

« Le père et la fille se levèrent pour saluer l'étranger. »

— « Monsieur, » lui dit le comte en s'emparant de l'une de ses mains, « j'ignore qui vous êtes, mais le service que vous venez de me rendre vous donne tous les droits à mon affection et à ma reconnaissance. »

« Le jeune homme ouvrait la bouche pour répondre, lorsque Valentine, devenue affreusement pâle, chancela et serait tombée, si son père ne l'eût retenue dans ses bras. »

« La réaction avait été trop forte. On porta la jeune fille dans sa chambre où l'infatigable Jean-Louis s'occupait déjà à replacer les meubles. Le comte laissa sa fille aux bons soins de sa nourrice et redescendit près de son hôte. »

« Le jeune homme s'assit à la place qu'avait occupée Valentine, et coupant court aux chaleureuses expressions de reconnaissance dont M. de la Roche-Brune recommençait à l'accabler : « Je suis assez malheureux », dit-il, « pour n'être que l'instrument d'un autre dans le service qui vient de vous être rendu. Si dans cette circonstance, vous croyez, monsieur le comte, devoir de la gratitude à quelqu'un, c'est à Gustave de Bergonne, dont je suis le secrétaire et l'ami ! je m'appelle Artona.

« — J'eusse été heureux, monsieur Artona, de vous être tout à fait redevable d'un aussi grand service. Mais je n'en demeure pas moins votre obligé pour la célérité que vous avez mise dans votre voyage, car vous habitez Riom, je crois ?

— Oui, monsieur.

— Et vous êtes venu tout d'une traite, je parie ? Mais comment le jeune marquis a-t-il su le péril qui nous menaçait, et surtout, monsieur, comment avons-nous été assez heureux pour l'intéresser.

— C'est une de vos servantes qui est venue l'avertir.

— Nanette ?

— Oui, monsieur, Nanette. Quant à l'intérêt que Gustave de Bergonne avait à vous obliger, n'en supposez pas d'autre que celui de tirer un honnête homme d'embarras.

— Tant de bonté a lieu de me surprendre de la part d'un inconnu.

— Un inconnu ! serait-il possible, monsieur le comte, que Gustave vous fût tout à fait inconnu ?

— Je vous répète, monsieur Artona, que je ne connais le marquis de Bergonne que de nom. Je n'ai jamais eu l'honneur de le voir.

— Mais, c'est impossible !

— Je ne savais rien de lui, sinon qu'il est un des plus riches gentilshommes de l'Auvergne. J'ignorais que la noblesse de son cœur fût aussi vraie que celle de ses parchemins est ancienne.

— C'est l'âme la plus grande qui se puisse rencontrer.

— J'en suis bien convaincu. Dites-lui, monsieur, que je sollicite la faveur de lui remettre, moi-même, un titre en forme de l'obligation que je viens de contracter envers lui.

— Ce sera pour lui un véritable bonheur. Sans un deuil de famille, il serait venu lui-même.

« M. Paul voulait retenir à dîner et à coucher l'envoyé du marquis, mais celui-ci s'en défendit poliment sous prétexte d'un devoir impérieux à remplir auprès de son ami. »

« Après avoir un peu séché ses vêtements et s'être assuré que Mlle de la Roche-Brune était mieux, il quitta le vieux manoir. »

Elle poussa du pied le bouquet flétri, qui disparut sous les feuilles mortes . (Page 323.)

XXXIV

CELUI QU'ON ATTEND

« Valentine était vite revenue de son évanouissement. Il ne lui restait plus qu'une sorte d'ébranlement nerveux qu'un peu de calme devait bientôt dissiper. »

« Elle avait alors seize ans et, nous l'avons déjà dit, elle était très développée pour son âge. Jusque-là cet impérieux besoin d'aimer, qui fait passer tant de rêves charmants dans le cerveau des jeunes filles, ne s'était traduit que par quelques vagues soupirs donnés à son cousin Maxis et quelques œillades coquettes décochées de temps en temps au joli petit marquis de Bergonne dont le courage l'avait frappée, le jour où elle l'avait vu risquer sa vie à côté d'Artona. Mais dans ce passe-temps du cœur, qui se repaît du parfum avant de goûter le fruit, la jeune fille n'avait fait qu'obéir à l'instinct qui jette en pâture à l'imagination le premier objet venu. »

« Dans cette phase, la femme se trompe elle-même et revêt du trésor de ses rêves celui qui commence à donner un sens connu aux vagues aspirations du printemps de sa vie. »

« Le premier qui offre son cœur est toujours celui qu'on attendait, celui qu'elle dote des mille perfections souhaitées dans l'époux. »

« Point n'est besoin qu'il soit beau, qu'il ait des qualités ; il a tous les charmes, toutes les vertus de celle qu'il fait rêver. »

« Dans la première fumée d'amour, une seule chose est indispensable, il faut que l'homme reste chastement enveloppé de nuage et de mystère ; qu'il soupire loin de l'objet aimé ; que de temps en temps on l'entrevoie dans les perspectives nébuleuses où l'illusion devient facile. Dans sa seconde phase, l'amour le fera descendre de son piédestal ou l'y maintiendra suivant qu'il s'éloignera ou se rapprochera de l'idéal créé par la femme qui l'aime ; suivant, surtout, qu'aucun point de comparaison ne pourra être établi entre lui et un plus parfait. »

« Mais si, par hasard, ce voile tissé d'illusions vient à être emporté par le cavalier qui passe, par le rêveur solitaire, par celui qui entre sous le toit comme une divinité bienfaisante, adieu l'objet des chastes premières amours ! « *Le voici celui que j'attendais! le fiancé de mon cœur!* » Et il se trouve que l'autre n'était qu'une étoile crépusculaire annonçant le lever du soleil. »

« Valentine s'était habituée à l'encens d'affection qu'elle recevait chaque jour du jeune marquis. Elle avait même quelquefois cru à une certaine réciprocité de sentiments, mais cette croyance n'avait en rien altéré sa quiétude ordinaire. Ce n'était pas pour lui qu'elle avait senti ce trouble sans nom et plein de charmes que l'amour verse à son heure dans l'organisation humaine, comme le printemps jette l'inquiétude dans la sève qui fait pleurer la branche avant de la fleurir. »

« Entre ELLE et LUI l'harmonie physique n'existait pas, et la loi des contrastes ne recevait son application que de la part du marquis. »

« Valentine était femme dans toute l'acception du mot, mais ignorante jusqu'à la candeur, se laissant aller aux impulsions de l'âme, aux sensations tumultueuses, dont cette période de la vie ouvre la marche. En un mot, elle était prête pour l'amour. »

« Artona, entrevu d'abord dans des circonstances dramatiques, apparaissant une seconde fois sous les traits d'un sauveur, frappa la jeune fille. Cette brillante personnification de la jeunesse et de la beauté virile, lui causa une sorte de commotion à laquelle les événements du matin ajoutèrent de délicieuses vibrations. »

« La pâle figure du marquis de Bergonne disparut entièrement derrière celle

de son ami. Ce fut, par un soleil nouveau, l'éclipse totale de l'astre mélanco
lique qui, sans la réchauffer, avait brillé un instant dans l'aube de sa jeunesse. »

« La reconnaissance lui servant de prétexte, Valentine, sans se l'avouer et
presque subitement, donna son amour à Artona. »

« Elle passa une nuit fort agitée et se leva de bonne heure. Après s'être long-
te mps regardée dans la belle glace de Venise que lui avait donnée Pont-Estrade,
après avoir pris un soin particulier de sa coiffure, s'être fait dire cent fois par le
cristal poli qu'elle était belle, très belle, et que le généreux inconnu pouvait l'ai
mer, elle courut sur la terrasse. »

« La pluie avait cessé, au fond des nuages gris il y avait des déchirures
bleues. Le paysage n'était pas gai, ce qui n'empêcha pas Valentine de le trouver
charmant. Elle allait et venait sur cette terrasse qu'*il* lui avait rendue. »

« Quelque chose de plus consistant que les amas de feuilles sèches roulées
par le vent sur les larges dalles, attira l'attention de la jeune fille. Elle se baissa :
c'était le bouquet de Gustave. »

« Pauvre garçon ! » dit-elle tout haut, avec ce ton de banale pitié sur lequel
on a coutume de déplorer les malheurs des indifférents, « pauvre garçon ! il est
fâcheux pour lui qu'il ait jeté les yeux sur moi. Il m'aimait réellement. Moi, je
ne l'aimais pas. Comme c'est drôle, il me semble que depuis un siècle j'ai cessé
de m'occuper de lui. »

« Cette adoration, si discrète et si vraie, était déjà de l'histoire ancienne pour
la jeune fille. Elle poussa du pied le bouquet flétri qui disparut sous les feuilles
mortes. »

« Nanette était de retour avec Lucy. Valentine courut les embrasser. »

« — Vous voyez bien, » lui dit la femme de charge d'un air triomphant, « vous
voyez bien que je savais où m'adresser. Si j'y avais songé plus tôt, je me serais
épargné bien du souci. »

« — Mais tu le connaissais donc, ce... monsieur ? » demanda Valentine.

« — Comment, si je le connaissais ? Pauvre cher jeune homme ! J'ai eu assez
de peine pour arriver jusqu'à lui. »

« — Comment cela ? »

« — Figurez-vous, mesdemoiselles, que la vieille tante qui l'a élevé, se mourait et, comme il était près d'elle, j'ai vu le moment où j'allais être forcée de revenir sans lui avoir parlé. Il ne faut pas demander si j'étais chagrine d'avoir fait
pour rien un si long voyage. »

« — Pauvre Nanette ! Il demeure donc bien loin, ce beau jeune homme ? »

« — Ah ! vous le trouvez beau maintenant, ça ne m'étonne pas ; pour moi, en
le revoyant, j'ai cru voir l'ange gardien de la Roche-Brune. »

« — Mais, réponds-moi, où demeure-t-il ? »

« — Vous le savez bien : à Riom. »

« — Moi, je n'en sais rien du tout. »

« — Allons, » interrompit Lucy, « ne fais pas l'innocente, je t'ai dit assez
souvent de quel pays il est. »

« — Mais de qui parlez-vous donc ? » demanda Valentine troublée.

« — Pardine ! Nous parlons de M. Gustave, du marquis de Bergonne... »

« Valentine pâlit. »

« — Tu te trompes, » reprit-elle, « ce n'est pas Gustave qui nous a tiré des griffes de Madozet. »

« — Et qui donc ? »

« — Un de ses amis, Nanette, un de ses amis, celui dont nous avons admiré l'adresse et le courage le jour de l'inondation. T'en souviens-tu ? C'est à celui-là que nous devons tout, non à M. de Bergonne. »

« — Du tout ! du tout ! c'est à lui, à lui seul ! Le jeune homme qu'il a envoyé n'est que son secrétaire. Car il a un secrétaire, voyez-vous ; il a tous les *domestiques imaginables*. »

« Valentine pâlit. Mais Nanette n'y fit pas attention, tant elle était occupée des merveilles dont elle avait à parler. »

« Elle poursuivit : »

« — Chez lui, mesdemoiselles, il y a des tapis partout, des glaces, des lustres et des tableaux comme dans une cathédrale. Et, au milieu de tout ça, LUI si gentil, si peu fier, que c'est un plaisir de lui parler. Ah ! aussi, quand le curé, qui l'a *éduqué*, en me voyant tout en larmes, l'a eu fait venir, je n'ai pas eu peur pour lui expliquer l'état de nos pauvres affaires. »

« Valentine était atterrée. »

« La servante continua : »

« — Oh ! si vous l'aviez vu ! J'ai cru qu'il allait m'embrasser. Il disait à L'AUTRE, en écrivant tout hors de lui :

« Voilà le reçu. Cours chez le banquier ! Pars tout de suite ; crève mon meilleur cheval, mais arrive à temps. »

« Le secrétaire, — il faut lui rendre cette justice, — le secrétaire est parti comme un tourbillon. Et lui, ce marquis du bon Dieu, me disait :

« — O Nanette ! soyez bénie pour avoir pensé à moi dans le péril de la Roche-Brune ! »

« En voilà un brave jeune homme ! et qui fera un bon mari, » ajouta la gouvernante.

« Le comte entrait. »

« — Nanette, » dit-il en lui serrant les mains, « Nanette, je ne regrette pas de n'être plus riche, l'or ne payerait jamais ce que nous te devons ! Mais j'aimerais bien à m'acquitter le plus tôt possible envers M. de Bergonne. »

« — Ce ne sera ni long ni difficile, si vous voulez. »

« — Comment ça ? »

« — Donnez-lui Valentine pour femme ! »

« La jeune fille eut un frisson qui la fit tressaillir. »

« Avec le tact particulier à toutes les femmes, la servante devina le sens de ce tressaillement. »

« — Comment ! » fit-elle en joignant les mains, « il vous déplairait donc d'être marquise de Bergonne avec plus de deux cent mille francs de rente ? »

« — Mais tu arranges tout cela au gré de tes désirs, ma pauvre amie, » dit le comte, « M. de Bergonne ne songe pas à ma fille. C'est un gentilhomme demeuré noble et qui oblige noblement un inconnu dans le malheur. Voilà tout. »

« — Un inconnu! Mais vous avez donc perdu l'esprit, monsieur le comte, pour supposer que M. Gustave ne vous connaît pas! »

« — Dame! Tu comprends, moi, je ne l'ai jamais vu. »

« — Comment! vous n'avez pas remarqué ce joli chasseur qui, depuis plus de six mois, vient trois fois par semaine, loger au Petit-Chapeau? »

« — Un noirot? »

« — Oui! mais très gentil tout de même. »

« — Comment, c'est là M. de Bergonne? »

« — Lui-même. »

« — Et il ne s'est pas fait présenter chez nous? »

« — Il n'a jamais osé parler à d'autres qu'à moi, et toujours en me recommandant le secret. S'il avait eu plus de hardiesse, il y a longtemps qu'il vous aurait dit combien il aime mademoiselle et quel désir il a de l'épouser. »

« — Si les rêveries de Nanette étaient vraies, » demanda le comte, « consentirais-tu à payer ma dette de ton amour et de ta main? »

« Valentine se jeta dans les bras de son père. Le comte prit son silence pour un consentement. »

CHAPITRE XXXV

LA COMMUNE MODÈLE

« Sur une des roches de porphyre que l'Allier baigne, entre Issoire et les Martres, on voyait autrefois quelques chétives cabanes sur les flancs plissés et tondus du Mont-au-Diable. »

« C'était Saint-Bernard, dont la misère était proverbiale et dont les habitants étaient, par conséquent, redoutés autant que méprisés de toute la basse Auvergne.»

« Un magnifique château Louis XV dressait à mi-côte ses élégantes tourelles et englobait dans ses vastes dépendances toutes les terres labourables de la commune. »

« C'est là qu'après le classique voyage de noces, Gustave conduisit Valentine. »

« Les deux époux y trouvèrent réunis et établis, selon leurs intentions, Lucy, Artona et le vieux précepteur des deux jeunes gens, l'abbé Donizon.

« M. le marquis de Bergonne et sa femme arrivaient l'âme et la tête pleines de grands projets. Il ne s'agissait de rien moins que de la fondation d'une commune modèle et de la transformation intégrale du village, où les ancêtres de Gustave, où sa famille avaient passé leur vie, dans la plus profonde indifférence des intérêts de leur prochain. »

« C'est l'abbé qui, le premier, avait eu l'idée de cette grande entreprise. »

« Une nuit qu'il revenait de Clermont, il avait été arrêté à un quart de lieue du château par un homme qui, lui mettant littéralement le couteau sous la gorge, lui demandait la bourse ou la vie. »

« Après avoir vainement essayé du raisonnement pour détourner l'homme de son criminel dessein, l'abbé prit dans ses fontes un pistolet chargé et brisa la main et le couteau qui la menaçaient. »

« L'assassin prit la fuite. »

« Le lendemain l'abbé se promenait. Un enfant en haillons le vint tirer par la soutane :

« — Monsieur le curé, » lui dit-il de cette voix dolente particulière à ceux que la misère dégrade, « venez chez nous, s'il vous plaît. Mon père se meurt. »

« Le prêtre suivit l'enfant sur le faîte du Mont-du-Diable. Il entra avec lui dans l'une des plus misérables cabanes de ce misérable endroit. »

« Une femme jeune encore, aux traits flétris par la misère, grelottant de fièvre, était agenouillée devant un grabat sur lequel se mourait un homme. »

« Les traits de cet homme étaient durs et sillonnés de plis farouches. Une de ses mains, enveloppée de chiffons sanglants, reposait sur sa poitrine nue. »

« L'homme ouvrit les yeux et les arrêta sur le prêtre. Sans prononcer une parole et de sa main valide, il montra lentement la femme, l'enfant déguenillé qui l'avait amené, puis trois autres. Ceux-là, pleins d'épouvante à la vue d'un étranger, s'étaient tapis sur la litière fangeuse d'un porc et d'une chèvre, faisant partie du personnel de cette affreuse tanière où bêtes et gens vivaient côte à côte dans les mêmes immondices. »

« — Je comprends, » dit l'abbé de manière à n'être entendu que du blessé, « je comprends et je vous pardonne. »

« — Je ne vous connaissais pas » répondit l'homme sur le même ton. Il n'y avait plus de pain ici, je suis allé en chercher sur la grande route. »

« L'abbé savait perdre l'occasion de faire de la morale. Il demanda des linges. Il n'y en avait pas. Il prit son mouchoir, en fit de la charpie et des bandes, pansa la main à laquelle il manquait un doigt. Puis il courut au château chercher des remèdes, c'est-à-dire du pain et de la viande. »

« Le précepteur du jeune marquis était devenu la providence de cette famille, dont le chef, sauvage en apparence, ne lui fit jamais un remerciement, mais suivit ses conseils et se mit au travail. »

« Jamais un mot relatif à l'attaque ne fut échangé de part et d'autre. Seulement, n'importe où se trouvait l'abbé, au jour anniversaire de cette attaque, le paysan, accompagné de l'un de ses fils, venait le voir et lui apportait un petit présent. »

« Ce qu'il avait fait pour une famille, l'abbé aurait voulu le faire pour toutes. Il y pensait souvent et en parlait quelquefois à ses élèves.

« Voyez-vous, » leur disait-il, « si les paysans de Saint-Bernard sont aussi misérables aujourd'hui qu'au temps passé, c'est que le morcellement de la propriété ne s'est pas fait pour eux ; c'est que l'industrie, cette richesse des pays pauvres, ne s'est pas implantée sur le Mont-au-Diable. Quand tu seras grand, Gustave, et que tu seras maître de ta fortune, je t'apprendrai l'emploi que tu dois en faire. »

« Et il avait tenu parole. »

« Quand ses deux élèves avaient été en état de le comprendre, il leur avait expliqué ses vues sur l'association agricole, sur la répartition des bénéfices du travail, sur les devoirs de la richesse. »

« Le jeune marquis n'avait pas alors prêté une grande attention aux plans de son précepteur. Son âme était encore fermée aux grands sentiments. Mais Artona n'en avait pas perdu un mot et les gardait pieusement dans son cœur comme les préceptes d'une morale nouvelle. Il les méditait et travaillait à les rendre applicables, en les systématisant. »

« Valentine s'était sacrifiée pour payer la dette de son père, mais elle n'aimait pas Gustave. Celui-ci le sentait et, cherchant à pénétrer dans le cœur de celle qu'il adorait, s'était avisé, afin peut-être de paraître grand à ses yeux, de lui parler des vues de l'abbé, comme tout prêt à en seconder la réalisation. »

« Là-dessus Valentine avait pris feu. Le marquis avait changé de proportions, sinon dans son âme au moins dans son imagination. Cette fortune immense qu'elle n'avait pas ambitionnée et dont elle ne savait que faire, allait donner un but à sa vie, et quel but ! »

« Elle s'efforça donc d'aimer, elle se fit croire qu'elle aimait Gustave, s'exaltant les qualités de cet enfant, que le pouvoir de ses charmes transformait en homme. »

« Il est petit, » se disait-elle, « mais son âme est grande et je le ferai le premier entre tous les nobles d'Auvergne. »

« Malheureusement, rien ne pouvait se faire sans l'indispensable Artona, sans l'ami de cœur du jeune Bergonne. Lui seul pouvait le seconder dans son entreprise, lui seul avait à la fois la conception théorique et le génie pratique de la grande affaire. »

« Valentine, en le trouvant au château de Saint-Bernard, au milieu d'une légion d'ouvriers, donnant des ordres d'un air mélancolique, sentit que le beau secrétaire était profondément enraciné dans son cœur. »

« Et, pour élever entre eux une barrière de plus, elle fit le projet de le marier à Lucy. »

« Mais Artona montra de la répugnance à entrer dans ce projet. Sombre, taciturne, presque maussade, il essaya, de son côté, de déplaire à Valentine. Il devait tout à Gustave et ne voulait pas être ingrat. Mais ses efforts étaient visibles, et la jeune marquise se dit un jour avec un effroi, qu'il n'était pas sans charme : « il m'aime aussi, lui. »

« Cette constatation faite de ses propres sentiments et de ceux d'Artona, la marquise ne fut plus d'aussi bonne foi dans les efforts qu'elle tenta pour se guérir. »

« Depuis sa sortie du couvent, Valentine avait lu, et lisait encore beaucoup de romans. Là, sans doute, elle avait puisé les grands sentiments de fraternité qui l'avaient fait s'associer avec feu aux projets humanitaires de son mari ; mais là aussi son âme s'était teinte d'une fatale couleur de romantisme qui lui faisait trouver quelque chose de voluptueux dans les déchirements de son cœur. »

« Valentine était une honnête femme et se promettait bien de garder la foi jurée à son mari, et puis, s'il n'était pas le premier dans son cœur, elle l'aimait pourtant. Mais il y avait plus de maternité que d'autre chose dans son affection. Les lois de la nature étaient renversées : le protecteur était protégé, la femme était supérieure à l'homme. »

« Grâce à l'intelligence pratique d'Artona, au zèle de Lucy, comme maîtresse d'école, et à celui de l'abbé Donizon, grâce aux capitaux de Gustave, généreusement dépensés, Saint-Bernard devint en peu de temps un assez bel échantillon de ce que pourrait être la vie rurale, si toutes les forces qui la composent s'unissaient dans le but de l'améliorer. »

« Valentine n'avait pas peu contribué au bon résultat de l'entreprise. Elle était un peu partout, aplanissant les difficultés par l'ascendant qu'elle avait pris sur les paysans et sur les ouvriers, soignant les malades, moralisant sans en avoir l'air les femmes auxquelles elle apportait l'aisance avec un travail sédentaire. »

« Malgré les nombreuses occupations qu'elle s'était créées, et le zèle et la régularité qu'elle mettait à les remplir, la marquise trouvait encore du temps pour rêver. C'était le temps qu'elle passait à des travaux de l'aiguille. »

« Rien n'est plus dangereux pour les femmes romanesques que cet état, où le corps accomplit un mouvement mécanique, tandis que l'âme, libre de tout frein, s'envole au pays des chimères. Des vertigineuses hauteurs où elle monte, la vie réelle lui apparaît à travers un prisme qui défigure les notions les plus arrêtées qu'elle possède sur la vertu. Les remords pour des fautes poétisées par le livre et le théâtre, sont pleins de sombres délices. »

« Ces moments sont dangereux. »

« Et ce fut dans un de ces moments qu'Artona trouva Valentine, un jour que Gustave était parti pour la Roche-Brune, qu'il faisait restaurer en cachette, ménageant à sa femme cette délicate surprise pour le jour où ils devaient fêter le deuxième anniversaire de leur mariage. »

« Pour éloigner sa fille et lui dérober ainsi les travaux de restauration, le comte Paul, se prêtant à la fantaisie de son gendre, avait feint un voyage de six mois. Son retour était annoncé pour le lendemain au vieux castel, où il offrait à dîner à ses enfants et à ses amis. »

« Le secrétaire tenait à la main un volume. »

« — Je vous apporte, » dit-il, « des poésies nouvelles, madame la marquise. »

« — Vous êtes bien bon d'avoir songé à moi, » répondit Valentine d'une voix troublée.

« Artona la regarda fixement, et son œil profond sembla lui demander quelle heure de sa vie à LUI n'était pas remplie par son souvenir à ELLE. »

« Elle baissa les yeux. »

« Il se fit un silence. »

« On était en avril. Le printemps versait à flots, dans les buissons et sur les arbres, ses neiges de fleurs, et la brise en emportait le parfum dans les plaines vertes. »

L'abbé prit dans ses fontes un pistolet chargé. (Page 326.)

« Il faisait chaud. Dans l'air, il y avait comme des frémissements d'ailes, et dans les plantes des tressaillements d'amour. »

« Valentine avait quitté son fichu de dentelle. Par un instinctif mouvement de pudeur, elle le reprit. Toute embarrassée, elle se mit à feuilleter le livre qu'Artona avait apporté. »

« Le secrétaire la dévorait du regard. Il était pâle comme les touffes de seringa que la brise du renouveau secouait devant les fenêtres. »

« — Qu'avez-vous? » lui demanda Valentine. »

« — Moi ? Rien ! »

« — Vous manque-t-il quelque chose ici ? »

« — Que pourrais-je souhaiter que l'amitié de Gustave, de votre *mari*, ne m'ait donné ! »

« Et il raconta avec une émotion sincère tout ce qu'il devait au marquis. Il était un petit paysan qu'un caprice de femme noble avait fait l'émule de Gustave et que l'amitié de celui-ci avait fait son égal. Il devait donc aimer M. de Bergonne et comme un frère et comme un bienfaiteur. »

« Sous peine d'ingratitude, il devait surtout être content de sa position. »

« Car enfin, pour mettre le comble à ses bontés, Gustave l'avait placé à la tête de ses fabriques, lui donnant la haute direction d'une des plus nobles entreprises que puisse tenter un homme riche. Le marquis l'admettait à toute heure dans son intimité, lui confiant même, en son absence, la garde de son plus cher trésor. »

« Sa voix s'affaiblit en prononçant ces dernières paroles et il parut sur le point de s'évanouir. »

« — Artona, » lui dit la jeune femme presque aussi émue que lui, « monsieur Artona, vous êtes malheureux ! Vous souffrez, ici... Peut-être feriez-vous bien de... »

« Elle s'arrêta. »

« — Je ferai bien de partir, n'est-ce pas ? »

« Elle ne répondit rien. Il poursuivit :

« — Je me suis dit cela bien souvent. Mais que voulez-vous ? Il a confiance en moi pour ses affaires... Oui, je le sens, il faudrait fuir, et je reste. Mon âme est comme une cavale du désert que le frein de ma volonté et de ma conscience ne dompte pas toujours... Je veux, je dois m'en aller, et cela m'est impossible... »

« C'était la première fois qu'il osait parler si ouvertement. Tous deux en étaient bouleversés. Valentine se remit la première. »

« — Artona, » dit-elle, « vous êtes un homme fait pour maîtriser les orages de votre cœur. C'est ainsi que je vous ai jugé ; c'est ainsi que je veux vous croire. »

« — Vous avez de moi une opinion trop haute, madame, je n'ai pas le stoïcisme que vous me souhaitez. Je souffre ; j'ai besoin de blasphémer et de maudire ! »

« — Doué comme vous l'êtes, avez-vous le droit de vous plaindre si amèrement ? »

« — Et qu'en savez-vous ? avez-vous en main le thermomètre de mon âme pour en mesurer les douleurs ? »

« Il ajouta d'un ton amer :

« — En vérité, de quoi me plaindrais-je ? Fils du peuple, destiné à l'ignorance éternelle de ma caste, on a fait de moi l'émule, l'aiguillon d'un autre enfant que le hasard avait créé mon maître. »

« — Il n'a voulu être que votre ami, vous venez de le dire, » interrompit la marquise. »

« — Eh ! je ne le sais que trop, » fit Artona avec impatience. »

« — C'est à lui que vous devez d'être devenu un homme supérieur. »

« — Je sais ce qu'elle m'a valu, cette prétendue supériorité ; de combien d'amertume elle a rempli mon enfance ! »

« — Ah ! »

« — Quand j'étais dans mon village, j'avais des habits de bure, mais j'étais libre ; je mangeais du pain noir, mais on me le donnait avec les caresses qui sont au cœur ce que la parole est à la pensée, tandis que chez Gustave... »

« Il y eut encore un silence. »

« Artona reprit :

« — Si le passé fut douloureux, croyez-vous que le présent soit meilleur ? L'étoile de mon enfance, ma pauvre mère, s'est éteinte parce que je l'avais quittée, et l'étoile de ma jeunesse... je dois la chasser de mon ciel. »

« Valentine, effrayée des paroles du secrétaire, essaya de le calmer et d'arrêter des confidences trop directes, en le mettant sur un autre terrain. »

« — Tous vos rêves philanthropiques se sont réalisés, » reprit-elle, « n'est-ce donc rien pour un grand cœur d'être l'âme d'une entreprise humanitaire ? »

« — Oui ! c'est quelque chose, mais ce n'est pas assez. »

« — N'est-ce rien, pour un haut esprit, de pouvoir distribuer le pain de l'intelligence à quelques membres de la grande famille vouée à l'ignorance ? N'est-ce rien de faire lever vers le ciel ces fronts jusqu'alors courbés par l'avilissement de l'aumône ? d'être un des porte-lumière de la raison et de la conscience publique ! »

« — Vous avez raison et, à défaut de bonheur, la vertu devrait suffire pour nous rendre heureux. »

« — Mais la vertu, c'est le bonheur même. »

« — Le croyez-vous ? »

« Elle ne répondit pas et rougit. Il reprit :

« — Eh bien ! c'est que la vertu me manque. Je sens en moi je ne sais quoi de sauvage qui gronde. »

« — Il faut lui imposer silence. »

« — Imposer silence à un océan d'aspirations furieuses vers un but que je ne puis atteindre et vers lequel je rougirais de faire un pas ? »

« Il se tut. La sueur perlait à son front. »

« Valentine ne répondit rien cette fois. Elle avait repris son ouvrage et son aiguille cadençait le point, tandis qu'un volcan intérieur soulevait sa poitrine et faisait osciller son esprit. »

« Après un quart d'heure de ce silence plein des bruits de l'âme qui se produisent quelquefois après de mutuelles confidences, Artona poursuivit :

« — Vous dites que je suis un homme supérieur ! Erreur, madame ! l'homme ne se complète que par l'amour. Il y a en moi une lacune qui rend nulle la plupart de mes facultés. »

« — Expliquez-vous. »

« — Comme vous, j'ai cru que la vertu pouvait remplir les vides que l'affection trompée laisse au cœur, et je me suis associé de toute mon âme à l'entreprise de Gustave. »

« — C'était votre devoir. »

« — D'accord ! mais j'ai bien vite éprouvé le néant de toutes vos brillantes maximes de philosophie. »

« — Que voulez-vous dire ? »

« — Je veux dire que pour exister véritablement, l'homme a besoin d'amour comme le monde physique a besoin de lumière et de chaleur et... »

« Il s'interrompit et ajouta lentement :

« — Tenez, madame, la vie pour certains êtres, est une mystification qui leur donne droit au suicide. »

« Sur ces dramatiques conclusions, il sortit sans saluer, sans regarder la marquise et comme un homme que les approches de la mort affranchissent des vains usages de ce monde. »

« Valentine éperdue courut après lui. »

« — Je vous défends de mourir ! » lui dit-elle. »

« — Et quel droit avez-vous sur ma vie ? » demanda-t-il, se retournant grave et sinistre.

« — Aucun autre que celui d'une tendre amitié. »

« — Ce n'est pas assez. »

« — Il referma la porte. »

« Le reste du jour fut terrible pour la jeune femme. Elle alla voir Lucy dans l'intention de lui tout dire, mais elle n'osa pas. Vingt fois elle regarda sur la route si Gustave revenait ; mais il ne revint pas. »

« Le soir, Valentine était à sa fenêtre, l'œil ardemment fixé sur celle d'Artona. A la lueur des lanternes de la cour, elle vit le jeune homme enveloppé d'un manteau de voyage, sortir du pavillon qu'il occupait. »

« Il ouvrit la grille, lentement et comme hésitant à en franchir le seuil, puis revint sur ses pas. Valentine se retira derrière le rideau, avec lequel elle masqua une partie de son visage. »

« Elle vit le secrétaire arrêté en face d'elle. Peut-être devinait-il qu'elle était là pour recueillir l'adieu suprême après lequel il s'enfuit. »

« La marquise aurait voulu le rappeler. Elle descendit, courut devant la porte. Mais l'obscurité l'empêcha de rien distinguer. Pendant quelques instants, elle suivit la route, se cachant sous les arbres, comme si les ténèbres de la nuit n'eussent pas été assez épaisses pour couvrir de leur ombre la démarche qu'elle faisait. »

« Quand elle se crut assez loin de sa demeure pour n'être entendue que de celui qu'elle poursuivait, tremblante, elle appela. Rien ne lui répondit. Elle revint.

CHAPITRE XXXVI

LA CHUTE

« Une lumière brillait dans le pavillon d'Artona. La clef était sur la porte. Valentine ne put résister à la tentation. Elle entra...

« Tous les papiers relatifs à l'administration étaient soigneusement rangés. Une lettre adressée à Gustave était sur le bureau. Valentine en déchira l'enveloppe et lut :

« Adieu, Gustave ! Je t'aimais bien ! Ma mort est un devoir. Ne me pleure pas. »

« ARTONA. »

« Un tremblement nerveux secoua la marquise. Des cris de désespoir lui montèrent à la gorge. Pour les étouffer, elle cacha son visage dans les couvertures du lit, qu'elle mordit avec l'emportement de la plus furieuse douleur. »

« Il m'aimait : Je l'aimais ! » criait-elle d'une voix étouffée. « Rigoureux devoir, stupide vertu ! Que me donnerez-vous en échange du bonheur que vous m'avez défendu ? »

« Ses mains étreignaient convulsivement le dessus du lit. Elle sentit un rouleau de papier et s'en empara. La lumière s'était éteinte. Elle la ralluma à la flamme du foyer, au-dessus de laquelle voltigeaient des parcelles noires. »

« Le rouleau était une partie, la dernière du journal d'Artona. Les plus nobles sentiments, la passion la plus insensée y éclataient pour elle à toutes les lignes. »

« Elle dévorait ces pages brûlantes, s'enivrant de douleur, d'amour et de regret. »

« Le cahier finissait par les paragraphes suivants :

« Depuis l'insecte caché sous l'herbe, auquel l'amour met des rayons de feu
« sur les antennes, jusqu'à l'astre, qu'à travers l'infini, l'attraction suspend aux
« rayons d'un soleil, tout peut librement aimer ; tout, excepté l'homme ! »

—

« Je croyais que la pratique du bien me sauverait, et que la vertu étoufferait
« le volcan qui bouillonne dans ma poitrine. Mais la mort seule mettra mon cœur
« en cendres. Elle seule éteint toute flamme. »

« La marquise immobile et glacée s'abreuvait de ces lignes fatales qui lui semblaient écrites du sang d'Artona. Avec des déchirements sans nom, elle épelait chaque mot buvant goutte à goutte le poison qui restait au fond de son vase de douleur. »

« Elle entendit du bruit, jeta vivement le manuscrit au feu et se sauva dans la ruelle. »

« On entra. C'était le secrétaire qui revenait. Il alla vers le lit et remarquant qu'il était bouleversé : »

« — Qui donc, » demanda-t-il tout haut, « qui donc a pu venir? »

« Mon Dieu! » ajouta-t-il d'une voix brisée; « mon Dieu! si quelqu'un avait trouvé ce papier! Mais non, je m'inquiète à tort, il doit être brûlé avec les autres; avec le portrait que j'avais fait d'elle, avec les mille morceaux de poésie qu'ELLE avait tirés de mon cœur. »

« Il s'assit, mit ses pieds devant le feu et reprit son monologue. »

« — Que c'est bon, la chaleur! Quand je pense que je vais me plonger volontairement dans cette chose si froide qu'on appelle mort! Et pourtant, mourir n'est rien! mais la quitter! la quitter pour toujours! Ah! non, c'est impossible. Et pourtant, qu'y a-t-il après la mort? »

« Et il répondait à cette redoutable question de l'humanité à laquelle il n'a jamais été donné une solution acceptée par tous : »

« — Après, il y a l'inconnu; les profondeurs muettes de la tombe, au fond desquelles les agents de la grande nature décomposent lentement les cadavres pour en reconstituer des milliers de vies. »

« Voilà ce qu'on sait. »

« Le reste appartient à l'imagination. »

« Je meurs désespéré! parce que je ne suis pas sûr d'emporter son image dans la tombe! O Valentine! Valentine! pourquoi t'ai-je connue? Pourquoi suis-je l'obligé de l'homme auquel la reconnaissance t'a livrée? »

« Valentine! Valentine! adieu! »

« Il éteignit la bougie et pressa le bouton de la porte. »

« — Artona! Artona! » cria la marquise, « Artona! »

« Deux bras la saisirent dans l'ombre. »

. . . .

CHAPITRE XXXVII

LE RÉVEIL

« Valentine désirait passionnément d'être mère. Il lui semblait qu'un enfant serait un préservatif contre les rêves condamnables qui, trop souvent, emportaient son esprit et son cœur. »

 « Mais l'ange gardien ne venait pas, et tous les faibles efforts de sa volonté ne parvenaient pas à chasser l'image adultère implantée dans son imagination. »

« Pourtant, elle avait des bizarreries d'humeur, de ces malaises subits qui annoncent le travail mystérieux d'une vie nouvellement éveillée dans le sein de la femme. »

« Mais soit que le travail de la nature n'eût pas suivi sa marche ordinaire, soit que la jeune femme qui n'avait pas de mère n'eût pas été initiée aux premiers secrets de la maternité, elle ne se croyait pas si près de la réalisation du plus cher de ses vœux. »

« Elle était enceinte, sans le savoir. »

—

« Pleine d'épouvante, d'amour et de remords, Valentine sortit du pavillon. »

« Les étoiles brillaient au ciel. Le silence de la nuit n'était interrompu que par la bruyante respiration de la machine à vapeur. »

« La lune, un instant voilée, glissa l'un de ses pâles rayons entre les lourds rideaux de l'oratoire que la marquise traversait en ce moment. Ce rayon frappa sur un christ détachant, sur un fond de velours noir, sa tête divine et ses bras ouverts aux pécheurs. »

« En ce moment terrible, où le repentir la jetait mourante aux pieds du crucifix, quelque chose d'étrange fit frémir ses entrailles ! Madame de Bergonne, constata avec horreur que ce qu'elle ressentait pouvait bien être le premier tressaillement de la maternité. »

« Combien de temps resta-t-elle là, le front sur le tapis, sans prier, sans penser, et comme perdue au fond d'un abîme intérieur ? Elle ne le sut pas. Elle ne savait plus rien de sa propre vie ; les battements fougueux de son cœur, lui semblaient les éclats d'une tempête, dont les forces déchaînées la clouaient sur le sol. »

« Enfin, elle se leva, l'œil sec, la lèvre aride. L'aube commençait à poindre, argentant les hauteurs, laissant les creux dans l'ombre. A côté de la porte de sa chambre, la marquise vit une forme agenouillée. »

« — Qui est là ? » demanda Valentine avec terreur. »

« — C'est moi, mon ange, » répondit la douce voix de Gustave, « à mon retour, ne t'ayant pas trouvée dans ta chambre, j'ai pensé que tu ne pouvais être qu'ici. Je suis venu t'y chercher, mais, en te voyant si recueillie, je n'ai pas osé troubler ta prière... je m'y suis associé... »

« Les pieds de Valentine se clouaient au parquet, ses dents claquaient. Elle demeurait là droite, raide, immobile, comme un arbre dont la foudre n'a emporté que la moitié. »

« — Tu ne me réponds pas ? » demanda Gustave, « tu as eu peur, pauvre chère âme. »

« Il lui prit la main. »

« — Oh ! comme tu as froid ! Et moi qui me croyais seul à m'occuper du second anniversaire de notre mariage, quand, à cette intention, tu passais toute la nuit en prières ! »

« Valentine poussa un cri et tomba sur les genoux aux pieds de Gustave que sa tête heurta. »

« Le marquis saisit sa femme dans ses bras. L'amour, l'inquiétude doublant ses forces, il l'emporta comme il aurait emporté une plume, la coucha et éveilla ses gens. »

« Le médecin fut appelé. Quand il entra, Valentine était toujours comme morte et Gustave, debout devant le lit, en proie à la plus vive émotion. »

« — Qu'a-t-elle donc ? » demanda-t-il, « n'est-elle qu'évanouie ? »

« — Oui ! oui ! » répondit le docteur, « elle n'est qu'évanouie. Elle ne court aucun danger. Rassurez-vous. Elle vient d'éprouver une secousse, une frayeur peut-être ? »

« — Oui, docteur, une grande frayeur, — les femmes sont si impressionnables. — Et c'est moi ! moi, qui la lui ai bêtement causée. »

« — Les frayeurs sont parfois dangereuses dans la position de madame de Bergonne et... »

« — Vous dites ? » s'écria Gustave, s'emparant de la main du docteur, « vous dites : dans sa position ! Quelle position ? »

« — Parbleu ! celle qui doit perpétuer votre race, cher monsieur de Bergonne ; si je vous l'apprends, je suis heureux d'être le porteur d'une aussi bonne nouvelle. »

CHAPITRE XXXVIII

UNE FÊTE DE FAMILLE

« La Roche-Brune était en fête pour recevoir ses hôtes. Il y avait de la joie et bien du mouvement derrière la grille, au travers de laquelle on voyait passer et repasser deux ou trois domestiques, rangeant des pots de fleurs, ratissant le sable dont la cour d'honneur venait d'être couverte. »

« Jean-Louis, en congé pour l'instant, grave mais satisfait, regardait les réparations extérieures faites pour consolider la façade du vieux manoir. Il admirait les vitres brillantes des croisées neuves remplaçant les châssis éborgnés ou les bottes de paille que l'on mettait naguère à quelques-unes des fenêtres, pour les boucher pendant l'hiver. »

« Nanette, affairée et vêtue de ses plus beaux habits, allait et venait de la cour au château, du château à la grille, d'où elle plongeait ses regards dans l'avenue de marronniers aboutissant à la grand'route, au détour de laquelle apparaissait une voiture. »

« — Enfin, les voilà ! s'écria la gouvernante. »

« Et elle courut avertir le comte de l'arrivée de sa fille. »

« Ce fut Gustave qui, le premier, se jeta dans les bras de M. Paul. »

« — Mon père ! mon bon père ! » lui dit-il en l'étreignant avec tendresse, « rien ne devait manquer à la fête d'aujourd'hui. »

« Et, se penchant à l'oreille de son beau-père, il lui dit quelques mots à voix basse. »

« Combien de temps resta-t-elle ainsi abîmée dans sa douleur? » (Page 335.)

« Le comte embrassa son gendre à plusieurs reprises, sans pouvoir parler.
Le marquis était radieux. Valentine, au contraire, en s'efforçant de sourire, semblait si torturée que Nanette en fit la remarque et lui demanda la cause de
cette grande pâleur. »

« — Ce n'est rien, » répondit Valentine, et elle lui apprit la grande nouvelle. »

« Une larme brilla dans l'œil ému de la gouvernante. »

« — Jésus ! » fit-elle en joignant les mains, « c'est trop de joie en un jour. Il
faudra bien vous soigner, madame la marquise ! »

« — Mais ne m'appelle donc pas ainsi, sans cela je t'appellerai mademoiselle Nanette. Ne suis-je plus la Valentine que tu as bercée dans tes bras et à laquelle, de ton argent, tu as acheté des robes et des joujoux ? Tiens, donne-moi tes mains que je les embrasse. »

« — Valentine ! mon enfant ! ne parlez pas ainsi ; ce n'est pas bon d'être trop heureux, et je suis trop heureuse, moi, j'ai de trop bons maîtres ! »

« — Que dis-tu, chère vieille amie ? est-ce que nous ne te devons pas tout ? Tiens, vois-tu, Nanette, quoique, grâce à toi, je sois bien riche à présent, je veux toujours te devoir les vingt mille francs que tu as dépensés pour nous. Il n'y a que le cœur pour payer une semblable dette. Sais-tu bien que Gustave t'adore ? »

« — Comment ça ? »

« — Il est si bon qu'il ne peut manquer d'aimer ce qui est bon et noble comme lui. Ah ! ne secoue pas la tête, c'est le cœur qui ennoblit, et non les parchemins. Donc, mon mari m'a dit... »

« — Quoi ? »

« — Devine ? Il m'a dit, quand il a su qu'il allait être père... »

« — Pardine ! il a dit : M. Paul et Nanette seront bien contents. »

« — Non, il a dit : ton père et Nanette seront le parrain et la marraine de notre enfant. »

« — Mais ça lui a donc tourné la tête, à M. le marquis ? »

« — Non ! non ! Il a eu pour nous la mémoire du cœur. Tu seras la marraine de notre enfant ou nous te rendrons tes vingt mille francs avec les intérêts. Tu continueras d'être ma mère ou tu seras une servante à laquelle on aura payé ses services. »

« Et, sur ces mots, elle alla rejoindre son père. »

« En voyant tous les changements opérés à la Roche-Brune, Valentine sentait son cœur se fondre de reconnaissance et se briser de douleur. »

« — Regarde, » lui disait le comte à demi-voix, en lui faisant remarquer toutes les réparations que Gustave avait fait faire, « regarde, il a toutes les délicatesses et toutes les intuitions du cœur, il a deviné tes désirs et les miens. Le plus fidèle, le plus immense amour ne t'acquittera jamais envers lui. »

« Pour ne pas tomber, Valentine se cramponna au bras de son père. Elle se retourna. Gustave était derrière eux, jouissant de ce qu'il croyait être l'attendrissement de sa femme. »

« Ils étaient sous le péristyle entièrement réparé. Les grandes cariatides qui en soutenaient la voûte semblaient neuves ; les marches brisées du grand escalier d'honneur étaient remplacées. Un air de confort régnait dans tous les appartements, seule la chambre de Valentine n'avait pas été touchée. »

« On visita les jardins. Sous la direction d'un habile horticulteur, ils s'étaient transformés en un Eden bourgeois, comme les aimait M. Paul : l'utile y était agréable et l'agréable utile. Les fontaines remplissaient maintenant leur bassin d'une eau transparente. Un jet d'eau faisait miroiter au soleil sa gerbe éblouissante, qui retombait en pluie de diamants humides sur les nénuphars et les iris qui lui faisaient une fraîche collerette. »

« Valentine s'arrêtait devant toute chose. Tant de délicates attentions de la part de son mari lui labouraient le cœur de remords et remplissaient ses yeux de larmes, d'une effroyable amertume. »

« Gustave mettait tout cela sur le compte d'une émotion pleine de charmes et lui-même pleurait de joie. »

« Valentine, épuisée, s'assit sur un banc de pierre, écoutant l'eau bruire, la tête appuyée sur l'épaule de son mari. »

« — Eh bien ! ma sœur, je veux dire madame la marquise, comment trouvez-vous tout ça ? » demanda Jean-Louis. »

« — Je trouve tout cela trop beau, mon frère. Mais pourquoi, toi aussi, m'appelles-tu marquise ? Ne suis-je pas toujours ta sœur ? »

« — Vrai, comme autrefois ? »

« — Oui, comme autrefois. »

« — Je savais bien que vous n'étiez pas devenue fière. »

« — Fière ? Et de quoi serais-je fière ? »

« — Oh ! pour ça, c'est pas les raisons qui vous manqueraient, quand ce ne serait que d'être la femme d'un homme si bon et si riche ! »

« Gustave rougit. Sa femme reprit vivement :

« — Oui, je suis fière d'être sa femme, non parce qu'il est riche, mais parce que c'est un noble cœur. »

« Et, sans savoir ce qu'elle faisait, elle se laissa glisser à genoux devant lui, cachant sa tête humiliée sur les genoux de Bergonne. »

« Le marquis, éperdu de joie, la prit dans ses bras, l'assit à ses côtés. Il regardait le ciel, puis Jean-Louis, qui, tout pensif, jetait un regard aussi étonné que pénétrant sur la marquise, dont la pâleur touchait à la lividité. »

« Avec cette ponctualité de ceux dont l'unique affaire est de bien dîner, les invités de M. de la Roche-Brune étaient tous arrivés à midi. »

« Après les présentations, dans lesquelles les gens du grand monde échangent des banalités, on se mit à table. Nanette s'était surpassée pour fêter la crémaillère qu'on rependait à nouveau dans la vieille salle à manger.

« Après que la première effervescence d'appétit fut calmée, la conversation commença. »

« — Eh bien, marquis, » demanda un gentilhomme sceptique, « où en sommes-nous de cette fameuse entreprise humanitaire ? De quel œil les mendiants de Saint-Bernard voient-ils ces charitables fabriques qui doivent les enrichir en les forçant au travail ? »

« — Tout va bien, » répondit gravement le marquis « et j'estime assez notre époque pour espérer des imitateurs. »

« — Mais, » cria la femme du sceptique, « on dit que si vos vœux se réalisaient, si votre exemple était suivi, les femmes du peuple ne travailleraient plus pour personne en dehors de leur ménage, et nous serions obligées de laver nous-mêmes nos lessives. »

« — Et où serait le mal ? » demanda en riant M. Paul, « vous avez autant de grâce et de beauté que la princesse de Salente, pourquoi n'auriez-vous pas aussi ses habitudes de bonne ménagère ? »

« — Oui ! oui ! où serait le mal ? » demanda le sexe fort.

« Le sexe faible répondit par la dame au mari sceptique :

« — Le mal serait dans l'anachronisme, fi ! donc ! nos mains sont-elles faites pour rincer le linge. »

« — Ni les vôtres, ni celles de tant de malheureuses, qui gagnent à ce métier d'horribles plaies aux jambes et presque toujours des rhumatismes. Un temps viendra où les machines remplaceront tous ces pauvres bras de femmes, dans les professions pénibles, » dit Gustave.

« — Amen, cria la jeune France représentée par un homme de cinquante ans et quelques vieilles filles. »

« — Où allons-nous, » demanda avec épouvante le baron de la Plagne, « où allons-nous, si la noblesse se met à la tête du torrent révolutionnaire.

« — C'est pour ne pas s'y être mise » répliqua Gustave, « qu'elle a été emportée par le flot de 93.

« — Il a raison. »

« — Il a tort. »

« — C'est ce qu'on verra, » hasardèrent les neutres.

« — Voyons, » dit une vieille femme libre et philosophe, « voyons, marquis, je suis pour le progrès, moi, expliquez-nous un peu par quel miracle vous avez apprivoisé tous ces loups de Saint-Bernard ? »

« — C'est bien simple : Mademoiselle de La Plagne a apprivoisé les petits dont nous avons d'abord payé les parents pour les laisser venir à l'école. »

« — Payer les parents ! »

« — Sans doute, puisque les enfants, en mendiant sur les routes, étaient devenus des instruments de rapports, il fallait une compensation pour que le temps des classes ne parût pas un temps perdu. Nous avons fait ce sacrifice avec plaisir, et les petits, bien traités par nous, nourris à l'école, nous ont amené les mères.

« — Mais cela a dû vous coûter les yeux de la tête.

« — Pas tant que vous croyez.

« — Et qu'avez-vous fait de ces mères ? »

« — Ma femme et son amie leur ont enseigné le soufflage des perles. — Un métier qu'on exerce sans quitter le foyer et qui rapporte de 1 fr. 50 c. à 3 francs par jour. »

« — Trois francs par jour ! Vous gâtez le peuple, monsieur le marquis, et vous faites à la société un mal affreux. Où recruterons-nous des serviteurs, si votre maladie philanthropique est contagieuse ? Et sans doute les hommes gagnent à l'avenant, dans votre colonie. »

« — Les hommes n'ont pas été fâchés de gagner, pendant l'hiver, de bonnes journées à la fabrique et d'avoir une part proportionnelle à leur travail dans tous les bénéfices ; puis d'avoir encore pour la belle saison, d'excellentes terres à la percière [1].

---

1. Dans ce mode de fermage les deux tiers de la récolte appartiennent au fermier.

« Ils ont été ravis de les travailler avec moins de peine, en se servant de machines. »

« — Comment, ces brutes malfaisantes ont compris les avantages de l'emploi des machines ? »

« — Certainement, et bien d'autres choses encore Les instructions morales qu'on leur a données leur ont assez fait comprendre que leur misère était le fruit de l'isolement de leurs forces et leur prospérité présente, celui de l'union. Voyant que l'intérêt de chacun ressort de l'intérêt de tous, nous n'avons eu aucune peine à les décider à des associations mutuelles qui garantissent tous les fruits de leur travail. Et demain, s'il plaît à Dieu, le notaire de la commune en fixera les destinées sur papier timbré. »

« — Monsieur, » dit un vieux conventionnel qui n'avait encore ouvert la bouche que pour manger, « vous avez bien mérité des hommes! »

« — Bah! » reprit le gentilhomme sceptique, « le marquis fera beaucoup d'ingrats et pas autre .chose. Comme lui j'ai eu mon moment de folie; j'ai voulu faire le bien en général; ce bien m'est retombé sur la tête en cascade de désagréments. J'en suis revenu. »

« Les dames avaient entre elles de ces bouts de conversations:

« — Vous avez une robe délicieuse. »

« — Vous trouvez? Une méchante occasion. Le bon marché m'a décidée, vingt-deux francs le mètre. »

« — C'est pour rien. »

« — Dites donc, ma chère, je trouve notre marquise un peu sérieuse. »

« — Un peu revêche, voulez-vous dire: c'est à peine si elle daigne répondre aux gracieusetés qu'on lui débite, chaque parole a l'air de lui coûter un effort. »

« — On lui prête cependant beaucoup d'esprit. »

« — Peut-être, vient-elle de le rembourser. »

« — C'est possible après tout. D'ailleurs elle est si belle et si riche, qu'elle peut se passer des autres qualités. »

« — Belle? Vous la trouvez belle?

« — Je n'ai là-dessus aucune opinion personnelle, je suis myope ; mais tout le monde est d'accord pour reconnaître énormément de beauté à madame de Bergonne. »

« — Excepté moi, ma chère, sa figure n'est pas de mon goût. Elle a, en ce moment, quelque chose de bouleversé qui ne l'embellit pas. Elle est d'une pâleur cadavéreuse. »

« Valentine fut obligée de quitter la table. Elle se sentait mourir. »

« — Mais qu'as-tu donc? » lui demandait Gustave « qu'as-tu donc? rassure-moi, je ne suis pas maître de mon inquiétude. Ma vie, je le sens, est toute en toi! »

« — Ce n'est rien! ce n'est rien ! répondait la malheureuse femme en s'efforçant de sourire, « l'air me remettra. Vous êtes trop bon, en vérité vous l'êtes trop. Qu'ai-je donc fait pour mériter tant d'amour? Vous ne devez pas m'aimer ainsi. Vous êtes aveugle sur mon compte, vous me connaissez mal... vous ne voyez pas mes défauts... »

« — Ses défauts ! Est-elle charmante ! Vos défauts, belle dame, je vais vous les dire :

« Vous êtes orgueilleuse, et de quoi ? Sotte et laide, on ose avoir de la vanité. Vous êtes égoïste, tout le monde sait cela ; vous ne comprenez rien aux questions d'humanité ; vous manquez du sens esthétique ; et puis votre plus grand crime est de n'avoir pas fait l'aumône de votre cœur au pauvre et chétif Gustave. Vous n'allez pas lui donner un petit citoyen dont il se *croit le père.* »

« Il lui prit les mains. »

« — Oh ! ciel ! » fit-il « tu es plus froide qu'une morte. »

« — Menons-la dans sa chambre, » dit Nanette qui s'était avancée à pas de loup, « c'est sa position qui veut cela. Voyez-vous, monsieur le marquis, ne vous tourmentez pas. Retournez vers le comte que votre absence inquiéterait. »

« — Oui, ajouta Valentine, « laisse-moi ; un peu de repos me fera du bien ; va m'excuser auprès de nos convives. »

« Gustave la quitta bien à regret. »

« Quand elle se vit dans sa chambre, dans cette retraite toute pleine des souvenirs de son jeune âge ; quand elle fut couchée dans ce lit virginal, au pied duquel pendait une image de sa première communion, sur laquelle se détachait en lettres d'or la pieuse légende : *Précieux souvenir si vous êtes fidèle,* » sa faute prit les proportions d'un crime. Elle se mit à sangloter. Nanette, flairant un malheur, gardait le silence. »

« Tout à coup, la marquise repoussa ses soins et se mettant sur son séant, rejeta en arrière les lourdes tresses de cheveux blonds. « Laisse-moi, » dit-elle, « ne me touche pas, mes mains souilleraient les tiennes. Tu ne sais pas que je suis une femme perdue ! »

« — Parlez bas, dit Nanette en prenant dans ses bras la |tête de Valentine qu'elle appuya contre son sein, « parlez bas ! ou plutôt, taisez-vous : je ne veux rien savoir ! »

« — Non ! non ! » reprit Valentine en proie à la plus violente exaltation. « Non ! non ! tu m'as servi de mère, tu es ma mère ! je veux tout te dire pour que tu me repousses ! »

« Elle était hors d'elle et se meurtrissait la poitrine, criant :

« — J'en ai assez de toutes ces louanges qui me tordent le cœur ! Je veux que quelqu'un me crache à la face la malédiction que j'ai méritée. »

« Elle se leva, se mit à genoux, et dit :

« — Vois quelle fange cachent les dehors de ma vertu : je suis la maîtresse d'Artona ! »

« — Mon Dieu ! » dit dans le corridor la grosse voix de M. Paul, « j'ai cru qu'il n'en finirait pas avec cette histoire de chasse. Dis donc, Jean-Louis, sais-tu où a passé mon gendre ? Ah ! bon ! bon ! je le vois... Eh ! dites donc, vous, je vous y prends à écouter aux portes. Vous dites ce n'est rien, et plein d'inquétude vous venez... »

« — Chut! chut! » fit Gustave, « elle dort, laissons-la. »

« Il prit le bras de son beau-père et se dirigea vers le jardin. Des gouttes de sueur lui mouillaient les tempes, sa face avait des tons de cadavre. »

« Quelque chose venait de mourir en lui. »

« Néanmoins, il paraissait calme et marchait à côté de son beau-père, dans la cour d'honneur, où Jean-Louis, qui les croisa, dit à Gustave : »

« — Êtes-vous malade aussi, comme ma sœur de lait? »

« Le comte regarda son gendre et demeura effrayé! »

« — Mais tu es fou, mon pauvre ami, » lui dit-il, » de te tourmenter de si peu de chose. »

« — Vous avez raison, c'est si peu sérieux, par moment une indisposition de femme. Aussi n'est-ce pas ce qui me tourmente. J'ai une affaire sérieuse à régler ce soir. Mon secrétaire... n'est pas venu, c'est une preuve que ma présence est indispensable à Saint-Bernard. Je vous prie, cher père, de m'accorder la permission de vous quitter et de vous confier ma femme pour quelques jours. Dites-lui que la fête de demain est remise, et qu'elle se tienne en repos jusqu'à ce que je vienne vous la réclamer, ce cher trésor! »

« — Oh! oui! c'est un trésor, » répondit le comte avec une émotion pleine de candeur.

« Gustave lui serra la main et courut à l'écurie, où il sella lui-même un des chevaux qui l'avait amené. »

CHAPITRE XXXIX

LE LENDEMAIN D'UNE FÊTE

« Sur le pas de la grille, le marquis rencontra Jean-Louis. Il n'y fit pas attention. Son œil ardent regardait au loin devant lui et semblait vouloir brûler l'espace qu'il mesurait. »

« — Monsieur! monsieur! » cria le jeune meunier courant après Gustave et se jetant à la tête de sa monture qu'il arrêta, « Monsieur, si jamais vous avez besoin d'un homme qui se fasse tuer pour vous, pensez à moi. »

« — Qui êtes-vous? » demanda le marquis égaré en regardant toujours devant lui.

« — Un ami de Roche-Brune et de Bergonne, » répondit Jean-Louis montant en croupe derrière Gustave. « Dans le malheur, les grands ont quelquefois besoin de l'amitié des petits. Voilà pourquoi je viens avec vous. »

« — Dans le malheur?.. Qui vous a dit?...

« — Quelque chose qui ne ment pas. »

« — Quoi donc? »

« — Votre visage. »

» — Merci! mais pour venir avec moi, savez-vous où je vais? »

« — Non, mais c'est tout de même. »

« — Je vais me couper la gorge avec un autre homme. »

« — Raison de plus pour vous suivre. »

« — Allons, merci; encore une fois, vous serez mon témoin dans ce duel à mort. »

« — Diable, monsieur, c'est une chose bien grave, quand il s'agit de tuer un homme que Dieu a mis vingt ans à faire. »

« — Pourtant, voyez-vous, lui ou moi, devons rester sur place. »

« — Sans le connaître, j'aimerais mieux que ce fût lui. Dites donc, monsieur Gustave, s'il y avait un moyen d'arranger l'affaire? »

« — Il n'y en a pas? »

« Cela fut dit avec un ton qui n'admettait pas de réplique. Un long silence suivit cette réponse, après quoi Jean-Louis essaya de renouer l'entretien. »

« — Dites-moi, monsieur, si vous mouriez, qui donc continuerait ces belles choses que vous avez entreprises? Car, enfin, monsieur Gustave, tout le monde a clabaudé là-dessus; mais moi, j'ai bien compris ce que vous vouliez faire. Vous êtes un brave homme, et votre vie n'est pas seulement utile à ceux qui vous aiment, l'aller jouer comme ça, pour peut-être pas grand chose, ça me semble farce. »

« — Oui, en effet, c'est très farce! Mais il y a des farces terribles dans la vie! »

« — Si vous mourriez, vos héritiers vendraient peut-être vos fabriques. Des finots les achèteraient, et là où vous avez mis votre cœur, ils mettraient leurs intérêts. »

« — Ça m'est bien égal! »

« — Pourtant, monsieur Gustave, vous avez fait cela pour le bien de tout le monde. Vous avez montré à vos pareils la manière de donner l'aumône. Quand il n'y a rien au ratelier, les chevaux se battent, dit le père Waterloo; vous avez mis du foin au ratelier et les chevaux se sont léchés dans Saint-Bernard. Vous avez fait comprendre aux pauvres qu'ils doivent s'aimer et s'aider entre eux, vous faites dire la leçon aux enfants. Moi, voyez-vous, je ne sais pas lire, et ça me fait bien de la peine; si nous avions eu, dans le village, un monsieur comme vous, ce serait autrement pour moi et tant d'autres. C'est pour ça que je dis : Vous avez tort de faire ce que vous voulez faire. »

« — Vraiment? »

« — Quand on l'abat, l'arbre ne tombe pas seul : les lierres qui grimpent sur sa tige, les nids cachés dans ses branches, les fourmilières dans ses racines, tout est détruit. »

« — Où voulez-vous en venir? »

« — A dire que c'est mal de risquer volontairement d'être jeté bas, quand on est l'arbre de tant de malheureux. »

« — Des malheureux! Je m'en moque bien à présent. Je veux vendre mon usine, mes terres à M. Madozet. Des malheureux; y en a-t-il un qui le soit autant que moi? »

Le marquis se jeta tout botté sur le lit de satin bleu. (Page 347).

« — Pourtant, monsieur Gustave, vous étiez bien heureux ce matin. Vous êtes toujours le même homme et, s'il vous est arrivé quelque chose, ce n'est peut-être un malheur que dans votre idée. »

« — Oui, mais la plupart des malheurs sont dans l'idée, et le mien entraînera, sans doute, celui de bien d'autres. Si le soleil venait à manquer à l'arbre, il faudrait bien qu'il meure et, avec lui, tout ce qu'il nourrit de sa substance. »

« — Bien sûr. »

« — Supposez, Jean-Louis, que je sois l'arbre dont vous parliez et que mon soleil soit éteint; ai-je raison de vouloir tuer celui qui m'a éteint le soleil? »

« Quoique Jean-Louis fût un penseur, la question du marquis l'embarrassa. Un instant il chercha sa réponse. »

« — On peut rallumer ce qui n'est qu'éteint, » dit-il. Puis il garda le silence. »

« Le cheval, vigoureusement éperonné, les emportait tous deux avec une rapidité vertigineuse. Il semblait à Jean-Louis qu'un précipice était au bout de cette route effrénée. Ils furent bientôt devant le nouveau village de Saint-Bernard. »

« Il faisait doux. Le soleil se couchait derrière les arbres en fleur; les enfants jouaient devant les portes des maisons neuves ou dans les jardinets. Quelques paysannes occupées à souffler des perles, derrière leurs vitres brillantes de propreté, saluaient le marquis d'un signe de tête à la fois respectueux et amical. Des jeunes gens préparaient des tréteaux pour la fête du lendemain. »

« A la vue de Gustave, ils suspendirent leur besogne et se tinrent debout devant lui jusqu'à ce qu'il eût passé. Des vieillards, assis sur les bancs de la place, causaient sous les arbres. Ils quittèrent leurs chapeaux devant le marquis. »

« Gustave passa sans les saluer, peut-être sans les voir. »

« — Dites donc, monsieur, « hasarda encore Jean-Louis, » tout ce monde a l'air de bien vous aimer? »

« — Eh! que m'importe l'égoïste affection des hommes; ils aiment en moi leur intérêt. »

« — Ces idées vous passeront; quand le temps, qui use tout, aura usé votre peine, vous vous demanderez peut-être comment vous avez été assez fou, pour ne pas prendre les choses plus froidement. »

« Ils étaient arrivés. Mathieu, le valet de chambre du marquis, vint recevoir son maître et ne fut pas peu scandalisé de voir un paysan en croupe derrière lui. »

« Le marquis lui jeta la bride et désignant son compagnon de route : « Aie soin de monsieur, » dit-il, « c'est un de mes amis, tu le conduiras dans mon cabinet où tous deux vous pourrez m'attendre. » Il ajouta avec une fiévreuse agitation :

« — Sais-tu où est M. Artona? »

« — Il travaille dans son pavillon. Monsieur le marquis veut-il que j'aille prévenir son secrétaire? »

« — Merci! j'irai moi-même. »

« — Je prends la liberté de faire observer à Monsieur, qu'avant toute chose, il ferait bien de dîner, car Monsieur est très pâle, il a sans doute besoin de prendre... »

« — J'ai dîné, je n'ai besoin de rien. »

« Gustave courut au pavillon. Il en poussa la porte d'une main fiévreuse. »

« Des malles, un sac de voyage annonçaient un départ. Le secrétaire assis devant son bureau, la tête sur une main, tenait dans l'autre une plume inactive. »

« Absorbé dans une profonde rêverie, il n'entendit pas venir Gustave qui le toucha légèrement de sa cravache repliée. »

« Le secrétaire se retourna et se trouva face à face avec le marquis, debout, l'œil étincelant et comme grandi par la menace de son attitude. »

« Artona comprit qu'il savait tout. »

« Pendant un instant ces deux hommes, qui avaient été frères, se mesurèrent du regard. »

« — Que veux-tu? » demanda enfin Artona. « Que veux-tu? »

« — Ta vie ! »

« — Tu l'auras. »

« Il détacha d'une panoplie un pistolet arabe que Gustave lui avait donné et le présentant à celui-ci : « Tue-moi, » dit-il, « venge-toi, n'aie pas peur, je meurs content si cette satisfaction te suffit. »

« — Me prenez-vous pour un assassin, monsieur? » demanda le marquis en jetant le pistolet. « Demain, au point du jour, trouvez-vous à l'emplacement de l'hermitage des Amis, c'est un lieu propre à se brûler la cervelle. Si je suis tué, ce qui est probable avec un tireur de votre force, vous enverrez Jean-Louis avertir *votre maîtresse* de l'heureuse issue de notre duel. » Il sortit.

« Pour se rendre dans ses appartements, le marquis suivit le même chemin que Valentine avait suivi la nuit précédente. Il passa dans l'oratoire, puis dans la chambre nuptiale, dont les draperies de soie bleue recouvertes de point d'Angleterre, venaient d'être renouvelées. Il les arracha, en fit des lambeaux et les foula sous ses pieds; puis il brisa la pendule et les coupes, dont il écrasa les débris sur le tapis d'hermine. »

« Il se jeta tout botté sur le lit de satin bleu. Il ne put y rester; le parfum qui s'en exhalait lui montait au cerveau. Il s'imagina que ce lit avait été, en son absence, profané par l'adultère. Il en sortit comme s'il y eût rencontré un aspic. »

« Il s'assit dans un fauteuil, sur le dossier duquel pendait un manteau de velours. Il le prit, passa ses mains dans les doublures, comme pour y chercher l'empreinte du corps charmant qui les avait touchées. »

« Il se rappela qu'un matin — il n'y avait pas bien longtemps — ELLE était venue le trouver dans sa chambre à lui, en peignoir de mousseline et frileusement enveloppée dans ce manteau. Elle était bien belle et lui avait parlé d'une bonne action à faire, d'orphelins à secourir. Ils étaient de Saint-Babel. Lui ne se pressait pas pour accorder ce qu'on lui demandait, il plongeait ses regards dans les yeux qui le suppliaient si doucement. »

« — Menteuse! Menteuse! Hypocrite! » cria-t-il, et il jeta le manteau dans la braise du foyer. »

« Il se rendit dans son cabinet et écrivit : »

« Moi Gustave, marquis de Bergonne, comte de Saint-Bernard, baron d'Aut-
« zat, institue l'église cathédrale de Clermont pour ma légataire universelle;
« déclarant le curé actuel mon exécuteur testamentaire. Je le prie de convertir
« en ornements sacerdotaux tous les biens dépendant de ma succession. »

« Il se relut et dit, après avoir ajouté toutes les formules nécessaires : voilà ce qu'elle aura fait de cette fortune destinée à de si grandes choses. Qu'elle s'en aille en vaines parures d'or pour une vieille idole, comme mon bonheur et ma foi s'en sont allées en fumée. »

« Il se remit à écrire :

« Je donne à M. le comte Paul de la Roche-Brune, l'usufruit d'une somme « de vingt mille francs qu'il me doit; à sa mort, le capital en sera remis à l'église « de Saint-Babel pour acheter des cloches. »

« Il s'interrompit encore :

« — Oui, oui, dit-il, donnons beaucoup au clergé et quand ses mille mains se seront fermées sur mes trésors, ELLE viendra revendiquer sa part. »

« Il fit à Lucy, une pension de mille francs, à condition qu'elle quitterait Saint-Benard où il ne devait rien rester de ce qu'il avait fait de bon ou de bien; recommanda que son corps fût enseveli sur le Mont-au-Diable et qu'aucun signe extérieur ne marquât sa place sous la terre. »

« Ayant cacheté le papier qu'il venait d'écrire il y mit pour suscription :

« Ceci est mon testament. »

« Il écrivit encore une page séparée, la cacheta et écrivit dessus :

« Au successeur de M⁰ Audiffret. »

« *Codicille secret qui ne doit être ouvert qu'en cas d'attaque aux volontés exprimées dans mon testament.* »

« Allons! dit le marquis en s'essuyant le visage, finissons d'enterrer tout ce qui fut ma vie. » Et il fit la lettre suivante :

« A LA VEUVE DE BERGONNE. »

« Madame, »

« Si jamais vous aviez l'impudeur de réclamer pour le fruit de l'adultère les « bénéfices qu'un abus de la loi accorde aux enfants de vos pareilles, je vous pré- « viens qu'il vous sera intenté, par le dépositaire secret de mes volontés der- « nières, le plus scandaleux de tous les procès. Si vous ne gardez le silence qui « convient à l'infamie, mon mandataire vous jetterait à la face toute la fange que « votre crime traîne après lui. »

« GUSTAVE »

« Le marquis sonna. Mathieu vint. »

« — Où est l'homme que j'ai amené? demanda-t-il. »

« — Il vient de partir; il a pris le cheval blanc, disant que c'était pour le ser- vice de Monsieur. »

« — Alors toi, Mathieu, tu vas courir à Issoire chercher M. Madozet. Tu lui diras que c'est pour une affaire de grande importance, qu'il y va pour lui du plus haut intérêt. »

« — Mais s'il ne voulait pas venir, tout de même? »

« Le marquis griffonna quelques mots et les remit au domestique. « Tu as raison, » dit-il, « tu lui donneras ça et il te suivra. »

« Mathieu s'inclina et sortit. »

« La nuit était venue, elle était sombre et tiède. La machine à vapeur ne marchait plus. La maison était enveloppée de silence et de calme. »

« Le marquis s'accouda sur la table et, dans une rêverie poignante, attendit l'arrivée de l'homme d'affaires. »

« Il se demandait quelle faute commise, quel devoir oublié, quel mauvais sentiment punissait, en lui, la foudre qui venait de mettre son bonheur en cendres. Mais il avait beau sonder les plus secrets replis de sa conscience, il n'y trouvait rien qui lui parût mériter, même l'éclaboussure de ce coup de tonnerre. »

« Jusqu'au moment où l'amour était venu remplir de sève toutes ses facultés, il avait vécu dans l'innocence. Depuis, la vertu avait été l'autel sur lequel fumait l'encens de son cœur. »

« A la fois lumière et chaleur, l'amour en lui montrant le double but de la vie, lui avait donné la force et la volonté d'y marcher. Maintenant, le flambeau était devenu brandon et brûlait tout ce qu'il avait fait sortir de l'ombre. »

« Toutes les pensées de Gustave se heurtaient dans un effroyable pêle-mêle, l'enchevêtraient comme des combattants sur un champ de bataille. »

« Cela dura deux heures. »

« Madozet vint faire diversion à cette horrible fantasmagorie. »

L'homme d'affaires avait toujours la même mine rusée ; seulement, les désenchantements de la vie, dont la coupe amère est aussi bien pressée par les lèvres du vice que par celles de la vertu, avaient jeté leur teinte de fatigue sur la figure de l'ancien régisseur. Le temps avait donné du relief à la finesse audacieuse qui était le fond de la physionomie de Madozet. »

« — Monsieur, » lui dit Gustave, « je consens à vous vendre le marais, dont le dessèchement et les plantations m'on coûté plus de quatre cent mille francs. C'est déjà divisé par lots, que je comptais donner à chaque famille de la commune. Vous pourrez les leur vendre. Prenez aussi le château, ses dépendances, ses maisonnettes, ses machines, en un mot, tout ce que je possède à Saint-Bernard. Le tout pour un million à me payer dans un an. Cela vous convient-il ? »

« — Cela me convient, » répondit Madozet, impassible...

« — Nous passerons le contrat tout de suite, sous signature privée. »

« — Très bien ! C'est aussi bon que devant notaire. »

L'homme d'affaires écrivit. Il ne fallut pas plus d'un quart d'heure pour changer les destinées de Saint-Bernard, et comme l'avait dit Jean-Louis, mettre a spéculation à la place de l'amour, substituer l'intérêt d'un seul à l'intérêt du nombre. »

« Pourquoi ? »

« C'est qu'une femme jeune, belle, adorée, spirituelle et bonne, ayant de quoi satisfaire toutes les aspirations d'une âme généreuse, avait rêvé qu'il lui manquait quelque chose et toutes les riantes perspectives qui s'ouvraient hier devant une petite portion d'humanité, disparaissaient emportées dans un tourbillon de vengeance et de haine, se fondaient dans la volonté d'un homme en délire. »

« Voilà les fruits possibles de la philanthropie, tant que l'opinion publique n'aura pas créé la force morale qui doit régler l'emploi des richesses. Tant que les riches ne comprendront pas qu'ils ne sont que les économes de ces richesses accumulées dans leurs mains par le travail des générations, les révolutions resteront un droit pour la masse des déshérités. »

« Madozet était parti depuis longtemps. Minuit sonna à l'horloge de la fabrique.

« Allons, » dit Gustave « voilà le commencement de la fin, mon dernier jour va luire. Et il se remit à penser. »

« Le bruit d'une voiture s'arrêtant devant la porte, le tira de sa rêverie. Le lourd marteau retentit avec force et bientôt les roues firent crier le gros sable de la cour. »

« Le marquis entendit la voix du meunier, puis des pas dans le corridor. On ouvrit et Valentine, pâle, chancelante, vint tomber aux pieds de son mari qu'elle embrassa. »

« Il la repoussa comme il eût repoussé un serpent. »

« Oui ! oui ! » dit-elle « frappe-moi, Gustave, frappe-moi, tue-moi ! »

« Il éclata de rire. »

« Ha ! ha ! ha ! » fit-il, « ils n'ont que cela à vous dire : *tue-moi*, comme si on pouvait être à la fois victime et bourreau ! *Tue-moi !* de près comme de loin, ils s'entendent. Touchant accord !!! »

« Il se rassit. Elle demeura à la même place, à genoux, les mains jointes, dans l'attitude du plus profond repentir. Ses longs cheveux blonds déroulés par la course lui couvraient une partie du visage. »

« Au premier mot du duel, elle avait suivi Jean-Louis, sans même prendre le temps de jeter un châle sur ses épaules, un chapeau sur sa tête. »

« Elle tendait ses mains suppliantes. »

« — Va-t'en » lui dit Gustave, « va-t'en, je ne veux pas te tuer et, si tu restais là à braver ma colère, je ne sais pas ce qui arriverait. Hier, je n'étais encore qu'un enfant timide et heureux ! Aujourd'hui, le malheur m'a fait homme. Il faut me craindre, entends-tu ? Va-t'en. »

« — Grâce ! Jésus a pardonné à la femme adultère ! »

« — Jésus n'était pas son mari. Va-t'en et sois maudite. »

« La marquise poussa un faible gémissement et s'affaissa comme morte, la face sur le tapis. Gustave ne bougea pas. En ce moment, un coup de pistolet traversa le silence de la nuit. »

« Le marquis courut à la fenêtre. Il vit celle d'Artona éclairée et se hâta de descendre. Au bas de l'escalier, il rencontra Jean-Louis. « Va, » lui dit-il, secourir ta sœur. » Et il entra dans le pavillon du secrétaire. »

« Les débris d'un pistolet étaient épars sur le parquet, Artona, assis dans son fauteuil de bureau, la tête renversée en arrière, avait l'immobilité d'un cadavre. De l'une de ses mains pendant le long du fauteuil, s'échappaient des flots de sang. Le marquis le crut mort. »

« Devant cette suprême satisfaction que lui donnait Artona, sa haine se tut. »

« Il se rappela que cet homme était le compagnon de son enfance et de sa jeunesse, que, tout petits, ils avaient joué ensemble dans les hautes herbes; que vingt fois, ce mort s'était exposé à périr pour contenter un de ses caprices à lui. »

« Il s'attendrit, s'approcha du secrétaire, lui prit la tête et le soutint. Il s'aperçut alors que le cadavre était simplement un homme évanoui qu'il fallait secourir. »

« Le jeune meunier voyant Valentine reprendre ses sens, était redescendu pour appeler Gustave. »

« Bon, » dit-il en entrant, « voilà l'autre à présent! Quel mauvais diable a donc soufflé sur cette maison? »

« Il aida le marquis à coucher Artona, déchira une serviette, tombée sous sa main, en fit des bandes pour arrêter le sang qui coulait toujours en abondance de la blessure. »

« Un pistolet chargé jusqu'à la gueule, s'était crevé dans la main d'Artona, pendant qu'il le portait à son front et un éclat de fonte lui était entré profondément dans le cou. »

« — Courez chercher le médecin, maintenant, » dit Gustave. « Il demeure sur le Mont-au-Diable, la dernière maison du plateau. »

« Jean-Louis partit comme un trait. »

« Artona reprit connaissance. En voyant Gustave à son chevet, il eut un amer sourire. « J'ai été maladroit, » dit-il, « une autre fois, j'aurai plus de bonheur. »

« — Ce bonheur-là ne me rendrait pas le mien, » lui dit lentement Gustave, « vivez, monsieur, si bon vous semble; vous avez voulu mourir, c'est assez.

« — Gustave! mon frère! mon bienfaiteur! me pardonnes-tu? » cria le blessé en tendant vers le marquis ses mains couvertes de sang. »

« — Jamais! jamais! il est impossible que j'oublie l'outrage que tu m'as fait et que le titre de frère, que tu viens de me donner, change en crime pour toi! Seulement je n'ai plus soif du sang que tu as versé toi-même. »

« — Oh! Gustave, si tu ne peux pas me pardonner, à moi, pardonne-lui à *elle!*... Moi seul mérite ta colère!... Qu'elle ne retombe que sur moi. Va, nous sommes plus malheureux que coupables... Si tu savais...

« — Assez!... assez!... Je vous fais grâce des détails.

« — Oh! tu n'es pas si malheureux que nous!... Tu n'as pas tout perdu. »

« — Tu crois?... »

« — Il te reste l'estime de toi-même. Le bien que tu as fait, que tu pourras faire encore te sauvera du désespoir.

« — Ha! tu crois cela, toi! Mais ce bien, dont tu parles, l'amour en était le fondement et l'amitié la clef de voûte. Assises et couronnement venant à lui manquer, tout s'écroule, tout est jeté bas avec les débris de mon cœur. »

« — Que dis-tu? »

« — Je dis que tout ce qui nous fut commun doit disparaître. Depuis ce soir, Madozet est le maître ici. »

« A cette nouvelle, Artona devint livide. »

« Le docteur venait d'arriver. Gustave remit le blessé à ses soins et à ceux de Jean-Louis et remonta dans sa chambre. »

« Valentine était près de la lampe, et devant elle, tout ouverte sur la table, la lettre que Gustave lui avait écrite. Quand elle le sentit près d'elle, elle retourna vers lui sa belle figure pâle et, d'un geste rempli de désespoir, elle implora sa compassion. »

« — Monsieur, » lui dit-elle, « si vous ne croyez pas ce que je vais vous dire, quelque grand que soit mon crime, le châtiment en serait injuste ! Mais vous me croirez !... Il faut me croire... Voyez-vous, je n'étais pas née perfide... les circonstances... »

« Il l'interrompit. »

« — Vous sentez vous-même, que vous plaidez une cause perdue, puisque vous réclamez le bénéfice des circonstances atténuantes. »

« — Oh ! mon Dieu ! s'il allait ne pas me croire ! » fit la marquise en joignant les mains et se mettant à genoux devant son mari, « il faut me croire, Gustave. Dans cette lettre, vous dites que l'enfant... notre enfant... »

« — Pas un mot de plus ou je t'écrase ! » hurla le marquis en levant sur la tête de Valentine le talon de sa botte, « l'enfant !... tu veux me faire croire qu'il est à moi ! peut-être !... »

« Il était effrayant : ses dents grinçaient, sa bouche écumait ; il se tordait les mains ! pour s'empêcher d'étrangler sa femme.

« — Infâme ! infâme ! » criait-il d'une voix rauque, « Infâme ! après avoir traîné mon nom — un nom sans tache — dans le fumier de tes amours, tu veux que je te croie, misérable ! après avoir noyé mon bonheur dans ta débauche ! après avoir souillé de boue les cheveux blancs de ton père, tu veux que je te croie ! Mais pour te croire, il faudrait qu'il me restât un peu de foi, un peu de cœur, un peu d'âme ! Tout cela est mort ! c'est toi qui l'a tué ! »

« Valentine, les mains jointes et crispées au-dessus de sa tête, écoutait, stupide, les paroles qui tombaient sur elle comme un lave enflammée. »

« Il se fit un silence pendant lequel on n'entendait rien que la respiration sifflante des deux malheureuses créatures qui venaient de faire le naufrage de la vie. »

« Ce naufrage ils le faisaient avec tous les éléments de bonheur : santé, jeunesse, richesse, considérations, beauté, qualités du cœur, lumière de l'esprit, tout, ils avaient tout et un enfant allait ajouter du prix à ces choses sans prix. »

« Une imprudence, un mépris du danger venait de faire chavirer la barque ornée de tant de guirlandes...

« — Monsieur, » demanda Valentine, « le souvenir de votre mère vous est-il sacré ? »

« — Votre bouche salit ce nom, madame. Entre ma mère et vous, il n'y a pas de rapports ! »

« — Non ! mais, par pitié, écoutez-moi. Oh ! Je ne veux pas chercher à atténuer mon crime... Je sais que je suis bien coupable et que vous ne me par-

« Ayez pitié de moi, Gustave, ayez pitié de moi. » (Page 354.)

donnerez jamais... Je ne mérite pas de grâce... Votre haine... Ne vous fâchez
pas, Gustave, si j'ai parlé de madame votre mère, c'est pour vous dire que... ne
me repoussez pas... Quelque avilie que soit une créature humaine, elle ne ment
pas, quand elle prend à témoin sa mère morte !... Et moi, je voulais prendre à
témoin ma mère morte !... »

« — A témoin de quoi ? »

« Valentine, les mains levées vers le ciel, s'écria : »

« — Ma mère ! ô ma mère ! n'est-ce pas qu e l'enfant est à Gustave ?... »

« — Bien joué ! infâme ! bien joué ! parjure !... N'espère pas me tromper avec ta comédie de larmes. Je croirais la dernière des créatures qui me ferait le serment que tu viens de me faire ! mais toi, je ne te crois pas !... »

« — Ayez pitié de moi, Gustave ! ayez pitié de moi ! »

« — Pitié de toi !... jamais ! jamais !... Pour trahir une confiance comme la mienne, un amour comme le mien, il t'a fallu une perversité immense ! Je ne te crois pas ! Je le répète, ton enfant est un bâtard ! le bâtard d'une femme perdue et d'un mendiant que j'avais tiré de la misère ! »

« Valentine se releva avec effort et, toute chancelante, alla s'asseoir, regardant à travers la fenêtre, comme pour chercher au ciel la miséricorde qu'on lui refusait sur la terre, et dit :

« — Ce que je viens de souffrir me sera compté dans l'expiation, n'est-ce pas, mon Dieu ? »

« Sa tête se renversa sur le dossier de son fauteuil, ses yeux se fermèrent, sa bouche s'entr'ouvrit, une pâleur de mort couvrit son visage. Ses cheveux, naturellement écartés de son front, tombèrent autour d'elle comme un manteau royal. »

« — Ah ! juste ciel ! » dit Gustave en la considérant, « est-ce que je l'ai tuée ? Est-elle morte ?... Tant mieux, tant mieux. Je préfère qu'elle soit morte, moi... on peut pardonner à une morte !... »

« Et il se tenait debout près d'elle, la dévorant du regard, souffrant cette torture, oubliée dans l'enfer du Dante, d'épier dans ce qu'on aime les symptômes de la mort, craignant d'y constater ceux de la vie. »

« En ce moment apparut la première lueur du jour. Elle fut saluée par une salve de coups de fusil. C'était le commencement de la fête. »

« Un bruit confus se fit devant la grille : les jeunes gens de l'orphéon nouvellement créé à Saint-Bernard venaient donner l'*aubade* aux habitants du château. C'était dans le programme. »

« Ils débutèrent par un chant rustique dont Artona avait composé les paroles et Valentine la musique. Cela s'appelait *Les recommandations du laboureur* :

I

> Lève-toi, ma bonne compagne,
> Lève-toi, l'aurore a teinté
> Le pic aigu de la montagne ;
> Lève-toi, le coq a chanté.

« — Oh ! » dit Gustave, en proie à une sorte de délire, « je ne voudrais pas que tu te lèves jamais, toi, Valentine ! Dors, ma compagne, dors du sommeil des morts, et que rien ne te réveille ! »

« Les voix continuèrent :

> Garde bien les enfants, garde bien la demeure :
> Que ton œil vigilant veille à tout à la fois.
> Dieu fait pousser le blé ; que le pauvre, à toute heure,
> Trouve, avec bon accueil, du pain sous notre toit.

« Le refrain, chanté par tous les assistants, disait :

C'est nous qui nourrissons le monde !
Compagnons du labour, amis, réveillez-vous ;
Travaillons ! travaillons et que tout nous seconde,
Car c'est nous qui donnons le nécessaire à tous.

II

Le vent éparpille en la plaine
La neige rose des pommiers ;
Menez les bœufs à la fontaine,
Et que nous soyons les premiers
A labourer le flanc de la terre stérile.
Vous le savez, amis, sous la bêche et le soc
Le guéret sablonneux est devenu fertile,
Et de mûriers nos mains ont festonné le roc.
C'est nous, etc.

« Sans le savoir, Gustave fredonnait avec les chanteurs, tout en regardant sa femme mourir. Le vertige le gagnait ; des frissons horripilaient sa peau, et, toujours chantant avec les voix du dehors, il se demandait pourquoi il était là, pourquoi Valentine penchait ainsi sa tête froide ? »

« Les chanteurs avaient fini, la fanfare commença. Tous les habitants de la commune du vieux village et du nouveau se rassemblèrent autour des musiciens, et l'on se rendit en procession à la mairie, où le notaire, l'abbé Donizon, les deux adjoints, le maître et la maîtresse d'école attendaient M. le maire, c'est-à-dire le marquis de Bergonne, qu'on était bien étonné de ne pas voir. Mais il allait venir, on pouvait déjà commencer la lecture de l'acte. »

« Le notaire assujettit ses lunettes sur son long nez et fit savoir que Gustave de Bergonne donnait à tous et à chacun l'immense marais qu'il avait fait dessécher et planter d'arbres fruitiers sur le plateau du Mont-au-Diable ; que, de cette manière, ce qui avait été la pestilence de l'endroit deviendrait une source de santé et d'abondance pour tout le monde. »

« Le marquis donnait ledit marais à condition que les habitants le posséderaient, le travailleraient en commun, à l'aide des machines dont il avait déjà fait don. »

« Le susdit marquis associait les travailleurs de ses usines à tous les bénéfices qui en provenaient, et dans une telle mesure que les intéressés refusaient d'y croire. »

« Les écoles, la pharmacie, le service médical seraient presque gratuits à l'avenir, grâce à de larges dotations. »

Des pensions de retraite étaient accordées aux vieillards ; l'entretien des veuves et des orphelins devenait des charges communales. »

« Il était institué des prix de toutes sortes pour encourager l'ordre, la propreté, l'économie. »

« Tous les associés, moyennant de faibles primes, s'assuraient contre l'incendie, la grêle, la mortalité des bestiaux, les accidents et même contre le chômage, de sorte que chacun pouvait jouir des avantages du présent, sans avoir peur pour l'avenir. »

« La nomenclature de tant de bienfaits que l'acte appelait *restitution, répartition des richesses communes*, n'en finissait pas. »

« Saint-Bernard allait être un morceau de paradis. On pleurait, on s'embrassait. Les vieux croyaient rêver et n'osaient se livrer à la joie. Il fallait voir. »

« Et pourtant c'était fini ! Il ne manquait plus que M. le maire. Lui venu, on signerait le pacte communal. »

« Un murmure s'éleva dans la salle : Le voilà ! le voilà ! »

« C'était Gustave. C'était bien lui. Il n'était pas seul. Il entra, suivi de Madozet, s'avança vers la place d'honneur qui lui était réservée, s'assit comme un automate et jeta sur l'assemblée un regard glauque. Il était livide. »

« Un grand silence succéda aux acclamations. L'abbé présenta l'acte à Gustave. Suffoqué lui-même par la plus douce émotion, le vieux précepteur ne vit pas celle de son jeune ami. »

« Le marquis prit le papier d'une main tremblante, le parcourut de ses yeux hagards, le déchira et en jeta les morceaux sur l'assemblée. »

« — Voilà, » dit-il en désignant du doigt Madozet, « voilà votre nouveau patron... Moi, je ne suis plus rien !... plus rien !... La foudre est tombée sur moi !... Qu'elle tombe aussi sur vous !... Je suis un arbre mort... la cognée est dans mes veines... Adieu, oiseaux et fourmis... Ah ! ah ! ah ! »

« Et, au milieu de la foule épouvantée, il tomba raide, verdi, effrayant. »

« Telles avaient été, il y avait dix-sept ans, les péripéties du drame dont les derniers actes allaient se jouer dans la maison mystérieuse de la rue du Chien, où Valentine avait caché son fils et la folie de son mari. »

« La tentative de répartition équitable des produits du travail sombrait avec la raison d'un homme.

— Pourquoi ?

— Parce que l'opinion publique, ce grand courant qui devrait être la force motrice de toutes les actions des détenteurs de la fortune, l'opinion se traînait alors, comme elle se traîne encore aujourd'hui, dans l'ornière creusée par tous les préjugés métaphysiques, œuvres des religions du passé ou des philosophies officielles du présent.

La misère revint à Saint-Bernard sans scandaliser personne. Elle y revint avec la spéculation impudente d'un industriel qui ne voyait dans les prolétaires associés à ses travaux, que des outils dont l'entretien ne le regardait pas. Pour son argent, il en avait tant qu'il voulait. L'affaire qu'il avait faite avec M. de Bergonne et qui doubla sa fortune fut regardée par tout le monde comme un trait de génie qui plaça Madozet au premier rang des grands industriels.

Après trente ans on rit encore en Auvergne de l'utopie de Saint-Bernard. Tous les curés, tous les bons apôtres, tous les vrais conservateurs avaient bien

dit que ça finirait mal pour les audacieux qui voulaient être plus sages que Jésus,
et Jésus a dit :

> « Il y aura toujours des pauvres parmi vous. »

CHAPITRE XXXIX

LE FOU

« Après le départ de Madozet, Valentine restait là, inerte, anéantie, sans songer
au dîner interrompu, quand Mathieu vint la prévenir que le marquis, en proie à
une violente crise, menaçait de se briser la tête par les murs. »

« Mme de Bergonne se rendit immédiatement auprès de son mari. En la
voyant, il s'arrêta et, devant elle, les bras croisés, il demanda, d'une voix pleine
de défi :

« — Qui osera soutenir que le soleil n'est pas éteint ? Est-ce vous ? »

« Il ajouta avec emportement :

« — D'ailleurs, chacun a le sien. Le mien rayonnait sur ma vie par les beaux
yeux d'une femme. Je ne voyais, je ne sentais de mon astre que ce qui s'en
échappait par ces belles fenêtres. Ah ! ah ! ah ! »

> « Souvent femme varie ;
> « Bien fol est qui s'y fie ! »

« — Le gueux qui a dit cela avait raison. Oh ! si je tenais sous le talon de ma
botte le cœur de toutes les femmes, je les écraserais, au risque d'en faire sortir
un lac de perfidie et de mensonges. Oui, sur l'honneur ! je le ferais et ferais
bien. »

« — Vous feriez mal, monsieur, » hasarda Valentine, qui, parfois, en tenant
tête au fou, le ramenait à la raison ; « oui, vous feriez très mal. »

« — Mal ? Il n'y a ni bien ni mal, je le sais. Le monde moral est un mécanisme inventé par le diable ou le bon Dieu, peu importe, mais dans lequel les
vices sont aux vertus ce que les ombres sont aux couleurs. »

« — Prenez garde ! vous blasphémez contre le bon Dieu ! »

« — Ce Dieu — s'il existe — je ne le connais plus. Je ne crois qu'à sa colère.
Pourquoi l'appeler *bon ?*

« — C'est qu'il nous donne chaque jour des preuves de sa bonté.

« — Oui, en effet : il a créé des espèces sans nombre pour se dévorer les unes
les autres et l'homme pour les manger toutes. Tout souffre, tout gémit, tout
meurt. »

« — Tout doit renaître et vivre éternellement. »

« — Crois cela et, en attendant, écoute le vent se plaindre, vois l'insecte se
tordre sous ton pied. Tu ne peux faire un pas sans écraser des entrailles palpi-
tantes.

« — Taisez-vous ! ce que vous dites est horrible. »

« — Horrible !... Tu dois avoir raison. Tout est horrible, la foi est une duperie ; la vertu une niaiserie et l'amour, un jeu de hasard où il y a toujours un perdant ! »

« Pour arracher le fou à un ordre d'idées si douloureuses pour lui, Valentine lui demanda :

« — Voulez-vous que je vous chante quelque chose !

« — Eh bien oui » répondit-il d'une voix creuse ; « chante-moi quelque chose d'aussi lugubre que mes pensées, chante, et en sourdine, je t'accompagnerai récitant les lamentations de Job et je dirai à ton vieux monstre de Dieu :

« — Pourquoi fais-tu paraître ta puissance contre une paille que le vent emporte ? »

« Valentine frissonna. »

« Le marquis lui dit :

— Tu as peur de mes paroles ! hé ! hé ! hé ! Tu as peur que j'irrite ton Dieu ! Mais je ne le crains pas moi ! je le défie d'ajouter une goutte de fiel au calice qu'il m'a donné à boire. Oh ! les vieux païens n'étaient pas si bêtes quand ils imaginèrent de le représenter sous la figure d'un homme dévorant ses propres enfants. Père cruel ! ceux qu'il ne dévore pas, il les laisse s'entre-déchirer. Et s'ils échappent à la mêlée humaine, il donne les femmes ! Oh ! les femmes ! »

« Les femmes et les enfants donc ! »

> « Sous les paisibles lois d'une agréable mère,
> « De petits citoyens dont on croit être père.»

« Le marquis grinçait des dents et répétait avec des ricanements sourds...

> . . . . dont on croit être père !»

« Cela n'est-il pas ravissant pour un public stupide, qui applaudit au théâtre, ou dans un livre, la farce jouée dans sa propre maison !»

« Il se mit à chanter :

> « Tous les cocus ne sont pas au bois:
> « Ils sont chez lui, chez vous, chez moi.

« Il poursuivit :

« Un homme est né sous l'influence du minotaure ! Parbleu il faut que sa destinée s'accomplisse ! Elle s'accomplira, fatalement, quoi qu'il fasse, sa femme le trompera. »

« — Celle qui vous a trompé fut bien coupable » dit la marquise en joignant les mains. »

« — Celle qui m'a trompé » répondit le marquis en s'affaissant sur un fauteuil dans une sorte de prostration douloureuse, « celle qui m'a trompé s'appelait

Valentine de la Roche-Brune. Je l'avais épousée parce que... Mon Dieu ! Pourquoi donc l'avais-je épousée ?... Ah ! ah ! Je sais... c'est qu'elle était belle et que je la croyais bonne et loyale.

« La marquise ne pouvait retenir ses pleurs. »

« Le marquis poursuivit :

« Elle était d'une forte race. C'était un arbre en fleur. Moi, j'étais un pauvre lierre, je voulais m'appuyer aux branches de ce bel arbre pour m'élever un peu au-dessus des autres herbes qui rampent sur le sol.

Un jour la foudre tomba sur l'arbre et en arracha le lierre. Puis le soleil se coucha dans une vapeur de sang. Alors les fleurs de l'arbre tombèrent une à une ; le vent les roula dans les gorges au fond desquelles bouillonnent les torrents, puis le lierre se sèche dans la nuit. »

« Allez, madame, c'est une triste histoire que celle d'un pauvre arbre mort dans sa fleur, avec le lierre qui n'a plus d'appui. »

« Le fou ne pleurait pas. Il ne pouvait. Mais instinctivement, dans l'espoir de faire monter les larmes, il faisait la mimique de pleurs, essuyait ses yeux ardents, gémissait et sanglotait comme un comédien étudiant un rôle dramatique. »

« Valentine était déchirée ! quoiqu'elle eût entendu mille fois, depuis seize ans, ce triste apologue ; quoiqu'elle eût assisté mille fois à cette scène de drame intime où elle était à la fois actrice et spectatrice, elle ne pouvait maîtriser son désespoir.

Elle sortit laissant le pauvre fou au soin de son valet de chambre. »

« Gaspard attendait sa mère dans le salon voisin. « Eh ! quoi, » lui dit-il en la voyant tout en larmes et lui passant les bras autour du cou, « ne pourras-tu jamais prendre ton parti d'un malheur sans remède ? »

« — Sans remède ! » exclama la pauvre femme, « sans remède ! qui te l'a dit ? Puisque sa folie est intermittente on peut guérir. Si quelqu'un t'a affirmé le contraire, ce sont des méchants qui veulent nous désespérer. »

« — Calme-toi, maman, je n'ai jamais parlé de notre malheur à personne. Résigne-toi ; console-toi pour ton pauvre enfant qui n'a d'autre bonheur que le tien. »

« Il tenait les mains de sa mère et les couvrait de baisers et de pleurs. »

« — Tiens » ajouta-t-il, « je comprendrais la persistance de ton désespoir, si tu étais pour quelque chose dans la folie de mon pauvre père ! »

« La marquise ne répondit rien. De pâle elle devint livide. »

« Elle s'arrangea de manière à mettre sa figure dans l'ombre. »

« — Oui, « continua le jeune garçon, « si notre malheur était ton ouvrage, ta douleur serait juste, mais au contraire tu as été l'ange gardien de ton mari. Aucune autre femme n'eût été aussi héroïque que toi. »

« La marquise ne put retenir un gémissement. »

« L'enfant poursuivit :

« — Oh ! maintenant que je comprends ce que tu as sacrifié à mon père et la grandeur de ton dévouement, je ne t'aime plus seulement comme une mère, mais comme une sainte. »

« La marquise renversa sa tête sur le fauteuil, ferma les yeux et demanda d'une voix pleine d'angoisses, qu'elle s'efforçait de rendre indifférente et presque railleuse :

« — Et, si au contraire... c'était moi?... »

« — Qui, toi? »

« — Si c'était moi, la cause?... »

« — La cause de quoi? »

« — De la folie de ton père? »

« L'enfant se redressa :

« — Si tu avais été assez malheureuse pour attirer sur nous une telle catastrophe? »

« — Oui !... »

« — Impossible.

« — Eh si tu te trompais?... »

« — Ma mère! si tu étais coupable de quelque grande faute, pour te la racheter, j'irais m'enfermer dans un cloître, y pleurer, y prier toute ma vie ! »

« Il ajouta :

« — Mon Dieu! à quel vilain jeu me fais-tu jouer? à quoi bon ces folies suppositions? ne sais-je pas bien que tu es une digne femme, comme tu es une sainte mère ! Si je doutais de toi, je mourrais, voilà tout. »

« — Oh! suis-je assez punie, assez condamnée? » pensa la marquise, « il mourrait s'il connaissait sa mère ! »

« — Ne parlons pas de cela, » reprit Gaspard, « à quoi bon supposer des impossibilités? Veux-tu que je te raconte quelque chose qui m'est arrivé aujourd'hui? »

« — Oui, » dit Valentine, dont le cœur se brisait, « oui, parlons d'autre chose. Tu es sorti ce matin? »

« — Je suis allé chez le maître de peinture. »

« — Lequel? »

« — Tu sais bien celui dont la femme donne des leçons de chant. »

« — Oui, deux professeurs habiles, à ce que tu m'as dit. »

« — Pour habiles, je n'en sais rien, ce que je puis affirmer, c'est qu'ils sont bien singuliers ou bien curieux. »

« Pourquoi? »

« — Crois-tu qu'ils ne veulent me donner des leçons qu'avec l'ordre de Jean-Louis. Ces gens se doutent de quelque chose. »

« — C'est impossible! »

« — Tu crois? pourtant l'homme et la femme me regardaient d'une si drôle de façon que j'en étais tout interdit. Enfin monsieur et madame Artona m'ont fait un singulier effet. »

« — Artona! » cria la marquise en secouant rudement Gaspard, « Artona! tu es allé chez Artona? » qui te l'avait permis?... »

« — Mais toi-même, chère maman. »

Gaspard s'avança vers le malade, l'œil étincelant, les poings crispés.

« La pauvre femme coupable se rassit : « Je ne savais pas » dit-elle, « je ne savais pas qu'il s'appelait... »

« — Artona?... Mais qu'est-ce que ça fait que ce soit Artona ou un autre?

« — Oui, en effet, tu as raison, mon fils, » répondit la mère avec un rire convulsif, « qu'est-ce que ça fait?... »

« — Tu le connais donc? » demanda Gaspard étonné, « est-ce un malhonnête homme que son nom seul te bouleverse? »

« — Oui, répondit faiblement la marquise, c'est un malhonnête homme. Ne retourne pas chez lui, je te le défends. »

« — Peut-être, » insista Gaspard, « n'est-ce pas celui que tu connais. »

« — Tu as raison, je puis me tromper. »

« — Celui-là est grand! Un vrai type d'artiste et l'une des plus belles têtes que j'ai vues! »

« — Assez! assez! dit la marquise hors d'elle-même, je ne veux plus entendre un mot de cette démarche. »

« Mathieu vint heureusement faire une diversion. Le marquis demandait que Gaspard lui fit une lecture. »

« Va, » dit la mère, heureuse de pouvoir pleurer en liberté, « va près de ton père. Soigne-le bien, remplace-moi auprès de lui. Je suis brisée ce soir, demain, je veillerai. »

CHAPITRE XL

LE PÈRE ET LE FILS

« Gaspard trouva son père assis sur son lit, la tête dans ses mains, ayant déjà oublié son désir d'entendre une lecture. »

« Le jeune homme se plaça devant la table sur laquelle quelques livres étaient épars. Il se mit à les feuilleter, puis insensiblement, tomba lui-même dans une profonde rêverie. »

« La conversation qu'il venait d'avoir avec sa mère le surprenait; il en repassait tous les termes dans son esprit. Le silence était complet. Pas un bruit au-dedans ni au-dehors. »

« Dis donc! » cria tout à coup le marquis d'une voix creuse qui fit tressaillir Gaspard, « dis donc, as-tu oublié que j'attends une lecture? »

« — Que voulez-vous que je vous lise? »

« — Dans tous les livres que tu as feuilletés, n'as-tu rien trouvé qui valût la peine d'être entendu par un pauvre fou comme moi? Car, je suis bien réellement fou! Archifou! ».

« Chez aucun aliéné, il est rare que la démence soit complète. Le marquis avait presque toujours conscience de son état. Même au milieu des plus grandes crises, un mot terrible, comme savent en dire ces malheureux, venait tout à coup donner le diapason des douleurs de son âme.

« Oui, je suis fou » poursuivit-il, « comment veux-tu qu'il en soit autrement: Je n'ai plus de cœur! Je ne suis plus un homme; je suis un lierre sans appui. Je me suis séché dans la nuit froide, tandis que le vent jetait au loin les fleurs et les branches d'un arbre qui m'élevait entre la terre et le ciel. »

Le pauvre fou s'affaissa sur ses oreilles et fit signe de la main qu'il ne voulait pas entendre lire. Maintenant, il ne disait plus rien. Il était épuisé, sa poitrine haletante, oppressée, imprimait aux couvertures le mouvement agité d'une respiration irrégulière.

« Le malade fermait les yeux. Gaspard s'approcha et se mit à le considérer. Des larmes coulaient sur les joues du jeune garçon. »

« Tout à coup, le marquis se redressa. »

« Je te fais pitié, hein? » demanda-t-il. « Je suis donc bien misérable que les yeux de ceux qui me regardent se changent en fontaine.

« — Est-ce que la pitié d'un enfant vous offenserait? »

« — Elle m'étonne. Si tu as été élevé dans le monde, on a dû te dire qu'on achète tout, avec de l'or, même le bonheur! Est-ce que je manque d'or! Est-ce que je ne suis pas un des plus riches de l'Auvergne? c'est-à-dire un des heureux de ce pays? »

« Il éclata de rire et poursuivit :

« — Qui te dit que le marquis de Bergonne soit une herbe desséchée ? Si je te l'ai donné à entendre, oublie-le! Je ne veux pas qu'on me plaigne ; me plaindre c'est accuser quelqu'un que je ne veux pas accuser. D'ailleurs, petit valet, qui te dit que je souffre!

« — Ça, répondit le fils en mettant la main sur son cœur. »

« — Ça, mon ami ment comme la bouche et mieux encore. Si ce viscère s'est ému aux récits des infortunes de ton maître, c'est qu'on t'a dit, j'en suis sûr, des monstruosités qui n'existent que dans l'imagination des méchants ou dans des cerveaux malades. »

« — On m'a dit que vous êtes malheureux, voilà tout. »

« — Alors on ne t'a pas raconté que la belle marquise de Bergonne, mon épouse m'arracher légitime, et un frère d'adoption, le superbe Artona, se sont associés pour le cœur, porter la honte dans ma maison et me donner un héritier... hé ! hé ! hé !

« Un petit citoyen dont je crus être père ! »

« Gaspard s'avança vers le malade, l'œil étincelant, les poings crispés. »

« — Vous insultez une sainte femme ! » cria-t-il, « taisez-vous, marquis de Bergonne, taisez-vous! Je me sens gagner par votre démence! Il me prend des envies de vous fouler aux pieds ! Je deviens fou!...

« — Fou?.. Ah ! le ciel t'en préserve!.. Fou ! mais c'est l'enfer!... Fou ! c'est manisfester sa douleur par un éclat de rire ! c'est proférer des paroles de haine contre ce qu'on adore; c'est adorer ce qu'on méprise! Fou ! être fou ! c'est donner un corps aux fantômes de la nuit qui vous enfoncent les ongles dans le cœur et marchent sur vos entrailles tombées à terre...

« Mon Dieu! mon Dieu ! » soupirait Gaspard, « que dit-il! et pourquoi ma mère s'est-elle troublée au nom d'Artona? Pourquoi m'a-t-elle demandé cette chose insensée : qu'est-ce que je ferais si elle était la cause du malheur de mon père !

« Et l'adolescent se répétait avec des déchirements de cœur. »

« Mon père! mon père! Est-il mon père? »

« Descendre une idole de son piédestal est toujours une chose triste à tous les âges de la vie, mais lorsqu'on a seize ans et que l'idole est une mère, cela est affreux ! »

« Gaspard avait beau se dire que son père était fou et qu'il était impie, à lui, de donner un sens à des paroles arrachées au délire de la folie, rien ne pouvait effacer l'impression terrible que le nom d'Artona venait de produire en lui. Rapproché de ce que sa mère lui avait dit, de l'horreur qui s'était emparée d'elle en apprenant que son fils était allé chez le peintre, tout cela formait un concours de circonstances que le hasard n'aurait pu grouper ainsi pour accuser la marquise.

« Hélas ! le pauvre enfant le voyait bien, toutes ces présomptions éclairaient le passé d'une lumière livide et confuse. Gaspard crut lire la honte de sa naissance dans la folie du marquis de Bergonne. »

« Une fois de plus, la faute de Valentine, grossie par des apparences criminelles, menaçait d'ôter à la malheureuse femme le dernier lien auquel se rattachait sa malheureuse existence. »

« Par instant, l'adolescent se croyait le jouet d'un rêve terrible et, il regardait autour de lui, comme pour constater sa pénible veille. »

« En apercevant M. de Bergonne, pâle, la tête renversée sur le dossier de son fauteuil, la réalité se présentait à Gaspard sous les traits flétris de ce malheureux homme, qu'il n'osait plus appeler son père et que sa mère avait réduit à la démence. »

« Les premières lueurs du jour le trouvèrent à genoux. Quand le marquis, reposé par quelques heures de sommeil, ouvrit les yeux, il vit dans l'attitude de la prière celui qu'il prenait pour un domestique. »

« La crise était passée. M. de Bergonne reprenait possession de lui-même. »

« — C'est bien, » dit-il en s'adressant à son fils, « c'est bien, vous priez ! heureux celui qui peut prier ! c'est qu'il a la foi et la foi console de tous les malheurs. Tandis que le doute est une harpie qui gâte toutes les jouissances. Que ne puis-je prier, moi !

« Remarquant l'émotion du jeune homme, il ajouta :

« Mon accès a été long, marqué de quelques violences peut-être !.. Je vous ai effrayé ! Pardonnez-moi. Je gronderai Mathieu de vous avoir laissé passer la nuit ici. »

« — N'en faites rien, monsieur, je vous en prie ; c'est madame la marquise qui m'a accordé la faveur de la remplacer auprès de vous. »

« — Triste faveur ! que vous n'auriez pas dû accepter et que madame aurait dû vous refuser si vous l'avez demandée. Ma volonté a toujours été d'être soigné par Mathieu, dans mes crises de folie. Pauvre petit, cette veille vous a fatigué ! Vous avez l'air souffrant. Oh ! n'est-ce pas, c'est un triste spectacle que celui d'un homme en démence ? »

« — Oui, monsieur, quand on aime cet homme. »

« — Vous m'aimez donc, Gaspard ? »

« — De toute mon âme, monsieur, et je donnerais ma vie pour vous le prouver. »

« C'est étrange, » murmura le marquis en écoutant les pas du petit valet résonner dans les couloirs, « c'est étrange, je croyais mon cœur bien mort et je le sens battre pour ce jeune homme. Après tout, c'est naturel, un homme sans enfant doit s'attacher à un enfant sans père. La paternité de choix devrait remplacer celle que la nature nous refuse. Si je n'étais pas si complètement brisé, je pourrais... mais à quoi bon ?...

CHAPITRE XLI

LA VOCATION D'UN FILS

« Pour se rendre dans sa chambre, Gaspard passa devant celle de la marquise. Il ne se sentit pas le courage d'y entrer. Il s'agenouilla sur le seuil, y colla ses lèvres et murmura : »

« Coupable ou non, tu es ma mère ! »

« Après avoir arrosé de ses larmes la place où il crut voir l'empreinte des petits pieds de la marquise, il s'enfuit à travers les corridors, poussa le bouton mystérieux qui ouvrait dans son appartement de l'impasse, se déshabilla promptement, revêtit ses habits de ville et descendit. »

« La ville commençait à s'emplir des bruits du matin. On était au commencement d'octobre, le temps des vendanges. Des bacholes [1] à l'orifice desquelles apparaissaient des figures d'enfants éveillés par le plaisir, remplissaient les lourdes charrettes qui se rendaient aux coteaux. Des jeunes gens, hommes et femmes, la hotte sur le dos ou la boulounelle [2] au bras, suivaient les voitures. »

« On riait, on chantait. Une délicieuse vapeur de soupe grasse aux choux de Milan, imprégnait la brise matinale. C'était partout des cris, des rires, des quolibets, une folie champêtre, pleine de bruits joyeux. »

« C'était la fête de l'abondance, la distribution des prix aux vignerons. Toute la ville était conviée à ce banquet de la nature et du travail. Il n'y avait plus de pauvres ce jour-là. Tous étaient retenus d'avance pour les vignes dont les belles grappes noires étaient à leur merci, ainsi que le bon vieux vin dont on vidait les dernières futailles dans les barriques portatives pour faire place au vin nouveau. »

« Toute cette gaieté fit mal à Gaspard. Il eût voulu traverser une ville morte comme ses illusions. »

« Il repassa, dans son esprit, les diverses phases de sa courte existence. Il se vit d'abord, joyeux enfant, jouant dans la grande cour du moulin de la Roche-Brune, donnant à manger aux poules, grimpant aux arbres, libre comme un oiseau, n'ayant d'autre peine que de voir pleurer la Nannette sa marraine, lorsqu'il venait la voir au vieux château, dont elle était la gardienne et la seule habitante. »

« Dans ce temps-là, lui aussi aimait les vendanges pendant lesquelles son oncle Jean-Louis le portait dans sa hotte. »

1. Petites cuves portatives dans lesquelles on vide d'abord les paniers de raisin.
2. Panier de vendange.

« On était venu l'arracher à cette vie d'insouciance pour le conduire dans la triste impasse où il n'avait été distrait que par le travail et où, sa vénération, son amour pour sa mère, avaient pu seuls lui faire supporter des jours si pleins de travail et de larmes. »

« Arrivé dans un des faubourgs d'Issoire, Gaspard entra dans une petite maison blanche, sans volets, avec des fenêtres garnies de vignes. »

« Il traversa un petit corridor, puis une petite cour remplie de volaille et frappa aux carreaux de la cuisine. »

« Ne recevant pas de réponse, il pensa que la servante de l'abbé Donizon, — c'était ce dernier qu'il venait voir, — était aux vendanges. Il poussa la barrière et entra dans le jardin, petit coin fleuri, dans lequel le vieux curé de Saint-Bernard passait la moitié de son temps. »

« C'est là que la culture de la terre, la méditation et l'étude consolaient le brave prêtre de sa disgrâce. Naturellement, il avait été interdit pour s'être mêlé de socialisme pratique. »

« Heureusement ! » avait dit l'évêque en frappant son indigne subordonné, « heureusement que pour l'édification des fidèles, l'entreprise impie avait été renversée par le bras tout puissant de Celui qui a dit : « Il y aura toujours des pauvres parmis vous ! »

« Sur une petite terrasse d'où l'on découvrait la grande plaine de Lavaure, bornée par l'Allier et dominée par la colline de Lagrange, l'abbé était assis et regardait la campagne. Un chien, vieilli à son service, était couché à ses pieds. Sur une petite table de bois blanc, devant lui, étaient ouverts un évangile et les Géorgiques, deux livres qui résumaient sa vie d'homme et de prêtre : l'amour de la nature et le sentiment du devoir. »

« Gaspard s'avançait à pas lents, dans l'allée étroite bordée de thym et d'oseille vierge. Le chien, après avoir tourné la tête du côté du visiteur, ayant poussé un petit grognement amical, avait repris position sur les pantoufles de lisière du bon curé. »

« M. Donizon, absorbé par la vue des champs, n'entendit pas venir Gaspard, il poursuivait le monologue dont le penseur prend souvent l'habitude dans l'isolement. »

« O belle nature ! » disait-il, « vivante image de la stabilité éternelle, tu es la dernière amie du sage ! Telle il t'a aimée au printemps de sa vie, alors que le prisme intérieur éclaire et réjouit tout des magnifiques reflets de la jeunesse, telle il te revoit à travers les glaces de l'âge. »

« Gaspard qui avait entendu les dernières paroles de l'abbé se jeta dans les bras de son vieil ami en disant :

« — Avec quel lyrisme, vous parlez aujourd'hui de la nature, mon père ! hélas ! je ne suis pas comme vous : la pureté du ciel me fait mal à voir. Je le voudrais sombre et plein de tempêtes ! »

« — C'est que ton cœur couve un orage, » répondit le vieillard « et que, suivant la pente égoïste de la nature humaine, tu voudrais t'assimiler le ciel même ; le rendre triste ou gai, suivant les dispositions de ton humeur ! »

« — Je ne sais, mais prêt à choisir un état, je me sens plein de trouble. »

« — Choisir un état ? » répéta M. Donizon surpris, « je croyais ton choix fait depuis longtemps. »

« — Mes plans d'avenir sont changés. »

« — Eh bien ! toutes les carrières te sont ouvertes, si celle de la médecine vers laquelle te poussait un pieux sentiment, ne te sourit plus ? »

« — Cher bon ami, je ne souhaitais d'être médecin que pour essayer de rendre la raison à M. Bergonne, mais à présent, je crois qu'un miracle seul pourrait guérir ce malheureux. »

« L'abbé demeura pensif. Son regard, tout à l'heure si paisible, se chargea de tristesse et il se mit à considérer le jeune homme. »

« Il se fit un silence, pendant lequel la figure expressive de Gaspard trahissait sa peine. »

« — Je veux être prêtre, » dit-il enfin. »

« Prêtre ! » répéta le vieillard, « tu veux être prêtre ! Oh ! malheureux ! de quelle croix demandes-tu à charger ton épaule ? Sais-tu que le prêtre ne doit avoir d'autre famille que l'humanité, d'autre chef que le pape, d'autres intérêts que ceux de la religion qui, hélas ! ne sont pas toujours d'accord avec ceux de sa conscience ? As-tu bien réfléchi, Gaspard, que ta mère n'a d'autre bonheur que toi en ce monde ? »

« — J'y ai réfléchi. »

« — Et tu persistes dans ta résolution ?

« — J'y persiste.

« Il sait tout, pensa l'abbé, son père, dans un moment de crise, se sera trahi. Il faut laisser au temps la faculté d'user cette résolution extrême. Il reprit : »

« — Quels que soient les motifs de ta nouvelle vocation, je les respecte et suis prêt à t'aider, quand le temps sera venu. »

« Mais ce n'était pas là le compte de Gaspard : la jeunesse ne supporte pas la temporisation. « Je veux entrer, tout de suite au séminaire », dit-il « chargez-vous, je vous en prie, de préparer ma mère à une séparation. »

« — Ah ! pour cela, non. Si ta vocation résiste au temps, elle sera bonne, et, comme je te l'ai promis, je t'aiderai à la suivre. Mais, avant de savoir si tu es appelé à l'état religieux par un entraînement du cœur ou par l'instinct qui pousse l'homme libre vers la fonction que lui a destinée la nature, je n'irai pas imprudemment et sans une nécessité absolue, briser le cœur d'une pauvre femme déjà tant brisée par les épreuves de la vie. »

« Gaspard n'était qu'un enfant. Il jouissait encore des prérogatives de cet âge d'or où aucun malheur n'est irrévocable, où la perte d'une illusion se remplace par une espérance, où l'âme pleine de confiance en la vertu de l'amitié lui donne à panser ses plus secrètes blessures. »

« Après avoir fait de la diplomatie avec M. Donizon, Gaspard se jeta dans ses bras. »

« — Mais c'est pour elle, c'est pour ma mère, » dit-il, « que je veux être prêtre. »

« — Sacrifice inutile ! » fit l'abbé en branlant la tête. »

« — Inutile?... et qui peut le savoir.

« — Moi, et je prends le ciel à témoin de la sincérité de mes paroles et je te dis que la nature — il appuya sur le mot — la nature te fait un devoir de te vouer à la médecine plutôt qu'au sacerdoce catholique. La voix du sang te parle par ma bouche, écoute-la.

« Je suis le fils de M. de Bergonne, » se dit Gaspard, convaincu que l'abbé, même en vue du plus haut intérêt, n'aurait pas su mentir. Il sembla au fils qu'il reprenait possession de sa mère. La pensée de la faute disparut dans un immense sentiment de pitié et une recrudescence d'amour filial. »

« En cela, Gaspard suivait la pente naturelle à tous les cœurs sensibles, auxquels la conscience de leur propre faiblesse rend le repentir plus intéressant que l'innocence même. Est-ce qu'il n'y a pas, en effet, dans un malheur mérité un degré d'infortune que la vertu ne connaîtra jamais ? »

« Gaspard avait hâte de revoir la marquise et de lui faire une demande tacite de pardon. Par mille caresses, il voulait compenser le projet qu'il avait eu de la quitter. En même temps, il sentait grandir son amour pour son malheureux père, et, plein des plus grands projets de dévouement, il revint à la maison. »

« Il voulait voir sa mère tout de suite. Mais elle écrivait et avait défendu qu'on la dérangeât. Le soir, elle ne parut pas au souper. Elle avait la fièvre. Gaspard se coucha plein d'inquiétude. Son sommeil fut troublé par des songes si pénibles, qu'ils remplirent sa chambre d'un bruit de sanglot. En proie à la plus pénible veille Valentine entendit ses sanglots et courut auprès de son fils pour l'éveiller. »

« Maman ! maman ! » criait-il comme pour saisir le fantôme de son rêve. »

« — Ah ! c'est toi ! » fit-il en s'éveillant et passant les deux bras autour du cou de sa mère, « ah ! c'est toi !... »

« Il la couvrait de baisers, répétant : »

« — C'est toi !... Je rêvais que tu étais morte?... »

« Il avait tout oublié. « Tu étais là, » disait-il, « ma sainte mère ! ma mère adorée ! tu étais là, couchée dans une bière, avec des cierges autour. Oh ! c'était affreux ! Je touchais tes doigts glacés entre lesquels se tordait une branche de lierre qui avait un visage humain. »

« — Tais-toi ! oh ! tais-toi ! » dit la pauvre femme en étreignant convulsivement son fils. « Ne pleure pas ainsi, tu me fais mal ! »

« — C'est que... c'était horrible ! »

« Et il redoublait ses larmes et ses caresses. Elle eut toutes les peines imaginables à le calmer. »

« — N'est-ce pas, disait-il, « n'est-ce pas, c'est de l'enfantillage, puisque te voilà, ma mère chérie ! Mais, que veux-tu, c'est plus fort que moi. Un rêve, ça n'a d'autre différence avec la réalité que le plus ou moins de durée. Je t'ai réellement perdue pendant une heure et cela m'a suffi pour m'initier aux plus affreux déchirements de l'âme ! »

« — Mon Dieu ! » se disait la pauvre mère dont le front dégouttait d'une sueur froide. Mon Dieu ! sauvez-moi, éloignez ce calice ! Laissez-moi vivre pour

Mathieu, pour l'en empêcher, engagea avec lui une lutte corps à corps.

cet enfant! Mais non, il mourrait de ma honte! Il l'a dit!... je suis condamnée! »

« Et elle faisait un pas pour sortir, puis elle revenait, embrassait encore son fils, se penchait sur son lit, touchait ses cheveux, baisait ses mains, s'en retournait encore pour revenir! »

« Gaspard passa la nuit dans une sorte de demi-somnolence, pleine d'images pénibles qui semblaient continuer son rêve. »

« Il se leva de grand matin, endossa sa livrée. Il vit le marquis sur la terrasse de sa chambre, tête nue, le front levé vers l'orient dont les teintes empourpraient sa figure d'une lueur de vie. »

« Oh ! que je voudrais pouvoir me jeter dans ses bras ! » pensait le jeune homme, « le supplier de se rattacher à l'existence pour l'amour de ma mère et de moi, faire tressaillir son cœur en lui criant : Je suis ton fils ! »

CHAPITRE XLII

LE COMMENCEMENT DE LA FIN

« Valentine, en costume de ville, apparut au bas du perron et en même temps la porte de la remise s'ouvrit pour laisser passer une calèche attelée, conduite par Mathieu, expliquant à un cocher étranger comment on devait s'y prendre pour maîtriser ses chevaux. »

« Avant de monter en voiture, la marquise leva les yeux vers la terrasse. Elle appela Gaspard. Il descendit et demeura frappé de l'expression qui bouleversait les traits de la pauvre femme. »

« Elle lui donna un petit rouleau de papier cacheté. »

« Je vais, » dit-elle, à la Roche-Brune. **A** trois heures tu remettras cela à ton père. »

« — Qu'as-tu ? demanda-t-il. »

« — Rien ! » répondit-elle en se plaçant livide, sur les coussins de la voiture. »

« Le cocher était sur son siège, attendant l'ordre de partir. Mais Valentine ne se pressait pas de tirer le cordon. Au moment de passer le seuil de sa demeure, le cœur lui manquait. »

« Un moment, elle eût la pensée de tenter une dernière épreuve, d'aller se jeter aux pieds de son mari, de lui avouer où elle en était réduite ; peut-être il aurait pitié ! Elle ne mourrait point. Ils partiraient tous trois avec Gaspard, loin, bien loin de l'infâme qui voulait déshonorer la mère devant son fils ! »

« La crainte d'être repoussée ; ce je ne sais quoi de fatal qui, dans les grandes circonstances, scelle quelquefois, sur les lèvres de l'homme, la parole du salut, retint la pauvre femme. Elle partit. »

« Gaspard alla déposer dans sa chambre le rouleau que la marquise lui avait remis. »

« En ce moment, le demi-cercle lumineux qui teignait de lueurs vermeilles une portion du ciel, s'agrandit tout à coup et le globe du soleil, légèrement voilé par les vapeurs du matin, apparut à l'horizon dans une gloire aux immenses et innombrables pointes d'or. »

« — Oh ! Dieu ! » s'écria le marquis en saluant l'apparition de l'astre aux rayons duquel les planètes suspendues pompent la lumière et la chaleur, l'abondance et la fécondité, cette éternité des êtres mortels. « O Dieu ! quel spectacle doit être ta vue si celle de l'un de tes agents peut me plonger dans un tel ravissement ! Oh ! croire fermement en toi, en ta clémence, eût été le remède aux maux de ma triste vie. Ce remède, je n'en ai pas voulu. J'ai nié jusqu'à ton existence parce qu'une idole de chair s'était mise entre ton image et mon cœur ! Parce que je t'adorais dans une seule créature, au lieu de t'adorer dans l'infini.

« Père ! père ! pardonne-moi cette idolâtrie et fais-moi connaître une de tes joies : celle de la clémence ! »

« M. de Bergonne s'agenouilla et répéta le pater. Quand il fut à ces paroles : *Pardonne-nous nos offenses, comme nous pardonnons à ceux qui nous ont offensés*, son cœur éclata et des larmes, des larmes d'une douceur ineffable, montèrent à ses yeux. Il n'avait pas pleuré depuis seize ans. »

« Quand il se releva Valentine était absente. »

« Il appela Gaspard.

« Je veux me raser, » dit-il, « je veux me vêtir convenablement pour recevoir la marquise quand elle reviendra ce soir. Va par la ville me chercher des habits à la mode. Dis au cuisinier de préparer un grand dîner pour cinq heures. »

« Gaspard n'en revenait pas. »

« Tu me regardes d'un air étonné, » ajouta-t-il, « je suis heureux, mon enfant. Je reviens à la vie, à la raison. Je veux que tout ici se ressente de mon contentement, je veux que tout y prenne un air joyeux, un air de fête. Cours chez l'abbé Donizon, dis-lui que je l'attends. Si à trois heures ma femme n'était pas de retour, je monterais à cheval, j'irais la chercher ; tu sellerais la jument blanche. Envoie-moi un barbier. Allons, dépêche-toi. »

« Le jeune homme plein de joie, regardait son père, mais hélas ! — conséquence de la folie — il se demandait si ce changement n'était pas une forme nouvelle de la démence de M. de Bergonne.

« Celui-ci surprit cette pensée. Il secoua la tête. »

« Non ! non ! » dit-il, « rassure-toi ; je suis bien en possession de mes facultés, j'ignore combien cela durera, mais pour l'instant je ne suis pas fou. »

« Une émotion involontaire gagna le jeune homme. Il se jeta aux pieds du marquis, saisit sa main et la couvrit de larmes et de baisers. »

« M. de Bergonne, surpris, releva Gaspard.

« — Pourquoi pleures-tu ainsi ? Es-tu malheureux ?... ou bien ma guérison t'émotionnerait-elle ?... »

« — L'un et l'autre, monsieur, je suis partagé entre la joie de vous voir guéri et la douleur de ne pas être reconnu par mon père ! »

« — Ton père ? quel est-il ?...

« — Un digne homme, affligé du même mal que vous et qu'une erreur dont j'ignore la cause empêche de me reconnaître. »

« — Il faut te jeter à son cou.

« — Il me repousserait, peut-être. »

« Oh ! » pensa le marquis, « il n'y a donc personne d'épargné puisque les tortures d'un amour trompé s'étendent jusqu'à ceux qui ont si peu de loisir à donner à leurs sentiments. Voici un enfant privé de son soutien naturel, parce qu'un autre homme s'est entêté comme moi dans sa souffrance et dans sa haine au lieu de chercher le remède dans l'oubli.

« — Je veux parler à ton père, » dit-il, « j'améliorerai sa position et la tienne. Il te recevra, et si sa raison obscurcie l'empêchait de reconnaître la voix du sang, ne te désole pas. Celui qui éteint la lampe peut la rallumer. »

CHAPITRE XLIII

« Comme la veille, l'abbé songeait à la même place, quand Gaspard vint lui porter l'invitation du marquis et lui faire part de toutes les espérances de bonheur prêtes à se réaliser. »

« Le vieillard était radieux : enfin, ses pauvres amis allaient goûter un peu de tranquillité, et lui allait pouvoir jouir de la réconciliation de l'homme et de la femme et probablement de la reconnaissance de leur enfant. Oh ! oui ! il viendrait assister à ce repas du pardon. »

« Trois heures allaient sonner, Gaspard se souvint du papier qu'il devait remettre à son père et quitta M. Donizon.

« Dans la petite allée, il se croisa avec un homme qu'il ne connaissait pas. »

« Eh » dit cet homme en se présentant, tout à coup, devant l'abbé, « excusez-moi de venir troubler votre tête à tête avec la nature. »

« — Vous êtes tout excusé, monsieur, répondit le vieillard. »

« — Eh quoi ! » fit le nouveau venu qui n'était autre que Maxis de Pont-Estrade, « et vous aussi, mon vieil homme de bien, sacrifiez la vérité à cette politesse banale qui nous fait presque un devoir du mensonge ! »

« — Comment cela ? en quoi ai-je menti ? »

« — Vous me dites que je suis *tout excusé* et pourtant, je vous enlève à la contemplation d'un splendide paysage pour vous prier d'arrêter vos regards, de fixer votre attention sur une créature pétrie de laideurs morales et physiques. Au fond vous voudriez bien m'envoyer paître. »

« — Vous auriez raison peut-être, si vous ne faisiez exception à la généralité des hommes, car, si je ne me trompe, vous êtes un ami, n'est-ce pas, Pont-Estrade? »

« — Comment m'avez-vous reconnu, après une si longue absence?

« — A la voix — cet organe qui, bien moins que les autres, subit les dégradations du temps. D'ailleurs j'ai de bien mauvais yeux. Je ne vois plus que les lointains. »

« — C'est la loi du développement humain, elle agrandit sans cesse nos horizons. »

« — Dites plutôt que c'est celle de notre décrépitude. Elle avertit la vieillesse d'avoir à regarder au delà de ce qui la touche. »

« — Mais, monsieur de Pont-Estrade, » poursuivit le vieillard en faisant auprès de lui une place à son visiteur, « nous parlons là, comme si nous nous étions quittés hier soir. »

« — L'habitude de philosopher !... Elle nous a fait oublier les exclamations obligées de tous les retours :

« Comment vous voilà ! »

« Ce qui veut dire, je vous ai cru mort.

« Eh ! vous êtes revenu !... »

« Ce qui signifie : on se serait bien passé de vous revoir. »

« Oui, me voilà, j'arrive de l'Inde. Les tigres m'ont trouvé trop coriace.

« — Drôle d'homme ! »

« — Si j'étais aussi civilisé qu'au départ, j'ajouterais que le désir de vous serrer la main, m'a fait quitter cette terre des grandes chasses, du soleil et des diamants. Mais, ayant vécu là-bas dans un état voisin de la nature, j'y ai perdu l'habitude de la politesse. »

« — Toujours le même. Le temps glisse sur vous sans apporter aucun changement à votre humeur. Enfin de quelque façon que vous ayez songé à moi, j'en suis heureux et vous en remercie. J'aime à voir les gens de votre sorte. »

« — Et moi ceux de la vôtre ; quoique je ne sois pas venu exprès pour me procurer ce plaisir. »

« — Il n'y a pas deux originaux comme vous. Dites-moi ce qui vous amène, je suis tout prêt à vous rendre service. »

« — Ça ne m'étonne pas, car vous êtes bien la meilleure créature que je connaisse. Voilà pourquoi je vous retrouve disgrâcié. Et vous croyez encore à l'amélioration de la race humaine ? »

« — Toujours. »

« — Grand bien vous fasse. Moi, je ne crois même plus à celle des chevaux. Mais je ne suis pas venu pour discuter cette question. Je viens simplement vous demander le moyen d'être utile à cet animal d'Artona. »

« L'abbé ouvrait de grands yeux. »

« — Là, ne vous étonnez pas, » poursuivit le chevalier, « je rapporte les mines de Golconde. J'ai de l'argent à ne savoir qu'en faire, je veux l'employer au bien-être de ceux que j'aime. Je voudrais assurer le nécessaire à votre élève favori. »

« — Faites-lui une donation. »

« — Je lui ai déjà offert tout ce qui est possible. Mais que voulez-vous ! ce paysan sent sa supériorité. Et quoiqu'elle ne lui ait rapporté que la misère — n'étant pas de ceux qui mesurent les capacités d'un homme au total des pièces de cent sous qu'elles ont rapporté — je comprends son orgueil. Mais que diable ! les fumées de l'amour-propre, quand on a faim, ne valent pas celle d'une soupe aux choux. Comment allons-nous nous y prendre pour tirer de la misère ce républicain barbu ?

« — Il faudrait lui donner du travail. »

« — Tiens, c'est vrai ! Je vais lui commander de la peinture. »

« L'abbé soupira. »

« — N'est-ce pas le travail qui convient à notre ami ? »

« — Il en est un qui serait plus profitable à lui et à d'autres. »

« — Quoi donc ? »

« — Puisque vous êtes si riche, monsieur le chevalier, vous pourriez reprendre une œuvre qui... »

« — Je vous entends, pauvre utopiste, vous voudriez que je reprisse, avec vous et Artona, l'affaire de Saint-Bernard, que le petit Bergonne avait commencée, et qui a fini comme finiront toutes les tentatives de ce genre, tant que les travailleurs ne seront pas devenus assez moraux pour se supporter entre eux, assez sages pour s'émanciper eux-mêmes. Mais, à propos du petit marquis, comment se porte Valentine? Puis-je la voir? »

« Sa voix tremblait. »

« — Je suis sûr, répondit l'abbé, je suis sûr que votre souvenir est toujours vivace au cœur de Mᵐᵉ de Bergonne. Elle sera contente de vous voir, de vous serrer la main. Je vais chez elle ce soir, venez avec moi. »

« La proposition fut acceptée avec empressement. »

« Une heure après, l'abbé, Gustave et Maxis de Pont-Estrade causaient amicalement dans le grand salon de la rue du Chien. »

« — Je vais au-devant de ma femme, dit le marquis; faites-moi le plaisir de nous attendre ici, afin qu'en rentrant dans sa maison, Valentine y trouve le complément de tout bonheur, l'amitié. »

« Il se leva pour sortir. Gaspard l'arrêta et lui remit le petit rouleau qu'il avait reçu le matin. « De la part de madame, » dit-il, « il est peut-être urgent que monsieur prenne connaissance de ceci, avant d'aller sur le chemin de la Roche-Brune. »

« Le marquis rompit le cachet et se mit à lire, tout en allant du côté de l'écurie où l'attendait son cheval. »

« Le chevalier et l'abbé commencèrent une dissertation sur la question sociale. »

« Les premières lignes du papier qu'il tenait à la main frappèrent à ce point le marquis qu'il se laissa tomber sur un des bancs de la cour. »

« Cher Gustave, » lui disait Valentine, « laisse-moi une fois encore — la « *dernière*, — laisse-moi te parler avec la familiarité que me donnait autrefois ta « tendresse. Écoute-moi, toi qui fus la victime, le juge et le châtiment de ma « faute, reçois ma confession, apprends combien j'ai souffert, et, si tu ne crois « pas ensuite que mes torts envers toi soient assez expiés, continue ce supplice « qui me broie le cœur depuis seize ans, et que ta malédiction me suive dans la « tombe où je vais descendre! »

« Gustave se pressa le front. Il sentait les muscles de son visage horriblement agités. »

« — Je redeviens fou, se dit-il, ou je suis le jouet d'un rêve. »

« Mathieu passa; le marquis courut à lui et, le secouant avec fureur :

« — Où est ma femme? » demanda-t-il avec emportement. « Où est-elle! parle ou je te tue!... Il ne répond pas!... Elle est morte ! morte!... »

« — Hélas! se dit le valet de chambre, voilà son mal qui le reprend. »

« M. de Bergonne courut à son cheval et voulut se mettre en selle. Pour l'en empêcher, Mathieu engagea avec lui une lutte corps à corps. »

« — Tu me crois fou ! criait le malheureux, mais j'ai bien toute ma raison ; hélas ! Valentine se meurt, je te dis ! Laisse-moi, laisse-moi, Mathieu ! je suis ton maître. »

« Le combat était trop inégal. Le sentiment du devoir doublait les forces du fidèle serviteur. Pouvait-il souffrir que son maître, dans l'état où il était, passât dans les rues d'Issoire pour donner, aux habitants de la petite ville, le spectacle de sa folie. »

« Seize ans de souffrances et de prostration avaient usé le corps débile de M. de Bergonne. Il n'était pas de force, quoique beaucoup plus jeune, à se mesurer avec Mathieu qui, après l'avoir terrassé, lui lia les mains. »

Le cuisinier, témoin de la lutte, vint prêter main-forte à son camarade. Ils emportèrent leur maître dans sa chambre, l'attachèrent fortement dans son lit au pied duquel s'assit Mathieu.

« Prières, larmes, menaces, le valet n'écouta rien ! Aux plus ardentes supplications du marquis, il répondait : »

« — Calmez-vous, pauvre maître, oui, oui ! demain, vous irez à la Roche-Brune, quand madame sera revenue ! »

« — Mais je te dis qu'elle ne reviendra pas !... Elle se meurt !... Elle est morte ! Va dans la cour, tu trouveras le papier qu'elle m'a écrit avant de partir... Si j'y allais maintenant, je la sauverais peut-être !... Tu ne bouges pas !... bourreau ! bourreau ! Je t'arracherai le cœur !... Ce papier ! donne-moi ce papier ! Je veux le relire encore ! »

« — Je vais le chercher ! monsieur, je vais le chercher ! Mais calmez-vous ! Voilà, si vous étiez tranquille, j'attellerais une voiture fermée, et... »

« — Oui, ah ! oui ! Mais va donc, chaque minute, chaque seconde, c'est une chance que je perds de sauver Valentine ! »

« — Quel délire ! se disait Mathieu ; je vais, en attendant qu'il se remette un peu, lui chercher ce papier, — si papier il y a. — Je ne l'ai jamais vu dans un état pire. »

« Pendant ce monologue, Mathieu était arrivé dans la cour. Près d'un banc, il aperçut le papier. « Tiens ! tiens ! » dit-il, « ce n'est pas tout à fait une imagination. »

« Il remonta, délia une des mains du patient, lui donna l'écrit, referma la porte, assurant qu'il allait atteler. »

« Gustave saisit ce papier maculé de larmes. Pour s'assurer qu'il ne s'était pas trompé, il lut et relut le premier paragraphe. »

« Mathieu ne revenait pas ; le marquis, réduit à la plus terrible impuissance, poursuivit sa lecture. »

« J'allais être mère !... Mais je n'en savais rien. Cela peut arriver. (Consulte « la médecine.) Un fatal concours de circonstances me fit te trahir une fois, une « seule ! Je te le jure sur les cendres de mes aïeux ! »

« Le remords et la punition suivirent de près la faute, dont le jour même je « sentis toute l'horreur avec les premiers tressaillements de la maternité. »

« C'était la nuit du second anniversaire de notre mariage. Tu t'en souviens,
« n'est-ce pas? Et tu me crois, puisque je vais mourir!... »

« C'était la nuit où mon complice, comprenant comme moi toute l'horreur de
« sa trahison, tenta de se suicider. »

« — De sorte, » dit Gustave, « que si tout cela n'est pas un cauchemar, j'ai
chassé mon propre enfant de ma demeure!... Je l'ai laissé mourir loin de sa
mère... Il n'aura manqué aucun fiel à ma coupe de douleur! »

« Lisons! lisons! »

« Le remords m'arracha l'aveu de mon crime, sans m'en faire préciser l'époque.
« Si tu avais voulu m'écouter, je t'aurais bien prouvé que l'enfant était à toi. On
« doit croire celle qui s'accuse. Mais tu ne voulus pas m'écouter!... »

« Quand, écrasée par ta malédiction, je tombai à tes pieds, je me sentis
« mourir et j'en fus contente: la mort allait m'absoudre. Ce fut avec une dou-
« loureuse surprise que je revis le jour dans ma chambre de jeune fille. Mon
« père et ma vieille gouvernante étaient penchés sur mon lit. Leurs larmes —
« perles précieuses du cœur — tombaient sur moi comme le baptême du pardon. »

« Leur clémence me faisait mal, je les aurais voulu terribles comme mes
« remords, et je t'appelais pour m'entendre maudire. Mais tu étais parti et per-
« sonne ne savait où tu cachais ta douleur. »

« Je fus quelques mois entre la vie et la mort. Pendant ce temps, pour sauver
« les apparences, mon père fit courir le bruit que nous étions, toi et moi, partis
« pour l'Allemagne. »

« Ma convalescence fut longue et douloureuse ; je la passai dans la plus pro-
« fonde solitude, n'osant appeler Lucy, et attendant avec angoisse la venue de
« cet enfant, qui devait être un gage de bonheur, un autre lien entre nous, et
« qui n'était plus, hélas! qu'un motif de séparation ! Tu le croyais, du moins. »

« Quelle différence avec ma vie passée ! Au lieu de l'animation et des joyeux
« bruits du travail que j'entendais à Saint-Bernard, au lieu de ces voix sympa-
« thiques qui passaient sous nos fenêtres en nous bénissant, je n'entendais plus
« que les pleurs étouffés de ma vieille gouvernante ou le silence des champs,
« dont le calme majestueux contrastait si affreusement avec la tourmente de mon
« âme. »

« Mon père passait des journées entières sans parler, sans bouger de place, et
« comme accablé sous la honte de sa fille ! »

« Plus de douces paroles, plus de riants projets d'avenir, plus de généreuses
« pensées, plus de saints enthousiasmes. Autour de moi, tout était désolé comme
« moi-même. »

« Mes remords se doublaient des regrets de t'avoir méconnu!... Quand je te
« vis perdu pour moi! perdu pour l'humanité, et par ma faute, la conscience de
« ma responsabilité m'écrasa. Et, pour doubler mon tourment, tu m'apparus tel
« que tu étais : une grande âme, un cœur généreux et sensible. Et je compris
« alors ce que tu serais devenu, si je t'avais aimé et soutenu dans la voie où tu
« marchais. Alors, Gustave, je t'aimais. »

« — Cela, fit Jean-Louis, en montrant Valentine morte, « c'est madame de Bergonne qui
attend M. Madozet. »

« Le marquis poussa une sorte de rugissement : »

« — Il ne me manquait plus que cela ! elle m'aimait... Continuons... puisque
je ne puis rompre mes liens ! Oh ! être attaché !!! »

« Il reprit sa lecture. »

« Et lorsque je venais à considérer ce que j'avais jeté dans le sépulcre de notre
« bonheur, je me serais donné la mort, si je n'avais pas dû vivre pour notre
« enfant et, aussi, pour l'expiation. »

« La nuit, parfois, je me levais, affolée de larmes, je courais dans la partie
« inhabitée du château, je t'appelais de toutes les puissances de mon être. Devant
« ton image, toujours présente à ma pensée, je m'agenouillai mille fois pour te
« demander grâce. »

« Ce fut dans ces dispositions que je reçus de Mathieu la lettre qui m'annonçait
« ta maladie. Sans perdre une minute et sans prendre conseil de mon père,
« craignant qu'il ne s'opposât à mon départ, je partis pour Venise, où je te trouvai
« mourant. »

« Je te soignai de mon mieux, passant les nuits à ton chevet, épiant tes
« moindres désirs, recueillant tes moindres paroles. Tu ne t'en souviens pas. Tu
« étais dans ton délire, tu avais oublié mon offense, tu me prodiguais les trésors
« de ta tendresse ! »

« Un instant j'entrevis le pardon ! C'était un songe ! Tu sais ce que fut le
« réveil ? Revenu à toi, tu te souvins et tu me maudis ! tu te souvins, et tu me
« chassas ! »

« Je m'en allais par la ville, par cette ville étrangère, où je ne connaissais
« personne. Je m'assis au bord de la mer, dont les vagues battaient la rive, et,
« le regard perdu dans la mystérieuse immensité du flot, j'enviais, pour mon en-
« fant et pour moi, le suaire que tant de malheureux ont trouvé dans ses plis
« mouvants. »

« Hélas ! je ne pouvais, je ne devais pas mourir en une fois ; pour expier, il fal-
« lait vivre en cette agonie de l'âme que l'on appelle le remords. »

« Ce fut là qu'un matin, après une nuit d'angoisses et de souffrances sans nom,
« Mathieu me trouva. Il m'emmena dans un hôtel, où notre fils vint au
« monde. »

« Pauvre enfant ! le premier baptême qu'il reçut en entrant dans la vie, fut
« celui des larmes de sa mère ! Je le pris dans mes bras, je le serrai sur mon
« cœur et je t'appelai ; je t'appelai à grands cris pour te dire que c'était ton
« fils ! »

« Oh ! si tu étais venu en ce moment, tu aurais bien vu que je ne mentais pas ;
« tu m'aurais crue, et sans me pardonner, tu aurais pu reconnaître ton
« enfant. »

« Le marquis cacha sa tête dans ses mains : »

« — Mon enfant ! mon enfant ! cria-t-il, je ne l'ai jamais embrassé ; l'aveugle
instinct de la colère et de la haine ont étouffé la voix du sang. La malédiction
retombe sur celui qui la donne. Je suis maudit ! J'ai chassé mon fils ! Je l'ai envoyé mourir loin de sa mère ! Oh ! c'est affreux ! Valentine ! Valentine ! »

« Il se remit à lire :

« Oui, je le reconnais, j'ai détruit ton bonheur, ta foi ! J'ai arraché à ton âme
« l'aile qui la portait au-dessus des intérêts vulgaires ; je t'ai empêché d'être
« grand, d'être un des bienfaiteurs de l'humanité, mais aussi j'ai bien souffert :
« tout le bien que tu n'as pas fait est retombé en cascade de fiel sur mon
« cœur. »

« Le souvenir des gens de Saint-Bernard est devenu le supplice de mes

« rêves. Mes yeux se sont éteints dans les larmes ! Et puis, cet enfant… tant dé-
« siré… tant attendu… autrefois… cet enfant, pour l'éducation duquel nous
« avions fait tant de projets, ce petit Émile dont je devais être la nourrice et toi
« l'instituteur ! j'ai dû le confier à des mains étrangères ! j'ai dû l'éloigner du
« toit paternel. »

« Les hommes, vois-tu, ne savent pas assez ce qu'un enfant est à sa mère et
« par combien de fibres il nous tient au cœur ! S'ils le savaient, quelque coupables
« que nous fussions, ils ne nous condamneraient pas à vivre sans ces petits
« êtres qui nous sont plus chers que nous-mêmes. »

« Mon fils, à moi, c'était toi, ignorant ma faute, m'aimant sans me juger.
« C'était mes ancêtres et les tiens, deux grandes races confondues et reproduites
« dans ce petit être blanc et rose que je berçais sur mon sein et qui passait ses
« petits bras autour de mon cou ! »

« Cet enfant que j'avais apporté d'Italie à la Roche-Brune et dont l'amour
« m'était comme un pardon du ciel, je dus m'en séparer. Sa vue te faisait mal !
« Ce fut là un grand sacrifice ! qu'il me soit compté aujourd'hui. »

« Quand, après la mort de mon père, le spectacle de la nature te fut devenu
« insupportable, je te suivis dans la maison d'Issoire, et là, prisonnière volon-
« taire, je dérobais au monde le spectacle de ta folie, je me fis ta gardienne, ton
« souffre-douleur ; je m'exposais à ta rage pendant les crises dont les intervalles
« étaient encore pour moi des stations de calvaire. »

« Gustave ! j'ai bien souffert. Je l'ai mérité, c'est vrai, aussi n'est-ce pas pour
« moi que je réclame le bénéfice de mes douleurs ! Gustave, notre fils n'est pas
« mort, comme je l'avais dit, pour pouvoir le reprendre auprès de moi sans ex-
« citer tes soupçons. »

« Ce fils, je l'ai élevé moi-même, j'ai donné à son éducation tous les instants
« que j'ai pu te dérober. Il est digne de toi, il te consolera du crime de sa mère !
« Il croit que la folie seule t'a empêché jusqu'à ce jour de le reconnaître. Il t'aime,
« il te vénère ! C'est Gaspard, tu l'as deviné, n'est-ce pas ? »

« Dis un mot et il tombe à tes pieds. Gustave, il y a dans la clémence des
« joies que ton cœur est fait pour comprendre. Mais cette clémence que je solli-
« cite n'est que de la justice. »

« Je ne demande rien pour l'épouse coupable, mais, dans l'enfant, pardonne
« à la mère qui, sur le bord de sa fosse, se traîne à tes genoux. »

« Je vais mourir, parce que, vois-tu, il fallait une victime à la justice de Dieu.
« La main de Madozet, qui me force au suicide, n'est que le fouet avec lequel elle
« a voulu me frapper. »

« Je veux que cet homme, qui prétendait me déshonorer aux yeux de mon
« fils et auquel j'ai donné rendez-vous pour huit heures à la Roche-Brune, me
« trouve dans mon suaire, qu'il me voie morte et qu'il se repente. Ma volonté ex-
« presse est que tu lui pardonnes et que Gaspard ignore à jamais que quelqu'un
« a pu insulter sa mère. »

« Adieu, Gustave, je te connais, tu ne garderas pas de haine contre une morte.
« Déjà tu me pardonnes, peut-être même tu me pleures ! »

« Ami, je ne pouvais plus vivre ! console-toi, tout est pour le mieux. »

« Si tu sens s'éveiller un reste de cette tendresse que j'ai méconnue et dont,
« plus tard, j'eusse été si heureuse; si tu tiens à consoler mon ombre, efface les
« conséquences de ma faute ; rachète à tout prix Saint-Bernard, reprends avec
« ton fils l'œuvre interrompue, et que ma cendre, dans la fosse commune de notre
« cher village, dorme près de vous, bercée par les harmonies du travail ! Que le
« pardon me ramène morte et absoute là ou j'aurais dû vivre dans la joie du de-
« voir accompli. »

« Adieu encore, Gustave, vis pour ton fils ! Je t'aimais ! Je meurs en te bé-
« nissant. »

« VALENTINE.

« Comme il achevait cette lecture, l'abbé, le chevalier, Gaspard et Mathieu
entrèrent dans la chambre.

« — Mon fils ! cria le marquis en tendant vers le jeune homme la main qu'il
avait de libre, mon fils !..... »

« L'enfant se jeta sur lui et l'étreignit de toutes ses forces. »

« — Mon fils, répéta le marquis d'une voix entrecoupée, ta mère !..... Qu'on
me délie !.... Mathieu, obéissez à mon fils, mon fils est aussi le maître ici ! Gaspard, ordonne qu'on me délie !..... courons à Saint-Bernard ; ta mère va mourir !..... Je ne veux pas qu'elle meure, moi ! Valentine ! Qu'on me délie ! Qu'on me
délie !..... »

« — Que dit-il ? crièrent en même temps l'abbé et le chevalier, tandis que
Gaspard, frappé des accents de son père, essayait de rompre les liens qui l'attachaient. »

« — C'est une crise, répondit tranquillement Mathieu. Tout cela est dans sa
pauvre tête. »

« Le marquis saisit convulsivement le papier tombé sur les couvertures :

« — Vous connaissez l'écriture de Valentine, vous, tenez, lisez la fin, dit-il
au chevalier en lui montrant la funèbre missive dont il répéta le dernier paragraphe : « Adieu encore, Gustave, vis, pour ton fils ! Je t'aimais ! Je meurs en
« te bénissant ! »

« Gaspard poussa un cri terrible, et, avec ses dents, acheva d'arracher les
liens qui retenaient son père. »

. . . .

« Huit heures sonnaient au château de la Roche-Brune. Une voiture s'arrêta
devant la porte. Madozet, leste et pimpant, en descendit. Il agita la lourde cloche
dont le cordon de fer pendait au dehors, Jean-Louis, tenant à la main une chandelle dont la lumière éclairait en plein sa figure bronzée, apparut derrière la
grille. »

« — Est-ce vous, monsieur Madozet ? demanda-t-il d'une voix grave ? et
triste. »

« — C'est moi, mon ami, répondit l'autre, charmé de se voir attendu. Madame
est-elle chez elle ?

« — Oui ! Suivez-moi ! »

« Madozet voulait faire entrer sa voiture dans la cour d'honneur: »

« — C'est inutile, dit brusquement Jean-Louis. Et pour couper court aux réclamations du parvenu, il donna un tour à la serrure, dont il mit la grosse clef dans sa poche. »

« Il marcha devant le visiteur sans ajouter un mot, traversant lentement les corridors, monta l'escalier et s'arrêta devant l'appartement de la marquise. »

« Un profond silence régnait au vieux castel et rendait plus lugubre les plaintes du vent d'automne sifflant dans les branches flétries des grands arbres. »

« — Enfin, » disait le parvenu, « j'ai vaincu cette race orgueilleuse: la fille des Roche-Brune, la marquise de Bergonne m'attend, moi, fils de valet, moi, l'ancien régisseur de son cousin Pont-Estrade ! »

« Et, près de son triomphe, il hésitait à en jouir. La main sur le bouton de la porte, il se délectait dans la prévision de ce qui allait suivre. Jean-Louis le poussa dans la chambre. »

Cette chambre, dont les lourds rideaux de tapisserie ancienne drapaient soigneusement les fenêtres pour rendre la nuit plus sombre, était sinistrement éclairée par la flamme de cent cierges allumés autour d'un lit. »

« Dans ce lit, quelque chose de raide soulevait çà et là la couverture blanche et rappelait vaguement le torse d'une femme dont la tête immobile reposait sur un oreiller de batiste. »

« Les mains du cadavre étaient jointes et tenaient un chapelet de perles. »

« Le marquis et Gaspard, un bras passé autour du cou l'un de l'autre, sanglotaient au pied de cette couche. Près d'eux, Nanette, aussi pâle que le cadavre, l'œil fixé sur la morte, était assise dans un fauteuil. Le même coup semblait les avoir frappées toutes deux. »

« L'abbé Donizon, en surplis, en étole, récitait des oraisons sur le prie-Dieu de la marquise. »

« Maxi, appuyé au piano qu'il avait autrefois donné à Valentine, tenait sa tête dans ses mains. »

« A l'arrivée de Madozet, personne ne bougea ; tous les regards, tous les cœurs convergeaient vers Valentine dont la mort absorbait toutes les facultés de ceux qui, à des degrés différents, l'avaient tant aimée. »

« Le parvenu se sentit frémir. Et lui aussi l'avait aimée ; mais, au lieu d'une pieuse douleur, il apportait l'insulte à ce cadavre ! sa visite était un sacrilège ! »

« — Qu'est-ce que cela signifie? » demanda-t-il à voix basse au meunier debout près de lui, « qu'est-ce que cela, grand Dieu ! »

« — Cela, » fit Jean Louis en étendant la main et montrant du doigt Valentine morte, « cela?... c'est madame de Bergonne attendant M. Madozet ! »

« Un mois après, on lisait dans le journal le *Peuple*, du Puy-de-Dôme :

« La démocratie vient de faire une perte cruelle dans la personne de « M. Madozet. Ce fervent apôtre, victime de son patriotisme, est mort tué en « duel par un réactionnaire, M. de Pont-Estrade, bien connu pour la violence de

« ses opinions ultramontaines. La mort du citoyen Madozet est d'autant plus
« regrettable, que la tentative de socialisme faite par lui sur les bords de l'Allier
« retombe aux mains des privilégiés : de nouveau, Saint-Bernard est à son
« ancien seigneur. Des gens, qui se prétendent bien informés, ajoutent même
« que le meurtrier aurait eu l'audace de joindre ses capitaux à ceux de son cou-
« sin pour l'achat des usines de notre malheureux ami. »

« La candidature de notre cher martyr sera remplacée par celle de Monta-
« voine, un de ses amis les plus chers, héritier de ses principes et de son
« dévouement, un de ces hommes modestes, un de ces ouvriers du présent et de
« l'avenir qui savent cacher leurs qualités, mais dont le mérite et les vertus
« républicaines se recommandent au suffrage universel qui doit mettre au grand
« jour le génie populaire. »

« Et plus loin on lisait encore :

« Le lâche P. A...., que tous les partis ont rejeté, obligé de donner sa démis-
« sion d'expéditionnaire à la sous-préfecture d'Issoire, cassé de ses fonctions de
« président du club, qu'il déshonorait par sa tyrannie, en comprimant la libre
« manifestation de la pensée des citoyens, va désormais vivre de son pinceau.
« Personne ne doutera plus de la défection de ce faux-frère, quand on saura que
« c'est chez le chevalier de Pont-Estrade, dans une de ses terres de la Touraine,
« que M. P. A..., sous prétexte de tableaux à restaurer, s'est retiré avec sa
« femme et sa belle-sœur. »

« La main tâchée de sang paie la trahison ! ! ! »

REPRISE DE LA MISÈRE

L

LA CHASSE AUX MILLIONS

Mlle de Méria était furieuse. La fin manquait, c'est-à-dire la conclusion.

Que lui apprenait cette niaise tentative de socialisme, si bêtement avortée ? Cela ne lui disait rien sur le vrai caractère de M. de Saint-Cyrgue. Heureusement, elle en savait là-dessus plus que le maître d'école.

Celle qui était désignée dans le manuscrit sous le nom de Mme de la Plagne, la chanoinesse de Vilsort, était venue voir l'institutrice et, contre une promesse formelle d'un tant pour cent sur la succession, lui avait donné les plus précieux renseignements. Elle lui avait appris que le vieux richard, après la mort du marquis et de la marquise de Bergonne, s'était chargé de leur fils, qu'il l'avait instruit dans des théories sur lesquelles Gaspard et lui n'étaient plus d'accord maintenant.

L'affaire de Saint-Bernard avait été reprise mais d'une autre façon. Entravée par le gouvernement impérial, la deuxième tentative n'avait pas mieux réussi que la première.

Une de ces âpres disputes comme en soulèvent les diversités d'opinion avait brouillé Saint-Cyrgue et le jeune Bergonne au moment de donner à leurs fortunes respectives une destination entièrement sociale.

M. Artona et sa femme étaient allés en Amérique, cette terre classique de toutes les tentatives utopistes. Il y étaient allés à la recherche d'une colonie sociétaire.

Le vieux sceptique avait donc éprouvé plus d'un déboire. Il est plus difficile de faire du bien que du mal aux hommes et, dans un moment de fatigue morale, de misanthropie et de découragement, il était bien capable de disposer de sa fortune en faveur de sa jeune parente pour peu qu'elle entrât dans ses vues.

Mlle de Méria se rafraîchit le visage, s'habilla avec le soin le plus minutieux, et fit dire à Agathe qu'une affaire de haute importance l'appelait au dehors et qu'elle la priait de lui accorder un congé pour tout le matin.

Mme Rousserand, toujours heureuse de s'occuper de sa fille, et qui souhaitait ardemment de s'en occuper seule, accorda avec joie la demande de l'institutrice. Plus que jamais l'institutrice lui inspirait de la défiance et une sorte de répulsion.

M. de Saint-Cyrgue, fort souffrant depuis son arrivée à Paris, sortait peu, mais les visites pleuvaient chez lui. Son grand âge et ses millions, son caractère fantasque et sa brouille avec Gaspard avaient allumé chez la plupart de ses connaissances des convoitises impossibles à réprimer.

Son arrivée avait été signalée de la province à tous les Auvergnats habitant Paris, et il en venait à l'hôtel de Clermont de toutes les catégories, de toutes les nuances; marchands de vin prêts à se jeter à l'eau parce que les affaires allaient mal, bric-à-brac sur le point de faire faillite, concierges sans emploi, employés sans place, nobles ruinés, étudiants sans ressources, inventeurs rêvant de millions et de suicide si on ne leur procurait pas la somme nécessaire pour prendre un brevet. Après les besogneux qu'il secourait volontiers, venaient les ambitieux, les faiseurs, des déclassés aspirant à la direction d'une banque, d'un journal, d'une exploitation de mines, d'une colonisation qui devaient doubler les millions de M. de Saint-Cyrgue et faire monter la fortune publique à des hauteurs vertigineuses.

Le malin vieillard s'amusait de cette procession d'affamés qui auraient vidé ses caisses en moins d'un jour, s'il avait satisfait au vingtième de leurs demandes. Il les renvoyait tous en promettant d'examiner leurs projets. Le salon en était bondé.

Un déluge de cousins nébuleux, de parentes impossibles se succédaient, se poussaient aux heures de réception dans le grand appartement que le richard occupait au premier étage de l'hôtel.

L'absence prolongée de Mlle de Méria au milieu de toutes ces compétitions était de meilleur effet. Plus elle tardait à le venir voir, plus M. de Saint-Cyrgue éprouvait le désir de connaître la jeune parente — une vraie, celle-là — dont toutes ses bonnes connaissances de l'aristocratie faisaient le plus grand cas, et dont quelques douairières, obéissant, peut-être sans le savoir, à un mot d'ordre, croyant lui nuire, la servaient auprès du riche cousin.

Le soir du jour où il avait enfin donné rendez-vous à Blanche et pendant que celle-ci, sous la lumière voilée de sa lampe d'albâtre, cherchait avidement dans le manuscrit du maître d'école un trait caractéristique qui pût la guider dans la chasse aux millions, M. de Saint-Cyrgue, enfoncé dans un grand fauteuil, se reposait de la foule de solliciteurs qui l'avait assailli.

L'heure des réceptions était passée et le vieillard songeur roulait dans sa tête toutes sortes de combinaisons relatives à l'emploi de l'immense fortune dont la responsabilité l'effrayait et dont il sentait devoir bientôt déposer le fardeau.

Il était si las par moment, ses membres lui semblaient de plomb, seule la tête conservait sa vigueur et la netteté de ses conceptions, mais l'engourdissement précurseur de la mort pouvait le surprendre avant que ses affaires fussent réglées. Oh ! pourquoi ce Gaspard était-il obstiné ?

On apporta une carte avec un pli au coin, et sur laquelle se lisait, au-dessous d'une couronne de vicomte, le nom de Nicolas Gontran d'Espaillac et au-dessous, écrit au crayon : *Désire avoir l'honneur de présenter ses civilités à M. le comte de Saint-Cyrgue, un ami de son père.*

— D'Espaillac ! un ami d'enfance ! un compagnon d'études, si joyeux, si gai, si franc ! si bon camarade malgré sa misère. En avons-nous fait de ces folles parties sur les bords de la Seine !

Et tous les fantômes de sa jeunesse défilèrent dans l'imagination un instant réchauffée du vieillard.

— Le fils de mon vieil ami d'Espaillac ! Qu'il entre. Vive Dieu ! il vient au bon moment , si la fortune ne leur a pas été favorable... Il me semble en effet que le duc de... m'a dit en effet que d'Espaillac avait un fils qui désirait entrer dans la diplomatie. Il parlait de le pousser vivement ; car notre pauvre diable de Gascon était demeuré pauvre et son fils avait grand besoin d'appui.

Un jeune homme de tournure élégante, tenant à la main un chapeau entouré de crêpe, entra avec une aisance modeste, qui trahissait le gentilhomme bien élevé.

Après les premières cérémonies d'une entrée, et quand le nouveau venu eut pris place, M. de Saint-Cyrgue demanda avec une certaine émotion :

— De qui êtes-vous en deuil ?

— De mon père. Hélas ! je l'ai perdu depuis un mois, répondit le jeune homme.

Sa voix tremblait et il baissait les yeux comme pour retenir des larmes prêtes à s'en échapper.

M. de Saint-Cyrgue se sentit tout remué par cette douleur filiale et il pensa

— Il les revoyait le petit Brodard dans sa maison des champs l'écoutant raconter son histoire.

avec regret qu'il ne laisserait sur la terre personne pour le placer. Lui mort, son image ne vivrait intimement dans aucun cœur.

On parla du défunt, et, d'après la conversation qui s'en suivit, le millionnaire vit bien que ce n'était pas un intérêt personnel qui lui avait amené le fils de son vieux camarade, mais un sentiment pieux pour la mémoire du cher mort.

Les d'Espaillac, contrairement à ce que lui avait dit le duc, étaient devenus riches par une série de successions et Gontran vivait sans ambition du revenu de ses terres. Il avait bien au delà de ses besoins de grand seigneur, car il ne voulait pas se marier.

Cette particularité frappa M. de Saint-Cyrgue. Il en demanda la raison. N'était-ce pas un devoir pour les honnêtes gens, bien constitués de corps et d'esprit, de perpétuer leur être par le mariage.

Le vicomte soupira et le vieillard comprit qu'il y avait au fond de l'âme du jeune homme un de ces deuils qui condamnent le cœur à un éternel veuvage. Il avait passé par là et compâtissait vivement à ce genre de douleurs.

Le jeune homme, encouragé par la sympathie qu'il voyait rayonner dans les yeux de M. de Saint-Cyrgue, lui raconta qu'étant à Paris, il était devenu éperdument amoureux d'une jeune fille noble et sans fortune.

Il peignit en traits enflammés, les qualités morales l'esprit, la beauté de cette jeune fille. Comme toujours, elle possédait toutes les vertus, avait tous les charmes et promettait toutes les félicités à celui qui aurait été assez heureux pour se rendre maître d'un tel trésor.

Elle avait un frère qui avait mangé sa dot. Mais grande, et généreuse comme une sainte, elle ne lui en voulait pas, et après avoir passé de brillants examens d'institutrice, gagnait sa vie en donnant des leçons, soutenant son frère de son affection et du fruit de son travail ; finalement, le poussant dans la meilleure voie et l'y maintenant par l'ascendant irrésistible de sa haute raison.

— Mais c'est une perle qu'une telle femme, interrompit M. de Saint-Cyrgue, et je comprends votre désespoir si des obstacles insurmontables vous ont empêché de l'épouser.

— Les obstacles ne sont pas venus de mon côté.

— Je le crois; mon brave ami d'Espaillac avait une trop haute idée de la valeur morale pour la mettre en balance avec les avantages de la fortune.

— Vous le connaissiez bien. Il désirait tellement assurer mon bonheur et son repos par ce mariage qu'il faisait à celle que j'aimais des avantages immenses.

— Et elle a refusé.

— Oui.

— Elle en aimait un autre.

— Non !

— Mais alors ?... Une fille sans fortune...

— Hélas ! c'est ce qui a fait la difficulté entre nous.

— Comment diable !, riche, jeune et beau, maître de vous-même, vos circonstances ajoutaient ce qui manquait aux siennes ?

— Cela eut paru ainsi à une autre femme. Mais à elle, tous les avantages que je pouvais lui offrir dressaient entre nous un obstacle insurmontable.

— Comment, cela ?

— C'est bien la créature la plus adorable, mais la plus étrange qui vive sous le ciel.

— Expliquez-vous ?

— Tout ce qui fait l'envie des autres femmes : la richese, le luxe, les plaisirs, les distinctions sociales contre lesquelles chacune est heureuse d'échanger sa liberté, mon amie n'en faisait pas assez de cas pour l'accepter de ma main en me donnant la sienne.

— C'est qu'elle ne vous aimait pas.

— C'est possible.

— Elle en aimait un autre, vous dis-je.

— Non ! oh ! non, fit Gontrand avec feu ; non, elle n'aimait personne. Elle me l'a juré mille fois ; et jamais, jamais ! je ne douterai de sa parole.

— Mais quelle raison a-t-elle donné de son refus ?

— Je n'ai pas essuyé un refus de sa part.

— Diable ! mon ami, vos amours tournent au logogriphe. Si elle ne vous a pas refusé, elle vous a accepté.

— Elle a mis à son consentement des conditions si extraordinaires...

— Ah ! ah ? Quelles conditions !

— D'abord, par contrat de mariage, elle a voulu se réserver le droit de créer et de diriger un pensionnat de demoiselles.

— Tiens ! tiens ! tiens ! Et le motif de cette singulière chose, le savez-vous ?

— Elle a prétendu qu'en acceptant de vivre de mon bien, elle se mettait dans la situation d'une fille entretenue.

— Original ! vraiment original, continuez, mon ami.

— Elle voulait qu'un travail personnel lui assurât l'indépendance dans le mariage.

— C'était absurde, n'est-ce pas ?

— Hé ! hé ! hé ! C'était drôle. Moi, j'aurais accepté.

— Je l'aimais trop pour ne pas en faire autant. Je consentais à laisser mettre mon nom sur une enseigne. Mais ce n'était pas tout.

— Diable ! Elle était exigeante et que demandait-elle de plus ?

— Elle a voulu m'imposer, à moi, vicomte d'Espaillac, un travail manuel.

— Étonnante ! cette femme-là ! Un travail manuel et pourquoi manuel ?

« Nicolas Gontrand d'Espaillac rougit.

« — Elle a, » répondit-il, « des théories abracadabrantes sur la nécessité du travail. »

— Voyons ! Voyons ! C'est fort intéressant ce que vous racontez là, et je ne donnerais pas ma place en ce moment, pour un fauteuil à l'académie. Pourquoi cette étonnante jeune fille voulait-elle vous voir travailler de vos mains d'aristocrate ?

— Elle prétendait que chaque homme doit fournir la somme de production que lui commande ses aptitudes, et comme, disait-elle, les aptitudes intellectuelles me manquent, je devais, pour payer ma dette à l'humanité, apprendre et exercer un état afin de pouvoir diriger une usine dont elle avait le plan dans sa tête.

— Et vous avez refusé ?

— Non ! non ! J'ai essayé. Je me serais fait laquais pour lui plaire.

— Eh bien alors ?

— Mais le travail c'est plus fort que moi. Que voulez-vous, mille ans d'inaction dans une race... Mon ami avait beau me citer l'exemple de Pierre-le-Grand et de tous les nobles russes qui, par un entraînement que je ne puis comprendre, viennent ici gagner leur pain, laissant derrière eux toutes les douceurs de la fortune et se font peuple pour mieux connaître les douleurs et les besoins du prolétariat, qu'ils ont juré d'affranchir.

— Ha ! elle était au courant de toutes ces choses ?

— Oui, elle en faisait son étude favorite.

— Eh bien, je vous assure qu'à votre âge, j'aurais aimé une telle femme, précisément pour les côtés qui vous séparaient d'elle. Pourquoi n'avez-vous pas tenté un noble effort sur vous ? La récompense en valait la peine.

— Oh ! j'ai fait le possible, vous allez voir.

— Tant mieux ! tant mieux !

— J'avais fait installer, dans mon hôtel, un petit atelier d'ébénisterie, et tous les jours, un maître artisan de cette industrie, venait me donner deux heures de leçons. Mais ce n'était pas là le compte de mon amie.

— Vraiment ?

— Cette charmante, mais trop originale personne, demandait, exigeait que je me mêlasse à la vie ouvrière. ·

— De mieux en mieux !

— C'était, disait-elle, indispensable pour connaître le peuple, ses besoins, son génie et les ressources qu'il offrait à l'emploi de la richesse équitablement réglée.

— Mais cette femme-là est incroyable.

— N'est-ce pas ? Et ce n'est pas tout, elle prétendait m'imposer la création d'une feuille quotidienne, uniquement destinée à éclairer le travailleur sur ses droits et ses devoirs.

— Ho ! pour le coup, c'était trop, vous avez refusé ?

— Net. Trop tendue, la corde casse. Devant des prétentions qui ressemblaient aux épreuves imposées par ces dames aux chevaliers des cours d'amour, j'avais d'abord renoncé à un mariage qui détruisait toutes mes habitudes, tous les privilèges de ma naissance et de ma fortune.

— Et vous voilà guéri de votre passion ?

— Guéri ?... Je l'aime plus que jamais ! Il faut à tout prix que je la revoie, que je lui parle, que je tente un dernier effort...

— Bravo !

— Et si pour la décider il n'y a qu'à endosser la blouse et prendre le rabat...

— Mais vous m'avez dit, tout à l'heure, que vous étiez résolu au célibat ?

Un léger embarras fit de nouveau rougir le jeune homme « Baste ! » reprit-il, « la bouche disait ce que le cœur démentait. »

Avant d'aller chez son cousin, Mlle de Méria se rendit chez le révérend Davys-Roth. Elle y trouva son frère.

Le comte de Méria, alléché par les perspectives de la succession, était venu prendre des instructions auprès de ses maîtres.

Les trois complices eurent ensemble un long entretien dans lequel fut discuté et adopté le plan d'une campagne contre les millions de M. de Saint-Cyrgue.

Les rôles furent distribués. Le révérend Davys-Roth se réserva la direction de la pièce. Il connaissait le personnage principal comme s'il l'avait créé pour la comédie, dont le dénouement devait enrichir la compagnie de Jésus et donner à ses amis le prestige des grandes fortunes. D'habiles compères étaient engagés pour la représentation.

Le prologue était commencé.

Hector de Méria devait jouer l'intransigeance royaliste, et Blanche l'altruisme.

Ce mot était nouveau pour elle. Le révérend Davys-Roth lui explique que c'était simplement l'amour du prochain dégagé de tout motif théologique.

Mlle de Méria devait paraître socialiste sans le savoir et dévoiler, peu à peu, les trésors de sentiments qui couvaient au fond de son cœur pour l'humanité. Elle avait souffert et vu de près les misères du peuple dans le milieu des Rousserand. Elle était indignée de l'exploitation que le grand capitaliste faisait du travail. A force d'y réfléchir, elle avait spontanément trouvé le meilleur emploi de la richesse.

Nicolas installé dans l'hôtel de Clermont avait déjà fait la connaissance du millionnaire et fourni de précieux renseignements. Ce garçon était impayable en vérité. Il savait sur le bout du doigt toutes les théories socialistes et pouvait merveilleusement s'en servir.

On le présente à Mlle de Méria. Ils eurent ensemble un long conciliabule.

Une petite scène de comédie à laquelle nous allons assister fut arrêtée entre eux pour le jour même. M. Nicolas répondit de tout, pourvu que Blanche se fît inviter à un déjeuner, et que ce déjeuner eut lieu à la table d'hôte de l'hôtel de Clermont

M. de Saint-Cyrgue reçut avec une grande cordialité sa jeune parente, s'informa de sa position, la fit causer, mais ne se livra pas.

Ce vieil homme était impénétrable. Impossible à l'institutrice de voir quel effet elle produisait sur lui. Il plaisantait sur toutes choses, et semblait ne voir que le côté comique des sentiments de Mlle de Méria. Pourtant elle en avait amené l'expression avec tant d'art !

Dès le premier instant de son entrevue avec le millionnaire, elle était demeurée convaincue que cet homme n'avait aucune des faiblesses d'un vieillard. Ses charmes, dont elle connaissait la puissance, ne lui serviraient pas ici. L'ombre de Valentine de Bergonne cachée dans l'âme de ce vieux, rendait son âme invulnérable.

Pour la première fois de sa vie, Mlle de Méria, si contente, en général, de sa beauté de brune, regretta de n'être pas blonde. Enfin, elle cherchait à imiter dans ses sentiments le type qui vivait au cœur de M. de Saint-Cyrgue. Elle allait tâcher de rappeler la marquise, moins ses fautes.

Blanche fatiguée par deux nuits de veille était pâle. Il lui était loisible de simuler un malaise. Embarrassée par une question du sardonique vieillard, elle prit le parti d'avoir une défaillance.

— Êtes-vous malade, demanda M. de Saint-Cyrgue?

— Non, un peu fatiguée, voilà tout. Je me suis laissée emporter par un petit travail que je fais sur l'éducation.

M. de Saint-Cyrgue parut agréablement surpris.

— Ha ! de simples observations sur mon élève, ajouta négligemment Mlle de Méria. Il est vrai que de cette étude toute personnelle, j'arrive parfois à des formules générales, sans perdre de vue le cas particulier de Valérie Rousserand.

— Et quel est ce cas, je serais curieux de le connaître ?

— Cette enfant est fille unique d'un manufacturier archimillionnaire.

— Et...

— Je cherche tous les moyens de cultiver en elle les sentiments d'humanité et de justice que devraient avoir tous les détenteurs d'une grande fortune.

La figure de M. de Saint-Cyrgue exprima un joyeux étonnement. Mais ce ne fut qu'un éclair, et Blanche, occupée à passer son mouchoir sur son visage pâli, ne vit pas cet étonnement.

— Êtes-vous souffrante, mon enfant ? demanda M. de Saint-Cyrgue avec intérêt.

— Non.

— Cependant vous n'avez pas bonne mine.

— Ne faites pas attention, ce n'est rien. Je crois seulement que j'ai besoin de prendre quelque chose. Je suis sortie sans manger.

— Voulez-vous déjeuner avec moi ?

— Volontiers. Vous voyez que je suis tout à fait sans cérémonie.

— Et je vous en félicite. Je vais faire apporter ici...

— Ce n'est pas la peine, vous êtes encombré de papiers. Il n'y pas de place pour dresser un couvert.

— Mais n'avez-vous aucune répugnance à vous asseoir à une table d'hôte ?

— Aucune. J'aime à me trouver mêlée à la vie de mes semblables ; c'est le meilleur moyen de les étudier, de les aimer et de leur être quelquefois utile.

— Mais vous êtes une vraie philosophe.

— Oh ! non, mais tout simplement une bonne fille. Je n'ai pas d'autres prétentions.

— J'ai souffert déjà beaucoup et j'ai appris ainsi à compâtir aux souffrances des autres, à les deviner. Si c'est être philosophe...

— Est-ce que votre frère partage un peu votre manière de voir ?

— Très peu, nous avons même des points de vue tout à fait différents.

— Ha !

— Quoique cependant nous ayons le même but.

— Comment cela ?

— Hector croit que la monarchie seule peut assurer la paix et le bonheur à notre pays. Il est royaliste.

— Et vous ?

— Mon Dieu, cher cousin, vous allez rire de moi, vous qui semblez rire de tout, mais dussiez-vous m'accabler de vos sarcasmes, je vous avouerai que je suis républicaine.

M. de Saint-Cyrgue était rêveur. Il se leva, offrit son bras à sa jeune cousine, et tous deux descendirent à la salle à manger.

Une douzaine d'hommes étaient déjà attablés, et M. Nicolas parmi eux.

Il se leva et salua M. de Saint-Cyrgue, en lui faisant une place auprès de lui.

Ils se donnèrent une poignée de mains. Mon cher Gontrand, lui dit le million-naire, permettez-moi de vous présenter à ma jeune parente, Mlle Blanche de Méria.

Il se tourna vers l'institutrice :

M. le comte d'Espaillac, le fils d'un de mes bons amis.

A la vue de Mlle de Méria, Nicolas baissa les yeux et tout rougissant se rassit en silence. Il paraissait en proie à la plus vive émotion.

Blanche avait poussé une légère exclamation, mais bientôt elle s'était remise, mangeant de bon appétit, tandis que son voisin touchait à peine aux mets qu'on lui servait. Elle semblait fort tranquille, causait à demi voix avec une grande liberté d'esprit.

Nicolas, visiblement embarrassé, se leva de table avant la fin du repas. La présence de Mlle de Méria le bouleversait.

— Est-ce que vous connaissez ce jeune homme ? demanda M. de Saint-Cyrgue.

— Un peu. Au temps où mon frère tenait encore un rang à Paris, je l'ai quel-quefois rencontré dans le monde.

— Qu'est-il ?

— Rien.

— Comment ! Rien ?... Ne porte-t-il pas un des plus grands noms de notre aristocratie ?

— J'en conviens, fit Blanche avec un imperceptible sourire.

Le millionnaire poursuivit :

— Les d'Espaillac sont de la plus ancienne, de la plus vaillante noblesse de France.

— Est-ce qu'à vos yeux, cher cousin, un nom serait un titre.

— Je ne prétends pas cela.

— Est-ce que des parchemins constitueraient pour vous un mérite quelconque ?

— Vous avez trop bonne opinion de moi, je suppose, pour m'attribuer une semblable manière d'envisager la naissance. Mais, appartenir à une famille dans laquelle règnent l'amour de la justice et le respect de soi est une des conditions éducatives les plus favorables au développement moral de l'individu.

— Si tel était le milieu dans lequel a vécu le vicomte d'Espaillac, je crains qu'il n'en ait pas profité !

— Votre vue a paru lui causer un certain malaise.

Blanche prit un air embarrassé.

M. de Saint-Cyrgue ne poussa pas plus loin ses questions. Il savait à quoi s'en tenir. La joie lui montait du cœur aux lèvres. Voilà ce qu'il cherchait. S'il avait eu une fille, l'eut-il souhaitée autrement ?

Il souriait. Il semblait heureux. La sympathie se lisait sur son visage.

Mlle de Méria se retira pleine d'espoir. M. de Saint-Cyrgue l'avait priée de lui amener son frère le lendemain. Elle venait de faire un pas décisif dans le chemin de la fortune. La farce avait réussi. Le vieux croyait que *c'était arrivé*. Tout allait pour le mieux.

Le révérend Davys-Roth en fut immédiatement informé.

Quand elle rentra au pavillon, l'imagination allumée par les rêves d'or des perspectives de l'avenir, les actions de M. Rousserand avaient subi une telle baisse que l'institutrice refusa absolument de voir le maître tanneur, malgré toutes les allées et venues d'Audord pour la décider.

LI

LA CLEF D'OR

On se souvient que le maître d'école avait été conduit en prison, sous le couvert d'un révolutionnaire étranger, que le gouvernement de la République française n'avait pas honte, sous la présidence de M. de Mac-Mahon, de vouloir livrer à la police de Saint-Pétersbourg.

Pauvre république, elle était un peu moins hospitalière aux proscrits que le second empire.

Connaissant les hommes et sachant bien pourquoi les puissants sont injustes, Léon-Paul n'était pas trop étonné de leurs procédés à son égard. Habitué depuis longtemps à tous les genres d'arbitraire, il aurait supporté celui-là avec son stoïcisme ordinaire, si l'arrestation dont il était victime n'avait frappé que lui.

Mais cette arrestation le mettait dans l'impuissance de remplir la commission dont l'avait chargé Mme Rousserand pour les Brodard.

Le billet de mille francs qu'il devait remettre à ces pauvres gens l'inquiétait bien. S'il avait eu la bonne inspiration de le garder sur lui, il aurait eu la certitude de pouvoir l'envoyer à destination. Toute chose déposée au greffe se retrouve. Dans une perquisition, ce n'est pas la même chose.

Si les questions d'argent sont délicates, c'est surtout pour les pauvres. Le balayeur était fort perplexe.

Si les agents avaient cherché dans son armoire et y avaient trouvé la papillotte azurée de la Banque de France, n'avaient-ils pas été tentés de s'en rendre maîtres ?

Il était bien permis d'en douter.

— La police ne recrute pas précisément ses employés parmi les lauréats du prix de vertu, se disait le prisonnier. Ceux qui consentent à la servir sont ordinairement des êtres dégradés, car les honnêtes gens savent bien que cette institution créée pour la sécurité est devenue un danger pour la liberté des citoyens.

Léon-Paul n'était pas rassuré par son innocence ; et les paroles de Daguesseau lui revenaient à la mémoire : *Si l'on m'accusait d'avoir volé les tours de Notre-Dame, je commencerais par me sauver.*

A deux siècles de distance, cette satire de la justice, faite par un premier magistrat, était encore juste.

Léon-Paul put donc écrire à son aise à M. de Saint-Cyrgue. (Page 393.)

Ne sachant sous quel prétexte on l'avait arrêté et ne pouvant supposer aucune relation entre la mesure violente qui l'atteignait et l'achat du manuscrit dont les policiers avaient pris le prétexte pour s'introduire chez lui, Léon-Paul se creusait vainement la cervelle pour trouver le mot de l'énigme dont le plus clair était son emprisonnement.

Après tout, sa maxime favorite étant que la soumission à l'inévitable est une portion de la sagesse, il se dit qu'il n'avait pas à se débattre, pour le moment, contre le fait brutal d'une erreur judiciaire.

Malgré sa philosophie, le maître d'école ne pouvait se défendre d'une certaine agitation. Pour lui-même, c'était peu de chose d'être en prison. Mais sa liberté était indispensable à ses nouveaux amis.

Pauvres gens! il les revoyait tous; le petit Brodard dans sa maison des champs, l'écoutant, tout pâle, raconter son histoire; Magdeleine, dans sa pauvre chambre, repoussant malgré sa misère les offres de Mme Rousserand. Il ne connaissait pas Angèle, mais son cœur s'emplissait d'une tendre compassion en songeant au malheur de cette jeune infortunée et, cependant, il ne pouvait mesurer toute l'étendue de ce malheur.

Il pensait aussi à M. de Saint-Cyrgue auquel la police le forçait de manquer de parole. Cette réflexion lui fit naître l'idée d'écrire à l'archi millionnaire.

Le bonhomme possédait la clef d'or qui ouvre toutes les portes. Peut-être celles de la prison éprouveraient-elles la vertu de ce vieux talismam?

En y réfléchissant bien, Léon-Paul se persuada que c'était le meilleur moyen de sortir de l'impasse où il se trouvait. Son innocence ne venait qu'en deuxième lieu. Assurément, M. de Saint-Cyrgue, qui avait paru s'intéresser à lui, n'était pas, s'il le voulait, embarrassé pour lui fournir un cautionnement.

Mais quand le prisonnier allait-il pouvoir écrire? Là était la question. L'impossibilité dans ce sens, lui eût été bien pénible, car il était indispensable de tenir Mme Rousserand au fait de ce qui se passait.

Enfin, son impuissance faisait au maître d'école une nécessité de la résignation à son sort. Il connaissait la loi qui ordonne, dans les vingt-quatre heures, l'interrogatoire des individus arrêtés, et il prenait patience.

Comme de coutume, en s'oubliant pour songer à autrui, le bon Léon-Paul recouvra la tranquillité d'esprit, qui est une des parties les moins contestables du bien-être moral.

Cela est ainsi pour les âmes tendres, en croyant vivre pour les autres, en subordonnant leurs intérêts à ceux du prochain, elles arrivent presque toujours au calme — première condition du bonheur.

Le maître d'école attendit 48 heures au lieu de 24. On ne se gêne pas avec de misérables inconnus.

M. A...., qui devait interroger Léon-Paul, était ou se disait malade. Ce fut devant son suppléant que comparut l'accusé.

Le suppléant était un vieux magistrat, resté sur le chemin de la faveur et par-dessus lequel avaient passé une foule de jeunes, bien protégés par la rue des Postes.

L'injustice et peut-être une disposition naturelle avaient rendu le vieux juge chagrin et misanthrope. Au fond, il était honnête et ne connaissait que son devoir, et surtout son devoir professionnel.

Léon-Paul n'eut pas de peine à lui faire reconnaître son identité. Il appartenait au corps des balayeurs de Paris, la vérification du fait était facile. Il était évident que l'ancien maître d'école n'avait aucun motif personnel de haine contre l'empereur de toutes les Russies et qu'il était absolument étranger à tous complots reposant sur le fulmi-coton ou autre matière explosible.

Le vieux magistrat aurait bien voulu faire mettre immédiatement Léon-Paul en liberté puisque, évidemment, il y avait erreur de personne, mais il y avait aussi une saisie de papiers accusateurs pris au domicile du prévenu.

Ils étaient là ces maudits papiers, bien rangés sur le bureau du juge, détachant sur le vélin leurs titres révolutionnaires :

« La fin des Religions. »
« La conspiration du bon sens. »
« Guerre aux éteignoirs! »
« Recherche des lois sociologiques. »

Et comme bouquet souligné à l'encre rouge :

« LA FIN DES GOUVERNEMENTS ACTUELS. »

Le juge, en entendant le prévenu déclarer qu'il était balayeur, avait pensé que les opuscules saisis chez lui ne lui appartenaient pas autrement que pour les avoir trouvés sur la voie publique ou ailleurs. Jamais il ne serait venu à la pensée du sévère magistrat qu'un homme, dans la situation avouée par Léon-Paul, pût se permettre, non d'écrire sur les problèmes sociaux, mais même de lire ce que d'autres écrivent là-dessus.

Il demanda :

— Où avez-vous trouvé ces papiers?

— Nulle part.

— Qui vous les a confiés?

— Personne.

— En connaissez-vous l'auteur?

— Oui.

— Pouvez-vous le nommer?

— Sans doute.

— Quel est-il?

— Moi.

Le juge était stupéfait. Lui qui se piquait de pénétration n'en revenait pas et en voulait presque à Léon-Paul d'avoir trompé ses prévisions.

L'extérieur agit sur un magistrat comme sur un autre. La plupart des hommes jugent leurs semblables par les distinctions que la fortune établit entre eux.

Mais, cet homme, ce balayeur devait se vanter, selon le suppléant. Il avait parcouru les opuscules délictueux, et quoiqu'ils fussent conçus dans un déplorable esprit de révolte et entièrement subversif, cela était écrit sur un ton élevé et philosophique que ne pouvait avoir un pauvre diable.

— Êtes-vous véritablement l'auteur de ces pamphlets? demanda le magistrat regardant le prévenu d'un œil sévère, et votre aveu ne tend-il pas à dérober le vrai coupable aux coups de la justice?

— Je suis l'auteur des écrits que vous qualifiez de pamphlets.

— Alors, mon devoir est de vous retenir en prison.

— Sous le gouvernement de la République n'a-t-on pas le droit d'exprimer sa pensée?

Le juge fronça le sourcil. Il était légitimiste et attribuait toutes ses disgrâces aux tendances libérales de son époque. La forme républicaine lui était odieuse.

Il répondit :

— Tous les gouvernements ont le droit de se défendre contre des doctrines qui mettent la société en péril et la justice n'aura jamais assez de sévérité pour leurs auteurs.

— C'est une appréciation personnelle, monsieur le juge.

— C'est celle de la loi et je vous le répète, je dois vous retenir en prison.

— C'est un abus de pouvoir, voilà tout. J'ai été arrêté pour un autre, le droit, l'équité veulent qu'on me rende sur-le-champ ma liberté.

— Mais si vous n'êtes pas le nihiliste qu'on recherche, vous êtes un de ces révolutionnaires contre lesquels les gouvernements ne sont jamais assez armés.

— Faites ce que vous croyez être votre devoir ; mais alors permettez-moi de faire aussi le mien.

Le suppléant était juste au fond, nous l'avons dit, il devait écouter les prévenus, quels qu'ils fussent, et il prenait toujours le temps de les entendre.

Le maître d'école lui raconta ses affaires avec Mme Rousserand. Il parla de la crainte qui le poursuivait au sujet du billet de mille francs dont il s'était chargé pour les Brodard. Enfin il demanda la permission d'écrire à M. de Saint-Cyrgue.

A ce nom, le suppléant tressaillit, M. de Saint-Cyrgue! Un va-nu-pieds de lettres était en relations avec cet archi millionnaire qui, d'un mot, aurait pu le faire nommer président de chambre, car l'original gentilhomme avait dans sa manche tous les ministres affamés de la République. Le plus enducaillé de tous lui devait une somme énorme. Cela était notoire.

Il devait y avoir dans les relations de M. de Saint-Cyrgue et du balayeur un dessous de cartes, impossible à deviner.

Il y a des gens qui voient des mystères partout. Surtout ceux dont la profession est d'en découvrir.

Le juge changea de ton et accorda au prévenu la permission d'écrire. Il poussa même l'amabilité jusqu'à lui envoyer tout ce qui était nécessaire pour user de cette permission, papier glacé, enveloppes timbrées, encre de la petite vertu, plumes et crayons, et enfin un buvard.

Léon-Paul put donc écrire à son aise à M. de Saint-Cyrgue et à Mme Rousserand. Mais seule la lettre adressée au millionnaire parvint à son adresse; le suppléant sachant que M. A... prenait un vif intérêt à l'affaire Rousserand et soupçonnant une relation quelconque entre l'arrestation du balayeur et cette affaire, n'osa pas prendre sur lui de laisser instruire Agathe de ce qui se passait.

Quant à la missive où l'adroit balayeur avait eu l'art de faire l'éloge du magistrat instructeur, elle sembla ne pouvoir être mieux qu'entre les mains de son destinataire.

Pour ce qui était relatif aux Brodard, il fallait voir; M. le juge suppléant aviserait son supérieur et dégagerait ainsi sa responsabilité.

La réponse de M. de Saint-Cyrgue ne se fit pas attendre. Malheureusement il était malade et ne pouvait rendre visite aux juges. Mais, immédiatement, il avait écrit au ministre de la justice pour obtenir la mise en liberté provisoire du prévenu. Ce dont il l'informait.

Le millionnaire espérait, disait-il, qu'ayant été **un des meilleurs clients** du garde des sceaux, au temps où celui-ci était simple avocat, il ne lui refuserait pas, maintenant qu'il était au pouvoir, une faveur si facile à accorder.

Sous cette singulière République aristo-bourgeoise, le *bon-plaisir* fleurissait comme aux plus mauvais temps des plus mauvaises monarchies. On arrêtait les gens sans qu'ils sussent pourquoi, on les relâchait de même.

Le maître d'école attendit avec confiance le résultat des promesses de M. de Saint-Cyrgue. Et, le lendemain matin, quand on vint l'avertir qu'il était libre sous caution, il était frais et dispos ayant passé une nuit calme dans l'attente de sa liberté. Il y avait bien le billet de mille qui aurait pu l'empêcher de dormir. Mais, baste! à quoi bon de vains tourments?

On remit à Léon-Paul une lettre. Elle était de M. de Saint-Cyrgue. Il l'invitait à venir le voir dans la matinée, aussitôt qu'il le pourrait.

Le maître d'école demanda s'il n'avait pas été déposé au greffe un billet de mille francs qu'on avait dû trouver sur les liasses de papiers saisis chez lui.

Il était encore trop matin, le greffier en chef n'était pas là. Le commis qui le remplaçait regarda le balayeur par-dessus ses lunettes, eut un haussement d'ironique pitié et répondit:

— Allons donc, farceur, mille francs et vous n'avez jamais passé par la même porte. Les agents de police ne prennent chez les vauriens que ce qui s'y trouve.

Léon-Paul, comme indifférent à la grossièreté de l'employé, insista:

— Je vous prie de regarder, de chercher.

— De regarder où?

— Mais dans le registre des consignations, il doit y être question de ce billet.

Le plumitif se baissa d'un air narquois et se mit à feuilleter nonchalamment, disant:

— Eh! attendez donc, on va vous trouver ça tout de suite. Mais arrivé au numéro d'ordre de Léon-Paul, ses yeux s'arrondirent et se clouèrent sur un petit groupe de chiffres.

Comment! s'écria-t-il, c'est pour vous qu'on a versé hier vingt mille francs de cautionnement? Du diable si... excusez, monsieur, je vois ce que c'est... Arrestation politique, n'est ce pas? je vous prenais pour un autre, mille pardons... c'est qu'aussi ce déguisement...

Un homme qui offrait vingt mille francs de surface n'était, ne pouvait plus être un vulgaire coquin, et l'employé qui n'avait pas la plus haute confiance dans la durée de *l'ordre moral*, se sentait plein d'égards pour un homme qui pouvait un jour être *quelque chose*. Il répétait: mille et mille pardons.

— Vous êtes tout pardonné, dit Léon-Paul riant malgré lui de se voir tout à coup devenu si respectable et partant si respecté! Vous êtes tout pardonné.

Mais veuillez, je vous en prie, encore une fois, voir s'il est question dans les choses saisies à mon domicile d'un billet de mille francs. J'y insiste, car c'est un dépôt.

— Comment donc? Mais dépôt ou non, c'est très naturel, affirma l'employé avec une grâce parfaite, en lisant attentivement au dossier de Léon-Paul la nomenclature des objets déposés. Malheureusement ces objets se réduisaient aux opuscules déjà cités.

— C'est très naturel, mais je ne vois rien. Vous retrouverez la chose chez vous sous scellé.

— C'est possible, mais peu probable. Enfin, je vais m'en assurer.

Léon-Paul sortit et prit le chemin de sa maison des champs.

Le plus pressé pour le maître d'école était de retrouver la somme qu'on lui avait confiée et de la remettre à ses malheureux amis. Il pouvait être de retour sur les onze heures; c'était assez tôt pour se présenter chez M. de Saint-Cyrgue, qu'il avait pourtant grande hâte de voir et de remercier.

Pendant que le balayeur courait sur le chemin de halage du canal Saint-Martin, se délectant à l'air libre, jouissant avec attendrissement de la vue du ciel et des champs en fleurs, le millionnaire, déjà levé, commandait pour cinq personnes un déjeuner qu'on devait lui servir dans le salon de son appartement.

Le vieillard semblait tout heureux. Il venait d'envoyer son domestique chez M. le vicomte d'Espaillac qui avait pris logement dans l'hôtel de Clermont. Il priait le jeune homme de venir, sans cérémonie, déjeuner avec lui le jour même. Il voulait le présenter à des personnes de sa famille.

Ce à quoi M. le vicomte avait répondu qu'il viendrait.

M. de Saint-Cyrgue voulait remettre en présence le fils de son ami et Mlle de Méria. La passion du pseudo-d'Espaillac lui avait paru si vraie, si profonde, que la favoriser lui semblait un devoir. Pauvre vieux que tout le monde enviait, lui seul connaissait bien et sentait profondément sa misère: le vide des affections intimes dans lequel il avait vécu et dans lequel allait s'éteindre sa longue existence!

Mais l'expérience cruelle qu'il avait faite de l'isolement, en lui révélant l'importance de cette loi de la nature qui défend à l'homme d'être seul, l'avait prédisposé à favoriser les mariages autour de lui.

Le bon vieillard était heureux de tout ce que le jeune homme lui avait appris sur sa belle parente. Son âme en était inondée de joie. Le temps lui durait de s'assurer que tout cela était bien l'exacte vérité.

Voilà, il prendrait des renseignements, c'était dans ses habitudes, mais au fond, il était bien persuadé que toutes les recherches qu'il ferait pour s'assurer de la vérité le confirmeraient dans sa bonne opinion sur Mlle de Méria.

En repassant dans son esprit ce qu'il croyait savoir de cette incomparable jeune fille, il s'écriait comme le tanneur.

— Quelle femme! quelle femme!

Enfin il avait découvert quelqu'un qui pouvait lui succèder dans l'administration de son immense fortune. Un homme eût peut-être mieux atteint le but que

se proposait M. de Saint-Cyrgue ; la femme, selon lui ayant une destination marquée par la nature : celle d'élever pour le moraliser le genre humain ; mais après
tout, il n'y avait pas de règle sans exception. Blanche était digne des grands projets dont il voulait lui confier la réalisation, et puis il la marierait.

Les heures passaient trop lentes au gré de ses désirs. Il avait des impatiences
de jeune homme. Il se sentait tout ragaillardi par l'idée des pures amours qu'il
allait favoriser. Ce jeune d'Espaillac était une nature que le contact d'une femme
supérieure grandirait. S'il ressemblait à son père, ce devait être une âme noble.

Il est vrai qu'au physique il lui ressemblait aussi peu que possible. Mais
n'importe.

LII.

LE CHATEAU DE CARTES

A dix heures et demie, Blanche arriva avec son frère. Elle était vêtue plus que
modestement de couleurs sombres propres à faire valoir sa beauté. Un long et
mince manteau de printemps l'enveloppait tout entière. En entrant, elle le déposa
sur une chaise et apparut dans un costume collant taillé avec élégance, dessi-
nant sa taille de déesse et marquant admirablement la rondeur de sa gorge, le
modelé de ses bras. Cette philosophe était pourtant une vraie femme, ainsi que
le remarquait M. de Saint-Cyrgue.

Elle s'assit dans une demi-teinte de jour, bien en face du vieux cousin, qui se
disait à part lui que d'Espaillac avait bon goût et qu'à sa place...

D'abord elle se garda de trop d'expansion et de démonstrations sympathiques.
Il était important de paraître réservée.

Hector joua admirablement son rôle de mauvaise tête mais bon cœur ; il fut
obstiné comme une mule, dans son entêtement royaliste, s'étonnant que son cher
cousin eut pu déserter la cause du Roy, ou du moins y rester indifférent.

La fidélité faisait partie des devoirs d'un gentilhomme et il raconta qu'il
avait des querelles terribles avec sa charmante sœur ; car, au fond, elle était
charmante en tout, malgré son excentrique manière d'envisager le monde. Il
aurait voulu l'amener à penser comme lui, mais l'entêtement des femmes était
bien ce qu'il y avait de plus dur à entamer.

Et pourtant Blanche s'était fait, selon lui, beaucoup de tort par son libéra-
lisme. Mais qu'y faire ? Le mal était qu'il n'y avait pas dans le monde entier une
personne aussi désintéressée que Mlle de Méria. Non, il gagerait des millions
qu'on n'en trouverait pas une autre.

Et tandis que sa sœur feuilletait un album, il commença à demi-voix l'histoire
du vicomte d'Espaillac.

Oui, il avait voulu la marier à l'un de ses amis, un charmant garçon, fort riche
et des plus recommandables. Un parti inespéré. Mais la capricieuse enfant

avait renouvelé le conte fantastique de la pomme qui chante. Elle en avait imposé des épreuves à son chevalier !...

Oui ! oui ! elle s'en était faite du tort, avec ses songes creux. Puisqu'elle ne voulait pas se marier, il eût pu lui procurer une position sortable dans une cour étrangère, comme institutrice. Elle avait tous les talents. Eh bien ! non, encore et toujours, non, elle était allée — on ne savait pourquoi — s'enterrer chez un tanneur. Un tanneur ! pouah ! la fille d'un tanneur lui avait paru plus digne de ses soins qu'une archi duchesse.

M. de Saint-Cyrgue était ravi : décidément il avait trouvé la merlette blanche.

Mlle de Méria lisait en dessous, sur le visage du millionnaire, les impressions qu'il éprouvait de tout ce qu'on lui racontait d'elle.

Elle était enfiévrée d'espérance. Quoi ! ce rêve des mille et une nuits pouvait devenir une réalité ! Elle aurait la faculté de prendre des bains d'or, la pauvre institutrice !

Quel plaisir elle aurait à écraser cette Rousserand de son luxe princier, et ce tanneur !... Elle l'inviterait à son mariage avec le duc de ses rêves. Mais du calme ! du calme ! il fallait du calme et paraître étrangère à tout ordre d'idées en dehors de la comédie qui se jouait pour le millionnaire.

Le vicomte entra. Les deux gentilhommes parurent aussi émus qu'enchantés de se rencontrer, surtout Hector. Ils se serrèrent les mains avec effusion.

Nicolas tourna vers la jeune fille un œil allumé par une surprise joyeuse. Puis son regard, tout chargé de reconnaissance, s'abaissa sur le vieillard. Il ne put retenir quelques larmes qu'il essuya furtivement avec son mouchoir de fine batiste aux coins armoriés ; Mlle de Méria avait rougi en tendant au vicomte sa belle main qu'il baisa avec adoration.

Il y eut une petite scène muette pleine de sentiment.

On se mit à table. Une place, un couvert y restaient vides.

— Attendez-vous encore quelqu'un ? demanda Blanche pour dire quelque chose d'indifférent.

— Oui, un écrivain de notre pays, ma chère cousine, un excentrique qui vous plaira, j'en suis sûr, répondit M. de Saint-Cyrgue ; il doit sortir de prison, ce matin même. Je suis étonné qu'il ne soit pas encore là. Je lui ai écrit de venir le plus tôt possible et je croyais que sa première sortie serait pour moi.

— Vous avez de belles connaissances ! Un homme qui sort de prison ? demanda en riant la belle fille.

— Oui, n'est-ce pas ? que voulez-vous, c'est *l'ordre moral.*

Le comte et le vicomte échangèrent un regard.

Diable ! si cet écrivain les connaissait ; les hasards de la vie sont parfois si cruels. Il fallait s'attendre à tout. Un homme qui sortait de prison pour politique sans doute, ce devait être un fier, un pur, un intraitable.

Cette crainte vague altérait leurs espérances d'or. Mais que devinrent-ils quand M. de Saint-Cyrgue ajouta le plus naturellement du monde :

— J'ai avec lui une affaire à terminer à propos d'un manuscrit qu'il devait me remettre depuis trois jours. Une de ces arrestations comme on en voyait autrefois

Blanche et son frère chez M. de Saint-Cyrgue.

sous le régime du bon plaisir l'a empêché de remplir ses engagements envers moi. Des gens de la basse police ont.....

M. de Saint-Cyrgue s'interrompit.

Hector portant à ses lèvres un verre de fin cristal, rempli de Bourgogne, venait de le laisser tomber, sur la nappe, où il s'était brisé.

— Qu'avez-vous ? mon ami ! s'écria Nicolas en se précipitant vers le comte, et se penchant comme pour le soutenir, il lui dit rapidement et à voix basse : Laissez-vous tomber.

Hector s'affaissa comme une masse et glissa sous la table, le corps raidi, la face congestionnée.

— Portons-le dans ma chambre, cria le mouchard en le chargeant sur ses épaules au grand ébahissement des domestiques allant et venant autour de la table pour le service du déjeuner.

Blanche, très pâle, s'était levée pleine d'une vague épouvante. Sans savoir ce qui la menaçait, elle et ses complices, elle était sûre d'un danger.

Néanmoins, elle s'efforçait de paraître calme. Rien n'enlaidit une femme comme l'agitation.

— Vous avez raison, monsieur d'Espaillac, dit-elle ; portez-le sur votre lit et épargnez à notre cher cousin les embarras d'un évanouissement. Ce ne sera rien. Mon frère est sujet à ces sortes de syncopes. Il est si sanguin !

Le vicomte allait sortir, pliant sous le faix, car Hector de Méria était un grand et gros gaillard ; quand le domestique de M. de Saint-Cyrgue, sorti pendant le trouble de la première émotion, revint avec un matelas qu'il déroula promptement sur le parquet.

— Très bien, cria M. de Saint-Cyrgue. Voilà une bonne idée.

Et lui-même, malgré la résistance de Nicolas, étendit son cousin sur le matelas. Agenouillé péniblement devant lui il se mit à lui frotter les mains.

— C'est une crise de nerfs, ça va se passer, dit Nicolas de plus en plus inquiet.

Et se penchant à l'oreille du vieux comte, il murmura :

— Ordonnez qu'on le porte dans ma chambre. *Elle* est si sensible, *elle* va se trouver mal. Regardez-la.

M. de Saint-Cyrgue se tourna vers Blanche. Elle était verte. Le danger devait être pressant.

— Vous avez raison, dit le bon vieillard, cela l'émotionne outre mesure, les femmes sont vraiment trop sensibles, et pourtant il n'y a pas de motifs à tant d'alarme, le gaillard semble solide, la congestion n'est pas forte, si congestion il y a. Allons, emportez-le. »

Nicolas ayant fait avec la pesanteur de son ami, une première connaissance, ne voulut pas la renouveler, crainte de voir ses forces le trahir.

Dans un premier moment d'épouvante, il avait agi sans réflexion. Mais la réflexion lui venant, M. Nicolas se dit qu'ils avaient tous cédé à un mouvement de folle terreur. Le maître d'école était coffré et verrouillé avec l'apostille des bons pères ; quelle sotte idée de penser qu'il allait venir les troubler dans leur chasse aux millions.

Brave maître d'école ! il avait compté sur son innocence, sur l'évidence de l'erreur judiciaire dont il était victime, et il avait sûrement écrit à M. de Saint-Cyrgue pour s'excuser d'avoir manqué au rendez-vous et en assigner un autre.....

Il ne pensait pas, ce naïf, aux écrits qu'il avait dans son armoire.

Malgré toutes ces consolantes suppositions, le prudent mouchard se disposait à battre en retraite.

Il prit par les épaules le comte de Méria et ordonna au domestique du millionnaire de le prendre par les pieds.

Enfin, on allait sortir de ce salon maudit, où, à chaque instant, le brillant Hector pouvait voir apparaître le maître d'école dont le poing fermé avait déjà fait une rude connaissance avec son visage.

Le noble comte se sentait emporté avec un de ces battements de cœur précipités que donne l'appréhension d'un danger.

Le domestique, comme c'était son devoir en si haute compagnie, marchait à reculons, tournant le dos à la porte dont l'un des battants était ouvert. M. le vicomte lui faisait face.

L'espèce de convoi s'ébranla. Mais l'animal de valet de chambre s'y prenait si maladroitement qu'il laissa tomber les jambes du malade et quand il les eut enfin bien assujetties sur ses bras, il allait avec une lenteur qui faisait perler des gouttes sur le front de Mlle de Méria. Et puis l'insolent la regardait avec des yeux...

Tout à coup, la haute taille de Léon-Paul se dressa dans l'embrasure de la porte.

Le maudit domestique s'arrêta.

— Hé ! vous voilà, cria M. de Saint-Cyrgue, entrez ! entrez, mon brave ami, vous nous surprenez dans un petit moment de trouble ; mon parent, M. de Méria vient de se trouver mal. Mais ce ne sera rien et ne vous empêchera pas de déjeuner. Tenez, il revient. Il n'est plus si rouge.

Hector, en effet, devenait pâle. Quant à Nicolas, tout à fait paralysé par les regards du maître d'école, il avait dû déposer son complice sur le tapis.

Mlle de Méria semblait hypnotisée. Le danger, c'était cet homme à barbe inculte, aux yeux perçants qui se drapait devant ses complices comme la statue du commandeur.

— Vicomte, poursuivit M. de Saint-Cyrgue. Voilà le convive que nous attendions ; monsieur Léon-Paul, permettez-moi de vous présenter le fils de l'un de mes amis ! M. d'Espaillac.

— Ça ? fit Léon-Paul avec un souverain mépris en désignant Nicolas de l'index. Ça ?...

Et prompt comme l'éclair, il courut vers la porte, la ferma à la clef qu'il mit dans sa poche.

Puis il alla vers Hector qui se décidait enfin à ouvrir les yeux.

— Allons, allons ! fit le maître d'école, en le secouant, réveillez-vous, mon bel éditeur, successeur de Flaminga, et donnez-moi des nouvelles de votre nez. L'autre jour je vous l'ai aplati, aujourd'hui il paraît que je vous l'allonge. Système de compensations.

— Je ne vous connais pas, dit le gentilhomme d'une voix faible. Mon cousin, que me veut ce fou ?

— Qu'on le chasse ! cria Mlle de Méria oubliant toute prudence, qu'on le chasse, il me fait peur.

— Oui ! oui ! fit Nicolas éperdu, les dents serrées, qu'on le chasse !

— Pas avant que tu m'aies rendu le billet de mille francs que tu m'as volé, mauvais roussin, pas avant que ton compère m'ait rendu le manuscrit qui appartient à M. de Saint-Cyrgue.

Il se tourna vers le vieillard que la figure piteuse de ses convives et les agissements du nouveau venu bouleversaient.

— Ces hommes que vous qualifiez de vicomte, d'amis et de parents sont de la police... Le savez-vous, monsieur de Saint-Cyrgue?

— Comment, le comte de Méria? le vicomte d'Espaillac?

— Eux, des comtes! des vicomtes! Tout au plus des chevaliers d'industrie. Ce sont des escrocs, des gens de basse police, vous dis-je. J'en fournirai la preuve.

— Vous vous trompez, mon ami, il est impossible... Il y a erreur.

— Erreur?... Oui, de votre part, monsieur de Saint-Cyrgue. Tenez, regardez-moi ces visages de plâtre... et dites-moi si ça ressemble à des honnêtes gens.

— Mais protestez donc, cria le vieillard, constatant avec une profonde surprise la pâleur de ses hôtes; protestez donc. Entendez-vous les accusations de M. Léon-Paul contre vous? Dites-lui qu'il ment.

— Pourquoi protester contre les paroles d'un insensé? demanda Hector en s'efforçant de paraître calme. « Je n'ai jamais vu ce malheureux. Pour ce qui regarde mon affiliation à la police, l'accusation est trop bouffonne pour que j'essaye d'y répondre. Je regarderais comme un outrage d'être obligé de m'expliquer là-dessus. »

— Monsieur Léon-Paul, vous entendez ce que dit M. de Méria?

— Parfaitement. Si ces messieurs sont ce que vous dites, ils ne refuseront pas de laisser visiter leurs poches. Je parie que nous y trouverons une carte d'agent de la police secrète.

« — Vous voyez bien que cet homme n'a pas sa raison, mon cousin, dit Hector, qui, ayant oublié sa crise de nerfs, arpentait fiévreusement le salon. Il sort de Bicêtre. Permettez-moi d'appeler des sergents de ville pour l'y reconduire et nous en débarrasser. »

Et le noble comte s'avançait vers Léon-Paul, l'œil sanglant, la bouche contractée, les mains frémissantes.

Léon-Paul l'attendait, les poings en avant.

« — Tu es bien heureux, vil coquin, » lui dit-il, « d'être défendu par la présence de M. de Saint-Cyrgue, sans cela tu sentirais, une seconde fois, la pesanteur de ma main sur ton visage. »

Se tournant vers le maître de la maison, il ajouta :

« — Si j'ai menti, je veux être puni comme diffamateur, et si l'on ne trouve pas sur ces deux coquins, qui m'ont arrêté, une carte d'agent, je consens à être enfermé comme fou. »

— Mais sous quel prétexte vous auraient-ils arrêté?

Léon-Paul voulut raconter la scène des bords du canal.

Les deux complices, sentant le danger d'une telle révélation, coupèrent la parole au balayeur, de leurs protestations indignées.

Ils parlaient tous deux à la fois, et, à travers les tumultueux démentis des deux complices, on distinguait la voix aiguë de Mlle de Méria, s'adressant à M. de Saint-Cyrgue :

« — Cette scène est indigne de l'hospitalité d'un gentilhomme, disait elle, mon cher cousin, et si les paroles d'un fou peuvent vous troubler jusqu'à vous faire méconnaître ceux que, tout à l'heure, vous sembliez honorer de votre estime, ordonnez qu'on nous ouvre la porte, afin que nous puissions échapper aux outrages dont vous ne jugez pas à propos de châtier l'auteur. »

— Messieurs, commença le vieillard assourdi, que chacun fasse silence. Il y a ici un malentendu, une méprise... Permettez-moi de l'éclaircir et de détromper M. Léon-Paul. Un homme pour lequel, je le dis bien haut, j'ai la plus grande estime, mais qui peut se tromper. Il y a des ressemblances...

— Oui, dit Nicolas, dont la tête vacillait, des ressemblances... malheureuses... et...

— Laissez-moi parler sans m'interrompre, monsieur d'Espaillac. Je suis vieux et maladif. Cette scène me fatigue autant qu'elle m'attriste.

Le mouchard s'arrêta.

— Vous vous êtes présenté ici comme le fils de l'un de mes bons amis, je vous ai accueilli comme tel, quoique je ne vous eusse jamais vu, n'ayant aucune raison de mettre en doute votre origine. Maintenant, un homme, dont je fais le plus grand cas, vous accuse d'être de la police; j'avoue que cela me trouble. Mais, si vous êtes Gontran d'Espaillac, l'accusation tombe d'elle-même.

« — Si je suis Gontran d'Espaillac ! répondit Nicolas, cherchant à se donner de l'assurance en prenant une pose de théâtre; si je suis Gontran d'Espaillac ! Pâque-Dieu ! je couperais la gorge à tout autre qui en douterait ! entendez-vous, monsieur de Saint-Cyrgue? »

— J'entends le mieux du monde, mais, sans douter absolument de votre parole, je demande à faire constater par un tiers votre identité.

— Je ne m'y oppose pas ; quelle preuve vous faut-il ?

— Je vais envoyer chercher quelqu'un qui vous connaît.

— Moi ?

— Oui, vous; cela a l'air de vous étonner que quelqu'un vous connaisse?

« — Mais pas le moins du monde, » fit le drôle, absolument décontenancé.

M. de Saint-Cyrgue poursuivit :

« — Le comte de..., qui a été le camarade de votre père et lé mien, et auquel vous avez demandé d'entrer dans la diplomatie, le comte de... vous connaît, il m'a parlé de vous. »

— Dans la diplomatie ! moi ? Impossible ! c'est un autre d'Espaillac.

Le drôle essayait de payer d'audace, mais au fond, il était extrêmement troublé. Il se trouvait à bout d'arguments et de ruses. La situation lui semblait désespérée. Il avait des envies de tout lâcher, de tout avouer et de s'enfuir. Mais ce diable de balayeur avait fermé la porte.

Blanche encourageait du regard son complice.

Et, sans savoir ce qu'il disait, Nicolas répétait à plusieurs reprises :

— C'est un autre, bien sûr, c'est un autre d'Espaillac.

— Nous verrons bien, je vais toujours envoyer chercher le comte, dit M. de Saint-Cyrgue. Il demeure à deux pas d'ici et ne refusera pas de venir.

Hector prit la parole :

— Y pensez-vous, mon cousin, déranger un si haut fonctionnaire pour une confrontation ?

— La ! il se dérangera volontiers pour m'être agréable.

— Mais, monsieur, cela nous place tous ici dans une position plus que ridicule. Quant à moi, je ne veux pas de confrontation. Ma parole, celle de ma sœur, doivent vous suffire. Et, quand nous affirmons que monsieur est un d'Espaillac, on doit nous croire...

— Sa parole ! il est bon, fit le maître d'école. Permettez seulement que je vous raconte, monsieur de Saint-Cyrgue, et vous allez voir.

Et, malgré le tapage de voix qui recommençait, l'honnête balayeur entreprit brièvement le récit du guet-apens dont il venait d'être victime.

— Tenez, fit-il en terminant, point n'est besoin d'autre témoignage, et je me démens de tout si vos deux gentilshommes consentent à retourner leurs poches devant nous.

A la grande stupéfaction de M. de Saint-Cyrgue, Nicolas y consentit. Sa carte de police était dans le paletot qu'il avait laissé dsns une des chambres de l'hôtel.

Il n'avait aucune crainte d'exhiber les petits objets qu'il portait sur lui. Seul le portefeuille l'inquiétait. Mais après tout, était-il étonnant, qu'un d'Espaillac eut un billet de mille francs dans sa poche ?

Le comte de Méria, rouge, éperdu, regardait avec des yeux de tigre le policier se prêter à une recherche déshonorante.

— Ouvrez-moi ! fit-il impérieusement, M. d'Espaillac ne comprend pas l'outrage qu'on lui fait. Il paraît que la folie est contagieuse. Pour rien au monde, je n'assisterai à...

Un cri de triomphe coupa la parole à Hector. Dans les objets que le mouchard déposait sur une table, à mesure qu'il les sortait de ses poches, le maître d'école s'était saisi d'un portefeuille, l'avait ouvert et en avait tiré un billet de mille francs.

— Tenez, dit-il en le tendant à M. de Saint-Cyrgue, voici la preuve de ce que j'avance : ces deux coquins m'ont volé ça.

Nicolas s'avança pour reprendre le billet. Mais le vieillard le serra dans sa main.

— Pour le coup, dit M. de Méria riant d'un rire forcé, vous voyez bien, mon cousin, que cet homme est archifou. Ne nous faites pas l'affront de l'écouter davantage.

M. de Saint-Cyrgue commençait à partager l'opinion exprimée par de Méria.

Léon-Paul devait, en effet, avoir perdu la raison. Quelle apparence y avait-il qu'Hector, un gentilhomme, un homme du grand monde put être descendu si bas que de voler un pauvre diable qui n'avait pas l'air de posséder un sou vaillant. Non, non ! Tout bien considéré, une telle accusation était le dire d'un coquin ou d'un halluciné.

— Monsieur, dit l'archimillionnaire en s'adressant au maître d'école d'un ton sévère, cela dépasse les bornes. Je ne souffrirai pas qu'en ma présence, quelqu'un ose attaquer l'honneur d'un de mes parents. Cette plaisanterie de mauvais goût a trop duré. Il est possible que monsieur — il montra Nicolas — qui vient de se comporter comme un laquais pris en faute — ne sait pas ce qu'il prétend. Mais, pour M. de Méria...

— Sont-ils oui ou non des amis ? demanda Léon-Paul.

— Je le crois.

— Tout à l'heure M. de Méria ne donnait-il pas sa parole que ce misérable est un d'Espaillac ?

— En effet.

— Alors, ce sont des compères ; il n'y a pas d'autre explication possible de leur venue ensemble chez moi et chez vous. Ils sont ici pour quelque odieuse machination.

M. de Saint Cyrgue était atterré. Cependant il voulait douter encore et se débattait contre l'évidence.

— Mais qui m'assure que vous ne vous trompez pas vous-mêmes ? demanda le vieillard bouleversé.

— Tenez, monsieur de Saint Cyrgue, regardez le billet que je viens de vous remettre et demandez au prétendu d'Espaillac ce qu'il y a d'écrit au crayon sur l'une de ses marges.

Le vieillard mit ses lunettes et lut :

« *Habent sua fata libelli.* »

— Eh bien ! vous entendez ce que demande M. Léon-Paul ? Qu'y a t-il d'écrit sur ce billet ? Répondez, d'Espaillac !

— Je l'ai mis dans mon portefeuille sans le regarder ; ce misérable fou, en le prenant, aura vu ce que je n'ai pas moi-même remarqué ; est-ce qu'on fait attention aux particularités d'une bank-note à présent ? Est-ce qu'on examine l'argent qu'on reçoit d'un agent de change ? Ces habitudes-là n'appartiennent pas à la noblesse.

— Si j'ai pu lire, assurément je n'ai pu écrire ici, la pensée qui m'est revenue en mémoire en songeant au sort de mon livre, dont ces deux coquins venaient me demander le manuscrit que je m'étais engagé à vous remettre le lendemain. Veuillez donc, monsieur de Saint-Cyrgue, veuillez donc dicter à monsieur et à moi la sentence latine qui se trouve en marge du billet et nous verrons tout de suite à qui de nous deux il a d'abord appartenu.

Le maître d'école se reprit :

— Quand je dis appartenu, je vous expliquerai comment.

Naturellement Nicolas refusa de se soumettre à l'épreuve. Pour qui le prenaît-on, à la fin? Il en avait assez de cette espèce de mauvaise plaisanterie. Et il priait l'ami de son père de la faire cesser, sans quoi, on allait se fâcher.

Alors, M. de Saint-Cyrgue, suffisamment éclairé, se leva et dit au mouchard qu'il allait le faire arrêter pour vol, si à l'instant, il ne dévoilait dans quel but ses associés et lui étaient venus le trouver.

Quoique un peu abasourdi par la déclaration si nette de M. de Saint-Cyrgue, Nicolas ne put s'empêcher de rire des dernières paroles du millionnaire.

Il répondit :

— Parbleu! il faut bien que le diable s'en mêle pour que notre affaire rate si misérablement, car vrai, si vous n'apercevez pas le but que nous visions en venant ici, mes honorables amis et moi, vous ne méritez guère la réputation de finesse dont vous jouissez.

Blanche et Hector, la tête basse, semblaient pétrifiés sur leurs fauteuils. C'était fini, tous leurs rêves de fortune s'en allaient en fumée; leurs châteaux, leurs palais étaient des châteaux, des palais de cartes sur lesquels soufflait l'ignoble mouchard que ces imbéciles de jésuites leur avaient imposé pour complice. En voilà encore des gens dont la réputation était usurpée, pensait Mlle de Méria, tandis que son frère se demandait s'il n'allait pas se jeter sur le vieillard et l'étrangler.

Oui, mais il y avait là les domestiques. Sur un signe du maître, ils s'étaient emparés des couteaux de la table.

Impossible de rien tenter. Un coup de sonnette pouvait attirer tout l'hôtel et le valet de chambre avait la main sur le cordon.

Nicolas, insensible aux angoisses de ses complices, poursuivit de son accent canaille, subitement retrouvé :

— Le but, cher monsieur de Saint-Cyrgue, se voit comme le nez au visage. Voyez donc ces belles quenottes, si bien aiguisées entre ces lèvres de cerises, est-ce que ce n'est pas fait pour croquer des millions? Et les mâchoires de M. le comte! Regardez-moi ça. Quant à moi, eh bien! vous le voyez, j'exerçais, moyennant un tant pour cent, mes faibles talents pour l'intrigue.

Il ajouta qu'il dirait tout, si seulement M. Léon-Paul consentait à se taire au sujet du billet de mille.

Le maître d'école déclara s'en rapporter à la sagesse de M. de Saint-Cyrgue.

Nicolas voulait faire ses conditions avant de tout révéler.

S'il disait les choses franchement, brutalement, sans aucun égard pour ses compères, ne lui arriverait-il véritablement rien de désagréable?

M. de Saint-Cyrgue l'assura qu'il avait tout à gagner à la franchise et tout à perdre à la dissimulation. Cependant, il ne s'engageait à rien et voulait que le pseudo-d'Espaillac se rendît à discrétion.

Il menaçait de le faire arrêter, seulement en cas de mensonge.

Échapper à l'arrestation, c'était le salut pour Nicolas.

Alors le misérable, heureux d'en être quitte pour la honte, jetant ses complices par-dessus bord, dévoila tout le complot avec un cynisme d'expres-

Le comte réprima un geste de fureur et s'en retourna avec le mouchard. (Page 411.)

sion qui amena plus d'une fois le sourire sur les lèvres des domestiques rangés
en cercle autour du narrateur.

Le vieillard, renversé dans son fauteuil, pâle comme un mort, plus honteux
que les coupables, écoutait le récit de Nicolas.

Il se demandait s'il était possible que des êtres aussi dégradés connussent
si bien les replis du cœur d'un pauvre utopiste comme lui. Sans doute, il avait
lui-même bien mal joué le rôle de sceptique qu'il avait choisi dans la représentation humaine. Les méchants savaient trop bien par où le prendre, en vérité.
C'était humiliant.

Et la comédie de vertu que cette bande de coquins avait jouée pour capter son estime se représentait à lui, et son imagination épouvantée faisait défiler dans toute leur perversion, les odieux personnages de cette terrible pièce montée contre lui.

Le vieillard frémissait à la pensée d'ayoir un instant songé à Blanche pour lui léguer sa fortune. Entre les mains de ce monstre d'égoïsme, un tel capital fût devenu un puissant instrument de réaction. « Hélas ! Je ne le sais que trop » se disait M. de Saint-Cyrgue. « Celui qui fait consister le bonheur dans son intérêt personnel, celui-là, s'il est riche, est spontanément conservateur, c'est-à-dire ennemi de tout changement qui pourrait modifier les conditions de son bien-être. »

Et il bénissait, dans son cœur, la providence humaine qui lui avait fait rencontrer Léon-Paul. Il se sentait heureux de cette disposition qui le poussait toujours à s'arrêter dans les foules pour en surprendre les aspirations et les sentiments.

Cette disposition de bienveillance envers ses semblables le préservait du plus grand des malheurs qui pût lui arriver.

Nicolas raconta tout ce qui avait été convenu entre les de Méria et lui ; mais il se garda bien de dire quels avaient été les véritables instigateurs du complot. Il fallait se ménager une retraite en cas de perte d'emploi, et même en cas d'arrestation. Les bons pères étaient puissants et tenaient aux instruments dont ils pouvaient se servir en toute sécurité. Aucun obstacle ne les rebutait pour les retrouver quand ils étaient perdus.

Quand le coquin eut fini et que toute honte eut été bue par les trois complices, M. de Saint-Cyrgue ordonna à Nicolas de montrer sa carte.

Cette carte, nous l'avons dit, était restée dans la chambre du prétendu vicomte. Un des domestiques alla la chercher. Après quoi, M. de Saint-Cyrgue se fit apporter une feuille de papier timbré et tout ce qu'il faut pour écrire. Puis il dicta à Nicolas la déclaration suivante :

« Je soussigné, Nicolas Vavre, agent de la police secrète, demeurant à Paris,
« déclare m'être rendu coupable du vol d'un billet de mille francs ; lequel billet
« j'ai pris en opérant une arrestation et une perquisition entièrement illégales sur
« la personne et dans les objets mobiliers, appartenant à M. Léon-Paul, balayeur
« de la ville de Paris, ancien maître d'école, demeurant dans la commune de
« Bondy, sur la rive gauche du canal Saint-Martin.

« Je déclare, en outre, que j'ai été assisté, dans ces deux crimes, par M. le
« comte Hector de Méria qui avait intérêt à voler, au susdit Léon-Paul, un ma-
« nuscrit dont il a pu s'emparer.

« En foi de quoi, je donne à M. Léon-Paul la présente déclaration que je si-
« gne, volontairement, et devant les témoins qui ont assisté à la découverte du
« vol sus-mentionné, et ce, pour s'en servir contre moi, à sa volonté, si je venais
« à nuire à qui que ce soit. Ce que je m'engage à ne plus faire, promettant de
« rentrer dans le droit chemin autant que cela me sera possible. »

Nicolas mit la date et signa.

Malgré son cynisme ordinaire, les gouttes de sueur lui tombaient du front.

« Tenez, » lui dit M. de Saint-Cyrgue, « voilà la récompense du service que vous m'avez rendu sans le vouloir. Voilà de quoi vous aider à remplir votre promesse d'être honnête homme à l'avenir. »

Et il lui tendit une petite liasse de billets de banque.

Comme témoin, le millionnaire signa après le bandit. Puis il passa la plume aux domestiques qui mirent leurs noms au bas de la déclaration, pendant que Nicolas comptait la somme qu'il venait de recevoir et la mettait dans son portefeuille avec la plus évidente satisfaction.

Décidément sa campagne dans le pays des millions n'avait pas été tout à fait infructueuse.

M. de Saint-Cyrgue tendit le papier au comte de Méria : « A votre tour, » dit-il.

« — Comment ! » s'écria Hector, « vous voulez que je signe un tel papier ? Jamais, monsieur ! jamais ! Dénoncez-moi, faites jeter en prison votre plus proche parent, je me défendrai devant la justice ou je me brûlerai la cervelle ; mais jamais, au grand jamais ! vous n'obtiendrez de moi que je signe ma propre condamnation. »

Blanche, les traits décomposés, ne bougeait pas plus qu'une statue. Elle semblait frappée de honte comme d'autres sont frappés de la foudre, c'est-à-dire à mort, et ne conservant de la vie qu'une forme.

Le vieillard se sentait gagné par la pitié. Il congédia d'un geste les domestiques et le mouchard.

Léon-Paul ouvrit la porte. Hector se précipita dehors devançant les autres.

Arrivé dans la rue, le comte se retourna et vit Nicolas près de lui. Il réprima un geste de fureur et s'en retourna avec le mouchard.

LIII

LES LARMES DE CROCODILLE

M. de Saint-Cyrgue et le maître d'école regardaient en silence, le cœur serré, cette belle créature, abîmée de honte et de douleur, que ses complices abandonnaient là, sans s'inquiéter de ce qu'elle deviendrait devant le vieux cousin, son juge.

Sans doute, elle était bien coupable, mais enfin, il y a toujours au fond du cœur de l'homme et surtout de l'homme aimant, un coin d'indulgence pour la femme, quelle qu'elle soit.

« Je vais », dit le maître d'école, « reconduire cette malheureuse chez elle, si vous le permettez. Les coquins la laissent, sans pitié pour le martyre qui doit lui broyer le cœur. Voyez donc, monsieur de Saint-Cyrgue, comme elle est pâle. »

Mademoiselle de Méria était bien pâle en effet dans son immobilité cataleptique. Pas un muscle de son visage ne bougeait. Elle semblait ne rien entendre, ne rien voir.

« Malheureuse ! Malheureuse ! » disait le vieillard, comme se parlant à lui-même, « pourquoi n'est-elle pas ce qu'elle désirait paraître ? J'étais si bien disposé à l'aimer, à l'adopter, à lui laisser, avec ma fortune, l'exécution de ce que je rêve de faire pour mes frères déshérités. Oh ! il y avait, dans l'accomplissement de mes desseins, une tâche d'intelligence et d'amour digne d'une grande âme.

« Où la trouverai-je ? Où la trouverai-je ?

— Bath ! répondait le maître d'école, « il y en a sur la terre plus qu'on ne pense ; et en cherchant bien... »

Blanche continuait à ne pas plus bouger que si elle eût été de pierre.

Les deux hommes, émus de son attitude pétrifiée, la considéraient en silence.

Tout à coup elle se leva et vint tomber devant le vieillard dont elle embrassa les genoux.

« Grâce ! pitié ! pitié ! » cria-t-elle, « ne me repoussez pas, écoutez-moi ! Je sens toute l'horreur de ma conduite et votre mépris me tombe sur le cœur comme un fer rouge tomberait sur ma joue. »

M. de Saint-Cyrgue voulait la relever, mais elle lui résista et continua de rester à ses genoux.

« Non ! non ! » dit-elle, « laissez-moi vous parler dans mon abaissement. Oh ! si vous saviez ce que je souffre ! mais surtout ce que j'ai souffert, peut-être vous auriez compassion de moi, et sans me pardonner, vous comprendriez ce que la mauvaise éducation, l'isolement au milieu de l'égoïsme de notre monde ont dû creuser de ténébreuses profondeurs dans mon âme. »

Encouragée par le silence de ses deux auditeurs, elle poursuivit :

« Je n'étais pas née méchante, mais ambitieuse, et mon frère, en gaspillant ma petite dot, m'a condamnée non pas même à la médiocrité, mais à la misère, à la servitude et au célibat ; je lui ai pardonné et je l'ai même aidé de mon travail à tenir son rang dans le monde. Je suis allée vivre parmi des étrangers indifférents, élevant les enfants d'autrui, moi qui avais bien, comme une autre, le droit de rêver maternité. »

Elle se releva lentement, déployant toute la richesse de sa taille, l'harmonie de ses formes, montrant, enfin, combien elle eût pu faire une imposante et belle mère de famille, l'orgueil d'un époux.

M. de Saint-Cyrgue eut cette pensée, et songeant qu'une mauvaise direction, des circonstances fatales l'avaient peut-être seules empêchée de remplir cette noble destinée, il se laissait aller à la compassion.

Sentant qu'elle gagnait du terrain, Blanche continua :

« Et ce frère qui a dévoré mon bien, qui m'a condamnée au plus affreux isolement, l'isolement du cœur, ce frère dont je voudrais racheter l'âme au prix de mon sang, lui ai-je jamais fait sentir quel sacrifice je faisais pour lui ? car je l'aime malgré ses erreurs. Et si je l'ai suivi dans la voie funeste où nous sommes entrés, c'est lui... C'est pour lui seul... que je... »

Elle s'arrêta, suffoquée par l'émotion. Puis, doucement, elle demanda :

« Est-ce là la manière d'agir d'une femme sans cœur, et à laquelle seraient étrangers tous les nobles sentiments de l'humanité ? »

Et comme ses deux auditeurs gardaient le silence, elle fit elle-même la réponse :

— Non ! n'est-ce pas ? Il y avait quelque chose de féminin et de bon en moi. Il y a pour lui, dans mon cœur, de la faiblesse maternelle. Je vous dis ces choses, vous comprenez, monsieur de Saint-Cyrgue, et vous aussi, monsieur Léon-Paul, parce qu'elles doivent atténuer le mépris que vous avez pour moi, et que ce mépris de deux nobles âmes m'est plus amer que le plus amer poison.

Les deux hommes ne savaient quelle contenance tenir devant l'explosion de cette douleur, de ce repentir inattendu.

La belle éplorée avait repris des couleurs avec le rayon d'espoir qui lui venait des bons yeux de M. de Saint-Cyrgue.

Elle recommença.

« Vous sembliez regretter tout à l'heure, que je ne fusse pas ce que je désirais paraître à vos yeux. Eh bien ! je ne suis pas tout à fait aussi hypocrite que je vous ai donné le droit de le croire.

— Expliquez-vous, » dit M. de Saint-Cyrgue, « je ne demanderais pas mieux que de vous rendre mon estime. »

— Oh ! c'est tout ce que j'ambitionne, écoutez-moi :

« C'est dans mon cœur plus encore que dans mon imagination que j'ai trouvé le sujet et la nuance de la comédie que nous avons jouée tous les trois devant vous. Ces sentiments qui vous avaient surpris et charmés dans le rapport que vous a fait le faux d'Espaillac, ces sentiments, pour être les miens, n'ont manqué que d'une réalité pour les appliquer.

— Ha ! ha ! fit Léon-Paul incrédule.

— Vous ne me croyez pas, hélas ! Je n'ai pas le droit de m'en plaindre... Mais réfléchissez, monsieur de Saint-Cyrgue, que l'imagination peut-être est un reflet du cœur.

— C'est possible.

— La fable inventée par moi serait devenue une vérité, si j'avais rencontré un d'Espaillac de la vieille roche.

— Je veux bien le croire.

— A défaut de la réalité, mon cœur s'est repu de l'illusion et mon esprit l'a composée à souhait.

Elle attendait l'effet de ses paroles en fixant ses grands yeux de velours d'un noir chatoyant sur les yeux de M. de Saint-Cyrgue. Mais il y avait de la fausseté dans son regard.

— Je désire pour vous, mademoiselle, que vous puissiez étendre les bénéfices de ce songe vertueux aux moyens coupables que vous avez employés pour les réaliser, » dit l'archi-millionnaire, secouant enfin le sentiment de compassion qui commençait à l'envahir.

Il avait peur de cette sirène.

« Retirez-vous, » poursuivit-il. « M. Léon-Paul va vous accompagner. Dans quelques jours je vous ferai connaître mes intentions à votre égard. Elles ne vous sont nullement hostiles, mais j'ai besoin de réfléchir à tout ce qui s'est passé ! J'ai des armes contre l'ignoble étranger qui vous a prêté son concours, je n'en conserve pas contre vous. »

« Allez, mon ami, fit-il en s'adressant à Léon-Paul, prenez une voiture et revenez le plus tôt possible, j'ai à causer longuement avec vous. »

L'institutrice se leva le visage inondé de pleurs, répétant à travers ses sanglots : « Pitié ! pitié ! pitié ! je me défends mal, je ne sais ce que je dis, je suis si troublée, mais il faut avoir pitié ! »

Elle prit son chapeau, baissa son voile et suivit docilement le maître d'école. Elle semblait en proie au plus morne désespoir et s'en allait la tête basse, les reins pliés, chanchelant sur ses jambes, frissonnant de tout son corps, pressant autour d'elle, comme dans un accès de fièvre, les pans de son manteau.

Léon-Paul trouvait M. de Saint-Cyrque bien dur. A tout péché miséricorde. Il devait y avoir du vrai dans ce qu'avait dit cette malheureuse, quoique, à tout prendre, ce fut un peu embrouillé.

Enfin, voilà, il ne sentait pas sans émotion la belle éplorée s'appuyer sans façon sur la manche de sa vieille blouse.

Que voulez-vous, chacun a ses faiblesses. Celles de Léon-Paul étaient celles d'un homme sensible et naïf qui ne se défie pas de ses impressions et dont l'esprit, trop tourné vers les grandes choses l'empêche de voir les petites. Et puis, il avait ce travers de tous les hommes, bons ou mauvais : chacun de nous juge les autres d'après soi. Le maître d'école, tout en connaissant la perversité humaine, dont il avait si souvent éprouvé les effets, ne la séparait pas de la possibilité d'un retour au bien. Il avait la foi du perfectionnement de la race.

— « Où faut-il vous conduire ? » demanda-t-il à Mlle de Méria avant de monter auprès d'elle dans le fiacre qu'il avait envoyé chercher.

— « Boulevard de Port-Royal, n°... » Elle donnait celui de la maison du maître tanneur.

Léon-Paul fut bien étonné en apprenant que la belle intrigante était l'institutrice de la petite Rousserand. Eh ! mais, il s'en souvenait, maintenant, c'était d'elle en effet, que l'archimillionnaire, pendant leur rencontre devant la grille du pavillon, s'était informé.

Blanche de Méria tombée de toute la hauteur de ses ambitions visées dans les réalités désolantes d'un pis-aller, s'en retournait, la mort dans l'âme, prendre la chaîne qui la liait aux Rousserand. Décidément elle n'en sortirait pas.

Blottie au-fond de la voiture, dans l'attitude la plus désolée, elle versa d'abord des torrents de pleurs, sanglotant à fendre l'âme.

Cela parut la soulager ; peu à peu, elle se calma et voulut descendre à l'entrée de la rue des Feuillantines, pour donner, disait-elle, à son visage le temps de reprendre ses couleurs ordinaires. Elle ne pouvait se présenter devant SES MAITRES — elle appuyait sur le mot — avec ses yeux gonflés et sa figure bouleversée par tant d'émotions terribles.

Elle irait plus tard chez les Rousserand. En attendant, elle remerciait bien M. Léon-Paul, de sa compassion et de ses soins. Sa compassion! Elle la sentait. Oui, elle en était sûre, il la plaignait; elle devinait qu'il était un homme de bien et un penseur. Oh! si elle avait rencontré dans son chemin, un esprit supérieur pour la guider!...

Le maître d'école, embarrassé, n'insista pas pour la reconduire plus loin. Il retourna chez M. de Saint-Cyrgue.

Mlle de Méria, demeurée seule, sécha ses beaux yeux et enfila la rue Ratteau alors entièrement bordée de jardins dont les arbres en fleurs passaient curieusement au-dessus des grands murs, et remplissaient de parfums ce petit coin de solitude qui aboutit, par une allée toute monacale, à la rue des Postes.

La noble intrigante marchait à pas traînants, encore toute secouée par les émotions de sa décevante mésaventure.

Les émanations printanières qui lui rafraîchissaient le visage, calmaient l'ébranlement de ses nerfs. De nouveau elle allait être maîtresse d'elle-même, et pouvoir réfléchir de sang-froid à la situation.

Il fallait en faire son deuil, la partie était directement perdue pour elle, mais non pour la compagnie de Jésus. De ce côté-là pouvait encore venir une portion considérable de cette fortune princière.

Le révérend Davys-Roth avait mal mené l'affaire. Aussi, quelle idée de la confier à un Prussien! sous le froc comme sous le casque, ces Allemands-là sont toujours brutaux.

Et Blanche se disait que si elle eût pu suivre ses propres inspirations, les choses se seraient passées autrement.

Et d'abord, qu'avait-on besoin de ce manuscrit pour connaître M. de Saint-Cyrgue? Ne suffisait-il pas de savoir que c'était un utopiste, pour reconstruire par la pensée son caractère?

Est-ce que tous les rêveurs n'ont pas des points communs, des points saillants par lesquels les gens pratiques peuvent les saisir?

Misère! de misère! sans ce manuscrit tronqué qui n'avait servi à rien et avait nécessité pour s'en emparer l'emploi de la force et des procédés illégaux, tout aurait réussi, tandis que tout était à recommencer, non plus pour elle, directement, hélas! mais pour ses alliés.

Heureusement que cet abject Nicolas ne les avait pas dénoncés.

Devant la porte du révérend Davys-Roth, Blanche rencontra Hector et le mouchard. Étaient-ils venus là, instinctivement, comme elle, ou dans l'espoir de la rencontrer?

Dans l'un ou l'autre cas, elle n'était pas surprise de les voir.

Eux paraissaient l'attendre.

Le comte, un peu pâle, s'était pourtant remis et rien dans son attitude ni dans son air n'aurait pu faire soupçonner la honte par laquelle venait de passer l'élégant gentilhomme.

Quant au policier, il était toujours le même. Pour lui, la découverte de son infamie ne l'inquiétait pas. Il vivait dans l'abjection comme le poisson dans l'eau. L'essentiel était que ceux qui connaissaient la sienne ne pussent ou ne voulussent pas s'en servir contre lui.

Oui ! oui ! il paraissait bien tranquille, M. Nicolas. Et même il semblait heureux comme un savant qui vient de faire une découverte capable d'enrichir l'humanité. Il avait le geste libre, la parole claire.

Ce fut le sourire aux lèvres qu'il aborda Mlle de Méria

— « Charmante et malheureuse associée, » lui dit-il en la regardant fixement, « charmante associée, vous plairait-il toujours d'être une des plus riches héritières de France ? »

Elle le regarda d'un air de mépris et ne répondit rien. Le vol du billet de mille francs dégoûtait cette conscience pervertie, sur laquelle les millions du vieux comte de Saint-Cyrgue, acquis par la plus imprudente captation, n'auraient pas pesé une once.

C'est qu'il faut distinguer ; il y a moyen et moyen pour s'emparer du bien d'autrui.

Mlle de Méria n'était pas pour rien une élève, une pénitente chérie des jésuites. Elle repoussait les moyens qui exposent à verser dans le prétoire d'une cour d'assises ou sur le parquet d'une chambre correctionnelle, tous les autres lui semblaient légitimes.

Dans l'affaire de la succession, elle ne rougissait de rien que de n'avoir pas réussi. Quelque chose d'ailleurs excusait entièrement à ses propres yeux la captation la plus effrontée : c'est qu'elle et son frère étaient les plus proches parents du millionnaire, bien qu'ils fussent cousins au troisième degré.

Empêcher le vieux fou de faire de sa fortune un emploi social, et, de cette fortune, relever une famille déchue, était une œuvre pie, conforme en toutes choses aux saines traditions de la noblesse.

Le régime du droit divin, en consacrant le droit d'aînesse, n'a-t-il pas proclamé que parmi les fils du même père les uns doivent avoir tout et les autres rien.

L'institutrice n'avait pas l'ombre d'un remords ; un peu de dépit contre ses complices seulement, et surtout contre Nicolas.

— Ma reine, » reprit familièrement le coquin qui semblait deviner le motif de l'accueil qu'on lui faisait, « ma charmante reine, ne repoussez pas votre humble serviteur sans l'entendre. »

Elle fit un geste comme pour l'empêcher de parler.

— Bon ! bon ! Je vous entends, le lieu est mal choisi. Eh ! pour parler de certaines choses. Mais croyez-moi, je suis innocent, aussi innocent que vous. J'ai expliqué au comte la chose qui vous chiffonne à mon sujet. »

— Taisez-vous ! fit-elle impérieusement. Je n'ai pas besoin, pour vous juger, d'entendre une seconde fois votre confession ; j'en ai assez de la première.

Blanche prit son chapeau, baissa son voile et suivit le maître d'école. (Page 414.)

— Ne nous fâchons pas, mon aimable associée; je répète que le comte — mon ami — il appuya sur le mot — le comte sait le motif de mes agissements, relativement au billet... de faveur, que j'ai ramassé dans la bagarre. Quand ce brave de Méria vous aura transmis mes raisons, comme lui, j'en suis sûr, vous les comprendrez, les admettrez et me rendrez votre estime, en attendant...

— En attendant quoi?

— En attendant mieux.

Elle fit une moue dédaigneuse et avança vers la porte du révérend Davys-Roth.

— Non! non! » fit vivement Nicolas, « non pas encore. » Il la poussa elle et le comte dans l'allée solitaire de la rue Ratteau. Et il continua :

— Vous ne m'avez répondu que **par** des coups d'œil peu encourageants, mais n'importe, belle dame, je réitère ma question en la développant :

« Vous plairait-il toujours d'être une des plus riches héritières de France, et par suite d'épouser un prince?...

— Un prince! Quel prince?

— Un prince romain ou... un autre... N'ayez pas peur d'en manquer, il y en a à remuer à la pelle dans notre République, les millions et la beauté attirent ce gibier comme l'aimant attire le fer. De plus, ne vous plairait-il pas d'être vengée du vieux singe qui nous a joué un tour si pendable?...

— Me venger? ah! oui! oui! me venger de celui devant lequel j'ai, sans doute, vainement pleuré. Me venger! je le veux bien. Que faut-il faire?

— Mon ami de Méria vous le dira. Si vous acceptez mes conditions, dans peu nous serons tous riches, puissants, titrés, vengés.

Sur ces affriandantes mais conditionnelles affirmations, il salua et s'en alla, laissant ensemble le frère et la sœur. Blanche voulait aller voir le révérend Davys-Roth. Il était convenable de l'avertir. Hector s'y opposa. Il y avait *quelque chose* dans les dessins de Nicolas. Inutile d'aller pour l'instant, inquiéter leurs amis. Sa sœur devait retourner chez elle, c'est-à-dire chez les Rousserand où il l'accompagnerait et là, dans sa chambre, on pourrait causer à l'aise.

LIV

TRAVAIL DE FEMME.

Ça allait de mal en pis, chez les Brodard. Le père et le fils, toujours en prison, laissaient forcément la maison sans gagne-pain.

La mère n'avait pas d'ouvrage. Et puis, la pauvre femme en eût-elle eu à volonté, n'aurait guère pu en faire davantage.

On n'est pas de fer, pour résister à tous les coups de massue que le sort vous envoie.

Les catastrophes, la honte, le chômage, l'inquiétude pour ceux qu'on aime plus que soi; la mauvaise nourriture, la faim et tout le tremblement de misère, ça vous casse bras et jambes.

La pauvre Magdeleine avait passé, comme on l'a vu, et passait encore par toutes ces étapes des maladies chroniques.

Elle n'en pouvait plus, la mère d'Angèle. Sa tête pleine de soucis lui faisait mal, jusque dans ses cheveux, devenus gris. Son corps se fondait comme une chandelle entre deux courants d'air.

Les voisins disaient qu'à ce train-là, elle n'en avait pas pour longtemps à rejoindre la petite Lize au Champ de Navets.

D'ailleurs, c'était comme ça, tout naturel, les morts ne s'en vont jamais seuls, dans les familles.

Angèle, en s'échinant du matin au soir et quelquefois du soir au matin, se brûlant les yeux à une petite lampe à pétrole, Angèle arrivait bien à gagner trente ou quarante sous par jour, en finissant à la main, des chemises cousues à la machine.

Mais, vrai, ça abondait, cet argent-là, comme une guigne dans la gueule d'un éléphant.

Elles étaient quatre!... oui, quatre à vivre là-dessus. Quatre ! au prix où sont les choses de première nécessité dans ce gueux de Paris! cela faisait dix sous par personne. Fallait se serrer le ventre...

Et ces deux petites, aussi maigres que des sardines, vous avaient un appétit!... Un appétit d'enfant bien portant, c'est tout dire. Ça ne sait pas ce que vaut, ce que coûte le pain, ça en mangerait toute la journée, quand le reste manque.

La mère prenait sur sa pauvre part, pour les contenter. Elle n'avait jamais trop faim. C'étaient des maux d'estomac par ci, des manques d'appétit par là, si bien qu'elle n'avait plus que la peau et les os et que, dans son visage pâle, les yeux tenaient toute la place.

Les voisines qui l'estimaient en avaient le cœur gonflé de la voir s'en aller tous les jours un peu. Mais elles n'y pouvaient rien. Le meilleur manquait; chacune avait assez de son propre fil à retordre. Et puis, on s'y fait à voir souffrir. Il le faut bien, puisque l'histoire de Magdeleine est celle de tant d'autres.

Angèle aurait pu gagner un peu plus, en mettant à profit la connaissance, qu'elle avait faite, sur l'escalier de Mme Régine, d'un monsienr Prevel, employé au Moine-Saint-André, qui lui avait donné son adresse.

Ce monsieur, qui avait l'air de connaître la bonne Clara Bussonni, — il causait avec elle avant d'entrer au magasin du Lys dans la Vallée, — ce monsieur paraissait un bon garçon, bien obligeant et bien doux. Il avait parlé si aimablement à la petite Brodard, en l'engageant à venir à son magasin le soir après sept heures ou le matin entre huit et neuf, qu'elle n'avait pas hésité à aller lui rappeler sa promesse.

Elle avait confiance, l'ayant rencontré presque en même temps que Clara Bussonni et Jéhan Troussebane, qui avaient été pour elle comme de vieux camarades.

Donc, un matin elle s'était rendue chez M. Prevel, espérant y trouver, sinon le même bon accueil que chez Jéhan Troussebane, au moins la réalisation d'une promesse librement donnée.

En allant trouver le commis, elle avait pensé au peintre tout le long du chemin. Et non sans attendrissement. En voilà un qui l'aurait aidée s'il avait pu. Mais impossible! Pour le quart d'heure, il était aussi pauvre que n'importe quel rat d'opéra ou d'église, aussi pauvre qu'Angèle elle-même.

Jugez donc : Sur un question d'art il s'était disputé avec le contre-maître de sa maison de modes. De l'avis de tous ses copains, il avait archiraison, ce qui ne l'avait pas empêché d'être mis à la porte.

Et ce n'était pas tout : le marchand de tableaux pour lequel le classique jeune homme faisait des paysages à vingt francs la douzaine, ce marchand qui avait l'art de faire travailler les artistes à des prix si fabuleux de bon marché, ce roi des Philistins, comme l'appelait Lapersonne, avait fait faillite devant quelques arpents de toiles aux deux amis. C'était un désastre complet.

Tout le poids du ménage était retombé sur le peintre naturaliste, qui se ruinait en couleurs sans pouvoir rien vendre.

Angèle était retournée à l'atelier, y avait posé sans payement, en attendant la vente du fameux tableau dans lequel elle représentait la Vierge Mère.

Ce Jéhan Troussebane ! quel cœur ! tout de même. Il était venu à l'enterrement de Lize avec ses amis. C'était ça une attention délicate. Et encore, les petites avaient parlé avec admiration des belles couronnes qu'elles lui avaient vu jeter sur le cercueil de la pauvre Lizette. A preuve qu'elles avaient eu bien envie de les emporter comme souvenir. Mais elles n'avaient pas osé.

Ces pensées avaient attendri Angèle tout le long du chemin. Si M. Prevel allait se montrer aussi bon que Jéhan Troussebane, vrai, elles en auraient de la chance, tout de même.

Elle rapporterait de l'ouvrage avantageux. Sans doute ce M. Prevel, pour lui avoir promis avec tant d'assurance, devait être au moins chef de rayon. Dire que ça dépendait de lui qu'elle puisse gagner trois à quatre francs par jour, et qui sait même, en veillant un peu tard, en se levant à la première heure, si elle n'arriverait pas à la grande pièce ronde.

Son cœur se gonflait d'espérance et elle pressait le pas.

Non, c'était des bêtises, il ne fallait pas songer à dépasser quatre francs. Quatre francs ! ce serait déjà bien beau ! ce serait même superbe.

Avec ça on n'aurait plus faim à la maison. Ces petites avale-tout : Louise et Sophie, pourraient s'en mettre jusque-là de soupe et de pain. Et la pauvre mère — — les larmes en venaient aux yeux d'Angèle — la pauvre mère n'aurait plus besoin de s'arracher le pain de la bouche pour le leur donner.

Angèle était entrée joyeuse et pleine d'espérance au Moine-Saint-André. Elle en sortit le cœur gonflé, mais les mains vides.

— Pourquoi ?

— C'est que ça coûtait trop cher, le travail avantageux.

Qui aurait dit ça de ce joli cafard ?

— Qui l'aurait dit ???

— Eh ! pauvre naïve enfant, toutes celles qui demandent l'entretien de leur vie à ces goules de productions qui nous ont ôté des mains le travail direct.

M. Prevel n'est pas une rareté dans les grands magasins.

Les mœurs du théâtre ont passé dans l'industrie. Pour débuter, là comme sur la scène, filles du prolétaire, il faut payer un tribut à celui qui vous introduit.

C'était déjà comme ça du temps de Pierre Dupont, et dans sa chanson des *Travailleurs*, il jetait là-dessus, un cri d'indignation.

> « Nos filles vendent leur honneur
> Au dernier courtaud de boutique »

Angèle n'avait pas envie de vendre le sien. On le lui avait pris de force une première fois, c'était assez. Maintenant elle connaissait le truc de tous ces amateurs de chair fraîche! On ne l'y reprendrait plus. Elle en savait les conséquences.

Est-ce que pour le plaisir d'avoir à faire des chemises à trois francs de façon, et pour les beaux yeux de ce petit hypocrite de calicot, elle allait recommencer le supplice d'une grossesse que l'on cache, d'un accouchement n'importe où?

Elle était payée pour raisonner ainsi et elle avait 16 ans!

Merci bien, se disait Angèle, mettre à ce prix des enfants au monde!... Et des filles encore, pour leur laisser l'héritage de leur mère!... si elles vivent!... Ou bien, après avoir sué du sang pour leur faire du lait, être obligée de les laisser mourir comme elle avait dû laisser mourir sa petite Lize.

Ah! mais non, alors, non!

Et toutes les horribles scènes qui avaient précédé la découverte du petit cadavre passaient devant les yeux troublés d'Angèle avec la figure livide de sa Lizette.

Pauvre amour! dire que c'était fini! Qu'elle ne la reverrait plus jamais! jamais! Que ce beau corps comme pétri de roses et de crème pourrissait là-bas dans le sable du Champ de Navets, lui laissant la sensation d'un affeux isolement de cœur.

« Eh! bien, après tout, » se disait la jeune mère dans son cruel bon sens, « ça vaut peut-être mieux, pour elle, d'être morte sans avoir passé par où j'ai passé, par où je passe encore. Puisqu'il n'y a plus de travail pour tout le monde. Oui, ça vaut mieux pour elle! Mais pour moi ?...

« Oh! ma Lize! ma petite Lize que j'aimerais pouvoir dormir auprès de toi, ma dernière nuit! la plus grande nuit. »

Elle se sentait si lasse, la petite Brodard!

Elle était revenue à la maison presque heureuse de retrouver les chemises à finir que lui donnait la maison du *Travailleur*. C'était pas avantageux, non, mais c'était honnête, cette besogne-là. Et puis il y en avait de pire : celle de l'Assistance publique, par exemple, avec laquelle il est impossible d'aller jusqu'à vingt sous par jour. Et pourtant, c'est du *nanan* pour douze cents femmes qu'occupe cette maternelle administration.

Oui, du *nanan*. On n'est pas pour rien la plus haute expression de la charité publique.

Il faut voir avec quelle reconnaissance est reçue cette manne qui représente 15 sous par jour et 15 heures de travail.

Il pourrait en être autrement. Oui, mais si dame Assistance venait à remplacer l'aumône par le travail (j'entends un travail rémunérateur), qu'est-ce qui ferait mûrir les belles moissons d'or de MM. les administrateurs du bien des pauvres? Moissons si bien fumées, si bien engraissées, de toutes les misères de la grande ville ?

Un tel travail supprimerait la misère.

Donc, pour en revenir aux Brodard, la mère s'en allait par l'express au Champ de Navets, la fille aînée s'abîmait de travail sans arriver à fournir même assez de pain au ménage et les deux petites, affamées comme des loups, fourrageaient dans les paniers de leurs camarades ; si bien qu'on avait failli les renvoyer de l'école.

Et pourtant, les religieuses ne les avaient pas trop maltraitées pour ces vols de tartines. Quoi d'étonnant que des enfants élevées comme ça eussent de mauvaises habitudes. Elles avaient un père, un frère en prison ! Une sœur !... Il fallait seulement prier pour elles ! Dieu seul pouvait remettre dans la bonne voie celles que les mauvais exemples de la famille entraînaient à leur perdition.

On avait fait des neuvaines à la Vierge Marie, des neuvaines malgré lesquelles les petites gangrénées avaient encore été surprises volant des poires dans un cabas. Si elles avaient faim, ces mauvaises fillettes, est-ce qu'elles ne devaient pas demander aux bonnes sœurs ?

Les bonnes sœurs étaient les servantes de la Providence divine. Voilà ce que faisait semblant d'ignorer toute la méchante race des communards. Pas de danger que Mme Brodard se soit dérangée pour venir recommander ses petites aux filles de Saint-Vincent-de-Paul.

Jacques Brodard avait enfin reçu la visite de sa femme et de sa fille aînée. Magdeleine n'avait pas voulu conduire les petites à la prison. Ce n'était pas là qu'elles devaient voir leur père, bien sûr.

L'entrevue avait été ce qu'elle devait être : un déchirement pour ces pauvres créatures qui se retrouvaient vieillies, flétries, méconnaissables, après quelques années d'absence. Magdeleine ne reconnaissait plus son mari. Sa physionomie était toute changée. Il avait dans les yeux des éclairs qu'elle n'avait jamais vus, et avec ça, pourtant, quelque chose de tendre qu'elle ne connaissait pas. L'absence avait fait de la lumière sur cette tête pâle.

Jacques de son côté n'en revenait pas de voir sa femme avec des cheveux gris, le visage émacié, les yeux creux, les joues blêmes !... Il l'avait quittée dans l'épanouissement de sa beauté, dont à peine il retrouvait un faible vestige dans cette figure de poitrinaire qui posait là, devant lui, comme le fantôme de son bonheur domestique.

Et sa fille ! Était-ce bien elle, aussi ? Était-ce là cette innocente qu'il voyait passer dans ses rêves, là-bas, à la presqu'île Ducos ? Comme la honte semblait imprimée dans son triste sourire ! Avait-elle l'air assez accablée. Comme le malheur l'avait mûrie ! Elle était mère déjà ! Cela ne pouvait sortir de la tête de Jacques.

Mais il n'en voulait pas à son Angèle. Il devinait ce qui avait dû se passer. Et il la serrait sur sa poitrine en murmurant : « Ma fille ! ô ma fille !... Misérable Étienne ? » La colère et l'amour se disputaient son être, faisant en même temps bouillonner son sang et épanouir son cœur.

Elle, la jeune victime, cachait sa tête sur l'épaule de son père, et lui, sentait les larmes de la pauvrette à travers sa blouse et sa chemise, filtrer sur sa peau.

Il se repentait d'avoir cédé à un entraînement paternel. Non, son devoir était de revenir le plus tôt possible dans sa maison pour alléger les pauvres femmes qui succombaient sous le poids de leur misère. Mais aussi, laisser son fils aller à la Roquette!...

Hélas! que le devoir était difficile à remplir entre tant d'intérêts opposés.

Heureusement que le jour du jugement n'était pas loin, et qu'un bon avocat s'était présenté pour défendre le père et le fils.

Angèle et sa mère avaient été entendues par M. A.. Ce magistrat, sévère observateur de la morale..» des jésuites... avait été scandalisé de l'hypocrisie de la mère et de l'impudence de la fille.

Pour les mettre en désaccord, il avait employé tout ce qu'il possédait de tortueuse habileté dans l'esprit.

Il avait eu un plein succès.

L'innocence de l'honorable M. Rousserand allait ressortir de l'indignité de ses accusateurs, convaincus de mensonge, et surtout de la bassesse de la principale accusée.

Les dépositions de la femme et de la fille Brodard, entièrement contradictoires, commentées par le juge d'instruction, seraient acceptées pour ce qu'elles valaient par le jury.

Les pauvres femmes avaient confiance dans le bon droit des deux accusés. Tous les deux ne pouvaient pas être condamnés.

On les leur rendrait. La justice du jury était bien la justice, il n'y avait pas à s'inquiéter. D'ailleurs, à quoi bon toujours penser à l'avenir?

Dans sa détresse, Magdeleine songea plus d'une fois à Mme Rousserand. Mais, après avoir si mal accueilli les propositions de la patronne, pouvait-on aller la supplier d'accorder ce qu'on avait refusé avec tant d'arrogance?

Non, ça ne se pouvait pas. Mais ça paraissait drôle tout de même qu'elle ne fût pas revenue.

Le père Henri avait mal conseillé sa nièce. Mais pouvait-elle lui en vouloir s'il faisait passer l'honneur avant tout, ce pauvre vieux, qui s'était rendu malade à force de travailler, en se privant de tout pour aider la famille de son neveu.

Maintenant, il n'en pouvait plus, et avait de la peine à se traîner jusqu'à la rue Croulebarbe. Il aurait eu lui-même besoin d'aide et de soins; et voilà, pouvait-on faire autre chose que de partager avec lui — quand il y en avait — la croûte qu'Angèle gagnait si péniblement?

Magdeleine, tout en vaquant par habitude à ses occupations de ménage, songeait parfois à ce bon rêve qu'ils avaient fait, elle et Jacques, de prendre avec eux le vieil ouvrier.

« Une famille sans grand'père, c'est pas complet » disait le tanneur, « nous adopterons l'oncle afin que nos enfants apprennent de nous la reconnaissance et le respect dus aux vieillards. Le monde ne sait pas assez tout ce qu'il doit à ceux des nôtres qui ont vécu longtemps. C'est à ceux qui sentent ça de payer, s'ils le peuvent, la dette de tout le monde. »

Hélas! on était loin, chez les Brodard, de pouvoir réaliser les généreuses intentions du chef de la famille. Tout ce qu'on souhaitait maintenant au père Henri, c'est qu'une âme charitable lui ouvrît la porte de l'une des tristes maisons où la civilisation du XIXe siècle parque, en la séparant du reste des hommes, la vieillesse sans foyer.

Non, les Brodard ne pouvaient rien pour le vieux raffineur. Et cette cruelle certitude ajoutait aux souffrances de Magdeleine.

Parfois, la pauvre femme se sentait si lasse, si accablée, qu'elle avait comme une faim de la terre.

Ne plus penser, dormir! toujours dormir! sans craindre les escadrons de soucis qui attendent le réveil du pauvre monde! Ce serait bien bon, en effet!

Oui, si on ne laissait rien après soi. Si l'on n'aimait personne. Si personne n'avait besoin de votre dévouement, de votre affection.

Mme Brodard n'en était pas là, et les accès de toux qui lui déchiraient la poitrine lui déchiraient aussi le cœur, en l'avertissant qu'il lui faudrait bientôt laisser ses petites, son mari, et ce cher brave enfant, cet Auguste, pour lequel il y avait dans les profonds replis de son cœur une préférence qui, pour n'avoir jamais paru au dehors, n'en était pas moins vivace.

Courageuse jusqu'au delà de ses forces et ne se soutenant plus que par des efforts de volonté, la vaillante mère allait, allait toujours, s'occupant de son ménage, raccommodant les nippes, entretenant dans sa maison, la propreté, — ce véritable, ce beau luxe du pauvre.

Dame! puisqu'elle ne gagnait plus de quoi rien acheter, fallait bien entretenir ce qui restait et le disputer à l'usure.

Quelquefois, tout en essuyant ses lèvres de l'écume qui les teignait en rouge, la pauvre femme disait avec un triste sourire, en montrant le balai sur lequel elle s'appuyait ou l'aiguille avec laquelle elle cousait : « Comme les braves, je mourrai les armes à la main. »

Les petites ne comprenaient pas et riaient ; Angèle avalait ses larmes, car elle voyait bien que sa mère se mourait.

Magdeleine sentait qu'il n'y avait rien à faire, pourtant, un matin, pour ne pas contrarier sa grande fille, toutes deux étaient allées à la Pitié.

On avait perdu une demi-journée.

C'était bien la peine.

La consultation devait avoir lieu à neuf heures, les pauvres femmes étaient parties de chez elles à huit dans l'espoir d'être les premières et de revenir à la maison.

Ah bien oui! les premières! Il aurait fallu se lever plus matin.

La salle d'attente était pleine. Toutes les maladies dont les commencements laissent aux malades la force de se tenir sur leurs jambes étaient représentées avec les mille accidents de la vie ouvrière.

A onze heures, les médecins n'étaient pas encore là!

La foule des malades qui attendaient, la plupart debout, dans une pièce trop étroite, s'impatientaient, toussant, soupirant, se plaignant, crachant à se faire vomir les uns les autres.

Magdeleine, appuyée sur sa fille, faisait bien sa partie dans ce triste concert.

— « Tenez, prenez ma place, » lui avait dit un pauvre cordonnier qui s'était

Madame Brodard fut examinée par le médecin en chef, un beau vieillard à cheveux blancs.

piqué avec son alène, et dont la main était enflée comme une miche de dix sous, « prenez ma place, j'ai mal à une patte, mais les deux guiboles et le coffre sont solides. Je peux me tenir droit. »

Magdeleine, bien touchée, avait accepté, pensant que s'il y a du mauvais monde sur la terre, il y en a beaucoup de bon parmi les malheureux. Non pas que l'ouvrier soit sans défaut, au contraire, mais le cœur y est toujours.

Angèle, qui avait des chemises à rendre, après lesquelles on attendait pour avoir de quoi mettre sous la dent des petites, Angèle s'impatientait. Mais elle n'en disait rien, tâchant de détourner l'attention de la pauvre malade du triste spectacle qu'elle avait sous les yeux, elle lui racontait sa première visite à l'atelier de Jéhan Troussebane.

Elle parvenait presque à faire rire Magdeleine avec des détails sur le nègre, sur Lapersonne et sur l'indescriptible fouillis qu'elle avait vu en entrant, et sur la bonne crémière qui voulait purger tout le monde.

Onze heures sonnèrent. Les médecins ne venaient toujours pas.

Toute la salle, les yeux cloués sur la petite porte du cabinet de consultation, poussa une exclamation.

« — Onze heures! C'était se ficher du pauvre monde, à la fin. »

« — Voilà ce que c'est, quand on ne paye pas. »

« — Rien ne revient plus cher aux gueux que ce qu'on leur donne.

La porte du cabinet s'ouvrit.

« — Enfin! »

Il y eut un soupir de satisfaction générale.

Un infirmier parut. Mais au lieu de la formule ordinaire : « *Les femmes pour la médecine,* » il prononça d'une voix claire :

« Pas de visite aujourd'hui. »

« Pourquoi? Pourquoi? cria-t-on de tous côtés. »

« — Allez le demander aux médecins. »

Telles furent la réponse et la satisfaction qu'obtinrent tous ces gens venus sur la foi d'un règlement administratif. On n'en saurait jamais prendre trop à son aise avec ce bon populo.

Les malades étaient indignés, mais à qui se plaindre?

Et d'ailleurs à quoi bon?

Pauvres bêtes de somme, pour la plupart éreintées, fourbues, devenues étiques au service de l'humanité, est-ce qu'on avait des comptes à leur rendre?

Angèle et sa mère s'en retournèrent comme les autres, et comme la plupart des autres, revinrent le lendemain. Mais un peu plus tard ce fut une autre machine :

La visite était finie.

Il n'était pourtant que neuf heures.

C'était à recommencer.

Enfin, la troisième fois, Mme Brodard fut examinée par le médecin en chef : un beau vieillard à cheveux blancs. Il reconnut Magdeleine pour l'avoir traitée, il n'y avait pas bien longtemps. Il avait bien dit qu'elle ne tarderait pas à revenir si elle ne se soignait pas mieux. Après auscultation il secoua la tête, fit quelques questions à la malade sur sa situation, ses ressources et, finalement, lui offrit de l'admettre à l'hôpital.

Mais elle refusa. Pourquoi faire se séparer des siens? Elle sentait qu'elle n'en avait pas pour longtemps; et que tous les docteurs du monde n'y pouvaient rien.

Le médecin, qui semblait lui porter de l'intérêt, fit une ordonnance et donna à Mme Brodard un *bon* de médicaments; il ordonna une nourriture *substantielle, du vieux vin,* etc.

Le même jour, la malade se coucha sans dîner, sans souper, disant n'avoir pas le moindre appétit. Les petites eurent une panade à l'eau et au sel. Angèle se fit réchauffer deux ou trois pommes de terre qu'elle dévora.

Les visites à l'hôpital n'avaient pas amené l'abondance ; non, l'ouvrage était en retard. Avec la maladie, la misère entrait par tous les côtés à la fois chez les pauvres femmes.

LV

AVANT LE JUGEMENT

Mme Rousserand était bien décidée à quitter son mari. Cependant, pour rien au monde elle n'eût voulu laisser transpirer les torts qu'elle avait à lui reprocher relativement à l'affaire d'Angèle. Se faire une arme de ce qui pouvait le déshonorer devant le monde lui semblait répréhensible. Mais, d'un autre côté, sa conscience murmurait.

L'étroite solidarité de la famille, dont elle sentait toute la force en songeant à Valérie, lui faisait redouter les débats qui se préparaient. Comment faire pour être juste ?

Elle aurait bien désiré revoir Magdeleine, mais elle comprenait la suceptibilité ombrageuse des braves gens auxquels elle songeait à faire une restitution complète de ce qu'elle ou les siens, leur devaient selon le compte établi par elle au maître d'école.

Et elle se demandait pourquoi cet homme qui lui avait inspiré une si vive sympathie, une si entière confiance, ne venait pas lui parler de la commission dont il était chargé pour elle.

Il est vrai qu'il semblait avoir accepté avec hésitation de se mêler de cette affaire ; mais, ce n'était pas une raison pour ne pas en rendre compte à la principale intéressée.

Malgré les apparences qui étaient contre elle, Mme Brodard ne soupçonna pas un instant la probité de Léon-Paul. Elle avait cette confiance spontanée des esprits nobles qui ont tant de peine à croire au mal.

A première vue, Agathe avait senti des affinités sympathiques entre elle et le maître d'école.

Pourtant, elle ne pouvait s'empêcher de trouver étranges ou inquiétants le silence absolu de Magdeleine et l'absence prolongée de Léon-Paul.

Non qu'elle regardât à la perte d'un billet de mille francs ou son envoi comme un titre à la reconnaissance des Brodard ; mais elle supposait avec raison que la famille de l'ouvrier tanneur, ne connaissant pas le mobile de ce commencement de restitution, le regarderait comme un bienfait ou comme un affront.

Dans le premier cas, Magdeleine aurait remercié ; dans le second, elle aurait renvoyé le billet.

Agathe se perdait en conjectures.

M. A... était venu interroger le blessé dont l'état était des plus satisfaisants. Le magistrat et le capitaliste s'étaient parfaitement entendus à demi mot et s'étaient quittés fort contents l'un de l'autre, croyant s'être trompés mutuellement.

Agathe, comme les autres témoins, avait été mandée au parquet.

M. A..., ne doutant point d'un parfait accord entre les époux, avait à peine effleuré la question d'Angèle.

Le juge d'instruction laissa entendre qu'il était persuadé d'une chose : Mme Rousserand n'avait donné aucune créance aux accusations intéressées de ces misérables Brodard. Elle était trop habituée à l'ingratitude des ouvriers pour ne pas comprendre jusqu'où cette ingratitude pouvait descendre.

Agathe était indignée. Elle avait bien résolu de faire le possible pour ne pas trahir ce qu'elle pensait. Mais la droiture l'emporta.

La surprise du magistrat fut extrême quand, obéissant à un sentiment de justice qui lui faisait préférer la vérité à toute autre considération, Agathe répondit :

— L'ingratitude est plus souvent du côté des patrons que de celui des ouvriers.

— Madame, cette opinion...

— Vous semble étrange, monsieur le juge ?

— Subversive, madame. Je n'ai ni à l'apprécier ni à la discuter. Elle vous est simplement personnelle.

— Malheureusement, monsieur, il serait à souhaiter qu'elle se généralisât.

— Nous sortons de la question.

— Je ne crois pas, mais c'est égal, revenons-y.

— En ce qui touche Angèle Brodard. Ne pensez-vous pas que *cette fille* a calomnié votre mari ?

— Je n'en sais rien.

— Avez-vous des doutes sur la fidélité de M. Rousserand ?

— Peut-être.

— Expliquez-vous.

— Je n'ai pas à m'expliquer, n'ayant, ni pour ni contre, des preuves matérielles du crime que les Brodard ont voulu punir dans la personne de leur patron.

— Mais votre appréciation, madame ?

— Je la garde.

Le rusé clérical était confondu. Voilà une femme plus qu'étrange, pensait-il. Avec elle, il faudrait de la prudence. Il serait bon qu'elle ne parût pas aux débats.

Mais comment faire pour l'empêcher ?

Les Brodard, le père et le fils, se reconnaissaient coupables tous les deux. C'était une complication qui exciterait l'intérêt en faveur des accusés. Si l'un demeurait seul pour répondre de son crime en l'avouant devant la justice, on pouvait se passer du témoignage de la femme du tanneur. On n'avait pas besoin de faire constater la tentative de meurtre avouée par son auteur.

L'aveu du criminel simplifierait la procédure. En y réfléchissant bien, il y avait seulement à élargir le père et tout serait dit. On éviterait ainsi le combat de générosité qui pourrait avoir lieu entre le tanneur et son fils, combat de nature à impressionner le jury en faveur des accusés. En outre, on écarterait des débats Mme Rousserand, dont le témoignage devenait inutile.

En conséquence, le soir même Jacques Brodard, dont le juge connaissait la parfaite innocence, Jacques qu'on retenait en prison pour vider une question de forme, fut mis en liberté, malgré tout ce qu'il put dire pour innocenter Auguste.

En sortant, il ne put s'empêcher de dire au greffier qui lui remettait sa carte de sortie que les Canaques étaient bien heureux de ne pas avoir de justice.

Le greffier répondit que si la nôtre lui avait causé un dommage, il pouvait obtenir réparation en s'adressant au conseil d'État.

— Au conseil d'État! Et qui est-ce qui prononce là? » demanda Brodard.

— Les plus hauts personnages de la magistrature.

L'ouvrier eut un rire amer.

— Encore des fonctionnaires qu'on ne peut dégommer, n'est-ce pas?

— Naturellement : Magistrature assise.

— Alors, bonsoir, je sors d'en prendre. Les loups ne se mangent pas entre eux.

LVI

UN HÉRITIER, S'IL VOUS PLAIT

Le maître d'école était revenu à grandes enjambées à l'hôtel de Clermont.

Il avait trouvé M. de Saint-Cyrgue dans un pitoyable état.

A l'âge où le vieillard était parvenu, les grandes émotions sont au corps humain ce que les tremblements de terre sont aux édifices à moitié ruinés.

La déception qu'il venait d'éprouver, le mépris, le dégoût, peut-être le dépit d'avoir été pris pour dupe, bouleversaient le vieux millionnaire.

Il se sentait bien malade et l'inquiétude le gagnait. Après lui, qu'allait devenir l'immense fortune qu'il tenait du hasard?

Le hasard?

Était-ce bien le hasard ?

Cette fiction d'une force supérieure, toujours occupée à réparer le mal, à récompenser le bien, n'était-elle pas une de ces conceptions théologiques dans lesquelles il y a du vrai?

Le vieillard pensait qu'en remplaçant Dieu par l'humanité, la providence humaine devient une des formes visibles de la fraternité.

M. de Saint-Cyrgue croyait à la mission forcée des détenteurs de la fortune publique et, le croyant, il avait comme une sensation matérielle de sa responsabilité.

Tout ce capital, c'est-à-dire toute cette accumulation de travail humain, qui était sa propriété aux yeux de tous, ce capital lui produisait l'effet d'un fardeau sur la poitrine.

Cela l'étouffait.

Sur qui s'en décharger sans alarmer sa conscience ?

Le temps pressait. La mort venait et rien n'était prêt pour le grand voyage.

Voilà, à force de combiner les moyens pour arriver à son but, il se trouvait qu'il lui manquait le principal : un agent de sa volonté.

La poitrine oppressée, la bouche ouverte, la respiration sifflante, la tête renversée sur le dossier de son fauteuil, M. de Saint-Cyrgue attendait avec anxiété le retour du maître d'école.

En l'entendant revenir, il poussa un soupir de soulagement.

— Cher homme ! » lui dit-il en lui tendant la main, « cher homme ! à quel danger vient d'échapper ma fortune. Sans vous, elle devenait un instrument de dégradation. »

Il s'essuya le visage où perlait une sueur glacée.

« Sans vous, poursuivit-il, j'allais faire banqueroute à l'humanité. Si vous saviez combien j'avais hâte de vous sentir près de moi, de vous témoigner ma reconnaissance. »

Léon-Paul répondit qu'il était bien sensible à toutes ces marques de sympathie. Mais, en fait de reconnaissance, c'est lui qui en devait à M. de Saint-Cyrgue. Le vieillard lui avait rendu le seul bien qu'il eut au monde : sa liberté.

« Hélas ! » fit le comte, « il est assez triste que la liberté ou la captivité d'un citoyen, puisse dépendre, dans notre pays, du caprice, de l'intérêt ou de l'influence d'un autre homme. »

Léon-Paul ne répondit qu'en renouvelant ses remerciements.

Il avait hâte de se rendre chez les pauvres Brodard.

En conséquence, il demanda la permission de se retirer pour porter à une pauvre famille le billet de mille francs qu'il venait de recouvrer d'une façon si miraculeuse.

Le vieillard l'écoutait d'un air inquiet. Il lui dit :

— Ne me quittez pas, mon ami, ne me quittez pas, je vous en conjure. Je sens mes forces diminuer de minute en minute.

Léon-Paul expliqua qu'il s'agissait d'un dépôt.

L'obstiné vieillard répondit que les intérêts du prolétariat tout entier étaient supérieurs à celui d'un individu ou d'une famille.

Dans l'esprit de Léon-Paul, cela ne faisait pas l'ombre d'un doute :

Dans la morale qui réglait les actions de cet obscur apôtre du progrès, les intérêts privés se subordonnaient tous à l'intérêt général.

Il s'assit.

N'ayant pas plus de paroles que de temps à perdre, le comte remercia de la tête et continua :

Je suis ici seul, entouré d'une nuée de vautours affamés de mon héritage. Protégez-moi.

— Je suis à vos ordres, dit simplement le maître d'école. Que faut-il que je fasse?

— Ne pas me quitter.

— Je le voudrais, mais...

— Pas de mais, je vous en conjure. Les êtres dégradés que vous venez de voir ont failli s'emparer de ma fortune.

— Pas possible.

— C'est comme je vous le dis.

Et le vieillard, un peu ranimé par l'indignation, raconta en peu de mots la comédie que les coquins avaient jouée devant lui et le piége grossier dans lequel il avait failli choir.

Il ajouta d'un ton mélancolique :

« Après eux, il en viendra d'autres. Restez avec moi pour les écarter et défendre mes richesses. Comme toutes les richesses, elles viennent du travail et doivent servir à une restitution sociale, quand elles ont été détournées de leur véritable destination.

— Et quelle est, selon vous, cette destination? demanda Léon-Paul, vivement intéressé.

— La richesse a pour fonction de satisfaire aux besoins, au développement et aux plaisirs légitimes de tous.

« C'est le fond commun que tous les hommes doivent augmenter.

— Nous sommes d'accord. Nous pensons à peu près de même. Soyez tranquille, monsieur de Saint-Cyrgue, je m'attache à vous, je ne vous quitte pas. Laissez-moi seulement m'absenter une heure.

— Non! non! vous ne pouvez pas, vous ne devez pas me laisser seul une heure, fit le vieillard regardant autour de lui, comme s'il voyait quelque chose d'effrayant.

— Il le faut, répondit Léon-Paul avec fermeté.

— Et moi, reprit M. de Saint-Cyrgue, j'affirme que vous devez rester ici pour défendre, contre toutes les cupidités qui la guettent, l'immense fortune que je destine à la démocratie française.

Il ajouta, en essuyant son grand front livide :

« Si absolument, vous avez affaire quelque part, envoyez-y mon domestique. C'est un homme sûr. Il va revenir tout à l'heure. Il est allé chez mon notaire. Je vous en supplie, assistez-moi. Mes heures sont comptées. Le médecin sort d'ici. Je sais où j'en suis, je n'ai pas un jour à vivre. Demain, je ne verrai pas lever le soleil. »

Pour toute réponse, Léon-Paul prit la main du vieillard, elle était glacée. Il la serra sans parler.

« Vous le voyez », dit M. de Saint-Cyrgue, « j'approche de la fin et, après dix tentatives infructueuses, après des années de réflexion sur la meilleure, sur la plus équitable destination à donner à ma fortune, voilà que je suis pris au dépourvu.

— C'est que « le mieux est l'ennemi du bien, » cela est toujours vrai, prononça Léon-Paul qui aimait les proverbes et les maximes.

Il ajouta :

Ma— j'espère que rien n'est perdu ; vous savez ce que vous voulez, vous avez un plan, vous avez le temps de dicter vos volontés dernières.

— Oui, mais il me manque un exécuteur testamentaire dans lequel je puisse avoir toute confiance.

M. de Saint-Cyrgue dit cela d'un ton navré et les larmes lui vinrent aux yeux.

Il pensait à Gaspard de Bergonne avec lequel il s'était brouillé, après l'avoir s longtemps considéré comme un fils.

— Oh ! disait-il en lui-même, pourquoi ai-je déchiré le testament que j'avais fait en sa faveur ?

— Eh bien non, se répondait le comte, non, je ne dois pas me repentir de rien à l'égard de cet homme sur lequel l'éducation théologique avait laissé son empreinte. Jamais ! jamais ! il ne se serait défait des préjugés métaphysiques qui nous ont toujours divisés. Pour lui, il y aurait toujours eu des bienfaiteurs et des obligés dans la race humaine. Il ne faut pas cela.

Il se pressa le front. Puis tout haut :

« A qui donc », demanda-t-il, à qui confierai-je une tâche si difficile ?

— Vous parlez d'un exécuteur testamentaire ?

— Oui.

— Je connais quelqu'un, moi.

— Vous, monsieur Léon-Paul ?.

— Oui, moi-même.

— Vous connaissez une personne capable de remplir la mission que je veux lui confier, et digne de s'en charger ?

— Oui ! oui !

— Assez incorruptible pour ne pas se laisser détourner de son but par la facilité des jouissances que donne la richesse ?

— Cette personne est déjà très riche, monsieur, et n'a jamais employé pour elle-même, que le strict nécessaire. Vos capitaux, ajoutés aux siens, lui permettront de faire de grandes choses.

— En êtes-vous sûr ?

— Très sûr.

— J'ai confiance en vous. Quel est cet homme ?

— Ce n'est pas un homme.

— Comment ?

— C'est une femme.

— Une femme !

— Cela vous étonne.

— Non, mais...

« Monsieur ! » cria Léon-Paul, « je refuse. » (Page 439.)

— Ne vouliez-vous pas, ce matin encore, confier votre œuvre à Mlle de Méria ?

— C'est vrai.

— C'est-à-dire la femme que ces coquins ont composée selon l'idéal de vos propres conceptions !

— Oui ! oui ! pardieu !

— Et, en la faisant votre héritière, n'aviez-vous pas l'intention de rendre au sentiment la place qu'il doit occuper dans les rapports des hommes ?

— Il est possible.

— C'est certain. Instinctivement, vous agissiez en cela comme si vous vous étiez dit :

« Il y a assez longtemps que la raison domine, que l'intelligence nous conduit et nous conduit mal. Place au cœur ! place à l'amour, dont la raison et l'intelligence doivent être seulement les premiers serviteurs. »

— Eh bien ! supposons que j'ai tenu ce raisonnement, et que la femme, dont vous me parlez soit digne de me l'avoir inspiré. Mais cette femme a-t-elle étudié la question si difficile de l'administration des richesses ?

— Elle l'a étudiée.

— Fort bien !

— Et je dirai mieux : elle a trouvé un excellent moyen de transition, pour les riches.

— Voyons ce moyen.

— Ce serait peut-être bien long à vous expliquer.

— N'importe, tant que le notaire n'est pas là, employons notre temps.

— Eh bien ! cela commence d'abord par un acte de réparation.

Le maître d'école raconta, aussi brièvement que possible sa visite à Agathe Monnier ; la conversation qu'il avait eue avec elle et le compte qu'elle avait relevé sur ses registres pour la famille Brodard.

Le mourant était en proie à une vive émotion ; il lui semblait que l'immortelle vérité soulevait pour lui un coin de son voile.

« Que cette femme soit bénie ! » dit-il, « comment l'appelez-vous ?

— Agathe Rousserand.

— La femme du grand tanneur ?

— Elle-même.

— Mais alors, elle est en puissance de mari. Le sien n'est pas mort ?

— Diable ! je n'ai pas pensé à cela.

— L'homme est l'administrateur de tous les biens de la communauté matrimoniale, le savez-vous ?

— C'est, ma foi, vrai.

— En France, nous nous heurtons sans cesse à des inégalités criantes. Tous les Français sont égaux devant la loi, ou du moins sont censés l'être. Et pourtant il y en a juste une moitié à laquelle il m'est défendu de recourir pour remplir une fonction d'humanité.

— Et c'est bien dommage, en vérité : Mme Rousserand, avec ses connaissances industrielles, son profond amour de la justice, son respect des droits d'autrui, était vraiment votre affaire.

— N'y pensons plus, Léon-Paul, nous n'avons pas de temps à dépenser en regrets inutiles. Mais dites-moi, mon ami — vous me permettez, n'est-ce-pas, de vous donner ce titre ? — dites moi, partagez-vous les idées de cette excellente Mme Rousserand ?

— Pas tout à fait.

— Ah !

— Je suis un rêveur, moi, je ne suis pas pratique du tout.

— Comment cela?

— Si je vous communiquais mes théories, vous diriez comme les autres.

— Et que disent-ils, les autres?

— Que je suis un pauvre songe creux et que mon système ne vaut rien.

— Voyons toujours les grandes lignes de ce système. Il est vrai que je n'aurai peut-être pas même le temps de vous laisser m'expliquer cela

Le vieillard semblait très fatigué. Impatient de voir arriver le notaire, il tendait l'oreille au moindre bruit.

Il poursuivit d'une voix de plus en plus cassée.

Je ne puis guère parler, mais j'entends encore fort bien. Dites-moi seulement en quoi vous différez de manière de penser avec Mme Rousserand.

— D'abord en ceci, qu'elle veut attribuer une certaine rémunération au travail et que je le veux gratuit.

— Gratuit?

— Oui, absolument gratuit, comme le service militaire, dans lequel tous les membres de ce grand corps, organisé pour la destruction, sont assurés : de l'éducation professionnelle, du logement, de l'habit, de la nourriture.

— Quoi! vous voudriez faire de la généralité des travailleurs une armée?

— Oui, une armée ayant pour chef la morale et pour propulseur l'opinion publique. Le travail est une charge que chacun de nous doit supporter pour le bien de tous, sans en attendre d'autre salaire que le sentiment du devoir accompli.

— Vous m'étonnez.

— Pourquoi? Si vous voulez bien réfléchir que, depuis des milliers d'années, le prolétariat, de force ou de gré, pratique, au bénéfice de quelques-uns, cette morale qu'il faudra bien étendre à toutes les classes de la société ; si vous réfléchissez à ce fait spontané, vous cesserez d'être surpris.

— J'avais toujours cru, qu'en déduisant les charges publiques, équitablement réparties, chacun avait droit au prix intégral de son travail.

— Oui, si le travailleur était un sauvage, luttant isolé, avec les forces de la nature, n'ayant rien reçu des générations mortes; ne devant rien aux générations à naître.

— Mais si tout travail était gratuit ?...

— Je vous entends, vous voulez savoir quelle serait la part de chacun dans la répartition?

— Oui.

— La part de chacun serait proportionnelle non à sa production, mais à ses besoins.

— Vous bouleversez toutes mes idées, monsieur Léon-Paul, dit le millionnaire, dominant son mal; entraîné par les paroles ardentes du maître d'école, il sentait comme des bouffées de vie nouvelle lui monter au cerveau.

Il y eut un silence.

M. de Saint-Cyrgue le rompit.

— « Je ne comprends pas bien clairement tout ce que vous venez de me dire, » poursuvit-il, « d'ailleurs, il est impossible d'expliquer un système en quelques minutes, mais je sens qu'il y a de la grandeur dans le vôtre.

— Non seulement de la grandeur, monsieur de Saint-Cyrgue, mais tout ce que la science possède de vérités démontrables dans l'ordre moral.

— Mais ce système est-il immédiatement appréciable?

— Sans nul doute, dans mon esprit, du moins.

— A l'aide d'une révolution quelconque?

— Oui, d'une révolution pacifique qui n'exige pas le concert préalable des forces matérielles, si difficile à obtenir par le temps d'individualisme et d'anarchie intellectuelle et morale que nous traversons. Chacun peut commencer la régénération sociale par soi et chez soi.

— C'est une utopie, mon ami, et sans un changement radical dans les lois...

— Les lois sans les mœurs sont une hypocrisie, un piège public. Je vous dis que c'est par l'individu, par la famille, qu'il faut commencer.

— Alors vous même ?...

— Moi! pouvant être écrivain, je me suis fait balayeur pour servir l'humanité·

Le maître d'école dit cela avec orgueil.

M. de Saint-Cyrgue étendit vers lui ses mains tremblantes. Et, entre le prolétaire et l'aristocrate il y eut une étreinte qui les confondit.

Ces deux hommes, personnifiant l'autagonisme des classes, s'embrassaient.

La misère et le travail se réconciliaient avec la richesse.

.   .   .   .

— Oui, poursuivit Léon-Paul, oui, monsieur de Saint-Cyrgue, je me suis fait balayeur pour payer ma dette à l'humanité d'abord, et pouvoir ensuite la servir comme elle doit être servie.

Mais, objecta le millionnaire, vous l'auriez peut être mieux servie de la plume que du balai.

— Il a fallu combiner le balai et la plume pour pouvoir vivre et écrire dans une parfaite indépendance (première condition de la moralité de l'écrivain). Né avec une imagination ardente, quelque clarté dans la cervelle, des dispositions naturelles pour toutes les fictions de l'art, comme tant d'autres, j'aurais pu gagner de l'argent en enivrant le public, en corrompant les mœurs, sous prétexte de dévoiler les turpitudes du clergé. Mais j'avais de la fonction du littérateur une trop haute idée pour ramasser du pain dans cette fange. J'ai mieux aimé balayer celle des rues.

— Mais vous auriez pu écrire autre chose que des romans.

— Écrire, oui, c'est ce que j'ai fait; me faire imprimer, non. J'ai confié au papier le fruit de toutes mes études, de toutes mes expériences de la vie; à la providence humaine de se charger de la publication.

Le vieillard se frappa le front en répétant :

La providence humaine? c'est bien ça!...

Les traits de M. de Saint-Cyrgue s'altéraient.

Quelqu'un frappa. Le malade croyant que c'était le notaire eut un soupir de satisfaction.

Ce n'était pas le notaire, mais le médecin.

« Duvalo, » dit le malade au docteur; « je me sens bien mal, ma vue baisse, j'ai comme du plomb dans les paupières. Pensez-vous que j'aie le temps de dicter mon testament? Ne me trompez pas, vous savez que je suis homme.

— Je le sais.

— Je ne crains pas la mort.

— Je n'en doute pas, voici de quoi vous assurer deux bonnes heures d'existence et de lucidité d'esprit.

— Merci, docteur.

Le malade avala le contenu d'une petite fiole que lui présenta le médecin. Et, soit confiance dans le remède, soit effet d'une cause réelle. M. de Saint-Cyrgue parut tout ranimé !

Aussitôt que le médecin fut sorti, le malade voulut reprendre la conversation.

« Allons, « dit-il, « instruisons-nous pour la tombe :

« Vous dites, ami, que la morale est dans l'amour du prochain?

— « Oui, certainement, » répondit Léon-Paul, toute la morale tient dans ces trois mots :

« VIVRE POUR AUTRUI. »

— C'est ma foi bien supérieur à la morale chrétienne qui poussait les hommes vers une fin volontaire par toutes sortes de renoncements et de privations, « Vivre pour autrui » cela comporte la santé individuelle, le respect des morts et la prévoyance pour les générations à naître?

— Vous m'avez bien compris. En acceptant l'héritage de ceux qui ne sont plus, nous prenons l'engagement de le transmettre, augmenté de la somme de toute notre puissance, à ceux qui ne sont pas encore.

LVII

LE TESTAMENT

L'arrivée du notaire coupa la réponse de M. de Saint-Cyrgue.

L'officier ministériel s'assit devant la table où quelques heures auparavant s'étaient assis les trois complices. Il déroula lentement quelques feuilles de papier timbré, sortit de la poche de son habit un porte-plume d'argent et un petit encrier de cuir, tira ses manchettes et attendit.

Le vieillard commença à dicter ses dernières volontés.

Le notaire indiqua les premières formules.

« Je sousigné, Maxis de Saint-Cyrgue, domicilié à Lavàure, arrondisse-

« ment d'Issoire (Puy de Dôme), de passage à Paris et y demeurant, hôtel de
« Clermont, rue de Seine, en présence de quatre témoins... »

Le vieillard interrompit le notaire.

— Pourquoi, « demanda-t-il, » ces témoins ne sont-ils pas là? »

L'officier ministériel, le représentant de la loi répondit que ce n'était qu'une pure formalité; que les témoins signeraient le testament, après lecture sans en avoir entendu la dictée.

Le malade s'indigna d'une telle coutume qui lui faisait commettre un mensonge au moment de mourir, lui qui se piquait de n'avoir jamais offensé la vérité pendant sa vie.

« Qu'on appelle, » dit-il, « les premiers venus. »

Et pendant qu'on était aller chercher les témoins, il prit dans la sienne la main du balayeur, fermant les yeux pour mieux se recueillir.

Quatre hommes entrèrent. Trois étaient des gens de l'hôtel et le troisième un colporteur qui déposa sa balle à la porte en entrant.

Ce colporteur était un homme à figure rusée. Il promena un regard oblique sur tout le salon.

« Tiens! » fit-il en apercevant le balayeur, et lui tendant la main, il demanda :

« Par quel hasard êtes-vous là?

Le maître d'école n'eut pas l'air de voir l'avance qu'on lui faisait et n'y répondit pas.

Un éclair brilla dans l'œil noir du nouveau venu.

Il regarda Léon-Paul, secouant la tête, pinçant les lèvres d'un air qui ne signifiait rien de bon.

« Hein? » fit-il à voix basse en passant devant Léon-Paul pour prendre place à côté des autres témoins, « hein! de quoi? Plus que ça de chic! on fait sa *poire* avec un vieux camarade! »

Le maître d'école le regarda avec mépris.

Il répondit :

— Un camarade! Allons donc, vous savez bien que je vous connais, Lesorne...

— C'est bon! c'est bon! On se reverra : « Les bons comptes font les bons amis. « Je te dois quelque chose.

Tout le monde était assis. M. de Saint-Cyrgue reprit la dictée du testament :

« En présence de quatre témoins, et par le ministère de maître X... ai fait « mon testament ce jourd'hui...

« Par ledit testament je donne :

« 1° A tous les pharmaciens d'Auvergne, une somme de deux cent mille « francs, afin qu'ils puissent fournir gratuitement, chaque année, une purge ou « un vomitif à tous ceux qui en feront la demande, le jour de la naissance de « Napoléon Iᵉʳ, c'est-à-dire le 15 août.

Le notaire. — Il y en a tant de Bonapartistes. — Le notaire prit un air pincé, les témoins, Léon-Paul et le malade lui-même se mirent à rire.

« Par ce legs, » dit M. de Saint-Cyrgue redevenu grave, « j'entends témoigner mon mépris à l'illustre coquin qui a fait rétrograder l'humanité. Puissent tous ceux qui seraient tentés de l'imiter, saisir mon allégorie ; comprendre enfin qu'ils sont devenus les poisons de la race et que notre devoir comme notre santé, nous oblige à les vomir. »

Le millionnaire recommença à dicter :

« 2° Je donne, à la ville de Paris, 4 millions de francs afin qu'elle puisse com- « mencer, aux quatre coins de la grande cité, des internats où les enfants de l'ou- « vrier trouveront au prix le plus modique, pendant la période de transition so- « ciale, un milieu convenable à leur développement intégral. »

« Cette donation » dit M. de Saint-Cyrgue en s'adressant à Léon-Paul, « est destinée à faire cesser les justes récriminations du prolétaire qui accuse avec rai-son la République française de ne pas avoir su créer des établissements qui lui permettent de fermer les jésuitières de bas étage où l'on exploite l'enfance du peuple, et où elle est systématiquement démoralisée. Ce que les gouvernements ne font pas appartient à l'initiative privée.

Il reprit sa dictée :

« 3° Je donne à Mlle Blanche de Méria, ma parente, une somme de trente mille « francs, afin de lui faciliter les moyens de devenir ce qu'elle a voulu paraître à « mes yeux.

Puis venaient différents legs à des serviteurs, des présents à des amis.

Le comte donnait sa bibliothèque à la ville d'Issoire et ses tableaux à son petit cousin Gaspard de Bergonne.

« Et maintenant, » dicta M. de Saint-Cyrgue, dont la voix s'élevait, passons à mon légataire universel...

Les témoins ouvrirent de grands yeux. Quoi ! après les dons énormes qu'il venait de faire, il restait encore quelque chose à ce vieillard ?

« Le reste de ma fortune, meubles et immeubles, » poursuivit le comte, « le « reste de ma fortune, que j'évalue au *minimum* à DIX-NEUF MILLIONS, appartiendra, « en toute propriété, pour en user selon son bon plaisir, à...

Le testateur se tourna vers le maître d'école :

« Quels sont vos noms et prénoms ? » demanda-t-il.

Le balayeur répondit :

— Léon-Paul (Julien).

Le comte recommença :

« Pour en user selon son bon plaisir, à Léon-Paul (Julien), ancien maître d'é- « cole et balayeur de la ville de Paris.

« Monsieur ! » cria Léon-Paul, « je refuse. »

— Et pourquoi !

— Y pensez-vous, monsieur de Saint-Cyrgue, une telle responsabilité !... Je ne suis pas capable...

— Si vous n'êtes pas capable, vous chercherez quelqu'un qui le soit. Je m'en rapporte à vous pour trouver l'administrateur de cette fortune, que par vos mains je lègue au prolétariat.

— Mais...

Pas un mot de plus. Laissez-moi finir, Léon-Paul. Vous avez toute ma confiance et je meurs plein d'espoir en l'avenir.

Léon-Paul était suffoqué par l'émotion. Il ne pouvait articuler une parole, mais il secouait la tête en signe de dénégation.

— Refuser, » reprit le mourant, « c'est trahir la cause du peuple. »

— Oui ! c'est la trahir, » exclama le colporteur.

— Ce n'est pas à Léon-Paul que je donne ma fortune, mais à tous les frères déshérités qu'il a tant aimés et qu'il a servis dans la mesure des forces humaines.

Il se fit un grand silence.

Léon-Paul, aussi pâle que le mourant, se demandait quel rêve il faisait. Quoi ! il allait pouvoir donner un corps à ses théories !

Les larmes lui en venaient aux yeux. Ses mains tremblaient en serrant dans les siennes les mains du vieillard.

Tout était terminé. Après lecture, les témoins avaient signé avec le notaire et M. de Saint-Cyrgue.

Au rez-de-chaussée, dans un des salons de l'hôtel, une foule attendait pour entrer chez le vieux millionnaire.

C'était l'heure des réceptions et des déceptions, hélas !

En descendant, le colporteur, flairant des héritiers, s'arrêta devant la porte ouverte du salon.

« Messieurs, mesdames, » cria-t-il effrontément, « vous pouvez vous retirer : le vieux a tout donné à l'un de mes camarades : Léon-Paul, le docteur du balai. Monsieur Léon-Paul. »

Tous les aspirants à la succession se levèrent en tumulte.

« — Comment ! comment ? » demanda-t-on de tous les coins de la salle, « expliquez-vous ! »

— Ah ! vous voulez des détails. Eh bien ! je dis, messieurs, mesdames, que les millions, qui auraient fait votre affaire, aussi bien que la mienne, sont tombés dans la crotte de Paris.

— Que voulez-vous dire ?

— Expliquez-vous.

— Laissez donc, c'est un insensé. Il ne sait rien.

— Qu'il parle ! qu'il parle.

— Oui, oui, laissez-le parler » criaient des voix glapissantes

« Messieurs, mesdames, » recommença Lesorne, « si je dis que les millions de votre cousin — il doit l'être — sont tombés dans la voirie, c'est à seule fin de prendre des précautions pour vous annoncer que mon copain, le docteur du macadam, peut, quand il le voudra, mettre à son balai le fameux manche d'or du côté duquel se trouvent toujours les gens avisés. Le vieux grigou, mon pauvre monde, ne vous a pas seulement laissé un fromage à boulotter. »

Après ce beau discours, Lesorne s'en alla en éclatant de rire.

Dans une de ses mains, étendue vers la porte de la famille Brodard, le cadavre tenait un billet
de mille francs. (Page 447.)

LVIII

ENTRE COQUINS

En quittant sa sœur, Hector était rentré chez lui dans le joli petit appartement de garçon qu'il occupait au quartier de la Sorbonne.

Le comte était pâle et en proie à une foule d'émotions. Il se sentait sur une pente fatale. Une de celles qui peuvent faire glisser l'homme au fond des abîmes.

Un reste d'honneur, combiné avec l'effroi du châtiment possible, l'avertissait du danger et lui criait de s'arrêter. Il en était temps encore.

Il avait patronné de son nom, couvert de ses titres des affaires scabreuses; il s'était vautré dans la fange des bouges, mais pourtant, aux yeux de tous ceux qui jugent les choses superficiellement — ils sont nombreux — son honneur était encore intact.

Allait-il maintenant, tomber sous le coup des lois pour s'emparer non plus par la captation, mais par la force de la succession de M. de Saint-Cyrgue!

Ce Nicolas qu'il ne croyait qu'un vulgaire coquin, était tout simplement un affreux criminel qui cherchait à l'entraîner; à lui faire commettre de véritables crimes. Ne lui avait-il pas proposé de faire...

— Il lui en descendait une sueur dans le dos — de faire empoisonner M. de Saint-Cyrgue.

Le misérable avait, disait-il, un moyen sûr.

Et le fils des croisés se voyait, en imagination, dans une salle de cour d'assises entre deux gendarmes, côte à côte avec le bandit, sur le banc des accusés.

Non, décidément, le mouchard ne l'entraînerait pas jusque-là.

Blanche avait eu raison de repousser avec horreur les propositions qu'on lui avait faites dans ce sens.

Mais pourtant, l'indignation qu'elle avait manifestée étonnait son frère.

Le rôle vertueux qu'elle avait joué déteignait-il sur elle?

Elle ne voulait rien devoir à la violence. Cette fille était capable de tout, même du bien, quand elle y trouvait son compte.

Tout en faisant ces réflexions, Hector prit sur son bureau les lettres arrivées pendant son absence.

Tout à coup, l'une d'elles attira son attention. Au milieu des missives élégantes de forme, satinées, parfumées, celle-ci faisait contraste.

Cette lettre, écrite sur du papier à chandelle, pliée en carré, cachetée avec de la mie de pain, portait une adresse au crayon. Pas de timbre postal; sans doute l'auteur avait remis ça elle-même chez le concierge.

L'écriture était une écriture de femme.

« Quelque pauvresse qui me demande des secours » pensa le comte, « elle s'adresse bien! »

Il allait jeter, sans le lire, le papier qu'il tenait à la main, quand un souvenir lui traversa l'esprit.

« Eh mais! ce doit être d'Olympe. Il y a longtemps que je ne suis allé la voir. »

« Elle doit s'ennuyer de m'attendre. »

« Pauvre être dégradé, c'est peut-être le seul cœur de femme sur lequel je puisse compter véritablement. »

Il décacheta et lut:

« Mon grand chien vert. »

« Ta pauvre perruche est en cage… »

« Toi qu'as du crédit plus que des pépettes, ne pourrais-tu faire pour moi ce
« que peut le dernier des marlous pour la plus fêlée de ses marmites? »

« Je veux dire me faire donner de l'air? »

« J'étouffe ici. »

« Viens me voir, ça ne te compromettra pas. Car, tu sais (ouvre l'œil), je vas
« me convertir… sans blague. Toi qui travailles dans l'eau bénite, tu pourras te
« faire honneur de ça, un jour ou l'autre. »

« Je t'entends déjà dire aux gens de ton monde, avec ta voix de sucre candi.
« *Pauvre pécheresse, je l'ai enfin amenée à Dieu!* »

« — On ne saura jamais par quel chemin… »

« T'annonceras ça dans le CŒUR ENFLAMMÉ? Une belle petite tartine pour faire
« savoir que le Seigneur compte une épouse de plus, parmi les filles de la terre. »

« Pas dégoûté, ce pauv' Bon Dieu! Vrai, y reste plus que la pelure su' ma car
« casse. »

« Enfin, il paraît que ça fait rien et la sœur… chose dit que là-haut on n'y
« regarde pas de si près. Je veux bien le croire, mais c'est égal, le temps me dure
« d'aller y voir. »

« J'en ai assez de cette pourriture de vie. »

« Enfin, faut de la patience, c'est le commencement de la fin, au moins à ce
« que je crois. »

« Ça m'embête bien de te quitter, mais puisque tu travailles au recrutement
« du personnel du paradis, nous nous reverrons. Pas vrai? »

« Sais-tu, mon grand chien vert, que j'ai une toquade? Vrai, je n'en dors plus : »

« Je voudrais mourir dans un lit honnête. »

« Le premier venu, dans un hôpital ferait mon affaire. »

« Plutôt que de crever à l'Oursine, je me passe la fantaisie d'une cravate de
« chanvre. Et, par ainsi, tu entends, je deviens pour l'éternité, la concubine du
« diable. »

« Oui! me faire mourir dans un de ces lits, où meurent les braves ouvrières,
« tu dois être assez puissant pour me donner cette satisfaction. Tu me dois bien
« ça, gros chéri. »

« Dis donc, est-ce que c'est vrai : celle qui t'apporte ma lettre assure que pour
« me faire entrer quelque part, tu dois savoir mes noms et prénoms. Ça me fait
« un peu de peine de les dire, à cause de mon frère, le maître d'école. — Tu sais,
« je t'en ai parlé souvent — si tu ne peux pas faire autrement que de me nommer,
« voilà : »

« Je m'appelle Lize Maria LÉON-PAUL. Je suis de Saint-Cyrgue, arrondisse-
« ment d'Issoire, Puy-de-Dôme. »

« Tu sais mon âge, je ne l'ai jamais caché, car il y a longtemps que je me fiche
« de tout. »

« Adieu chéri, je compte sur toi. »   « TON OLYMPE. »

Hector n'eut pas le temps de faire de longues réflexions sur la singulière lettre qu'il venait de recevoir.

Une seule chose le frappait, dans ces lignes empreintes d'un si profond mépris de la vie et de la mort : la folle créature était la sœur de l'homme qui venait de renverser ses espérances de fortune.

« Qu'elle aille au diable ! » fit-il en jetant la lettre au panier. « Qu'elle crève où elle voudra, ça m'est bien indifférent. »

On frappa à la porte et Nicolas entra.

« Trop tard, » cria l'homme de police, en se jetant sur un canapé, près du comte qui se recula, « trop tard ! tout est manqué. »

— Comment ça ? fit Hector.

— Le bon homme est en train de faire son testament.

Plus n'est besoin de...

M. de Méria poussa un soupir de soulagement. Les sinistres projets du mouchard s'évanouissaient par la force des choses. C'était une solution comme une autre.

— Oui ! poursuivit Nicolas, le maudit vieux est sur le point de claquer de sa belle mort et sans que nous nous en mêlions.

Dommage, tout était bien agencé déjà. Le notaire est près de lui, ainsi que cette clique de balayeur qui ne le quitte plus. Un de nos hommes se trouve parmi les témoins. Nous allons savoir ce qui s'est passé, car je lui ai donné rendez-vous ici.

— Comment ! sans me prévenir ? Je n'aime pas que tout votre gibier de prison sache mon adresse, entendez-vous ?

— Diable ! mon cher comte, vous êtes bien nerveux ce soir. Tâchez de vous remettre et de vous montrer aimable envers nos agents.

Il faut toujours ménager ceux dont on peut avoir besoin.

— Comment ! besoin ? maintenant ?

— On ne peut pas savoir s'il n'y a pas moyen de renouer la partie.

Le comte alluma une cigarette.

« Tenez, » poursuivit Nicolas, « j'entends notre homme, je vais lui ouvrir. »

Le colporteur s'avança.

— Eh bien ? demanda le mouchard, eh bien ! quelles nouvelles ?

— Mauvaises.

— Ah !

— Renversantes ! inouïes ! abracadabrantes !

— Allons, trève d'exclamations, dis-nous vite ce qu'il en est.

— Il a tout donné au docteur.

— A M. Duvalot ? interrogea le comte.

— Non, à un certain Léon-Paul, balayeur de la ville et que nous appelons le docteur, entre nous. Un original comme il n'y en a pas deux dans tout Paris.

— En êtes-vous sûr ?

— Puisque j'ai signé au testament.

— « Comment! » demanda Nicolas, « tu as eu l'audace de signer ton nom? »

— Mais oui.

— Ton vrai nom.

— Mon vrai nom de Lesorne. J'ai pris la balle au bon pour m'introduire avec elle dans la boîte aux écus.

« Ai-je mal fait?

— Non.

— J'étais là dans mon rôle et sur la scène.

— Léon-Paul, héritier?

— De dix-neuf millions, rien que ça.

— C'est bon, tout est pour le mieux. Vous entendez, monsieur le comte, ça peut devenir un cas de nullité, cette signature.

Hector ne répondit pas. Il était songeur. Olympe pouvait hériter de son frère. Cela faisait un singulier effet à celui qui avait été l'amant de cœur de la pauvre recluse. La tendresse s'éveillait dans l'âme du gentilhomme et en chassait jusqu'à l'ombre d'un préjugé.

Dix-neuf millions! elle pouvait avoir dix-neuf millions. Cela lui faisait un effet...

— Vous n'avez pas l'air de m'écouter, reprit Nicolas; cependant en voilà un coup du sort. La signature de Lesorne entraîne la nullité.

— Pourquoi ça? demanda le colporteur.

— Parce que tu ne jouis pas de tes droits civils.

— Ma foi, je jouis de tant d'autres, que la perte de ceux-là ne m'est pas très sensible et...

— Bon! bon! Revenons à notre affaire. Comment était le vieux quand tu l'as quitté?

— Bien mal.

— Penses-tu qu'il aille loin.

— Dans une heure, il sera refroidi.

— De sorte que demain?...

— Demain? mais puisque je vous dis que dans une heure, ce balayeur, ce mendiant, sera possesseur des 19 millions. Nom d'un chien! c'est vexant et si ma signature peut les lui enlever...

— Elle peut au moins servir de prétexte à un procès, et nous procurer une transaction avantageuse. Entendez-vous, comte?

— Un procès! nous le perdrons. De transaction, nous n'en pouvons pas espérer avec un individu comme le balayeur.

— Que faire alors?

— Rien, pour le moment, dit Hector, j'aviserai.

— Mon cher Nicolas, allez me chercher une voiture, j'ai besoin d'avertir différents personnages de ce qui se passe.

« Demain nous causerons de tout cela.

Nicolas sortit.

Le comte se tourna vivement vers le colporteur.

— Monsieur Lesorne, » dit-il, « retournez à votre poste d'observation, et si quelque chose survient, venez m'avertir. Voici cent francs pour le dérangement. Soyez discret, même envers Nicolas.

« — Suffit, répondit le colporteur en mettant sans le compter, l'argent dans la poche de son pantalon. »

— Les choses que j'ai à vous communiquer doivent se passer et rester entre nous.

— Compris.

— Dans une heure et demie je serai de retour chez moi.

— Et j'y puis venir?...

— Jusqu'à demain matin.

— C'est bien.

— Je ferai votre fortune et je pourvoierai à votre sûreté.

— C'est d'un bon cœur, monsieur le comte. J'espère vous rendre la pareille.

Hector fit une légère grimace.

— Hé! hé! hé! On ne peut pas savoir ce qui peut arriver dans la vie de ce monde.

— Assurément.

— On en aurait vu de plus raides qu'un pauvre diable comme moi, défendant, sauvant un grand seigneur comme vous.

Nicolas revint avec la voiture.

Le comte y monta vivement, disant au cocher : Boulevard de Port-Royal.

Mais à peine fut-il arrivé à la hauteur du Luxembourg qu'il arrêta le fiacre et changeant subitement d'itinéraire, se fit conduire à Saint-Lazare.

LIX

UNE POIGNÉE DE NOUVELLES DIVERSES

Le lendemain du jour où s'étaient passés les événements que je viens de raconter, on lisait dans une feuille du soir :

« Hier, un ouvrier tanneur, le nommé Jacques Brodard, en sortant de chez lui à cinq heures du matin, trébuche sur quelque chose qui lui barrait le passage. Il se baissa et vit avec surprise un homme en travers de sa porte. »

« Pensant que c'était quelque voisin ivre, qui n'avait pu regagner son logement, Brodard tira l'homme par la manche et voulut l'éveiller, mais le dormeur ne bougea pas. Il était mort. »

« Brodard se rendit immédiatement au poste des Gobelins pour faire part de sa découverte. »

« M. le commissaire du quartier vint faire les constatations nécessaires et déclara qu'on se trouvait en présence d'un homme assassiné. »

« Le crime avait été commis plus loin, ainsi qu'en témoignaient deux longues traînées de sang qui rougissaient les pavés à 50 pas. »

« La victime, le ventre ouvert par deux coups de couteau, s'était traînée jusqu'à la porte, devant laquelle elle avait succombé à ses blessures. »

« L'homme assassiné paraissait âgé de 50 ans. Il portait une blouse bleue, un
pantalon noir fort propre. »

« Une circonstance singulière tend à écarter des mobiles du crime, toute
idée de vol : »

« Le cadavre, dans une de ses mains, étendue vers la porte, de la famille Brodard, tenait un billet de mille francs sur lequel était écrit au crayon : »

« *Habent sua fata libelli.* » Les livres ont leur destinée. »

« Le corps non reconnu a été envoyé à la Morgue. »

Et un jour plus tard, dans un journal intransigeant on lisait sous cette rubrique :

A LA MORGUE

« Sur une des sinistres tables de pierre où tant de malheureux ont fait leur
avant dernière étape, les curieux se pressaient hier devant le cadavre de l'homme
assassiné dans la rue Croulebarbe. »

« La belle tête blanche du mort, se détachant sur le noir glacé du marbre, était
d'un effet saisissant. L'œil grand ouvert, fixé sur la foule, avait comme un regard
de pitié pour elle. Cela faisait peur. On passait vite. Quelque chose d'indéfinissable venait par ces orbites des profondeurs muettes de l'inconnu. »

« Il y avait là des mères, avec leurs enfants dans les bras; des petits qui se
haussaient sur le bout du pied, pour *voir;* des apprentis, un paquet sur l'épaule,
se faufilant comme des couleuvres parmi les spectateurs; des jeunes filles; des
vieux qui secouaient la tête pensant qu'on n'est pas trop mal sur le lit de camp
des machabées. Là du moins on ne craint plus d'être arrêté pour vagabondage et
l'on a « du pain de cuit. »

« On allait, on venait, on parlait haut. »

« Dans une partie de la grande salle, c'était le mouvement, le bruit, la vie enfin, dans l'autre, l'immobilité, le silence, la mort. »

« Tout à coup une femme pousse un cri et tombe inanimée au milieu des assistants. »

« Dans l'homme assassiné, elle venait de reconnaître son frère, à la recherche
duquel elle était depuis le matin. »

« La victime de la rue Croulebarbe est ce fameux balayeur de la ville de
Paris, légataire universel de M. Maxis de Saint-Cyrgue, l'excentrique gentilhomme qui lui avait laissé la bagatelle de DIX-NEUF MILLIONS.

« Pendant qu'on assassinait M. Léon-Paul, la police tout entière était occupée
à l'arrestation de quelques ouvriers, réunis sans autorisation, pour délibérer sur
les moyens de vivre à meilleur marché. »

« On ne peut pas tout faire, et avant tout, la police doit inquiéter les citoyens
qui la paient afin de leur inspirer cette crainte salutaire, commencement de la
sagesse chez les Hébreux du temps de Moïse, comme chez les Français à l'époque
mémorable du premier septennat. »

Dans LE CŒUR ENFLAMMÉ, journal des intérêts du Ciel, les amateurs de fantaisies cléricales à quelques jours de là, pouvaient découper la tartine suivante :

« LES VOIES DE LA PROVIDENCE SONT IMPÉNÉTRABLES. »

« Tous nos abonnés se réjouissent avec nous de voir l'impie confondu et les armes qu'il avait préparées contre le seigneur se tourner contre lui-même. »

« On sait qu'un grand seigneur, monomane Voltairien, vient de laisser à la Ville de Paris, 4 millions de francs pour créer des écoles destinées à faire tomber celles de nos chers frères de la Doctrine Chrétienne. »

« Selon les diaboliques intentions du testateur, ces écoles seraient des internats dans lesquels — comme dans les nôtres — pour une modique somme, les enfants des prolétaires, instruits dans toutes les sciences profanes, élevés sans Dieu, seraient nourris dans le plus détestable esprit du siècle. »

« Le Conseil municipal espère arriver à ce lamentable résultat, à l'aide de la prétendue morale indépendante dans laquelle, comme dans un bois, sont embusqués tous les scélérats affiliés à la philosophie nouvelle. »

« Mais, patience, la division est au camp des Philistins. »

« Les maisons, dont il s'agit, sont encore dans les carrières et les nôtres regorgent d'enfants. La place manque, à Paris, à nos chers Frères, malgré les quarante établissements nouveaux qu'ils viennent de fonder. »

« Avec l'aide de Dieu, nous préparons aux républicains une armée pour les combattre, quand le jour de l'Éternel sera venu. Les moyens ne manqueront pas. »

« Lisez et méditez. »

« Le vieux comte, comme tous les journaux l'ont annoncé, avait donné au reste de sa fortune une destination plus damnable encore : »

« Par les soins d'un bien dangereux, quoique fort obscur ennemi de l'Église, dix-neuf millions devaient être employés à donner le plus éclatant démenti à cette parole de notre Dieu :

« Il y aura toujours des pauvres parmi vous. »

« Le légataire universel avait fait les plus abominables serments d'exécution, quand le Seigneur a fait sentir la puissance de son bras à l'orgueilleux qui s'était chargé de combattre contre lui. »

« On l'a enterré hier ! »

« Une humble fille, qui n'a jamais tout à fait déserté les voies de Dieu, hérite des dix-neuf millions laissés à son frère par le comte de Saint-Cyrgue pour organiser le travail et éteindre la misère. »

« Quelle prétention ! »

« Mlle Léon-Paul (l'héritière), dont l'intention était déjà d'entrer en religion, nous fait savoir qu'elle est disposée à rendre au Seigneur une fortune, qu'elle teint de lui. »

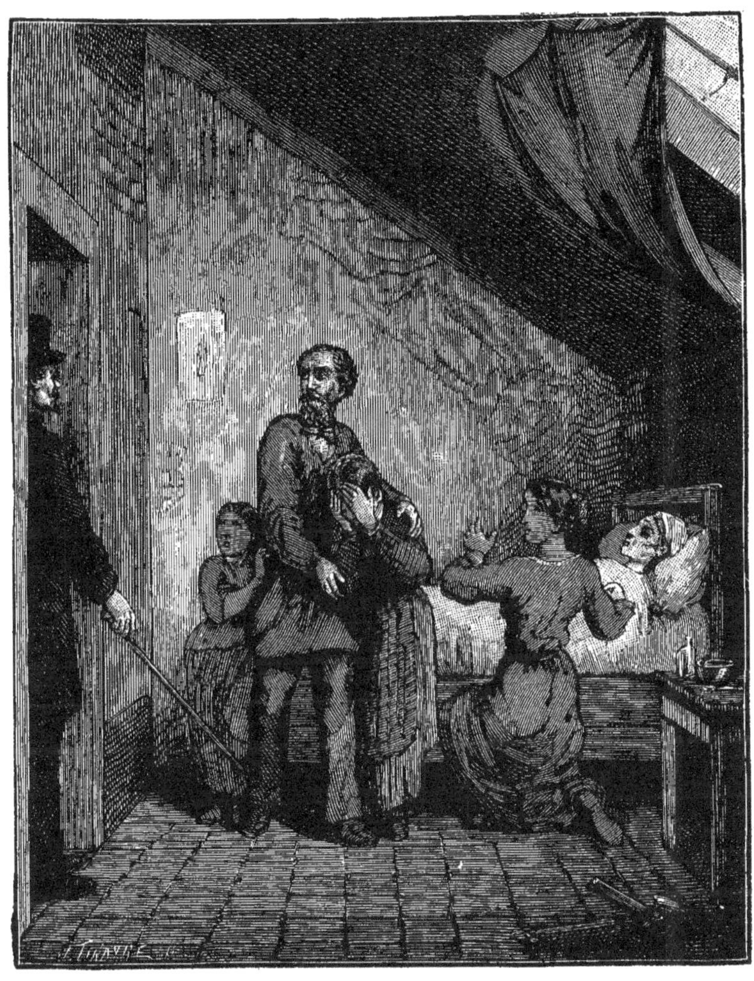

Est-ici que demeure la fille Angèle Brodard ? (Page 455.)

« Notre sympathique directeur a eu déjà avec Mlle Léon-Paul plusieurs conférences dans lesquelles elle a déclaré vouloir consacrer huit millions à la fondation d'internats chrétiens. »

« Et ce n'est pas tout; la généreuse héritière a donné à M. Hector de Méria
tous les pouvoirs nécessaires pour créer à Paris un grand journal hebdomadaire,
destiné à l'éducation religieuse du peuple. Ce journal, de 32 pages in-quarto, se
tirera à plus d'un million d'exemplaires, car il se vendra deux sous, AVEC PRIME

D'UNE LIVRE DE PAIN par numéro; ce sera, sans nul doute, la plus grande affaire financière de l'année, comme l'œuvre la plus agréable à Dieu. »

« Depuis que la nouvelle de cette heureuse innovation s'est répandue dans le public, notre directeur financier est assiégé de demandes de contrats d'annonces. La sixième et la septième page sont retenues à 20 francs la ligne. »

« Le conseil d'administration sera nommé demain. »

« On parle, comme directeur politique, de M. Davys-Roth. »

« La rédaction en chef sera confiée à M. de Méria, et le secrétariat à M. le vicomte Nicolas d'Espaillac. »

« Ainsi, toutes les combinaisons de l'esprit du mal tournent à la plus grande gloire de Dieu et à la confusion des ennemis de l'Église. »

PREMIÈRE COUPURE

ÉCHO DES TRIBUNAUX

« A la suite des débats de l'affaire Brodard, dont nous donnons plus loin le compte rendu, Mme Agathe Monnier a fait une demande en séparation de corps et de biens contre son mari M. Rousserand. Nous doutons du succès de cette demande, le bien-fondé en étant fort douteux. »

DEUXIÈME COUPURE

TENTATIVE D'ASSASSINAT COMMIS SUR UN PATRON PAR UN APPRENTI. (*Suite.*)

Audience du 30 avril.

« Cette affaire passionne de plus en plus l'opinion. Beaucoup de négociants sont venus, attirés par la curiosité de savoir comment leur confrère, l'honorable M. Rousserand sortira de ces débats. Mais les ouvriers sont en nombre. »

« La salle est bondée. »

« A trois heures on introduit l'accusé. »

« Il a toujours la même contenance tranquille. Il salue Mme Rousserand qu'il aperçoit dans l'auditoire. »

« La vue de son patron semble l'impressionner. Quand le président lui ordonne de se lever il devient fort pâle.

Le président. — Accusé Brodard, vous avez déclaré hier n'avoir que des soupçons sur le prétendu crime de M. Rousserand, comment la pensée vous est-elle venue de tuer votre patron avant d'avoir acquis la certitude de sa culpabilité ?

L'accusé. — Y a des choses que l'on sent :

— Expliquez-vous.

— Sans que personne m'en eut rien dit, j'étais sûr qu'Angèle avait été la victime du patron.

— Enfin vous reconnaissez avoir agi sans preuve?

— Je le reconnais.

— Votre sœur ne vous a jamais fait de confidence au sujet de l'attentat dont elle se prétend aujourd'hui la victime ?

— Jamais.

— Qu'espériez-vous en attentant à la vie de votre patron ?

— Nous venger ! le punir !

— Vous vouliez obtenir de l'argent, pour vous taire.

L'accusé devient pourpre.

— De l'argent? c'est lui qui m'en a offert. Sans ça, peut-être, le cœur m'aurait manqué pour le frapper, car enfin c'était mon patron et nous n'avions jamais eu à nous plaindre de lui. Mais quand il m'a présenté ce billet de banque que je lui ai jeté en morceaux à la figure, je n'ai plus été maître de moi.

— Ainsi l'offre d'argent vous a seule poussé au crime.

— Je ne dis pas ça. J'étais bien venu dans l'intention de tuer le patron, mais s'il m'avait témoigné le moindre repentir, s'il avait eu honte... vous comprenez, monsieur le président, on ne tue pas un homme sans hésiter, mais au contraire M. Rousserand a parlé de ma pauvre sœur dans des termes... Et puis cet air de croire que je voulais de l'argent...

— Mais votre sœur se conduisait déjà très mal, au temps où elle était ouvrière dans la fabrique de M. Rousserand.

« *L'accusé, avec force* — C'est pas vrai !

— Vous pouviez l'ignorer.

— Non ! non ! Je n'ignorais rien, ma sœur était, elle est encore une honnête enfant.

« Au banc des témoins, la fille Brodard, la tête dans son tablier, sanglote. »

« Son frère se tourne vers elle et lui crie : »

— Ne pleure pas, Angèle, ne pleure pas, c'est des menteries, lève la tête, ma sœur, la honte et le déshonneur sont pour celui qui abuse d'une enfant. »

— Accusé, taisez-vous, ne faites pas de phrases. On va vous prouver que votre sœur est descendue au dernier degré de l'immoralité.

— Greffier, donnez lecture de la pièce n° 3, extraite des minutes de la police.

« Le greffier lit : »

« L'an mil huit cent soixante-dix... le 31 mars, à dix-heures et demie du soir, « rue Sainte-Marguerite, n°... à Montmartre, dans le logement occupé par la « nommée Olympe, fille soumise, inscrite sous le numéro 2453, ont été arrêtées :

« 1° La fille Brodard (Marie-Anne-Angèle), au milieu d'une véritable orgie, « sous l'inculpation de tapage nocturne et de flagrant délit de débauche clan- « destine. Cette fille, insoumise, jusqu'ici, était parvenue à échapper aux règle- « ment de la police. »

« 2° La fille Olympe, pour tapage nocturne, rébellion à l'autorité, coups et « même blessures aux agents. »

« 3° La fille Amélie. »

« Au moment de leur arrestation, les trois femmes se battaient avec fureur et « avaient ameuté le quartier par leurs cris. Les deux premières étaient dans un « tel état d'ébriété que l'une mordait les agents de la force publique et que la plus « jeune, c'est-à-dire la fille Brodard, est tombée ivre-morte dans les bras des « sergents de ville, accourus au bruit pour assister leurs confrères de la police « des mœurs. »

« La lecture de cette pièce produit une vive impression. »

« On cesse de s'intéresser à une fille qui se grise et qu'on a dù mettre en carte dans l'intérêt de la santé et de la moralité publiques. »

« L'accusé paraît maintenant accablé. Il est pâle comme un mort et baisse les yeux. Ses joues sont inondées de pleurs. On l'entend murmurer : ô ma sœur ! ma sœur ! c'est pas Dieu possible ! »

« Les gendarmes emportent la fille Brodard qui s'est évanouie. »

« Plusieurs témoins sont entendus. Ils chargent tous la sœur de l'accusé. »

« La femme Brodard est de nouveau appelée, mais comme hier, elle ne se présente pas. »

« Un certificat du médecin délégué constate qu'elle agonise. »

« L'accusé se lève. »

« Il est livide et crie les mains étendues vers le tribunal : »

« Monsieur le président, vous avez entendu : ma mère se meurt. Je veux la voir ! je veux la voir. Oh ! vous ne pouvez pas me refuser de me laisser voir ma mère ! dites qu'on me laisse sortir... Je reviendrai... Vous verrez que je suis un honnête garçon... Mais c'est égal, vous me condamnerez après si vous le voulez !... Je reviendrai ! je reviendrai. »

« Cette scène impressionne vivement le public. »

« L'audience est suspendue. »

« Le désespoir de l'accusé fait peine à voir. Les hommes sont émus, les femmes pleurent. Nous avons vu tomber une larme sur la grosse moustache de l'un des gendarmes chargé de maîtriser le pauvre enfant, car c'est bien un enfant, ce rude apprenti qui appelle sa mère ! »

« L'âme de la foule est avec l'accusé. »

« A la reprise de l'audience, M. l'avocat général, avec une modération dont on lui sait gré, demande simplement l'application de la loi. Il ne s'oppose pas au bénéfice qu'Auguste Brodard peut retirer des circonstances qui atténuent son crime. Mais l'organe de la justice s'attache surtout à démontrer que les Brodard n'avaient aucun motif d'en vouloir à M. Rousserand ; au contraire, la parfaite innocence de l'industriel est prouvée. »

« AUTRE INCIDENT »

« A ce mot d'innocence, Mme Rousserand proteste et demande à être entendue. »

« On lui donne la parole. »

« Elle déclare que sa conscience l'oblige à contredire M. l'avocat général, sa conviction étant que son mari a DU séduire la petite Angèle, s'il n'a fait pis. »

« Il est bien possible que les circonstances, la misère aient ensuite poussé cette malheureuse enfant dans le ruisseau, mais elle était pure quand elle est entrée à l'atelier. Les Brodard sont d'honnêtes gens, et Magdeleine une femme d'ordre et de cœur, une incomparable mère. »

« L'incident est clos. »

« M. l'avocat général reprend son réquisitoire, puis la parole est donnée à l'avocat de l'accusé. »

« M. André plaide avec talent une cause gagnée, mais il est froid. Il parle pendant deux heures et fatigue l'assemblée de son éloquence. Il n'a pas compris celle des faits qui se sont produits au cours des débats. Il n'a pas su en tirer parti. Il a laissé refroidir la sympathie qu'ils avaient éveillée. »

« Le jury se retire pour délibérer. »

« Au bout d'un quart d'heure il revient avec un verdict de culpabilité, et Auguste Brodard est condamné à un an et un jour de prison. »

« Le condamné tombe en criant : »

« — Ma mère! je veux voir ma mère ! »

LX

COMMENT FINIT UNE HONNÊTE FEMME

Cette fois, l'aiguille, le balai étaient tombés des mains de Mme Brodard. Dans l'horrible état de maigreur particulier aux poitrinaires, elle agonisait sur son petit lit de bois blanc.

La maison était en désordre. Des draps sales et mouillés se pelotonnaient dans un coin; les assiettes, les tasses du dernier déjeuner, mêlées à des fioles couvraient la table, devenue graisseuse.

Des jupons sales, des bas, un torchon traînaient sur des chaises.

Seul, l'ouvrage d'Angèle, sur un petit guéridon de tôle, conservait quelque apparence de soin pour les choses étrangères à la malade.

Dame! l'ouvrage n'était pas à *eux*. Le désespoir de chacun ne doit faire de tort qu'à lui-même.

Devant la cheminée, au fond de laquelle, sur un petit fourneau de fonte, glougloutait l'eau d'une casserole; devant la cheminée quelques éclats de planches étaient épars autour d'une grosse hache.

La chambre était pleine de toutes sortes d'odeurs qui prenaient à la gorge.

Et pourtant, par la fenêtre ouverte, l'air du dehors entrait par fraîches bouffées et le soleil couchant vernissait d'or les pauvres loques et les meubles du logis.

Jacques Brodard, debout au pied du lit, regardait sa femme mourir.

Il ne pleurait pas. Mais sur sa face contractée, chaque muscle écrivait l'angoisse.

Ses grosses mains, cramponnées au fer de la couchette, y semblaient rivées.

Angèle, le visage penché sur sa mère, l'arrosait de ses pleurs.

Les petites, entourées de pots cassés qui leur avaient servi à jouer au ménage, étaient assises sous un rayon de soleil, éparpillé dans leurs cheveux.

Elles se disaient tous bas :

— Maman dort, ne faisons pas de bruit.

— Non, non, n'en faisons pas et jouons aux muettes.

— Oui ! c'est ça, je serais boulangère et tu serais une petite qui vient acheter du pain. Pour un sou je t'en donnerai un de quatre livres, parce que je ne saurais pas, puisque je serais muette.

———————

M. Nicolas, nommé secrétaire de la rédaction du journal LE PAIN, montait la rue Monge. Il paraissait bien joyeux, avec ses mains dans les poches d'un élégant paletot demi-saison.

Avant de rendre sa carte d'inspecteur de police, il avait voulu l'utiliser une fois encore, en se rendant maître d'Angèle pour laquelle, décidément, il avait un goût prononcé.

Il en avait assez de cette effrontée d'Amélie. D'ailleurs cette fille avait un genre... qui ne cadrait plus avec la nouvelle position de M. d'Espaillac; tandis que cette petite Brodard, un peu stylée par lui, lui   une femme que tout Paris lui envierait.

Oui, oui, Angèle, vêtue de velours et de soie, serait un morceau de prince.

Le mouchard était bien résolu de s'en passer la fantaisie, dût-il aller jusqu'au mariage. D'ailleurs c'était le moyen le plus facile pour *la* faire rayer des registres de la police.

Puis, ma foi !... s'il venait à s'en dégoûter... on ne risquait toujours rien, avec une femme comme ça.

Afin de se rendre maître de la jeune fille et de jouer auprès d'elle le rôle de sauveur, il allait utiliser les contraventions de la pauvre enfant.

1° Elle avait oublié de donner son adresse à la police.

2° Elle ne s'était jamais présentée à la visite.

C'était assez pour la ramener à Saint-Lazare ! surtout si elle résistait, c'est-à-dire si elle n'entrait pas dans les vues de M. l'agent de la police des mœurs.

Mais elle ne résisterait pas, bien sûr. Il s'y prendrait doucement avec cette fraise des bois, comme il appelait la petite Angèle en passant sa langue sur ses lèvres.

M. Nicolas, comme charmé des perspectives qu'il apercevait du côté des Gobelins, pressait le pas et sifflait d'un air vainqueur en toisant les passants.

———————

Magdeleine, les yeux fermés, le visage déjà verdi, les lèvres violacées râlait encore.

Jacques et sa fille aînée, toujours à la même place, attendaient palpitants.

Tout à coup, l'agonisante fit un brusque mouvement. Elle se redressait avec des craquements d'os.

Elle regarda autour d'elle et d'une voix affreusement voilée, demanda :

« Auguste ! où est Auguste ? »

Jacques et Angèle gardèrent le silence.

Les petites répondirent :

« Auguste est en prison, pour un an. »

Dans l'œil de la mourante, démesurément agrandi, passèrent sans doute les fantômes des agonies tourmentées.

Elle étendit ses bras de squelette et les rejoignant dans la pose d'une mère qui défend ses enfants réfugiés auprès d'elle, elle cria :

« Non ! non ! vous ne les aurez pas. Allez vous-en chouettes et corbeaux... Jacques ! Jacques ! chasse-les !... Au secours ! ils emportent mes petites ! cours après eux, Jacques ! Jacques ! reprends-leur Angèle et Auguste !... Ah !... »

Elle retomba morte sur l'oreiller.

.   .   .   .

On avait frappé.

Ni Angèle, ni Brodard perdus de douleur, n'avaient entendu.

Nicolas ouvrit la porte et se glissa doucement dans la chambre.

Le jour baissait remplissant les coins d'ombre.

Les deux figures du père et de la fille se détachaient seules sur la demi-obscurité de la pièce. Le mouchard ne voyait qu'eux, eux ne le voyaient pas.

— Est-ce ici que demeure la fille Angèle Brodard ? demanda le nouveau venu.

— C'est ici, répondit Jacques, que lui voulez-vous ?

— L'emmener.

— L'emmener où ?

— A la préfecture de police.

— Pourquoi faire ?

— Elle est en contravention.

— En contravention ? Que veux-tu dire ? Je ne comprends pas !... Explique-toi...

— C'est bien simple. Il y a un mois qu'elle est en carte et, contrairement à la règle, elle n'est pas venue à la visite.

— Ah ! très bien ! Elle est en carte !. .

Angèle poussa un cri et tombant à genoux, cacha sa figure sous les draps de la morte.

Nicolas s'avança vers la jeune fille, et, cherchant à la rassurer, il lui parlait d'un ton mielleux en la tirant par la manche.

Jacques ramassa sa hache, se précipita sur le mouchard et lui en porta un coup sur la tête.

.   .   .   .

Une heure plus tard, Jacques et sa fille étaient ramenés en prison.

Le lendemain, le corbillard des pauvres emportait le corps de Magdeleine au Champ de Navets.

Derrière le cercueil de cette brave femme, de cette incomparable mère, de cette travailleuse, ni mari, ni enfant, ni compagnon de labeurs ne suivaient.

Personne n'avait averti les camarades de Brodard, les petites n'avaient pas de souliers ; seul, le père Henri accompagnait sa nièce. Mais il ne pouvait marcher assez vite. Il fut obligé de s'arrêter en route.

Magdeleine fut jetée dans la fosse commune sans qu'une voix amie s'élevât pour lui dire adieu.

. . . .

LXI

TOULON

Au fond d'une double rade, au pied du mont Faron, est Toulon, garanti des vents du large par le cap Sicié et la presqu'île de Sepet.

La mer, calme, comme un lac, permet aux navires d'entrer et de sortir sans péril.

Par delà les ponts tournants, l'arsenal, la porte de fer du bagne, dans cette salle 5 qu'habitent les hommes coiffés de la feuille de chou (bonnet vert), c'est-à-dire condamnés à perpétuité, nous retrouvons Brodard, environ un an après sa condamnation.

Les têtes reposent sur un madrier (le têtier), les pieds sont enchaînés au bout du tollard (lit) ; c'est l'heure où la chambrée étant *bouclée*, les malheureux prennent quelque repos, ou se sentent exister dans une demi-somnolence.

A voir tous ces corps roulés dans les couvertures, on dirait des cadavres à une morgue immense. Plus misérables encore que les autres, paraissent deux hommes qui, par un jeu de la nature plus fréquent qu'on ne le pense, se ressemblent comme deux jumeaux.

Brodard et Lesorne (le noir) ne sont nullement parents, ils se sont rencontrés à Toulon, venant l'un de Paris, l'autre de Marseille.

Ce qui les distingue, outre l'accent marseillais très prononcé chez Lesorne, c'est l'expression du visage, la pensée qui jette sur les traits de Brodard le masque tragique, sur ceux de Lesorne le masque sinistre.

Les argousins qui n'y regardent pas de si près disaient souvent : il faudra leur mettre un fil à la patte, pour distinguer l'un de l'autre ces deux *pantres*. Eh ! mon bon, répondait Lesorne, le fil après le cable n'y fera guère !

Brodard et Lesorne se plaisaient à être accouplés au travail et rapprochés au repos.

Brodard surtout, il lui semblait qu'en le confondant avec un autre son existence s'en allait.

Ne plus être ! suprême espoir des misérables !

Les rondiers regardant dormir ces deux êtres entassés sous leurs couvertures avec un coin de visage terreux, vaguement éclairé par le tremblottement des lampes, disaient : En voilà deux qui n'en tiennent pas large.

Les uns causaient, les autres riaient. Brodard et Lesorne songeaient. (Page 458.)

Enfouis sous leurs loques rouges et jaunes ils nourrissaient une idée fixe.

Brodard était hanté d'une inquiétude continuelle : ses enfants.

Quelle torture! être attaché là, et les sentir au loin broyés sous la meule éternelle qui passe et repasse sur la vile multitude!

Brodard avait besoin d'isoler sa pensée, il gardait presque toujours le silence aussi bien avec Lesorne qu'avec les autres.

L'idée fixe de Lesorne n'était point de même nature.

Condamné pour une affaire dans laquelle il n'était pour rien, tandis qu'on recherchait l'auteur du crime qu'il avait commis, le bagne était pour lui un asile.

Son jugement lui établissait un alibi pour l'assassinat dont il était coupable.

Aussi il tâchait de se faire au bagne, la vie la plus douce qu'il pouvait, et la liberté était la chose qu'il désirait le moins.

N'aurait-il pas risqué à chaque instant d'être reconnu !

—A mon âge, se disait Lesorne, on aime sa tranquillité ! et il s'arrangeait pour être bien avec tout le monde, n'attaquant jamais tout haut ses camarades, mais les vendant quelquefois tout bas.

C'est justement ce qui lui porta malheur, en le faisant, à son insu, noter pour sa grâce.

Il venait d'apprendre ce soir-là que sa sécurité était menacée. On le proposait pour les grâces du 1ᵉʳ janvier.

De quoi se mêlaient ces imbéciles ? il vivait là en paix, et on le rejetait dans les aventures !

Le bagne n'était pas précisément l'asile qu'il eût choisi, mais quand on n'a pas mieux ! ça valait toujours mieux que l'abbaye de Monte-à-regret.

Et dire qu'il y aura toujours des gens qui vous jettent le pavé de l'ours.

Il y avait bien un moyen et un fameux encore ! mais pour cela il fallait être deux. Or, avoir été deux, c'était justement ce qui doublait les inquiétudes de Lesorne.

Mais pour cela comme pour l'asile, il n'avait pas le choix.

Il avait tellement plu depuis huit jours que malgré la buée des haleines, malgré l'entassement de quatre à cinq cents corps humains et de montagnes de haillons, personne ne parvenait à se réchauffer, c'était vraiment bien une morgue humide et glacée.

Les uns causaient, les autres riaient, quelques-uns gémissaient. Lesorne et Brodard songeaient.

Plusieurs fois Lesorne avait essayé d'attirer l'attention de Brodard, mais, soit fatigue, soit indifférence, il était resté impassible.

Bientôt la salle entière ne pouvant plus résister au malaise causé par l'humidité, il s'éleva de tous côtés un cri vers le *bonisseur* (conteur) habituel, pour la fin d'une histoire commencée il y avait quelques jours, par une nuit pluvieuse et glacée, histoire non encore achevée.

Le *bonisseur*, grand vieillard basané, la bouche largement ouverte, et les yeux bridés, après s'être fait prier comme une jeune fille, toussa, cracha, s'essuya la bouche du revers de sa main; passa sa chique commodément et commença en ces termes :

« Nous en sommes restés, quand le grand Colas était en train de *filer* avec de
« la *braise* (argent) plein ses *profondes* (poches), il *s'enfilait* par les rues *mastiqué,*
« *attifé*, sous sa *pelure* d'officier de marine. Vlà qu'y se cogne dans un ratichon ! »

La chambrée riait. Lesorne tira brusquement Brodard par le bras.

— Ecoute donc, dit-il à voix basse.

Cette fois, Brodard fit un mouvement.

Le *bonisseur* continuait son histoire.

« Le ratichon tombe par terre, Colas lui offre la *fourchette* droite et ramasse
« de la gauche le calice *jonché* (doré) que le ratichon avait laissé choir avec lui ; il
« ne laissait rien traîner le grand Colas !

« Il s'excuse, plie l'échine, le ratichon s'arrondit également et les voilà qui
« *bonissent* à qui mieux mieux. Si bien qu'ils étaient les meilleurs amis du
« monde.

« Le grand Colas ne lâchait pas le calice. »

— Brodard, dit Lesorne tout près de l'oreille de son voisin, écoute !

Brodard se pencha machinalement, insouciant de tout ce qu'on pouvait lui dire.

— Est-ce que tu voudrais revoir tes enfants ?

— Il me le demande ? s'écria Brodard. Mais je donnerais cent fois ma vie pour
les revoir !

— Tais-toi donc, imbécile ! pas si fort !

Le bonisseur continuait, au milieu d'une attention profonde :

« Le ratichon, qui ne veut pas être en reste de politesse, veut reconduire l'offi-
« cier chez lui.

« Le grand Colas lui dit qu'il va s'embarquer pour les Indes ! les voilà qui
« cavalent ensemble et les coups de *mirquin* allaient dru comme *cive* en champ
« d'évêque.

« Jusqu'au *gobillard* (juge d'instruction) qui ôte son *combre* (chapeau) en passant.

« Colas, lui, faisait le salut militaire à cause « de ses *douilles* coupées en *escar-*
« *got* (cheveux coupés en échelle). »

Brodard s'étant tu de nouveau Lesorne reprit de plus en plus bas :

— T'as pas de signe particulier sur le corps qu'on aurait mis dans ton signalement ?

— Non !

— Alors faudra te brûler au-dessus du coude gauche avec une allumette et je
te dirai comment il faut t'y prendre pour t'en faire un, on le mettra en couleur
avec du tabac !

Brodard croyait que Lesorne devenait fou.

Il continua sans s'émouvoir : un signe comme qui dirait une mouche ; c'est
pas tout : t'as tous tes *dominos* (dents), faudra t'arracher les deux de devant !

— Tu me crois fou, hein ! Eh bien, écoute ; il lui parlait dans l'oreille.

Brodard frissonna ; ce n'est pas possible, murmurait-il, ce n'est pas possible.

— Ça l'est tellement, que ce sera si tu veux !

— Mais ça ne s'est jamais vu ?

— Raison de plus. Les choses arrivent toujours au moins une fois ; ce sera
cette fois-là.

Le bonisseur en était presque à la fin des prouesses du grand Colas, au moment où entendant le canon d'alarme qui annonce son évasion et rencontrant
ceux qui le cherchent, il profite de la nuit qui tombe pour se *cavaler* (se sauver), le
ratichon sous son bras afin qu'il ne puisse donner d'indication. Au moment même
où on lui mettait la main sur le collet, un instant d'hésitation du gendarme (à

cause du costume d'officier), et voilà le grand Colas fuyant vers le bateau ; plus le récit devenait burlesque, invraisemblable, plus l'auditoire riait, oubliant le froid, la misère, le bagne.

— Bravo ! le fagot ! criaient les auditeurs.

« Pour lors, disait le bonisseur, *v'là* le grand Colas qui dépose son ratichon au « bord de l'eau ; il saute dans une barque et rame vers le navire !

« La nuit était si noire qu'on ne voyait pas le ratichon qui faisait le télégraphe « au bord de l'eau ; la mer était haute, on ne l'entendait pas qui hurlait comme un « loup. La clameur de l'Océan couvrit tout.

Brodard et Lesorne continuaient, moitié par signes, moitié par paroles étouffées ; la conversation les passionnait également.

Dans le langage des prisons tout prend une voix, le geste, le regard, la façon de lever ou de fermer un doigt ; la parole n'y joue le plus souvent qu'un rôle secondaire ; ils n'avaient donc aucune peine à se faire comprendre l'un de l'autre sans attirer l'attention.

« Une fois le grand Colas dans les Indes, continua le bonisseur, il alla voir « un rajah qui avait une jolie fille, et il lui fit présent du calice d'or du ratichon, « pour boire sa tisane ; ça lui fit une entrée ! et vous savez que le plus difficile « pour prendre une citadelle c'est d'y entrer. Le grand Colas étant entré dans « la place, épousa la fille du rajah.

Les voisins de lit de Lesorne et de Brodard jetèrent à ce moment un coup d'œil sur les deux *pantres*, comme on disait.

Ils dormaient profondément, enfoncés jusqu'aux yeux dans leur couvertures. Deux momies d'Égypte.

— Faut-il que ces animaux-là soient abrutis pour *pioncer* pendant qu'on *rigole* de si bon cœur ; et on les déroula brusquement pour les éveiller.

Eux, ressaisissant leurs couvertures, s'enroulèrent de nouveau.

— Dire que ces ours ont été faits sur le même modèle. Est-ce cocasse !

Le *bonisseur* ayant repris haleine, toussa, rangea sa chique, et le silence se rétablit.

« Quand le grand Colas eut épousé la fille du rajah, il se trouva riche ! riche ! « et très heureux, car la fille du rajah était folle de lui !

« C'était lui qui jugeait, comme qui dirait dans les conseils de guerre. Les « pauvres bougres s'en arrangeaient bien, parce qu'il les acquittait toujours ; il « devait succéder au rajah.

« Mais il n'était pas au bout de ses aventures. »

Brodard et Lesorne causaient toujours :

— Et l'accent ? disait Brodard, nous n'avons pas le même !

— Quoi ? tu en es venu à ton âge pour être arrêté par la chose de contrefaire l'accent d'un autre pendant quelques instants.

— Est-ce que le plus difficile n'est pas pour moi, qui reste ici. Pourtant je m'en bats l'œil. Imagine-toi que tu chantes un air à l'administration et tiens-le juste.

Brodard ne se demandait pas pourquoi cet homme voulait lui jeter la liberté que tant d'autres eussent été si heureux de prendre, affolé qu'il était par la pensée de revoir ses enfants ; la possibilité seule le préoccupait.

Mais à mesure qu'il soulevait une difficulté, Lesorne l'aplanissait.

Le bonisseur continuait l'histoire du grand Colas.

« Un soir qu'il montait dans son lit enveloppé de moustiquaires de gaze
« brodées d'or, le pied où était la manille, qu'il n'avait pas encore eu le temps
« de limer, se trouva en vue.

« — Mon cher ange, dit la fille du rajah, qu'est-ce donc que cet anneau qui
« brille à votre cheville ?

« Lumière de mes yeux, c'est le bracelet de la fille du roi des bons zigues :
« je l'ai mis à mes arpions depuis que je te connais !

« Elle eût préféré qu'il ne le portât pas du tout, car elle était fort jalouse.

Ils m'appellent *pantre*, disait Lesorne ; ce sont eux qui sont des *pantres*, car je les vendrais tous et toute la *rousse* avec avant qu'un seul s'en aperçoive.

Le *bonisseur* continuait : « Or voilà que le ratichon, qui était missionnaire,
« débarque dans les Indes. Tous les jours, il déboulait chez le rajah pour lui
« parler des rôtissoires du bon Dieu.

« V'là qu'une fois, y dévale au dessert ! le rajah buvait sa tisane dans le calice
« d'or.

« Le ratichon saute dessus !

Chaque fois qu'il y avait interruption dans le récit, ceux qui font attention à tout, pouvaient voir Brodard et Lesorne profondément endormis.

« Le rajah, continuait le bonisseur, répondit que c'était un présent de son
« gendre, et la fille du rajah ajouta que son mari était un puissant seigneur que
« les hommes redoutaient et que les femmes aimaient ; tant et si bien qu'il avait
« encore à la cheville le bracelet de la fille du roi des bons zigues !

« Pour lors, le ratichon comprit que le gendre du rajah avait mangé du *pain*
« *rouge* en liberté et de la *boule de son* à la *piaule*. »

L'aube blanchissait les hautes fenêtres grillées, mettant des tons d'or sur les haillons jaunes, des tons d'aurore sur les casaques rouges, estompant les bonnets verts.

Il fallut cesser l'histoire du grand Colas. Les veilleurs qui, vu le mauvais temps, ne faisaient pas une tournée sans jurer tous les diables et tous les bons Dieu, vinrent une dernière fois.

Les forçats, accroupis sur les *tollards*, exploraient avec ardeur et attention, les coutures de leurs vêtements, avant de s'en vêtir pour les rudes travaux de *la fatigue*. Ces coutures sont habitées.

Lesorne venait de s'assurer contre les éventualités d'un second procès ; il se renfermait dans son bagne comme l'ours dans sa tanière, sentant du danger au dehors.

Il songeait bien avec amertume au peu de ruse de Brodard, mais il se disait : l'amour de ses enfants lui donnera de l'intelligence. Une fois au-dehors, qu'il aille se faire pendre ailleurs !

Lesorne était un de ces êtres à qui manquent certaines facultés et qui sont par conséquent irresponsables, tout en ayant une forte dose de cette ruse qu'on confond si facilement avec l'intelligence. Pourquoi la nature donne-t-elle le venin au serpent?

Sauver sa tête, continuer à vivre, telle était son ambition.

Lesorne et Brodard étaient employés à extraire de la calle des navires au rebut ce qui pouvait encore servir. La besogne était rude, mais commode pour ce qu'ils avaient projeté.

Tout autre travail les eût empêchés de s'exercer, comme ils le faisaient là, à se rendre méconnaissables l'un de l'autre.

Brodard allait donc revoir ses enfants, mais dans quel état les trouverait-il?

Toutes les lettres qu'il leur adressait n'obtenaient maintenant que des réponses vagues. C'était Sophie qui écrivait ; Angèle n'osait plus sans doute. Tout le monde lui écrivait : l'enfant se porte bien. Et elle cherchait à le rassurer, à le consoler, lui disant qu'il n'y avait pas de danger qu'il arrivât de nouveaux malheurs.

C'était la grande sans doute qui avait dicté cela.

Pauvre Angèle! il savait bien qu'elle n'était pas faite pour la vie qu'elle menait.

Mais il allait arriver, tout changerait; les petites ne seraient pas perdues comme l'aînée; lui là, cela ne se pouvait pas.

Il ne ferait jamais de reproches à Angèle, est-ce que c'était sa faute, à cette innocente?

Quand il y a des filets tendus, il faut bien que l'oiseau s'y prenne.

Il emmènerait ses pauvres enfants dans quelque village, et fallut-il qu'il s'épuisât, elles vivraient, elles, sans trop se fatiguer, et sans sortir de chez elles, il y avait trop de danger. De plus en plus, Lesorne et Brodard, les deux ours, les deux *pantres*, comme on disait, renfermés dans leurs guenilles, dormaient, mangeaient et travaillaient, sans qu'on vit autre chose de leurs personnes que des yeux de braise, brillant sous les bonnets verts, au fond de profondes orbites.

De plus en plus, on disait : il faudra leur mettre un fil à la patte.

Un soir, Lesorne dit à Brodard : T'as les *fourchettes* de tes *arpions* (les doigts de tes pieds) complètes? faut arracher le petit fourchet de *l'arpion* gauche!

Brodard obéissait toujours, ne s'agissait-il pas de revoir ses enfants?

Les grâces de janvier furent promulguées au bagne de Toulon. Il y en avait trois dans la salle n° 5.

Lesorne, Jean-Étienne et Grenuche.

Le moment décisif était arrivé.

Un matin de dimanche, à l'heure où la crécelle appelle les forçats autour des séaux, trois ou quatre administrateurs, ayant devant eux le payol (écrivain) de la salle, firent leur entrée solennelle.

On commanda aux forçats de former deux rangs, et le payol commença l'appel des noms inscrits pour la liberté.

N° 26,682? Jean-Étienne sortit des rangs. C'était un gros pâle, au front étroit; on eût dit qu'il était construit en terre cuite au lieu de chair. Il avait été autrefois condamné à mort comme parricide. Son aïeule avait obtenu une première commutation au bagne. Elle venait d'obtenir encore grâce complète.

— J'espère bien, lui disait le père d'Étienne, que tu ne nous ramèneras pas ton bandit de fils. Qu'il soit libre, c'est déjà bien beau! Mais qu'il ne vienne pas ici.

La pauvre vieille ne répondait rien, mais elle n'en croyait pas moins Jean-Étienne assez puni et continuait à se traîner partout pour implorer sa grâce. Lui, songeait à l'héritage! Une fois qu'on pense aux *espérances*, c'est-à-dire en argot financier, à la dépouille de ses parents, on devient parricide d'intention.

Jean-Etienne, comme des millions d'autres, l'avait prouvé et devait le prouver encore!

Le payol appela de nouveau :

N° 30,511? Grenuche sortit des rangs.

Si Grenuche était un animal, ce n'était pas à coup sûr un animal raisonnable, inconscient, plein d'appétit et n'ayant jamais pu les satisfaire, Grenuche n'avait jamais eu qu'un désir, manger son soûl, boire plus que son soûl!

Tout petit, les pieds dans la neige, le visage à la bise, il se blottissait où il pouvait, au chaud ou à la fraîcheur, suivant la saison, et surtout, il mangeait quand quelqu'un avait pitié de lui.

Cela n'arrivait pas tous les jours.

Grenuche n'avait d'abord que faim. En grandissant, la soif arriva, et pour la calmer, il commit une série de vols.

Sa part de pâturage était celle de l'agneau, et il avait un appétit de bœuf. Comment n'aurait-il pas étendu son mufle sur les prés voisins?

Était-ce sa faute, s'il était né avec un si gigantesque estomac? On l'avait gracié pour sauvetage d'un officier. L'appel des numéros continuait.

13,613? Brodard sortit des rangs, ses jambes se dérobaient sous lui.

Heureusement le cas était si extraordinaire, si unique, l'entreprise tellement audacieuse, qu'elle réussit complètement. Qui donc se serait défié de cela. Rien ne manquait, Brodard avait les deux dents de devant cassées comme Lesorne, le petit doigt du pied gauche arraché; son compagnon lui avait donné pour mettre sur sa blessure une préparation de sa façon qui lui donnait l'apparence d'une cicatrice ancienne. On regarde moins peut-être aussi à un gracié qu'à un entrant au bagne. Cet échange insensé n'eut pas d'obstacles.

— Eh bien! Brodard, disait-on à Lesorne, ce n'est pas vous qui auriez une chance pareille, pour aller voir vos enfants; pauvre vieux!

Lesorne baissait la tête, laissant échapper de temps à autre un soupir étouffé.

Il avait du reste de quoi s'occuper; on parlait beaucoup d'une nouvelle découverte, faite dans la carrière même où, il y avait quelques années, on avait trouvé le cadavre d'un vieillard. C'était un bâton ferré de colporteur.

La terre rendait l'instrument de mort après avoir rendu le *refroidi*, disait le bonisseur.

Les journaux ajoutaient des détails : « Ce bâton, auquel adhéraient encore « des cheveux blancs, aurait été reconnu par le patron d'une crémerie pour

« l'avoir vu entre les mains d'un homme de forte apparence, il le portait attaché
« à son poignet par une courroie en cuir.

« Un petit vieillard l'accompagnait, tous deux avaient pris un bol de café noir.

« Après s'être restaurés, ils avaient repris leur chemin.

« C'était le vieux qui payait, il paraissait avoir une bourse bien garnie. »

— En voilà encore un, disait-on, qui doit avoir chaud derrière les *escoustes*
(oreilles).

— C'est ce qui vous trompe, pensait Lesorne, il est tranquille.

« J'ai eu de la chance, se disait-il, que ce Brodard ait pu sortir à ma place.

« Le pauvre diable n'a pas tant de reconnaissance à m'avoir qu'il le pense.

« Bah ! il aura tout ce qui m'aurait manqué.

« Son visage pourra être observé sans le trahir, puisqu'il n'a aucune idée de
l'affaire.

« Il est dans le cas de s'en tirer. »

Et Lesorne savourait la sécurité et les *gobettes*.

Pendant ce temps, le train de Toulon à Paris emportait les graciés, accompagnés jusqu'à la gare par les gendarmes ; contrôlés à chaque station par les
gendarmes ; reçus à Paris par les gendarmes !

Toujours il fallait exhiber le passeport sur lequel est écrit *forçat libéré ;*
répondre aux questions ; subir toutes les humiliations usitées en pareil cas.

Il semblait à Brodard que son cœur lui emplissait la poitrine.

— Eh Lesorne, dit Jean-Etienne, est-ce que tu te crois toujours dans le *pieu* (lit) ?

« Cesse de *pioncer*. Voilà *la rousse* de Paris qui va nous recevoir.

« Debout !... Lesorne ! »

Brodard se frotta les yeux et répondit avec l'accent marseillais : Eh ! mon bon,
on est paré !

LXII

FORÇATS LIBÉRÉS

Il fallut aller à la préfecture pour les formalités ; les passeports particuliers
furent visés.

Avec ces passeports-là, il est impossible de trouver d'autre travail que celui
qui conduit d'où l'on vient et cela par le plus court chemin.

L'inspecteur qui devait les recevoir était absent ; ses pouvoirs avaient été
délégués pour ce jour-là à M. X..., le chef de la division des mœurs que nous avons
déjà vu. Et il n'était guère content de ce surcroît d'ouvrage, mais faisait contre
mauvaise fortune bon cœur.

Au moment où ils furent introduits, M. X... se disait justement qu'il espérait
quand même un peu de repos ; il s'enfonçait dans son fauteuil ; allongeait ses
jambes ; laissait aller sa tête en arrière comme s'il eût eu dix ans devant lui pour
savourer le *farniente*.

Les trois hommes se levèrent, les verres et les bouteilles se brisèrent avec fracas. (Page 469.)

Le gros homme eut, à la vue des libérés qui venaient troubler son repos, un mouvement d'épaules peu encourageant.

Ils se tenaient debout, attendant qu'on leur parlât.

M. X... daigna enfin leur adresser la parole tout en essuyant les verres de ses lunettes et en les regardant de bas en haut fixement; une fois cet ornement rendu à son front :

— N° 26,682, que comptez-vous faire ?

— Je l'ignore, monsieur.

— Quelles sont vos intentions ?

— J'étais sans état ; il est probable que mon père ne me recevra pas, je n'a donc aucune idée nette.

— Pourquoi votre père ne vous recevrait-il pas?

— J'ai été autrefois *un peu brutal* avec ma mère, cela pourrait effrayer la grand'-mère.

— En effet, on vous a condamné comme parricide !

Jean-Étienne inclina la tête.

— Vous reviendrez, nous aviserons.

« N° 30,511, quelles sont vos ressources ? »

Au mot *ressources* Grenuche eut un sourire.

— J'ai été vagabond toute ma vie, dit-il, et ce n'est pas le mot forçat libéré inscrit sur mon passeport qui m'aidera à trouver du travail.

— Savez-vous pour quelle cause on vous a gracié ?

— On m'a dit que c'est l'officier que j'ai repêché qui m'a valu ça.

— Revenez me trouver demain dans l'après-midi... avec votre camarade, il est inutile de me déranger deux fois.

Brodard écoutait.

— N° 3,613, quel est votre état ?

Il allait dire tanneur ; la pensée lui vint que Lesorne était colporteur. Il répondit donc qu'il désirait reprendre son état de colporteur.

M. X... eut un sourire de crocodile.

— Essayez, dit-il, mais vous feriez mieux de revenir avec les autres ; je vous placerais dans la police des mœurs !

Brodard eut un mouvement d'horreur qui n'échappa pas à M. X... — Il reprit et regarda plus attentivement les dossiers que lui avait remis le gendarme introducteur et qui venaient directement du bagne.

Ces dossiers étaient ainsi conçus :

« N° 30,511. — Félix, dit Grenuche, enfant trouvé : deux condamnations à temps pour vagabondage ; une troisième à perpétuité pour vol avec violence, coups et blessures. Gracié sur les instances du colonel C... Très robuste et stupide, peut être employé sans danger aux arrestations ou autres choses de ce genre.

« N° 26,682. — Jean-Étienne, né à Saint-Nazaire, le 11 juillet 1840. Condamné à mort comme parricide, puis commué ; fin, rusé, dangereux s'il n'est employé avec intelligence (bon à tout faire s'il est bien dirigé).

« N° 3,613. — Mathieu, dit Lesorne, né à Marseille, le 28 avril 1826, colporteur, condamné pour participation aux crimes de la bande Saboulard. Travaux forcés à perpétuité ; gracié pour services particuliers rendus à l'administration (*en peut rendre encore*) (ligne soulignée). »

M. X... n'y comprenait rien.

— Ce gaillard-là, pensait-il, veut se faire payer.

Une fois hors de la préfecture, Brodard espérait être débarrassé de ses compagnons. Mais ceux-ci en avaient décidé autrement.

Il fallut entrer avec eux dans une de ces brasseries où le service est fait par des femmes !

L'idée vint à Brodard qu'une fois ivres il les laisserait endormis après avoir payé et pourrait enfin courir chez l'oncle Henri où il espérait avoir des nouvelles de ses enfants.

Où pourrait-il les retrouver si le bonhomme les avait perdus de vue ? Mais cela ne se pouvait pas. Dans ce cas il y avait bien la police, mais la position où il se trouvait lui permettait peu de la mettre en tiers dans ses affaires.

Une fois assis dans la brasserie où régnait une chaleur d'étuve, en opposition avec le froid de la rue, la tête commença à leur tourner.

Le poêle, la bière blonde dans des verres (ils ne buvaient au bagne que dans des gobelets de fer blanc), la liberté à laquelle ils croyaient à peine, tout cela leur montait au cerveau.

Des femmes tournaient autour d'eux sous prétexte de service. L'une d'elles, sans aucun prétexte, vint s'asseoir les deux coudes sur la table les regardant sous le nez.

C'est Lesorne qui régale ! avaient-ils dit.

Brodard s'exécutait le mieux, et surtout le plus vite possible.

Grenuche s'en aperçut.

— Monsieur a des affaires pressées ? dit-il.

— Moi, rien, répondit Brodard avec un fort accent marseillais. J'ai besoin de répos ! qu'est-cé qué céla fé puisque jé payé !

La fille, assise près d'eux, minaudait.

Ce n'est pas que les trois libérés, avec leurs vêtements achetés à la friperie du bagne, eussent une mine bien riche, mais elle avait flairé de nouveaux arrivants.

Parfois, sous un costume sordide, est un gros porte-monnaie.

Cette fille, comme tant d'autres misérables, contribuait pour une large part à la fortune du patron, et pour elle il n'y avait que misère avant et après les quelques jours de *joyeuse* vie qu'elle menait là, des savates aux pieds, et l'expulsion de son garni dans sa poche !

— Eh ! la belle ! dit Jean-Étienne, as-tu un amoureux ?

Et il dressait sa tête de belette toute fière entre ses deux oreilles de singe déjà rouges comme braise.

— Qui est-ce qui n'en a pas ? répondit-elle avec conviction.

— En veux-tu encore un ?

— En veux-tu un choisi ? ajouta Grenuche, remontant le bout de chiffon qu'il croyait figurer un col.

La fille éclata de rire.

— Et un choix rupin, dit-elle ? vous m'avez l'air de bons zigues ! Mais où que vous rangez vos nippes ? pour que vot' tante y laisse le numéro du clou ?

Elle désignait un bout de papier collé au dos de l'habit de Grenuche.

C'était une marque du fripier de Toulon.

Étienne enleva le papier avec son ongle.

Brodard, après s'être dit que son évasion était une chance inouïe, commençait à s'effarer devant les conséquences. Mais n'allait-il pas revoir ses enfants? de quoi se plaignait-il? Par moments Brodard se disait: je suis un mauvais père, je ne devrais pas penser à autre chose.

Il se tassait dans ses vêtements, qui ne le dissimulaient pas si bien que les gue-nilles de Toulon.

La fille continua :

— C'est pas une raison parce que vous n'êtes pas flambants neufs pour que je refuse.

« Moi d'abord y me faut de la braise. Avec ça on ne va pas sitôt étaler ses plus mes à la morgue. »

Elle avait la plaisanterie funèbre, avec un rire provoquant, le geste libre; c'était la maîtresse qui devait plaire à ces abandonnés assistant de loin au festin de la vie et se jetant furtivement sur les miettes.

Cette femme avait quelque chose des prisons. Elle devait en sortir et sans doute y retourner.

Étienne et Grenuche trouvaient, dans la créature qu'ils avaient devant eux, le vice qui s'étend comme une lèpre partout où il y a abrutissement, agglomération d'êtres, de misères, de hontes, cette fille, pour eux, c'était comme la floraison des... *jésus* du bagne (mignons du bagne).

Elle leur plaisait surtout par son cynisme, par la désinvolture avec laquelle elle traitait toutes les questions. Eux aussi en étaient là.

Elle avait longtemps souffert, jetant dans sa détresse l'appel toujours sans écho des abandonnés ; lasse de lutter, elle s'était livrée au courant ; l'indifférence couvrait comme un flot avec des millions et des millions d'autres cette noyée de la société.

Tous deux la couvaient de regards enflammés, elle continua :

— Dame! j'en ai assez du vagabondage et du dépôt! une femme ne peut pas vivre avec son *pince-loque* (aiguille), faut bien qu'elle s'arrange autrement. Il y en a qui se tuent! moi je ne veux pas, je suis trop jeune.

On lui eût donné trente ans, elle en avait seize, l'âge d'Angèle.

Elle appuya ses coudes sur la table et attendit.

Au bout d'un instant elle leva la tête, une réflexion la faisait rire, de son rire étrange qui soulevait les lèvres tandis que les dents grinçaient.

— Et dire que je m'appelle Virginie! c'est mon pauvre diable de père qui l'a voulu, il racontait une histoire là-dessus ; c'était pour me préserver. Hein! comme c'est drôle! de quoi donc est-ce qu'on peut se préserver? Il y a longtemps qu'il n'a plus ni froid ni faim, le père. Depuis 71, on l'a fusillé avec un tas d'autres devant un grand mur blanc, au Père-Lachaise, je crois ; il me tenait par la main, il s'est mis devant moi, je faisais la morte, on tuait ceux qui bougeaient. Je ne sais pas comment j'ai fait pour qu'on ne me voie pas me sauver. C'était bien la peine!.....

« Depuis ce temps-là je roule, je ne sais pas ce que ma mère est devenue... »

Les trois hommes écoutaient. Brodard, remué jusqu'aux entrailles; Grenuche, ému; Étienne, attentif.

— Allons, continua Virginie, qui est-ce qui veut *faire une tête dans la plume* (se coucher) avec moi cette nuit? Je vous préviens, faut abouler avant.

— J'aboule, fit Jean-Étienne froidement, en jetant sur la table deux pièces de cinq francs.

Grenuche en jeta trois à côté.

Il restait à Brodard, sur la masse de Lesorne, dont il avait trouvé moyen de lui renvoyer la moitié (par une ruse connue des forçats), environ vingt-cinq francs.

Il en mit vingt sur la table; il lui semblait, en sauvant cette malheureuse, se rapprocher de ses enfants.

Virginie souriait, étalant son corsage décolleté.

Jean-Étienne éclata de rire.

— Bravo, le vieux ! ça commence bien !

Brodard, oubliant son accent marseillais, étendit la main.

— Je propose qu'on lui donne tout et qu'on la laisse aller !

— J'accepte, dit Grenuche entraîné.

— En voilà de la pose! s'écria Jean-Étienne. Mince ! pu que ça! de la candidature au prix de vertu !

Un cri de Virginie coupa court à cette scène :

— Sansblair! et elle s'enfuit.

Un monstre à forme humaine s'avançait vers la table. Un seul œil, aux reflets verdâtres, éclairait d'un côté sa face livide; une de ses joues, affreusement couturée, était cependant moins horrible que l'autre, sur laquelle s'étalait un ulcère à demi caché par un chiffon.

C'était un habitué de la brasserie, et un habitué payant bien, à qui il était d'usage de ne rien refuser.

Le meilleur vin, les plus jolies filles servaient à repaître le bandit, la source à laquelle il puisait l'or importait peu.

Souvent, les filles faisaient résistance, la peur les prenait devant cette tête de cadavre, mais toutes celles qui refusaient scandaleusement avaient été renvoyées, à part une cependant. C'était Virginie.

Elle le fuyait depuis longtemps, quoiqu'il y eût des années qu'elle avait passé par-dessus la délicatesse.

Pris de jalousie, il arriva tout près des trois libérés.

— Ah! s'écria-t-il, on joue ce jeu-là! des enchères, rien que ça! mais voilà votre maître !

Et, relevant ses manches, il laissait voir, au bout de ses bras musculeux, deux énormes poings pareils à des marteaux.

Les trois hommes se levèrent, les verres et les bouteilles se brisèrent avec fracas, entraînés avec la table, et la bataille commença, sur le dos de Brodard ; ils l'avaient, en se jetant les uns sur les autres, précipité sous la table, sur les tessons de bouteilles qui lui entraient dans les chairs et couvraient de sang ses vêtements.

Le vin coulait, les trois hommes luttaient. Sansblair, de chacune de ses mains, maintenait un de ses ennemis, les deux autres essayant de le prendre à la gorge.

La femme qui tenait le comptoir et les filles de brasserie poussaient des glapissements sauvages, au bruit desquels accourut une escouade d'agents.

La bataille était tellement engagée que ceux-ci jugèrent prudent de la laisser aller encore avant de s'interposer.

Pendant ce temps, un complice de Sansblair éteignit le gaz !

On n'entendait plus, dans les ténèbres, que les cris des femmes et la respiration haletante de Jean-Étienne et de Grenuche, étendus à moitié étranglés.

Brodard se taisait, entrant, de fureur, ses ongles dans le plancher. Toute sa douceur s'en était allée, ne laissant plus en lui que l'immense indignation.

Quand on eut rallumé le gaz, la police s'empara des trois hommes. Étienne et Grenuche étaient en lambeaux, contusionnés par le poing formidable de Sansblair, mais Brodard, tout couvert de sang, était blessé par les éclats de verre.

Sansblair avait disparu dans les ténèbres.

Ils passèrent la nuit au poste, où les deux ivrognes s'endormirent profondément.

Brodard montrait le poing au ciel, comme s'il y eût eu quelque chose dans l'immensité étoilée, indifférente à nos joies et à nos peines, dont on la rend si injustement responsable.

C'est bien plutôt à la lâcheté des uns et à la perversité des autres qu'il faudrait s'en prendre.

Dès le matin, ils furent conduits à la préfecture et introduits, vers dix heures, dans le cabinet de M. X... Il faisait toujours double service, remplaçant M. Z..., qui n'en faisait presque pas. Aussi il aspirait à se signaler.

— Eh bien ! dit-il, vous n'avez pas été loin.

Grenuche et Jean-Étienne, encore hébétés de la soûlerie de la veille, vacillaient sur leurs jambes.

Brodard était debout, tout droit, presque fier, et, levant la tête, il regarda le chef de la division des mœurs.

Celui-ci, troublé malgré lui de ce regard, se demandait de nouveau par quel mystère Lesorne n'avait plus le caractère donné par la note du dossier, au n° 3,613 du bagne de Toulon.

— A quoi diable veulent-ils que je l'emploie ? se disait-il ; ce serait faire flèche d'un mauvais bois.

M. X... continua :

— Vous voyez bien que j'avais raison de vous inviter à revenir aujourd'hui.

« Voyez-vous, vous ne trouverez pas de travail facilement, je crois de mon devoir de vous proposer une occupation qui vous conviendra ; il importe à la police que chacun vive *honnêtement*. »

— Brave homme ! pensait Brodard, soudainement adouci, comme je le jugeais mal !

Il écouta la fin :

— Dans votre intérêt et dans celui de la société, qui pourrait avoir à se plaindre de vous de nouveau, je me suis chargé de vous faciliter un emploi.

Un emploi! Brodard joignait les mains.

L'autre continuait, en faisant le grand nettoyage de ses lunettes.

— Vous allez entrer dans la police des mœurs.

— Jamais! fit Brodard.

Ce fut un coup de théâtre.

Le chef de division crut que la préfecture s'effondrait sous ses pas.

— Comment? dit-il.

Brodard répéta :

— Jamais !

Il avait tout à fait oublié qu'il était désormais 3,613, Mathieu, dit Lesorne, condamné aux travaux forcés.

M. X... se chargea de le lui rappeler.

— Vous ne songez plus que vous avez fait partie de la bande de Saboulard, et que, n'ayant été gracié que par suite de *services* rendus à l'administration du bagne, on est en droit d'attendre ici de vous les mêmes services ou de s'enquérir des motifs qui vous les font refuser.

Brodard eut en même temps l'intuition de la honte immense du réseau terrible qui l'enveloppait et la vision de ses enfants.

Ses enfants qui, s'il ne les arrachait pas à l'engrenage maudit qui l'étreignait lui-même, auraient le sort de Virginie, la fille du fusillé du Père-Lachaise. Par cela même qu'il se sentait au fond de l'abîme, un éclair d'audace illumina l'intelligence de cet homme, jusqu'alors si humble et si effacé; il accepta la lutte contre toutes les choses qui l'écrasaient, et il se dit : « J'aurai mes enfants et je les sauverai, ou je mourrai avec eux, comme la louve qui fait face aux chasseurs en hurlant, ses petits cachés sous son ventre. »

— Je veux, dit-il, essayer de vivre de mon état de colporteur, il n'est jamais trop tard pour être honnête.

— Vous pouvez vous retirer, dit le chef de division à Brodard, et il pensait : je saurai pourquoi cet homme ment à son caractère.

Aussitôt que Brodard fut sorti, il questionna les deux autres sur Lesorne.

Il apprit alors ses habitudes taciturnes, son silence presque continuel et sa camaraderie avec un nommé Brodard, ancien communard.

— J'y suis, se dit M. X..., c'est ce maudit pétroleur qui l'aura catéchisé.

Il ajouta, tout haut, aux deux misérables restés devant lui.

— Vous ne perdrez pas de vue votre ancien compagnon, et vous me rapporterez exactement ses faits et gestes.

« Vous faites partie de la police, tâchez qu'on soit content de vous. »

Il se crut ensuite obligé d'envoyer à Toulon la note suivante :

« *Surveiller le nommé Brodard, ancien communard, il fait de la propagande.* »

Au bagne de Toulon, les forçats se passionnaient de plus en plus pour l'affaire mystérieuse du bâton de colporteur.

Il y a comme cela des fureurs de curiosité, sans qu'on s'explique trop pourquoi, au sujet d'une affaire qui ne paraît ni plus ni moins intéressante que toute autre.

Lesorne jouait très bien son personnage de Brodard, il écoutait impassible tous les commentaires sur cette affaire brûlante pour lui, se disant : il était temps de changer la piste.

Voici quelles étaient les nouvelles commentées par le bonisseur en guise de préface pour les aventures du grand Colas dans les Indes.

« A force de retourner le bâton de colporteur trouvé dernièrement dans la carrière de l'homme assassiné, on a fini par découvrir une cachette, dans la pomme qui se dévisse à volonté. Cette cachette contenait un vieux papier sur lequel on a pu déchiffrer : Maison Nigel, rue Montmartre 182, reçu de Mat... mar... la somme de 100 fr. pour marchandises — Il est fâcheux, disait le journal, que les noms soient en partie déchirés, mais la justice informe. »

M. Nigel n'habitait plus la rue Montmartre et jusque-là rien n'avait fait découvrir sa nouvelle adresse.

Brodard, lui, avait autre chose à penser que les perquisitions de la police au sujet du bâton de colporteur.

III

LA RETRAITE DE L'ONCLE HENRI.

Brodard débarrassé de ses compagnons, voulut aller immédiatement à la recherche de ses enfants.

Sa pensée se perdait, une douleur sourde au cerveau, c'était tout.

Pourtant, ne voulant pas que ses compagnons le retrouvent en sortant de la préfecture, il prit sa course au hasard.

L'air lui fit du bien à la tête, mais ses jambes se dérobaient sous lui, il fut obligé de s'asseoir sur un banc, pâle comme s'il allait mourir.

Sa pensée lui revint.

Brute que je suis, se dit-il, je devrais déjà être chez l'oncle Henri, là, je saurais où ils sont.

Son cœur se fendit à la pensée du pauvre vieux. Comme il devait être encore vieilli ! comme il devait avoir froid le matin, ses pauvres mains crispées sur son balai.

Brodard avait le matin au dépôt, nettoyé ses vêtements le mieux qu'il avait pu, mais cette opération n'avait pas si complètement réussi qu'il parut d'une propreté irréprochable.

Pourtant, il n'avait pas regardé, le pauvre Brodard, à laver les taches et il était glacé par l'humidité des vêtements séchant sur le corps.

Il se mit en marche, se demandant s'il allait s'éveiller. Le front glacé, la poitrine brûlante, il avait soif et ne s'en doutait pas, ne se rendant pas plus compte de son corps que de sa pensée.

De ceux qui le voyaient passer, les uns ne regardaient pas même ce membre

Brodard, évanoui, fut porté dans une pharmacie. (Page 477.)

de la vile multitude, dont le visage trahissait un si grand trouble; les autres, le prenant pour un ivrogne, s'écartaient de son chemin.

La rue du père Henri était loin de la préfecture. Brodard essayait de marcher vite, mais ses forces ne le secondaient pas, il se traînait.

Tout à coup, dans une fournée d'enfants qui sortaient de l'école, il entendit crier : Sophie! Sophie ! il les bouscula pour regarder. Hélas ! la Sophie qu'on appelait, avait à peine trois ans, ce ne pouvait être la sienne.

Brodard restait tout interdit au milieu des enfants qui s'éparpillaient, quand une troupe de plus grands déboucha à son tour et s'imaginant que Brodard, ivre effrayait les petits, ils l'entourèrent avec des cris et des huées.

— Allons, pensa Brodard, il faut que la volonté supplée à la force. Il écarta les polissons qui continuaient à crier, et s'en alla d'un pas si sûr, si délibéré, qu'ils se gardèrent de le suivre.

Enfin, apparut la pauvre maison de l'oncle Henri. Brodard allait vite maintenant, il se sentait infatigable, la fièvre était venue.

Il craignit un instant d'être reconnu par la concierge, mais elle ne l'avait jamais vu sans barbe et la tête rasée; il avait tellement vieilli, que ses cheveux étaient gris. Son accent marseillais, deux dents brisées, tout cela change un homme.

Son cœur cessa de battre en ouvrant la porte de la loge, mais sa voix ne tremblait pas, en demandant le père Henri.

— Le père Henri ? ah ! dame, fallait venir hier, il est bien tranquille, maintenant le père Henri.

« Il y avait assez longtemps qu'on lui avait promis des rentes pour son travail.

« Eh bien ! il les a ses rentes, il n'a plus besoin de rien.

— Pouvez-vous me donner son adresse, demanda Brodard doublement surpris d'une chance arrivée à son vieil oncle et de la justice qu'il supposait lui avoir été rendue.

— Son adresse, mon cher monsieur ?... Vous pouvez longtemps frapper sans qu'il vous réponde, allez !

— Où donc est-il ?

— Au champ de navets, dans la fosse commune !... Vous ne comprenez donc pas, que nos rentes, à nous, c'est le parc où on voit la pelouse par les racines.

Brodard était atterré.

— De quelle maladie est-il mort ?

— De quoi est-ce qu'on meurt quand on est vieux, qu'on ne peut tenir son balai, et qu'il vous vient une paralysie dans les jambes?

Brodard ne comprenait pas encore.

La concierge reprit en baissant la voix :

— Il est mort de faim !... Autant de ça que d'autre chose, ajouta-t-elle philosophiquement. Quand on n'a plus que du malheur à attendre, mieux vaut être dessous que dessus.

Elle était sinistre avec ses proverbes.

Brodard savait cela aussi bien qu'elle. Pourtant il s'épouvantait à l'idée que l'oncle Henri était mort de faim.

Cela lui retournait le cœur dans la poitrine.

— Cela n'est pas possible, dit-il, on ne l'aurait pas laissé mourir ainsi.

— C'est si possible, que cela est ! et ce n'est pas le premier que je vois finir comme ça depuis que je suis concierge, ni le dernier non plus, allez !

Brodard s'entêtait, il ne voulait pas croire. Qu'est-ce qui le prouve ? dit-il.

Le bonhomme l'a écrit, il avait laissé un chiffon de papier. Je le vois encore ce papier; l'officier de police l'a mis dans sa poche. Il y avait :

« Dites à M. X... (pour lequel j'ai travaillé pendant soixante ans) que je suis le second de ses ouvriers mort de faim, tandis que nous lui amassions des millions. »

Il avait ajouté en bas, d'une petite écriture ronde :
  (A valoir)   HENRI.

L'attention que lui portait Brodard encourageant la vieille, elle ajouta : « Vous savez bien, M. X... c'est lui qui possède un quartier de Paris à lui tout seul. On dit qu'il laissera plus de trente millions à ses enfants.

« Aussi, c'est ceux-là, qu'attendent avec impatience ! il peut tourner de l'œil, ce ne sera jamais assez vite pour eux.

« Mais faut bien qu'il y ait des riches et des pauvres ! n'est-ce pas, monsieur? c'est la volonté du bon Dieu. S'il n'y avait pas de gens malheureux, on ne pourrait plus faire la charité !

— Et vous dites qu'il a été enterré hier ? demanda Brodard, retrouvant enfin la parole.

— Oui, c'est les autorités qui l'ont fait enterrer. Depuis huit jours que je ne l'avais vu, je le croyais à son travail. Y ne faisait jamais plus de bruit qu'une souris.

« C'est l'odeur qui l'a fait découvrir.

— Comment ses nièces ne sont-elles pas venues le voir, dit Brodard.

— Ses nièces ! Ah ! en voilà d'une belle engeance ! c'est tout jeune, corrompu jusqu'à la moelle des os ! ça tient du père qu'est au bagne. Y faut bien croire que c'est un criminel, n'est-ce pas, monsieur? puisque les juges l'ont condamné deux fois : une pour avoir pétrolé, l'autre pour avoir assommé un agent.

« Il faut bien respecter les agents, n'est-ce pas, monsieur? puisqu'ils sont pour rétablir l'ordre ».

Et sa figure de brebis prenait un air solennel.

— Croiriez-vous, monsieur, qu'après qu'on lui eut pardonné de s'être fait déporter, il est revenu juste pour assommer un tas de monde avec son fils qu'avait pas plus de seize ans.

« La fille est dans les rues, la *marmite* à tout le monde ; et on a encore la bonté de lui laisser ses petites sœurs à élever, à cette vaurienne. Le gouvernement est trop bon, pour des drogues pareilles ! c'est moi qui vous le dis. »

Elle avait bêlé cette harangue d'un seul trait, carrément posée sur ses jambes, ne s'interrompant que pour aspirer une longue traînée de tabac étalée entre le pouce et l'index, tout du long de la main.

— En voulez-vous? demanda-t-elle à Brodard en lui présentant sa main ainsi ornée.

— Merci, dit Brodard.

Il avait eu d'abord un mouvement d'indignation, mais la pensée de ses enfants le retint.

— Je suis chargé, dit-il, de retrouver cette famille ; si vous me fournissez des renseignements ils vous seront bien payés, ne craignez rien.

— Mais ça peut être dangereux de s'occuper de ce monde-là ! ce doit être défendu... L'oncle, ça ne me faisait rien, c'était un brave homme, quoi qu'il n'ait pas daigné me demander un morceau de pain, j'aurais partagé de grand cœur avec lui, allez. Mais les autres, c'est pas du monde à s'occuper!

— Vous ignorez donc où habitent les filles de Brodard?

— Si je l'ignore? ah! je le crois bien! est-ce que je voudrais savoir où ça perche!

Pendant la question de Brodard il était entré une enfant de dix à onze ans, alerte, vive ressemblant presque à une gazelle avec ses grands yeux étonnés; ses membres souples et minces; tout en déposant son panier de classe dans un coin, elle avait compris que quelqu'un s'intéressait aux petites Brodard, ses anciennes amies de classe, et désireuse qu'on les soulageât, elle dit vivement :

— Je sais, où elles sont, moi; je les ai vues le mois dernier; on les avait renvoyées encore de deux classes depuis qu'elles ne sont plus avec moi et elles pleuraient. Elles demeurent au n° 20 de la rue des Amandiers.

Brodard ne pouvait se lasser de regarder l'enfant! il lui trouvait un faux air de sa Sophie.

La vieille avait bondi comme un tigre, et prenant rudement sa fille par le bras :

— Je t'avais défendu de leur parler!

— Je l'ai oublié parce qu'elles pleuraient, répondit l'enfant.

Brodard tira de sa poche sa dernière pièce de cinq francs et la donna à l'enfant.

— Voilà dit-il pour acheter un jouet, et il s'enfuit du côté de la rue des Amandiers.

Cette fois il allait les voir! Les insultes pouvaient pleuvoir, il ne les sentait pas. Allait-il les trouver comme l'oncle Henri, mortes de faim?

Il allait! il allait!

Rue des Amandiers, le n° 20 était en démolition; les locataires avaient quitté la maison depuis plus de trois semaines!

— C'est trop! disait Brodard. Oh! c'est trop!

Il demeura un instant debout, considérant sans savoir ce qu'il pensait les échafaudages des ouvriers et les mansardes éventrées par le marteau démolisseur.

C'est là qu'elles ont demeuré! sa pensée n'allait pas plus loin!

— Gare là-dessous! criaient les ouvriers!

Comme Brodard ne se dérangeait pas l'un d'eux descendit et le secoua.

— Eh l'ami?

— C'est vrai, dit Brodard.

L'idée lui vint que cet homme pouvait le renseigner.

— N'avez-vous connu personne des anciens locataires de la maison? demanda-t-il.

— Mon brave homme, nous arrivons du faubourg Antoine; c'est M. X... qui nous a embauchés tous les cinq pour démolir ses vieilles maisons et les refaire à neuf avec les logements moitié plus grands jusqu'au quatrième, et moitié plus petits du quatrième; au sixième; il y a toujours assez de place pour ses meubles quand on n'en a pas, qu'il dit, mais c'est triste tout de même que ce soit le pauvre qui travaille lui-même à ces besognes-là.

— C'est vrai, dit Brodard, ce ne sont pas les riches qui pourraient eux-mêmes creuser des cachots et les murer sur les prisonniers, ni changer leurs pauvres logements tout à fait en niches à chien?

Il s'en alla un peu plus loin, réfléchissant à ce qu'il allait faire.

Il était probable que les habitants de la rue avaient vu ses enfants; elles avaient dû acheter du pain, des légumes, un peu d'épicerie. Il allait donc de boutique en boutique, s'informant si personne n'avait connu, au n° 20, trois jeunes filles dont l'aînée avait environ seize ans, les deux autres de huit à dix. Quand il avait dit le nom personne n'avait rien vu.

Brodard ne se sentait plus fatigué. Il marchait toujours, n'éprouvant plus rien de la vie; il était devenu machine. Seulement, malgré le froid, une sueur abondante inondait son front.

Cette étrangeté n'était pas faite pour inspirer la confiance, aussi ne causait-on pas longtemps avec lui.

Étant entré dans toutes les boutiques, Brodard quitta la rue, convaincu que personne ne lui donnerait de renseignements sur ses filles.

Il allait toujours, entendant dans ses oreilles le bruit de l'Océan; il songeait au navire qui l'avait ramené. Bientôt sa pensée s'obscurcit tout à fait; il lui semblait être lui-même le navire vacillant sur les flots.

Et Brodard, comme un bâtiment qui tournoie sur lui-même et s'abîme sous les eaux s'affaissa tout à coup au milieu de la chaussée.

Il n'avait rien pris depuis la veille et la nuit tombait.

C'était rue de la Glacière; combien de marches et de contre-marches avait-il faites jusque là? qui pourrait le dire?

Tant qu'un malheur n'est pas arrivé personne n'y croit, personne n'essaie de l'empêcher; on rudoie à l'occasion les misérables.

Mais une fois le malheur consommé, tout le monde s'empresse, parce que le plus souvent il n'y a rien à faire.

C'est ce qui arrivait pour Brodard.

Il y eut pour le relever cent bras se gênant les uns les autres.

L'instant d'auparavant il n'en eût pas trouvé un seul.

Brodard, évanoui, fut porté dans une pharmacie. On le fit revenir, et à ses paroles incohérentes, à sa pâleur morbide on pensa qu'il devait avoir l'estomac vide, ce qui était en effet.

Tandis qu'il était soigné et qu'ayant pris un peu de nourriture, sa pensée redevenait lucide, une personne indiscrète avait trouvé le portefeuille tombé de ses vêtements, tandis qu'on le portait, et l'avait ouvert.

Le passeport au nom de Lesorne se terminant par les mots : *forçat libéré*, fut agité devant tous les yeux.

En quelques instants la pharmacie fut déserte. Mathieu, dit Lesorne, de la bande Saboulard! disait-on! Quelques-uns affirmaient qu'il en était le chef.

Celui qui avait ramassé et ouvert le portefeuille eut à la porte les honneurs d'un triomphe, le seul de sa vie, sans doute. C'était un petit crevé, d'assez jolie mais fort insignifiante binette et qui, attiré là par curiosité, n'avait fait que ce bel exploit.

Le soir, chez la vieille drôlesse qui l'entretenait, il put savourer une seconde édition dudit succès en racontant cette histoire.

Brodard restant seul avec le pharmacien et son employé, comprit ce qui arrivait et se leva pour sortir. Il était horriblement résigné. N'était-ce pas la conséquence du nom de Lesorne ? Il payait sa liberté.

Est-ce que tout ne se paye pas en ce monde ?

Le pharmacien fut surpris de la politesse triste avec laquelle Brodard lui dit en sortant :

— Je suis fâché, monsieur, qu'on m'ait entré ici. Mais, que voulez-vous, j'étais évanoui.

A la porte, une foule immense s'était amassée pour voir le forçat.

Les uns ouvraient la bouche et les yeux ; les autres riaient.

Il y a deux sortes de foules : la foule honnête qui est le peuple, la vile multitude égorgeable à merci.

Et la foule malhonnête, habituée des cortèges de carnaval et des exécutions, le foule hébétée et moutonnière qui tend la gorge aux bouchers et se précipite dans l'abîme, l'un suivant l'autre.

C'était cette foule-là qui guettait la sortie de Brodard.

Il passait sans dire une parole, se disant :

— C'est pour mes enfants que je souffre, mais il faudra bien que je les revoie.

Une vieille femme toute ratatinée, sur le visage de laquelle on n'aurait pas trouvé une place sans ride, s'avança vers Brodard.

— Venez ! dit-elle.

Les quelques honnêtes gens fourvoyés dans cette cohue s'écartèrent sur son passage ; les autres continuèrent à ricaner.

— Montez chez moi, dit la vieille, vous vous reposerez quelques instants et nous verrons après.

Ses prunelles s'arrondissaient et grandissaient comme celles des fauves. Était-ce indignation, était-ce pitié ?

L'un et l'autre peut-être.

Il fallut que Brodard se reposât bien des fois avant le sixième étage où la vieille habitait sous les toits. On a reconnu la marchande de mouron. Elle avait raison de dire que le vent y faisait des parlottes ; c'était même mieux que cela ! Il y avait des conférences passionnées et contradictoires entre les souffles des tempêtes et les voix aigres des bises ; le froid y pinçait la chair.

La chambre était nue, à part une paillasse étendue avec des airs de lit sur deux planches, le tout recouvert d'un morceau d'étoffe, dont les pièces de milliers de couleurs étaient un luxe ; on eût dit ces ouvrages de patience que font les jeunes filles avec de petits morceaux d'étoffe.

La vieille fit asseoir Brodard sur la chaise unique, s'assit sur le pied du lit et lui dit :

— Je ne sais pas ce que vous pouvez bien avoir fait ; ça ne me regarde pas. Mais à coup sûr vous n'êtes pas un mauvais homme !

« Il y en a, des destinées !... Mais il ne s'agit pas de cela : vous devez avoir encore bien d'autres peines que le froid et la faim ! contez-moi ça. Qui sait si à nous deux nous ne trouverons pas une idée ?

Brodard lui raconta qu'il avait promis à un de ses camarades, le déporté Brodard, de veiller sur ses enfants, mais que les jeunes filles n'habitaient plus rue des Amandiers et que personne ne pouvait, ou ne voulait lui indiquer leur adresse.

— Brodard ? attendez donc ! Angèle Brodard !

C'est cela même, vous la connaissez donc ?

— Je l'ai vu deux fois : la première à l'asile de nuit. Elle était restée dans mes souvenirs, pauvre petite ! elle avait un enfant sur le bras.

« Un enfant rose et blond, plus gros qu'elle, car elle était toute fluette.

La seconde fois, il n'y a pas huit jours.

Brodard respira.

— Et vous lui avez parlé, n'est-ce pas ?

— Oui, dit la vieille, mais je ne lui ai pas demandé où elle logeait ; elle aurait pu croire que c'était curiosité, elle avait deux petites par la main, ses sœurs, m'a-t-elle dit. Nous avons un peu causé.

« Elle m'a raconté qu'elle les conduisait chez une brave femme qui les garderait pour vingt francs par mois. Dame ! pour vingt francs elles mangeront plus de pommes de terre que de viande de boucherie, mais on ne les renverra plus de l'école sous prétexte que... Elle hésita. »

« Sous prétexte que leur sœur est en carte. »

Brodard pleurait.

La vieille reprit :

— Les petites ne se sont jamais doutées du pain qu'elles mangeaient.

— Hélas ! dit Brodard c'est comme on dit au bagne, le peuple mange toujours du pain rouge de sang, ou souillé de boue.

« Comme ça vous ne savez pas leur adresse ?

— A peu près, cependant, dit la vieille. Je revenais de chercher du mouron sous la neige, par le passage l'Écuyer, à Montmartre ; je les ai rencontrées là ; comme elles ne peuvent pas habiter dans les champs, ça ne peut guère être ailleurs que dans le passage ou auprès.

Brodard était déjà debout pour courir à Montmartre.

— Attendez donc, dit la marchande de mouron à Brodard. Vous pouvez vous en informer près du père ; elles venaient de lui écrire à Toulon. Il doit avoir maintenant la lettre et par conséquent l'adresse : écrivez-lui.

Brodard songea que Lesorne lui ferait sans doute retourner cette lettre par la même voie qu'il lui avait renvoyé la moitié de sa masse.

Mais Lesorne ne désirait entretenir aucune correspondance avec le dehors. Ne connaissant pas l'écriture de Brodard, il ne voulait pas se compromettre.

Une réflexion coupa court aux espérances de Brodard. Lesorne ne saurait où envoyer, puisque lui, n'avait point encore d'adresse.

— Ah! si je n'avais pas peur des calomnies, dit la vieille, je vous dirais bien: il y a place pour deux ici, fraternellement, bien entendu, mais vous pouvez toujours donner mon adresse à votre camarade pour vous envoyer celle de ses enfants et revenez me dire ce que vous avez trouvé au passage l'Écuyer.

Brodard reprit sa course à travers Paris, il arriva à la nuit noire, passage de l'Écuyer.

Ce passage peu fréquenté encore il y a un an ou deux, pouvait être exploré en quelques minutes il contenait à peine deux ou trois maisons d'un aspect ordinaire, le reste était misérable.

Il entra dans chacune des maisons, partout, le nom de Brodard était inconnu; il explora jusqu'aux terrains vagues.

Rien, toujours rien!

Parfois quelque fillette de huit à neuf ans s'aventurait jusqu'à l'épicerie, placée en face d'une maison à grillage vert, alors Brodard lui criait Sophie ou Louise, et les petites effrayées s'enfuyaient.

Comme il en suivait une, qui lui paraissait avoir quelques traits de famille, on lui mit la main sur l'épaule.

— Hein! vous suivez les petites filles. Vous?

Brodard reconnut Grenuche qui le reconnut également.

— Je suis agent des mœurs! et à moins que ce ne soit un ratichon ou un *gatillard*, j'arrête.

— M'arrêter, et pourquoi?

— Je vous l'ai dit. Vous suivez les petites filles!

La foudre tombant sur l'ancien déporté ne l'eût pas surpris davantage.

— Misérable! s'écria-t-il, je cherche les enfants de Brodard!

— Pourquoi faire?

Le drôle se donnait des airs de juge d'instruction.

— Parce que j'ai promis de leur venir en aide.

— En aide! et avec quoi?

Brodard ne répondit pas.

— Combien sont-ils, ces enfants? continua Grenuche en mettant ses pouces dans les poches de son gilet.

A part la chaussure et la cravate il était à peu près vêtu comme tout le monde. Mais ses souliers cassés, aux épaisses semelles; sa cravate malpropre, sentaient les officines de la rue de Jérusalem.

— Il y a, dit Brodard, trois filles qui ont disparu; personne ne veut ou ne peut me donner d'indications précises.

— Pourquoi ne t'adresses-tu pas à la police?

— C'est vrai, dit Brodard qui ne voulait pas confier ses appréhensions.

— Où loges-tu? continua Grenuche.

— Quand je le saurai, je pourrai le dire.

— Que comptes-tu faire?

La marchande de mouron n'était plus seule, un gros chien mouton, noir comme le barbet de Faust,
veillait près d'elle. (Page 482.)

— Reprendre mon état de colporteur.

— Oui, si on veut bien te vendre des marchandises avec ta qualité de fagot !

— Crois-moi, il n'y a pas d'autre métier pour nous que la police !

— Allons donc, dit Brodard !

— La police des mœurs, mon cher, j'ai compris ça tout de suite. On peut s'y faire des protections avec les gens de la haute qu'on n'arrête pas, quant aux autres... suffit...

Brodard était épouvanté ! depuis quelques heures que cet imbécile était agent des mœurs il faisait son trou là-dedans, tout naturellement, comme un ver dans la pourriture.

— Ah! je n'ai pas perdu de temps! dit Grenuche.

Brodard le voyait bien!

Le nouvel agent continua :

— Je ne suis pas méchant; je veux t'avertir : nous sommes chargés de te surveiller, Jean-Étienne et moi.

— Me surveiller? A propos de quoi?

— Tu dois le savoir mieux que moi...

Ils se séparèrent après que Brodard eut promis d'aller prendre des renseignements à la préfecture au sujet des enfants.

— Je t'y conduirai, dit Grenuche, ça me procurera une bonne note. En attendant va en paix comme un ratichon ou un curieux pris en flagrant délit.

Ils convinrent d'un rendez-vous pour le lendemain. Brodard voulait retrouver ses enfants à tout prix.

LII

ENCORE LA MARCHANDE DE MOURON

Brodard avait promis à la marchande de mouron de lui porter des nouvelles ; il voulait aussi lui demander conseil.

Cette femme avait des vues droites qui lui étaient sympathiques.

Du passage l'Écuyer-Montmartre à la rue de la Glacière, entre la rue de Lourcine et le boulevard des Gobelins il y a loin !

Mais Brodard en était à cette époque héroïque de la vie de chaque individu, où quelque circonstance extraordinaire fait monter l'être humain à son apogée.

Les peuples, comme les hommes, ont de ces époques.

Brodard sentait cette puissance qui fait marcher le corps épuisé, comme le cheval s'élance enveloppé par le coup de fouet. La volonté le galvanisait.

Il arriva vers onze heures rue de la Glacière; la vieille l'attendait.

Elle n'était plus seule, un gros chien mouton, noir comme le barbet de Faust, se reposait dans un coin, les yeux grand ouverts, suivant tous les mouvements de sa maîtresse! le museau allongé sur ses pattes, Toto songeait.

Quand Brodard entra, le chien leva la tête, l'observa pendant quelques instants et reprit sa première position.

Il pouvait évidemment le laisser s'approcher de sa maîtresse sans craindre qu'il lui fît du mal.

La vieille le remarqua.

— Voyez-vous? dit-elle, je ne me trompais pas sur votre compte; vous êtes un brave homme; Toto est de mon avis. Il est vraiment infaillible, Toto! contrairement aux hommes. Mais, dites-moi vite ce que vous avez découvert?

— Hélas! ma pauvre dame, rien! absolument rien, on ne les connaît pas, au passage l'Écuyer.

— J'y retournerai moi-même, « dit la vieille, » où demeurez-vous ?

— Encore nulle part.

— Et vous n'avez pas de quoi vous loger ? votre position de tantôt le dit assez.

— Tantôt, dit Brodard, j'avais oublié de manger, je le pouvais encore.

— Mais vous ne le pouvez plus ?

Brodard se tut.

— Écoutez, il y a près d'ici, à droite, un petit hôtel où vous logerez pour dix sous ; les voilà !

« Vous demanderez Jacques, c'est le garçon. Vous lui direz que vous venez de la part de Mme Grégoire ; il est né dans la même maison que moi, au faubourg Antoine, mais il est moins malheureux.

« Venant de ma part, il vous protégera, vous serez bien, allez !

« Demain comme demain ! à chaque jour suffit sa peine... et de reste ! »

Sur cette réflexion la vieille poussa une pièce de dix sous dans la main de Brodard, qui hésitait à la priver de cette infime somme, peut-être nécessaire pour elle.

— Prenez, ou je me fâche, — n'est-ce pas, Toto ?

Le chien leva la tête et poussa un bâillement.

— Il est fatigué, dit la vieille ; pauvre ami, il est rentré bien plus tard que moi ; vous ne l'avez pas vu tantôt, il était allé en commission ; j'avais trouvé un peu de beau mouron échappé à l'hiver, il l'a porté justement où je vous envoie, à mon ami Jacques, qui s'est attaché à ses oiseaux, lui. — Moi, j'avais pris Toto par charité, mais aujourd'hui je ne le donnerais pour rien au monde.

« Il faut bien aimer quelqu'un, et il faut encore qu'on vous rende l'amitié.

« Quatre murs sans personne, c'est si triste ! — Et puis, il fait si bien les commissions. »

Elle se redressait avec orgueil en regardant Toto.

— Il est si bon ! si intelligent.

Toto, flatté du regard de sa maîtresse et comprenant son ton de voix caressant, minaudait, arrondissant ses pattes et leur faisant former des demi-cercles gracieux.

Brodard sortit le cœur plein de reconnaissance, sentiment oublié par lui depuis longtemps

La bonté de la vieille, sa promesse d'aller elle-même à la recherche des enfants, lui montaient au cerveau, — il y avait une éternité qu'il n'avait entendu de bonnes paroles !

Il en oublia l'hôtel où il devait coucher, l'heure qu'il était ; tout, hors ses filles.

Une griserie lui montrait ses enfants retrouvés ; il s'en allait à travers l'ombre, par les rues désertes, n'ayant plus faim, n'ayant plus froid. Le nom de Lesorne ne pesait plus sur lui.

Pour la première fois depuis des années, il respirait librement, se sentant plein d'espérance.

Combien de chances déjà il avait eues, et vraiment des chances inespérées.

Pour le sûr, la vieille mènerait ses recherches à bien.

Il n'y avait pas le moindre doute.

La nuit était profonde, à peine trouée çà et là par la lueur incertaine des becs de gaz.

Vous avez lu la ballade : *Les morts vont vite?* ainsi allait Brodard, porté par son rêve.

Quand le sentiment de la réalité lui revint il était hors Paris, dans un lieu qu'il ne reconnaissait pas. Quelques masses noires, indécises et mal alignées, s'entassaient à la lueur indécise de deux ou trois réverbères.

C'était la rue de la Chance Midi entre Clichy et Levallois.

LIII

ANCIENNES CONNAISSANCES

En revenant à lui-même, Brodard songea à l'hôtel où la marchande de mouron l'avait envoyé.

Il y avait longtemps qu'il l'avait dépassé! c'était la faute à sa pensée, qui marchait plus vite que lui.

Brodard se promettait de ne plus oublier ainsi la réalité : il ne s'agissait pas de se laisser aller à des chimères, mais d'avoir du courage.

Il commença à parcourir la rue; elle était si sombre qu'il ne parvenait pas à se rendre compte s'il y avait quelque hôtel où il put loger.

Il devait être près de deux heures du matin,

Il distingua un écriteau, prit une allumette, la frotta sur son pantalon et lut ce qui suit :

« *Laugement ta loué, deu pièce — on pet d'avanse — un tairme.* »

Il était inutile de s'informer là! Brodard n'étant pas en mesure de payer le terme d'avance.

Retourner dans Paris, au risque de se faire arrêter pour vagabondage n'eût point avancé ses affaires; il chercha donc un endroit pour attendre le jour. Il n'y avait que trop d'enfoncements, mais tous remplis de choses si douteuses, qu'il préféra marcher de long en large, dans la rue déserte.

Le bruit de ses pas attira bientôt quelqu'un, justement, devant la maison à l'écriteau.

— Qui va là? demanda une voix enrouée.

— Un homme égaré!

— D'où venez-vous?

— Je suis un voyageur!

L'interlocuteur de Brodard avait allumé une lanterne, il la mit sous le nez du nouvel arrivant.

L'examen fut sans doute à l'avantage de Brodard, car l'homme à la lanterne reprit.

—Pouvez-vous payer une chambre?

— Oui, si elle n'est pas trop chère.

— Vingt sous; je fais crédit de moitié, c'est le prix des voyageurs égarés.

Brodard s'avança.

Il avait de son côté examiné son logeur; cet examen était peu favorable.

L'endroit où ils se trouvaient regorgeait de choses disparates, presque toutes misérables. Il y avait de tout; des tasses dépareillées, un billard sur lequel était le lit du personnage, des vêtements suspendus tout autour des mûrs, des piles de linge, de vieux meubles les uns sur les autres, des armes, tout cela pêle-mêle, avec des tableaux, de la vaisselle, des livres.

C'était une boutique de brocanteur. Le maître lui-même semblait dépareillé; ses yeux de faïence louchaient horriblement, sa bouche faisait le fer à cheval aux deux extrémités, tandis que le nez, long, pointu et plat d'arête se baissait pour boire.

— Vous serez parfaitement, dit-il; la chambre où vous allez coucher est celle que je cherche à louer.

Il ajouta, comme consentement à une question qu'on ne lui adressait pas :

— Vous pouvez payer d'avance comme pour la chambre.

Brodard tira de sa poche la pièce de dix sous de la vieille.

Les regards du brocanteur plongeaient curieusement au fond de cette poche, d'où la pièce sortait seule, soit parce qu'elle y était unique, soit parce qu'il n'osait en montrer une plus grande quantité, ce qui lui importait plus que Brodard ne pensait.

— Vous ne me paraissez pas bien fortuné?

— En effet, dit Brodard!

— Quel est votre état?

— Colporteur.

Ce mot parut éveiller un souvenir chez le brocanteur; il regarda Brodard encore plus attentivement et finit par demander :

— Comment vous appelez-vous?

— Lesorne!

— Je m'en doutais. Il me semblait reconnaître votre taille, vos traits; la bouche, à laquelle il manque deux dents, je me disais: J'ai vu cela quelque part.

Brodard venait de se fourrer dans un guêpier!

L'homme continua :

— Seulement, vous avez perdu votre accent marseillais!

— Eh! mon bon! dit Brodard, tout se perd!

— Vous venez de Toulon, n'est-ce pas?

— Oui!

— Alors vous êtes mon homme! Vous me reconnaissez, hein?

— Pas beaucoup.

— Je vois bien qu'il faut vous mettre les points sur les i : Vous vous souvenez du père Trompe-l'œil, il est impossible que vous ne vous souveniez pas?...

— Oui! dit Brodard, car il fallait soutenir son personnage. Les conséquences du subterfuge s'imposaient l'une après l'autre, il n'en était qu'aux premières.

— Je le crois pardieu bien ! Allons ! vous me retrouvez, comme par le passé, disposé à traiter avec vous; mais, vous savez, part à deux dans les affaires ! hé ! hé!

Ses pommettes, devenues plus saillantes encore par le rire, montaient tandis que son menton s'allongeait en museau de renard.

— Moi je suis logeur et brocanteur. Comme l'on se retrouve au bout de si longtemps ! Enfin, nous allons *retravailler* ensemble.

— C'est convenu, dit Brodard, assez anxieux des *affaires* qu'il allait avoir à traiter.

Trompe-l'œil demanda :

— Avez-vous un logement?

— Pas encore !

— Eh bien, prenez celui-ci, c'est commode, c'est retiré, il n'y a dans la rue que des chiffonniers qui triment toute la nuit et qui roupillent tout le jour. Ça vaut mieux que mon ancienne maison. Vous savez!

— Parfaitement.

— Vous devenez mon locataire?

— Oui, mais le terme d'avance?

— Qui vous a dit qu'il y avait un terme d'avance ?

— Je l'ai lu à la lueur d'une allumette.

— Eh! eh! ce diable de Lesorne! toujours ses petites habitudes ! il a exploré la rue! Ne vous inquiétez pas du terme d'avance; vous payerez après; nous ravitaillerons même votre balle de colporteur; il y a de quoi ici, hein !

« Tout cela aux mêmes conditions que par le passé, entendez-vous? Manière d'écouler les marchandises. »

De plus en plus Brodard aurait voulu savoir quelles étaient les conditions du passé.

Le père Trompe-l'œil continuait en jetant un regard à droite et un à gauche à la fois :

— Je ne suis pas en peine, allez, je le vois, rien que par votre inspection de la rue. Vous acceptez?

— J'accepte.

Brodard s'imaginait qu'avec la vente il pourrait peut-être payer le vieillard, ne trouvant pas prudent de refuser.

— Le tout pour trois cents francs. Mais le *casuel* en plus. Pas vrai?

Jacques n'y comprenait rien :

— Qu'est-ce que ce vieux pouvait bien appeler le casuel?

— Et al...lez donc, fit Trompe-l'œil joyeux; c'est moi qui vous fournis, depuis la balle jusqu'au bâton.

Il s'arrêta.

— Hein! vous savez bien le fameux bâton ferré; j'en ai encore un pareil, cinq pouces de fer et une pomme à secret.

Tout cela était du chinois pour Brodard.

L'autre allait toujours.

— Et les guêtres donc? c'est ça qui donne le chic montagnard; les aimiez-vous dans le temps!

Il riait, montrant ses gencives nues, ce qui lui donnait une ressemblance grotesque avec un petit enfant.

— Allons, montez chez vous, prenez possession du logement; mais, vous m'avez l'air tout chose!

— Ma foi! dit Brodard assez naturellement, quand on a passé si longtemps là-bas, la liberté semble drôle!

Il ignorait combien d'années Lesorne était resté prison.

— Trois ans, n'est-ce pas? demanda le vieillard.

— Oui, dit Jacques.

Il monta l'escalier.

Le père Trompe-l'œil lui avait remis la lanterne.

Le nouveau locataire visita le logement.

Deux pièces étroites comme des caisses On pouvait pénétrer de l'une dans l'autre sans que la communication une fois refermée, soit appréciable. C'étaient des planches glissant l'une sur l'autre, la seconde avait une trappe.

Un lit de sangle, dans un coin, veuf de matelas, composait tout le mobilier.

Avant de se coucher, Brodard ouvrit la fenêtre, interrogeant les ténèbres.

De petites étoiles apparaissaient au loin, rasant la terre, laissant voir en se rapprochant des vieilles femmes, des hommes tout courbés; de jeunes enfants; tous la hotte traditionnelle sur le dos; le crochet d'une main, la lanterne de l'autre.

C'étaient les traînards de l'armée des chiffonniers rentrant trois ou quatre heures après les autres.

Et sous les réverbères blafards, à la lueur fumeuse des lanternes, il voyait la procession déguenillée disparaître dans les tas d'ombre qui semblaient des maisons. Quand disparaîtrez-vous de partout, ô vieilles loques maudites! lois pourries! quand tomberez-vous dans la hotte du temps, l'éternel chiffonnier? Quand nul être humain ne portera-t-il plus de haillons, tandis que les autres pompent l'or et le sang?

Autour de jeunes femmes, attardées comme les vieilles, se pressaient de pâles enfants, les uns tenant la robe de leurs mères, les autres attachés en grappes aux plus grands.

Comme il avait eu dans son cachot la vision de la semaine sanglante, il voyait monter dans la nuit la marée de la grande misère avec ses légions disparates : les uns se couchant, pour mourir de faim en silence, comme l'oncle Henri; les autres crachant leur dernier souffle avec des imprécations impuissantes; les vieux, les jeunes, les petits; belles filles de seize ans livrant leur front livide aux baisers des bandits; beaux garçons arrachés à la charrue, s'endormant dans des mares de sang engraissant les plaines et nourrissant les corbeaux. Enfants tordus par un travail hâtif ; vieux desséchés de privations !

Brodard se demandait ce que pouvaient bien avoir fait, pour être condamnés à la vie, ces myriades de malheureux qu'on appelle la vile multitude, les vils esclaves, les gueulards ; et qui produisent tout pour ceux qui ne font rien.

Elle lui apparaissait complète, hideuse, la misère, vieille comme le monde et l'enveloppant de son suaire.

Brodard regardait en face la vision terrible ; il ne tremblait plus, il était le belluaire acceptant la lutte et se sentant de taille à combattre jusqu'à la mort.

Il se jeta sur le lit afin de prendre du repos, et finit en effet par s'endormir.

Le jour était levé depuis longtemps quand il s'éveilla.

La rue fourmillait : les femmes vaquaient, affairées, aux préparatifs de repas, fantastiques, gigantesques, arlequins, auxquels on ajoutait encore des assaisonnements sauvages.

Des garçonnets effrontés montraient tantôt leurs visages rouges de froid, comme des pommes d'api, tantôt la figure que Foutriquet plaçait entre quatre chandelles, pour la faire voir au bon peuple, en attendant qu'il lui fît voir Transnonain et le Père-Lachaise. Aimable prélude !

Les vieux montraient çà et là leurs silhouettes mornes, autour desquelles voletaient comme des ailes, les haillons soulevés par le vent d'hiver.

Brodard se leva avec certain empressement, se reprochant le temps qu'il avait perdu.

Vu au jour, et dans tous ses détails, le père Trompe-l'œil aurait occupé un physiologiste pendant longtemps ; chacun de ses traits dérangeait l'impression produite par l'autre.

On ne pouvait pas davantage préciser son âge que son caractère ; il n'y avait pas de raison pour qu'il ne fût ainsi depuis vingt ans comme depuis la veille.

Brodard, ayant désormais un gîte ; sa balle de colporteur pleine d'objets divers ; de hautes guêtres aux jambes ; vêtu d'une blouse bleue et s'appuyant sur un solide bâton ferré, partit pour aller au rendez-vous de Grenuche, non sans avoir regardé le numéro de la Maison et le nom de la rue qu'il était censé si bien connaître.

Il était décidé à affronter la police, le contraire eût éveillé des soupçons ; et puis ne fallait-il pas qu'il déclarât reprendre le colportage.

Au moment d'entrer chez le marchand de vin, où il avait rendez-vous avec Grenuche, une hésitation le prit :

Est-ce que la marchande de mouron n'avait pas promis d'aller elle-même au passage l'Écuyer ? Elle aurait bien trouvé les petites Brodard ; peut-être ferait-il bien de ne parler que du colportage. Mais Grenuche aurait fait son rapport, le sort en était jeté.

— Voilà une heure que je t'attends chez le mannezingue ! dit Grenuche en allant au-devant de son compagnon.

Les vieux montraient çà et là leurs silhouettes mornes autour desquelles voletaient comme
des ailes les haillons soulevés par le vent.

Il n'avait pas remarqué d'abord la mise nouvelle et la balle de Brodard.

— Plus que ça de genre? t'as donc *fait* une pelure et un *grumeau de vol au
vent* (une balle de colporteur)?

— J'ai retrouvé un ancien fournisseur?

Après avoir pris une rincette, tous deux entrèrent à la Préfecture.

Grenuche présentant Brodard, comme s'il eut été chez lui.

— A propos, dit Brodard, qu'est devenu Jean-Étienne?

— Ah! lui, il ira loin. Il est de la secrète!

— Brodard fit sa demande en autorisation de colportage.

Il n'avait rien signé depuis qu'il était sous le nom de Lesorne, peu s'en fallut qu'il n'écrivît son véritable nom.

L'hésitation le sauva : Lesorne avait une écriture tremblée.

— Vous pouvez exercer provisoirement, lui dit M. X..., on verra plus tard, par votre conduite, si l'autorisation peut vous être accordée.

Comme Brodard restait debout, il ajouta :

— Vous pouvez sortir.

— Permettez, monsieur, dit Brodard, un de mes camarades du bagne, meurt de chagrin de savoir ses trois enfants abandonnés, il m'a chargé d'en avoir soin et je le lui ai promis.

— Vraiment?

— Je ne suis qu'un pauvre misérable, mais je tiendrai ma parole.

Il était si ému, que le chef de division leva les yeux sur lui. Se renversant dans son fauteuil :

— Et vous voulez, vous, sans ressources, vous charger de trois enfants?

— Cela me gardera honnête!

— Où cela vous fera faire quelque coup!

— Ah! monsieur!...

— Où sont-ils ces enfants?

— Je viens demander qu'on veuille bien s'en informer!

— Comment s'appellent-ils?

— Brodard.

— Mais, vous êtes fou! l'assistance publique a dû s'en charger, elle n'est pas à vos ordres.

— L'aînée a été mise en carte, malgré elle, elle n'a que seize ans.

— Allons donc! j'ai entendu parler de cette petite drôlesse : elle est là, par vocation.

M. X... sourit avec complaisance de sa plaisanterie.

— Eh bien! par vocation ou non, Angèle Brodard sera rayée des registres de a prostitution.

M X... se posa devant Brodard, croisa ses bras, mit ses lunettes d'aplomb au milieu de son front et le regardant par dessous, comme pour le foudroyer.

— Et c'est vous! vous, Lesorne! qui ferez cela?

— Oui.

— Diable, mon cher! Vous êtes devenu terriblement vertueux à Toulon...

« — Alors, la police ne fera aucune recherche? » demanda Brodard sans répondre à l'insolence du délégué aux bonnes mœurs.

— Mon cher, vous êtes à même de rencontrer la fille Brodard, Angèle, sur le trottoir; quant à ses petites sœurs, l'assistance publique a dû s'en charger, je vous le répète.

Brodard sortit, il étouffait.

Mais enfin, il savait que si la police ne l'aidait pas dans ses recherches, elle ne mettrait pas d'empêchements à ce qu'il s'occupât des enfants.

La marchande de mouron lui donnerait sans doute quelques renseignements sur elles, si elle ne trouvait rien, il en viendrait à bout tout seul, il fallait qu'il sauvât ses filles!

Brodard prit le chemin de la rue de la Glacière.

LIV

L'OGRE HOMME DE BIEN

Le comte de Méria, depuis qu'il était le dispensateur des dons pieux d'Olympe, menait ostensiblement une vie édifiante.

Il suivait la sainte maxime : « Péché caché est à moitié pardonné. »

Hector avait oublié le chemin des bouges où le vin est bleu, où les filles ont les lèvres violettes.

Goûtant des plaisirs mystérieux sur le chemin du ciel, en règle avec sa conscience, avec ou sans confession, ses crimes étant cachés, les indulgences faisaient le reste.

M. de Méria cultivait la jeunesse (à l'exemple des frères Ignorantins).

Mais qu'est-ce que ces peccadilles? devant l'ardeur religieuse qu'il déployait au service de Dieu et de sa sainte Épouse notre mère l'Église?

Ce Tartufe avait imaginé, sous forme d'une maison de bienfaisance, dirigée par une femme de son espèce, et fondée avec l'argent d'Olympe, un de ces monstrueux parcs aux cerfs, perfectionnés par les raffinements du vice et de l'hypocrisie, dont le procès de Bordeaux peut donner une idée.

On ne conduisait point les enfants à de Méria et aux autres misérables ses complices, ils allaient eux-mêmes dans la maison de convalescence, que la Providence avait fait surgir dans un village des environs de Paris.

On y recevait, à la fois, une dizaine de jeunes filles de dix à quinze ans, sorties de l'hospice, et ne pouvant trouver chez leurs parents, l'air, la nourriture et les soins nécessaires à leur complet rétablissement.

Les places étaient disputées; il fallait de hautes et pieuses protections pour entrer à Notre-Dame-de-la-Bonne-Garde — tel était le nom de cet asile.

La maison appartenait à Olympe et devait après sa mort être offerte pour le village de Z... au conseil municipal qui ne se doutait guère de ce qui se passait entre les hauts murs blancs renfermant cette belle œuvre, éclose de l'ardente charité de M. de Méria, du vicomte d'Espaillac et autres bandits, pour lesquels la bienfaisance était un masque opportun.

Beaucoup d'enfants mouraient; on attendait sans doute trop tard; peut-être aussi, le Seigneur voulait éprouver les saintes âmes qui dirigeaient l'œuvre. Ou bien encore, il plaisait à la divine miséricorde de retirer du séjour de perdition les jeunes colombes, avant que les fanges de la terre n'eussent sali leurs ailes.

La feuille du comte de Méria donnait le ton aux autres feuilles dévotes qui ne trouvaient rien de mieux que de répéter ses boniments (sans prendre d'autres informations).

Il déployait un zèle vraiment admirable, le noble vicomte, tant pour recueillir les plus hautes adhésions, que pour accorder ou refuser les demandes d'admission, d'après l'urgence et les mérites des familles désireuses de placer leurs enfants.

Un observateur aurait pu remarquer que les jeunes filles, admises dans l'établissement, étaient toutes jolies.

— «On dirait vraiment qu'on les choisit exprès, » disait naïvement une vieille bigote qui joignait les mains avec extase chaque fois qu'elle voyait passer Mme de Saint-Stéphane, la directrice de la pieuse institution.

Tous les niais répétaient à l'envi la ritournelle ordinaire : « Jeune, belle, noble et consacrant sa vie au service des pauvres. C'est une sainte. »

Le père Davys-Roth flairait bien quelque infamie sous la fondation d'un asile de jeunes filles, par des hommes tels que de Méria et Nicolas, mais il était de ces généraux qui permettent le pillage aux soldats. Pourvu que la ville soit prise, le reste importe peu.

Quelques jours avant l'arrivée de Brodard, de Méria rencontra les deux petites Louise et Sophie.

Cette dernière, grelottant de fièvre, cherchait pour se réchauffer, un rayon du pâle soleil d'hiver.

Elle mourait d'anémie. Toutes les privations, tout le travail mal rétribué d'Angèle, ne parvenaient pas à soutenir cette enfant trop grande pour son âge, élancée comme ces fleurs des lieux souterrains qui cherchent la lumière.

Angèle en avait fini avec l'espérance; il lui semblait, qu'envahie avec ses petites sœurs par un océan, elle les élevait au-dessus des eaux, sachant bien que le flot les prendrait, mais elle voulait que ce fût le plus tard possible.

Quant à elle-même, peu lui importait. Quelques gouttes d'eau de plus ou de moins où l'Océan avait passé !

Sous le poids de la honte, elle n'osait pas même écrire à son père et pourtant, quand elle s'était épuisée de longues journées, sur les ouvrages infimes qu'on laisse aux malheureux (parce que nul autre ne les ferait) elle se disait qu'elle avait du courage.

Ah! sans ses petites sœurs! comme elle en eut vite fini avec l'existence.

Son dévouement n'y faisait rien ; les petites manqueraient souvent du nécessaire.

Pauvrement vêtues, leur dénûment faisait penser à la condition de leur sœur ; à l'école, humiliées de toutes manières, on les chassait sous un prétexte ou sous un autre.

Angèle résolut de les empêcher de souffrir de son malheur, c'est alors qu'elle les donna en garde à une brave femme de la rue des Amandiers, qui, pour une faible somme les couchait et les nourrissait comme ses propres enfants. Elles avaient alors pour compagne de classe, la petite fille qui avait renseigné Brodard.

Là encore, on apprit que leur sœur était en carte, il fallut sortir de l'école.

Ce n'est pas tout, la femme qui prenait soin des enfants, laissa celles-là et les siennes; confiant les unes à sa sœur, rendant les autres à Angèle. Le mal l'avait vaincue.

La poitrine attaquée depuis longtemps, elle arrivait à son dernier moment.

Mais on ne la trouvait pas assez malade, après avoir en vain sollicité son admission à tous les hospices, elle s'abattit un jour devant le parvis comme un oiseau blessé.

Si les hôpitaux ne sont pas pour les chiens, ils ne sont pas toujours pour les malheureux! Il y en a qui meurent dans la rue, n'ayant quelquefois pas même l'abri d'une borne.

Ce fut au passage l'Écuyer à Montmartre, qu'Angèle plaça ses petites sœurs chez la mère Nicole, une amie de leur gardienne de la rue des Amandiers.

Elle n'était pas à son aise tous les jours, la mère Nicole, et le travail était rude.

Tous les matins, chargée de pains jusqu'au menton, dans son grand tablier de toile grise relevé en forme de sac, elle trottait, elle trottait. Elle montait des étages! son pain battait sur ses genoux, tout cela pour quarante sous par jour.

Si sa poche était vide, son cœur débordait. C'était elle qui avait proposé à Angèle de prendre ses petites sœurs au même prix que son amie de la rue des Amandiers : 20 francs par mois.

C'était beaucoup pour Angèle, et beaucoup pour la mère Nicole; mais qui donc aiderait les pauvres, si ce n'était des pauvres, aussi?

Il fut convenu que Louise et Sophie passeraient pour ses nièces : elles n'auraient plus à subir les plaisanteries des méchants qui les appelaient : enfants de *fagot* ou *petites coureuses!*

Les petits des malheureux, ça peut changer de nom comme les animaux de collier !

Personne ne s'en inquiète.

Le comte de Méria rencontra les petites au passage l'Écuyer.

La beauté de Sophie, sa pâleur lumineuse, firent impression sur le misérable; il la suivit chez la mère Nicole.

La porteuse de pain venait de rentrer, elle préparait un repas plus que modeste, surtout pour elle; les enfants ayant la meilleure part.

La petite maison qu'elle habitait, construite comme celles des plus pauvres villages, ouvrait sans cour ni concierge son rez-de-chaussée sur la rue; la porte était à demi ouverte.

De Méria entra, se tenant dans l'ombre, comme quelqu'un qui craint d'avancer et fit en silence un profond salut.

Que voulez-vous, monsieur? demanda la mère Nicole, surprise par ce grand escogriffe debout devant elle.

Les petites eurent peur, voyant que cet inconnu les avait suivies, et se rapprochèrent de la bonne femme.

De Méria commença un boniment : il avait remarqué l'état de souffrance de l'enfant, et comme il dirigeait en partie l'asile pieux de Notre-Dame-de-la-Bonne-

Garde, il proposait d'y faire entrer Sophie ; il fallait se hâter de profiter de la grâce que le Seigneur dispensait pas ses mains...

C'était Dieu qui l'avait conduit... et une foule d'autres clichés à l'usage de ses pareils.

La mère Nicole se défia d'abord de tant d'empressement, il lui semblait que ce n'était pas ordinaire, puis le jargon du comte lui en imposa.

La petite serait si bien, il serait si regrettable d'attendre trop tard ! il finit par lui arracher un demi-consentement : elle demanda jusqu'au lendemain pour réfléchir. L'affaire est dans le sac ! pensa-t-il.

« Demain, « dit de Méria, » notre directrice viendra chercher la réponse et sans doute emmener l'enfant. »

Ce serpent commençait à fasciner la pauvre femme. Les enfants elles-mêmes se rapprochaient, il sortit à temps pour ne pas se trouver avec Angèle ; le hasard le servait : elle l'eût reconnu.

« Ma chère enfant, » dit la mère Nicole, « si vous n'étiez pas venue, j'allais vous trouver, et elle lui fit part de la proposition de l'inconnu.

Angèle avait entendu, comme tout le monde parler de Notre-Dame de la Bonne-Garde, mais elle ignorait que son ancienne amie Olympe en fut la fondatrice, et de Méria le président, pourtant elle éprouva plus d'appréhension que de joie.

Mais après mûre délibération, les deux femmes convinrent que dans l'état où était Sophie, on ne pouvait mieux faire que d'accepter ce secours inespéré.

Angèle avait peur quand il se présentait quelque chose d'heureux, il lui semblait toujours que cela allait se changer en mal.

Mais la mère Nicole prétendit que le mauvais sort pouvait bien désarmer quelquefois, que tout n'était pas pareil dans la vie.

Du reste, il ne fallait pas se cacher qu'il était temps de soigner Sophie si on voulait la sauver.

Les petites écoutaient, avec cette indifférence des enfants qui ont déjà vu beaucoup de choses lugubres.

Angèle consentit.

Sur le seuil, elle se retourna émue par une dernière crainte : elle voulait dire qu'elle préférait que sa sœur mourût là ; mais cela lui parut insensé, elle embrassa encore une fois les petites, et s'en alla.

Angèle après mille pérégrinations dans divers taudis, désespérant de pouvoir, seule, payer un loyer, partageait avec Clara Bussonni, rue du Mont-Cenis, une chambre plus haute et plus froide que l'ancienne demeure d'Olympe.

Là, sur toutes choses se lisaient les privations dont était faite la maigre pension des petites.

Le froid, la faim, la honte !

Elles seules savaient, les infortunées, combien leur sort était injuste.

Elles parvenaient, en réunissant leur gain, à s'acquitter régulièrement de leur loyer ; Clara gênée de la main qu'elle s'était brûlée sur le réchaud, destinée à finir toutes ses misères, Clara gagnait moins encore qu'Angèle, mais la petite

Brodard se trouvait toujours en retard envers son amie, c'étaient leurs seules querelles, elle lui était redevable, disait-elle.

Dans ce triste réduit, la misère avait sa dignité, et l'amitié ses délicatesses.

Angèle et Clara parlèrent beaucoup, ce soir-là, de la petite Sophie et de la maison de convalescence; l'anxiété les prenait, à tourner et retourner toutes leurs craintes.

C'était l'hiver. Leur couverture sèche, usée par tous les bouts, raccommodée au milieu avec des chiffons, les défendait mal contre le froid.

Par la plus concluante des raisons, les pauvres filles n'avaient pas dîné ce jour-là, et la faim ne réchauffe guère.

Que faire quand on ne dort pas? Il faut bien causer un brin.

Le bruit des voitures allait s'affaiblissant. Paris dormait, à l'exception des désespérés, qui rôdaient au bord du glauque sillon que la Seine creuse à travers Paris; de vieux ouvriers, jetés à la porte par leurs maîtres, et des gens sans asile jetés à la rue, soit par le propriétaire, soit par le patron; car on ne peut pas toujours travailler avec la même habileté, alors, on ne paie plus son terme; alors on ne produit pas assez.

Les deux pauvres filles en vinrent à parler des gens qu'elles avaient connus misérables et qui, au lieu de grelotter comme elles sous les toits, l'estomac vide, étaient devenus riches; s'il allait leur tomber un héritage comme à Olympe!

Cette idée les ni rire... Est-ce qu'elles étaient folles, de penser seulement que cela pouvait arriver.

Mais enfin, qui sait en travaillant?

— Oui en gagnant, avec la nuit au bout du jour, tout juste pour payer la chambre, les vingt francs des petites avec le pain à crédit, pouvait-on manquer de faire florès?

— Est-ce qu'on peut économiser sur ce qu'on ne gagne pas ou sur les dettes qu'on fait?

L'idée revint à Clara, d'une histoire de son pays d'Alsace.

Un ouvrier terrassier avait *amassé* de quoi bâtir la plus belle maison de son village. Nul n'était plus fier de la grosse somme qu'il avait gagnée; nul n'était plus méprisant pour les pauvres, les porteurs de guenilles et les gens sans travail, n'avaient pas besoin de s'adresser à lui !

La prospérité venait de plus en plus.

Voilà qu'on déterre dans la montagne, un homme assassiné il y avait bien trois ou quatre ans — le meurtrier, en l'enfouissant, avait laissé tomber son couteau, où le sang faisait la rouille plus épaisse et... chose accablante! son calepin où son nom était inscrit. — Or, le couteau lui-même fut reconnu par celui qui l'avait vendu et l'homme si dur au pauvre monde, convaincu d'avoir bâti sa maison avec l'argent de sa victime.

Ce récit leur fit peur, elles étaient si jeunes encore. Elles cachèrent leur tête sous la misérable couverture, et jusqu'au matin elles dormirent mal, car le froid et la faim traversaient leur sommeil de sinistres visions.

LV

LA MAISON DU MYSTÈRE

Nous voilà pour plusieurs chapitres dans le domaine monstrueux de la folie du crime.

La corruption, à un certain degré, produit des maladies mentales, épidémiques, parfois elles s'emparent de certains misérables et les portent à des actes qui épouvantent l'imagination.

Ces êtres, livrés aux médecins aliénistes, seraient de féconds sujets d'études, pourvu que le cabanon fût solide.

Mais quand ce genre de démence est augmenté par la sécurité que donne la richesse, il y a tout à en craindre, l'impunité double la force.

C'est ce qui arriva au groupe créateur de l'asile Notre-Dame-de-la-Bonne-Garde, comme la danse de Saint-Guy ou les convulsions du cimetière Saint-Médard, les hallucinations emportaient ces monstres, il en sortait depuis plusieurs mois déjà, une organisation mystérieuse d'attentats contre de pauvres petits enfants. La légende de l'ogre n'est pas toujours une fiction.

Les vampires s'imaginaient continuer en paix ; l'entassement des forfaits les perdit.

La marquise de Saint-Stéphane, placée par de Méria à la tête de l'asile, vint elle-même au passage l'Écuyer, en vêtements de velours noir, un grand voile baissé, ayant derrière sa voiture, un laquais en livrée, rayé comme un lézard, et devant, un cocher dans une immense capote aux parements blancs livrée de sa maison.

L'équipage tenait le passage ! tout entier.

La mère Nicole et Louise furent invitées à accompagner Sophie avec Mme Helmina de Saint-Stéphane.

Cela fut fait vite, par surprise, comme toutes les choses bonnes ou mauvaises auxquelles préside le hasard.

Le cocher prit le passage du côté des champs, on se trouva bientôt sur la route de Z.

La neige, balayée à Paris, n'avait pas un pli dans la campagne ; dans ce vaste linceul, paraissaient comme des bouquets blancs, les arbres et les haies sous les fleurs du givre, aussi belles que les fleurs du printemps.

Les mauvaises idées d'Angèle gagnaient la mère Nicole, mais il faut se défier de la défiance poussée à l'excès ; qu'y avait-il d'étonnant à une bonne chance, cela peut arriver comme autre chose !

La maison de convalescence apparut bientôt, avec son pavillon, isolé comme un mausolée au milieu du parc ; sa chapelle, faisant face à un tout petit bâtiment, au corps de logis, habité par les domestiques ; les deux autres extrémités étaient occupées ; l'une par un bosquet, l'autre par un parterre.

L'équipage tenait le passage tout entier.

L'hiver jetait sa tristesse sur tout cela.

Le pavillon, comme la chapelle et le petit bâtiment y attenant, avait des fenêtres à ogives, aux vitraux peints et aux volets sculptés, représentant des scènes de l'enfance du Christ ou de la vie des saints.

L'intérieur de cette maison, avec ses vitres peintes pour la journée, les lourds volets fermés le soir, devait être impénétrable.

Un observateur eut remarqué, outre l'ostentation de piété, quelque chose d'extraordinaire dans cette maison ; elle avait une mine sinistre.

L'habitation du concierge était placée près d'une grille haute et forte que celui-ci ouvrit avec empressement à la voiture de sa maîtresse.

L'intelligence de cet homme, à en juger par sa physionomie, était inférieure à celle du dogue, il tenait à la fois du chien et du mouton.

Sa pensée, ne dépassait pas le seuil de la porte, ni en dedans ni en dehors.

Mme Helmina se mit à beaucoup parler pour dissiper la tristesse de la mère Nicole.

Louise et Sophie se montraient les vitraux, les tableaux, les tentures, c'était un étonnement sans fin.

Le parloir, tendu de blanc et de bleu, avait de douces lumières à travers les grands lys des vitraux ; il était décoré de tableaux représentant des jeunes filles en blanc ou des scènes de l'enfance du Christ, une vierge de marbre sur son piédestal semblait présider.

Tout cela était bien luxueux pour une maison destinée à des enfants pauvres qui ne faisaient qu'y passer.

Mais la donatrice était fantasque, cela répondait à tout.

Le comte de Méria avait dirigé lui-même la construction, les décorations et les moindres détails de l'établissement.

A la vue de toutes ces magnificences la mère Nicole hochait la tête, mais on lui fit visiter les grandes chambres bien chauffées, où étaient réunies les enfants et cela remit tout à fait dans son assiette l'excellente femme. C'était cette petite Angèle, qui l'avait impressionnée, avec ses folles craintes.

Le règlement de la maison était des plus simples — les enfants étaient totalement confiées à Mme Helmina.

Un médecin, disait-elle, était attaché à l'établissement, aucun des parents ne l'y avait jamais vu, mais quoi d'étonnant à cela, il avait ses heures.

Personne ne mettait en doute l'existence de ce médecin invisible.

La chapelle, était pleine d'*ex voto* dont personne ne connaissait les auteurs mais on était en pays de miracle et d'infaillibilité.

D'ailleurs qui avait intérêt à aller au fond des choses ?

Le logement de l'aumônier avait été préparé, mais ayant réfléchi, on n'avait pas voulu qu'un homme, fût-ce un prêtre, habitât à Notre-Dame-de-la-Bonne Garde.

Mme Helmina éblouissait la mère Nicole avec une parade habilement montée et que l'arrivée d'une jeune fille de seize à dix-sept ans vint interrompre.

C'était une nouvelle institutrice, envoyée par le père Davys-Roth lui-même.

On ne faisait pas travailler les enfants, mais on les instruisait par des causeries.

Les enfants étaient réunies sous la surveillance d'une femme de chambre, en attendant l'institutrice, l'avant-dernière personne qui avait porté ce titre à Notre-Dame-de-la-Bonne-Garde, ayant fait, grâce au seigneur, un riche mariage.

Ceci était vrai, mais le seigneur s'était fait représenter par Nicolas qui s'intéressait beaucoup à l'institutrice.

La dernière n'était restée que peu de jours, — elle était retournée dans sa famille.

La grande jeune fille, qui venait de remettre à Mme Helmina la lettre de Davys-Roth, eut tout de suite les sympathies de la mère Nicole.

Brave femme. Elle partit rassurée, avec la petite Louise qui pleurait pour rester dans le grand jardin.

Mais quoique pâle et presque aussi maladive que sa sœur, on ne pouvait pas la recevoir. Elle était un peu trop petite.

Les jeunes filles que la mère Nicole avait entrevues étaient bien pâles aussi; mais Mme Helmina n'avait-elle pas dit qu'elle les avait arrachées à la mort? Elle rassurerait Angèle. — Est-ce qu'elles allaient devenir soupçonneuses maintenant?

Sophie pleura beaucoup en quittant sa sœur et la mère Nicole, on l'envoya rejoindre les autres dans la petite salle et Mme de Saint-Stéphane resta seule avec la nouvelle institutrice.

La directrice jeta un rapide coup d'œil sur la jeune fille qui lui venait de la part du révérend Davys-Roth.

L'examen ne parut pas être défavorable à la nouvelle venue qui avait les cheveux bruns, les yeux bruns, les joues brunes. Son regard était franc, peut-être même un peu trop hardi pour la sainte maison. Mais le sourire était celui d'un enfant mutin et joyeux.

« Vous êtes, » dit Mme Helmina, « Mademoiselle Marcel, élève du couvent de Sainte-Lucie.

— Oui, madame!

— M'apportez-vous une lettre du comte de Méria?

— Non, madame.

— N'êtes-vous donc point passée chez lui?

— Je ne connais pas le comte de Méria.

Mme Helmina tombait de surprise.

« — Mais qui donc vous envoie? » demanda-t-elle.

La supérieure de Sainte-Lucie a reçu cette lettre du père Davys-Roth; il lui avait d'abord écrit pour m'engager à venir à l'asile de Notre-Dame-de-la-Bonne-Garde comme institutrice; on en a référé à mon oncle, qui a accepté et me voilà.

Mme de Saint-Stéphane relisait la lettre avec une surprise croissante.

— « Mais », dit-elle, vous êtes bien Blanche Marcel?

— Non, madame, je suis Claire Marcel?

Mme Helmina devenait de plus en plus perplexe; Claire, de son côté, était froissée de l'interrogatoire.

Ce que ni l'une ni l'autre ne pouvait deviner, c'est que le comte de Méria, ayant placé lui-même une jeune fille en tout point digne de sa protection, à Sainte-Lucie (dans le Morbihan), avait prié le père Davys-Roth d'écrire à la supérieure, pour faire venir sa protégée chez Mme Helmina. Hector devenait diplomate. Il avait pensé qu'une lettre du saint homme dont tout Paris s'occupait ferait bien et donnerait confiance à la supérieure.

Davys-Roth, ne voyant aucun inconvénient à satisfaire son protégé, avait écrit à Sainte-Lucie (dans les Vosges) où se trouvait également un couvent de ce nom

et dans ce couvent une demoiselle Marcel. Il y avait eu quiproquo, et il est rare qu'un quiproquo ne soit pas désagréable à quelqu'un.

Mme Helmina, vivement contrariée, poursuivait ses questions :

— Vous me parlez de votre oncle, mademoiselle, comment le nommez-vous ?

— François Marcel.

— François Marcel !...

— Oui, le curé du Val-des-Chênes.

Mme Helmina était atterrée !

Quelle tuile tombait sur sa tête !

« — C'est la nièce de ce vieil imbécile qu'on regarde comme un saint dans les Vosges, » se disait la bonne dame.

« Pas moyen de la renvoyer brusquement, et elle ne fait pas l'affaire du tout, tant s'en faut. »

« — Ma chère enfant, » dit-elle, « il y a erreur, mais elle est toute à notre avantage, puisque nous possédons la nièce véritable du curé du Val-des-Chênes.

« — Madame, » répondit Claire, peu sensible au compliment, mais attentive à ce qui pouvait lui rouvrir les portes de cette maison dans laquelle elle se trouvait mal à l'aise, « si j'occupe ici la place d'une autre, je suis prête à retourner chez mon oncle.

— Nous exposerons l'affaire au conseil d'administration, qui doit avoir lieu cette semaine : on ne vous laissera pas partir, nous avons trop à gagner au change.

« Les moyens ne me manqueront pas, » pensait la sainte personne, pour me défaire de cette petite aigrelette sans rien faire d'impolitique.

Elle fit entrer à la classe, Claire qui se demandait pourquoi elle ne repartait pas de suite, au lieu d'attendre la décision du noble comité. Je ne sais quelle crainte de manquer de savoir vivre l'emporta.

Pourtant, elle trouvait que Mme de Saint-Stéphane ne répondait guère au portrait qu'en faisait le journal de son oncle (l'Écho du ciel) qui ne tarissait pas sur les bienfaits de l'œuvre, dirigée par cette servante de Dieu.

Elle s'étonnait, la simple Claire, qu'une personne si bien avec le ciel se permît de ne voiler que par un collier de perles, le décolletage énorme de sa poitrine. Si une pauvresse, pensait-elle, laissait pareil intervalle entre son cou et ses haillons, la morale publique se trouverait offensée.

Elle n'avait jamais pu comprendre, quoique élevée au couvent, les accommodements qu'on prend avec le ciel. Elle y allait, comme dit le proverbe, bon jeu bon argent !

Les enfants furent appelées à la classe toutes somnolentes ; indifférentes elles ne parurent pas s'apercevoir de l'arrivée d'une nouvelle institutrice.

Une seule n'avait point l'hébètement général, c'était Sophie, qui, elle aussi, était nouvelle dans ce triste lieu.

Claire Marcel et Sophie Brodard causèrent ensemble, les autres, gardant un morne silence, et seule, Sophie prit intérêt à la leçon, c'est-à-dire aux notions de géographie, que Claire leur donnait d'après un voyage de Jules Verne, en faisant assez habilement une carte au tableau.

Claire, reçue institutrice à seize ans, avec de superbes notes, cette grande Claire, qui riait de si bon cœur pour un rien, et pleurait si longtemps sur les pages des romans lus en cachette, était une charmante créature.

Plus brave que ne sont d'ordinaire les jeunes filles, Claire se sentait cependant mal à l'aise dans cette maison.

L'oiseau était dans la cage et la sentait fermée.

Tandis qu'elle essayait d'intéresser les petites malades par ces contes charmants, où Verne mêle le merveilleux de la science au charme du récit, un cri déchirant retentit à l'étage supérieur.

Claire se précipita, mais la porte fut soudainement refermée... pas assez vite cependant, pour l'empêcher de voir celle qui criait en fuyant.

C'était une enfant d'une douzaine d'années, ses longs cheveux blonds flottant autour d'elle.

De nouveaux cris se firent entendre, il y eut le bruit d'une lutte desespérée, puis plus rien.

Mme Helmina rouvrit la porte.

Ne vous alarmez pas, dit-elle, nous avons une pauvre orpheline devenue folle, que nous ne voulons pas confier à une maison de santé, les soins y sont moins doux qu'ici. Nous la gardons.

C'était possible, mais Claire ne le crut pas, Mme Helmina sortit lui laissant de la défiance.

Claire avait l'idée de quelque trame ténébreuse (telle qu'on en voit dans les romans). Elle demanda aux enfants des détails sur la jeune folle.

Mais il y avait longtemps que ces petites ne s'inquiétaient plus de ce qui passait autour d'elles.

Claire n'en obtint que cette réponse vague : c'est la petite Rose.

Peut-être n'en savaient-elles pas davantage.

Désespérant d'en rien tirer, Claire ouvrit le bureau destiné à l'institutrice afin d'y voir quels livres servaient à celles qui l'avaient précédée.

Il y avait plusieurs recueils de cantiques amoureux, mêlés à quelques rondes enfantines qui jetaient comme une jonchée de fleurs sur la passion remuée.

Tandis que la jeune fille parcourait les albums, Sophie s'approcha d'elle.

— Mademoiselle, dit l'enfant, j'ai peur, je voudrais retourner chez nous !

— Peur de quoi ?

— Je ne sais pas ! de la petite fille qui crie.

— Elle ne te ferait pas de mal.

— J'ai peur aussi qu'on me mette avec elle.

— Pourquoi te mettrait-on avec une folle ?

— Je ne sais pas.

L'effroi de l'enfant glaçait le cœur de Claire ; pour le sûr, cette maison avait quelque chose d'étrange, la pauvre fille éprouvait le malaise du voyageur qui s'aperçoit qu'il est dans un coupe-gorge.

En feuilletant les albums, elle fit tomber un papier roulé.

Se sentant ou se croyant épiée, Claire glissa le papier de ses genoux dans le pupitre ouvert ; là, protégée par la tablette à demi soulevée, elle lut ce qui suit :

« Confié au hasard.

« Jeune fille qui me succède, sauve-toi pendant qu'il en est temps encore. »

Le reste était illisible.

Était-ce une mystification, comme elle-même, la rieuse Claire, en avait fait tant et même d'aussi mauvaises ? Était-elle réellement dans un lieu de crime ; les romans étaient-ils vrais ?

Le parti de la jeune fille fut bientôt pris ; avertir son oncle, sauver les enfants et elle-même du danger inconnu qu'elle allait sans doute découvrir. Elle le sentait sous le vent.

Elle écrivit quelques lignes seulement :

« Mon bon oncle.

« Il faut que je vous voie ; si je ne suis pas chez vous dans huit jours, venez, « venez vite ; votre petite Claire vous en supplie, *il le faut.* »

« CLAIRE. »

Ayant cacheté sa lettre, elle mit son chapeau, son mantelet et avertit Mme de Saint-Stéphane qu'elle sortait pour quelques instants.

La directrice dit en prenant la lettre que Claire tenait à la main :

La règle de la maison, ma chère enfant, veut que ni l'institutrice ni les jeunes filles, confiées à nos soins, ne sortent sans moi. Votre bon oncle me le prescrirait, si ce n'était déjà établi.

Claire, tout étonnée, ne répondait rien.

La directrice, pour aller au devant d'une crainte, ajouta :

« — Votre lettre va être mise de suite à la poste.

Le coup d'œil qu'elle jeta en même temps sur Claire, apprit à celle-ci que ses défiances étaient devinées.

Bien perplexe, la jeune fille s'inclina, et rentra dans la classe : Elle était prisonnière, et sa lettre bien aventurée.

Mme Helmina, de son côté, entra dans ses appartements, où ayant décacheté la lettre, elle la jeta dans le brasero qui donnait à sa chambre la douce température de l'été.

Le papier brûla parmi les pastilles parfumées.

Que peut avoir déjà remarqué cette petite sotte ? et de quoi veut-elle faire part à son vieux grigou d'oncle ?

De Méria n'aurait-il pas mieux fait d'écrire lui-même, que d'employer le père Davys-Roth ? il ne lui manquerait plus que de faire sa confession générale et la mienne à ce fanatique.

S'il se doute de quelque chose, c'est déjà suffisant, pour le jour où il n'aura plus besoin de nous. Le travail fait, on jette l'outil usé.

En réfléchissant ainsi, elle s'habillait, c'est-à-dire, vu son décolletage, elle se déshabillait pour la soirée.

Deux fois par semaine, le jeudi et le dimanche il y avait à la maison de convalescence, des soirées enfantines auxquelles assistaient de Méria, Nicolas et les autres membres de l'œuvre.

Les domestiques, ce soir-là, avaient congé, pour aller *s'amuser* aux conférences du bon père ; lequel, les remarquait avec édification, rangés tous les huit devant la chaire. Le gros cocher, le grand lézard de laquais, la femme de chambre à tête de belette, la cuisinière, qui semblait de race porcine et trois bonnes venant de la Bretagne et ne parlant que le bas breton ; elles n'en écouteraient pas moins avec recueillement tout comme elles écoutaient le latin de la messe.

On aurait difficilement trouvé têtes plus moutonnières, cerveaux plus étroits, êtres plus passivement dociles.

Chacun de ces individus recevait dix francs pour les menus plaisirs de sa soirée et ne dépensant rien, les empochait.

Quant au concierge, il avait également ses dix francs, et restait la pensée et les yeux rivés à la grille.

Toutes ces munificences avaient un but.

LV

LE MOT DU MYSTÈRE

L'effroi s'empara de Claire, elle apportait à tout une attention scrupuleuse et tout lui paraissait suspect.

Au dîner, servi avec un soin particulier, certaines choses l'inquiétèrent, par exemple, Mme Helmina, ayant passé dans une petite pharmacie attenant à la salle à manger, en rapporta deux bouteilles d'un certain malaga, qui, dès la première gorgée, parut à la jeune fille avoir un goût étrange.

Elle songeait aux livres, lus en cachette, où des aubergistes criminels endormient les voyageurs avant de les assassiner.

Pourtant, on ne pouvait égorger les enfants ! que se passait-il donc?

Claire laissa le vin dans son verre, elle eut voulu que Sophie en fît autant, mais l'enfant, se méprenant sur le signe qu'elle fit, but d'un trait.

Un fait justifia les soupçons de Claire, les enfants ne tardèrent pas à s'endormir d'un profond sommeil, elle-même, quoique ayant à peine trempé ses lèvres dans son verre, sentait ses paupières lourdes.

La crainte et la curiosité la tinrent en éveil.

— Ces enfants sont si faibles, dit Mme Helmina que la fatigue du repas les endort.

Le regard de la directrice tomba en parlant ainsi sur le verre de Claire. « Vous ne buvez pas, chère enfant, demanda-t-elle.

— Je ne le puis, répondit Claire, moi aussi, je suis fatiguée, à cause de mon voyage sans doute. Et puis je suis habituée à me coucher de bonne heure.

Elle avait vu le regard d'Helmina, et se sentait défaillir. La directrice pâlissait.

« — Aussi, nous n'abuserons pas de votre bonne volonté, » dit-elle. « Je vais vous conduire à votre chambre où vous vous reposerez. »

Tandis qu'on emportait au dortoir les enfants endormies, Mme Helmina invita Claire à la suivre.

Elles traversèrent le parc jusqu'à la Chapelle, Claire put juger de l'éloignement de tout secours, où elle allait se trouver si ses prévisions étaient fondées.

— Voilà, dit Mme Helmina, en lui montrant le petit corps de logis tenant à la chapelle, ce qui avait été préparé pour un aumônier; pour diverses raisons nous ne pouvons le placer à la maison, ce logement est donc affecté à l'institutrice.

« Demain on y mettra un piano, puisque vous êtes musicienne; ce soir, vous y trouverez vos malles. — Bonsoir, ma belle enfant !

Et la vipère déposa un baiser sur le front de Claire.

Réfléchissant que ce lieu paraissait fort isolé, elle ajouta :

— Vous n'êtes pas peureuse, je suppose, et, du reste, une des bonnes, à son retour viendra coucher près de vous. Soyez sans crainte.

Elle mettait les bonnes coucher dans le bâtiment en face.

Claire, assez forte pour dissimuler, remercia Mme Helmina avec le sang-froid apparent que lui inspirait le péril.

Une fois seule, Claire visita son logement, il se composait de deux pièces; celle de l'entrée servant de parloir; celle du fond, servant de chambre à coucher; un lit aux amples rideaux de mousseline blanche, une table couverte d'un tapis bleu, des tentures blanches et bleues, tout donnait l'impression d'un joli nid de jeune fille.

Pourtant, cette fraîcheur ne souriait point à Claire, elle avait peur ! elle avait froid ! son sang se glaçait, mais il fallait garder sa présence d'esprit.

Une seule bougie, usée aux trois quarts, était sur le candélabre de la cheminée, elle n'aurait pas de la lumière pour longtemps.

Les fenêtres étaient grillées, il n'y avait de sonnette nulle part, et les verrous, au lieu d'être à l'intérieur, étaient à l'extérieur.

Cette remarque donna le frisson à Claire, le doute était plus terrible qu'un danger déterminé.

L'énorme serrure de la porte d'entrée n'avait pas de clé, c'est-à-dire qu'elle l'avait dans la poche de quelqu'un.

Claire regarda sous le lit ! il y avait, non pas quelqu'un, mais quelque chose.

Une machine dont elle ne comprenait pas la fonction, mais qui l'épouvantait.

Ce mécanisme communiquait aux deux côtés du lit en forme de bateau.

Claire regrettait de ne pas s'être enfuie dans la journée, elle résolut de le faire cette nuit-là même.

C'était à elle à être plus habile que l'ennemi.

Il était clair qu'elle n'avait rien à craindre tant que durerait le jour. On avait dîné à quatre heures, il en était cinq, la nuit allait tomber, il fallait agir vite.

Aussitôt que l'ombre fut assez épaisse pour qu'elle pût défier ceux qui l'eus-

Quelle fut son épouvante! quand sous cette pression, un ressort joua. (Page 505.)

sent épié, Claire tira de sa malle un paquet de hardes et, lui donnant la forme d'une personne couchée, la jeta sur le lit.

Quelle fut son épouvante! quand sous cette pression, un ressort joua, faisant refermer comme un étau sur le paquet de hardes, les deux bras du lit.

Une sueur froide inondait la pauvre enfant, elle sentait ses cheveux se dresser. Pourtant un doute lui revint, ce lit pouvait servir aux malades ayant le délire.

Quoi qu'il en soit, elle ne voulait ni rester dans cette chambre, ni passer un second jour dans la maison.

La nuit devenait profonde. Avec une légèreté et une adresse de clown, Claire se glissa dans les ténèbres jusqu'à la porte de sortie, dont l'énorme serrure sans clé l'avait frappée.

Elle avait tiré les rideaux du lit, comme si elle y eut été couchée; rien, au premier aspect, ne pouvait avertir de sa fuite.

En se cachant derrière un gros arbre, à l'entrée de la chapelle, afin de prendre le temps de réfléchir, Claire se heurta contre un objet, qu'elle eût donné tout au monde pour rencontrer et qui simplifiait son évasion.

L'ouvrier, qui réparait la toiture de la chapelle, avait, malgré défense formelle, laissé là son échelle pour la trouver le lendemain.

Un million d'autres n'auraient pas eu cette chance! c'était un secours providentiel, pensait Claire, et elle se reprochait de penser si peu à cette providence, qui eût cependant été bien plus coupable de tendre ce guet-apens à la pauvrette, que généreuse, de lui envoyer une échelle! Mais les divinités ont des façons d'agir si excentriques. A leur âge, c'est permis.

Une fois blottie derrière son arbre, Claire se demanda pour la millième fois, si elle ne s'était pas follement effarouchée pour quelques lignes, dont l'auteur avait si bien compté sur le hasard que cela frisait la mystification.

Le sommeil d'enfants malades n'avait rien que de très naturel.

Les cris de Rose s'expliquaient par sa folie.

Le lit pouvait venir de l'infirmerie, mais ce concours de circonstances était effrayant.

Tout à coup, Claire entendit quelque chose; un pas léger s'approchait dans le silence de la nuit; elle retint son souffle, le pas venait de son côté.

La visiteuse nocturne, car au nuage de gaze blanche floconnant dans la nuit, on reconnaissait une femme, entra dans la maison, se rendit compte peut-être que le mécanisme avait joué, et, en sortant, ferma la porte à double tour.

C'était Mme Helmina en costume de soirée.

On pouvait voir dans l'ombre le passage de sa robe comme on eût vu flotter un nuage.

Devant cette réalité les doutes de Claire revinrent encore. Au moment de fuir la sainte maison, elle se demandait si ce qu'elle avait vu était suffisant, pour expliquer et justifier sa conduite aux yeux de son oncle.

S'il allait douter? et, si je me trompais, se disait-elle; si j'allais porter une fausse accusation! peut-être Mme Helmina a eu affaire avec des jeunes filles légères, elles les enfermait pour les empêcher de sortir seule. Je veux voir, pensait-elle, il faut que je sois sûre!

Et légère comme un souffle, se couvrant d'arbre en arbre de l'ombre épaisse des troncs, l'audacieuse enfant suivit Helmina.

La robe de Claire était noire, elle arriva sans être vue jusqu'à la porte du pavillon.

Là, une conversation s'engagea entre Mme de Saint-Stéphane et un homme que la jeune fille ne voyait pas.

Comme elle, il était vêtu de noir.

— Que vous êtes imprudente, Mina ! il fallait renvoyer cette petite.

— C'était bien plus simple de ne pas se tromper !

— Est-ce ma faute à moi ! si le père Davys-Roth a commis une bévue ! il baisse énormément, ce bonhomme.

— Il ne fallait pas vous adresser à lui !

— Vous êtes rageuse, chère amie ! il n'est pas moins vrai que vous nous mettez dans un fichu pétrin ! Vous gardez la petite quand il était si facile de nous en débarrasser, et maintenant, par vos façons d'agir, vous rendez ce renvoi impossible !

— Valait-il mieux la laisser libre ce soir ? après tout ce qu'elle a déjà remarqué.

Quant à la renvoyer ! qu'aurait dit l'oncle ? je vous ai déjà expliqué qu'attaquer le vieil idiot serait impolitique ; du reste, vous n'êtes pas venu quand je vous ai envoyé chercher.

Ah ! ma chère amie, avec mes nombreuses occupations, je ne puis être à tout ! j'étais en conférence, je traitais de la manière de se maîtriser soi-même.

— Vous devriez savoir au milieu de quels dangers je vis ici ! Tenez, il y a encore cette petite Mixlin ; une enfant volée !... que deviendrai-je, moi, si elle venait à s'échapper ? celle-là a tout vu !

— On pourvoira à votre sûreté, ma charmante, car enfin, en procurant un délassement à notre pieux comité, vous consacrez à votre manière, votre vie au service du Seigneur, dont certains serviteurs indignes, tels que moi, chercheraient ailleurs des plaisirs scandaleux.

Quand on est le lion du Seigneur, on ne peut pas se nourrir de grain comme sa colombe, ou de l'herbe des champs comme ses brebis ! Mais on n'en rugit pas moins ses louanges ! lions, il nous faut la nourriture des lions !

Il aurait pu dire : à la fois porcs et tigres, il nous faut la fange et la proie.

Hypocrite ! fit Helmina.

Cette femme qui en avait fini avec tout, allant jusqu'à l'infini dans le monstrueux, méprisait de Méria qui jouait encore avec elle-même, certaines comédies.

Il reprit le ton qui plaisait à sa complice.

— Voyons, ma chère amie, que direz-vous à la donzelle quand elle vous demandera pourquoi on l'a *bouclée* dans son lit ?

— Est-ce que ce n'est pas ici presque un hospice ? on s'est trompé de lit, voilà tout.

C'était la réflexion venue à Claire elle-même — Explication si simple, que de Méria cherchait bien au-delà. La directrice reprit :

— Puisqu'il y a ici une folle, ce lit lui était destiné.

— Ce n'est pas mal ! c'est naturel.

— Vous en convenez ?

— Allons, ma charmante, ne boudez pas. On augmentera les appointements que vous gagnez si bien. Nous avons une mine d'or, il n'y a qu'à y puiser !

Il voulut lui baiser la main.

— Vous me dégoûtez! dit-elle, vous sentez la morgue! — Le doute n'était plus possible. Les deux monstres rentrèrent.

Quelques instants après, Claire entendit les sons d'un violon, conduit par une main savante et inspiré par un souffle puissant.

Les notes, liées comme une vague, allaient et venaient dans un étrange remous, c'était un océan d'harmonie, si doux, qu'on eût dit la mer au loin. De temps à autre, s'y mêlait la plainte des vents et la chanson des brises.

Au milieu de l'épouvante qui la baignait de sueur froide, Claire eut le souvenir d'un cantique contenant un peu de la volupté qui se dégageait de ce qu'elle entendait :

« Mon bien-aimé ne paraît pas encore »

cette impression se mêlait à l'odeur de l'encens, grisant le cerveau, et à l'épouvante de ce qu'elle venait d'entendre.

L'argent d'Olympe payait ce violon — par les mains de de Méria, le dispensateur de ses dons; l'artiste, c'était Sansblair!

Ces bandits ayant des millions au service de leurs vices, leur corruption s'était étendue à l'infini et avait produit une floraison infernale.

Ils se donnaient des fêtes, renouvelées des mystères orgiaques de l'antiquité.

Claire, ignorant toutes ces choses hideuses, s'habituait à l'épouvante jusqu'à vouloir se rendre compte afin d'accuser en toute vérité.

Que se passait-il à cette soirée? pour qu'on ait voulu l'attacher à son lit.

Les volets étaient fermés; les fenêtres très hautes; mais un trou lumineux, fait par le creusement, à un troisième plan, de la caverne sépulcrale du Christ, devait permettre de voir à l'intérieur.

Claire, sans faiblir, se décida à aller dans l'ombre chercher l'échelle, et à l'appliquer au volet avant de s'en servir pour sa fuite.

Cette entreprise, qu'eût à peine tentée un homme courageux, lui réussit.

Elle monta jusqu'au point lumineux qui, en effet, montrait l'intérieur du salon comme par le trou d'une lorgnette.

Ce qu'elle vit dépassait tellement l'horrible qu'elle crut à un cauchemar.

Elle était loin de rêver, la pauvre Claire !

Celui qui, un violon à la main, marquait la cadence, avait le visage tourné de son côté, il lui parut avoir une tête de mort, dont les orbites luisaient.

Il y avait loin de ce monstre à l'enfant blond tant admiré des mères dont on verra l'histoire.

Mme de Saint-Stéphane, nonchalamment étendue sur un sofa, dans son costume de gaze, regardait de son œil glauque.

Deux hommes, de Méria et Nicolas, étaient les horribles dieux qui s'offraient cette orgie; ils méritaient également le cabanon comme les fous et la mort, comme les chiens enragés.

Les enfants, sous l'empire d'un sommeil profond, étaient emportées comme des proies par ces ogres; livides et nues, leurs longs cheveux épars, elles servaient au festin de chair humaine.

Deux d'entre elles, réveillées, se débattaient, un mouchoir sur la bouche, l'une était Sophie Brodard.

Au cri que poussa l'autre, Claire reconnut la petite Rose.

Sûre, alors, qu'elle ne rêvait pas, elle poussa un grand cri et tomba à la renverse,

LVI

AUGUSTE BRODARD

Entre Auguste Brodard au moment de son arrestation, et Auguste Brodard après un an passé de détention, il y avait un abîme.

Nous le retrouvons à Clairvaux!

Dans de fraîches prairies arrosées par l'Aube, pleines d'ombre et de paix, où les guerres des Gaules et les guerres de France, ont fait l'herbe épaisse et haute, engraissée par l'humus humain, est l'ancienne abbaye de Citeaux, fondée au douzième siècle par le fougueux Bernard.

Des bois épais, encore restes de profondes forêts druidiques, ombragent les restes des monuments du monastère, aujourd'hui maison de force pour les hommes condamnés à plus d'un an, c'est Clairvaux?

La claire vallée des Gaulois est transformée en ténébreuse prison. Il y a là beaucoup de malheureux ayant commis, réellement, l'acte pour lequel ils subissent leur peine, quelques-uns condamnés pour une chose qu'ils n'ont point faite, tandis qu'on ignore ce qu'ils ont fait; d'autres sont innocents et le véritable coupable rit en liberté de la clairvoyance de la justice.

Il y a des célébrités, le père Bigorne, un petit vieux au visage rouge tout ratatiné qu'on dirait en bois de cerisier, tant il en a la couleur; son habileté au vol à la tire est si grande qu'il fait le mouchoir du directeur ou de l'aumônier pour le leur offrir respectueusement comme s'il l'avait ramassé à terre.

Ce tour lui arrive quelquefois avec des visiteurs.

Le père Bigorne, vagabond dès sa naissance, puisque sa mère le portait à son cou noué dans un mouchoir, à la façon des Anglaises, pour aller mendier, avait été de condamnation en condamnation jusqu'à vingt ans de réclusion, qu'il subissait à cette époque.

En somme, il n'avait fait que vagabonder! mais il aimait à s'assimiler les façons des *grinches* célèbres, ce qu'il faisait d'autant plus facilement qu'il avait longtemps exécuté des tours sur la place publique. Celui du mouchoir est un de ses triomphes.

Ce faux malfaiteur ne dit pas deux mots sans *rouscailler bigorne* (parler argot), comme il dit, de là son surnom de Bigorne.

Ayant connu plusieurs criminels fameux il pose à la complicité avec eux.

Ses camarades, experts à découvrir le défaut de la cuirasse n'ont jamais été dupes des vanteries du vieux.

Un autre type, ıe grand Adolphe, borgne au long torse ondulant, se prétend au contraire complètement innocent. Celui-là, disent les camarades, il ne faudrait pas davantage le rencontrer au coin d'un bois, ayant des *billes* (argent), que faire devant lui ce qu'on ne veut pas qui soit répété.

Il y a des histoires navrantes : un père de cinq enfants qui a fait de la fausse monnaie, il est là, les enfants sont aux Enfants-Assistés, la mère est morte.

Un autre a volé vingt francs, voici dans quelles circonstances : Sa mère était malade, point assez cependant pour l'hospice.

Il vint un jour où la vieille femme ne put marcher pour aller essuyer le même refus.

Elle se coucha, c'était en décembre, il n'y avait ni feu ni bouillon chez la malheureuse.

Le garçon s'embusqua le soir dans une rue noire et vola à un jeune gandin son porte-monnaie qui contenait vingt francs.

Auguste Brodard n'avait été condamné primitivement qu'à un an et un jour de prison; plusieurs rébellions successives à l'époque où, déjà condamné, il apprit le jugement de son père, le firent condamner de nouveau; il avait donc deux ans à passer à Clairvaux, avant de se retrouver libre si les meurt-de-faim le sont jamais.

A plus forte raison quand ils ont sur leur passeport le mot : libéré !

La prison était plus hospitalière à Auguste Brodard que la vie ordinaire.

Quand il arriva à Clairvaux avec des notes telles que celle-ci : « Très violent; se portant à des actes de fureur; indiscipliné, etc., » on crut d'abord à un malfaiteur dangereux.

Le caractère du petit Brodard ne tarda pas à se dessiner autrement.

Le travail ne pouvait le rebuter, lui, habitué au rude ouvrage de la tannerie.

Seulement il se disait : « nous sommes, nous autres prisonniers, la cause inconsciente de bien des chômages — il y a des ouvriers qui manquent de pain, parce que nous travaillons à peu près pour rien, et il songeait, le pauvre enfant, devant les rouages pourris qui marquent les dernières heures de la vieille société, ennemie du pauvre, esclave du riche !

Dans les centrales, quelques heures, par jour, sont employées à des études élémentaires.

Auguste, ignorant comme un enfant sorti à huit ou dix ans de l'école, pour entrer en apprentissage à la tannerie, se jeta avec avidité, dès les premiers jours de son séjour à Clairvaux, sur les pauvres bribes d'instruction distribuées aux détenus.

Bientôt l'instituteur émerveillé, s'attacha à son élève; il lui prêta des livres et la nuit, à la lueur fumeuse des lampes, il les dévorait.

Quelquefois, les prévôts dormaient, peut-être aussi leur était-il indifférent, de laisser lire ce jeune homme à la terrible renommée, si doux jusque-là, mais qu'il pouvait être dangereux de provoquer.

— Qu'est-ce que tu feras de tout ce que tu apprends? disaient parfois les camarades. Est-ce que ça t'empêchera d'avoir une condamnation sur la tête?

— Non, disait Auguste, j'apprends pour savoir.

— Est-ce que tu veux devenir mecq de la république?

Auguste riait ; il ne voulait rien être du tout, le pauvre enfant ; il déployait ses forces, voilà tout ; sa pensée grandissait ; et puis, l'étude fait oublier.

Parfois, il ne songeait plus à la prison, il oubliait tout le passé et l'enfant de dix-sept ans redevenait de son âge.

— En voilà un, disaient les camarades, qui ne sent plus la *cane* (police) sur son dos.

Mais il n'oubliait pas souvent ainsi, le pauvre enfant.

Il écrivait souvent à Toulon et à Paris, mais, depuis quelques mois, nous savons pourquoi les lettres de Toulon manquaient totalement; il venait d'en recevoir une de Paris, au moment où nous le trouvons, lettre qui lui faisait l'inquiétude plus grande.

Comme à Toulon, nous surprenons les prisonniers, au seul instant où ils peuvent étendre leurs membres fatigués, et se sentir vivre, c'est-à-dire souffrir.

Comme à Toulon, les prévôts feignent de ne pas entendre, quand la chose les intéresse.

Et, ce soir-là, elle les intéressait, on parlait des grâces de janvier, qui venaient d'ouvrir à quelques-uns les portes des prisons.

On nommait ceux de Toulon, Grenuche, Jean Étienne, Lesorne.

— Lesorne ! dit le bizarre petit vieux qui posait à l'*escarpe* (assassin), j'ai travaillé avec lui!

— Dans quoi? demanda le grand Adolphe, qui aimait à faire parler les autres.

— Dans le *bois de chênes* donc! à les *faire suer* (Dans les assassinats à tuer).

Adolphe eut un sourire, mieux que personne, il savait que le vieux mentait, puisqu'il était, lui, un vrai complice de Lesorne.

— En conte-t-il des couleurs, ce vieux ! disait-on!

Auguste ne lisait plus, — c'est que dans la lettre qu'il venait de recevoir, Angèle lui disait entre autres nouvelles, qu'un gracié nommé Lesorne avait été chargé par leur père de veiller sur elles. De la maladie de Sophie il y avait peu de chose, l'enfant n'allait pas mieux, au contraire.

La lettre avait un ton mystérieux qui inquiétait Auguste. Les quelques paroles dites sur Lesorne, n'étaient pas de nature à le tranquilliser.

Cet homme ne pouvait, — s'il était tel qu'on le dépeignait, — avoir été chargé par son père d'aucune mission près de ses sœurs.

Le vieux poseur en crime, continuait :

— Gare aux particuliers qu'ont de la *braise !* si on a *donné de l'air* à Lesorne (s'il est en liberté).

Dans un coin du long dortoir éclairé à chaque extrémité par une lampe fortement baissée et dominé par le lit plus haut du prévôt, un grand maigre, tout en tête, ayant une vague ressemblance avec le hibou, griffonnait, presque à tâtons, une chanson dont il essayait en même temps l'air, phrase à phrase, avec des précautions infinies afin que sa voix se confondît avec le bruit du vent.

C'était un *villon* (poète) du bagne.

Ce qu'il rimait, c'était la légende du forçat libéré, mort de faim sur la route. Qui donc lui eût procuré du travail? Qui donc lui eût ouvert sa porte? même en payant.

> « Un forçat, libéré du bagne,
> « S'en allait seul, marchant toujours;
> « C'est ainsi, qu'il fit en deux jours
> « Le long chemin de la montagne.
> « Il ne demandait pas de pain;
> « Point d'abri dans la grange ouverte;
> « Mais enfin, sur la mousse verte,
> « Pâle, il s'endormit un matin.

— Allons, *l'artisse!* dit un voisin, laisse-nous dormir, tu nous attristes avec tes idées noires. A quoi bon penser toujours qu'on est en prison?

— Avec ça qu'on n'y est pas partout, en prison, pourquoi qu'on ne s'en rendrait pas compte?

— Est-ce que celui qui n'a rien est libre quelque part? Moi d'abord, je me ferai repincer quand mon temps sera fait, j'aime mieux la *plume de Baule* (paille) que le coin de la borne; je n'ai plus le courage de crever de faim et de froid, — et il s'allongea sur sa paillasse.

— Avec ça qu'on est bien ici!

— Dame! j'ai été plus mal, puisque je suis convenu de tout ce qu'on a voulu, pour avoir un toit et de la pâtée.

Et le poète se remit, insouciant de la réalité, à rimer la fin de sa légende, ne laissant à l'air que la main qui écrivait.

— Encore un qui fait l'innocent, se disait le grand Adolphe.

Le malheureux ne le faisait pas? il l'était réellement.

Combien ai-je vu, disait Montaigne, de condamnations plus coupables que le condamné.

Le petit vieux avait commencé la série des hauts faits, auxquels il avait soi-disant pris part avec Lesorne, et que tout simplement il avait entendu raconter à celui-ci, ou à ses complices.

Deux prisonniers prenaient à ce récit un intérêt tout particulier. Le grand Adolphe, qui cherchait à se rendre compte de ce qui avait pu transpirer des affaires auxquelles il avait participé, et Auguste Brodard, qui songeait à l'étrange protection, donnée à ses sœurs par cet homme, qui, s'il valait mieux que sa réputation, n'en aurait que plus de difficulté à vivre de son travail, partant à surveiller les jeunes filles.

Deux ou trois craquements se firent entendre; personne n'y fit attention; les bâtiments en ruine, restes des communs de l'ancienne abbaye, avaient été démolis pendant la journée; le travail des prisonniers, employés aux besognes de la maison, avait été rude; le sommeil venait.

Aux craquements, succédait une sorte de mouvement oscillatoire qui faisait trembler les lits.

« Allons, » dit Auguste, « en avant! Et ne regarde pas. » (Page 514.)

— Est-ce que nous allons danser la sarabande du diable?

— Est-ce que la terre est *sabouleuse*? (tombe du haut mal) ces plaisanteries furent interrompues par la chute d'une poutre, qui isola dans un angle du dortoir, deux malheureux, suspendus, eux et leurs lits, au-dessus d'un abîme.

Les vieilles constructions démolies dans la journée avaient ébranlé le reste de l'aile qui y attenait.

Le bois craquait, les pierres roulaient, et la lampe restée allumée devenait un danger de plus en trompant les regards par ses vacillements.

Deux poutres tremblantes reliaient seules au reste de la salle, le plancher supportant deux malheureux qui se croyaient perdus. — Les autres, pouvaient facilement gagner la porte.

Ils ne le firent pas. L'extrême misère attache les uns aux autres les infortunés; nul ne songea à abandonner les deux hommes en péril, si ce n'est Adolphe.

Des employés, accourus avec des lanternes éclairaient et protégeaient la sortie. Elle n'eut pas lieu de suite.

Un chat ou un singe pouvait seul s'aventurer sur les poutres et sauver les hommes en péril.

Un enfant de Paris, souple et leste comme le chat ou le singe, suivait l'étroit pont aérien.

Il arriva sans accident; toutes les respirations étaient suspendues. Auguste Brodard parvint aux deux infortunés; le plus jeune était debout, attendant.

— Allons, Gaspard, dit Auguste, retrouvant dans le danger sa gaieté de gavroche; la main, vieux! en avant donc! et ne regarde pas.

Tout le monde faisait silence. Tenant par la main l'homme chancelant, Brodard marchait à reculons.

Le vol d'une mouche eût pu être entendu. Auguste arriva hors de danger, conduisant son camarade.

Des torches avaient été apportées; on voyait à leur lueur rouge, cette scène comme dans un mirage.

Celui-là en sûreté; il fallait sauver l'autre.

Sans hésiter, sans attendre, Brodard retourna, toutes les pensées, tous les regards le suivaient, peut-être eût-on entendu les cœurs battre. Personne ne sortait.

Cette fois, le danger était terrible, des craquements continuels se produisaient dans les poutres, sur lesquelles marchait le jeune homme; il appelait en vain le malheureux resté seul, à se mettre debout; hébété par la peur, l'homme restait allongé sur son lit, qui d'un instant à l'autre pouvait disparaître avec le pan du mur et du parquet qui le soutenait.

C'était le petit vieux, qui disait-il, connaissait Lesorne.

Ses membres, raidis par l'âge et le froid des prisons, refusaient service, ne pouvant être galvanisés par la volonté qui lui manquait.

Ce faux criminel était un véritable poltron.

— Allons! dit Auguste, ça n'en finira jamais! ne bougez pas, père Bigorne! c'est tout ce qu'on vous demande.

Il se pencha tout au bord du trou, enleva le vieux à force de bras, l'éleva comme un balancier au-dessus de sa tête : tourna sur ses talons et reprit son chemin sur la poutre.

Alors éclatèrent des applaudissements; quelques-uns pleuraient.

Le père Bigorne était sauvé, mais on ne fait pas impunément pareil exercice, à moins d'être expert à la haute voltige; Auguste Brodard fut pris d'un crachement de sang qui mit pendant quelques jours sa vie en danger.

La jeunesse reprit le dessus, mais il avait désormais la poitrine perdue;
c'était une affaire de temps.

Auguste Brodard fut proposé pour une grâce motivée par le sauvetage des
deux prisonniers.

LVI

SAINTE-ANNE

Huit jours après la nuit terrible que nous avons vue, Claire cessa d'être en
proie à la fièvre ardente qui avait suivi son évanouissement.

Ses idées revenaient et, avec elles, l'impression d'horreur qu'elle n'avait pu
dominer, à la maison de Mme Helmina.

La chambre où Claire reprit possession de sa pensée, était matelassée, cela
lui fit peur! tout ce qui n'était pas ordinaire lui rappelant des objets d'effroi.

Une grille, pareille à celle des animaux féroces, donnait du jour à cette
chambre.

Elle voulut remuer les bras et reconnut qu'elle avait la camisole de force.

Sa mémoire, reproduisant tous les faits jusqu'à son évanouissement, elle se
croyait encore au pouvoir de Mme de Saint-Stéphane, il n'était pas possible que
cette femme eut laissé échapper un témoin aussi redoutable.

Se sentant impuissante contre ses ennemis, Claire cherchait à se rendre
compte des dangers qu'elle avait à courir.

Elle regardait, anxieuse, un corridor sur lequel donnaient d'autres cellules.

Des hommes, d'une force prodigieuse mais ayant l'air d'infirmiers; des
femmes, portant des bols de bouillon ou des pots de tisane, circulaient, leurs
tabliers blancs, lui donna l'idée d'un hospice. Elle n'espérait guère et pourtant
cette idée la calma.

La pauvre fille osa appeler une des femmes qui s'approchait de la grille et lui
demanda où elle était.

— Ah! voilà la raison qui vous revient, mademoiselle, répondit l'infirmière.
Vous avez été bien malade, allez!

Elle continua, voyant le regard interrogatif de Claire :

— Monsieur le docteur l'avait toujours dit, que cette fièvre folle passerait;
il est convenu avec cette bonne Mme Helmina qu'elle vous reprendra chez elle,
sitôt que votre raison serait revenue.

Les dents de Claire se choquèrent d'effroi.

La femme reprit :

— Cela vous a prise tout à coup, à ce qu'il paraît, au milieu d'une petite soirée
enfantine. La tête vous a tourné; vous vous imaginiez en voir, des affaires!
Dieu du ciel, quelles abominations!... Vous n'avez pas repris votre raison une
minute depuis que vous êtes ici; vous êtes bien faible, n'est-ce pas?

— Oh! oui, dit Claire, il me serait impossible de sortir d'ici, maintenant.

— Vous vous êtes jetée par une fenêtre, à ce qu'il paraît; vous avez la cicatrice au front.

— Mon oncle est-il venu? demanda Claire comprenant le réseau d'impostures qu'on avait ourdies autour d'elle.

— Votre oncle! ô le pauvre cher homme! Mme Helmina s'est arrangée pour qu'il n'en sache rien, il en serait mort... tout le monde sait cela, ici. Mme Helmina venait tous les jours. Vous avez là une mère, mademoiselle!

« Comme elle raisonnait la situation, pauvre enfant! disait-elle, ce sont les mauvaises lectures qui lui ont perdu le cerveau, une enfant si gâtée! elle lisait sans doute tout ce qu'elle voulait en cachette. »

Il n'y avait pas de quoi rassurer Claire! Le salut n'existait pour elle que dans la fuite.

La fuite! On ne sort pas ainsi d'une maison de fous, où, du reste, elle eût préféré rester.

Ce serait donc pendant le transfert de Sainte-Anne à la maison de santé.

Le danger où elle allait se trouver la galvanisait.

Oui, elle s'échapperait, faible comme elle était! elle déjouerait, cette pauvre jeune fille, les ruses infâmes du vampire.

L'idée de se confier au médecin ne lui vint pas. Est-ce que Mme Helmina n'aurait pas affirmé que ses accusations étaient un nouvel accès de démence?

Qui donc eut hésité, entre sa parole et celle de la grande dame, bienfaitrice de tant d'infortunés.

Voici comment Claire avait été transportée à Sainte-Anne.

Quelque déchirant qu'il fut, son cri ne fut entendu que du pavillon.

Le concierge, lui-même, les yeux et la pensée sur sa grille, le prit pour le gémissement d'un chien perdu : personne ne demandait à entrer ni à sortir, c'était tout ce qu'il fallait.

De Méria, lui, pensa à la jeune fille; pour le sûr, c'était elle! Suivi de Sansblair il descendit au jardin tandis qu'Helmina reportait à la hâte, dans leur lit, les enfants endormies.

Deux étaient éveillées : Rose, un mouchoir sur la bouche, liée sur sa couchette, Sophie, muette d'effroi, n'ayant plus ni cri ni pensée.

De Méria, une lanterne à la main, explorait les environs du pavillon ; il ne fut pas longtemps sans découvrir Claire, complètement évanouie, le sang coulait par une blessure qu'elle avait au front. Elle avait dû mourir sur le coup, pensa-t-il.

— Qu'allons-nous en faire? dit de Méria.

— La porter à la Seine, parbleu! dit Sansblair.

— Comme elle est belle!

— Allons, fit Sansblair, nous n'avons pas trop de temps; la nuit ne sera plus longue, maintenant.

Et enveloppant Claire de son manteau il la prit dans ses bras.

De Méria allait rentrer.

— Venez, venez! dit Sansblair; un pauvre diable comme moi, en a déjà assez sur le dos; aidez-moi cette fois de l'appui de votre beau nom, si nous sommes pris.

« Part à deux, que diable! au *travail* comme au plaisir. »

De Méria baissa la tête et le suivit. Ce fut lui, dont la voix sans réplique fit ouvrir la lourde grille.

Il avait vraiment tort de trembler. Le concierge ne se fut pas permis de s'inquiéter de quel fardeau le compagnon de son maître était chargé.

Une fois dans les champs ils hâtèrent le pas.

Beaucoup trop, sans doute, car une escouade d'agents les entourèrent.

— Enfin, dit l'un d'eux, nous le tenons.

Les autres montraient leurs armes faisant cercle.

— Vous vous trompez, messieurs, dit de Méria, frissonnant, mais payant d'audace; nous ne sommes pas ceux que vous cherchez!

Pendant ce temps, un des agents allumant son fallot le dirigea sur le fardeau que portait Sansblair.

— Un cadavre! s'écria-t-il.

— Messieurs, dit de Méria, nous portons à l'hospice une jeune fille qui vient de se précipiter par une fenêtre, dans un accès de folie, peut-être vit-elle encore!

— Allons, l'ami, ne nous comptez pas ces couleurs, vous avez refroidi cette femme; et vous la portez à l'eau, c'est un machabée pour la Morgue.

— Messieurs! l'accident est arrivé à la maison de convalescence de Mme de Saint-Stéphane, et, je suis le comte de Méria! président de l'œuvre...

— Et moi, je suis Gabriel, dit Sansblair, agent des mœurs, est-ce que vous nous prenez pour des escarpes?

Il dressait avec orgueil son horrible tête.

Les agents reconnurent en effet, à la lueur des fallots, Sansblair et de Méria.

— Quelle imprudence! dit celui qui paraissait le chef. Un peu plus, nous vous arrêtions comme assassins, en place de ceux que nous cherchons.

— Que voulez-vous! quand on est innocent on ne prend pas de précautions!...

— Avez-vous prévenu quelqu'un de l'accident?

— Personne.

— Nous vous accompagnons; mais dégagez donc un peu la tête de la femme! elle étoufferait si elle était vivante.

— Elle a reçu les premiers soins?

— Sans doute!

— A quel hospice alliez-vous?

— Mais, au premier venu!

— Il n'y en a pas de ce côté, ce sont les filets de Saint-Cloud.

— Nous allons entrer au premier poste.

Or, au poste, en lavant la blessure de Claire on s'aperçut que la fraîcheur de l'eau la faisait revenir.

De Méria, horriblement pâle, exprima le bonheur qu'éprouverait Mme Helmina en apprenant que Claire était vivante.

Heureusement pour lui, il avait affaire à des gens croyant à un simple accident.

Les premières paroles de Claire, en revenant à la vie, furent :

— Mon oncle! mon oncle!

Son premier geste fut de couvrir son visage de ses mains.

Sansblair jugeant sa présence inutile s'était esquivé.

— Voilà, dit de Méria, l'accès qui reprend, il n'y avait pas moyen d'en douter·

C'est pourquoi Claire, en proie à une fièvre ardente, fut portée à Sainte-Anne, où nous la retrouvons au commencement de ce chapitre.

Sa fable de la folie se trouvait justifiée.

Mme de Saint-Stéphane, en venant faire sa visite habituelle, fut mandée dans le cabinet du médecin.

C'était un vieillard qui, autrefois amoureux de la science en général, était entré à Sainte-Anne comme il fut entré ailleurs ; toutes les branches de la médecine valant la peine d'être explorées véritablement.

Une fois là, il se passionna pour les études sur la folie, le docteur aliéniste avait-il gagné l'idée fixe, ou trouvait-il la route?

Selon lui, tous les criminels étaient plus ou moins atteints au cerveau.

Il avait tort d'être exclusif puisque des causes extérieures agissent sur l'individu, peut-être en tenait-il compte.

Mme Helmina était un des sujets qui l'étonnaient.

Cette femme, organisée en apparence pour être un monstre de lubricité, était une sainte!

Claire, au contraire, chez laquelle tout annonçait la chasteté, avait les visions d'une folle histérique.

Peut-être, l'une avait fait sur elle-même des efforts héroïques, l'autre avait été frappée de quelque récit; elle lisait, suivant Mme Helmina, tout ce qu'elle voulait, l'oncle était si faible pour elle.

Quoi qu'il en soit, Helmina avait le privilège d'agacer le médecin, tandis que Claire l'intéressait : cette impression personnelle ne pouvait avoir d'influence sur son esprit.

— Grande nouvelle, madame! dit-il aussitôt l'entrée de Mme de Saint-Stéphane!

— Claire est morte? demanda-t-elle.

Son visage s'était empourpré d'un jet de sang, la tranquillité allait lui être rendue.

— Morte! ah, rassurez-vous! elle est guérie, au contraire, la raison est revenue?

« Vous le savez, j'ai toujours compté sur cette guérison : l'enfant aura eu peur par suite de quelque circonstance qu'elle pourra nous dire maintenant. »

Helmina se retint à la table pour ne pas tomber.

La folie ou la mort, peu lui importait, pourvu que Claire fut muette éternellement, et voilà qu'on allait l'interroger sur les causes de sa folie.

La pieuse dame se remit assez, cependant, pour tenter ce qui était pour elle le salut.

— Je suis si heureuse, dit-elle, que j'en éprouve une suffocation.

« Vous m'avez promis, monsieur, que si vos heureuses prévisions se réalisaient, Claire me serait rendue : je viens vous rappeler votre promesse !

— Volontiers, mais, en ce moment, l'enfant est trop faible, elle ne pourra être transportée que dans quelques jours.

— Vous ne savez donc pas, docteur, que moi aussi je suis aliéniste !

Le médecin leva les yeux, en souriant, sur le charmant confrère qui se révélait à lui, et changea subitement de visage : c'est qu'il voyait en Mme de Saint-Stéphane *aliéniste* Mme de Saint-Stéphane *aliénée!* atteinte de l'horrible mal qui enfante les crimes, la folie érotique. Les stigmates du vice étaient imprimés d'une manière indélébile sur cette face effarée.

Mais ce fut l'affaire d'un instant.

— Est-ce que je deviens fou? se dit-il.

Et le vieillard, secouant sa tête blanche pour se débarrasser des idées qui l'obsédaient, répondit :

— La jeune fille est trop faible pour être transportée; dans trois ou quatre jours je vous la rendrai.

Il fut inflexible !

Craignant d'éveiller les soupçons du docteur elle n'insista plus.

Mme Helmina fut conduite dans le cabanon de Claire.

La camisole de force avait disparu; la jeune fille, pâle comme une morte, l'attendait; on lui avait dit que Mme Helmina venait tous les jours. Ainsi préparée, elle fut forte.

Mais Claire avait vieilli de vingt ans; l'esprit confiant et candide, s'en allant naturellement vers le bien, avait fait place à l'esprit courageux et droit se mettant en travers du mal.

Pauvre Claire! il lui restait à apprendre combien périssent dans la lutte.

Si le médecin n'eut pas eu la confiance sans bornes, que tout le monde accordait à Mme Helmina, il eut été éclairé par le regard chargé de venin qu'elle jeta sur le témoin de ses crimes.

Elle prit Claire dans ses bras, déposa sur son front un baiser froid comme celui d'un serpent, et lui dit :

— Que je suis heureuse, ma chère enfant, de votre guérison !

— Qu'avez-vous dit à mon oncle, madame? demanda Claire.

— Soyez tranquille, ma fille, il n'a point été tourmenté. Les journaux ayant fait silence, j'ai pu lui écrire deux fois à votre place; j'ai eu bien de la peine pour laisser ignorer votre accident.

Elle lui tendit les deux réponses dans lesquelles l'abbé Marcel eut presque demandé la bénédiction à cette femme, d'une si haute sainteté, qui daignait lui donner elle-même des nouvelles de Claire, sous prétexte de lui dire combien elle était heureuse qu'il lui eut confié la jeune fille.

Au fond, l'abbé Marcel eut préféré un tout petit mot de sa nièce aux longues lettres de Mme Helmina, mais il ne se l'avouait pas à lui-même.

De grosses larmes roulaient des yeux de Claire sur les lettres qu'elle lisait.

On était au vendredi, le départ de Claire avec Mme Helmina fut fixé au dimanche suivant.

La souris entre les pattes du chat, déjà amputée des quatre membres, rêve encore de s'enfuir, contrefaisant la morte jusqu'à la mort.

Ainsi faisait la petite Claire, n'ayant, comme la souris, d'autre chance de salut que dans la fuite.

Tous les jours il lui fallait subir la présence de l'horrible femme.

La jeune fille demeurait calme et impénétrable, mais elle souffrait à en mourir.

Le médecin s'étonnait qu'elle eut oublié le sujet de sa frayeur.

Le redoutable jeudi arriva.

Mme Helmina aida Claire à s'habiller. La jeune fille se plaignait d'une grande raideur dans les membres, causée par la camisole de force, elle demanda un peu d'air, se trouvant très faible et s'assit près de la portière ouverte.

Mme Helmina n'avait amené que le cocher; c'était inutile, pensait-elle, de mettre trop de monde au fait de cette histoire.

Claire ignorait la distance de Sainte-Anne à la maison de convalescence, mais c'était pendant la minute la plus propice de cette distance qu'il lui faudrait fuir.

Fuir! elle voyait déjà au loin le village du Val des Chênes et la maison de son oncle à travers les périls de l'évasion.

Mme Helmina avait servi, par son extrême prudence, les desseins de Claire. Elle n'avait pas voulu rentrer en plein jour ne sachant ce qu'elle ferait de la jeune fille.

Son principal souci était Claire à la maison de convalescence; comme un général qui aurait soin de fortifier l'endroit par où on ne pourrait l'attaquer, et laisserait dégarni l'endroit le plus propice à l'ennemi; elle s'était contentée de vulgaires précautions contre la fuite de Claire.

Celle-ci comptait soit sur l'instant du péril qui surexcite l'énergie, soit sur quelque accident du voyage.

La manière dont elle était placée lui permettant de s'élancer au dehors.

Mme Helmina essaya vainement de faire parler Claire; elle prétexta une grande fatigue et ferma les yeux comme pour dormir.

Renonçant à expérimenter jusqu'où Claire avait vu, elle garda le silence de son côté, emportant sa proie au trot de deux bons chevaux.

De la maison de santé à Notre-Dame-de-la-Bonne-Garde, située vers la route d'Auteuil, il y avait à peu près trois heures par la ligne la plus directe.

Claire l'ignorant, désespérant d'un incident favorable, et comptant plutôt sur le contraire, se préparait à profiter de quelque endroit désert pour s'élancer.

On avait suivi le boulevard et la rue du Transit, on prenait les boulevards extérieurs jusqu'à la porte d'Auteuil.

En approchant de la campagne, Claire se disait : il est temps! elle rassemblait ses forces, se serrant de plus en plus contre la portière.

Aux fortifications, le hasard la servit sous forme d'une énorme pierre en travers du chemin, et dont le heurt pensa briser la voiture.

Il crut reconnaître sa sœur dans une dame qui sortait frôlant les murs. (Page 532.)

Le choc fit ouvrir les portières.

— Qu'arrive-t-il? demanda Helmina au cocher en élevant la tête de l'intérieur pour lui parler.

— Nul danger, madame, répondit-il en se penchant vers elle, quelque conducteur de moellons en a sans doute laissé tomber là depuis notre passage.

« C'est un cas punissable, ajouta-t-il sentencieusement en prenant une des lanternes de la voiture pour aller reconnaître si rien n'était brisé. »

Après ce peu de mots échangés avec le cocher Mme de Saint-Stéphane reprit sa place dans la voiture tandis qu'il descendait de son siège.

— N'avez-vous point été effrayée, ma chère enfant, dit-elle.

Claire avait disparu.

Après avoir en vain exploré les environs avec sa lanterne, Mme Helmina et le cocher allèrent au poste le plus proche, qui mit de suite deux hommes à sa disposition.

Les recherches furent vaines, la nuit était noire, il était possible que Claire pût se dissimuler dans l'ombre. Mais, le lendemain, une folle et surtout dans l'état de faiblesse où elle était, ne pouvait se cacher longtemps.

Mme Helmina savait à quoi s'en tenir sur la folie de Claire.

Les journaux, bien pensants, annoncèrent (cette fois il le fallait bien), mais avec grands ménagements, l'accident arrivé à Mme de Saint-Stéphane.

L'oncle de Claire put croire qu'il s'agissait d'une des jeunes pensionnaires et non de sa nièce.

La police, mise sur pied, ne trouva rien; comme à son ordinaire.

Le banc et l'arrière-banc des mouchards suait sang et eau. Rien, toujours rien!

On attendait que Claire se révélât par quelque excentricité.

Au bout de deux ou trois jours on crut à sa mort; M. de Méria ni Mme Helmina n'espéraient point ce bonheur; ils résolurent d'attendre, pour prévenir l'oncle, que sa crédule confiance fût à bout et qu'il ne fût plus possible de faire autrement.

Grenuche et Jean Étienne, tenaient tout Paris, Sansblair s'abstenait de se montrer par trop; le hideux complice des orgies de M. de Méria ayant, comme il le disait, trop de choses déjà sur son compte.

Ces monstres doivent étonner le lecteur, mais tant que la race humaine se débattra dans des principes corrompus, il viendra dans cet humus des produits de corruption, peut-être irresponsables, à coup sûr dangereux.

La *mauvaise presse* criait, vainement à tort, s'imaginant que la jeune fille avait fui redoutant les mauvais traitements ou la nourriture trop catholique.

Quelques journaux furent poursuivis pour diffamation. En effet, ils avaient menti; s'ils avaient grossi l'attentat, ils eussent été dans le vrai.

Dès le lendemain de l'entrée de Claire à Sainte-Anne, de Méria avait jugé prudent d'aller chez le père Davys-Roth.

Au fond du long corridor obscur, il crut reconnaître sa sœur dans une dame qui sortait frôlant les murs avec l'allure rapide d'un reptile, son voile baissé, ses amples vêtements noirs dissimulaient la taille et le visage.

De Méria respecta d'autant plus l'incognito de la dame qu'il n'était pas fâché de conserver le sien. Blanche l'eut écrasé de son mépris, cette sorte de crimes la dégoûtait.

Le père reçut froidement Hector! il était évident qu'il comprenait, dans l'accident et la folie de la jeune fille, autre chose que les feuilles pieuses. Le scandale était à l'horizon, il voyait le grain.

De Méria s'inclina pour recevoir la bénédiction du prêtre; celui-ci ne bougea pas, et le regardant froidement, lui dit :

— Comment ne m'avez-vous pas averti de la méprise, au sujet de l'institutrice?

— Le temps a manqué, mon père !

— C'est-à-dire que vous l'avez employé autrement.

« Comment osiez-vous me faire écrire, moi-même, pour demander comme institutrice une jeune fille qui était votre créature à vous, et que moi, je ne connaissais pas.

— L'autorité de votre nom me semblait devoir être un sujet d'édification.

— C'est cela! vous vouliez mêler mon nom à vos plaisirs! Ne mentez pas, monsieur, vous abusez étrangement. Écoutez, je me sers de vous faute de mieux, comme l'architecte prend de la pierre brute à défaut de marbre, mais bâtir avec de la boue ce n'est pas assez solide! Vous me comprenez !

« Dieu de Dieu! il faut bien que je n'aie pas le choix! »

De Méria courbait la tête!

Le père, arpentant la chambre, laissait échapper quelques jurons de corps de garde.

Il reprit en récitatif :

— Une fois averti, j'aurais agi comme j'aurais voulu; la chose aurait tourné à la gloire du ciel! Vons en avez jugé autrement! Vous ignorez, vous, que chaque danger doit se changer en triomphe, si on ne veut pas voir périr le vaisseau de l'Église; battu comme il l'est par toutes les incrédulités.

De Méria se faisait humble, il écoutait sans rien dire.

— Oui, disait le père, je suis indulgent pour ceux qui servent bien dans la lutte que nous soutenons.

« Je vous laisse vous rassasier de tout ce que vous aimez; votre sœur vous abandonne, sans compter, des sommes folles, tout cela sans profit et sans honneur pour notre sainte mère l'Église.

« Vous consommez immensément et vous ne rapportez rien. Vous êtes l'arbre stérile qu'il faut couper et jeter au feu.

« Vous m'objecterez que vous avez rendu quelques services, mais le tort que vous faites les dépasse. »

Plus de Méria se courbait servilement, plus le père devenait sévère.

— Souvenez vous de ceci : si dans quelques jours (car je vais prendre, moi, des informations plus sûres que celles de la police) je découvre le motif vrai qui a fait, dites-vous, précipiter Claire Marcel par une fenêtre, il est probable que nous séparerons les intérêts du ciel, de ceux de ses maladroits serviteurs.

« En attendant, tenez-moi au courant de tout ; j'aurai des moyens de contrôler vos paroles et vos actes.

« L'accident de la jeune fille ne doit point être le seul danger pour la religion, qu'il y ait dans votre maison de convalescence. »

De Méria se confondit en protestations, épouvanté de la perspective qui s'ouvrait devant lui, si la main puissante de l'Église venait à se retirer.

Le père reprit :

— Il faut commander des neuvaines à Notre-Dame-des-Victoires, et faire toucher aux reliques quelque chose qui ait appartenu à Claire Marcel ; peut-être le seigneur lui rendra la raison.

— Elle n'a rien laissé, dit étourdiment de Méria, dont la pensée était loin.

Le père lui jeta de haut un regard méprisant et continua :

— Je n'ai pas besoin d'ajouter que nos résolutions sont les mêmes pour Mme de Saint-Stéphane que pour vous.

« Vous pouvez vous retirer ; et il le congédia comme il eût fait d'un valet. »

— Plus souvent, mon vieux ! pensait de Méria, que je vais te raconter autre chose. Assez comme ça faire le chien couchant !

Il rencontra Sansblair dans la rue.

— Ça va mal pour moi ! dit-il, il est probable qu'on va couper les vivres chez ma sœur, et c'est peut-être le moindre des dangers qui sont suspendus sur ma tête.

— Garde le silence sur moi, répondit le monstre familier, et on t'aidera à en sortir ! Je viens d'apprendre que mon ami Lesorne, un fameux, est à Paris. Si ta frangine ne veut plus abouler, on ira t'en chercher ; c'est un vrai caniche, Lesorne, il te rapportera ça.

Après avoir bu deux ou trois absinthes, tant pour se réconforter que pour ne pas voir où il en était, de Méria jugea prudent d'aller au passage l'Écuyer ; qui sait si la bonne femme n'avait entendu parler de rien ?

La mère Nicole n'était pas encore rentrée ; de Méria l'attendit, se promenant de long en large dans le passage ; la petite Louise, revenant de la classe, rentra la première ; de Méria lui dit qu'il allait attendre sa tante et s'assit.

Tout en causant avec la petite, il l'embrassa si rudement que l'enfant s'éloigna, interdite, s'essuyant le visage avec son tablier.

De Méria jugea prudent de ne pas recommencer.

La mère Nicole le trouva, en entrant, remettant, de ses mains blanches, du charbon de terre dans le poêle.

— Je vous attendais, lui dit-il, pour vous donner des nouvelles de notre Sophie ; il y a déjà un mieux sensible, mais il est probable que le changement d'air et de nourriture amènera quelques crises dont nous aurons à triompher.

— Que vous êtes bon, d'être venu, dit la vieille femme ; elle s'attendrissait.

Louise, un peu boudeuse, restait en arrière ; elle avait peur que de Méria ne l'embrassât encore. Le comte lui donna une pièce d'or, en disant :

— Va te chercher des bonbons, petite !

— Oh non ! monsieur ! dit l'enfant, regardant briller les vingt francs au soleil ; ce sera pour quand Sophie reviendra.

Sa frayeur passait un peu, mais elle ne se rapprochait pas.

— Il ne faut pas faire de si riches cadeaux à nos petites, monsieur, dit la mère Nicole, c'est trop, beaucoup trop.

— Ne craignez rien, je suis le mandataire d'une personne immensément riche, qui partage sa fortune entre les couvents et les pauvres.

La mère Nicole n'avait pas eu jusque-là beaucoup de confiance aux cléricaux, mais elle se disait : c'est une exception.

Un peu confuse des profusions du comte, à l'égard de la petite, la mère Nicole gardait le silence. De Méria reprit :

Chacun cherche à se rendre heureux comme il le peut, j'ai éprouvé beaucoup de chagrins en ma vie, je me distrais de mes peines par le peu de bien que je puis faire, sans m'en consoler pourtant.

Il feignit d'essuyer une larme :

— Tenez, la bienfaisance elle-même est troublée par de durs soucis ; n'avons-nous pas eu hier, dans l'asile même, un accident regrettable : une jeune fille, qui déjà avait eu quelques accès de folie ; s'est jetée tout à coup par une fenêtre ; elle est à Sainte-Anne où on espère la guérir.

« Le plus triste est que cette folie vient de lectures pernicieuses faites chez elle, en secret sans doute !

— Comme c'est fragile une jeune fille ! dit la mère Nicole.

— Oui ! fragile comme les fleurs printanières qu'emporte une gelée blanche ! ajouta de Méria.

— Vous êtes veuve ? demanda-t-il pour changer de conversation.

— Hélas ! oui, monsieur, depuis mai 71. Mon mari ne s'était mêlé de rien pourtant ; mais il portait toujours, depuis le siège, ses habits de garde nationale ; un de ses amis, blessé, s'est réfugié chez nous ; et comme les Versaillais le poursuivaient, on les a fusillés tous les deux, mon mari et lui. Moi, comme ceux-là n'avaient plus de munitions, à force d'en avoir usé à fusiller le pauvre monde, on m'a laissée.

— Quel malheur que les guerres civiles ! dit de Méria, et tout cela, parce que le peuple ne comprend pas qu'il faut toujours des pauvres.

— Ah ! monsieur, si cela se pouvait qu'il n'y ait plus de malheureux !

— Ma pauvre femme, vous ne comprenez rien à ces choses-là.

— C'est vrai que je suis bien ignorante, j'ai tant travaillé pendant ma vie, que je n'ai jamais eu le temps de penser. Mais c'est égal, monsieur, je voudrais bien qu'un jour vînt, où il n'y aurait plus personne qui mourût de faim et de froid.

— C'est la volonté du seigneur, dit de Méria, sa puissance et sa bonté sont infinies.

— Alors il lui serait facile de vouloir qu'il n'y eût plus de mal sur la terre.

De Méria changea encore une fois la conversation dont la tournure lui déplaisait.

— Je reviendrai, dit-il, vous apporter des nouvelles de Sophie, car il n'est d'usage de visiter les enfants que tous les quinze jours (le premier dimanche et le troisième du mois).

De cette manière, un nouveau danger était évité, Sophie n'ayant pas été assez complètement sous l'empire des soporifiques pour qu'on la laissât causer avec la mère Nicole.

Quelques jours après, de Méria revint encore au passage l'Écuyer. Ne trouvant ni la mère Nicole ni Louise, il finit par s'impatienter d'attendre et laissa chez une voisine sa carte dans une boîte de pralines pour la petite Louise.

Dans le papier d'une de ces pralines, était une pièce de vingt francs.

LVII

ROSE MIXLIN

> La femelle, elle est morte !
> Le mâle ? un chat l'emporte
> Et dévore ses os ;
> Qui veille au nid ? personne.
> Pauvres petits oiseaux.
> (Victor Hugo.)

Pendant les quelques jours qui s'étaient écoulés entre les deux visites du comte de Méria à la mère Mixlin avaient eu lieu le séjour de Claire à Sainte-Anne et sa fuite de la voiture.

Sophie, accablée d'effroi, de honte, car elle était assez grande déjà pour comprendre son malheur, se taisait blottie toute tremblante le plus loin qu'elle pouvait de Mme Helmina. Elle avait reconnu, lors de la terrible soirée qui avait suivi son entrée, son amie Rose Mixlin, et s'était dit, la pauvre petite, qu'une fois là, on ne sortait plus.

Toutes les ruses de Mme Helmina n'aboutissaient pas à savoir ce qu'avait compris cette enfant. Sophie se taisait, elle avait peur de tout et continuellement. L'agneau habitait avec le tigre.

Mais les dangers s'amassaient sur la maison de convalescence.

Le père Davys-Roth avait fait mander de nouveau de Méria après la fuite de Claire, et lui avait dit :

— Cette jeune fille ne peut s'être réfugiée que chez des gens de bas étage ; ailleurs, elle serait déjà livrée, mettez donc en campagne tout ce que vous connaissez de propre à suivre une piste parmi les gens que vous hantiez naguère.

Il ajouta :

— J'ai pris les informations dont je vous parlais, et elles ne vous sont pas favorables.

De Méria pensa aux domestiques qui venaient, les jours de soirée, au sermon du père ; ils étaient bien stupides, mais Davys-Roth était si fin.

Le comte alla, fort inquiet, chez Mme de Saint-Stéphane.

L'idée que Claire pouvait être tombée en des mains ennemies de la religion et qu'une perquisition suivrait peut-être ses révélations, commençait à lui hanter le cerveau.

Ce n'était pas, du reste, le seul événement arrivé aux institutrices de la maison ; si l'une s'était richement mariée, l'autre était morte de saisissement. On pouvait en reparler et puis, la petite Rose Mixlin, qu'il avait enlevée lui-même ; Sophie, qu'il avait amenée ; de Méria avait peur !

Il trouva Mme de Saint-Stéphane vieillie, le visage anxieux mais non abattu. La louve, acculée, s'apprêtait à faire face aux chiens.

La maison avait été débarrassée par ses soins de tout ce qui pouvait être suspect ; la pharmacie, surtout, avait subi de nombreuses modifications et certain malaga avait disparu complètement.

Quant au salon particulier où elle reçut de Méria, les tableaux étaient restés ; la vie des saints permettant des exhibitions de Marie-Madeleine en costume de ver, de Gérôme, dans le même négligé et une foule d'autres pornographies sacrées — cette femme, dont toute l'intelligence, toute la vie s'étaient faites chair, souffrait en ce moment toutes les angoisses, il lui semblait que des aiguilles traversaient ses membres, l'effroi lui entrait par tous les pores, les frissons de l'épouvante passant dans sa chair. Elle était ainsi à point, pour commettre tous les crimes qui pouvaient assurer sa sécurité.

De Méria lui dit comment, de la même manière qu'on fait la part du feu dans un incendie, Davys-Roth était décidé à les isoler de sa protection en cas de scandale.

Elle l'avait déjà jugé ainsi. Aussi lui répondit-elle avec âpreté que tout ce qui tombait sur elle en ce moment venait de lui :

— C'est vous, dit-elle, qui êtes cause de l'arrivée ici de Claire Marcel ; c'est vous qui avez enlevé la petite Rose, cette enfant que rien ne peut endormir ; c'est vous qui avez amené Sophie Nicole. Et moi, je vais avoir à en répondre peut-être.

Elle le regardait avec tant de colère qu'il courba la tête comme devant Davys-Roth.

— Et cela, continua-t-elle, pour vos satisfactions personnelles.

— Halte-là, ma chère amie, s'écria de Méria, dites pour nos satisfactions personnelles, ce sera plus vrai. Je n'eusse pas choisi une vestale pour diriger cette maison ; convenez que nos goûts étaient semblables.

Il y eut un instant de silence.

— J'ai compté sur vous, dit Helmina, pour m'aider à détruire certaines preuves.

Un cri de Rose les interrompit.

Tous deux se levèrent.

— Vous voyez, dit la marquise, qu'on ne peut garder cette enfant ici.

— En effet, dit de Méria.

— Que pensez-vous en faire ?

Elle aurait voulu que la proposition vînt de son complice.

Mais de Méria gardait le silence. Elle continua :

— Nous n'allons pas la garder dans l'état où elle est.

Impatientée, elle ajouta :

— Elle n'en peut revenir ; la différence n'est pas grande que ce soit aujourd'hui ou demain.

— Mais, dit de Méria, votre intention n'est pas de la faire mourir ?

— A moins que vous ne préfériez lui entendre raconter son histoire : enlèvement et séquestration de mineure, et le reste.

— Peu importe, dit de Méria, puisque nous avons tant de choses sur nous, une de plus ou de moins.

Ce n'était pas l'affaire d'Helmina.

Un second cri de Rose les interrompit.

— Vous voyez bien qu'elle agonise. Voulez-vous, oui on non, vous exposer au bagne?

— Non, dit-il.

Et il la suivit dans la cellule d'où partaient les cris.

Rose venait de s'éveiller malgré les narcotiques dont on faisait usage continuellement; on n'avait pu triompher de sa mémoire : si l'emploi des boissons se ralentissait, l'enfant se souvenait, et, comme le premier jour, appelait à grands cris sa mère, essayant de fuir; plusieurs fois déjà elle avait rompu ses liens : afin que cela n'arrivât plus, l'innocente était solidement attachée à son lit; de plus, comme Claire à Saint-Anne, elle avait la camisole de force.

Lasse des vains efforts qu'elle avait faits, l'enfant pleurait, son oreiller était baigné de larmes.

Helmina prit un flacon.

— Buvez, ma chérie, dit-elle en lui soulevant la tête.

La petite la détourna et essaya de s'asseoir sur son lit, regardant à travers ses larmes les deux misérables.

— Je voudrais voir maman avant de mourir, dit-elle, laissez-moi m'en aller; je ne dirai rien, je vous pardonnerai.

— Vous rêvez, ma fille, c'est votre mère qui vous a mise ici; elle viendra elle-même vous chercher.

— Menteuse! cria la petite, c'est cet homme-là qui m'a enlevée.

Ils insistèrent encore pour la faire boire.

Elle se débattait les appelant assassins; puis, lasse, désespérée, consciente de la mort, elle but.

De Méria, tremblant, renversa une partie du liquide.

— Maladroit! fit Helmina.

Elle alla remplir de nouveau la tasse. L'enfant but d'elle-même en les regardant toujours.

Habituée aux narcotiques elle n'était ni plus ni moins en danger qu'à l'ordinaire.

Penchés sur elle, ils attendaient; elle avait fermé les yeux pour ne plus les voir.

Un instant, les monstres crurent qu'elle était morte; Helmina lui mit la main sur la poitrine.

L'enfant rouvrit les yeux et avec le calme de ceux qui n'ont rien à attendre elle dit :

— Je ne peux pas mourir.

Cette résignation les terrifiait plus qu'une lutte.

— Il faut en finir! dit Helmina. Dénouant le large ruban de faille bleue qui lui servait de ceinture, elle le tendit à de Méria.

En la déposant dans la fosse, ils crurent entendre un soupir. (Page 533.)

L'enfant, craignant la douleur, se dressa encore sur son lit.

— Ne me faites pas de mal, dit-elle, je vous en prie, donnez-moi encore du poison, je mourrai peut-être.

Comme de Méria repoussait sa complice, elle lui dit :

— La perquisition n'est pas loin, voulez-vous aller au bagne? C'est vous qui avez amené l'enfant ici, je ne me gênerai pas pour le dire, il faut en finir.

L'enfant les regardait.

De Méria prit sa résolution : il lui passa le ruban autour du cou et le serra avec tant de force qu'il se rompit.

L'enfant, terrifiée, regardait toujours, les yeux démesurément ouverts.

— Allons, dit Helmina, il faut que ce soit moi.

Et, se jetant avec furie sur la pauvre petite, elle lui entoura le cou de ses deux mains crispées.

Le regard fixe de Rose augmentant sa rage, elle la mordit au visage.

— Meurs donc, disait-elle, meurs donc !

De Méria, épouvanté, s'était reculé jusqu'au mur.

Quand tout mouvement eut cessé, Mme de Saint-Stéphane jeta sur le visage, pour ne plus voir les yeux grands ouverts, un coin de drap auquel la morsure de la joue fit une tache de sang.

— A vous, dit-elle à de Méria; il faut faire disparaître ce cadavre

— Pensez-vous que je puisse l'emporter ainsi en plein jour.

— Non, et pourtant il faut l'enlever immédiatement.

Morte, l'enfant était plus compromettante encore.

La peur les prenait.

Helmina emmena de Méria dans le bosquet, au fond du parc, et lui fit creuser une fosse sous les arbres blancs de givre, comme les cerisiers en mai.

Il y étendirent un lit de chaux : ils avaient pris des leçons en 71. Mais il fallait attendre la nuit pour y porter l'enfant.

Helmina mit dans sa poche la clef du cabinet où reposait le cadavre et, tandis que de Méria restait au salon, elle alla inspecter les classes.

La nouvelle institutrice, Blanche Marcel, la vraie Marcel, cette fois, était arrivée depuis le matin; c'était une véritable fille de Rodin, avec cette différence que c'était pour elle seule qu'elle travaillait et non pour une compagnie de Jésus quelconque.

Peu importait à Blanche Marcel ce qu'elle pouvait découvrir ou soupçonner si ce n'était pour se faire payer son silence en raison directe de la gravité de ses soupçons ou de ses certitudes, c'était un monstre de cupidité.

Sophie Brodard assise tout au bout de la classe, la tête dans ses mains, pâlit encore en apercevant Helmina.

— Désirez-vous quelque chose, mon enfant? demanda la directrice.

— Non, madame. Elle n'osait pas dire qu'elle désirait retourner chez la mère Nicole.

Helmina continua, s'adressant à l'institutrice :

— Cette enfant a parfois des visions terribles, le cerveau est menacé.

Puis, plus bas, elle ajouta :

— Vous m'obligeriez, dans son intérêt, de l'interroger sans en avoir l'air, afin que je puisse mieux juger de l'état de sa raison.

Blanche était trop fine pour ne pas comprendre que l'enfant n'était pas visionnaire; elle résolut d'en tirer parti pour dominer Mme de Saint-Stéphane.

— Vous pouvez compter sur moi, madame, dit-elle en pinçant ses lèvres, si étroites et si plates que sa bouche ressemblait à une entaille sous son nez mince et pointu. Ses yeux un peu ronds mais dépourvus de la douceur magnétique de ceux des oiseaux de nuit, étaient très rapprochés ; quelques cheveux d'un blond incertain, soulevés et fins comme des plumes, encadraient le visage. Ce délicat vautour était toujours prêt à fondre sur une victime.

Helmina, ayant adressé quelques paroles aux jeunes filles, un peu moins somnolentes que d'ordinaire, retourna au salon où l'attendait de Méria.

Ils n'y furent pas longtemps seuls; la visite qui, en ce moment, pouvait le plus effrayer Helmina, celle du médecin aliéniste, vint terroriser les deux complices.

— Ma visite vous étonnera peut-être, madame, dit le médecin, mais, vu le grand intérêt que vous portez à Claire Marcel, je vous trouverai disposée à m'aider.

Helmina s'essuya le visage où coulait une sueur froide.

— Que faut-il faire? dit-elle.

— D'abord retrouver l'enfant. On suit, permettez-moi de vous le dire, une cause déplorable; l'oncle qui l'a élevée peut seul dire quels sont ses habitudes, ses aspirations, son caractère; de là, une foule d'indices qui aideraient à la retrouver : plus je réfléchis aux paroles échappées à son délire, plus je suis convaincu qu'elle a été victime de quelque attentat.

« Au lieu de tout cacher à l'oncle, il faut tout lui dire. Tenez, cette histoire me préoccupe, il faut qu'à nous deux, en prévenant ce vieillard nous retrouvions la jeune fille. »

Helmina se voyait déjà convaincue de ses crimes; l'aliéniste ne songeait pas à la soupçonner, mais, pour la seconde fois, regardant bien cette tête petite comme celle du reptile, ces yeux où se lisait l'effarement, il se demandait s'il n'était point la proie de quelque horrible idée fixe; il continua néanmoins :

— Non seulement, madame, je suis à votre disposition pour tout ce qui sera en mon pouvoir au sujet de Claire Marcel, mais je me permettrai de vous adresser quelques questions qui pourront nous guider.

Mme de Saint-Stéphane voulut répondre, la voix s'arrêta dans sa gorge. Le médecin, alors, aperçut de Méria qu'il n'avait pas vu tout d'abord : ils se saluèrent.

Chose inouïe, de Méria avait le masque du satyre comme Helmina celui de la bacchante.

Est-ce que les faits se mettaient en travers de ses observations? Avait-il affaire à des exceptions, ou la science mentait-elle?

La pensée de la petite Claire perdue dans Paris, exposée à mille périls, sous l'impression d'une terreur qui, selon lui, devait avoir une autre cause que des lectures, se dressait jour et nuit devant le vieillard.

— Quelle impression vous a produite en arrivant cette jeune fille? Paraissait-elle calme, ou avez-vous remarqué en elle quelque tristesse?

Helmina se laissait interroger.

— Elle m'a paru calme, dit-elle.

Puis, voyant qu'elle allait se perdre, elle ajouta vivement :

— Mais je n'ai pas tardé à m'apercevoir de l'exaltation de son esprit.

— Avez-vous vu en elle quelque frayeur soudaine comme au souvenir de quelque chose?

— Non, dit Helmina.

— Ce serait donc pendant son séjour ici qu'elle avait eu peur; l'enfant venait de la province, elle pouvait être craintive.

— Monsieur, interrompit Mme de Saint-Stéphane; il ne se passe dans ma maison rien qui soit de nature à effrayer une enfant.

— Je le sais, madame, mais il s'agit d'une jeune fille de province.

Le docteur, s'apercevant du trouble d'Helmina, crut qu'elle était froissée qu'il l'interrogeât, ce qui le surprit un peu de la part d'une personne qui s'intéressait tant à Claire; il allait d'étonnement en étonnement.

— Je suis importun, dit-il, permettez, madame, que, dans l'intérêt de Claire Marcel, je m'adresse à celui de mes confrères qui donne ses soins à la maison ; lui, aura remarqué sans doute quelque chose.

— Rien, monsieur, je vous assure.

— Voulez-vous que je m'entende avec lui? quel est son nom ?

L'interrogatoire paraissait d'autant plus terrible à Helmina qu'il n'y avait en réalité aucun médecin attaché à l'établissement.

— Je vous l'enverrai lui-même, dit-elle.

— Mais je puis passer chez lui; donnez-moi seulement son adresse.

Cette persistance horripilait les deux misérables.

— Hélas! monsieur, dit la directrice de la maison, notre médecin sera absent pour quelques jours ; aussitôt son retour, je m'empresserai de vous l'envoyer dans l'intérêt de notre chère petite.

Il y aurait eu indiscrétion à insister davantage.

L'aliéniste prit congé de Mme de Saint-Stéphane et du personnage muet qui était avec elle.

Mais, plus que jamais, la sainte dame agaçait le docteur.

Il avait le diable au corps ce jour-là, le vieux médecin; l'image de la pauvre petite Claire le hantait. Sortant de chez Mme Helmina il alla trouver le père Davys-Roth. — Celui-ci dit qu'il n'avait aucun droit de direction, ni sur la maison de convalescence, ni sur la manière dont les recherches étaient dirigées ; quoiqu'il s'intéressât vivement à Claire, surtout à cause de son oncle.

Enfin Davys-Roth se lava complètement les mains de toute cette affaire, disant que le comte de Méria, fondateur, et Mme Helmina de Saint-Stéphane, directrice, avaient seuls des droits sur l'asile.

Le médecin ne se tint pas pour battu; il alla chez le comte de Méria, qui ne pouvait manquer d'être absent puisqu'il venait de le rencontrer sans le connaître, Helmina ayant assez perdu la tête pour oublier de les présenter l'un à l'autre.

Il lui vint une autre idée, et il se promit de l'exécuter le lendemain, tout en se demandant s'il devenait fou lui-même. C'était de s'adresser à l'aumônier de la maison de convalescence ; or, nous savons qu'il en était de l'aumônier comme du médecin, ils y étaient à l'état de légende.

Après le départ du docteur, Helmina essuya l'écume qui couvrait ses lèvres, la sueur qui couvrait son visage, et se recueillit un instant.

De Méria, frappé d'imbécillité, restait sans mouvement.

Helmina se remit la première. La nuit venue, elle alluma une lanterne sourde.

— Venez, dit-elle.

Ils montèrent dans le cabinet de la petite Rose ; le corps était chaud et souple ; la vie est enracinée chez ces jeunes êtres !

Helmina souleva la petite et la déposa dans les bras d'Hector.

— Vite, dit-elle.

Il la suivit.

Le corps semblait à de Méria tantôt s'alourdir, tantôt se ranimer.

En le déposant dans la fosse, enveloppé du drap taché de sang, ils crurent entendre un soupir.

Ainsi fut couchée dans la chaux vive, comme une petite martyre qu'elle était, la petite Rose sous la terre durcie par la gelée.

Des feuilles mortes, des branchages entassés sur la fosse ; un peu de givre là-dessus ; il n'y parut plus.

Tandis que de Méria et sa complice achevaient cette lugubre besogne, deux yeux flamboyants se fixèrent sur eux, et ils entendirent un frôlement qui les terrifia, puis rien, plus rien.

C'était un chat perdu réfugié dans l'un des arbres.

LVIII

LA CARTE DU COMTE DE MÉRIA

Tourmentée par une inquiétude indéfinissable, Angèle, qui pendant une dizaine de jours avait trouvé un peu d'ouvrage, le joignit à celui qu'allait reporter Clara Busoni et vola plutôt qu'elle ne courut au passage l'Écuyer. C'était le dimanche de visite à la maison de convalescence.

En vain la petite Louise était allée plusieurs fois chez sa sœur lui porter les nouvelles qu'elles avaient reçues de Sophie ; Angèle avait hâte de voir la mère Nicole, rien ne pouvait la rassurer.

De plus, elle voulait attendre au passage l'Écuyer le retour de la mère Nicole.

Sa tristesse ordinaire s'augmentait d'une angoisse sans motif plausible.

Au moment même où elle trouvait de l'ouvrage, où sa jeune sœur recevait enfin les soins qu'on n'avait pu lui donner jusqu'alors, le cœur tournait à Angèle ; elle avait le vertige, regardant dans l'ombre surgir des malheurs encore inconnus.

En arrivant au passage l'Écuyer, elle tomba sur une chaise, laissant un libre cours à ses larmes.

La mère Nicole la calma comme elle put et lui raconta, pour la distraire, ses conversations avec de Méria, dont la petite Louise n'avait pu lui donner qu'une idée imparfaite.

Elle tira ensuite de derrière le miroir la carte du comte.

Angèle poussa un cri.

— Et dire que depuis près de quinze jours elle est là ! Tout est fini maintenant, elle est perdue !

Alors, à travers ses sanglots, elle raconta à la bonne femme éperdue où elle avait déjà vu la carte du comte.

Puis elle se calma, ce coup venait de la transformer ; comme son père, elle faisait face au mauvais sort, c'est-à-dire à la société corrompue.

L'agneau se faisait lionne, prête à demander compte de la loi qui laisse le couteau à la main des uns et dans la gorge des autres.

— Vite, disait-elle à la mère Nicole, vite, allons la reprendre ; vous l'avez placée comme votre nièce, on ne peut refuser de vous la rendre.

— Ah ! faut-il, que ce soit moi qui l'aie livrée ! disait la pauvre femme.

Louise fut placée chez une voisine et toutes deux partirent pour la maison de convalescence.

Le grand air changeant un peu leurs idées, elles en vinrent à penser que la participation d'Hector de Méria à l'œuvre de Mme de Saint-Stéphane n'avait peut-être qu'un but hypocrite et que si les enfants étaient placés par lui, elles n'étaient confiées qu'à elle, cette idée les calma un peu.

Une dizaine de personnes étaient réunies déjà dans le salon de Mme Helmina ; elle leur parlait, avec son action accoutumée, de leurs chères petites, des soins qui leur étaient donnés et du bonheur qu'elle éprouvait à voir généralement un mieux sensible dans leur état.

Les pauvres mères étaient ravies.

On venait de renvoyer les enfants et l'institutrice dans la salle à manger pour le second déjeuner, et à toutes les mères, venant pour la plupart de loin, on servait au salon des tasses de chocolat ; aimable attention de Mme de Saint-Stéphane. Un seul homme, un veuf, faisait partie de la société ; il regardait Helmina avec une douce vénération.

Le pauvre homme avait perdu sa femme de misère ; il eût volontiers adoré celle qui, croyait-il, lui conservait sa fille.

Les yeux baissés, osant à peine élever la voix, tous se tenaient là comme dans un sanctuaire.

Au fond du salon, de Méria lisait un numéro de l'*Écho du ciel*, où l'éloge de son journal était fait pompeusement, il était représenté distribuant à la fois le pain terrestre et le pain céleste ; peu s'en fallait qu'on ne demandât sa canonisation en même temps que celle du conservateur de la vermine : Labre le pouilleux.

Mais plus les coups d'encensoir étaient odoriférants, plus de Méria était épouvanté de la journée de la veille, dont il lisait le récit entre les lignes béates. Mme de Saint-Stéphane n'était pas oubliée dans cet article, début littéraire d'un jeune aiglon de basse-cour.

Helmina posait dans toute sa sainteté devant les pauvres femmes dont le cœur débordait de reconnaissance.

Jamais depuis longtemps, elles n'avaient vu leurs filles aussi bien, la disparition du vin de Malaga, préparé par Helmina et l'interruption des soirées enfantines y était pour quelque chose.

L'entrée de Mme Nicole et d'Angèle eut lieu au milieu de ce recueillement de temple.

Le grand salon avait plus que jamais une apparence auguste; l'encens y fumait aux pieds de la vierge de marbre.

La mère Nicole s'inclina et prit la parole de suite; Angèle, qui avait aperçu de Méria, attendait, pour appuyer le départ de sa sœur d'un argument irrésistible.

— Madame, dit la mère Nicole, nous venons, ma nièce et moi, vous témoigner notre profonde reconnaissance et chercher ma nièce; nous sommes obligées de quitter Paris.

Jamais elle n'avait prononcé un si long discours. Elle l'avait répété pendant la route.

Helmina se leva, extrêmement émue.

— Mais c'est impossible! dit-elle. La transporter en ce moment serait mettre ses jours en péril.

— Monsieur le comte de Méria, dit à son tour Angèle, voudra bien appuyer notre demande, au nom de mon amie Olympe, pour laquelle il avait tant de bontés.

Ce fut au tour d'Hector à frémir; il lui avait semblé reconnaître Angèle, elle savait sa vie passée! tout cela était gros de scandale, de menaces, peut-être.

— Je ne vois pas pourquoi, dit-il, on refuserait à ces dames d'emmener la petite Sophie, mais elles sont prévenues que le voyage peut lui être funeste.

— Il le sera assurément, insista Helmina.

— C'est nécessaire pourtant, madame, répliqua la mère Nicole.

— Si l'enfant était sa fille, pensaient les bonnes femmes, elle ne risquerait pas sa vie!

Quant à de Méria, elles s'imaginaient qu'il s'agissait entre lui et Angèle du souvenir d'une bonne action.

— Nous ne sommes pas des ingrates, disait la mère Nicole, répondant à la pensée des mères; nous emmenons notre enfant en quittant Paris, voilà tout.

De Méria frémissait sous le regard d'Angèle; le crime était trop près pour qu'il osât reprendre sa tranquillité.

Mme de Saint-Stéphane, remarquant les yeux d'Angèle fixés sur de Méria, craignit quelques révélations scandaleuses.

— Attendez, dit-elle aux deux femmes.

Et elle sortit pendant quelques instants.

— Je viens d'examiner l'enfant, dit-elle en rentrant; elle est sous le coup d'une crise, provoquée par une médication énergique, emmenez-là, mais vous en répondez.

— Nous en répondons, dit Angèle.

Une fois encore Helmina sortit, tout le monde se taisait; en rentrant, elle dit aux deux femmes :

— Suivez-moi.

Elle les conduisit dans un petit cabinet attenant à la classe; Sophie y était assise, le regard perdu, les lèvres entr'ouvertes et violettes, le visage livide.

— Ah! madame, s'écria la mère Nicole, voilà qu'elle est mourante!

Angèle regardait sa sœur sans dire une parole.

— Je vous avais prévenues, dit froidement Mme Helmina.

Angèle prit la petite dans ses bras et, suivie de la mère Nicole, sortit de la maison, tandis que Mme Helmina rentrait dans le salon.

De Méria, moins habile que sa complice, ne pouvait dissimuler son inquiétude.

— Comment va l'enfant? demanda-t-il.

— Le voyage lui sera fatal, répondit Helmina.

Le silence se fit de nouveau, interrompu par le miaulement plaintif du chat réfugié dans le bosquet.

Mme Helmina, ne voulant pas laisser les parents sous une triste impression, fit venir l'institutrice et les enfants, à qui quelques tasses de café noir avaient donné momentanément un peu de vie; Blanche Marcel fit de la musique, quelques jeunes filles chantèrent de leurs voix alanguies; il y eut un goûter, et quand vint l'heure du départ, toutes les mères avaient oublié l'impresion du départ de Sophie.

De Méria, inquiet, autant qu'Helmina paraissait tranquille, s'approcha d'elle et lui demanda s'ils n'avaient rien à craindre de la petite Sophie. On eut dit qu'il rampait devant cette femme.

Elle le regarda sans rien dire, suivant sa coutume, ne voulant ni le prendre pour confident de son dernier crime, ni lui laisser croire qu'elle était au-dessous de lui.

Le chat continuait ses gémissements.

— Vous devriez, dit-elle, aller chasser cette bête, je n'y puis envoyer les domestiques.

A son tour de Méria ne répondit pas; il lui semblait, pour le moins, inutile qu'on le vit de ce côté.

— Vous connaissiez cette petite drôlesse de tantôt? demanda Helmina.

Le mot drôlesse parut étrange à de Méria dans la bouche de cette femme; il ne se souvenait plus qu'il était à son niveau.

— Qui n'a pas, dit-il, quelques mauvaises connaissances!

La mère Nicole et Angèle, ayant déposé la petite malade dans un fiacre, se firent conduire au passage l'Écuyer.

Le grand air fit sur Sophie une vive impression, alors il arriva tout le contraire de ce qu'avait prévu Mme Helmina.

Une crise violente saisit la petite, des vomissements terribles la délivrèrent du poison qui lui avait été administré.

La victime de l'infâme de Méria n'eût-elle pas été plus heureuse de s'endormir pour toujours.

Elle tomba dans le fossé des fortifications. (Page 549.)

LVII

LA PLAINE DE MONTSOURIS

Reposons-nous, ami lecteur, des crimes des saints, par les vertus des maudits.

Claire, en se précipitant de la voiture, n'alla pas loin; l'asile le plus sûr est toujours la gueule du loup : elle y resta donc.

Risquant cent fois sa vie, elle se laissa glisser dans le fossé des fortifications.

La vase amortit sa chute, elle avait jusqu'aux genoux une eau boueuse et sale, d'une froideur qui lui glaçait les os.

Mille autres, à sa place, eussent péri; les gens qui n'ont plus que du malheur à attendre ont ainsi la vie dure.

Claire marchait comme elle pouvait dans le fossé, pour s'éloigner le plus possible; il fallait laisser une seconde entre chaque pas pour ne pas faire clapoter l'eau.

Quand on se jette à l'impossible il est rare que l'audace ne soit pas couronnée de succès.

Ainsi avait fait Claire. Elle réussit.

Tandis que les recherches de Mme Helmina avaient lieu du côté de la porte d'Auteuil, Claire gagnait du terrain dans le fossé.

Vers deux heures du matin, elle était près de la route d'Orléans. Mais comment sortir seule du fossé? ce n'était plus l'impossible, c'était le miracle.

Partout s'était fait le silence; qui donc viendrait à son secours? et si on y venait, ne serait-ce pas pour la rendre à ses bourreaux!

Elle pensait à son oncle qui dormait paisible en ce moment; aux paysans du Val des Chênes; à sa vie passée aussi douce que celle de l'oiseau dans son nid. Elle se souvenait d'avoir eu peur une fois, pour passer seule dans un bosquet en plein jour.

Des cris traversaient de temps à autre le silence, tantôt le hurlement d'un chien ou la plainte d'un oiseau de nuit; tantôt l'appel désespéré d'un malheureux qu'on assassinait.

Des chants d'ivrognes; des mots de passe, de rondes.

Claire n'avait point à appeler à l'aide; les rondes l'eussent reconduite à Helmina; les ivrognes n'étaient qu'un nouveau danger.

Mais elle pensait qu'il valait mieux mourir là que d'être restée entre les mains de Mme de Saint-Stéphane, et vaillamment elle prenait son parti.

Une dernière espérance lui disait : qui sait si je ne reverrai pas le Val des Chênes!

Quel renversement de ses idées! cette Helmina, criminelle jusqu'à l'impossible, c'était une sainte personne.

Et la vision de la scène d'orgie repassant devant elle, Claire eut voulu entrer sous terre, afin de fuir l'horrible spectacle.

Un bruit de voix jeunes et joyeuses parvint à elle.

A en juger par le timbre indécis de ces voix c'étaient presque des enfants.

— J'entends remuer là-dedans, dit l'un d'eux s'approchant du fossé.

— Quelque chien, que son gredin de maître aura jeté à l'eau pour le remercier de ses services, dit un autre.

— Il faut le tirer de là.

— Oui, mais comment?

— Hé! le toutou! ici, Azor!

Ils projetèrent dans le fossé la lueur d'une lanterne sourde, que l'un d'eux tenait sous ses vêtements, et Claire vit, au-dessus d'elle, quatre jeunes têtes de douze à seize ans.

— Ce n'est pas un chien, c'est un homme!

— Non, c'est une femme! une jeune.

— Eh! la môme! Veux-tu qu'on te pêche à la ligne?

— Oui, dit effrontément Claire, toute rassurée en voyant des enfants; vite, mes amis, j'ai froid et je suis poursuivie, il faut que je me mette à l'abri.

— Mademoiselle est sortie sans dire bonsoir à papa?

— Je n'en ai plus, dit Claire.

— Allons, dit le plus vieux de la bande, qui est-ce qui va chercher une corde? il ne faut pas attendre.

Un des jeunes se détacha, et revint bientôt portant une énorme corde à puits.

Les autres, cachant la lanterne, attendaient à la crête du fossé.

Personne ne riait plus.

Claire, au-dessous, se demandait si elle était perdue ou sauvée.

— Allons, reprit la même voix, nouez cela autour de vous, mademoiselle, solidement surtout, vous pourriez vous tuer.

— On l'aura jeté là-dedans, pensaient-ils.

A eux quatre, tirant sur la corde qu'elle avait nouée sous ses bras, ils parvinrent à la hisser, mais ce fut, le visage et les mains en sang, le corps froissé sous la pression de la corde.

Le poids de son corps l'avait fait retomber bien des fois avant d'obtenir l'ascension définitive, par le rude et primitif moyen.

— Merci, mes amis, dit la jeune fille.

L'engourdissement la gagnait, elle avait quelque peine à ne pas tomber.

— Chez qui faut-il vous conduire? demanda l'aîné des enfants? Avez-vous des parents?

— Personne à Paris, dit Claire.

— C'est comme nous. Voulez-vous venir avec nous, vous vous y reposerez autant que vous voudrez.

— Oui, dit Claire.

— C'est bien loin, mais nous vous aiderons à marcher. Connaissez-vous le chemin des prêtres, entre Montsouris et Arcueil?

— Non.

— C'est encore loin, mais une fois là, aucun danger ne pourra vous atteindre; vous verrez!

— Merci, dit encore Claire, vous êtes bien bons, mes amis, mais allons vite.

Elle se trouvait presque, étant leur aînée, quelque autorité sur eux.

Elle essaya de marcher, ses forces la trahirent.

— Vous ne pourrez nous suivre, dit l'aîné, permettez-moi de vous porter.

Il ajouta :

— Vous pouvez vous fier à nous, autant que le pourrait notre sœur qui est morte : c'était l'aînée de nous tous, notre petite mère, elle aurait à peu près votre âge.

Il prit Claire dans ses bras aussi facilement qu'il eut fait d'un enfant; ces petits vagabonds étaient tout nerf.

— Diable! vous n'avez pas chaud, dit-il, heureusement vous changerez d'habits chez nous!

Ils pressaient le pas dans les chemins déserts cachant la lanterne.

Une heure après, vers le milieu de ce chemin creux et montant, qui conduit d'Arcueil à Montsouris, ils s'arrêtèrent, interrogeant les environs. Pas un bruit! le silence le plus profond.

Alors, dans un endroit du talus formé de pierres noircies par le temps, ils en cherchèrent plusieurs marquées d'un signe particulier, les déplacèrent et découvrirent ainsi un conduit souterrain, dans lequel ils s'engagèrent, après avoir replacé de l'intérieur les pierres dans le même état qu'elles étaient auparavant.

Ce conduit les mena à des souterrains spacieux, soutenus, çà et là, de forts piliers.

C'étaient les catacombes.

— Voilà chez nous! dit un des plus jeunes avec orgueil. Nous ne sommes pas mal logés, n'est-ce pas?

— Et surtout en sûreté, reprit l'aîné; cette partie des catacombes ne communique pas avec celle où on se promène, il y a deux sorties, celle-ci et une bien loin, dans les carrières de Clamart au milieu des bois, personne ne les connaît; c'est par celle de Clamart que nous avons tout découvert et nous l'avons murée.

— Mais, vous devez avoir besoin de vous reposer, nous allons vous conduire dans la chambre de Marthe.

— Marthe, dit le second, c'était notre sœur qui est morte.

— Elle est enterrée dans le grand cercueil de pierre, dit un des petits; il y en a beaucoup des cercueils dans la grande salle, avec un peu de poussière dedans; nous avons donné le plus grand à Marthe, c'est elle aussi qui avait la plus belle chambre, vous allez voir!

Ils conduisirent Claire dans un caveau où se trouvait un lit, une vieille table, et des planches chargées de livres; c'était aussi la chambre d'étude.

Les petits vagabonds étaient lettrés.

— Nous vous laissons seule, dit l'aîné, vous trouverez les vêtements de Marthe dans la malle, changez-vous, et nous reviendrons vous apporter de quoi vous réchauffer.

Ils la laissèrent seule avec une lampe posée sur la table.

Elle eut besoin de rappeler toute son énergie pour ôter ses vêtements mouillés, et soulever les planches qui fermaient la malle aux vêtements.

Cette malle était une longue boîte de pierre, plus large à une extrémité qu'à l'autre, un cercueil romain comme celui où ils avaient enseveli leur sœur.

Les enfants avaient décoré les murs de cette crypte avec des médailles trouvées dans les sépultures ou entre les mâchoires de quelques squelettes.

Un des jeunes vagabonds lui demandant de loin si sa toilette était terminée, sur sa réponse affirmative ils apportèrent une tasse pleine d'une boisson chaude

La tasse valait son prix, la boisson était loin de valoir de même, mais elle était chaude, les vêtements propres et la sécurité remirent un peu Claire.

— Lorsque vous serez bien reposée, dit un des enfants, nous vous montrerons notre salle de bains; un petit bras de la Bièvre la traverse, et nous avons établi un bassin au milieu... dans un cercueil encore.

« Nous sommes comme les Césars, nous avons nos thermes! »

Ces gamins avaient de la littérature, ce qui ne les empêchait pas de savoir meubler leurs appartements grâce aux sarcophages.

Certes ce bain d'eau vive de la Bièvre, dans un cercueil de pierre, valait bien la fameuse baignoire d'argent, et il y avait dans la pierre creuse qui servait de malle de quoi empiler bien des vestes parlementaires.

Le vieux lit fut recouvert d'un sac de hardes qui pouvait bien figurer un matelas; d'un vieux drap et d'une couverture en loques fort propres.

— Vous aurez chaud! dirent-ils.

Une fois seule, Claire se jeta sur le lit, et pour la première fois depuis bien des jours dormit d'un sommeil paisible.

La journée du lendemain était avancée quand elle s'éveilla.

Bien des fois, les enfants inquiets étaient venus regarder; sa respiration paisible les rassurait.

Ses premières paroles furent pour remercier ses sauveurs.

— Nous sommes trop heureux, dit l'aîné, de vous avoir rendu service, c'est la première fois que nous avons le bonheur d'offrir l'hospitalité à quelqu'un.

Ils étaient debout tous quatre, devant son lit; le plus âgé pouvait avoir seize ans, il était brun, maigre, la tête développée comme s'il eût eu vingt ans; le second lui ressemblait, tous deux avaient lutté déjà pour l'existence; les petits avaient sur le visage cette insouciance de l'enfant sûr du lendemain, et n'y pensant pas plus qu'à la veille. Les grands pensaient pour eux.

Claire ignorait ce qu'il avait fallu de courage à ces deux aînés sans père ni mère, pour se conserver honnêtes dans ce Paris si dur aux abandonnés.

— Ça vous étonne, n'est-ce pas, de nous voir demeurer là-dedans, dit le second.

— Pourquoi? dit Claire que rien n'étonnait plus.

— Mais, reprit l'aîné, parce que tout le monde habite le Paris des vivants, et que nous habitons celui des morts. Voici pourquoi :

« Il faut du travail pour payer un gîte et de la nourriture pour quatre; et ne trouve pas qui veut du travail! On ne peut pas non plus coucher dans la rue; la police vous arrêterait comme vagabond, il en reste une condamnation à vous jeter à la face pour toute la vie.

« Nous ne pouvions ma sœur et moi, nourrir et vêtir cinq personnes en gagnant de huit à dix sous par jour, alors nous avons dit: en attendant que les petits puissent aider un peu, nous ferons comme les rats, nous chercherons un trou sans rien demander à personne; et nous avons trouvé! le trou est réussi, n'est-ce pas!

« Il y a déjà cinq ans que nous y sommes, mes frères étaient petits, petits!

— Pauvres enfants !.dit Claire !

— Oh ! les petits n'ont pas trop souffert, allez ! il n'y a que ma sœur, mon frère cadet et moi.

« Voilà comment la chose s'est faite.

« Le père était armurier; nous avions une belle boutique; il ne travaillait plus, ayant eu le bras droit emporté à la guerre de Prusse, mais il vendait encore des armes.

« Pendant tout le temps de la Commune il n'est pas sorti, on ne se bat pas avec un bras.

« Tout d'un coup, les Versaillais entrent chez nous : c'était en mai 71, ils flairent les armes, et disent qu'elles sentent la poudre, que les fusils ont servi et que le père venait de se battre.

« Ils l'ont fusillé devant la porte : celui qui a donné le coup de grâce a vu alors que le père n'avait qu'un bras et qu'il n'avait pu se battre, il a dit aux autres : allons-nous-en, j'en ai assez. On est saoul de tuer.

« Moi, j'avais pris un fusil, je l'ai déchargé sur eux; les soldats voulaient me tuer, mais celui qui en avait assez les a emmenés, ils ont emporté les armes de la boutique. Nous n'avions plus rien.

« Les petits criaient dans un coin, la mère et ma sœur essayaient de ranimer le père, nous ne pouvions pas croire qu'il était mort; la maison était pleine de sang, les blessures du père coulaient comme des fontaines, je vois toujours ce sang devant mes yeux, il me semblait qu'il vivait, depuis ce jour-là j'ai désiré jeter mon sang au visage de ceux qui l'ont tué.

« Après, d'autres soldats sont encore venus, ils voulaient tuer la mère parce que son mari avait été fusillé; elle doit être complice, disaient-ils, et puis, un petit brun qui était avec eux, leur a dit : Vous voyez bien qu'on vous fait faire un métier de bourreaux, tas de brutes que vous êtes ! on se sert de vous comme des dogues qui rabattent les bœufs à l'abattoir. Les autres le menaçaient, mais il leur dit, venez-y donc, tas de chiens de bouchers, ils sont sortis, il avait l'accent du Midi, j'ai toujours désiré le revoir.

« Le lendemain, après qu'on eut porté le père à la fosse commune, la mère prit mes deux petits frères par la main, moi et André nous marchions devant avec Marthe.

« La pauvre Marthe, elle, vous ressemblait un peu; c'était une grande mince aux yeux noirs. Nous sommes partis dans un autre quartier. Ma mère a essayé bien des commerces, de la fripperie, d'abord; mais personne n'achetait chez nous, on savait que le père avait été fusillé; on disait que nous avions volé ces loques chez Foutriquet.

« Elle a essayé des pommes de terre frites : on disait qu'elles venaient des caves du Louvre !

« La mère est morte de misère et de chagrin, alors ma sœur Marthe et moi nous avons essayé de travailler, mais comme on était toujours sous l'impression de la peur depuis 71, on nous disait partout : allez chercher de l'ouvrage en Calédonie, petits pétroleurs ! Alors nous avons pris notre parti, nous ne pouvions plus payer notre loyer; nous ne voulions pas être arrêtés; nous avons cherché notre trou et nous avons été servis à souhait. »

Les jeunes écoutaient avec défiance leur aîné qui depuis longtemps déjà était le chef de la famille.

Il continua :

— Une fois logés, il n'y avait plus qu'à nous vêtir; les restes de la fripperie de la mère ont servi jusqu'ici; quant à la nourriture, nous pêchons dans la Bièvre; nous vendons même une partie du poisson, assez tranquillement grâce à une bonne femme de marchande de mouron, qui dit que nous vendons avec elle, parce que son commerce ne lui suffit pas, et à peine si de temps à autres elle accepte un petit poisson pour son chien.

« Si notre sœur Marthe n'était pas morte, nous aurions été heureux ici; mais nous ne pouvions nous habituer à ne plus la voir.

— Mais vous ne pouvez habiter toujours ici, dit Claire.

— Telle n'est pas notre intention, quand les petits seront en âge de travailler nous sortirons, mais ne croyez pas qu'ils manquent ici d'éducation, au moins !

Claire allait de surprise en surprise.

— Notre sœur Marthe, continua l'aîné, avait commencé ses études pour être institutrice, lorsque la mort de mon père commença nos malheurs, elle nous a instruits mon frère et moi, et à notre tour nous instruisons les plus jeunes comme nous pouvons.

« Quant à nous, de temps en temps, nous ajoutons quelques livres à la bibliothèque, et nous arrivons à savoir, à peu près, ce que savent les jeunes gens de notre âge. »

Ce jeune homme, cet enfant, parlait avec simplicité et agissait avec énergie; sur son large front pâli par la bise d'hiver, bruni par le soleil d'été, on lisait une résolution peu commune; ses grands yeux noirs, déjà sombres avaient des éclairs.

Entraînée par sa confiance, Claire raconta en termes si mesurés, que l'aîné seul pouvait comprendre, ses tristes aventures : Il lui semblait avoir une expérience plus grande que la sienne.

Il n'avait pas de peine, la pauvre Claire ayant été élevée au couvent.

— Que comptez-vous faire? demanda le petit vagabond.

— Retourner chez mon oncle le plus promptement possible, et tout lui dire, afin qu'il prévienne la justice.

— Votre oncle, *ma pauvre enfant* (ce petit se sentait vieux devant la naïveté de Claire), votre oncle ne vous croira pas; d'après ce que vous m'avez dit de son caractère, il est fervent catholique.

— Oui, dit Claire, il est prêtre.

— Ce n'est pas toujours une raison pour être croyant; mais enfin, votre oncle est convaincu

— Oui !

— Eh bien ! il n'hésitera pas entre le témoignage d'une jeune fille qu'il croira folle, et celui d'une sainte personne; votre oncle ne pourra vous croire.

— Mon oncle est juste et bon.

— Votre oncle, ma pauvre enfant, soutiendra contre vous, l'intérêt de l'Église. Ces gens que vous accusez font profession de sainteté ; ils doivent être couverts à cause du scandale.

Claire sentait que le petit vagabond connaissait mieux qu'elle la gent infaillible ; du haut de sa désillusion, il lui montrait la situation sous son véritable jour.

Pendant cette conversation, les plus jeunes avaient dressé le couvert sur une grosse pierre ; des poissons grillés en faisaient les frais.

Ces Robinsons des catacombes, avaient, en l'honneur de Claire, déployé tout un luxe de vieilles serviettes, reste de la boutique de leur mère, et de tasses romaines trouvées dans les cryptes.

Quoique la société fut pour eux une marâtre, ils avaient sauvé plus infortunée qu'eux encore.

On reprit la conversation abandonnée, les deux aînés, Philippe et André, les coudes appuyés sur leurs genoux, songeaient ; les deux petits, leurs cheveux effarouchés comme de jeunes alouettes, leurs joues rouges et gonflées, se tenaient graves comme des vieillards ; vêtus comme d'autres enfants, on les eut admirés ; sous leurs guenilles, personne n'y avait jamais fait attention.

Eux, les mioches, gâtés comme les plus riches, eux dont le nom n'existait encore qu'à l'état de caresse, Popol et Totor ; aimaient déjà beaucoup cette jeune fille, assise à la place de Marthe et vêtue d'une de ses robes.

— A votre place, dit Philippe, j'écrirais à l'oncle, mais je resterais ici en sécurité, vos ennemis sont trop puissants pour que vous espériez quelque chose.

Rassurez-le à votre sujet ; racontez lui tout ; mais dans cette affaire entre vous et des dévots, craignez de tomber, même aux mains de votre oncle.

Non, dit Claire, je ne veux pas douter ainsi de mon cher vieux oncle, qui est si bon pour moi. Ce serait l'offenser que de penser ainsi.

Afin de la distraire, les deux plus âgés lui firent parcourir des salles où ils avaient rangé les objets trouvés dans leurs fouilles, ils en faisaient parfois.

Un antiquaire eut regardé leur musée comme un trésor ; ils eussent pu vendre leurs trouvailles ; mais il aurait fallu pour cela livrer le secret de la retraite et ils en auraient encore besoin pour de longs jours.

Là pouvait s'écouler paisible l'enfance des deux petits ; là dormait du grand sommeil, leur sœur bien aimée ; ils montrèrent à Claire dans l'une des grandes salles la tombe de Berthe ; des bouquets de fleurs des champs s'y fanaient tous les étés.

Émue de l'affection et du respect qu'elle rencontrait chez ces abandonnés, Claire dit à Philippe : Dieu vous bénira pour le bien que vous me faites — Dieu, dit-il ! s'il existait, avec la toute-puissance qu'on lui prête, ce serait le plus abominable des malfaiteurs puisqu'il laisserait commettre tous les crimes, pouvant les empêcher.

Claire ne répondit pas, ses idées se renversaient.

Le lendemain, la fièvre qui la soutenait étant tout a fait tombée, Claire se trouva dans un état de faiblesse, tel que les enfants pouvaient à peine lui sou-

Deux hommes l'attendaient : Trompe-l'œil et Sansblair. (Page 538.)

lever la tête pour lui faire boire quelques gouttes de vin, elle leur adressait un coup d'œil reconnaissant et retombait dans le sommeil qui l'accablait.

Jamais mère ou sœur ne fut entourée de plus de soins et de respect, que la pauvre Claire dans la crypte, où veillait sur les mœurs des petits abandonnés la grande liberté, cette fière éducatrice des braves.

LVIII

VIEUX CAMARADES

Brodard perdait espoir de jamais retrouver ses filles ; chaque jour, sa balle sur le dos, après avoir parcouru quelques villages, il rentrait dans Paris soit par le passage l'Écuyer, soit par la rue de la Glacière. Mais, pas plus, que la marchande de mouron, il ne découvrait rien.

Personne ne pouvait leur indiquer les petites Brodard, personne ne les connaissait.

Lassé, il retournait à la rue de la Chance-Midi où l'attendait presque toujours le père Trompe-l'œil.

— Eh bien ! disait celui-ci, les affaires n'aboulent pas ?

— Non, répondait Brodard, et son air sombre prouvait qu'il disait la vérité ; de plus, la persistance de Trompe-l'œil l'impatientait.

Afin d'être moins dominé par cet homme, Brodard était parvenu à lui rendre déjà un peu sur l'argent de la vente. En vain Trompe-l'œil disait : plus tard, plus tard.

— Plus tard, n'est pas à nous, disait Brodard avec un accent marseillais qui faisait une véritable illusion avec celui de Lesorne et il fallait que Trompe-l'œil empochât presque toute la vente.

Le gain n'était pas fort pourtant, Brodard supportait de dures privations, car l'idée ne le quittait pas de s'enfuir avec ses enfants aussitôt qu'il les aurait retrouvées.

Un matin que Brodard passait à Saint-Ouen tout courbé sous la lourde balle et s'appuyant fort sur son bâton ferré, il s'approcha d'une troupe de paysans et leur offrit des marchandises.

A peine avait-il jeté les yeux sur le groupe qu'il pâlit, un vieillard, de son côté, l'ayant envisagé, s'écria : Brodard ! c'était un vieux déporté, les autres s'étaient écartés.

L'idée que ces choses-là lui arriveraient n'était pas venue au malheureux absorbé par la pensée de ses enfants.

Il balbutia, éperdu : Vous vous trompez, monsieur, je ne suis pas Brodard, mais Lesorne, colporteur de mon état : On s'assemblait autour d'eux.

— Lesorne ? Allons donc ! est-ce que tu deviens fou ; hein, vieux !

— Mais non, murmurait Brodard ; tenez, je ne m'affublerais pas de cela si je pouvais faire autrement, il tira son passe-port et le leur montra.

Le vieux déporté y jeta les yeux, il frissonna comme si on lui eut jeté de l'eau froide au visage ; il pensait ; le malheureux n'était pas sous son nom en Calédonie !

Tremblant, effaré, Brodard s'enfuit sans savoir où il allait : la terre manquait sous ses pas.

Par habitude, il prit le chemin de la rue de la Glacière.

Sourdement, comme quelqu'un qui rêve, il monta l'escalier.

La vieille avait déjà ouvert la porte ; elle le guettait.

— Vite ! cria-t-elle, arrivez, il y a du nouveau !

Brodard se tenait à la rampe : — du nouveau ! dit-il, les enfants sont mortes ?

— Eh non, au contraire, elles sont retrouvées ! elles avaient changé de nom.

Il ne pouvait plus monter.

— Quelle poule mouillée ! disait madame Grégoire. Eh oui ! on les a retrouvées, les petites Brodard !

« Allons, le voilà qui se trouve mal, maintenant. En effet Brodard, en entrant dans la chambre, était tombé évanoui.

« Voilà-t-il pas ! et c'est pas les siennes encore ? jour de Dieu ! qu'est-ce que ce serait ?

« Et on dit que ça vient du Bagne ! allons donc, ça n'est pas clair !

Le pauvre homme fut longtemps à se remettre, il était livide comme un cadavre, enfin la connaissance lui revint.

— C'est bête, dit-il, d'être ainsi.

— Voilà la chose, fit la vieille : je suis allée pour la dixième fois au moins au passage l'Écuyer — j'hésitais cette dernière fois, me disant : pour le sûr, elles ne sont pas là ! et puis je me décide, n'y comptant pas; tant il y a que c'est toujours ce qu'on n'attend pas qui arrive.

« Je m'adresse à une petite fille assise devant une porte, elle ressemblait à celles que j'avais vues avec Angèle. Je lui dis : est-ce que vous n'êtes pas une des petites Brodard ?

— Oui, madame, mais il ne faut pas le dire, parce que je serais grondée : nous nous appelons les petites Nicole maintenant. Elle me raconta ensuite que sa tante Nicole, était allée avec Angèle chercher Sophie, dans une maison où il y avait des petites filles malades, avec un grand jardin. Ne craignez rien, lui dis-je, je n'en parlerai pas, mais c'est pour quelqu'un qui viendra de la part de votre papa, dites-le à votre sœur Angèle.

La petite était toute joyeuse ; moi, je suis accourue ici avec Toto pour vous attendre : si vous n'étiez pas venu, nous allions jusqu'à la rue de la Chance-Midi, n'est-ce pas, mon bon chien ?

Toto remuait la queue en signe d'assentiment. — Venez vite ! disait Brodard — ne sentant plus de fatigue : ils causèrent en chemin, lui, calme, parce que le doute était venu, il croyait rêver, elle, émue, la pauvre vieille, comme elle ne l'avait point été depuis longtemps.

— Vous ne me ferez pas croire, disait-elle, que ces enfants-là ne vous sont rien ? allons donc ! ce n'est pas à moi qu'on en conte ! Enfin, qu'importe, vous allez les avoir vos enfants !

Brodard répondait en parlant d'autre chose, et dans son calme il divaguait.

Toto suivait, chiffonnant par-ci par-là.

Quand ils arrivèrent au pauvre logis de la porteuse de pain, Angèle et la mère Nicole venaient de rentrer; Sophie avait été déposée mourante sur le lit.

Brodard, fou de joie et de douleur, saisit ses enfants dans ses bras, il n'y eut plus moyen qu'il leur cachât rien, son cœur crevait.

Sophie avait paru se ranimer, en entendant les autres crier vers le père ; elle lui tendit les bras, mais la fièvre la saisit, elle jetait avec des cris des phrases entrecoupées, on y distinguait le nom de Rose.

Brodard eut voulu rester près de ses filles, la marchande de mouron qui était la forte tête, déclara qu'il ne devait rien changer à sa vie jusqu'au jour où il pourrait emmener ses enfants ; agir autrement, c'était attirer les regards ; chose dangereuse pour ces infortunés, coupables, d'être nés plébéiens, et condamnés pour cela à la vie de douleur.

Il fallut obéir. Brodard partit sans voir le médecin qui, appelé de suite, ne vint que le matin ; il trouva l'enfant fort mal, l'examina avec attention, et parut surpris en apprenant de quelle maison elle sortait.

Ses soupçons disparurent, le médecin laissa une ordonnance pour couper la fièvre qui ne diminua que vers le milieu du jour, Sophie parlait tant de Rose Mixlin qu'on jugea devoir le dire à la mère.

Angèle alla dès le matin chez cette pauvre femme, et la ramena.

En effet, ce nom de Rose, qui revenait avec des cris dans le délire de Sophie, avait quelque chose d'étrange, la mère Mixlin s'établit près d'elle, cherchant quelque indice révélateur — qui sait si la petite Sophie ne savait pas le terrible secret de l'enlèvement de Rose ? — On voit des choses si étranges, bientôt elle fut convaincue que Sophie avait vu sa fille et, d'après les défiances d'Angèle pour le comte de Méria elle en arriva à se former une conviction, c'est ce qui motiva une lettre d'elle à Mlle X..., jetée au panier comme les autres. Cependant il pensa cette fois que l'affaire pourrait devenir compromettante pour lui et comme Davys-Roth il prit la résolution d'abandonner cette aimable dame pour laquelle cependant il avait une faiblesse toute particulière.

La maison de Mme de Saint-Stéphane était sa rue Duphot, d'autres, du même métier en font autant avec la même désinvolture.

Brodard arriva tard à la rue de la Chance-Midi, il marchait en songeant aux événements de la journée.

Tout tenait bien peu de place devant sa réunion avec ses enfants, décidément la chance avait tourné.

Bien sûr, Sophie se rétablirait ; il ne pouvait en être autrement maintenant.

Tandis qu'il songeait ainsi, se faisant illusion sur le danger que courait la petite (car on ne lui avait rien raconté), n'avait-il pas assez souffert. En passant sous un reverbère devant une petite crémerie, un homme à la grande barbe blanche, vêtu d'une blouse de toile et d'un pantalon pareil tout reprisé, et qui avait l'air de rire à la nuit et à l'hiver, comme l'homme riait à la faim et à bien d'autres choses, l'appela tout à coup : Brodard ! — Eh Brodard ? — il tourna la tête, c'était un déporté, un vieux de juin 48, rentré avec l'autre, par le dernier bateau et qui l'avait reconnu.

Brodard prit la fuite.

Qu'aurait-il pu dire à ses camarades ?

En arrivant rue de la Chance-Midi, deux hommes l'attendaient malgré l'heure avancée :

Trompe-l'œil et Sansblair.

Brodard reconnut le monstre de la brasserie.

— Voilà, dit Trompe-l'œil, un ancien qui te cherche depuis longtemps

Brodard s'assit près d'eux, fort perplexe du personnage qu'il allait avoir à jouer.

Il pressentait une des *affaires* dont lui parlait toujours Trompe-l'œil.

— Tant mieux, pensait-il, j'aurai enfin une certitude.

Il aurait dû l'avoir depuis longtemps! mais Brodard était lent à comprendre ces choses-là.

— Voilà trois jours que je te cherche, dit Sansblair.

— Ah! fit Brodard.

— Comme tu dis ça! Monsieur est devenu fier!

— Le bagne, dit Brodard, ça rend drôle! faut pas faire attention!

— Est ce que tu *rechignes à la butte* (tu crains l'échafaud)?

— Non, dit Brodard.

— La *feuille de chou* (bonnet vert) t'a enrhumé, hein!

— Non!

— Qu'est-ce que tu as à craindre du reste?

— Rien!

Cette manière de répondre étonnait Sansblair et Trompe-l'œil.

— T'as eu de la chance d'en défourailler!

— Oui.

— As-tu fini de répondre par demi-mots.

— Allons, ne vous fâchez pas, expliquez-moi ce que vous voulez.

— Monsieur nous donne audience! *pu* que ça de genre! on voit bien que t'as émargé dans les fonds de l'État. Mince! — quand on vient de ses terres, et qu'on va peut-être y retourner, monsieur le comte du grand pré!

Parlant de ce ton goguenard, Sansblair tira de sa poche un paquet de journaux tout gras, le dernier neuf.

Alors, devant Brodard étonné, il commença à lire les articles relatifs au cadavre trouvé dans une carrière des environs de Paris.

D'abord la découverte du corps, celle du bâton de colporteur, avec un cuir pour l'attacher au poignet; comment ce bâton, auquel adhéraient encore des cheveux blancs, avait été reconnu par le patron d'une crémerie pour l'avoir vu entre les mains d'un homme de forte apparence, accompagné d'un petit vieillard.

Tous deux avaient pris du café noir, c'était le vieux qui payait; il paraissait avoir une bourse bien garnie.

A force de retourner le bâton, on a découvert que la pomme se dévisse; il y avait dans cette pomme un vieux papier sur lequel on a pu déchiffrer :

Maison Nigel, rue Montmartre, 182, reçu de Mat... mois... la somme de cent francs pour marchandises.

Nigel a disparu, mais on le trouve encore, après la tasse de la crémerie, attablé avec un autre individu, chez un marchand de vin de la rue du Temple.

D'abord impassible, Brodard finit par comprendre que le crime dont il s'agissait avait été commis par Lesorne, et que lui, Brodard, était Lesorne pour tout
le monde.

Jetant les yeux sur son bâton, il vit que la pesanteur de la pomme était cal-
culée pour les cas où Lesorne avait besoin d'un assommoir.

— Il est très fort, se disaient les deux hommes, mais il n'a pu retenir son
regard.

— Hein ! dit Sansblair en remettant les journaux dans sa poche ; qu'est-ce que
tu dis de ça !

Brodard s'était rendu compte des vieilles connaissances qui se révélaient à
lui ; du genre de travail qu'ils attendaient de leur ancien compagnon, et de ce
qui pouvait bien lui arriver sous ce nom de Lesorne.

Il sentait de petits frissons courir dans son dos et dans la racine de ses cheveux, mais il fallait gagner du temps pour fuir avec ses enfants. Pour eux il eut
soulevé le monde.

Pauvre Brodard !

— Ce n'est pas tout ça ! dit Sansblair, je t'apporte des affaires qui te donneront à *briffer* (manger) pour longtemps.

La lampe à sec ne donnait plus qu'une lumière incertaine, et dans cette demi-
obscurité le visage dépareillé de Trompe-l'œil et la tête immonde de Sansblair
paraissaient de monstrueuses visions.

Brodard commençait à se croire le jouet d'un rêve, il ne vivait plus tout à fait
en lui, éprouvant ensuite l'angoisse de celui qu'obsède le cauchemar ou l'anxiété
du lecteur empoigné par quelque situation terrible.

Comment lui, homme paisible s'il en fût, s'était-il trouvé ainsi jeté aux évé-
ments?

Toute sa vie, depuis quelques années, lui revenait comme une vision. Que de
choses diverses ! la haute mer battant furieuse les flancs des navires, les montagnes arides de la Nouvelle-Calédonie avec leurs gorges profondes ; leurs ravins,
qui dans la saison des pluies versent des torrents, et dans la saison chaude mon-
trent les rouges entrailles des monts aurifères.

Les cyclones, frappant leurs ailes sur la mer dont les griffes d'écume semblent
mordre les nuages.

La neige grise des sauterelles ; toute la misére de là-bas ; les déportés, privés
de pain par Alayrion ; ceux de l'île Nou affamés, dévorant les *cigares* des paletu-
viers (pousses roulées).

Tout ce qui était survenu dans sa pauvre vie jusqu'à sa sortie presque miraculeuse de Toulon (dont il commençait à savoir moins de gré à Lesorne), les horribles faces de Sansblair et de son compagnon, comme autrefois dans son cachot
le songe se dressait devant lui, rapide et poignant.

Heureusement pour Brodard, l'idée que l'histoire de Martin Guerre pût avoir
une seconde édition, et que Lesorne fût en ce moment à Toulon, ne pouva't venir
aux deux misérables. Les manières de Brodard les remplissaient d'étonnement,
mais on change tant ! surtout après bon nombre d'années de bagne.

Sansblair continua :

— Tu n'as sans doute pas oublié tes anciens talents

— Non, dit Brodard.

Cette réserve leur en imposait, les bandits et les juges ont peur de ceux qui gardent le silence.

Sansblair continua sans nouvelles réflexions :

— Voilà, il y a deux affaires ; la première, c'est de retrouver une jeune fille (*aliénée ou non*) qui passait pour telle enfin ; elle s'est échappée d'une voiture à la porte d'Auteuil ; il faut la reconduire à la maison de convalescence de Mme Helmina de Saint-Stéphane. Ceci est complètement humanitaire! il n'y a à en recueillir que du mérite et de l'argent.

« L'autre affaire est plus scabreuse, dame! il faut bien gagner son argent! nous en parlerons plus tard.

— Pourquoi pas tout de suite? dit Brodard qui voulait se rendre compte.

— Hein! dit Trompe-l'œil, est-il *briffard* (mangeur), ce Lesorne! mais c'est pas pour dire, vieux, il est temps, si tu ne veux pas que nous *fassions balle* (que nous mourrions de faim).

— Voilà, dit Sansblair, il y a une *cafaresse* (dévote) qui ne l'a pas toujours été même que nous étions bien ensemble autrefois, suffit! (La belle a oublié) ce monstre se redressait) tandis que nous (*paumons la galette*) (que nous mourons de faim), elle donne par neuf millions aux ratichons. C'était bon quand de Méria, un de mes amis, un comte, avait sa part au gâteau, mais elle vient de le sevrer, il faudrait donc, sans casser la dame, aller chercher de la braise pour mon copain, qui n'est plus le dispensateur des bienfaits de la susdite caffaresse.

« Ce n'est pas bien difficile! elle a quitté le couvent pour une maison de campagne qu'elle habite presque seule, un regain de liberté, quoi!

« J'ai arrangé un plan où il ne faut être que deux, et on est sûr d'avoir sa *mouille* pour longtemps.

« Te sachant de retour je suis venu te trouver, tu sais que je ne collabore pas avec tout le monde!

— Merci, dit Brodard!

— Comme ton accent s'est adouci! tu n'en as plus, on dirait un Parisien.

— Ça me gênait, répondit Brodard.

— Il est admirable, mon bon! s'écria Trompe-l'œil, ce gaillard-là se déferait de sa tête si elle le gênait!

— Ça pourra bien venir, dit Brodard ; il ajouta : qui est-ce qui paye pour retrouver la jeune fille?

— Des amis à moi, dit Sansblair avec fierté. Madame la marquise de Saint-Stéphane et M. le comte de Méria.

— Et pour l'expédition chez la dame?

— Le comte de Méria seul, j'en réponds, c'est un de mes intimes.

— C'est chose convenue, dit Brodard, je vais commencer les recherches de suite ; quant à l'autre affaire, fixons quinze jours, pas un de plus, pas un de moins.

— Dans quinze jours, se disait-il, je serai loin! quant à la jeune fille, si elle n'a que moi pour courir après elle, on ne l'aura pas de sitôt.

Il se leva pour gagner sa chambre, le petit vieux l'arrêta.

— Est-il devenu fier, ce diable-là! pour le sûr il a un pactole quelque part. Est-ce qu'on quitte ainsi les frangins?

Brodard revint, il fallait payer d'audace jusqu'au bout.

Trompe-l'œil ouvrit un placard, prit un flacon antique, trois coupes de cristal, et posa le tout sur la table.

Le flacon et les verres étaient d'un grand prix, si le vieux eût osé les mettre en vente il en eût tiré bon parti.

— Hein! connais-tu ça, Lesorne!

— Oui! dit Brodard.

Ils trinquèrent, et Brodard monta dans sa chambre.

Il ouvrit la fenêtre pour respirer. Sa pensée fatiguée comme son corps, avait besoin de repos.

— Il faudra bien en sortir, se dit-il; ayant aspiré quelques bouffées d'air, il se jeta sur son lit où il s'endormit profondément.

Lesorne et Sansblair causaient, achevant la liqueur du carafon dans les coupes de cristal.

La lampe ranimée jetait des lueurs sur l'horrible visage de Sansblair et sur le masque jaunâtre de Trompe-l'œil.

— Lesorne a acheté une conduite à Toulon! dit Sansblair.

— Il est devenu diablement fort plutôt!

Trompe-l'œil avait un faible pour Lesorne.

— Ou bien, dit Sansblair, comme vous le disiez tout à l'heure en riant, Lesorne a un pactole. Quand on a de la braise, on ne s'inquiète pas du feu des autres.

La liqueur était délicieuse et formait autour des coupes une fine mousse de rubis; on eût dit des récifs vermeils, le feu donnait une douce chaleur, ils se trouvaient bien; leurs idées devinrent moins agressives. Sous l'influence du bien-être le mal eut un sommeil momentané chez ces êtres avilis.

Ils échangèrent quelques paroles.

— C'est drôle, disait Sansblair, comme Lesorne d'aujourd'hui est différent de Lesorne d'autrefois!

— Mais rien n'est plus différent que moi aujourd'hui et moi dans ma jeunesse. Au temps où je m'appelais Gabriel! car je me suis appelé Gabriel! j'avais de grands yeux rêveurs et des cheveux blonds bouclés, j'en ai de beaux restes aujour. d'hui, hein?

Il continua tandis que l'autre tirait de sa pipe des bouffées de fumée, écoutant à demi.

— Ma pauvre diablesse de mère, qui était veuve, n'avait pas le moyen de me faire donner des leçons de musique, c'était là ma rage, la musique; je chantais, je chantais sans fin, à l'école, aux prix, à l'église, c'était à qui viendrait m'entendre.

« Je me souviens que les mères prenaient leurs enfants dans leurs bras pour leur faire voir le petit Gabriel.

Les enfants n'avaient point dérangé ces ossements, représentant un drame lugubre. (Page 557.)

« J'étais heureux ! il me semblait que je m'envolais bien haut, ma voix m'emportait ; il y avait quelque chose en moi qui battait des ailes, quelquefois je les sentais frapper la voûte.

« Ma pauvre mère pleurait... et dire que je suis... ce que je suis aujourd'hui. »

Sansblair avait la liqueur tendre, celle du petit flacon rajeunissait ses souvenirs.

Au dehors, les traînards de l'armée des chiffonniers rentraient avec une dernière illumination de petites lanternes.

Trompe-l'œil, allongeant ses pieds dans la cheminée, sommeillait à demi; Sansblair continuait, parlant par phrases entrecoupées, comme les choses lui revenaient.

— Un beau jour, un petit vieux se mit en tête de m'apprendre le violon; je ne le quittais pas ce vieux, j'aimais le bonhomme, qui me donnait la pâtée musicale comme un animal aime celui qui le nourrit.

« Mais le vieux mourut, il avait quatre-vingts ans! J'étais déjà un peu fort, il me laissa son violon; j'avais douze ans. Qui donc lui donnera des leçons? disait ma mère. J'aurais pu travailler seul, tant je sentais cette langue-là, mais un *bon frère* dit à ma mère : je me charge d'en faire un grand musicien! comme elle le remerciait, la pauvre femme !

« Il était bien laid le bon frère! il n'avait plus de cheveux, plus de sourcils, plus de dents! la figure couturée; j'en avais peur.

« Ah! il m'en a donné de belles leçons de musique! il aimait la jeunesse celui-là.

« C'est lui, pourtant, qui est cause de ce que je suis... la mère en est morte de chagrin! »

Un éclat de rire de Trompe-l'œil l'interrompit.

— Confession générale, mon cher! Et c'est sur le violon du vieux que tu joues aux fêtes de ton ami de Méria?

— Le violon du vieux, dit Sansblair, je l'ai brûlé le soir de l'affaire avec Lesorne dans la carrière.

Il était devenu sombre.

— Qui est-ce qui a frappé l'homme? dit Trompe-l'œil.

— C'est Lesorne, il avait sa signature, le crâne vidé comme une noix.

— Et toi, qu'as-tu fait?

— Je l'ai accompagné, en cas de difficulté, il n'y a pas eu besoin de moi; l'homme est tombé comme une masse, seulement, pour aller chercher ses malles et les amener, j'ai fait ma part.

— Ç'a été ma seconde affaire avec Lesorne, dit Trompe-l'œil; la première, c'était moi qui lui avais vendu des marchandises pour sa balle, je m'appelais alors Nigel, j'avais ma maison rue Montmartre, 182.

« Comme les marchandises provenaient... de toutes sortes... d'*occasions* il avait gardé mon reçu de deux cents balles à son nom Mathieu Massis — c'est celui qu'on a trouvé dans le bâton.

— Connu, vieux! j'avais compris, mais comme cela ne compromet que Lesorne, je suis sans inquiétude.

Puis, passant à un autre ordre d'idées, le bandit, dominant son émotion passagère, dit :

— A propos, je me passe la fantaisie d'être amoureux, sais-tu?

— Et quelle est l'*heureuse* créature? il appuya malignement sur ce mot?

— Une belle fille, qui ne peut pas me supporter, mais qui m'adorera quand je serai cousu d'or.

La conversation languissait, la vieille liqueur du flacon, après avoir donné sur les nerfs à Sansblair et l'avoir attendri, leur alourdissait également le cerveau.

Ils s'endormirent, l'un qui de victime était devenu bourreau, l'autre, qui depuis son enfance s'embusquait pour dépouiller la proie, étaient-ils les vrais coupables?

Non? quand il y a de la glu, l'oiseau s'y prend les pattes — la glu des mauvaises institutions les avait pris. Tout le monde n'est pas assez fort pour rester honnête malgré une société corruptrice.

LIX

ARRESTATION

Dans les catacombes, Claire, un peu remise de ses terribles épreuves, était assise avec ses jeunes compagnons, près de la pierre qui servait de table.

Quelques poissons, grillés sur des charbons, étaient devant eux dans des fragments de poteries; de l'eau pure de la source, dans des tasses romaines, faisaient les frais du festin.

La société n'avait pu corrompre ces orphelins parce qu'elle les avait repoussés, ni cette jeune fille parce que son cœur était bon, son intelligence droite; elle devait les torturer.

Dans la crypte ignorée des charités corruptrices et des cruautés brutales, se développaient, larges et pures, les aptitudes diverses des jeunes abandonnés.

L'aîné, Philippe, était réellement le fils des bardes, souvent des strophes sauvages s'échappaient de son cœur, et quand il les disait sur quelque rythme étrange, ses yeux lançaient des flammes ou s'emplissaient de larmes.

Le vent, le bruit monotone de l'eau, lui faisaient des accompagnements tels qu'aux temps primitifs ou aux époques d'apothéose de l'art.

Le second, André, avait l'étoffe d'un peintre.

Que deviendraient ces riches dons de la nature dans la vie misérable où ils allaient être jetés?

Les deux petits essayaient tout, en jouant, et eussent pu devenir des hommes remarquables : les malheureux n'ont pas le moyen de cela.

Allez-vous-en donc aux écoles gratuites quand vous êtes des vagabonds? la préfecture vous aurait bientôt logés pour jusqu'à vingt et un ans, ailleurs que dans les classes.

Claire causait, de son départ, avec les deux aînés; comment arriver chez son oncle, sans être arrêtée par ceux qui la cherchaient? pourtant, elle ne pouvait laisser le vieillard plus longtemps, il lui semblait aussi que chaque instant qui s'écoulerait, avant que son oncle (elle n'en doutait pas) entreprît la délivrance des jeunes filles, était un crime pour elle.

Le voyage devait être fait à pied, ni Claire ni ses amis n'ayant d'argent, ses vêtements, qui auraient servi à la faire reconnaître, seraient remplacés par ceux de Marthe.

Il fallait accepter encore le dévouement de Philippe, qui offrit d'accompagner Claire dans son voyage; décrochant une vieille guitare il dit à la jeune fille :

— Vous êtes musicienne, je vous accompagnerai, nous arriverons au Val des Chênes à pied, chantant de village en village.

— Comme mon oncle sera heureux de vous voir! disait Claire, comme il vous sera reconnaissant de m'avoir sauvée !

— Votre oncle, ma pauvre *demoiselle*, il devenait de plus en plus respectueux avec Claire, à mesure qu'elle se confiait davantage à lui; votre oncle, je serai bien heureux s'il ne me fait pas arrêter au lieu de me mettre tout simplement à la porte.

— Mais, disait Claire presque ébranlée, il vaudrait mieux que j'allasse prévenir la justice.

— Dans ce cas-là, dit avec amertume le jeune vagabond, vous trouverez des magistrats, mais vous ne trouverez pas la justice.

— Que faire donc?

— Le plus sage pour vous, dans la situation où vous vous trouvez, ayant des ennemis aussi puissants, serait de fuir à l'étranger et, de là, publier toute votre histoire, afin que la presse la reproduisant, la rumeur publique s'en empare, ce serait le plus sage.

— Qu'importe, dit Claire, il est de mon devoir de prévenir mon oncle avant, j'ai confiance en lui.

On changea de conversation, ce sujet étant pénible pour Claire.

Philippe raconta qu'il avait voulu amener dans leur retraite un pauvre petit abandonné, qui pleurait tout seul à Montparnasse sur la fosse commune. Un gardien de la paix, plus leste, et surtout plus autorisé que lui, emmena l'enfant. Pourtant, ils auraient bien voulu l'avoir, ce pauvre petit rat, il aurait égayé la *maison*, il était si joli, avec ses grands yeux noirs sous ses cheveux incultes; mais la loi était là, pour donner raison au gardien, qui le prenait pour le dépôt et les enfants assistés, — lui, Philippe l'aurait élevé, il en eut fait un homme, — il fallut en revenir au projet de départ.

On convint de ne pas traverser Paris, c'était un grand danger évité.

Les petits, prétendaient que cinq malheureux ne sont pas plus remarqués que deux, ils eussent voulu être de la partie.

Mais la froide raison le défendait.

Le plan était des plus simples : sortir des catacombes par la carrière des bois de Clamart, aller de Clamart à Melun, où Philippe avait une tante presque aussi pauvre que les orphelins, mais qui les adresserait à d'autres parents à Troyes; ceux-ci sauraient à qui les recommander afin qu'ils ne fussent point inquiétés.

Claire était impatiente, il fallut fixer le départ pour la nuit même.

Le soir venu, Philippe embrassa tendrement les petits, puis, comme un père parle à son fils aîné, il prit à part André, et lui dit :

— Te voilà chef de la famille, je compte sur toi comme sur moi-même !

— Et tu peux y compter, dit simplement André ; ils s'embrassèrent.

Claire se sépara des trois enfants avec autant de serrement de cœur que s'ils eussent été ses frères, et confiante au dévouement de Philippe, elle s'engagea avec lui dans le couloir.

Par endroits, ce couloir était étroit, par d'autres, si effondré qu'il y fallait ramper, après, on débouchait dans des salles spacieuses.

Philippe portait la lanterne sourde, sans laquelle ils eussent été perdus ; il reconnaissait les issues que lui-même avait marquées.

Cet enfant était un homme intelligent et énergique.

Dans l'une des salles, étaient trois squelettes encore couverts de lambeaux de vêtements, des explorateurs et leur guide, sans doute. Deux avaient de riches habits ; l'humidité avait respecté les larges revers d'une étoffe moitié bois moitié or, comme en portèrent quelques élégants ; un peu avant la révolution de 89, Louis XVI avait eu le même vêtement venant des îles. Le guide, couvert d'une blouse de laine, était mort en cherchant sur le sol la lanterne qu'il avait perdue ; combien de jours la chercha-t-il ?

Or, la lanterne était à trois pas de lui, l'ouverture qu'elle lui eut fait connaître, était plus près encore.

Il était courbé vers la terre, le squelette avait pris son aplomb ainsi.

Les enfants n'avaient point dérangé ces ossements, représentant un drame lugubre.

La curieuse Claire eut l'idée de fouiller dans la poche d'un des squelettes, vêtus en merveilleux ; un papier moisi y était resté, on y pouvait lire encore :

« Mon cher Anatole,

« Je t'attends ce soir à six heures, pour le spectacle ; on joue Hermione. Sois exact, je n'aime pas à attendre. »

Le reste était effacé, à part la signature : Marguerite.

Elle avait attendu longtemps, Mme Marguerite.

Claire remit la lettre dans la poche du squelette et s'enfonça avec Philippe dans les conduits souterrains.

Ils parlaient, ces deux enfants, avec la désillusion de ceux qui ont de bonne heure les leçons de choses de la destinée.

La route fut longue ; ils ne sortirent dans les bois de Clamart que vers une heure du matin, par un temps clair ; les murs blancs du fort d'Issy se dressaient à l'horizon, plus blancs encore sous les rayons lunaires. La forêt avait un aspect féerique.

Ils longèrent le cimetière, la gare, et par le chemin creux où, en 1871, tant d'obus tombèrent sur les haies en fleurs, ils descendirent au village d'Issy, à peu près devant le séminaire.

Là, des murs à n'en plus finir ! après le séminaire, un autre mur, celui d'un grand parc, appartenant, je crois, au collège.

Dans le silence profond, s'élevait, comme un clairon, la voix d'un coq.

Un réverbère éclaira, de sa lueur douteuse, les deux voyageurs, Claire avec sa robe de laine brune, un peu courte, son fichu croisé derrière le dos, sa petite capeline de tricot, avait vraiment l'air d'être la sœur du jeune artiste ambulant qui, sa guitare suspendue au cou par un ruban, sa blouse grise un peu passée par le soleil, marchait près d'elle; le hasard avait voulu qu'il y eût entre eux, non pas la parfaite ressemblance qui existait entre Lesorne et Brodard, mais la même couleur de cheveux, et les yeux également noirs, le visage ouvert, encore naïf chez Claire, déjà sombre chez Philippe, avait presque la même coupe.

Ce qui les rassurait surtout, c'est que Philippe avait quelques papiers constatant leur identité : son acte de naissance et celui de sa sœur Marthe, qui eût été, comme Claire, un peu plus âgée que lui.

Ils espéraient gagner la grande route blanche qui se dessinait sous le clair de lune, et, par les ramifications les moins dangereuses, aller vers Melun. Paris évité, c'était déjà un grand péril, le plus grand peut-être dont ils étaient sauvés.

Malheureusement, l'événement auquel ils s'attendaient le moins vint leur barrer le passage.

Il y a souvent, dans Paris ou les environs, quelquefois dans les rues, quelquefois sur les toits, des chasses à l'homme; à des nuées d'agents se joignent des nuées de particuliers, on ne sait pas pourquoi l'homme est poursuivi, qu'importe! la meute s'organise et force le vagabond, le poursuivi quel qu'il soit.

Ce fut une chasse semblable qui emplit tout à coup la rue, barrant le passage à Claire et à Philippe.

Cette fois le gibier abondait, on rabattait trois hommes. Un d'eux, à bout de forces, tomba, tandis que toute la chasse se ruait sur lui, les autres essayèrent de fuir, la meute se divisa, renversant tout sur son passage, tandis que l'homme demi-assommé était ligoté.

Au même instant la porte d'une maison s'ouvrit, encadrant, à la lueur fumeuse d'une lampe, une grosse face toute en joues, percée de deux petits yeux curieux.

Philippe et Claire, ne pouvant fuir parce que c'était se dénoncer aux poursuites, se rangèrent dans la porte ouverte.

— Eh bien, les enfants, dit le bourgeois à la face de pleine lune, entrez donc!

Philippe prit la parole sans la moindre émotion qui pût paraître suspecte.

— Ce n'est pas de refus, monsieur, car tout ce monde nous a barré le passage.

— Vous êtes des chanteurs ambulants? dit le bourgeois.

— Oui, et nous faisons notre tour de France, ma sœur et moi.

— Asseyez-vous, dit-il d'un air de plus en plus paterne, attendez qu'on soit passé.

Il appela un domestique et lui parla à voix basse. Puis, se tournant vers les jeunes voyageurs, il ajouta :

— J'envoie chercher un peu de vin pour vous faire attendre patiemment, j'aime beaucoup la musique, vous m'en ferez ensuite.

— Quand vous voudrez.

Le garçon étant longtemps à revenir, Claire proposa à Philippe de chanter en attendant.

Elle commençait, la rieuse enfant, à s'amuser de la situation.

Il y a certaines chansons avec lesquelles des générations entières sont bercées ; celles-là étaient communes à Philippe et à Claire, ils choisirent une des plus jolies :

> « Voltigez, hirondelles
> « Au faîte des tourelles,
> « Sans effroi.
> « Etc. »

Leurs voix étaient belles et Philippe accompagnait bien ; le bourgeois, charmé, allongeait ses jambes en appuyant sa tête au mur, ce qui faisait mieux ressortir les deux moitiés de pêche de son visage.

Le garçon, qui apportait du vin et des verres, fit à son maître un signe qui déplut à Philippe. Pourquoi ? il n'en savait rien.

Le bourgeois fit approcher les enfants, versa du vin dans trois verres, prit une assiette de gâteaux, sur des planches où l'on voyait encore quelques pains de la veille, c'était une boulangerie, et tout en les invitant avec le plus gracieux sourire de son imperceptible bouche, il recommença la conversation par quelques compliments.

— Vous m'avez vraiment fait plaisir ! il ne doit pas vous être difficile de gagner de l'argent, vous chantez comme des rossignols. D'où venez-vous en ce moment ?

— Un peu de partout, dit Philippe qui se chargeait des réponses difficiles.

— Et vous allez ?

— De même, un peu partout, puisque nous faisons notre tour de France ?

Le bourgeois regardait la porte comme s'il attendait quelqu'un, le domestique, de son côté, regardait son maître.

— Vous avez des papiers, sans doute, dit le bourgeois.

— Oui, certainement, répondit Philippe.

Claire grignotait un gâteau, trempant à peine ses lèvres dans le verre ; le malaga de Mme de Saint-Stéphane l'avait à jamais dégoûtée du vin.

Le bourgeois interrogeait toujours la porte. Le bruit de la rue, pareil à un bourdonnement d'abeilles qui rentrent dans la ruche, allait s'affaiblissant.

— Tout à coup, par deux issues à la fois, une douzaine d'agents firent irruption.

— Voilà, dit le bourgeois en montrant les jeunes gens, deux chanteurs des rues qui se trouvaient sans doute avec ceux que vous cherchiez, car on ne pouvait se rencontrer plus à propos.

« Je vous ai envoyés chercher afin de vous les remettre entre les mains.

— Vos papiers ? dit celui qui paraissait le chef à Philippe.

Il tira le portefeuille contenant son acte de naissance et celui de sa sœur Marthe.

— Ceci ne prouve rien, dit l'agent.

— On ne nous en a jamais demandé davantage, répondit Philippe.

— Vos parents?

— Nous sommes orphelins.

— Votre profession?

— Chanteurs des rues.

— Votre domicile?

— Tantôt une ville, tantôt l'autre; nous voyageons.

— Où alliez-vous ce soir?

— Nous venions à Issy où nous sommes, mais, arrivant trop tard, nous ne pouvions demander une auberge.

— D'où veniez-vous?

— De Paris.

— Y étiez-vous depuis longtemps?

— Non, nous l'avons traversé seulement.

— Où avez-vous été avant Paris?

— Un peu au hasard, quelquefois nous savons à peine le nom des villes!

— C'est bon! dit l'agent, vous vous expliquerez mieux à la préfecture.

Ils furent entourés; Philippe faisant résistance se plaçait devant Claire pour la protéger et essayer de l'entraîner au dehors; la guitare fut brisée et foulée aux pieds dans la lutte.

Force resta à la loi, comme on dit. Il le fallait bien puisqu'elle était représentée par une douzaine d'hommes contre un jeune garçon et une femme.

LX

ENTRE VAGABONDS

Il y avait, au moment où Claire et Philippe arrivèrent à la préfecture, un tel émoi, que les employés ne savaient où donner de la tête. La jeune fille fut poussée dans le tas des hommes.

C'était sur le matin; les paillasses étant déjà rangées, elle s'assit par terre, dans un coin, entre Philippe et l'un des vagabonds amenés avec eux : un grand vieux à barbe blanche, si maigre qu'on voyait le jeu de ses muscles; ses mâchoires, carrées et puissantes, se dessinaient sous la peau; ses grands bras décharnés avaient des étirements de lassitude; il se jeta, plutôt qu'il ne s'étendit, à terre, en poussant un soupir de soulagement.

Des frissons parcouraient ses membres, comme ceux des vieux chevaux qui, une fois tombés, ne peuvent plus se relever.

Devant Claire vint se blottir, comme un animal familier, un petit garçon de sept à huit ans, tout grelottant : il ramenait sur sa poitrine de chat un lambeau de vêtement ; cet enfant avait l'air si vieux qu'on le prenait pour un nain; quelle rude expérience de la vie avait déjà ce petit être!

Annah Demigoff et Claire travaillaient pour Angèle. (Page 567.)

Il s'arrangeait là, tout naturellement, comme chez lui ; ce n'était pas la première fois.

L'entrée de Claire ne fit pas sensation. A peine si deux ou trois dirent :

— Tiens' ce môme qui s'était mis en gonzesse.

On était distrait par le bruit étourdissant d'une chasse à courre, non plus dans
les champs ou les rues, mais à la préfecture même ; des meutes d'employés faisaient, en parcourant les salles et les escaliers, un roulement formidable répété à
l'infini par des échos profonds.

Quelques-uns, sans s'en douter peut-être, donnaient de la voix, criant :

— Par ici ! la voilà ! à vous ! etc.

Une jeune fille aliénée venait d'échapper, dans la préfecture même, à ceux qui l'avaient capturée, tantôt elle poussait de grands cris, tantôt elle s'élançait dans une course folle.

Les prisonniers échangeaient quelques explications :

— C'est une jeune fille de la maison de convalescence de Mme Helmina de Saint-Stéphane ! On va la reconduire à Notre-Dame-de-la-Bonne-Garde.

Claire était stupéfaite. Un instant elle eut l'idée de se lever et de crier : C'est moi qu'on cherche ! mais elle pensa que Mme Helmina ne prendrait pas une proie pour une autre.

— Elle doit vous bien connaître, dit Philippe répondant à sa pensée.

Tous deux réfléchissaient.

Le tumulte cessa tout à coup, il y eut un silence profond, **rien**, plus rien.

— Elle a passé par une fenêtre, disaient quelques-uns.

— C'était une belle fille, je l'ai vu prendre ; elle se sauvait demi-vêtue dans les rues ; elle allait comme le vent. De temps à autre elle s'interrompait pour se héler elle-même : Virginie ! Virginie ! On l'a prise sur le parapet, là, tout près, elle allait se jeter dans la Seine.

Celui qui parlait ainsi, sans un mot d'argot, satisfait de l'effet qu'il produisait, passa la main sur ses moustaches. Il possédait deux langues, le français et l'argot, et les parlait purement l'une comme l'autre.

Un frémissement courait dans le dépôt :

— Elle est bien morte ! dit en passant un employé à un autre.

Les prisonniers entendirent à travers la porte tant le silence était grand.

— Quel malheur ! dirent quelques voix.

— Quel bonheur, au contraire, pour la malheureuse, dit le grand vieux.

Au bout de quelques instants, les conversations reprirent sur un ton tantôt lugubre tantôt burlesque.

Claire et Philippe avaient le cœur serré ; ils gardaient le silence.

Le petit de sept à huit ans, à force de tirer ses vêtements usés pour s'en couvrir la poitrine, finit par les arracher tout à fait. Il se mit à rire nerveusement.

Claire dénoua son châle et le donna à l'enfant.

— Merci, monsieur ! dit-il, persuadé qu'il ne se trouvait là que des hommes.

Et tassant ses guenilles, il s'enveloppa par-dessus ; il savait s'arranger lui-même, tout sérieux, tout indifférent déjà.

Comme Claire regardait le va-et-vient d'une fourmilière d'insectes, le petit lui dit avec résignation :

— Dame ! ce n'est pas le Louvre ici !

— Comment t'appelles-tu ? demanda Claire à l'enfant.

— Pierrot, monsieur !

Cette persistance du petit acheva de faire prendre Claire pour un garçon déguisé.

L'enfant continua :

— Je ne sais plus comment je m'appelais quand j'étais tout petit; Pierrot, c'est un nom qu'on m'a donné parce que je montrais toujours la lune. Je ne savais pas me raccommoder dans ce temps-là.

On écoutait; flatté de l'attention qu'on lui portait il se mit gravement à raconter son histoire :

— Quand j'étais petit, petit, nous avions une grande maison avec des meubles dorés.

« Un jour on nous a mis dans la rue, maman et moi. Elle disait : c'est les créanciers! Moi, je ne savais pas ce que c'était, je croyais que c'étaient des bêtes. Aujourd'hui je le sais.

« Nous avons marché longtemps, il commençait à faire noir, nous étions perdus; j'avais bien peur; il y avait un homme qui nous poursuivait; nous nous sauvions sans savoir où.

« J'avais pris maman par la robe parce qu'elle me lâchait toujours la main.

« Oh ! comme il y a longtemps!

« L'homme nous a rejoints, il en a appelé d'autres et ils se sont jetés sur nous disant que nous leur faisions des signes; ce n'était pas vrai puisque nous nous sauvions.

« Ils ont emmené maman; moi, je me suis sauvé. Il y avait une niche à chien derrière une palissade; elle était vide, je me suis mis dedans pour dormir.

« Le lendemain matin je me suis éveillé entre les pattes d'un dogue qui me léchait la figure ; il avait l'air si bon que pendant plus de huit jours j'allais tous les soirs coucher dans sa niche.

« Nous nous aimions bien ; je rongeais les os qu'il laissait. Un jour, un gros monsieur m'a aperçu. Il a battu le chien, et moi je n'ai plus osé retourner.

« Je n'avais plus de niche! heureusement, j'en trouvais quelquefois d'occasion; on peut coucher sous les ponts; on y est très bien. Il y a aussi les maisons qu'on *mollit* ou qu'on démolit, et le jour on mendie.

« Quelquefois on me donnait des habits.

« Mais un jour on m'a arrêté et on m'a amené ici; j'ai été des années et des années dans une maison de correction; tout à coup on m'a mis en liberté. M. Nicolas avait besoin de moi pour faire des commissions.

« Vous savez bien, M. Nicolas! il me prend ici de temps en temps, il m'envoie faire ou dire toutes sortes de choses, et puis, quand il n'a plus besoin de moi, on m'oublie dans la rue, on me ramène ici et il revient encore me chercher. Même qu'il m'a promis son tricot de laine après l'hiver. »

. . . .

Le vieux vagabond aux grands bras décharnés, qui avait écouté avec attention les divers récits, s'écria :

— N'est-ce pas toujours la même histoire? Qu'on fasse donc le procès à la corruption, le procès à l'abandon, le procès à la faim, ce sera plus juste que le procès aux affamés et aux abandonnés. — La faim chasse le loup hors du bois.

— C'est vrai ! dirent bien des voix.

— Et le procès aux affameurs, ajouta Philippe.

— Où est ton père ? demanda-t-on à l'enfant.

— Ah ! j'en ai eu beaucoup des pères, dit le petit, quand j'étais avec maman ; l'un s'en allait ; il en revenait un autre : il y en avait un qui me battait ; je ne l'aimais pas, c'était pourtant un grand monsieur, un comte. Maman aussi, c'était une dame. Nous avions beaucoup de domestiques. Elle avait un joli nom, maman : on l'appelait Helmina !

« Une fois, j'ai vu une dame qui lui ressemblait, j'ai couru après, mais j'ai manqué d'être écrasé sous sa voiture. — C'est égal, M. Nicolas dit que je ferai mon chemin et que je ne serai plus malheureux quand je serai grand, parce que je serai bon à tout. »

Fatigué d'en avoir tant dit, il retomba dans son grave silence.

Ce n'était pas souvent que Pierrot parlait ; un peu de bonté l'avait grisé.

Un autre enfant de six à sept ans venait d'entrer, poussé par les employés du dépôt.

Celui-là avait la mine décidée, de rudes cheveux en brosse, le regard ardent et scrutateur.

— Et toi, dit l'homme maigre qui avait fait sur l'histoire de l'autre enfant cette poignante remarque, toujours la même. Eh ! graine de bagne, viens ici : où as-tu été arrêté, toi ?

— Sous un pont : je dormais.

— As-tu un chez-toi ?

— Si j'en avais un, pus souvent que je pioncerais à l'humidité !

— Comment vis-tu ?

— Je cherche.

— Sais-tu qu'on arrête ceux qui cherchent ainsi, comme vagabonds ou comme voleurs.

— Les chiens cherchent bien, pourquoi qu'on ne les arrête pas ?

— On les arrête aussi, môme ; on les met à la fourrière !

— Qu'est-ce que c'est la fourrière ?

— Un endroit où l'on met les animaux égarés pour les abattre au bout de deux ou trois jours, si personne ne les réclame.

— Est-ce qu'on abat aussi les enfants qu'on ne réclame pas ?

— On les garde pour plus tard, mon vieux : il y a de fameux abattoirs pour les hommes, va !

— Où ça ?

— A la guerre donc, quand la misère ne suffit pas. Mais qui est-ce qui t'a élevé jusqu'à présent, petit ? Tu me parais bien dressé.

— C'est personne qui m'a élevé !

— Comment ! personne ?

— Non, il paraît que Mme Cruchet m'avait acheté tout petit pour mendier autour d'elle ; *a m'a* revendu à une autre vieille qui n'avait qu'une dent, et celle-là m'a revendu au père Trompe-l'œil ; il en a beaucoup, d'enfants, le père Trompe-l'œil, qu'il envoie mendier, mais il fallait que je lui rapporte vingt sous par jour, ou il me battait : je *m'ai* sauvé !

— Je demandais pour moi et je couchais sous les ponts; c'est là qu'on ma réveillé pour m'amener ici. Je rêvais que je mangeais un gros morceau de pain.

« Je m'ennuie, il fait trop froid et trop faim partout, je voudrais aller aux abattoirs d'hommes.

— Tu es dans une des succursales, mon brave, tu es au dépôt, à la fourrière des abattoirs.

— Ça sera-t-il long? dit l'enfant.

— Ça dépend.

— De quoi que ça dépend ?

— Les petits vagabonds n'ont pas tous le bonheur de mourir, il y en a qu'on garde pour la guerre ou pour la guillotine.

L'enfant réfléchissait.

— Pourquoi qu'il y en a qui sont sans personne et qui sont condamnés tout petits à être malheureux comme s'ils avaient fait quelque chose pour cela?

— Ça, môme, c'est mon thème favori : je l'ai expérimenté toute ma vie, moi qui suis fils de guillotiné.

L'enfant eut un moment d'admiration : il aimait le drame, ce gavroche.

— Eh bien, puisque vous l'avez expérimenté, quoi que c'est?

— Mon fieu, ça s'appelle la question sociale, et ça se traite, comme je te l'ai dit, dans les abattoirs d'hommes.

La matinée s'avançait, des employés entrèrent au dépôt pour donner la pâtée aux prisonniers.

— Une femme! s'écria l'un d'eux; comment vous êtes-vous introduite ici, *la fille*? nous allons voir ça!

Il s'approchait de Claire pour la rudoyer peut-être.

— On m'a poussée ici, dit la jeune fille.

— Et voilà pour vous apprendre que ma sœur est honnête, ajouta Philippe en lui envoyant un soufflet que l'autre para avec une pile de gamelles de fer blanc.

Les gamelles tombèrent avec un bruit effrayant au milieu des rires de la chambrée et des injures de l'employé.

LXI

SAINT-LAZARE

Rue du Faubourg-Saint-Denis, 107, est une triste demeure, jadis léproserie, aujourd'hui prison, affectée aux femmes prévenues et aux filles publiques en contravention à leurs règlements.

Si l'extérieur est triste, l'intérieur est lugubre. La lèpre a passé du cerveau au cœur ; celles qui entrent là en sortent désespérées ou gangrénées.

Le bâtiment est froid, le règlement est dur ; la nourriture, bonne tout au plus pour des animaux.

Les prisonnières se lèvent à cinq heures du matin et se couchent à cinq heures du soir.

Pas même ce petit bout de veillée. Dans les centrales on peut veiller jusqu'à huit heures et se lever à six heures seulement.

Le soir, sous les lampes, on échange de rapides paroles, on dirait qu'à cette heure-là tout se radoucit; on se rend compte que c'est encore un jour dont les douleurs sont finies.

Les cinq heures du lever paraissent rudes en hiver aux prisonnières de Saint-Lazare; à cinq heures le jour est loin, la soupe surtout, elle n'arrive qu'à neuf heures, après trois heures d'atelier.

Mais la prison n'est pas faite pour se goberger, et les misérables sont faits pour être mortifiés, ce qui n'empêche nullement les actes d'avoir été accomplis, et donne raison aux coupables de trouver la société cruelle à leur égard.

Les femmes qui sont habituées au travail de l'établissement gagnent *vingt centimes* par jour.

Elles peuvent se payer une gobelte de vin trouble et d'une saveur d'encre, qui coûte trois sous *un centime*.

Ce centime est ajouté par punition, afin de rendre plus coûteuse aux malheureuses femmes cette goutte de liquide à laquelle elles tiennent.

Pour d'autres, cela sert de gratification; il faut bien que la perte des uns augmente le salaire des autres.

Des soupirs de soulagement accueillent ce qu'on appelle *la soupe* de neuf heures; quelquefois elle est exempte de crottes de rat; on a de la chance partout.

L'atelier de Saint-Lazare, où nous transportons le lecteur, après le transfèrement de Claire du dépôt dans cette prison préventive, comprend, outre le monde ordinaire, vagabondes, filles voleuses, femmes sans travail et ainsi sans asile, trois femmes qu'on eût pu appeler le monde extraordinaire. Si les prisons n'étaient le plus souvent peuplées d'honnêtes gens par le fait des événements politiques.

L'une était une russe, Annah Demigoff; des deux autres, l'une était Claire Marcel, sous le nom de Marthe, la sœur de Philippe; l'autre, Angèle Brodard, que Nicolas, en vertu de son pouvoir discrétionnaire, avait fait arrêter. C'était le meilleur moyen pour qu'elle ne compromît pas de Méria et Mme de Saint-Stéphane.

La pauvre enfant savait qu'il n'y a d'autre loi pour les filles que le bon plaisir de la police.

Elle savait qu'on ne lui dirait même pas le motif de son incarcération, qu'elle ne serait pas jugée, mais gardée tant qu'il plairait aux ennemis puissants qu'elle avait attaqués en reprenant sa sœur. Par cela même, elle était sans espoir.

Si quelqu'un eût voulu se charger de sa lettre, elle eût écrit à son père de fuir bien vite avec les petites, de ne pas l'attendre, car elle pouvait demeurer là indéfiniment.

On l'empêchait de communiquer avec qui que ce soit, et pourtant Nicolas était loin de se douter que la pauvre petite Sophie, rétablie à demi, mais frappée déjà, comme un beau fruit mordu du ver, avait tout raconté à sa sœur.

Angèle gardait le secret, pourquoi l'eût-elle dit ? le mal était fait, et Brodard n'eût pas manqué de se révéler par quelque acte de violence sous le masque de Lesorne.

Angèle, domptée par la misère, par les malheurs de toutes sortes, se blottissait dans la prison comme un animal forcé ; elle attendait pour se défendre que la meute fût de nouveau sur elle.

Blonde et pâle, si frêle qu'on l'eût prise pour une enfant grandie avant l'âge, elle avait sous ses longs cils baissés une chasteté infinie. Le misérable Rousserand n'avait pu la flétrir, et la honte en l'écrasant en avait fait ce qu'on fait en les foulant aux pieds des plantes parfumées des montagnes.

Angèle travaillait, travaillait toujours, non pour la gobette, elle n'en prenait jamais, mais pour avoir, si elle sortait jamais, quelques sous à joindre au misérable pécule de la famille.

Annah Demigoff et Claire travaillaient pour Angèle. Comment s'arrangeraient elles pour faire passer sur la petite Brodard les trois pécules ? elles n'en savaient rien encore, mais elles trouveraient, il le fallait bien.

Claire, non plus, ne devait pas être jugée de sitôt, on n'a pas besoin de se presser pour des vagabonds.

Bien et dûment reconnue pour la sœur de Philippe, on avait autre chose à faire que de la juger et lui aussi.

Ne fallait-il pas, parmi les cas les plus pressés, continuer les recherches au sujet de la jeune folle.

De Méria éperonnait Nicolas, lequel donnait rapports sur rapports à l'inspecteur X..., afin de le pousser également ; celui-ci tapait dur sur la meute des agents.

Il semblait toujours à Jean Étienne et à Grenuche entendre claquer un fouet à leurs oreilles.

Sansblair, qui ne jugeait pas prudent de se mêler personnellement aux poursuites, allait voir chaque soir chez Trompe-l'œil le résultat des investigations de Lesorne, résultat toujours négatif. Le malheureux Brodard, à bout de ressources, pour les faire patienter, finit par dire qu'il croyait être sur la trace, et quant à l'autre expédition il prenait ses mesures.

Comme on peut être indéfiniment sur la trace, et qu'il n'y a pas de temps limité pour prendre ses mesures, il se trouva plus tranquille.

— Lesorne baisse considérablement ! disait Sansblair.

— Non, disait Trompe-l'œil ; il est plus roublard que jamais ! c'est qu'il veut agir à coup sûr.

Sansblair, poursuivi par la crainte, cherchait des distractions dans ce qu'il appelait des plaisirs.

Il avait attiré dans un guet-apens Virginie, la fille du fusillé du Père-Lachaise, et l'horreur qu'il inspirait à cette malheureuse était si grande que, folle de terreur, elle s'échappa au milieu de la nuit, jetant comme un dernier appel à la pitié muette de la terre et au ciel vide, le nom que son père lui avait donné : Virginie ! On sait comment elle finit.

Tous les jours, les filles détenues à Saint-Lazare parlaient de Virginie ; elles l'avaient toutes connues, sa mort terrible les avait frappées.

Claire prêtait l'oreille avec anxiété à tout ce qu'on disait de la pauvre fille, vraiment morte pour elle, sans qu'elle y fût pour rien.

Elle se demandait comment son oncle supportait la privation de nouvelles ; quels nouveaux mensonges on lui disait ; s'il n'était point déjà venu à Paris.

Annah et Angèle devaient, si l'une ou l'autre sortait, se charger d'une lettre pour l'instruire, le vieil oncle, quoique ce fût contre l'opinion d'Annah.

Elle pensait comme Philippe, que Claire, condamnée à quelques mois seulement pour vagabondage, serait là plus en sûreté qu'ailleurs ; tandis qu'on raconterait l'histoire dans les journaux *mal* pensants, ne dévoilant la retraite de la jeune fille qu'une fois l'opinion publique en éveil.

En attendant, Claire était une sorte de Jude ou de Walder qu'on avait déjà cru rencontrer plusieurs fois.

Comme Angèle, Claire travaillait vite, tant pour aider son amie que pour offrir une gobette à quelqu'une de ces pauvres vieilles aux doigts raidis, qui volent pour se faire ramasser, afin de se procurer un gîte pour l'hiver.

Il n'en manque ni à Saint-Lazare ni à la correction de Versailles.

Ce jour-là, une histoire nouvelle était à l'ordre du jour, une quatrième inclassable venait d'arriver ; c'était une femme pauvrement vêtue, que l'injustice de la prévention avait fait sortir de sa timidité habituelle. Après avoir protesté hardiment et hautement, elle avait eu une crise de nerfs telle qu'on l'avait emportée à l'infirmerie avec toutes les apparences d'une morte.

On en causait dans l'atelier des prévenues.

C'est indigne, disait une grosse Alsacienne, devenue fille publique après qu'un drôle l'eut abandonnée avec un enfant, sur le pavé. Je n'ai jamais vu ça.... une pauvre femme ramasse le mouchoir d'une vieille sorcière, elle l'appelle pour le lui rendre, et la vieille sorcière, qui est sourde, la fait arrêter comme voleuse !

— Ah ! vous croyez que c'est la première fois que ça arrive ? dit une grande maigre au visage tiré.

« Est-ce que ça ne se voit pas tous les jours. Aussi le porte-monnaie des gens tomberait sous mes arpions, que je ne les avertirais pas. On me mènerait chez le quart-d'œil pour avoir jeté à terre la *braise* des autres afin de m'en emparer.

— Aussi, dit une troisième à l'œil rond, hagard et presque fou, ça leur apprendra à rapporter comme les chiens ! Moi, quand je trouve je garde ; mais ce n'est pas souvent que je trouve.

— Allons, la *pelonette* (louve), ne vous fâchez pas.

— *Sinves* (sotte) que vous êtes ! fit la femme aux yeux ronds, et elle se remit à son travail en grommelant, moi je n'ai jamais eu que ce qu'on ne m'a pas donné !

C'était une voyageuse de haute taille.

— Vous n'êtes pas dans *l'ordre du jour*, dit la grande maigre qui avait déjà parlé ; nous n'en sommes pas sur ce qu'on fait, nous en sommes sur ce qu'on ne fait pas, parce que c'est surtout pour ça qu'on est pincé.

— C'est vrai ! répondit un chœur formidable.

Deux ailes de toile émergèrent d'un groupe tout au fond de la salle ; c'était la petite sœur Étienne qui commençait à entendre le bruit, perdue qu'elle était dans la récitation d'un chapelet avec trois ou quatre hypocrites qui se moquaient d'elle, la *bourrique* était du nombre ; la bourrique, à Saint-Lazare, c'est la *prévôte* des centrales, autrement dit le *mouton*, l'espionne.

— Quel bruit ! s'écria la petite sœur, si notre mère le savait ?

— Elle ne le saura que si vous le lui dites ! répondit effrontément la grande fille aux traits tirés.

— Allons, Annette, dit la sœur Étienne, soyez raisonnable. Vous savez bien que c'est mon devoir d'instruire notre mère de tout ce qui se passe ici.

— Je vous demande un peu, le beau devoir ! continua la fille, faire un métier de moucharde. Vous êtes fichtrement mieux, quand vous ne le faites pas votre devoir.

Claire fut frappée de la ressemblance qui existait entre le caractère de son oncle et celui de cette religieuse.

Même bienveillance, combattue par des règlements implacables ; même fanatisme broyant le cœur et obscurcissant l'intelligence.

— Si mon oncle, pensa-t-elle, regardait comme son devoir de me perdre pour sauver Mme Helmina ?

La prévenue russe, dont personne ne savait encore ni le nom ni la nationalité parce qu'elle avait refusé de répondre à toute espèce de question, mais qui savait, elle, toute l'histoire de la confiante Claire, répondit à sa pensée.

— Votre oncle, dit-elle, et tous ceux qui croient comme lui, en feraient autant.

La sœur Étienne était songeuse ; il y avait prise encore pour la vérité dans ce qui restait de son cœur. Bientôt cette parcelle de vie deviendrait pierre comme le reste, le règlement l'envelopperait de ses mille bandelettes pour en faire une momie froide et desséchée.

Pour secouer ses pensées, elle alla vers le groupe où travaillaient Claire, Angèle et Annah.

Pendant ce temps les autres continuaient tout bas des bribes de conversations.

— Il paraît que la femme de tout à l'heure a battu les sergots !

— Ah ! c'est une luronne, alors.

— Non, c'est une *melette* (petite) ; on dirait une *gonzesse* (enfant). Il paraît que son mari est socialiste ; on a profité de l'occasion du mouchoir pour l'embêter, puisqu'il embête le gouvernement.

Dans un troisième groupe, on racontait pour la millième fois, la mort de Virginie, elle se sauvait s'appelant elle-même dans sa folie, comment elle s'était jetée par la fenêtre ; et qu'elle était morte presque sur le coup, s'appelant encore : Virginie ! Virginie !

— Et vous, disait la petite sœur à Annah qui lui en imposait un peu, croyez-vous aussi qu'on soit souvent puni de ce qu'on n'a pas fait et non de ce qu'on a fait.

— Oui, dit Annah ?

Sœur Etienne rêvait de plus en plus :

— Pourquoi, dit-elle, ne voulez-vous pas dire votre nom ?

— Parce que je ne le dois pas, en ce moment.

— Vous aussi, vous croyez qu'il y a des devoirs à remplir ?

— Oui, mais ce n'est pas de faire punir de pauvres malheureuses.

— Et vous Angèle, dit encore la sœur qui commençait à se troubler.

— Oh! moi ! est-ce qu'une pauvre fille, comme moi, a encore seulement sa pensée. Je trouve qu'on est trop malheureux dans la vie.

L'histoire de l'enfant revint alors à la sœur Étienne.

— Oui! la vie est triste ! dit-elle.

Une larme tremblait au bord de ses cils, lorsque la vieille sœur Dorothée, autrement dit sœur *Torticoli*, entra dans l'atelier.

Toutes les voix se turent à part celle de la bourrique, continuant sur un ton nasillard le *priant* (chapelet) commencé.

Sœur Dorothée embrassa d'un coup d'œil tout l'atelier, jetant de chaque côté ses prunelles bleues et les ramenant toutes deux en haut du nez, elle louchait horriblement !

La sœur Étienne pâlit sous ce regard, qui se croisa devant elle avec celui de la bourrique ; il était clair que cette femme allait rendre compte des faits et gestes de la petite sœur, tout comme de ceux des prisonnières.

Sœur Dorothée avait la terrible et odieuse tâche de rapporter exactement à la *mère* (supérieure) tout ce qu'elle pouvait saisir et les rapports qu'on lui faisait à elle-même.

Autrefois elle n'était que fanatique et dure. Depuis qu'une détenue, victime d'un de ses rapports, lui avait tordu le cou en la jetant dans le bassin, elle était devenue féroce.

Certaines gens, corrigées à demi, sont pires qu'auparavant.

— Ma sœur Étienne, dit-elle, vous pouvez vous retirer, notre **mère a** besoin de vous ! je reste ici.

La petite Étienne s'inclina et sortit; il n'y avait pas de réplique aux ordres de sœur Dorothée, elle était tout et rien de plus que les autres, une sorte de ministre sans portefeuille.

Elle se mit à inspecter les ouvrages. Le silence était complet, les yeux seuls des détenues eussent parlé si elles eussent osé les lever les unes sur les autres.

Cœur simple s'il en fut, sœur Étienne acceptait sans hésiter les plus effrontés mensonges, pourvu qu'ils eussent une source pieuse ; c'est pourquoi le joug de l'obéissance monastique la trouvait docile.

Annah Demigoff était comme les deux religieuses, une fanatique, mais une fanatique de liberté et de justice; elle en avait soif pour le troupeau humain ; son cœur saignait à force d'être vivant sous les douleurs des foules dans lesquelles on taille à vif la chair à plaisir et la chair à canons.

Née d'une famille de tyrans, au fond de la Russie, elle avait donné à la révolution, les bribes de sa fortune qu'on n'avait pu lui ravir, et elle était prête à lui donner son sang quand il serait utile.

Sa famille l'avait reniée, les tyrans russes l'avaient proscrite ; elle s'était éprise pour un nihiliste d'une immense passion ; les bourreaux, en la conduisant à la frontière, la firent passer sous les fourches patibulaires où se balançaient au clair de lune trois corps de suppliciés. Celui-là et quinze de ses amis , les bras lugubres des potences, se levaient comme pour demander vengeance. Annah, aussi, leva la main vers les cadavres et fit serment.

Un chiffon, battu par les bandes des loups qui venaient la nuit hurler sous les corps, était à portée d'Annah, elle le ramassa. C'était un mouchoir sur lequel étaient brodés un *A* et un *S* : Alexandre Solowief.

A l'un des crânes dépouillés, pendait encore une touffe de longs cheveux bouclés.

A partir de cet instant, Annah se rendit compte de l'horrible exécution qui jusqu'alors lui avait paru un songe. Elle ne vivait plus en elle-même, mais dans la revendication, seule vengeance digne de celui qu'elle avait aimé et qu'elle aimait toujours.

Ceux qui la conduisaient purent rendre compte à leur maître, qu'Annah avait levé le front plus haut devant les gibets.

Le mouchoir qu'elle avait ramassé leur fit peur, mais ils n'osèrent le lui reprendre.

Voici dans quelles circonstances elle avait été arrêtée et conduite à Saint-Lazare.

Elle avait rencontré sur son chemin, entre autres gens étranges, un disciple de Lamennais, mêlant l'idée révolutionnaire à l'idée religieuse.

Il jaillit de ces deux principes contraires, la tyrannie dans le ciel; les aspirations à la délivrance sur la terre, une sorte d'hallucination qui devait le conduire à la folie.

M. Marcelin s'éprit pour Annah d'un caprice insensé, parce qu'elle était indifférente à l'amour et parce qu'elle était incrédule.

Cette indifférence eut pour effet de l'exaspérer; il la suivait partout, menaçant de se tuer ; et comme il n'y a rien de tel que les implacables pour avoir bêtement pitié de tout le monde, Annah ne trouva rien de mieux, que de lui dire qu'elle aussi l'aimait, mais que tout les séparait, et... elle changea d'adresse.

Il arriva ce qui devait arriver. M. Marcelin rencontra Annah et la suivit encore malgré ses supplications.

Or, elle allait ce jour-là à une réunion secrète qui, pour être plus sûre, se tenait en plein air, sous les grands murs blancs du Père-Lachaise, dans la rue du Repos.

Il est toujours permis de se promener. La réunion n'était pas nombreuse; on allait par petites fractions, comme des gens qui attendent un convoi.

Malheureusement, M. Marcelin, suivant Annah, tomba au milieu des groupes.

Personne ne le connaissait; il fallut qu'Annah donnât des explications, lesquelles mirent M. Marcelin si fort en colère, qu'il se prit de querelle avec deux Russes amis d'Annah.

La police intervint, et le pauvre homme comprit trop tard qu'il avait troublé une réunion secrète à laquelle lui, croyant, ne pouvait assister.

Une réunion de ceux qui regardent leur époque comme devant seulement détruire l'édifice pourri à la place duquel édifieront ceux qui viendront après.

Comme il fallait arrêter quelqu'un, on emmena Annah et deux de ses amis Nicoïloff et Péthowski.

Aucun des trois ne voulut dire son nom, ils savaient que cela eût donné l'éveil et il ne le fallait pas avant une date qu'ils connaissaient.

Jusque-là, chacun d'eux devait se taire ; après, la constatation de leur identité suffirait pour les faire sortir de prison et... conduire à la frontière. Car la France ne pratique pas l'hospitalité de la même manière que l'Arabe du désert.

Celle des trois prisonnières, qui pensait sortir la première, était donc Annah, puisqu'elle savait le jour où elle pourrait se nommer, ce jour approchait.

Quel fut l'étonnement des trois amies en entendant appeler Angèle Brodard parmi les prévenues, renvoyées en non-lieu.

C'est que M. Nicolas, sachant qu'Angèle était avec la mère Nicole chez Mme Helmina, l'idée lui vint, qu'en filant Angèle, on pourrait peut-être découvrir Claire.

Comme il ne faut pas, pour mettre une fille en liberté, plus de formalités que pour l'incarcérer, il mit de suite son idée à exécution, recommandant à Jean Étienne et à Grenuche de ne pas perdre de vue la petite Brodard.

Il avait bien des soucis, M. Nicolas, l'ambition d'Amélie ayant considérablement augmenté, depuis quelque temps, elle lui faisait des scènes terribles pour le forcer à l'épouser, le menaçant du scandaleux récit de choses qui nuiraient au vicomte d'Espaillac ; mais ses ennuis personnels ne ralentissaient pas son zèle policier ; c'était chez lui non une seconde, mais une véritable nature.

La sœur Torticoli, était encore à l'atelier quand on appela Angèle ; elle en éprouva une vive mauvaise humeur. Depuis qu'elle avait le cou tordu, il lui semblait toujours que le malheur des autres lui détordait la nuque.

Quelques jours après cet événement, Annah et les deux Russes ayant fait constater leur identité, furent, ainsi qu'ils le pensaient, reconduits à la frontière.

Annah choisit la frontière allemande à cause de la proximité des Vosges où demeurait l'oncle de Claire.

Quand les policiers qui l'accompagnaient eurent repris la route de Paris, Annah, vêtue en paysanne, repassa la frontière et prit à pied le chemin du Val-des-Chênes.

A ceux qui l'interrogeaient, elle répondait qu'elle avait là des parents.

LXII

LE PRESBYTÈRE

Dans un vallon plein d'ombre, abrité d'un côté par les hautes cimes des Vosges, de l'autre par une forêt, est le Val-des-Chênes, étalant au soleil ses vingt à trentemaisons couvertes de chaume.

Le vallon est riche ; en été, les blés y ondulent comme une mer. En automne, les vignes mûrissent au versant des côteaux.

La forêt et les montagnes sont si rapprochées que le vallon se resserre sous l'ombre protectrice.

Les vignes ploient sous le poids des grappes; les épis y sont lourds et serrés; l'herbe y croît haute et drue.

Environnés de ces splendeurs de la nature, les habitants vivent et meurent misérables. Tout petits, bondissant avec les jeunes agneaux et les jeunes veaux, ils n'ont pas plus conscience de la misère qui les domptera, que les petits de la brebis n'ont conscience du couteau.

Dans ce nid, oublié depuis des siècles sur des siècles, habitaient des familles, toutes alliées, car on ne sort de la commune, ni pour se marier ni pour mourir, — chaque année la conscription enlève des jeunes gens comme Schilok ,sa redevance de chair ; quand la maladie ou la guerre leur ont fait grâce, ils reviennent au Val-des-Chênes, s'y marient et y élèvent leurs petits qui en feront autant à leur tour.

Deux seulement, un garçon et une fille ont pris leur vol vers Paris. Comme on ne les a jamais revus, la légende leur prête une fin tragique ajoutant que la nuit, à travers les chênes, leurs voix lamentables demandent des prières.

De temps immémorial une caverne qu'on nomme *Caër Derouën*, la ville des Chênes, est habitée par une famille, les Darakhi; — ils héritent de génération en génération de la haute taille, des cheveux blonds et des yeux bleus des Celtes.

Une double ligne de chênes enveloppe le village qui n'a jamais crevé cette digue, — tous sont creux. Quelques-uns se sont effondrés de vieillesse.

De là, comme d'un navire, on est séparé du monde.

Le maître d'école, le maire et le curé y meurent sans changer de résidence ; souvent ils y sont nés.

Là, tout est inamovible, la pensée ne va pas au delà de l'horizon; errant entre les deux questions des semailles et des récoltes.

Les semailles, qu'il faut acheter ; les récoltes, dont le meilleur, le plus clair s'en va pour les exploiteurs.

Le paysan n'est-il pas né pour produire et les riches pour consommer? Le bon Dieu l'a voulu, ainsi telle est la conviction des bonnes gens du Val-des-Chênes.

Hommes et femmes fouissent incessamment le sol.

Les enfants gardent les bestiaux pendant l'été, et vont à l'école depuis l'époque du teillage du chanvre jusqu'aux fêtes de Pâques; quelques-uns ont appris à lire; tous savent le catéchisme.

Toutes les tentatives révolutionnaires qui ont agité le monde n'ont pas même éveillé un écho au Val-des-Chênes. Le maire y est encore souvent appelé monsieur le bailli, et à part les guerres de la première République, auxquelles ont pris part quelques-uns des plus vieux, rien n'a transpiré jusque-là.

Le dernier seigneur étant mort sans héritier et son château dans les rochers ne valant pas la peine que l'État l'exploitât, la féodalité s'est faite légende, son fantôme plane sur les ruines.

L'abbé Marcel, l'oncle de Claire avait quatre-vingts ans passés; il était né au Val-des-Chênes et en sortant du séminaire en avait été nommé curé.

Chez lui, le cœur était d'or, le cerveau de plomb, la raison faussée.

Pauvre abbé Marcel! il croyait, lui qui souffrait tantdes douleurs des autres, en un Dieu tout-puissant qui punit éternellement des fautes dont il est complice puisqu'il les laisse s'accomplir.

— C'est un mystère impénétrable à l'homme, disait-il!

Claire était l'arrière-petite-nièce de l'abbé Marcel, il avait reporté sur elle toute l'affection dont il était capable, et sans qu'il s'en doutât, il l'aimait plus que son Dieu, mais il se faisait du devoir une idée suivant son fanatisme, il l'eût sacrifié comme il eût sacrifié la terre entière à ses croyances religieuses.

C'est ainsi, qu'il n'avait pas hésité à envoyer sa chère petite Claire chez Mme Helmina; il lui fait avait donner assez d'instruction pour qu'elle pût obtenir son diplôme, et son rêve le plus doux était de la voir institutrice au Val-des-Chênes; mais ne craignant rien tant pour elle que les chaudières de l'enfer, il se serait cru coupable en n'acceptant pas la route de salut qui s'ouvrait si large devant Claire chez Mme Helmina.

Entre Davys-Roth et l'abbé Marcel existait un point de ressemblance, le fanatisme, ils se touchaient par là, cruel et conscient chez Davys-Roth, complètement extatique chez Marcel; les effets en étaient les mêmes.

L'abbé passait pour un saint parce qu'il s'oubliait complètement pour donner aux malheureux, tout en répétant : Il faut toujours des pauvres! On l'avait vu donner jusqu'à son dîner et ne plus même songer s'il avait faim.

Chez lui, le corps n'existait guère, l'esprit habitait bien haut dans le bleu des légendes; le cœur seul vivait; mais il l'immolait toujours à son Dieu, le jetant tout saignant devant l'autel.

Tel qu'il était, capable de toutes les vertus, il pouvait, grâce au fanatisme, accomplir tous les crimes.

Le long silence de Claire le faisait souffrir; la pensée de sa nièce ne le quittait pas; mais il acceptait aveuglément les mensonges d'Helmina, cette sainte servante du Seigneur.

La dernière lettre de la digne directrice lui causait une poignante douleur, dont il ne voulait pas convenir avec lui-même.

Cette lettre était encore ouverte sur la table où il achevait son repas du soir, quand sa gouvernante, Mme Trottier, petite vieille aux allures de souris, fit un grand signe de croix, effrayée d'entendre sonner à la porte après l'angélus.

— Qui peut venir à une pareille heure? dit-elle et par un froid pareil, il serait peut-être prudent de ne pas ouvrir.

— C'est justement à cause de l'heure et du froid qu'il faut vous dépêcher, ma bonne madame Trottier, dit le vieillard.

Elle s'éloigna assez mécontente ; un peu rassurée cependant par l'allure du vieux chien qui la précédait, remuant la queue en aboyant.

Le voyageur était une femme de haute taille, enveloppée d'une mante d'étoffe brune et d'un capuchon, comme les paysannes de ces contrées.

L'aspect subit de cette étrangère se liant sans doute avec l'inquiétude qu'éprouvait l'abbé, il s'écria :

— Claire est malade, vous venez me le dire, c'est pour cela qu'elle n'écrivait pas elle-même.

— Tranquillisez-vous, monsieur, Claire se porte bien; je l'ai quittée hier, dit Annah.

De grosses larmes emplissaient les yeux du vieil oncle.

— Pourquoi donc ne m'écrit-elle pas ? Pourquoi est-ce toujours Mme de Saint-Stéphane?

— C'est ce que je viens vous apprendre, dit Annah.

— Asseyez-vous près du feu, mon enfant, reprit le vieillard, reposez-vous, mangez un peu et causons.

Il était pâle et tremblant d'émotion.

Annah, le lecteur sans doute l'a déjà reconnue, s'assit en face du vieillard ; elle avait froid et son émotion était trop grande pour qu'elle pût manger.

— Pardonnez moi, dit-elle, si je vous attriste, mais Claire est en grand péril et vous pouvez la sauver.

— Expliquez-vous, dit le vieillard ; un tremblement l'avait pris, il grelottait.

Annah hésita.

— Parlez sans crainte, dit-il ; son tremblement, augmentait il était livide.

Alors, sans préambule, tranchant dans le vif, elle commença la sinistre histoire telle que Claire la lui avait racontée.

Horriblement saisi, le vieillard écoutait sans interrompre , il lui semblait qu'on le saignait au cœur ; sa respiration s'arrêtait par moments, et reprenait comme un râle.

Lorsque Claire eut achevé, il garda le silence pendant quelques instants ; puis d'une voix calme et froide qui contrastait avec la décomposition de ses traits il demanda :

— N'avez-vous pas dit que ma nièce a passé quelques jours à Sainte-Anne ? Eh bien, tout ce que vous me dites-là sort d'un cerveau hanté par des visions folles.

Puis passant de ce calme à un accès de douleur, il s'écria : ô mon enfant ! ma pauvre enfant !

— Tout ce que je vous ai raconté, monsieur, dit Annah, est l'exacte vérité : Claire a toute son intelligence, toute sa raison.

L'abbé Marcel tisonnait fébrilement, frappant avec les pincettes sur les bûches qui rendaient des milliers d'étincelles ; d'un côté sa Claire en péril lui ouvrait le cœur, de l'autre, le parti pris du prêtre, la raison d'état lui montait à la tête ; ses joues s'empourpraient, ses yeux lançaient des flammes.

Annah, devinant ce qui se passait en lui, essaya de le persuader :

— La vérité vous semble monstrueuse ! Eh bien, rendez-vous à Paris, allez à

Le scandale, c'est la ruine de l'Église.

la maison de Notre-Dame-de-la-Bonne-Garde ; conduisez avec vous des magistrats, et vous verrez le résultat de la surprise qui aura lieu.

« Vos opinions religieuses ne peuvent être atteintes, en empêchant la continuation des crimes qui s'y commettent. »

L'abbé Marcel, le visage illuminé d'une flamme soudaine, se leva, redressant sa haute taille courbée par l'âge. On eût dit qu'un reflet d'autodafé l'éclairait, la foi avait pris le dessus.

— Hors d'ici, démon ! cria-t-il d'une voix terrible, hors d'ici, tentateur qui emprunte pour calomnier l'Église les traits d'une jeune fille !

Il faisait des gestes comme pour repousser le malin esprit, en murmurant des formules d'exorcisme.

— Annah s'attendait trop à quelque scène de ce genre pour être surprise.

— Monsieur, dit-elle, avec un calme qui glaça le vieillard, non seulement c'est vrai, mais tarder en pareille circonstance à mettre les coupables, hors d'état de nuire est un crime.

— Vous mentez, répéta-t-il encore !

Accourue aux éclats de voix de son maître, Mme Trottier faisait des signes de croix.

Le chien, lassé de tout ce bruit, poussa trois ou quatre baillements, et s'étendit de nouveau tout de son long devant le foyer.

— Je vous répète, monsieur, dit Annah, que je vous ai dit l'exacte vérité.

Elle allait sortir, l'abbé Marcel la retint par le poignet d'une de ses mains crispées.

— Non, dit-il, ne sortez pas ce soir ; vous iriez à l'auberge du village et peut-être diriez-vous quelque chose — Il y a ici la chambre de Claire, passez-y la nuit.

Le visage du prêtre était si bouleversé qu'Annah craignit une attaque.

— Comme vous voudrez ! dit-elle, il ne sera pas dit que j'aurai tourmenté volontairement l'oncle de Claire.

Ces paroles allèrent au cœur du vieillard :

— Voyons, mon enfant, dit-il, vous n'êtes pas méchante, je le vois ; dites-moi que c'est une histoire inventée à plaisir. Allons, un peu de courage, avouez-le ; la miséricorde de Dieu est grande.

— Je vous répète, monsieur, que j'ai dit la vérité, répondit Annah en entrant avec Mme Trottier, éperdue, dans la chambre bleue.

Ce vieillard lui inspirait une pitié profonde, mais une complète défiance, pour la délivrance de Claire ; elle n'était pas fâchée d'attendre au lendemain pour essayer encore de le persuader.

Annah se jeta toute habillée sur le lit, brisée par les longs jours de marche et par l'émotion de la soirée.

Vers une heure du matin, elle entendit qu'on essayait d'ouvrir sa porte, puis le bruit d'un couteau tombait sur le plancher.

Est-ce que ce vieillard, jusque-là si bon, aurait été dans le délire de son fanatisme capable d'égorger l'accusatrice de la sainte dame Helmina.

Annah ne le sut jamais, la lutte, avec un vieillard de cet âge, lui faisait horreur. Elle ouvrit la fenêtre et, la chambre se trouvant au rez-de-chaussée, elle sauta lestement.

La bourrasque était passée, il gelait. Annah, s'enveloppant de son capuchon, chercha à s'orienter dans le village.

Une seule rue le composait et l'auberge n'était pas difficile à reconnaître, car au bout d'une potence un grand tableau de bois craquait au vent : ce devait être quelque cheval blanc, avec la fameuse légende :

Ici on loge à pied et à cheval.

Au-dessous de l'enseigne était une porte à laquelle Annah frappa assez longtemps sans que rien remuât dans la maison.

Enfin une fenêtre s'ouvrit, on pencha une lanterne et le plus jeune des Didier, aubergiste comme ses aïeux (car là encore, l'état est héréditaire), s'écria en apercevant Annah à la lueur fumeuse de la lanterne :

— Jésus ! mon Dieu ! la Clothilde qui revient !

La fenêtre se referma ! il était inutile qu'Annah attendît plus longtemps, elle reprit sa route à travers les chênes.

En arrivant vers sept heures du matin à un village plus hospitalier, Annah put enfin se reposer à un large foyer ouvert comme une baie de flamme au fond de la première chaumière ; et de là, résolue à agir de son côté, se repentant amèrement d'avoir averti l'oncle de Claire qui lui serait plus nuisible qu'utile ; de là elle reprit à pied, comme elle était venue, sa route vers la frontière allemande.

XVI

DEUX FANATIQUES

L'abbé Marcel empoigné, d'un côté par son cœur qui saignait, de l'autre, par sa conscience faussée, en était au point d'hallucination où l'on peut enfoncer le poignard dans le cœur de ceux qui nuisent à la religion et allumer pour eux les bûches de l'autodafé.

Des personnes saintes, accusées de crimes odieux, sa nièce à Saint-Lazare !

Saint-Lazare ! quelle idée il se faisait de ce lieu rempli pour lui d'un profond mystère, — il lui semblait y voir les anges des ténèbres rôdant comme des *loups ravissants* pour emporter les âmes qui s'envolaient. Si Claire allait mourir là ? si elle allait devenir un objet de scandale ? ne vaudrait-il pas mieux, dit l'Écriture, qu'on coupât et qu'on jetât au feu le pied ou la main qui a été un objet de scandale.

Claire pouvait mourir sans confession ! si du moins il pouvait la ramener, Marie Madeleine et Marie l'Égyptienne avaient bien trouvé grâce devant Jésus ; il pardonnerait comme le divin maître et le Seigneur ratifierait son pardon dans le ciel.

Mais si elle persistait dans ses odieuses accusations. Ah ! alors au premier mot de dénonciation il tuerait lui-même la malheureuse qui blasphémait les saints.

Son égarement allait plus loin encore, il en venait à se demander si Annah était réellement un être vivant, si ce n'était point un fantôme vomi par l'enfer pour le torturer, et qui s'était évanoui au moment où il allait le frapper avec une arme bénie.

— Madame Trottier, dit-il à la gouvernante, qui restait debout à le considérer avec effarement, préparez mon sac de voyage, je pars à l'instant.

La vieille joignait les mains :

— Jésus Dieu ! à une pareille heure par le froid qu'il rait, que peut donc être venue dire cette demoiselle ? pour le sûr c'est une sorcière !

L'abbé Marcel insista avec tant d'impatience qu'elle prépara tout en gémissant le sac de voyage ; il le prit et marchant droit comme s'il n'eut eu que vingt ans, il ferma la porte sur Mme Trottier qui gémissait et sur le chien qui hurlait, et s'en alla rapide comme le vent, pâle comme un mort, jusqu'à l'auberge toujours close ; las de frapper, il appela.

La voix de l'abbé attira l'aubergiste. Qui est là ? demanda-t-il du haut d'une lucarne.

— C'est moi !

— Vous, monsieur le curé, ce n'est pas possible, c'est votre fantôme qui revient.

— Mon fantôme, imbécile ! s'écria Marcel impatienté, allons, ouvre vite, prépare ta voiture pour me conduire à Épinal, il faut que je prenne le chemin de fer.

— Moi ! conduire un fantôme ! Vous êtes déjà venu tout à l'heure en femme, non, non ! et comme la mère Trottier il faisait signe de croix sur signe de croix.

Cette circonstance qu'une femme était venue frappa l'abbé !

Annah était décidément un esprit malin, il se trouva soulagé, sans doute la vision infernale, une fois disparue, ne laisserait aucune trace, tout ce qu'elle avait annoncé était mensonge.

Cependant l'aubergiste n'ouvrait pas, et il n'aurait pas ouvert si le vieux Dareck, le doyen de la famille, n'eût traversé le village, revenant de la forêt — avec un paquet d'herbe.

Cette famille n'avait jamais perdu l'habitude d'aller cueillir le sélago au clair de lune malgré toutes les fulminations de l'abbé Marcel.

Le père Dareck s'approcha, étonné de rencontrer le vieux prêtre à pareille heure, le voyant et grelottant il apostropha l'aubergiste.

— Eh ! là haut ! descendras-tu ou je monte.

— Mais tâtez-le donc, dit l'aubergiste, tâtez-le ! que je sache s'il est en chair et en os.

— En quoi veux-tu qu'il soit ? animal, et le vieux Dareck de son poing de géant ébranlait la porte.

L'hôtelier descendit et de frayeur laissa tomber sa lanterne.

L'abbé Marcel avait l'air d'un déterré, il fallut bien des explications pour décider le paysan à conduire dans sa carriole jusqu'à Épinal un homme qui avait pareil visage.

Les ayant vu monter en voiture, le père Dareck, son sélago enveloppé dans sa blouse, reprit le chemin du caër Derouën.

On prétendait qu'avec cette herbe, ils vivaient dans cette famille-là cent ans pour le moins.

En arrivant à Paris, l'abbé Marcel courut chez le révérend Davys-Roth, la lumière des saints. Le courage lui avait manqué pour aller jusqu'à Saint-Lazare savoir à quoi s'en tenir, sur sa nièce, et il voulait demander conseil.

En dépit du respect profond qu'il portait à Davys-Roth, le vieil oncle ne put se défendre de verser des larmes en s'écriant :

— Révérend père, ayez pitié de moi !

Celui-ci vit de suite à qui il avait affaire. S'il avait résolu quant à de Méria et à sa complice de faire la part du feu, il était plus habile encore d'étouffer l'affaire, le sort le favorisait en lui remettant entre les mains l'abbé Marcel.

— Qu'avez-vous, mon vénérable frère? dit-il avec une émotion d'acteur en faisant asseoir le vieillard.

Celui-ci, à travers ses sanglots, raconta la terrible histoire que Davys-Roth connaissait aussi bien que lui, mais la nouvelle que Claire était à Saint-Lazare le stupéfia.

Il n'oublia qu'une seule chose, demander au vieillard comment il avait appris que sa nièce était à Saint-Lazare sous le nom de Marthe Philippe ; il s'imaginait qu'elle avait pu faire mettre une lettre à la poste.

Avant de faire la moindre démarche pour rendre Claire à son oncle, Davys-Roth raisonna la situation. Cette histoire ébruitée ne pouvait que tourner au désavantage de l'Église, le meilleur moyen pour l'enterrer était de mettre la jeune fille hors d'état d'en parler et, vu le caractère de l'abbé, c'était facile.

Le pauvre vieillard soutint un terrible interrogatoire ; portant sur tout hors la question principale, comment il avait su la douloureuse nouvelle.

— Petite misérable ! se disait Davys-Roth, comme elle a été habile ! Quant à de Méria et à Mme Helmina, leur affaire est bonne.

« La maison de convalescence, dit-il à l'abbé Marcel, était placée uniquement sous la protection divine, non sous la surveillance du clergé, l'Église ne peut donc répondre de ce qui s'y passe, mais le Seigneur seul, que sa sainte volonté s'accomplisse.

« Si l'enfant est folle, il faut la mettre hors d'état de commettre un scandale, il faut qu'elle ne puisse jamais le commettre.

« Comme on tire un noyé par les cheveux, disait le père, il faut ne craindre *aucun moyen* pour arrêter le scandale.

« Le scandale, c'est la ruine de l'Église.

— Je le sais ! répondit l'abbé Marcel.

Davys-Roth continua.

Contre le scandale on emploie les mêmes moyens que contre la rage.

L'abbé Marcel inclina la tête.

— La conduite de la jeune fille doit nous dicter la nôtre, dit encore Davys-Roth, je vais vous indiquer la marche à suivre pour vous la faire rendre, en ayant soin toutefois de ne pas mettre mon nom en avant — Vous me l'amènerez et nous verrons. Vous avez sagement fait de me consulter d'abord, il faut maintenant faire les démarches avant d'aller à Saint-Lazare, de là vous viendrez ici avec elle.

Le vieillard ne faisant aucune objection, il sortit laissant Davys-Roth livré à ses méditations.

L'abbé Marcel se fit conduire à la préfecture au bureau de M. X...

L'étonnement de celui-ci fut tel qu'il pensa suffoquer. Cela aurait été fort agréable à M. Z... qui convoitait l'emploi, mais malheureusement pour lui, les verres des lunettes de M. X... furent seuls brisés, dans la stupéfaction il y passa son pouce.

Quoi ! toute la police n'avait pu trouver Claire et cet homme qu'on trompait à loisir réussit à travers tout, il lui témoigna son admiration.

— Vous avez, monsieur, accompli un miracle !

— Quel miracle ? demanda l'abbé Marcel qui prenait ces paroles au pied de la lettre.

— Ah ! monsieur ! retrouver ainsi cette jeune fille ! c'est Dieu qui vous envoie !

— Monsieur, continua le vieillard, on a reconnu que Claire était atteinte d'aliénation mentale, nulle charge ne pèse sur elle, je viens donc vous prier de vouloir bien m'aider à me faire rendre ma nièce que j'emmenerai avec moi.

M. X... n'osait entamer ls chapitre de Mme Helmina, craignant de se trouver compromis par les complaisances qu'il avait eues pour cette maison.

Le matin encore il avait reçu une lettre (menaçante cette fois) de Mme Mixlin, à qui les phrases dites par Sophie dans sa fièvre découvraient à demi le mystère de l'enlèvement de sa fille, elle disait qu'à défaut d'enquête elle dénoncerait elle-même ceux sur qui pesaient ses soupçons.

Il y avait bien la ressource de l'arrêter, mais alors c'était M. X... qui assumait les responsabilités.

Nicolas ne voulait plus se mêler dans cette affaire. Amélie l'agaçait avec ses idées de mariage et le vicomte d'Espailhac était maintenant dans la police politique, provocations, calomnies, carfarderies, tout cela s'étalait comme un miel empoisonné sur son journal : *Le Pain*.

M. X... se décida à guider l'abbé Marcel dans ses démarches, ils allèrent d'abord à Saint-Lazare établir la transformation de Marthe Philippe en Claire Marcel.

Il était temps, car la situation de la pauvre fille venait de se compliquer étrangement. On croyait reconnaître en elle la célèbre Piquepoca, une rôdeuse dont la spécialité était de dévaliser les ivrognes, aidant les voleurs appelés *poivriers*.

— *Claire*, votre oncle ! cria-t-on dans l'atelier, omettant à dessein le nom de Marcel (car l'histoire devait rester secrète).

Elle se précipita tandis que la sœur Dorothée essayait de détordre au bout de son long cou sa petite tête de dinde en poussant un cri d'étonnement.

Depuis le matin, elle faisait un sermon à Claire sur les infamies commises par Piquepoca.

Il y eut dans l'atelier un long éclat de rire.

— Ah ! ce n'était pas Piquepoca, criait-on, pique-po-ca ! pique-po-ca ! sur l'air des lampions.

— Tout l'atelier fut puni, il n'y eut à aucun prix des gobettes de deux jours.

Claire, en entrant au parloir, aperçut son oncle ; elle jeta un cri et voulut se jeter à son cou, mais il resta impassible. Elle recula comme devant un mur de glace.

Il fut permis à l'abbé Marcel de l'emmener avant que les démarches fussent terminées.

Navrée, Claire monta avec son oncle dans la voiture qui devait les conduire chez Davys-Roth.

Une fois seule avec le vieillard elle fondit en larmes.

— Mon cher oncle, disait-elle, que vous ai-je fait ?

Attendri plus qu'il ne voulait le paraître et résolu à emmener Claire sauf à sacrifier plus tard la créature au créateur, il lui dit froidement :

— Pas un mot de ce que vous avez cru voir, Claire, ou je serais forcé de vous abandonner.

Tout le courage de la pauvre enfant avait fui ; dominée par l'horrible crainte des bandits de la maison de convalescence, elle se tut.

Annah et Philippe avaient eu raison de penser qu'entre elle et les saints personnages son oncle n'hésiterait pas, elle était sacrifiée.

L'aspect de Davys-Roth n'était pas fait pour la rassurer.

— Asseyez-vous, mademoiselle, dit-il en lui montrant un fauteuil.

Il la regardait si froidement qu'elle se sentait glacée.

Alors commença un interrogatoire plus terrible que ceux auxquels les plus terribles tribunaux astreignent les accusés, l'interrogatoire de la très *sainte inquisition.*

Il fallut rendre compte de son temps depuis sa fuite jusqu'à l'heure présente. Claire en présence de cet homme froid et fin, scrutant jusqu'à la pensée, eut cependant la présence d'esprit de ne pas livrer le secret de Philippe.

— Une famille avait eu pitié de moi, dit-elle. Un des membres de cette famille se dévoua pour m'accompagner. Je ne sais pas leur nom, je ne reconnaîtrais pas même l'endroit qu'ils habitent.

Il était heureux que le meilleur moyen d'étouffer l'affaire fut de rendre Claire à son oncle, car Davys-Roth ne se fût point contenté de ces réticences, mais elle serait en bonnes mains. Quant à celui qui accompagnait Claire, on ne serait pas longtemps à le trouver puisqu'il était arrêté.

Tout en abandonnant de Méria et Helmina, il voulait que le silence se fît. sur eux le plus possible.

L'abbé Marcel se taisait, pâle comme un mort, il subissait ce qu'il appelait la volonté du Dieu d'Abraham, de ce Dieu qui ordonne aux pères de lever le couteau sur leurs enfants.

Davys-Roth, s'adressant à lui, prit dans une boîte d'or une des nombreuses reliques de la vraie croix dont le total bâtirait une ville, et la lui présentant :

— Jurez là-dessus, dit-il, que cette enfant ne révélera à personne ni les rêves de sa folie ni rien de ce qu'elle a cru lui être arrivé.

« Quoi qu'en aucune manière la maison de Mme Helmina ne soit sous la direction de l'Église, les esprits pervers pourraient en profiter pour l'insulter. »

Il ajouta quelques mots que Claire n'entendit pas, il était clair que l'abbé Marcel obéissait au jésuite, lequel obéissant au mot d'ordre de Rome, sacrifierait comme il le disait la créature au créateur.

Le vieil oncle s'arrachait le cœur pour se rendre insensible, car Davys-Roth observait le moindre signe de faiblesse, il le voyait.

S'adressant à Claire, le père lui dit :

— Souvenez-vous de garder le silence et d'obéir. Maintenant passez dans cette chambre, vous y trouverez des vêtements.

La jeune fille inclina la tête, il lui semblait que sa voix ne pouvait plus sortir de ses lèvres, la rieuse, la hardie jeune fille était domptée, l'horreur et l'angoisse l'avaient prise à la gorge.

— Je ne devrais peut-être pas vous la rendre, dit Davys-Roth, lorsque Claire fut passée dans l'autre appartement —! Mais jurez-moi encore qu'elle ne parlera jamais.

— Je le jure ,dit l'abbé Marcel.

Le soir même Claire et son oncle partaient pour les Vosges et le lendemain à la tombée de la nuit ils arrivèrent au Val-des-Chênes.

Le vieillard conservait un silence terrible.

Le révérend Davys-Roth était satisfait de la tournure que l'affaire avait prise, mais la pensée lui vint plusieurs fois qu'il avait oublié de demander à Claire par quel moyen elle avait averti son oncle.

— Est-ce que je baisserais ? se demandait-il : question que de Méria avait résolu déjà par l'affirmative, mais que la suite allait lui faire résoudre autrement.

Le vénérable jésuite voulait se défaire des deux branches mortes qui pouvaient nuire à la religion, il fit donc venir de Méria et lui signifia ses volontés pour lui et Mme Helmina.

Blanche de Méria contribua sans doute à les adoucir en ce qui concernait son frère, car on lisait quelques jours après les scènes que nous avons racontées cette double annonce dans le journal *le Pain* et dans *l'Echo du ciel.*

« On parle beaucoup dans le monde pieux du mariage de M. le comte de Méria « avec une riche héritière, fille d'un homme d'une intelligence supérieure et d'une « haute vertu, nous avons nommé mademoiselle Rousserand.

« On s'entretient également, ceci avec regret, du départ pour l'Italie, de ma- « dame Helmina de Saint-Stéphane, sérieusement atteinte à la poitrine par suite « de ses fatigues dans la direction de la maison de convalescence Notre-Dame-de- « la-Bonne-Garde, fondée par Mlle Olympe Julien.

« Mlle Blanche Marcel, institutrice de l'établissement, sera *provisoirement* « chargée de la direction. »

Davys-Roth avait exigé le mot *provisoirement;* se défiant d'une créature du comte de Méria, il ne voulait pas qu'on tombât de scandale en scandale.

Le départ d'Helmina devait avoir lieu sous peu de jours.

Yvan Karadeuk prit un chemin de traverse.

LXIV

LES PAPIERS

Il semble que la joie des uns soit faite des douleurs des autres.

C'est que les uns sont le raisin au pressoir, les autres les buveurs.

Telles étaient les pensées de Brodard suivant à travers la nuit le chemin qui conduit du passage l'Écuyer à la rue de la Chance-Midi et la route est longue même en coupant comme il le faisait à travers la campagne.

Ses filles étaient retrouvées, l'une mourante ; l'autre, Saint-Lazare (il ignorait pourquoi) l'avait prise et venait de la rejeter sur le pavé.

Le troisième aurait le sort des autres ; son fils, sali comme lui par une condamnation infamante et lui de plus en plus enferré par les pièges qu'avait laissés Lesorne dans tous les endroits où il avait enfoui un crime.

Eh bien ! il viendrait à bout de tout cela ; une ardeur fiévreuse l'emportait, il était devenu hardi : il s'en allait vendre des marchandises dans tous les villages des environs.

Peu lui importait qu'on le reconnût pour Brodard ou qu'on le prît pour Lesorne.

Il niait l'un effrontément ; acceptait l'autre avec audace ; il avait passé sur tout.

Il fallait qu'il s'acquittât envers Trompe-l'œil et qu'il s'enfuît de Paris avec ses filles.

Il se cacherait sous un nom supposé dans une province où Auguste viendrait les retrouver quand son temps serait fini.

Mais des papiers ! il lui en fallait d'autres que son passeport de forçat.

Qui donc lui en procurerait ? il fallait bien pourtant qu'il en eût.

Il eût donné son sang pour un passeport.

Vers Saint-Ouen il fit la rencontre d'un homme à peu près de son âge, vêtu d'une blouse de toile bleue sur sa veste et son pantalon de grosse laine, comme on en tisse encore dans les villages de Champagne et de Bretagne, il portait un petit sac de voyage.

— Hé ! l'ami, dit-il à Brodard, voulez-vous faire route avec moi ?

— Où allez-vous, dit Brodard ?

— Au premier village et à la première auberge où vous passerez je vous suis.

— Pourquoi ?

— Parce que j'ai deux cents francs sur moi et que je ne veux pas voyager seul.

— Et vous commencez par jeter à la tête du premier venu que vous voyagez avec de l'argent sur vous ?

— Laissez donc, dit l'homme, je sais à qui je m'adresse. Tenez, tout à l'heure j'ai été suivi par un mauvais drôle, j'en suis sûr, c'est pour cela que je vous suis à mon tour.

— Comme vous voudrez, dit Brodard.

Ils marchèrent côte à côte.

L'homme, très communicatif, lui raconta qu'il venait de loin, de la Bretagne, il s'était ennuyé de mourir de faim, dans son village, et il avait voulu voir si on en mourait partout.

— Oui, répondit Brodard.

— En effet, continua l'homme, je cherche de l'ouvrage depuis huit jours et je n'en ai pas encore trouvé.

— Pourtant j'ai de bons certificats et on peut écrire pour des renseignements.

« Le maire de Plouarek m'a même confié les deux cents francs dont je vous

arle pour les remettre à un de ses parents à Paris. Il faudra que j'y aille au
remier jour, cela m'ennuie d'avoir cet argent sur moi.

— Vous ferez bien, dit Brodard.

L'homme reprit le cours de ses racontars, il aurait désiré que quelqu'un le
recommandât pour trouver du travail ; ce n'est pas le tout d'avoir des papiers, il
faut encore connaître du monde.

Il avait parlé en un quart d'heure, autant qu'un autre l'eût fait en une journée,
racontant que sa femme étant morte ; il s'ennuyait autant d'être tout seul que d'être
misérable, il voulait voir du pays autant que trouver de l'ouvrage — sa femme
s'appelait Marguerite, lui se nommait Yvon Karadeuk ; leurs enfants étaient
morts peu de temps après la mère ; et une foule de détails qui intéressaient fort
peu Brodard.

Il voulait que Brodard le conduisît où il couchait.

— C'est trop cher, dit Brodard, qui se fiait peu à Trompe-l'œil pour cet
hôte.

— Alors, voilà Courcelles, je sais là une auberge, j'y ai passé deux nuits,
c'est moins cher qu'à Paris.

En effet on apercevait les lumières des premières maisons.

Yvon Karadeuk prit un petit chemin de traverse en disant :

— Bonsoir et merci de votre compagnie.

— Soyez prudent, dit Brodard !

L'homme disparut.

Brodard respira, n'étant plus obligé d'écouter cet importun compagnon qui
parlait de papiers, toujours de papiers, cela lui en avait donné le vertige.

Il reprit sa marche, allégé comme si un poids lui était ôté.

Mais quelques minutes s'étaient à peine écoulées, qu'un cri perçant retentit
suivi d'un long gémissement.

Brodard s'élança à l'endroit d'où partaient les cris, un homme fuyant avec
rapidité se croisa avec lui.

Brodard chercha dans la nuit profonde, il n'entendait plus rien que les hurlements d'un chien dans le grand silence, il finit par trébucher sur un obstacle
étendu sur la berge : c'était le corps du paysan, le sang s'écoulait par le crâne fra-
cassé et vidé comme une noix.

La petite valise noire avait disparu avec les deux cents francs du maire de
Plouarek.

A la lueur d'une allumette, Brodard se rendit compte que l'homme était mort,
déjà le corps se glaçait ; c'était donc inutile de chercher à le ranimer et plus prudent, dans la situation où il se trouvait, de rentrer chez lui, que d'aller prévenir
la justice ; il eut été immédiatement arrêté.

L'idée lui vint aussi que s'il était surpris dans cette solitude, penché sur le
cadavre on l'accuserait du meurtre, l'effroi le prit et il s'éloigna rapidement.

Brodard courait sans regarder derrière lui ; une idée grossissait dans son cerveau comme une hallucination, les papiers flamboyaient devant lui. L'homme les
avait sur lui dans un portefeuille sur lequel il frappait en parlant, peut-être l'as-

sassin n'avait-il pris que la petite sacoche; les papiers restaient donc dans le portefeuille.

Le portefeuille était sous les vêtements du mort.

Il y avait là de quoi sauver ses enfants. Qu'importait à ce mort sans famille? sans personne qui pût le réclamer, un nom qui venait de s'éteindre? Un nom de prolétaire, il y en a tant comme cela ensevelis dans tous les coins du monde.

Une sueur froide le couvrait dès pieds à la tête et il allait, il allait toujours.

Puis, tout à coup comme si quelque chose de plus fort que sa pensée même le faisait mouvoir, il retourna vers le cadavre, c'était l'instinct de la conservation pour lui et pour sa race qui l'emportait.

Il reprit tête baissée, à pas lents cette fois, le chemin déjà fait; il retrouva le corps, se baissa plus frémissant que s'il eût été l'assassin et chercha le portefeuille, il était sous la blouse dans la poche de la veste.

Se demandant si c'était bien lui qui agissait, retenant des cris d'angoisse prêts à lui échapper, Brodard prit le portefeuille; ses jambes se dérobaient sous lui.

On entendait au loin un bruit de roues et le claquement d'un fouet, c'était un charretier lourdement chargé qui lentement arrivait avec sa voiture.

Brodard se coucha près du corps pour le laisser passer.

Les chemins, comme il arrive dans cette saison, n'étaient pas bons; presque en face du cadavre le charretier arrêta ses chevaux, descendit, et à l'aide de sa lanterne, il chercha si rien n'était brisé.

Brodard entendait son souffle tout près de la berge où il était couché formant avec le cadavre une masse noire, il voyait la lueur de la lanterne jusque sur les pieds du mort.

Si cet homme l'eut découvert ayant sur lui le portefeuille accusateur, sa balle cachée dans le fossé et couché près du mort aussi pâle que le cadavre qui donc ne l'eut pas pris pour l'assassin?

L'horreur lui soulevait les cheveux, mais la pensée de ses enfants dominait tout cela :

Le charretier, tout occupé de sa voiture, allait et venait tout autour, le cheval reniflait.

— Allons, dit l'homme, qu'est-ce que tu as, Blanco, est-ce que tu sens le loup?

Il remit sa bête en marche, Brodard se trouva de nouveau seul avec l'homme assassiné.

Rien n'était terminé, pour prendre le nom de cet étranger il fallait lui laisser le sien.

Hagard, sentant ses prunelles brûler comme des braises, ses membres se refroidir plus que ceux du cadavre, il ôta ses vêtements et commença à revêtir ceux de l'homme assassiné.

Il fallut ensuite mettre les siens au cadavre, lente et terrible opération qui dans l'obscurité lui prit beaucoup de temps.

Deux fois encore il eut à se coucher près du corps pour laisser passer des voyageurs.

Il semblait à Brodard que l'air était imprégné d'une odeur de sang, il s'étonnait qu'on pût traverser ce chemin sans s'en apercevoir.

Enfin, laissant l'homme assassiné couvert de ses habits, la balle et le bâton ferré jetés à terre près de lui, Brodard reprit non le chemin de la maison de Trompe-l'œil, mais celui de la rue de la Glacière où il monta chez la marchande de mouron.

Là, avec des sanglots étouffés, le malheureux raconta ce qui s'était passé.

Comme la vieille femme demeurait muette, Brodard, empourpré de fièvre, parlait avec animation.

— C'est tel que je vous le dis, j'ai volé les papiers d'un homme assassiné.

Voyez-vous, la vie pour moi c'est la guerre contre tout, puisque tout m'écrase. Si je trouve une arme je la ramasse, si je découvre un asile je m'y blottis.

Ces papiers-là, pour mes enfants c'est la vie.

Mais regardez donc si j'ai du sang sur moi?

Il passa la journée dans la petite chambre, tantôt parlant avec emportement, tantôt gardant un silence farouche.

Vers le soir, il se calma un peu, mais toujours décidé comme le loup que chasse la neige.

Les papiers, **pris sur le mort**, étaient un acte de naissance au nom de Yvon Karadeuk, né à Saint-Nazaire, le 28 juin 1830.

Un passeport au même nom dont le signalement suivant la coutume pouvait aller à tout le monde, à condition d'avoir les yeux et les cheveux à peu près de la couleur indiquée; à peu près aussi la même grandeur.

Brodard avait les yeux noirs comme Jean Karadeuk, il se teignit la barbe, les cheveux et les sourcils qu'il avait gris depuis longtemps.

Des lettres de recommandation du maire, et autres personnages importants le présentaient comme un bon travailleur.

Heureusement, l'état était de ceux qui conduisent dans des endroits perdus · Yvon Karadeuk était mineur. C'est pourquoi il s'était présenté à Paris pour des emplois d'homme de peine ou de terrassier.

Aucune lettre ne faisait mention de femme ni d'enfants.

A la fois chance et difficulté.

Les journaux publiaient le soir une note que les forçats de Toulon, toujours passionnés pour l'affaire mystérieuse de la carrière, répétaient la nuit dans la chambrée, tandis que Lesorne, roulé dans ses couvertures, écoutait.

« On a trouvé ce matin, sur la berge de la route d'Asnières, tout près du village, le cadavre d'un colporteur assassiné ; le crâne a été brisé et le cerveau est complètement sorti du crâne.

« Le passe-port trouvé dans ses vêtements, au nom de Lesorne, forçat grâcié, ne laisse aucun doute sur son identité.

« Le vol n'a pas été le mobile du crime, puisqu'on a trouvé sur lui soixante francs, produit de ses ventes, et la balle contenant encore des marchandises.

« Un revendeur de la rue de la Chance-Midi, nommé Trompe-l'œil, chez qui demeurait Lesorne, a réclamé la balle et les soixante francs, comme lui appartenant.

« Ce qui jette un jour étrange sur cette affaire, c'est que le mode d'assassinat est le même que pour le cadavre des carrières.

« C'est la manière du meurtrier, sa signature si l'on veut.

« Un bâton semblable à celui qui a été trouvé dans la carrière de l'homme assassiné, établit entre ces deux meurtres une relation encore plus parfaite ; ce bâton peut avoir appartenu au colporteur lui-même, c'est ce qui rend l'affaire plus mystérieuse. »

— Le diable m'emporte, pensait Lesorne, si j'y comprends quelque chose ; Brodard ne peut pourtant pas s'être cassé la noix tout seul, il faut qu'il ait trouvé le frangin Sansblair, il a bien trouvé Trompe-l'œil.

Et, serrant davantage sa couverture, il savourait la sécurité.

Trompe-l'œil, de son côté, demanda des explications à Sansblair. Comment ! au lieu de faire de la braise sur un pante, il choisissait un copain au moment où on en avait besoin.

Sansblair ne comprenait pas comment le voyageur si communicatif dont il écoutait depuis un quart d'heure la conversation avec Lesorne, et que celui-ci avait eu la bêtise de laisser aller, s'était transfiguré en Lesorne lui-même.

— C'est que tu étais *poivre* (ivre), disait Trompe-l'œil, la preuve en est que Lesorne, qui était un *désargoté* (malin), avait *fait la négresse* (volé la valise) avant toi. C'est sur lui que tu l'as prise, *pantre* que tu es !

Sansblair se défendait avec véhémence ; enfin, poussé à bout par les regrets de Trompe-l'œil au sujet de Lesorne, il alla à la Morgue, où le corps était exposé, obsédé qu'il était par une idée fixe. En effet, le *refroidi* n'était pas Lesorne.

Mal en prit à Sansblair d'avoir poussé si loin sa reconnaissance : son visage n'était point une recommandation, le mouvement qui lui échappa parut également suspect. Il fut donc dès lors filé avec un soin tout particulier, sans qu'il s'en doutât le moins du monde.

Brodard n'avait pas un sou pour emmener ses enfants ; il n'eût pas voulu du produit de ses ventes, qu'il avait laissé, comme nous l'avons vu, dans ses vêtements, la vérité se présentait terrible.

Effrayant de résolution, il prit dans ses bras Sophie, toujours malade, et, suivi d'Angèle et de Louise, il traversa Paris en plein jour pour aller, de village en village, jusqu'à la mine prochaine.

Les vingt francs donnés par de Méria à la petite Louise avaient été jetés par Angèle ; toutes les bourses réunies de la marchande de mouron, de la mère Nicole et de Mᵐᵉ Mixlin ne montaient pas même à autant ; c'est avec cela qu'ils entreprirent le voyage.

Angèle aurait voulu emmener Clara Bussoni, mais celle-ci, craignant d'être une charge, refusa formellement sous mille prétextes.

Depuis que Sophie avait une fièvre moins ardente, elle ne parlait plus de Rose ; en vain Mᵐᵉ Mixlin l'avait interrogée. Mais la pauvre mère n'en conservait pas moins la résolution inébranlable de faire elle-même le jour qu'on lui refusait.

XLV

MADEMOISELLE DE MÉRIA FAIT UNE ÉVOLUTION

Si quelque chose pouvait dédommager le révérend Davys-Roth des inquiétudes que lui causaient des *employés* tels que de Méria, Helmina et Nicolas, c'était l'habileté incontestable de Blanche. Elle se pliait à toutes les manœuvres, elle jouait tous les rôles exigés par la raison d'état.

Cette malheureuse, qui s'agitait éperdument dans le mal, aimant mieux les grands crimes que les petites vertus, cherchait inutilement sa voie dans le dédale d'infamies qu'elle explorait le front haut.

Blanche de Méria avait du moins la fierté des bandits féodaux dont son frère n'avait que les appétits, rendus plus immondes par son avilissement.

Mlle de Méria fut employée à la police politique de Davys-Roth, elle était chargée de suivre certaines réunions populaires et de rendre compte au vénérable père de ce qui s'y passait. Les deux russes Nikaïloff et Petrowski l'inquiétant surtout par l'ardeur qu'ils apportaient à la propagande de leurs idées, elle dut se rappeler leurs discours, prendre des notes, chercher à les approcher, ce qu'elle fit en échangeant avec Annah quelques paroles, pleines de sympathie du côté de Blanche, de politesse mais de discrétion du côté d'Annah.

Mlle de Méria ne put donc surprendre ni les correspondances ni les projets des étrangers, mais, toujours attentive à leurs discours, toujours les yeux fixés sur eux, elle se trouva prise par la grandeur de leurs conceptions. Elle en vint, non plus à revoir ses songes d'autrefois, au temps où son cœur était une page blanche que les jésuites avaient emplie de leur satanique grimoire, mais tout simplement à aimer l'un de ceux qu'elle trahissait, le russe Nikaïloff.

Blanche n'était pas femme à ignorer ce qui se passait en elle; ce sentiment nouveau lui inspirait la curiosité de l'inconnu et le charme de l'impossible.

Il va sans dire que Davys-Roth n'était nullement dans la confidence, il ne pouvait donc qu'être profondément édifié par le zèle de Blanche à le servir.

Elle commençait justement, habituée à trahir comme elle l'était, à se demander si, le cas échéant, elle servirait complètement Davys-Roth, et... elle s'était répondu négativement.

La disparition subite des trois étrangers fut pour elle un coup terrible.

Quelques jours avant le mariage d'Hector, Davys-Roth fit venir Blanche de Méria. Il la trouva profondément triste, ce qu'elle attribua à la conduite de son frère.

— Nous avons longuement à causer aujourd'hui, ma chère enfant, dit-il en la faisant asseoir en face de lui.

« Vous avez vu que, sur vos instances, je n'ai pas hésité, au lieu de perdre votre frère comme il le méritait, à lui faire faire un riche mariage.

« Je n'eusse jamais, pour toute autre que vous, failli à la sévérité qu'il méritait; c'est à vous maintenant, avec la fermeté que je vous connais, à veiller à ce qu'il accomplisse sa promesse de ne point quitter de deux ans la maison de campagne de M. Rousserand, — ce temps est à peine suffisant pour éviter les soupçons.

« Écoutez encore, ce n'est pas tout, il vous faudra, après le départ de Mme Helmina, qui ne peut tarder, prendre la haute direction de la maison de convalescence, tout y est à réformer, c'est la tâche des saintes, nous comptons sur vous. »

A ce mot de saintes, Blanche eut sur les lèvres, comme une ombre, un soúrire amer.

Davys-Roth continua :

— Vous croyez que j'ai fini, ma chère fille. Eh bien ! non, écoutez encore. A partir du départ de votre frère jusqu'au départ de Mme Helmina, que je vous télégraphierai, j'attends de vous un important service.

— Je suis à vos ordres, dit Blanche.

— Vous n'avez pas oublié ces réfugiés russes dont vous m'apportiez les discours.

— Non, dit Blanche.

— Eh bien, après avoir été expulsés, ils ont passé, sans que nous sachions pourquoi, d'Allemagne en Belgique, et de là en Angleterre.

« C'est à Londres même qu'il faudra vous rendre, et me rendre un compte exact de leurs menées. »

Une petite flamme monta anx joues de Blanche.

— J'irai, dit-elle.

Cette obéissance ravit Davys-Roth.

— Vous comprenez, ma bien chère enfant, dit-il très bas, que nous ne manquons pas d'émissaires autour de ces gens de désordre, mais ils leur sont plus ou moins suspects, par conséquent inutiles.

« Ce que je veux, c'est une intelligence dans la place même, c'est un œil vigilant sans cesse ouvert sur les machinations de ces gens qui parlent trop peu pour n'être pas dangereux.

« Il faut vous affilier à leur société si intimement qu'elle n'ait plus de secrets pour vous. »

— Ne craignez-vous pas, mon père, qu'il n'y ait danger de scandale si on m'accusait de faire partie des ennemis de la sainte Église.

— La vie retirée que vous mènerez sauvera tout. Là-bas, en Angleterre, vous pourrez au besoin changer de nom. D'ailleurs, je vous le répète, c'est pour peu de temps.

— Qu'il en soit fait comme vous le désirez, mon père, dit Blanche, s'inclinant profondément.

Davys-Roth ne vit pas sur son visage l'expression rapide mais expressive d'une moquerie très accentuée.

Tandis que se faisaient les préparatifs du mariage d'Hector contre lequel luttait de toutes ses forces Mme Rousserand, M. de Méria avait entrepris une série de conférences sur la nécessité et la manière de vaincre ses passions, conférences qui faillirent être troublées par un incident désagréable.

Au nom de Rose Mixlin, de Méria s'élança vers sa voiture. (Page 594.)

Mme Mixlin, lassée d'écrire à M. X... et de demander une enquête motivée par les propos échappés au délire de Sophie Brodard, résolut de faire elle-même cette enquête.

La mère Nicole connaissait de Méria, elle le savait à la tête de l'œuvre, elle se chargea donc de l'amener à donner des explications s'il y avait lieu.

Elles l'attendirent dans la rue au sortir de sa conférence, et, se plaçant entre lui et le fiacre qui l'attendait, la mère Nicole s'adressa pour la pauvre mère à de Méria.

— Monsieur, dit-elle, je vous amène une pauvre mère.

Sous le feu de ses discours, Hector, posant à l'homme de bien, s'écria :

— Et vous faites bien, qu'elle soit d'avance exaucée! Que voulez-vous, ma bonne dame?

— Je veux, monsieur, dit Mme Mixlin, savoir pourquoi dans son délire Sophie Brodard nommait si souvent ma fille avec des cris d'effroi; je veux savoir si à la maison de Notre-Dame-de-la-Bonne-Garde on peut me donner des renseignements sur Rose Mixlin.

A ce nom, de Méria s'élança dans la voiture, bousculant sur son passage les deux femmes qui glissèrent dans la boue noire de la rue.

— Quelle tête il a fait le *bonisseur de flambarde* (conteur de cierge), disait un petit déguenillé à figure rusée dont le vent effarouchait les haillons et les cheveux d'un blond roux.

Le vieux à qui s'adressait l'enfant ne répondit pas de suite, il rêvait debout sur le bord du trottoir. Tout à coup, comme s'il sortait d'un rêve, il ramassa son crochet tombé à ses pieds.

— Viens, petit, dit-il.

L'enfant le suivit.

Le fils du guillottiné, car on l'a reconnu, avait pris une profession : il était chiffonnier.

Histoire *d'élever* son enfant d'adoption dont au sortir du dépôt il ne s'était plus séparé.

Ces deux vagabonds s'étaient pris d'affection l'un pour l'autre.

M. Nicolas, que le vieux avait en grippe, ne pouvait, quand il en avait besoin, mettre la main sur ce petit comme il faisait de Pierrot. Ce mauvais drôle passait d'un côté quand il voyait de l'autre le comte d'Épaillac.

LXVI

LE CAVEAU

A l'heure où Claire et son oncle rentrèrent au Val-des-Chênes les paysans terminaient le repas du soir.

Au bruit de la voiture de l'aubergiste qui les ramenait, ils coururent en toute hâte, car, non seulement ils aimaient le vieillard, mais surtout la jeune fille.

— Mademoiselle Claire! mademoiselle Claire! criaient les enfants.

Mais ils se retiraient bientôt frappés de l'air sinistre de l'abbé Marcel qui, regardant sa nièce, montrait en même temps son front comme pour leur faire entendre qu'elle était attaquée là.

En effet, Claire était bien pâle, à peine si on la reconnaissait.

En entrant chez lui, il fit le même geste à sa gouvernante qui accourait trottant menu, ses petits yeux noirs regardant çà et là, sous sa coiffe, son museau de rat en alerte comme une vieille trottinière qu'elle était.

La gouvernante se retira comme avaient fait les paysans ; le visage amaigri de Claire, ses yeux brillants de fièvre, n'étaient pas faits pour démentir l'assertion de son oncle.

Dès lors commença un douloureux supplice : Claire fut installée dans sa chambre dont les volets étaient fermés au dehors et dont la porte avait un tour de clef.

— Elle n'est pas en état d'être vue, disait-il, et lui seul la faisait un peu sortir dans le jardin desséché par l'hiver, ou s'asseoir quelques heures, en face de lui, près du foyer.

Naguère elle emplissait de joie toute la maison : tout était fini.

Pourtant au fond, elle reprenait courage. la pauvre Claire ; elle avait échappé déjà à de si rudes aventures, qu'elle mûrissait, malgré toute son affection pour son oncle, le projet de s'enfuir à l'étranger, de là peut-être elle pourrait adresser un appel aux parents des pauvres petites victimes.

Personne ne mettait en doute la folie de Claire Marcel ; on disait bien que le vieil oncle, un peu fier de sa nièce, l'avait sans doute fait étudier outre mesure, mais c'était tout, on les plaignait tous deux, sans s'informer davantage.

Mme Trottier trouvait que, pour une insensée, Claire était bien paisible ; mais s'il y avait eu espoir de guérison, l'oncle eût fait venir des médecins.

L'abbé Marcel parlait peu à Claire et, glacée par cette froideur, elle n'osait elle-même lui adresser une parole ; c'était là sa plus grande douleur.

Un soir il entra contre son ordinaire dans la chambre de la jeune fille après qu'il l'eût fait sortir suivant son habitude.

— Claire, mon enfant, dit-il, viens me parler.

Étonnée, heureuse, elle se jeta à son cou, laissant couler ses larmes.

— Écoute, Claire, dit-il, si tu veux que je t'aime comme autrefois. copie et signe ceci, vois-tu, j'ai trop souffert depuis quelque temps, je sens qu'il me reste peu de jours à vivre et je voudrais qu'il te fût possible de rester après moi, tu es si jeune, ma pauvre enfant.

Il avait en parlant tiré de sa poche un papier, en forme de lettre.

— Tu n'as qu'à copier ceci, à le signer et nous l'enverrons ; à cette condition tu peux me survivre.

Claire lut ce qui suit :

A MADAME HELMINA DE SAINT-STÉPHANE

« Madame,

« Ma raison étant revenue, je viens vous demander pardon des monstrueux « mensonges de mon délire et déclarer, en même temps, que je n'ai jamais rien vu « que de louable à la maison de convalescence de Notre-Dame-de-la-Bonne-Garde.

« J'ai l'honneur de m'adresser, pour rendre cette déclaration plus formelle, « au vénérable père Davys-Roth, s'il veut bien y consentir.

Votre respectueuse servante,

« Claire MARCEL. »

— Jamais je n'écrirai cela, mon oncle, dit-elle, car c'est un mensonge, je n'étais pas folle et j'ai vu ce que j'ai dit.

Elle voulut lui parler; mais il la repoussa et sortit de la chambre.

Chaque soir, depuis plusieurs jours, cette scène se renouvelait chaque fois il sortait sans avoir rien obtenu

Claire ne s'apercevait pas du changement qui s'opérait sur le visage déjà si décomposé de son oncle, il marchait, il parlait, mais c'était dans une sorte d'agonie que dominait seule la volonté terrible du prêtre.

Comme il le disait, il sentait venir la mort. Mme Trottier disait qu'il avait l'air d'un déterré.

Un soir il vint plus tard que de coutume et s'assit sur le lit de Claire, tout d'une pièce comme si ses membres fussent déjà raidis par la mort.

Sans doute Claire elle-même était bien changée, car le cœur du vieillard se fondit.

Il alla fermer la porte et revint près d'elle de son pas raide et lourd.

— Ma pauvre enfant, dit-il, ma pauvre petite Claire, Dieu nous a envoyé une terrible épreuve, il ne faut pas l'accuser, il ne faut pas être cause que son saint nom soit blasphêmé.

« Je n'ai pas pu être bon pour toi, je n'en avais pas le droit; mais je voudrais qu'après moi tu puisses passer quelques jours tranquille, tu prendrais Mme Trottier, elle t'est bien dévouée et vous iriez bien loin d'ici sous un autre nom; si tu veux, ce sera plus sûr.

« Avec le papier que je veux te faire copier, nous serons heureux comme par le passé pendant les quelques heures qui me restent à vivre.

« Je sens que mon cerveau devient lourd, mon enfant, dépêche-toi, je vais bientôt être impuissant à conjurer le mal.

— C'est impossible, mon oncle, songez aux pauvres enfants perdues dans cette maison.

Il ne niait plus, il défendait son principe.

— Qu'importe, disait-il, les créatures quand il s'agit du créateur, est-ce que les blasphêmes des impies peuvent entrer en balance avec quoi que ce soit.

La pauvre enfant, sentant sur eux une sentence inexorable, voulut une fois encore jouir d'un instant d'affection.

— Mon oncle, disait-elle, mon bon oncle, vous souvenez-vous comme vous m'aimiez étant petite, nous causions ensemble comme si vous eussiez été de mon âge; nous étions bien heureux.

— Oui, disait le vieillard, il me semblait revoir en toi ma jeune sœur que j'ai tant aimée. Ma pauvre petite Claire, tu ressembles trait pour trait à ta grand'mère. Elle est morte depuis longtemps, ta mère aussi, je m'en vais les retrouver.

« Et si tu ne veux pas me croire, il faudra bien que je t'emmène aussi dans l'éternité. »

L'angelus sonnait, le vieillard se mit à prier.

— Je sauverai au moins ton âme, disait-il.

Ses yeux flamboyaient dans son visage livide.

Au dehors, les paysans rentrant des premiers travaux des champs, laissaient envoler quelques refrains mélancoliques comme le sort du bœuf et du laboureur.

Là bas dans les plaines,
Qui fane là bas?
Sous l'ombre des chênes,
Qui fane à grand pas?

C'est la mort qui passe,
Fauchant graine et fleurs,
Et jamais ne lasse
Ses noirs moissonneurs!

— Mon oncle, disait Claire, si nous sortions un peu, comme autrefois, dans le village, cela vous ferait du bien.

Le vieillard sanglotait, l'idée fixe de sa mort qui, d'après le refus de Claire entraînait avant lui la jeune fille, le tuait et le galvanisait à la fois.

L'intelligence obscurcie par l'ardeur du fanatisme, il allait accomplir un crime épouvantable en sacrifiant l'enfant pour laquelle il aurait donné mille fois sa vie.

— Tu veux donc mourir? disait-il, je t'en prie, je t'en supplie, écris cette lettre.

— Non, non, mon oncle, jamais.

— Écoute-moi, ce soir dans ton vin tu as pris, sans t'en douter, une potion qui endort profondément. Eh bien, Claire, mon enfant, dans quelques instants tu seras plongée dans le sommeil (et je sais seul ce qui peut te réveiller).

« Si tu avais écrit cette lettre, je te laisserais dormir quelques heures et je t'éveillerais; si tu ne veux pas, eh bien, Claire, mon enfant bien aimée, je te porterai dans le caveau de l'église, tu t'éteindras dans le sommeil, là, tu ne souffriras pas, je reglisserai la dalle; tu sais, celle qui est soulevée, sur le tombeau vide. »

Il était effrayant, ses joues creuses s'enflammaient, ses prunelles fixes brillaient comme l'œil d'un loup, il allait et venait, disant :

— Claire, ma fille, mon enfant, dépêche-toi!

Elle, rassurée par ce retour d'affection, ne croyait pas aux menaces de son oncle. Elle attribuait à l'émotion son égarement et ses paroles étranges.

La pauvre enfant retrouvait son rire d'autrefois.

— Mon oncle, vous voulez me faire peur, ne parlons plus de cette vilaine femme que vous appelez une sainte, ni de cet autre saint de Méria. Mon cher oncle. je vous en prie, ne croyez pas ces gens-là plus que votre petite Claire.

Son oncle ne l'écoutait plus ; il y avait en lui du fou, du fauve et du désespéré.

Sa face contractée, ses regards fulgurants effrayèrent tout à coup la jeune fille ; elle se précipita vers la fenêtre et chercha à l'ébranler, les épais volets de chêne étaient solides et sourds.

— Madame Trottier ! madame Trottier ! criait Claire.

La clef de la porte était ôtée et elle était fermée en dedans.

Mais la vieille femme avait été envoyée par son maître dans un village voisin. Malgré ses récriminations sur l'heure avancée, l'abbé Marcel avait exigé que le chien partît avec elle et la maison devait être déserte, au moins jusqu'à dix heures, les petits pas de la vieille ne marquant guère sur une lieue.

Terrible de douleur, effrayant de fanatisme, se sentant des forces inconnues en proportion avec le supplice qu'il endurait, l'abbé Marcel regardait sa nièce.

— Claire, mon enfant, disait-il toujours, signe ce papier.

Mais Claire aurait cru, en écrivant cette déclaration, prendre sur elle la complicité des crimes qu'elle avait vus ; l'oncle était fanatique, la nièce était brave et chacun d'eux suivait sa conscience.

Malgré cette épouvantable émotion, le breuvage fit son effet, celui-là était à l'épreuve depuis de longues suites de siècles ; l'abbé Marcel en tenait le secret des Darek quand il allait causer avec eux au caër Derouen. C'était de la médecine druidique, il y a la boisson qui endort et la boisson qui réveille, si elle est prise avant le nombre d'heures suffisantes à la première pour glacer le cœur et figer le sang.

Claire s'abattit tout à coup. Le breuvage des druides était vainqueur.

L'abbé Marcel poussa un cri de désespoir :

— Mon Dieu ! mon Dieu ! vous le voulez.

Et la portant sur son lit, il alla chercher une boîte contenant des fioles d'huile consacrée et du coton, il se mit, à travers ses sanglots, à lui administrer l'extrême-onction.

— Elle sera sauvée, du moins, répétait-il halluciné.

La jeune fille semblait morte.

On n'entendait plus rien dans le village ; l'église était tout près du presbytère. L'abbé Marcel prit Claire dans ses bras, et sans être vu, il y entra chargé de son fardeau et referma la porte derrière lui.

Alors, déposant Claire sur les marches de l'autel, il descendit la lampe du chœur et alla préparer le caveau.

C'était un souterrain auquel donnait accès une trappe placée derrière l'autel, et qu'on ne soulevait plus, depuis que le dernier seigneur était mort sans héritier.

Les oiseaux de proie féodaux qui avaient eu dans leurs serres le Val-des-Chênes, étaient là, dans leurs tombes, semées, serrées comme une poignée de grain ; il y en avait douze : dames et seigneurs.

Deux de ces tombes portaient, grossièrement sculptées, dans la pierre, des branches de lys, c'étaient deux jeunes filles.

Complètement fou, l'abbé Marcel les regarda comme s'il s'imaginait y voir des compagnes vivantes pour l'enfant qu'il y ensevelissait.

Nous avons dit qu'une des tombes était vide, il remonta, reprit Claire dans ses bras et l'entourant des flots de mousseline d'une de ses plus belles aubes, il la coucha dans cette tombe, une couronne de la Vierge sur le front.

Un petit autel était dans cette crypte ; l'abbé Marcel regretta de n'y pouvoir dire une messe, il sentait la mort plus près.

Regardant Claire encore une fois, il baisa ses pieds, les arrosant de larmes et voulut la recouvrir avec la dalle placée de manière à ce qu'il n'y eût qu'à la laisser glisser.

Mais pourquoi l'eût-il couverte de la dalle ? On ne descendait jamais dans le caveau.

Puisque Claire devait mourir dans son sommeil, à quoi bon l'enterrer vive sous cette pierre !

La force de remonter était tout ce qui restait à l'abbé Marcel.

Il referma la trappe, et, vacillant sur ses jambes, se tint un instant encore debout.

Alors une effrayante lumière éclaira le vieillard; la lucidité naturelle de sa conscience revint et lui fit voir, comme à une lueur d'éclair, le crime qu'il venait de commettre.

— Mon Dieu ! s'écria-t-il, mon Dieu ! pourquoi m'avez-vous laissé faire ?

« Il n'y a donc rien, rien ! »

. . . .

Dans les villages séparés les uns des autres par d'assez grandes distances, il est d'usage, dans une partie de la Champagne et des Vosges, de sonner pendant les nuits d'hiver, de dix à onze heures, ce qu'on appelle la retraite, afin que les voyageurs égarés trouvent où se diriger.

Le maître d'école est ordinairement chargé de cette corvée, qui se prolonge dans les villages de montagnes et de bois, jusqu'au milieu du printemps.

Trouvant fermée la porte de l'église, le maître d'école du Val-des-Chênes courut au presbytère, où Mme Trottier venait de rentrer avec le chien qui hurlait.

Ni Claire ni l'abbé Marcel ne se trouvaient au logis.

Affolés, la vieille femme et le maître d'école firent ouvrir la porte de l'église.

La lampe du chœur avait été portée au loin ; elle était éteinte près du vieux prêtre qui ne donnait plus signe de vie.

Tout le village s'était levé.

Il aura voulu aller prier, disait-on, et le bon Dieu l'aura appelé à lui pendant ce temps-là.

Mais qu'était devenue Claire ? Folle comme était la pauvre demoiselle, il était à craindre qu'il ne lui arrivât quelque accident.

Quelques-uns disaient avoir entendu pendant la nuit les plaintes des morts demandant des prières.

Au loin, la voix rauque du vieux Darek, qui revenait de cueillir ses herbes sous les chênes par la nuit obscure, venait se rapprochant ; il chantait sur un rythme étrange la chanson du *Corail*.

> Fleur étrange des vastes ondes,
> O corail aux rouges rameaux !
> Qui recouvre tant de vieux mondes
> Et commence tant de nouveaux.
>
> C'est toi que de ses mains livides
> Sur nous laisse tomber la mort,
> Quant au fond des gouffres avides
> Le vaisseau périt loin du port.

> Sous tes branches entrelacées
> Que de mystères et de jours?
> Et que de nations pressées
> Sont sous ton ombre pour toujours.
>
> Déserts de vagues ou de sables,
> Couvrant des continents détruits,
> Allez-vous bientôt formidables
> Vous reverser dans d'autres lits?
>
> Quand sur nos races imparfaites,
> O corail aux rameaux sanglants!
> Elèveras-tu d'autres faîtes
> Pour des êtres justes et grands!

Une autre voix, une voix de femme, âpre comme la bise, se mêlait de temps à autre à celle du vieux, c'était la fille de Darek, une grande blonde aux longs cheveux, à la taille d'une hauteur au-dessus de l'ordinaire, au visage calme et un peu dur. Elle l'accompagnait souvent dans ses excursions, et c'était elle qui préparait les breuvages pour les maladies et l'onguent pour les blessures qu'on venait chercher de dix lieues à la ronde.

Une petite serpette à la poignée d'or pendait à la ceinture de sa robe d'étoffe grossière, faite comme l'étaient, il y a près de deux mille ans, celles des druidesses ses aïeules; elle se nommait Guthile.

Au moment où le vieux Darek et sa fille arrivaient près de l'église on avait eu grand peine à en chasser le chien de l'abbé Marcel qui tournait comme fou autour des murs.

— Il faudra que j'interroge ce chien, dit Darek à sa fille, en suivant le corps du prêtre que l'on rapportait chez lui.

Ni les Darek, ni le médecin appelé ne purent ranimer ce cadavre.

Un des poings était fermé comme s'il l'eût montré en mourant à quelqu'un.

LXVII

NOCE D'HÉRITIÈRE

Le grand jour s'était levé pour de Méria et Valérie Rousserand.

Lasse d'une résistance impuissante, puisque Valérie ne l'avait point secondée, Mme Rousserand n'avait pas voulu assister aux fêtes du mariage.

Mlle de Méria devait quitter Paris, aussitôt les cérémonies terminées.

Mais M. Rousserand présidait à tout, heureux et fier d'une telle alliance.

Heureux surtout, car il était toujours enthousiasmé de Blanche, et maintenant en attendant mieux, ils étaient presque parents.

Blanche avait hâte de se débarrasser des Rousserand, de son frère plus encore. Elle avait dégoût d'eux, dégoût de tout ce qui l'environnait et d'elle-même.

Depuis la grille du parc jusqu'au pavillon, on avait établi une avenue d'arbustes sortis des serres et destinés à périr de la gelée de la nuit.

L'abbé Marcel coucha Claire dans cette tombe. (Page 598.)

Sur les caisses étaient établis des bancs de gazon pleins de vers luisants, dans les arbres étaient suspendues à profusion des lanternes vénitiennes; on les avait revêtues à grands frais d'un feuillage artificiel qui devait comme les arbustes et les lucioles, durer jusqu'au lendemain, l'illumination était superbe.

Le pavillon rayonnait au centre comme un soleil. Le parc entier flamboyait; on eût dit dans les nuées une aurore d'incendie.

Toutes les sommités financières avaient été invitées, et bon nombre de gens étaient venus pour se rencontrer, autant que par curiosité.

De Méria avait, de son côté, bon nombre de nobles chamarrés de cordons sur toutes les arêtes et rapés sur toutes les coutures ; le vicomte Espailhac n'y manquait pas.

Rêvant à quelque illustre alliance, qui lui eût fait oublier les amertumes dont l'abreuvait Amélie, M. d'Espailhac se promenait mélancoliquement à travers le monde.

Quelques bouquets de jeunes filles et d'enfants reposaient la vue, semés un peu partout, les unes riant, les autres jouant. Quelques unes songeant à cette misère des filles riches qui consiste à être jetée à la tête du premier titre ou de la première fortune convenable aux parents.

Tout au fond du jardin, deux jeunes filles blotties dans une grotte cherchaient un peu de repos. Toutes deux étaient en blanc, l'une splendidement vêtue avait l'air d'une princesse des contes de fées ; l'autre, simple surtout en face des rivières de diamants qui couvraient le cou et la poitrine de sa compagne. Mais toutes deux également jolies.

— Où donc est ta mère? disait la plus simplement vêtue.

— Je ne sais pas, elle voulait m'emmener afin d'échapper à ce mariage; j'ai eu peur de papa, et puis aujourd'hui ou demain est-ce que ce ne sera pas la même chose?

— Pourquoi ?

— Maman dit que toutes les femmes sont vendues comme une marchandise. M. de Méria ou un autre pour acheteur, peu importe.

— Et Mlle de Méria, où donc est-elle?

— Partie pour Londres.

— Cela va te faire un grand vide.

— Ah ! je ne l'aimais pas.

— Mais elle est ta belle-sœur, maintenant.

— Cela m'est bien égal, je n'ai d'amie, de sœur, que toi, Alice. Que tu es heureuse, toi, tu es encore libre.

— C'est vrai, mais j'ai un autre genre d'inquiétude ; tu ne sais pas que mon père est presque ruiné.

— Comment cela se fait-il? Papa, qui se l'est associé pour deux ou trois entreprises, fait avec cela des affaires d'or.

Alice se tut; le fait est que Rousserand s'était arrangé de manière à avoir, outre sa part, tous les bénéfices de la première année, en réservant à Ménard tous ceux de la seconde.

Il était de ceux qui aiment à avoir dîné quand les autres se mettent à table.

Or, en attendant que Rousserand fût satisfait, Ménard avait les mains liées.

C'était sa faute, puisque les affaires dans la société telle qu'elle est, sont que l'un morde sur l'autre, il devait au moins se défendre.

Alice reprit :

— Tu es loin d'aimer ton mari?

— Il m'est indifférent, mais je crois que je m'ennuie déjà.

— Où va-t-il te conduire?

— Dans un vieux petit château que papa a acheté tout exprès pour moi. Mademoiselle de Méria dit que c'est très joli, il y a des tourelles.

Quelques larmes tombèrent des yeux d'Alice.

— Tu vois bien que je suis plus malheureuse que toi, dit Valérie; tu me plains.

— Nous sommes des enfants, dit Alice; il faut du courage.

Elles sortirent de la grotte.

Deux hommes qui traversaient, leur tournant le dos, laissèrent échapper ces paroles étranges :

— Ce titre m'appartient en toute propriété; je l'ai payé deux mille francs à Trompe-l'œil.

— Je ne lui savais pas ce talent.

— Il devrait être médaillé pour l'exactitude avec laquelle il travaille, Dogier s'y tromperait.

Ce gros homme qui se redressait avec importance, comme si tous les crachats et tous les cordons qu'il méritait au visage et autour du cou eussent été sur sa poitrine, c'était Nicolas, vicomte d'Espailhac, l'autre c'était de Méria.

Ces paroles semblèrent pour le moins étranges à Valérie.

M. Rousserand buvait des yeux un gros homme dont on ne voyait qu'un œil, l'autre était caché comme une moitié du visage; c'était un étranger de distinction, d'un incontestable talent musical, qui était venu tout simplement féliciter son ami de Méria, en sortant de chez son consul dont il disait être l'intime ami. Il se prétendait issu d'une famille de doges et se fit annoncer sous le nom de comte Faliéro.

De Méria reçut assez froidement le comte Faliéro, mais celui-ci lui ayant dit quelques mots à voix basse, il dut le présenter à M. Rousserand dont le Vénitien avait fait la conquête en lui promettant l'ordre du lion de Saint-Marc.

Le feu d'artifice était presque terminé lorsque le comte d'Espailhac dut également présenter une dame étrangère qui ne s'était pas fait annoncer, mais qui était venue le retrouver dans les jardins, afin, dit-il, d'être présentée à la mariée.

Cette grande dame exotique, de manières si dépourvues des coutumes françaises, se nommait Amelia de Santa-Clara.

— Que ces étrangers ont mauvais genre, disait une vieille dame, en regardant Amelia qui parlait bas au comte d'Espailhac.

Le fait est qu'elle paraissait très familière, cette noble personne, en murmurant à l'oreille du comte :

— Tu viens ici pour *arracher du chiendent* (chercher pratique), mais tu te trompes, mon bonhomme, je te veille de près.

Le vicomte d'Espailhac jugea prudent de suivre Amelia de Santa-Clara, et tous deux d'un commun accord procédèrent chez elle à la scène scandaleuse qu'elle n'avait osé faire chez Rousserand.

— Une autre fois, dit-elle, je me ferai annoncer comtesse d'Espailhac.

Parfois Nicolas avait envie de la jeter à l'eau.

LXVIII

Dans les premiers jours d'avril, Auguste Brodard, son paquet noué dans un mouchoir, au bout d'un bâton, sortait de Clairvaux.

Sous sa blouse de grosse toile, de mauvais souliers aux pieds, un vieux chapeau de paille sur la tête, il avait vraiment haute mine; son visage ouvert, ses manières un peu fières, car il se tenait à l'écart, gagnèrent la confiance et piquèrent la curiosité d'un autre jeune homme, celui-ci très communicatif, son compagnon de voyage depuis la gare de Troyes.

Celui-ci était depuis quelque temps au mieux avec la fortune, ayant eu une commande de fresques chez un richard des environs.

Ah! il lui en avait fait de drôles! des animaux de toutes sortes, mais qui ressemblaient tous d'une manière ou d'une autre à celui qui allait habiter cette riche demeure, des emblèmes de toutes façons qui ressemblaient tous au même ornement.

Le bourgeois laissa faire, c'était un Lorrain mélangé de Champenois; il avait son projet.

Une fois tout terminé, il appela devant le juge de paix l'impertinent décorateur et lui offrit moitié du prix, comme s'étant livré à des fantaisies outrageantes pour lui.

Il fallait en passer par là; or, comme les peintures étaient bien faites, le Champenois-Lorrain riait de tout son cœur.

Jehan Troussebane ne riait pas autant, mais il riait aussi en rapportant à La Personne une somme assez ronde.

N'ayant pu avoir des habits d'hiver convenables, on allait en acheter d'été, et on aurait soin de les prendre chauds afin qu'ils pussent également servir à la saison froide.

Jehan Troussebane aurait été fort heureux dans son voyage si les avances qu'il faisait à Auguste n'eussent échoué devant la froide politesse de ce dernier.

Enfin, lassé de voir ses avances sans résultat, Jehan Troussebane s'écria :

— Jeune homme, vous avez un chic qui me va; si le mien vous va également je serais heureux de faire plus ample connaissance avec vous.

— Monsieur, dit Auguste, je sors de Clairvaux.

— Mais cela n'est pas possible.

— C'est tel que je vous le dis; un misérable avait perdu ma sœur, j'ai voulu le tuer.

« Voyez plutôt; » et il lui tendit son passeport.

Il y avait : Auguste Brodard, condamné à deux ans de réclusion pour tentative d'assassinat, gracié pour sauvetage de deux de ses camarades.

— Brodard! s'écria Jehan Troussebane, mais vous êtes le frère d'Angèle! il lui sauta au cou.

Celui-ci, peu flatté de l'enthousiasme du peintre, qu'il attribuait à un motif moins délicat que le respectueux attachement de Jehan Troussebane pour la pauvre Angèle, restait encore froid; mais enfin on s'expliqua et les deux jeunes gens entrèrent à Paris les meilleurs amis du monde.

Auguste était inquiet; il n'avait pas eu depuis deux mois de nouvelles de sa famille. La dernière lettre portait qu'aussitôt son arrivée à Paris, il se rendît rue de la Glacière chez la marchande de mouron, là il saurait ce qu'il devait faire.

Ce mystère lui paraissait de mauvais augure.

Jehan ne pouvait lui donner des nouvelles bien fraîches d'Angèle; il ne l'avait pas vue depuis plusieurs mois.

Ayant acheté par hasard un journal, il y lut ce qui suit :

« *Le communard Brodard, condamné aux travaux forcés à perpétuité pour tentative d'assassinat sur un agent des mœurs, vient d'être gracié.* »

Le journal tomba des mains d'Auguste.

Son père allait lui être rendu.

Le fait est que Lesorne n'ayant plus rien à craindre, puisque Brodard devait avoir été tué sous son nom, s'était arrangé de manière à être gracié sous le nom de Brodard.

Auguste, le cœur palpitant, se rendit chez Mme Grégoire où il devait trouver des nouvelles de sa famille.

Il tenait le journal qui lui avait causé une si grande joie. Les premières paroles échangées, il le montra à la marchande de mouron.

La vieille eut un cri de terreur.

— Mon enfant, dit-elle, c'est le plus grand malheur qui puisse vous atteindre. Alors, elle lui raconta toute l'odyssée de Brodard, sorti de Toulon à la place de Lesorne, et parti avec ses filles sous le nom d'Yvon Karadeuk.

Auguste se souvenant de ce qu'il avait entendu raconter de Lesorne, se disait que les malheurs, arrivés à leur famille, n'étaient rien en comparaison de l'avenir.

— Allons, dit la marchande de mouron, mon pauvre enfant, montez votre courage, aussi haut que la malchance. C'est comme cela qu'a fait votre pauvre père, et qu'il fait encore.

« Il vient toujours un bout, au mal comme au bien. Vous la verrez comme tout le monde.

— Quand ce ne serait que la mort, dit Auguste.

— Allons, assez de tristesse pour aujourd'hui; nous allons dîner ensemble, ça vous remettra.

— Auguste n'osait pas refuser, mais se demandait avec quoi cette pauvre femme pouvait dîner; encore bien moins en offrir à quelqu'un.

S'il eût connu Mme Grégoire au commencement de ce récit, il eût été frappé du changement qui s'était fait en elle.

Son activité avait fait place à une grande lenteur de mouvements ; la marchande de mouron était presque paralysée.

Aussi, la propreté de la chambre, ce luxe qu'on prétend si facile aux pauvres, n'existait plus.

Comme les haillons sont l'état forcé de tout costume dont on ne peut changer et que les doigts ne peuvent plus raccommoder, il vient un instant où le corps lassé se refuse à tout travail.

Le logis de Mme Grégoire ne souriait plus en dépit de la pauvreté : il la révélait profonde.

— Ça vous semble triste ici, dit la vieille femme, mais tout à l'heure, ça va changer d'aspect.

« Le jour je suis seule et malade comme vous voyez, je ne peux même rapproprier ma chambre, mais le soir, après sa journée, j'ai une compagne; une pauvre fille qui, estropiée d'une main, travaille rude quand même.

« J'ai encore mon chien, Toto, une bonne bête; nous lui avons fait faire un bât, il porte, lui aussi, du mouron, des fleurs, des champignons, de tout ce qu'on peut trouver dans les champs.

« Ils vendent ensemble, Clara et Toto; quelquefois, ils font de bonnes journées; quelquefois, ils ne font rien, mais nous sommes tout de même heureux ensemble.

« Je pouvais encore travailler au moment où Clara, n'ayant plus votre sœur pour compagne, je l'ai prise avec moi. C'est une triste histoire aussi, que celle de Clara Busoni !

Et la vieille raconta à Auguste comment la pauvre fille, sans que rien dans sans sa conduite y eut donné lieu, se trouvait en carte comme une prostituée.

C'est bien ce qui prouve, qu'il ne faut, ni en bien, ni en mal, se fier à l'étiquette du bocal.

La vieille, ayant commencé une litanie de proverbes, ne les cessa qu'en entendant monter l'escalier.

Clara Busoni et Toto rentraient de leur journée. Tous deux étaient encore chargés, ils cumulaient les professions; le bât et la hotte, au matin, pleins de mouron et de fleurs des champs, l'étaient, le soir, de ces ouvrages étranges dont nous avons déjà parlé.

Par exemple, cheveux à démêler venant de partout, de l'amphithéâtre, de la morgue; des chiffons, de la terre, peut-être, et dont le nettoyage et le classement leur étaient payés quelques sous, par un coiffeur qui achetait d'*occasion*.

Il était arrivé quelquefois, à Toto, de hurler devant ces paquets tout emmêlés de toisons humaines; les bêtes sont si drôles avec leur instinct qui ne ment pas, parce qu'il n'a pas été faussé comme nos consciences.

Elles travaillaient souvent bien avant dans la nuit.

Quand il n'y avait pas d'ouvrage, Clara rangeait la chambre; presque toujours, elle y apportait, en entrant, un peu d'ordre qui en changeait l'aspect, disait Mme Grégoire.

Un hamac, dont Jehan Troussebane avait absolument voulu faire présent à Angèle, servait de lit à Clara Busoni.

Si Mme Grégoire eut continué à travailler dans la journée, elles eussent acheté une malle, peut-être un poêle de six francs, mais il fallait attendre; bien d'autres n'en ont pas encore autant!

Le doux visage de Clara, encadré d'une mauvaise capeline déteinte, n'en perdait rien de sa grâce.

Ses vêtements plus que sordides, mettaient en relief sa tristesse et une sorte de grâce et de fierté.

Clara en avait fini avec les larmes ; Mme Grégoire lui ayant dit qu'elle pouvait lever la tête.

Ces deux femmes s'aimaient de toute la profondeur de leur âme.

Le chien convaincu de son importance, depuis qu'il portait sa charge, devenait de plus en plus acerbe envers les gens qui lui déplaisaient ; il avait naguère, emporté en triomphe, un morceau du pantalon de Trompe-l'œil qu'il avait rencontré dans les champs.

En voyant un étranger, Clara s'arrêta indécise, mais la vieille lui dit : C'est le frère d'Angèle ! aussitôt la jeune fille lui tendit la main.

— Bientôt, sans doute, vous en aurez des nouvelles, dit-elle, combien nous avons parlé de vous !

Auguste était en extase devant cette charmante fille et devant les souvenirs qu'elle évoquait.

Ils parlèrent longtemps d'Angèle, de tout le passé, de l'avenir même, et en l'entendant, le jeune homme se reprenait à l'espérance.

Une fois la chambre rangée, ils dînèrent ensemble, comme l'avait pompeusement annoncé Mme Grégoire.

Clara Busoni alla chercher du pain et des pommes de terre ; Auguste obtint de Mme Grégoire la permission d'y joindre du vin, et tous trois commencèrent leur repas.

— Vous irez coucher chez mon ami Jacques, dit la vieille. Vous ne ferez pas comme votre père, qui a été cherché son hôtel jusqu'à la rue de Chance-Midi, entre Clichy et Levallois.

Il avait la tête perdue, le pauvre homme. Mme Grégoire riait tristement.

Que de choses ils avaient à se dire, les pauvres gens !

Tout à coup, le chien bondit de sa place en grognant : on frappait à la porte.

Une sorte de bête brute, au visage enluminé, parut sur le seuil ; il fallut tenir le chien qui était furieux.

— Eh, petit ! dit le nouveau venu, c'est ainsi que tu oublies de te présenter à la préfecture, est-ce que tu ne sais pas que tu es un libéré ?

— Qui êtes-vous ? dit Auguste.

— Grenuche, un ami de ton père à Toulon. Je te file depuis tantôt pour t'avertir.

— De quoi ? demanda Auguste.

— Que tu te feras mal noter ! Si les *hirondelles* (gendarmes) ont oublié de te prendre à la gare parce que l'ouvrage pressait ailleurs, il fallait te rendre tout de même à *l'hôtel de ville de la pègre* (la préfecture).

« C'est déjà moi qui ai averti ce pauvre Lesorne quand il cherchait à retrouver tes sœurs. Si tu commences tout de suite à *faire le barbillon avec des girondes* (manger de l'argent des filles) sans être en règle, ça n'ira pas ; laisse-toi diriger.

— Monsieur, dit Mme Grégoire, nous ne sommes pas ce que vous croyez, mais si vous avez rendu service à Lesorne, dans la recherche des petites Brodard, nous vous remercions.

— Ces dames sont honnêtes, dit Auguste.

— Ah! je ne dis pas! d'abord la petite est inscrite, mais ça ne suffit pas pour être en règle.

Auguste était frappé au cœur. Cet homme à l'air de bête fauve, c'était un ami de son père; cette jeune fille qui le charmait c'était une prostituée, mais n'était-il pas lui-même un condamné libéré?

LXIX

EFFONDREMENT

De Méria et sa jeune femme habitaient le petit château à tourelles acheté par M. Rousserand pour sa fille.

Mme Rousserand n'avait pu obtenir encore sa séparation; elle vivait également éloignée de son mari et de son gendre dont elle avait horreur, essayant de se distraire par les bienfaits partiels qui ne sont pas même équivalents à deux ou trois trous bouchés dans un crible. Mais enfin c'était une digne et courageuse femme.

Comme il se trouve de mauvaises heures dans toute vie, il s'en trouve aussi où, qui que vous soyez, le bien vous attire.

Tout voyageur égaré, cherche la lumière qui indique un toit hospitalier; tout être humain, quelque corrompu qu'il soit, a eu ou aura des velléités du bien; des désirs de ce pain qu'on appelle le devoir.

Mais le passé, comme un boulet, retient les uns; les lois fatales, comme une pierre au cou, attirent les autres au fond de l'eau.

De Méria, séduit par la fraîche jeunesse de Valérie, s'imaginait pouvoir se bâtir un nid de mousse sur les débris fangeux et saignants du passé.

Il s'imaginait parfois, qu'il pouvait avoir un intérieur comme tout le monde après ce qu'il avait fait.

Des enfants, jouant autour de lui; des enfants! il revoyait la petite Rose! il entendait le miaulement sinistre du chat, témoin inconscient qui l'effrayait.

Mais bah! il fallait oublier! que peut-on faire au passé?

Une fois il songea à se confesser — mais aussitôt il éclata de rire!

Lors même, que comme dévot de profession, son confesseur ne le livrerait point aux tribunaux, cela lui faisait l'effet d'un gargotier qui mangerait de sa cuisine.

Il était inquiet aussi, de la façon dont le monde envisageait l'éloignement où le tenait Mme Rousserand, mais peut-être n'en savait-on rien! et puis, si sa belle-mère n'avait pas voulu assister à la noce, si elle ne mettait pas les pieds chez lui, elle était, du moins, incapable de troubler la paix de son ménage.

Tout au fond du jardin deux jeunes filles blotties dans une grotte cherchaient un peu de repos.
(Page 602.)

L'assiduité de Sansblair chez son beau-père était une des frayeurs du comte de Méria, de plus en plus entiché du noble étranger, Rousserand l'admettait dans une étroite intimité, à laquelle de Méria ne pouvait s'opposer, sans attirer sur lui quelque révélation de Sansblair.

La petite Alice, seule des amies de Valérie, venait quelquefois ; le mari déplaisait à ces jeunes filles comme un vautour déplairait à des alouettes, même en lissant de son bec sanglant, sur son cou chauve, ses plumes les plus soyeuses.

— Comment trouves-tu mon mari ? disait quelquefois Valérie à Alice.

— Je ne puis trop le juger, répondait celle-ci.

Au fond, elle pensait : si je suis pauvre, du moins, mon père ne me jettera pas comme une proie, à quelque de Méria, qui me ferait peur.

Hélas ! Valérie avait aussi peur de son mari que l'eût eue à sa place la petite Alice, pourtant elle essayait de l'aimer, la pauvrette.

Elle se confessait de cet éloignement au père Davys-Roth, qui la voyant un jour toute baignée de larmes, en eut presque pitié :

— Il est fâcheux, se dit-il, que l'intérêt de l'église m'ait forcé à avoir tant de bontés pour le frère de Blanche. Mais qu'y faire ? on n'a pas le temps de s'apitoyer sur le sort des agneaux. Ne naissent-ils pas pour tendre la gorge ? c'est la loi commune.

Une visite fort désagréable à de Méria c'était celle de Nicolas, de plus en plus emblasonné dans son titre de vicomte d'Espailhac.

Se trouvant comme chez lui chez son ancien ami, il se permettait une foule de choses sur lesquelles de Méria devait passer sans rien dire, il semblait être condamné à boire toute la fange qu'il avait soulevée autour de lui.

Les assiduités de Nicolas chez de Méria épouvantaient presque autant le misérable que celles de Sansblair chez son beau-père.

Un soir que le vicomte d'Espailhac se trouvait appuyé sur le piano, près de Valérie qui chantait, Hector le surprit parlant à voix basse, il ne put rien saisir des paroles, mais Valérie rougit beaucoup.

Un autre soir, le vicomte d'Espailhac s'approcha si près de Valérie que les cheveux de la jeune femme effleurèrent son visage ; elle se recula vivement ; de Méria sentit la jalousie s'emparer de lui ; il aimait la petite chenille, comme il disait autrefois.

Nicolas, ne semblait s'apercevoir, ni du trouble de Valérie, ni de la jalousie d'Hector ; il venait de plus en plus souvent, affectait des airs de grand seigneur dont de Méria ne riait plus et devenait d'une élégance inouïe qui lui allait de plus en plus mal.

Nicolas était bien laid ! mais Valérie n'aimait pas son mari ; qui sait ce que contient de faiblesse, le cœur de la femme qui a été ainsi livrée, par la manie de titres ou de richesse des parents ?

Et au milieu de ces inquiétudes poignantes la rage prenait à de Méria de se faire une vie honnête, il lui semblait à cette pensée entendre rire autour de lui comme des spectres les orgies de sa vie passée ; toutes ces choses horribles le poursuivaient pareilles à des meutes hurlant à ses oreilles.

Une catastrophe le surprit dans cet état : Rousserand fut trouvé un matin le crâne brisé *comme une noix*, à la façon de *l'homme de la carrière* et de *l'homme de la berge;* cette manière-là, c'était une signature.

Or, comme depuis sa visite à la morgue, Sansblair était filé ; on mit la main sur le noble étranger, et il fut conservé en prison tandis que l'affaire s'instruisait.

On ne trouva chez Sansblair aucun des objets volés chez Rousserand.

C'était tout simple, Trompe-l'œil n'était-il pas là ?

De Méria et Nicolas eussent pu seuls mettre sur *les traces* comme on dit, mais terrifiés par le danger qui les menaçait, ils se contentaient, l'un, de marques de désolation, sur la mort de son beau-père ; ce qui était vrai (quoique le mobile fût différent de celui qu'on supposait) ; l'autre, de garder dans cette affaire, qui touchait de près à ses meilleurs amis, un silence plein de réserve.

Sansblair ne fut pas le seul inquiété dans la seconde affaire Rousserand.

Il était de notoriété publique que Sansblair n'avait guère quitté le tanneur, depuis plusieurs mois ; on avait de plus les yeux sur lui, mais le nom de Brodard fut encore une fois fatalement mêlé à la funeste aventure de Rousserand — nous verrons comment dans le chapitre suivant.

Mme Rousserand ne pouvait regretter son mari, mais ce genre de mort était trop horrible, pour qu'elle n'en fût pas profondément frappée.

Valérie en était affolée ; sa mère en cette circonstance, dut s'établir près d'elle mais la froideur glaciale de Mme Rousserand pour de Méria ne cédait pas ; — Il y eut un autre événement encore.

Placée, entre les tiraillements continuels de tous ceux qui trayaient sa fortune comme une vache à lait, Olympe prit peur.

Amélie, en venant raconter ses peines à son ancienne amie, toujours bonne fille, la trouva un jour environnée de paquets.

— Eh bien, dit-elle, où vas-tu donc ?

— En pèlerinage ! répondit Olympe.

La réponse était sans réplique ; cependant Amélie ne se tint pas pour battue,

— Emmène-moi, dit-elle, j'ai tant de choses à expier.

— Impossible ; j'ai fait vœu d'aller seule !

Depuis ce temps-là, personne n'avait vu Olympe.

Quant à Mme Helmina, au moment de partir pour l'étranger une fièvre l'avait prise et la clouait sur son lit. On ignorait si elle vivrait.

LXX

LESORNE

Il était bien vrai que Lesorne était gracié ; il se présenta donc, sous le nom de Brodard, à ce même bureau de M. X... que nous avons vu tant de fois.

— Où diable ai-je déjà vu cette tête-là ? se disait le fonctionnaire en faisant son geste habituel de remonter ses lunettes sur le sommet de son front.

Lesorne restait debout sur le seuil, attendant que M. X... lui parlât.

— Qui êtes-vous ? dit M. X...

— Brodard, n° 30213, forçat gracié du bagne de Toulon. — Mon dossier doit être arrivé.

Lesorne était au courant, son dossier arrivait en même temps que lui.

Monsieur X... y lut.

« Brodard, *ancien communard*, condamné aux travaux forcés à perpétuité pour tentative de meurtre sur un agent de la police des mœurs. — *Nota*. D'abord taciturne, impossible à utiliser, est devenu tout autre, depuis le départ de son camarade Lesorne. — Ces deux hommes devaient avoir l'un pour l'autre une mauvaise influence.

« Reçu la note à son sujet. S'il faisait de la propagande, elle était bien adroite, car personne n'a pu l'y surprendre

« Gracié pour *services particuliers* rendus à l'administration. »

— Mais, dit M. X..., se rappelant les traits qu'il avait déjà vus, c'est vous-même qui êtes Lesorne!

— Hélas! non, mon bon monsieur, nous nous ressemblons beaucoup, voilà tout.

— En effet, la voix n'est pas la même, dit M. X..., Lesorne doit être marseillais.

— C'est cela même, mon bon monsieur, et moi j'ai l'accent parisien.

— Vous avez aussi le visage plus doux; c'est étrange pour un communard.

M. X... sentait s'en aller ses préventions.

Lesorne eut un sourire béat.

— Vous avez su la fin tragique de votre compagnon?

— Je l'ai seulement apprise en arrivant à Paris.

Lesorne éprouvait le besoin de mentir et de disposer M. X... à l'indulgence par la persuasion que rien de suspect ne franchissait la porte de fer du bagne.

En effet, le policier éprouva un sentiment de contentement.

— Que comptez-vous faire? dit M. X...

— Tout ce que vous voudrez, mon bon monsieur, dans l'intérêt de mes enfants.

—C'est bien, mais vos enfants ont disparu peu après la mort de Lesorne; vous l'aviez chargé de veiller sur elles.

— Je l'en avais prié, mon bon monsieur.

M. X... reprit avec bienveillance.

— Ce malheureux aurait mal tourné de nouveau, il avait des idées subversives, mais il a cherché à remplir cette mission. Vous savez que votre fils Auguste vient d'être grâcié des quelques mois qui lui restaient.

— Quelle tuile! pensait Lesorne! Combien je suis heureux, dit-il. Mais comment faire pour retrouver ce cher enfant?

La préfecture est renseignée, dit M. X..., votre fils demeure dans un hôtel garni, dont je vais vous donner l'adresse; il me paraît pas mal mauvais sujet, votre fils! Dès le soir de son arrivée, il a soupé avec des filles, et, profitant de l'oubli qu'on avait fait de le conduire ici, il n'y est venu que le lendemain.

« Il paraît qu'il s'est un peu instruit à Clairvaux, on l'y a gâté sans doute.

— Je me charge de lui, dit Lesorne, qui d'après les renseignements sur le souper s'imaginait trouver le petit Brodard bien disposé, suivant ses intentions et s'en réjouissait, c'était une chance énorme.

— Ce n'est pas tout, continua M. X..., au lieu de solliciter ici quelque travail, il passe ses journées dans un atelier mal famé, avec des peintres qui vivent à peu près de l'air du temps, un nègre et sans doute des femmes.

Lesorne se sentait fier du petit Brodard !

— Cela s'accorde peu, centinua M. X..., avec ses notes de Clairvaux ; il a dû s'observer beaucoup.

— C'est un *ferlampier à la retourne* (bandit rusé), se disait Lesorne.

M. X... se sentait à l'aise avec cet homme ; il oubliait tout à fait qu'il avait devant lui un communard. Il poussa la bienveillance jusqu'à procurer au libéré un emploi momentané dans des travaux exécutés à la préfecture.

Les choses allaient donc comme sur des roulettes, et il fut fort surpris quand, à son travail, cinq ou six agents vinrent l'entourer.

— Où avez-vous passé la nuit ? demanda celui qui paraissait être le chef ?

— Dans un hôtel garni de la rue Sainte-Marguerite.

— Et depuis ce temps-là ?

— En sortant de l'hôtel je me suis rendu ici où j'occuperai pendant quelques jours l'emploi de manœuvre.

— Avez-vous déjà vu votre fils.

— Non, j'attends encore son adresse que doit me donner M.X... ; j'ai craint de l'importuner en retournant à son bureau.

— Je ne pense pas. continua l'agent, qu'on donne suite à l'affaire, puisque celui qu'on regarde comme le coupable est entre les mains de la justice ; mais il est étrange *que pour la seconde fois* Rousserand soit frappé à votre arrivée, il a été tué cette nuit.

Lesorne était plongé dans l'étonnement ; est-ce qu'après avoir voulu charger Brodard de ses affaires il se trouverait mêlé, aux affaires de Brodard ?

Il fut mis au secret, comme Sansblair et Auguste.

Ce dernier était le plus chargé après Sansblair (le lecteur sachant qu'il était mal vu par M. X...).

Il pouvait rendre compte, heure par heure, de l'emploi de son temps, mais ses témoins seraient-ils crus ? Il y avait le garçon d'hôtel, ami de Mme Grégoire ; les peintres Jehan Toussebane et Lapersonne, le nègre et Clara Bussoni n'étaient pas sûrs que leur témoignage fût reçu. Est-ce qu'un noir et une fille en carte comptent pour quelque chose ?

Auguste se demandait quel rêve il faisait. Sombre, muet presque toujours ; les pensées douloureuses se heurtaient dans son cerveau ; parfois il ne souffrait plus à force de souffrir.

On lui annonça que son père était également arrêté. Auguste demeura impassible, ne sachant si l'homme mis au secret comme lui était Brodard ou Lesorne et ne pouvant hasarder aucune question.

Pourtant, une pâle étoile brillait dans les ténèbres de sa cellule ; le doux visage de Clara Bussoni, qu'il avait aimée soudain, sans doute parce qu'elle était la première femme sympathique qui lui apparaissait au milieu de sa dure destinée.

En apprenant que les deux Brodard étaient arrêtés, de Méria pensa qu'en laissant peser sur eux les responsabilités du passé, on allégerait d'autant Sansblair, ce qui diminuerait le danger qu'il cherchât à alléger sa position en faisant des révélations.

Trois ou quatre jours après les arrestations, on apporta à de Méria une lettre dont l'écriture lui donna le vertige.

La suscription était très respectueuse (à Monsieur le comte de Méria, en son château des Tourelles, près Paris); mais l'intérieur était loin d'y répondre il y avait :

Cellule n° 15, prison de Mazas.

« Mon cher ami,

« Je ne sais pourquoi on m'accuse de la mort de ton beau-père à qui j'étais très dévoué, je ne sais pas pourquoi non plus tous mes amis m'abandonnent, toi et Nicolas compris.

« Envoie-moi un peu d'argent.

« Ton ami,
« GABRIEL dit Sansblair. »

De Méria éperdu se promenait dans le salon, cherchant comment il sortirait de là; il savait que toutes les lettres des prisonniers sont lues au greffe; il était donc compromis.

Dans son trouble, il laissa tomber la lettre et ne put la retrouver, ce fut Mme Rousserand, qui, ayant marché sur le fatal papier, le lut machinalement et poussa un cri d'épouvante.

— Que t'arrive-t-il, maman? demanda Valérie, se levant de son lit et accourant.

— Rien, ma fille, dit la pauvre femme, en serrant la lettre dans sa poche, j'ai fait une chute.

— Mme Rousserand alla trouver son gendre dans son cabinet aussitôt que Valérie fut endormie. Il était entouré de tout un arsenal bondieusard, des brochures peintes, éparses avec des numéros du journal le Pain, et l'Écho du ciel, des gravures pieuses, un christ et autres bibelots sacrés.

C'était la première fois que Mme Rousserand entrait dans cet endroit, de Méria, tout en s'empressant devant elle, sentait la terreur le couvrir comme d'un manteau.

Mme Rousserand alla de suite au fait : — vous ne disiez pas, monsieur, que vous êtes l'ami de l'assassin de M. Rousserand.

— Je ne sais ce que vous voulez dire, madame.

— Ne niez pas, dit Mme Rousserand, j'en possède la preuve écrite.

— Ah! c'est cette lettre, dit de Méria, rappelant toute son audace, c'est l'œuvre d'un fou et si j'y eusse attaché de l'importance je ne l'aurais pas jetée.

Il était si calme que Mme Rousserand se demandait si elle n'avait point eu tort.

S'apercevant de cette impression il la détruisit en voulant l'achever.

Du reste, dit-il, cet homme n'est pas seul coupable, on vient d'arrêter les deux Brodard.

Cela coïncide trop bien avec leur retour à Paris pour qu'ils n'y aient pas trempé.

— Je sais ce que je dois penser des Brodard, dit Mme Rousserand et elle sortit froide comme la mort.

Le vicomte d'Espailhac qui vint ce soir-là n'avait pas encore vu Mme Rousserand.

L'accueil qu'il en reçut fut si glacial, qu'il prit à part de Méria et lui dit : mon cher, ta belle-mère nous regarde comme si nous étions sur la *planche au pain* (le banc des accusés).

— Tu sais, répondit de Méria que mon mariage s'est fait contre son gré.

N'osant avouer à Nicolas qu'elle possédait la lettre de Sansblair,) il ajouta : à propos, j'ai reçu de Sansblair, une lettre insensée, à peu près dans les termes que voici et il la récita. Sa mémoire lui reproduisant fidèlement chacun des mots qui les menaçaient.

— Où est la lettre? demanda Nicolas.

— Je l'ai déchirée; mais qu'allons-nous faire?

— Rien, dit Nicolas, il n'y a pas à répondre; je lui ferai passer quelque argent; l'argent n'a pas de signature. —remets-moi un billet de mille ?

De Méria s'exécuta, c'est-à-dire prit sur la dot de sa femme, cette première somme qui devait être suivie de bien d'autres.

Nicolas fit passer cinq cents *ronds* (francs) comme il disait, à Sansblair, et offrit cinq cents autres à Amélie pour sa toilette.

—Quand on peut faire d'une pierre deux coups, pensait le vicomte d'Espailhac, *sinve* (sot) est celui qui ne le fait pas.

LXXI

LES DAREK

Tandis qu'on exposait au presbytère le corps de l'abbé Marcel et qu'on faisait chercher Claire dans tous les environs, le père Darek emmena le chien et, l'attachant par une forte chaîne, il dit à sa fille : cette bête en sait plus long que tout le monde sur ce qui s'est passé cette nuit, nous la suivrons.

La grande fille blonde caressa le chien, lui parla dans cet étrange dialecte qu'eux seuls avaient conservé, comme ils avaient gardé la retraite de leurs ancêtres et parvint à la calmer.

Celui qui fut entré dans le caër Derouen, eut vu dans le vestibule de la caverne, tremper la branche de gui dans l'eau lustrale, telle qu'il y a près de deux mille ans, et la vierge Guthile, en tunique noire, serrée à la ceinture, ses longs cheveux sur ses épaules, allant et **venant** dans les pièces formées de cloisons de terre, une lampe de fer à la main.

La mère dormait, le frère aîné, les coudes appuyés sur ses genoux, veillait avec le vieux Darek.

Le type gaulois se retrouvait dans toute sa pureté par un phénomène d'atavisme, chez ce dernier de la race ; plus grand encore que son père, ses membres puissants et nerveux semblaient à l'épreuve de toute fatigue comme ses yeux bleus étaient à l'épreuve de la crainte.

Quand la cloche qui devait sonner jusqu'à minuit, et reprendre à l'aube sa volée sinistre, pour la mort de l'abbé Marcel, eut envoyé dans les airs le dernier demi-ton sinistre, qui pleurait comme le tocsin, le vieux Darek attendit encore quelques instants, on n'entendait plus que le houhoulement des hiboux nichés à profusion.

Darek prit la lampe des mains de **sa fille**, la mit dans une lanterne qu'il cacha sous ses vêtements, mit le chien en laisse, et, suivi de son fils, alla droit à l'église.

Le chien commençant à hurler, il lui attacha le museau tandis que Kervan Darek faisait sauter la serrure pour lui livrer passage dans l'église.

Ils risquaient gros, les Darek, mais le vieux avait en tête qu'ils faisaient bien, et coûte que coûte il suivait son idée.

Le chien, après avoir tourné comme la veille, s'arrêta sur la trappe et gratta furieusement.

Kervan souleva cette trappe et tous deux à la suite de l'animal, pénétrèrent dans le caveau où reposait, dans la mousseline de l'aube, la pâle Claire, si près de passer du sommeil à la mort, que peu d'instants l'en séparaient.

— Vois, dit le vieux Darek, vois Kervan, si j'avais raison. — Elle ne s'est pas couchée là-dedans toute seule. C'était donc l'oncle qui était fou, il en avait l'air depuis longtemps déjà.

Le souvenir lui revint, du breuvage qu'il avait indiqué à l'abbé Marcel, dans leurs longues conversations, sur les herbes connues des ancêtres :

— Vite, dit-il, le temps est peut-être passé où il sera possible de l'éveiller, ne laissons pas achever les deux nuits, je suis sûr de ce qu'il lui a donné.

Kervan prit Claire dans ses bras ; le corps était froid mais souple encore. Le père referma la trappe, repoussa la porte de l'église, et suivit tenant par sa chaîne le chien devenu docile. A peine si devant la maison de son maître il tira un instant sa chaîne.

L'instinct de la bête, interprété par un vieillard à demi sauvage, avait sauvé la jeune fille, restait le temps écoulé.

Comme le nom de Brodard était lié fatalement à la destinée de Rousserand, il entrait dans la destinée de Claire d'avoir son refuge dans les cryptes, ils arrivèrent sans accident au caër Derouen.

Guthilde étendit Claire sur son lit, le breuvage qui réveille fut préparé à la hâte, mais rien ne pouvait glisser entre ses lèvres froides et raidies.

Il y a dans le dévouement une clairvoyance qu'on pouvait comparer à l'instinct des animaux, les Darek sentaient qu'avec eux seulement, Claire était en sûreté.

On eut dit qu'il hésitait quand il fallait se placer avec les autres, dans la cage et descendre dans la profondeur du puits. (Page 620.)

Quelques parfums d'un goût âcre, brûlés autour d'elle, amenèrent des gouttes de sueur sur son front. Claire vivait.

Cette demi-sauvage, empressée autour d'elle, venait de la sauver de la mort comme les petits vagabonds l'avaient sauvée déjà.

Le premier regard de la jeune fille fut pour Guthilde, son amie d'enfance, elle lui jeta les bras au cou en pleurant.

— Ne parlez pas maintenant, dit Guthilde, vous nous direz plus tard ce que vous voudrez, buvez ceci et reposez-vous encore.

Claire obéit, les yeux à demi fermés, elle revoyait le temps où, toute petite, son oncle la tenant par la main, elle venait au caër Derouen ; les vieux causaient ensemble, Darek expliquait ses simples à l'abbé Marcel. Elle jouait avec Guthilde, qui, sérieuse déjà, lui racontait comment ses grandes aïeules lui avaient légué la faucille d'or.

Kervan, lui, se taisait, car tout jeune, il avait aimé Claire, la joyeuse enfant aux yeux noirs, qui de temps à autre, passait dans le caër Derouen comme un rayon de soleil.

Elle y revenait dans les les voiles de la mort, et plus que jamais Kervan cachait son amour ; sous leur toit Claire était doublement sacrée.

Peut-être aussi que pour Claire, ce farouche jeune homme n'était point un être ordinaire ; elle aimait à lui entendre chanter les bardits qui passaient comme la caverne de génération en génération dans cette famille, et auxquels s'ajoutaient parfois des strophes nouvelles, quand un barde nouveau y naissait à travers les âges.

Dans la brume du rêve et la douce réminiscence des jours passés, la pauvre Claire reposait sur le lit de feuilles de Guthilde, d'où s'échappaient les senteurs des bois.

En allant reprendre la plainte de ses cloches, à l'aube du jour, le sonneur s'aperçut que la porte de l'église avait été forcée et comme, après minutieuse inspection, on put constater que rien n'avait été enlevé, cette fracture fut attribuée aux esprits.

Un jeune prêtre, nouvellement sorti du séminaire, organisa une procession expiatoire qui fit trois fois le tour du Val des Chênes en chantant l'hymne des morts : *Dies iræ, dies illa.*

Les habitants suivaient, tremblants de peur, et plus que jamais, trois jours après l'enterrement de l'abbé Marcel, ils crurent entendre dans les branches des chênes la voix de Clothilde et de Claude demandant des prières.

Les Darek seuls savaient à quoi s'en tenir, mais ils connaissaient trop l'esprit du pays, pour raconter la vérité ; ils ne crurent pas, non plus, devoir annoncer à Claire la mort de son oncle, surtout après avoir entendu les confidences de la jeune fille.

Assis autour d'elle, ils écoutaient avec épouvante le récit des événements qui avaient amené son oncle à l'ensevelir vivante.

Comme Philippe, ils lui disaient :

— Ne sortez pas de ce lieu où vous êtes en sécurité, nous ferons, nous, les démarches qu'il faudra.

Claire ne perdait pas de vue les enfants, dont le sort la faisait frissonner ; mais comment les délivrer ?

— Est-il possible, disait le vieux Darek, que la justice soit si difficile à obtenir.

Et la petite Claire, qui commençait à se révolter, disait :

— Vous savez, père Darek, mais non, vous ne lisez pas les journaux, vous ; il y a à la suite de chaque exécution ces mots : *La justice est satisfaite.* Il y a longtemps qu'on l'appelle et qu'elle est *satisfaite* ainsi, tandis que les malheureux crient toujours vers elle.

C'était l'avis de Kerouën, dont l'esprit s'était agrandi au souffle puissant des bardes; cette organisation puissante était envahie par l'immense et profond dégoût.

Mais, dans cette nuit, il y avait des étoiles, les yeux noirs de Claire Marcel.

Claire n'en voulait pas à son oncle, la lutte qu'il avait soutenue en sa présence lui montrait autant l'étendue de son affection que celle de son fanatisme; elle se demandait ce qu'il pouvait faire, le pauvre vieux, ayant sur le cœur cette immense douleur.

— Il est calme, lui disaient les Darek, il ne souffre pas.

Claire commençait à s'asseoir sur son lit, les forces lui revenaient; les Darek tinrent conseil près d'elle.

— Si je retrouvais Annah Demigoff, disait Claire, elle m'aiderait; Annah m'a dit qu'au mois de mars elle serait en Angleterre; nous sommes en février, j'ai donc plus de temps qu'il ne faut pour aller la trouver.

— Vous n'irez pas, mademoiselle Claire, dit Kerouën, vous resterez ici avec mon père, ma mère et ma sœur; c'est moi qui irai : Fallût-il la chercher par le monde entier, je la trouverai, et je vous rapporterai ce qu'elle m'aura dit.

Les bardits chantaient dans le cœur de Kerouën, tandis qu'il parlait ainsi, l'éclair fauve de ses yeux bleus luisait comme le regard d'un jeune loup. Claire, qui n'avait point obéi à Philippe, se conforma à la volonté de Kerouën. N'avaient ils pas ensemble, tout petits, dit les chants bardiques.

Sans argent, sans autres vêtements que ceux qu'il avait sur le corps, portant sur sa poitrine une petite branche de gui rompue par Claire au rameau qui trempait à l'entrée, il s'en alla, en plein dix-neuvième siècle, comme on fût parti au temps de Hucadarn ou de Merlin.

Ils étaient deux ainsi, s'en allant par le monde.

Kerouën à la recherche d'Annah Demigoff, Brodard, à la découverte d'un repaire où il put abriter ses petits.

LXXII

YVON

En suivant le Rhône, de Lyon à Saint-Étienne, entre des collines boisées, on aperçoit dans la campagne des charpentes étranges ressemblant à la fois aux tours de combat des anciens, à des guillotines colossales, et à des navires. Ces constructions, à la lueur indécise de la lune, revêtent des formes spectrales : ce sont les *chevalements* des mines ; ils soutiennent les *molettes*, poulies énormes sur lesquelles passe un câble à l'aide duquel montent et descendent les *bennes* qui versent le charbon à l'orifice.

Les feuilles des arbres, la terre, les visages, tout est couvert d'une poussière noire, l'air en est imprégné, la poitrine des mineurs en est pleine.

Le soir, sortant des puits comme des nuées de rats de leurs trous, les houilleurs, le dos arrondi, le pas lourd, rentrent dans leurs familles, brisés, silencieux ; ils mangent à la hâte, n'ayant plus qu'un sentiment : le repos, et se jettent sur leur lit comme s'ils s'endormaient du dernier sommeil.

Ces gens-là savent vaguement que d'autres hommes n'ont pas trop du jour et de la nuit pour jouir ; comme eux, n'ont pas trop de l'aube et du jour pour travailler ; et qu'ils sont à ces hommes-là, comme les troupeaux sont au boucher et au tondeur.

Longtemps ils supportent, courbés, vaincus, annihilés par l'immense lassitude, puis tout à coup, comme le bœuf à l'abattoir, ils se révoltent. Alors la grève s'étend menaçante, puis la vieille massue misère se fait plus lourde sur les révoltés, et tout rentre dans le silence profond.

Une nouvelle famille de houilleurs s'était établie depuis peu à Saint-Étienne, au moment où nous y transportons le lecteur.

Le père Yvon Karadeuk n'avait pas eu de peine à trouver du travail ; ses certificats étaient excellents, mais il y avait longtemps sans doute qu'il n'avait fait de travaux de son état, car, dans les premiers temps, il paraissait tout emprunté.

On eût dit qu'il hésitait quand il fallait se placer avec les autres dans la cage et descendre dans la profondeur du puits, tandis que les chevalements semblent monter vertigineusement, et qu'on voit se rétrécir le trou lumineux qui brille et diminue d'autant plus qu'on s'en éloigne.

Mais bientôt Yvon Karadeuk avait *repris* l'habitude de la mine ; c'était un homme de courage et de volonté.

Il rentrait le soir, rompu de travail, mais heureux de revoir ses enfants ; il en avait trois, trois filles : l'aînée, paraissant vingt ans, c'est-à-dire plus que son âge ; les autres étaient toutes jeunes.

On eût dit que Yvon Karadeuk n'avait pas vu ses filles d'un siècle, chaque fois qu'il rentrait ; il ne pouvait se rassasier de les regarder. La seconde, Sophie venait à peine de se rétablir d'une longue maladie ; l'aînée semblait si délicate qu'elle ne pouvait, sans danger pour sa santé, faire de rudes travaux ; la petite seule, fraîche comme une rose de mai, avait la force et la gaieté qui manquaient aux deux autres.

Autrefois ses sœurs l'appelaient Louise ; présentement, se sentant vieilles devant l'enfant, elles lui faisaient de son nom un diminutif : Louisette.

Dans la rue sombre et étroite qu'on nomme rue Demontane, au troisième étage d'une des plus vieilles maisons, habitait la famille Karadeuk, c'est-à-dire le père et ses trois filles.

Ils avaient tant souffert, que dans cette position infime, manquant le plus souvent du nécessaire, ils se fussent trouvés heureux relativement au passé, si le fils aîné eût été près d'eux. Mais deux fois déjà, ils avaient écrit sans recevoir de réponse, et pourtant ils le savaient à Paris.

Un soir de mai, le père n'était pas encore rentré, il était près de minuit. Les deux aînées attendaient, la petite était couchée. Elle rêvait aux nouvelles fleurs, aux arbres tout blancs, aux bois tout verts, aux prés pleins de margüerites blanches et de boutons d'or.

Toutes deux, inquiètes, n'osaient se communiquer leur inquiétude, quand un bruit sinistre se fit dans la rue.

Des fragments de phrases leur arrivaient comme une bouffée au visage.

— La cage était trop chargée, au lieu de dix hommes, on en a mis quatorze.

— La corde a cassé et comme on avait oublié de mettre les agrafes, ils sont tombés tous, c'est un désastre, il y en a quatre de tués.

— Lesquels?

Les noms n'arrivèrent pas jusqu'aux jeunes filles, elles se précipitèrent, on rapportait sur des civières deux malheureux habitants de cette rue.

Était-ce des morts ou des blessés?

Angèle jeta un cri. On montait une des civières dans l'escalier.

Yvon Karadeuk n'était pas mort, il avait un pied écrasé, l'autre avait eu le crâne brisé.

Les premiers pansements étaient faits, le médecin devait voir le lendemain.

Le blessé serra la main aux camarades qui l'avaient apporté, et tendit les bras à ses filles :

Il n'avait pas voulu aller de suite à l'hospice, sans doute pour leur faire quel-que recommandation, et on n'avait pas cru devoir lui refuser cette satisfaction, puisque les mêmes camarades qui l'avaient apporté devaient le reprendre dans quelques heures.

Yvon Karadeuk fit signe à ses filles qu'il voulait parler.

Elles interrompirent leurs sanglots.

— Mes pauvres enfants, dit Yvon Karadeuk, il faut du courage, j'en aurai pour ma part.

— Mais je suis inquiet, pour vous, j'espère que vous aurez comme les autres, tant que je serai malade, *un franc* par journée de travail que j'aurais ; mais Louisette seule (n'ayant pas douze ans) a droit aux 25 centimes en plus qu'on accorde aux enfants des mineurs blessés ; il vous faudra donc, mes pauvres chéries, vivre avec cela.

— Ne demandez rien à personne, et surtout, ajouta-t-il en s'adressant à l'aînée, souviens-toi que je n'ai pas de papiers pour vous. Soyez prudentes.

— Sitôt que je pourrai me soutenir, je reviendrai.

Elles l'écoutaient sans rien dire.

Une lampe éclairait la pauvre chambre de sa lueur tremblotante ; on entendait dans la rue des groupes d'ouvriers qui ne pouvaient prendre du repos cette nuit-là ; témoins de la catastrophe, ils avaient besoin de se communiquer leurs tristes impressions ; d'autres, habitués à ces accidents, les jugeant possibles pour eux-mêmes, ne s'en inquiétaient pas, c'était une des conséquences du travail de la mine, ceux-là aujourd'hui, eux demain, voilà tout, et l'esprit alourdi, le corps brisé, ils dormaient.

— Dire qu'il n'y a pas seulement de caisse de pharmacie dans la mine! disait-on dans un groupe. Ce malheureux Karadeuk est resté trois heures sur le sol avant l'arrivée du médecin.

— C'est celui-là qui a la vie dure ! l'air l'a fait revenir.

Et les groupes passaient. Karadeuk avait entendu.

— C'est vrai, dit-il en souriant d'un sourire plus triste que les larmes.

La petite s'était éveillée, elle pleurait avec les autres.

Karadeuk, les yeux brillants de fièvre, reprit :

— Il paraît qu'il y a une loi sur les mines en date de l'an 1813, l'article 13 dit que le mineur blessé, asphyxié ou tué, est à la charge de celui qui exploite la mine. Mais ça ne sert qu'à faire retenir à l'ouvrier tant pour cent pour la caisse de secours, qu'il ne peut jamais administrer lui-même, et cela n'empêche pas de le mettre à la porte s'il devient impotent.

— Voilà ce qui m'attendrait si je ne pouvais plus descendre dans la mine ; mais je sens que je me rétablirai.

— Je t'en prie, père, disait Angèle, calme-toi, la fièvre te tuerait.

— Oui, dit-il, je veux me rétablir, car malgré tout cela, nous sommes mieux dans cette situation que nous ne le serons jamais ailleurs.

Il leur fit encore une foule de recommandations : ne laisser venir personne, prendre garde à ce que pourrait raconter la petite.

On aurait dit que cet homme était un criminel d'État, tant il craignait qu'on ne jetât un regard curieux dans son domicile.

Les camarades rentrèrent et reprirent le blessé pour l'hospice.

Le lendemain était un dimanche, les enfants pourraient aller le voir.

— C'est une chance ! disait Yvon Karadeuk.

Avant la visite de ses enfants, le blessé reçut celle d'un garde-mine ; il avait été sur le théâtre de l'accident, mais la corde avait été réparée de suite, il ne comprenait pas l'accident.

Comme il n'y avait plus que deux survivants sur les quatorze de la cage, il les interrogeait.

— Je crois, dit Yvon Karadeuk, que la cage était trop chargée, nous étions quatorze, la corde a cassé, et les agrafes n'étant pas mises, la cage a été précipitée.

— Mais, dit le garde-mine, pareille corde n'a pu casser si vous ne lui avez imprimé des mouvements, c'est toujours la faute de l'ouvrier ces accidents-là, notre surveillance est trop grande pour qu'il en soit autrement.

— Si on vous descend dans des cages, vous faites rompre la corde ; si c'est avec des échelles, vous brisez les échelons et vous prétendez qu'ils étaient mauvais ; si on vous monte par des machines à paliers, comme à Fahrkunst au Hartz, vous ne pensez pas à ce que vous faites, vous oubliez le rythme de la machine, et au lieu de passer du palier dans le couloir pendant *la seconde* d'arrêt, vous tombez dans le vide.

« Tout cela, c'est votre faute et non celle de ceux qui vous payent ! »

Tout fier de son érudition, il alla à l'autre répéter le même boniment.

Comme avait fait Yvon Karadeuk, l'autre blessé ne daigna pas répondre.

Le garde-mine sortit de l'hospice en faisant la roue comme un dindon.

Il rencontra Angèle et ses sœurs qui entraient ; frappé de la beauté des jeunes filles, il s'arrêta devant elles.

— Où allez-vous, mes enfants ? dit-il.

— Voir notre père, Yvon Karadeuk, dit Angèle.

— Ah ! vous êtes les filles de Karadeuk !

— Oui, monsieur, dit encore Angèle, prenant ses sœurs par la main et essayant de passer.

— Attendez donc, dit le garde-mine, vous ne devez pas être bien fortunées, votre père est malade, venez me voir ; je demeure au premier à gauche, dans la grande maison à porte sculptée, rue Saint-Louis.

— Merci beaucoup, monsieur, dit Angèle sans accepter. Cette fois, elle réussit à passer avec ses sœurs, le garde-mine les regarda tant qu'il les vit.

Cette bienveillance effraya Karadeuk, cet homme, passait pour mener une vie austère, mais pour lui, les apparences de la vertu ne lui suffisaient pas, trop d'apparences vertueuses lui donnaient même des défiances. Il recommanda plus que jamais à ses filles de ne pas sortir de chez elles.

Le tourment continuel qu'éprouvait le malheureux empira tellement son mal que, le lendemain de son entrée à l'hospice, il fut question de lui couper la jambe.

Mais comme on ne peut pas travailler aux mines avec une jambe de bois, il se raidit.

— Je guérirai, disait-il.

On attendit encore.

— C'est un homme perdu, mais c'est sa faute, disaient les médecins.

La maladie du père plus que la misère effrayait Angèle. Elle avait vécu avec moins encore que le secours de 1 fr. par jour ; elle avait connu les jours sans pain.

Au mois de mai, il ne fallait plus de chauffage (car le houilleur, comme tout le monde, achète le combustible), restait le loyer et la nourriture.

Mais soit qu'on oubliât Karadeuk, soit que, malgré sa qualité de breton, il fut trouvé indigne du secours, ni lui ni ses filles n'allant à la messe ; sa famille ne reçut pas une obole.

Angèle défendit à ses sœurs d'en parler au père, cela lui eût tourné le sang tout à fait. Elle résolut de pourvoir elle-même à ses besoins et aux leurs. Pour réclamer à l'administration des mines, il eût fallu faire entrer des étrangers dans leurs affaires de famille, et c'était ce qu'ils redoutaient tous. Elle voulut essayer du travail et alla demander du linge à blanchir ; des regards méchants l'épiaient.

— Voyez ces filles d'ouvriers, disaient les bourgeois, une fois livrées à elles-mêmes, elles ne cherchent que l'occasion de mener une mauvaise vie. Croyez-vous que c'est du linge à blanchir que cherche Angèle Karadeuk ? non, non, c'est un beau garçon qui l'aide à passer joyeusement le temps.

Elle ne trouva pas d'ouvrage et vendit un de leurs matelas, le sien, pour vivre pendant quelques jours.

C'était le dimanche qui suivit l'entrée de Karadeuk à l'hospice ; les jeunes filles portèrent à leur père plusieurs journaux pour le distraire ; il allait un peu mieux, ce jour-là, Angèle acheta de quoi restaurer un peu ses petites sœurs ; elle se sentait rassurée.

Il y avait sur la table un morceau de bouilli et du vin lorsqu'on frappa à la porte.

C'était un homme à l'air satisfait de lui-même, gros, empâté, ballonnant, ronronnant, autrement dit M. Potache, le garde-mine, qui était allé voir Karadeuk.

Ses yeux s'arrêtèrent sur le souper servi et sur le reste de l'argent du matelas, posé dans une tasse sur la table.

— Ah ! ah ! on ne chôme pas ici ! dit-il, riant en allongeant sa bouche jusqu'à ses oreilles.

— Il nous restait quelque chose dont nous pouvions nous défaire, répondit Angèle si froidement que M. Potache cessa de rire.

— Diable ! diable ! vous n'avez donc pas trouvé de linge à blanchir, comme vous en cherchiez tantôt ?

— Non, monsieur.

— Diable ! Enfin, les belles filles, puisque vous *cherchez pratique*, je veux vous donner la mienne ; à propos, pourquoi n'êtes-vous pas venue chez moi comme je vous l'avais *permis ?*

Il s'assit, commençant l'inspection : ses yeux erraient des murs nus et lézardés à la tasse contenant l'argent.

— Eh ! eh ! les petites chattes, on n'est pas sans monnaie, tant mieux ! tant mieux !

« Voyons, demain matin, venez chercher mon linge ; il voulut prendre le menton à la petite Louise, l'enfant pensa aux amabilités et aux pièces de vingt francs de Méria, elle eut peur et devint toute pâle.

— Vous êtes bien effarouchées, mes mignonnes, continua-t-il, viendrez-vous demain, au moins ? puisque vous demandez du linge à blanchir.

— Nous irons, dit Angèle, qui pensait qu'étant toutes trois, il ne pourrait rien en arriver.

M. Potache craignant de les effaroucher davantage, se leva pour se retirer. — A demain, dit-il ; mais, à propos, ne venez pas toutes les trois, ma femme de ménage a ses manies ; une seule suffira. Vous, par exemple, dit-il à Angèle en ramenant ses sourcils lourds sur ses yeux à la manière des chouettes.

Il sortit enfin. Les enfants n'avaient plus faim, Angèle moins encore que les autres.

Pourquoi avait-elle eu cette funeste idée de demander du travail ? Elle aurait dû deviner qu'elle n'en trouverait pas et qu'il lui arriverait quelque nouvelle peine. Il aurait fallu penser de suite au matelas. — L'idée ne lui vint pas qu'elle eût pu s'excuser près de M. Potache ; elle s'étourdissait, et la pensée d'aller là, seule, l'effrayait ; tout cela se combattait dans son esprit.

Puisqu'elle avait demandé du travail, elle ne pouvait le refuser et puis, si elle se trompait ?... Mais non, c'était impossible.

A la dernière boulangerie qu'elle vit ouverte, Angèle enleva le plus gros pain qu'elle aperçut et
s'enfuit. (Page 628.)

Que faire? elle avait promis; l'argent du matelas s'épuiserait, il ne fallait pas
que ses sœurs mourussent de faim.

Elle ne dormit pas de la nuit, rien n'avait pu habituer cette nature à la
honte.

Un instant elle avait pensé à se faire accompagner par Sophie jusqu'à la
porte et à charger l'enfant d'appeler du secours si elle le lui disait. Mais la
pensée de la laisser seule devant cette maison l'effraya.

La pauvre Angèle partit, se promettant de fuir à la première chose qui lui
paraîtrait louche.

Son panier au bras, elle sonna hardiment, comme les gens qui ont peur.

M. Potache lui-même vint ouvrir.

— Vous m'avez parlé, monsieur, de votre femme de ménage, dit Angèle sur le seuil; je viens m'arranger avec elle (il devait voir son effroi).

— Entrez, mon enfant, dit-il avec un ton différent de celui de la veille, je vais vous *présenter* à elle. C'est une autorité dans ma maison.

Rassurée, Angèle le suivit. Cet homme avait des manières insolentes, mais elle avait eu tort de le juger si mal, sans doute.

Cependant, on traversait bien des appartements avant de voir la femme de ménage.

Enfin M. Potache ouvrit une dernière porte, fit entrer Angèle dans une chambre richement meublée donnant sur des terrains vagues.

— Attendez, lui dit-il, je vais la chercher moi-même.

Angèle l'entendit fermer la porte sur elle et retourner sur ses pas, sans doute pour fermer les autres issues. Ses craintes étaient justifiées.

Elle n'avait pas de temps à perdre, arrachant les draps du lit, elle les noua à l'appui de la fenêtre et s'élança sans hésiter. Elle sautait dans le terrain au moment où M. Potache rouvrait la porte de la chambre.

La pauvre fille courut tout d'une traite jusque chez elle.

— N'y a-t-il donc pas moyen de trouver de l'ouvrage ? se disait-elle; et le dégoût montait si haut dans son cœur, qu'elle ne savait plus si elle aurait le courage d'aller jusqu'au bout, même en pensant à ses petites sœurs que sa mort laisserait seules.

L'argent du matelas dura encore plusieurs jours; à peine si Angèle osait y toucher. Elle revint à son premier projet de chercher de l'ouvrage, mais du travail à l'aiguille. Comme cela on s'adresse à des femmes et du moins on n'a que les refus.

Pourtant, elle se rappelait, la pauvre enfant, tout ce qu'elle avait enduré autrefois en allant demander du travail dans les ateliers. Comme il y avait déjà longtemps de cela !

Après tout, elle ne devait pas croire tout le monde d'un abord aussi désagréable qu'elle avait rencontré autrefois certaines maîtresses d'atelier.

Elle se présenta d'abord chez une maîtresse lingère; là, elle fut reçue avec bonté, mais avec un sentiment indéfinissable, qui la mettait mal à l'aise; il y avait un mélange de défiance et de pitié.

— Vous êtes mademoiselle Karadeuk? lui dit la directrice de l'atelier.

— Oui, madame! répondit-elle assez étonnée.

— Je regrette de ne pouvoir vous obliger, nous avons tout notre monde.

— Vous ne pourriez pas, madame, m'indiquer où je pourrais trouver à m'occuper.

— Cela m'est tout à fait impossible.

— Tout l'atelier avait les yeux sur Angèle. Elle sortit horriblement mal à l'aise.

Dans deux ou trois autres maisons encore, l'accueil fut le même.

A la dernière, on fut plus malhonnête

— Il n'y a rien à faire pour vous ici! dit la patronne ; vous êtes signalée comme voleuse. Vous savez bien qu'un monsieur honorable de la ville, à qui vous aviez demandé du linge à blanchir, a été presque dévalisé par vous. Vous lui avez enlevé plusieurs objets et vous vous êtes enfuie en nouant les draps du lit à la fenêtre.

« Il dit que cela n'est pas vrai à cause de votre père qui est à l'hospice, mais tout le monde sait bien ce qu'il en est.

— C'est un infâme mensonge, s'écria Angèle ; M. Potache sait bien pourquoi je me suis enfuie.

— Allons, ma petite, reprit la patronne, ne calomniez pas et allez-vous-en ; nous connaissons M. Potache depuis longtemps ; nous savons ce qu'il vaut et ce que vous valez.

— Je répète que c'est un infâme mensonge, cria Angèle indignée et affolée en sortant pour courir chez elle se renfermer avec ses petites sœurs.

Le garde-mine avait répandu ses calomnies avec un art infernal, en ayant l'air de cacher la mauvaise action d'Angèle et de la démentir par bonté ; si bien que la chose s'en était mieux accréditée.

Il ne fallait plus penser à avoir de l'ouvrage, mais seulement à ce qu'on pouvait vendre encore pour gagner du temps ; le père allait tantôt mieux, tantôt plus mal ; son sang était devenu âcre comme du fiel tant il avait souffert et tant il souffrait.

Jamais ses filles ne lui racontaient rien de leur terrible position ; il croyait qu'elles vivaient avec le secours de 1 franc par jour de travail dont il avait parlé (6 francs par semaine), mais la pâleur de leurs visages, leur maigreur l'effrayait, et toujours pas de nouvelles d'Auguste.

Un jour vint où il n'y eut plus rien à vendre : Angèle s'était défaite successivement de son matelas, de sa robe la plus propre, de ses draps et d'une robe de Sophie.

Du reste, y eût-il eu quelque chose encore, elle n'aurait pu le vendre, la réputation que lui avait faite M. Potache étant allée jusqu'à la trafiquante qui lui achetait ces misérables objets à moitié de leur valeur, déjà si minime !

— Je n'ai pas de conseil à vous donner, dit cette femme un peu receleuse, un peu usurière ; mais vous feriez mieux de travailler que de vendre vos effets. Quant à moi je ne vous achèterai plus rien.

Un dimanche, les petites Karadeuk allèrent voir leur père sans avoir déjeuné, Angèle leur promit un bon repas pour le soir, Louisette battit des mains, Sophie feignit d'y croire pour ne pas affliger Angèle.

— Nous n'avons pas trop faim, disait-elle.

Le soir venu, Angèle leur recommanda de ne pas quitter la maison et sortit.

Où allait-elle? elle-même n'en savait rien, elle avait une idée fixe : que ses sœurs ne mourussent pas de faim. Par quel moyen l'empêcher? elle l'ignorait.

Angèle marchait vite, comme un peu égarée, s'arrêtant devant les boutiques de comestibles.

Elle fit plusieurs fois le tour de la ville.

— Les enfants attendent ! se disait-elle ! je ne puis rentrer sans rien.

Et elle reprenait sa course à travers la ville.

La soirée se passa ainsi ; les boutiques fermaient.

A la dernière boulangerie qu'elle vit ouverte, Angèle se précipita, enleva le plus gros pain qu'elle aperçut et s'enfuit.

Le boulanger essaya de la poursuivre, mais elle allait comme le vent ; il rentra.

— Je me plaindrai demain, dit-il à sa femme ; je veux que cette fille soit punie. Je la connais.

Sa femme l'interrompit.

— Non, dit-elle ; on la dit voleuse, mais elle doit être folle ; son visage était effrayant. Cette famille est déjà assez malheureuse.

Les petites pleuraient, ne voyant pas rentrer leur sœur. Angèle mit le pain sur la table, mais à peine s'il fut entamé.

Si peu qu'elles y touchèrent, si dur qu'il fut laissé le plus longtemps qu'elles purent, il eut une fin, et la question se représenta telle que les jours précédents.

Impossibilité de se procurer du travail, nécessité de la nourriture de chaque jour !

Les enfants de Karadeuk avaient vécu jusque-là tellement retirées qu'elles ne connaissaient personne, même parmi les camarades de leur père, et puis n'étaient-ils pas tous pauvres ? — Quant aux autres, qui donc avait eu pitié d'eux jusque-là ? — Il semblait à Angèle que le ciel croûlait sur sa tête.

Ses sœurs s'étaient couchées pour avoir moins faim ; elles dormaient du fiévreux sommeil de l'affaiblissement. Angèle, le cerveau hanté déjà des visions du jeûne, ne pensant qu'à ses sœurs, mais n'ayant rien pris depuis la veille, se dit une fois encore qu'elle ne voulait pas que les petits mourussent.

Elle sortit ; les boutiques étaient fermées.

Elle parcourait la ville déserte, ne sachant ce qu'elle allait faire.

En province, les passants sont rares pendant la nuit. Angèle s'assit sur un banc des promenades et resta pendant quelques heures immobile.

Le vent faisait tomber sur elle une pluie de fleurs des branches qui s'étendaient au-dessus de sa tête ; un calme infini régnait autour d'elle, tandis qu'en elle-même c'était le désespoir.

Une idée horrible la prit, se vendre pour donner du pain à ses sœurs ; elle commençait à avoir le délire.

Un passant se dirigeait vers elle dans l'ombre — elle l'appela.

Celui-ci, saisissant la main de la jeune fille, l'entraîna à quelques pas, devant un café fermé comme les autres, mais sous les portes duquel passait un filet de lumière.

Elle voulut s'échapper, mais l'homme avait le poignet solide, et elle était épuisée ; il frappa d'une certaine manière, la porte s'ouvrit et il entraîna Angèle devant une table où se trouvaient réunis cinq à six viveurs attablés.

Là, à la lumière qui éclairait cette scène, M. Potache, car c'était lui, montra Angèle à ses compagnons d'orgie émerveillés et ricanants.

— Je m'en doutais, dit-il ! cette belle de nuit est mademoiselle Karadeuk.

Mais la belle fille était une agonisante ; elle s'affaissa sur le sol en murmurant :

— Mes sœurs !

La porte du café était restée ouverte, et dans l'effarement général on n'y songeait pas ; — c'est pourquoi un vieux mineur se rendant au puits dès l'aube du jour, aperçut Angèle couchée comme une morte. Et se précipitant dans le café, s'informa de ce qui était arrivé. On lui raconta qu'Angèle avait appelé M. Potache et que celui-ci l'avait fait entrer dans le café où elle venait de tomber, morte ou évanouie.

— Le père est à l'hospice, disait-on.

— Oui, répondit le vieillard, le père est à l'hospice ! et les enfants meurent de faim ! il emporta Angèle.

M. Potache était furieux de cette aventure qui allait lui faire du tort dans la mine.

Voilà comment on découvrit la misère des jeunes filles Karadeuk.

A partir de cet instant elles eurent quelques secours venant des familles des mineurs ; mais de travail, Angèle n'osait plus en demander.

Heureusement l'histoire fut rapportée à un comité de femmes ; on apporta à la pauvre nichée abandonnée des châles de laine à tricoter, travail peu rétribué, mais facile. Il ne fallait pas sortir pour le reporter, car celles qui le leur procuraient avaient soin des trois petites comme si elles eussent été leurs filles.

Le dimanche et le jeudi, en allant voir le père, elles pouvaient lui porter quelques petites douceurs, mais l'état de Karadeuk se maintenait, ni mieux ni pire, on espérait qu'il conserverait sa jambe, et on commençait à s'inquiéter des yeux, — il avait sous son oreiller depuis près de trois semaines, une provision de journaux dont il n'avait pu lire un seul, il cachait à ses filles le mauvais état de sa vue, comme elles lui avaient caché leur misère.

Il y avait si longtemps qu'elles rencontraient partout piéges ou mépris, les pauvres fillettes ! qu'elles se surprenaient parfois à oublier le passé ; quant à Louisette, elle chantait du matin au soir. Pourtant le gain n'était pas fort ; l'estomac du pauvre est habitué à être rongé par la faim : on retrouve cela plus tard, en infirmités. Elles se privaient encore davantage pour porter quelques petites choses au père, le dimanche et le jeudi, mais elles en étaient si heureuses !

Karadeuk, qu'elles abusaient sur leurs recettes, était rassuré, il se disait que ses filles pouvaient sans trop souffrir se passer de lui pendant quelques semaines. Mais, autre tourment, Auguste ne répondait pas aux lettres adressées pour lui chez la marchande de mouron.

Cela, par la plus simple de toutes les raisons : étant arrêté pour l'affaire Rousserand, les correspondances de Mme Grégoire passaient comme les siennes au dossier.

Heureusement les lettres de Karadeuk étaient conçues en termes tels, qu'elles n'éveillaient guère la curiosité pour le moment.

Un mouchard habile les eût cependant trouvées trop réservées pour ne rien cacher, mais il y a décadence dans la profession, heureusement pour les honnêtes gens !

Voici une de ces lettres :

« Saint-Étienne, mai 18...

« Ma chère cousine,

« Nous nous portons bien et vous embrassons. Quand vous verrez le parent, « qui doit venir à Paris, dites-lui qu'il y a de l'ouvrage ici pour lui.

« Nous vous embrassons,

« Votre cousin : KARADEUK. »

Le silence d'Auguste, celui de Mme Grégoire désolaient la famille Karadeuk. N'est-il pas ordinaire que les misérables ne soient jamais tranquilles? ils sont le gibier, et le cerf n'a pas même le temps de boire pour soulager son agonie.

M. Potache, le garde-mine, assez ennuyé dans la ville où son aventure s'était répandue, demanda et obtint de l'*avancement* dans des mines éloignées, où il porta son goût pour les jeunes filles et son dégoût des travailleurs.

Il fut remplacé par un plus habile, mais non meilleur.

LXXIII

HONNÊTES PERSONNAGES

Près des rues de Bercy, Traversière et des Charbonniers, est une immense construction d'aspect étrange; on dirait, à l'épaisseur des murs, un manoir féodal, plus l'étendue, moins la grandeur sauvage; cette forteresse a trois étages, contenant chacun six rangées de cellules et six corridors aboutissant à un même point d'où le gardien, comme l'araignée au centre de sa toile, embrasse d'un coup d'œil toute la prison.

Quand on démolira Mazas, on trouvera aux ruines la forme d'un gigantesque éventail ou d'un demi-soleil dont les rayons sortent du même foyer.

Mazas, qui a remplacé la Force, occupe environ quatre mille mètres de terrain; il y a un peu moins de mille trois cents cellules : les amateurs du système cellulaire y viennent prendre des notes. Grand mal leur fasse! ce n'est pas la cellule qui empêchera le mal d'avoir été commis ni qui le réparera jamais ; mieux vaut préserver que sévir. Ce n'est pas la cellule non plus qui changera les convictions des prisonniers politiques.

Pendant les dernières années de l'empire, les échos de Mazas répétèrent bien des chants révolutionnaires ; ceux qui les disaient sont maintenant ensevelis dans leur drapeau, sous la chaux vive ou dans les cimetières calédoniens.

Lesorne et Auguste Brodard étaient au secret ; mais Lesorne trouvait mille moyens de correspondance; son habileté ayant encore augmenté au bagne, il avait découvert que le principal accusé était Sansblair, son ancien complice.

D'abord il en avait eu le soupçon, d'après le cachet que portait le crime; lui ou Sansblair seuls, avaient cette méthode; or, puisque ce n'était pas lui, ce devait être Sansblair.

Une fois cette conviction bien arrêtée dans son esprit, il sut s'informer près des guichetiers; il avait une façon irrésistible de charmer les cerbères et de leur faire dire ce qu'il voulait savoir, sans qu'ils s'en doutassent le moins du monde.

Et puis il était si clair qu'il serait relâché! Est-ce que tout le monde ne l'avait pas vu travailler comme manœuvre à la préfecture? Est-ce qu'à son hôtel tout le monde ne savait pas à quelle heure il sortait. Là demeurait également l'agent Jean-Étienne, son ancien compagnon.

Lesorne passait son temps à réfléchir.

Qui donc avait pu tuer Brodard, comptant le tuer lui-même? Serait-ce Sansblair? qui aurait voulu se débarrasser d'un complice afin de brûler le *pégriot* ou le refroidi (faire disparaître le vol ou le cadavre)?

Ce qui lui semblait étrange, c'était la rencontre de Brodard avec Sansblair et Trompe-l'œil. Parfois il se disait : c'est peut-être heureux pour moi que j'aie le temps de réfléchir dans ma cellule, au lieu de *fader ensemble* (partager) tout de suite; l'un ou l'autre de mes anciens copains peut *manger sur l'orgue* (dénoncer), me faire *faucher dans le point* (tomber dans un piège) et *tirer des louqes* (faire plusieurs années de prison.

Il se creusait la tête, le rusé Lesorne, et tâchait d'exploiter la bienveillance de M. X... pour se faire déclarer un alibi.

Sansblair de son côté, sachant qu'on avait arrêté d'autres encore que lui, s'efforçait de découvrir qui cela pourrait bien être. Mais il était moins habile que Lesorne.

Cette continuelle tension d'esprit le brisait depuis sa lettre à de Méria, il avait pu, grâce à l'argent que lui fit parvenir Nicolas, se procurer les journaux parlant de son arrestation et il savait que les autres prévenus étaient les Brodard.

Mais comment se trouvaient-ils encore sur le chemin de Rousserand? Auraient-ils eu vraiment la préméditation, du crime accompli par lui?

Telles étaient les préoccupations constantes de Sansblair.

Contrairement à Lesorne, il se voyait perdu, la fuite seule pouvait le sauver.

Mais on ne s'évade pas de Mazas! et on y gagne plus que partout ailleurs le vertige qui hante les cachots solitaires.

Dans un demi-sommeil tourmenté et fiévreux, Sansblair revivait en arrière. Dans la brume du rêve, la cellule se peuplait de tout le passé, le bandit se voyait enfant sur les genoux de sa mère, ses longs cheveux bouclés, tombant sur ses épaules, ses bras, ronds et roses, passés au cou de la pauvre femme, il entendait sa voix fraîche comme un chant d'oiseau. — L'enfant était devenu Sansblair l'assassin, — il revoyait son bon vieux maître qu'il avait tant aimé, il entendait le violon du vieillard.

Puis, plus grand, chantant dans les églises pleines d'encens, d'où sortait comme un vampire le cher frère qui l'emportait dans la nuit. Dans cette nuit, se dessinaient des spectres ; l'orgie continuelle où il avait vécu, la mort de sa mère disant au prêtre qui voulait la confesser : Non, je ne crois plus ! s'il y avait un Dieu, il n'aurait pas laissé ce monstre prendre mon enfant !

Une fois sa mère morte, tous les crimes arrivaient montant en marée sanglante.

Il lui semblait voir passer, comme orphelin au fil de l'eau, la veuve dans sa robe noire, son visage livide couvert des larmes qu'elle versa sur son enfant jusqu'au dernier souffle ; et toute la série des gens assassinés : une jeune fille arrivant à Paris pour se placer, et qu'il avait étranglée après en avoir abusé ; un vieux, qu'il avait tué dans les champs pour lui prendre de quoi vivre pendant un mois, et tant, et tant d'autres ; le petit vieux de la carrière ; c'est là que Lesorne lui avait montré le *coup de la noix*, comme il disait.

Dans ce temps-là, Trompe-l'œil habitait la rue Montmartre, 182 ; tout le monde le croyait honnête, mais ayant été trop audacieux dans l'exposition de marchandises *d'occasion* dont on aurait pu reconnaître à la morgue les propriétaires, il avait jugé convenable de changer de nom et d'adresse.

Une fois Lesorne au bagne, Trompe-l'œil avait dirigé les opérations à sa place ; ils avaient été deux, pour remplacer Trompe-l'œil, l'un la tête, Trompe-l'œil ; l'autre le bras, Sansblair.

Que de cadavres ! ils tendaient vers lui leurs bras glacés pour l'entraîner avec eux ! parfois il reculait jusqu'au mur de la cellule, et se réveillait de l'horrible cauchemar par l'excès de la frayeur, — Sansblair ne voulait plus dormir, moins en dépit de lui-même, le sommeil l'attirait, le cauchemar pesait de nouveau sur lui.

Ses complices, de Méria, Nicolas, et tant d'autres ; Mme Helmina, y défilaient mêlés aux scènes d'orgie ou de crime commis sur les pauvres petits enfants de la maison de convalescence, Claire qu'il emportait dans ses bras à la Seine et qui s'était réveillée ; Virginie, la pauvre abandonnée ; tous vivants pour lui seul, l'appelant, l'attirant dans leurs bras froids comme des serpents.

Le dernier de tous, Rousserand, dont il s'était fait si facilement accueillir avec ses titres fantaisistes, terminait la procession lugubre ; pas un n'y manquait il y en avait d'oubliés depuis longtemps, que son imagination fouillant dans les ténèbres en tirait tout sanglants.

Il se voyait brûlant le violon du vieux, la flamme rouge emplissait la cellule et il s'éveillait dans la nuit.

— Telle fut la première phase de l'emprisonnement de Sansblair.

La seconde fut la rage d'évasion, chose impossible à Mazas pour un prisonnier politique, ou même un prisonnier ordinaire, mais peut-être réalisable pour Sansblair, et puis l'impossible a plus de chances d'arriver que le difficile.

Pour l'impossible on y va en désespéré ; pour le difficile on tâtonne et on se trompe.

Sansblair voulait échapper au supplice de la cellule : il était décidé à n'y pas

M. Potache montra Angèle à ses compagnons d'orgie émerveillés. (Page 628.)

rester, son esprit était tendu sur ce point comme sur une échappée de lumière — il voyait moins, en ne regardant point, les fantômes de ses rêves, mais il sentait toujours leurs mains glacées, il fallait qu'il leur échappât.

Nicolas lui ayant fait parvenir les cinq cents francs par un moyen d'eux connu, déposa au greffe, *afin de justifier la demande de la lettre,* vingt-cinq francs pour Sansblair, en disant :

— Cet homme a rendu quelques services à la préfecture ; il doit être payé.

La chose parut toute naturelle ; si bien que Sansblair recommença une autre missive ainsi conçue :

« A MONSIEUR LE COMTE DE MÉRIA

« Mazas, cellule nᵒ 15.

« Mon cher ami,

« Je te remercie de ce que tu m'as envoyé, mais il m'en faut le double,

« Ton ami,

« GABRIEL, dit *Sansblair*. »

La lettre fit l'effet d'un second coup de foudre chez de Méria — il commençait à se sentir rassuré, de ce côté, pour souffrir de l'autre, des assiduités de Nicolas près de sa femme.

Valérie évoluait visiblement vers le vicomte ; elle se trouvait dans la disposition de ces prisonniers qui s'attachent, dans le vide du cachot, à une araignée ou à une souris. — Nicolas commençait à être l'araignée de Valérie, dans la plus terrible des prisons, un mariage mauvais !

Il s'en apercevait parfaitement, le rusé mouchard, aussi ne voulait-il pas brusquer la solution. Si Valérie eût vu où elle allait, elle serait infailliblement retournée en arrière ! la crainte de la faute eût même été favorable à de Méria.

Il fallait que la jeune femme descendît la pente, sans s'en douter et tombât par surprise, comme un pauvre agneau qu'elle était.

De Méria commençait à détester Nicolas. Quant à celui-ci, tout en éprouvant deux grandes satisfactions : contenter un caprice et tromper un ami, il n'en voulait point à de Méria.

Mᵐᵉ Rousserand avait quitté sa fille aussitôt que l'état de santé de Valérie le lui avait permis, mais elle venait chaque semaine, s'informait près de la pauvre enfant s'il ne lui était point survenu d'ennuis, et retournait dans la demeure ignorée et solitaire où elle cherchait à se consoler par la lecture des ouvrages chers à son père.

Elle y joignait d'autres livres plus modernes, si bien que la pauvre femme ayant plus d'esprit que de bon sens, plus de cœur que d'intelligence, se bourra la tête de doctrines au lieu de se convaincre par les faits mêmes. — Du matin au soir, et souvent du soir au matin, elle étudiait, compulsait, cherchait à s'étourdir sur ses chagrins et y parvenait en effet. Mais elle allait vers la folie.

Mᵐᵉ Rousserand ne savait ni comparer ni analyser ; elle était comme bien d'autres.

Quand de Méria reçut la lettre de Sansblair, le mouvement fébrile qui lui échappa frappa le vicomte d'Espaillac.

— C'est encore de ce misérable ? dit-il.

— Oui, dit de Méria.

— Que demande-t-il ?

De Méria passa la lettre au mouchard.

Celui-ci voyant que Sansblair ne parlait ni de lui ni de la somme, ne put s'empêcher de penser qu'il écrivait convenablement.

— Il faut encore s'exécuter, dit-il.

— Alors, dit de Méria, cela fait deux mille francs.

— Non, répondit Nicolas qui tenait à jeter entre les griffes d'Amélie un autre cadeau pour la faire taire, cela fait deux mille *cinq cents*, il faut empêcher cette vipère de se *mettre à table* (dénoncer).

— Que veut-il faire de cet argent ? dit de Méria.

— Probablement s'évader.

— Nouveau danger, alors.

— Allons, mon cher, c'est de la simplicité, dit Nicolas, une fois cet homme dehors il ne parlera plus, et s'il veut nous faire chanter il y a un moyen ! — Je l'aiderai moi-même, si je le puis, sans me compromettre.

— En effet, dit de Méria.

Valérie entrait en ce moment ; un peu moins pâle qu'à l'ordinaire, son jeune visage contrastait d'une façon adorable avec les vêtements de deuil dont elle était couverte. Elle salua gracieusement les deux hommes, et pour la première fois depuis la mort de son père, se mit au piano.

Le soir était si doux, l'air si parfumé, que Valérie, subissant sans s'en douter l'impression du crépuscule printanier, commença un nocturne en harmonie avec le printemps, sa jeunesse et le trouble de son cœur.

> Enfants, dans les bois à la brune
> Gardez-vous des loups ;
> Fillette, on voit au clair de lune
> Les **yeux** trop doux.

La voix de Valérie s'élevait dans le silence où montait l'odeur des roses.

Les deux misérables sentirent qu'ils aimaient cette jeune femme, comme celui qui a longtemps bu l'eau fangeuse des ornières a soif d'une source pure...

Un rossignol répondit du jardin. Valérie, obéissant à la rêverie qui la dominait, ouvrit son recueil de musique sur un autre morceau, répondant à l'impression qu'elle éprouvait.

C'était un nocturne lent et monotone comme un récitatif.

> Par les beaux soirs d'été l'ombre est légère et douce,
> La brise va chantant sur l'onde et sur la mousse.
> O nuit ! ô rêve ! ô rossignol !
> Un souffle chaud emplit la montagne et les plaines ;
> Le voyageur repose et l'aile des phalènes
> Le touche à peine dans son vol.

> Le flot dort sur la rive et le cromleck dans l'herbe ;
> Le laboureur a mis sa tête sur la gerbe.
>   O calme des mers ! paix des champs !
> Dormez, ô prés ! ô bois ! dormez, ô vastes ondes !
> Dans le ciel, sur la terre et dans les mers profondes,
>   Nul bruit, ni d'ailes ni de vents !

Valérie laissa mourir sa voix.

Le son de la cloche de la porte d'entrée ayant fait tourner la tête à de Méria, M. d'Espailhac en profita pour glisser ces mots à l'oreille de Valérie :

— Je suis bien malheureux, madame, car je vous aime !

Il était trop tôt !

Effrayée, Valérie s'enfuit.

Le visiteur était M. X..., que nous avons vu à la préfecture.

Quelle que fut la tolérance de ce fonctionnaire à leur égard, les deux bandits eurent un mouvement d'effroi, qu'ils cachèrent le plus soigneusement possible.

Après nombre de compliments, M. X... dit avec une douceur mêlée d'importance, presque de protection, à de Méria :

— Je me suis arrangé, monsieur, pour être chargé moi-même d'une mission de la préfecture près de vous.

De Méria frissonna.

— Je suis heureux, continua M. X... de rencontrer ici M. Nicolas, *vicomte d'Espailhac* (il souligna ces mots par un sourire), cela simplifie ma mission.

Tous deux écoutaient avec anxiété.

M. X... reprit :

— Malgré l'explication donnée par M. Nicolas en déposant 25 francs au greffe pour Gabriel, dit Sansblair, les deux lettres de cet homme, lettres adressées au gendre de sa victime, ont paru étranges à l'administration, et il est hors de doute qu'elles figureront au dossier.

« Je suis chargé de transmettre votre réponse.

— J'ai connu autrefois, dit de Méria, cet homme à une société chorale, je l'avais oublié depuis, et il aura cru se disculper en invoquant cette ancienne connaissance avec moi.

— Vous ignorez, dit M. X... que la police a déjà quelques données, prouvant que vous connaissiez Sansblair. C'était lui qui portait la jeune fille évanouie ! vous savez, cette Claire Marcel, au sujet de laquelle on a fait tant de bruit. Vous avez été obligés de vous nommer tous deux parce qu'on voulait vous arrêter, portant la jeune fille qui semblait un cadavre. Les agents vous ont priés de lui découvrir le visage qui était enveloppé de manière à l'étouffer, si elle vivait encore.

De Méria commençait à s'effarer.

— J'avais oublié, dit-il, cette circonstance où nous nous sommes rencontrés.

— Comment répondez-vous à cette seconde question ? dit M. X....

Nicolas vint à son secours.

— Les deux questions, dit-il, peuvent n'avoir qu'une seule réponse, *cela vaudrait mieux.* (A part une rencontre fortuite chez Mme Helmina, M. de Méria n'avait pas revu Sansblair depuis le temps de la société chorale, et ne songeait pas à lui.)

— Remarquez bien, dit M. X..., que cela n'a d'importance que parce que M. de Méria avait dit primitivement ne pas connaître l'assassin.

De Méria commençait à s'habituer à la situation, il répondit avec assurance :

— Je ne pouvais penser que le jeune homme de la société chorale et l'homme rencontré chez Mᵐᵉ Helmina ne faisaient qu'un avec ce misérable, puisqu'il n'était connu que sous le nom de Gabriel, j'ignorais que ce fût Sansblair.

M. X... inscrivit cette réponse dont il était satisfait; il s'intéressait d'autant plus à de Méria et à Nicolas, que ses complaisances pour eux eussent pu le compromettre.

— Qui l'avait invité chez Mᵐᵉ Helmina? cette dame sans doute.

— Mᵐᵉ Helmina a été interrogée, elle a dit que Gabriel, dit Sansblair, était une connaissance de M. de Méria.

— Mᵐᵉ Helmina! mais elle est en Italie.

— Non, elle est malade depuis plusieurs mois; c'est Mˡˡᵉ Blanche Marcel qui dirige la maison, mademoiselle votre sœur étant encore à Londres.

— Il y a sans doute confusion dans la mémoire de Mᵐᵉ Helmina, qui est souffrante.

— Qui avait invité Gabriel, dit Sansblair, à votre mariage?

— Mon beau-père, sans doute; leur amitié réciproque était de notoriété publique.

M. X... restait impassible.

— Vous oubliez, dit-il, qu'on vous a vu présenter Sansblair à votre beau-père.

Ma foi, dit de Méria avec beaucoup de naturel, ces jours-là on est fou; on présenterait le père éternel à son fils.

— Allons, dit avec bonhomie M. X..., c'est satisfaisant; passons à M. Nicolas.

Nicolas feignait une grande surprise.

— Ce qui pèse sur vous, dit M. X..., n'est pas lourd, car vous ne pouviez deviner l'avenir, c'est une grande camaraderie avec l'assassin; dame, il n'était pas votre beau-père à vous!

— Comment prouve-t-on cette camaraderie? demanda Nicolas se faisant à son tour interrogateur.

M. X... n'eut pas la dureté de s'en apercevoir.

— Si je lui faisais des politesses, dit Nicolas, et si j'ai déposé pour lui un peu d'argent au greffe, c'est que cet homme a rendu de grands services à la préfecture de police à laquelle j'appartiens; l'ayant moi-même employé, c'était à moi à m'en occuper.

— C'est bien agir, mon cher monsieur, vous auriez même pu pousser la générosité moins loin, c'est-à-dire solliciter de votre administration qu'elle lui donnât le secours que vous avez donné de votre poche.

Nicolas comprit qu'il s'était *emballé* bêtement.

— Que voulez-vous, dit-il, mon zèle va trop loin. Mais les charges ne pèsent pas toutes sur Sansblair, il y a les Brodard.

— Les Brodard, dit M. X..., le père surtout, ne sont pas très chargés ; il est vrai que le fils est un sujet de la pire espèce ; mais je crois qu'ils seront renvoyés en non-lieu.

— Quoi ! dit Nicolas, le père, un communard ! un incendiaire qui a voulu me tuer !

— Si tous les communards se rangeaient ainsi, dit M. X..., ils nous rendraient de réels services. Je compte employer celui-là à la police des réunions, il y connaît tout le monde.

Lesorne, qui ne connaissait personne dans le parti socialiste, ne se doutait pas de cette tuile.

M. X... reprit :

— Il y a pour lui le plus bel alibi : le témoignage de l'hôtel où il a couché et joué aux cartes jusqu'à une heure du matin avec un agent de la sûreté. Un fin, celui-là, un vrai Vidocq ; ils étaient ensemble à Toulon. Le témoignage de Jean-Étienne est décisif ; il vendrait le monde entier pour une bonne note de ses chefs.

« Eh bien, Jean-Étienne, répond de Brodard, jusqu'à huit heures du matin, il l'a vu sortir de son hôtel où lui-même habite, et se diriger vers la préfecture où il travaille comme manœuvre ; il y était à huit heures un quart, juste le temps d'aller de la rue Sainte-Marguerite à la préfecture de police.

— Et le fils ?

— Ah ! le fils ? son alibi est moins sûr. Ses témoins sont le garçon de son hôtel, inconnu à la police, une vieille pauvresse marchande de mouron, des peintres assez mal famés, et deux autres témoins qui ne seront peut-être pas entendus : une fille en carte qui demeure avec la marchande de mouron et un nègre qui habite l'atelier des peintres en question.

« Mais je m'aperçois que je suis un étrange interrogateur. Je cause avec vous tout simplement !

— C'est que vous voyez que nous sommes innocents, dit de Méria.

— Aussi, je n'ai pas cessé d'agir en ami ; à propos, si vous savez où est la petite Mixlin, je vous avertis que sa mère m'écrit lettres sur lettres ; elle prétend que Sophie Brodard, dans son délire, parlait sans cesse de Rose et qu'on doit savoir ce qu'elle est devenue, à la maison de convalescence.

« Il est probable que Mme Mixlin ne s'adressera pas toujours à moi et qu'on fera quelque perquisition chez Mme Helmina. Je vous donne cet avis.

— La perquisition sera sans succès, dit de Méria qui était livide. Mais vous n'allez pas partir sans goûter mes liqueurs ! La cave a été remplie par mon pauvre beau-père, il y a des produits des îles qui font circuler du soleil dans les veines.

M. X... accepta, non seulement les liqueurs, mais les coupes étaient d'un prix fou, des sculptures d'une délicatesse extrême les décoraient.

Celle dans laquelle buvait M. X... représentait la justice, ses balances à la main, assise sur un trône au pied duquel venaient des hommes de tous les peuples du monde.

M. X..., flatté de l'attention (il était très fier quand on le reconnaissait *comme magistrat*), admira beaucoup la coupe.

— Je serais bien heureux, dit de Méria, qu'il vous plût de la garder.

M. X... se défendit un peu ; mais la coupe était si belle et les instances de de Méria si pressantes, qu'il consentit à la recevoir comme souvenir.

— Je regrette vivement, dit Nicolas de ne point en avoir une semblable à vous offrir.

Lorsque M. X... rentra chez lui, le jour allait paraître. Il se jeta sur son lit et s'endormit profondément. Il rêva sans doute qu'il jugeait, la balance à la main, tous les peuples de la terre, comme il l'avait vu sur les bas-reliefs de sa coupe d'or.

De Méria et Nicolas prirent une résolution décisive.

LXXIV

L'ÉVASION

Lesorne ayant raconté à M. X..., qui venait le voir quelquefois, au travail, une foule de détails fantaisistes sur ses amis les socialistes, trouva moyen de s'en faire un appui ; il obtint en effet un non-lieu.

Pour Auguste, il y avait plus de difficulté.

Le pauvre enfant était toujours au secret le plus rigoureux.

Lesorne ayant été averti qu'on le renvoyait de l'accusation, fut invité à passer dans le cabinet de M. X...

— Brodard, dit le fonctionnaire, vous voyez combien la justice a été bienveillante à votre égard, vous en serez, je l'espère, reconnaissant.

— Éternellement, mon bon monsieur !

— Écoutez. Les travaux auxquels vous avez été employé comme manœuvre sont terminés ; ensuite, il y aurait peut-être indélicatesse à ce que, travaillant ici, vous rencontriez M. Nicolas.

— Oh ! s'écria Lesorne, mon bon monsieur ! j'en ai fini avec les vengeances. Que je puisse gagner ma pauvre vie, c'est tout ce que je désire.

— C'est bien, nous verrons à vous utiliser, si vous êtes disposé à obéir aux instructions que vous recevrez.

— Complètement, mon bon monsieur !

— Vous me faites meilleur effet que Lesorne, à qui vous aviez recommandé vos enfants.

— Il avait un drôle d'air, dit Lesorne, mais au fond il n'était pas mauvais.

— Vous vous occupiez, de son temps, de faire de la propagande au bagne.

— Jamais, mon bon monsieur !

— Enfin, il y a longtemps que vous êtes revenu à de meilleurs sentiments, continuez et on vous protégera ; revenez demain matin.

Lesorne sortit. Il gagna la rue Sainte-Marguerite afin de réfléchir à ce qu'il avait à faire, il était probable qu'il rencontrerait des amnistiés qui, touchés de ses malheurs, s'informeraient de ses affaires. Il était probable aussi qu'Auguste lui adresserait des questions embarrassantes; peut-être aussi les jeunes filles se retrouveraient.

Quelque confiance que lui inspirât la mauvaise conduite qu'on prêtait à Auguste, il voyait son intérêt à ce que ce dernier restât le plus longtemps possible à Mazas, il se promit de s'y employer.

Il se promit aussi de se rendre compte des gens que connaissait le petit Brodard.

Jean-Étienne coupa court aux réflexions de Lesorne en lui disant :

— Veux-tu que je t'aide à faire ton trou, hein, vieux ! Il ne s'agit pas de *battre l'antife* (marquer le pas) sur le boulevard, sans avoir à *béquiller* (manger), crois-moi, fais-toi *casserole* (mouchard), c'est une position tout à fait tranquille.

Il entrait dans le rôle que jouait Lesorne, de paraître hésiter, c'est ce qu'il fit, puis il convint qu'il avait rendez-vous avec M. X... pour le lendemain.

Une visite interrompit la conversation, c'était Grenuche qui venait de temps à autre chez Jean-Étienne.

— Ah, mon pauvre Brodard ! s'écria-t-il, c'est moi qui puis te renseigner sur Lesorne à qui tu avais recommandé tes enfants ; il les aimait bien. Malheureusement il a été tué et les petites ont disparu quelques jours après. Et sur ton Auguste donc, je sais où il est descendu, chez sa maîtresse, qui demeure avec une vieille, tu verras !

La chance revenait à Lesorne ! peut-être, à l'aide des indications de cet animal de Grenuche, pourrait-il triompher de bien des difficultés.

Il se fit donc raconter tout ce que savait Grenuche, hors les avertissements que celui-ci avait donnés à Lesorne au passage l'Écuyer, et à Auguste chez la marchande de mouron. La présence de Jean-Étienne lui inspirait cette réserve.

Celui-ci ayant regardé l'heure à sa montre, prit congé de ses camarades.

Il avait reçu dans la journée un billet d'une écriture contrefaite accompagné de quelques billets de banque. — Le billet était ainsi conçu.

« Des personnes haut placées ont confiance en vous pour une affaire qui ne doit point être ébruitée. — Ceci est un acompte. — Si vous voulez le reste de la somme, gardez le silence et montez au second étage du n° 50, rue de la Chance-Midi. La chambre est louée pour la journée, vous y trouverez la personne qui vous donnera des explications.

Jean-Étienne, un revolver sous son paletot, était allé rue de la Chance-Midi, au 50.

Trompe-l'œil, au milieu de sa boutique encombrée, le reçut.

— Qui demandez-vous ? dit le marchand.

— J'ai un rendez-vous dans cette maison, la chambre du second étage a été louée pour la journée ?

— En effet, dit Trompe-l'œil, un étranger est venu louer ce matin, vous pouvez monter.

Il lui montra l'escalier

Jean-Étienne se trouvait là en pays ami, cela sentait le bandit. Il monta.

Le chien avait arraché un morceau du pantalon de Sansblair.

Le lecteur se souvient que, dans le logement occupé par Brodard chez Trompe-l'œil, il y avait deux chambres très petites, et qu'une fois la communication fermée, la première seule restait visible.

Jean-Étienne se trouva en présence d'un individu enveloppé comme une momie.

— C'est bien, dit l'homme masqué en contrefaisant sa voix ; il l'introduisit dans la première pièce et ferma la porte.

Jean-Étienne s'imagina reconnaître la taille et l'enrouement de son chef Nicolas, mais il se garda bien d'en rien laisser paraître.

— Êtes-vous décidé, dit l'homme, à faire ce qu'on attend de vous ?

— Oui.

— Eh bien, vous suivrez cette nuit, à onze heures, une voiture cellulaire qui partira de Mazas. — A un certain endroit, un homme en sortira ; vous lui direz : suivez-moi et vous l'amènerez ici, après l'avoir couvert des vêtements que voici. Il lui montrait un long manteau, un chapeau et une immense cravate de laine.

— Je ne pourrai suivre à pied une voiture, et si j'en prends une également je ne verrai pas sortir l'homme, c'est difficile.

— Si cela ne l'était pas vous seriez moins payé — arrangez-vous — et comme il s'agit *de la sûreté de l'État*, au moindre mot indiscret, vous remplacerez l'homme à Mazas. Il faut suivre à pieds.

Jean-Étienne, tout en ne prenant pas complètement ces paroles au sérieux, n'était pas rassuré.

Au fond, l'inconnu l'était bien moins que lui.

— Si vous réussissez, dit-il, la somme que vous avez déjà reçue sera doublée.

— Et si je ne réussis pas ?

— Alors vous irez à Mazas tenir compagnie à l'homme.

— Et si je renonçais ?

— On agirait encore de même ; il n'est plus temps de reculer.

Jean-Étienne avait peur, il est rare qu'un être vil soit brave, mais comme il n'y avait plus à reculer il dit :

— Je réussirai.

— Encore une recommandation, dit l'inconnu ; s'il arrivait qu'au lieu de sortir avant d'arriver où les agents le conduisent, l'homme ne sortait qu'en revenant, vous ne quitterez la voiture qu'une fois l'homme dehors, il faut absolument l'amener ici.

— Et s'il faisait résistance ?

— Il n'en fera pas puisqu'il attend ; il vous cherchera de son côté.

— Vous lui direz : c'est moi.

Voilà pourquoi Jean-Étienne, ayant regardé l'heure, avait quitté ses compagnons.

Sansblair avait de son côté reçu dans son pain un billet ainsi conçu :

Ce soir à onze heures, vous serez transféré à la préfecture pour être interrogé ; on a de nouveaux renseignements.

« Votre pain de ce soir contiendra une scie. Pendant le trajet vous scierez la planche (du côté de votre dos), elle est commencée. Vous sortirez et vous suivrez l'homme qui vous dira : C'est moi.

La scie était en effet le soir dans son pain.

L'écriture était contrefaite, mais l'avis ne pouvait venir que de Nicolas ou du comte de Méria.

— Ils sont trop dévoués, se dit Sansblair, pour qu'ils ne me craignent pas et pour que de mon côté je n'aie pas à les craindre.

Les coupables sont toujours en garde contre leurs complices.

La voiture cellulaire sortit de Mazas à onze heures ; elle n'allait pas trop vite.

Jean-Étienne suivit assez lestement, mais la sueur ruisselait sur lui, et puis il ne fallait pas attirer les regards.

On alla jusqu'à la préfecture sans que rien d'extraordinaire se passât. Jean-Étienne vit entrer Sansblair entre les agents ; il le vit remonter dans la voiture. — Cette fois il faut ouvrir l'œil, se disait-il. — Il était à peu près deux heures du matin, tout était muet. — Les agents, qui commençaient à avoir soif, arrêtèrent la voiture près d'un cabaret qu'ils connaissaient, et ayant frappé d'une façon particulière, ils entrèrent pour prendre un verre.

Alors un large guichet s'ouvrit dans un des côtés de la voiture, et Sansblair glissa sur le trottoir.

— C'est moi, dit Jean-Étienne en lui mettant à la hâte le manteau et le chapeau. Suivez-moi.

Comme deux bourgeois attardés qui, ne trouvant pas de voiture, se décident à aller à pied en causant jusque chez eux, Jean-Étienne et Lesorne prirent par des rues détournées le chemin de Levallois.

Sansblair, la cravate bien haute sur son visage (mise en *cache-nez*, c'était le cas de le dire), le manteau et le chapeau achevaient de le rendre méconnaissable.

Ils arrivèrent, vers trois heures et demie, rue de la Chance-Midi.

Sansblair faisait en chemin des réflexions peu encourageantes.

Il voyait bien qu'on prenait le chemin de chez Trompe-l'œil, mais son compagnon ne lui adressant pas la parole, il se taisait également.

Trompe-l'œil veillait, car au bruit de leurs pas, la porte s'entrebâilla et son visage dépareillé parut inquiet dans la raie lumineuse.

— Montez, dit-il.

Le même personnage enveloppé d'un linceul de drap attendait dans la première chambre.

— Prenez, dit-il à Jean-Étienne.

Une liasse de billets de banque était sur la table.

— Soyez discret sur votre vie, dit encore le personnage. Voici le reste de ce qui vous a été promis.

— Je le jure, dit Jean-Étienne en prenant les billets.

— Ne jurez pas, et souvenez-vous qu'il y va de votre intérêt de vous taire, de votre intérêt le plus cher, la vie !

Jean-Étienne reconnaissait tout à fait la voix de Nicolas.

Emportant son payement pour cette étrange action, il sortit avec l'allure d'une bête qui emporte sa proie.

Alors, rejetant les plis qui lui couvraient les épaules et le visage, Nicolas apparut à Sansblair.

— Entre vivement là-dedans, dit-il en ouvrant à Sansblair la communication de la seconde chambre.

Le bandit recula comme un taureau devant l'abattoir. — La seconde chambre n'avait pas de fenêtre, pas une lucarne donnant au dehors, c'était une cellule pire que celle de la préfecture.

La liberté offerte par des complices effarés.

— Dépêchez-vous, dit Nicolas.

— Je ne veux pas entrer là-dedans, dit Sansblair.

— Alors, vous voulez qu'on vous reprenne, et que ceux qui vous sauvent payent pour vous?

— Vous m'assassinerez là-dedans.

— Imbécile! est-ce que ce n'était pas facile tout à l'heure?

— Non, moins qu'ici.

— Alors vous voulez nous perdre avec vous, pour nous remercier de vous avoir sauvé?

— Non, mais je me défie de vous.

— Dévouez-vous donc pour les gens! dit Nicolas. Allons, mon vieux Sansblair, songe qu'on ne peut pas t'exposer aux adorations du public, ce ne serait pas prudent. On fera des perquisitions partout, ne m'oblige pas à te faire entrer de force dans ce cabinet.

Il lui montra le canon d'un revolver.

Sansblair, frissonnant, entra dans le réduit dont Nicolas referma l'issue avec soin. Il redescendit près de Trompe-l'œil qui l'attendait assis devant le guéridon où Brodard avait bu un soir dans les coupes qui venaient, disait Trompe-l'œil, de Lesorne.

Nicolas s'assit, près de lui.

— Eh bien! dit Trompe-l'œil.

— Il est dedans, mais ce n'est pas sans peine. Voyons les comptes maintenant, combien vous faut-il pour le conserver?

Depuis que le vicomte avait des titres authentiques il ne tutoyait plus ses complices.

— Je ne veux point abuser de la situation, dit Trompe-l'œil, je me contenterai de 25 francs par jour. C'est peu quand on pense aux dangers que je cours.

— Voilà la première huitaine, dit Nicolas : 200 francs.

— Vous avez donc la caverne d'Alibaba à votre disposition? dit Trompe-l'œil.

— C'est le comte de Méria qui paye, et comme il avait la dot de sa femme à placer, il est libre de choisir son banquier.

— C'est juste. Revenons à notre calcul ; combien avez-vous donné à celui qui l'a amené ici?

— Seize cents francs en deux fois, dit Nicolas; il faut bien acheter son silence.

C'est encore parfaitement juste, c'est pourquoi mon silence à moi, qui sais tout, doit se vendre le double.

Et Trompe-l'œil riait à sa manière en montrant ses gencives sans dents.

— C'est bien cher, trente-deux mille francs ! Y songez-vous?

— Allons donc, c'est un de Méria qui paye, noblesse oblige! du reste cela ne vous appauvrit pas.

— En effet, dit Nicolas.

L'autre reprit :

— De Méria est bienheureux d'en être quitte à si bon marché. Que serait-il devenu si Sansblair eût *jaspiné* (bavardé)? il ne peut payer trop cher ceux qui l'ont préservé. Quant à Sansblair, il doit être heureux qu'on ne l'ait pas *escarpé à la copahu* (tué pour lui prendre sa part), il eût pu avoir affaire à d'autres qui l'auraient *macaroné* (trahi).

Nicolas rêvait; il était loin de ce que débitait Trompe-l'œil. Il pensait avec sang-froid qu'on serait obligé de *se défaire* de Sansblair, et avec trouble que Valérie avait été épouvantée de sa déclaration

L'image gracieuse de la jeune femme emplissait le cœur du bandit.

Trompe-l'œil le tira de sa rêverie.

— Est-ce accepté pour les trente-deux mille francs?

— Oui, dit Nicolas.

— Tant mieux pour de Méria, dit Trompe-l'œil, car, faute de cela, je mettrais Sansblair dans la rue; on ne court pas pour rien pareil risque. En attendant, je vais lui porter de quoi *se refaire de sorgue* (souper).

Trompe-l'œil redescendit bouleversé.

— Je n'ai pas assez demandé, dit-il, Sansblair s'imagine qu'on veut le tuer; il est dans le cas de devenir fou, je cours des risques terribles, je ne le garderai pas à moins de trente-quatre mille francs.

— Est-ce tout? dit Nicolas.

— Oui, mais je n'en rabattrai pas d'un centime.

Le marché fut conclu et, chose extraordinaire, ces bandits s'étant mutuellement donné leur parole étaient sûrs d'y pouvoir compter.

— Allons, dit Trompe-l'œil, une dernière rasade dans la coupe de ce pauvre Lesorne, j'avais un faible pour lui, quoi qu'il fût devenu bien étrange.

— Connaissez-vous son sosie? demanda Nicolas.

— Qui cela, son sosie?

— Brodard, un communard, qu'on vient de grâcier comme Lesorne, pour services rendus à l'administration. En voilà un qui est devenu raisonnable à Toulon, mais je ne m'y fie pas davantage. C'est lui qui a voulu m'assassiner.

— Je me souviens de l'histoire, dit Trompe-l'œil, cela a fait assez de bruit.

Ils restèrent quelques instants en silence, savourant chacun son rêve, Trompe-l'œil, ses trente quatre mille francs, Nicolas, la radieuse apparition de Valérie.

Le lendemain, de Méria comptait à Nicolas, non seulement les trente-quatre mille francs de Trompe-l'œil, mais encore, sous des prétextes quelconques, la somme assez ronde de soixante mille francs.

La dot de Valérie commençait à diminuer, mais le danger d'être mêlé pour des faits monstrueux aux révélations que n'aurait pas manqué de faire Sansblair, était conjuré.

LXXV

LES TÉMOINS D'AUGUSTE

Il y avait ce jour-là grand conseil chez Mmes Grégoire et Bussoni.

Personne n'y manquait : Jéhan Troussebane le toqué, le roux Lapersonne, le nègre Mozambique. Jacques, le garçon d'hôtel de la rue de la Glacière, avait obtenu un congé pour toute la journée, un camarade faisant double ouvrage ; chacun avait apporté ce qu'il pouvait afin d'ajouter au pauvre ordinaire des deux femmes et d'avoir le jour entier pour se concerter. On voulait arrêter quelque chose.

Toto, allongé comme quelqu'un qui peut en mener large, tenait la moitié de la chambre.

— Il est temps que cela finisse, disait Jéhan ; il faut rédiger un mémoire où chacun de nous mettra son témoignage.

— Voilà la première fois, dit Mme Grégoire, que M. Jéhan émet un avis raisonnable, mais cette fois peut compter pour toutes les autres.

— C'est vrai, dit Jacques, jamais nous n'avons eu une si heureuse idée ; il faut rédiger le mémoire.

Lapersonne, reconnu comme l'écrivain le plus capable, fut chargé de la rédaction ; Clara Bussoni alla chercher une main de papier écolier, car on devait faire bien des brouillons, et la rédaction commença. Chaque article était soumis à l'acceptation ou au rejet de l'assemblée.

Le dernier projet fut celui-ci.

« Nous soussignés, certifions, moi, garçon d'hôtel, 50, rue de la Glacière, que j'ai vu Auguste Brodard à l'hôtel à huit heures du matin, le jour de l'assassinat de M. Rousserand, qu'il y avait couché et ne l'avait pas quitté depuis la veille à huit heures du soir.

« Nous, veuve Grégoire, Jehan Troussebane, peintre ; Lapersonne, peintre, attestons la parfaite honorabilité d'Auguste Brodard. »

Comme on voulait passer la feuille à signer à Clara Bussoni.

— Non, dit-elle, mon témoignage pourrait lui faire du tort.

Sa voix était ferme, mais quelques larmes jaillirent de ses yeux.

— Je ne signe pas non plus, dit Mozambique, un nègre n'est pas un homme ; on rirait.

On ajouta donc seulement, d'autres témoins l'attesteront au besoin.

A qui allait-on adresser le mémoire ? question capitale.

Qui donc pouvait s'intéresser à un libéré, fils d'un forçat ?

Il y eut un long silence ; les pauvres gens ne savaient pas même qui instruisait le procès.

— Si on envoyait le mémoire au ministre de la justice, hasarda Clara Bussoni, qui ne savait rien de toutes choses

Un éclat de rire de Mozambique lui répondit.

— Voyez-vous, dit Jehan, comme ce sauvage est plus fin qu'on ne croit.

Il fut convenu qu'on s'informerait des magistrats instructeurs.

Jéhan et Lapersonne haussèrent les épaules.

— A qui donc voulez-vous qu'on s'adresse? demanda Mme Grégoire, qui n'était guère plus illusionnée qu'eux.

— A la prison de Clairvaux, où il a risqué sa vie pour sauver deux de ses compagnons!

— Cela vaudrait peut être mieux, cet acte-là ne peut être nié par personne!

On s'interrompit sur ce sujet, pour agiter la question du retour de Brodard.

Mme Grégoire, au milieu du silence général, raconta l'incroyable histoire de Brodard venant à Paris sous le nom de Lesorne.

Il y avait donc une ressemblance bien complète. Alors celui qui venait d'arriver n'était pas Brodard, mais le compagnon avec lequel s'était fait l'échange.

C'était une terrible complication.

Il se fit un nouveau silence pendant lequel Mme Grégoire arrangea dans le bât du chien plusieurs bouquets étiquetés.

— C'est lui qui fait la tournée chez les pratiques, dit-elle avec son orgueil ordinaire lorsqu'il s'agissait du chien. Il se présente sans se tromper, allez; chacun prend dans le bât le bouquet à son nom et met l'argent en place. Va, Toto, mon brave.

Elle lui ouvrit la porte et le regarda descendre, fier comme s'il portait le monde.

Quelques instants après, Lesorne, prenant la tournure si longtemps étudiée de Brodard, se précipitait dans la chambre.

— Mais c'est lui! c'est bien lui! s'écria Mme Grégoire.

— Et qui voulez-vous que ce soit? si ce n'est moi.

— Et les enfants, où sont-elles? crièrent toutes les voix.

— En sûreté à la campagne, répondit à tout hasard Lesorne; il tâtait le terrain pour savoir si ces gens connaissaient la première substitution, il n'eut pas de peine à le reconnaître.

Ce qu'il ne pouvait comprendre, c'est qu'il n'eût pas fait l'effet d'un spectre, puisque Brodard avait été tué sous le nom de Lesorne; il y avait un mystère là-dessous.

Lesorne, habitué aux difficultés, bâtissait en lui-même plusieurs versions, afin de n'être point surpris.

Il était évident que ces gens ne croyaient pas Lesorne mort, et avaient douté, à son arrivée, qu'il fût Brodard. Mais qui donc était mort, alors?

C'était un fameux limier que Lesorne, il avait un flair incroyable.

— Écoutez, dit-il, d'un ton mystérieux, je ne puis vous expliquer comment il se fait que cette fois je suis sous mon nom, vous le saurez bientôt.

« Pauvres amis! que je suis heureux! il s'attendrissait, vous m'avez pris pour un revenant.

— Un revenant des mines, dit l'étourdi Jéhan, qui ne doutait déjà plus.

Lesorne savait ce qu'il voulait savoir : il n'avait plus qu'à bien gouverner sa barque, l'écueil était connu.

Il ne devait pas pourtant s'endormir sur ses deux oreilles, il sentait qu'on le croyait à peine.

— Vous vous occupiez d'Auguste, dit-il en voyant le mémoire sur la table, merci !

Puis, comme il avait été bien renseigné par Grenuche, il dit avec un air d'expansion :

— Je continue à habiter rue de la Chance-Midi, vous savez, chez Trompe-l'œil.

« Ce soir je puis à peine rester, mais je reviendrai bientôt. Il faut nous concerter pour sauver ce cher enfant. Silence et prudence surtout.

Les derniers doutes s'en allaient. Quel autre que Brodard connaissait l'adresse de la marchande de mouron ? Quel autre savait l'endroit où avait demeuré Brodard ? Et pourtant les amis si dévoués des Brodard sentaient comme un mur entre eux et cet homme, un frisson de mauvais rêve planait sur lui.

On voulut qu'il prît part au repas ; il y avait à peine pris place qu'un grattement annonça le retour de Toto.

Le chien, introduit, se mit à humer l'air ; puis, se précipitant sur Lesorne, il l'eut dévoré si on ne l'eût attaché au pied de la table, où il commença à hurler lamentablement.

— Toto ne vous connait plus, dit Mme Grégoire.

— C'est tout simple, répondit Lesorne, étant sans travail je suis entré comme garçon boucher à l'abattoir.

La raison était plausible et ne fut discutée que par une sorte d'instinct.

Lesorne se retira ; les hurlements du chien l'ennuyaient.

— Les bêtes doivent avoir plus d'intelligence que nous, dit Mme Grégoire lorsqu'il se fut éloigné.

— Mais est-ce que c'est croyable toutes ces choses ? non, ce n'est pas Brodard.

— Si, être lui, dit le nègre, lui avoir mauvaise figure.

LXXVI

PHILIPPE

On oubliait Philippe pour plusieurs raisons : d'abord que les malheureux sont faits pour attendre, ensuite que l'avis de Davys-Roth n'était pas de divulguer l'affaire de Claire Marcel mêlée à cette histoire de vagabondage.

La mort de l'abbé Marcel, trouvé dans l'église de son village, mort coïncidant avec la disparition de Claire, prouvait à Davys-Roth que le vieillard avait accompli sa promesse, Claire ne lui avait pas survécu, son corps devait être enfoui dans quelque caveau.

Le bandit se voyait enfant sur les genoux de sa mère.

Si, dans le cas contraire, elle avait échappé à la surveillance du fanatique, sa folie était trop constatée ; il n'y avait qu'à la remettre dans une maison d'aliénés, non à Sainte-Anne, dont elle avait intéressé le médecin.

— Il faut toujours se méfier des hommes de science, se disait Davys-Roth ; ils sont, eux aussi, farouches et terribles à la poursuite d'une idée.

Il avait raison, Davys-Roth, de se défier du vieux docteur, car à l'annonce dans les journaux de la mort de l'abbé Marcel et de la disparition de la jeune nièce aliénée qu'il gardait avec lui, la même pensée obsédante et acharnée le tenailla de nouveau.

Il y avait un **mystère**, peut-être terrible, auquel, il le voyait trop, personne ne s'intéressait : **une jeune fille** victime de quelque crime caché, tel était le motif que s'avouait l'aliéniste, celui qu'il ne s'avouait pas était la curiosité de ce fait, que la personne atteinte dans son délire de visions honteuses était justement celle dont le cerveau devait être le mieux équilibré, et que la personne pure et digne par excellence, était justement celle qui avait tous les signes de la plus triste des affections physiques et morales.

Le médecin et l'aumônier, invisibles de la maison de convalescence, la manière dont Davys-Roth avait dégagé sa responsabilité, mille circonstances s'ajoutant à ses remarques, tout démontrait au docteur qu'il n'avait rien perdu de la netteté de son jugement dans la fréquentation des fous. Le terrible magnétisme qui se dégage du délire ne l'avait point atteint.

Mais sous l'influence continuelle de cette préoccupation il avait peur de l'idée noire. Aussi se livrait-il à des études qui devaient éloigner de son esprit l'idée persécutrice.

Il ne s'apercevait pas que ses études rentraient dans le cercle de sa préoccupation ou l'y ramenaient.

Ainsi, il allait souvent à la cour d'assises, afin de trouver des *sujets* qui prouvassent pour ou contre les remarques des médecins sur certains cas de prédisposition à telle ou telle chose, de responsabilité ou d'irresponsabilité.

Comme il entrait un jour à la 7e chambre, on jugeait un jeune garçon dont l'affaire, longtemps oubliée, avait son tour par une inadvertance comme il en arrive si souvent. Une fois sur le rôle on ne l'avait point retirée, se contentant de glisser sur les choses qui devaient rester dans l'ombre.

L'enfant se nommait Philippe, il était accusé non seulement de vagabondage, mais de coups et outrages aux agents.

Jusque-là le petit n'avait voulu répondre à aucune question. A sa taille on lui eût donné quinze ans à peine ; à son visage il en paraissait vingt.

— Accusé, lui dit le président, quel est votre nom ?

— Philippe.

— Où êtes-vous né ?

— A Paris, rue Montmartre, 117.

— Quel âge avez-vous ?

— Seize ans et demi ?

— En effet, dit le président, c'est conforme à l'acte de naissance que vous aviez sur vous.

Le développement intellectuel de l'enfant, son attitude fière et un peu haute sous les haillons frappaient le docteur.

Le président continua :

— Vous êtes accusé de vagabondage ?

— Ce n'est pas vagabonder, dit Philippe, que d'entreprendre un voyage ; tout le monde n'a pas le moyen de prendre le chemin de fer.

— Vous avez insulté et frappé les agents.

— Ils insultaient une jeune fille honnête.

— Où conduisiez-vous cette jeune fille ?

— Chez son oncle.

Cette réponse ne fut point relevée ; il avait été défendu aux juges de parler de Claire par respect pour la mémoire de l'abbé Marcel, et le président venait de s'apercevoir qu'il avait posé une question imprudente.

Il reprit :

— Où sont vos parents ?

— Mon père a été fusillé en 71, ma mère est morte de misère.

— Comment viviez-vous ?

— Je pêchais et je vendais du poisson ; je faisais des courses pour les marchandes des halles.

— Ce ne sont pas là des métiers.

— Je n'ai pas eu le moyen d'en apprendre d'autres.

— Avez-vous des frères et des sœurs ?

— Je ne puis répondre à cette question.

— Où demeurez-vous ?

— Où je pouvais, comme tant d'autres qui ne peuvent payer un loyer.

Le réquisitoire fut terrible. Ce fils d'insurgé, qui se permettait d'avoir des secrets pour ses juges et frappait les agents, avait déjà l'insolence et l'audace révolutionnaires ; il y avait en lui du nihiliste et il était temps de l'arrêter, si on ne voulait pas qu'il arrêtât les autres ! Ce jeu de mots, prononcé en souriant, eut du succès parmi quelques belles-petites de l'auditoire.

Elles savent trop, ces dames, que leurs messieurs et elles, auraient fini de choquer les coupes et de mêler dans leurs pots de vins l'or au sang des nations, si le rêve des révolutionnaires s'accomplissait.

Le vieux docteur, quoiqu'il n'y eut jamais eu pour lui d'autre question que la science, se demandait comment peuvent faire pour vivre des gens qui n'ont pas eu le moyen d'apprendre un état, à cette époque où tant d'ouvriers habiles eux-mêmes meurent de faim.

— Je ne veux point influencer le jugement de MM. les jurés, continua le procureur de la République. Mais il est de toute nécessité que de pareils garnements soient renfermés jusqu'à leur majorité, puisqu'on ne peut davantage. — Il n'y a pas moyen du reste de faire autrement, à moins qu'on ne reconnaisse les lois mauvaises.

Un mouvement imperceptible se fit entre les jurés — l'ordre qu'on leur intimait en froissant la dignité éveillait la conscience.

Le président se leva de nouveau.

— Accusé, dit-il, avez-vous quelque parent qui vous réclame ?

Philippe sourit comme si on lui demandait la lune.

— Personne, dit-il.

Une voix s'éleva de l'auditoire.

— Je réclame ce jeune homme.

— Si le réclamant, dit encore le président, ne remplit pas les conditions requises pour répondre, la cour n'y pourra faire droit.

« Que l'homme qui vient de parler s'approche du tribunal.

Un grand vieillard, correctement vêtu, se dirigea vers les juges à l'étonnement général.

— Votre nom, dit le président qui commençait à se dire : j'ai vu cette tête-là quelque part.

Georges Ambroise, médecin aliéniste !

— Quelle tête ils font, les juges ! disait-on dans un groupe de gavroches où Philippe croyait reconnaître son frère André; il y eut un éclat de rire dans ce groupe.

Le jury fait souvent des surprises.

Les jurés s'étant retirés pour délibérer, des conversations s'établirent.

— Heureusement, disait un gros homme qu'on eut dit soufflé comme une vessie, heureusement que la réclamation du vieux ou rien ce sera la même chose ; ce gamin est déjà bon à enfermer.

— Avez-vous vu ? disait son voisin, reporter d'un journal où il n'y a pas de question sociale, que ce petit drôle avait l'air de faire le procès à la société.

— Écoute un peu ces particuliers-là, dit un des gamins à son voisin, sont-ils en train *de battre comtois* pour cacher qu'ils ont peur de tous ceux qui ne se trouvent pas comme en pays de Cocagne.

— Alors, dit l'autre, il y en a beaucoup qui doivent terriblement leur faire peur, passe-moi ton mouchoir, Michel.

— C'est Popol qui l'a.

— Non, je l'ai rendu à Ernest.

— Il l'a perdu. Prends du papier.

— En société ? Allons donc !

— Dis donc, André, s'il allait être acquitté, Philippe.

— Laissez-moi tranquille, mioches, est-ce possible ?

André, comme les bonshommes qui venaient *se distraire* à la cour d'assises, ne songeait pas au jury — qui va s'imaginer qu'après un réquisitoire fulminante une douzaine de petits bourgeois seront rebelles !

La délibération était terminée; on fit rentrer l'accusé.

A la stupéfaction de tout le monde les jurés jugeant autrement qu'on le leur avait ordonné, avaient acquitté Philippe ! et décidé qu'il serait remis au docteur aliéniste.

— En voilà un qui a gagné la maladie de ses pratiques, reprit l'homme ballonné.

Philippe ne pouvait croire qu'on le remît en liberté, il ne savait en quels termes remercier le médecin.

— Attendez, mon enfant, pour être si reconnaissant ; les uns font de la vivisection sur les animaux pour se rendre compte des phénomènes vitaux, les autres font des études sur le cerveau humain pour se rendre compte du plus ou moins de responsabilité des êtres. Vous me servirez de sujet d'étude — et puis... j'ai un petit renseignement à vous demander.

— Cet homme serait-il de la police, pensa Philippe épouvanté ?

LXXVII

L'ASILE

— Eh bien ! dit Trompe-l'œil à Sansblair, le lendemain de cette scène en lui montant son déjeuner, tu ne nous a pas remerciés hier avec beaucoup d'effusion, hein, vieux !

Sansblair, plus horrible qu'il ne l'avait jamais été, répondit par une sorte de grognement.

C'était encore la cellule, et la cellule plus horrible qu'à Mazas, car il avait peur d'y être assassiné par ses complices.

Le vertige hantait le sépulcre où il fallait que le bandit fût renfermé pour être en sécurité.

Trompe-l'œil ayant fait dans la cellule la lumière par l'ouverture de la porte et un air plus pur y pénétrant, le bandit se remit un peu.

— Je ne peux pas, dit-il, continuer à vivre là-dedans, procure-moi un déguisement quelconque, que je prenne un peu l'air.

Trompe-l'œil se mit à rire.

— Par exemple, dit-il, un costume de mariée, il y aurait un petit coin du voile pour ton nez. Ou peut-être un habit noir un peu chic pour aller jouer du violon à l'orchestre. Mais il faudrait un étui à violon et un étui à nez.

Sansblair dominait sa mauvaise humeur, la pensée lui revenait.

— C'est vrai, dit-il, n'en parlons plus.

— Te voilà raisonnable ; alors causons.

— En effet, dit Sansblair ; à propos, combien me donnes-tu des objets que j'ai apportés ici ?

— Ah ! dit Trompe-l'œil, elle est bien bonne ! mais, tu dois au contraire me payer pour la location de l'endroit où sont ces bibelots. — Est-ce que je puis en ce moment conserver sans danger la toquante garnie de diamants où il y a une éclaboussure de sang difficile à enlever, et les bagues donc ? et tout ce tas de bijoux pris à la hâte et qui portent des initiales.

« Ne mettait-il pas partout cet animal l'R de Rousserand et l'A de sa femme entrelacés.

— C'est toi-même qui a demandé ces objets, est-ce que je savais que tu te ferais prendre.

— Mon cher je ne me soucie pas d'être *arque pincé* (pris) *pour le pré* (pour le bagne). — Toi, tu n'as qu'à *pioncer* (dormir) et à *béquiller* (manger), moi, je suis exposé a avoir des perquisitions, juge si on trouvait ici toi et les objets pris au Rousserand.

— Où donc sont-ils placés.

— Mais dans la cache des premiers jours sous tes pieds — il y a double plancher — si la montre était remontée tu l'entendrais sonner comme qui dirait sous la terre.

Sansblair se sentit frissonner.

— Ça ne te fait pas rire, dit Trompe-l'œil, tu n'es pas crâne comme Lesorne (avant Toulon s'entend).

« Mais tu ne manges pas.

— Je n'ai pas faim, dit Sansblair.

— C'est-à-dire que tu crains d'être empoisonné ; tu voudrais bien un chien ou un chat pour goûter tes aliments, mais ça ferait trop de bruit — tâche de trouver une souris.

« Tu ne me demandes pas si ton évasion a fait du bruit ! tu es célèbre, mon cher, on n'a parlé que de toi pendant deux jours. M. X... a manqué d'être révoqué ; il s'en est préservé en mettant à pied les agents qui conduisaient la roulante !

« Comment savais-tu qu'ils boiraient ?

— Une fois seul avec eux, je leur ai dit de fouiller dans ma profonde, qu'on y avait oublié deux pièces de cinq ronds. Est-ce qu'avec de l'argent on ne boit pas infailliblement ? j'ai attendu.

— Allons, vieux, tu as assez pris l'air, dit Trompe-l'œil.

Il voulut refermer la communication. Sansblair effrayé le retint vivement.

— Sois donc raisonnable, dit Trompe-l'œil en se dégageant ; il avait peur également.

Au dehors, les agents cherchaient Sansblair comme ils avaient cherché Claire. — *On était sur la trace, le coupable allait être remis entre les mains de la justice.*

Sansblair devenait de plus en plus taciturne ; le vertige le tenait toute la nuit, le jour il avait les deux visites de Trompe-l'œil comme allègement.

Il avait imaginé de prendre sa nourriture par toutes petites portions, afin que s'il y avait du poison il ne l'absorbât pas par grandes quantités, plus il souffrait plus il désirait vivre.

— Il est aussi dangereux, disait Trompe-l'œil, qu'un *habin engamé* (un chien enragé). Mais c'est un ancien qui a bien *fadé* dans les entreprises (mis sa part), il faut patienter.

Trompe-l'œil patientait d'autant plus que Sansblair semblait s'être calmé.

Le comte de Méria, inquiet de l'impression produite sur sa belle-mère par les lettres de Sansblair, se rendit un soir soigneusement déguisé chez Trompe-l'œil ; il y rencontra Nicolas.

— Mon cher ami, lui dit Nicolas, Sansblair est doux comme un mouton. On peut le conserver tant qu'on voudra ici ; cela nous donne le temps d'aviser. Peut-être, s'il avait un nez, pourrait-on le faire filer à l'étranger.

— Ou bien encore, dit Trompe-l'œil, en faisant subir à son visage quelque autre opération qui le rende méconnaissable.

— Ce Trompe-l'œil est-il roubiard !

La porte du magasin poussée seulement s'ouvrit tout à coup.

Un vieillard légèrement titubant et dont le visage pourrait être représenté par une tomate entre deux pruneaux au-dessus d'une fente de tirelire, se trouva inopinément devant les trois alliés.

Il avait déposé à la porte sa hotte et son crochet pour entrer *convenablement*.

— Bonjour, voisin, dit l'homme à Trompe-l'œil. Messieurs, je vous salue.

En s'inclinant il renversa un guéridon.

Trompe-l'œil se leva vivement pour vérifier le dégât ; il n'y avait qu'une soucoupe dépareillée comme son visage.

— Voyons, dit-il, qu'est-ce que cela signifie, père Pivois ? est-ce ainsi qu'on entre chez les honnêtes gens ?

— Pardon, excuse, voisin ; mais mes pigeons sont entrés dans votre mur toute la journée. Voyant de la lumière chez vous je suis venu voir si vous vouliez bien me les rendre.

— Vous êtes fou, mon brave homme. Vos pigeons dans mon mur ! Allez vous coucher : vous avez besoin de dormir.

— Je ne vous dis pas de sottises, moi, répondit le père Pivois, entêté comme un ivrogne ; mais je ne m'en irai pas sans mes pigeons.

Il gagnait la porte conduisant à l'escalier.

— Je vais vous faire voir, dit Trompe-l'œil qui voulait s'en débarrasser, que je n'ai pas vos pigeons, vieil ivrogne.

Il prit une lampe et monta devant lui, bien certain que Sansblair était soigneusement enfermé et que les pigeons existaient plutôt dans le cerveau de Pivois que dans son domicile.

— Vous voyez, père Pivois, dit Trompe-l'œil en éclairant la première pièce qui, comme au temps de Brodard, était nue avec un lit de sangle et une chaise, pas plus de pigeons que dans mon œil.

Le vieux allait redescendre, quand un bruit d'ailes contre la cloison vint donner un démenti à Trompe-l'œil.

— Vous voyez bien ! cria le père Pivois ; mes pigeons sont là, je les entends.

— Ils sont derrière le mur, vieux pante.

— Moi je vous dis qu'il n'y a qu'une cloison entre mes pigeons et nous. Ils sont là.

Le père Pivois frappait sur la communication.

— Allons, allons, dit Trompe-l'œil, vous êtes *paf*, l'ami, allez vous-en ou je vous fais arrêter :

A moi ! à moi !

Mais Nicolas et de Méria avaient peur, ils se regardaient l'un l'autre.

Si Sansblair sortait, c'était eux que menaçait une terrible complication.

Au moment où ils s'agitaient encore au pied de l'escalier, Trompe-l'œil y poussait l'ivrogne dont il avait eu facilement raison.

Le père Pivois tomba presque sur la tête de Nicolas.

Voyant qu'il ne s'agissait que de mettre dehors un ivrogne, il aida Trompe-l'œil à le pousser vers la porte.

Le père Pivois rugissait, la colère achevant de le griser.

Bientôt la porte fut assiégée de ceux qui entendaient les cris et ce fut au milieu d'une centaine d'hommes qu'ils parvinrent à mettre l'ivrogne dehors.

Pivois, malgré son habitude d'être *poivrot*, comme on disait rue de la Chance-

Midi ou peut être à cause de cela était fort aimé parmi les chiffonniers. Trompe-l'œil ne l'était pas.

Il y eut donc dès murmures menaçants contre ce dernier.

— Qu'est-ce qu'il y a? demandaient les plus calmes.

— Attendez un peu qu'on vous apprenne à maltraiter les gens, disaient les autres.

— Mais vous voyez bien qu'il est ivre, cria Trompe-l'œil de sa voix aiguë qui domina comme un sifflet; il veut que je voie passer ses pigeons à travers mon mur.

Il y eut un éclat de rire !

— Est-ce vrai, dis, vieux ?

— Oui, oui ! criait Pivois, c'est vrai, mes pigeons passent dans son mur.

— Allons, viens te coucher !

Ils cherchaient à l'entraîner ; on riait encore.

— C'est vrai ! c'est vrai ! criait-il; mes pigeons passent dans son mur.

Trompe-l'œil avait refermé la porte. Il regarda ses complices avec mauvaise humeur

— A vous deux, dit-il, vous m'auriez bien laissé escarper.

—· Avec ça, dit Nicolas, que c'était la peine de se mettre trente-six pour chasser cette brute.

— Allons, dit Trompe-l'œil, n'ajoutant pas beaucoup foi à cette excuse, je ne crois pas maintenant que vous me laisserez aller seul vérifier le fait.

— Quel fait?

— Pivois avait raison, il y a des pigeons chez Sansblair.

Il n'y avait pas à reculer. Après avoir fermé solidement la porte d'entrée Trompe-l'œil monta l'escalier, suivi de Nicolas ; de Méria fermait la marche.

— Voilà donc où je suis descendu, se disait-il !

— Eh ! Sansblair, dit Trompe-l'œil frappant sur la cloison.

— Présent, dit le monstre avec le plus grand calme.

Ils entrèrent et Sansblair les reçut avec moins d'emportement qu'ils ne s'y attendaient.

— Eh ! les compagnons, l'hospitalité est dure chez vous. Qu'est-ce que cette histoire de pigeons? Êtes-vous fou ? Le bon frère nous avait raconté une histoire de pigeon le premier soir où il m'a emmené dans un caveau.

Il n'y avait plus de pigeons, en effet.

— *Ne nous la fait pas à l'oseille* (ne nous trompe pas), dit Trompe-l'œil, comment se fait-il que tu attires l'attention sur le mur, — si tu y fais des trous et qu'on t'aperçoive, tu sais cependant que tu la danseras le premier.

— Mais vous êtes fous, répéta Sansblair, voyez vous-même.

Dans la cellule complètement nue il n'y avait que le lit, à terre dans un coin.

— Tu es ingrat, Sansblair, dit Nicolas, tu cherches à attirer de la peine à ceux qui t'ont sauvé.

— C'est-à-dire qui se sont sauvés, répondit Sansblair. Vous avez eu peur que je casse du sucre.

Je serais bien heureux, dit de Méria, qu'il vous plût de la garder.

— Il ne veut rien comprendre, dit Trompe-l'œil.

— Je vous avertis, monsieur Gabriel, ajouta de Méria, que je ne donne plus un sou pour votre pension si vous recommencez.

— Est-il heureux, ce comte, dit Sansblair, les belles lui font un chemin d'or, après la fortune d'Olympe la dot de sa femme! Avec cela on peut obliger les amis.

— Hein, *M. Alphonse!* monsieur Hector, voulais-je dire.

De Méria se tut, il redescendit avec Trompe-l'œil et Nicolas.

— Je crois, dit Nicolas à Trompe-l'œil, que l'affaire des pigeons est une famisterie.

— Et moi je vous dis qu'il fait des trous au mur et les rebouche, voilà tout.

— Avec quoi en ferait-il?

— N'a-t-il pas une scie.

— Qui a pensé à cela? personne.

— Eh bien, il va venir un moment où il mettra le mur à jour, on pourra le voir du dehors comme s'il passait au bout d'une lorgnette. Alors il faudra bien faire une enquête, et comme je ne suis pas aimé ici...

— Où le mettre, alors?

— Mettez-le où vous voudrez, moi, je n'en veux plus. Son idée de percer le mur m'a sâoulé, lâchez-le!

— Pour qu'il aille se faire reprendre, le danger serait pire.

— Faites-le passer à l'étranger.

— Nous avons déjà dit tout à l'heure que c'était impossible. N'a-t-il pas un signalement unique?

— Il n'y a pas à balancer, dit le policier; il faut s'en défaire.

— Que celui qui le dit s'en charge, dit Trompe-l'œil.

Il y eut un silence.

— Vaut-il mieux nous livrer tous?

De Méria se taisait. Il revoyait la petite Rose à son horrible agonie.

— Lâches! dit Nicolas, je viendrai demain lui préparer son café.

Il leur sembla entendre rire au-dessus d'eux. De Méria pensa à la plainte du chat dans les arbres du bosquet, tandis qu'avec Mme Helmina il ensevelissait la petite Rose dans la chaux vive sous la terre couverte de neige.

— Est-ce dit? reprit Nicolas.

— Ce n'est pas, dit Trompe-l'œil, que j'aie jamais autant tenu à Sansblair qu'à ce pauvre diable de Lesorne qu'il a tué si bêtement; mais comme ce n'est pas moi qui risque le plus à laisser vivre Sansblair, ce n'est pas à moi à *casquer* (à payer). Si vous faites l'affaire chez moi il faut abouler.

Nicolas reprit la parole.

— De Méria, dit-il, est trop intéressé dans la question pour ne pas fouiller à l'escarcelle.

De Méria se taisait toujours.

— Eh bien, dit Trompe-l'œil, vous comprenez qu'il ne me gêne jamais autant que vous tout en perçant mon mur, et puis il y aura encore le refroidi à faire disparaître; ces choses-là se paient.

« Ensuite, qui me dit qu'en sortant d'ici vous n'allez pas me vendre au *Gabillard*. Je ne consens à rien avant que vous ne m'ayez signé un papier où toutes les conventions seront écrites. Après le coup, en recevant l'argent je vous rendrai le papier.

De Méria et Nicolas étaient atterrés.

— Il vaut mieux, dit Nicolas, continuer encore pendant quelques jours à payer sa pension : vingt-cinq francs par jour, comme un député.

— Dame! il y a des risques, je pourrais de toutes façons payer la casse, il me serait plus facile de le lâcher tout simplement, quand il m'ennuiera trop.

— Que faire? dit de Méria.

Nicolas, à son tour, ne répondit pas.

— C'est à prendre ou à laisser, dit Trompe-l'œil, il me faut cinquante mille francs.

— C'est encore possible, dit Nicolas; Mᵐᵉ de Méria ayant apporté un million de dot qui n'est pas encore placé.

Le silence se fit. Trompe-l'œil le rompit le premier.

— Voilà la position nette, dit-il, c'est que, au premier moment que Sansblair voudra *faire du pé* chez moi, je le verse sur *le trimar* (le chemin), l'y cueillera qui voudra; et que, pour l'autre affaire, il me faut le papier dont je vous ai parlé, signé de vous deux, et les cinquante mille francs.

— Allons, dit Nicolas.

— Il le faut bien, dit de Méria, comme vous voudrez.

— Donnez le papier, dit encore Nicolas.

Trompe-l'œil sortit d'un meuble un très beau buvard plein de papier parfumé.

— Cela servira d'enregistrement, dit-il, si ce papier était reconnu on serait sur une fameuse piste, il y a des limiers de police qui flâneraient jusqu'à la petite dame de la rue de Flandres.

Il avait apporté de l'encre et une plume.

— Des journalistes ne doivent pas être embarrassés pour la rédaction et pourtant je vais vous dicter. Lequel de vous deux écrit?

— Le plus intéressé dans l'affaire, dit Nicolas; monsieur le comte de Méria.

De Méria se demandait si cette scène n'était pas un cauchemar. Il s'assit, Trompe-l'œil commença à dicter.

« Donné pour faire disparaître Gabriel, dit Sansblair, cinquante mille francs. »

— C'est court! Mettez maintenant les *griffardes* (signatures).

« Allons, monsieur le comte, à vous l'honneur. »

De Méria signa, puis, se levant précipitamment, il jeta avec horreur la plume sur la table.

— A vous, monsieur *le vicomte*, dit Trompe-l'œil.

Nicolas mit en bas de la signature de de Méria, son nom, mais d'une écriture étrange — évidemment contrefaite.

— A vous, dit Nicolas à Trompe-l'œil, il faut que ce soit complet.

Celui-ci eut un sourire de pitié.

— Croyez-vous, dit-il, que je n'ai pas à ma disposition cinquante sortes d'écriture, moi qui fais des titres. Et comme par défi il mit en bas de la feuille Nigel, dit Mandolet, dit Trompe-l'œil. On vous accuserait d'avoir fait une fausse signature pour me perdre, dit-il en leur montrant son écriture encore plus méconnaissable que celle de Nicolas.

— C'est fini? demanda de Méria.

— Oui, dit Trompe-l'œil.

— A demain, dit Nicolas.

Il sortit avec de Méria.

Trompe-l'œil referma la porte avec une barre de fer, et, mû par une sorte de pitié, il prépara pour Sansblair un souper délicat. Sa lanterne sourde d'un côté, un panier plein de vivres de l'autre, il monta l'escalier.

A peine fût-il dans la première pièce que, dans la cloison, s'ouvrit une large ouverture par laquelle se précipita Sansblair. Il avait fait usage de sa scie.

En une seconde Trompe-l'œil fut terrassé.

— Ce n'est pas toi que j'aurais voulu, dit le misérable, mais, faute de l'un on prend l'autre.

Il lui serrait la gorge de ses deux mains.

Trompe-l'œil se sentit perdu; il essaya de mordre, mais sa mâchoire était maintenue par l'étranglement du cou.

— Ah! vous vouliez me *fourlourer* (m'assassiner); c'est toi qui vas payer pour les autres aujourd'hui, je vais *t'érailler* (te tuer); mais ils ne perdront rien pour attendre.

Trompe-l'œil râlait.

— Comme au commencement tu ne voulais pas *m'escarper* (me tuer) je t'aurais laissé, mais je n'ai que toi et puis la fin a tout gâté; j'écoutais, va.

« Si j'avais le bâton je te ferais comme aux autres, mais je vais t'étrangler comme la première, la jeune fille que j'ai tuée dans les champs; plus il y en aura moins j'aurai peur.

Trompe-l'œil ne l'entendait plus, il était mort.

Sansblair l'emporta dans la cellule, puis, prenant la lanterne, il souleva tranquillement le plancher où Trompe-l'œil avait enfoui la montre et les bijoux volés chez Rousserand et les éparpilla autour du cadavre.

Il ne voulait rien emporter qui le fît reconnaître; il chercha seulement l'argent, les trente-quatre mille francs n'étaient pas encore placés, il les découvrit en liasse de billets de banque dans le matelas de Trompe-l'œil, mit un autre costume que celui qu'il portait et chercha longtemps dans une caisse pleine de déguisements sans doute à l'usage de la police et des voleurs et qu'il connaissait à ce double titre. Quant au papier signé de Méria, Nicolas et Nigel quoiqu'il fût compromettant pour lui, il le cacha dans la doublure de son gilet. Placé devant une glace, Sansblair s'adapta un masque qu'il enduisit de charbon et une perruque noire dont les cheveux lui tombaient sur le front à la manière des paysans.

Avec son visage charbonné et son vêtement de velours à côté on eût dit un honnête Auvergnat.

— C'est bon pour la nuit, se dit-il.

Il allait sortir quand un bâton frappa ses regards.

— Ce serait dommage, dit-il, de ne pas signer ce cadavre de manière à épouvanter tout Paris.

Et il remonta donner à Trompe-l'œil le fameux coup de la noix. Puis, ayant pris les faux papiers toujours prêts chez Trompe-l'œil, il s'en alla la nuit.

LXXVIII

LES FOURS A PLATRE

Par les courtes nuits d'été comme par les longues nuits d'hiver, les fours à plâtre sont le refuge d'une quantité de vagabonds, offensifs et inoffensifs.

Là, quand le temps est sec, la chaleur des fours fait éprouver un peu de bien-être à ces malheureux; les nuits de pluie ou de neige y sont pénibles. Il y a aussi les galeries couvertes.

Presque tous les vagabonds ont des couvertures, si on peut appeler ainsi les loques dans lesquelles ils sont roulés.

S'il arrive que quelqu'un soit asphyxié par les gaz méphitiques du gypse, comme c'est une chose toute naturelle et qui peut arriver à chacun, on le porte à la morgue et on n'en parle plus.

Il y a chaque soir un partage, entre les gouapeurs qui ont *fait* quelques boîtes de conserves aux étalages et ceux qui n'ont rien *fait*.

Quand des vagabonds, non voleurs, découvrent ces retraites et vont y chercher un refuge momentané, personne ne leur demande compte de leur non activité.

Jamais non plus les propriétaires de fours n'ont constaté un seul dégât commis dans la nuit par les vagabonds.

Le lendemain de l'assassinat de Trompe-l'œil il y avait, dans les fours à plâtre de Montmartre, outre une dizaine d'habitués, quelques-uns qui habituellement couchaient en garni mais qui y auraient eu plus peur après ce coup-là que dans la carrière; ce n'était pas eux, c'est vrai, mais quand on est sans papiers, sans travail, sans pain, serait-il étonnant d'être accusés d'un crime qu'on n'a pas commis? Le temps était si mauvais qu'on ne pouvait guère attendre la visite de la police dans les fours.

Il y avait de tout ce soir-là, loups affamés, lièvres timides, tout ce que chassent devant elles la misère et la répression — gens mis à la porte par le propriétaire, vagabonds craintifs, et vagabonds militants.

On avait terminé le repas du soir et on causait.

— Tiens! dit un colosse en tirant quelque chose de dessous ses jambes et l'élevant en l'air, qu'est-ce que c'est que ça.

— Un môme!

— D'où sors-tu, mioche?

— Je *m'ai* endormi parce j'étais fatigué, dit l'enfant, j'ai beaucoup *trimé* (marché).

C'était un petit de huit ans tout grêle et tout vieux.

— Fatigué, dit le colosse, quoi donc que t'avais à trimer, t'es trop petit pour *désoler un saint* ou *couper le bouchon* (jeter quelqu'un à l'eau ou couper la bourse), tu ne serais pas difficile à *engrailler* (attraper).

— Vous croyez ça? dit l'enfant.

On écoutait.

— Mais oui, dit le colosse, qu'est-ce que tu peux faire, môme?

— Gagnez-en autant que ça vous, dit l'enfant, blessé dans sa vanité, en tirant une pièce de vingt francs.

Comme on prétendait que c'était un sou, des lanternes furent allumées et la pièce vérifiée.

C'était bien vingt francs! personne n'eut l'idée de voler le petit.

— Où que tu as cueilli çà, pégriot? disait-on de toutes parts.

— J'avais une course loin, loin, comme qui dirait une mission secrète! il se dressa fièrement sur ses petites jambes.

— Est-il drôle ce momaque; *bonis*-nous ta mission, pégriot.

— Plus souvent, dit l'enfant, pour que M. Nicolas me fasse *serrer* (emprisonner) si je *mangeais sur l'orgue* (dénoncer un complice). Je ne retournerais pas demain chez la dame et vous me feriez faire four.

On riait. Ah! il y a une taraude. Dame! le petit s'échappa et se mit dans un coin où il fut relancé encore pour lui faire échapper des lambeaux de sa *mission*. Alors, il se mit à pleurer.

— Laissez donc ce môme! dit-on de toutes parts.

Il alla s'étendre au fond d'une galerie près d'un charbonnier qui se disait malade, et reposait depuis la veille. C'était un jour de fête; les vagabonds n'avaient pas été obligés d'essaimer le matin, le charbonnier avait eu la chance de se reposer en paix.

Le petit, qui aimait à prendre ses aises, s'était fait un oreiller des jambes de l'Auvergnat.

Tout le monde s'entassait dans les endroits couverts tant l'orage était terrible et la pluie glacée.

On parla, avant de s'endormir, d'abord littérature, puis misère, misère toujours; puis les nouvelles. Il y en avait une grande, qui tenait toute la troisième page des journaux de toutes nuances!

Le nommé Trompe-l'œil, marchand de bric à brac, ne sortant pas de sa maison comme à l'ordinaire, on est entré à son domicile, rue de la Chance-Midi; là, on a découvert Trompe-l'œil, assommé de la même manière que l'homme de la carrière, que Lesorne et Rousserand; il gisait inanimé au milieu d'objets volés à ce dernier. Quelle part a-t-il prise à l'assassinat? On l'ignore, mais à coup sûr il en a une.

La police fait *d'actives recherches*, la rue de la Chance-Midi est en état de siège; on fait des perquisitions dans toutes les maisons.

— Celui qui a fait cela, sera terriblement fin s'il peut se *plaquer* (cacher) longtemps, disait-on.

— Est-ce que Jud a été pris, et Walder? et tant d'autres.

— On prendra peut-être quelqu'un à sa place?

— Il faut ouvrir l'œil, il faut bien qu'on ait un coupable entre les mains, afin qu'on l'exécute et que la justice soit satisfaite.

Le charbonnier, lui, dormait profondément; sa tête enfoncée sous sa couverture, on ne voyait qu'une forêt de cheveux noirs en désordre, et un tas de loques
pleines de charbon.

On recommençait à s'amuser du petit. Quel amour de monarque!

Mais lui, croisant ses guenilles, dit de l'accent d'un vieillard lassé.

— Laissez-moi pioncer!

— Est-il drôle cette graine de bagne!

— Ça a dû venir au monde sous l'abbaye de Monte à regret.

L'enfant eut un sourire d'orgueil, mais la fatigue qui l'accablait était si
grande qu'il remit sa tête sur les jambes du charbonnier.

— Ça, c'est né sur le trimar, continua un autre. Sa mère l'aura déposé là sous
un chêne.

— Ma mère, cria le petit, c'était une belle dame comme pas un de vous n'en
a eu, allez!

« Et moi, M. Nicolas sait bien que j'irai loin, seulement, il m'oublie toujours
dehors M. Nicolas, quand j'ai fini les commissions, ça fait qu'on me reprend;
mais je grandirai.

— Comment est-ce qu'elle s'appelait ta mère? heiñ! la marquise de Carabas
ou la Belle au bois dormant.

— Maman, elle s'appelait Helmina! dit le petit poussé à bout.

Le charbonnier seul entendit, ses jambes eurent un tressaillement sous la
tête de l'enfant.

Une illumination soudaine remplit la carrière. Les vagabonds avaient mal
calculé; c'était la police.

Le petit se blottit entre la paroi et les genoux du charbonnier. Ce dernier,
tournant son dos aux lanternes, ne remua plus; il avait tiré de sa poche des papiers,
sans doute fort en règle, qu'il se disposait à produire en cas d'interpellation.

Mais le charbonnier n'eut pas cette peine, une chance incroyable les préserva
lui et l'enfant; ou plutôt, la bêtise générale les sauva : les vagabonds se précipitant comme un troupeau vers une issue qu'ils connaissaient, se trompèrent de
galerie et se trouvèrent dans une cave, où les agents en nombre pêchèrent à
l'aise; tous étaient sans papiers. Il est probable que le charbonnier qui en avait,
eut été épargné.

Agents et gendarmes enveloppant ce troupeau d'une vingtaine d'individus,
les firent marcher au milieu d'eux. Il y avait une famille entière, le grand-père,
deux petits enfants, le père et la mère. Ces gens-là racontaient une histoire
lamentable : ils avaient été, dans la journée, expulsés de leur logement; n'ayant
rien trouvé pour s'abriter, car ils ne possédaient pas un centime, ils s'étaient
groupés sous une porte cochère, d'où on les avait chassés; le vieux tremblait sur
ses jambes, les enfants avaient froid. Ils cherchèrent un hangar, en ayant encore
été chassés, le père se souvint d'avoir entendu dire que des vagabonds couchaient sur les fours à plâtre, ils y étaient allés.

L'homme n'avait plus d'ouvrage depuis longtemps. Il racontait tout cela
indigné.

— Allez, allez! disaient les agents. Votre compte est bon. Ah! vous faites le récalcitrant !

C'est en partie l'épisode de cette famille qui fit oublier la galerie où étaient le charbonnier et l'enfant.

Qui eût pu penser, d'ailleurs, que tout l'essaim n'avait pas été pris.

Les prisonniers furent engouffrés au dépôt.

— Écoute, môme, dit le charbonnier à l'enfant quand tous les bruits se furent éteints. Viens avec moi, nous aurons une roulotte et un galier tu seras bien heureux.

— Ah! il y a lontemps, dit l'enfant, que je n'ai été dans une roulotte! et il aura de grands crins le galier?

— Une queue à balayer la terre, et une crinière flottante.

L'enfant joignait les mains!

— Mais, pour cela, il faut m'obéir. Suis-moi.

Il marcha devant lui d'un pas sûr, à travers les galeries comme s'il les eut explorées bien des fois déjà. L'enfant hésitait.

— Est-ce que tu *renacles* déjà? dit le charbonnier.

— Non, dit Pierrot, car le lecteur l'a reconnu et il suivit en tremblant.

Ils arrivèrent à une rotonde à laquelle aboutissaient les galeries.

Le charbonnier enleva quelques pierres; faisant passer l'enfant par ce trou il y entra lui-même, remit les pierres, alluma une chandelle qu'il avait dans sa poche et la colla à la paroi avec le suif. D'effrayé, l'enfant était devenu curieux. Debout, les mains derrière le dos, il regardait. Et, certes, il y avait de quoi!

Le charbonnier tira de sa poche divers paquets.

— Tu vois, môme, dit-il, ceci est mon cabinet de toilette et c'est toi qui vas être mon valet de chambre, je t'indiquerai.

— C'est comme à l'Opéra, dit l'enfant, j'y ai vu un décor comme ça, seulement on ne chante pas ici.

— Tu crois? dit le charbonnier, et il commença à demi-voix un motif qui ravit Pierrot.

« Mais, tourne-toi un peu devant la camoufle. C'est qu'il lui ressemble !

« Tu sais, môme, je connais ta mère?

L'enfant allait jeter un cri.

— Tais-toi, dit le charbonnier, et fais ce que je te dis.

Alors, des petits paquets qu'il avait apportés, le charbonnier tira un peu de poudre, des aiguilles, de petites fioles, et il commença, dirigeant l'enfant à se faire tatouer le visage comme s'il avait été brûlé dans quelque explosion.

Le petit obéissait ponctuellement.

Dans trois jours, dit le charbonnier, nous sortirons; jusque-là, pas un mot, pas un souffle. Attends-moi.

Et, triomphant de la douleur qu'il éprouvait, le charbonnier parcourut les galeries, ramassa les restes des boîtes de conserves ou de pain, les emporta dans la cachette et rétablit les pierres qui dissimulaient l'entrée.

— Nous avons, dit-il à l'enfant, de quoi béquiller pendant cinq jours; deux

Un gamin amusait l'auditoire

boîtes d'allumettes et un paquet de *camouffles* (chandelles), tu n'as plus qu'à
pioncer, et lui-même, donnant l'exemple, s'étendit le mieux qu'il pût.

— Tenez, dit le petit, en avisant un paquet de chiffons, à demi enterrés dans
le sol, voilà un oreiller.

Le charbonnier considéra un instant les loques, enfouies là, sans doute
depuis bien des années, et ne put réprimer un geste d'effroi.

— Non, non, dit-il, laisse-les !

Il y avait deux blouses sur lesquelles on distinguait encore des taches de sang, deux pantalons pourris, deux chemises roulées, desquelles sortit un rat qui s'empressa de fuir.

— Je ne suis pas si difficile, moi, dit le petit, et il se fit un lit des loques poussiéreuses.

Pierrot s'endormit rêvant de la roulotte, du galier et, surtout, de sa mère.

Un grognement l'éveilla, la chandelle s'achevait; il vit, à ses dernières lueurs, le visage tuméfié du charbonnier, plus hideux encore après l'opération du tatouage qu'il ne l'était auparavant; et, avant, il n'était pas beau pourtant, mais Pierrot n'avait aucun étonnement.

La face entière du charbonnier, rouge et enflée, paraissait un morceau de chair saignante. Il parlait dans la fièvre.

— Eh! Lesorne, changeons de pelures! il y a du sang sur celles-là!...

« Laisse-moi, laisse-moi, Petit, chasse ce refroidi qui se couche sur moi.

— Il n'y a personne, disait l'enfant.

— Je le vois, là, il a la main sur ta tête.

Pierrot commençait à avoir peur; il essaya de retirer les pierres, mais il avait beau s'écorcher les mains, la force lui manquait.

La chandelle était finie.

Se faisant tout petit, l'enfant se collait à la paroi.

— Voilà les autres! continuait le charbonnier. Je suis *enflanqué (perdu)*.

« Attends, la fille, que je t'étrangle! si tu bêles! Attendez, vous autres. Eh! voilà que vous changez de têtes! Voilà l'homme qui devient Lesorne. Attends, toi, Trompe-l'œil, je t'apprendrai à me vendre!

Près de vingt-quatre heures se passèrent ainsi. Pierrot se serrait de plus en plus contre la paroi, ses dents claquaient.

— Attends, toi, qui grince des dents! je vais t'arranger.

Et, attirant à lui l'enfant, le charbonnier essaya de le mordre, mais sa bouche, enflée comme le reste du visage, ne pouvait s'ouvrir.

Pierrot poussa un grand cri.

Ce cri rappela l'homme au sentiment de la réalité.

— N'aie pas peur, môme, dit-il, j'ai la fièvre; mais Pierrot ne répondait pas.

Le charbonnier alluma une chandelle et la remit à la paroi.

Ils passèrent trois jours ainsi, à peine si Pierrot effrayé grignotait quelques miettes de pain.

Le matin du quatrième jour, l'enfant s'aperçut que le visage de son compagnon était désenflé, mais il n'y avait pas trace de traits.

C'était monstrueux! le rouge avait fait place à un semis de poudre, le tatouage était réussi; la perruque noire tombait en saule pleureur là-dessus.

— Maintenant, dit le charbonnier, je vais à mon tour te faire la toilette; quant au costume tous les haillons se ressemblent.

L'enfant jeta un cri.

— Pante, dit le charbonnier, il ne s'agit que de te teindre.

Pierrot se rassura, — il en avait déjà tant vu, le pauvre petit! qu'il en avait fini avec les étonnements.

En quelques instants ses sourcils et son épaisse chevelure rousse devinrent comme la perruque du charbonnier : le roux était devenu noir.

— Tiens, disait-il, c'est drôle de se faire des têtes comme ça !

— Tu en verras bien d'autres, dit le charbonnier.

— Ah ! tant mieux ! et maintenant où allons-nous ?

— Nous brosser un peu au grand air, et puis acheter la roulotte et le galier pour aller à Dieppe voir la mer.

Pierrot était dans le ravissement.

— Seulement, ajouta le charbonnier, si tu oubliais que je suis ton papa, que j'ai été défiguré dans les carrières de pierres de Volvie en faisant sauter un bloc et que depuis deux ans je travaillais chez les charbonniers de Paris, je te *refroidirais.*

— Comment que vous dites, l'endroit où vous avez été défiguré ?

— Volvic, une carrière de pierres, en Auvergne.

— Je m'en souviendrai.

— Tu t'appelles Firmin et moi je suis Claude Plumet, autrefois carrier, maintenant charbonnier.

— C'est bien !

Vers le soir, une carriole attelée d'un bon cheval prenait la route du nord.

Pierrot et le charbonnier étaient dans la voiture.

— Quand on pense, se disait le charbonnier, que je profite de l'argent qu'on avait donné pour m'estourbir.

Il essayait de siffler joyeusement, mais le son s'arrêtait dans sa gorge.

LXXIX

COMPLICATION

Amélie, malgré les largesses de Nicolas, sentait augmenter sa jalousie. Son idée fixe de l'épouser prenait une immense extension. Mais elle avait changé de système, elle ne lui faisait plus de scènes, elle le mouchardait, réservant tout son effet pour le tableau final.

Amélie avait vu Nicolas aller dès le matin chez Trompe-l'œil et l'avait suivi ; la porte n'étant pas fermée à clef, il y était entré et immédiatement sorti, regardant si personne ne le voyait. Il avait pris une rue transversale et gagné le chemin de fer de ceinture.

Apprenant l'assassinat de Trompe-l'œil, elle se demandait pourquoi Nicolas n'avait pas averti de suite ; le crime était commis quand il était entré dans la maison.

Quant à le commettre lui-même, il n'avait pas eu le temps.

Une partie de l'argent que Nicolas donnait à Amélie était dépensée par elle en voitures et en déguisements. Elle déployait à le filer un talent policier du premier ordre.

Elle l'avait vu en rentrant dans Paris aller chercher à la préfecture un enfant de triste figure à qui il avait donné des instructions ; l'enfant était parti au galop, mais la jalousie d'Amélie ne s'était pas éveillée là-dessus.

Ce petit mendiant n'avait rien à voir dans des affaires d'amour. Elle se trompait !

Ne sachant pas au juste qui serait compromis dans l'assassinat, Nicolas ne voulait pas voir de Méria ce jour-là.

Mais l'infâme ne voulait pas pour cela négliger la séduction qu'il poursuivait ; il rêvait même d'enlever Valérie. Sa prudence s'était envolée.

Afin de ne point faire tomber en oubli sa personnalité, il imagina d'envoyer Pierrot porteur d'une lettre qu'il ne devait remettre qu'à la jeune dame elle-même.

— Ne pouvant, disait-il à Valérie, la voir ce jour-là, il lui demandait l'aumône d'une pensée.

Amélie vit revenir le soir l'enfant harassé de fatigue ; il fut par l'ordre de Nicolas introduit dans son bureau où elle était en ce moment en train de demander au policier quand il consentirait enfin à la faire changer de registre.

Nicolas prétendait qu'il lui était impossible de s'occuper de longtemps de ses affaires personnelles.

N'avait-il pas la préfecture et son journal. Comment pouvait-elle venir le relancer ainsi au risque de faire du scandale ?

Amélie lui fit observer qu'elle était modestement mise et pouvait passer pour une dame pieuse venant lui demander des conseils.

En parlant ainsi elle surprit son amant faisant signe d'attendre au petit qui allait lui rendre compte de sa mission ; elle se retira et écouta à la porte.

— Comment es-tu entré ? demandait Nicolas.

— J'ai demandé à parler à la jeune dame de Méria pour l'amour de Dieu. On m'a fait entrer dans une belle chambre, où il y a un piano et des fleurs, et puis un guéridon avec des livres d'images dessus ; même que je *m'ai* amusé à les regarder, c'est sur du beau papier qui fait satin en passant les doigts dessus.

— As-tu remis ma lettre, petit misérable ?

— Oui, monsieur, à la belle dame.

— Qu'a-t-elle dit ?

— Elle l'a ouverte, et puis, au lieu de me donner le paquet qu'elle préparait pour moi, elle m'a montré la porte. Elle avait l'air si en colère que je *m'ai* sauvé.

— Qu'a-t-elle fait de la lettre ?

— Elle l'a mise dans sa poche toute chiffonnée.

— Bien, tu y retourneras demain ; voilà pour t'acheter des vêtements !

Il lui tendit les vingt francs, dont nous lui avons vu faire étalage dans les fours.

— Ne te fais pas reprendre ce soir, au moins ; cache ta pièce. Va à l'hôtel où je t'ai envoyé l'autre jour, rue Sainte-Marguerite, et demande Jean-Étienne ; il te laissera partager sa chambre.

Amélie s'enfuit précipitamment ; elle savait ce qu'elle voulait savoir, et le petit Pierrot tout trébuchant de fatigue, s'en alla longeant les maisons pour regarder les vêtements aux étalages. Rien ne lui paraissant assez beau, il ne se décida pas ce soir-là ; mais s'etant trompé de chemin et se trouvant à Montmartre au lieu d'être au faubourg Antoine, il poursuivit jusqu'aux fours à plâtre qu'il connaissait aussi bien que pas un.

Grâce à Sansblair, Nicolas, le lendemain, attendit en vain le Mercure de ses messages amoureux.

— On l'aura tué pour avoir les vingt francs, se dit-il ; c'est dommage, il m'était utile. J'aurais préféré qu'il ne lui arrivât malheur que dans deux ou trois ans, l'âge ingrat.

Personne que Nicolas ne s'aperçut de la disparition de Pierrot ; ce n'était pas la peine que le charbonnier prît tant de soin de le déguiser.

Amélie, résolue à pousser à bout l'aventure, espérait suivre le petit dans sa course du lendemain ; mais il ne vint pas. Nicolas alla au journal, à la préfecture et au café : partout Amélie fila le policier avec une adresse incroyable.

Il y avait de l'ouvrage à la préfecture !

Toutes les meutes étaient lancées aux quatre vents du ciel pour l'évasion de Sansblair dont le croquis, fait de mémoire, avait été photographié et envoyé partout, et pour l'assassinat de Trompe-l'œil. L'affaire Rousserand était au second plan. La prévention d'Auguste s'éternisait quoique la mort de Trompe-l'œil, tué Rousserand et les autres, dût le décharger.

Lesorne au sortir de chez Mme Grégoire, avait réfléchi ; se sentant deviné, ou au moins soupçonné, il conjura le danger de la sortie d'Auguste en écrivant au préfet de police, une lettre anonyme, ainsi conçue :

« Monsieur le préfet de police.

« Vous avez affaire à une association de malfaiteurs et non à deux ou trois « assassins ; un des chefs s'est évadé, mais vous avez l'autre, Auguste Brodard, « scélérat des plus déterminés et des plus dangereux par sa dissimulation ; sa « mise en liberté serait le signal de nouveaux crimes. Il a correspondu, même « pendant son emprisonnement, avec les plus audacieux bandits.

« Quelqu'un dont les jours sont menacés et qui ne peut se faire connaître. »

Ayant envoyé cette missive, Lesorne se sentit rassuré. Mais qu'allait-il faire sous la continuelle appréhension où il vivait ?

Il est vrai que les Brodard lui devaient de la reconnaissance pour son dévouement unique, mais s'ils savaient la substitution il fallait s'en défier.

La lettre anonyme réussit comme réussissent d'ordinaire ces infamies.

On écrivit à Clairvaux pour demander communication complète des notes d'Auguste pendant son séjour dans la prison. On remarqua l'adoucissement de son caractère, et loin de voir que la passion de l'étude lui faisait oublier même ses malheurs, on conclut qu'il cherchait dès lors à cacher ses accointances avec sa bande. De là à en être le chef, il n'y avait qu'un pas.

Ce pas fut vite franchi. Auguste monta au sommet de la hiérarchie criminelle dans les imaginations policières.

Pourtant, la perquisition dans la maison de Trompe-l'œil avait amené des résultats auxquels on était loin de s'attendre.

Le lecteur se souvient que de Méria offrit à M. X..., lors de sa visite au château des Tourelles, une coupe d'or ciselé; cette coupe lui venait des Rousserand. Or, Sansblair de son côté avait jugé convenable, dans ses fréquentes visites à Rousserand sous le nom de comte Faliero, de porter chez Trompe-l'œil la coupe semblable; on avait pour cette affaire mis trois domestiques à la porte, le quatrième était encore en prévention.

Mais une trouvaille à laquelle personne ne s'attendait, fut un grand portefeuille en cuir de Russie contenant une lettre à l'adresse du vicomte d'Espailhac. Les derniers numéros de son journal *le Pain*, et, chose plus compromettante même, quelques notes pour diverses choses à son usage personnel.

Cette trouvaille fit sensation, parmi les gens de justice qui faisaient la perquisition. Quant aux coupes de cristal, don de Lesorne à Trompe-l'œil, personne ne les connaissait; il les avait adroitement subtilisées le jour de la mort de Saint-Cyrgue. C'était déjà vieux.

Les bijoux épars autour du cadavre venaient de Rousserand, comme la montre; mais en soulevant le plancher de la cellule que Trompe-l'œil avait par places interrogé, on découvrit des bijoux provenant *d'occasions* récentes, pour lesquelles quelques misérables tout à fait innocents avaient été jugés.

Tout le logement regorgeait de choses d'origine suspecte si artistement arrangées les unes dans les autres, ou entassées, qu'il en tenait à n'en plus finir dans cet espace étroit.

Il y eut de quoi occuper les fureteurs de la justice pendant les trois quarts de la journée. Jamais les preuves à conviction d'un procès n'avaient été aussi étranges, aussi hétéroclites; jamais elles n'avaient été moins convaincantes. A part le portefeuille et la coupe, jamais elles n'avaient dévoilé tant de vols sur lesquels on s'était trompé.

Après la perquisition on interrogea les voisins. Le père Pivois raconta, tout fier, l'histoire de ses pigeons qui passaient réellement à travers le mur : comme les trous avaient été rebouchés, on le prit pour un fou et sa déposition ne fut pas prise en considération.

Une petite fille raconta qu'elle avait vu dès le matin un beau monsieur entrer chez Trompe-l'œil et en sortir aussitôt.

En venant, il marchait lentement, la tête basse; en s'en retournant, il allait comme le vent.

La petite fille donnait de l'homme une minutieuse description que personne ne reconnaissait mais qui ressemblait exactement au vicomte d'Espailhac.

Les papiers de Trompe-l'œil, mis soigneusement à part devaient être soumis à une minutieuse visite.

On chargea M. X... d'instruire l'affaire ; la récompense de son zèle commençait.

Mais à mesure que les notes se déroulaient devant ses yeux, la récompense se changeait en effarement. Il avait peur que sa liaison avec certaines gens ne le perdît. — A la vue des objets trouvés chez Trompe-l'œil cet effarement eut un objet déterminé ; la coupe d'or ciselé que tous ceux qui venaient chez lui admiraient, avait sa pareille dans les objets trouvés chez Trompe-l'œil.

Il serait donc bien établi qu'il avait reçu ce cadeau, et même à un moment très *opportun*. Un éblouissement passa devant ses yeux. Il pensait qu'un autre que lui eût pu faire cette instruction, et se serait rendu compte du cadeau qu'il avait reçu.

Puis, il pensa au domestique resté en prévention et crut tomber sur un complice de la bande imaginée par Lesorne. — Certainement on était sur la trace, et Auguste Brodard devait être complice du domestique. Tout s'enchaîne.

L'homme emprisonné depuis déjà longtemps commençait à s'idiotiser : c'était un cerveau faible, une nature douce, un de ces malheureux qui, à force d'être emprisonnés et interrogés, arrivent au vertige et avoueraient qu'ils ont pris la lune avec les dents.

— Vous êtes prévenu du vol d'une coupe, lui dit-il ; on vient de la retrouver.

— Ah ! tant mieux, dit le malheureux ; je vais être mis en liberté.

— En liberté ! comment cela ?

— Puisque la coupe est retrouvée !

M. X... changea l'ordre de la conversation.

— Avez-vous connu un marchand de bric-à-brac nommé ou plutôt surnommé Trompe-l'œil ?

— Si je l'ai connu ! Je ne m'habillais jamais que chez lui. Il avait des occasions impossibles. Cela sentait un peu le moisi, mais c'était tout neuf. Il demeurait rue de la Chance-Midi.

— Lui avez vous parfois revendu des objets ?

— Souvent ; nous avons fait plusieurs échanges.

— C'est bien, dit M. X... ; reconduisez le prévenu.

— Monsieur, monsieur, disait le pauvre homme, je vais sortir puisque la coupe est retrouvée. Est ce que je puis sortir demain ?

— *Ne battez pas comtois* et n'espérez rien cacher à la justice. Vous faites partie d'une bande d'assassins.

Le malheureux était stupéfait.

M. X... se sentit soulagé, non seulement la coupe volée ne pouvait le compromettre, mais encore l'affaire du domestique était claire et celle d'Auguste le devenait aussi ; il continua son investigation : Un paquet cacheté lui avait été recommandé, il l'ouvrit avec précaution : c'était le portefeuille de Nicolas, tombé de ses mains en voyant Trompe-l'œil assassiné.

M. X... ouvrit le portefeuille. — Le journal *le Pain !* — tout le monde pouvait l'acheter. Une lettre adressée à monsieur le vicomte d'Espailhac, c'était plus significatif ; la lettre était ainsi conçue :

« Mon cher Nicolas,

« Il y a trop longtemps que ça dure, mais c'est fini. A partir d'aujourd'hui, si « je ne suis pas ta femme, je serai ton ennemie, — tiens-toi pour averti et ne « *renâcle* pas, il faudra toujours que tu y *buttes* (arrive).

« Ton AMÉLIE. »

M. X... prit dans une autre case du portefeuille des notes à l'usage de M. Nicolas. S'il eût poussé un ressort gros comme une tête d'épingle il eût trouvé des billets de banque que Nicolas portait à Trompe-l'œil.

M. X... enferma les autres paperasses et se rendit chez Nicolas; il y était par hasard, attendant encore son petit messager. L'arrivée de M. X... lui causa une frayeur plus grande qu'à sa première visite chez de Méria.

— Je viens, dit M. X..., vous poser une question : receviez-vous ces derniers temps des gens suspects?

— Jamais, dit Nicolas, à moins que ce ne soit pour le service de la préfecture.

— Pourtant vous avez été volé.

— Je ne m'en suis pas aperçu, dit Nicolas.

— Cherchez bien.

— Je ne trouve pas.

— Vous connaissez une nommée Amélie?

— Je l'ai connue autrefois.

— Cependant cette lettre est nouvelle, dit M. X..., remarquez bien que je ne vous interroge pas comme accusé, mais à titre de renseignements dont j'ai besoin. Alors, vous n'êtes pas en relations avec cette Amélie?

— Non.

— Voici alors une lettre inexplicable.

— C'est une fumisterie, dit Nicolas qui se sentait défaillir; j'ai en effet reçu cela, mais je n'y ai rien compris.

— Alors ceci vous appartient, dit M. X... montrant le portefeuille; car la lettre s'y trouvait avec des notes à votre usage. Voici les notes :

« Rue Blanche, un Russe arrivé avant-hier reçoit des lettres d'Angleterre, — sort une partie de la journée, — faire suivre. »

Autre note :

« Ce soir, réunion au Vauxhall, entrée gratuite. »

— Ce portefeuille m'a été volé, dit Nicolas, tremblant que M. X... ne mît le doigt sur la tête d'épingle.

— Quand vous l'a-t-on volé?

— Je ne me souviens pas très bien où je m'en suis servi pour la dernière fois.

M. X... reprit :

— La note relative à la réunion pourrait nous guider, il y a réunion publique au Vauxhall, entrée gratuite, la veille du jour où le crime fut découvert.

— En effet, dit Nicolas, je crois me rappeler que mon portefeuille a disparu à la réunion.

Il monta au sommet de la tour et jeta le corps palpitant aux pieds de ceux qui le poursuivaient.
(Page 678.)

— Vous y étiez.

— Sans doute, la preuve est que je l'avais prise en note.

Nicolas mentait; il y avait envoyé Jean-Étienne.

M. X... continua sur le ton de la causerie.

— Que pensez-vous qu'on ait fait de votre portefeuille?

— Je pense que, le voyant sans importance pour lui, le voleur l'aura laissé tomber quelque part.

— C'est en effet ce qui a eu lieu.

Nicolas se demandait si cet homme sortirait vivant de sa maison, plus la peur montait, plus il **devenait** féroce; il eût détruit la terre entière pour échapper aux révélations qui le menaçaient.

Que pouvait-il lui advenir de l'histoire du portefeuille? assurément rien de bon. Demander que M. X... le lui rendît, quelque bonne volonté qu'il en eût, la peur de se compromettre l'en eût empêché, les objets étaient enregistrés.

Les yeux de Nicolas s'injectaient de sang.

M. X... commençait à sentir un danger autour de lui. Nicolas aurait dû penser qu'en jugeant l'affaire telle qu'elle se présentait il était perdu, mais qu'en l'instruisant il était sauvé. Une circonstance fortuite sauva M. X... pour l'instant.

Amélie, comme Nicolas, mais pour une raison différente, guettait le retour de Pierrot.

Lasse d'attendre, se promenant comme elle en avait eu si longtemps l'habitude, Amélie fit irruption dans le logement du policier.

— Ah! c'est ainsi, s'écria-t-elle en entrant; monsieur a des maîtresses, des *rupines*, des *dames huppées* (femmes riches), et moi qui lui ai *débridé la lourde* (ouvert la porte) pour toutes sortes d'affaires je reste là, *à crier au vinaigre* (crier après quelqu'un).

M. X... considérait Amélie avec stupeur. Elle était vêtue d'une robe de velours bleu, sous un mantelet de demi-saison; cette toilette rendait plus étrange encore son étrange langage.

Le portefeuille était resté sur la table; il l'oubliait, tout entier au discours de la jolie mégère. Nicolas ne perdit pas de temps : avec une adresse toute policière il fit passer dans sa poche tout le contenu du portefeuille, y compris les billets et le remit à sa place sans être vu de M. X... ni d'Amélie, qui se regardaient avec curiosité.

Amélie, frémissante de colère, s'adressait à M. X...

— Je n'en veux plus de cette chienne de vie! continuait-elle, je m'en vais *dépousser tout le pot aux roses*. Monsieur envoie des messagers au château des Tourelles! Monsieur passe certaines nuits, je dirai où, et il y retourne le matin! Oui, il y a longtemps que je te file, va! Et à polir le bitume, là, devant la porte, ça me monte, c'est vrai que j'ai été *dossière* (fille), mais lui c'est un *raille* (mouchard); il peut bien m'épouser! c'est le mariage de Saint-Sauveur, la gaupe avec le voleur!

Elle riait et sanglotait.

Tout autre instructeur que M. X... se fût informé où Nicolas avait passé la *certaine nuit*, et où il était retourné dès le matin; mais outre sa coupable indulgence, il avait peur; les yeux de Nicolas s'allumaient de plus en plus et M. X..., quoique n'étant pas de première intelligence, voyait qu'il en devinait trop sur l'affaire Trompe-l'œil pour que Nicolas n'eût pas intérêt à l'occire.

A peine il osa ramasser le portefeuille sur la table (ce qui fut pour lui un grand acte de courage); il s'enfuit plutôt qu'il ne sortit de la maison de Nicolas.

— A nous deux, maintenant, dit le vicomte d'Espailhac! Mais Amélie s'était ménagée la porte, et avant que Nicolas s'y fût précipité, elle était dans l'escalier qu'elle descendit quatre à quatre, tandis que Nicolas criait : arrêtez-la, c'est une voleuse!

Amélie avait profité de la porte cochère ouverte pour M. X... ; elle passa près de lui en courant et disparut dans un dédale de rues.

LXXX

L'ENLÈVEMENT

Nicolas se sentit perdu. M. X... ne dirait rien tant qu'Amélie se tairait ; mais une fois qu'elle le dénoncerait, M. X... aurait peur et ferait de même ; or, comme il était moins décidé que jamais à épouser Amélie elle parlerait tôt ou tard. Il avait une somme assez forte pour entreprendre un long voyage ; le sort en était jeté, Nicolas allait partir.

Mais il ne voulait pas partir sans Valérie ; la folie du mal l'enfiévrait, la pente devenait de plus en plus rapide jusqu'au fond du gouffre.

Nicolas prit sur lui tout ce qu'il possédait d'or ou de valeurs, brûla les papiers trouvés dans le portefeuille, ainsi que tous ceux qu'il avait chez lui, à part les rédactions pieuses du journal *le Pain*, une collection de ce journal et une de l'*Écho du ciel*, il détruisit bon nombre de livres d'une littérature dans le goût du roi Salomon, et prenant la clef de son appartement il s'en alla pour n'y plus revenir.

Amélie le suivait d'un peu plus loin qu'à l'ordinaire ; elle le vit prendre un billet de chemin de fer, il allait au château des Tourelles ; elle en prit un également et monta dans un wagon.

Il descendit à la seconde station et prit le chemin de traverse qui conduisait à la propriété du comte de Méria ; son intention était de guetter l'absence de son ancien ami. Il prit une chambre à l'auberge du village, afin d'avoir les yeux sur la porte d'entrée du château, il avait mis à la poste, à Paris, ce billet à l'adresse du comte de Méria.

« *Sitôt la nuit venue*, allez à la brasserie que vous connaissez, et attendez la personne que vous y rencontrez ordinairement *jusqu'à ce que vous l'ayiez vue, célérité* ou vous êtes perdu. »

— Il ne manquera pas, se disait le misérable devenu calme comme le chat guettant une souris ; il attendit tout le jour dans la chambre qu'il avait louée.

— Je me trouve indisposé, avait-il dit, je prendrai mes repas dans ma chambre.

Jusque-là rien de plus naturel ; ce qui l'était moins, c'est qu'une dame venue peu après le monsieur qu'on croyait reconnaître pour un habitué du château, faisait absolument la même chose.

Vers neuf heures du soir le monsieur sortit, quelques minutes après, la dame sortait également.

Hector de Méria était parti pour Paris, inquiet de la lettre qu'il avait reçue.

Valérie devait être seule, il s'agissait maintenant d'éloigner les domestiques ou de les tromper. Une ruse aussi grossière que les (petits renseignements) souvenirs de 71, vint à l'esprit de Nicolas; elle lui parut bonne comme tout ce qui est stupide.

Brodard avait évolué en courage, Nicolas, déjà si infâme, évoluait en infamie : la bête de proie devenait parfaite.

Derrière lui, comme une couleuvre, grâce à la nuit, se glissa Amélie, elle le vit à son grand étonnement se diriger du côté des écuries et faire mettre les chevaux à la voiture.

— Où faut-il vous conduire, monsieur.

— Je conduis moi-même, mon brave, c'est ainsi arrangé entre mon ami de Méria et moi.

Le calme de Nicolas eût obtenu la confiance du cocher, si cet ami de la maison ne l'eût pas eue déjà toute entière, il y avait lieu de s'étonner, mais qui donc pouvait suspecter monsieur le vicomte d'Espailhac? un aussi saint homme et un si bon ami, n'était-il pas comme chez lui chez le comte de Méria? les domestiques étaient accoutumés à lui obéir.

Amélie, sentant redoubler sa fureur jalouse, résolut d'accompagner Nicolas; elle était habile, la nuit couvrait ses mouvements, elle pourrait prendre derrière la voiture la place du laquais. L'entreprise était hardie et il lui fallut des prodiges d'adresse pour ne point être vue du cocher qui tenait les chevaux, attendant le retour de Nicolas. Mais Amélie était résolue, elle réussit. Le vicomte d'Espailhac demanda à parler à Mme de Méria au nom de Mme Rousserand.

Il parut étrange à Valérie que sa mère prît pour messager M. d'Espailhac qu'elle n'aimait pas; de plus, il l'avait effrayée, cette impression durait encore, mais il ne lui vint pas à la pensée que Nicolas la trompait.

Valérie vint couverte d'un long peignoir, elle venait de se déshabiller.

— Madame, dit Nicolas, et sa voix tremblait tellement qu'il avait peine à se faire entendre, madame votre mère veut vous voir immédiatement; je suis chargé, en cas d'absence de M. de Méria, de vous conduire moi-même près d'elle, si vous le voulez bien cependant; il m'est défendu d'emmener aucun de vos gens.

Le visage décomposé de Nicolas, son trouble, son émotion, persuadèrent la malheureuse enfant.

— Quel malheur est arrivé? demanda-t-elle.

— Je l'ignore, madame, j'accomplis ce qui m'a été demandé, voilà tout.

— Je vous suis, dit Valérie, attendez-moi quelques instants.

Il ne pensait vraiment pas qu'elle fût si facile à tromper.

Comme elle était passée dans sa chambre pour se vêtir plus convenablement, Nicolas mit le temps à profit, en allant où il savait que de Méria avait placé le reste de la dot. — Il ouvrit le secret du coffret qui la contenait et chargea de nouveau le sac de cuir qu'il dissimulait sous son manteau.

Lorsque Valérie eut terminé sa rapide toilette, les domestiques étonnés virent la jeune madame de Méria monter dans la voiture, fort pâle et paraissant inquiète.

Comme elle l'avait résolu, Amélie sauta en laquais derrière, et Nicolas fit partir les chevaux avec une rapidité vertigineuse, elle avait eu bien envie, la jalouse Amélie, de tuer Mme de Méria, mais elle voulait tout savoir.

La voiture allait comme le vent, suivant une grande route, toute blanche dans la nuit ; Amélie se cramponnait pour ne point être précipitée ; elle voyait bien des masses noires, c'étaient les arbres, et toujours les chevaux couraient. On avait déjà traversé plusieurs villages, elle le voyait aux masses blanches des maisons bordant la route.

Nicolas voulait gagner, à une gare qui ne fût pas Paris, le chemin de fer de Bruxelles. Il y avait à peu près trois heures que la voiture courait quand les chevaux ruisselants de sueur s'arrêtèrent tout à coup. Amélie entendit alors une voix déchirante partie de la voiture, s'écrier :

— Mais où donc allons-nous ? il y a deux heures que nous devrions être arrivés chez ma mère !

Nicolas ne répondit pas ; il fouetta vigoureusement les chevaux qui fournirent encore une demi-heure avant de s'arrêter de nouveau ; cette fois l'arrêt fut définitif.

On distinguait dans le brouillard du matin des formes vagues, forêts profondes, ruines mérovingiennes, tout cela encore indécis dans l'aube, pareil à des monstres assis dans les plaines.

A l'est, un roulement formidable ; c'était le chemin de fer de Soissons. — On était près de Senlis.

Nicolas s'était mal orienté ! La gare était loin ; il ne pouvait, avec cette femme qu'il enlevait et qui allait fuir ou appeler du secours, rester là sur la route.

Amélie, moulue par la rapidité de la course, se cramponnait, comprenant qu'il s'agissait d'un crime, quelque chose s'était ému pour la victime au fond de son cœur en même temps que sa fureur contre Nicolas était au comble.

La fille valait mieux que le mouchard.

Des cris partaient de la voiture.

Nicolas y entra.

— Misérable ! criait Valérie, comment ai-je pu me fier à vous après les lettres que vous m'avez écrites. — Assassin ! assassin !

— Il faut pourtant, rugissait Nicolas que nous gagnions le chemin de fer. Eh bien, oui ! je vous enlève, parce que je vous adore ! Vous savez bien que je vous servirai à genoux. Et puis, vous ne me voyiez plus de si mauvais œil, c'est cela qui m'a encouragé.

— Misérable ! sans l'effronterie de vos lettres, sans le crime que vous commettez j'aurais peut-être eu le malheur de vous aimer ! Maintenant je suis perdue, perdue !

Elle essayait de fuir, Nicolas la maintenait.

Amélie, rappelant ses forces, résolut de sauver la pauvre femme.

Tandis que Nicolas, dans la voiture, tantôt menaçant tantôt suppliant, voyait avec épouvante le jour venir, Amélie courait à l'habitation la plus proche, appelant au secours avec de grands cris ; c'était une ferme heureusement ; là on se lève avant l'aube. Elle parvint à se faire suivre de trois garçons de ferme.

Les cris que Nicolas entendait n'étaient pas faits pour le rassurer ; il n'avait plus qu'à fuir emportant Valérie demi-morte d'effroi. Il prit sa course à travers le bois ; la peur et la passion lui donnant des ailes ; il entrait dans les fourrés qui lui déchiraient le visage, cherchant un asile.

Aux trois paysans s'étaient joints d'autres hommes, et de loin on voyait poindre des tricornes de gendarmes.

— C'est un *raille* qui enlève une femme, criait Amélie au milieu d'un groupe de paysannes indignées et qui, ne comprenant pas ce mot de *raille*, croyaient le criminel quelque monstre venu des contrées lointaines.

La chasse s'organisa ; on ne savait plus si la femme vivait encore tant elle avait l'air d'une proie ployée en arrière, les cheveux dénoués, les bras pendants, elle ne se défendait plus.

Nicolas se sentait des jarrets d'acier ; tantôt disparaissant dans un chemin creux, tantôt se trouvant face à face avec les chasseurs, il courait, courait toujours ; il semblait impossible qu'on le prît, les chevaux des gendarmes, arrêtés devant les fourrés, restaient dans la grande tranchée du bois, et pour l'atteindre les hommes n'allaient pas assez vite.

Le soir pouvait venir ainsi, Nicolas semblait invincible ; mais pour se couvrir il entra dans une ruine ; ce temps d'arrêt le perdit, ceux qui le poursuivaient arrivèrent de toutes parts cernant la ruine. Il commença à tourner comme une bête fauve.

Le bois s'éveillait au matin : la rosée l'emplissait de fraîcheur, les oiseaux de bruits d'ailes ; de temps à autre, quelque bête effrayée passait au travers de cette chasse à l'homme.

Le cercle se resserrait autour de la ruine.

Nicolas se vit perdu. Alors l'instinct de la conservation dominant l'amour bestial qu'il éprouvait pour Valérie, il monta au sommet, jeta le corps palpitant aux pieds de ceux qui le poursuivaient, et grâce à leur empressement autour de la malheureuse, il s'élança, libre de tout fardeau, dans un dédale de sentiers et quelques instants après il était en sécurité où on ne le cherchait pas, dans les branches hautes et touffues d'un chêne, d'où il vit rentrer vers le soir les gendarmes avec ceux qui s'étaient acharnés à sa poursuite dans le bois sans lever la tête vers l'arbre d'où il planait sur eux.

Valérie vivait encore, mais elle était dans un état terrible. Amélie la prit dans ses bras, doucement, comme une mère eût pris son enfant, et suivit les paysans et les gendarmes.

— C'est moi qui l'ai sauvée, se disait-elle heureuse de ce qu'elle avait fait, quoique ce ne fût pas son intention première.

Amélie, chaque fois qu'elle avait goûté au fruit amer du bien, s'était passionnée pour son œuvre.

Et puis, l'indignation croissante qu'elle éprouvait contre Nicolas était pour quelque chose dans son dévouement pour Valérie.

Valérie, transportée à la ferme, reprit connaissance, mais le délire était venu, ce fut Amélie qui rendit compte de la demeure de la jeune femme et raconta qu'en l'absence du mari, voyant monter Valérie dans sa voiture avec un homme qui lui semblait suspect, elle s'était hissée, à la faveur de la nuit, à la place du laquais ; elle ignorait par quel subterfuge l'homme avait obtenu que Valérie partît avec lui.

Cette déposition fit le plus grand honneur à Amélie, mais quand il s'agît de la signer de son nom et d'ajouter sa profession, elle baissa la tête, n'ayant pas la pensée de mentir, en cette circonstance qui lui semblait grave.

Alors rouge de honte, elle avoua son hideux métier ; il y eut un mouvement.

—Messieurs, dit-elle en regardant le maire qui s'était reculé, c'est vrai que j'ai été cela, que j'y suis inscrite encore, mais s'il n'y avait pas d'acheteurs on ne pourrait pas se vendre.

Elle voulait leur dire aussi qu'il faut avoir le courage de mourir de faim ou en passer par là quand on est ouvrière, mais elle ne sut pas tourner sa phrase et s'en alla, riant d'un drôle de rire, avec des sanglots dans la gorge.

On la rappela.

— Vous avez sauvé cette dame, dit le maire, et vous savez où elle demeure. Vous allez guider ceux qui la reconduisent chez elle, il y aura encore du reste une autre déposition à faire ; nous ne pouvons vous laisser aller auparavant.

Amélie n'avait pas donné le nom de Nicolas parce qu'elle éprouvait une joie vengeresse à sentir entre ses mains la destinée de cet homme qui s'était joué d'elle.

— Il souffrira à chaque instant, se disait-elle, pensant que je sais son secret.

LXXXI

LA PERQUISITION

M. X... courut tout d'une traite dans son cabinet. Là seulement il se sentit en sûreté. — Il resserra le portefeuille, songeant avec orgueil au courage qu'il avait eu de le rapporter après les terribles regards de Nicolas.

Il commença sous la double impression de la sécurité et de l'orgueil satisfaits le dépouillement des papiers trouvés chez Trompe-l'œil.

Il y avait des reçus de certaines sommes, au nom de Nigel, revendeur, rue Montmartre, 182.

— Où donc ai-je vu déjà ce nom ? se demandait M. X...

Il se souvint tout à coup que Math... M... avait payé à Nigel, rue Montmartre, la somme de deux cents francs ; le reçu trouvé dans la pomme du bâton de colporteur était ainsi conçu.

— Toutes ces affaires se tiennent, pensa-t-il, quelle trouvaille ?

Il en vint à se demander si Auguste Brodard pouvait avoir pris part à l'assassinat de la carrière ; il aurait été bien jeune, mais qui sait ?

L'affaire promettait. Il y avait bien les papiers du portefeuille qui tenaient tant au cœur à Nicolas, mais il ne pouvait les passer sous silence; ma foi, tant pis pour lui, il y avait encore la coupe donnée par de Méria, qui pourrait prouver qu'il avait eu certaines complaisances, mais il n'était pas dit qu'on eût remarqué cette coupe chez lui et il allait du reste la faire disparaître.

Il voulait se séparer de Nicolas et du comte de Méria, pourquoi ne l'avait-il pas fait plus tôt?

M. X... en était là de ses regrets et cherchait à rendre la rupture assez éclatante pour que personne ne l'accusât d'avoir des ménagements pour certains criminels.

Il réfléchit quelque temps, sur les papiers épars autour de lui sur le portefeuille recouvert de son enveloppe...

Il fallait qu'une action d'éclat signalât son intégrité comme l'instruction de l'affaire Trompe-l'œil allait signaler son intelligence.

Une idée lumineuse lui vint : ordonner une enquête à la maison de convalescence, d'après les demandes réitérées de Mᵐᵉ Mixlin.

— Si l'enfant volée, disait la pauvre mère, ne se retrouvait pas dans cette maison, on y découvrirait au moins qu'elle y avait passé.

— Les mères ont une clairvoyance étrange, pensait-il, mais cette clairvoyance ne lui servira pas, car la petite étant morte, à ce qu'on m'a dit, on ne trouvera rien.

Sous l'impression de ce beau courage il écrivit un ordre de perquisition, sonna son domestique, fit porter l'ordre à la préfecture.

Il envoya cette petite note aux journaux :

« M. X..., sur les instances de la veuve Mixlin, a ordonné à la maison de convalescence de Notre-Dame de la Bonne-Garde, une perquisition qui n'aboutira à rien, mais prouve combien il est esclave de l'intégrité de la justice. »

Son imagination surexcitée lui montrait déjà une haute et rapide fortune; après sa longue médiocrité, on pouvait bien, à ce prix-là, se brouiller avec Nicolas, de Méria et Helmina.

Il oubliait Davys-Roth! Quoique ce dernier se fût complètement séparé des responsabilités de la maison de convalescence, cela n'empêchait pas de poursuivre dans l'ombre ceux qui les découvraient, à la satisfaction des impies.

M. X... marchait sur les nuées, grâce aux découvertes qui lui ménageaient un double succès.

Les autres papiers ne lui parurent pas mériter attention; il les mit cependant à part pour les étudier avec soin.

Le lendemain, la note paraissait dans les journaux; mais ni de Méria, méditant sur la lettre qu'il venait de recevoir et dont il était si grossièrement dupe, ni le vicomte d'Espailhac, qui avait passé sa journée à l'auberge épiant le départ de son ami, ne s'en doutaient le moins du monde.

Lorsque l'article tomba sous les yeux de Davys-Roth, il était dix heures du soir et le journal était de la veille; M. X... était tranquille sur ses anciens amis.

— S'ils avaient quelque chose à cacher, pensait-il, ils ont eu le temps de le faire, je ne puis donc être compromis ni d'un côté ni de l'autre.

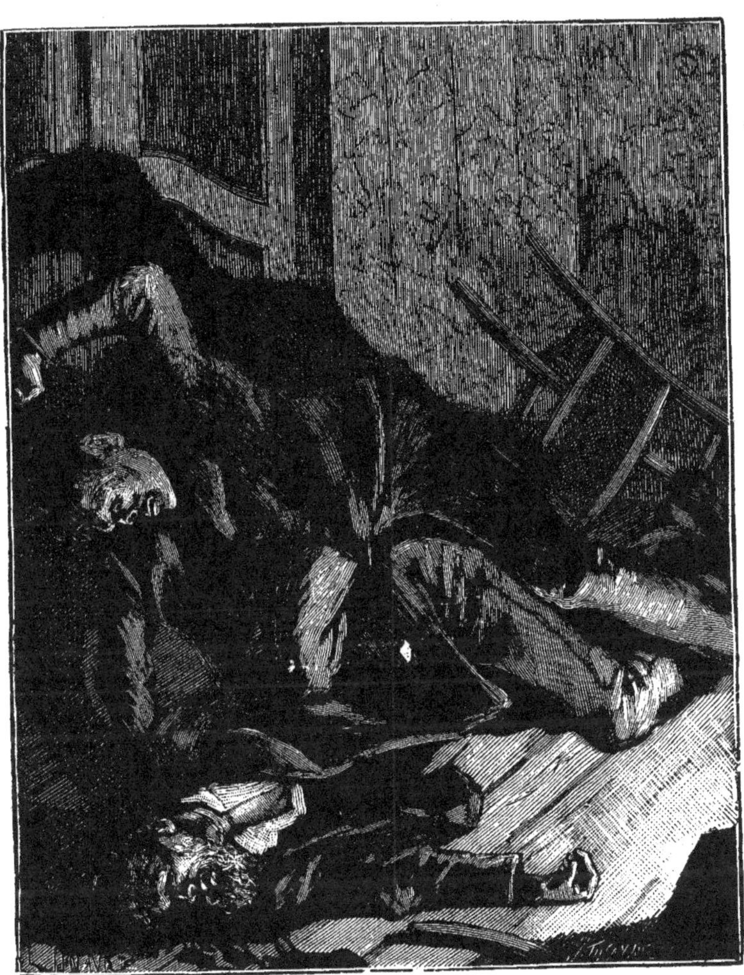

Trompe-l'œil râlait.

Les choses étaient bien changées à la maison de convalescence : Mme Helmina, réellement atteinte d'une maladie grave, n'avait pas quitté son lit depuis plusieurs mois ; Blanche Marcel, à qui son protecteur de Méria avait cessé de donner des instructions, travaillait pour elle en attendant l'arrivée de Blanche, qui devait prendre les rênes de la maison ; elle s'étudiait au rôle de factotum, afin de le conserver si cela était possible, lorsque Mlle de Méria viendrait prendre possession.

Il n'y avait plus de *soirées enfantines le dimanche ;* Mme Helmina avait, dans sa vre, des hallucinations étranges; mais les parents, trompés depuis si long-temps, gémissaient à chaque visite sur l'état de santé de la bonne dame.

Un événement imprévu, arrivé l'avant-veille des événements que nous venons de raconter, sauva Mme Helmina de la vue des perquisitions.

Elle eut un matin la visite d'un vieillard qu'elle reconnut pour le médecin aliéniste que nous avons vu réclamer Philippe. Mme Helmina se dressa sur son lit. Sa somnolence fut secouée par la vue du vieillard.

— Madame, dit le docteur, j'ai sur la responsabilité humaine d'autres idées que bien d'autres, mais pour croire que certains criminels seraient mieux placés dans une maison de santé que dans une maison de force, je n'en comprends pas moins qu'on doit leur arracher d'innocentes victimes. Je connais l'histoire de Claire Marcel, je sais ce qui se passe ici. Eh bien, je me verrais obligé (dans le cas où vous y conserveriez des jeunes filles) de déclarer à la justice ce qui s'y est passé.

« La malheureuse Claire s'est enfuie de nouveau; vous savez, madame, que la jeune fille a toute sa raison. J'ignore à quels nouveaux malheurs elle est exposée, mais j'ai résolu d'empêcher qu'il se commît de nouveaux crimes dans cette maison en vous déclarant que, faute de renvoyer immédiatement toutes les enfants chez elles, vous m'obligeriez à faire ma déclaration au parquet.

— Mais vous rêvez, monsieur, s'écria Mme Helmina retrouvant momenta-nément son énergie.

— Je rêve si peu, madame, que dans le cas où vous refuseriez la condition que je vous impose, ma déposition serait faite dans trois jours.

D'où le vieillard pouvait-il tenir la vérité? Helmina frémissait; mais d'autant plus décidée qu'elle se sentait plus perdue, elle s'écria :

— Je vous demanderai compte, monsieur, de ces calomnies devant les tribu-naux.

— Alors, madame, dit le médecin, c'est vous qui l'aurez voulu.

« L'affreuse maladie dont vous êtes atteinte, ajouta-t-il avec une profonde tristesse, a toute ma pitié, mais le devoir est inflexible. »

Il sortit, laissant Helmina sous une impression terrible.

Cette femme au corps de sensitive, aux nerfs d'acier, se leva après le départ du docteur, fouettée par les verges de l'effroi; elle s'habilla, prit comme Nicolas toutes les valeurs et tous les bijoux qu'elle possédait, les mit dans une petite valise et commanda sa voiture.

— Comment, madame, dit Blanche Marcel, vous sortez; c'est imprudent, malade comme vous l'êtes!

— Je vais chez le révérend Davys-Rotn, dit Helmina, ne vous inquiétez pas, ma chère enfant.

Lorsque sa voiture eut atteint Paris, elle dit au cocher :

— Au chemin de fer du Nord!

Il est incroyable d'imaginer combien de gens en fuite choisissent plutôt la Belgique ou l'Angleterre que les contrées du Midi.

Le cocher était revenu seul, annonçant le retour de Mme Helmina pour demain, et depuis trois jours le concierge, les yeux fixés sur la porte, attendait l'instant de la lui ouvrir.

C'est donc Blanche Marcel seulement que surprit la perquisition.

M. X... ne tenait pas y figurer en personne (ses occupations ne le lui permettant pas); on désigna pour le remplacer un jeune substitut plein de zèle pour ses nouvelles fonctions, mais qui ne pouvait être dangereux pour Mme Helmina et ses acolytes puisqu'ils devaient être instruits.

M. X... se trompait, comme nous le savons. Les agents, dirigés par le jeune substitut Félix Léonard, ne trouvant que Blanche Marcel à la maison de convalescence, s'adressèrent à elle.

— Mme Helmina? demanda Félix.

— Elle doit prochainement rentrer, monsieur.

— D'où doit-elle rentrer et à quelle heure?

— Je l'ignore complètement.

— Quand est-elle sortie?

— Je ne sais pas au juste.

— Elle ne vous a donc rien dit?

— Rien absolument.

— Était-il dans ses habitudes de sortir ainsi?

— Je l'ignore.

Le substitut perdait patience.

— On avait, dit il, annoncé le départ de Mme Helmina pour l'Italie, est-elle déjà revenue ou n'est-elle pas encore partie?

— Étant tombée malade, elle n'a pu partir.

— Depuis combien de temps êtes-vous dans la maison?

— Depuis à peu près deux mois. Je ne suis pas encore au fait des habitudes.

— Vous êtes lente alors, dit le substitut en souriant.

Blanche Marcel sentit qu'elle avait été trop loin; en voulant se sauvegarder elle se compromettait

Mais sa tête effarouchée de jeune alouette était charmante; elle avait dans la démarche les ondulations gracieuses du serpent. La jolie perfide ne fut pas tourmentée davantage.

Félix Léonard se mit en devoir de réunir les documents qu'il pouvait rassembler, témoignages ou écritures.

Les enfants, ne se souvenaient pas d'avoir jamais entendu le nom de Rose Mixlin.

Blanche Marcel pas davantage.

— Donnez-moi, dit le substitut, les registres d'inscription des enfants!

— Je ne m'occupais pas des entrées; quant aux classes le registre a été monté chez Mme Helmina, j'ignore où on l'a mis.

Ni registres, ni personne qui se souvînt de rien; il fit ouvrir les bureaux des enfants; nulle part n'existait le nom de Rose Mixlin.

M. X... en eût déjà terminé. Félix s'obstinait encore; il visita les dortoirs, les rangées de petites cellules, rien.

On en était à la dernière quand un nouveau personnage entra en scène.

Mme Mixlin, avertie par l'annonce des journaux, avait guetté l'heure de la perquisition ; elle arrivait pâle, froide, étonnée qu'on eût enfin acquiescé à sa demande. Elle se demandait s'il était bien vrai que la justice existât.

Pourtant, cette manière d'annoncer d'avance une perquisition lui faisait un drôle d'effet.

Il y avait dans ces deux lignes de la réclame et de l'avertissement. Cela ne s'était jamais vu, mais que cela se fasse en dessus ou en dessous, n'était-ce pas toujours la même chose ?

Du reste, elle serait là, et si sa Rose y avait passé, elle le saurait bien.

— Vous le voyez, madame, dit Félix, on a consenti à vous donner satisfaction et le passage de votre enfant dans cette maison est une illusion ; mais on pardonne tout à une mère.

L'aspect de Mme Mixlin faisait froid aux os. On eût dit que ses yeux seuls vivaient, se fixant ardents de tous côtés, interrogeant, fouillant, scrutateurs et terribles, elle était convaincue.

On se taisait.

Tout à coup elle bondit ! Dans un vide-poche placé sur une petite étagère près du lit, se trouvait une bague en os à laquelle on n'avait pas fait attention.

— Ah ! je le savais bien, dit-elle, voilà sa bague. Son oncle la lui a faite quand il était sur les pontons pour la Commune. Elle y tenait tant qu'elle l'ôtait le soir par crainte de la briser en dormant.

« Voyez comme c'est fragile, il y a ses initiales sur le chaton, un R et M.

« Maintenant je ne sortirai pas que je n'aie mon enfant morte ou vive. »

Hélas ! une fois ôtée la première nuit, elle n'avait plus guère songé à remettre sa bague, la pauvre Rose.

— Quelqu'un habite-t-il cette chambre ? demanda Félix à Blanche Marcel.

— Je n'y ai jamais vu personne.

Il n'y avait pas moyen d'arrêter Mme Mixlin ; on la suivait comme on eût suivi un chien chargé de prendre la piste.

Mais elle non plus ne trouvait rien, dans les dortoirs, les salles, nulle trace de Rose.

Dressant sa haute taille, levant ses grands bras décharnés, elle parcourait jusqu'aux recoins des greniers. Quand elle eut exploré jusqu'aux caves, creusant de ses mains chaque exhaussement du sol elle alla dans les jardins.

Les domestiques s'étaient sauvés ; le concierge seul, ignorant une partie de ce qui se passait, restait les yeux sur sa porte attendant encore Mme Helmina.

Mme Mixlin parcourut le parc, la chapelle, fouilla au pied des arbres ; il ne lui restait plus que le bosquet et les logements des domestiques.

Elle entra dans le bosquet.

Des nids d'oiseaux avaient remplacé dans les branches le chat au miaulement sinistre ; il s'en était allé mourir de faim, comme un abandonné qu'il était.

Les fleurs de mai tombaient en pluie, comme autrefois les fleurs du givre sur la petite morte ensevelie dans la chaux vive.

C'était un endroit frais et charmant ; dans l'air il y avait des chants et des battements d'ailes ; sur le sol s'ouvraient des pâquerettes blanches et roses.

Une petite tache blanche pareille à un tas de cailloux émergeait dans l'herbe. Mᵐᵉ Mixlin se baissa : sa vue était devenue perçante.

Elle poussa un horrible cri, le tas de cailloux, c'étaient les os d'une main d'enfant.

Il est probable que le chat avait essayé de déterrer la petite pour apaiser sa faim, et que, grâce à la chaux, il l'avait laissée.

Mᵐᵉ Mixlin, rugissant comme une lionne, déterrait le cadavre. Il était horrible, car une partie des chairs restait encore ; les rauquements qui sortaient de la gorge de la malheureuse mère terrifiaient les agents. Félix était épouvanté de la trouvaille.

La fuite des domestiques, les cris de Mᵐᵉ Mixlin avaient attiré la foule.

En creusant plus profondément Mᵐᵉ Mixlin eût découvert un autre cadavre, celui de l'institutrice dont Claire Marcel avait lu la lettre confiée au hasard.

Pour celle-là, l'assassin était Nicolas. Mais, avec l'égoïsme des mères, Mᵐᵉ Mixlin, une fois sa Rose retrouvée, ne pensait plus qu'il existât d'autres ivctimes sur la terre.

Il fallut lui arracher de force le corps et la faire monter dans un fiacre, tandis que le corps était conduit à la Morgue.

Au milieu des cris d'horreur de la foule une voix s'éleva, âpre comme le grincement du fer.

— Je vous dis, moi, que tous ces gens-là sont fous, et la mère, et le substitut, et les agents. Écoutez : une portion du parc de la maison de convalescence faisait partie d'un ancien cimetière ; je l'ai vu vendre en lots, Mᵐᵉ Helmina en a acheté pour l'agrandissement de sa propriété à laquelle il touchait. (La foule s'apaisa.)

— Comment vous nommez-vous, monsieur ? demanda le substitut à l'individu qui venait de parler.

— Pignard, fossoyeur, rue du Cric, 23 (c'est ici près) ; j'ai travaillé moi-même au cimetière.

Un second remous agita la foule ; elle se dispersa, ne croyant déjà plus à la culpabilité d'Helmina et de ses complices.

Les ossements de la petite Rose passèrent cette nuit-là à la Morgue. Ses tristes restes devaient être soumis à l'analyse des médecins.

Mᵐᵉ Mixlin, dont la force fébrile avait fait place à une complète prostration, fut portée à l'hospice.

On lisait le lendemain dans les journaux cléricaux :

« Une femme nommée Mixlin, dont la fille avait disparu, prétendait en trouver les traces à la maison de convalescence de Mᵐᵉ Helmina. On a eu la faiblesse d'accéder à sa demande ; cette malheureuse ayant cru reconnaître sa fille dans un squelette d'enfant encore enfoui dans la partie du parc qui provient d'un ancien cimetière (comme on en a eu immédiatement des preuves), est sous le coup d'un transport au cerveau. Elle ne passera pas, dit-on, la journée. Toute enquête est inutile, les faits tombent d'eux-mêmes. »

Les mauvais journaux, eux, se plaignaient que l'enquête ne fût pas poussée plus loin.

Le vieux ne mentait pas, il avait travaillé au cimetière, seulement les lots achetés ne contenaient plus d'ossements, on les avait descendus aux catacombes.

L'affaire de la maison de convalescence paraissait d'autant plus enterrée que le comte de Méria, directeur de l'établissement, ne pouvait répondre aux explications exigées de lui pour l'instruction de l'affaire.

Il allait de soi, du reste, que M. de Méria, ne demeurant point à Notre-Dame-de-la-Bonne-Garde, eût été pur de tout soupçon, lors même que la déclaration du fossoyeur, corroborée par celles d'autres habitants et appuyée dès déclarations de l'autorité, n'eût pas fait clore l'accusation par la présence d'un cimetière.

L'état de conservation d'une partie du petit cadavre ne pouvait provenir que du terrain, disaient les gens pieux; cela se voit souvent. Quant à l'absence de cercueil, n'avait-on pas détruit tout le cimetière sans prendre assez de précautions pour couronner la chose.

Une dame pieuse de l'endroit, dont la jeune fille avait été enterrée il y avait une dizaine d'années dans le vieux cimetière, appuyée de tous les notables habitants du pays, réclama le corps avant que les médecins ne l'eussent visité, ce qui était inutile et devenait, après la déclaration de la dame pieuse, un véritable sacrilège. On lui rendit les ossements et le jeune substitut fut blâmé à l'égal de M. X... qui avait ordonné la perquisition.

Avant d'en revenir à M. X... nous verrons pourquoi le vicomte de Méria ne put répondre aux questions qui devaient lui être faites comme président de l'œuvre.

LXXXII

CHACUN SON TOUR

Il y avait longtemps que de Méria menait une vie criminelle; il y avait longtemps qu'honoré des simples et soutenu par les corrompus, l'impunité semblait lui être assurée; il devait tomber de trop haut pour ne point se briser.

Pris bêtement au filet par la lettre de Nicolas, il avait attendu longtemps, croyant à chaque instant le voir arriver; mais Nicolas n'avait point paru.

De Méria, lassé depuis longtemps, harcelé d'inquiétudes, trouvant qu'on le regardait beaucoup, car la perquisition venait d'avoir lieu, retourna chez lui vers deux heures du matin. Croyant Valérie couchée, il rentra dans sa chambre d'où, sans bruit de peur de l'éveiller, il passa dans son cabinet.

Le misérable eut la curiosité de vérifier ce qui lui restait de la dot de sa femme, dot que depuis le jour de son mariage, il avait été chargé de placer.

Quel fut son désappointement en trouvant le coffret vide. Il sonna son domestique.

— Pierre, dit-il, madame est-elle venue dans mon cabinet?

— Non monsieur.

— Mais qui donc est venu?

— Monsieur le vicomte d'Espailhac, de la part de monsieur, pour chercher madame.

De Méria tomba dans son fauteuil.

— Madame n'est pas là? s'écria-t-il.

— Non, monsieur, sitôt que monsieur d'Espailhac est arrivé il a parlé à madame. Et pendant qu'elle s'habillait il a attendu ici; ils sont ensuite partis en toute hâte, monsieur le vicomte avait fait atteler la voiture.

— A quelle heure sont ils partis?

— Vers neuf ou dix heures !

— De quel côté sont ils allés?

— Je l'ignore, M. le vicomte a voulu conduire lui-même.

— C'est bien, dit de Méria, laissez-moi.

Pierre, qui s'éloignait, retourna sur ses pas.

— J'oubliais, dit-il, il y a une lettre pour monsieur

Cette lettre, au timbre administratif, était une assignation comme témoin dans l'affaire mystérieuse de Rose Mixlin.

De Méria s'enferma dans son cabinet, et, comme une bête enragée, se mit à mordre le bureau, les papiers, les livres ; il écumait.

Parfois, il devenait calme et réfléchissait, l'épouvante était peinte sur son visage.

— Il faut en finir, murmurait-il.

— Il avait pris un revolver et l'ayant longtemps considéré, il l'appuya sur sa tempe; mais le cœur lui tourna. Lâchement il jeta l'arme.

— Non, dit-il, je ne peux pas me tuer, on me fera peut-être grâce, peut-être qu'on n'aura rien trouvé.

Parvenu à ce point de lâcheté, il regarda dans sa vie et la trouva si horrible qu'il eut horreur de lui-même! Il pleura comme un enfant; puis, après avoir éprouvé une honte infinie qui l'écrasait à terre, il songeait à sa femme qui venait de s'enfuir avec Nicolas et recommençait à se tordre de fureur.

Trois fois il prit le revolver, et trois fois le même sentiment de honteuse lâcheté le lui fit repousser.

Il voulait vivre, vivre n'importe où, pourvu qu'il vécût.

Qu'allait-on lui demander au sujet de Rose Mixlin? C'était cette enfant-là qui lui faisait le plus peur ! il la revoyait sur son lit d'agonie, poursuivant ses assassins de son regard fixe, il l'entendait dire :

— Je ne peux pas mourir !

Il sentait le cou de l'enfant, qu'il avait serré jusqu'à faire rompre le ruban ; il revoyait le bosquet où il avait creusé la fosse dans la terre gelée, il entendait le soupir qui l'avait tant troublé, et la voix sinistre du chat dans les branches.

Les fantômes se pressaient, conduits par la petite Rose avec sa morsure à la joue qui saignait, et cette morsure lui suçait le sang.

Il finit par se tordre comme un ver sur le parquet.

Cette nuit fut la dernière où de Méria eut encore quelques heures de raison.

Le matin il était complètement fou ; il ne vit ni rentrer Valérie mourante, ni arriver Mme Rousserand prévenue par une dépêche ; de Méria fut emporté dans une maison de santé.

Amélie, vivement remerciée par Mme Rousserand, s'établit avec elle au chevet de Valérie.

La malheureuse éprouvait une sorte de suffocation en se voyant postée comme toute autre personne.

Mme Rousserand, craignant que la publicité de cette malheureuse affaire n'accablât sa fille, obtint qu'on arrêtât l'instruction commencée ; le coupable étant en fuite, et surtout appartenant à la police, elle put y parvenir.

Quel effondrement dans cette maison !

C'est que chaque acte bon ou mauvais est le grain qui rapporte une gerbe.

LXXXIII

CHEZ DAVYS-ROTH

Davys-Roth reçut deux visites le jour où l'article disculpant Helmina parut dans les feuilles pieuses ; l'un des visiteurs avait été mandé par lui. L'autre, qu'il n'attendait pas, osait presque lui intimer un ordre.

Le visiteur mandé entra, courbant l'échine d'autant plus bas que, dans les songes triomphants des jours qui venaient de s'écouler, il avait complètement oublié notre sainte mère l'Église. Davys-Roth s'était chargé de le lui rappeler.

— Vous avez, monsieur, une étrange façon d'agir, dit le père dominant le policier de sa haute taille et de son autorité.

— J'ignore, monsieur, en quoi j'ai mérité ce reproche, dit M. X... qui avait déjà compris.

— Comment avez-vous été assez maladroit pour fomenter les scandales qui ont eu lieu ces jours-ci ?

— Hélas ! J'ai eu la main forcée.

— Ce n'est pas, reprit le père, que je veuille entraver le cours de la justice ; non, au contraire ; ce n'est pas non plus que je prenne fait et cause pour le comte de Méria ou Mme Helmina, qui sont complètement étrangers aux œuvres générales de l'Église. La maison qu'ils dirigeaient était une œuvre de charité particulière sur laquelle nous n'avions pas de droits ; mais celui qui aide à blasphémer le nom du Très-Haut est toujours coupable.

— Mais, monsieur, répéta M. X..., j'ai déjà eu l'honneur de vous dire que j'ai eu la main forcée.

— C'est la conscience que vous devez avoir forcée, quand il s'agit de l'Église. Rappelez-vous, monsieur, qu'il n'est ici-bas qu'une seule puissance réelle : c'est celle qui représente Dieu sur la terre et à laquelle vous avez failli. Si vous vous déclarez son ennemi, elle saura comment agir envers vous.

Le cadavre était informe, car une partie des chairs y tenaient encore. (Page 685.)

M. X... en revenait à sa première impression : il trouvait sa position mauvaise. Tout n'est pas roses heureusement dans le métier de policier.

— Que vouliez-vous, monsieur, que je fisse? demanda-t-il humblement.

— Vous arranger comme vous voudrez pour ne pas mêler de scandales aux affaires que vous avez entre les mains; commencer toujours, à chaque affaire n'importe laquelle, entendez-vous, pas plus celle-là que d'autres, mais tout autant, par retirer ce qui peut donner raison à l'incrédulité. Au temps où l'Église était triomphante, elle pouvait précipiter ses blasphémateurs dans les flammes expiatrices de l'autodafé; aujourd'hui elle est obligée d'agir dans l'ombre avec prudence.

Davys-Roth dit ces paroles avec une grandeur sauvage. Le feu de ses regards profondément enfoncés sous les arcades sourcillières terrifia M. X..., dont la nature était surtout pusillanime. Il prit congé de lui presque en rampant. Davys-Roth était effrayant. M. X... était vil. L'un tenait du druide, l'autre du valet.

Le second visiteur entra.

C'était le médecin aliéniste.

— Monsieur, dit le vieillard (un peu clérical comme nous le savons), j'ai voulu, avant de faire ma déposition à la justice, la faire entre vos mains; j'aurais voulu épargner la malheureuse qui dirigeait cette maison maudite; je l'eusse fait sans sa fuite qui expose d'autres victimes.

Il raconta alors à Davys-Roth ce qui s'était passé à la maison de convalescence; la fuite de Claire, son arrestation.

— Qui vous fait croire ces choses?

— Je ne puis dire comment elles m'ont été racontées, j'en suis sûr.

— Moi, dit Davys-Roth, vous me permettrez de douter; il nous faut, à nous, pour prononcer, non seulement les preuves, mais la source des preuves.

Le vieillard voyait le parti pris de Davys-Roth.

— On aura la source, dit-il.

— Peu m'importe, je connais à peine Mᵐᵉ Helmima, mais quand le grain du scandale, à force de rouler dans la boue, devient un boulet, on le jette à la tête de l'Église, c'est ce qui va arriver.

« C'est ce que je ne veux pas. Peu vous importe, à vous, gens de science, cette consolatrice du pauvre, cette mère des orphelins, l'Église; moi je la défends par tous les moyens, entendez-vous?

— Je vous comprends, monsieur, mais pas plus que vous je ne laisserai une vipère en liberté, je ne laisserai cette femme recommencer dans n'importe quel coin du monde ce qu'elle a fait ici. Elle et ses complices seront démasqués.

— C'est votre dernier mot?

— C'est mon dernier mot!

— Vous allez réveiller cette triste histoire, assoupie, et qui, pour le vulgaire, met Dieu en cause.

— Je vais, monsieur, préserver les enfants du *vulgaire* du vampire qui les guette.

Le vieux levain du cléricalisme, si longtemps mêlé pour le docteur au pain de la science, s'émiettait pas mal en ce moment.

Ils se séparèrent froidement.

Les crimes de la maison de convalescence allaient-être mis à jour!

Mais une influence diabolique semblait protéger Helmina et ses complices. Le médecin tomba en paralysie, sitôt après avoir pris son chocolat.

Après une journée d'agonie, il mourut dans la nuit. Ce n'était point extraordinaire pour un vieillard de quatre-vingts ans qu'une attaque de ce genre; seulement elle était opportune.

Davys-Roth en sut immédiatement la nouvelle par le domestique du docteur, ce même individu, autrefois au service de Rousserand ; mais surtout à celui des mystérieuses volontés du Seigneur.

Il n'y avait plus lieu de faire du scandale puisque tous ceux qui auraient pu être accusés dans l'affaire de la maison de convalescence étaient dispersés : de Méria fou; Mme Helmina et Nicolas disparus. Les enfants ne se souvenaient de rien.

Le jeune substitut en fut pour son zèle, M. X... pour les espérances qu'il fondait sur ses découvertes ; c'était peut-être bien heureux pour lui, car il touchait de près à ceux dont il avait voulu se séparer.

Philippe, que le médecin avait réclamé et qui lui avait raconté l'histoire dans ses horribles détails, apprit le lendemain matin, à l'atelier où il était apprenti avec ses deux frères, la mort subite du vieillard. C'était le seul être qui lui eût tendu la main depuis qu'il était orphelin, à part la marchande de mouron, qui avait plusieurs fois, pendant son absence, préservé ses jeunes frères d'arrestation pour vagabondage, en déclarant qu'ils vendaient avec elle.

Ces deux vieillards, placés à une si grande distance l'un de l'autre, essayaient comme ils pouvaient de mettre quelques petits coins lumineux, dans la grande ombre qui ne peut être que remplacée par le jour immense.

LXXXIV

LA ROUTE DE LA FORTUNE

La voiture de paysan attelée d'un fort cheval que nous connaissons, conduisait vers Dieppe le carrier Claude Plumet qu'une explosion avait défiguré, et son fils Firmin, le petit vieux aux cheveux roux, transformé en un petit vieux aux cheveux noirs.

L'enfant sait qu'il a l'air d'un nain et il en est très fier.

La route, à cet endroit, longe le chemin de fer; le père et le fils d'occasion, tout en laissant souffler le cheval, regardent filer les wagons pleins de voyageurs.

Tout à coup le petit s'écrie :

— Maman ! je viens de voir maman !

— Veux-tu te taire, imbécile!

La voix de Claude Plumet expira dans sa gorge. Il venait d'apercevoir la tête de Nicolas.

Voici comment ces deux personnages se trouvaient, dans le train correspondant au bateau.

Le policier étant descendu de son arbre pendant la nuit, avait parcouru une partie du bois sans autre accident que la rencontre d'un paysan attardé.

Le paysan était vêtu d'une grosse veste de laine et d'un pantalon de même étoffe. Nicolas le voyait des pieds à la tête à la lueur de la lanterne qu'il mit sous le nez de l'échappé de la chasse.

Celui-ci, de son côté, l'avait vu venir de loin ; sûr qu'il n'avait affaire qu'à un seul homme, il marcha résolument, au-devant du paysan et le prit au collet. Nicolas était d'une force prodigieuse.

L'homme surpris laissa tomber sa lanterne.

— Silence, dit Nicolas, je suis armé ! Si vous me donnez immédiatement vos vêtements, vous aurez en échange les miens qui sont beaux et neufs, à part quelques acrocs, et de plus quatre-vingts francs. Si vous refusez je vous étrangle.

— Ah ! c'est vous qui êtes l'homme de ce matin ? dit le paysan.

Le pauvre diable, à l'inverse des chasseurs de la matinée, ne désirait pas du tout rencontrer celui qu'on avait poursuivi, et c'était sur lui que tombait la chance.

— Oui, dit Nicolas, c'est moi qui suis l'homme de ce matin. M'as-tu entendu ? obéis-tu ?

— Il le faut bien, répondit le paysan, et il se mit en devoir de se déshabiller, espérant s'enfuir aussitôt qu'il aurait les quatre-vingts francs, encore assez à temps pour faire prendre l'homme.

Mais il avait affaire à forte partie. Nicolas mit comme une griffe de bête fauve sa main sur l'épaule du paysan.

Tandis que celui-ci se déshabillait, le policier se demandait comment il allait faire pour l'amarrer quelque part jusqu'à ce qu'il ait eu le temps de prendre de l'avance.

Une idée lui vint : le paysan avait un mouchoir de poche tout neuf, fort grand, comme on les porte à la campagne, et une cravate de coton également grande et forte. — Nicolas trouva moyen de les nouer de biais, angle à angle.

La corde était trouvée ! le paysan, toujours espérant fuir et sentant toujours sur son épaule la lourde main de Nicolas, achevait de se déshabiller.

— Maintenant, dit le policier lui prenant tout à coup les deux poignets, quand vous vous serez revêtu de mes habits, et détaché, vous irez prévenir les gendarmes !

Tenant d'une seule main les deux mains du paysan vaincu, de l'autre il attira à lui une branche flexible, l'y attacha solidement par les deux poignets et laissa aller la branche.

Le pauvre homme avait ainsi les bras levés, de façon à être longtemps avant de se détacher, s'il était très habile, et à attendre qu'on le détachât s'il ne l'était pas.

Mettant par terre ses vêtements et y joignant *honnêtement* les quatre-vingts francs, Nicolas revêtit ceux du paysan et, chargé de la petite sacoche de cuir qu'il n'abandonnait pas dans les plus terribles perplexités, il s'éloigna rapidement, suivant cette fois la route la plus large.

C'est ainsi qu'il arriva à une gare au moment où l'on criait :

— Les voyageurs pour Dieppe changent de wagon !

Quel fut l'étonnement de Nicolas en reconnaissant parmi les voyageurs Mme Helmina, comme lui sans bagages, avec une petite valise.

Il sauta dans un wagon de Dieppe, quoique son billet portât Bruxelles.

— Un paysan peut bien se tromper, pensait-il, n'ayant pas la coutume de voyager.

Aussi, eut-il un air tout à fait naturel en racontant à un employé que l'ami qui était allé prendre son billet s'était trompé et qu'il allait à Dieppe au lieu d'aller à Bruxelles.

L'employé se chargea d'arranger l'affaire, et donnant à Nicolas une foule de détails afin qu'il ne lui arrivât plus semblable accident, il s'éloigna en disant :

— Ces paysans ! ils sont stupides, ma parole !

Voilà par quels événements Claude Plumet voyait Nicolas, malgré son déguisement, dans le train où Firmin voyait sa mère.

Claude eut une joie vengeresse : si Nicolas partait déguisé c'est qu'il était poursuivi ; quelque jour, lui aussi apporterait sa pierre pour la jeter à celui qui avait voulu l'assassiner.

En attendant, il fallait qu'il prît bien des précautions pour ne pas être reconnu ; c'était la fatalité de Nicolas qui avait fait cette rencontre, car s'il allait à Dieppe c'était pour passer en Angleterre ou lui, Sansblair, allait aussi.

— Allons, môme, dit-il au petit qui pleurait, tu ne vas pas *rendôler* (crier) comme ça après ta *pronière* (mère) ; tu serais cause qu'on nous *cueillerait* (arrête-rait) ; si tu veux la voir, ta pronière, il faut que tu sois mieux *calé* qu'aujourd'hui. Tel que tu es, elle ne voudrait pas de toi pour porter son *goguenot* (vase).

— Quand est-ce que je serai mieux calé ? demandait l'enfant se croyant déjà à ce moment-là.

— Ça dépend de ta docilité. Mais si tu continues *à chiauler* (pleurer) ainsi, mauvais gamin, je te jette sous les wagons.

Le petit regarda Claude Plumet avec un air crédule qui lui plut.

— Est-ce que tu serais bien aise de revoir M. Nicolas ?

— Non, il me battrait parce que je ne suis pas retourné chez lui ; pourtant il disait toujours que j'irais loin.

— Imbécile ! est-ce qu'il ne t'oubliait pas toujours après s'être servi de toi ?

— C'est vrai, dit le petit.

— Autre chose, dit Claude Plumet, attention, mon brave, à ce qui va se passer. Tu vois ce gros bourg, là-bas ? Eh bien ! là je ne m'appelle pas Claude Plumet ; je m'appelle Paul Gélabert. J'ai été défiguré en faisant sauter une pou-drière du temps des Prussiens.

— Ah ! bravo, dit l'enfant ; ça m'amuse d'entendre *bonnir* de ce temps-là ! Ça me fera comme si j'y avais été.

— C'est cela même !

— Mais moi, qui que je suis ?

— Toi, tu es mon fils, et tu te nommes Victor.

— Quel bonheur ! dit le petit ; dans le temps je changeais de père comme ça ; mais pourtant, *c'est* pas tout à fait la même chose puisque ce sera le même père avec un autre nom.

Claude Plumet le laissa philosopher tout à son aise ; il avait trouvé chez Trompe-l'œil, dont c'était la spécialité, assez de faux passe-ports pour changer de personnage plusieurs fois. C'était, pensait-il, un bon moyen pour dépister les recherches.

Dès les premières maisons du bourg, le nouveau Gélabert chercha un cabaret tel qu'on les voit dans les campagnes, annoncé par un bouquet de genièvre au-dessus de la porte. Il y entra et demanda à loger.

— Nous ne logeons pas, monsieur, dit la cabaretière ; mais il y a ici l'hôtel du Cheval couronné, où on loge à pied et à cheval.

Le visage du voyageur ne prévenait pas en sa faveur, la femme avait peur ; mais ayant des raisons pour craindre les hôtels, Plumet reprit d'une voix sentimentale :

— C'est malheureux, car un pauvre diable comme moi, défiguré par l'explosion d'une poudrière, n'aime pas à se trouver au milieu du monde ; on n'aime pas à paraître hideux.

La voix de Sansblair était douce, la femme se rassura.

— Comment cette catastrophe vous est-elle arrivée ? dit-elle avec comisération.

— Hélas ! madame, c'est pendant la guerre de Prusse.

La paysanne tressaillit, son mari y avait été tué. Le boniment de Plumet eut là un plein succès ; il eut même le talent de s'emparer des renseignements échappés à la veuve pour lui persuader qu'il avait connu son mari.

Le petit regardait son père d'occasion avec admiration ; il en venait à le croire.

La cabaretière en vint à vouloir que Sansblair logeât chez elle ; il y avait une chambre dans le haut, le cheval fut mis dans la grange.

Quelques buveurs entrant au cabaret, Plumet leur raconta les épisodes les plus fantastiques, dont il était nécessairement le héros.

Un gendarme s'assit à une des tables ; le petit prenant une piteuse mine, un coup d'œil sévère de Plumet lui fit, comme il disait, *changer de tête*.

— Vous avez des papiers ? demanda le gendarme.

— Sans doute, dit Plumet en tirant un passe-port fort en règle au nom de Paul Gélabert, ancien sergent.

Le gendarme réfléchissait, ce qui parut de mauvais augure à Sansblair ; il fut agréablement surpris en lui entendant dire :

— Paul Gélabert ! mais, attendez donc, c'était au 60e de ligne.

— En effet, dit Plumet.

— Je crois bien avoir entendu ce nom-là ; moi aussi j'ai fait la guerre de Prusse.

— Il me semble, continua Plumet, que votre visage ne m'est pas inconnu ; mais moi je suis tellement défiguré que vous ne pouvez pas me reconnaître.

— Comment avez-vous eu cet accident ?

— Que voulez-vous, quand on ne veut pas se rendre ! Nous avons fait sauter une poudrière ; c'est moi qui ai mis la mèche, et quand l'explosion a eu lieu, je n'étais pas encore assez éloigné, j'avais mal calculé.

Le gendarme réfléchissait encore.

— Où donc, cette poudrière? dit-il.

— Hélas! monsieur, ma mémoire ne m'est plus fidèle; il suffit que je cherche un nom, pour ne pas le trouver, je revois tout cela en bloc, sans me souvenir; il y a déjà tant d'ombre là-dessus!

— C'est vrai, dit le gendarme, moi aussi ça me passe dans la tête comme un rêve, au son du canon.

Le gendarme voulut payer à boire à l'ancien sergent; c'est à vous, cet enfant là? dit-il.

— Oui! c'est tout ce que je possède au monde, sa mère est morte.

— C'est drôle! il me semble que le Gélabert du 60e de ligne n'était pas marié.

— C'est que vous confondez avec un autre.

— Cela se peut, dit le gendarme; mais est-il gentil ce petit! il a tout à fait vos yeux, le reste, on ne peut pas voir.

— Je suis si horrible! je n'ai plus de traits.

— Je sais quelqu'un de bien plus horrible! il tira une photographie de sa poche et la montra à Plumet — c'est un bandit qui s'est évadé, un fameux! toute la gendarmerie est à ses trousses.

— Comment le nommez-vous?

— Gabriel, dit Sansblair; il a assassiné un brave homme de tanneur, qui faisait beaucoup de bien. Il attendait pour cela la sortie de prison, d'un autre bandit, le fils d'un communard, Auguste Brodard. Son compte est bon à celui-là. On a découvert qu'il était le chef d'une bande; il communiquait avec un tas de bandits même étant en prison; jugez s'il avait été dehors!

Plus le gendarme trinquait, plus il devenait communicatif.

— Où allez-vous, mon brave? dit-il.

J'ai encore quelques parents, tant à Dieppe qu'au Havre, je veux voir s'il me sera possible de les retrouver.

— Comme ça se trouve! je vais à Dieppe, dit le gendarme, on croit que le scélérat en question pourrait bien essayer de s'embarquer; tous les ports de mer sont surveillés, toutes les gares de chemin de fer, il est guetté partout!

— C'est bien vu! dit Sansblair.

— Vous repartez de suite? dit le gendarme.

— Non, mon cheval est fatigué; je partirai demain.

— Alors si vous voulez, nous ferons route ensemble.

— Sans doute, dit Plumet. Vous aurez plus de chance de rencontrer votre malfaiteur en suivant une route qu'en prenant le chemin de fer, au besoin je vous aiderai.

Quelques heures après, Plumet en savait assez sur le gendarme pour lui faire croire à l'aide de tout ce qui lui échappait, qu'ils avaient connu bon nombre des mêmes personnes.

Il se passa cette chose phénoménale, que ce fut avec un gendarme dans sa voiture, que Plumet, autrement dit Sansblair, arriva à Dieppe.

Laissant son cheval et sa voiture à l'auberge, il s'enquit de l'heure du bateau et son passage payé, s'y rendit sous le nom de François Menu, ouvrier mécanicien, partant avec son fils ; il s'endormit dans l'endroit le moins en vue du pont, l'enfant appuyé sur son visage de manière à le cacher.

Le gendarme alla voir plusieurs fois à l'auberge sans retrouver son nouvel ami ; enfin, ne le voyant pas revenir, il en conclut qu'il lui était arrivé malheur, fit mettre en consignation le cheval et la voiture, et, sur ses indications, les journaux racontèrent la lamentable histoire du sergent Gélabert, disparu avec son fils ; on chercha longtemps les assassins.

Le gendarme demanda qu'il fût ajouté à la note relative à Gélabert quelques lignes à l'intention des parents dont ce malheureux avait parlé, afin qu'ils pussent connaître son malheureux sort.

LXXXV

AUGUSTE BRODARD CHEF DE BANDE

Désormais tout pesait sur Auguste Brodard, mais son énergie se développait de plus en plus ; il était à la hauteur de son malheur et ne perdait pas l'espoir de le conjurer.

Auguste était au secret le plus absolu, chaque fois que la marchande de mouron était venue solliciter la permission de lui parler ou au moins de lui faire passer quelques provisions, on lui avait invariablement répondu que cela était impossible vu les graves présomptions qui existaient contre lui.

Quant à Lesorne, il n'était pas retourné chez Mme Grégoire depuis sa mise en liberté ; la mort de Trompe-l'œil, l'un de ses anciens complices, l'avait un instant effrayé, la découverte de tous ses crimes passés ne tenait qu'à un fil, ce fil était entre les mains de Sansblair qui, soit en prison, soit au dehors, était également à craindre.

Le seul moyen qu'eût Lesorne d'être en sécurité était la police des réunions qu'il avait craint d'abord ; il fallait qu'il entrât tout à fait dans la peau de Brodard ; malgré le peu de confiance qui lui avait été accordée chez Mme Grégoire et ce qui pouvait lui arriver dans les endroits où il était exposé à rencontrer des amnistiés.

Lesorne étant bien mort aux yeux de tout le monde, il fallait que la personnalité de Brodard ne soulevât aucun doute.

C'est pourquoi, voulant se débarrasser de toute crainte au sujet d'Auguste, il écrivit cette seconde lettre :

« Monsieur le préfet de police,

« Je ne souhaite pas que l'événement justifie mes prévisions, mais je suis assuré que l'élargissement d'Auguste Brodard serait le signal de nouveaux crimes ; plus tard je vous préciserai les choses d'une façon indéniable, je ne puis, en attendant, que vous prévenir. Veillez ! veillez bien ! »

Douze à quinze jeunes gens, s'étaient rendus maîtres de la voiture cellulaire.

— La liste des crimes qui se commettent chaque jour à Paris est assez chargée, pensait Lesorne, pour que le hasard m'en fournisse que je pourrai mettre sur le compte de ce communard ; au besoin, on pourrait aider à l'occasion.

Jean-Étienne remarquait l'assombrissement de Lesorne.

— Eh ! camarade, disait-il, est-ce que tu regrettes la *menestre* (soupe) de Toulon ?

— Non, répondait Lesorne.

Et, d'un air théâtral, il ajoutait :

— Je regrette mes enfants.

— Imbécile! Tu es encore comme Lesorne, lui, autrefois si *désargoté* (habile), il était devenu mou comme chiffe; il passait son temps à promener son *grumeau de vol-au-vent* au lieu de faire *les ouvrages d'ocas* (crimes d'occasion) qu'il rencontrait.

Lesorne voulut soutenir son personnage.

— Je ne commets pas de crimes, dit-il.

— Ah! dit Jean-Étienne.

— Comment, ah!

— Mais, sans doute; est-ce que ceux que tu vas faire arrêter par tes rapports ne diront pas qu'on en a commis des crimes, en les dénonçant, et encore que ça ne rapporte pas. Moi, ça me sert comme qui dirait d'enseigne pour la préfecture, mais je travaille dans *l'occasion*.

C'était bien aussi l'avis de Lesorne.

— Si tu veux, continua Jean-Étienne, je te guiderai.

Il ne se doutait guère qu'il parlait à plus forte partie que lui-même.

Ayant fait assez de simagrées pour que Jean-Étienne crût à de l'indignation, puis à de l'hésitation, Lesorne dit :

— Je réfléchirai.

— Remarque bien, dit Jean-Étienne que nous risquons notre vie, ce n'est donc pas si lâche que tu dis, et puis il peut arriver qu'étant pincé on n'en ait pas pour trop longtemps; regarde donc celui qui changeait les lingots d'or de la maison Rothschild en barres de bronze, il a détourné un million. Eh bien! la cour de Bordeaux l'a condamné à six ans de réclusion; c'est pour rien.

— En effet, dit Lesorne, qui n'ignorait ni cette affaire-là ni bien d'autres; mais aussi, il était directeur de la Monnaie et nous ne le sommes pas.

— Ça peut venir!

Lesorne eut un rire nerveux.

— Et puis, ajouta Jean-Étienne, regarde donc combien ne sont pas pincés; il n'y a que les imbéciles qu'on fourre dedans ou au moins qu'on refourre.

« Est-ce qu'on a découvert ceux qui ont tué Lecercle à Saint-Mandé, et ceux d'Argenteuil, et ceux de Meudon, et celui du passage Saulnier qui a tué Marie Fellerath? »

Lesorne ne lui croyait pas tant de profondeur.

— Est-ce que j'aurais mis la main sur un associé sérieux? se disait-il.

Mais il pensa sauter à la gorge de Jean-Étienne, quand celui-ci ajouta en guise de conclusion :

— Malheureusement, tu as toujours été un pante.

Il existe, parmi les êtres, un groupement naturel qui se fait d'après les affinités de chacun. Lesorne et Jean-Étienne commençaient un groupement; groupement définitif, mais surtout offensif. Tous deux se sentirent plus forts, ayant commencé dans leur ombre une de ces innombrables ligues de bêtes humaines à l'affût, qui remplissent le monde.

Le groupement multiplie les forces; il semble que le cœur bat dans d'autres poitrines comme dans la vôtre, que l'intelligence monte ; cela arrive pour le mal comme pour le bien.

Jean-Étienne et Lesorne, ces deux organisations de vautours, rêvaient déjà qu'ils tenaient, dans leurs serres, des millions à enrichir un peuple.

Cette avidité fantastique, complètement égoïste chez Jean-Étienne, se doublait pour Lesorne des ruses exigées par sa sécurité ; il en vint à machiner une épouvantable trame, dont le but était de se débarrasser complètement d'Auguste Brodard.

Il avait remarqué dans une des brasseries, dont nous avons parlé au commencement de ce récit, une bande de gamins de seize à vingt et un ans, enfants abandonnés ou élevés dans les maisons de correction, vivant, non pas au jour, mais à l'heure, à l'aide d'expédients variés, et qui n'étaient pas de la première délicatesse ; cette association non politique était opportune pour deux raisons, c'est pourquoi on la laissait subsister. La première de ces raisons était qu'on parlait beaucoup de misère, que les travailleurs ne trouvaient pas d'ouvrage, et que, par conséquent, on ne tenait pas à mettre sur le pavé une vingtaine de *gueulards* de plus. Ces enfants vivaient d'industries étranges, tant pis, ils se taisaient.

On aurait pu les mettre au dépôt ou ailleurs, mais leur utilité en liberté était incontestable : cela servait de souricière d'autant plus appréciée que les gamins étaient loin de s'en douter.

Lesorne trouva moyen de raconter à Jean-Étienne, à une table voisine de la leur à la brasserie, les prouesses de son fils.

L'autre, qui n'était pas de la confidence, donnait la réplique le mieux du monde ; les gamins ouvraient les oreilles, tout en poursuivant leur conversation.

— Eh ! Chiffard, passe-moi le baluchon.

— Pourquoi faire?

— Faut que je m'astique, j'ai un rendez-vous.

Chiffard avait seize ans, l'air d'une asperge montée, un costume usé jusqu'après la corde.

— Avec qui que t'as un rendez-vous?

— Eh bien! avec une *menesse* (fille jeune). Si j'avais seulement une *menée de ronds* (douzaine de sous) pour lui offrir un bouquet.

— Plus que ça de luxe! un *fleurant* (bouquet) à madame!

— Dame! je ne peux pas lui offrir des *pavés* (diamants)!

— Ça fait le *don Carlos!* payer les filles.

— Tiens, la voilà la menée de ronds!

Et tous, se fouillant, quelques-uns retirèrent un ou deux sous qu'ils jetèrent sur la table.

— Amène-la, ta *menesse*, qu'elle voie les frangins!

— Non, je suis jaloux!

— Pante! puisqu'elle *monte la garde de nuit*, c'est pas la peine que tu sois jaloux.

— Ceux-là, c'est pas des *copains!*

— Dire que mon Auguste est de cet âge, disait Lesorne à Jean-Étienne.

— Ça te remue le cœur, hein ! vieux pante !

. — Oui, je voudrais le voir là avec les autres ; c'en est un qui ne boude pas au *vermois* (au sang), à seize ans il a assommé son patron d'un seul coup d'étire, mais voilà, le patron n'était pas refroidi, il ne l'a été qu'à la sortie de prison d'Auguste.

— A quoi bon que tu bonnis ça, dit Jean-Étienne ; est-ce que tu es *pion* (ivre) ? Lesorne continuait sans paraître comprendre.

— Non, ça me tire le cœur ces *gosselins* (jeunes garçons).

Le plus âgé de la bande s'approcha de Lesorne. C'était la première fois qu'ils entendaient un père souhaiter à son fils d'être de leur société ; cela leur eût fait l'effet d'une *blague* sans l'air attendri du bandit ; mais, d'un autre côté, la persistance du jeune homme à frapper son patron leur faisait l'effet d'une vengeance ; ils voulaient s'en assurer.

— Monsieur, dit le jeune homme, mes camarades et moi nous vous remercions de nous comparer à votre fils, puisque c'est un garçon chic !

Lesorne paraissait flatté !

Le jeune homme continua :

— Qu'est-ce donc qu'il lui avait fait son patron ?

— Il avait trompé sa sœur, dit Lesorne avec dignité.

Les autres gamins s'étaient rapprochés.

— Bravo ! crièrent-ils tous en chœur ! c'est un bon frangin !

— Vive Auguste Brodard ! dites-lui qu'on le fait notre président d'honneur.

— Merci, mes amis, dit Lesorne !

Ils levèrent leurs verres avec enthousiasme.

Jean-Étienne cherchait à entraîner son compagnon.

— Allons, allons, tu es *paf* (ivre). Viens.

Lesorne se laissa emmener ; le coup était fait.

— Nous n'allons plus *fader ensemble*, vieux, si tu te compromets comme ça ! fichtre ! que ça de luxe ! monsieur s'en donne du père sensible.

Lesorne semblait repentant comme si le grand air lui eût fait retrouver sa liberté d'esprit.

Ils allèrent jusqu'à l'hôtel de la rue Sainte-Marguerite, Jean-Étienne moralisant et soutenant Lesorne, qui se taisait et trébuchait à chaque pas.

— En voilà un qui est poivre, dit en passant un gamin aux vêtements éplorés et au visage réjoui, qui chiffonnait en compagnie d'un vieux décharné.

— C'est peut-être pour oublier, dit le vieux !

— Br...ou ! les deux sales *orphies de sorgue* (oiseaux de nuit), dit le petit.

Le lendemain, on lisait dans certaines feuilles :

« Un fait scandaleux s'est passé hier soir à la brasserie Der Teufel. Une bande de jeunes rôdeurs de barrière, après avoir largement festoyé en l'honneur du libéré Auguste Brodard (présentement en prévention pour un nouvel assassinat), ont acclamé bruyamment ce jeune bandit, leur chef, sous le nom de président d'honneur. Nous espérons qu'une prompte et ferme répression fera justice de ces futurs criminels. »

Sous l'impression de cet entrefilet, Auguste Brodard subit un premier interrogatoire.

— Comment se fait-il, dit le magistrat, que dès votre arrivée, oubliant vos devoirs, vous négligez de vous rendre à la préfecture pour aller souper avec des filles.

— Je ne vous comprends pas, monsieur, dit Auguste, je ne connais que des personnes honnêtes.

— Faites attention à vos paroles ; comment se fait-il que l'assassin Gabriel ait attendu votre arrivée pour frapper M. Rousserand que poursuivait votre vengeance ? Vous n'avez pas été plutôt en liberté que le crime a été commis.

— J'ignore complètement, monsieur, de quelle manière fut tué Rousserand ; mais il m'est impossible de partager la douleur de ses amis.

— Vous devriez avouer, jeune homme, et ne point affecter cette allure arrogante que vous n'aviez point à votre premier procès.

« Je vous le dis dans votre intérêt. »

Le fait est qu'Auguste Brodard était bien changé depuis ce temps-là.

— Monsieur, dit-il, je ne puis rien avouer puisque je suis innocent.

Ce court interrogatoire fut le premier et le dernier avant le procès.

Gabriel, dit Sansblair, le principal coupable, étant en fuite, on se décida à juger son complice.

Auguste voyait, depuis quelques jours, le gardien qui lui apportait sa nourriture, le regarder d'un air étrange ; il lui semblait, de son côté, avoir vu cet homme quelque part, cette tête énorme sur un corps grêle lui rappelait des souvenirs ; pour sûr, il l'avait vu quelque part.

Il n'eut plus de doute en l'entendant murmurer, d'une voix si basse qu'elle s'éteignait comme un murmure :

Un forçat libéré du bagne,
S'en allait seul, marchant toujours ;
C'est ainsi qu'il fit en deux jours
Le long chemin de la montagne.

— Le Villon de Clairvaux ! s'écria Auguste.

— Oui, dit l'homme à tête de phalène ; j'ai été gracié ; mais je suis sans état, sans ressources. Je ne sais plus travailler à rien, et puis, l'ombre des prisons me va ; on dirait déjà être mort. J'ai sollicité pour garder les prisonniers.

« J'aimerais mieux leur donner la clef des champs, ajouta-t-il mélancoliquement, en inscrivant sur un carnet crasseux la rime qu'il cherchait depuis le matin ; oui, c'est moi ! Je ne veux pas traîner dans les rues ; il y fait trop froid. Suis-je assez dégradé ! dit-il.

— Pauvre Villon ! dit Auguste.

Le lendemain ils eurent une plus longue conversation. Le Villon raconta à Auguste toutes les charges qui pesaient sur lui :

— Le jugement est fait d'avance, mon vieux ; on n'ôtera de la tête de personne que Sansblair sera condamné par contumace à la peine de mort, et toi, tu te verras bel et bien condamner aux travaux forcés à perpétuité.

— Cela ne sera pas, dit Auguste ; je veux aller à la recherche de mes sœurs et de mon père.

— Ton père ! mais il parlait de toi ce matin à l'un des messieurs de l'administration. Je l'ai entendu qui disait : Mon pauvre Auguste ! il n'aura pas pu oublier que ce Rousserand a perdu sa sœur.

Auguste eut un mouvement de colère.

— Il faut que je sorte d'ici ! dit-il.

— De Mazas ! Y songes-tu ?

— Oui, de Mazas ; je sais bien que ça ne s'est jamais vu, mais c'est égal.

— Nous y penserons, dit le Villon.

Ils ne se dirent plus rien pendant une quinzaine de jours.

Le rôle du procès était fixé.

— Tu ne sais pas, dit un soir le Villon à Auguste ; j'ai ton affaire.

— Comment.

— Tu sais, je n'ai l'air de rien, mais j'ai tout de même mes idées, histoire d'être artiste. Je ménage des effets superbes quelquefois.

— Qu'est-ce que c'est ?

— Voilà : il y a une bande de gosselins qui se sont montés le coup que c'est toi qui as refroidi le Rousserand à cause de ta frangine. Ils veulent te délivrer.

— Comment comptent-ils faire ?

— Quand on te transfèrera ils attaqueront la voiture cellulaire, parbleu ! Quel bel effet de nuit ! car c'est d'ordinaire la nuit ou au petit jour qu'on promène les prisonniers de ton importance.

Auguste ne dormit pas cette nuit-là. Il avait bien de la peine à rassembler ses idées, à les calmer ; il lui semblait qu'il devenait fou.

Le transfèrement eut en effet lieu de nuit : la ville entière paraissait dormir. Mais, gardée comme devait l'être la voiture, il semblait impossible à Auguste que quelques pauvres malheureux jeunes gens parvinssent à le délivrer. On allait du reste aboutir à des voies moins désertes, il n'y avait pas d'espérance.

Non loin de la gare de Lyon est un endroit sombre même de jour ; on dirait une suite de hangars. La voiture traversait cet endroit, dernière chance possible du voyage, quand soudain les chevaux s'arrêtèrent. Auguste entendit deux ou trois appels ; puis plus rien.

Alors on ouvrit son compartiment, et il vit, à son profond étonnement, que douze à quinze jeunes gens dont deux ou trois étaient armés, s'étaient rendus maîtres de la voiture dont ils avaient surpris et bâillonné les conducteurs ; ils leur avaient arraché les clefs, pour ouvrir à Auguste, et étaient présentement en train d'enfermer les trois agents dans les cellules. L'un de ces agents, celui qui se démenait le plus, mais qui au fond était le vrai meneur de l'affaire : le Villon de Clairvaux, passa une nuit délicieuse, dans le véhicule où les deux autres rageaient de si bon cœur.

On ne pouvait se rendre compte, du retard apporté par ceux qui amenaient l'accusé ; mais ce ne fut que vers huit heures du matin, que la voiture cellulaire, remisée par les jeunes gens sous les hangars dont nous avons parlé, fut découverte, et qu'on en tira les agents, deux au comble de la fureur, un, le Villon, qui avait ri toute la nuit à se fendre la bouche.

Il eût été plus simple, pour le dénonciateur anonyme, d'avertir d'avance le préfet de police de l'évasion projetée, que d'attendre au lendemain. Mais Lesorne avait des projets plus noirs encore. Pour lui, le jeune homme ne pouvait être complètement perdu qu'en le déshonorant ; sa troisième lettre était ainsi conçue :

« Monsieur le Préfet de police,

« Les principaux de la bande dirigée par Auguste Brodard ont résolu d'attaquer la voiture, cellulaire dans laquelle ce bandit doit être transféré.

« Ils le conduiront chez une nommée veuve Grégoire, marchande de mouron, où demeure la fille Clara Busoni, sa maîtresse. Ces deux femmes, de très mauvaise vie, sont affiliées à la bande, ainsi que deux peintres nommés Jehan Troussebane et Lapersonne, et un nègre qui est leur associé. Vous trouverez les chefs de la bande réunis chez la marchande de mouron si le projet d'évasion réussit. Un des agents, le nommé Sol, dit *le Villon*, est complice. Quant au père Brodard, quoique ce soit un honnête homme, vous ferez bien de le faire surveiller à cause de sa tendresse pour son fils. »

Ceci était une couleur ajoutée à son tableau pour le rendre plus nature et éloigner de lui les soupçons.

Les libérateurs d'Auguste n'avaient pas manqué, depuis la soirée de la brasserie, de communiquer leur projet au père d'Auguste Brodard. C'était donc Lesorne lui-même qui avait donné les adresses de Mme Grégoire et des peintres. Il connaissait la complicité du Villon par les confidences de Chiffard et des autres.

Une fois, Jean-Étienne avait surpris Lesorne, en conversation avec un des gavroches.

— On est père ou on ne l'est pas, avait dit Lesorne d'un ton de mélodrame.

Jean-Étienne l'exhortait à oublier des liens de famille, qui, dans leur position, sont un luxe inutile.

— Est-ce que tu vas t'exclafer comme ça, devant tous les gosselins en débine, sous prétexte qu'ils ressemblent à ton Auguste ?

Lesorne, s'étant arrangé de manière à ce que le préfet de police eût la lettre trop tard pour empêcher le coup, attendait dans sa chambre de la rue Sainte-Marguerite, le résultat de son infâme machination.

— Je suis malade, dit-il à Jean-Étienne en s'étendant dans son lit.

— C'est le mauvais sang que tu te fais avec ton Auguste, vieux pante, dit Jean-Étienne.

LXXXVI

LE SIÈGE D'UNE MAISON

Lesorne, sûr de son affaire, se voyait délivré de tous ses ennemis.

— Décidément, se disait-il, la police est une belle institution.

D'après les instructions de Lesorne, Auguste Brodard, avant que personne soupçonnât son évasion, arrivait en compagnie de Chiffard chez la marchande de mouron ; le reste de la troupe s'était dispersé.

Arrivé au pied de l'escalier, cet aîné de la bande d'enfants perdus, lui dit :

— Tu comprends que je ne monte pas, et je ne te conseille pas de rester longtemps là non plus ; il faut songer à ne pas trop prendre l'air ces jours-ci.

Auguste serra le jeune homme dans ses bras.

— Merci, dit-il, que je serais heureux de faire de mon côté quelque chose pour vous.

— Ah ! nous vous aimons bien, allez ! dit le gavroche en lui jetant au cou ses longs bras maigres.

Il s'enfuit de toute la vitesse de ses jambes. On eût dit une de ces araignées aux pattes grêles, qui courent sur l'eau en été.

Le jour allait paraître. Auguste frappa doucement à la porte de Mme Grégoire.

— Qui est là ? demanda-t-elle.

Toto, de l'autre côté, remuait la queue en jetant de temps à autre, un aboiement joyeux ; il avait flairé un ami.

— Attendez ! dit Mme Grégoire ; Toto répond de vous.

Les deux femmes s'habillèrent à la hâte. Mme Grégoire ouvrit la porte. Auguste se jeta dans ses bras ; pnis il tendit ses deux mains à Clara Busoni, qui pleurait comme un enfant. Auguste, alors, laissa éclater ses sanglots longtemps contenus.

— Que c'est bête, la jeunesse ! dit Mme Grégoire ; mais il ne s'agit pas de pleurer. Dites vite d'où vous venez comme ça. Vous vous êtes évadé, hein ?

— Oui, dit Auguste.

— Mais alors il ne fallait pas venir ici ; il fallait vous cacher, malheureux enfant ! Et dire que maintenant il fait jour ; il n'y a pas moyen pour aujourd'hui.

— Comment avez-vous eu cette funeste idée de venir. Vous voyez bien qu'on viendra vous chercher ici.

— C'est vrai, dit Auguste ; mes libérateurs m'ont amené ici. Je ne me suis pas informé qui leur avait dit ; j'étais heureux de venir, j'ai été fou.

— Peut-être, dit Clara, M. Jehan Troussebane pourrait trouver une cachette.

— Et d'autres vêtements surtout, dit Mme Grégoire.

— Viens, Toto, mon brave ! Tiens, porte ça ; et elle lui mit dans la gueule un bout de papier, sur lequel elle avait fait écrire à Auguste ce seul mot : Venez ! Jehan Troussebane connaissait son écriture. Rien à lui faire sentir, disait Mme Grégoire, et sortir c'est tout perdre.

Le gendarme voulait payer à boire à l'ancien sergent.

Elle avisa tout à coup un vêtement, que les peintres avaient donné à raccommoder, le fit sentir au chien, et le caressant, lui répétant : Va vite ! Va vite ! elle ouvrit la porte.

Toto, fier de sa mission, marchait la tête haute, mettant de temps à autre sur le trottoir, la patte sur quelque robe traînante.

— S'ils étaient absents, dit Clara.

— Toto rapporterait le papier, répondit Mme Grégoire, confiante dans l'infaillibilité de son chien.

Auguste leur raconta à la hâte son étrange évasion. Mme Grégoire, de son côté, lui fit part de la seule visite de Lesorne.

— Il n'y a pas à douter, dit-elle, c'est celui-là qui est Lesorne ; cette histoire qu'il nous contait n'est qu'une blague, et puis Toto voulait le dévorer.

Un quart d'heure ne s'était pas écoulé que, sur les pattes de Toto, arrivait tout l'atelier, c'est-à-dire les trois inséparables : Jehan Troussebane, Lapersonne et Mozambique.

Il n'y eut au premier moment que des larmes. Mais Mme Grégoire était là.

— Allons, dit-elle, avisons au danger. Vous pensez bien qu'on va venir ici et qu'Auguste n'y peut rester. Savez-vous un asile où il puisse passer quelques jours ?

— Nous avons l'atelier.

— Mais alors il faut un déguisement qui puisse au besoin défier les regards des agents.

— Il y a des costumes à l'atelier, dit Jehan ; celui de gendarme est presque complet.

— Ce n'est pas ce qu'il faut, et puis il est trop jeune.

— Ah ! dit Mozambique, si lui être noir ; lui sauvé.

— Une idée ! cria Lapersonne ; il faut le peindre en noir, il s'appellera Niger. Tout le monde rit, excepté Jehan Troussebane.

— Ça vous semble drôle, dit-il ; eh bien, c'est encore ce qu'il y a de plus praticable.

« Il ne faut pas penser à fuir pendant les premiers jours ; après je l'emmènerai jusqu'à la frontière belge, avec les papiers de Lapersonne.

Mme Grégoire se demandait comment ceux qui avaient sauvé Auguste pouvaient avoir été assez fous pour l'amener juste où on viendrait.

L'événement lui donna promptement raison : des pas lourds ébranlaient l'escalier.

— Les voici, dit Auguste.

— Écoute, dit Jehan, tu es leste comme un écureuil ; nous sommes ici sous les toits, passe par la fenêtre et tâche de tomber dans quelque mansarde hospitalière, il en est peut-être.

— Quoi ! dit Auguste, je vous laisserais dans ce danger pour moi ?

— Nous n'avons pas le Rousserand sur le dos, nous, dit la vieille. Tous imploraient Auguste, il dut céder.

Avec sa légèreté d'écureuil il s'élança par la fenêtre mansardée de Mme Grégoire.

Le hasard le servait ; la foule, cette foule des poursuites et des exécutions, ignorant la perquisition, n'avait point fait attention au jeune homme qui, sans se presser, regardait de temps à autre quelque chose à la toiture comme s'il cherchait à se rendre compte de réparations à faire.

Auguste avait l'air si calme, qu'un bourgeois passant avec son fils lui dit en montrant le jeune homme :

— Tu vois, Porphyre, chacun naît avec les aptitudes de sa classe et il est nuisible d'en sortir ; cet homme-là est né couvreur.

L'enfant cessa de fourrer ses doigts dans son nez.

— Et moi, papa, dit-il, pourquoi que je suis né ?

— Pour les classes dirigeantes, répondit le bourgeois, en jetant sur sa progéniture un regard admirateur.

Ce qu'Auguste cherchait, c'était quelque endroit peu exposé aux regards, afin d'y attendre un instant favorable pour entrer dans quelque mansarde peut-être inhospitalière.

Mme Grégoire avait refermé la fenêtre.

— Ouvrez ! dit-on du dehors.

— Qui est là ?

— Ouvrez ! vous dis-je.

— La façon est peu polie, dit Jehan ; nous n'ouvrons pas.

— Ah ! vous n'ouvrez pas, nous verrons bien.

Ils ébranlaient la porte.

Les peintres roulèrent derrière, le lit et la table ; ainsi soutenue la porte résista près de quinze minutes. C'était du temps pour Auguste.

Enfin la barricade improvisée s'effondra : cinq ou six têtes ignobles apparurent.

Jehan Troussebane, tranquillement adossé au mur, crayonnait sur un carnet les types encadrés dans la porte. Mme Grégoire, Clara Busoni et les deux autres attendaient groupés en silence.

— C'est vraiment trop d'audace, dit celui qui paraissait le chef.

Mme Grégoire avait rappelé le chien, qui menaçait de se jeter sur les agents ; couché devant sa maîtresse, il leur montrait les dents.

— Où est le nommé Auguste Brodard ? continua celui qui dirigeait.

— Mais vous savez bien qu'il est à Mazas, répondit Mme Grégoire.

— Vous mentez, la mère, vous l'avez caché quelque part.

— Cherchez, dit-elle.

A ce moment, ils aperçurent Jehan, terminant d'après nature leurs croquis assez ressemblants.

— Tournez-vous encore un peu, vous, monsieur le plus gros, dit Jehan ; vous me cachez les autres.

— Misérable ! croyez-vous par hasard que nous allons poser ? dit l'un d'eux marchant sur le peintre pour lui prendre l'esquisse.

Jehan, le regardant d'un air narquois, mit le carnet dans sa poche.

— Allons, il faut en finir, reprit le premier qui avait parlé ; où est Auguste Brodard ?

— Mais monsieur, dit Lapersonne, vous le savez mieux que nous puisqu'il est votre prisonnier.

Deux des agents se tenaient debout devant la porte, le revolver au poing ; les autres fouillaient dans les plus petits recoins de la malle, et décousaient les matelas.

— Lui pas être là-dedans, dit le nègre !

— Prends garde, moricaud, dit un des agents qui venait de faire une trouvaille dans la malle : des cheveux d'*occasion* comme les pauvres femmes en démèlent pour un coiffeur.

— Voilà, dit-il, des débris humains ! il les recueillit soigneusement.

Il y eut un fou rire entre les peintres.

— Imbécile ! dit Mme Grégoire.

— Vous insultez la justice, je crois ?

— Et vous, dit-elle poussée à bout, vous insultez le bon sens.

— Nous perdons du temps, dit le chef qui avait ouvert la fenêtre, et regardait sur les toits.

Il n'y vit rien sans doute, car il allait se retirer, lorsqu'il découvrit sur le rebord extérieur un petit tas de macadam de la rue.

— Il a mis son pied là, s'écria-t-il ; alerte ! il faut le suivre.

Deux des agents se précipitèrent sur le toit, le parcoururent en tous sens, et relevèrent la place des mansardes afin d'y faire perquisition. Auguste avait dû entrer quelque part.

S'ils avaient pensé qu'il existait entre deux maisons opposées, l'une à l'autre deux cheminées se faisant face, que le mur de ces maisons n'était pas mitoyen, mais qu'il y avait deux murs éloignés l'un de l'autre, de moins d'un mètre, ayant chacun, après la cheminée en question, un rebord large comme deux fois la main, ils n'auraient pu s'imaginer qu'un homme, quelque agile qu'il fût, oserait se cacher là, un pied sur chaque rebord, à cheval sur le vide : un vide de la hauteur d'un sixième étage formant depuis le bas une fente effrayante.

Là, s'était réfugié Auguste Brodard.

LXXXVII

LONDRES

Dans Londres, la grande ville froide et nébuleuse, la cité des brouillards, où grouille la plus horrible misère, le malheureux se grise parce qu'il ne peut avoir à manger, pour le prix qu'il met à la boisson, même à ces endroits où on remue avec d'immenses fourchettes, dans une graisse qui sent l'huile de poisson, d'immondes fritures réchauffées dont l'odeur emplit la rue.

Ceux qui dévorent cette infecte nourriture, ce sont des privilégiés ; les autres n'ont que de quoi boire à la barre de quelque publichouse, un verre de quelque chose qui enivre, cela endort la faim.

Alors les femmes, le baby entre les bras, deux ou trois autres pendus aux guenilles, ou aux volants de leur robe, s'affaissent sur le trottoir, tandis que les hommes se battent, ou regardent se battre.

La foule s'amasse. Alors il serait possible si vous êtes à Druy-Lane, qu'on vous prît votre porte-monnaie.

Si vous êtes à Regent street, il serait possible que quelque femme aux yeux aves, aux joues creuses, remarquant votre air étranger, vous dise :

— Moi aussi je suis Française; un jeune homme m'avait emmenée; nous nous sommes mariés comme cela se fait dans tous les romans, mais ce mariage n'est pas valable, il est parti, marié en France, et moi je suis là.

D'autres, toutes jeunes, ont des visages d'enfants sur lesquels sont déjà imprimés tous les désastres, pâles, maigres, l'œil éteint, elles ont faim. Voilà tout, le reste leur est indifférent.

La nuit, on dirait entre les deux parties de Londres une forêt dépouillée comme en hiver.

Ce sont les mâts, des navires, qui arrivent par la Tamise, des formes indécises glissent entre eux avec de bruyantes respirations, ce sont les bateaux à vapeur.

Au moment où nous transportons le lecteur à Londres, il est nuit; les ruelles pullulent de guenilles, les palais sont pleins de splendeurs.

Sous sa forêt de mâts, se tord, profonde, large et noire la Tamise; les rues sont tristes, les quartiers populaires sont lugubres, de longues files déguenillées entrent dans les workhouses comme dans des ruches.

Il y a cette différence avec les asiles de nuit, de Paris, que les misérables peuvent, moyennant un certain travail, rester sous ce toit dont l'hospitalité cependant doit être bien dure, puisque la plupart des indigents ne s'y rendent que forcés par la police.

Il est bien amer, le pain de la charité publique, d'un bout à l'autre du monde.

Plusieurs centaines d'indigents, de passage, viennent ou sont amenés chaque semaine dans les principaux workhouses, outre les malheureux qui y sont pensionnaires.

C'est que tout ce qui est pour les malheureux ressemble soit à des morgues, comme les dortoirs de prisons ou de workhouse, soit à des parquages d'animaux, la paille leur est plus épargnée partout qu'aux chevaux de luxe.

Le voyageur qui, le dernier, frappa à Saint-Pancrass workhouse paraissait exténué de fatigue. Machinalement il répondit à l'employé qui (il s'en douta car il ne parlait pas anglais) lui demanda son nom et sa profession.

— Kervan Darek, french.

Il fit le signe de piocher la terre, ne sachant par quel mot on traduisait cultivateur.

L'employé lui fit signe de suivre un homme qui marchait devant lui, et le fit entrer dans le bain, qui avait reçu avant lui tous les autres passagers *casuels* du workhouse.

Le voyageur obéissait machinalement, il tombait de lassitude. Ses vêtements couverts de poussière prouvaient qu'il avait fait à pied une longue route; d'une taille très haute, avec de longs cheveux blonds, et des yeux d'un bleu profond cet homme avait un genre de beauté, qui n'existe plus de nos jours. On eût dit un homme des temps antiques.

Quand on lui fit signe d'ôter ses vêtements et de passer la chemise de la maison, il eut soin de reprendre dans sa veste de grosse laine une petite branche de gui, et la suspendit à son cou, à l'aide d'un ruban qui y était attaché.

Sur les dalles de la salle où on le fit entrer, trente à quarante corps étaient étendus sur des sacs de foin ou de paille, sous de mauvaises couvertures. On lui fit signe de prendre un sac, dans un tas où il y en avait encore quelques-uns ; il le prit, l'étendit où il aperçut encore de la place, et se jeta sur ce triste matelas ; comme quelqu'un qui ne peut aller plus loin.

Ses voisins étaient un gros homme, dont le visage était couvert par un mouchoir et un enfant aux cheveux étranges, noirs par-ci, roux par-là. On eût dit qu'ils déteignaient.

— Papa, disait tout bas le petit avec un accent gêné, qui prouvait qu'il n'avait pas l'habitude de cette appellation, l'homme d'à côté est Français.

— Et puis après ? Tu n'as pas envie de lui raconter ton voyage.

— Oh ! non !

L'homme dormait si profondément, qu'il ne sentait pas le courant d'air froid établi sur sa tête par un enfant qui s'amusait avec ce courant d'air, à faire des flammes aux lampes.

— Attends un peu, Jack, dit le petit en anglais ; il retenait du premier coup bon nombre de phrases quoiqu'il ne fût à Londres que depuis un mois

— Il est joliment rendu l'homme ! continua le gamin ; il n'a pas même regardé son pain.

« Ça m'ennuie ici, dit-il après un instant ; quand que nous coucherons ailleurs ?

— Nous verrons ça, dit l'homme ; tais-toi, pionce.

— J'ai le temps jusqu'à demain sept heures.

— Qu'importe, tais-toi, il pourrait t'en cuire.

— Oh ! que non, reprit l'enfant ; vous ne pouvez pas *m'enflanquer*, maintenant.

— Pourquoi ?

— Parce que vous avez besoin d'un pégriot donc ; sans ça est-ce que vous m'auriez pris ? Jamais M. Nicolas ne m'oubliait dans la rue avant que la commission ne soit faite.

— Eh bien ?

— Eh bien, papa, quand j'aurai fait, pourquoi que vous m'avez amené, je ne dis pas...

L'homme parut satisfait.

— Méchant môme, va !

« Tu ne m'aimes pas, alors ?

— Si, quand vous dites que vous me ferez voir maman.

— Idiot ! elle t'enverrait joliment faire lanlaire, ta maman.

— Oui, maintenant ; mais quand je serai calé comme vous m'avez promis.

« Ah ! j'oubliais. Je vous aimais encore, quand vous avez fait monter le gendarme dans la roulotte.

« C'était vous qu'il cherchait bien sûr ; c'est pour ça que vous m'avez fait vous jardiner la figure à la poudre.

L'homme allongea le bras vers le sac sur lequel l'enfant était étendu, celui-ci en se reculant tomba sur le dernier arrivant et l'éveilla en sursaut.

— Qu'est-ce que c'est ? fit l'étranger.

— Rien, dit le petit, je me lève.

— Ah! Un Français, dit-il, vous allez m'indiquer un peu mon chemin, n'est-ce pas?

L'homme dont un mouchoir couvrait le visage intervint.

— Nous ne connaissons pas encore Londres, mon petit et moi ; je travaille ici au workhouse, n'ayant pas d'ouvrage.

— Quel est votre métier? demanda l'étranger habitué à la franchise.

— J'étais carrier à Volvic, en Auvergne ; j'ai été défiguré en faisant jouer la mine pour soulever un bloc.

— Pauvre homme ! moi je suis cultivateur, je viens des Vosges.

— Oh ! dit l'homme au mouchoir, vous auriez bien fait d'y rester ; vous serez difficile à caser ici.

— Je ne veux pas séjourner longtemps, dit le dernier voyageur ; pourvu que je puisse vivre jusqu'à ce que j'aie trouvé quelqu'un que je cherche.

— C'est différent.

Peut-être que je pourrais en travaillant au workhouse, y rester pendant quelques jours.

— C'est possible, en effet.

— Y a-t-il un quartier spécialement habité par les étrangers ?

— Il y a le quartier français.

— La personne que je cherche est Russe.

— Je ne connais pas assez Londres pour vous indiquer.

— Ce doit être une personne, comme elle a été mêlée à bien des choses.

— Alors allez au club des Allemands, à Rose Street, vous la trouverez peut-être à l'heure de la conférence.

— Merci mille fois, monsieur, s'écria le voyageur tandis que l'autre se retournait pour dormir encore.

Sept heures sonnèrent ; c'était le lever.

On apporta à chacun son paquet d'effets en échange de la chemise de la maison, tout cela étiqueté.

Le paysan, reposé par son sommeil de la nuit, ayant cette fois conscience des soins de propreté, auxquels on se livrait autour de lui, pensa qu'il y avait à Londres des fontaines où il pourrait rafraîchir son visage, et se priva en attendant du sceau commun autour duquel on faisait cercle, l'eau était cependant au bouillon de la veille comme un simple bouillon au riche consommé.

Le spectacle des hôtes du workhouse habillés était aussi grotesque que celui de leur sommeil était sinistre : à eux tous ils composaient un immense Arlequin, non seulement de couleurs, mais de formes de vêtements ; quelques-uns avaient été splendides depuis l'habit noir de cérémonie jusqu'à la grosse veste de travail, toutes les formes y grouillaient, déchirées ou reprisées. C'était un carnaval terminé, le carnaval de la vie : la misère était le chef de ballet qui, de toutes les cimes et de tous les gouffres, amenait là ces êtres comme à la danse macabre.

Un vieux mineur des houillères de Hampton, estropié par la chute d'un bloc et devenu pensionnaire du workhouse, appela tout le monde dans la cour.

Les Anglais sont parvenus à créer des races ballonnées de graisse pour la boucherie, les exploiteurs, eux, en Angleterre comme en France et comme partout ailleurs, ont contribué, par les conditions terribles de la vie qui leur est faite, à la déformation des hommes livrés à certains travaux. Le vieux mineur estropié du workhouse n'était pas le seul qui eût le front déprimé, les yeux couverts, la poitrine énorme, le corps grêle et difforme; le travail forcé dans des couloirs faits plutôt pour les rats que pour les hommes, crée ainsi des races de mineurs.

— Soup! soup! criait le mineur.

Aussitôt tout le monde descendit dans la cour; des gamelles de bois et des cuillers de fer furent distribués, et quelque chose de chaud, qui devait se classer parmi les soupes parce que c'était liquide, fut distribué.

Combien qui meurent de faim dans Paris n'ont pas même la ressource sinistre du workhouse.

Un gentleman qui avait perdu sa fortune au jeu et autres passe-temps, avalait lentement et en levant les dents l'horrible potage, tandis que les vieux, glacés par le carreau du dortoir, réchauffaient longuement leurs mains décharnées à la gamelle chaude, et que quelques jeunes gens dévoraient leur portion avec un appétit de quinze ans.

L'homme, qui conservait un mouchoir sur son visage, mangeait sans appétit; l'enfant ne paraissait pas s'apercevoir de l'infernale manière dont la cuisine était faite.

Il y eut, après le déjeuner, une distribution du travail : les hôtes de passage durent moudre, pour leur part, à l'aide de machines, trois ou quatre boisseaux de blé. A onze heures environ on ouvrit les portes; l'homme au mouchoir laissa passer devant lui le paysan pour être sûr qu'il ne le suivait pas, et il prit avec le petit la direction des promenades, du musée, de tous ces endroits où peut se passer la journée sans rien dépenser et sans attirer l'attention; il avait dissimulé sous ses couvertures, la nuit, et portait sous vêtements un petit paquet recouvert en toile, et qui semblait contenir des ouvrages délicats de matière peu coûteuse tels que bagues et boucles d'oreilles d'or. Il n'ouvrait jamais cette boîte qu'avec les plus grandes précautions.

Parmi les plus malheureux du workhouse, nul n'avait de soucis pareils à ceux de cet homme.

Les bijoux d'os cachaient des bijoux d'or; la boîte était pleine de billets de banque. Mais comment vendre les bijoux? comment changer les billets? Il avait, heureusement pour lui, des pièces d'or; mais la monnaie française n'a pas cours en Angleterre; il fallait changer encore, au risque de se faire poser quelque question indiscrète.

Il n'osait pas vivre à l'hôtel, quoiqu'il eût des papiers en règle, et s'était réfugié au workhouse pour se donner le temps de réfléchir.

— On est bien mieux qu'au dépôt, disait l'enfant.

Malgré cette comparaison, il résolut d'en terminer avec cette vie-là. Il alla donc résolument, décidé par le voisinage d'un Français au workhouse louer une

Les peintres croquaient les agents.

chambre dans une maison assez propre de Charlotte Street et tant pour son loyer que pour acheter des vêtements plus propres à lui et à l'enfant il changea quelques billets.

Mais le changement du workhouse pour un appartement propre, pas plus que le changement de pays, ne pouvait dissiper l'ennui profond du Français ; il avait plus que le spleen, car celui qui en est atteint peut se réfugier dans la mort, et lui craignait autant la mort que la vie lui était à charge.

Il avait horreur de tout : des hommes et des choses, et lui-même, il éprouvait pour sa personne un horrible dégoût. Cet homme, né artiste et précipité dans tout ce qui peut causer l'épouvante, se créait avec génie des tortures inouïes.

Partout il voyait d'affreux souvenirs : dans l'eau noire de la Tamise, dans le dortoir lugubre du workhouse, il allait les retrouver dans la chambre paisible qu'il avait fait meubler simplement et commodément pour l'enfant et pour lui.

Une seule chose était capable de le distraire parfois : c'était l'ardeur de vengeance avec laquelle il poursuivait Nicolas qu'il n'avait plus revu, mais qui devait être arrivé à Londres avant lui.

Il eût été bien habile de le reconnaître dans la position où il était et grimé en conséquence. Comme le hasard lui avait fourni un fils, il avait fourni une épouse à Nicolas.

Étonnés d'abord de se rencontrer en mettant le pied sur la terre anglaise, ils avaient raisonné leur position et étaient venus l'un à l'autre.

Avec une femme de la beauté et de la perversité d'Helmina, avec un mari de la haute corruption et de la criminalité froide de Nicolas, ils pouvaient, par ce temps de pots-de-vin aux belles, faire une fortune colossale.

Grâce à de faux noms, ils purent se marier comme on le fait en Angleterre; s'établir dans un beau logement et commencer d'abord par un personnage complaisant, puis par des jobards comme il y en a partout, une série de soirées où l'on s'occupait de littérature et de politique.

Helmina savait un peu l'anglais, Nicolas en connaissait assez pour comprendre, ils possédaient de grandes valeurs, tout était donc entre leurs mains.

Le voyage avait fait disparaître momentanément l'affection nerveuse d'Helmina, presque tranchée du reste par l'apparition du médecin aliéniste ; elle était debout pour bien des années encore si rien ne venait l'arrêter.

Dans le marché conclu entre Helmina et Nicolas, non seulement ils avaient besoin l'un de l'autre, mais encore chacun des associés avait, en cas de tromperie de la part de l'autre, assez de preuves pour le perdre. En échangeant ces preuves, ils étaient mutuellement rassurés par cette pensée que perdre l'un serait perdre l'autre.

Le mariage était une façon adroite d'entrer dans la société londonienne par une porte romanesque; ils avaient eu soin de raconter une histoire touchante de fidélité que bien des ladys trouvaient incompatible avec la tête de Nicolas, ce n'était pas un amant pour les Juliette ou les Desdémone, mais la blanche et blonde fille d'Albion, qui semble dans sa jeunesse nourrie de rêve et d'azur, ne mord-elle pas largement le bifteck saignant? De même la réalité, pour la rêveuse princesse Mathias. Car elle ne pouvait manquer d'être rêveuse, la belle dame aux yeux bleus brillant d'un éclat métallique.

On prêtait à la princesse Mathias une foule d'aventures avant d'être réunie au bien-aimé, remarquable par son air de policeman, ses yeux à demi ouverts et l'attention qu'il apportait à ses moindres actions; quant aux paroles nous avons dit qu'il comprenait seulement.

Ces nobles exilés de par l'amour, disait-on, n'avaient pas jugé convenable d'indiquer leur nationalité, il ne fallait sans doute pas mettre en jeu les grandes familles auxquelles ils appartenaient.

Le prince et la princesse Mathias demeuraient dans un assez beau logement de Hammersmith; on ne les voyait ni au théâtre ni dans les lieux publics, mais ils allaient le dimanche aux sermons de plusieurs sectes religieuses étrangères ou anglaises, entre autres à l'église russe, si bien qu'on ne savait pas à laquelle ils appartenaient.

Ces deux nobles associés avaient, en entrant dans leur logement de Hammersmith, rédigé entre eux le contrat de ce que chacun apportait, afin qu'il fût possible, en cas de rupture à l'amiable, que chacun rentrât dans son apport. Quant à la rupture militante, elle était prévenue par les preuves que chacun d'eux possédait contre l'autre.

Au bout de quelques semaines, le noble couple accepta quelques invitations à des soirées.

Le prince s'y montra réservé, la princesse mélancolique et charmante; il s'en suivit que quelques personnes vinrent rompre la solitude du logement de Hammersmith et que leur enthousiasme pour les romanesques étrangers se traduisit par des cadeaux d'un prix immense.

Procédé un peu étrange qui, la première fois, dut nécessiter quelque hésitation.

Toujours en vertu de la loi de groupement, le prince et la princesse Mathias se trouvèrent en peu de temps environnés d'étranges personnages, appartenant pour la plupart à la police russe et dont la mission est de surveiller les nihilistes et de les supprimer au besoin quand l'occasion est bonne, c'est-à-dire qu'on peut mettre la chose sur le compte d'un accident. Dès lors la voie de Nicolas et d'Helmina était trouvée.

Ils augmentèrent leur maison et Mme la princesse Mathias eut un salon splendide.

Le prince fit un jour une rencontre à laquelle il était loin de s'attendre : dans une femme modestement vêtue qui entrait dans un pensionnat de jeunes filles, il venait de reconnaître Blanche de Méria.

C'est que, infidèle à Davys-Roth, Mlle de Méria voulait se suffire à elle-même; elle avait en conséquence écrit au père que, pouvant à Londres vivre de son travail, il était inutile de priver l'Église de sommes qui pouvaient être mieux employées. Elle ne pouvait, du reste, revenir aussitôt que le désirait le bon père, ayant à cœur de remplir parfaitement la mission dont il l'avait chargée.

Davys-Roth flaira là-dessous quelque chose d'extraordinaire; il lui écrivit lettre sur lettre pour lui intimer l'ordre de revenir, mais Blanche, à bout de raisons, finit par ne plus répondre.

— Il n'y a plus possibilité de se fier à personne, pensait Davys-Roth. Où est le temps de la très sainte inquisition? Maintenant l'excommunication fait rire les enfants après avoir fait trembler les rois.

Et Davys-Roth montrait le poing à l'avenir.

Blanche de Méria, venue à Londres pour la police cléricale, ayant envoyé au commencement, à Davys-Roth, quelques rapports de plus en plus anodins, il est vrai, mais enfin des rapports, Blanche de Méria, dont le rôle chez les Rousserand et chez Saint-Cyrque avait été odieux, Blanche qui, pareille à son frère mais de plus haut, car elle était plus fière, avait l'immense dégoût d'elle-même, se jetait à corps perdu dans les doctrines qu'elle venait espionner. Comment cela finirait-il? peu lui importait! elle aimait Nicaïloff, c'était tout.

Blanche n'avait pas pensé un instant à changer de nom. En qualité d'institutrice, il était tout simple qu'elle allât à Londres, ville moins dure que Paris pour celles de sa profession; elle avait revu Annah et ses amis, et les soirs où parlait Nicaïloff au club des Allemands, elle allait s'y enivrer de ses paroles, voir dans le demi-jour du gaz insuffisant son visage tantôt froid comme les choses terribles dont il parlait, tantôt magnifique d'inspiration.

L'heure se passait dans une adoration passionnée que Nicaïloff était loin de soupçonner; elle rentrait tard chez elle, craignant d'y retrouver, terrible, son passé d'esclave des prêtres, écrit dans chacun de ses papiers, dans chaque livre, dans ses costumes faits comme ceux des théâtres pour un rôle ou pour un autre.

Blanche avait horreur de cette infamie, non qu'elle pensât le moins du monde aux questions sociales, mais parce qu'elle aimait Nicaïloff comme elle pouvait aimer, sans bornes.

Il était malheureux que cette femme eût été jetée tout enfant à l'hypocrisie, car il y avait en elle une grandeur et une énergie terribles, en dépit de la loi d'obéissance qui l'avait tenue toute sa vie à genoux dans la fange, sous prétexte de gagner le ciel.

Un jour elle rencontra Annah et courut à elle. Elle oubliait vraiment, Mlle de Méria, que depuis très peu de temps seulement elle n'appartenait plus à l'espionnage de Davys-Roth; Blanche, rentrant chez elle presque joyeuse, jeta les yeux sur une lettre arrivée de Paris le matin et qu'elle avait négligé de lire, tant son esprit était ailleurs. Elle l'ouvrit.

La lettre était courte et décisive :

« Ma chère enfant,

« Si la blanche brebis du Seigneur n'a pas passé dans le camp des loups dévorants où elle périra infailliblement, qu'elle revienne au bercail. »

Mlle de Méria froissa la lettre et la poussa dans le foyer.

La soirée devait être complète. Blanche jeta dans la cheminée les lettres précédentes de Davys-Roth, y mit le feu et l'alimenta avec certains livres pieux, tels que les *Visites au Saint-Sacrement*, des recueils de cantiques, et elle se crut alors séparée du passé ; le cœur libre, comme aux heures de sa première jeunesse, elle s'en alla à Rose Street, au club des Allemands.

Nicaïloff parlait.

— Nous ne sommes, disait-il, que les démolisseurs ; nous arrachons le plus de mal possible, d'autres sèmeront.

« Nous faisons l'abîme partout où la corruption déborde ; d'autres jetteront dans cet abîme les fondements de l'édifice nouveau.

« Destructeurs, nous devons être détruits ! Que ceux qui se sentent du courage à l'œuvre de haine contre l'iniquité viennent avec nous. »

Blanche était entraînée ; elle était heureuse. Sa tête si longtemps courbée se relevait fière.

— Moi aussi, pensait-elle, je suis de ceux-là.

Il se produisit tout à coup un mouvement au bureau. On apportait une nouvelle étrange : les noms du comité secret avaient été livrés à la police ; par qui ? On l'ignorait.

On l'ignorait d'autant plus que les noms avaient été envoyés de Paris à la police russe de Londres.

Blanche, placée près de la tribune, Blanche se souvint d'avoir, dans sa première lettre à Davys-Roth, donné les noms du comité. La malheureuse avait préféré en nommer les membres que de raconter autre chose ; elle tenait alors à prouver au père sa docilité, sans faire de mal à ceux qu'elle suivait. Elle s'était trompée, c'était elle qui les livrait.

Les ordres venaient de Paris comme de Saint-Pétersbourg.

Blanche comprit l'étendue du crime qu'elle avait commis ; le passé lui revint au cœur, et elle eut comme son frère le dégoût d'elle-même ; mais plus que lui, elle avait le courage d'en finir courageusement avec la fange où elle était.

— Je demande la parole, dit-elle.

Annah voulut lui serrer la main en passant, mais, contre son habitude, Blanche retira la sienne.

— Tout à l'heure ! dit-elle, si vous le voulez encore.

Blanche prit la parole. Il y avait tant de flamme dans ses yeux, tant de désespoir sur son visage, qu'un frisson parcourut l'auditoire.

— Je connais, dit-elle, le traître qui a donné les noms.

Un long murmure lui répondit.

— Ils ont été envoyés, continua-t-elle, absolument dans le même ordre que vous venez de le dire.

« C'est une femme qui suivait les séances. »

Quelques-uns se disaient qu'en fait de femmes, il y en avait deux : Annah et Blanche.

— Le nom de la femme ! criait-on.

Elle ne parut pas entendre.

— Cette femme, dit-elle, avait été envoyée à Londres par le père Davys-Roth ; il y a près de six ans qu'elle lui obéit aveuglément. Elle a occupé, comme institutrice, un poste où sans cesse elle poursuivait la même œuvre : la destruction de tout ce que vous aimez, — mais elle partit de Paris ébranlée déjà : la misérable espionne, entraînée parce qu'elle avait combattu, terrassée par la grandeur de la pensée qui vous domine, ne voulut pas rendre compte de vos projets, mais elle livra vos noms.

L'indignation agitait l'auditoire.

— Le nom ! le nom !

Blanche continuait pâle et froide :

— La malheureuse femme, ayant commis ce crime, rêvait de la lutte géante, des persécutions supportées, le front haut, hélas !

« Et ce n'est pas tout ; elle, la misérable, elle aimait un proscrit !

— Le nom ! le nom ! criait-on toujours, mais Blanche ne répondait pas et continuait.

— Elle n'écrivait plus à Davys-Roth, malgré ses menaces continuelles.

« Un jour vint où, lasse de sa chaîne, elle voulut la briser ; elle brûla les correspondances qui lui avaient été envoyées et tous les livres maudits qui jusqu'alors l'avaient tenue dans les ténèbres ; elle vint dans cette salle comme délivrée, mais on vit sur son passé, comme l'arbre sur sa racine.

« Tandis qu'éblouie elle regardait en avant, le fantôme d'autrefois lui a rejeté à la face les noms qu'elle avait envoyés. »

On ne demandait plus le nom, le froid gagnait l'assemblée.

Blanche se tut enfin, et levant sa tête livide.

— Vous demandiez le nom, tout à l'heure ? le nom. Eh bien, c'est le mien ! la misérable c'est moi !

Elle descendit au milieu du plus profond silence ; puis le revirement arriva. Un grondement emplit la salle, une houle terrible, puis un remous plus fort encore, un cri immense poussé par des centaines de poitrines.

Nicaïloff avait reçu un coup de poignard ! l'assassin ne put être arrêté ; on le cherchait jusque dans la rue où passait majestueusement un équipage princier.

Dans cet équipage, un homme élégamment vêtu essuyait un poignard à son mouchoir de dentelle.

Nicaïloff, entouré de ses amis, rouvrit les yeux avant de les refermer pour toujours.

On l'avait étendu sur un manteau, n'osant le transporter avant un premier pansement.

L'arme enfoncée entre les deux épaules avait pénétré profondément, le médecin appelé, devant les flots de sang qui s'échappaient de la blessure, ne put que secouer la tête en disant :

— Tout est inutile.

Le mourant voulut parler, mais ses yeux seuls traduisirent le dernier adieu.

Une femme, dans l'élan de son désespoir, s'écria :

— Nicaïloff, c'est vous que j'aimais ! — et elle s'enfuit.

Le blessé commençait à râler. Alors sur lui, en silence, Annah et ses amis étendirent la main. Il comprit le serment qu'on prononçait, sourit et referma les yeux.

Kerouën, spectateur de cette scène, car il avait trouvé Rose Street, n'essaya pas d'approcher d'Annah. Il la reconnaissait cependant au portrait que lui avait fait Claire, sachant où la trouver, il retourna à son workhouse.

Le long de la Tamise, devant cette forêt de mâts, dont nous avons parlé, glissait une femme pareille à un spectre. Elle regardait le fleuve noir sous les navires.

Les rues devenaient désertes ; dans les workhouses, dans les passages, sur les trottoirs, au pied des palais, les malheureux s'étendaient au milieu des haillons, essayant de s'endormir ; quelques silhouettes noires, policemen et bandits, s'embusquaient à l'angle des rues.

En sens inverse de la première femme, en venait une seconde ; celle-ci couverte de haillons frangés de déchirures. Ses jambes nues, glacées, dans des bottines percées, lui donnaient une marche raide ; son chapeau déchiré laissait flotter des boucles folles de cheveux blonds.

— Où allez vous ? dit la première femme.

— A la Tamise ! et vous ?

— A la Tamise.

Elles s'arrêtèrent toutes deux.

— Pourquoi voulez-vous mourir ? dit la première.

— Que vous importe, dit l'autre.

— Qui sait ? reprit la première.

— Nous pouvons bien prendre quelques minutes, puisque nous allons mourir.

La lune donnant en plein sur la femme en haillons, montra un visage de seize ans à peine.

— En effet, dit-elle, nous pouvons causer, mais pas longtemps ; j'ai déjà hésité hier, c'est la seconde nuit que je viens, et je ne veux pas recommencer à errer dans les rues.

— Venez, dit la première, nous serons bien ici.

Elles s'assirent ensemble sur la grève.

— Comme il fait doux, ce soir ! dit la jeune fille.

Elle respirait à travers le brouillard un peu d'air frais de la nuit.

— Pourquoi m'avez-vous arrêtée ? dit-elle tout à coup ; ce serait fini, et maintenant c'est à recommencer.

— Qui sait ? dit encore la première ; nous nous jetterons ensemble s'il n'y a pas moyen que vous fassiez autrement ; dites-moi, mon enfant, pourquoi voulez-vous mourir ?

— Pourquoi ? parce que ma mère m'a défendu de rentrer et que je ne sais plus où est ma sœur. Je suis l'aînée de six enfants ; ma mère ne peut plus les nourrir. Hier matin nous étions ensemble à nous promener ; il y avait longtemps que ma mère nous proposait pour être servantes, ma sœur et moi, à tous les passants mis confortablement ; et comme personne ne lui répondait, elle voulait aussi que nous le demandions.

L'enfant parlait par saccades. La langue anglaise, déjà un peu rude, imitait dans sa bouche le bruit de cailloux remués.

L'autre écoutait, distraite de sa douleur par ce triste récit.

— Enfin, continua la jeune fille, ma sœur se décida la première. Un monsieur bien vieux passait ; elle courut à lui et lui fit sa prière : « Milord, voulez-vous m'emmener pour être servante chez vous ? je serais bien docile. »

« Il s'arrêta, et la regardant fixement: « Petite malheureuse ! » dit-il, et il passa son chemin.

« Ma mère courba la tête ; son visage était couvert de larmes. « Mes pauvres enfants, dit-elle, je ne veux pas vous voir mourir de faim devant moi ; il faut absolument faire comme les oiseaux qu'on chasse hors du nid. Trouvez un asile où vous pourrez. »

« Ma sœur et moi, nous l'avons priée, mais rien n'y faisait; elle était décidée.

« Tout à coup, elle est devenue comme furieuse : « Ne rentrez plus ! » nous dit elle ; et faisant marcher les petits en avant, ma mère disparut.

« Nous avons pleuré toutes les deux, assises sur un banc ; alors une voiture a passé, d'où il est descendu un lord, peut-être un prince. Il est venu à nous, il nous a fait raconter pourquoi nous étions là.

« Alors, sans rien dire, il m'a prise par la main et m'a montré la voiture. Je voulais entraîner ma sœur, mais il l'a repoussée en disant: No! no! Il avait l'air de ne pas bien savoir parler anglais. J'étais bien triste de laisser ma sœur.

« Le milord m'a fait monter dans la voiture, où il y avait une dame bien belle, mais dont j'avais peur ! Nous avons roulé longtemps avant d'arriver. C'était à une belle maison, des domestiques sont venus ouvrir, le milord et la dame sont descendus. Ils m'ont fait descendre aussi et se sont parlés à demi-voix en français. Je comprends cette langue, mon père était Français; alors j'ai entendu le milord qui disait: Passez-moi cette fantaisie, c'est du reste dans les conventions. La dame avait l'air de mauvaise humeur. Vous allez nous attirer des désagréments, disait-elle, qu'en fera-t-on après, de cette petite?

« J'ai eu peur et j'ai pris ma course à travers Londres, jusqu'à ce que j'aie trouvé un passage pour m'abriter.

« Là, il y avait beaucoup de monde, des hommes, des femmes, des enfants.

« C'était un samedi, les enfants dansaient, criaient, couraient ; les femmes étaient couchées sur le pavé, les hommes se battaient, tous étaient ivres.

« Moi, j'avais bien peur. Tout à coup je me sens tirer par ma robe, c'était un homme qui voulait m'attirer près de lui.

« J'ai repris ma course jusqu'à l'endroit où était restée ma sœur, mais elle n'y était plus.

— Votre sœur est-elle jolie? demanda Blanche que nous avons reconnue depuis longtemps.

— Oh non ! miss, elle ne l'est pas, c'est la seule de la famille ; elle tient du père qui avait le visage couvert de tâches de rousseur.

— Mais, dit Blanche, vous avez faim, mon enfant.

— Non, miss, je n'ai plus faim ! je ne sens plus rien. Ne trouvant plus ma sœur, je suis venue droit à la Tamise, mais j'ai hésité, j'ai regardé longtemps, le jour est venu et je n'ai plus eu le courage. Et puis... j'aurais tant voulu revoir ma sœur !

« Je l'ai cherchée toute la journée, rien, toujours rien. Voilà pourquoi je suis revenue à la Tamise, vous voyez bien, miss, qu'il faut que je meure.

Sansblair regardait les flots noirs de la Tamise.

— Non, dit Blanche, écoutez, voici une clef, la mienne, et je vais vous donner ma carte. Allez à l'adresse que vous y lirez ; allez-y de ma part. Je m'appelle Blanche de Méria ; vous trouverez un petit secrétaire dans lequel sont quelques centaines de guinées, elles sont pour vous et votre sœur, car il faut que vous la retrouviez. Vous aurez une aide puissante, Annah Domigoff ; vous lui raconterez cette scène et votre histoire, demain soir, au club des Allemands, à Rose Street.

« N'oubliez aucune de mes recommandations.

L'enfant restait indécise.

L'idée vint à Blanche que la jeune fille n'arriverait jamais à faire ce qu'elle lui disait; peu lui importait, un peu de temps de plus ou de moins ; sa résolution étant prise, elle prit la pauvre petite par le bras, remonta avec elle les larges rues désertes jusqu'à Charlotte Street et conduisit l'enfant dans sa chambre.

A la lueur de la bougie, la jeune Ellen recula épouvantée ! Blanche de Méria n'était plus vivante, livide et glacée, la Tamise n'avait plus qu'à l'ensevelir.

— O miss! miss! criait Ellen éperdue, vous venez de chez les morts !

Elle, sans répondre, mit tremper un biscuit dans un peu de vin et le fit prendre à la petite.

— Couchez-vous, maintenant, dit-elle en l'arrangeant dans son lit comme eût pu le faire une mère.

Ellen, brisée, s'endormit, tandis que Blanche écrivait une longue lettre.

Lettre simple et triste adressée à Annah pour lui recommander l'enfant et la prier de l'aider à retrouver sa sœur. Elle terminait ainsi : « Je puis vous la recommander, puisque je vais mourir. »

Ayant terminé sa lettre, Blanche éveilla l'enfant pour l'embrasser, lui expliqua que son loyer était payé pour six mois, qu'elle habiterait là avec sa sœur, et qu'Annah ne les oublierait pas.

Puis elle s'en retourna courageusement, la pauvre fille aux rêves géants, qui en venait à mourir d'horreur d'elle-même.

Mourir parce qu'elle se sentait indigne d'aimer Nicaïloff.

Sans cela elle eût courageusement poursuivi la tâche de Nicaïloff et ne fût tombée que sous les coups du sort.

La nuit profonde et noire enveloppait la ville. Blanche s'en alla vers la Tamise, cette fois la tête plus haute, car, elle le savait, la mort comme la flamme purifie tout. La rive était déserte, elle regarda un instant couler l'eau sinistre et s'élança dans le fleuve.

LXXXVIII

MADAME LA COMTESSE DE BEAULIEU

Dans un cottage de l'avenue des Ormes, à Noisy, est une gracieuse maisonnette environnée de haies vives, pareille à un nid dans la mousse. Des haies d'aubépines et d'églantiers lui font une ceinture parfumée sur laquelle bourdonnent les abeilles.

L'avenue est pleine de silence et d'ombre ; quelques petits rentiers habitent les pavillons, deux ou trois grands parcs coupent de leurs hautes charmilles et de leurs bosquets profonds la monotonie des pavillons et des jardins.

La maisonnette dont nous parlons, était habitée par une dame extraordinairement coquette et sa camériste; on les nommait : la comtesse Olympe de Beaulieu, Mlle Rosa, camériste, et une cuisinière, personnage muet.

La comtesse pouvait avoir de vingt à quarante ans. Elle possédait à un si haut degré l'art d'être jeune, que longtemps encore on pouvait ignorer son âge.

Blanche et rose comme un lys, ses cheveux arrangés et augmentés avec un art merveilleux, on l'appelait mon enfant, mademoiselle ou madame, suivant la distance à laquelle on se trouvait de ce chef-d'œuvre.

Mlle Rosa, la cameriste, était un autre chef-d'œuvre; une servante de Molière en plein XIXe siècle, curieuse, effrontée, raisonneuse, aussi pleine de bon sens que la maîtresse paraissait étrange.

Cette dame recevait fort peu de monde: quelques vieilles rentières qui l'appelaient madame la comtesse à se fendre la bouche, et lui faisaient des révérences *idem*, et un grand abbé sorti depuis peu du séminaire, à qui elle avait promis sa haute protection.

La comtesse avait quelque chose de la gazelle; quelques-uns disaient moins poétiquement : de la chèvre.

L'abbé avait quelque chose du reptile; il était convenu pour lui qu'une femme titrée est respectable, et il était convenu pour elle qu'il fallait s'agenouiller devant l'abbé. De là, échange de politesses du plus haut goût, auxquelles se mêlaient parfois les réflexions moins congratulantes de Rosa.

Le jour où nous pénétrons dans l'intérieur du cottage, la cuisinière, personnage muet, désirant abandonner le service pour épouser un trompette quelconque, les bureaux de placement furent prévenus; il vint une nuée de prétendantes. Jusque-là Rosa en avait éconduit plusieurs qui lui semblaient trop naïves, et plusieurs autres qui ne le paraissaient pas assez.

Elle en présenta enfin une à madame; celle-là lui paraissait digne d'être sa compagne.

Gracieusement et simplement vêtue, l'air un peu triste, Mme Amélie avait plu à Mlle Rosa.

Lorsque la comtesse et la postulante furent en présence, il y eut étonnement de part et d'autre, mais chacune trouva convenable de garder sa pensée.

La comtesse aimait à poser; elle s'allongea dans sa chaise longue, prit un air languissant et s'adressant à la nouvelle venue tout en mettant habilement son visage dans l'ombre:

— Comment vous nommez-vous? dit-elle

La comtesse n'en dit pas davantage.

— Olympe! s'écria la nouvelle venue.

« Ah! faut pas me la faire à la comtesse, hein! ma belle, c'est moi Amélie et c'est toi Olympe; il n'y a rien à y faire! Si tu savais, ce monstre de Nicolas! il m'en a fait des traits! mais il s'est sauvé; il avait commis tous les crimes du monde, ma belle! »

Pendant ce flot de paroles, la comtesse, suffoquée, agitait ses grands bras. Rosa était en train de se retirer discrètement.

Seulement, au lieu de passer d'abord par la porte, elle essayait toutes les ouvertures, fenêtres ou armoires, comme si elle eût perdu la tête. Elle sortit enfin, mais pour rester derrière la porte.

— Enfin, dit la comtesse, m'expliquerez-vous cette scène ?

Elle tremblait et se donnait un air imposant.

— Voilà, ma belle ! mais c'est chouette ici !... tu as un chic mobilier !

Elle regardait de tous côtés sans s'émouvoir.

— Mais je ne vous connais pas ! je ne vous connais pas ! répétait Olympe.

— Allons, c'est de la *blague !* tu me connais bien ; est-ce que je t'empêche d'être comtesse, moi aussi je l'ai été de temps en temps, la comtesse Amélie ! hein !

Olympe se trouvait mal. Pâle, ses bras frappant l'air, elle s'abattit.

— Voilà un bel ouvrage ! murmurait Amélie. Qu'est-ce que je lui disais pour qu'elle *s'esclafât* ainsi ? Je me suis pourtant exprimée bien convenablement.

Elle la prit dans ses bras, la déposa sur une chaise longue et à force de soins la fit revenir.

— Voyons, disait-elle, ma chère, je te demande pardon; j'ai passé un mois ou deux chez une dame dont j'avais sauvé la fille ; je te raconterai cela ! et puis, en allant faire une course à Paris, on m'a reprise. Ce monstre de Nicolas a toujours oublié de me faire rayer. J'ai passé quinze jours à Saint-Lazare. C'est Mme Rousserand, l'amie chez qui j'étais, qui m'a fait sortir et qui m'a donné des certificats pour me placer. J'ai de l'argent, mais je ne veux pas rester seule, ça m'ennuie ! Comme elle s'en va à l'étranger avec sa fille, moi ça ne m'a pas plu, j'aime Paris.

Amélie débitait cela avec volubilité, en inondant Olympe, de toutes les eaux de senteur qui lui tombaient sous la main.

— Alors, craignant de retourner dans les prisons, j'ai voulu me placer ; on m'a parlé d'une vieille comtesse, toute seule, et je suis venue.

A ces mots de vieille comtesse, Olympe poussa des cris perçants auxquels accourut Rosa.

— Mais que lui dites-vous donc? demanda-t-elle à Amélie.

— Moi, rien, ce sont des affaires de famille !

Rosa sourit, elle avait tout entendu.

Olympe, passant tout à coup de la crise de larmes à la crise de rire, éclata de nouveau.

La glace était rompue ! les deux anciennes amies s'embrassèrent.

Ce fut un incroyable débordement de plaintes contre Nicolas d'un côté, contre de Méria de l'autre.

Amélie avait été trompée par ce misérable Nicolas, mais elle lui gardait quelque chose pour le jour où il lui plairait de rentrer ! Elle en savait long sur lui ! Enfin il ne finirait pas sa vie sans être démasqué comme il le fallait ! Amélie, se grisant de ses paroles, racontait comment elle parlerait aux juges, sans faire attention aux yeux et aux oreilles de Rosa.

Ce n'était pas la première fois qu'elle entendait une foule de choses ! Mais il était rare qu'elles fussent dites dans un langage aussi imagé que celui d'Amélie.

Olympe, avait complètement oublié son rôle de comtesse ; la grande fille au cerveau étroit et au cœur généreux avait surtout besoin d'affection ; une ancienne compagne était pour elle, le premier moment de vanité passé, un véritable bonheur.

— Si tu savais, disait-elle, comme de Méria me faisait peur avec son air sinistre, j'aimais encore mieux, quand il avait son air... tu sais, son air de porc !

— Quel être !

Rosa, discrètement retirée derrière la porte, se rendait compte avec sa finesse habituelle, du passé des deux amies, quand un quatrième personnage vint justifier le proverbe : *Tout à la fois.*

Un homme assez proprement vêtu, porteur d'un immense ballot, demandait à être introduit près de madame la comtesse.

— J'ai de superbes fourrures étrangères, disait-il à Rosa, des curiosités de toutes sortes et je vends très peu cher.

Autant pour voir les curiosités que par attention pour Olympe, Rosa vint réciter à sa maîtresse le boniment du marchand ambulant.

— Ah ! fais voir ! s'écria Amélie ; cela nous distraira, qu'il entre bien vite !

Olympe y consentit.

L'homme était proprement vêtu, et pourtant il avait quelque chose de sordide, ses traits étaient réguliers, mais le visage portait ce masque sinistre que nous lui avons vu au chapitre Toulon, c'était Lesorne.

— Brodard ! s'écrièrent les deux amies trompées par la fatale ressemblance.

— Oui, mes belles dames, Brodard pour vous servir.

Il pensait : me voilà dans un guépier, il s'agit d'en sortir chargé de miel sans coups d'aiguillons.

— Mon pauvre Brodard, dit Olympe, comment êtes-vous de retour ?

— L'amnistie, mes belles dames !

— Mais vous ne vous reconnaissez donc pas ?

Le bandit appelait toute sa finesse à l'aide.

— Hélas ! dit-il, la mémoire ou le temps, je ne sais plus, mes chères dames !

— On dirait que nous sommes *décaties*, s'écria Amélie !

Ce mot donna à Lesorne la clef de la situation.

— Hélas ! vous êtes devenues riches et moi j'ai encore la misère comme par le passé.

— Allons, ne devenez pas *plaïgnard !* vous voilà retrouvé, nous aurons soin de vous.

Olympe l'avait fait asseoir à table, la grande fille pleurait !

Lesorne se vit tellement assailli de questions, qu'il s'en tirait mieux ; sur trois, il en passait deux.

Où étaient ses filles ? il n'en savait rien ; elles avaient disparu ! son Auguste ?

Là, Lesorne pouvait briller ; il leur raconta comment Auguste avait pour maîtresse une petite qui demeurait avec une vieille marchande de mouron.

— Ah ! s'écria Olympe, je connais la vieille si la petite demeure avec elle, j'en réponds, c'est une brave fille.

Lesorne continua son récit : il leur apprit que la voiture cellulaire avait été assaillie pendant la nuit par une bande de petits vagabonds.

— C'est drôle, disaient les femmes, qu'Auguste soit fourré là-dedans. Où pouvait-il les avoir connus, puisqu'il arrivait de Clairvaux ?

C'était une drôle de famille, ces Brodard, et Auguste tenait du père; il était si grave que c'en était bête ! à son âge, il ne fréquentait que des ouvriers plus vieux que lui ! Sans ce misérable Rousserand, il n'y aurait jamais eu une tache sur ces gens-là. Elle raconta tout cela en pleurant. Lesorne s'attendrissait, tâchant de se guider sur les diverses nuances de caractère indiquées par les deux femmes,

— Mais mangez donc, disaient-elles. Rosa, apportez ici tout ce qu'il peut y avoir de meilleur ; du poulet, du vin de Malaga, des gâteaux ! Brodard ne mange pas.

Le fait est que Lesorne avait le gosier serré. Prenant de temps à autre une bouchée, il continua l'histoire d'Auguste.

— Figurez-vous, dit-il, que le gaillard s'est échappé par la fenêtre de la mansarde de la vieille. On a couru toute une journée sur les toits, sans rien trouver ; finalement, un agent ayant mis le pied sur un vitrage, est tombé et s'est cassé une jambe, ça a dégoûté les autres ; ils sont partis ; d'Auguste, pas plus que ça ! le bandit faisait craquer son ongle.

— C'est drôle, se disaient les deux femmes, Brodard n'est plus Brodard. Allons, vieux ! pensez comme vous étiez dans le temps.

Le Brodard qu'elles avaient devant les yeux était loin de l'honnête et brave homme dont elles se souvenaient.

Lesorne avait grand'peine à soutenir son personnage. — Mais que de choses à l'horizon ! les deux femmes lui servaient à se faire reconnaître définitivement, et dans la fréquentation de cette riche maison, d'autres projets sans doute se feraient jour.

Lesorne en devenait de plus en plus rêveur.

Les appétits de la bête d'affût s'éveillaient devant la proie. Les lèvres de Lesorne se soulevaient comme celles d'un renard devant un poulailler.

— Vous ne partirez que ce soir, mon bon Brodard, disaient Amélie et Olympe s'empressant à l'envi.

Olympe était heureuse ; elle revoyait tout son pauvre temps de jeunesse, quand elle traînait déjà, comme tant d'autres, sur le pavé, mais faisait parfois du bien à plus malheureux qu'elle.

Tandis qu'aujourd'hui, ayant jeté l'or à pleines mains à l'hypocrisie et au crime, le dégoût lui mordait le cœur sous le velours et les dentelles. — Le dégoût qui avait déjà emporté Blanche et rendu fou de Méria.

— Mon bon Brodard, disait-elle, parlons d'autrefois. Mais Lesorne restait muet, et le cœur d'Olympe se glaçait.

LXXXIX

SUR LE TOIT

Nous avons laissé Auguste Brodard entre les deux cheminées, un pied sur la crête de chacun des murs adossés l'un à l'autre.

Personne ne passe par cette ruelle, tant est elle étroite. Auguste y sentait sous lui un abîme où ses os pourraient blanchir en paix, à moins que quelque chien amaigri par le jeûne, ne parvint à s'y glisser.

Le fugitif entendait, de son asile, la chasse sur les toits ; il entendait les perquisitions dans les mansardes ; ses jambes commençaient à se raidir, sa tête brûlait sous le soleil, ses oreilles bourdonnaient.

—Pourquoi, se disait Auguste, n'étouffe-t-on pas au berceau ceux qui doivent être si malheureux ?

« Ne serait-ce pas autant d'esclaves de moins, mais pourquoi, l'esclave n'aurait-il pas son tour ? »

La fièvre venait, des frissons couraient sur le corps du malheureux.

L'heure sonnant à une horloge lointaine, lui arrivait à travers les airs ; elle se traînait lente et terrible. Ses jambes fléchissaient, le moindre mouvement l'eût entraîné.

Le mouvement arriva : un des agents prenant un vitrage pour la suite des toitures, tomba avec bruit dans un atelier où il se fracassa une jambe ; cet accident termina la journée.

L'ébranlement produit par la chute de l'agent entraîna Auguste ; il tomba dans l'étroit abîme, froissé, déchiré, serré, entraîné par son poids, retenu par l'espace étroit, mais toujours descendant jusqu'au fond.

Auguste était, en arrivant à terre, dans la position d'un supplicié qu'on retirerait de la roue ; mais une chute dans ces conditions ne pouvait être mortelle.

C'était la faim qui terminerait son existence s'il ne parvenait à se faire assez mince pour ramper jusqu'à l'orifice.

Son poids l'avait entraîné

Mais il lui faudrait pour sortir une force inouïe. Quelque courage qu'il eût, Auguste ne fut pas fâché d'avoir à attendre la nuit ; le lendemain peut-être, car les rues allaient être gardées.

Fermant les yeux, il se laissa aller à un assoupissement tenant du cauchemar et de l'évanouissement. Il revoyait sa cellule à Mazas, l'attaque de la voiture, la mansarde, la chasse à l'homme sur le toit ; tout cela, tourbillonnant autour de sa tête, il s'évanouit.

Quand Auguste revint à lui, la fraîcheur de la nuit ayant soulagé ses meurtrissures, il appela à lui toute son énergie et recommençant la torture qu'il avait éprouvée en tombant, se glissa vers une des extrémités.

Ses vêtements étaient en lambeaux, et après ses vêtements sa chair.

Il faisait meilleur sous les meules qui broient le grain, que dans cet abîme à peu près de la largeur de sa tête où il faisait passer tout son corps à force de le presser, de l'aplatir, de le forcer.

Enfin, il parvint à l'extrémité.

Cette extrémité était murée !

Alors le courage d'Auguste tomba ; il frappa de ses mains saignantes le mur maudit.

— Je vais donc me voir mourir ainsi, se disait il.

Le jeune homme resta quelques instants immobile, le cœur lui tournait.

— Autant finir là qu'ailleurs ; le meilleur est le plus court.

Mais la pensée de ses sœurs lui revint.

— Allons, dit-il, encoreun effort ; il ne sera pas dit que je n'ai pas été jusqu'au bout.

Et le malheureux reprit sa voie douloureuse.

— Horreur ! l'autre issue était également fermée.

Auguste, cette fois, ne remua plus. Mais il n'en avait pas fini avec l'existence. Le pauvre enfant ! le désir de vivre lui revint encore

Un rat fait bien son trou, pensa-t-il !

Et de ses mains ensanglantées il attaqua les pierres. Longtemps ses ongles s'y brisèrent, le mur semblait de granit.

Tout à coup Auguste pensa qu'il avait dans sa poche un mauvais couteau de prisonnier ; il lui fallut des efforts inouïs pour le tirer. Mais avec cette aide infime il y avait possibilité d'arracher une pierre.

Une pierre arrachée, c'était le trou fait ! Auguste commença ce travail inouï. Le sang coulait de ses doigts. Il lui semblait rêver, et il continuait toujours.

Enfin, une pierre céda, elle fut arrachée. Alors Auguste s'acharna sur le mur comme une bête fauve sur sa proie ; il rugissait, il écumait : attaquant le ciment de son couteau et de ses mains, mordant la pierre, sentant qu'il allait vaincre.

La lumière des réverbères se fit enfin jour par l'ouverture ; les pierres se succédant l'une à l'autre, Auguste passa sa tête ; puis son buste, en se tordant ; enfin tout le corps.

Ses vêtements, tellement déchirés qu'il était presque nu, il se trouva dans la rue.

XC

LE REPAIRE

— Hein ! papa ! dit une voix aiguë, quelque peu enrouée ; en voilà un rat ! il est de taille !

— Qu'est-ce que c'est ? dit rudement un homme d'une longueur immense qui ressemblait à une ombre chinoise.

Tous deux étaient porteurs de hottes, de crochets et de lanternes, l'homme mit la sienne devant Auguste.

— Cré nom ! d'où que vous *dévalez* l'homme ?

— Voulez-vous me sauver ? dit Auguste.

— Venez, mais dépêchons ! dans quel état il est.

« Où que vous avez mis vos frusques ?

— Il déboule d'un trou, dit le petit à voix aiguë.

Mais s'apercevant qu'Auguste était plein de sang, l'homme et l'enfant cessèrent de rire ; ils éteignirent leurs lanternes.

Où allez-vous ? — Je vais à la Tamise

— Vite ! vite ! dit l'homme, car ce ne sera pas facile de passer, heureusement que la *boîte* n'est pas loin.

En effet, ils s'arrêtèrent deux maisons plus loin.

— Mettez-vous ça sur le *croupion*, dit l'homme en ôtant sa hotte (ça vous habillera. Le pipelet pourrait vous trouver trop légèrement vêtu.

Tous trois descendirent sans empêchement au sous-sol.

— Voilà notre logement, dit l'enfant.

Auguste défit la hotte et tomba lourdement sur le banc qui occupait tout un côté de la cave.

— Merci, murmura-t-il.

Le malheureux était épuisé.

L'homme ralluma sa lanterne, la suspendit au mur et s'approchant d'Auguste, il l'aida à gagner la paillasse et à s'y étendre.

— Je ne vous demande pas où vous avez *éraflé* votre personne, dit-il ; je ne suis pas un *gobillard*, moi ; vous avez besoin de passer en *fumage* (fraude), je vous aide, voilà tout.

— Attendez, dit l'enfant ; levez la tête, voilà un *polochon*, et il lui mit, en guise d'oreiller, un tas de chiffons.

Auguste s'étendit lourdement, tandis que le petit dressait à terre une sorte de couvert et que l'homme remuait avec son doigt, dans une tasse ébréchée, un mélange de vin et de cassonnade qu'il fit prendre à Auguste.

Celui-ci s'endormit profondément.

Les deux chiffonniers commencèrent leur repas, il était froid, bien entendu, et composé du plus étrange arlequin qu'on puisse imaginer ; arlequin non pas acheté, mais ramassé. Il y avait des débris de festins et des restes misérables, et comme dessert, un morceau de fromage et d'immenses tranches de pain ; le tout arrosé d'un peu de vin, dont Auguste Brodard eut la meilleure part.

— Je sais bien, moi, d'où il vient, dit le petit en montrant Auguste endormi.

C'est celui que la *rousse* cherchait sur le toit.

— Tiens ! tu as raison, môme. Tu me demandais dans le temps ce que c'était que la question sociale. Voilà encore une manière de la traiter.

— Comment ?

— Écoute bien : tu sais ce que c'est que la chasse ! il y a la bête, la meute, les piqueurs et les maîtres, eh bien ! le monde est une grande chasse ; les uns sont la bête, les autres la meute, il y a les piqueurs, il y a les maîtres, l'homme que tu vois là est la bête.

— Et M. Nicolas est dans la meute.

— C'est cela, môme ! viens m'embrasser ! il est chic ce mioche !

Après s'être livré à ces épanchements, l'homme tira de sa poche un journal crasseux et commença à lire.

— Ah tout haut ! s'écria l'enfant.

Et il s'établit les coudes sur ses genoux, écoutant avec gravité, la lecture du journal.

Il datait de quelques jours seulement ; ni les tribunaux ni les faits divers n'étaient déchirés ; l'homme lisait lentement, afin que l'enfant comprît ; une affaire de vagabondage occupait les tribunaux :

Le président. — Accusée, levez-vous ! Comment vous nommez-vous ?

— Marguerite.

— Où êtes-vous née ?

— Je n'en sais rien, monsieur !

— Ne vous moquez pas du tribunal !

— Je ne me moque pas, monsieur, j'ai été trouvée dans les rues ; j'étais déjà grande.

— Qui vous y avait abandonnée ?

— Je ne l'ai jamais su.

— Bref là-dessus, quel âge avez-vous ?

— Mais je ne peux pas le savoir, monsieur, peut-être bien entre soixante ou soixante-cinq.

— Où avez-vous été arrêtée hier ?

— Sur un banc, où je m'étais assise.

— Pourquoi avez-vous été arrêtée ?

— Je ne sais pas, monsieur.

— Ne mentez pas.

— Je ne mens pas, monsieur.

— Pourquoi étiez-vous assise sur le banc ?

— Parce que j'étais fatiguée.

— D'où sortiez vous ?

— J'avais cherché de l'ouvrage, je n'en ai pas trouvé.

— Quel est votre domicile ?

— Je n'en ai plus, monsieur ; les propriétaires ne veulent pas des gens **qui** ne peuvent payer.

— Quel est le dernier domicile, où vous avez demeuré ?

La prévenue baisse la tête sans répondre.

— Accusée, je vous demande quel a été votre dernier domicile ?

L'accusée à voix basse :

— Saint-Lazare, monsieur.

— Ne plaisantez pas avec la justice !

— Mais monsieur, je n'ai pas dormi sous un autre toit, depuis si longtemps, que je n'en puis donner d'autre.

— C'est bien.

Après quelques minutes de délibération la prévenue est condamnée à trois mois de prison comme vagabondage.

L'accusée. — Mes bons messieurs, est-ce que je ne pourrais pas avoir six mois, je suis si lasse !

Le président. — Vu l'impertinence de l'accusée, sa condamnation est augmentée de quinze jours.

L'accusée. — Six mois, messieurs, je vous en prie.

— Pourquoi qu'on la condamne, dit le petit, et *pourquoi qu'elle* demande six mois ?.

— Je t'ai déjà expliqué que quand on ne trouve pas d'ouvrage, et que par conséquent, on ne peut payer son loyer, c'est un crime qu'on appelle le vagabondage, et qu'on le punit comme tu vois. Elle demande six mois parce qu'il fait meilleur sous un toit que dans la rue.

— Quand vous m'avez pris, j'étais vagabond, n'est-ce pas ? dit l'enfant.

— Oui, môme, mais maintenant tu n'as plus rien à craindre.

Auguste dormait de cet étrange sommeil où l'on entend, où l'on pense, sans pouvoir faire un mouvement ; les terribles aventures de la veille lui causaient cette sorte de léthargie ; il songeait au maître d'école, si bon pour lui autrefois, et les deux événements se mélangeaient dans son esprit troublé par la fatigue et les vapeurs du rêve.

— Que je suis content, disait l'enfant ; je n'ai plus peur d'aller en prison ; et puis je suis avec vous, on ne me prendra plus comme vagabond.

— Tu es donc bien heureux, d'être avec moi ?

— Dame ! je vous aime bien, et puis, vous êtes fils de guillotiné !

Il regardait l'homme avec admiration.

— Drôle de môme !

L'homme, de temps à autre, interrompait la lecture pour regarder Auguste Brodard, qui paraissait toujours endormi. Il décrocha la lanterne et la donna à l'enfant.

— Tiens ça, dit-il, que je lave le *vermois* (sang) dont il est couvert ; il est si fatigué qu'il ne s'éveillera pas.

Le petit, tenant la lanterne, le chiffonnier, une vieille serviette et une terrine d'eau, il fut procédé au pansement des meurtrissures d'Auguste.

— Il n'a besoin que de repos, dit le fils du guillotiné en dressant avec des chiffons deux niches au fond de la cave.

Le chiffonnier fit boire à Auguste, toujours à demi plongé dans le sommeil, un nouveau verre de vin sucré, et ayant placé près de lui un paquet d'allumettes afin d'être prêt à secourir son hôte au premier malaise, il s'étendit à son tour.

La couche était le sol humide ; mais après la fatigue du jour, l'homme et l'enfant eussent dormi dans des conditions plus mauvaises encore.

Le petit s'éveilla tout à coup.

— Papa, dit-il, je n'ai pas eu ma leçon de lecture ce soir.

— C'est vrai, dit le chiffonnier. Mais tu as eu en place une leçon de choses ; tu sais, la chasse dont je t'ai parlé ?

— Ah oui ! mais pourquoi que la bête ne se révolte pas contre la meute ?

— Elle le fait quelquefois, il y a des cerfs qui éventrent les chiens ; et des bœufs qui s'échappent furieux de l'abattoir.

— Mais on les tue tout de même.

— Oui, parce qu'ils sont seuls. Tu vois que je te parle comme qui dirait au figuré, comprends-tu ce que cela veut dire ?

— Ah ! que oui ! dit l'enfant avec un fin sourire.

— Mes sœurs ! mes sœurs ! murmurait Auguste dans son sommeil.

— Qu'est-ce qu'il a donc à appeler ses sœurs comme ça ? dit le petit.

— C'est un côté de la chasse que tu es trop jeune pour comprendre. Quand on est plusieurs bêtes dans un terrier, il y en a qui sont prises.

Le petit eut un sourire triste, il reprit la conversation.

— Papa, l'homme du toit, c'est celui qui s'entendait avec le domestique, vous savez, le domestique à la coupe ; c'est celui-là qui va être *enflanqué !* On va *l'embaluchonner* dans toutes les *pelures* des autres.

Il disait cela sérieusement, comme un homme.

— C'est bien, dit le chiffonnier ; voilà un *gosse* qui promet. Il a trouvé la situation telle qu'elle se présente pour tous les malheureux.

L'homme n'ayant pas sommeil ce jour-là, ralluma sa lanterne, approcha la hotte de son lit, et en compagnie de l'enfant, se mit à explorer l'un après l'autre tous les papiers de sa hotte.

C'était là, leur cabinet de lecture ordinaire.

Un gros paquet de papier à chandelle, noué avec une ficelle, vint au bout du crochet qui leur servait à remuer les fouillis de la hotte.

— Tiens, dit le petit, un portefeuille de ministre !

Il s'approcha curieusement ; tandis que le chiffonnier, essuyant ses doigts à sa couverture, après avoir dénoué la ficelle, enduite d'engrais divers, s'apprêtait à ouvrir le paquet. C'était un dossier entier, toute la vie d'un individu, depuis l'acte de naissance au nom de Gilbert Karadeuk, né à Saint-Nazaire, le 24 mai 1854 (acte de baptême même, rien ne manquait au digne breton) signé du parrain et de la marraine : Yvon Karadeuk, mineur, et Marguerite Eren, sa femme ; un diplôme d'instituteur reçu en 1876, à Nantes ; des certificats constatant que Gilbert Karadeuk, parcourait tous les hivers, depuis quatre ans, les fermes isolées pour apprendre à lire aux petits gars trop éloignés des écoles communales ; enfin une lettre expliquant le tout, et encore une poignée de certificats. La lettre était adressée ainsi : « A celui qui trouvera mes papiers. » Elle était longue et diffuse :
« Je suis un pauvre maître d'école breton, comme vous l'apprennent mes papiers ;
« je sais compter, lire et écrire, je mets à peu près l'orthographe, et pourtant, je ne
« trouve pas à me placer à Paris. Pourquoi ne suis-je pas resté dans mon pays ? Mais
« je n'étais pas assez fort pour aller l'hiver de ferme en ferme, par les mauvais
« chemins. J'ai voulu faire comme mon oncle Karadeuk, qui est venu à Paris
« il y a un an, et sans doute s'est trouvé bien, car il n'est pas revenu, à moins
« qu'il n'ait fini comme je vais finir. J'en ai assez de la misère, je ne trouve pas
« d'ouvrage, et puis, en sais-je faire d'autre que de montrer à lire ? Ce soir,
« l'ennui me prend si fort que je n'en ai plus faim.

« On dit têtu comme un Breton, c'est vrai, je me suis mis en tête de ne plus
« souffrir, je ne veux plus traîner mes pauvres jambes, ni dans les fondrières, ni
« sur le pavé. Je veux dormir, dormir longuement, je n'en démordrai pas.

« Il y a bien dans le catéchisme, que le *bon* Dieu met en enfer, pour souffrir
« pendant toute l'éternité, ceux qui n'ont pas voulu souffrir jusqu'au bout sur la
« terre : mais ma foi, tant pis ! outre que ce serait pas riche pour un Dieu bon,
« cela me changerait, voilà tout !

« Il n'y a plus personne de la famille ; je ne laisserai pas de regrets ; je n'ai
« pas d'amis non plus ; on ne faisait guère attention au pauvre maître d'école, si
« ce n'est les gars, pour se sauver à travers les genêts quand ils m'apercevaient.

« Mais l'idée me prend de laisser un souvenir à quelqu'un ! Si quelque pauvre
« diable plus malheureux que moi, ce que je ne crois pas possible, ou plus cou-
« rageux, veut prendre mon nom, que personne ne lui disputera, et mes papiers,
« qui sont ceux d'un honnête homme, je les lui donne à seule condition qu'il
« soit honnête aussi et sache lire, écrire et compter correctement.

« Comme je n'ai pas d'autre chez moi que la rue, j'y dépose ce paquet avant
« d'aller dormir dans la Seine.

« Il n'y doit pas faire chaud, mais tant pis, j'en ai assez.

« Il me semble revoir de loin les grands feux des fermes, à travers l'eau de la Seine.

« GILBERT KARADEUK. »

L'homme et l'enfant se turent quelques instants.

— Il n'est pas malin tout de même, le Karadeuk, dit le petit.

— Pourquoi ?

— Dame ! d'abord il *manque d'opinions*.

— Qu'appelles-tu des opinions, môme ?

— Eh bien ! ce qu'on croit ou qu'on ne croit pas.

— Qu'est-ce que tu crois ?

— Moi, rien ! Et dire qu'il se fiait à celui qui trouverait ses papiers pour ne s'en servir que s'il était honnête et éduqué ! *qué godiche !* on t'en fournira !

Le petit se renversa en arrière et parut plongé dans ses réflexions.

Il reprit tout à coup , montrant Auguste :

— Papa ! si l'homme savait lire, écrire et compter ! hein ! ça serait drôle, c'est celui-là qui serait servi à souhait.

Auguste s'était enfin endormi, son visage enfiévré paraissait brillant dans la demi-obscurité. — Le vieux prit la lampe et alla vers le lit.

— Il n'aura sans doute plus besoin de papiers ! dit-il avec tristesse.

— Si nous allions chercher M. Philippe ? reprit l'enfant ; il est rentré maintenant, sans doute ; lui ou son frère nous aiderait à le soigner. C'est des savants !

— Va, dit l'homme, peut-être nous aideront-ils en effet.

Le petit, sans hésiter dans l'ombre, commença son ascension du sous-sol au sixième, avec la légèreté du gamin de Paris, sans un faux pas sur le bois graisseux.

Le sixième était habité par une nichée de jeunes gens : deux aînés, rudes au travail, et deux petits, dont les grands disaient : Qu'ils soient doublement heureux pour leur part et pour la nôtre !

Ces petits, comme il arrive dans les nids de passereaux abandonnés, avaient eu la becquée des aînés.

Aussi, on eût donné bien plus que leur âge à Philippe et à André ; bien moins aux plus jeunes.

Tandis que le gamin montait chez les voisins, le chiffonnier jetait un regard plus détaillé sur le dossier de Gilbert Karadeuk.

Il se souvint d'avoir vu un insecte chassé par le vent vers un oiseau pris par la patte.

— Faut-il donc, se disait le fils du guillotiné, que pour sauver l'un, l'autre ait péri ! Sacrée société ! escarpes de lois ! Va ! va donc à la hotte !

Il ignorait d'étranges détails qui eussent compliqué ses réflexions. C'est qu'il y a des êtres si fatalement constitués, que d'autres sont sauvés avec ce qui ne leur servait à rien. Les papiers d'Yvon Karadeuk, avaient sauvé Jacques Brodard, comme les papiers de son neveu, Gilbert Karadeuk, allaient sauver Auguste Brodard. .

Il ignorait aussi, qu'à Saint Nazaire était né, comme les Karadeuk, un homme dont le témoignage pouvait leur être fatal, Jean-Étienne, le parricide, employé de la police secrète.

C'est que la destinée n'est que la tempête qui rejette les uns contre les autres les mêmes grains de sable, ou les disperse à jamais à tous les points de l'horizon.

Que faut-il pour cela? une bouffée de vent qui les soulève ou les ensevelisse à jamais.

XCI

DAVYS-ROTH

Nous avons dit qu'il y avait en Davys-Roth du druide et de l'inquisiteur; il était criminel; mais dans tous ses crimes, l'intérêt de sa caste primait son intérêt personnel, tandis que chez de Méria, comme chez Nicolas ou Helmina les appétits de la bête isolée avaient le dessus.

Davys-Roth défendait contre les empiétements de la lumière, l'édifice ténébreux de la foi, avec la même âpreté que les bandits du moyen âge défendaient leurs manoirs. Sa seule qualité était son courage; il était immense.

La mort de Blanche, son discours au club des Allemands, frappaient cruellement le père, mais, suivant sa coutume, il retournait en tous sens sa défaite, jusqu'à ce qu'il lui eût trouvé une face capable d'être présentée au public.

Cette face devait paraître le lendemain dans le journal *le Cœur de Jésus*, dont Davys-Roth venait de corriger l'épreuve.

Voici en quels termes l'histoire était racontée sous ce titre : *Nécrologie*.

« Nous avons le regret d'annoncer à nos lecteurs la mort de Mlle Blanche de
« Méria, dans des circonstances tristement dramatiques. On n'a pas oublié que
« M. de Méria fût frappé soudain d'aliénation mentale, nous savions que cette
« maladie est héréditaire dans la famille, mais gardions le silence, afin de ne
« point précipiter la catastrophe inévitable. — La dernière des de Méria qui avait
« voulu fuir à Londres, la terrible hérédité, en a été atteinte subitement pendant
« une séance du club des Allemands, à laquelle elle assistait par hasard.

« Mlle de Méria est montée à la tribune où elle a déraisonné pendant quelques
« instants au milieu de l'étonnement général. — Il est impossible de relater
« l'hallucination qui l'emportait et terrifiait les assistants.

« Au moment où Mlle de Méria descendait de la tribune, un incident s'est
« produit à la faveur de l'émotion générale. — Un Russe, condamné depuis long-
« temps par ses amis les nihilistes, a été frappé par ordre du comité révolution-
« naire secret. C'est le fameux Nichaïloff.

» Maison n'était pas au bout des émotions terribles de la soirée.

« Mlle dé Méria, entraînée par la terrible folie héréditaire, s'est enfuie dans la
« nuit profonde.

« Ce matin, le corps de l'infortunée a été retrouvé dans la Tamise. Ses vête-
« ments n'étaient point en désordre; la jupe attachée à ses chevilles était sans
« souillure. On eût dit que le Seigneur veillait sur elle, dans son malheur.

« Les regrettables fréquentations qu'on a reprochées au comte de Méria
« venaient de cette malheureuse disposition d'esprit, héréditaire dans sa famille.
« Voilà pourquoi nous n'avions pas répondu il y a quelques mois aux propos
« impies répandus à son sujet.

« UN PÈLERIN. »

Cette longue et filandreuse tartine ne remplissait sans doute pas complètement le but de Davys-Roth, car son attitude indiquait une profonde méditation.

L'entrée d'un domestique interrompit les réflexions du père.

— Que voulez-vous, Pierre ? dit Davys-Roth.

— C'est une dame, monsieur, qui insiste pour entrer. Elle prétend savoir des
choses de la plus grande importance.

Le père prit sa tête à deux mains ; ne souffrait-il pas assez du nouveau scandale soulevé par Blanche de Méria ? Quand il se demandait si le soin qu'il apportait
à ne citer aucune des phrases de Blanche, afin qu'il fût plus facile de les nier ou
de les dénaturer, suffirait à dérouter les ennemis de l'Église, voilà qu'une misérable femme venait mêler ses sentiments personnels à cette importante occupation !
Il eût l'idée de la renvoyer, mais n'était-ce point quelque avis qu'on lui
envoyait.

— Faites entrer, dit-il.

La dame avait une de ces tournures qu'un peintre aimerait pour une scène de
cour des miracles ou de retraite de bandits. Un serpent pour la souplesse, un
crapaud pour le visage; on ne trouvait au regard que deux expressions : la
bassesse et la dissimulation. Que pouvait cacher ce masque ?

Petite, trapue, le teint verdâtre, cette femme, chargée de tant de laideurs,
avait un pouvoir fascinateur dont on ne se rendait pas compte. C'était la fixité
caressante de ses yeux, qui ne vous quittaient plus une fois qu'ils s'étaient
attachés à vous ; ces yeux-là suçaient comme les lanières des pieuvres.

Cette fascination fut sans effet sur le prêtre qui, la regardant de son côté de
son œil dominateur, la fit incliner jusqu'à terre.

— Qu'y a t-il pour votre service, madame? dit-il froidement.

Elle s'inclina de nouveau et commença d'une voix douce.

— Ma fille, monsieur, a l'honneur d'être connue de vous ; c'est pourquoi...

— Comment se nomme votre fille ?

— Blanche Marcel.

— Mais elle est morte.

— Claire Marcel est morte, monsieur, mais non Blanche.

Tous ces noms de Marcel déplaisaient à Davys-Roth.

— Où voulez-vous en venir? dit-il.

Auguste sentait sous lui un abîme.

La femme, qui n'avait pu prendre pied d'abord, se sentait de plus en plus désappointée, elle balbutia cependant :

— Ma fille, monsieur, a perdu tout son avenir pour avoir dirigé pendant quelques mois la sainte maison de Notre-Dame-de-la-Bonne-Garde.

— Expliquez-vous ! quoique les affaires de cette maison ne me regardent en rien.

La femme rampait de plus en plus.

— Voilà, monsieur, ce qui arrive : partout où ma fille parvient à se placer, l'histoire est rapportée et on la met à la porte !

— Je n'y puis rien, malheureusement !

La femme continua, baissant tout à fait la tête vers le sol :

— De sorte que, comme ma fille est trop honnête pour profiter des avances que lui font les feuilles anticléricales, elle n'a pas voulu jusqu'à présent révéler les choses qu'elle a découvertes à la maison de convalescence. Mais on ne peut cependant pas vivre de rien. Que voulez-vous que fasse une pauvre enfant à qui tous les emplois de sa profession sont refusés, et que les impies sollicitent sans cesse, lui offrant de l'or et des places.

— Les impies, pensait Davys-Roth, ne sont ni assez riches ni assez puissants pour offrir tant de choses.

Et il avait envie, la fureur lui battant les tempes, de passer le monstre par les fenêtres.

Mais quel scandale ! Il se contint donc, paraissant d'autant plus calme qu'il était plus furieux.

— Précisez les faits, dit-il ; citez-moi quelques noms.

— Hélas ! monsieur, je ne sais pas m'expliquer aussi bien que ma fille. Tout ce que je comprends, c'est qu'à moins d'avoir une petite dot qui la mette à l'abri du besoin, il faudra bien.....

Davys-Roth se dressa de toute sa hauteur, tandis que la femme se rapetissait, se traînant devant lui.

— Je vous répète, dit-il, que les affaires de Notre-Dame-de-la-Bonne-Garde ne me regardent ni moi, ni notre sainte mère l'Église. C'était une œuvre de charité particulière à laquelle l'œil de Dieu seul présidait ; cependant, puisque votre fille est bonne chrétienne, je ne vous refuserai pas un secours, tel que me le permet l'insuffisance de mes moyens.

Il lui tendit trois pièces de vingt francs, qu'elle reçut inclinée jusqu'à terre et qu'elle fit disparaître dans ses vastes poches, après avoir tracé avec chacune un signe de croix.

Davys-Roth ne la quittait pas du regard.

— Dans quelques jours, dit-il, vous aurez la visite de personnes pieuses. Quelle est votre adresse ?

— Madame et mademoiselle Marcel, 16, rue du Faubourg-Saint-Antoine.

— C'est bien, vous pouvez vous retirer.

La femme s'inclina une dernière fois et sortit, tandis que Davys-Roth la suivait des yeux avec un regard si acéré qu'elle le sentit et tourna la tête.

— Celle-là, pensait-il, va payer pour les autres ; il n'y a qu'un seul moyen de délivrer l'Église de ses ennemis, c'est celui qu'emploie le Seigneur dans l'Écriture : il les anéantit.

Davys-Roth se sentit débordé.

La fièvre s'empara de lui ; il se vit debout, luttant seul contre l'envahissement de l'incrédulité, armé d'une croix lourde comme la massue d'Hercule ; il lui semblait frapper sur les impies et leur briser la tête d'un coup de l'arme sacrée.

Mais Davys-Roth n'avait pas longtemps à consacrer à cette vision. Il s'arracha au songe, et se plaçant à son bureau, acheva le dépouillement de sa correspondance, interrompu par ses occupations précédentes.

Oui, les événements reviennent par marées, par coups de vents !

Une feuille *mal pensante* disait ceci :

« Lorsque, informés par des inconnus d'une histoire scandaleuse arrivée à Notre-Dame-de-la-Bonne-Garde, nous fîmes prendre des renseignements, il nous fut répondu que cette histoire n'existait pas.

« Notre bonne foi fut surprise et nous abandonnâmes l'article ; aujourd'hui, sur de sérieux et nouveaux documents, reçus à Londres par des personnes dignes de foi, nous pouvons annoncer la prochaine publication de nouveaux et complets documents. »

Davys-Roth froissa le papier, le mordit avec fureur et dispersa les fragments autour de lui.

— Pourquoi n'ai-je pas détruit tous ces gens-là ? se dit-il. Mais aux grands maux les remèdes énergiques.

. . . .

Le soir même, un homme de haute taille, un peu gêné dans son habit noir, mais triomphant de cette gêne, frappait à la porte de la chambre de Jean-Étienne à l'hôtel de la rue Sainte-Marguerite.

Le bandit était seul, vu l'heure avancée.

A l'aspect du visiteur, au regard et à la tournure sentant la rue de Jérusalem, Jean-Étienne se leva avec respect.

Il connaissait Davys-Roth, pourtant l'idée ne lui vint pas que ce fût lui

L'inconnu engagea la conversation le premier.

— Vous appartenez à la police secrète ?

Jean-Étienne ne bougea pas.

— J'aime cette réserve, reprit le nouveau venu ; elle vous rend digne de la confiance qu'on peut avoir en vous.

Jean-Étienne commençait à se redresser.

— Vous savez, mon ami, que celui qui tue un chien enragé fait une belle action ; mais bien plus belle encore est l'action de celui qui purge la société d'un membre plus dangereux que le chien enragé.

Jean-Étienne voyait qu'on allait lui proposer de retrancher quelqu'un du nombre des vivants ; deux choses l'occupaient : le prix et la sincérité de la proposition !

N'allait-il pas donner dans un piège ou refuser une affaire considérable ?

Il laissait venir, suivant son expression, celui qui lui parlait.

Davys-Roth employa un argument irrésistible, la vue de quelques pièces d'or.

— Entre *honnêtes gens*, dit-il, on doit s'entendre ; ce qu'on vous propose n'est point un assassinat, c'est un acte de justice ! Vous aurez du reste le choix entre les deux moyens que voici : vous servir d'un poignard pour tuer deux femmes (dont la vie nuit à la société) ou les conduire, sans éveiller l'attention, dans une maison où on vous ouvrira la porte à un signal convenu, et dans laquelle vous les ferez entrer seulement. Le prix vous sera versé en les livrant.

— Mais comment les amener là? dit Jean-Étienne. C'est ce dernier moyen que je préférerais; point de cadavre à faire disparaître.

—Ah! ceci vous regarde, mon brave! Si on vous donne de l'argent, c'est qu'il y aura un peu de mal. Cherchez le prétexte, il y en a cent, quelque affaire alléchante; les personnes en question sont pauvres.

— Sont-elles scrupuleuses?

— Très peu, au fond, partant, beaucoup dans la forme.

Jean-Étienne réfléchissait toujours.

— Qui me prouve, dit-il, que ce ne soit pas moi qu'on veuille emballer?

— Vous faites tort à vos connaissances en demandant des preuves, l'ami, dit Davys-Roth.

Jean-Étienne se tut.

— C'est à prendre ou à laisser, continua le père; dix mille francs en deux fois: cinq mille ce soir et cinq mille en livrant les deux femmes! Voulez-vous, oui ou non?

En parlant ainsi, il tirait de sa poche cinq billets de banque et les alignait sur la table.

Le premier mouvement de Jean-Étienne fut de s'emparer des billets en se débarrassant du porteur; mais il réfléchit que ce serait se priver d'une partie de la somme et s'attirer des désagréments inutiles.

Davys-Roth avait sagement fait de promettre une moitié.

Le mouvement de Jean-Étienne ne lui échappa pas.

— Je suis tombé, se dit-il, sur l'homme, qu'il me fallait.

— J'accepte! dit le parricide.

— C'est bien! Il ne reste plus qu'à nous entendre sur les détails.

En quelques mots, il eut indiqué l'adresse des deux femmes, l'adresse de la maison où elles devaient être conduites, la manière de frapper et l'heure à laquelle les victimes désignées devaient être amenées la nuit suivante.

XCII

LA RUE DU FER-A-MOULIN

Parmi les masures restées debout dans cette vieille épave du xiie siècle, qu'on appelle la rue de Fer-à-Moulin, était encore, il y a un an ou deux, une bâtisse écrasée, large, massive, à l'aspect peu engageant pour les locataires.

Aussi les fenêtres ne s'ouvraient jamais, ni à la fraîcheur de l'hiver ni au soleil printanier.

Que peut faire le propriétaire de cet immeuble d'une pareille habitation? On devrait du moins en ouvrir les fenêtres et en faire tomber les barreaux, ce serait plus engageant, disait-on.

Mais personne ne connaissait le propriétaire et on ne le voyait jamais venir.

Il y avait une légende sur cette maison.

On disait qu'à cette époque Mme Odille, femme de M. Ledoux, bourreau de monseigneur l'évêque de Paris, s'en servait pour composer des philtres fort goûtés des belles dames et des gentils cavaliers.

A l'instant où nous la montrons au lecteur, la sinistre bâtisse appartenait à Davys-Roth, ce que chacun ignorait et devait ignorer, longtemps encore.

Personne ne l'habitait, du moins ostensiblement; on n'y voyait jamais de lumière.

On n'y entendait jamais de bruit.

Nul parmi les habitants de la rue du Fer-à-Moulin n'en avait vu la porte ouverte.

C'était tout simple, on n'y entrait pas par la porte, mais par un conduit souterrain aboutissant, d'un côté, aux caves de Davys-Roth, de l'autre, aux caves de la maison de Mme la *bourelle* Odille, comme on disait.

C'était.à cause de cette communication, que Davys-Roth avait acheté d'un juif trafiquant de terrains, cette propriété qu'il lorgnait depuis longues années; sans mettre qui que ce soit dans le secret du passage qu'il avait découvert.

Le jour, où il devint propriétaire de la maison de Mme Odille, fut pour Davys-Roth un triomphe dont il jouit dans son intérieur comme il avait coutume de jouir ou de souffrir.

Quelle fête se donnèrent ce jour-là ses intincts de grand inquisiteur et de druide !

Depuis longues années, il gardait le secret de cette cache où étaient entassés des monceaux d'or à mettre au service de ses projets, des armes de toutes sortes, de la poudre, des munitions de guerre et même, comme il était de son époque pour la destruction, des tonnes de pétrole, de la dynamite et de la nitro-glycérine, de quoi faire sauter dix villes, des déguisements de quoi travestir l'univers.

Une pharmacie fort singulière, c'était l'arsenal secret du père pour sa guerre sacrée; en vieillissant il s'y attachait chaque jour davantage. On eût dit, à l'y voir errer, l'ombre de Nicolas Flamel logée dans ce nid de spectres pour assister à une époque où les alchimistes sont en poussière.

Lui non plus, le terrible Davys-Roth, n'était pas du monde des vivants; ses pairs s'en étaient allés avec la flamme des bûchers.

Le repaire du prêtre était tout en souterrains dont il fallait connaître le secret pour supposer qu'il existât autre chose dans la mâsure que la vieille entrée, pareille aux portes des cathédrales gothiques, et les trois ou quatre vastes pièces où des bibliothèques pieuses, des paquets de charpie et de linge donnaient le change sur la destination de l'immeuble.

Peut-être, n'y devait-on faire jamais de perquisitions ; cependant Davys-Roth trouvait convenable de s'assurer pour ce cas.

L'obligation, dans laquelle il se trouvait, pour conserver son secret, de ne jamais pénétrer dans la maison par l'entrée ordinaire, eût attiré les regards de la police si elle n'avait la coutume de les fermer sur les faits et gestes de certaines gens.

On savait à la préfecture que Davys-Roth avait acheté la maison de Mme la *bourelle;* cela suffisait pour qu'on ne vînt pas l'y troubler.

Le prêtre ne se servait de lumière que dans les souterrains ; il parcourait de jour le corps de bâtiment.

Davys-Roth avait fini par animer de sa vie cette épave d'un autre ^ge ; il sentait, en entrant dans ces souterrains, d'où il pouvait, ·à l'instant voulu, faire sortir des ressources inouïes, que là seulement, il était lui-même.

Quelques novateurs naissent longtemps avant l'époque où ils seront compris, Davys-Roth, lui, était le contraire, on ne pouvait plus le comprendre.

En attendant Jean-Étienne et les deux femmes qu'il devait conduire, le père s'installa dans un immense souterrain, dont l'ameublement mérite quelque attention.

Des tentures fleurdelysées en dissimulaient les parois ; des estrades s'élevaient à chaque extrémité ; sur l'une, plus haute et plus large que les autres, était un trône fleurdelysé, comme les tentures, et décoré de longues bannières blanches.

C'était évidemment la mise en scène d'un sacre — Davys-Roth, tout en ne se dissimulant pas les difficultés de l'entreprise, voulait avoir sous la main un asile d'où puisse sortir le *roy* légitime, sacré de l'ampoule, gardée également dans une fiole microscopique (authentique ou non) pour cette occasion.

Le tout était que le *roy* y entrât, et Davys-Roth se sentait de taille à le tenter, mais il était seul encore à préparer son plan.

Des fusils étaient rangés autour de la salle, comme si les défenseurs du trône et de l'autel n'eussent eu qu'à les saisir pour entourer la personne sacrée du souverain.

Un livre, grand ouvert sur un pupitre, étalait les psaumes du sacre.

Là, le père se brûlait de l'encens à chacune de ses visites.

Il aimait l'impression de cet arome sur le cerveau.

Ce jour-là, ou plutôt cette nuit-là, car il n'était pas loin de minuit ; Davys-Roth en brûla plus que de coutume.

Il était évidemment satisfait de l'acte que son fanatisme allait commettre. Mais il voulait peut-être cette griserie du cerveau.

L'heure de minuit avait été choisie par le prêtre comme propice à l'entrée des deux femmes. Dès dix heures du soir, il ne passe plus personne dans cette rue.

Il ne pouvait du reste indiquer une heure plus avancée sans éveiller le soupçon des victimes.

Il avait recommandé à Jean-Étienne de régler sa montre sur l'Hôtel de ville et y avait lui-même réglé la sienne.

Quelques minutes avant minuit, il monta du souterrain dont il cacha soigneusement la communication et se dirigea vers la porte de la rue.

Trois coups, frappés de l'extérieur, lui apprirent que Jean-Étienne tenait parole.

Comme une chose étrange se produisit, Davys-Roth ouvrait précipitamment la porte pour englober les personnages qui se présentaient ; des cris se firent entendre, et deux hommes, au lieu d'un, se trouvèrent dans le groupe, les femmes avaient résisté, on avait aidé Jean-Étienne.

Ces détails furent entrevus par Davys-Roth à la lueur de la lanterne sourde, qu'il cacha immédiatement contre sa poitrine, dans les plis d'un ample manteau.

La vieille aux fauves prunelles et la jeune fille à la chevelure de jeune alouette ne se débattaient plus; elles étaient prises! C'était à elles à chercher un trou, ou une maille faible dans le filet.

Toutes deux connaissaient Davys-Roth, mais elles auraient eu peine à s'assurer de son identité, ne l'ayant jamais vu qu'en prêtre si elles n'eussent eu pour habitude, de regarder, au seul endroit du visage qu'on ne puisse grimer : les yeux !

Chacun de nous a dans les prunelles quelque chose de particulier et d'inimitable.

C'est là que les dames Marcel reconnaissaient leur monde! Elles ne doutèrent pas que ce ne fut le père.

Pendant la seconde que dura la lueur de la lanterne, la veuve Marcel et sa fille se rendirent compte en quelles mains elles étaient tombées, et sentirent la nécessité de dissimuler.

Davys-Roth, contrefaisant sa voix, demanda pourquoi on avait fait violence à ces dames pour les faire entrer.

En parlant ainsi, il jetait un nouvel éclair de sa lanterne.

— J'ai dû, dit Jean-Étienne, presser un peu ces dames, parce qu'il passait une bande de rôdeurs dangereux à rencontrer. Mon ami Grenuche s'est trouvé, je ne sais comment près de nous, il m'a aidé et a été comme nous entraîné lorsque la porte s'est ouverte.

Jean-Étienne avait raison, les choses s'étaient passées ainsi.

— J'ajouterai, dit Grenuche, que je suivais les rôdeurs dont on parle, pour le service de la sûreté dont je fais présentement partie, lorsque voyant les efforts de mon ami pour presser ces deux dames, je me suis joint à lui, j'ai été littéralement avalé par l'ouverture de la porte, il me semble que la maison nous a bus.

Grenuche ne mentait pas non plus.

C'eut été la fatalité de Davys-Roth qui l'envoyait, si le bon père n'eût pas su immédiatement comment on se débarrasse des gêneurs.

— Nous ne pouvons, dit le prêtre, rester dans cette pièce. Veuillez descendre cet escalier et il les fit passer devant lui, jusqu'à une pièce du sous-sol, où des fauteuils étaient rangés autour d'une table sur laquelle brûlait une lampe.

Nul danger qu'on ne vit la lueur du dehors, toute la hauteur du mur de la cour était devant la salle.

Davys-Roth, une main nonchalemment appuyée dans sa poitrine sur le manche d'un poignard triangulaire, regarda bien en face les deux hommes.

Le calme de Grenuche et surtout la suprême bêtise que respirait son visage, ne souffrait pas le moindre doute.

D'un geste, le prêtre invita les acteurs de cette scène à l'écouter.

— Ces dames, dit-il, ont de puissants protecteurs qui ne veulent point être connus. Comme nous avons à causer longuement, elles et moi, elles voudront bien entrer dans ce cabinet, en attendant leur tour.

En parlant ainsi, il ouvrit la porte d'un cabinet dans lequel brûlait une seconde lampe.

Soit lâcheté, soit ruse, les deux peut-être, elles entrèrent sans mot dire.

Davys-Roth, sans produire de bruit, tourna la clef et la mit dans sa poche.

Il n'avait plus affaire qu'aux deux hommes.

Davys-Roth ne se doutait pas, en ce moment, que sans la présence de Grenuche, Jean-Étienne eut essayé de s'emparer par la force, de plus qu'il ne lui avait été promis.

Car Jean-Étienne préférait le tout à la partie, mais il sentait que cet imbécile de Grenuche pourrait prendre parti pour l'étranger et il préférait encore la partie, aux éventualités d'une lutte de deux contre un. — Où cet animal était-il venu se fourrer ?

Davys-Roth fit signe à Jean-Étienne de s'approcher, et lui glissant les cinq derniers billets de mille francs : vous pouvez vérifier, dit-il.

Grenuche ne vit rien de cette action.

— Maintenant, continua Davys-Roth, nous devons à ce brave homme quelques mots d'explication. Les dames que vous venez de voir appartiennent à une famille princière, il ne s'agit de rien moins que d'empêcher une alliance qui causerait une guerre entre trois peuples. Vous êtes donc possesseurs d'un secret d'État, on compte sur votre silence et il sera récompensé.

Jean-Étienne se demandait si l'inconnu disait la vérité, il l'aurait cru peut-être s'il ne se fut aperçu du mouvement circulaire opéré par Davys-Roth pour isoler Grenuche de son compagnon.

C'était aussi l'objet de ses désirs, mais l'inconnu ne voulait-il pas les terrasser séparément.

Grenuche, inconsciemment, se plaçait toujours entre Davys-Roth et Jean-Étienne, cette situation ne pouvait durer longtemps, il fallait toute la bêtise de Grenuche pour ne pas s'apercevoir qu'il était dans un guêpier.

Lorsqu'il le vit, Jean-Étienne, et Davys-Roth, la lanterne à la main, étaient sortis de la pièce dont la clef allait rejoindre dans la poche de Davys-Roth, celle du cabinet des dames.

— Personne autre que cet homme ne vous a vus entrer ici? dit le père, promenant la lumière de sa lanterne sur le visage de Jean-Étienne.

— Personne, répondit-il.

Entre ces deux hommes animés l'un contre l'autre de pensées hostiles, s'établissait un courant qui les avertissait de cette hostilité.

— Faut-il la frapper? se demandait Jean-Étienne.

— Cet homme m'aurait-il déjà trahi? pensait Davys-Roth. Je le tiens trop tard.

Son incertitude fut de courte durée; Jean-Étienne, se ramassant comme un tigre qui prend son élan, tomba, armé de sa canne plombée sur Davys-Roth.

Mais celui-ci était d'une force beaucoup au-dessus de celle du policier et d'une adresse bien supérieure.

Le fils du guillotiné lisait un journal.

S'inquiétant peu du coup qu'il avait reçu, Davys-Roth fit disparaître jusqu'à la garde dans le dos de Jean-Étienne, le poignard qu'il n'avait pas quitté depuis le commencement de cette scène.

Un jet de sang le frappa au visage et coula bientôt comme une source de la blessure.

A peine si le parricide avait fait un mouvement.

Davys-Roth, calme comme à son ordinaire, se baissa sur le parricide.

Jean-Étienne n'avait plus de souffle, son cœur avait cessé de battre.

Le père vérifia, une fois encore, la fermeture des cachots qui contenaient les deux femmes, et Grenuche lava avec de l'eau fraîche le coup d'assommoir qu'il avait reçu de Jean-Étienne et changea de vêtements, prenant son temps pour tous ces soins, comme il le prenait pour décider de la fin de ses prisonniers.

Ce que savait Davys-Roth, c'est qu'ils ne sortiraient pas ! tel était l'intérêt de l'Église ! la persuasion où il était qu'ils ne pourraient désormais nuire à la foi catholique lui servait de conscience.

Quoique Jean-Étienne parût complètement mort, Davys-Roth n'en ferma pas moins soigneusement le compartiment où il était étendu, puis il s'assit et réfléchit. Bientôt, alourdi par le coup qu'il avait reçu, il s'endormit profondément.

Lorsque l'homme des bois, surpris dans sa retraite par le chasseur, se frappe la poitrine de ses poings énormes, jetant le rauque rugissement qui fait trembler la forêt, il éprouve, devant ceux qui l'assiègent, la fauve détermination qu'avait prise Davys-Roth devant le progrès; c'est ainsi qu'il le combattait.

XCIII

UN GRAND CRIMINEL

Devant la tournure que prenait la seconde affaire Rousserand, les principaux criminels glissant dans les mains de la justice, et, de plus, toutes les ramifications du procès pouvant aboutir à quelque incident fâcheux pour lui, M. X... résolut d'en terminer, une fois pour toutes, avec ce cauchemar.

Mais, au moment où il voulait prendre le taureau par les cornes, une complication surgit encore, qui rendit les cornes démesurément longues.

Au lieu de l'affaire Sansblair, qui était fort claire, et comportait un bon trio de criminels n° 1, — Sansblair, son complice Auguste Brodard, et le domestique, — se trouva réduit au domestique seulement. M. X... se plaignait de la disette d'accusés, succédant à cette belle collection.

Que devint-il quand il lui tomba des accusés de tous les points de l'horizon; devant tous, c'étaient eux qui avaient délivré Auguste. Quoique ne se liant pas directement à l'assassinat Rousserand, l'affaire en faisait partie.

Les petits drôles avaient été pris d'un grand coup de filet, dans les fortifications de Saint-Ouen, où ils couchaient, comme le dit la chanson :

« Les uns avec leur dame et les autres tout seuls! »

Ils n'apportèrent pas facilement des éclaircissements au procès. Les principaux de cette rafle étaient Chiffard, son second Réné, dit Fanfreluche, et la maîtresse de ce dernier, Antoinette, dite la Mousseline.

L'agent Sol (le Villon du bagne) était au secret.

Quant à Brodard père, c'est-à-dire à Lesorne, le préfet de police, trouvant bon le conseil de son correspondant anonyme, laissa en liberté ce *brave homme*, ne le faisant surveiller que tout juste, tandis qu'une fourmilière d'agents sous tous les déguisements possibles, ne quittait pas les environs du logement de Mme Grégoire. — Nous verrons qu'ils n'en virent pas mieux pour cela.

D'abord arrêtées comme complices, la marchande de mouron et Clara furent relâchées.

C'est qu'on pensait reprendre Auguste dans cette souricière.

Les deux pauvres femmes espéraient qu'il avait trouvé asile dans quelque mansarde. Osant à peine se communiquer leur pensée, car le grognement de Toto les avertissait sans cesse de quelque voisinage indiscret, elles étaient bien tristes.

Les lettres de Saint-Étienne continuaient à passer au dossier; elles l'ignoraient toujours, quand M. X... s'avisa, ayant la conduite de l'affaire, d'en laisser parvenir une tout à fait insignifiante, comme toutes celles du cousin de Saint-Étienne.

Voici la lettre qui parvint à Mme Grégoire.

« Saint-Étienne, 28 mai 18...

« Ma chère cousine,

« Nous nous inquiétons, les enfants et moi, de ne pas recevoir de vos nou-
« velles, vu que nous vous avons écrit bien des lettres, toutes sans réponse. J'ai
« été bien malade, mais tout va mieux; nous vous embrassons.
« Votre cousin,
« YVON KARADEUK. »

Mme Grégoire et Clara faillirent perdre la tête de joie en recevant cette lettre, puis les réflexions se succédèrent.

Les Karadeuk ne savaient donc rien? on ne lisait donc pas les journaux à Saint-Étienne? il fallait les éclairer.

La marchande de mouron ne manquait pas de finesse; elle refit cent fois dans sa tête trois lignes de réponse qui pussent défier le cabinet noir.

Elles le défièrent, en effet! ce cabinet illustre étant devenu gâteux comme toutes les vieilles institutions.

Voici ce qu'elle écrivit :
« Paris, 30 mai 18...

« Mon cher cousin,

« C'est la première lettre de vous qui me parvient. Voilà pourquoi je ne vous donnais pas de mes nouvelles; dans quelques jours je vous écrirai plus longue-ment. Moi aussi, je suis un peu malade.
« J'embrasse toute la famille,
« Votre cousine,
« VEUVE GRÉGOIRE. »

— De cette manière, se disait la vieille, le cabinet noir laissera passer le mot pour voir la longue lettre, et Brodard, qui ne m'a pas l'air de savoir ce qui se passe, s'abstiendra d'écrire des choses imprudentes, ce qui pourrait arriver.

A quelques jours de là, Clara Bussoni, qui continuait, avec Toto, le commerce des fleurs et du mouron, vit venir à elle, au nez de trois ou quatre agents, un peu las de l'observer, un petit garçon déguenillé, vivace et actif comme un écureuil.

L'enfant courait si fort, qu'il tomba le nez au milieu des bouquets, qu'il renversa en même temps; tandis qu'elle l'aidait à se relever, le petit lui glissa dans la main un papier roulé et s'enfuit.

Clara n'osa ouvrir la main que rentrée chez Mme Grégoire, tandis que cette dernière appuyait son dos à la serrure où pouvait se trouver l'œil d'un policier.

Voici ce qu'elles lurent :

« Je suis sauvé. Écrivez-moi ce qui s'est passé, et faites-le remettre adroitement, par votre ami Jacques, au vieux qui lui demandera si on vend du bouillon à son hôtel.

Pendant que la mauvaise chance cesse momentanément de s'appesantir sur Auguste, on avait oublié tout à fait les peintres Jehan Troussebane, Lapersonne et le nègre, grâce à une commande de vues pour laquelle ils furent soudainement enlevés par un Anglais, qui se les adjoignit pour un voyage autour du monde. On ne savait pas même où ils étaient passés, eux qu'on croyait retrouver si facilement. Le domestique, toujours au secret, venait d'être amené dans le cabinet de M. X...

Cette fois, le malheureux était complètement abruti, c'est pourquoi M. X... le trouva d'une force inouïe en dissimulation.

— Accusé, dit-il, si vous persistez dans cet odieux système de mensonges, je me verrai forcé de le noter à votre dossier.

Le malheureux eut un rire stupide qui acheva d'exaspérer M. X...

— Vous jouez gros jeu, dit-il, en contrefaisant l'insensé : la justice n'est pas votre dupe.

Le domestique n'y comprenait absolument rien; mais les propos de M. X... joints à l'agacement qu'il éprouvait, le mirent dans un tel état de fureur qu'il fallut lui mettre la camisole de force.

Enchaîné sur son lit, dans une cellule de Mazas, il fallait lui introduire de force des aliments dans la bouche.

Chaque jour il recevait la visite de M. X... auquel, d'abord, il ne voulut plus répondre, et qui, les jours suivants, eut le privilège de provoquer chez ce malheureux des accès épouvantables.

Un gardien facétieux, ayant donné à entendre que l'infortuné domestique avait été mordu d'un chien avant son incarcération, M. X..., qui savait que le virus rabique attend divers délais, eut soin de faire remplacer les attaches trop faibles par des chaînes qui ne pouvaient être rongées en cas d'apparition subite de la rage. Le malheureux ne pouvait remuer sur son lit.

Un intermède était donné à M. X... entre les interrogatoires de ce principal accusé, supposé d'autant plus coupable qu'il apportait plus d'entêtement à simuler la folie.

Cet intermède était la façon plus ou moins grotesque, dont Chiffard, René, dit Fanfreluche, et Antoinette, dite Mousseline, répondaient aux diverses questions.

La pelouette (la louve) et la grosse Alsacienne Catherine, que nous avons vues à Saint-Lazare, étaient de cette rafle.

Celles-là, on les connaissait depuis longtemps; aussi, n'était-ce pas sur elles que M. X... fondait des espérances pour savoir quelque chose. La pelouette n'avait jamais rien dit et l'Alsacienne ne comprenait rien; tout l'espoir de l'instructeur se tournait vers les jeunes. Mais ni l'étourdi Fanfreluche, ni le grand *môme* Chiffard, ni la hardie *gonzesse* Mousseline, ne donnaient les détails qu'on leur demandait.

En revanche, ils en donnaient méchamment, qu'on ne leur demandait pas, et qui mettaient l'instructeur dans des colères terribles.

Détails navrants de la vie des vagabonds, dont ils riaient vaillamment, mais dont les juges ne se soucient pas.

Cela renvoie au visage de la vieille prostituée privilège, toute la boue dont elle couvre les misérables.

— Pourquoi voliez-vous? demandait M. X... à Mousseline.

— Dame, monsieur, j'avais faim, et ça me dégoûtait d'aller tantôt avec l'un, tantôt avec l'autre. Il fallait bien faire quelque chose pour vivre.

— Comment ne travailliez-vous pas?

— Personne ne voulait me donner d'ouvrage; il faut avoir une adresse pour travailler.

— Où couchiez-vous?

— Partout.

— Comment, partout?

— Oui, dans les fortifications, dans les fours à plâtre, dans les maisons qu'on bâtit, sous les ponts de chemins de fer, sous les arbres des cimetières, quand je peux, l'été; une fois dans une église.

— Comment, dans une église?

— Oui, je m'étais cachée dans un confessionnal; quand il n'y a plus eu personne, je suis montée sur un autel pour m'étendre à l'aise, mais j'ai eu bien peur, allez! Voilà que sur les minuit, il débouche d'une petite porte un monsieur curé qui reconduisait une dame de la haute.

— On ne vous demande pas ces calomnies; il vous en cuirait même de les répéter au tribunal.

— Pourquoi donc, monsieur?

— Taisez-vous, de quelle religion êtes-vous?

— Je ne sais pas, monsieur!

— Avez-vous fait votre première communion?

— Je ne sais pas, monsieur!

— Vous abusez de ma bonté; le tribunal verra la punition que vous méritez.

— Oui, monsieur !

M. X... tremblait de fureur ; l'interrogatoire de Chiffard l'horripila davantage encore.

— Accusé, dit-il, où avez-vous connu Auguste Brodard ?

— Je ne le connais pas. Est-ce que c'est le président du tribunal ?

— Taisez-vous ! Quel est votre état ?

— Vous m'avez dit de me taire, monsieur ?

— Ne plaisantez pas avec la justice.

— Je ne peux plaisanter avec elle, monsieur, puisque je ne la connais pas !

— Insolent ! je vous ai demandé quel était votre état.

— L'état de gêne, monsieur.

— Misérable ! je veux dire votre métier, vous le savez bien !

— Je ne sais aucun métier, monsieur !

— De quoi vivez-vous ?

— Je donne des consultations sur le code !

— Accusé, quel mensonge abominable me faites-vous ?

— Je ne mens pas, monsieur, voire même que j'ai un code, mais comme je le sais par cœur je n'y regarde plus ; pour les particuliers qui me consultent, à savoir de quoi il leur retourne, c'est deux sous ; pour les huppés c'est quatre sous. Depuis deux ans bientôt, *je donne des consultations !*

— Jeune homme, je vous ferai donner la semonce qui vous convient par monsieur le président du tribunal, vous serez couvert de honte.

— C'est impossible, monsieur, quand le président insulte l'accusé, c'est un cas de nullité pour le jugement.

M. X... sentait ses cheveux se dresser sur sa tête.

— Gendarme, dit-il, emmenez l'accusé, et que les agents ne craignent pas de faire leur rapport, s'il leur manque de respect.

— Ça ne peut toujours pas aller plus loin que de six jours à six mois, pour insulte aux agents, dit avec colère Chiffard, c'est dans le code.

René, dit Franfreluche, ne donnait pas plus de satisfaction à M. X...

— Quelles étaient, lui demanda-t-il, vos relations avec Auguste Brodard ?

— Qu'est-ce que c'est qu'Auguste Brodard ?

— Accusé, ne répétez pas.

— Monsieur, je ne serais jamais assez grossier pour le faire une fois, ce n'est pas pour le refaire.

— Que signifie cela ?

— Dame, monsieur, vous me dites ne *répétez* pas ! je n'ai pas déjà tant déjeuné, allez !

— Gendarmes, n'oubliez pas que l'accusé doit être mis au cachot, il a insulté la justice.

— Quoi qu'elle a déjà fait pour moi, la justice ?

Ces fantastiques interrogatoires faisaient perdre à M. X... le sommeil et l'appétit, d'autant plus qu'il n'était pas tout à fait tranquille, sur les conséquences de ses liaisons antérieures avec des personnages compromis.

Quant au public, il commençait à en avoir assez des assassinats Trompe-l'œil et Rousserand, dont on ne cessait de parler depuis si longtemps.

Ces affaires-là commençaient à faire l'effet de scies.

Rendu furieux par les interrogatoires des vagabonds, M. X... se rendit une dernière fois près du domestique.

Le malheureux, après des crises terribles, venait de tomber dans une somnolence causée par la fatigue, à ses dernières limites.

C'est cet état que les médecins nomment le coma.

Persuadé que tout, chez le domestique, était dû au parti pris de simuler la folie, M. X... l'apostropha rudement. L'accusé fixa sur lui ses prunelles phosphorescentes, et un frisson le secoua sous ses chaînes.

— Cet homme est très habile, en vérité, se disait avec indignation M. X...

Il redoubla d'invectives, de roueries, de menaces, de promesses, l'accusé n'avait d'autre mouvement que le frisson qui lui passait sur le corps.

Tout à coup, il se souleva sous les chaînes, les yeux fulgurants, la bouche grinçante, et baveuse, puis il retomba.

M. X... s'était jeté au bout de la cellule ; c'était tout à fait inutile : l'homme venait de mourir, c'était le dernier spasme de l'agonie.

Il fallait pourtant en finir avec ce procès, qui devait venir aux premiers rôles des assises.

M. X... annota ainsi le dossier que la mort avait fermé :

« Saturnin, ancien domestique de la maison Rousserand, devait être sinon le principal coupable, du moins un des complices les plus compromis ; car il a trouvé le moyen de se suicider après avoir simulé la folie. — (Une enquête est ouverte pour savoir qui lui a fait passer du poison. C'était un grand criminel !) »

Le malheureux n'avait eu d'autre poison que le désespoir.

Il restait donc, pour soutenir les terribles accusations que l'instruction traînait depuis si longtemps, l'agent complice qui niait tout, mais qu'on laissait au secret et une poignée d'enfants du pavé, aussi étrangers que qui que ce soit à Trompe-l'œil et à Rousserand, mais ayant la plus mauvaise de toutes les recommandations : la misère ! le pire accusateur : l'abandon ! et qui, malgré leurs dénégations, étaient reconnus comme faisant partie des libérateurs d'Auguste. — Quelqu'un qu'on oubliait, c'était la petite fille de la rue de la Chance-Midi.

XCIV

LESORNE SONGEA A LA SÉCURITÉ

Lesorne était retourné plusieurs fois chez Olympe, où Amélie restait définitivement.

Les deux amies, redevenues inséparables, commençaient à reconnaître Brodard. Tant à l'aide des détails qu'elles lui donnaient, Lesorne entrait parfois dans la peau de son personnage, il lui échappait bien encore quelques maladresses; mais ces dames ne brillaient pas par la finesse. Lesorne trouvait la besogne suffisante. Il résolut de se délivrer du danger permanent représenté par Mme Grégoire et Clara Bussoni; leur perspicacité l'effrayait. Pourtant, il était loin de les supposer aussi bien instruites du lieu où se trouvait le vrai Brodard.

Le bandit était tout à fait mis à flot par les libéralités d'Olympe, à qui le grand imbécile d'abbé répétait qu'elle ne pouvait mieux placer ses dons, qu'en encourageant un pécheur repentant à marcher dans la bonne voie, où il était rentré.

Un soir, à la petite maison de Mme la comtesse, Lesorne si correctement vêtu (à part la cravate et la chaussure) qu'il avait l'air d'un mouchard ou d'un domestique de bonne maison, ou bien encore d'un chien privé de son collier; un soir, disons-nous, ayant copieusement dîné, bu force rasades avec l'abbé, à la santé de ces dames, et, force liqueurs douces avec ces dames, à la santé de la religion, de la noblesse et du clergé; Lesorne, la tête fort échauffée, résolut de savoir à quoi s'en tenir sur les deux femelles qui se permettaient de le tenir dans une sorte de suspicion.

Il était près de minuit quand Lesorne frappa à la porte.

— Qui est là? demanda Mme Grégoire au milieu des grognements du chien, tandis que Clara se pelotonnait dans son lit.

— Moi, Brodard, attachez le chien, d'abord!

Sachant à quoi s'en tenir sur Lesorne, ce n'était pas le cas de le mal recevoir. Mme Grégoire commença donc à parlementer à travers la porte.

— Mon cher Brodard, vous savez comme nous sommes heureuses de vous voir, mais pensez donc un peu, ce qu'on va dire de nous : recevoir un homme à pareille heure. Vous ignorez que la maison est surveillée.

— Eh non, je ne l'ignore pas; je ne veux qu'entrer et sortir, attachez le chien.

— Il l'est, mon cher monsieur; seulement si on l'y laissait longtemps, il pourrait bien rompre sa chaîne, jamais je ne l'ai vu si furieux.

— Mais pourquoi n'ouvrez-vous pas la porte ?

— Nous nous habillons, ayez un peu de patience.

— Vous ne faites pas tant de manigances quand c'est pour Auguste, hein!

— Mais jamais il n'est venu à pareille heure!

Les deux femmes, s'étant vêtues à la hâte, ouvrirent enfin à Lesorne.

Il fut surpris de leur air souriant et affable.

— Voyons, mon bon Brodard, dit la vieille gaiement, échangeons vite quelques mots, et attendons à demain pour causer plus longuement; vous ne voudriez pas nous faire mal juger.

Lesorne prit la jeune fille par le menton, et lui relevant la tête d'un geste cavalier :

— Vous ne me disiez pas que vous avez sauvé Auguste. Merci, ma belle enfant!

— Hélas! il est loin d'être sauvé, dit Clara, nous ne savons pas même où il est.

En parlant ainsi, elle cherchait à se soustraire aux paternelles effusions de Lesorne.

Davys-Roth saisit Jean-Étienne à la gorge.

— Et moi, qui venais pour être rassuré sur son compte, dit le bandit ; c'est pour cela que j'avais choisi une heure où on puisse causer tranquillement.

Le chien semblait s'être calmé ; c'est qu'il était en train de ronger l'anneau de corde qui retenait sa chaîne à un bloc de bois sur lequel Clara et Mme Grégoire travaillaient ordinairement les cheveux.

Toto rongeait en silence, avec ardeur, s'appliquant à la besogne de destruction ni plus ni moins que Davys-Roth lui-même.

Il y avait une fameuse volonté dans cet animal.

— Le chien s'est décidé à me reconnaître, dit audacieusement Lesorne ; mais il n'osa s'approcher de la bête, ayant rencontré ses yeux de loup fixés sur lui.

« Diable, pensa-t-il, en voilà un à qui j'aurais dû penser tantôt, pour lui apporter un régal de ma façon ! Il est le seul que j'oubliais, et c'est le plus important.

« Voilà, continua-t-il en tirant une bouteille de dessous sa vareuse, du fameux vin que j'ai apporté pour le boire avec vous.

— C'est pour demain, mon cher monsieur Brodard, dit Mⁿᵉ Grégoire, elle fit mine de prendre la bouteille.

Mais Lesorne la retira vivement et la replaça où il l'avait prise, sous ses vêtements.

— Je la rapporterai demain, dit-il.

Il n'eut pas le temps d'achever ! Toto en avait fini avec la corde ; il s'élança furieux sur le bandit. Clara ressaisit à la hâte la chaîne qui traînait et contint le chien, qui se mit à hurler.

— Il n'y a moyen de rien faire avec cette bête-là ! se disait Lesorne. Heureusement il ne sera pas si fier demain.

Et le bandit gagna la porte, derrière laquelle se replaçait Mᵐᵉ Grégoire, tandis que Clara regardait d'un coup d'œil ce qu'on pouvait rouler pour la consolider un peu. — Elles entendaient le pas lourd de Lesorne qui descendait, mais supposant qu'il remonterait sans ses souliers, et devinant qu'il avait résolu de se débarrasser d'elles, les deux femmes roulèrent à la hâte le bloc contre lequel elles arcboutèrent le lit.

La chambre était si petite, qu'en ajoutant la table il devenait impossible d'entrer : une muraille de meubles barrait l'étendue de la porte à la fenêtre.

Alors elles éteignirent la lumière.

— Ah ! dit Clara à voix basse, il reste encore la fenêtre.

— Allons donc, dit la vieille ; il faudrait pour cela qu'il entrât d'abord par la porte. On ne lui livrera pas passage dans les autres mansardes, et il se gardera bien de le demander.

— En effet, mais croyez-vous qu'il ait envie de nous tuer ?

— J'en suis sûre ; le vin qu'il a eu soin de remporter est empoisonné.

L'agitation et les hurlements du chien leur apprirent que Lesorne remontait.

On entendait les marches gémir sous son poids.

Ne se doutant pas qu'il y avait en dedans une barricade improvisée, Lesorne cherchait à entrer ; il avait son poignard aux dents pour *servir* de suite le chien.

Lesorne avait devant lui un mur appuyé sur la fenêtre ; c'est l'obstacle qu'il ne comprenait pas.

Il essaya plusieurs fausses clefs et en trouva une qui ouvrait. Mais en dépit de la serrure ouverte, il lui fallut honteusement battre en retraite. La porte avait un doublage intérieur.

Si les pauvres avaient des odyssées pour relater les péripéties des luttes qu'ils soutiennent, cette nuit eût inspiré un chant lugubre à quelque Homère du ruisseau.

Sur le matin, Mme Grégoire, réfléchissant que Lesorne allait frapper comme s'il ne s'était rien passé, eut une inspiration.

— Il me semble, dit-elle, que j'entends monter les agents; c'est à peu près l'heure à laquelle ils viennent.

— En effet, répondit Clara.

Lesorne eut peur qu'on ne le trouvât derrière la porte et s'empressa de descendre. Alors, remettant en hâte les choses à leur place, Mme Grégoire dit à Clara, plus morte que vive :

— Ma fille, j'ai pris une grande résolution : il faut de suite envoyer Toto chercher l'ami Jacques.

Clara écrivit ce seul mot : « Venez ! » le donna à l'intelligent animal en lui répétant le nom de Jacques, et craignant que Lesorne ne fît du mal à la pauvre bête les deux femmes lui dirent en ouvrant la porte :

— Vite, mon bon chien ! vite !

Toto partit comme un trait.

Un quart d'heure ne s'était pas écoulé qu'il rentrait accompagné de Jacques, à qui elles racontèrent ce qui s'était passé.

— Connaissez-vous, mon bon vieil ami. un endroit de Paris où nous puissions nous mettre à l'abri de ce bandit, quand il devrait y faire cent fois plus froid qu'ici, dit la vieille femme.

Jacques réfléchissait.

— Pourrez-vous, dit-il, descendre l'escalier, seulement?

— L'attaque de cette nuit m'a rendu mes jambes de quinze ans.

— Alors j'ai mieux que cela ! Ne m'interrompez pas ; ne refusez pas surtout, ce serait trop bête ! — Je suis seul, je ne dois rien à personne, si je veux me payer le luxe de sauver quelqu'un, j'en ai droit tout comme un autre !

Les deux femmes écoutaient.

— Voilà l'affaire, reprit Jacques. J'ai une vieille parente qui dirige elle-même sa ferme à Champoly, dans la Loire. Elle m'aime beaucoup, vous irez chez elle avec la lettre que je vous donnerai. Je connais la bonne femme : vous serez bienvenues et pas à charge. Au contraire, madame Grégoire, vous l'aiderez à sa cuisine, et vous, mademoiselle Clara, vous vous occuperez un peu de tout ; c'est ma seule et unique parente. Soyez sans crainte, elle sera heureuse de rendre service au neveu Jacques.

— Mais le voyage, mon cher Jacques ?

— J'aime à faire les choses jusqu'au bout, dit le brave homme en souriant; j'ai de petites économies, il y a pour votre voyage et même pour celui de Toto, (dans le vagon des chiens bien entendu). Il gardera les vaches là-bas ! Hein ! comme ça s'arrange ! Vous irez en troisième, par exemple, car ceux qui disent que les ouvriers peuvent amasser des sommes, c'est des fameux imbéciles

Les pauvres femmes n'osaient plus interrompre Jacques, il eût été cruel de le refuser; restait le point difficile : effectuer le voyage de suite car on ne pouvait attendre le retour de Lesorne, et il fallait passer devant les agents de police aux aguets de tous côtés.

— J'ai l'affaire encore, dit Jacques, un camarade qui est cocher. Il va nous enlever tous les quatre dans son sapin à la barbe de toute la rue de la Glacière et de celle de Jérusalem par-dessus le marché, tenez-vous prêtes, nous serons là dans une demi-heure.

En effet, moins de vingt minutes avaient suffi à Jacques, il apportait de plus deux coiffes de paysannes, des fichus; deux jupes rayées, avec lesquelles Mme Grégoire, descendue un peu à force de bras par Jacques et son ami, et sa jeune amie Clara Bussoni purent, sans éveiller les regards des agents, monter dans le fiacre avec Jacques.

Toto s'était couché sous leurs pieds.

Le fiacre n'allait ni trop vite ni pas assez, honnêtement, modérément, comme un brave véhicule qui ne porte rien de défendu.

Mme Grégoire et Clara croyaient rêver, elles ne pouvaient que remercier le bon Jacques qui leur faisait mille recommandations de prudence.

— J'explique tout à ma tante, dans la lettre que vous emportez, disait-il. Vous passerez pour des cousines, surtout attention ! Et dans le chemin de fer, pas un mot imprudent !

Lorsque Lesorne, son poignard caché dans ses vêtements et remportant la bouteille de vin empoisonné, revint rue de la Glacière, il frappa longtemps à la porte, voyant que personne ne répondait il ouvrit avec ses fausses clefs.

Personne.

La fureur du bandit fut au comble. Pour que Mme Grégoire, qui, depuis si lontgemps restait au logis, fût descendue avec Clara, il fallait qu'elles eussent eu bien peur.

Aussi, il avait agi bêtement : il était un peu gris !

On lui paierait cela chez Olympe, où il avait tant bu avec ce satané ratichon ! Comment n'avait-il pas pensé d'abord à se défaire du chien !

Est-ce que les diables de *femelles* seraient allées le dénoncer ?

Mais personne ne les croirait, et il en tournerait encore mal pour elles.

Cependant, Lesorne inquiet, passa une mauvaise journée, il sentait quelque chose de sombre suspendu sur sa tête.

Le soir, il apprit qu'on avait vu flotter sur la Seine, des vêtements de femme, et qu'ils étaient exposés à la Morgue.

Lesorne s'y rendit le lendemain matin, comme en flânant.

Les vêtements étaient le bonnet qu'il avait vu sur la tête de Mme Grégoire, et le petit châle bleu que Clara Bussoni portait autour de la taille.

Jacques avait bien fait les choses.

La disparition des deux femmes fut expliquée pour Lesorne, par un suicide, qui cependant lui laissait des doutes.

Il était heureux pour Jacques et son ami, que le départ dans le fiacre eût été effectué avec rapidité et audace, ce qui avait empêché les gens désœuvrés de la maison, d'y porter attention ; ils avaient eu de plus cette chance inouïe de ne rencontrer personne dans l'escalier — sans cela rien ne les eût lavés d'avoir jeté à la Seine Mme Grégoire et Clara.

Lesorne alla pour se distraire, à l'hôtel de la rue Sainte-Marguerite, Jean-Étienne n'avait pas paru depuis deux jours.

Jacques remit au petit chiffonnier un mot pour Auguste, afin de lui apprendre ce qui s'était passé. Tout allait bien !

Les agents, qui ne quittaient pas les environs depuis plusieurs jours, sans apercevoir la moindre chose, étaient tout à fait las, ils en donnaient maintenant à la préfecture tout à leur aise, et ils avaient bien autre chose à faire, que de regarder rouler les paysannes dans des fiacres, ils prenaient des bocks ou des petits verres pour se désennuyer.

Lesorne se garda de dire qu'il connaissait le bonnet et le châle exposés, et quand on s'aperçut que les deux femmes avaient quitté leur logement, on donna à ce départ trois jours de date de moins; ce qui acheva d'embrouiller les choses.

N'était-il pas tout naturel à des femmes aussi compromises de fuir, ou de se suicider.

Des clientes de Clara reconnurent le châle pour celui de leur marchande de fleurs, le bonnet de Mme Grégoire, fut également reconnu; il n'y avait plus besoin de s'en occuper davantage.

Il y avait déjà longtemps que le chemin de fer de Lyon avait emporté vers Champoly Mme Grégoire et Clara. Ce n'est pas bien loin de Saint-Étienne, se disaient-elles; nous reverrons Angèle, son père, et ses petites sœurs.

Il y a des accalmies dans les plus cruelles destinées, et des oasis dans le désert; là en étaient les Brodard et leurs amis; mais l'accalmie est fugitive, et le lion roux des sables, s'assied lui aussi, à l'ombre de l'oasis attendant le voyageur.

XCV

LES AGENTS DE NOTRE SAINT-PÈRE LE PAPE

Ce n'était pas les anciennes connaissances dont le prince et la princesse Mathias avaient besoin, pour les recommander aux nouvelles.

C'étaient des nouvelles dont ils avaient besoin, pour les présenter aux anciennes, non point personnellement, mais par correspondance car il y avait des gens que ces nobles personnages, n'eussent point aimé à voir en face, quoiqu'ils fussent tous deux soigneusement grimés.

Mais, de nation à nation et à quelques mois de date, les choses pouvaient marcher.

Le temps et l'espace sont une belle chose, pensait le prince Mathias. Mais c'est avec la fortune surtout, qu'on a l'empire du monde.

Il était plus ambitieux que jamais, l'ancien mouchard Nicolas, vicomte d'Espailhac, prince Mathias.

La princesse n'aimait pas moins l'or que son mari, les moyens qu'elle employait pour en avoir, variaient, mais le but était le même.

En même temps que l'horizon s'était élargi, leurs appétits s'étaient augmentés.

Le salon dela princesse Mathias se transformait de jour en jour. Les Bobèches qui étaient venus les premiers, s'effaçaient devant les Tartufes, et les Fracasses; les femmes sous un masque pieux, y étaient effrontément vêtues.

Des marchés de toutes sortes se passaient là, laissant chacun une épave dans la maison.

Des individus de nationalités diverses s'y réunissaient.

C'était un repaire de police universelle, police politique, et police religieuse: Les Russes, surtout, étaient traqués par ceux qui se rassemblaient là, reconnaissant par une convention tacite Nicolas pour leur chef naturel.

Le bal qui fut donné le lendemain de l'assassinat de Nicaïloff, réunissait cette foule d'hommes de proie et de filles de marbre ou plutôt d'argile.

Les rôdeuses de nuit de Regent street, étaient moins éhontées dans leurs provocations, y mettant moins d'art, et talonnées par la faim, que ne l'étaient ces belles dames, plus ou moins titrées ; dont chacune conservait comme un attrait; de plus les allures et le costume de sa nation.

On se demandait toujours en vain à quelle nation appartenaient les maîtres de la maison.

Un vieil Allemand à moitié idiot, prétendait reconnaître la princesse pour la fille d'un de ces princillons allemands, qu'on emploie pour peupler les trônes sans y monter eux-mêmes.

— C'est bien elle, disait-il à une vieille grue qu'on appelait la comtesse Phédor. Seulement l'âge varie !

— C'est tout simple, elle était plus jeune.

— Non, répondit l'homme, elle était plus âgée.

— Je n'y comprends rien, dit la dame.

Autour du prince Mathias, un cercle d'hommes sinistres le félicitaient.

— Ne faites pas le modeste, prince, c'est une grande action ! Vous avez l'épée de David contre les Philistins !

— Nous vous avons bien reconnu, allez, et sans nous, vous seriez tombé aux mains de ces misérables. Nous vous avons facilité le passage.

— Vous êtes brave comme la princesse est belle.

Le prince Mathias, manœuvrait habilement, ne niant ni n'acceptant, et faisant l'air le plus courtois qu'il pouvait, avec sa vilaine figure de policier.

Autour de la princesse, on s'occupait des nouveaux événements, mais dans un autre sens.

— Croiriez-vous, disait une lady du câtholic-comity, que cette Annah, se mêle de faire de la bienfaisance, est-ce qu'elle n'a pas adopté deux jeunes filles! l'une qui lui a été léguée par cette malheureuse folle Blanche de Méria; l'autre qui était perdue à ce qu'il paraît, depuis quelques jours.

— Perdue, de quelle manière ?

— Probablement des deux, c'est un homme de mauvaise mine, qui l'a rencontrée, elle est laide et contrefaite à faire peur ! Elle allait se jeter sous un cab ; l'homme l'a sauvée et emmenée avec lui pour parler à Annah qu'il connaissait, (tous ces bandits se connaissent); l'autre sœur qu'elle avait déjà, l'a reconnue, c'est tout un roman !

— De quoi se mêlent ces gens-là, de recueillir des malheureux ? Est-ce que les indigents ne sont pas soutenus par la ville de Londres.

— C'est faire injure à la ville.

— Ah ! ils n'en sont pas à cela près des insultes ! tenez, avez-vous lu les journaux cette semaine ? c'était intitulé : Notre-Dame-de-la-Bonne-Garde. Comme ces maudits protestants ont dû triompher !

Un petit jeune homme se mordit les lèvres pour réprimer un sourire.

Celui-là savait ce que pèsent de nos jours ces dénominations, pour ceux qui ne sont point intéressés à tromper la foule.

C'est parcequ'il savait la valeur de ces choses, qu'il avait été choisi pour présider le catholic englich comity dont le prince et la princesse Mathias étaient présidents honoraires.

Ce comité s'occupait ostensiblement de propagande et de charités, en dessous il dirigeait les opérations financières d'une banque, nommée le denier des pêcheurs, dans les papiers secrets, et ostensiblement « le sou du peuple, » titre mensonger, auquel avaient cru bien des dupes, dont la banque était en train d'employer les capitaux, fort petits, il est vrai, mais qui réunis formaient avec les fortes sommes de quelques dupes plus fortunées, et de quelques compères maladroits, des sommes immenses.

Dans cette société, à l'encontre des bandes de voleurs, chacun s'inclinait devant l'honnêteté des autres et célébrait sans cesse la sienne.

Rien de plus facile à effaroucher comme la pudeur des femmes qui n'en ont pas.

Rien de pompeux en parole, comme l'honneur des filous.

La princesse Mathias pâlit à la nouvelle de l'article, concernant Notre-Dame-de-la-Bonne-Garde, mais se remettant aussitôt, elle dit effrontément :

— On n'est pas assez sévère dans le choix de ceux qui sont appelés à diriger de telles maisons, Mme Helmina, par exemple, pouvait manquer de finesse ; elle aura laissé s'introduire dans le troupeau du Seigneur, de jeunes louves dressées à corrompre et à dévorer.

Le petit jeune homme, président de la catholic society, qui s'était rapproché, eut un nouveau sourire.

— Est-ce que vous connaissez Mme Helmina ? demanda une des dames à la princesse.

En dépit de son impudence, elle rougit prodigieusement, sous le maquillage qui lui couvrait le visage.

— Moi, dit-elle, je ne l'ai jamais vue. Je fais des suppositions, voilà tout.

Dans le groupe du prince, on s'occupait de trouver à la banque du denier des pêcheurs, de nouveaux actionnaires; il était question d'un étranger, qui pouvait bien être plus riche qu'il ne le paraissait.

— Cet homme habite avec son fils un petit logement de Charlotte street ; non loin de cette malheureuse Blanche.

— Avez-vous pris des mesures pour lui faire faire le versement ?

— Sans doute, puisqu'il l'apporte ce soir.

— Combien ? dit le prince.

— Ah ! une bouchée !... twelve thausend guinées c'est, dit-il, tout ce qu'il possède, mais il y a des probabilités pour qu'il retrouve du numéraire si le placement lui rapporte.

— Sixth section, dit un énorme Anglais.

Un secrétaire tira son carnet, et commença à inscrire ; répétant : twelve thausend guinées ! sixth section !

— Le nom de l'homme ? demanda-t-il.

— Ma foi, je ne suis pas trop sûr, — Claude Plumet, je crois.

— Va pour Claude Plumet ; on le lui demandera tout à l'heure.

Claude *Plumé*, écrivit le jeune secrétaire.

— Dans cette catégorie, reprit un membre du conseil comme il faut risquer de forts intérêts sur une éventualité, la prime n'est pas forte.

— Je le sais, dit celui qui amenait un actionnaire, mais il y a matière à ajouter un codicile, à l'article 8 du règlement.

— Quel codicile ?

Et les hommes devinrent attentifs.

— Il faut stipuler que si des versements successifs, plus ou moins considérables, suivent un premier versement de cette nature, il y aura, à chaque versement un pot de vin proportionné à la valeur du susdit.

— Cela paraît juste, dit le prince Mathias, à qui ces paroles ouvraient un horizon nouveau.

D'autres approuvèrent où désapprouvèrent, suivant leur degré d'astuce, leur rouerie dans le maniement, et le miroitement des valeurs.

Il fut décidé qu'on en parlerait en conseil.

La princesse, dans l'autre groupe, parvenait à connaître la portée des articles insérés dans les journaux de Londres et reproduits par ceux de Paris, avec une addition cette fois, les documents envoyés par Philippe, il y avait plusieurs mois.

Une des dames, dit avec indignation :

— Ce sera matière à un procès de presse, si le ministère public tient à venger la religion outragée.

— Un procès contre qui ? dit la princesse, nul des accusés n'est présent.

— Vous êtes donc au fait de l'histoire ?

— Non, dit-elle vivement, effrayée de son inconséquence.

Mais la comtesse Phégor avait vu tressaillir la belle princesse Mathias ; dans ce monde-là chacun s'embusque, à l'affût de petits documents (à défaut de petits papiers) sur les autres.

Claude Plumet, le nouveau bailleur de fonds, entrait avec son fils.

Il y eût sensation, le modeste actionnaire étant d'une monstrueuse laideur.

Clara ressaisit à la hâte la chaîne qui traînait et contint le chien qui se mit à hurler

Les personnages les plus émus furent le prince et la princesse Mathias; sans cette émotion promptement et habilement réprimée, le nouveau venu n'eût pas soupçonné la vérité, tant ses anciens amis étaient méconnaissables.

Pierrot, lui, n'eût besoin que d'un coup d'œil. Mais le cri qui allait lui échap-per s'étouffa dans sa gorge, Plumet lui ayant glissé rapidement dans l'oreille:

— Tais toi. Elle te mettrait à la porte.

L'enfant resta muet, comme en extase; de grosses larmes brillaient dans ses yeux.

— Qu'a-t-il donc, cet enfant? dit la comtesse Phégor.

Sansblair, qui ne comprenait pas l'anglais, mais qui devinait la question d'après la situation, répondit les seuls mots qu'il sut, en montrant le petit qu'il avertissait en même temps, en lui marchant sur le pied. No speaks inglisch !

Celui-ci se rendit compte de quelque chose de terrible; il répéta en balbutiant, montrant Claude Plumet.

— Papa no speaks inglicsh, et à l'ébahissement général, ce fut lui, qui expliqua comment son père avait été défiguré par une explosion, dans les carrières de pierre de Volvic; alors on lui avait donné ce petit capital de twelve thausend guinées. L'enfant comptait anglais, c'était merveille; tout le monde comprenait, malgré la grammaire fantaisiste dont il se servait, tant son intelligence le servait bien.

Il y avait autour de ce mioche des cris de ravissement. — La princesse seule paraissait insensible aux gentillesses de l'enfant; il ne lui rappelait même rien, il y avait si longtemps qu'elle avait oublié son fils ! — et celui-ci semblait si jeune qu'elle ne pouvait établir nul rapport.

Le prince fut satisfait d'entendre parler des mines de Volvic! Sansblair ne pouvait venir de là, et puis il n'avait pas d'enfant; la voix, non plus, n'était pas la même; il devait être dupe de quelque ressemblance, cela arrive! pourtant, il lui restait un doute terrible.

La princesse était de plus en plus songeuse. Cependant elle vint à bout de secouer cette rêverie, et grâce à l'enfant et à deux ou trois personnes qui comprenaient le français, la conversation s'établit.

Mathias et sa femme prétendaient ne pas savoir un mot de cette langue.

— En effet, disait le vieil imbécile qui croyait avoir vu la princesse à une cour d'Allemagne, en effet, votre accent m'indique que vous ne pourriez pas apprendre le français.

— On me l'a assuré déjà, dit la princesse.

— N'en doutez pas, reprit le bonhomme en s'arrondissant comme un paon, je suis expert là-dessus.

L'ancien mineur exhiba, séance tenante, l'or et les billets contenus dans un vaste portefeuille à secret, et reçut des membres du comité, un titre constatant son versement; les affaires allaient là de pair avec le plaisir.

On tâcha de faire entendre au petit qu'en sa qualité de travailleur étranger, son père aurait un double titre à d'énormes bénéfices. L'enfant le répéta à Claude Plumet, qui n'en crut pas un mot, mais il se disait:

— Je veux avoir un pied dans cette maison. S'ils me volent, ce sera leur perte plus facile.

— Mais qui peut être sûr du triomphe, avec des ennemis en possession d'aussi immenses capitaux?

— Qu'importe! ils doubleront eux-mêmes ce que j'ai, et cela me servira à les perdre. Et le bandit, oubliant sa tristesse ordinaire, souriait à son œuvre de vengeance.

Son ressentiment contre Nicolas, avait porté d'immenses intérêts. Ils égalaient le capital et devaient le centupler, en suivant la même progression.

Puis, les idées du misérable subirent une transformation: son idéal d'artiste, étouffé par la vie qu'il avait menée, s'éveilla sous le coup de fouet de la haine; il vit en grand son œuvre, la fit vibrer comme un accord, l'idéalisa en quelque sorte, et songeant aux crimes des deux êtres qu'il avait devant lui, il se crut un justicier.

Pierrot tout pâle, les mains jointes, regardait toujours en extase.

La princesse ne l'avait pas encore aperçu ; tout à coup, ses yeux tombèrent sur l'enfant.

— Désirez-vous quelque chose, mon ami, lui dit-elle en anglais?

— O no, milady, no !

Son cœur crevait au pauvre petit. Néanmoins, il fit bonne contenance.

Le visage du prince était couvert d'une pâleur verdâtre.

La princesse avait des mouvements fébriles qui n'échappaient point à Claude Plumet, mais la soirée continuait.

Claude Plumet, que son ignorance de la langue anglaise, dispensait de la conversation, savourait les premières impressions de ce régal des rois et des prêtres qu'on appelle la vengeance.

Le petit laissait flotter dans le vague sa pensée, affolée par la rencontre qui venait d'avoir lieu.

Les conversations, les projets, les jeux avaient leurs cours.

On parla beaucoup, avant de se séparer, d'une œuvre de *protection* des jeunes filles qui voudraient bien se placer, soit à Londres, soit dans d'autres villes d'Europe; la princesse et les plus rouées des dames présentes, n'ignoraient pas qu'on aurait pu appeler cette œuvre, une traite des blanches; mais chacune faisant de l'hypocrisie, les dehors étaient conservés.

— Me serai-je trompé, se disait pour la centième fois Mathias; n'est-ce point réellement un mineur?

— Mais non, pourquoi aurait-il quitté son pays où il pouvait vivre paisiblement avec son fils, c'est bon, du reste, pour ces insulaires, d'avaler que des compagnies des mines donnent de colossales indemnités! — A d'autres!... je connais trop les largesses des capitalistes. On n'a pas vécu sans y voir clair.

— On se défera de vous, l'ami Claude!

Cette conclusion rassurait le prince Mathias.

Presque à l'instant où les invités se retiraient, un reporter de cette belle œuvre, qu'on nommait la ligue catholique, et dont nous connaissons une partie des honorables membres, apporta les dernières nouvelles de la presse bien pensante à propos de la maison de convalescence.

Cet article avait été donné (sans signature) par Davys-Roth, à un journal non clérical, mais jésuite parfait; on s'étonnait, qu'après un si long laps de temps, surtout après vérification, qu'un cimetière avait existé dans les jardins de la maison de convalescence, on en vint à reparler de ces absurdités; le cimetière recevait des morts à une époque si rapprochée, que le squelette de l'enfant, pris pour Rose Mixlin avait été reconnu par la véritable mère.

« Après la disparition, parfaitement imputable aux ennuis qu'on leur suggé-

« rait de Mme Helmina et du vicomte d'Espailhac, après la folie du vicomte de
« Méria, folie explicable par l'hérédité, et dont sa sœur avait été récemment
« atteinte, il était odieux de recommencer des attaques calomnieuses, contre des
« personnes mortes, absentes, ou hors d'état de répondre, cela dépassait les
« bornes ordinaires de l'impiété. »

On se sépara sous l'impression de cet article.

— Eh bien! dit le prince Mathias à sa femme, aussitôt que les portes du
grand salon furent refermées, comprend-on cette fatalité?

— Eh bien! répéta Helmina, il n'y a que les morts qui ne parlent plus.

— J'y songeais, dit Nicolas en frémissant.

De son côté, Claude Plumet, rentré chez lui, eut à combattre une attaque de
nerfs du petit, qui le mettait dans une grande perplexité : on pouvait entendre!

— Maman, maman! criait l'enfant, tandis que Claude Plumet cherchait à le
calmer, par tous les moyens possibles et impossibles, menaces, promesses, raisonnement, tout était inutile. Enfin, des torrents de larmes soulagèrent le petit
malheureux; il s'endormit.

XCVI

LES MINES DE SIBÉRIE

A quelques jours de là, Annah reçut une lettre de Saint-Pétersbourg.

— Venez, lui disait-on; et la marque du comité nihiliste, et l'écriture qu'elle
connaissait, laissaient si peu de doute qu'elle n'hésita pas.

Annah obéissait sans s'inquiéter pourquoi, car, une seule raison pouvait la
faire appeler, c'est que son tour était venu de se dévouer et de mourir.

Petrowski reçut une lettre semblable, et comme Annah, il n'hésita pas.

— Mon pauvre Kerouen, dit Annah au brave jeune homme qui était parvenu
près d'elle, à travers tant de difficultés, ce n'est plus moi qui dois protéger notre
pauvre Claire, c'est vous.

« Et non seulement je vous la confie, mais encore les deux pauvres enfants
que j'avais adoptées. Veillez sur elles comme sur vos sœurs.

Kerouen écoutait, ne faisant pas plus d'objections à ce que lui demandait
Annah, qu'elle n'en avait fait au comité exécutif.

Annah continua.

— Vous trouverez, il le faut, n'importe où elle soit, Mme Rousserand, la
femme de ce misérable dont je vous ai parlé, à propos d'une famille perdue par
lui; vous lui donnerez les deux pauvres petites; protégez aussi Claire Marcel, je
connais son dévouement. Pour vous aider dans vos démarches je vais vous indiquer un ami, dont les idées sont loin encore des nôtres, mais qui, comme
Mme Rousserand, est un bon et digne caractère.

Elle lui remit l'adresse de M. Marcelin avec ces mots :

« Pardonnez-moi, si voulant vous éviter une peine vous avez pu croire que

« je me jouais de vous ; les événements vous feront voir que j'avais autre chose
« à penser qu'à toute espèce d'amitié. Mais vous êtes bon et généreux, aidez
« notre ami Kerouen à trouver les personnes qu'il cherche, Mme Rousserand,
« ses enfants, Philippe, et la famille Brodard.

« Votre amie,

« Annah. »

Elle chercha encore qui pouvait être utile à Kerouen, dans ses recherches,
mais tous les amis d'Annah étaient compromis plus ou moins, elle préféra ne lui
donner que des noms qui n'alarmassent point la police française.

Puis, elle prit une lourde bourse et dit à Kerouen :

— Ceci m'avait été donné par nos amis, pour m'en servir dans des occasions
comme celle où vous allez vous trouver : sans argent, vous ne réussiriez à rien.
Vous allez me remplacer près de Claire, de Brodard et des Philippe. Moi, une
fois là bas, je n'aurai plus besoin de rien.

« Conduisez, d'abord, les pauvres petites chez votre père, elles y resteront
avec Claire, jusqu'à ce que vous ayez découvert Mme Rousserand. Voici une
lettre pour elle.

Cette lettre était ainsi conçue :

« Madame, lui écrivait-elle, mon héritage se compose de trois orphelines, et
« des familles qui vous seront indiquées par notre ami Kerouen, je vous fais
« mon héritière.

« Votre amie,

« Annah. »

Kerouen n'osa refuser la bourse, de peur de blesser Annah, il la mit dans sa
poitrine, près de la branche de guy, et, prêt d'éclater en sanglots, se sépara de
la jeune fille.

Elle prenait toutes ses dispositions avec calme. Elle avait dépassé les limites
de la douleur, et s'en allait légère, se sentant seule pour mourir.

Hélas ! ce qu'Annah et Petrowski trouvèrent en Russie, ce n'était point le
comité nihiliste. La police les attendait à la frontière, et ils furent conduits à
Saint-Pétersbourg enchaînés, comme c'est la coutume en pareil cas.

C'est que le prince Mathias avait, par ses affiliés de Russie, fait imiter le
cachet du comité exécutif, c'était par des traîtres qu'ils étaient demandés !

L'arrivée d'Annah et de Petrowski en Russie, servit de prétextes à d'autres
arrestations, quelques mois après, au nombre d'une dizaine, ils prenaient le
chemin de la Sibérie, avec d'autres malheureux, condamnés pour diverses
choses, n'ayant de commun avec eux que la cause unique de tous les maux de
l'humanité : la question sociale qui s'affirme dans tous les enfers terrestres par
la misère et le crime.

Sur de grandes routes, affectées à cet usage, le service des étapes de la déportation, emmène les condamnés en Sibérie.

Chaque déporté reçoit, au départ, deux chemises, deux caleçons, un sarrau,
une paire de bottes, un sac de toile et des morceaux de toile ou de drap, suivant la saison pour s'envelopper les pieds.

Les femmes ont une cape, un pardessus, une pelisse et de gros souliers.

Sur des voitures, sont les malades, les tout petits enfants et leurs mères, le reste marche entre les cavaliers cosaques, aux longues lances, et les vingt-cinq soldats qui forment chaque détachement.

Une étape se compose de vingt à trente kilomètres.

Il est permis aux convois de déportés en marche, de se reposer *tous les deux jours*.

Il mettait, en commun, sous la direction d'un starote, les *quinze centimes* que chacun reçoit, par jour, pour sa nourriture.

A Tobolsk, la chancellerie des déportés les classe suivant la condamnation : colonisation ou travaux forcés.

Quant aux traitements infligés pendant la route? Vous avez vu les prisonniers de Versailles, marchant entre des cavaliers, qui avaient mission d'*abattre* en route les traînards !

Ceux qui conduisent les déportés russes, ne fusillent pas, ils schlaguent, le résultat est le même.

Annah marchait avec les femmes non mariées, suivant la coutume. Ses compagnes étaient deux jeunes filles, dont l'une, ayant les pieds gelés, avait volé une paire de bottes : elle allait à la colonisation.

L'autre avait tué un soldat du tzar, qui voulait l'emporter comme une proie : elle était, comme Annah, pour les travaux forcés. Forte et flère, elle marchait comme Annah, sans se plaindre ; l'autre gémissait doucement, comme un agneau qu'on égorge. Pauvre Catherine ! elle n'avait pas voulu supporter le froid sur ses pieds nus et la voilà qui traverse des régions glacées.

Entre l'arrivée d'Annah en Russie et l'instant où nous la rencontrons, plusieurs mois se sont écoulés, le temps *d'instruire le complot*, disait-on ; et il en fallut pour échafauder une conspiration avec l'amorce d'une souricière. La prévention, le jugement et les quelques jours d'organisation du départ, avaient conduit jusqu'en octobre. Lorsque le convoi se mit en marche la neige était venue.

Sur tout le versant nord de l'Asie régnait l'hiver boréal, tombé tout à coup sans transition comme le printemps.

La route est longue, l'atmosphère glacée. La nuit se prolonge sur les jours ; Catherine ne gémit plus, elle sent que ce sera bientôt fini ; Annah et Élisabeth, l'autre jeune fille, la soutiennent.

Petrowski en fait autant pour un vieillard, arrêté comme participant au fameux complot.

Le pauvre vieux était au lit, mais on s'entête à assurer qu'il se porte parfaitement, et il lui est défendu de monter dans les voitures.

Les grandes steppes commencent avec leurs tourments de neige, fouettée au visage des condamnés par le vent glacé du nord.

Les loups commencent à se montrer : d'abord quelques sentinelles perdues, puis par compagnies de quinze à seize, puis toute l'armée hurlante à la fois.

On ne se reposait plus tous les deux jours, parce qu'il n'y avait plus d'abri.

Tout tracé disparaissait sous la neige ; des poteaux seuls l'indiquaient de distance en distance.

A l'horizon, en arrière, les cîmes blanches de l'Oural; en avant, les plaines blanches sur lesquelles des taches noires tantôt se groupaient, tantôt couraient isolées : c'étaient les loups !

De longs hurlements interrompaient seuls le silence de la nuit, les taches noires se rapprochaient ; on distingua d'abord une fourmilière, puis on entendit des pas comme ceux d'un troupeau en marche ; on sentait de chaudes haleines ; le hennissement sinistre des chevaux répondait aux hurlements des loups entre le ciel tout noir et la terre toute blanche.

Le vieux ne demandait plus à monter sur les chariots. Petrowski le portait, sentant s'alourdir le poids du malheureux à mesure qu'il devenait plus faible.

Annah et Élisabeth, de leur côté, soutenaient avec plus de peine Catherine, dont les jambes se raidissaient.

Elles arrivaient presque à rester isolées en arrière, tant il devenait difficile de faire avancer la pauvre enfant.

— Encore un peu de courage, disait Annah ; mais Catherine pleurait.

Les loups se rapprochaient toujours de ce groupe, flairant de près la proie.

— Je ne souffre plus, disait Catherine ; je vois la maison de mon père ; je croyais qu'il était mort ; je vois mes petites sœurs, je les croyais mortes aussi.

Le délire venait, les loups flânaient plus près encore.

Tout à coup Catherine s'abattit, et en même temps les gueules affamées fondirent sur elle.

En même temps qu'Annah se baissait sur sa compagne au milieu du groupe horrible, deux ou trois Cosaques, plus humains que les autres, firent lâcher prise aux loups à coups de pistolet.

Mais la malheureuse Catherine était couverte de sang : ce fut un tronc mutilé qu'on hissa sur le dernier chariot ; Annah et Élisabeth eurent la permission de monter près d'elle.

Tous les soins étaient inutiles ; les mains et les pieds déjà gelés de la pauvre Catherine étaient restés dans la gueule des loups.

Cette nuit-là, une longue trace de sang marqua le passage du convoi.

Sur ce sillon horrible hurlaient les loups, réclamant une autre pâture.

— Je ne souffre plus, répétait Catherine ; je vois la maison de mon père et mes petites sœurs ; ils sont revenus d'entre les morts. et je vais m'y coucher à mon tour. Voilà le linceul blanc, qu'il est grand ! on dirait qu'il entoure la terre ! et voilà aussi le grand drap noir.

Tout à coup, elle poussa un cri de détresse :

— Annah ! où sont mes mains ? j'ai peur ! ah je n'ai plus de mains !

Elle ne sentait pas que ses pieds manquaient également, ses jambes étant gelées.

— Plus jamais je n'aurai mes mains ; comment vais-je faire à présent ?

Elle sanglotait.

Cette crise l'épuisa ; puis Catherine se tut de nouveau. Annah avait obtenu un peu d'eau-de-vie dont elle lui frotta les lèvres ; elle avait, avec l'aide d'Élisabeth, enveloppé de linges, ses membres saignants.

Sur le matin, Catherine s'endormit; elle ne se réveilla plus.

On creusa la neige pour l'ensevelir, et sans doute à la nuit suivante, les loups vinrent achever leur régal.

Le vieux que portait Petrowski s'alourdissait toujours, cependant il vivait encore.

Un peu ému par la mort de Catherine, le commandant du détachement s'approcha et ordonna qu'on hissât le vieillard sur un des chariots. Il fallut également y monter Petrowski.

Délivré du fardeau sous lequel il avait pris son aplomb, le mouvement machinal de ses jambes s'arrêta; il était incapable de faire un pas.

Petrowski s'étendit près du vieillard et chercha à le réchauffer, mais lui-même était glacé. Pendant la journée, une neige fine et serrée n'avait cessé de fouetter le visage des condamnés; les Cosaques eux-mêmes, leurs moustaches gelées sur leurs faces rousses; souffraient de la rude température; ils subissaient la conséquence du malheur commun. Ne faut-il pas que les chiens qui coiffent le sanglier s'attendent à être éventrés? Les geôliers ont le même sort que les victimes.

— Avez-vous bien froid? dit un des Cosaques se penchant vers Petrowski.

— Ne seriez-vous pas plus heureux, dit celui-ci sans répondre à la question; ne seriez-vous pas plus heureux, s'il n'y avait plus de convois de condamnés à conduire en Sibérie.

— Oui, dit le Cosaque rêveur.

Il demanda tout à coup :

— Que feriez-vous des voleurs, si vous étiez les maîtres?

— Si nous étions les maîtres, répondit Petrowski, il n'y aurait plus de misère. La misère, voyez-vous, c'est comme la neige des steppes, qui jette sur nos pas les loups affamés.

Le Cosaque ne répondit pas.

La nuit suivante, les loups, alléchés par le cadavre qu'ils avaient dévoré et par cette odeur subtile de la décomposition que sentent également les chiens, s'approchèrent de plus en plus du convoi; le vieillard qui mourut vers le matin, leur donna un second régal de chair humaine, car la fosse creusée dans la neige était guettée par la bande entière.

Catherine morte, Annah et Élisabeth descendirent du chariot; leurs jambes n'étant plus échauffées par la marche, s'étaient raidies au lieu de se reposer; il leur fallut une immense volonté pour faire quelques pas.

Les conducteurs ne pouvant plus avancer, malgré les fourrures dont ils étaient couverts, le commandant donna ordre de faire halte et d'établir de grands feux pour se réchauffer et éloigner les loups.

Un grand espace fut choisi près de la route, qu'il ne fallait pas abandonner sous peine de ne jamais la retrouver. Les soldats formèrent un cordon autour des condamnés, ayant les derniers foyers, comme rempart, contre l'invasion des loups.

A un des foyers, on chantait pour se réchauffer, avec cette convention que la chanson devait parler de printemps, de jeunesse et d'amour.

Madame Grégoire et Clara Bussonni venaient les visiter.

Annah se souvint de la chanson du chanvre apprise en France. Mais elle l'avait à peine commencée, que soldats, cosaques et condamnés vinrent des autres foyers pour l'entendre.

Le contraste des premiers motifs hardis et fiers dans leur simplicité, avec le refrain plus sinistre que le *Dies iræ* catholique, les avait frappés.

Annah, alors, recommença le premier couplet ; elle se leva, et tournée vers le désert de neige, debout, dominant de sa haute taille les groupes qui l'environnaient, elle dit de sa forte voix de contralto, la chanson qui tirait de la situation, de l'air et des paroles un accent terrible.

LA CHANSON DU CHANVRE

Le printemps vit dans les branches vertes ;
Au fond des bois gazouillent les nids,
Tout vit chantant : les ailes ouvertes,
Tous les oiseaux couvent leurs petits.
Le peuple, lui, n'a ni sou ni mailles ;
Pas un abri, pas un liard vaillant,
Le froid, la faim, rongent ses entrailles.
Sème ton chanvre, paysan !

Il ferait bon, si Jacques Misère
Pouvait aimer, d'aller deux à deux !
Mais loin de nous amour et lumière,
Ils ne sont pas pour les malheureux.
Ne laissons pas de veuves aux supplices ;
Ne laissons pas nos fils aux tyrans ;
Nous ne voulons point être complices !
Sème ton chanvre, paysan !

Creuse, bâtis cachots et forteresses,
Donne bien tout, comme les troupeaux ;
Sueur et sang, travail et tristesses,
L'usine monte au rang des châteaux.
Jacques, vois-tu la nuit sous les porches,
Comme en un songe au val flamboyant,
Rouges errer les lueurs des torches ?
Sème ton chanvre, paysan !

Les hurlements des loups, de plus en plus terribles, accompagnaient Annah qui, empoignée par cette scène grandiose, cet orchestre inouï, semblait une des Valkiris appaissant à travers les âges aux fils du Nord.

Les Cosaques, remuant le feu du bout de leurs lances, songeaient vaguement ! et la lueur rouge des feux éclairait le camp entre la terre blanche et le ciel d'encre.

Au fond, comme des étoiles, brillaient les yeux des loups.

Petrowski descendit du chariot où il était mourant depuis deux jours. La voix d'Annah l'avait galvanisé.

C'est que, du fond des steppes blanches de neige, dans ce triste camp de condamnés qu'environnaient les loups, elle voyait l'aurore d'un monde nouveau.

Petrowski ne retomba plus dans son accablement.

De plus en plus nombreux, les loups commençaient à se hasarder tout près de la haie de soldats ; on eût dit qu'ils allaient en reconnaissance.

Ce n'était plus la blancheur de la neige qu'on voyait à une grande distance c'était un immense troupeau noir, comme les légendes sibériennes en comptent deux ou trois depuis les temps connus.

C'était toute une émigration de loups affamés, qui, depuis les plaines de l'Ukraine ou les cîmes du Caucase, s'en allait vers le nord.

Il en venait, il en venait toujours.

Les foyers commençaient à baisser faute de bois ; le commandant, inquiet, se rendait compte qu'il était impossible de franchir la masse compacte, qui environnait le convoi.

On ne pouvait ni rester sans feu sans s'exposer à être dévorés, ni traverser l'épouvantable armée des loups, chassés de leurs repaires par quelque accident ou peut-être suivant le convoi.

Quelques loups, flairant de trop près les chevaux des Cosaques, s'étaient attiré de rudes coups de pied. Mais les soldats commençaient à se replier sur le campement que cet envahissement rétrécissait de plus en plus.

Quelques prisonniers avaient peur ; d'autres, insouciants de ce qui pouvait survenir, regardaient indifférents.

Les nihilistes étaient de ce nombre ; ils s'étaient groupés, attendant ce qui allait arriver.

— Ce sont les loups, n'est-ce pas ? dit Elisabeth à Annah.

— Oui, mon enfant, mais ils sont, je crois, en marche ; peut-être ne nous attaqueront-ils pas.

Élisabeth, en dépit de son courage, préférait, la pauvre enfant, les travaux forcés, à cette mort prompte mais horrible.

Les loups avaient pris place ; si on ne voyait plus la neige, en revanche on apercevait toujours plus près et plus pressées, les milliers de petites étoiles rougeâtres de leurs yeux.

— Brûlez un chariot ! dit le commandant.

On déchargea à la hâte un chariot, jetant ce qu'il contenait sur les autres. Un feu immense resplendit, montrant à sa clarté rouge l'étendue du troupeau hurlant qui allait tenter l'assaut.

Le commandant réfléchissait toujours et le combat s'engageait entre les plus audacieux, ou les plus affamés des loups, et les soldats.

Quelques-uns de ces animaux ayant été tués, des centaines des leurs se jetèrent sur les morts et engagèrent contre eux des luttes terribles.

Le feu diminuait.

— Une autre voiture ! dit le commandant, ne déchargez pas.

Une seconde voiture, pleine d'effets pour les déportés et leurs conducteurs, servit pendant une demi-heure à éloigner les loups.

Mais à mesure que diminuait la flamme, ils venaient à l'assaut si nombreux, que les coups de fusil ne faisaient que leur procurer une proie qui les alléchait de sang.

— Feu continuel ! cria le commandant.

Cette fois les loups reculèrent pendant quelques instants ; mais on ne pouvait épuiser les munitions.

On brûla encore un chariot ; la flamme allait si vite, poussée par le vent, qu'il eût fallu recommencer toujours.

— Brûlez tous les effets ! dit le commandant.

Les chariots furent déchargés et un bûcher formé avec tout ce qui n'était pas provisions de bouche pouvant être transportées par les soldats.

— Nous sommes perdus! dit tranquillement un Cosaque montrant empalé dans sa lance un loup d'une maigreur de squelette; ils crèvent de faim, ils se rassasieront.

Le commandant n'ouvrait la bouche que pour donner un ordre bref, et retombait dans son silence.

Son dernier ordre provoqua un mouvement d'horreur.

— Faites descendre, dit-il, tous ceux qui sont sur les chariots, et attelez avec des chaînes!

Les mères tenant leurs jeunes enfants dans les bras, ne voulaient pas descendre; elles avaient peur que les loups affamés ne vinssent les leur ravir.

Quant aux malades qu'on déposait à terre, une fois le feu éteint, leur mort était certaine.

Affolées, les femmes résistaient avec fureur, les malades, eux, se taisaient : leur agonie commençait.

Personne ne comprenait les projets du commandant.

Annah, Élisabeth, Petrowski et leurs camarades s'approchant des enfants et des malades, s'apprêtaient à les garantir le plus longtemps qu'il leur serait possible ; ils s'étaient emparés de tisons fumants et se tenaient devant les malheureux voués à la mort.

Pendant ce temps, le commandant faisait emplir de paille les chariots.

Les cris des enfants déterminèrent la catastrophe. Avec leur incroyable instinct, les loups sentirent la proie facile, et comme une avalanche tombèrent sur les malades et les enfants, les emportant comme des agneaux.

Les mères folles de désespoir suivaient les ravisseurs et bientôt, des mères et des enfants, il ne restait plus rien.

Les malades ne se défendaient pas plus qu'ils ne l'avaient fait pour descendre du chariot.

Se défendre, à quoi bon, c'était souffrir davantage!

— Mettez le feu aux chariots! tonna le commandant.

Les charges de paille s'enflammèrent.

Alors, des quatre points du campement, partirent affolés, traînant les chariots en flamme, les chevaux qu'on avait attachés avec des chaînes, car des traits ordinaires eussent brûlé.

Cette fois les loups, épouvantés à la vue des chars de feu qui traversaient leur troupe en tous sens, s'enfuirent en hurlant.

Leur immense troupeau disparut vers le nord.

— Tout le monde à cheval! cria le commandant; deux ou trois s'il le faut sur chaque cheval !

Alors, sans faire attention aux monceaux de corps sanglants qui jonchaient le sol, soldats et Cosaques s'emparant à la hâte des prisonniers restés debout, les huchèrent sur les chevaux, y montèrent également, et éperonnant leurs montures, ils partirent au grand galop.

Du monceau de morts se levèrent deux prisonniers couverts de sang ; ils se reconnurent.

— Annah !

— Petrowski !

Un Cosaque, d'une grandeur démesurée les regardait.

— Quoi ! Hlop, dit Petrowski, vous n'êtes pas parti avec les autres ?

— Non ! je vous ai vu remuer et j'ai voulu rester avec vous. Je connais le pays, il y a une halte près d'ici et il fait jour maintenant.

— Nous sommes libres ! dit Annah, qui songeait déjà à retourner à Pétersbourg, où elle croyait encore qu'ils avaient été appelés par le comité exécutif.

Les trois survivants de ce drame de la cruauté des conducteurs et de l'avidité des loups explorèrent à la hâte les débris humains ; un seul corps était entier et encore chaud : celui d'Élisabeth ; Hlop le prit sur son dos.

— Dépêchons-nous, dit-il ; les loups vont revenir.

Sans exprimer à cet homme primitif combien ils trouvaient son action généreuse, Annah et Petrowski lui serrèrent les mains en disant :

— A toujours, Hlop !

— Marchez vite, dit-il en passant devant.

Il n'y avait pas de sentiers tracés dans la neige, elle était partout battue par les loups.

Hlop montra de loin à ses compagnons un sapin chargé de neige :

— Quand nous serons près de ce sapin, dit-il, nous en apercevrons un suivant et près du suivant, c'est la halte que nous verrons.

Ils le suivaient ; de temps à autre, Hlop tournait la tête disant :

— Marchez vite ! marchez vite ! ils reviennent !

En effet, au loin, on entendait le galop d'un immense troupeau.

Hlop prit Annah par le bras.

— Tenez-moi de l'autre côté, dit-il à Petrowski, et en avant !

Il les entraîna avec une rapidité qui ne laissait pas le temps de respirer.

Hlop était d'une agilité prodigieuse. Ce sauvage du Don sauvait ses compagnons. Les fugitifs atteignirent le premier sapin, puis le second, puis la halte.

Quand ils s'y précipitèrent les loups étaient sur leurs talons.

La maison était abandonnée depuis que les convois de déportés suivaient la grande route ; il n'y avait plus de porte.

Hlop étendit sur le sol Élisabeth toujours sans mouvement, et tous trois se précipitèrent sur les morceaux de bois épars dans la halte pour allumer du feu devant la porte.

Il était temps ! les loups allaient entrer, le feu les fit hésiter.

Les trois fugitifs regardaient à travers la clarté vive de ce foyer errer les formes sinistres des monstres.

Tout à coup, Hlop le sauvage aperçut dans un coin, une lampe et deux ou trois bidons.

Il en prit un à la hâte et vérifia le contenu.

— C'est de l'essence ou du pétrole, dit-il, nous sommes sauvés.

« Vous, Annah, je vais vous soulever jusqu'à la lucarne; aspergez au hasard ces monstres; en s'approchant de la flamme ils feront le reste.

« Jetez loin à cause de notre feu. Le troupeau est là ; allez, il n'y aura rien de perdu. »

Le Cosaque souleva Annah comme une plume, l'éleva jusqu'à une petite lucarne par laquelle on pouvait entrevoir au dehors, et passant avec difficulté son bras armé du bidon elle en envoya au loin le contenu.

Petrowski passait les autres bidons contenant de quoi alimenter la lampe ; ils n'en conservèrent qu'un seul.

Le résultat ne se fit point attendre ; les loups les plus proches, inondés d'essence, de pétrole, d'esprit de bois, enfin des divers produits inflammables s'approchèrent du foyer et mettant le feu à leur poil se prirent à courir à travers les autres, affolés comme les chevaux que le commandant avait fait atteler aux chariots enflammés.

— Nous sommes sauvés pour le moment ! dirent les fugitifs.

Tandis qu'Annah essayait de faire revenir à elle la pauvre Élisabeth, les hommes, parcourant les deux pièces de la halte, y cherchaient de quoi fermer l'entrée.

Les loups ne reviendraient sans doute que le soir, mais il fallait agir vite.

Ils trouvèrent deux barres de fer et quelques planches épaisses.

C'était la fermeture de la halte ! Elle devait être assujettie au moyen de trous creusés dans d'énormes poteaux, de chaque côté de la porte.

Une fois l'entrée de leur retraite fermée aux loups, ils parcoururent de nouveau les deux pièces, vérifiant si nulle ouverture ne pouvait donner passage à leurs ennemis.

Tout était en bon état.

Nous n'avons pas laissé grand chose pour la lampe dit Hlop, mais le plus grand danger est passé.

Élisabeth ne revenait pas à elle; ses blessures semblaient légères. Mais elle avait dû être étouffée par le poids des loups entassés sur les cadavres et se battant pour les dévorer.

Bientôt tout espoir fut perdu, le corps s'étant tout à fait refroidi.

— Pauvre fille ! dit le Cosaque.

— Elle ne se sentira pas dévorer, dit Annah tout en cherchant toujours une étincelle de vie.

Elle eût voulu, au risque de la voir plus malheureuse, voir la jeune fille rouvrir les yeux.

Mais tout était fini pour Élisabeth.

Les trois fugitifs tinrent conseil; Hlop connaissait une autre halte, mais elle les rapprochait de la route suivie par le convoi, vers Toboslsk; tandis qu'en allant vers le sud, ils pourraient sortir de la Sibérie pour entrer dans le Turkestan.

Là ils seraient libres.

Tout à coup le Cosaque se frappa le front.

— Je sais, dit-il, ce qui s'est passé : mon grand-père a été témoin d'une semblable émigration des loups. Il yavait eu une éruption de l'Avatcha ; le sol a tremblé sur plusieurs points et de tous les sommets couverts de bois, de toutes les cavernes, se précipitèrent les loups affolés ; pendant tout l'hiver ils rôdèrent ainsi.

— En effet, dit Petrowski, les légendes en parlent.

Des hurlements affreux éclatèrent tout à coup autour de la halte ; les loups
commençaient le siège.

La maison entière était ébranlée ; ils l'attaquaient de toutes parts.

Les fugitifs n'allumèrent la lampe qu'à une heure avancée de la nuit, afin de
se rendre compte si les grattements, qu'ils entendaient, n'arrivaient ni à creuser
sous la halte ni à y faire des trous.

Les planches de la porte seules s'écartèrent un peu, le reste ne remuait pas,
mais là passait un museau de loup.

— Laissez ! dit le Cosaque, en aidant à l'écartement des deux planches ; voici
des vivres. Nous n'aurons plus si belle occasion.

Il attendit patiemment que le loup passât tout à fait sa tête par l'entrebâillement des planches.

— Aidez-moi, dit-il.

Petrowski pesant de tout son poids du côté opposé, Hlop et lui parvinrent à
étrangler la bête.

— Maintenant, dit Hlop, attention !

Tandis qu'il maintenait les planches, Annah et Petrowski tirèrent dans l'intérieur le cadavre du loup.

La porte fut consolidée et les deux hommes, après avoir mis le loup hors
d'état de se ranimer, vérifièrent de nouveau les murs.

La faim les torturait, en dépit du triste voisinage du corps d'Élisabeth,

A l'aide du peu de bois qui restait, les assiégés firent rôtir quelques morceaux
du loup, en conservèrent une partie, mangèrent l'autre avec assez d'appétit.

— Heureusement que ces drôles ne se font pas la courte échelle, dit Hlop
regardant l'ouverture placée au milieu du toit, pour la fumée.

En effet, les bonds désordonnés des loups ne pouvaient les élever jusqu'au
faîte de la halte isolée. Nulle élévation de terrain n'était là pour les favoriser,
la maison étant bâtie dans la plaine.

— Ils sentent la morte, disait Hlop ; nous les aurons là, jusqu'à ce que nous
soyons morts nous-mêmes.

— Pourquoi êtes-vous resté avec nous, pauvre Hlop ? dit Annah.

— Ah ! je n'ai pas de regrets, dit le Cosaque ; ce n'est pas le métier que je
faisais qui peut m'en donner.

Trois jours se passèrent ainsi. Une odeur âcre commençait à se dégager du
corps d'Élisabeth ; le petit espace, sans autre ouverture que celle du toit, s'emplissait d'une atmosphère suffocante.

Au matin du quatrième jour, les loups disparurent tout à coup.

Quelques légères oscillations du sol prouvèrent aux fugitifs que le troupeau
affamé fuyait en effet, devant quelque éruption accompagnée d'un tremblement de
terre.

Ils étaient sauvés.

Comme si tous les ennuis disparaissaient à la fois, la tourmente de neige faisait place à un temps plus doux.

Après avoir creusé une fosse à Élisabeth, les fugitifs reprirent leur marche vers le sud.

Une halte fut en vue pour le soir.

Celle-là était grande, spacieuse et non abandonnée comme l'autre; la chance arrivait.

Un hôtelier empressé reçut les voyageurs, qui se disaient égarés, les fit entrer dans la seconde pièce, chauffée par un large poêle et envoya deux domestiques demander ce qu'il fallait leur servir.

— C'est trop de courtoisie pour que nous soyons ici sûrement, disaient-ils.

Après avoir demandé un repas fort simple, ils réfléchissaient entre eux aux éventualités qu'offrait une nuit passée dans cet endroit; mais le sort en était jeté, ils ne pouvaient sans éveiller la défiance brusquer leur départ.

Ils possédaient un peu d'argent; mais il en eût fallu ou beaucoup pour étouffer les scrupules de l'hôte, ou pas du tout, ce qui les eût peut-être fait prendre pour des malheureux en quête d'un pays hospitalier.

Le costume du Cosaque étonnait l'hôte. Comment se trouvait-il en compagnie de ces deux étrangers, au lieu d'être avec son escadron?

Les deux autres, couverts encore de leurs vêtements, avec l'addition, pour Annah, de la pelisse donnée au départ, et pour Petrowski, de la chaussure grossière, également donnée au départ, faisaient à l'hôte l'effet de se trouver là par quelque aventure, dont il jugeait prudent de prévenir la police.

Il n'y avait pas loin de la halte, un poste important de Cosaques de ville ou de police. Ses chevaux étaient bons, il en fit seller un et envoya ventre à terre un domestique prévenir le chef du poste.

Pendant ce temps, Annah et ses deux compagnons additionnaient leurs bourses et se demandaient s'ils pourraient louer, pour jusqu'à la prochaine halte, trois chevaux qui les eussent éloignés plus rapidement d'une contrée dangereuse.

Ils n'eurent pas besoin de discuter bien longtemps. Le message de l'hôte porta ses fruits; tout un escadron de Cosaques se présenta à la halte; la seconde chambre, où se trouvaient les fugitifs, n'avait pas de fenêtre : la seule ouverture était la porte, comme à une bonne souricière qu'était cette halte.

— Vous m'avez ôté ma prime, dit Hlop au chef de l'escadron; je vous reconduisais ces gens-là.

— Nous verrons, mon brave, dit le militaire qui n'avait aucune raison de douter de la parole du Cosaque, les probabilités étant pour qu'on le crût, puisqu'il y avait une prime.

Annah et Petrowski regardaient avec un douloureux étonnement leur compagnon de voyage, lorsqu'ils reçurent à leurs chevilles, en manière d'avertissement, un coup des rudes bottes du Cosaque.

Hlop avait son plan : ils le devinèrent.

Mais le Cosaque ne put le mettre de sitôt à exécution.

La consultation sur le Code.

C'est pourquoi les condamnés, arrivés à Tobolsk, furent dirigés sur les mines des environs.

Le gouvernement de Tobolsk est le plus riche en gisements d'or, de fer, de diamants.

L'entrée de ces enfers, dominée par des forêts de pins, est soigneusement gardée.

On est frappé, en entrant dans ces abîmes, de la hauteur des voûtes, de la profondeur des puits. L'horreur habite ces contrées.

Pour les travaux, les bras ne sont point épargnés, il y en a, il y en a toujours, des malheureux à enfouir !

De ces profondeurs ils ne remontent jamais, à part de rares exceptions presque miraculeuses, miracles qu'enfante le cerveau humain pour recouvrer la liberté.

Ayant reçu les numéros de leur équipe, on descendit les condamnés dans des fosses profondes.

Un des Cosaques chargés de la garde de la mine leur donna en passant un coup de ses lourdes bottes dans les chevilles et les regarda d'un air si particulier, qu'ils comprirent tout ce que cet air contenait de promesses. C'était Hlop.

XCVII

RETOUR VERS LES BRODARD

Quelques mois avant les événements dont nous venons de parler, le sort des Brodard avait subi une complète transformation.

Auguste avait été averti par son petit messager, le môme adopté par le fils du guillotiné, qui, l'ayant pris sans nom connu, sans gîte, continuait à l'appeler tout simplement : môme.

On s'était habitué à le désigner ainsi.

— A quoi sert d'avoir un nom? disait le fils du guillotiné; c'est plutôt gênant qu'autre chose.

Ces deux malheureux ayant eu recours à Philippe, celui-ci se mit à leur disposition pour l'inconnu.

Auguste, grâce à sa jeunesse, fut aussi promptement rétabli que la faiblesse de sa poitrine le permettait; les nouvelles qu'il reçut de la marchande de mouron le mirent tout à fait sur pied.

Complètement méconnaissable, grâce à des vêtements propres que Philippe, André et les peintres se cotisèrent pour lui acheter, il partit pour Saint-Étienne. Ses amis avaient de plus ajouté une petite somme pour son arrivée.

— Il est heureux, disait Jehan, que cet imbécile d'Anglais nous ait lâchés pour son tour du monde. S'il eût été plus loin que la Seine-Inférieure nous n'aurions jamais revu notre ami.

Philippe et les peintres restèrent amis. Jehan Troussebane était tellement enthousiasmé de ses nouvelles connaissances, qu'il voulait faire, d'après Philippe, une immense figure de la Liberté pour un grand tableau qu'il exécuterait quand il pourrait faire la dépense d'une toile convenable, de couleurs et de son temps, employé souvent à barbouiller des enseignes, car il fallait vivre.

Ayant mûri ce beau projet, il songea qu'il fallait, pour sa Liberté, une tête de femme.

— Cela ne fait rien, dit Lapersonne; on placera Philippe dans le groupe des héros fils de la Liberté.

Jehan Troussebane, à qui l'idée de ce groupe ouvrait d'autres horizons, songea aussi à mettre dans son tableau le nègre, Auguste Brodard, tout le monde et lui-même.

Tandis qu'il formait ce projet, il vint une commande.

Le pain n'abondant pas au logis, on accepta, malgré l'air de renard du bonhomme qui présentait cette commande.

— Dame, dit-il, je ne veux pas payer cher et je me suis adressé à vous pour cela, d'autres, qui auraient moins besoin de gagner, ne me conviendraient pas.

— C'est cela, dit Jehan vous avez pensé que la misère nous rendrait traitables et taillables à merci,

— Parfaitement !

— C'est selon, cependant !

— Vous allez voir, c'est à prendre ou à laisser; j'ai, tel que vous me voyez, des entreprises immenses : le prix qu'on me paie ne me regarde pas. Vous acceptez celui que je vous offre et nous sommes quittes.

« Remarquez bien que si vous n'acceptez pas, vous traînerez la misère longtemps avant de trouver une occupation assurée, et que moi je trouve de suite cent peintres *dans la même opulence* que vous pour se disputer cet os à ronger.

— Vous consentez à ce que nous vous disions que c'est une infamie, dit Jehan.

— Peu m'importe, c'est votre travail qu'il me faut et non votre sympathie.

— Vieux misérable, va !

— Allez ! mes agneaux ! allez ! seulement, si vous consentez, signez-moi ceci.

« Moi, *un tel*, je m'engage à décorer *de fresques* les murs et les plafonds de la « maison correspondante à celle de Mme la princesse Mathias (œuvre de direction « des jeunes filles orphelines ou abandonnées) pour la somme de cinq francs par « mètre carré. »

— Mais vous êtes fou, s'écrièrent les peintres, ce n'est pas la couleur !

— Ce n'est pas tout, continua l'homme au museau de renard, c'est qu'il y a cette condition : d'être pris à l'essai.

— Ah! s'écria Jehan, vieux ladre! nous ferons comme pour l'homme aux cornes !

— Du tout! il ne faut peindre que des sujets pieux.

— Par exemple, dit Lapersonne, des scènes du Cantique des Cantiques ou de la vie de Madeleine avant sa conversion.

— Un vénérable ecclésiastique examinera chaque fresque.

— C'est trop fort, dit Jehan Troussebane poussé par la curiosité; nous acceptons ! Lapersonne, le nègre et moi, à condition d'être nourris pendant ce travail.

— Va pour la nourriture ! dit l'homme; il pensait : elle ne sera pas chère, la nourriture.

— Les couleurs ne seront pas chères, pensaient les peintres.

Le marché fut conclu.

— Pourquoi ce luxe dans une maison d'orphelines? se demandaient-ils, cela serait curieux à savoir.

Brodard, en arrivant à Saint-Étienne, courut à la rue Demontaua.

Angèle travaillait avec Sophie à la confection des châles de laine.

Louisette imitait l'ouvrage de ses sœurs pour faire un châle à sa poupée.

Elles ne reconnurent pas Auguste, qui demandait à parler à leur père.

Mais celui-ci n'y tint pas, il fondit en larmes et se jeta au cou d'Angèle.

Auguste s'imaginait qu'on lui cachait la mort de son père, il fallut le conduire à l'hospice.

Alors, imprudents comme on l'est à leur âge, Auguste et Angèle surprirent le pauvre Brodard qui pouvait mourir de cette révolution.

Elle le sauva au contraire.

Avec la vive intuition des gens qui ont toujours un danger sur la tête, Brodard ne demanda aucune explication : il avait compris que son fils était venu sous le nom de Gilbert Karadeuk, qu'il pouvait être placé comme instituteur, mais qu'au besoin il descendrait dans la mine pour aider ses filles.

Ce dévouement plut généralement, et le même comité de femmes qui avait trouvé un peu d'ouvrage à Angèle, s'occupa de son frère.

Les femmes ont une persévérance diabolique : il est rare qu'elles n'arrivent pas à sauver ou à perdre qui elles veulent.

Elles arrivèrent à sauver Auguste.

Un soir, la secrétaire du comité monta toute rouge de joie, les trois étages de la vieille maison de la rue Demontaud.

— Mes enfants, cria-t-elle en entrant, bonne nouvelle ! Votre père peut maintenant être malade à son aise !

Ils se pressaient anxieux autour d'elle ; habitués à ne voir aux choses qu'une seule face, la peine : les pauvres enfants ne croyaient pas à la joie.

Il fallut pourtant y croire quand elle leur expliqua que, sur la proposition du comité, Auguste Brodard était agréé comme second maître chez M. Paulus, un vieil instituteur depuis plus de quarante ans, établi à Terre-Noire, où il avait élevé presque trois générations.

Là il faudrait qu'Auguste se chargeât de tout, car le vieillard ne pouvait plus que donner un coup d'œil à l'étude ou à la récréation ; sourire aux efforts des enfants pour apprendre ou à leurs jeux bruyants.

Une petite maison fut louée près de l'école pour Brodard et ses filles, et on alla le chercher à l'hospice, où il oublia sous son chevet les journaux apportés par ses filles pour le distraire et qu'il n'avait pu lire avec ses pauvres yeux.

Il devait les connaître assez tôt !

Angèle et Sophie continuaient leurs châles de laine, dont le petit produit s'ajoutait aux appointements d'Auguste. Brodard ne descendait plus dans la mine, il cultivait le jardin qui entourait sa petite maison.

Louisette allait à la classe des filles, ses sœurs le voulaient ainsi.

— Est-ce que le malheur serait fini ? disaient-ils avec inquiétude ; parfois, ils se demandaient quel revers cachaient ces jours de calme.

— Ces Karadeuk ont un bonheur insolent, disait M. Potache à ses amis; car enfin la fille aînée est une drôlesse et le père doit être un bandit comme tous les malheureux.

Mais les parents des petits garçons qui fréquentaient l'école du père Paulus, comme on appelait le vieillard, étaient enchantés.

Chaque jour en s'éveillant, les Karadeuk avaient peur que le beau rêve ne s'envolât avec les songes de la nuit.

C'était vrai, pourtant !

Un soir qu'Auguste rentrait plus tard que de coutume, il vit deux paysannes assises près de son père. Un gros chien mouton, noir et crotté, pensa le renverser en se jetant sur lui hurlant de joie.

Auguste s'évanouit presque en reconnaissant les visiteuses.

Elles avaient été bien reçues chez la parente de son ami Jacques. La vieille fermière était heureuse de l'affection dont elles l'entouraient, et quant à Clara et à Mᵐᵉ Grégoire, elles étaient comme les Karadeuk : elles ne pouvaient croire à tant de bonheur.

Ce qui leur manquait, c'était de revoir leurs amis, elles étaient donc venues leur faire visite. S'étant informées rue Demontaud, elles avaient pu les trouver.

Le bon air et un peu d'aisance les avaient transformées. Mᵐᵉ Grégoire pouvait marcher ; Clara était embellie.

Pauvres femmes ! Pauvre famille !

Que de choses ils se racontèrent ce soir-là ! ils ne pouvaient se rassasier de se voir et de se parler.

Est-ce qu'ils allaient avoir souvent de ces joies-là sans qu'elles fussent payées par quelque catastrophe ?

Une vigne montait à la fenêtre, toute entrelacée de volubilis, des parfums de roses ouvertes et de foin séché arrivaient du jardin et de la prairie.

La vie semblait bonne à ces déshérités, trouvant tout à coup une oasis dans leur désert.

— Ah ! si tout le monde pouvait être heureux, disait Mᵐᵉ Grégoire !

Toto, de plus en plus convaincu de son importance, mettait ses grosses pattes crottées sur les genoux ou les épaules de tout le monde. Louisette finit par l'accaparer en engageant avec lui une conversation à laquelle il répondait par des grognements joyeux.

Auguste admirait plus que jamais la douce et gracieuse tête de Clara Bussoni, songeant qu'il aimerait à l'avoir pour compagne de sa vie.

Clara, rêveuse, laissait aller sa pensée.

Angèle et Sophie, ayant chacune leur douloureuse page dans leur jeune existence, se laissaient aller, sans penser à l'avenir, au charme de l'heure présente ; elles n'avaient rien à attendre de plus.

Brodard, la tête appuyée sur une de ses mains, écoutait, regardait, cherchait à bien se convaincre que cette scène était réelle.

Tout à coup, le chien poussa un hurlement lamentable.

Les animaux ont parfois de ces inexplicables pressentiments.

XCVIII

DANS LES SOUTERRAINS DE DAVYS-ROTH

Surpris, effrayé au premier moment, voyant qu'il avait tout à attendre de ceux qui l'avaient enfermé, Grenuche rassembla ses forces, bien décidé à sortir du lieu où il se trouvait ou à périr.

Mais comment faire ? la nuit la plus profonde l'enveloppait.

Il se souvint des deux femmes enfermées dans le cabinet et se demanda s'il pouvait compter sur une alliance avec elles. Quant à Jean-Étienne, Grenuche ne doutait pas qu'il ne fût complice.

Il se répétait stupidement la phrase qu'il avait dite à Davys-Roth et qui était la peinture exacte de ce qui était arrivé. La maison l'avait bu ?

Il s'approcha en tâtonnant de la porte du cabinet :

— Comment vous trouvez vous là-dedans? dit-il.

On ne répondit pas.

Grenuche continua d'une voix douce :

— Moi aussi je suis prisonnier.

Nouveau silence.

— Il faut, dit-il, réunir nos moyens de salut.

— Qui prouve que vous n'êtes pas un ennemi ? dit une voix de femme, celle la mère.

— Mais comment voulez-vous que je vous prouve le contraire, si ce n'est pas notre sort commun? Nos intérêts étant communs, il y aurait folie à nous séparer.

Les femmes se taisaient. Grenuche s'aperçut à un fugitif rayon de lumière sous la porte qu'elles avaient trouvé moyen d'avoir de la clarté.

C'est que Mme Marcel portait toujours dans ses immenses poches une foule d'objets qui lui avaient toujours été utiles en cas de besoin.

Par exemple, un rat, des allumettes, un ou deux passe-partout, de la cire à empreintes, un chapelet, de petites fioles, pas d'armes. Elle avait peur de n'importe quelle arme.

Le venin suffisait à l'ignoble créature ; elle eut empoisonné la terre entière plutôt que d'attaquer qui que ce soit avec un poignard ou une arme à feu.

— Vous aviez de la lumière, continua Grenuche. Moi j'ai la force qui vous manque ; si nous pouvions nous réunir, nos moyens de fuite seraient doublés.

Mme Marcel, ayant réfléchi, mit le passe-partout dans la serrure, et, avec une habileté qui prouvait bien des choses, parvint à la disloquer. Quant à l'ouvrir, il fallait une main plus puissante que la sienne !

— Passez-moi votre instrument, dit Grenuche, il y a de la place sous la porte. Dépêchez-vous, avant qu'on ne revienne : notre linge serait lavé.

Cette considération décida Mme Marcel; elle fit glisser son passe-partout sous la porte.

Greñuche tâta la serrure, et, en quelques instants, sa main énorme l'eut ouvert.

Il se trouva en face de Mme Marcel tenant son rat allumé, et de sa fille, tremblantes toutes deux.

— Maintenant, dit Grenuche, à qui le danger ouvrait les idées, dépêchons-nous!

Ils pouvaient bien prendre leur temps, car Davys-Roth sentait les clefs dans sa poche, et savait les murs solides; les cris étaient étouffés par l'épaisseur des murs et la forme particulière des caveaux qui envoyaient leurs échos au loin sous la terre.

La chambre où se trouvaient Grenuche et les deux femmes était séparée de celle où l'on pouvait entrer par la rue du Fer-à-Moulins.

Nous avons dit que Davys-Roth, seul, possédait le secret de l'entrée qui communiquait aux appartements non secrets.

Nos trois personnages se trouvaient donc devant les couloirs souterrains ouvrant sur d'immenses caveaux. Mais ce n'était pas par là qu'ils étaient venus; l'instinct de la conservation les poussait à retrouver leur chemin au lieu de s'aventurer sous ces voûtes inconnues.

Ils purent faire sauter la serrure de la chambre où Grenuche était prisonnier.

Un obstacle empêchait cette porte de s'ouvrir; Grenuche, l'ayant poussée, entendit une plainte vague; il se baissa et vit Étienne baignant dans son sang.

La fraîcheur des voûtes l'avait fait revenir à lui; la blessure étant moins profonde que ne le croyait Davys-Roth. La lame avait glissé sur l'omoplate. Sans la forme trianglaire du poignard, il ne se fut pas même évanoui.

Les blessures faites avec des armes de cette sorte ne guérissent presque jamais; de plus, le poignard était empoisonné.

Mais Jean-Étienne avait une organisation particulière; comme certains animaux, il avait la vie dure; elle devait le soutenir jusqu'à ce que le poison eût accompli son œuvre.

— Sauvez-moi! murmura-t-il, essayant de se lever.

Mais Grenuche pensait à la manière dont son camarade l'avait abandonné, et la générosité ne faisait pas le fond de son caractère.

— T'emporter, dit-il, afin qu'on m'arrête pour t'avoir mis dans cet état!

Les deux femmes, moins généreuses encore que Grenuche, cherchaient à reconnaître la sortie, sans s'inquiéter du blessé, ni de leur compagnon.

— On descend quatre marches, disait la vieille; cherchons les marches.

Elles étaient là, en effet, mais le mur seul les surmontait; l'ouverture avait un secret qu'il fallait trouver. Le temps pressait, les deux femmes craignaient qu'on emmenât Jean-Étienne. Elles en avaient peur, tout blessé qu'il était; n'était-ce pas lui qui les avait livrées?

— Allez-vous, dit la mère à Grenuche, emmener cet homme pour qu'on nous arrête en sortant d'ici?

Elle regardait, de ses yeux ronds qui vous engluaient, Grenuche penché sur Jean-Étienne.

— Est-ce que tu vas me laisser là ? dit le bandit à son ancien compagnon.

— Il le faut bien ; tout ce que je puis faire, c'est de t'allumer cette lampe suspendue au mur. Tu sortiras comme tu pourras.

— Je puis encore, continua Grenuche, t'aider à te soulever.

Il l'assit le dos appuyé au mur.

Pendant ce temps, les deux femmes, ayant trouvé le secret de la porte, s'étaient enfuies sans Grenuche.

Il bondit furieux. Mais l'ouverture était refermée.

— Viens, disait l'horrible vieille à sa fille, j'ai pris sur le bureau assez de papiers pour les faire chanter longtemps.

Grenuche, à la clarté de la lampe qu'il avait allumée pour Jean-Étienne, cherchait à son tour sans s'inquiéter davantage des gémissements du blessé ; il se laissait aller à toute sa fureur ; quand la porte tourna de nouveau, il se crut perdu.

Les femmes n'avaient pu, heureusement pour lui, ouvrir seules la porte d'entrée, elles revenaient vers lui ; sans quoi, elles l'eussent abandonné.

— Venez ! dit la vieille.

— Ah ! dit Grenuche, c'est que vous n'avez pu sortir sans moi ; sans cela...

— C'est assez logique, dit Mme Marcel.

— Laissez cette porte ouverte, recommanda Grenuche, qui avait pitié de Jean-Étienne.

— Sans doute, dit Mme Marcel.

Mais, derrière lui, elle repoussa le secret, enfermant le blessé. C'est ce qui sauva Davys-Roth.

Ils se retrouvèrent dans les pièces donnant sur la rue du Fer-à-Moulins.

Les serrures, dans ces chambres-là, étaient énormes ; mais la rude main de Grenuche, à l'aide du passe-partout de Mme Marcel, avait fait sauter les fermetures.

Ils se trouvèrent dehors !

Au moment où il détournait l'angle de la rue du Fer-à-Moulins, Grenuche s'aperçut que les deux femmes ne l'accompagnaient plus ; elles avaient fui.

Jean-Étienne, après le départ de ses compagnons de captivité, raffermit son courage. Comme le loup blessé, qui retourne mourir dans sa tanière, il se leva, tremblant sur ses jambes, pour essayer de suivre les fugitifs.

Un pas lourd, qui montait par les souterrains, le fit tressaillir.

— Voilà l'ennemi, pensa-t-il.

Jean-Étienne avait remarqué une longue et épaisse draperie, masquant les parois du fond ; il éteignit la lampe et se mit à l'abri derrière la draperie.

Les pas montaient toujours.

A la clarté de la lampe que portait Davys-Roth, Jean-Étienne le vit se baisser à la place qu'il occupait peu d'instants auparavant.

Davys-Roth eut un geste d'étonnement.

— Le misérable n'est pas mort ! dit-il, indigné que Jean-Étienne se fût permis de survivre au poignard sacré.

Le convoi pour la Sibérie.

Le père allait commencer une perquisition, et sans doute commencer par lever la tenture, quand, à l'aspect des serrures brisées, il comprit l'étendue du coup qui le frappait.

— Tous partis ! dit-il. Mais par où ? le secret est fermé !

Il échappa à Davis-Roth un juron énergique, semblable à celui des charretiers embourbés.

Heureusement, son Dieu n'a pas plus d'oreilles que ceux des Philistins.

Ce premier instant passé, Davys-Roth releva sa haute taille devant ce coup imprévu ; il songeait déjà à retourner ce revers, comme il faisait ordinairement.

Le secret de la porte qui communiquait à la partie mystérieuse était découvert, puisqu'on l'avait refermé.

Ces gens étaient allés chercher la police, peut-être ; c'était à lui, dans ce cas, à les accuser de vol avec effraction dans la partie de l'habitation donnant sur la rue du Fer-à-Moulins, et à nier l'existence de l'autre partie.

Il rédigerait à ce propos une plainte (sans date) qu'il tiendrait prête pour le cas où on ferait perquisition. Cette plainte cachetée serait laissée dans les papiers.

Il soutiendrait l'avoir envoyée, et quand on la découvrirait dans la perquisition, son mensonge serait coloré du nom d'oubli ; — peut-être, lui ferait-on des excuses !

Quant à ce qui pourrait être raconté par les fugitifs, qui donc le croirait? Qui oserait peser sa personnalité à lui, Davys-Roth, avec celle de ces vers de terre?

Il les accuserait d'être payés par les ennemis de la religion, et prétendrait, au besoin, que sa sûreté personnelle, étayant la sûreté de l'État, *c'était à l'État qu'on en voulait!* Ces pensées amenèrent sur les lèvres minces de Davys-Roth un sourire diabolique.

Il ne restait pas inactif.

Jean-Étienne le voyait distinctement, se trouvant dans l'ombre, tandis que Davys-Roth apparaissait dans le cercle lumineux formé par son fanal ; le père, avec une habileté que nul ne lui eût supposée, creusa à l'aide d'une tarière des trous profonds dans lesquels il établit d'énormes barres de fer.

Il y avait dans une malle une foule d'outils dont il se servait avec une habileté remarquable.

Des barres de fer étaient prêtes depuis longtemps en prévision d'un siège.

Jean-Étienne avait un grand désir de l'assommer par derrière avec une des barres ; mais,dans l'état de faiblesse où il se trouvait, Davys-Roth l'eût terrassé.

Le parricide examinait comment les portes étaient assujetties à l'intérieur, afin de fuir après le départ de Davys-Roth. Il savait que le fanal serait emporté et que dans l'obscurité complète il aurait de la peine à retrouver l'ouverture.

De ses yeux rendus hagards par la fièvre, la terreur et la haine, il ne perdait pas une seule des circonstances qui devaient le guider dans l'obscurité.

Ainsi, les trois marches lui serviraient à trouver la porte ; dans la caisse à outils où puisait Davys-Roth, il trouverait des pinces, des ciseaux, tout ce qu'il fallait pour l'ouvrir.

Pendant ce temps, le poison opérait.

Sa faiblesse l'inquiétait ; il avait peur de se trouver mal et de retomber ainsi au pouvoir de Davys-Roth. Des gouttes de sang s'échappaient encore de sa blessure, mais l'hémorrhagie s'était arrêtée.

Jean-Étienne avait bien véritablement la vie dure.

Ayant rétabli les fermetures des portes comme ne l'eût pas fait le meilleur ouvrier, Davys-Roth passa dans les pièces qui s'ouvraient sur la rue du Fer-à-Moulins.

S'étant assuré qu'il n'y avait pas de sang sur le plancher ou sur les tentures, il se disait que le blessé devait être resté quelque part, lorsqu'il aperçut quelques taches vers la porte de sortie.

— Il est parti, pensa-t-il. Les misérables savent le secret.

C'était en marchant près de Jean-Étienne que Grenuche avait trempé ses chaussures dans la mare de sang.

Davys-Roth versa une bouteille d'encre sur les traces humides, et lentement, calme, froid comme s'il n'avait pas un péril terrible suspendu sur la tête, il sortit de la première partie du logement, barricada l'entrée des souterrains et s'en alla de son pas égal comme le balancier d'une horloge, en passant par son chemin ordinaire.

Jean-Étienne eût donné l'univers pour une goutte d'eau : sa gorge était desséchée ; il lui semblait avoir du feu dans sa blessure et un sinistre tocsin tintait à ses oreilles.

Il fallait en finir vite, car ses forces, surexcitées par la fièvre, pouvaient l'abandonner complètement.

Tout étant retombé dans l'obscurité, Jean-Étienne rampa jusqu'à la caisse d'outils, y prit ce qu'il jugea convenable, et, rassemblant ses forces, il put retirer les barres de fer pour entrer dans la seconde partie du logement.

Il lui semblait en ce moment, qu'il vivait en sa mère qu'il avait tuée ; qu'il y vivait au moment même où il lui portait les coups mortels. Sans cesser d'être lui-même il était lui et il était elle. Cette hallucination lui faisait sentir en double les angoisses de la terreur et de l'agonie.

Le misérable tremblait ; ses dents se choquaient, il ne se tenait debout que par l'immense volonté de la bête humaine qui veut vivre.

Vivre, comme le ver de terre qu'on écrase, comme le serpent dont les tronçons coupés se recherchent, comme l'insecte qui fait le mort pour éviter sa destruction.

Il parvint, à l'aide de ses outils, à ouvrir les deux portes ; l'air frais de la nuit lui rendit momentanément un peu de vigueur, il marcha automatiquement jusqu'au Panthéon sans savoir où il allait.

Là il s'abattit et perdit connaissance.

Un groupe d'agents l'ayant aperçu, Jean-Étienne fut transporté à la Pitié.

— C'est un assassinat disaient les agents, sentant le dos de Jean-Étienne humides de sang.

Les soins qu'il reçut à l'hospice lui firent rouvrir les yeux, mais il ne put qu'articuler le nom de M. X... à qui il voulait sans doute faire des révélations, ce qui fut pris en note.

— Il n'en pouvait pas revenir, dit l'interne examinant encore la plaie après que l'homme fut mort ; l'arme était non seulement d'une forme terrible, mais encore elle devait être empoisonnée.

Davys-Roth, parcourant le soir les souterrains, s'aperçut de ce second bris de porte. Comme la veille il eut d'abord un mouvement de colère, puis reprit son calme souverain.

Ayant inspecté soigneusement les premières pièces, il s'assura que le fugitif avait machinalement repoussé la porte donnant sur la rue du Fer-à-Moulins; que, par conséquent, on n'avait pas dû s'apercevoir qu'elle était ouverte, et voulant vérifier le fait par lui-même, il s'établit de manière à passer la nuit bien armé et soigneusement caché, par une tenture dans la première pièce, après avoir fermé le secret de l'autre partie.

Tandis que le père veillait pour sa sécurité menacée, les journaux du soir annonçaient qu'un homme mortellement blessé avait été relevé près du Panthéon, qui, transporté à la Pitié, avait pu demander M. X... pour lui faire sans doute des révélations, mais que celui-ci, quelque diligence qu'il eût faite, n'avait pu arriver avant la mort du malheureux.

« M. X... alors, avec *l'intelligence* qu'on lui *connaît*, ajoutait l'article-boniment, avait suivi lui-même, à l'aide de quelques agents, des gouttelettes de sang très éloignées les unes des autres, qui les avaient conduits jusqu'à une porte fracturée; qu'un premier coup d'œil jeté dans le logement n'avait rien montré d'anormal, si ce n'est que la maison était abandonnée. »

On terminait par la phrase consacrée : la justice informe!

Le journal n'ajoutait pas que M. X... avait convoqué des agents pour une seconde perquisition qui devait avoir lieu le soir même. Tout cela, Davys-Roth l'ignorait; il avait la mauvaise habitude de ne pas lire les journaux d'une façon suivie. Qu'avait-il besoin des nouvelles du monde! M. X... avait oublié, au milieu de ses différentes perplexités, que la maison de Mme la Bourelle appartenait à Davys-Roth. C'était la seconde fois qu'involontairement il lui était désagréable.

Davys-Roth n'attendit pas longtemps les visiteurs; vers huit heures du soir, M. X... et quelques agents se présentèrent à l'entrée de la maison de Mme la Bourelle.

Au grand étonnement de M. X... la porte était fermée en dedans. La maison était habitée.

Après avoir fait les sommations au nom de la loi, il fut encore plus étonné en reconnaissant Davys-Roth dans le personnage qui se présenta.

— Pardon, monsieur, dit M. X... courbé jusqu'à terre, il y a erreur sans doute.

Et il commença l'histoire de l'homme assassiné, qui, l'ayant fait demander, était mort sans faire de révélations : il se confondait en excuses.

Davys-Roth, persuadé que ces excuses cachaient le désir de la police d'intervenir dans ses affaires, reçut M. X... avec un air un peu amer, en roi offensé.

— Il fallait que je vous attendisse longtemps, dit-il, n'avez-vous point reçu ma première plainte?

— Aucune plainte de vous ne m'est parvenue, dit M. X...

— Il y a cependant de cela déjà plus de temps qu'il n'en fallait pour que la lettre vous parvînt.

— Je vous jure, disait M. X... en s'inclinant comme un cercle, que nulle plainte de vous n'est à ma connaissance. Nous en demanderons compte *à la police* des postes.

— Attendez, dit Davys-Roth, avant d'être sévère, il faut voir si, accablé comme je le suis, je n'aurais point oublié moi-même la plainte, dans les papiers de mon refuge, car c'est ici, messieurs, mon refuge contre les envahissements des occupations de toute sorte.

En parlant ainsi, il faisait entrer les agents et M. X... dans la pièce où se trouvait le bureau et commençait à bouleverser les papiers en disant à M. X... :

— Aidez-moi donc, monsieur!

Ce dernier était mal à son aise, voyant qu'il avait été indiscret.

Le subterfuge préparé la veille réussit parfaitement : ce fut M. X... lui-même qui trouva la plainte préparée et cachetée avec son adresse.

— Je suis coupable, dit Davys-Roth, tout à coup radouci.

M. X... lisait attentivement.

— Ainsi, dit-il, la tentative a eu lieu avant hier, et c'est simplement la nuit dernière que nous avons trouvé l'homme assassiné.

— Quel homme? demanda Davys-Roth avec une grande simplicité.

— Je vous l'ai dit en arrivant, mais vous n'avez pas fait attention.

Et M. X... donna de nouveau à Davys-Roth des détails sur la mort de l'homme qu'on avait reconnu à sa carte pour un agent de police.

— Tout cela se tient, interrompit le père; il n'est pas difficile de deviner que la tentative vient de quelque misérable révolutionnaire, qui aura voulu se rendre compte de mes occupations; l'agent l'aura suivi et aura payé ce courage de sa vie. Le crime a dû être commis avant que j'eusse pris la détermination, devant une seconde violation de ma demeure, de faire le guet moi-même.

— C'est ce qui m'explique, dit M. X..., que la porte donnant sur la rue ait été réparée.

— Sans doute, dit Davys-Roth, je l'ai fait immédiatement arranger.

A tout autre qu'au père, M. X... eût demandé le nom et l'adresse de l'ouvrier qui avait réparé les serrures ; mais la pensée ne lui en vint même pas.

— Quelle étrange affaire! dit Davys-Roth.

— Bien étrange, en vérité.

Ils causaient de l'air le plus naturel et le plus amical du monde; au fond, le prêtre se demandait si Jean-Étienne n'avait pas eu le temps de le dénoncer à M. X...

— Me voilà rentré en grâce avec lui, se disait M. X...

— Me permettez-vous, dit-il, de visiter les lieux? peut-être trouverons-nous quelque indice.

— Sans doute, dit Davys-Roth, j'allais vous le proposer.

La perquisition commence, lente, minutieuse comme il arrive quand on veut punir un attentat contre les personnes ou les choses saintes.

Davys-Roth ouvrit des armoires pleines de livres qu'on n'eût jamais aperçus sans lui, cachées qu'elles étaient par les panneaux des boiseries.

Tout ce qu'on trouvait était matières d'édification : des livres saints, des brochures pieuses, des ouvrages commencés; tous ayant des titres à la bienveillance de ceux qui comptent sur la religion pour enchaîner les peuples.

Le trésor de patience, à l'usage des pauvres.

Le bon riche, également à l'usage des pauvres.

La manière de supporter pieusement les maux de la vie, etc.

Tout à coup M. X... se rejeta vivement en arrière; il venait d'apercevoir le poignard oublié par Davys-Roth au milieu des papiers.

Étrange oubli pour un homme si maître de lui-même, — Davys-Roth était indigné contre lui-même.

Il feignit d'apercevoir le poignard en même temps que le policier.

— Voyez-donc, dit-il, l'assassin a laissé son arme !

Il ramassa lui-même le poignard et le tendit à M. X...

C'est ainsi que Davys-Roth put se soustraire à la justice et éviter *qu'elle fût satisfaite* à son sujet.

Son explication parut plausible à M. X... qui cherchait déjà à rattacher cette tentative à l'éternelle affaire Rousserand. Son rapport fut, sans qu'il s'en doutât dicté par Davis-Roth.

Ce dernier fit même le tour de force (afin sans doute de racheter ses étourderies), de s'emparer devant M. X... et ses agents de l'arme qui servait de base à la découverte de l'assassin, sans que ceux-ci s'en aperçussent le moins du monde.

Les journaux cléricaux menèrent grand bruit de la tentative qui avait eu lieu chez le saint personnage ; pour les feuilles impies, c'était, comme tant d'autres, choses, la bouteille à l'encre.

Si maintenant les femmes et Grenuche se retrouvaient, ils n'avaient qu'à bien se tenir, car on les accuserait immanquablement de s'entendre avec les criminels qui avaient forcé les portes de la pieuse maison.

Ce qu'elles virent à ce sujet dans les feuilles pieuses, ne leur donna sans doute pas l'envie de se présenter.

Davys-Roth avait encore cette fois retourné la médaille.

XCIX

LA CAVERNE DES DAREK

Les Darek virent avec stupéfaction arriver, par une nuit obscure, Kerouen conduisant les deux jeunes filles.

Ils avaient dû faire le chemin à pied à partir de la distance où ils eussent pu attirer la curiosité de ceux qui connaissaient Kerouen.

A toutes les questions qui lui avaient été faites à ce sujet, le vieux Darek et sa fille répondaient invariablement que Kerouen était allé passer quelques mois chez leurs parentes de la Bretagne.

On avait fini par n'y plus penser. Les Dareck eux commencèrent au contraire à s'inquiéter davantage, — quand vint le mouvement produit dans la presse par le récit des faits accomplis dans la maison de convalescence (récit venant de

Londres). Les Darek comprirent que leur fils était arrivé à Londres. — Alors, ils attendirent plus paisiblement son retour.

Claire aimait toute cette famille, non seulement comme si elle eût été la sienne, mais encore de toute sa reconnaissance. Elle avait tant souffert, la pauvre orpheline, et ses parents d'adoption cherchaient à le lui faire oublier.

— Quelle bonté je trouve ici ! se disait-elle, et quel immense dévouement ont pour moi Kerouen et sa sœur. — Elle se demandait comment il lui serait possible de les quitter jamais ?

Guthile, cette étrange fille, qui présentait si bien le caractère et les traits des filles de Gaule, s'attachait, de son côté, de plus en plus à Claire.

Qui donc les eut tous désunis maintenant ?

Ce soir-là, ou plutôt cette nuit-là, entendant frapper à deux heures du matin à la porte du Kaër de Rouen, ils se dirent : Voilà Kerouen !

C'était lui, en effet, accompagné d'Hellen et de sa sœur la bossue, que sa difformité n'eût peut-être pas toujours sauvée de la prostitution.

Sans la volonté d'Annah de léguer les orphelines à Mme Rousserand, la mère Darek les eût gardées, tant leur histoire lui brisait le cœur.

Il fut convenu qu'elles resteraient avec la famille Darek jusqu'à ce que Kerouen eût trouvé Mme Rousserand.

Qu'aurait-il fait, à Paris, de ces deux enfants ?

Personne ne dormit cette nuit-là au Kaër de Rouen.

Le jeune homme raconta toutes les aventures. — Il avait oublié, le pauvre enfant, qu'il faudrait recommencer le lendemain un voyage à Paris.

Kerouen, levant les yeux sur Claire, s'aperçut qu'une petite branche de verveine, séchée depuis longtemps, était dans ses cheveux.

Claire, regardant Kerouen, vit à la boutonnière de sa veste une petite branche de gui.

Pauvres enfants ! Ils s'aperçurent alors que depuis de longues années ils s'aimaient à travers tout.

Amour jeune et vivace, qui n'avait besoin pour vivre que d'un regard jeté de loin sur leur enfance.

Il était resté au fond de leur cœur un chant pur comme l'onde et fort comme la mort. Ce chant de temps à autre berçait leurs cœurs et leur faisait oublier la douleur.

Tous deux en ce moment se rappelaient leur enfance, le joyeux rire de Claire les propos déjà graves de Kerouen et de Guthile.

Ce fut comme une échappée de vue, ils sourirent tous trois en se regardant, Guthile, Kerouen et Claire. — Les petites Anglaises dormaient dans le lit de Guthile, confiantes et heureuses.

La nuit entière se passa à raconter: Kerouen ce qui s'était passé à Londres ; les autres ce qui s'était passé au Val des Chênes.

La vieille gouvernante de l'abbé Marcel avait passé à son successeur, mais elle n'aimait pas ce nouveau maître comme l'ancien. Elle avait reporté toutes ses affections sur le chien qu'il fallait une partie du temps laisser aller avec elle, mais qui revenait toujours au Kaër de Rouen avec de folles démonstrations de tendresse pour Claire et les Darek.

L'aubergiste s'était tellement effrayé de toutes les choses qui s'étaient passées au presbytère qu'il fermait absolument sa porte à l'*Angelus* du soir. Tant pis pour les voyageurs qui demandaient l'entrée de la porte à cette heure-là ; il s'imaginait toujours voir l'âme de la Clothilde errer autour de lui.

Le vieux Darek allait toujours cueillir des simples au clair de lune sous les chênes dont deux étaient morts de vieillesse.

Les vieilles femmes et l'abbé qui avait succédé à l'oncle de Claire chantaient tous les vendredis à minuit dans l'église, avec le secours du marguiller et du maître d'école les psaumes de la Pénitence terminés par les formules de l'exorcisme. Il prétendait même qu'il faudrait consacrer l'église une seconde fois.

Beaucoup racontaient que Claire avait été enlevée par le diable.

A ce moment le chien entra dans la caverne et reconnaissant Kerouen se précipita vers lui.

Famille et amis jusqu'au chien éprouvaient une joie douce et un peu triste de se trouver réunis.

Claire sentait des larmes de joie remplir ses yeux.

La voix lointaine d'un paysan attardé chantait la chanson qui avait bercé son enfance et qu'elle avait entendue la nuit du caveau :

> Là-bas dans les plaines,
> Qui fane là-bas,
> Sous l'ombre des chênes,
> Qui fane à grands pas ?
> C'est la mort qui passe,
> Fauchant graines et fleurs
> Et jamais ne lasse
> Ses noirs moissonneurs.

Le lendemain, avant que les habitants du Val des Chênes eussent vu Kerouen il partait pour Paris, laissant à la garde de sa famille les pauvres petites qui ne demandaient pas mieux que de se cacher dans ce doux nid où elles se sentaient en sécurité.

A Paris, Kerouen ne trouva ni M. Marcelin qui devait l'aider dans ses recherches, ni Mme Rousserand à qui il devait remettre les jeunes filles avec la lettre d'Annah. Mais, en revanche, il trouva Lesorne.

Ayant passé toute sa première journée à courir, suivant les différentes indications qu'on lui donnait d'adresse en adresse, il apprit que M. Marcelin était mort et Mme Rousserand à l'étranger avec sa fille.

L'étranger, c'est bien vague, Kerouen ne perdit cependant pas courage.

Un peu fatigué, il entra dans une brasserie et demanda un bock.

Instinct ou hasard, un homme à l'air sinistre vint s'asseoir près de lui, il avait également demandé un bock.

— Vous m'avez l'air bien fatigué, dit-il.

La fouille chez Davys-Roth.

— Je le suis en effet, répondit Kerouen, j'ai fait un long voyage.

— Pas si long que moi, je parie.

— D'où venez-vous ?

— Kerouen éprouvait de l'ennui à répondre à cet homme, pourtant il ne voulut point le froisser.

— Je viens, dit-il, de la Nouvelle-Calédonie.

— En effet, vous êtes déporté, peut-être.

— Effectivement.

— Avez-vous connu un nommé Brodard ?

— C'est moi-même.

— Vous, Jacques Brodard ?

— Sans doute.

Kerouen eut autant aimé que ce fut un autre, la figure de cet homme ne lui revenait pas, mais quelquefois le visage est menteur. Il continua donc :

— Me permettez-vous de vous demander si vous avez des enfants ?

— Oui, j'ai un fils et trois filles.

— Votre fille aînée se nomme-t-elle Angèle ?

— Oui, et mon fils Auguste.

— C'est cela même. Voilà la première chance que j'ai aujourd'hui.

— Est-ce que par hasard vous me cherchiez ? dit Lesorne.

— Oui, pour recommander votre famille à Mme Rousserand, de la part d'une de ses amies.

— Mais vous savez que Mme Rousserand est partie pour une destination inconnue en emmenant sa fille... Et puis on a accusé mon fils de la mort de son mari.

— On me l'a dit tout à l'heure. Mais votre fille, où est-elle?

— Hélas! dit Lesorne, elle a disparu, j'ignore ce qu'elle a pu devenir. Il essuya une larme absente avec le revers de sa main.

— Alors Auguste est en prison?

— Il y était ; mais au moment où il allait *marcher dedans* (s'embrouiller), il a pris un courant d'air.

Kerouen, ne comprenant pas, regardait étonné. Lesorne, comprit qu'il s'était fourvoyé.

— Bête que je suis, pensa-t-il, ce *sinoe* ne sait pas *rouscailler bigorne* (parler argot) : je m'aperçois, dit-il, que j'emploie des mots *en usage* à Paris seulement.

— En effet, dit Kerouen dont le flair naturel s'était éveillé; mais allez toujours, je comprends. Vous avez voulu dire que votre fils a été mis en liberté.

— C'est cela même.

— Alors il a été reconnu innocent?

— Vous n'y êtes pas. Des jeunes gens de sa société l'ont délivré à main armée.

— Mais c'est beau cela, dit Kerouen.

— Oui! seulement ils sont en prison comme complices d'Auguste pour l'assassinat de Rousserand, et lui, j'ignore où il est; on l'a poursuivi longtemps, et maintenant son portrait est à toutes les gares.

— Il lui est sans doute arrivé malheur, car sans cela, sachant ses amis prisonniers, peut-être reviendrait-il.

— Bah! dit Lesorne, cela ne servirait à rien.

Cette réponse déplut à Kerouen.

— Après tout, reprit Lesorne, il l'ignore peut-être. Qui sait où il est fourré?

— En effet, pour qu'un père n'en sache rien, il doit être bien empêché.

— Sans doute, dit Lesorne.

— Vous ne savez personne, chez qui il puisse s'être réfugié.

Lesorne subissait, sans s'en douter, un interrogatoire.

— Il y a bien, dit-il, une maison où il allait ; mais il n'y peut être puisque c'est de là qu'il a disparu comme on venait l'arrêter. C'étaient des marchands de mouron, de fleurs, de je ne sais quoi, moi.

— Mais vous avez revu les personnes chez qui il s'était réfugié ?

— Très peu : on les avait d'abord arrêtées, puis on les a relachées, et en troisième lieu elles ont disparu, on a retrouvé sur les bords de la Seine un bonnet et un châle qui ont été reconnus pour leur avoir appartenu.

— Le châle, se disait Kerouen, a pu se détacher seul dans une marche rapide ; mais une vieille femme ne dénoue pas son bonnet facilement, et puis, deux choses se détachant ensemble, cela n'arrive pas souvent.

Et, logicien comme un sauvage, il voyait un drame plus terrible que la réalité, au fond des racontars de Lesorne.

L'idée lui vint de débrouiller ce drame à lui seul, il y sentait quelque chose de terrible.

Pour cela, on lui offrait une clef, il n'avait plus qu'à trouver la serrure.

Ce père lui faisait l'effet d'un étrange personnage. Il ne se rendait pas compte encore du sentiment de défiance qu'il lui inspirait ; mais il le sentait et s'y laissait aller.

— Qui sait si cet homme n'est pas la cause du malheur de ses enfants, se disait-il !

Avec une certaine perversité dont les honnêtes gens mêmes ne sont pas exempts, il offrit à Lesorne de se rafraîchir ou plutôt de se réchauffer l'estomac.

Quelques bouteilles de vieux vin ayant été mises devant eux, Kerouen raconta qu'il venait se fixer à Paris et cherchait un logement à très bon marché.

Lesorne, qui, de son côté, aurait bien voulu savoir de quelle protection il s'agissait, s'empressa d'offrir son aide. Il connaissait Paris comme pas un ; il se faisait fort, en quelques tours de promenade, de découvrir le logement désiré.

— Par exemple, disait Kerouen, dans le quartier des dames dont vous me parlez, elles ne doivent pas y mettre cher, des marchandes de mouron ! c'est par là que je voudrais voir.

— Tiens ! c'est une idée ! mais il y fait diantrement froid ! c'est bien nommé : la rue de la Glacière, et sous les toits encore.

— C'est justement mon affaire, j'aime l'air.

— Eh bien ! allons voir dans ce quartier.

Kerouen solda la dépense, ce qui donna à Lesorne bonne opinion du parti qu'il pouvait tirer de sa nouvelle connaissance ; et ils commencèrent leur promenade vers la rue de la Glacière, tout en regardant sur leur chemin les écriteaux *cabinet à louer*.

Tout cela était trop cher !

— Voyons toujours, disait Kerouen. Il en tenait pour la rue de la Glacière ; mais s'il avait trouvé avant il aurait saisi la chance au passage, disait-il.

Lesorne n'entra pas sans émotion dans la rue de Mme Grégoire. Ils avaient de la chance là plus qu'ailleurs : grand nombre de logements étaient vacants à prix relativement modérés.

Chambre à louer était écrit sur presque toutes les portes, au 5e, au 6e il n'y avait que l'embarras du choix.

— Il paraît qu'on n'y reste pas longtemps! dans ces logements-là, dit Kerouen.

— C'est tout simple, répondit Lesorne, ils y ont passé l'hiver; il y faisait trop froid. Vous entrez, vous, dans l'été, vous resterez au moins deux termes.

— C'est un bon raisonnement

— Tiens, dit Lesorne, voilà justement leur logement à louer.

— C'est mon affaire, dit Kerouen, avoir entendu parler de celles qui étaient là, ça me fera une société.

Personne encore n'avait habité là depuis le départ de la marchande de mouron.

— Pourtant, il y a un avantage, dit la portière: les meubles sont restés.

Kerouen n'en demandait pas davantage.

— Cette raison me décide, dit-il; s'il y a des meubles, je loue.

La portière monta avec eux, leur montra le lit, la table, le billot de bois, où les deux femmes travaillaient à leurs cheveux, les deux chaises, tout le mobilier.

— Vous voyez, dit-elle, c'est *confortable*.

Kerouen était servi à souhait.

Il s'empressa d'arrêter le logement.

— Voilà, dit-il, une circonstance heureuse pour moi; je suis délivré de l'hôtel. Comme je me mets cette semaine à mon travail, j'entre dès ce soir.

— Libre à vous, dit la concierge, il y a du reste assez longtemps que je montre le logement sans avoir le denier à Dieu.

— En effet, dit Kerouen, j'oubliai, tenez la mère; je ne serai pas souvent aussi généreux. C'est à cause des meubles.

Il lui donne deux pièces de cinq francs.

La vieille, joyeuse, ouvrit une large bouche et fit au nouveau venu un sourire de renard affriolé.

Les deux hommes sortirent.

— Diable! dit Lesorne, vous êtes généreux.

— Que voulez-vous? je m'ennuie d'être à l'hôtel. C'est si cher, et puis, j'ai hâte de travailler.

— Quel est votre état?

— Ma foi, je n'en sais trop rien; j'étais cultivateur, je puis faire toute besogne où on a besoin de la force des bras: jardinier, porte-faix, homme de peine.

— Peut-être bien, que je pourrais vous trouver quelque chose, dit Lesorne qui n'était pas fâché de rester en relations avec Kerouen. Je sais une maison où il y aura besoin de plusieurs hommes de peine. Cela vous va-t-il?

— Mais parfaitement. Comment nommez-vous cette maison?

— *Société de protection des jeunes filles pauvres.*

Avec son instinct étrange, Kerouen trouva à ce titre, dans la bouche de cet homme, quelque chose de lugubre; et puis, il commençait à s'acharner à la poursuite de l'inconnu. Chaque homme porte en soi la passion de la chasse, seulement, les uns vont à la poursuite d'une idée, les autres chassent à la proie.

Kerouen était à la poursuite d'une idée, Lesorne chassait à la proie.

Kerouen ayant assez payé de consommations à Lesorne pour ne point être en reste avec lui, ils convinrent d'un rendez-vous pour le lendemain. L'un rentra rue Sainte-Marguerite ; l'autre prit possession du logement de Mme Grégoire.

Son premier soin fut de l'explorer.

Autour du bloc de bois était le demi-cercle de la corde que Toto avait rongée.

— On a attaché ici un chien, se dit Kerouen ; il s'y passait donc des choses capables de rendre furieux cet animal?

Dans un coin traînait un papier roulé que Jacques avait rapporté entre ses doigts ; sur ce papier arraché à un morceau de journal était écrit au crayon: Venez !

Cette circonstance, que le bout du papier était imprimé, l'avait fait négliger dans la perquisition faite après la fuite des deux femmes.

— Cet appel a été rapporté par celui à qui il avait été envoyé, pensa Kerouen en voyant que le papier était sali, froissé comme si on l'eût tenu longtemps.

Mais peut-être n'avait-on pu l'envoyer, Kerouen le tourna dans tous les sens ; il finit par découvrir des traces de dents sur le papier déployé, — s'il se trouvait roulé, il y avait des probabilités pour qu'il eût été rapporté par le destinataire.

Celui qu'on appelait était donc venu. Avait-il pu apporter du secours? c'est ce que Kerouen espérait déduire de la suite de ses trouvailles.

Mais il parcourut en vain tous les coins, sonda toutes les fentes du parquet, regarda le plâtre des murs.

Rien !

Kerouen, alors, se jeta sur le lit; souffla sa bougie et s'endormit.

Le Kaer de Rouen, avec sa famille, les petites Anglaises et peut-être Claire Marcel, furent les premières images qui peuplèrent son rêve. Puis le sommeil profond des gens harassés qui vont jusqu'au bout de leurs forces ; ce sommeil de tout l'être, qui ressemble à la mort, l'accabla.

Il en fut tiré par de petits cris aigus qu'accompagnaient des froissements secs et un tripotement de petites pattes.

C'était une lutte de souris pour un chiffon de lettre découvert dans quelque trou.

Kerouen fut le troisième larron, qui termina le combat en s'emparant du papier.

Une partie en était rongée, mais on pouvait lire encore ceci:

Saint-Étienne, 28 mai 18...

Ma chère cousine,

« Nous nous inquiétons, les enfants et moi. . . . .
. . . . avons écrit bien des lettres restées sans réponse. . . . . . .
. . . . mais tout va. . . . .

« Votre cousin : Yvon KARADEUK. »

Le mot *tout* était d'une écriture plus forte, comme si après avoir réfléchi, on l'eût à dessein rendu remarquable pour indiquer une chose qu'on ne voulait point expliquer.

C

Lesorne fait aussi son enquête, arrivé dans sa chambre de la rue Sainte-Marguerite.

Lesorne, préoccupé de l'arrivée de Kerouen et résolu plus que jamais à se maintenir en sécurité, pesa toutes les paroles que lui avait dites le nouvel arrivant.

Pour le sûr, cet homme-là était trop réservé. Il fallait s'en défier.

Kerouen devait, ou être sa dupe et dans ce cas il lui serait utile, ou soupçonner la vérité. Dans ce cas, Lesorne avait le principe de Davys-Roth: il n'y a que les morts qui ne parlent plus !

La tête dans ses mains, il songeait âprement. Son personnage de Brodard lui était commode pour l'échanger contre la perspective offerte par son nom véritable.

Il fallait donc, à tout prix, que Lesorne restât Brodard.

Le lendemain, sans plus tarder, il saurait à quoi s'en tenir.

Comment, lui, Lesorne, n'avait-il pas été plus méfiant? Il recommençait à peser et à repeser toutes les paroles de Kerouen ; tout, à part la façon dont il s'était emparé du logis de la marchande de mouron.

L'idée ne lui vint pas, que ce paysan, habitant un logement plusieurs fois remué par les perquisitions, pouvait y découvrir quelque chose.

Lesorne songeait plutôt à remonter vers ceux qui l'avaient envoyé ; tant il y a que les meilleurs limiers peuvent suivre une fausse piste.

Kerouen et Lesorne se trouvèrent le lendemain exacts au rendez-vous. Tout en trinquant ensemble, ils causaient de leur projet de la veille.

— Je puis, dit Lesorne, vous conduire de suite ; on est en train de monter le logement du comité.

Les bâtiments qu'on préparait pour la maison d'asile, étaient ceux-là même où Jehan Troussebane et ses amis travaillaient au mètre pour le compte de l'entrepreneur (lequel était, lui, payé à la fresque, ce qui établissait une différence de mille pour un).

— Combien d'autres prennent davantage? se disait l'entrepreneur.

Et il se trouvait relativement honnête.

On sait que les peintres étaient nourris (si l'on peut parler ainsi) aux frais de l'entrepreneur, telles étaient les conventions.

On mettait la table très régulièrement, trois fois par jour. La première fois on servait de la chicorée, baptisée café, toute sucrée, parce qu'on se servait de mélasse, et chacun un quart de pain qu'on appelait à volonté, mais dont une partie devait être réservée pour le second déjeuner, où il n'en était pas servi.

Le second déjeuner se composait de mou à chat, préparé à une sauce impossible.

Le troisième repas, le dîner, était composé d'un plat de haricots ou de pommes de terre. D'après ce précepte, qu'on ne doit pas se charger l'estomac le soir, on n'y servait pas de viande. Un morceau de pain très médiocre était placé devant chaque convive.

Le nègre avalait le sien d'une bouchée, ce qui amusait beaucoup les autres.

Il y avait à chaque repas des cris, des hurlements auxquels l'entrepreneur faisait invariablement répondre que la qualité et la quantité des mets n'ayant point été stipulées, les conditions étaient remplies, et que si les murmures continuaient, on cesserait toute espèce de nourriture, les conventions n'étaient point écrites.

Les autres, malgré l'examen minutieux des fresques, trouvaient moyen d'y fourrer tant de drôleries qu'ils s'amusaient comme des bienheureux.

Lesorne qui n'avait point entendu parler des peintres depuis le fameux tour du monde avec l'Anglais, et qui les croyait au moins au centre de l'Afrique, ignorait complètement qu'il y eût des fresques à cette sainte maison; il l'ignora également en allant présenter Kerouen; c'est toujours ce qui vous touche le plus qu'on sait le moins.

Le comité provisoire s'était installé dans des appartements soigneusement chauffés et tendus d'épaisses tapisseries pour éviter la fraîcheur des bâtiments nouvellement construits.

Davys-Roth n'avait pu, cette fois, décliner le titre de président honoraire d'une œuvre entreprise par le prince et la princesse Mathias, personnages affiliés aux affaires de Rome et dirigeant le comité catholique d'Angleterre.

Refuser sa confiance aux agents de Rome eût été maladroit de la part de Davys-Roth; il n'en avait point la pensée.

Ses correspondances avec le prince et la princesse Mathias se bornaient à peu de chose; un président honoraire, ayant donné son nom n'a pas besoin de savoir ce qui se passe, c'est convenu ainsi. Davys-Roth, avait, on le sait, assez de besogne sans s'inquiéter de ce qui couvrait l'infaillibilité papale.

Le prince et la princesse Mathias riaient beaucoup du pape et du président honoraire, quand leurs inquiétudes au sujet de Claude Plumet ne les tenaillaient pas trop.

Le comité provisoire devant lequel Lesorne amena Jean Karadeuk se composait du petit abbé patronné par la comtesse Olympe, qu'on commençait à produire, et de deux autres niais également en train d'être exhibés en public : on les nommait Anatole de Basker et Nicéphore de Malville. Les trois membres du comité étaient bâtis sur le même modèle.

On eût dit trois asperges montées : leurs longues jambes, leurs petites têtes, leurs coudes pointus s'emboîtaient les uns dans les autres, si bien que, sans se ressembler de visage, on les confondait à l'allure.

Tous trois se donnaient une grande importance ; ils se jalousaient et se desservaient en dessous, tout en s'accablant de politesses.

Lesorne leur avait été adressé par M. X... pour les aider à composer le personnel de la maison.

— Approchez, dit l'abbé à Kerouen que Lesorne présentait comme aspirant aux fonctions d'homme de peine, soit pour l'entretien du jardin, soit pour des courses, etc.

— Approchez, répéta majestueusement Basker, tandis que l'autre s'apprêtait à placer son mot.

— Comment vous nommez-vous?

— Kerouen Darek.

— Vous êtes breton?

— Oui, répondit Kerouen ravi de l'équivoque.

— Pourquoi avez-vous quitté votre pays?

— Paris me plaisait plus que nos champs.

— Pourquoi?

— Parce que je ne le connais pas encore.

— Curiosité coupable! interrompit d'une voix caverneuse Nicéphore, tandis que Basker, jaloux de se distinguer, guettait l'instant propice pour placer une autre absurdité.

Kerouen ne répondit pas.

— Êtes-vous baptisé? dit l'abbé.

— Oui, dit Kerouen.

— Avez-vous fait votre première communion?

— Tout le monde la fait au village.

— Accomplissez-vous vos devoirs religieux?

Kerouen s'inclina, tremblant qu'on ne lui demandât le lieu de sa naissance afin de prendre des renseignements dans son pays d'où l'on répondrait qu'il était absent depuis plusieurs mois.

Mais l'interrogateur ne pensait en ce moment qu'aux choses saintes.

— Quel est votre confesseur? dit-il

— Je n'en ai pas! j'arrive.

— Monsieur l'abbé se chargera de votre conscience, dit Nicéphore qui n'avait pas encore parlé.

Cette idée leur fit oublier une foule de questions redoutables pour le patient. Ils s'emballaient à fond de train sur leur pente habituelle.

Kerouen, en guise de réponse, salua encore profondément; il préférait de beaucoup ce signe vague à une parole qui l'eût engagé ou fait mettre à la porte. Heureusement les trois idiots ne purent se rendre compte de cette nuance.

Une certaine curiosité tenait Kerouen au sujet de l'asile: les gens connus par Lesorne, lui semblaient pouvoir lui fournir des documents pour le dossier qu'il construisait à l'inconnu. L'abbé, ayant regardé à sa montre, dit:

— Il n'y a plus que dix minutes pour l'interrogatoire.

Ils mesuraient à l'heure!

De Basker poursuivit une série de choses à faire et à ne pas faire en entrant dans la maison, et les dix minutes furent écoulées.

Grâce à leur manière idiote de procéder à un interrogatoire, Kerouen, bien et dûment prévenu qu'il aurait à faire maigre, à jeuner, à se rendre le dimanche matin aux saints offices, fut agréé comme homme de peine et prévenu que le travail pressant il devait venir le lendemain et les jours suivants de six heures du matin à dix heures.

C'était Kerouen accompagné d'Hellen et de sa sœur.

— Eh bien ! dit Lesorne en sortant, vous voilà bien placé et vous avez un logement tout meublé. Plaignez-vous ?

— Je vous remercie, répondit Kérouen.

— Combien gagnez-vous ? dit-il encore.

— Je n'ai pas bien compris le chiffre des appointements, répondit Kerouen, ne voulant pas avouer qu'il n'y avait pas songé ; mais à quoi bon le redemander, si je ne suis pas content je sortirai, voilà tout.

Le lendemain il s'achemina dès le matin vers le fameux comité, plein du désir d'explorer cette forteresse.

Kerouen fut chargé d'abord d'aller prendre la commande des peintres.

Ceux-ci étaient en ce moment à table vociférant contre l'entrepreneur. L'entrée de Kerouen fit sensation, sa haute taille, ses cheveux blonds, ses yeux d'azur firent pousser aux peintres des cris d'admiration.

— Voilà un modèle de Gaulois.

Jusque-là les peintres s'étaient servi réciproquement de modèle.

Le nègre était en train de poser pour une jeune fille dont il avait à peu près le costume — il y avait défense d'introduire des modèles féminins. Il fallait s'imaginer une grande partie du costume ; il était nécessaire de même, de modifier les formes, d'ajouter ou de retrancher, mais enfin on avait un modèle.

—Eh ! l'homme, cria Jehan Troussebane, voulez-vous poser ?

Kerouen s'arrêta.

— C'est à moi que vous parlez ? l'ami, dit-il avec une nuance de hauteur.

Mais la bonne figure de Jehan Troussebane, tout épanouie dans un éclat de rire, le désarma.

Le peintre s'excusa un peu de la brusquerie qu'il avait mise à le héler et bientôt ils furent les meilleurs amis du monde.

— Quel genre de travail faites-vous ici ? dit Jehan.

— Je suis tout simplement homme de peine, commissionnaire.

— C'est une drôle de maison, hein ? curieuse en diable ! on y rit bien.

— Vraiment, dit Kerouen.

— Vous verrez. C'est si drôle qu'on y reste en crevant de faim pour voir jusqu'au bout.

— Il est vrai, répondit Lapersonne, que nous aurions en ce moment encore moins gras chez nous.

Kerouen souriait, se sentant avec des artistes honnêtes et un peu fous.

— Qui vous a présenté ? demanda Jehan Troussebane ?

— Un nommé Brodard, un ouvrier déporté.

— Dans ce cas-là ne lui dites pas que vous avez vu des peintres ici.

— Non, répondit Kerouen fort étonné.

— Comment vous nommez-vous ? demanda Jehan Troussebane.

— Kerouen Darek.

— Voilà un nom en harmonie avec le personnage.

— Et d'où venez-vous ainsi ?

— Des Vosges, où j'habitais le Kaër de Rouen.

— C'est complet !

— Et vous, dit Kerouen, de quel pays êtes-vous ?

— Nous, à part le mozambique qui est Africain, nous sommes tous Parisiens.

— A tout à l'heure, dit Kerouen, en allant faire ses commissions.

Trois ou quatre fois, dans cette première journée, il s'entretint avec eux tout en courant.

Le soir, il s'était rendu compte que ces jeunes gens, bons et francs, il n'en doutait pas, savaient quelque chose sur l'étrange personnage qui le préoccupait. Satisfait de sa journée, Kerouen retourna rue de la Glacière.

Lesorne, de son côté, n'était point resté inactif. On n'est pas agent pour rien. Il avait fait aussi quelques découvertes; par exemple, il savait que Kerouen était venu à Paris par le chemin de fer de l'Est.

Voici comment :

— Sûr que Kerouen était à la maison où il l'avait présenté, Lesorne, muni d'un trousseau de clefs, se rendit rue de la Glacière.

Il monta, non sans quelque frayeur, l'escalier qu'il connaissait si bien, ouvrit la porte à l'aide de ses clefs et chercha dans les effets de Kerouen. Tout était ouvert. Il ne trouva aucun papier; sans doute Kerouen les portait sur lui; peut-être n'en avait-il pas.

Il serait facile, dans ce cas, d'avertir la préfecture. Mais si, en faisant arrêter Kerouen, on allait découvrir quelque chose sur lui-même, Lesorne ?

Car enfin ce paysan n'était pas homme à venir à Paris sans but; on ne lui avait pas pour rien recommandé les Brodard.

On peut recommander de deux manières, en bien ou en mal.

Que voulait dire tout cela? En le plaçant lui-même pour l'avoir sous la main, il avait agi prudemment.

Ayant remué pendant une heure les trois chemises, les six mouchoirs et les quelques effets de Kerouen, sans rien apercevoir, Lesorne vit en refermant la valise une étiquette collée sur le côté en énormes caractères: *Est*. Kerouen était venu par le chemin de fer de l'Est.

C'est tout ce qu'il put découvrir ce jour-là.

Dans tous les cas, mieux valait pour lui que Kerouen fût tombé entre ses mains.

Lesorne se promit de retourner de nouveau dans cette chambre. Il descendit paisiblement et s'en alla faire un tour de promenade; il avait besoin de réfléchir en liberté.

A première vue, Kerouen ne trouva rien d'extraordinaire dans sa chambre. Après quelques instants, il s'aperçut que l'étiquette *Est*, qui était du côté du mur à son départ, se trouvait devant. Le sac s'était retourné, opération qu'il ne pouvait accomplir seul.

Kerouen pensa que le camarade Brodard, curieux de savoir d'où venaient les recommandations dont il lui avait parlé, était venu faire un petit tour dans sa chambre, chose qui lui confirmait toutes les paroles échappées aux peintres dans la journée.

Décidément, Kerouen devenait tout à fait juge d'instruction, une certaine corruption de pensées lui arrivait. Mais il mettait cette arme empoisonnée à un usage vengeur. Kerouen était justicier.

Aux petites Anglaises, il ne songeait plus; Mme Rousserand étant morte, sa mère héritait des enfants; c'était tout simple.

Il était tout simple aussi, que la somme donnée par Annah étant épuisée, Kerouen devait gagner pour subvenir à leurs besoins.

Il écrivit donc à ce sujet, avec toutes les précautions voulues pour que sa lettre ne pût être comprise que chez lui.

Il était convenu, que, dans le cas où l'absence de Kerouen se prolongerait, les enfants, pour éviter de rester cachées au Kaër de Rouen, passeraient pour des parentes des Darek. Cette famille avait un aspect si sauvage qu'on pouvait y ajouter, sans faire disparate, les deux petites insulaires.

Kerouen, ayant la coutume de porter ses papiers sur lui, Lesorne n'en trouvait pas dans ses perquisitions.

Ayant bien réfléchi à toutes ces choses, Kerouen se demanda lesquels de ses papiers lui serviraient en cas de besoin.

Il n'en trouva que deux : son acte de naissance, et le certificat d'un maître de forges chez qui il avait travaillé. Quant à l'emploi de son temps depuis, il était décidé à dire qu'il avait été chercher du travail à Londres et que, n'en trouvant pas facilement, il était revenu.

Les choses se simplifiaient de plus en plus, Kerouen prenait pied pour son œuvre de justicier. Pareil au ver qui mine lentement, il commençait à creuser son trou, tandis que Lesorne essayait la contre-mine.

Quelques jours après l'entrée de Kerouen à la place où il avait été si bien présenté par Lesorne, celui-ci l'attendit le soir à sa sortie, pour causer un instant en rentrant du travail.

— Eh bien ! dit Lesorne, êtes-vous satisfait de votre nouvel emploi ?

— Oui, répondit Kerouen, je suis très satisfait.

— Mais à propos, reprit Lesorne, des camarades m'ont déjà demandé d'où je vous connaissais, et, vous comprenez, j'ai été embarrassé. Si on savait que je vous ai présenté sans papiers, je perdrais mon emploi de pourvoyeur.

— Comment ne me l'avez vous pas dit, je vous aurais montré mes papiers, venez jusqu'à la maison, nous allons réparer cela.

Lesorne et Kerouen montèrent ensemble.

— Vous voyez, dit Kerouen en tirant d'un vieux portefeuille les papiers qu'il y avait mis à part; voilà tout ce que je possède d'archives. Je les porte toujours sur moi, vous n'aviez qu'à parler.

Puis il lui conta l'histoire préparée.

— Comment vous êtes décidé si vite à partir pour Londres ? dit Lesorne.

— Un coup de tête, je n'en ai parlé à personne dans le pays et j'ai défendu à mes parents de le dire.

— Pourquoi ?

— C'est une idée; il y avait longtemps que je pensais à m'expatrier, je voulais devenir riche, comme je n'ai rien trouvé de bon là-bas, je ne donnerai de mes nouvelles aux amis qu'après avoir un peu arrondi ma bourse à Paris.

— Lesorne se sentait presque rassuré à l'endroit de Kerouen : un homme qui veut devenir riche est toujours à vendre.

— Vous ne m'avez pas bien expliqué, continua-t-il, qui vous avait recommandé les Brodard.

— Une étrangère du parti des communards; elle est maintenant dans son pays. Elle m'avait dit d'aller trouver une dame Rousserand pour lui parler des enfants Brodard. Voilà tout.

— Mais cette dame est elle-même partie à l'étranger avec sa fille.

— Ah! dit Kerouen comme s'il l'ignorait.

Lesorne se mit à rire.

— Drôle d'idée, dit-il, de recommander les Brodard aux Rousserand!

Et il raconta tout ce qu'il savait de la première tentative et de la mort de Rousserand.

— Ce Kerouen n'aurait-il pas une autre mission? se disait-il; j'ai été trompé par ses allures mystérieuses pourtant, défions-nous.

A quelques jours de là, comme Kerouen apportait aux peintres quelques commissions pour leur travail, Mozambique s'écria:

— Regardez donc! on dirait Angèle Brodard!

C'était un dessin à demi déchiré, venant de quelque livraison et qui servait d'enveloppe à un flacon.

Ils se passèrent la gravure en disant:

— Mais c'est vrai! c'est bien vrai!

La gravure ressemblait à Angèle.

Les larmes en venaient aux yeux à Jehan Troussebane.

— Vous avez donc connu Angèle Brodard? dit Kerouen.

— Mais sans doute, et vous?

— Moi, je ne l'ai pas connue, mais je connais une personne qui s'intéresse à elle.

— Comment la nommez-vous?

— Vous me semblez de braves garçons, si vous voulez ne pas répéter le nom que je vais vous dire.

— Vous pouvez être tranquille.

— Eh bien, c'est Annah Domigoff!

— Annah! Angèle nous en a souvent parlé, elle avait une autre amie encore, Claire Marcel.

— Claire Marcel, s'écria Kerouen.

La conversation fut longue ce jour-là, les renseignements qu'y puisa Kerouen lui démontrèrent la lucidité de ses premières observations sur Lesorne. Cet homme traînait véritablement autour de lui une atmosphère de crime désagréable aux honnêtes gens.

Désormais Kerouen avait des alliés. La trame dont il cherchait le nœud pourrait être brisée: il ne désespérait même pas de mettre au jour l'histoire de la maison de convalescence dont l'asile qui se préparait pour les jeunes filles pauvres lui semblait une succursale toute naturelle.

 LA MISÈRE

CI

LES DAMES MARCEL

En s'échappant des caveaux de Davys-Roth, les dames Marcel entrèrent dans une rue sombre.

Ces deux vipères s'aimaient, c'était le seul côté humain de leur cœur; elles avaient peur de se perdre réciproquement dans l'obscurité et se serraient l'une contre l'autre.

— Où allons-nous? dit tout bas la fille.

— Viens! répondit l'autre.

Elle l'entraîna rapidement. Elles glissaient comme des ombres, rasant la ligne blanche des maisons; chaque fois qu'il se trouvait un réverbère ou un bec de gaz, elles traçaient un cercle dans l'ombre.

La fille ne demandait plus rien; elles arrivèrent dans une rue étroite et tortueuse, près de la gare de Lyon et prirent un passage, le passage Moulins.

Vers le milieu du passage elles s'arrêtèrent; la maison n'ayant pas de concierge, Mᵐᵉ Marcel ouvrit avec une des nombreuses clefs qu'elle avait dans ses poches immenses, les deux femmes gravirent l'escalier jusqu'au cinquième.

— Nous voilà sauvées, dit la vieille; c'est-à-dire sauvées momentanément.

— Qu'est-ce que cette chambre, maman? dit la jeune fille.

— Mon refuge, la souris qui n'a qu'un trou est trop vite prise! ajouta-t-elle; tu n'as rien à craindre : j'ai loué ici sous un autre nom, et je n'y parais jamais sous mon costume ordinaire.

En parlant ainsi, elle avait allumé le rat qu'elle portait toujours dans sa poche et s'en servait pour trouver des bougies.

Un lit et une table composaient tout le mobilier.

— Ce n'est pas cette fois que tu pourras paraître ici sous un autre costume! dit Blanche Marcel en s'étendant sur le lit.

— Tu crois, répondit la vieille tout en tirant de nouveau de ses poches de petits objets, tels que pinces mignonnes, passe-partout délicats, outils de différents genres, tous pour le même usage.

Blanche, étendue sur le lit, regardait curieusement sa mère, et un peu nonchalamment aussi, se sentant en sûreté.

Mᵐᵉ Marcel ouvrait les uns après les autres de petits placards artistement dissimulés et en tirait des objets divers : du linge, des vêtements, un peu de vin, des biscuits; enfin il en était des placards comme de ses poches.

Après avoir fait boire à sa fille quelques cuillerées de vin et en avoir bu elle-même, Mᵐᵉ Marcel ouvrit des cachettes parfaitement dissimulées, en tira des paquets de vêtements et se mit en devoir de déshabiller Claire.

L'ayant vêtue d'une chemise de grosse toile et d'une camisole de cotonnade,

lle la recoucha comme une enfant, borda le lit en attendant qu'elle y entrât
lle-même, changea aussi de vêtements et, avant de prendre le moindre repos,
étruisit jusqu'à la dernière parcelle tous ceux qu'elles portaient en arrivant.

D'abord avec des ciseaux elle les réduisit en miettes, puis à l'aide de copeaux
et d'un peu de charbon, elle alluma dans la cheminée un feu sur lequel elle en
mettait successivement des poignées.

Claire Marcel regardait sa mère avec admiration.

— Pourquoi ne viens-tu pas te reposer? dit-elle.

— Ce n'est pas fini, répondit la vieille.

Elle alla près du lit de sa fille avec une mixture noirâtre et eut bientôt transformé en chevelure brune et plate les mèches ébouriffées et légères qui faisaient
ressembler Blanche Marcel à une jeune alouette.

A l'aide d'une autre mixture, elle lui brunit non seulement le visage, mais
tout le corps, de la tête aux pieds; puis, allant chercher un miroir et le lui
donnant :

— C'est bon teint, dit-elle, Claire jeta les yeux sur le miroir.

— Que je suis laide! s'écria-t-elle.

— Tu vas me voir! dit la mère en riant.

Et prenant d'autres mixtures, elle commença sur elle la même opération, avec
cette différence que la mixture était rousse au lieu d'être noire.

Ses cheveux gris prirent une teinte poil de vache, parfaitement en harmonie
avec ses yeux jaunes; elle se teignit alors des pieds à la tête avec le même brun
que sa fille.

Elles ressemblaient parfaitement à deux mulâtresses.

La jeune fille répéta la phrase qu'elle avait dite déjà pour elle-même :

— Que tu es laide!

— C'est ainsi que je me fais une touche quand j'habite ici.

— Comment as-tu découvert cette chambre à cachettes?

— J'ai fait faire tout cela moi-même.

— Mais l'ouvrier te trahira.

— Il est mort!

La jeune fille frissonna; elle avait vu déjà chez sa mère des fioles mignonnes
que celle-ci dissimulait aux visiteurs : l'idée que l'ouvrier était mort empoisonné
l'épouvanta pendant quelques instants, puis elle se dit :

— C'était pour parer un danger!

Et son esprit se calma, prêt à accepter n'importe quel crime en échange de la
sécurité.

Mme Marcel s'aperçut de la légére émotion de sa fille; elle ne jugea pas à
propos de reprendre la conversation sur ce terrain.

— Est-ce que nous allons rester longtemps dans cette chambre-là, demanda
Claire tout à fait remise.

— Cela dépend des circonstances, dit la vieille. Quand le ciel est sombre,
l'oiseau reste dans son nid.

Comme Sancho, Mme Marcel aimait les proverbes.

— Qu'allons-nous faire? demanda la jeune fille.

— Rien! nous avons le moyen de vivre sans rien faire.

— Pourquoi ne passons-nous pas à l'étranger?

— Parce que je veux me rendre compte auparavant de ce que nous avons à risquer et de ce que nous pouvons gagner.

— Comment?

— Crois-tu que nous ne sommes pas un terrible danger pour Davys-Roth.

— Oui!

— Eh bien! quand on ne peut pas se débarrasser d'un danger, on traite avec lui.

— A quelles conditions traiteras-tu avec Davys-Roth?

Elles seront terribles, tu le verras.

Là-dessus les deux femmes s'endormirent.

Comme il n'est rien qui ne prenne fin, la première chose qu'elles entendirent crier le matin dans la rue ce fut :

— Le jugement des assassins de M. Rousserand, un sou!

Le verdict avait été rendu dans la nuit.

Mme Marcel descendit pour l'acheter.

— Fichtre! se dit le crieur, si c'est ça du beau sexe!

Elle acheta le déjeuner en produisant le même effet aux marchands et remonta près de sa fille.

— Tu es encore au lit? dit-elle.

— Voudrais-tu me voir prendre l'air à la fenêtre, faite comme cela?

— Il le faudra bien pourtant, puisque tu vas passer pour la fille d'un prince africain et moi pour sa veuve!

— Ah! très bien! dit la jeune fille, cela commençait à l'amuser.

Elles prirent le procès Rousserand et en firent la lecture.

Les principaux accusés Sansblair et Auguste Brodard étant en fuite, le domestique à la coupe étant mort, le grand rôle appartenait à l'agent Sol, le Villon du bagne; les jeunes gens accusés de la délivrance d'Auguste venaient au second rang, leurs maîtresses au troisième.

Le premier appelé à la barre fut Sol : sa tête de hibou avait une tranquillité parfaite.

— Accusé Sol, où êtes-vous né?

— Ma foi, je n'en sais rien, il me semble que j'ai vagabondé toute ma vie!

— Quel âge avez-vous?

— Comment voulez-vous que je le sache, on m'a ramassé tout petit pour la correction, parce que je mendiais. Je ne me souviens de rien auparavant.

— Tâchez de mesurer vos paroles! Comment avez-vous vécu?

— Presque toujours dans les prisons, je n'avais pas le moyen de travailler chez moi, et comme je ne pouvais pas cacher d'où je sortais on me renvoyait.

— Comment êtes-vous devenu gardien à Mazas?

— Parce que je ne pouvais être occupé ailleurs que dans les prisons, j'y étais connu! ailleurs, on me prenait pour un assassin.

La souris qui n'a qu'un trou est trop vite prise, dit Mme Marcel.

— Pourquoi avez-vous favorisé l'évasion d'un des principaux coupables?
— Ma foi, pour sauver quelqu'un, voilà tout.
— Reconnaissez-vous les accusés, ici présents, comme ayant fait partie **de la** bande qui a délivré Brodard?
— Non, monsieur, je ne les connais pas.
Le président, de mauvaise humeur, fit lever les femmes.
— Et celles-ci, les reconnaissez-vous?
— Pas davantage.

Sol fut condamné à cinq années de réclusion. Il sortit, fredonnant à demi-voix sa chanson du forçat.

> Un forçat libéré du bagne
> S'en allait seul, marchant toujours;
> C'est ainsi qu'il fit en deux jours
> Le long chemin de la montagne;
> Il ne demandait pas de pain,
> Point d'abri dans la grange ouverte.
> Mais enfin, sur la mousse verte,
> Pâle, il s'endormit un matin.

Les interrogatoires burlesques des jeunes vagabonds et de leurs maîtresses réjouirent la salle et le jury pendant plusieurs heures, et portèrent au comble la rage du président.

Et malgré l'ordre d'être extrêmement sévères , les jurés se contentèrent d'envoyer tout ce monde à la maison de correction jusqu'à 21 ans.

Gabriel dit Sansblair et Auguste Brodard son complice, tous deux contumaces, furent condamnés à la peine de mort.

— Hein! dit Mme Marcel à sa fille, en voilà un procès qui a fait du bruit ! Il aboutit à condamner des gens qui s'en battent l'œil ; ils sont loin, et ils doivent avoir le sac ! Ses lèvres minces se soulevaient de convoitise.

— Mais les autres, dit Claire, il y en a beaucoup de condamnés.

— Ah ! les autres, ce sont des *innocents !* reprit la vieille, ça ne compte pas.

CII

LE FEU DANS LA MINE

Pareil aux cyclones des régions équatoriales, le métel passe sur les grandes plaines, âpre et glacé, venant du nord ; il passe, déracinant les sapins, renversant les villages, balayant comme une poussière d'immenses épaisseurs de neige, et les dispersant dans les airs pour amonceler, par places, des montagnes qui changent incessamment de forme.

A l'entrée des mines, parmi les piquets de cosaques et de soldats qui veillent nuit et jour à empêcher les évasions, notre ancienne connaissance Hlop, songeur comme il ne l'avait point encore été rêvait à quelque projet, si hardi ou si difficile que son front, surmonté de cheveux rudes, se contractait entre ses mains.

Hlop n'a point oublié sa promesse, il espère la réaliser à la faveur du métel, qui désorganise tous les services, même la garde des prisonniers. Comment? il n'en sait rien encore : les idées tourbillonnent dans son cerveau et le vent de plus en plus violent hurle sur la forêt, tordant les sapins comme des brins d'herbe.

Quelques villages ayant déjà été détruits, les habitant s fuyaient à travers les nuées de neige, parmi les montagnes incessamment élevée s et nivelées.

La nuit venue, les gardiens de la mine, battus par la tempête, cherchaient un refuge sous les roches avancées qui surplombent l'entrée, s'éloignant de plus en plus de l'endroit qu'ils surveillaient, Hlop, lui, se rapprochait.

Bientôt, les soldats furent tout près des huttes des vivandiers ; Hlop tout près de l'entrée de la mine et lestement, il disparut dans la gueule de l'abîme.

Par un plan, légèrement incliné, on pouvait descendre jusqu'à un second puits.

Là, à l'aide d'une corde à nœuds, celui qui voulait poursuivre pouvait escalader aussi un troisième et un quatrième puits.

Au fond du quatrième, s'ouvraient des galeries auxquelles travaillaient des malheureux n'ayant pour la plupart nulle forme humaine.

Comme dans toutes les mines, leur dos s'était courbé, leurs bras s'étaient allongés, le buste se développait, les jambes s'affaissaient. Ils avaient pour occupation incessante, les plus forts d'attaquer les minerais, les autres de la transporter en poussant devant eux les petits chariots chargés, un silence de mort régnait dans les galeries.

Hlop poussa un sifflement aigu. Les malheureux s'arrêtèrent dans leur travail, et à un second sifflement quelques-uns s'approchèrent. Annah, confondue avec d'autres femmes pour porter les fardeaux, eut l'étonnement de s'entendre appeler par le visiteur inconnu.

— Annah Domigoff ! Annah Domigoff !

Elle reconnut le cosaque Hlop.

— Voulez-vous fuir ? dit-il, le métel a fait fuir vos gardiens, de peur des éboulements ; vous êtes seuls.

— En effet, dit Annah

— En haut la mine n'est plus gardée, le métel souffle en diable, vous pouvez monter. Appelez Petrowski, appelez les autres ; tous ceux qui veulent. Mais vite, vite ! les cordes pendent sur chaque puits, alerte, alerte !

Le cri d'appel fut répété dans les galeries et bientôt des grappes humaines se suspendaient aux cordes, montaient de puits en puits et parvenaient à l'orifice que la neige commençait à obstruer ; des nappes d'eau glacée se formaient des tourbillons qui s'engouffraient dans la mine.

Un certain nombre de fugitifs étaient déjà dans les bois cherchant à s'orienter pour s'éloigner au plus vite à travers la tempête, vers le point où ils les croyaient plus profonds, lorsque l'alarme fut donnée.

Annah et Petrowski étaient du nombre de ceux qui couraient dans les bois ; avec eux, le cosaque Hlop dévoué jusqu'à la mort s'en allait, sachant bien que s'il était pris, il y allait de la corde.

Un lâche, pris de peur, était entré dans les cases des cantiniers, et avait découvert l'évasion.

Les soldats et les cosaques se précipitèrent vers l'entrée de la mine où montait la ruche humaine.

— Tirez ! commanda l'officier. C'était celui-là même que nous avons vu pendant la route : il était pour les moyens expéditifs.

Alors une chose horrible eut lieu dans la nuit, au milieu de cette fourmillière d'hommes qui montaient : les soldats déchargèrent leurs fusils.

Les uns tombaient avec des cris de douleur, les autres criant vengeance contre cet acte d'épouvantable férocité.

Bientôt le *calme* régna dans la mine : les vivants étaient redescendus, deux ou trois étaient montés à travers les balles ; les mourants râlaient parmi les morts, leurs compagnons les emportèrent dans les chambres de mine et cherchaient à arrêter le sang ou à laver les blessures à l'aide d'une source souterraine qui suintait quelques gouttes d'eau aux parois.

On savait que le lendemain auraient lieu les distributions de knout, et peut-être des exécutions sommaires. Mais la liberté vaut bien qu'on risque quelque chose, pour elle on n'avait pas eu de chance. Eh bien, tant pis, il fallait se résigner. Mieux aurait valu mourir de faim dans les bois, avant d'atteindre la frontière ; mais on ne choisit pas sa fin.

Hlop ne quittait pas le groupe où se trouvaient Annah et Petrowski ; ils étaient plusieurs marchant rapidement en avant sans s'inquiéter des écoulements de neige qui parfois les recouvraient : quelques-uns restaient ensevelis. Le métel soufflait toujours.

Au détour du bois, vers le matin, ils se trouvèrent tout à coup enveloppés par un régiment de cosaques.

On avait appelé la force armée pour aider à la répression, et elle ne s'était pas fait attendre.

— Eh ! l'ami, dit le commandant à Hlop, que fais-tu là ?

— Mais vous le voyez ! dit-il, je rabats votre gibier.

— Diable ! il y a bien des lièvres rabattus par un seul limier.

— C'est que le limier est bon !

— M'est avis qu'il fait au contraire cause commune avec le gibier ; c'est un point que nous éclaircirons.

En effet, le point fut éclairci par la sagacité de ceux qui aiment à *satisfaire* la justice avec des cadavres. — Hlop fut pendu le lendemain, malgré le témoignage unanime des prisonniers.

On prit au hasard dans l'après-midi un prisonnier de dix en dix, et il reçut vingt-cinq coups de fouets : plusieurs périrent dans cette première journée.

On en avait annoncé autant pour le jour suivant et le reste de la semaine.

Deux fois par jour, une commission accompagnée de la force armée descendait dans la mine : la première fois pour choisir les victimes, la seconde pour l'exécution ; les bourreaux étaient harassés.

Parmi les mineurs sombres circulait cette proposition faite par Annah :

— Voulez-vous mourir comme des victimes, ou comme des justiciers ?

— Comme des justiciers, répondirent-ils tous.

Trois fois la même question circula ; trois fois elle obtint la même réponse : comme des justiciers !

La froide résolution du nord planait sur eux : — tous les prisonniers de cette section appartenaient à l'un des complots vrais ou faux qui procurent des bras aux mines de l'État, et fournissent aux corbeaux des potences fraîchement garnies.

En hommes qui connaissent les éléments dont ils se servent, les prisonniers préparèrent la catastrophe dans laquelle ils voulaient finir leur existence en même temps que celle de leurs bourreaux.

Des monceaux de houille furent détachés et émiettés pour former le noyau d'un embrasement. Les prisonniers y ajoutèrent quelques combustibles, et, tandis que la commission, les soldats et les bourreaux descendaient dans la mine, ils y communiquèrent le feu à l'aide d'une lampe. — Des détonations souterraines les avertirent que la mort venait; ils se rangèrent contre les parois pour l'attendre, et bientôt l'immense incendie s'avança vers eux comme un océan

Une dernière et formidable détonation retentit, ébranlant la mine et projetant la flamme au dehors avec des fragments de roche et des débris de corps humains. — Ainsi périrent ensemble la commission des tourmenteurs et leurs victimes.

Au dehors, les populations qui fuyaient devant le métel, erraient affolées aux lueurs de l'incendie qui s'échappait en immenses spirales par la bouche du puits. La neige et les loups engloutirent la plupart des fuyards, dans la plaine fouillée par le vent.

Aujourd'hui encore, il sort de la fumée de cet abîme où brûle encore au loin la houille.

On l'appelle la fosse rouge, sans doute à cause de la couleur éclatante des flammes qui s'en échappaient au milieu de la nuit et de la tempête.

CIII

LES DAMES ROUSSERAND

Annah ensevelie dans la mine en flamme, Claire enfouie dans la grotte des Darek pour longtemps sans doute, on eût pu croire qu'Helmina jouirait d'une impunité éternelle; — de plus, l'article de Davys-Roth avait arrêté l'éveil donné de nouveau aux journaux mal pensants.

Mais autour de tous les bandits que nous avons vus en scène, s'amoncelaient les ressentiments d'autres bandits, les recherches de quelques honnêtes gens ; le maître suprême des événements, le hasard, se chargeait du reste.

Le vieil Allemand qui croyait avoir vu Helmina chez son prince, avait parmi ses connaissances à Londres deux dames qui, après avoir longtemps voyagé en Europe étaient depuis peu à Londres. Il les avait rencontrées d'une manière assez bizarre : un cab, dont le cheval s'emportait, allait passer sur elles; il eut la chance, vu sa force prodigieuse, d'arrêter tout court l'animal. Depuis ce temps-là, une liaison de reconnaissance d'un côté, d'un peu de fierté de l'autre, s'était établie entre eux.

L'Allemand posait en sauveur et les deux femmes le laissaient faire volontiers; il était si bienveillant et si bête, ce bonhomme !

Quoique les opinions de Mme Rousserand fussent différentes des siennes, il lui parla avec tant d'enthousiasme de la belle Helmina, qu'elle arriva à lui permettre de les présenter, sa fille et elle, à cette dame.

Une femme romanesque, comme on prétendait la princesse, fût-elle bigote de par son éducation cléricale et ses aïeux, a toujours un côté sentimental.

C'est ce côté-là qui plaisait à Mme Rousserand, laquelle, comme le lecteur le sait, avait plus de cœur que de bon sens.

Le vieux baron Warner prévint ses amis le prince et la princesse Mathias, et un beau soir il fit tant d'instances que la présentation fut décidée.

Les dames Rousserand n'avaient guère l'esprit tourné à la gaieté, pourtant les cérémonieux saluts de l'Allemand, sa joie de les présenter, les firent sourire.

Le salon de Mme Helmina était complet ce soir-là, la vieille Phégor et le petit président de la catholic Society faisaient en grand leurs observations.

La compagnie était au calme, quand l'Allemand et les deux dames Rousserand, qui se faisaient appeler les dames Étienne, firent leur entrée.

La princesse seule était présente ; elle leur parut charmante et le projet de la maison de protection des jeunes filles pauvres eut toute leur approbation.

Mme Rousserand voulut même, dans son enthousiasme, souscrire de suite, Valérie suivit son exemple d'une façon plus languissante.

La princesse embrassa cordialement la jeune femme en disant : cela vous portera bonheur !

Elles furent, ce soir-là, si doucement distraites de leurs sombres préoccupations qu'elles promirent de revenir la semaine suivante.

La comtesse Phégor s'amusait beaucoup de l'enthousiasme d'Agathe Rousserand, — que cette dame Étienne est donc simple ! se disait-elle. Est-ce qu'elle nous prend pour des imbéciles ? ou l'est-elle ?

Le vieil Allemand rayonnait. Je vous ai bien dit que la princesse était charmante ! disait-il.

A quelques jours de là, il fut plus heureux encore, l'aimable princesse Mathias venait en personne rendre la visite qu'elle avait reçue des dames Étienne. On la fêta du mieux qu'on put, dans le triste logement de la veuve et de l'abandonnée. — Mme Helmina emporta pour ses orphelines le double de ce qui lui avait été promis.

L'Allemand, complimenté, des deux côtés commençait à prendre de l'importance. Quelle belle amitié il avait cimentée ! comme il se sentait heureux de son œuvre !

Désormais, les visites allaient devenir fréquentes, la princesse était si aimable ! les dames Étienne avaient tant de hâte de contribuer à l'établissement de la maison de protection pour les jeunes filles pauvres !

Une sorte de fatalité avait empêché, jusque-là, le prince Mathias de se trouver présent aux instants où les dames Étienne étaient au salon, il eut enfin le bonheur de leur être présenté.

Malgré ses nombreuses occupations, le prince ne voulut pas retarder davantage l'honneur d'être présenté aux aimables et généreuses dames : il arriva un soir en costume magnifique et s'inclina gracieux et empressé, en commençant un compliment qu'il n'acheva pas.

Un cri de la jeune dame Étienne l'interrompit.

Elle tomba évanouie dans les bras de sa mère qui, balbutiant des excuses s'enfuit du salon, suivie par tous ceux qui se précipitaient pour porter secours à la jeune femme ; l'Allemand surtout s'agitait d'une façon désespérée.

Mme Étienne refusa toute espèce de soins pour sa fille et l'emporta dans un cab, aidée seulement du vieux Warner.

Quand elles arrivèrent chez elles, Valérie allait mieux : le grand air l'avait ranimée.

— Monsieur, dit Mme Rousserand au baron, aussitôt que sa fille fut couchée, je vous crois honnête et nous vous devons [la vie, permettez-moi de vous adresser une question ?

— Je suis tout à vos ordres, madame.

— Depuis combien de temps connaissez-vous le prince et la princesse Mathias ?

— La princesse, madame, je l'ai vue toute jeune, en Allemagne, à la cour de son père. Le prince, je ne me souviens pas de l'avoir connu avant mon séjour à Londres.

— Il ressemble, trait pour trait, à un misérable, coupable et capable de tous les crimes.

— Ah, madame ! s'écria l'Allemand, c'est de toute impossibilité ! tout le monde connaît l'histoire de leurs amours, c'est une églogue !

— Pouvez-vous me la raconter ?

— Moi, non, je ne la sais pas très bien, mais, par exemple, le jeune président de la société de protection pour les jeunes filles pauvres.

Cette fois Agathe Rousserand eut de la fermeté.

— Ne parlons plus de ces gens-là, dit-elle, et restons bons amis, vous verrez un jour.

— Du reste, ajouta Valérie, la seule pensée d'y retourner me ferait mourir.

— La preuve que les dames Rousserand ne se trompaient pas, c'est que ni le prince ni sa femme ne vinrent jamais s'informer de la santé de Valérie, après son évanouissement.

Claude Plumet, ayant fait à l'enfant menaces sur promesses, afin qu'il se contînt à une seconde visite, et lui ayant fait répéter plusieurs fois son entrée, afin qu'il parût gai comme on l'est à son âge, la seconde visite de l'actionnaire eut lieu, cette fois sans présentation.

L'enfant salua en souriant et, prenant une allure folâtre, ne s'aperçut pas qu'il s'était heurté à des trophées d'armes, si bien que le sang lui coulait sur le visage par une large égratignure, — il ne voyait qu'une seule personne, sa mère. A celle-là, il lui était défendu de parler, à moins d'être interrogé et dans ce cas, il ne devait répondre que par des phrases courtes — préparées par Plumet.

— A moins que tu ne veuilles ne jamais la revoir, lui disait Claude, il faut obéir.

— Qu'a donc ce petit? dit la comtesse Phégor qui voyait tout.

— Rien, madame, répondit l'enfant qui ne put réprimer un geste d'effroi.

Elle l'appela près d'elle, et lui essuya le front.

Il a l'air préoccupé ce baby !

— Comment t'appelles-tu, mon ami? dit-elle en l'embrassant.

— Firmin, madame !

— De quel pays es-tu?

Il se souvint de la leçon de Claude Plumet.

— Des mines de Volvie, madame.

— Où ça, Volvie?

— En Auvergne, madame.

Il avait vraiment une heureuse mémoire et de plus une peur terrible de dire quelque chose qui l'empêchât d'être un jour reconnu par sa mère.

A force de regarder l'enfant, la comtesse Phégor vit qu'il avait une ressemblance déjà fort grande avec la princesse.

En grandissant, soigné comme il l'était, les traits du petit vagabond se débarbouillaient, comme on dit : il avait maintenant le profil régulier et fin d'Helmina, ses rudes cheveux jaunes en broussaille autrefois, s'étaient assouplis ; ils flottaient maintenant en boucles d'or.

L'œil seul différait. Firmin l'avait hardi, largement ouvert, encore un peu farouche ; Helmina, l'avait languissant et voilé.

La grande misère avait donné au fils quelque chose d'austère, comme la vie à grandes guides avait développé chez la mère d'immenses appétits. — Cette différence de regard ne paraissait rien; elle était immense : elle seule empêchait de remarquer l'étrange ressemblance qui existait entre la princesse Mathias et le fils de Plumet.

Mme Phégor et le petit président furent les seuls à se demander si le hasard n'avait point rapproché deux anciennes connaissances.

Ils ne s'expliquaient pas beaucoup de la part de la princesse un caprice pour Plumet. Mais il y avait eu accident, et puis cela pouvait être un caprice.

La crainte qu'ils avaient l'un et l'autre les empêcha de se communiquer leurs suppositions.

Claude Plumet avait le projet bien arrêté de se venger de Nicolas. Quant au moyen qu'il emploierait, son esprit flottait : encore, il prenait son temps afin que l'œuvre fût plus parfaite.

Il comptait un peu, lui si savant en harmonie, sur le groupement des circonstances qui s'appellent l'une l'autre comme les notes d'un accord. A mesure qu'il en tiendrait une ou deux, les autres viendraient.

Quant au chagrin de l'enfant, qui loin d'être un jour aimé de sa mère ne servirait qu'à la perdre, il était loin d'y songer. Pourtant il s'attachait de plus et plus, sans s'en douter le moins du monde, au pauvre petit.

L'enfant, lui, ne songeait qu'à sa mère, à part quelques instants où il admirait Sansblair, comme il l'avait admiré jadis dans sa scène avec le gendarme.

Cette soirée resta dans les souvenirs du prince et de la princesse Mathias.

Un respectable ecclésiastique venait chaque jour visiter ces fresques.

Plus il leur paraissait reconnaître Sansblair, plus le calme, la liberté d'esprit qu'il déployait, les déroutaient.

— C'est impossible, disaient-ils, et puis l'enfant? pourquoi Sansblair se serait-il chargé d'un enfant?

Ils y pensaient sans cesse sans pouvoir acquérir une certitude.

— Décidément, disait le prince Mathias, il faut que ce cauchemar cesse ; que ce soit ou non Sansblair, il faut que cela finisse.

Faire assassiner le gêneur, c'était risquer gros, mais lui faire prendre un peu de ces vins exquis dont la belle Helmina avait le secret, c'était autre chose.

On servit ce soir-là une foule de rafraîchissements. La princesse elle-même prit soin des invités et, sans ostentation, avec une politesse grâcieuse elle n'oublia personne.

Sansblair connaissait les habitudes d'Helmina, pourtant il ne songeait pas qu'il lui fût possible de jeter quelque chose de malfaisant dans son verre, devant tout ce monde.

Quelle que fût la confiance de l'ancien bandit dans cette impossibilité, il trouva à la liqueur un goût fade et se contenta d'y tremper ses lèvres.

En rentrant, Claude Plumet remarqua que l'enfant considérait et tenait dans ses mains un petit objet.

— Qu'as-tu là, lui dit-il ?

Firmin hésita d'abord, puis prenant son courage :

— C'est un petit flacon, dit-il — je l'ai ramassé à terre, mais comme j'avais vu *maman* s'en servir je l'ai gardé, afin d'avoir quelque chose d'elle.

— Ne crains rien, dit Claude Plumet, tout en regardant.

C'était un mignon flacon fait d'une pierre précieuse, avec une ou deux gouttes de liqueur au fond.

— Prête-le moi seulement.

— Vous me le rendrez.

— Sans doute, tu vas l'avoir de suite.

L'enfant donna le flacon à Claude Plumet qui s'en saisit et courut le faire analyser, chez un pharmacien.

C'était véritablement du poison.

Un poison grâcieux comme le flacon venu des contrées chauffées au soleil de l'équateur.

L'enfant eut beau pleurer, Claude Plumet garda le flacon, se contentant de le lui montrer de temps à autre, en disant :

— Tu comprendras un jour pourquoi je le garde, c'est encore pour te rapprocher de ta mère.

— Ce n'est pas pour lui faire du mal, au moins ? Vous me faites peur.

— Pourquoi veux-tu que je lui fasse du mal ?

— Est-ce que je sais, moi ? Pourquoi êtes-vous sorti avec le flacon ?

— Parce que je voulais savoir si c'était celui que je connais. Si ce n'est pas celui là, eh bien, mon gars, c'est que la princesse n'est pas ta mère.

— Est-ce celui-là ?

— Nous saurons cela plus tard ; il faut attendre un peu.

Attendre ! toujours attendre ! disait l'enfant ; et il restait devant la fenêtre regardant sans voir.

Un instant Claude Plumet en eut pitié : il y a comme cela, se dit-il, de pauvres victimes broyées sans avoir rien fait, dans tout ce que nous faisons.

Un instant la longue série de ses crimes se dressa devant lui ; des femmes échevelées et sanglantes, de toutes jeunes, avec des cheveux blonds ou noirs, des vieilles, leur tête grise toute maculée de sang, les petites de la maison de convalescence, et l'homme de la carrière et tant d'autres, Rousserand, Jean Karadeuk tous ces fantômes tendaient les bras vers lui et ce n'étaient pas leurs bouches, mais leurs blessures béantes qui l'appelaient.

Il appuya ses coudes sur ses genoux et resta ainsi quelques instants.

Quand il releva la tête, de grosses larmes roulaient de ses paupières tuméfiées.

L'enfant le regarda, un instant, courut à lui et l'embrassa.

— Tu n'as donc plus peur de moi? dit-il.

— Non; puisque vous pleurez, vous n'êtes pas méchant.

— Tu m'aimes, alors?

— Oui, je vous aime, quand vous pleurez et quand vous attrapez les gendarmes.

Il se mit à rire en montrant ses petites dents, comme un collier.

Sansblair sentit pour la première fois combien il s'était, sans le savoir, attaché à ce petit.

L'heure était avancée ; il fit coucher l'enfant, et se remettant la tête dans les mains, il resta ainsi toute la nuit.

CIV

CHEZ LES KARADEUK

Ils commençaient à être heureux, les Karadeuk, en comparaison des tortures qu'ils avaient souffertes.

Le jour où nous les retrouvons, Mme Grégoire a son beau bonnet à longues barbes, comme les vieilles paysannes ; Yvon Karadeuk et ses filles sont vêtus avec une certaine recherche.

Gilbert Karadeuk et Clara Bussoni sont en costume de noces.

Jamais mariée ne fut plus pâle. Clara se souvient que, malgré sa grande pureté, elle est inscrite sur un registre infâme.

Jamais fiancé n'eut un front plus soucieux : c'est qu'Auguste Brodard se marie avec les papiers de Gilbert Karadeuk.

— Après tout, se sont-ils dit, les papiers ont été légués, suivant la volonté de Gilbert; et quant à Yvon Karadeuk, son nom n'est-il pas dignement porté?

Est-ce que c'était leur faute à eux, s'il y avait eu contre eux tant de fatalités? Est-ce qu'il dépendait d'eux maintenant de jamais reprendre un nom qui attirerait de nouveau le malheur.

Louisette seule est heureuse; et pourtant les autres éprouvent une sorte de jouissance à respirer en paix l'air pur, à croire qu'ils finiraient en paix leur vie si tourmentée.

Un certain nombre de mineurs et quelques dames du comité, qui avaient sauvé Angèle, faisaient partie de la noce.

On était au moment du repas, instant fort agréable pour Toto, à qui la vieille parente de Jacques passait une foule de choses : elle avait un faible pour lui, rétpendant qu'il ne lui manquait même pas la parole ; elle comprenait, disait-elle, ce qu'il aboyait. — C'était un mariage civil, bien entendu — à ce moment du repas, suivant la coutume immémoriale, chacun chantait à son tour. La petite Louise se leva la première pour dire un refrain des montagnes.

Les plus petites
Des humbles fleurs,
Les marguerites
Cachent des pleurs.

Les fronts lugubres des squelettes,
Le soir, quand mugissent les vents,
Se cachent sous les feuilles vertes
Que foulent aux pieds les puissants.

La mort va vite,
Aimons toujours !
Rien ne s'évite
Aux mauvais jours.

Il fallut que Brodard lui-même s'exécutât en disant la chanson canaque du pilou de guerre (autant qu'il est possible à un gosier humain de rendre ce motif étrange).

Tchi kakail malou,
Tchi kakail cailye kien !
Kia dâ beyraout.
Lélé lélé
Laydé tango
Haout lélé !

Ces quarts de ton, signorés dans notre notation, mêlés à des distances énormes, franchies d'un coup de gosier, surprennent l'oreille.

Aussi Brodard eut un succès fou. Il lui fallut ensuite faire la traduction en dialecte de *Kounié* (l'île des Pins).

« Mordre côté,
« Manger moelle,
« Boire sang chaud,
« Beau, beau !
« Dormir mort !
« Plus beau !

— Où avez-vous appris cela ? disait-on.

— J'ai connu beaucoup de déportés, disait-il.

Les honneurs du festin furent sans contredit pour Yvon Karadeuk, qui savait tant de choses des pays lointains, et bien des yeux devinrent humides, quand il dit le chant d'adieu des déportés à leurs frères ensevelis dans le cimetière de la presqu'île, entre les palétuviers du rivage et les sommets de Tendu.

Mère, quand donc viendra le père?
Jamais; il dort au bord des flots;
Sur une plage solitaire
Où le monde n'a plus d'échos.
Là, près de lui dans la grande ombre,
Ses amis reposent en nombre!
Que l'âpre vent des mers pleurant toutes les nuits
De ses gémissements couvre les froids proscrits!

Combien, tout remplis d'espérance,
Vaillants et rêvant l'avenir,
En mirage voyant la France
Se sont couchés là pour dormir!
Que l'âpre vent des mers pleurant toutes les nuits
De ses gémissements couvre les froids proscrits!

Les uns, cœurs que la lutte enivre,
Rapides, allaient en avant,
La vie, avec l'écho du cuivre,
Leur sonnait la charge en passant;
Les autres sans amour ni haine,
Ont jeté la coupe encore pleine.
Que l'âpre vent des mers pleurant toutes les nuits
De ses gémissements couvre les froids proscrits!

Leurs noms sont par des mains fidèles,
Sur une pyramide inscrits;
Et les cyclones, de leurs ailes,
Vont les frappant toutes les nuits,
Répétant de la terre aux nues
Leur plainte aux plages inconnues.
Que l'âpre vent des mers pleurant toutes les nuits
De ses gémissements couvre les froids proscrits!

Il y en eut de toutes sortes, des chansons, mais pas une n'eut le succès de celles de Brodard!

— Pour quelqu'un qui n'a pas vu, mais seulement entendu raconter ces choses, disait-on, cet Yvon Karadeuk vous les fait sentir, comme si on y était.

A peine si Auguste, chantant la belle voilée, œuvre du Villon du bagne, eut un succès d'un instant: le vieux Karadeuk, avec sa voix brisée, emportait tous les suffrages.

Pourtant l'idée du Villon avait quelque chose de saisissant.

Toujours elle portait un voile :
C'était un fantôme charmant;
A voir son beau regard d'étoile,
Le cœur était pris à l'instant!
Chaque jour, elle était suivie
Par un essaim de jouvenceaux,
Et chacun d'eux avec envie
Admirait des attraits si beaux.
Effeuillez, effeuillez des roses
Il est ainsi de toutes choses.

> L'un d'eux, de la belle dans l'ombre.
> Obtint un rendez-vous d'amour.
> Ils firent des serments sans nombre.
> Combien de serments n'ont qu'un jour :
> Levant la dentelle importune,
> Il ravit un baiser brûlant,
> Et vit, horreur ! au clair de lune,
> Un crâne de lèpre tout blanc.
> Effeuillez, effeuillez des roses
> Il est ainsi de toutes choses.

Pâle, émue, la mariée ne chantait pas. Pourtant elle était heureuse ; mais par delà ce bonheur, elle sentait quelque chose de vague qui la guettait.

Ce quelque chose, c'était la fatalité. Il y a dans la vie tant de douleur et si peu de joie que chaque bouffée de vent, vous rejette incessamment la douleur au visage.

CV

LA MAISON DE PROTECTION DES JEUNES FILLES PAUVRES

Plus une opération est véreuse, plus les dupes abondent : plus le crime est caché sous le masque de la vertu, plus les imbéciles arrivent.

S'il n'y avait que des fripons, les choses tomberaient d'elles-mêmes ; les dupes et les imbéciles servent à étayer toutes les ruines, ils restent à leur poste jusqu'à ce qu'ils soient ensevelis sous les décombres.

La belle Olympe et la belle Amélie étaient de ceux-là. Sans oublier Mlle Rosa, laquelle employait une partie de ses gages à toutes sortes de pieuses fondations, sur les listes desquelles son nom était inscrit.

Pour compenser un peu ces dépenses, Rosa faisait danser toutes les anses possibles. Mais elle s'en vantait si effrontément que ses maîtresses en riaient et pardonnaient.

Nous disons ses maîtresses, car Amélie était tout autant maîtresse qu'Olympe à la maison.

Nous avons omis de dire que Rosa était restée au service de ces dames parce que son militaire avait oublié de l'épouser, en changeant de garnison ; elle le regrettait d'autant moins, que l'ambition venait en arrondissant sa bourse : elle ne songeait à rien moins qu'à l'âge et au degré d'encroûtement convenables pour qu'elle pût mener la vie de grande dame quêtante et patronnesse, c'était surtout cela qui la séduisait.

Comme les servantes de Molière, Rosa jugeait bien ; elle se proposait donc de tout autres manières que celles de ses maîtresses.

Elle avait grand plaisir à les accompagner, faisant elle-même ses petites remarques.

Olympe, ayant mis pas mal dans les pieuses souscriptions au bénéfice de la maison de protection des jeunes filles pauvres, se décida un jour à venir en compagnie d'Amélie et de Rosa visiter cette sainte institution.

Des caves aux greniers, guidées par le grand abbé et suivies de Rosa, les deux femmes parcoururent la maison ; ce qui les surprenait, c'était la multitude de petites cellules rayonnant sur un coridor sombre.

— On croirait, disaient-elles que ceci est pour un couvent. Que fera le comité de toutes ces petites cellules ?

— Notre saint-père le pape, répondait le grand imbécile d'abbé, a peut-être daigné faire lui-même le plan. Qui sait à quelle haute destination de sainteté est prédestinée cette œuvre !

En passant dans les longs corridors, les trois femmes se prirent à admirer les fresques terminées et reçues par l'abbé.

Certains détails qui lui avaient échappé leur sautaient aux yeux.

— Tiens ! disaient-elles, regarde donc le bon Dieu, comme il est drôlement tourné, derrière ce buisson.

En effet, les peintres avaient suivi le texte biblique : ce n'était pas son visage que le Très-Haut montrait à Moïse.

Ou bien encore :

— Regarde donc sous ce lit, on dirait un vase.

L'abbé était d'autant plus scandalisé de ces découvertes, qu'il n'y avait absolu-. lument rien vu. Il se promit bien d'en parler sévèrement aux peintres. Quelques autres réflexions excitaient sa curiosité.

— Vois donc que c'est joli. On dirait Angèle et sa petite.

— Qu'est-ce qu'Angèle ? disait l'abbé.

— Une jeune fille de notre connaissance (une sainte).

Ceci le calmait un peu.

Mais voilà bien autre chose : elles venaient de se reconnaître réciproquement dans deux femmes des *Noces de Cana*, parlant d'un peu trop près à deux apôtres.

Cette fois elles se contentèrent de se pousser le coude.

Ce fut bien autre chose, quand elles entrèrent près des peintres.

Elles les connaissaient autrefois sans savoir même qu'ils eussent jamais vu Angèle ; les deux femmes éprouvèrent en présence des jeunes gens une grande frayeur d'être reconnues.

Elles ne se trompaient pas, les peintres avaient trop de mémoire des physionomies pour s'y tromper, mais sachant combien de transformations se trouvent dans la vie de certaines gens, ils connaissaient celle de ces dames comme une des plus propres à évoluer dans le sens où elles leur apparaissaient, ils respectèrent donc leur incognito.

Le nègre allait se récrier, un regard de Jehan Troussebane arrêta sa réflexion ; il demeura quelques instants la bouche ouverte et n'en pouvant faire sortir une parole, il y fit entrer une bribe de quelque chose d'inconnu aux consommateurs ordinaires.

L'abbé examina sévèrement les peintures commencées et se plaignit de la pose de Jehovah derrière le buisson.

— Il y a dans la bible de Jehan Troussebane que Dieu ne voulant pas effrayer Moïse en lui montrant sa face, se tourna par derrière.

Le calme du peintre étonnait l'abbé ; mais ne put cette fois le convaincre, il fallut convenir qu'on mettrait beaucoup d'ombre sur l'opposé de la face du Seigneur.

Le prophète Ezechiel confectionnant ses tartines le long d'un chemin, obtint aussi quelques modifications.

Les deux dames ne désirant pas rester plus longtemps, la visite aux artistes fut relativement courte au grand regret de Rosa, qui s'amusait beaucoup.

Mais quel fut leur étonnement en rentrant chez elles une ou deux heures plus tôt qu'elles ne l'avaient annoncé, de trouver Lesorne surpris par leur brusque arrivée : il était en train de prendre un repas de viandes froides et de vins fins.

— Comment avez-vous pu faire pour entrer, mon bon Brodard, dit Olympe ?

— Ah ! ce n'est pas bien malin, répondit Lesorne, vous avez laissé les portes ouvertes.

— Allons donc, c'est moi-même qui ai fermé.

— Vous avez tourné les clefs, oui, mais la porte n'était que poussée.

— Voyez donc, s'il s'était introduit un voleur.

Il fallait avoir la confiance de ces grandes innocentes pour ne pas remarquer la pâleur de Lesorne.

Enfin l'histoire prit bien et la confiance qu'on avait en lui ne fit qu'augmenter.

C'était vraiment une chance que Brodard se fût trouvé là : une autre fois on le laisserait pour garder, son état de marchand ambulant le lui permettait quelquefois.

Paisible, il continuait son repas.

Les dames Marcel, de leur côté, à l'affût comme Lesorne, chassaient au gras gibier. La mère costumée et mime, comme on sait, avait fait un voyage dans le Nord et avait envoyé par la poste de Londres cette lettre à Davys-Roth :

« Très révérend père.

« Excusez deux pauvres femmes qui ne peuvent avoir recours qu'*à vous seul*, « vu les circonstances que vous connaissez aussi bien qu'elles.

« Vous n'ignorez pas que c'est de Londres que vous sont venus tous les renseignements publiés sur la maison de convalescence, depuis près d'un an.

« Nous sommes donc exposées, ma fille et moi, enveloppées que nous sommes par les ennemis de l'Eglise à devenir involontairement leurs complices et « leurs instruments, à moins que vous ne nous retiriez de leurs mains en envoyant bureau restant grande poste, Charlotte Street : cent mille francs aux initiales A. M. Nous attendons huit jours.

« Votre très humble servante.

« La femme que vous avez daigné faire conduire dans vos souterrains.

L'incendie s'échappait en immenses spirales par la bouche du puits.

Ayant déposé cette missive à la poste, après avoir fait charger sa lettre de manière qu'on ne pût la remettre qu'à Davys-Roth en personne, Mme Marcel reprit tranquillement le chemin de fer, afin d'aller s'embarquer à Douvres

Elle eut soin de revenir de Londres à Paris, dans un nouveau déguisement, en homme, ce que lui permettaient ses traits énormes, et elle retourna tout simplement à son logement du passage Moulins, où l'attendait sa fille.

Huit jours après, elle retourna à Londres; il n'y avait pas de réponse.

Davys-Roth préférait attendre l'ennemi de pied ferme, que de se livrer lui-même en envoyant une preuve contre lui. Le cabinet noir n'était-il pas là! c'est surtout à des complices en fourberie qu'il lui semblait malsain de donner des armes.

Pendant que toujours calme, il se préparait à la lutte, faisant surveiller Londres, Mme Marcel établissait ses batteries à Paris.

A force de battre le pavé, sous tous les déguisements possibles, elle avait trouvé Grenuche, caché sous un habit de curé; il habitait une petite chambre, au septième, dans la rue du Mont-Cenis, tout près des fortifications.

On commençait à remarquer que depuis son entrée dans la maison, il n'était pas allé une seule fois à l'église de Clignancourt, quand une circonstance grave le décida à partir.

Un second logement, plus confortable, se trouvant à louer dans la maison, la concierge prévint Grenuche qu'il allait avoir l'agrément du voisinage d'un confrère.

L'abbé René, c'est ainsi que se faisait appeler Grenuche, ne jugea pas prudent d'affronter le latin du confrère. — En pareil cas, Lesorne ou Nicolas eussent au besoin dit la messe, confessé et béni toutes les bonnes femmes du lieu.

Grenuche, lui, n'était ni crâne, ni intelligent.

Aussi s'en allait-il assez piteusement le long des rues sombres, se demandant où il allait chercher un gîte, quand Mme Marcel l'aborda, sûre que cet homme à l'allure craintive, plutôt colère qu'hypocrite, portait un déguisement.

Elle l'aborda bien en face et, convaincue qu'elle ne se trompait pas, lui fit une profonde révérence en disant :

— Quel bonheur de vous rencontrer, monsieur l'abbé, je vous cherchais depuis longtemps.

L'effroi qui se peignit sur le visage de Grenuche, lui prouva qu'elle ne se trompait pas.

Lui, ne reconnaissait du monstre de laideur, qu'il avait devant lui que la taille et la voix, c'était suffisant.

— Venez, continua Mme Marcel, je vais vous conduire dans une maison où vous serez en sûreté : il n'y a pas de concierge et pour peu que vous n'attiriez pas trop la curiosité des locataires, vous y pourrez demeurer longtemps sans être inquiété.

Grenuche était si abasourdi, qu'il la suivit, craignant un éclat dans la rue.

Une fois dans l'appartement de Mme Marcel, il se remit un peu. Elle le fit asseoir et commença à l'interroger.

Blanche, assise nonchalamment, un livre sur ses genoux, assistait passivement aux intrigues de sa mère, prête à remplir à l'occasion le rôle que celle-ci lui indiquerait. Elle admirait cette science profonde du mal qui faisait Mme Marcel redoutable.

— Pourquoi vous cachez-vous si soigneusement? dit la vieille à Grenuche tout en lui préparant du vin des colonies, et quelques biscuits.

— Mais il me semble, dit Grenuche, que vous vous cachez aussi, il me semble que ceux qui ont voulu nous tuer, pour être sûrs de notre silence, recommenceraient s'ils nous savaient vivants.

— Vous êtes dans le vrai, je voulais savoir si vous êtes un homme pratique, on peut compter sur vous ?

— Pourquoi ? dit Grenuche peu empressé de s'embarquer dans de nouvelles aventures.

— Pourquoi ? Mais pour nous venger et tirer profit de l'aventure.

— Tirer profit, dit Grenuche, je n'en serais pas fâché, mais comme la vengeance est toujours une lame à deux tranchants, je n'ai pas envie de m'y couper les doigts.

— On t'amènera bien par l'intérêt, pensait Mme Marcel tout en soignant Grenuche.

Quand il fut restauré, elle calma d'abord ses craintes en lui disant qu'il n'y avait nul danger, puisqu'elle-même avait souci de sa sécurité, avant toutes choses.

— Mais quel intérêt avez-vous à moi, dit Grenuche ? Si je ne pouvais vous servir à rien, vous ne m'auriez pas amené ; dites-moi tout de suite ce que vous attendez de moi.

Cette logique effrayait un peu Mme Marcel. Grenuche n'était pas intelligent, mais il était pratique.

— Eh bien, mais, je vous l'ai dit, l'intérêt que je vous porte consiste à m'aider dans les recouvrements, que nous promet le crime tenté contre nous.

Blanche écoutait et comprenait parfaitement : cette atmosphère viciée était la sienne, elle y avait grandi et s'y plaisait. La seule chose qui lui manquât c'était l'expérience.

Sa mère se chargeait de la lui procurer.

C'est ainsi que Grenuche sous le nom de l'abbé Anthoine (car il eut été dangereux de reprendre le nom de l'abbé René) loua un appartement, et avec le soin de sortir chaque matin, à peu près à l'heure où l'on peut dire une messe, il n'eut rien à craindre du voisinage.

L'intimité qui existait entre lui et les dames Marcel, les posait bien dans la maison.

L'armée ennemie montait à l'assaut autour de Davys-Roth, sans qu'il s'en doutât.

Mme Mixlin, dont personne ne s'occupait plus depuis que les journaux avaient dit : Elle ne passera pas la journée, se rétablissait maintenant au milieu de l'oubli général.

Un million d'autres qui eussent laissé des regrets fussent mortes ; elle qui n'avait personne pour la pleurer vécut pour souffrir.

Le jour même où Grenuche louait l'appartement indiqué par les dames Marcel, la veuve Mixlin sortait de l'hospice.

Comme on avait fait sur elle bon nombre d'essais, sans qu'elle s'en doutât, l'interne l'appela en passant.

— Où allez vous loger, ma bonne femme, dit-il ?

— Je l'ignore complètement, monsieur.

— Vous reste-t-il quelques amis ?

— Je l'ignore également.

— Qu'allez-vous faire?

— Je me le demande moi-même; mais il me faut si peu pour vivre que je trouverai toujours assez de travail.

— Peut-être, permettez-moi, en attendant, de vous aider un peu. Vous avez sans le savoir rendu service à la science. Nous avons fait, grâce à vous, bien des observations utiles. Je ne veux pas que vous manquiez de logement ou de pain pendant les premiers jours.

Comme Mme Mixlin hésitait, le jeune homme ajouta :

— Vous pouvez accepter de moi, je ne suis pas de ceux que vous avez rencontrés.

— Hélas! dit-elle, dans la jeunesse, il est rare qu'on soit injuste. Mais souvent le reste de la vie ne tient pas les promesses des premiers temps.

Ils étaient émus tous deux.

— Acceptez, dit l'interne, je vous en prie. Voici l'adresse de mon ami Philippe, un grand cœur et une vaste intelligence. Allez-y, je suis sûr que vous éprouverez quelque consolation dans cette famille.

C'est ainsi que Mme Mixlin connut Philippe et ses frères. Dangereuse fréquentation pour les assassins de la petite Rose.

La seconde lettre que reçut de Londres Davys-Roth était accompagnée de cette note :

« J'ai le plaisir de vous annoncer que je suis accompagnée de l'homme pris « au trébuchet, dans l'ouverture de la porte, et que son témoignage viendrait au « besoin appuyer le mien. »

Davys-Roth ne répondit pas davantage que la première fois.

Son calme imperturbable ne s'était pas démenti, mais ses cheveux étaient devenus d'un blanc de neige, de gris qu'ils se maintenaient depuis si longtemps. On lui aurait donné une dizaine d'années de plus en quelques jours.

Davys-Roth voyait avec effroi à combien de choses sacrées toucheraient les révélations qu'il craignait, se considérant lui-même comme une chose sacrée.

— Non, se disait-il, rien ne transpirera, je saurai sauver *l'honneur* devant ces imbéciles qui ne comprennent pas qu'on sacrifie quelques êtres insignifiants à nos croyances menacées!

Davys-Roth passait de longues heures à méditer dans la salle du trône. Il avait entassé dans sa forteresse souterraine toutes les choses qu'il voulait soustraire aux regards, et plutôt qu'on y entrât, il aurait fait sauter les souterrains.

Il arriva pendant ce temps à Grenuche, une aventure qui procura à Mme Marcel des renseignements précieux.

Un soir qu'elle faisait le ménage du digne abbé, tout en lui recommandant un peu plus de hardiesse dans le port de son costume (l'hésitation pouvant tout perdre), un enfant de neuf à dix ans se présenta.

— Monsieur l'abbé Anthoine! dit-il.

— C'est ici, mon ami.

— Alors, monsieur, je vous fais la commission dont on m'a chargé.

— Quelle commission?

— Une dame *qu'a* l'air un peu toqué m'a dit : « Informe-toi si c'est l'abbé, Anthoine qui demeure dans cette maison-là, et si c'est lui, à quelle église il confesse afin que j'aille le trouver. »

— A quelle église je confesse! répétait Greluche abasourdi.

Il allait laisser l'enfant sans réponse, Mme Marcel intervint.

— Où est cette dame, dit-elle?

— En bas, elle attend la réponse.

— Monsieur l'abbé, continua Mme Marcel, est très souffrant, il ne peut sortir et confessera cette dame chez lui si elle le veut bien.

En parlant ainsi, elle lançait à Grenuche un regard de mépris.

Tandis que l'enfant descendait, elle dit rapidement à son complice :

— Tout ce qui est secret est toujours bon à savoir. Sans moi vous ne seriez propre à rien, absolument, s'il le fallait, moi qui vous parle, je confesserais, je bénirais et j'excommunirais le monde entier, et je m'habillerais en pape.

Elle descendit en hâte derrière le petit commissionnaire et remonta avec la dame.

C'était une pauvre créature aux trois quarts morte, qu'une passion quelconque tenait debout.

Après s'être retirée discrètement *derrière la porte*, Mme Marcel prenait place commodément quand elle se sentit tirée par ses vêtements.

— Madame! madame, disait l'enfant. On a oublié de me payer!

Elle lui tendit quelques pièces de monnaie et feignit de descendre avec lui, mais pour remonter lestement et reprendre son poste.

— Par quel hasard, madame, disait Grenuche, avez-vous désiré vous adresser à un pauvre prêtre obscur comme moi?

— J'ai eu peur qu'un autre ne me trahisse.

— Songez, madame, au secret de la confession!

La frayeur donnait de l'intelligence à Grenuche pour jouer son rôle. Mme Marcel l'admirait, et en même temps cette découverte l'effrayait.

Est-ce qu'il faudrait un jour compter avec ce bobèche, à qui elle croyait si bien faire sa part?

La femme continuait :

— Il y a longtemps que j'ai quelque chose sur le cœur qui me gêne; j'avais essayé de le dire un jour, je suis entrée dans une grande église et j'ai été droit au premier confessionnal venu; il y avait un prêtre. Voilà que je commence; à peine si je lui avais dit quelques paroles, il s'écrie : « Malheureuse, vous êtes possédée de l'esprit du mal, ce n'est point ici que je dois vous entendre, mais dans un lieu où il me sera possible de vous exorciser. » Je sentais ses yeux fixés sur moi comme des lames toutes froides; j'ai eu peur et je me suis sauvée.

Depuis, j'ai cherché à le dire à d'autres, mais je n'ai point osé. On m'a dit dans le quartier qu'on ne vous voyait jamais avec des femmes, ni au café : ça m'a donné confiance.

— Dites-moi tout, dit Grenuche, étendant les mains sur la tête de la femme qui se mit à genoux.

Et comme aucune prière latine ne lui venait, il murmura en forme de bénédiction les premiers vers d'une fable de Phèdre, retenus dans un pensionnat où il avait été domestique :

> *Ad rivum eumdem lupus et agnus venerant,*
> *Siti compulsi. Superior stabat lupus.*

Ces paroles dites avec onction, surtout le mot *stabat* qui commence un hymne et le mot *agnus*, prenaient pour la pauvre femme un ensemble satisfaisant.

Grenuche qui n'en savait pas davantage répétait les deux vers avec une piété de plus en plus grande.

Mme Marcel l'admirait.

— Un peu de courage, ma bonne dame, dit-il, avouez-moi ce qui vous pèse sur le cœur.

— Eh bien, c'est que j'ai été complice pour enlever un enfant. Je croyais bien faire : c'était un monsieur riche qui me l'avait dit, et me payait.

— Pourquoi, dit Grenuche, voulait-il enlever cet enfant ?

— On a voulu le faire disparaître pour éviter un crime, disait-on ; je crois plutôt que c'en est un que nous avons fait ; il s'agissait sans doute de quelque succession à faire passer ailleurs.

— Expliquez-vous.

— Voilà. Un jour que j'allais à ma journée pour les lessives, voilà un vieux monsieur qui débouche devant moi avec un petit de deux ou trois ans. Le monsieur était tout habillé de noir : on aurait dit un curé quoique en civil. L'enfant était en gris, simplement mis, mais c'était du beau. L'homme me regarde comme je regardais l'enfant.

— N'est-ce pas qu'il est joli ce petit? qu'il me dit.

Moi, tout étonnée qu'il m'adressât la parole, je réponds :

— Oui, monsieur.

— Partons vite, dit-il, et sa figure me faisait peur, il s'agit d'empêcher un crime qu'on veut commettre sur cet enfant; je vous le remets. Voilà mille francs pour vous si vous ne parlez pas, et si vous parlez, vous serez punie. Il accentua le mot.

Moi, je voyais bien qu'on ne voulait pas de bien à l'enfant, mais j'avais peur, et puis je voulais les mille francs.

L'homme continua :

— Faites ce que vous voudrez de l'enfant; mais s'il est reconnu, ceux qui le poursuivent le tueront. Si, dans trois mois, vous avez été fidèle, vous recevrez pareille somme poste restante bureau X-Z, et chaque année autant à la même date. A la moindre indiscrétion, vous et l'enfant, vous êtes morts.

Je ne sais pourquoi la voix de cet homme me rappelait quelque chose déjà entendue ; il me semblait aussi l'avoir vu quelque part.

— Alliez-vous quelquefois aux sermons, demanda Grenuche ?

Jamais Mme Marcel ne lui aurait soupçonné tant d'esprit ; c'est qu'il était comme les animaux, chez qui les facultés de ruse se développent en raison du danger.

— Oui, dit la femme, j'y allais souvent ; même, je cherchais à comprendre si je ne serai pas punie dans l'autre vie pour ce que j'avais fait : car je sentais bien que c'était contre l'enfant. Mais je ne comprenais rien à tout ce qu'on y disait. On ne parlait que des fautes contre Dieu, moi c'était contre un enfant.

— Qu'est-il devenu ?

— Voilà. Comme j'ai eu le malheur d'être arrêtée pour une petite affaire dont je ne croyais pas sortir, une femme appelée Mme Cruchet m'a acheté l'enfant trois cents francs. Je ne lui ai rien dit, nous étions convenues que je le reprendrais en sortant. Mais j'ai eu trois ans. C'était pour recel et complicité d'assassinat.

Quand je suis sortie je n'ai plus entendu parler de rien, Mme Cruchet était morte ; je ne sais où est passé l'enfant.

— Qui vous fait y songer aujourd'hui, dit Grenuche ?

— Dame, vous ne savez donc pas, il y a une succession de trois millions qui est léguée au père Davys-Roth en ce moment par le vieux comte du Montnoir, à condition de continuer, tout en jouissant de l'usufruit pour ses œuvres, à rechercher l'héritier du Montnoir, le petit Henri enlevé à l'âge de trois ans et que le grand'père a vainement cherché depuis. — L'enfant doit avoir de huit à dix ans.

— Eh bien ?

— Eh bien, à la description donnée de l'enfant, j'ai reconnu celui qu'on m'a amené. Vous comprenez, ma conscience parle.

— Et puis, dit Grenuche, il y aurait une fière récompense, n'est-ce pas ?

La femme rougit.

— C'est le ciel qui vous envoie, continua Grenuche. Vous allez me faire votre déposition écrite et signée.

— Je ne sais pas écrire, dit-elle.

— Alors, vous vous présenterez quand je vous ferai appeler. Je connais la famille.

Il était vraiment admirable ce Grenuche.

Mme Marcel, qui ne l'était pas moins, entra soudainement avec du papier, de l'encre et des plumes.

— Vous m'avez appelée, monsieur l'abbé, dit-elle.

— Oui, dit Grenuche, qui ne savait pas écrire.

Son intention n'était point de l'appeler, mais il ne pouvait reculer.

Mme Marcel s'assit à une petite table.

— Vous m'avez dit d'écrire, monsieur l'abbé, dit-elle.

— Oui ! dit Grenuche.

La peur tenait la gorge de la femme ; elle se demandait comment Mme Marcel devinait ainsi les ordres de son maître. Le visage de la gouvernante du curé avait pris cependant un masque de miel. Mais la pénitente avait peine à s'engluer.

Mme Marcel commença comme les interrogatoires ordinaires.

— Comment vous appelez-vous?

— Anne Figuier.

— Où êtes-vous née?

— Dans cette rue même, madame, ma mère avait son lavoir au 17, ensuite il a été vendu, j'y travaillais comme ouvrière.

— Quel âge aviez-vous quand on vous a amené l'enfant?

— Quarante ans, madame.

— Ne dites pas madame, mais mon père, c'est ce vénérable ecclésiastique qui vous interroge par mon entremise. Monsieur l'abbé est souffrant, mais il entend et approuve.

Grenuche fit un signe d'assentiment.

Mme Marcel continua :

— Vous n'êtes pas mariée?

— Non.

— Vous avez toujours fréquenté les églises?

— Oui.

— Alors plusieurs prêtres vous connaissaient?

— Sans doute, je me confessais même souvent, avant l'histoire de l'enfant; depuis, le jour où un prêtre m'a épouvantée, je n'y suis plus allée.

— Est-ce que ce prêtre n'avait pas la même voix que l'homme qui vous a apporté l'enfant?

— Vous me faites peur! dit la femme. Mais oui, c'était la même voix et je l'avais déjà entendue.

— Aux sermons, sans doute?

— Je n'en sais rien.

— Il était de haute taille, cet homme?

— Je vous dis que vous me faites peur.

Grenuche intervint, il faut bien que vous disiez tout, si vous voulez qu'on vous sauve. Il est temps, ma pauvre femme! c'est Dieu qui vous a inspirée de venir ici.

Mme Marcel était de nouveau émerveillée : décidément ce Grenuche évoluait en intelligence; l'occasion le développait; peut-être, en entendant parler de millions, pensait-il y puiser de quoi satisfaire ses immenses appétits, non encore contentés.

La femme se calma : entre deux craintes, elle croyait prendre le moindre danger.

Mme Marcel continua, la tenant sous la pression de sa volonté puissante.

— Rappelez-vous bien les traits, la taille, les yeux, la voix! regardez dans vos souvenirs!

Elle la magnétisait de son regard.

La pensée fixée en arrière, effarée, elle obéissait; tout à coup elle poussa un cri :

— Oui, c'est lui!

— Et le nom maintenant, voulez-vous le nom?

Valérie reconnaît Nicolas et tombe évanouie dans les bras de sa mère.

— Souvenez-vous aux sermons du soir, pendant le carême. Vous alliez à Saint-Sulpice, n'est-ce pas ?

— Oui.

— Eh bien, souvenez-vous ! regardez. C'est Davys-Roth.

— Davys-Roth ! ah, laissez-moi partir ! j'ai peur de Davys-Roth ! Pourquoi suis-je venue vous dire cela ? il me fera punir.

Grenuche se leva avec une grande dignité.

— Madame, dit-il, je vous jure que nous agirons dans votre intérêt, pour l'amour et la gloire du Seigneur.

Une seconde fois elle se calma.

Mme Marcel reprit son interrogatoire.

— Vous avez reconnu Davys-Roth?

— Hélas oui !

— Maintenant, achevez l'histoire. En quel endroit et à quelle heure avez-vous rencontré l'homme et l'enfant?

— Sur le quai de Bercy, il était quatre heures du matin; l'enfant avait dû être enlevé dans son sommeil du matin.

M^mo Marcel écrivait toujours.

— Vous avez conservé sans doute, interrompit-elle, quelque enveloppe contenant les mille francs qui vous arrivaient poste restante?

— Je les ai dans ma poche, j'ai toujours pu les conserver, je ne sais vraiment pourquoi.

M^mo Marcel connaissait l'écriture du père, elle contempla les enveloppes avec une joie sauvage.

— C'est bien Davys-Roth, dit-elle froidement en les attachant avec une épingle à la feuille qu'elle écrivait?

Après avoir inscrit l'histoire telle que la femme la racontait, elle termina par une seconde série de questions.

— Comment était l'enfant?

— C'était un brun, aux cheveux un peu rudes ; il n'avait rien de remarquable que ses yeux qui brillaient comme deux braises dans sa petite figure chiffonnée, on n'y voyait que cela.

— On ne vous a dit aucun nom?

— Aucun, je l'appelais : petit.

— Mais lui, l'enfant, ne vous disait-il rien ?

— C'est justement ce qui m'a mise sur la voie : il ne parlait que de son bon papa Henri, il ne savait pas l'autre nom.

— Comment n'avez-vous pu faire dire à cet enfant comment on l'appelait, lui-même?

— J'ai essayé, il répondait toujours : petit, petit.

— L'enfant avait-il l'air de connaître l'homme qui l'amenait?

— Oui, il était très familier avec lui.

— Savez-vous signer?

— On m'a appris autrefois, mais je ne connais pas les lettres que je forme.

— Cela ne fait rien, signez.

D'une main tremblante, n'osant pas refuser sous la pression de l'horrible créature qui l'interrogeait, elle signa : Anne Figuier.

M^mo Marcel ajouta le numéro et la rue, 4, passage Moulins.

— Vous pouvez vous retirer, dit Grenuche.

Mais la femme avait peur.

— Ne voulez-vous point me donner votre bénédiction, monsieur le curé, dit-elle?

Grenuche retrouva dans sa mémoire un autre vers:

Vulgare amici nomen, sed rara est fides.

Anne Figuier écouta, agenouillée, et se relevant comme une personne qui a hâte d'échapper à un mauvais rêve, elle se sauva dans la rue où elle respira largement.

Mme Marcel, avant de la filer, allait mettre la déclaration dans sa poche; mais Grenuche, étendant la main à l'improviste, arracha une moitié du papier.

— Part à deux, dit-il, cela se recolle, nous ne pouvons pas nous filouter l'un l'autre.

— C'est juste, dit Mme Marcel.

Son visage d'abord assombri reprit son masque habituel.

Elle s'élança dans l'escalier où des chaussons de lisière annihilaient le bruit de ses pas et glissa comme un serpent derrière Anne Figuier. C'était réellement au numéro 4 qu'elle demeurait.

Certaine de ne plus la laisser échapper, la pensée de Mme Marcel prit un autre chemin.

Elle avait la coutume de se demander ce qu'elle ferait dans le cas où Grenuche voudrait avec elle la part du lion, qu'elle désirait pour elle-même, sa résolution étant prise, elle n'y songea plus.

Ne remettant jamais au lendemain ce qui peut se faire le jour, Mme Marcel commença de suite ses recherches au sujet de l'enfant. Comme le hasard fournit presque une chance sur mille, on peut toujours tenter.

Elle se grima en bonne femme qui vaque à son pot-au-feu, prit un vaste panier couvert, et marchant à petits pas s'en alla à travers Paris.

Ce jour-là, elle ne découvrit rien.

Le soir même, elle partit pour Londres où elle déposa pour Davys-Roth la lettre suivante :

« Tous vos secrets sont découverts et l'enlèvement de l'enfant qui vous pro-
« cure une succession de trois millions va être rendu public, à moins que vous
« n'en veniez à un arrangement, — la moitié des trois millions n'est pas grand
« chose pour éviter un éclat qui ne ferait pas de bien à votre parti.

« Vous avez huit jours pour répondre affirmativement. Dans le cas où vous
« mettriez cette lettre entre les mains de la justice, nous y mettrions nos preuves,
« et on amènerait l'enfant.

« Répondre poste restante, Charlotte Street, aux initiales A. M. »

Ayant déposé sa lettre, elle revint à Paris.

CVI

LA SALLE DU TRONE

Davys-Roth, en recevant cette lettre, chancela comme un chêne frappé de la cognée.

Il alla s'enfermer dans ses souterrains ; là, marchant à grands pas sous les voûtes sombres, il regarda en face la situation.

Il fallait que tout fût décidé, avant que l'ennemi n'eût agi ; sa mort, à lui Davys-Roth, empêcherait le jour de se faire, s'il savait embrouiller les choses auparavant ; c'était le seul moyen de préserver son œuvre.

Ayant longtemps médité, il remonta, et se rendit chez son vieil ami le comte Henri de Montnoir : le vieillard demeurait rue des Postes, dans un hôtel presque croûlant ; une ruine, habitant une autre ruine.

C'était un des derniers survivants, le seul survivant, peut-être, de 1793, — toutes les cyclones avaient passé sur ce rocher sans l'émietter ; — on ignorait son âge, chacun l'ayant toujours vu droit, maigre, ses cheveux blancs attachés avec un ruban fané.

Ses vêtements étaient faits à la mode, parce qu'il laissait libre le tailleur. Peu lui importait ; mais il les portait de si étrange sorte qu'ils faisaient penser aux costumes de nos arrière-grands pères.

L'enfant qu'on lui avait enlevé était le dernier fils de son petit-fils, tous ses descendants jusque-là étant morts, ce vieux sang ne pouvait germer de forts rameaux.

Le comte n'était jamais sorti de ce trou, depuis sa naissance, il n'avait jamais pensé que les emblèmes fleurdelisés qui tombaient de vétusté autour de lui, pussent le compromettre et nul n'avait fait attention ni à la mâsure ni à celui qui l'habitait, à part Davys-Roth, qui savait que la mâsure contenait des trésors, et que des trésors entre ses mains étayaient la religion croûlante.

Il entra ce jour-là sans beaucoup de cérémonie chez son vieil ami, abordant de suite le sujet de sa visite :

— Comment se fait-il, que vous ayez rendu public, le chiffre approximatif de votre fortune et l'emploi que vous en voulez faire ? dit-il avec le ton d'un homme qui va annoncer un malheur.

— Moi, dit le vieillard, je n'ai rien publié ni rien défendu, mon notaire aura bavardé.

— Il en faut changer immédiatement, dit Davys-Roth, pour étouffer ces bruits.

— Quels bruits ?

— Écoutez, à l'annonce que des recherches ont toujours été faites, au sujet de l'enfant, il m'est venu plus de trente imposteurs, dont sans moi vous seriez la victime ; de plus, me sachant votre exécuteur testamentaire, on a voulu m'assassiner.

Le vieux écoutait, droit, raide, et un peu pâle.

Les raisons de Davys-Roth ne souffraient pas de réplique ; il fut convenu que dès le jour même, les papiers dont le notaire Christophe était dépositaire lui seraient retirés pour être remis sous le sceau du secret, au notaire Labre, auquel les malins de l'étude ajoutaient le qualificatif de saint.

On lisait le soir dans le *Cœur de Jésus* l'entrefilet suivant, composé par Davys-Roth et signé X.

« Un vénérable vieillard qui, pour retrouver son petit-fils enlevé il y a six
« ans, avait eu recours à la ruse bien pardonnable en pareille occasion de se
« dire possesseur de trois millions, prévient le public de cette ruse qui a failli
« coûter la vie à son mandataire. — M. le comte de Montnoir croirait contre sa
« conscience de tromper plus longtemps l'opinion, fût-ce pour qu'on lui rendît
« son enfant. »

— Diable ! se dit M. Christophe, c'étaient de faux papiers qu'il avait déposés
dans mon étude ; cela irait loin, si c'était *un homme ordinaire* (pour lui, les riches
et les nobles n'étaient point des hommes ordinaires).

Davys-Roth étant convenu avec le vieillard que les recherches redevien-
draient secrètes, il retourna dans son souterrain.

La bête fauve blessée cherche le chemin de son repaire, Davys-Roth agissait
ainsi, cela le calmait.

Un tourbillon se faisait dans son cerveau fatigué ; peu lui importait sa vie et
encore bien moins l'autre, à laquelle il n'attachait qu'un intérêt de mise en
scène. Mais son œuvre ?

La restauration du *Roy*, qui devait ramener la religion des aïeux, avec le
drapeau blanc et tout son cortége, les condamnations pour sacrilèges, la dîme
qu'on rapporterait le front courbé jusqu'à terre ; les couvents centuplés et
gorgés ; les églises, couvrant du bruit de leurs cloches et des gémissements de
leurs psaumes les revendications révolutionnaires : cet ensemble chargé d'ombre
auquel il était attaché par tous les crimes qu'il commettait, il ne fallait pas que
tout cela périt.

A qui laisser ses trésors ? au pape ? C'était un imbécile. A quelque prêtre ? il les
garderait pour lui, personnellement.

Un seul le comprendrait peut-être, et il était à Rome.

C'était celui-là qu'il lui fallait ; ce n'était donc pas pour cette nuit encore, que
Davys Roth s'endormirait.

La vie commençait à le fatiguer, il avait hâte de mettre son œuvre en mains
sûres.

Personne, pensait-il, n'y apporterait le même zèle ; mais enfin ce serait
conservé.

Il écrivit donc à l'abbé Philippi à Rome, ce seul mot : Venez, — et il attendit.

L'abbé Philippi était son élève et son correspondant, le seul être qu'il aimât
ou plutôt auquel il s'intéressât, par amour pour son œuvre.

Une chose étrange arriva ce jour-là à Davys-Roth, lui prouvant que le
cabinet noir agissait parfois avec ses complices, de manière à les tenir autant
qu'il en était tenu.

M. X... le manda dans son cabinet : ils ne s'étaient pas vus depuis que Davys-
Roth l'avait traité avec tant de hauteur.

En toute autre circonstance, Davys-Roth eût répondu : Venez vous-même !
Mais le temps lui manquait, et puis, une tuile lui faisait oublier l'autre ; il y alla
pour se distraire.

Il lui sembla reconnaître une vanité méchante satisfaite, dans le profond salut que lui adressa M. X...

Davys-Roth le prit sur-le-champ de très haut.

— Que désirez-vous de moi, monsieur, dit-il?

— Mais, dit le policier un peu effrayé, j'ai cru de mon devoir de vous prévenir.

— Me prévenir de quoi?

— Des lettres de Londres, adressées à vous, ont causé de l'étonnement.

— De l'étonnement, et où cela, s'il vous plait?

— A la préfecture de police.

— Davys-Roth eut un éclat de rire d'une insolence superbe!

— Est-ce que la préfecture de police me regarde comme un *raille* ou un *escarpe;* il employait à dessein ces termes.

M. X... baissa la tête; décidément le rêve, où il jugeait la balance à la main, tous les peuples de la terre, ne lui avait pas porté chance.

— Je ne sais ce que vous voulez dire, continua Davys-Roth, je ne puis répondre si on m'écrit de Londres ou de Pékin des choses probablement payées; mais j'engage la préfecture de police à ne pas se mêler de mes affaires, je n'en ai ni peur ni besoin.

Il sortit, laissant M. X... abasourdi.

Le lendemain, vers sept heures du soir, un ecclésiastique au visage basané, le nez mince, les lèvres minces, les yeux et la bouche démesurément grands, le front et le menton solidement accusés; se présenta chez Davys-Roth : c'était l'abbé Philippi.

Davys-Roth l'attendait, ils s'embrassèrent et entrèrent immédiatement dans le cabinet du père.

Il y avait entre ces deux hommes quelque chose de commun qui les rapprochait, l'acharnement à l'œuvre, avec cette différence que l'un était l'élève de l'autre et que cette fois l'élève ne surpasserait pas le maître.

— Mon cher enfant, dit Davys-Roth, je vous ai fait venir parce que ma vie est menacée, grâce aux bavardages d'un vieil imbécile; il faut par conséquent, que je vous remette des choses indispensables pour continuer ce que je fais depuis si longtemps, la lutte sourde, sans trève ni merci et *par tous les moyens possibles,* contre tout ce qui menace le pouvoir de l'Église.

Philippi s'inclina.

— Il a plu, continua Davys-Roth, à un vieillard gâteux de me désigner pour son exécuteur testamentaire, me voilà en butte à la convoitise des voleurs et à la haine des impies.

Ils échangèrent entre eux le regard et le sourire des augures.

— Je vous remettrai demain matin, continua Davys-Roth, quelques sommes qui pourront être utiles au *bon combat* avec des instructions, dictées par mon expérience.

L'abbé Philippi s'inclina de nouveau.

— En attendant, reprit le père, délassez-vous chez moi des fatigues du voyage.

Il veilla lui-même à ce que son ancien élève fût largement restauré et prît du repos.

Vers le soir Davys retourna chez son ami le vieux comte : il y dînait quelquefois. Le vieillard eut plaisir à le voir arriver pour ce repas, il s'ennuyait seul.

La sécheresse de leur entrevue du matin fut oubliée, et Davys-Roth en reçut mille preuves.

Vers la fin du repas, les domestiques eurent ordre de se retirer. Après avoir préparé une boisson que leur maître prenait chaque soir, avant de s'endormir, ils regagnèrent leurs chambres.

Davys-Roth eût fort effrayé le vieillard, si celui-ci l'eût vu tirer un petit flacon d'un délicieux travail, et verser dans la boisson quelques gouttes d'une liqueur bleuâtre.

Ils examinèrent ensemble les papiers, qui, suivant le désir de Davys-Roth, avaient été retirés de l'étude de M. Christophe et préparèrent ce qui devait être remis à l'étude Saint Labre, d'autres papiers encore furent examinés, il ne fallait pas, disaient-ils, que les indiscrétions commises eussent un fâcheux résultat.

Davys-Roth prétendit craindre que les billets de banque, les titres, l'or et les bijoux que le vieux comte possédait dans son hôtel ne fussent volés par des bandits, alléchés par les articles des journaux ; il se chargea de les mettre en lieu de sûreté.

Deux domestiques de confiance furent chargés de l'aider à transporter les caisses scellées préparées par lui et le vieux comte ; dans sa poche, il avait eu soin de mettre le testament.

Au moment de partir, et les domestiques l'attendant dans l'antichambre, Davys-Roth rentra dans l'appartement du comte.

Le vieillard à demi vaincu par le sommeil, luttait contre quelque douleur ou quelque vision terrible, il avait les yeux grands ouverts et le corps secoué par un tremblement général.

Le visage de Davys-Roth avait sans doute une expression effrayante, car il allait pousser un cri, qu'étouffa le père en lui versant de force, dans la bouche demi-paralysée, qu'ouvraient ses mains terribles, le reste du flacon ; les yeux seuls vivaient encore et se fixaient pleins d'épouvante sur l'assassin : ce fut l'affaire d'un instant.

Quelques minutes après, Davys-Roth rejoignait les deux domestiques.

Tandis que chargé lui-même d'une lourde caisse, et précédé des deux hommes également chargés, il se dirigeait vers sa maison, trois personnages passaient devant le vieil hôtel.

D'abord un vieux chiffonnier, accompagné d'un enfant aux cheveux en broussailles, aux yeux plus vifs que sa lanterne, qui retournaient tranquillement chez eux.

— Papa, dit l'enfant, qui peut bien demeurer dans cette *boîte*-là ? c'est comme une niche à rats.

— C'en est une aussi, môme, c'est le nid d'un vieux rat, qui a trois millions pour lui tout seul

Le petit était rêveur.

— N'est-ce pas, dit-il? on dirait qu'il y a des particuliers qui ont un millier d'estomacs à emplir et d'*arpions* à chausser pour eux tout seuls.

— C'est cela, môme! Ajoute qu'il y a des milliers d'autres particuliers qui crèvent à la peine pour engraisser ceux-là.

— Pourquoi qu'ils sont si *sinves*, dit le petit en piquant avec son crochet un paquet de papiers.

Derrière eux, une femme ayant longtemps marché sans doute, car elle paraissait fatiguée, venait reconnaître la maison.

Préoccupée ou harassée, un de ses larges pieds glissa du trottoir, elle fut tombée sans le secours de l'enfant.

Elle le fixa un instant, puis dit tout à coup : merci, mon ami, comment t'appelles-tu?

— Demandez à papa, dit le gamin.

Le vieux chiffonnier s'avança.

— C'est mon môme, dit-il.

La femme s'excusa d'avoir demandé le nom.

— C'est, dit-il fièrement, le mioche au fils du guillotiné.

Ils s'éloignèrent tous deux; mais Mme Marcel, que le lecteur a déjà reconnue, jugea aussi à propos de les filer que de reconnaître la maison.

— Décidément, se dit-elle, toutes les chances sont pour les méchants, elles me tombent comme une pluie bienfaisante.

Les deux domestiques étaient entrés avec Davys-Roth, circonstance qui avait échappé à Mme Marcel occupée de l'enfant et de la maison.

Le père les conduisit dans son cabinet, leur fit poser les caisses et les invitant à s'asseoir comme de vieux amis, il alla lui-même leur chercher des rafraîchissements, auxquels il mêla quelques gouttes d'une de ces liqueurs dont comme Mme Marcel il avait le secret (ancienne confiserie monastique).

— Avez-vous remarqué, comme le comte était changé aujourd'hui, disait Davys-Roth.

— Non, dit un des domestiques, je l'ai trouvé comme à l'ordinaire.

— Il a quelque mauvais pressentiment, reprit Davys-Roth tout en considérant le visage des deux pauvres diables.

Ils n'éprouvaient rien encore!

Enfin l'un d'eux se plaignit d'un malaise général, et voulait retourner à l'hôtel.

— Attendez, dit Davys-Roth, je vais auparavant être votre médecin, il lui administra une autre préparation, ayant pour but de hâter l'effet de la première.

Bientôt il en fut de même du second, ces deux malheureux tombant se roulèrent quelques instants après sur le parquet; ce fut tout.

Quand il se fut bien assuré qu'ils étaient morts, Davys-Roth les emporta l'un après l'autre dans un de ses souterrains où s'ouvraient des trous qu'on eut dit préparés; il tira sur eux la terre humide, et remonta éveiller l'abbé Philippi, qu'il conduisit dans sa chambre.

Il y eut des chansons de toutes sortes. Pas une n'eut le succès de Brodard.

Outre les caisses apportées de l'hôtel il en avait monté d'autres de ses souterrains.

A part le testament, il avait décidé que son élève devait emporter tout à Rome, pour aider au *bon combat*.

— Ménagez bien cela, dit-il, car de longtemps, personne n'en fournira autant que moi.

Il passa le reste de la nuit à donner ses instructions à Philippi et le fit partir dès le matin, l'ayant aidé à donner à ces caisses l'apparence des malles ordinaires.

— Il ne faut pas, dit-il, qu'aucune douane jette les yeux là dedans, vous êtes assez intelligent pour savoir passer quelque chose en contrebande, et vous devez d'un autre côté, profiter du respect dû à un ecclésiastique pour que tout cela soit respecté, comme choses sacrées.

A quatre heures du matin, dans un fiacre qui pliait sous le poids des richesses, l'abbé partit pour Rome, emportant le souvenir de la façon mytérieuse et sinistre avec laquelle son maître lui avait remis ces richesses qui donnent la puissance.

Pendant ce temps, Davys-Roth descendait une dernière fois dans ses souterrains.

Debout dans la salle du trône, il considérait cette pompe qui ne servirait pas; deux larmes roulèrent sur ses joues.

— Lui seul, pensait-il, pouvait mener rapidement à bonne fin ses projets de restauration du trône et de puissance du sacerdoce.

Son crâne semblait s'être élargi encore, sa taille se dressait haute et fière.

Il parcourut, encore une fois, les souterrains pour bien voir s'il n'y avait plus là que ce qu'il voulait vouer à la destruction et revint dans la salle du trône.

Après un dernier regard, il alluma tous les cierges, mit le feu aux tentures et, debout, les bras croisés, le front haut, il attendit.

Le feu se propageait, roulant de salle en salle sous les voûtes profondes à l'aide des tentures, des portes, de tout ce qui pouvait brûler et surtout à l'aide de petites explosions provoquées par des *nids*, si l'on peut s'exprimer ainsi de matières explosibles. — Jusque-là nulle catastrophe complète.

Mais la dernière explosion, la plus terrible approchait, Davys-Roth toujours debout, vaincu mais non soumis, Davys-Roth attendait la destruction de la salle du trône.

Sur l'autel couronné de langues de feu mugissait l'incendie.

Dans cette salle étaient entassés les papiers compromettants et toutes les choses dont Davys-Roth pouvait craindre la publicité.

Emporté par un enthousiasme sauvage, il se plaça devant l'autel et entonna le chant du sacre.

Qui regis Israel.

Sa voix dominait l'incendie grondant sous les voûtes.

La fumée l'enveloppant, sa voix perdit de son intensité. Alors une réflexion lui vint.

Depuis qu'il avait mis dans sa poche, le testament du vieux comte avec les papiers y attenant, il ne s'en était plus occupé.

Davys-Roth, rassemblant ses forces, fouilla tous ses vêtements; les papiers ne s'y trouvaient plus.

Ainsi donc la mort et l'incendie des souterrains n'empêcheraient rien !

Le premier venu ramasserait cette liasse, tombée de sa poche, et soulèverait des charges accablantes contre l'Église.

Il poussa un rugissement et tomba environné de flammes et de fumée, une partie des ornements supérieurs de l'autel s'écroulant sur lui l'avaient enseveli.

Pendant ce temps l'abbé Philippi gagnait l'Italie : il avait placé ses malles au fond d'immenses caisses remplies d'étoffes, de vêtements, de couvertures pour les pauvres avec cette suscription :

Don des dames pieuses de Paris pour les pauvres de Rome.

Qui donc eût songé à inspecter ces caisses-là !

Arrivé à Rome, Philippi apprit par les journaux la disparition de Davys-Roth et des deux vieux domestiques : on supposait qu'ils avaient été tous trois assassinés par suite des bruits que les journaux avaient propagés sur les trois millions que Davys-Roth allait avoir en maniement.

On ne savait trop où se trouvaient enfouies ces richesses, car le vieillard les avait en or, en titres au porteur, en liasses de billets de banque, en diamants venant de sa famille.

Il était donc aussi facile à Philippi d'en faire usage qu'il l'eut été à Davys-Roth lui-même.

Les journaux ajoutaient que le comte s'étant évanoui, pendant la nuit était fort malade.

La vérité est que Davys-Roth n'avait pas songé à une circonstance fort simple qui avait sauvé le vieillard.

Sa boisson du soir presque entièrement composée de lait, avait fait contre-poison : il avait perdu connaissance, mais il n'était pas mort.

L'image de Davys-Roth lui ouvrant de force les mâchoires pour lui faire boire une liqueur qui lui brûlait la poitrine, ne le quittait pas et par instants il croyait avoir rêvé.

Le domestique qui lui restait, ayant fait appeler un médecin, celui-ci reconnut l'empoisonnement.

Heureusement pour le malheureux domestique, Davys-Roth avait eu soin de jeter le reste du breuvage et d'essuyer la tasse.

La disparition de Davys-Roth et de ses deux victimes, l'empoisonnement du vieillard, attirèrent l'attention de la justice, mais l'instruction fut vite terminée.

Le vieux comte ne voulant pas jeter les soupçons sur Davys-Roth qui était un prêtre, il prétendit avoir par imprudence, pris au lieu de fleur d'orange une liqueur dont il ne s'était plus souvenu des propriétés.

Le flacon fut introuvable mais, devant ses déclarations l'affaire tomba.

Le vieillard se rétablit, mais sa tristesse devint si grande, qu'on ne pensait généralement pas qu'il vécût longtemps, ce qui était parfaitement indifférent à tout le monde, à part Mme Marcel qui venait chaque jour prendre des nouvelles.

Vers le soir du troisième jour, un homme pauvrement vêtu, accompagné d'un enfant, demanda à être introduit près du vieux comte.

Après bien des pourparlers avec le domestique, le vieillard consentit à recevoir l'homme et l'enfant, surtout à cause de l'enfant : en dépit des recommandations de Davys-Roth, une sorte de curiosité l'avait pris ; il avait du reste des raisons pour douter de la parole du père.

L'homme et l'enfant furent introduits : l'homme, froid, calme, tenant dans ses mains un paquet de papiers ; l'enfant, rêveur, comme si ce qu'il voyait lui rappelait quelque chose, ses yeux erraient d'un grand cadre doré, représentant une femme aux grands yeux noirs, vêtue de velours noir, comme ses yeux, à la porte d'un petit cabinet. Quelque chose de lointain revenait à sa pensée.

L'homme salue le vieillard, il avait toujours respecté les vieux.

— Monsieur, dit-il, votre nom a été connu par les journaux, c'est pourquoi je vous rapporte ces papiers, dont j'aurais il y a quelques jours cherché longtemps le propriétaire.

Le vieillard prit le paquet et vit avec étonnement son testament et les autres papiers qu'il avait remis à Davys-Roth, trois jours auparavant et qu'il croyait à l'étude de Saint Labre.

Le pauvre vieux, l'esprit tout engourdi encore, se représenta ce qui s'était passé ; il songea pour la première fois à sa fortune confiée à Davys-Roth (pour la garer des voleurs), et avec laquelle sans doute il s'était enfui, après avoir voulu l'empoisonner.

Lui, un prêtre, empoisonneur ! quel renversement de ses convictions les plus inébranlables ; les impies ne mentaient donc pas, quand ils parlaient des crimes du clergé.

Il garda un instant le silence, puis surpris de nouveau, lui qui ne songeait jamais à l'honnêteté du peuple.

— Je ne sais comment vous remercier, dit-il ; mille, à votre place, m'eussent vendu bien cher ces papiers.

— J'en connais cependant beaucoup qui agiraient comme moi, dit modestement l'homme que le lecteur a déjà reconnu pour le fils du guillotiné.

— Je vous remercie d'autant plus, reprit le comté, que ces papiers contiennent outre mon testament, l'acte de naissance de mon pauvre enfant perdu.

— N'avez-vous aucun indice pour le retrouver?

— Aucun ; il s'était endormi près de moi dans ce petit cabinet, dont la porte était ouverte ; le matin, en m'éveillant, j'ai vu son lit vide ; les portes et les fenêtres étaient closes, les chiens n'avaient pas aboyé.

Depuis ce temps-là, j'ai fait chercher partout, j'ai remué ciel et terre, toujours rien !

— A quoi le reconnaîtriez-vous votre fils, dit le fils du guillotiné.

— Regardez ce portrait, c'est celui de sa mère tout petit, il avait ses grands yeux noirs et un peu de son visage.

Le chiffonnier devenait pensif, il avait déjà vu ces yeux-là ! Machinalement il jeta un regard sur son fils d'adoption. Un vertige passa dans son esprit.

— N'avait-il aucun signe particulier? demanda-t-il encore.

Involontairement les regards des deux hommes s'arrêtaient sur l'enfant.

— Des signes particuliers? Non ! une blessure cependant ; tout petit il était tombé sur une coupe de cristal, il avait au-dessus du genou gauche une cicatrice circulaire assez épaisse.

L'enfant pâlit subitement, il savait avoir la cicatrice, mais il se tut préférant le père dont il était fier, parce qu'il était fils de guillotiné, à ce *vieux rat* qu'il ne connaissait pas. Pourtant il lui trouvait une bonne figure.

— Montre un peu ton genou gauche, *môme!* dit le chiffonnier; relève donc ton pantalon plus haut que ça! on dirait que tu veux nous cacher tes guibolles.

Les deux hommes poussèrent une exclamation, le *môme* avait la cicatrice de la coupe au-dessus du genou gauche.

Ils le firent placer près du portrait et regardèrent ses yeux et ceux de la jeune femme.

L'enfant, qui avait peur de quitter son père d'adoption, était perplexe; pourtant il se sentait envahir de plus en plus par des souvenirs.

On lui faisait tout petit tendre les bras à ce portrait, il se souvenait que dans le cabinet, était un lit à rideaux bleus, dans lequel il avait dormi. Rappelant tout son courage il demanda alors :

— Est-ce que le lit bleu est là dedans, ou si je l'ai rêvé?

— Oui, dit le vieillard transporté, le lit bleu est là, et c'est bien toi, petit.

— Oh! dit l'enfant, je me souviens! Mais je veux avoir deux pères alors, je ne veux pas abandonner mon papa qui m'a recueilli.

Les deux hommes pleuraient.

Grâce à la cicatrice et aux souvenirs de l'enfant qui se réveillaient l'un après l'autre, il n'y avait pas de doute possible. Quant à savoir comment il avait été enlevé, c'était autre chose, Mme Cruchet, la vieille qui n'avait qu'une dent, et Trompè-l'œil venaient seuls jusqu'ici à sa mémoire, et ils étaient morts.

Le vieillard ne pensa pas de séparer l'enfant de son père adoptif ni le fils du guillotiné ne songea qu'ils pouvaient désormais se séparer.

Quant aux trois millions, ils s'étaient envolés; restait la masure et une rente viagère de quelques centaines de francs, laissée par une vieille tante, il y avait près d'un siècle.

C'était bien suffisant et au delà, disait le fils du guillotiné qui parlait déjà d'y joindre un travail quelconque au grand scandale du vieux comte qui comprenait son époque comme la belle au bois dormant.

Il lui fallut bien pourtant se rendre à l'évidence, tout était enlevé, et comme on ne trouvait ni Davys-Roth, ni les deux pauvres vieux domestiques, il y avait gros à parier qu'on les avait assassinés.

Le vieillard déclara qu'ils étaient porteurs de fortes sommes; mais il n'osa tout dire et l'enquête n'apprit rien, comme d'ordinaire du côté de la police.

En revanche, Mme Marcel qui se présenta chez le vieux comte, lui donna un peu tard la preuve des crimes de Davys-Roth; son éducation sociale commençait à l'âge où les autres dorment depuis longtemps du dernier sommeil.

La personne qui lui compléta les renseignements sur le caractère de Davys-Roth fut Mme Marcel.

L'avide créature ne pouvant croire à la mort du père, voulut se faire un appui du vieillard. Elle s'imaginait lui apporter des renseignements sur son petit-fils qu'il avait depuis le matin.

Elle fut introduite près du vieux comte, et ne remarqua pas d'abord la présence du chiffonnier et de l'enfant (ils étaient si mal mis). Pourtant son instinct l'avertissait qu'elle allait faire *un four colossal*.

— Monsieur, dit l'horrible femme en dardant ses yeux ronds sur le vieillard, à peine si j'avais pu lire dans les journaux la recherche continuelle que vous faites de votre petit-fils, qu'il m'est venu des indices pouvant vous aider à le retrouver.

— J'ai mon petit-fils, madame!

Elle fut abasourdie, mais se remettant aussitôt, elle réfléchit que les documents qu'elle possédait étaient quand même utiles, c'est-à-dire *vendables* dans le cas où le vieillard voudrait rétablir l'histoire de l'enlèvement.

— Alors, dit-elle, je n'ai plus qu'à me retirer.

— Un instant, madame, dit le fils du guillotiné, vous avez des renseignements, vous aviez la bonté de venir les offrir, pourquoi partir sans les donner.

Il parlait en termes choisis et faisait salon avec beaucoup d'aisance, mais sa maigreur, ses traits énergiques et un peu sauvages donnaient quelque inquiétude à Mme Marcel. Elle répondit :

— Je vous ai dit ce qui m'appartenait, c'est que l'enfant existe, le reste ne m'appartient pas et je crois qu'on le vendra plutôt qu'on ne le donnera.

Le vieillard se dressa dans son lit.

Mme Marcel s'aperçut que le grand maigre avait la clef de la porte dans sa main osseuse.

— Pourquoi m'enfermez-vous? dit-elle.

— Dame, je suis responsable depuis un an environ de l'enfant, mais je veux que le reste soit aussi net, qui sait si on ne m'en donnerait pas la responsabilité.

— Mais je ne sais rien de plus que je ne vous ai dit.

— Ah! et ces papiers que vous avez à la main, qu'en vouliez-vous faire?

— Ces papiers ne m'appartiennent pas.

Elle n'eut pas le temps d'achever; le grand maigre lui avait arraché les demi-feuillets déchirés que nous connaissons et les avait jetés au vieillard qui, avec un étonnement immense les lisait, ne pouvant en croire ses yeux.

C'était la partie où la signature d'Anne Figuier était apposée.

— Vous devez savoir, disait le chiffonnier tout en maintenant Mme Marcel, que les indices concernant cet enfant appartiennent au grand-père. On vous les paiera, soyez tranquille, mais vous ne nous ferez pas *chanter*.

Le vieillard lisait tout haut sans s'en apercevoir.

— C'est vrai, dit le petit, pour ce qui est de Mme Cruchet; avant, je ne sais pas.

Le nom de Davys-Roth épouvantait le vieillard.

— Qui donc a les premières lignes de ces feuillets, dit le chiffonnier?

— Je ne puis vous le dire, répondit Mme Marcel dont la dernière espérance était en Grenuche.

— Alors nous gardons ceci, vous n'aurez aujourd'hui qu'une petite somme et vous serez payée totalement en apportant le reste. Mais pas de chantage !

Il restait au vieux comte quatre cents francs, dans son secrétaire, deux cents furent donnés à Mme Marcel ; deux cents gardés pour vivre jusqu'à ce qu'on puisse aviser à quelque chose, et la rage au cœur, l'horrible femme reprit le chemin du Passage-Moulins.

Heureusement Grenuche ignorerait l'aventure, pensait-elle, il faudrait bien que la seconde moitié du cahier valût le reste.

Une fois seuls, les deux vieillards se concertèrent, le comte ne voulait pas accuser Davys-Roth.

— Les circonstances vous y forceront bien, dit le chiffonnier.

Le pauvre vieux se crut sauvé pour attendre.

— Qui sait? peut-être Davys-Roth n'était pas coupable?

Des circonstances surgiraient, et puis, il était si heureux de revoir l'enfant, que toute autre préoccupation disparaissait.

Il faisait raconter au *môme* tout ce dont il se souvenait, toute sa pauvre vie d'enfant perdu et ce vieux, ignorant jusque-là les misères profondes, se sentait remué jusqu'au fond des entrailles.

Son enfant n'ayant plus même de nom, recueilli par un malheureux qui n'en avait pas davantage, *le môme* et le *fils du guillotiné* passant en haillons dans la grande ville sourde et glacée ; encore c'était le meilleur de leur vie.

— Ah ça ! dit le chiffonnier, il ne s'agit pas de s'attendrir ainsi, mais de faire face à tout. Vous voulez attendre pour accuser Davys-Roth, attendez, mais au moins laissez-moi faire pour qu'il ne perde rien pour attendre.

En parlant ainsi il prenait sur un bout de papier le nom et l'adresse d'Anne Figuier.

Circonstance à laquelle Mme Marcel ne pensait que trop.

Le chiffonnier fut déçu ce soir-là, Anne Figuier n'osait plus rentrer chez elle que le soir, sous le coup de la terreur que lui avait inspiré Mme Marcel.

— Il faudra bien que je la rencontre un jour, se disait le fils du guillotiné en allant raconter à ses amis les peintres, l'événement imprévu qui faisait du môme l'héritier d'un millionnaire (sans millions il est vrai).

Les charges qui s'accumulaient sur Davys-Roth eussent simplifié les projets de Kerouen, si la justice n'était aveugle et sourde pour certaines gens.

CVII

LE COUP DE LA NOIX

Lesorne, allant journellement à la maison de l'avenue des Ormes, s'était habitué tout à fait à l'abondance qui y régnait : il avait fini par s'y rendre complètement maître et surtout par en tirer ce qu'il voulait. Mais ses projets ne s'arrêtaient pas là.

Olympe qui ne voulait point être reconnue, l'employait comme homme d'affaires, étant sûre de sa discrétion, ce cher Brodard!

Il arriva bientôt à avoir en maniement tout ce qu'elle avait de fortune, il est clair qu'une bonne partie lui restait aux mains.

On prit tellement l'habitude de lui voir faire les affaires de *la comtesse* que Brodard eut pu traiter pour elle, sans être démenti les choses les plus considérables.

Depuis longues années Olympe désirait voyager; pouvant désormais se fier à quelqu'un, les deux femmes résolurent d'aller passer quelques mois à l'étranger, aux bains de mer, partout où *va le beau monde!* Elles emmenèrent Rosa, et emportaient une somme énorme qui dura ce que durent les roses.

Au bout d'une quinzaine de jours, Lesorne reçut cette lettre :

Monsieur Brodard, régisseur, avenue des Ormes.

Mon cher Brodard,

« Envoyez-moi par le retour du courrier quelque milliers de francs : nous n'a
« vons plus rien, et nous faisons des dettes. Arrangez-vous comme vous pour-
« rez, recevez, vendez, trafiquez, mais il nous faut quelques milliers de francs. —
« Le plus que vous pourrez.

« Votre amie Olympe, comtesse de Bellevue. — Adressez à Nice, hôtel de
« France. »

Cette lettre servit en effet au prétendu Brodard ; il ne s'attendait pas à pareille chance.

Il fit enregistrer ce pouvoir, prit des témoins qui, moyennant quelques verres de vin, signèrent sur toutes les ventes possibles et bientôt il se vit à la tête de sommes fabuleuses, dont il envoya une minime partie à Olympe en lui demandant un pouvoir en blanc afin d'être plus apte à lui envoyer de nouvelles sommes.

Comme le grand serin d'abbé venait de temps à autre demander des nouvelles de ces dames, Lesorne résolut de changer le gêneur en officieux sans qu'il s'en doutât.

Le bandit commença par remettre à ce niais une petite somme pour son église de la part de la comtesse.

— Peut-être, disait-il, ces dames allaient se fixer à l'étranger, mais elles n'oublieraient pas les pauvres de M. l'abbé, ni son église.

En attendant, il faudrait qu'il l'aidât à vendre la maison, à déplacer les sommes dont ces dames avaient besoin. L'abbé promit avec enthousiasme et s'employa en effet si bien et si activement, près des dévotes qu'il connaissait, qu'il parvint en peu de temps à trouver des acheteurs.

Lesorne, muni de pouvoirs illimités, et flanqué du grand âne, dont les habitants de l'allée des Ormes voyaient, à chaque instant, aller et venir les longues jambes en avait presque terminé avec ce que de Méria, les écoles chrétiennes et autres fondations avaient laissé à Olympe.

Les peintres avaient suivi le texte biblique : Ce n'était pas son visage que le Très-Haut montrait
à Moïse.

Un soir que Lesorne et l'abbé traitaient en dernière séance de la vente du
mobilier, on sonna à la porte d'une façon que, sans doute, Lesorne connaissait,
car il pâlit subitement.

La vieille dévote, amenée par l'abbé, et qui était en train de discuter le prix
de divers objets, ne connaissait pas, heureusement pour Lesorne, la personne qui
entrait.

C'était Rosa, en costume de voyage, plus élégante encore qu'elle ne l'avait
jamais été.

L'abbé fit trois enjambées au devant d'elle, tandis que Lesorne se précipitait pour lui aider à se débarrasser de son manteau.

— Ah, monsieur Brodard! dit tout bas Rosa, si vous ne nous trouvez pas de suite six mille francs, nous ne pouvons pas revenir, madame doit partout. Elle ajouta en saluant gracieusement l'abbé : c'est qu'il ne manque pas là-bas de quêteurs et de quêteuses pour les églises, pour les pauvres, pour le denier de Saint-Pierre, pour la Madone, enfin pour tous les saints du paradis! Elle riait en montrant ses belles dents blanches.

L'abbé buvait ses paroles et la vieille dévote la prenant pour la maîtresse de la maison, se tortillait comme un ver en minaudant.

Lesorne jouait serré.

— Mademoiselle, dit-il, j'en appelle à M. l'abbé pour vous prouver que j'étais en train de vous obéir.

— En effet, dit l'abbé, j'en suis témoin; mais quel dommage, cependant que la paroisse soit privée de tant de dévouement. Voulant dire quelque chose d'aimable, il ajouta : et de tant de grâce ! la langue de l'abbé s'empâtait tant, il était enthousiasmé des bonnes œuvres faites à Nice et de la charmante figure qu'il voyait.

Rosa paradait, minaudait.

— Ah? dit-elle, bientôt nous reviendrons.

— Mais alors pourquoi vendre, dit l'abbé, vous auriez pu revenir.

— Vendre ! mais pas du tout.

Lesorne la tira vers lui et lui dit à l'oreille.

— Laissez-moi leur faire croire que vous restez là-bas, dites comme moi, nous allons rire.

Elle fit un signe d'assentiment.

Jamais Rosa n'avait vu Lesorne si gai, elle avait confiance. Elle se mit à rire.

— Eh bien oui, dit-elle, nous restons à Nice, mais ne vous affligez pas tant, on se reverra. En attendant, je pars demain matin, avec de l'argent, beaucoup d'argent.

— Nous sommes en train d'en faire, dit gracieusement l'abbé.

— Mais j'y songe, ajouta la vieille dévote, en attendant que les affaires soient terminées j'ai chez moi une certaine somme, et c'est tout près d'ici.

L'abbé ne voulut pas être en reste.

— Mais c'est une idée cela, venez donc, monsieur Brodard, nous allons vous remettre en attendant, tout ce que nous possédons.

C'était bonne et mauvaise chance, car il était possible qu'en attendant le retour du digne régisseur, Rosa se montrât au dehors, ce qui ne faisait pas les affaires de Lesorne.

Il risqua le tout pour le tout.

— C'est cela, dit-il, et j'emporte la clef, afin que mademoiselle ne soit pas dérangée.

— C'est cela, dit Rosa en s'étendant dans un fauteuil, je vous attends.

Il ne fut pas longtemps dans ses deux expéditions, maître Lesorne; quelle que fût sa diligence, il n'en trouva pas moins Rosa debout devant un meuble dont elle cherchait inutilement les clefs.

A la vue de Lesorne porteur d'un véritable sac d'or, car les deux idiots s'étaient saignés à blanc pour faire cette avance à la comtesse, Rosa battit des mains.

— Je vais, dit-elle, remporter demain des costumes à la dernière mode pour nous trois, je suis venue sans bagages tout exprès. Vous m'aiderez à faire transporter les caisses au chemin de fer, n'est-ce pas, monsieur Brodard?

— Sans doute, mademoiselle, trop heureux de vous être utile.

— Vous êtes bien aimable.

Ces lieux communs, dits en souriant devenaient aimables dans la bouche rieuse et demi-moqueuse de Rosa.

Lesorne la regardait charmé, mais sans changer son projet. Quand il faut couper une branche au rosier, le jardinier met aussi bien le sécateur à la fleur épanouie qu'à la fleur séchée.

— Mais à propos, monsieur Brodard, dit-elle avec son même sourire. Où donc avez-vous mis les clefs de ce meuble, il faut que j'emporte quelques parures.

— Je vais vous les chercher, dit Lesorne, buvons auparavant quelques gouttes de ce vin vieux, cela vous fera du bien.

Ils trinquèrent joyeusement.

— Vous êtes un fameux intendant, dit Rosa en regardant le sac d'or.

— Hein ! répondit le bandit, c'est ce qui s'appelle administrer.

— Je ne vous croyais vraiment pas si habile, mais donnez donc cette clef.

Lesorne, ayant fouillé du regard tous les coins de la chambre, parut satisfait de son examen.

Par un de ces hasards monstrueux comme il s'en rencontre, un bâton à tête énorme, tel que Lesorne les aimait, se trouvait à l'un des angles de la pièce, il s'était sans doute promené dans le pays appuyé sur ce gourdin avec un air bonhomme.

Il avait, par précaution, conservé ce bâton et savait la manière de s'en servir.

Il tendit à Rosa un mignon trousseau de clefs destinées à ouvrir la multitude de tiroirs du meuble contenant les parures.

Toujours souriante, elle en ouvrit un ; il était vide.

Rosa passa à un second, vide de même. Étonnée, elle commençait à vérifier l'un après l'autre tous les tiroirs.

Elle n'en eut pas le temps, Lesorne d'un coup de bâton, avait brisé la jolie tête chargée de cheveux blonds.

Rosa tomba foudroyée, pas un cri, pas un mouvement.

Alors le bandit craignant un retour de la vie, se jeta sur le cadavre et au moyen d'une corde il l'étrangla.

Toutes les portes étaient fermées, personne n'avait vu entrer Rosa que l'abbé et la vieille dévote, et il n'était pas en peine pour leur faire une histoire.

Mais il s'agissait d'emporter le cadavre avant le jour.

Lesorne but un second verre du vin vieux avec lequel ils avaient trinqué et s'assit pour réfléchir.

Il était parfaitement calme, commettant un crime avec désinvolture, avec propreté même ; il n'avait pas une goutte de sang aux mains ; il n'y en avait pas sur le plancher !

Il avait tout simplement endormi sa victime, elle n'avait pas poussé un soupir.

Il se prit à faire des réflexions philosophiques :

— En voilà encore une qui ne souffrira plus. — Elle s'en va sans douleur, avant l'âge des infirmités, avant les revers. — Elle s'en va toute parée comme pour une fête, c'est une jolie danseuse pour la danse macabre !

Lesorne ne parlait plus argot ; il s'étalait dans ses vêtements simples et larges comme quelqu'un dont la conscience est tranquille.

Il regarda l'heure, la pendule ne marchait plus. Le mouvement terrible qu'il avait fait sur le parquet, en se précipitant comme une bête fauve, avait arrêté le balancier.

Cette circonstance de se trouver seul avec l'heure où Rosa avait été frappée, lui donna un frisson dans le dos. C'était pourtant bien peu de chose, auprès de la présence du cadavre.

Lesorne ayant marché quelques instants dans la chambre, remonta la lampe, et réfléchit de nouveau. — Puis, il prit sa résolution.

La cave était profonde, il ne fallait pas pour y porter le cadavre sortir de la maison ; Lesorne alluma une lanterne, chargea la jeune fille sur son épaule à peu près comme un loup porte le mouton qu'il vient d'égorger, et il descendit l'escalier.

Il pouvait prendre son temps, personne n'avait l'étrange idée de venir le déranger.

Il creusa donc à loisir un trou profond, y déposa sa victime, la recouvrit artistement, ayant soin que la terre parût tassée et mettant dans des endroits plus creux, ce qui eût pu faire là une élévation du sol, chose toujours dangereuse ; il piétina longuement, jeta au hasard de vieux débris un peu partout et remonta, sûr que personne ne l'avait vu.

Sa terreur eût été grande s'il eût vu au soupirail une face humaine.

Un enfant de douze à quinze ans, suivait d'un œil effaré le funèbre drame. Attiré par la petite lueur qui tremblotait au fond de l'ombre, il s'était couché à plat ventre et avait collé son visage au grillage. — Cet enfant fort, pour son âge, revenait d'une longue tournée où il avait mendié : une plaque pendait à son cou, il y avait en grosses lettres sur cette plaque :

Edmond, sourd-muet de naissance.

Il rentrait chez sa grand-mère, pauvre vieille journalière.

A la fois attiré et épouvanté, il resta jusqu'à la fin. Quand il vit Lesorne remonter l'escalier, il s'enfuit sans faire de bruit.

Une fois en haut, toujours calme, Lesorne rentra dans le salon, reprit un nouveau verre de vin et alla se coucher.

Dans son lit, il songea au soupirail. Comment ne l'avait-il pas fermé? cette idée lui remit une 'seconde fois la sueur dans le dos.

Le lendemain était un dimanche. Lesorne alla à la messe, pour la grande édification de l'abbé, qui croyait avoir converti ce communard.

Le digne ecclésiastique voulut, au sortir de la messe, emmener Lesorne déjeuner chez lui où se trouvait la vieille dévote qui montrait, à sa servante, le secret d'une sorte de confitures agréables aux estomacs sacrés.

Ces idiots suffisaient à lui assurer toute impunité.

Le déjeuner fut copieux et gai; au dessert, Lesorne crut saisir au milieu des vagues paroles provoquées par le mélange des vins, qu'une jeune jardinière tenait au cœur du grand niais. et que la vieille dévote pouvait largement dépenser ses rentes, sans avoir besoin de toucher au principal.

Cette conclusion (qu'elle ne possédait que des rentes) détourna la pensée de Lesorne d'un projet auquel le vin et le succès n'étaient pas étrangers peut-être.

A la fin du repas, le prétendu Brodard annonça qu'il allait faire pour les affaires de la comtesse, un voyage de quelques jours *dans le Nord*.

Et la nuit suivante il partit *pour le Midi*.

Nous savons qu'Olympe et Amélie de retour de Rome et d'autres villes étrangères, s'étaient arrêtées à Nice d'où, leurs dettes payées, elles pensaient revenir au cottage de l'avenue des Ormes.

Lesorne en avait décidé autrement.

Quand il revint au bout de huit à dix jours, il y avait du nouveau dans le pays.

— Vous arrivez à temps, lui dit le grand abbé. On allait faire une visite domiciliaire chez la comtesse, et cela aurait pu la contrarier, si elle l'eût appris.

— En effet, dit Lesorne, elle en eût été très froissée; mais à propos de quoi une visite domiciliaire?

— C'est que, depuis votre départ tous les chiens de l'avenue des Ormes viennent hurler devant la maison. On a fini par s'en inquiéter, et le maire fût venu de lui-même aujourd'hui sans votre retour, peut-être même viendra-t-il, car il n'est plus temps de le prévenir.

Si Lesorne n'eût été aussi averti, il se fût peut-être troublé, mais ce fut le sourire aux lèvres qu'il reçut ceux qui se présentaient.

Il y avait le maire, le commissaire de police et toute une escouade d'autres personnages plus ou moins titrés.

Lesorne les reçut avec une politesse d'intendant bien appris, leur fit parcourir la maison et assura que le fait seul qu'elle était abandonnée pouvait avoir provoqué ce singulier caprice de la gent canine.

La justice se retira tranquille; une fois seul, Lesorne, regardant avec soin autour de lui, aperçut dans un coin le bâton auquel adhérait une touffe de cheveux blonds.

Décidément la chance était pour lui, mais le même vent ne souffle pas toujours.

CVIII

L'ABBÉ PHILIPPI

Ayant mis en sûreté les immenses valeurs qu'il avait rapportées, l'abbé Philippi essaya de renouer le réseau d'intrigues ourdi par Davys-Roth. Mais en dépit de son activité, cette prodigieuse besogne n'eut pas entre ses mains semblable résultat, il n'apportait pas à l'œuvre anti-sociale le même sauvage fanatisme. Si Philippi ne regardait pas à la vie des autres, Davys-Roth n'avait jamais regardé à la sienne ; c'était une grande différence de force. Cependant l'œuvre de Davys n'était point tombée en quenouille.

Si la disparition n'étonna pas l'abbé Philippi, le récit fait par les journaux, du bonheur qu'avait eu le vieux comte de Montnoir de retrouver son petit-fils l'inquiéta bien autrement.

Il y avait dans les valeurs remises par Davys-Roth à Philippi tant de choses qui venaient à n'en pas douter du vieillard, qu'il se crut obligé de venir étudier cette question sur le terrain même (et peut-être l'y terminer).

En conséquence, il prit les papiers d'un instituteur dont il avait hérité de la même manière que son maître avait hérité du vieux comte de Montnoir sous le nom de Michaëli, et vint se fixer pour quelques mois à Paris. Si Michaëli eût eu des amis à Paris, cette miraculeuse résurrection n'eût pas tardé à éveiller des soupçons. Mais Rome est loin et souvent les amis aussi.

Philippi pensait que l'enfant allait dans une école quelconque ou avait un professeur à la maison : l'état d'instituteur était donc on ne peut plus commode pour l'approcher chaque jour; il avait l'adresse de l'hôtel, rien n'entravait ses projets.

L'abbé vint louer une petite chambre non loin de l'hôtel, et celui dont il portait le nom ayant eu quelques idées libérales, il se présenta d'abord dans des institutions laïques. On touchait aux vacances, le personnel est presque impossible à changer à cette époque, nulle part l'abbé ne trouva de place.

C'était bien ce qu'il attendait.

Ne pas trouver de place, être étranger et sans ressources, c'était des titres à obtenir au moins quelques lettres de recommandation qu'il entassait au lieu d'en faire usage.

Pendant ce temps il s'informait de tout ce qui concernait la manière de vivre des deux vieillards et de l'enfant.

Il apprit ainsi que M. de Montnoir obéissant aux vieux préjugés (que le fils du guillotiné attendait l'occasion de violer) n'avait point accusé Davys-Roth.

Pourtant, il avait des preuves évidentes contre lui ; mais à part ce qui avait servi à la reconnaissance de l'enfant, il laissait tout dans l'ombre.

Le bonhomme agit avec une grande délicatesse, se dit l'abbé, à moins cependant qu'il n'y ait quelque chose de mauvais derrière cette mansuétude.

Philippi apprit que *le môme*, devenu Henri de Montnoir, fréquentait un petit externat des environs. Le grand-père n'avait plus rien et sans le fils du guillotiné qui, sous son nom véritable de Guillaume, avait ouvert une petite librairie, il eût même été impossible de l'envoyer à la plus modeste institution.

La librairie du père Guillaume était bien entendu tout ce qu'il y avait de plus *rouge*, comme il disait, et là-dessus, il n'avait pas même songé à consulter ce grand simple qui vivait cent ans en arrière.

Ils étaient d'accord au sujet de l'enfant, et la conversation entre eux s'alimentant des fruits réels de la misère humaine où le plus ignorant se trouvait si profond, le vieux Montnoir en arrivait à être socialiste sans savoir un mot de politique, ce qui l'eût fort embrouillé dans son évolution.

D'autant plus qu'il faisait de la science sociale comme M. Jourdan faisait de la prose, sans le savoir.

Le père Guillaume complétait son évolution en allant le soir à des réunions : il suivait alors celles des groupes du Panthéon, tout ébahi d'avoir pensé seul toute sa vie qu'à un certain degré de développement, l'humanité quitterait ses gouvernements comme l'enfant ses lisières.

Que de choses il avait trouvées, toutes rudimentaires, le pauvre homme et que tout étonné, il entendait expliquer logiquement.

Les deux vieux et l'enfant se développaient; lui, l'enfant, ne s'étonnait pas d'être heureux. Le père Guillaume pensait qu'il y avait encore de mauvais jours à l'horizon, car le destin ne fait pas le nombre grand des instants de joie, il semble toujours qu'on les ravisse, tant on les paie avec usure.

L'abbé, ayant pris toutes les informations possibles, se dirigea un soir vers la librairie du père Guillaume.

C'était un petit trou, dans lequel aimaient à venir les étudiants et les ouvriers pour causer un peu avec le vieux libraire : on achetait pour un sou et on s'amusait pour trente, car il appelait par leur nom toutes choses, considérant les hommes pour ce qu'ils valent et les circonstances pour ce qui en adviendra.

Il y avait pour enseigne :

A LA CARMAGNOLE

Heureusement, Montnoir ne sortait jamais. Et puis son éducation se faisait un peu tard, il est vrai, et non encore assez complète pour publier le crime du prêtre Davys-Roth.

En sortant de classe, *le môme* passait une heure ou deux à la librairie, grave, lisant comme à vingt ans, au courant de toutes choses; puis il allait chez son grand-père. Le libraire arrivait à onze heures, ayant fermé sa boutique et on causait parfois jusqu'à une heure du matin.

C'est par le père Grégoire que Philippi voulut s'introduire.

Muni de ses certificats, il se rendit comme nous l'avons dit à la librairie de la Carmagnole.

Après un profond salut, qui déplut à Guillaume, il lui demanda s'il connaissait quelque institution où il pût trouver à se caser.

Hélas ! dit le vieux, je n'en connais qu'une seule où on est encore moins payé qu'ailleurs, et ailleurs on l'est très mal.

Le faux Michaëli avait tiré ses certificats. Sur l'un d'eux, il avait eu l'habileté de faire mettre « Je certifie, etc., que le citoyen Michaëli, instituteur *socialiste* italien, ex-garibaldien, etc. »

Le père Guillaume, à qui jusque-là les manières et la physionomie de l'abbé plaisaient fort peu, se trouva remué jusqu'au fond du cœur par l'idée que l'étranger était un proscrit, sans ressources et devant à ses opinions une plus grande difficulté de placement.

— Attendez-donc, dit-il, nous allons voir ce soir, s'il vous est possible de donner quelques leçons en ville; je vous en procurerai une d'abord, nous verrons ensuite.

— Vous me sauvez la vie, dit l'abbé.

— Attendez, ne remerciez pas avant de savoir le prix, ce sera peu de chose, mais on vous donnera une chambre, la nourriture, avec facilité de chercher d'autres leçons. Ça vous va-t-il?

— C'est plus que je n'aurais osé espérer.

Le père Guillaume continua.

— Vous donnerez le matin ou le soir une leçon, après vous serez libre, l'enfant va à sa classe.

— Pourquoi ne garderait-on pas à la maison, dit l'abbé, l'enfant à qui je donnerai des leçons?

— Parce que je ne veux pas qu'il soit élevé tout seul, comme un grigou, il faut que le petit soit avec ses camarades; mais une leçon de plus ce sera un bonheur pour lui, et une utilité pour vous.

L'abbé ne savait comment remercier.

Sans sa double qualité de persécuté pour ses opinions et de malheureux, il est probable que ces démonstrations exagérées eussent fait réfléchir le fils du guillotiné.

— Comme ils sont expansifs ces italiens, se disait le libraire.

Maison bonne à détruire, pensait l'abbé, voyant un grand nombre de clients qui, après leur journée de travail ou d'étude, venaient là tant pour se rencontrer que pour emporter un journal.

Le vieux avait une façon toute particulière de tenir sa librairie, plus que tout autre, il voyait à quel public il avait affaire et se plaisait à offrir le journal ou la livraison qu'un nouveau client allait lui demander; cela les faisait rire tous deux, l'acheteur et le libraire.

Philippi remarquait tout cela; voilà un drôle qui n'est pas facile à mettre dans un sac, se disait-il.

Le petit, rentrant au sortir de la classe, eut d'abord un mouvement de répulsion pour le professeur, mais l'idée d'apprendre l'italien et surtout la remarque du père Guillaume que c'était un étranger sans ressources, lui firent changer de manière de voir.

Le gamin ne plut pas davantage à l'abbé.

— Quel bonheur de vous rencontrer monsieur l'abbé, je vous cherchais depuis longtemps.

— Si le troisième personnage est de même, se disait-il, il faudra jouer serré.

Le troisième personnage était loin des deux autres; mais il fallut, quand même jouer serré, comme le lecteur le verra par la suite.

Une fois introduit dans la famille, Philippi ne songea qu'à une chose : savoir pourquoi le comte n'avait pas dénoncé Davys-Roth, comme s'étant enfui avec sa fortune.

Peut-être ne savait-il rien ? Mais alors comment ne faisait-il pas rechercher un voleur qu'il n'eût eu aucun intérêt à cacher ?

Une chose l'étonna, c'est que sur ce sujet le vieux comte était aussi muet que les autres.

Est-ce que Philippi allait perdre son temps?

Il donnait chaque jour à l'enfant une leçon d'italien, dont celui-ci profitait admirablement; l'abbé avait envie de lui tordre le cou.

Tous les dimanches, il y avait réception au vieil hôtel : le père Guillaume avait présenté à son nouvel ami les peintres, Kerouen, Philippe et ses frères.

Les jeunes Philippe et le petit Henri étaient les meilleurs amis du monde, mais sur le calme de tout ce monde, planait parfois une tristesse involontaire.

Philippi s'ennuyait, où Davys-Roth eût fait de nouvelles et profondes études. Il était là depuis huit jours sans avoir rien découvert, quand l'étourdi Jehan Troussebane lui fournit l'occasion d'une remarque importante.

— Où donc a passé le président de l'œuvre de protection des jeunes filles pauvres ?

Et comme personne ne lui répondait, il continua.

— Tout ce que les journaux racontent qu'il a dû être assassiné, c'est un tas de blagues, j'en ai une bonne preuve.

— Laquelle? dit le vieux comte.

— C'est que la veille du jour où il a disparu, Davys-Roth est venu passer une inspection; il pensait évidemment à quelque chose de grave, puisqu'il a passé sans les voir devant des fresques, pour lesquelles son regard eût été foudroyant si ce regard eût été lucide.

— Eh bien! Davys-Roth voyait autre chose devant lui que ce qu'il regardait, car il a passé les yeux grand ouverts dans toutes les salles, dans toutes les galeries, devant des choses monstrueuses pour lui. — Or, comme on ne lui eût pas fait confidence qu'on devait l'assassiner le lendemain, c'est qu'il a mis quelque projet de fuite à exécution.

Fatigué d'un si long discours, il se renversa en arrière dans sa chaise, et mit ses doigts dans les entournures de son gilet.

Montnoir eut un petit mouvement nerveux des muscles de la face ; tandis que Philippe regarda presque avec admiration Jehan qui était parvenu à tirer d'un fait une déduction juste; cela ne lui arrivait pas souvent.

L'abbé n'en vit pas davantage; il était évident que des malheurs successifs rendaient ces gens-là peu communicatifs.

Le triomphe de Jehan Troussebane fut interrompu par l'entrée brusque d'un personnage qui s'était introduit, sans formalités autres, qu'une grande précipitation.

Il était vêtu d'un costume de voyage, beaucoup trop ample pour la saison, destiné sans doute à dissimuler sa personne aux regards trop curieux.

Grenuche s'avança comme s'il eût eu une meute derrière lui, pâle, haletant, il s'assit sans plus attendre.

— Qu'avez-vous? disait-on de toutes parts.

— Monsieur le comte de Montnoir, dit Grenuche ?

— C'est moi, dit le vieillard.

— Eh bien, monsieur, veuillez m'entendre, j'ai des choses de la plus grande importance à vous dire.

Le père Guillaume se leva en même temps que le comte de Montnoir, et, feignant de le soutenir, passa avec lui dans une chambre attenante où Grenuche fut prié d'entrer.

— Vous pouvez parler, monsieur, dit le père Guillaume, nous ne nous séparons jamais, M. de Montnoir et moi.

Grenuche se taisait.

— Vous paraissiez bien ému, tout à l'heure, dit le comte.

— Eh bien, oui, dit Grenuche, qui parut prendre une résolution, j'étais ému, j'en ai assez de la vie que je mène depuis deux mois, mieux vaut s'arranger et que je n'aie plus cette sangsue après moi.

Il parlait avec une colère sourde.

Le père Guillaume vit qu'en profitant de cette colère, ils pouvaient connaître quelque nouveau détail, important peut-être.

Grenuche leur était inconnu; mais tout prouvait qu'il disait la vérité : son émotion, sa colère étaient réelles.

— Vous trouvez le temps long que je ne m'explique pas, laissez-moi me remettre, il y a un vieux monstre qu'on appelle Mme Marcel, qui a voulu m'empoisonner pour avoir un chiffon de papier, sans lequel elle ne peut compléter son projet.

« Je ne veux pas que ce serpent rôde encore autour de moi, j'en deviendrais fou. »

Grenuche roulait autour de lui des yeux effarés.

Le père Guillaume lui fit prendre un petit verre de liqueur qui parut lui être agréable ; il se calma un peu, rassembla ses idées, et ayant recommencé encore trois ou quatre fois son même exorde, il raconta comment il avait vu la mégère en train de mettre une poudre blanche dans son vin, comment il avait feint de ne s'apercevoir de rien et fait analyser le vin qui était empoisonné.

— Je ne veux plus, disait Grenuche, de ces craintes-là, elle recommencerait. Tenez, vous m'avez l'air de braves gens, je vais vous dire tout, dit Grenuche.

Et il raconta la scène dans les caveaux, sa rencontre avec Mme Marcel, le papier qu'elle avait fait signer à Jeanne Figuier.

Le vieux comte allait dire qu'il possédait la moitié du papier, un coup d'œil de Guillaume l'arrêta.

— Je vous crois de braves gens, continua Grenuche, vous ne me vendrez pas, voilà la moitié que je possède, faites de cela ce que vous voudrez, il faut que je parte, que je m'en aille quelque part où je n'aurai plus ce monstre à mes trousses. Vous devez avoir le bras long, donnez-moi quelque lettre de recommandation pour l'étranger, le plus loin possible.

De Montnoir considérait cette seconde moitié de la déclaration d'Anne Figuier comme s'il rêvait, et songeait avec perplexité à qui il allait recommander Grenuche, car il n'avait jamais songé à entretenir aucune correspondance.

Désespéré de ne rien trouver, il allait le dire à Grenuche, lorsque le père Guillaume eut une idée qui pouvait déranger tous les plans de Philippe.

— Si vous avez confiance en nous, dit-il, restez quelque temps caché dans cette maison, cela donnera le temps de vous trouver de l'argent et des recommandations pour votre voyage.

— Vous n'allez pas me garder prisonnier ? dit Grenuche.

— Vous êtes libre de partir.

— Non, je ne veux plus de cette vie-là.

— Venez, dit Guillaume.

Et le faisant passer, ostensiblement, comme s'il l'eut conduit au dehors, il l'introduisit dans un appartement secret, donnant sur un petit escalier par lequel on pouvait sortir, en déplaçant une pierre non scellée.

Philippi avait l'air de ne rien voir.

Grenuche respira librement : il n'avait plus faim, il n'avait plus soif ; ses appétits immenses se taisaient, il n'avait plus besoin, le pauvre Grenuche, que d'être délivré de Mme Marcel ; de ne plus sentir sur lui les yeux ronds de ce monstre ; de ne plus la sentir tourner autour de lui.

Ayant regardé de tous côtés, dans son réduit, et fait lui-même jouer la pierre pour voir si on ne le trompait pas, Grenuche se jeta sur le lit et s'endormit profondément.

Son rêve de fortune était fini : il n'était plus avide que de sécurité.

Le père Guillaume recommanda à son vieil ami le plus grand silence, envers le maître d'italien.

— Il peut être indiscret, dit-il.

Le fait est que le brave vagabond, ne pouvait sympathiser avec ce traître.

CIX

CE QUE LESORNE AVAIT FAIT A NICE

Nice a des pins-parasols et des palmiers qui font rêver des régions lointaines où le soleil est chaud.

De Nice la vue s'étend sur les derniers contreforts des Alpes ; l'air est plein d'un parfum d'orangers et le vent y remue des cîmes d'eucalyptus.

Sur la rive du Paillon où s'élèvent des villas sans cesse multipliées, au milieu de bosquets de verdure, habitaient Olympe et Amélie, fatiguées de leur voyage à l'étranger, et ne pouvant se résoudre à retourner encore à l'avenue des Ormes ; elles attendaient avec impatience le retour de Rosa, qui devait apporter de quoi payer leurs dettes, car les fournisseurs commençaient à être impertinents avec les deux belles dames.

Depuis quatre jours déjà, Rosa était partie sans qu'elles eussent encore la moindre nouvelle.

— Comprends-tu, ma chère, disait Olympe, que cette Rosa nous fasse attendre ainsi?

Amélie renchérissait sur l'étonnement de la *comtesse* Olympe.

Nous avons oublié de dire qu'Amélie avait pris le titre de baronne : il ne lui en eût pas plus coûté de se faire duchesse. Elle était modeste pourtant; quand on se donne des titres ce n'est pas la peine de lésiner.

Malgré la mauvaise volonté de leurs créanciers, elles avaient paradé toute la journée en toilettes nouvelles, et elles allaient s'endormir quand on sonna précipitamment à la porte de la villa.

— C'est Rosa, dit Olympe! La brave fille, elle n'a pas été longue. Et dans. le simple appareil de chemises de nuit, elles allèrent ouvrir à Rosa.

C'était Lesorne. Grand fut leur étonnement!

— Quelle surprise! disaient-elles tout en passant des robes de chambre.

« Qui donc pouvait l'attendre? »

Lesorne s'était retiré discrètement pour les laisser se vêtir; comme l'eût fait Brodard, il répondait de loin.

— Il l'a bien fallu, vous ne m'aviez pas envoyé des pouvoirs suffisants. Comment voulez-vous que je vous envoie de l'argent? En voici pourtant, mais si vous en voulez d'autre, je vous expliquerai tout ce qui sera nécessaire.

— Tout ce que vous voudrez, mon cher Brodard, disait la folle Olympe en plongeant ses mains dans le sac d'or apporté par Lesorne.

Amélie était éblouie : elle songeait qu'elle avait vraiment eu de la chance de ne pas avoir épousé ce pingre de Nicolas!

— Mais où donc est Rosa? disaient-elles.

— Rosa, dit Lesorne; après m'avoir remis le carnet où elle avait inscrit tout ce que vous demandez et m'avoir donné les indications nécessaires pour vous trouver ici, est restée avec un jeune homme de ses amis, très chic, par ma foi c'est un littérateur.

— Voyez-vous la dissimulée! Mais elle reviendra, n'est-ce pas?

— Sans doute, dans quelques mois.

— Mais vous allez rester un peu avec nous, vous, mon cher Brodard. Nous vous ferons voir la ville, nous irons au corso, au théâtre; nous vous promènerons en dehors de la ville, dans l'allée de Palmiers.

« Nous traverserons la passerelle de la grotte Saint-André, c'est amusant, on peut s'y tuer, si on a le vertige !

— Est-ce qu'il y a déjà eu des accidents là? demanda Lesorne.

— Ah! nous ne savons pas. Il y a encore la crevasse du vallon obscur, c'est très joli : on peut tomber sur l'herbe mais de trop haut.

— Ah! dit Lesorne.

Elles continuèrent :

— Dans la grotte Saint-André il y a un lac avec un batelier.

— Ah! dit Lesorne, il y a un batelier !

— Oui, ce n'est pas trop : l'endroit est si désert. Nous verrons la villa Stirbey ; on dit que le parc coûte plus de deux millions.

— Dire que sans cette canaille de de Méria, j'aurais pu me passer des fantaisies comme cela.

Un instant songeuse, Olympe reprit :

— Nous irons du côté du vieux château, il y a un chemin à même le roc; un roc à pic, c'est le chemin des Ponchettes !

— Oui, dit Amélie, nous irons là; il y a un endroit du chemin où le vent souffle si fort qu'il décoiffe les voyageurs, cela se dit en patois le *cap Raouba-Capéou* (dérobe chapeau).

— Moi j'aime le patois, ça ressemble... elle allait dire à l'argot, mais elle tourna sa phrase : ça ressemble à *des souvenirs de jeunesse.*

— Est-ce que le vent emporte quelquefois la personne avec le chapeau? dit Lesorne en riant.

— Est-il drôle, ce Brodard, il ne rêve que d'accidents.

Ah çà! vous allez prendre un costume cossu, pour vous promener avec nous, vous seriez un parent qui viendrait nous voir.

Peu s'en fallait qu'elles ne jouassent aux visites, cela servait les projets du bandit.

Lesorne, s'étant suffisamment restauré, prit possession de son appartement.

Le lendemain il se fit apporter les notes de tous les fournisseurs. Le bruit se répandit qu'un nabab, parent ou... ami d'une de ces dames, venait d'arriver et payerait les vieilles et les nouvelles fantaisies; les marchands recommencèrent à courber l'échine.

Lesorne acheta, pour ses sorties avec ces dames, un costume simple et riche; ils se montrèrent ensemble au théâtre et firent un effet merveilleux.

— Ce vieux richard est épatant avec son air sinistre, disaient les jeunes désœuvrés; on dirait qu'il se donne un genre.

— Quelle tête! Pose-t-il pour les traîtres pour les tartufes, pour la mélancolie!

— S'il était beau joueur seulement !

Quelques gentilles dames, venues là pour remettre un peu à flot leurs petites affaires, rêvaient en regardant Lesorne.

— Il est pris, ma chère !

— Ma foi tant mieux, il est par trop sinistre !

— On dirait une tête de noyé.

Le lendemain, les trois personnages allèrent chez un notaire. Lesorne, sous le nom de sir Morton, fit faire pour un nommé Brodard, intendant de ses parentes le pouvoir en blanc que nous lui avons vu rapporter.

Lesorne fut un des témoins et signa sur le pouvoir parfaitement en règle : sir Morton, négociant à Philadelphie...

On ne songea certes pas à lui faire prouver son identité.

Il y avait déjà trois jours que Lesorne était à Nice, il avait tous les pouvoirs qu'il désirait et par conséquent songeait au retour à Paris. Mais il restait la partie la plus difficile de ses projets à accomplir.

Comment Lesorne se déferait-il à la foi d'Olympe et d'Amélie? Telle était la question qui se présentait à son esprit avec une ténacité d'autant plus grande qu'il ne pouvait rester longtemps absent.

L'arrêt de mort des deux femmes était définitif dans son esprit, car un jour ou l'autre elles viendraient et il serait perdu.

La publicité qu'on serait forcé de donner à des ventes telles que celle de la maison, ou autres immeubles, ne pourrait manquer même de hâter leur retour.

La moindre hésitation, la moindre crainte de sa part le livrerait à la justice : il fallait donc qu'Olympe et Amélie disparussent pour lui assurer l'impunité.

Ils avaient exploré les environs de Nice ; un seul site était favorable à *un accident :* le sentier des Ponchettes serpentant sur la rive, à l'endroit même dont Olympe avait parlé le *cap Raouba-Capéou.*

Lesorne voulut parcourir plusieurs fois le sentier des Ponchettes, il ne pouvait se lasser de mesurer de l'œil la hauteur du cap de roches qui s'avance sous le vent, avec ses arbres rabougris poussés dans les crevasses, et dont les branches échevelées se tordent sous la tempête.

— Là seulement, se disait Lesorne, il peut y avoir chance.

Tout à la pointe du cap, là où le vent soufflait avec le plus d'impétuosité, la hauteur du rocher était considérable, et celui qui tombait avait au-dessous de lui des pierres semblables à un dallage, sur lesquelles il se fut infailliblement brisé, comme un œuf.

— Ayant pris sa résolution pour l'heure où nul promeneur ne serait plus dans le sentier des Ponchettes, Lesorne eut soin que les vins capiteux ne manquassent pas au dîner de la villa, et vers minuit, ces dames se plaignant d'un grand mal de tête, il proposa une promenade vers le vieux château.

— Cela vous fera prendre un air vif, dit-il, et nous verrons ces vieux nids de hiboux au clair de lune.

— Est-il poétique ! ce vieux Brodard, disait Olympe ; cela me rappelle ce monstre de de Méria !

Elles s'enveloppèrent de manteaux contre la fraîcheur de la nuit et prirent à travers l'obscurité le chemin du vieux quartier. — En passant près de ce quartier encore moyen âge où s'étalent pêle-mêle de riches constructions et des huttes misérables, elles entendirent à la porte d'une hutte pleurer à sanglots ; c'était un enfant qui demandait du pain.

Les deux anciennes filles ouvrirent précipitamment la porte de la cabane ; une femme travaillait devant une lampe fumeuse, près d'elle une petite fille d'une dizaine d'années, cherchait à consoler un enfant tout petit qui demandait du pain.

— Tiens ! en voilà du pain, et du gâteau aussi, dirent-elles.

Et les deux anciennes filles, puisant à pleines mains dans leurs poches, mettaient sur la table pêle-mêle des pièces d'or, des pièces d'argent, de la monnaie de cuivre.

L'enfant tendait les mains, la femme et la petite fille s'étaient levées épouvantées.

N'ayant jamais rien vu d'heureux, elles croyaient toujours au malheur.

Olympe et Amélie s'enfuirent comme elles étaient venues ; Lesorne, qui se

tenait dans l'ombre, les rejoignit. Tous trois prirent le sentier des Ponchettes ;
il était complètement désert.

Le vent seul gémissant dans les branches, ou se brisant aux angles des rochers
emplissait la solitude.

— J'ai envie de retourner, dit Amélie.

— Moi aussi, dit Olympe ; il fait froid.

— Vous avez peur peut-être ? demanda Lesorne.

— Mais non. Pourquoi aurions-nous peur?

— Mais de l'heure, et puis il n'y a plus personne dehors, c'est dommage. Moi
j'aurais voulu aller jusqu'au bout, cela me rappelle nos déserts calédoniens.

— Eh bien ! allons.

Ils se remirent en marche.

Le vent soufflait en tempête. Les deux femmes le prirent par le bras ; elles se
taisaient.

Si Lesorne l'eût commandé à souhait, ses affaires n'eussent pas mieux
marché.

On allait toujours.

En effet, le vent pouvait, à la pointe, enlever plus qu'un chapeau : il était violent et âpre.

On entendait en bas la mer déferler avec furie.

— Comme les deux femmes se reculaient Lesorne leur dit :

Regardez bien en avant, là-bas ; voyez-vous quelque chose?

Elles étaient tout au bord. Lesorne bondit et leur donna une vigoureuse
poussée.

Mais une seule tomba du coup : Olympe se tenait à une saillie du roc, suspendue sur le vide.

Lesorne ramassa une énorme pierre et lui frappa sur les mains ; alors ses
doigts se desserrèrent et elle tomba comme sa compagne avec un bruit glauque.

Paisible, Lesorne prit un petit chemin qui tournait le rocher et alla se
rendre compte de la mort de ses victimes.

En bas, la mer lui barra le chemin : Lesorne n'avait point pensé à la marée
montante. Olympe et Amélie étaient tombées à l'eau au lieu de tomber sur la
pierre, et la marée était très haute.

Cette circonstance l'inquiéta. Il voulut sonder la hauteur de l'eau au pied des
rochers, mais il n'y put parvenir ; elle s'engouffrait en dessous avec bruit.
L'idée que la chute avait dû être amortie le tourmenta même après son retour à
Paris. Mais les journaux de Nice se taisant, il finit par se rassurer.

La mer avait sans doute porté les cadavres plus loin : les deux femmes ne
savaient pas nager ; et eussent-elles survécu elles avaient dû se noyer.

Il finit par n'y plus penser ; il avait tant de choses à faire pour réaliser le bien
d'Olympe. Les internats chrétiens, le journal *le Pain*, la maison de convalescence,
les de Méria et autres, et toutes les folles dépenses d'Olympe laissaient encore à
Lesorne un fort bel *os à ronger*.

Il était loin de supposer qu'Olympe et Amélie, en effet entraînées par les flots,

— Où allez-vous en sortant d'ici ? — Je l'ignore.

avaient été sauvées par un pêcheur dont la barque, petite et légère comme une ombre, dansait sur les vagues à peu de distance.

Le pêcheur ayant remarqué quelques signes de vie, leur fit donner des soins par sa femme, et bientôt revenues à elles, Olympe et Amélie se trouvèrent, absolument comme dans les contes de fées, dans la bicoque où elles étaient entrées quelques heures auparavant les mains pleines d'or.

CX

L'ŒUVRE DE PHILIPPI

Qui pourrait dire pourquoi nos amis les peintres, Kerouen, le fils du guillotiné, jusqu'aux deux enfants : le môme et le vieux grand-père, personne ne pouvait s'habituer à Michaëli ; instinctivement, ces gens honnêtes sentaient le criminel : jamais on ne disait devant lui rien qui pût lui servir à savoir, au juste, ce qui était arrivé.

Mais celui qui le premier se rendit réellement compte du rôle joué par l'instituteur, ce fut comme toujours, l'homme dont il ne soupçonnait pas même l'existence : Grenuche qui, décidé à passer quelque temps dans son asile, s'amusait à regarder par des lézardes de la vieille bicoque.

Grenuche faisait si peu de bruit, qu'il connaissait son voisin et que son voisin ne le connaissait pas. C'était l'abbé Philippi, professeur d'italien, logé là pour attendre qu'il eût des leçons.

Les deux vieillards se repentaient de leur précipitation à l'accueillir, tant cet être était étrange malgré tout le mal qu'il se donnait pour inspirer la confiance.

Ce que Grenuche avait vu semblait insignifiant, mais rapproché d'autres circonstances, on en pouvait tirer comme conclusion que Michaëli avait des projets autres que celui de donner des leçons.

La fente du mur, qui servait d'observatoire à Grenuche, étant placée très haut, n'aurait pu servir à l'abbé que s'il en eût eu connaissance, l'ancien vagabond ne l'avait découverte que livré à ses loisirs de prisonnier.

Quant aux autres crevasses moindres, par où les deux voisins eussent pu avoir vue l'un sur l'autre, Grenuche les avait hermétiquement fermées avec des chiffons.

Pour monter à son observatoire, il mettait une chaise sur la table.

Philippi soupçonnait d'autant moins un voisin, que Grenuche n'allumait jamais de lumière.

Voici à quelles études se livrait l'abbé : il compulsait des formules pharmaceutiques, fabriquait tantôt une liqueur, tantôt des pilules et tirait d'une boîte quelconque quelque petit animal, soit un rat, soit un cochon d'Inde, il lui en faisait prendre.

Quand l'animal mourait, l'abbé l'ouvrait le lendemain et se rendait compte des effets du poison (c'est-à-dire du plus ou moins de traces laissées comme indices).

Le professeur Michaëli, ayant déjà parlé plusieurs fois de sa passion pour les sciences, il n'y avait encore là rien de bien surprenant, mais il n'y avait non plus rien de bien rassurant.

Le père Guillaume résolut de chercher lui-même au savant, quelque place qui lui permît de se loger ailleurs.

Grenuche, dévoué comme un chien à ceux qui venaient de lui procurer une niche paisible, leur rendait un immense service.

Les observations de Philippi ne l'avançaient guère, mais il avait remarqué cependant qu'on se défiait de lui; donc il y avait quelque chose de secret dans cette maison, — restait le secret !

Était-il possible que le vieillard, par fanatisme religieux, continuât à se taire? Avait-il assez de valeurs cachées pour ne pas souffrir? Dans tous les cas, la présence de l'enfant était un danger autant que celle de l'aïeul. Quant au père Guillaume, il était le plus dangereux des trois.

Comment se défaire de tant d'ennemis? Philippi n'était réellement pas de la taille de Davys-Roth. Pourtant il prit la résolution d'en finir.

Mais, le jour où le père Guillaume lui dit avec simplicité :

— J'ai trouvé votre affaire, on s'est adressé à moi pour des leçons de chimie !

Il se troubla.

Le vieux libraire s'en aperçut et continua :

— La vie que vous avez ici n'est pas tenable pour un jeune homme de votre capacité, voici ce qui m'a été offert tantôt, pour un jeune homme professeur savant (*surtout dans les sciences naturelles*), ajouta-t-il malicieusement; ce sont des expériences de chimie à faire devant des jeunes gens : il s'agit en ce moment d'une étude du contre poison, on empoisonne et on guérit tour à tour le même cochon d'Inde, le même lapin.

Philippi se troublait de plus en plus.

Guillaume continua :

— Le prix n'est pas mauvais; il m'a semblé que cela pouvait vous convenir.

— Hélas ! répondit le Tartufe, je suis justement très mauvais en chimie; je crois vous avoir déjà dit qu'aucune de mes expériences n'a jamais réussi.

— Non, vous ne m'en aviez pas parlé ! dit le fils du guillotiné le regardant en face; alors, vous refusez !

— Oui ! répondit l'abbé, mais d'une voix mal assurée, évitant le regard que Davys-Roth eût audacieusement affronté.

— Alors n'en parlons plus !

Le vieux comte n'avait absolument rien compris à cette conversation ; quant à Philippi et à Guillaume, ils s'étaient devinés.

Il est temps d'agir, se disait avec terreur Philippi (Davys-Roth, au contraire, aimait la lutte terrible et fauve, où la mort est la seule arme).

Le *môme*, présent à l'incident, eut un petit sourire qui rendit extrêmement fier le père Guillaume; il n'avait pas perdu le souvenir de la misère.

Philippi réfléchissait que le poison étant désormais une affaire éventée, il fallait sans doute autre chose.

Pourtant c'était à regret qu'il abandonnait ce moyen, inoffensif pour le meurtrier; il y avait en lui des instincts de Mme Marcel.

Il passa une bien mauvaise nuit, M. l'abbé Philippi, et un lendemain encore plus mauvais : il songeait à trouver des complices.

Des complices! chose insupportable à Davys-Roth. — Le fanatisme était mort avec son grand-prêtre.

Mais ayant bien réfléchi, l'abbé se dit que son premier moyen seul était bon; il fallait y revenir à condition d'agir vite, de ne pas manquer son coup et de prendre la fuite une fois débarrassé de ceux qui le gênaient.

Mais comment faire de nouvelles expériences, s'il avait été vu?

L'abbé fit l'inspection de sa chambre, où il regarda partout (à part la fente de Grenuche), il est vrai que c'était un peu haut.

L'abbé allait renouveler l'étude de ses mixtures, quand une réflexion l'arrêta : s'il avait été vu, il serait vu encore; au lieu d'ouvrir ses armoires, il se jeta dans un fauteuil et rassembla ses idées.

— Ah! pensait Grenuche, le camarade a quelque chose! J'avais raison de flairer du mauvais là-dessous.

La journée se passa comme à l'ordinaire, il se retira de bonne heure dans sa chambre.

Vers huit à neuf heures, l'abbé souffla la lampe et se jeta à demi déshabillé sur son lit.

— C'est pour dérouter, pensait Grenuche.

Il eut la patience d'attendre, à son trou, ce que ferait son voisin quand il serait bien sûr d'être sans surveillance.

Il attendit jusqu'à minuit; Philippi, sûr enfin que les observateurs, s'il y en avait, se seraient lassés, se leva sans bruit, ouvrit un placard et glissa de petites fioles dans les poches de ses vêtements.

— Tiens! tiens! je ne me trompais pas, se disait Grenuche!

L'abbé sortit à son heure ordinaire. A peine s'il était hors de sa chambre que le père Guillaume entra dans celle de Grenuche.

— Eh bien? demanda-t-il.

— Eh bien! notre homme ne pense pas en rester aux cochons d'Inde et aux lapins; il a mis ses fioles dans ses poches.

— Cela ne dit rien encore.

— Non, s'il les avait prises sans formalités; mais ce n'est qu'assuré de ne point être vu.

— Ce que je lui ai dit l'aura effrayé et décidé en même temps! Vous nous avez rendu un fier service, mon brave.

— Tant mieux! dit Grenuche tout en engloutissant les vivres que lui apportait le père Guillaume.

— Désirez-vous autre chose? demanda celui-ci?

— Ma foi ce n'est pas de refus; j'ai rarement mangé à ma faim! et puis cela distrait quand on n'a rien à faire. Je ne suis pas un penseur, moi.

— Vous ennuyez-vous?

— Ma foi non; je n'ai pas souvent non plus dormi à mon aise; toujours j'étais à l'affût de quelque chose pour vivre, ou quelqu'un était à l'affût sur moi; c'est bon de se reposer un peu.

— Vous êtes dans le vrai, dit le père Guillaume; tout le mal vient de ce que tant de milliers de gens travaillent plus que leurs forces et ne peuvent jamais, ni manger à leur faim, ni boire à leur soif, tandis qu'une poignée d'autres ne font rien et sont dégoûtés de tout, tant ils regorgent.

Le fils du guillotiné en était sur son thème favori ; la question sociale, il la faisait voir à Grenuche, sous le même jour qu'il l'avait apprise, à ses dépens.

— C'est vrai, dit Grenuche tout rêveur.

Le père Guillaume le quitta, décidé à surveiller si bien l'abbé qu'il serait pris dans ses propres filets. C'était l'instant d'*ouvrir l'œil*.

Il était impossible à Philippi de visiter la cuisine ou le garde-manger, sans être vu par lui ; il arrangea les provisions de manière à ce que l'abbé ne pût toucher à rien sans qu'il le voulût bien.

— Avez-vous confiance en moi? dit-il au vieux comte.

— Oui, sans doute.

— Eh bien, ne mangez pas ce soir au dîner, des plats que je regarderai : il y a danger de mort, gardez le silence et soyez attentif.

Il le promit. Philippi donna avec beaucoup de zèle sa leçon d'italien ce jour-là ; l'enfant, de son côté, était merveilleusement attentif.

— Sais-tu, petit, dit Philippi, que tu pourrais aller loin? tu as de la facilité.

— Est-ce que je *n'irai* pas, monsieur? vous dites que je *pourrais*, demanda le gamin avec une parfaite innocence !

Philippi changea de couleur.

Ce qui troublait le digne personnage, ce n'était pas la pitié pour ses victimes, mais la crainte de ne point agir avec assez de célérité, d'être pris ou de manquer son coup.

Le piège tendu par l'ancien chiffonnier était des plus simples. Pour faire déposer à Philippi son poison convenablement, il prépara un énorme plat de champignons. — Il y avait tout à parier que Philippi choisirait ce qu'on pourrait accuser de tout le mal.

Davys-Roth eût trouvé le hasard trop complaisant et cherché ailleurs. Philippi qui commettait son crime en tremblant (*pour lui*) se prit au trébuchet.

La cuisine paraissait déserte, l'abbé se glissa lentement, jeta un coup d'œil sur le dîner préparé ; il y avait deux plats : les champignons et une salade, son choix se fit avec un sourire de satisfaction.

Le père Guillaume, parfaitement caché, le regardait faire.

Philippi allant de trouble en trouble, de maladresse en maladresse, remit la fiole à demi-pleine dans sa poche pour plus de sécurité.

Les choses marchaient mieux que Guillaume n'eût osé l'espérer, il n'avait pas même besoin de faire le moindre signe au vieillard ; on pouvait manger sans crainte, et grâce à une sortie de l'abbé qui monta dans sa chambre, il eut le temps de serrer le plat de champignons empoisonnés, et de le remplacer par un pareil tout à fait inoffensif.

Le docte Philippi était allé chercher des valeurs qu'il voulait emporter en fuyant ; quand il revint, on était à table.

— Venez donc, monsieur Michaëli ! dit Montnoir ces champignons sont excellents.

Tous trois, l'enfant et les deux vieux, en étaient abondamment servis.

L'abbé tressaillit.

— Vous ne me tenez pas rigueur, j'espère, dit Guillaume, de vous avoir traité de *chimiste*, venez donc voir si ces champignons sont vénéneux ! (il s'en servait une seconde fois), peut-être votre science ira jusque-là.

Philippi n'avait pas réfléchi à une chose : c'est que lui-même devait dîner avec ses hôtes.

Décidément il n'était pas à la hauteur de son crime.

Davys-Roth, pour que l'Église ne fut point accusée de captation de succession eût mis la main au plat avec ses victimes, — lui n'avait pas ce courage ; il se plaignit d'une indisposition et prit quelques feuilles de salade en regardant effaré les autres convives.

Le vieux comte, tout heureux que son ami ne lui eût point fait signe, se disait :

— Il aura été abusé par d'injustes soupçons.

Une bonne gaieté se peignait sur son visage.

— N'est-ce pas, monsieur Michaëli, demanda l'enfant, que c'est les chimistes qui font la *mort aux rats?*

Michaëli, comme halluciné, quitta la table.

— Pardonnez-moi, dit-il, je suis malade ; je vais prendre l'air.

Il sortit précipitamment, sans s'apercevoir qu'il avait Grenuche sur ses talons.

— A la gare de Lyon ! cria-t-il au premier cocher qu'il rencontra libre !

— A la gare de Lyon ! dit le père Guillaume à un autre cocher.

La seconde voiture filant la première, ils arrivèrent en même temps.

Pendant que Philippi tout effaré regardait l'heure qui le séparait encore du départ du premier train, Guillaume découvrit deux gendarmes.

— Voilà, leur dit-il, en montrant Philippi, un assassin qui a voulu empoissonner trois personnes.

L'un des gendarmes lui rit au nez ! Philippi était si bien mis ! il avait un air si comme il faut ! et l'accusateur une si piètre tournure.

L'autre gendarme fit mieux.

— Je vous arrête ! dit-il, car rien ne me prouve que ce n'est pas vous. *Vous en avez la touche.*

Un autre que le fils du guillotiné eût été abasourdi ; lui, *connaissait la question sociale,* comme il disait. Aussi s'empressa-t-il de répondre :

— Veuillez avertir la justice de se transporter chez M. le comte de Montnoir, puisque vous m'arrêtez ! quant à celui que vous laissez partir vous en serez responsable ; il a sur lui la fiole de poison dont il nous a versé une partie.

Cette fois les deux gendarmes ouvrirent l'oreille. Tout le monde savait l'histoire de l'enfant retrouvé ; le nom du comte était connu (et puis *un comte* c'est autre chose).

— Je vous répète, reprit le père Guillaume, que vous aurez toute la responsabilité de laisser évader ce malfaiteur,

Les gendarmes en référèrent au brigadier ; celui-ci au commissaire de police de la gare.

Pendant ce temps l'heure était venue de prendre les billets. L'abbé s'approcha l'un des premiers, sans trop de précipitation cependant.

L'avis du commissaire de police ayant été qu'on ne risquait rien à arrêter, surtout quand on pouvait se saisir à la fois de l'accusateur et de l'accusé, on mit la main au collet à l'abbé Philippi au moment où il montait dans le rapide.

Le père Guillaume subit également l'arrestation. On devait cela à la mine *corme* de l'accusé.

Mais une fois au poste, l'accusation formulée par le vieillard prit un tel caractère d'affirmation, qu'il fallut bien fouiller l'abbé. — On trouva dans ses poches, outre la fiole signalée par Guillaume, des papiers au nom de l'instituteur Michaëli, et des papiers au nom de l'abbé Philippi.

Cette fiole ne m'appartient pas, dit l'abbé avec indignation ; les papiers de l'abbé Philippi m'ont été confiés. Je proteste contre une arrestation aussi arbitraire.

Il joua très bien son rôle en cette circonstance.

Le père Guillaume, insistant pour qu'on fît de suite perquisition à l'hôtel de Montnoir (à l'occasion du plat de champignons), l'affaire parut assez sérieuse pour qu'on s'en occupât.

C'est ainsi qu'eut lieu, vers trois heures du matin, une descente de justice chez le vieux comte.

Déjà inquiet de la disparition du maître d'italien et du père Guillaume, le vieillard et l'enfant attendaient anxieux.

Le petit regrettait de ne point avoir suivi son père adoptif.

— Il lui sera sans doute arrivé quelque malheur, disait-il ; ce maudit Michaëli l'aura peut-être tué !

L'arrivée de la justice fut un soulagement ; ils revoyaient Guillaume, mais pourquoi était-il prisonnier ?

La déposition du vieillard, qui contenait l'avertissement donné par Guillaume, et celle de l'enfant, qui le contenait également, furent terrifiantes pour l'abbé ; il ne se troubla pourtant qu'un instant en voyant emporter les champignons pour les analyser. Mais il payait d'audace en disant :

— S'il y a du poison, c'est qu'il y a été mis par d'autres que par moi.

Quel intérêt pourtant pouvait avoir cet étranger reçu dans la maison à tuer les bienfaiteurs qui le nourrissaient ? Le père Guillaume, au contraire, n'y gagnerait-il point ?

Si l'abbé n'eût point eu sur lui les papiers au nom de Michaëli, instituteur socialiste, ex-garibaldien, on l'eût relâché de suite, sans doute pour garder Guillaume.

La visite de la chambre de Philippi cependant ne fut pas à son avantage ; il avait oublié une petite caisse contenant un cadavre de cochon d'Inde, une ou deux fioles étaient dans un placard.

— On profitait indignement, disait-il, de ses études pour le perdre.

A ce moment, un des agents apercevant la fente, monta sur un meuble et aperçut Grenuche dans sa retraite.

La présence d'un étranger caché dans le château, était à la charge du pauvre Guillaume, M. de Montnoir surmonta assez dignement le préjugé qui jusque-là l'avait empêché de parler, et raconta l'entrée de Grenuche affolé dans sa maison.

Cette version se trouva semblable à celle de Grenuche lui-même, heureusement pour lui et pour Guillaume.

Mais l'abbé ne fut pas seul maintenu en état d'arrestation; il était plus simple de garder également Grenuche et Guillaume, la prévention ne compte pas.

L'histoire ayant paru le lendemain, diversement racontée dans tous les journaux, Mme Marcel et sa fille ne jugèrent pas prudent d'attendre plus longtemps; elles passèrent en Angleterre.

Pendant ce temps, la maison de protection pour les jeunes filles pauvres s'achevait; les travaux un instant interrompus par la disparition de Davys-Roth ayant repris avec plus d'ardeur.

Un nouveau président était à la tête de l'œuvre, visitant, dirigeant tout.

Son activité était immense : c'était, lui aussi, un prêtre de Rome; il s'était proposé et on s'était empressé d'accepter, car il n'exigeait rien, disait-il.

L'abbé faisait sur toutes choses, des études utiles à son ministère; c'est pourquoi il ne posait nulle condition : sa collaboration à l'œuvre était pieuse, non intéressée, c'était un dévoué (en apparence du moins).

C'était un dévoué, en apparence du moins, c'était surtout un habile. — Le fanatisme avait évolué chez lui en cynisme; il devait faire école.

C'était la dernière transformation du mensonge. La religion, pour ce novateur, quittait la brume du nuage, dépouillait sa robe bleue et appelait les amateurs d'enfer, avec l'allure effrontée de la prostitution. Il acceptait franchement, parcequ'il n'y a plus moyen de faire autrement, la religion comme mors et bride des peuples.

Ce prêtre ne confiait ses projets à personne.

— Que celui qui pense de même en fasse autant, se disait-il. Ceux qui ne trouvent pas eux-mêmes ne vont jamais loin.

Celui-là, si Davys-Roth l'eût rencontré, eût été son vrai successeur, apportant à l'œuvre la continuité, la vie et le progrès. Avec Philippi l'œuvre était morte tout en se conservant comme le trésor enterré par l'avare.

Mais l'abbé Hubert ne disait rien : muette était sa pensée, sourd était son travail. Le tyran du ciel, servant éternellement d'égide aux tyrans de la terre pour les multitudes agenouillées, tel était son rêve; et comme toutes les foudres célestes sont poudre morte; que les canons divins détonent et que les reliques tombent en poussière, l'abbé Hubert rêvait à refondre à neuf cette artillerie de rebut; à détruire les vieilles friperies, et à dresser ainsi une religion opportune à tous les vices contemporains, les déifiant, au lieu de les maudire tout en les pratiquant.

— L'abbé Hubert était vraiment un homme de génie.

Jusque-là, pareil au ver rongeur, il creusait sa mine.

Vous m'avez dit d'écrire, monsieur l'abbé.

Cet homme passant inaperçu avait déjà défait bien des projets ennemis du principe autoritaire et ourdi bien des trames.

L'abbé Hubert, à qui la lecture des journaux impies avait fait prendre la résolution de combattre le scandale en étouffant l'affaire, se tenait au courant de tout ce qui paraissait et surtout de ce qui ne paraissait pas à ce sujet; il en faisait lui-même l'instruction secrète.

Pendant ce temps, Kérouen, convaincu qu'aux débuts de l'œuvre de patronage des jeunes filles pauvres il pourrait rattacher l'affaire de la maison de convalescence et sauver ainsi de nouvelles victimes, avait prévenu Claire Marcel.

Le moment approchait où la jeune fille viendrait apporter devant la nouvelle œuvre le foudroyant témoignage de l'ancienne.

A Londres, Sansblair ne se tenait pas non plus inactif; l'instant n'était pas loin où Claude Plumet, muni des preuves que nous lui connaissons, se vengerait du prince et de la princesse Mathias.

Il avait profondément réfléchi, Sansblair; parfois la vengeance lui faisait l'effet d'un feu follet : mais la patience ne lui manquerait pas.

Helmina et Nicolas avait fini par se tranquilliser.

— Si Sansblair ne nous a pas dénoncés, se disaient-ils, c'est qu'il y trouve son intérêt; alors, il ne nous dénoncera pas; et puis, il n'est pas éternel ! ce qui a été manqué peut se refaire.

Les deux bandits s'habituaient à vivre au bord de l'abîme.

— Pourquoi ne me rendez-vous pas le petit flacon? disait l'enfant à Claude Plumet, je vous aimerais bien.

— Plus tard, répondait Claude.

Un soir il fut tenté, non seulement de rendre le flacon, mais encore de partir de Londres avec le petit, de s'en aller bien loin, à Sydney ou à Melbourne, et de se faire aimer de l'enfant.

Peut-être qu'une fois là, avec tout l'océan entre lui et le passé, ses visions cesseraient.

Une nuit qu'il se retournait fiévreusement dans son lit, bondissait sous la fièvre, il vit tout près de son lit, une petite ombre penchée sur lui.

Affolé, il saisit le spectre de ses deux mains puissantes.

— C'est moi ! dit une petite voix calme; j'étais inquiet.

Le farouche bandit se prit à pleurer. Le crime n'est pas l'état normal de la race humaine : on ne peut, à de rares exceptions près, le commettre, ni y rester sans tortures.

Va te coucher, petit ! dit-il de sa voix la plus douce; je n'ai rien.

Il l'attira près de lui; l'enfant sentit pour la première fois de sa vie, une larme tomber sur son visage.

— Vous ne ferez pas de mal à maman, n'est-ce pas? dit-il en lui jetant ses bras autour du cou.

Sansblair frissonna.

CXI

MÉSAVENTURE DE LESORNE

Les immeubles d'Olympe ne se vendaient pas vite, l'empressement de Lesorne faisait réfléchir; il y avait peut-être quelque chose que n'avouait pas le régisseur; les propriétés étaient peut-être grevées; un beau jour on s'en apercevrait, quand on aurait les huissiers sur le dos, ou bien cela ne rapportait rien.

Les biens étant en Auvergne, la chose était assez coûteuse de visiter soi-même.

Enfin cela traînait en longueur, à part la petite maison de l'avenue des Ormes.

La vieille dévote ayant fait, on s'en souvient, des avances à Olympe lors du départ de Lesorne, se décida à cause de cette circonstance.

On ne lui avait point encore parlé de remboursement, c'était un moyen facile de l'opérer poliment.

Une fois cette maison vendue, Lesorne, si le reste tardait, irait faire les opérations de vente de quelque ville lointaine où il se réfugierait.

La signature de la vente de la maison fut décidée pour un samedi soir.

Le notaire, les témoins, l'abbé, la vieille dévote et Lesorne devaient dîner ensemble.

L'abbé, coquettement troussé, était allé dès le matin à Paris ; il avait à faire sa visite hebdomadaire à la maison de protection des jeunes filles pauvres.

L'ouverture de la maison devait avoir lieu dans la semaine.

La directrice venait de Londres. Voici comme elle avait été nommée.

Une dame d'une haute piété, voulant utiliser son dévouement, disait-elle, s'était offerte pour diriger gratuitement l'asile. Elle formulait si bien sa demande, en l'accompagnant d'un pot de vin considérable, qu'il fut impossible de lui refuser cette pieuse satisfaction.

Mme Wolfranz, veuve, disait-elle, d'un savant allemand, se chargeait de choisir elle-même le personnel de la maison ; de plus, elle enverrait, comme font les religieuses à la maison-mère, une redevance à la princesse Mathias... pour créer d'autres établissements du même genre.

Comme rien ne manquait, en fait d'indulgences et d'approbations infaillibles, l'œuvre avait d'immenses chances de succès.

La princesse Mathias s'occupait surtout du rapport. Il y avait là-dedans une organisation toute particulière (sans doute fort ingénieuse) pour qu'un établissement qui devait coûter rapportât.

Le jeune abbé fut agréablement surpris d'être reçu en entrant par la directrice, arrivée la veille au soir de Londres ; il ne tenait pas en place.

Mme Wolfranz le charmait par sa politesse et l'éblouissait par sa beauté ; il pensait devenir fou quand elle lui proposa d'être l'aumônier de la maison ; elle était bien sûre que celui-là ne s'apercevrait de rien.

Le grand serin était hors de lui, quand il revint à l'avenue des Ormes. Le notaire, la vieille bigote, les témoins et Lesorne l'attendaient ; l'acte fut passé et signé, le fidèle intendant encaissa les vingt mille francs, prix du cottage, et la vieille fut obligée de lui rappeler que là-dessus il lui serait agréable d'en remporter cinq qu'elle avait prétés.

— Comment, dit Lesorne, vous n'avez pas pensé vous-même à les détourner, et moi, faut-il que je sois *sigois* (imbécile).

— Hein ? dit la vieille qui ne comprenait pas.

— C'est un mot arabe, dit Lesorne, j'ai été en Algérie étant soldat, cela veut dire étourdi ; tout à l'heure nous allons retirer cette somme.

— Ah ! cela ne presse pas, répondit la vieille, aujourd'hui ou demain.

— C'est cela, dînons en attendant.

On se mit à table.

— Ce qui m'étonne, dit le notaire, c'est que Brodard ait pu être communard ; enfin, chacun a ses petits péchés !

— Hein ! dit Lesorne, n'est-ce pas ?

— Oui, je l'avoue ! dit la vieille bigote ; mais vous ne ressemblez pas du tout à l'idée que je me faisais d'un communard.

Lesorne paradait.

— C'est que je suis un communard comme il n'y en a guère !

— Oh oui ! dit un des témoins ; vous n'avez pas l'air farouche des revenants de Calédonie.

— A la bonne heure, des hommes aimables comme vous ! continua la vieille bigote.

Quant aux autres, leurs mines sauvages m'épouvantent.

Lesorne se rengorgea en renouant sa cravatte : il avait l'air d'un *bon* bourgeois.

— Encore un peu de ce vin avant de changer de service !

Les convives avaient un appétit monstre. Le dîner était bon et servi d'une façon comique par deux paysans transformés en officiers de bouche.

On mangea, on but, on se confondit en politesses stupides, en bons mots à horripiler un âne ; les heures se succédaient sans qu'on se levât de table, et la nuit allait succéder à la soirée, quand on sonna à la porte d'une manière impérieuse.

— Ouvrez au nom de la loi, disait-on.

Les convives étonnés se trouvèrent en présence d'Olympe et d'Amélie, pâles encore de la maladie qui avait suivi leur sauvetage, et de tout le cortège officiel de la justice.

— Jacques Brodard, dit le commissaire de police, je vous arrête !

Mais Jacques Brodard, c'est-à-dire Lesorne, était déjà loin, il s'était échappé par la fenêtre du rez-de-chaussée, ayant la présence d'esprit de passer sur ses vêtements une longue blouse bleue et de prendre une casquette, quelques billets de mille francs, comme il disait, étaient toujours dans ses poches.

— Arrêtez-le, disaient les gens de justice.

— Il est vêtu d'une redingote brune, ajoutaient ceux qui se renseignaient près des convives ébahis.

Olympe et Amélie regardaient la perquisition.

Le grand serin d'abbé, se croyant sous l'empire d'une vision infernale, faisait de nombreux signes de croix. La vieille bigote se couvrit le visage de ses mains ; tandis que le notaire et les témoins prenaient langue avec les gens de la perquisition, les paysans debout dans un coin regardaient la bouche ouverte.

Brodard accusé d'avoir voulu assassiner Olympe et Amélie, après avoir obtenu d'Olympe un pouvoir en blanc, était sous le coup de la loi.

— Fiez-vous donc aux communeux ! disait un petit vieux qui l'instant d'auparavant prodiguait mille amitiés à Lesorne.

Olympe voyait sans trop de chagrin la maison vide ; il reste encore les biens d'Auvergne ! avait dit le notaire. Après tout, elle n'en avait pas toujours eu autant : c'était un joli reste ; la pitié lui en venait pour le pauvre Brodard.

— Faut-il qu'il soit changé ! disait-elle à Amélie.

— Il est peut-être devenu fou, répondait Amélie.

— Elles étaient enchantées qu'il eût pris la fuite.

Les deux bonnes pièces eurent même l'idée de dérouter la police en prétendant qu'il y avait des cachettes dans la maison et qu'il ne devait point en être sorti.

Quelques curieux s'étaient introduits sur les pas des magistrats; on les laissait là, espérant en obtenir quelque indication.

Comme tout le monde prétendait que Lesorne n'était pas sorti, on fit garder toutes les issues de la maison.

On commençait à désespérer de rien trouver quand un personnage qu'on n'avait point encore remarqué se mit à gesticuler avec tant d'animation qu'on comprit qu'il savait quelque chose.

C'était un enfant, ayant derrière le dos un bissac plein de morceaux de pain mendiés un peu partout, et sur la poitrine une plaque où il y avait :

Edmond sourd-muet de naissance!

Comme il faisait signe de prendre une lumière, le commissaire dit :

— Il est à la cave, suivons l'enfant!

— De quoi se mêle ce petit malheureux? pensaient Olympe et Amélie !

L'enfant, passant devant, montrait le chemin.

Edmond avait compris qu'on cherchait quelque chose, et s'imaginant que c'était le cadavre de Rosa, il allait l'indiquer.

L'entrée des caves ne lui étant pas connue, il alla au dehors, et montra le soupirail, où il se plaça comme il était pendant que Lesorne enterrait sa victime.

Tout le monde regardait; mais chacun répétait désappointé : rien !

L'enfant fit le geste de remuer la terre.

— Il y a des valeurs enterrées, disait-on. Ce ne peut être Brodard qui se soit caché sous terre, mais ces communards sont capables de tout.

L'entrée fut cherchée et montrée par Olympe.

— Pourvu que cet animal soit parti, se disait-elle; nous allons retrouver là les bijoux et l'argent.

L'enfant faisant des signes de plus en plus impératifs, on se munit de pioches.

Olympe répétait.

Il aura tout entassé dans la terre.

Elle croyait déjà retrouver ses diamants qui lui tenaient au cœur plus que le reste.

Mais une fois dans la cave une odeur âcre fit frissonner les chercheurs : cela sentait le cadavre!

L'enfant alla au milieu et montra la place.

Au milieu d'un silence profond la terre fut creusée bientôt, Olympe et Amélie poussèrent un cri d'effroi ; le cadavre de Rosa apparaissait dans une horrible décomposition, couvert de ses riches vêtements.

Jacques Brodard était vraiment un horrible assassin !

Le cadavre fut remonté et au lieu de chercher la trace d'un vol, on chercha les instruments du crime, le fameux bâton oublié par Lesorne sous un meuble, fut emporté.

L'abbé, à genoux dans un coin, ses longues jambes allongées derrière lui, se confondait en oraisons ; la vieille dévote s'était sauvée ; les paysans étaient toujours là.

On s'informa des parents d'Edmond qui seuls pouvaient le comprendre, afin d'avoir le récit aussi exact que possible ; le cadavre fut porté à la morgue et l'homme à la redingote désigné à toutes les gendarmeries et à tous les agents.

CXII

LA CITÉ DES KROUMIRS

Il y a dans la rue Marcadet, un enfoncement plein de barraques fantastiques, élevées avec n'importe quoi sur des monceaux de toutes sortes de choses ; une population non moins dépareillée que la boutique de Trompe-l'œil habite ces barraques ou plutôt ces tentes : c'est la cité des Kroumirs.

Là se réfugient comme sur une épave des naufragés de la société abandonnés ou coupables.

La police fut longtemps sans oser pénétrer dans cet asile où, malgré la réunion de bon nombre de bandits, régnait la généreuse loi de ne pas se vendre les uns les autres ; elle n'y avait point encore mis le pied à cette époque.

Nous ne recherchons pas si le besoin réciproque de sécurité fut l'instigateur de la loi hospitalière dont nous parlons ; elle y était appliquée et maintenue, par la convention que tout traître convaincu aurait la cravate de chanvre.

Quelques industries s'étalaient dans la cité des Kroumirs, il y avait un *hôtel* où on logeait *sans papiers*. A quoi bon des papiers ? Il était convenu qu'on se réfugiait là justement parce qu'on ne pouvait pas faire usage de papiers.

Un nouveau *voyageur* était déjà depuis deux jours à l'hôtel ; quelques-uns des autres locataires s'étant réunis, avaient insinué que ce voyageur avait sur lui des valeurs, et qu'obligé à se cacher il n'avait dû se charger que d'effets n'impliquant aucune identité, mais une autre loi encore défendait la vie du réfugié. Si un crime eût été commis dans l'hôtel, les habitants des cabanes et des tentes eussent fait justice des meurtriers — on ne devait, en aucune sorte, attirer les yeux de la police.

Il y avait déjà longtemps que l'hôtel fréquenté par des bandits était suspect aux vagabonds, artistes ambulants, naufragés de la société, ayant besoin surtout d'un temps d'arrêt à la chasse qui les poursuit de l'enfance à la mort.

Arrivé à l'aube du jour, on ne savait d'où, vêtu d'une blouse bleue et d'une casquette, le voyageur avait été obligé de changer un de ses billets de *mille* pour payer une quinzaine d'avance, s'étant annoncé comme un paysan venu à Paris pour des achats — il n'avait pas voulu, disait-il, entrer dans un hôtel comme tous ceux qu'il voyait, l'enseigne de celui-là l'avait séduit.

Il y avait en effet : Hôtel du bon marché. On *lauge* à pied *seullemant*.

Une fois introduit, l'homme à la blouse bleue dit au propriétaire de l'hôtel :

— Je suis venu à Paris dans l'intention de faire acquisition d'un tout petit commerce. Si je suis bien traité ici, vous ne vous en repentirez pas, car j'ai quelque argent chez moi.

— Où demeurez-vous ? demanda l'hôte, dont le fin museau éventait quelque chose.

— Aux environs de Paris ; je ne puis vous dire dans quel village parce que je suis en querelle avec ma femme et ma belle-mère ; elles sont à mes trousses.

— Ah ! est-ce que vous auriez fait du *pé* (du bruit) dans le ménage.

— Du tout ! seulement ayant réalisé quelque chose, j'ai enterré la somme au pied d'un arbre et j'ai pris avec moi ce billet de *mille balles*, j'irai chercher le reste si je trouve une bonne spéculation à faire à Paris.

— Peut-être bien que je pourrais vous conseiller, dit l'hôte tout en pensant que le gaillard était trop communicatif pour que l'histoire soit vraie.

— Ce n'est pas de refus ! dit l'homme. En attendant, comme je suis fatigué, donnez-moi une chambre et payez-vous une quinzaine.

Il tendit un billet.

— C'est que je ne puis vous rendre ! dit l'hôte ; j'ai à peine cent francs ici.

— Eh bien, donnez-les moi, vous prendrez sur le reste à mesure que j'aurai besoin.

— Vous êtes bien arrangeant, insinua l'hôte avec assez de malice pour faire comprendre au voyageur qu'il le tenait dans sa main.

Il continua :

— De quoi avez-vous besoin, maintenant?

— Ah ! de bien des choses ; d'un bon repas, avec une bouteille de vin et un petit carafon d'eau-de-vie.

— Ensuite ?

— D'une défroque complète ; quelque chose de propre et de simple, une tenue d'ouvrier ; si je me présente avec ma blouse, vous savez qu'on regarde les paysans comme bons à plumer.

— C'est vrai. Vous aurez de suite le repas et le reste dans quelques heures. Vous ne sortirez pas avant, n'est-ce pas ?

— Non, dit l'homme en verdissant un peu.

Les chambres de cet étrange hôtel s'étalaient de plein pied sur la profondeur du passage.

Elles étaient en planches à peu près jointes, recouvertes de quelques feuilles de tôle. Dans une de ces cases, le paysan s'assit sur un tabouret et prit quelques instants de repos en attendant le repas qu'on lui servit sur la table boiteuse qui composait avec le lit tout l'ameublement.

Ayant mangé quelque chose qui tenait du chat, du rat et du lapin, le paysan absorba la bouteille de vin et la moitié de la fiole d'eau-de-vie ; puis il manifesta l'intention de se reposer.

Une fois seul, il ôta la redingote qui était sous sa longue blouse, et se mit suivant le précepte de Mme Marcel (que pourtant il ne connaissait pas) à hacher le drap très menu à l'aide de son couteau ; puis il en fit, dans son mouchoir, un paquet serré et montant sur la table il le plaça dans l'intervalle laissé sous le toit entre deux pièces de bois, la maison étant bâtie d'une manière si primitive, qu'un canaque ne l'eût pas désavouée.

Si la cachette était peu savante, cela valait encore mieux que de conserver la redingote signalée par tous les journaux comme le vêtement de Brodard, le communard, l'assassin de l'avenue des Ormes.

Lorsque l'hôte, désigné dans la cité des Kroumirs sous le nom du *Renard noir* (absolument comme chez les Peaux-Rouges), entra porteur du paquet de hardes, Lesorne était au lit, la couverture jetée sur lui ; on ne pouvait distinguer s'il avait autre chose que la blouse bleue.

Quant au pantalon, il était noir, couleur peu remarquable ; on ne l'avait pas signalé et Lesorne attendait d'être moins pressé pour le faire disparaître.

Après le départ du *Renard noir*, un bruit sourd fit lever la tête à Lesorne, le paquet était tombé à l'extérieur.

Inquiet, il ouvrit la lucarne qui donnait de ce côté et vit une petite cour sur laquelle s'ouvraient une quinzaine de ruches toutes grouillantes d'enfants ; d'autres marmots s'ébattaient dans la cour pêle-mêle avec des canards, des poules, des porcs, un chat et un chien : la cour avait l'air d'un réservoir, les maisons avaient à peine la hauteur d'un homme un peu grand.

Le paquet tombé du toit s'éparpillait dans les mares, fouillé par les porcs ; les canards s'en disputaient des bribes, et les plus grandes loques voletaient entre les mains des enfants qui se les disputaient également.

C'était la perte ou le salut suivant les circonstances : plus probablement le salut, car une perquisition là n'était pas imminente et tout serait enfoui dans la fange de ce cloaque avant une heure ou deux.

Une fillette de huit à dix ans avait attaché, en guise de jarretières, à ses petites jambes, *sans bas*, deux longues lanières de drap négligées dans le hachement général.

Lesorne s'en aperçut ; s'il eût pu étrangler l'enfant, elle n'eût pas vécu une seconde de plus.

C'était une petite blonde, un peu grasse, qui ressemblait à un papillon blanc. De quoi pouvait vivre ce petit être pour être grasse ? D'un peu de pain et de la grande exubérance de force des jeunes pousses sauvages.

L'enfant ayant mis ses jarretières leva la tête ; elle aperçut Lesorne à la lucarne.

— Merci, monsieur ! dit-elle.

La troupe des plus petits enfants et des canards leva également la tête cancanant autour d'elle.

Peut-être venait-elle de prononcer son arrêt de mort.

Lesorne se retira de la lucarne, assis au-dessous il écoutait babiller les enfants sans les voir.

— J'ai faim, moi ! dit un marmot.

Ses yeux seuls vivaient encore ; il les fixait sur l'assassin.

— Attends, Pierre, répondit la même voix qui avait remercié Lesorne ; il y a encore quelque chose chez nous.

— J'ai faim, répétaient les enfants.

La petite alla chercher un grand panier plein de croutes sèches, de feuilles de choux, de débris de repas, d'épluchures ramassées dans la rue.

Ceux qui étaient dans les ruches essaimèrent dans la cour ; il se fit un silence. La petite partageait.

Ceux qui tombaient sur les épluchures ou les trognons de choux les mettaient en petits morceaux pour jouer à la salade ; et la dinette générale égalisait les choses.

Le chien, les canards, les porcs s'étaient approchés comme les autres ; ils furent également servis — mais avec plus de protestations de leur part.

Quelque chose restait dans le panier, c'était un petit gâteau sec.

— C'est pour Edith, dit la petite fille blonde, parce qu'elle est malade.

Il y eut quelques murmures parmi les plus jeunes.

L'enfant reprit :

— Quand vous serez malades, si on trouve des gâteaux, ce sera pour vous à votre tour.

Cette promesse, bâtie sur tant de probabilités, eut le pouvoir de toutes les promesses ; la foule des bambins mécontents se tut croyant déjà sentir la brioche future dans les petites bouches avides.

— Il sera bon, le gâteau qu'on trouvera, n'est-ce pas, Élise ?

— Oh oui ! dit-elle en courant porter la part à la petite malade.

Elle revint au bout de quelques instants :

— Edith n'a pas faim, dit-elle tristement, nous allons partager le gâteau.

Les enfants s'avancèrent ; les petits cœurs étaient serrés.

— On donnera celui qu'on trouvera à Édith, puisque nous mangeons celui-là, dit un petit maigre dont on ne distinguait que la grosse tête frisée.

— Oui, dirent les autres.

Le gâteau émietté, chacun en eut une parcelle, à part Élise qui s'oublia en faisant le partage.

— Si on nous laissait sortir, dit un des petits, nous trouverions beaucoup de bonnes choses dans la rue.

— Oui ! dit Élise, mais il y a de vilaines gens qui ramassent les petits enfants en guenilles qu'ils trouvent tout seuls, et qui les envoient en prison.

— Quelle blague ! dit un gamin.

— Mais non, dit la fillette, on ramasse, comme on dit, les petits vagabonds.

— Nous serions de petits vagabonds ?

— Mais quand ils ont une adresse à donner, dit un plus grand, ils ont beau être seuls, on les reconduit chez eux.

— Ouiche ! tout déguenillés comme nous sommes, dit un autre, on n'y croirait seulement pas à l'adresse.

— Et pourtant nous avons des maisons.

— C'est pas des vraies maisons, dit la petite ; ça ne compte pas. On dit qu'on ferme les yeux là-dessus, mais qu'un jour on démolira la cité.

— Nous ne serions donc pas des enfants pour de vrai qu'on nous traiterait plus mal que des petits chiens ?

Une femme rentra dans la cour, une vieille chiffonnière au nez un peu rouge.

— Eh ! dit-elle, la marmaille ! voilà pour vous.

Ils se rassemblèrent autour d'elle, tandis qu'elle sortait de sa hotte un immense arlequin enveloppé dans du papier.

Merci, madame, disaient les enfants tout en partageant.

Qui donc pouvait rendre si polis, si bienveillants ces petits êtres? L'égalité parfaite dans laquelle ils étaient élevés; l'orgueil de la domination, l'envie n'étant point dans leurs cœurs.

Le soir, dans chaque pauvre ruche, rentra le père ou la mère; avec ceux qui n'avaient point fait recette, les autres partageaient.

La mère de la petite Édith était heureuse, le médecin des pauvres avait promis de venir le lendemain; elle allait soigner son enfant avec des remèdes, comme tout le monde.

Lesorne entendit encore longtemps jouer les enfants, grogner le chien et les porcs, et crier les canards, puis tout bruit s'apaisa : dans chaque ruche s'était entassée la couvée.

Nulle part, elle n'était complète; chez les malheureux il est rare que la mort ne frappe pas en passant le père ou la mère.

Les deux parfois; alors les petits sont comme les oiseaux tombés du nid.

Lesorne se coucha : l'ennui le gagnait, un peu de frayeur aussi; il voulait aller promptement à l'étranger, mais la conversation qu'il entendait dans la chambre voisine n'était pas faite pour l'engager à sortir, d'un autre côté les enfants avaient dit qu'on démolirait la cité, pour le criminel l'éloignement du danger disparaît, il le voit sur sa tête.

— Hein! le défourailleur, disait une voix enrouée d'adolescent, c'était y drôle ce matin la chasse au bedaud?

— Ah! moi, je n'ai vu que la fin; mais aussi pourquoi qu'il avait arboré sa redingote brune? on l'a pris pour Jacques Brodard.

— Avec ça, qu'il n'a pas eu le temps de changer de pelure depuis deux jours!

— Jacques Brodard! *c'te* bêtise!

— T'as raison l'Épluché.

— Tout *ça c'est* pas fort, si j'étais préfet de police, *j'aurais* pas l'air de rien au contraire, et *j'annoncerais* pas *où que* je chercherais, ni comment.

— Combien que t'as gagné de ronds, aujourd'hui?

— Treize, c'est pas gras! et toi?

— Moi j'en ai gagné quarante, une fameuse journée, hein?

— Où que t'as *pigé* ça?

— C'est le bedeau qui me les a donnés parce que je *m'ai* offert pour lui amener un fiacre; même après qu'on l'avait reconnu, la foule voulait toujours que ce soit Brodard, on était comme fou.

— Il y avait des gens qui disaient qu'il avait assommé dans les temps, un tas de monde avec son bâton.

« On l'a retrouvé le bâton; il était sous un meuble, avec des cheveux après, tout rouges de sang. Des blonds!

« Il y a un vieux communard qu'on a roué de coups; il les rendait tant qu'il pouvait, le vieux; c'est lui qu'on a emmené au poste parce qu'il criait : je le connais Brodard! ce n'est pas vrai ou il est devenu fou!

— Ça en faisait-il du branle-bas! toute la rue était pleine; on aurait dit des fourmis.

— Comment qu'il est, ce Brodard ?

— Dame, je ne sais pas, on ne parle que de la redingote brune.

— C'est-il *sinve!* Mais alors on ne le rattrapera jamais !

— Personne ne sort de Paris sans papiers, et puis il y a une gratification promise aux *railles* (mouchards); on a déjà arrêté au moins une douzaine de Brodard et il y en a cinq ou six de relâchés.

On verra en triant les autres ! peut-être qu'à force on tombera sur le bon.

— Va-t-en voir s'ils viennent !

Les deux adolescents riaient.

— Est-ce que tu dénoncerais Brodard, toi, si tu le trouvais.

— Moi, non, je ne suis pas un *raille*. Et toi, est-ce que tu le dénoncerais?

— Ma foi non, j'aime mieux continuer à vendre des asticots pour amorcer.

Le lendemain matin, Lesorne, à sa lucarne, vit partir hommes et femmes de toutes les ruches donnant sur la petite cour; les uns portant la hotte, les autres des pelles et des pioches de terrassiers.

— Élise, dit une jeune femme à la petite blonde, il faut que j'aille à ma journée; c'est toi qui conduira le médecin au lit de ma petite Édith; il y a du papier et de l'encre pour inscrire l'ordonnance.

« En attendant, tu lui donneras un peu de tisane, à Édith, de temps en temps. Elle est bien malade ce matin.

— Soyez tranquille, dit l'enfant.

La femme partit le cœur serré, mais le médecin allait venir, il y avait plusieurs jours déjà qu'elle l'avait demandé, et il avait tant de malades qu'il avait fallu attendre. Enfin la petite Édith aurait un médecin.

Comme la veille, la cour se remplit d'enfants : une des mères vint, apportant quelque chose aux petits ; elle entra près d'Édith qui ne se plaignait plus.

— J'ai seulement froid, disait-elle.

Vers midi le médecin arriva. En entrant dans cette cour sur laquelle donnaient les portes des huttes, il eut un mouvement de recul ; mais la petite Élise vint au-devant de lui.

— Vous êtes monsieur le docteur? dit-elle.

— Oui, répondit-il encore plus étonné de la politesse de l'enfant que de l'aspect misérable de la cour.

— Pourquoi demeurez-vous dans cette horrible cour? dit-il à la petite?

— Parce que nous n'avons pas le moyen de demeurer ailleurs, monsieur. Partout on ne veut pas d'enfants, et il faut payer d'avance. Alors, à plusieurs familles, nous avons loué le terrain et *bâti*.

— Mais vous tomberez tous malades, ici.

— Ça ne fait rien, monsieur, nous ne pouvons pas aller ailleurs puisque nous sommes trop d'enfants dans toutes ces maisons-là.

Ils étaient arrivés près de la petite Édith, elle était couchée sur une paillasse, l'encrier posé avec une feuille de papier blanc sur une petite table.

Le médecin s'approcha du lit où l'enfant semblait dormir profondément. Elle était morte.

— Où est la mère? demanda-t-il?

— Elle travaille à la journée, monsieur.

— Quand rentrera-t-elle?

— A huit heures du soir?

— Comment s'appelle cette enfant?

— Édith David.

— Quel âge a-t-elle?

— Six ans, monsieur.

Il écrivit ces renseignements sur son carnet.

— C'est bien, cela suffit, mais ne rentre plus ici, petite, laisse dormir ta compagne, dit le médecin; et il poussa la porte derrière lui.

— Vous n'écrivez rien, monsieur, pas d'ordonnance?

— Non, on viendra tout à l'heure.

Les autres enfants s'étaient groupés pour voir Élise causer avec le monsieur.

Élise, c'était la raisonnable, elle gardait et protégeait les autres.

Quand le médecin fut parti, toute inquiète elle rouvrit la porte. Édith dormait toujours, une de ses mains pendait hors du lit, elle était froide.

Le visage de la petite fille était marbré de tâches violettes.

Élise l'appela, elle ne bougea pas : Elle est morte, pensa l'enfant, comme mon petit frère l'an dernier; elle restait là toute pensive.

Le médecin revint avec un autre : celui des morts; ils examinèrent la petite morte en disant: c'est un cas de typhus, il y a urgence de l'enlever à l'instant.

— Te voilà encore là! dit le premier médecin à l'enfant qui pleurait; je te défends d'y rentrer.

Ils sortirent en écrivant une note sur la cité des Kroumirs afin qu'on en expulsât les habitants pour l'assainir.

Le typhus répétaient-ils! et un peu émus de ce cas effrayant, ils laissèrent sans y songer, le vent emporter la feuille.

— Le typhus! se disait Lesorne! qui entendait jusqu'au moindre mot dit dans la petite cour.

Le corps fut enlevé d'urgence par deux croquemorts quelques heures après, au compte de l'assistance publique.

Une jeune femme rentrait au même instant, ce n'était point la mère, mais elle suivit le corps afin que l'enfant ne partît point seule pour la fosse commune.

Il y eut une horrible scène de désolation à l'arrivée de la mère.

L'idée que sa fille allait mourir ne lui était point venue! elle allait chaque jour travailler pour l'élever, disait-elle; et voilà qu'elle la trouvait enterrée! elle ferma sa porte, on l'entendait sangloter.

Le lendemain, ce fut au tour d'Élise à tomber malade; en huit jours, de toute la volée d'enfants qui s'ébattait dans la cour fétide, il n'en restait que trois : les médecins croyaient avoir envoyé la note d'assainissement, c'est-à-dire de démolition.

Le chien hurlait jour et nuit, ce qui était particulièrement désagréable à Lesorne.

Enfin il prit son parti, se fit une tête, comme il disait, en coupant sa barbe, à l'exception de la moustache qu'il releva à la Badinguet. Cela le changeait totalement ; il passa une journée à réfléchir comment il allait faire pour se procurer des papiers en cas de besoin. Ne trouvant pas la chose possible, il se dit :

— Je m'en passerai, momentanément !

Deux choses pouvaient le sauver : passer à l'étranger, mais il courait risque d'être arrêté à n'importe quelle gare ; ou acheter à Paris quelque petite boutique où il pût effrontément, au nez de la justice, et dans les griffes des policiers défier les poursuites.

Cette journée-là se passa comme l'autre, sans sortir : Lesorne avait peur.

Il se coucha de bonne heure, écoutant comme la veille les conversations de ses voisins ; il y en avait cette nuit-là des deux côtés.

Ceux de droite n'étaient pas les mêmes que la veille, ceux de gauche se livraient à un travail fort difficile en pareil lieu ; ils bouchaient les fentes.

— En voilà des particuliers frileux ! se disaient Lesorne, quel diable de travail vont-ils faire qu'ils ont si peur des petits trous ?

Il se leva pour regarder mais il n'y avait aucun jour de son côté.

Les gens de droite causaient à demi-voix, de cette façon on distingue souvent mieux que haut.

Lesorne, du reste, faisait si peu de bruit qu'ils devaient ignorer sa présence.

— Comment as-tu fait pour *dévaler du pieu* devant *la rousse ?* (sortir du lit devant la police.)

— J'avais une *gonzesse désargotée* (une jeune fille rusée) avec moi, elle les a amusés en bonissant ; ils avaient le dos tourné, j'ai passé mon *grimpant* (pantalon), pris mes *philosophes aux fourchettes* (mes souliers aux mains) et j'ai dévalé ; ils n'étaient que deux là.

— Ils n'ont rien *relouqué ?* (vu)

— Non, ma gonzesse avait un bras sur le cou de chacun d'eux, il y en avait deux autres à *la lourde* (porte), je les ai salués en passant ; j'avais enfilé mes philosophes dans le bas de l'escalier ; ils m'ont rendu mon salut.

— Qu'est-ce que tu vas faire ?

— Comme les *frangins* (frères), chasser au Brodard ?

— Part à deux, si tu buttes dessus, hein ? c'est entendu, ça fait double chance.

Lesorne avait de petits frissons ; de l'autre côté, on causait également à voix basse.

— Ça s'allume !

— Oui, mais on ne sent rien encore, moi je ne m'en porte pas plus mal, j'ai faim au contraire.

— Quel brâsier pour rôtir un hareng !

— S'il pouvait y descendre, on ferait un bon repas pour le dernier.

— Ça ne fait rien, nous allons être joliment débarrassés : c'est lourd la vie, comme si on portait le monde !

— Dire que nous ne nous quitterons plus, et que nous dormirons toujours.

— Dormir, on n'a plus ni faim ni froid !

— Sans compter qu'on n'a plus surtout d'humiliation des gens qui vous toisent, des pieds à la tête, vos pauvres loques, quand on demande de l'ouvrage, et qui vous disent : Il n'y a pas d'occupation ici pour vous, nous n'employons que des gens convenables.

— Et d'ailleurs, on vous arrête comme vagabonds parce qu'on n'a rien trouvé à faire, et on vous dit en vous fourrant au dépôt : Vous êtes jeune, pourquoi ne travaillez-vous pas ?

— Pourtant, il fait bien beau dehors, on se promenerait de bon cœur le dimanche dans les champs.

— C'est mourir trop jeune.

— Godiche, puisqu'il faut toujours en venir là, ça fait qu'on en est débarrassé, ça ne se recommence pas.

Ils riaient tous deux d'un bon rire jeune et frais.

Lesorne commençait à sentir la forte odeur du charbon ; mais il n'avait pas, lui, bouché ses fentes, et de plus, il ouvrit la lucarne.

Si on s'apercevait de ce qui se passe là, pensait-il, cela ferait venir des indiscrets.

Il laissait tranquillement mourir ses voisins, attendant avec sang-froid que cela fût fini.

— Qu'est-ce qu'on fait donc cuire par là ? s'écrie un des habitants de la case de droite, ça *plombe* (sent) terriblement.

Un troisième individu entrant dans la chambre, les empêcha de s'occuper davantage de l'odeur.

Il entra comme chez lui, c'était un camarade. Eh les autres, vous allez me faire un peu de place pour la nuit.

— Oui, d'où viens-tu, que tu souffles comme une baleine ?

— De la chasse, donc.

— Quelle chasse ?

— Eh bien ! la chasse à l'homme. Quel autre gibier trouverait-on ici !

— Le Brodard est pris !

Lesorne tressaillit.

— Ainsi, il nous aura passé devant le nez.

— Comme vous le dites !

— Où l'a-t-on pris ?

— Ah ! c'est là le drôle de l'affaire ! on l'a pincé à la gare de Lyon. — Vous êtes Brodard ? qu'on lui a dit en lui mettant la main sur l'épaule.

— Eh bien oui, je suis Brodard et j'arrive pour le dire.

— Farceur, qu'on lui répond, vous vous sauviez au contraire

— Non ! qu'il fait.

— *D'où que* vous venez ? qu'on lui dit.

— Ça, qu'il répond, c'est mon secret, peut-être bien que je serai obligé de le dire ; mais en attendant je le garde.

— On s'est informé aux gares, personne n'avait fait attention à lui ; c'était sans doute un voyageur de troisième.

— Ça ne se peut pas qu'il ait été déjà en dehors Paris et qu'il revienne; c'est une couleur qu'il conte.

— On ne sait pas !

Lesorne retenait son souffle, il haletait.

Se pouvait-il que Brodard ne fût pas mort, et revînt justement pour lui assurer la liberté !

S'il pouvait faire l'achat de quelque petite boutique, sous un nom d'emprunt, il était sauvé. L'idée de fuir à l'étranger lui revenait aussi ; sa tête brûlait, son cerveau éclatait.

Bientôt des deux côtés, Lesorne n'entendit plus rien.

Il fallait, de toute nécessité, qu'il choisît momentanément un autre asile, le suicide du couple de gauche devant attirer peut-être l'attention sur l'hôtel.

Il est vrai que l'épidémie sur les enfants avait passé comme cela; mais des enfants, il y en a toujours assez; peut-être aussi que l'épidémie, ayant laissé des miasmes, on n'irait que le moins possible dans ces parages.

A toutes ces probabilités, il eût été dangereux de se fier, Lesorne résolut donc de partir le matin même, pour quelle destination, il l'ignorait ; mais le prétexte, son argent à aller prendre, lui paraissait plausible.

CXIII

TOUJOURS L'AFFAIRE BRODARD.

Comment Mme Marcel fit-elle rencontre à Londres de Sansblair et de l'enfant? il n'y a rien de miraculeux, puisque le nom de Davys-Roth, attaché à la fondation de la maison de protection pour les jeunes filles pauvres, lui fit jeter les yeux sur la princesse Mathias, dont le nom s'attachait également à cette œuvre

Ignorant toujours la mort de Davys-Roth, elle le croyait caché quelque part, peut-être chez la princesse Mathias.

Ayant pris tous les renseignements nécessaires pour ne point tomber dans un piège, Mme Marcel se fit présenter comme voulant offrir un modeste don à la pieuse maison.

C'était un soir de réception; lors même qu'elle eût rencontré Davys-Roth, il ne pouvait y avoir pour elle de danger devant tant de personnes.

Ne connaissant personnellement ni Helmina ni son complice, Mme Marcel ne put rien décider à cette première soirée. Elle offrit modestement son offrande de quelques centaines de francs, parmi les millions qui roulaient autour d'elle, et fut bien accueillie.

Sansblair, lui, devina aux regards curieux de cette femme, qu'elle venait là à la découverte; il s'attacha de son côté à l'observer et à connaître son adresse.

La seconde fois que Mme Marcel se présenta aux soirées d'Helmina, sa fille l'accompagnait.

L'étonnement de la princesse Mathias fut à son comble, elle n'était pas si

Pourquoi m'enfermez-vous ?

bien grimée, que Blanche ne la reconnût; toutes deux restèrent impassibles; la comtesse Phégir seule, remarqua l'émotion passagère qui avait troublé leurs visages.

Ce soir-là, Sansblair arriva tard, il ne fut pas présent à cette reconnaissance, mais il était fixé sur Mme Marcel, ne la revoyant plus chez Helmina, il comprit que cette femme avait un plan et il alla la trouver, sous prétexte d'informations, sur des amis de Paris.

Mme Wolfranz faisait merveille à Paris, elle avait déjà envoyé, comme témoignage de reconnaissance, à la princesse une magnifique parure de diamants ; lorsque les journaux impies recommencèrent leur campagne sur la maison de convalescence, cherchant à établir une certaine analogie entre la première fondation et la nouvelle ; un de ces journaux ajoutait, en manière de menace :

« Tous ceux qui ont disparu ne sont pas morts ! et si les mêmes faits se renouvellent, le châtiment cette fois ne pourra être évité. »

La première phrase : « Tous ceux qui ont disparu ne sont pas morts ! » plongea Helmina dans une rêverie sinistre.

De France, on avait de mauvaises nouvelles.

Aux attaques, reprises avec acharnement contre la maison de protection des jeunes filles pauvres, se joignait l'affaire Brodard.

Les idées remuées fermentaient, s'échauffaient, comme des semences sous une terre chaude.

L'affaire, si claire en apparence, recelait une sorte de mystère. Pourquoi Brodard prétendait-il être revenu ? au lieu de ne point être sorti de Paris, et s'il était revenu, comment pouvait-il, après tant de preuves accablantes, se dire innocent ?

Les communards, qui avaient connu Brodard là-bas, prétendaient que cela était impossible qu'il eût commis ces crimes ; la réaction, au contraire, prétendait qu'étant communard, il devait être criminel.

— L'affaire se corse ! disaient les petits crevés, des plumitifs de millième ordre taillaient leur plume de dindon, l'emplissant de bave et de fiel, déversaient sur le papier des flots impurs.

Pendant ce temps-là, Brodard était au secret et Lesorne courait les rues, n'osant encore retourner cité des Khroumirs, mais tout à fait rassuré par l'arrestation de Brodard, pour l'instant présent.

— Quel pante ? se disait-il, ouvrant sa large bouche, en riant d'un mauvais rire ; ce n'est pas la peine d'aller à l'étranger, je n'ai pas assez emporté pour me payer des frais de voyage et je suis tout porté, ici, pour m'établir.

Les découvertes qu'on avait faites, s'étant trouvées d'accord avec d'anciennes trouvailles, telles que l'homme de la carrière, l'assassinat de Lesorne sur le chemin ; le bâton de colporteur, pareil à celui à l'aide duquel Rosa avait été assommée, Trompe-l'Œil assommé de même, et tant d'autres choses, tout cela tombait sur la tête de Brodard qui, calme et résigné, répondait : Je m'expliquerai devant le tribunal et devant la foule.

Ces mots : devant la foule, faisaient espérer aux révolutionnaires, que Brodard n'était pas coupable.

— Il n'aura pas pu aller plus loin, disaient les magistrats, il était traqué de toutes parts ; la police est *si habile !* elle ne l'aurait pas laissé échapper ! il a imaginé la fumisterie de ce voyage pour se rendre intéressant.

« Cela tombait sous le bon sens ! »

Lesorne se lassait de l'incertitude, il voulait retourner près du Renard-Noir l'employer, si c'était possible, à l'achat qu'il ne pouvait faire lui-même.

Il avait quitté à l'aube, l'hôtel de Niort, dans lequel il avait passé plusieurs nuits sous le nom de Georges Picard, voyageur — pour une maison de cotonnade de Rouen, et marchait à petits pas dans la direction de la rue Marcadet, songeant qu'il allait dire au Renard-Noir : Je rapporte cinq mille balles, il m'en reste autant là-bas à déterrer! arrangez-vous pour que, vos peines et démarches payées, je sois possesseur d'une boutique quelconque, cabaret, crèmerie, ou n'importe quoi! sous un nom et dans un quartier si perdus, que jamais ma belle-mère et ma femme ne viennent m'y trouver.

Tout en préparant ce discours, il arriva place Clichy. C'était l'heure du déjeuner des chiffonniers; à cette heure-là, ordinairement, les degrés de la statue de Moncey étaient couverts d'hommes, de femmes, d'enfants, devisant gaiement ou lugubrement, chacun suivant les dispositions de son esprit ; ce jour-là un seul sujet de conversation absorbait la société : l'affaire Brodard.

Lesorne, calme et souriant, marchant d'un pas mesuré, les vit la hotte sous leurs pieds en guise de petits bancs, ou dressées en faisceaux à leurs pieds, un morceau de pain à la main, le pouce étendu sur le bout de saucisson ou le fromage, ou remuant, pour y trouver un morceau *convenable*, l'arlequin trouvé dans la route.

— Moi, je vous dis qu'il a bien fait de revenir, Brodard! glapissait un adolescent qui gesticulait avec son crochet — s'il n'est pas coupable pourquoi donc qu'il se cacherait?

— Pas coupable! nom d'un nom! est-il godiche ce Victor!

— Dame! si on m'accusait d'une chose que je ne serais pas capable de faire, moi aussi je reviendrais. — Il se mit au port d'armes avec son crochet.

— Est-ce qu'il peut n'être pas coupable, puisqu'on a toutes les preuves !

— Mince ! *y en a* souvent des preuves *qu'ont* menti !

— Ça n'empêche pas qu'il sera fauché!

— Tiens, ce bourgeois qui passe là-bas ! si Brodard n'était pas cueilli, on dirait que c'est lui !

— Tu le connais donc?

— C'te farce! puisque je l'ai vu dévaler du chemin de fer, à la gare de Lyon.

— C'est bien vrai alors qu'il avait quitté Paris ?

— Vrai comme nous voilà là, il est sorti des troisièmes du train-omnibus de Lyon.

« Il marchait drôlement, tout d'une pièce, comme si c'était un homme à ressort; il est entré dans la gare avec son paquet noué dans un mouchoir — il avait l'air de chercher quelque chose — alors, comme on le cherchait aussi, les *railles* lui ont mis la main au collet: C'est vous qui êtes Brodard, qu'ils lui ont dit. Oui, c'est moi qui suis Brodard, qu'il répond.

« Je n'ai pas entendu le reste, ils l'ont emmené, c'était plein de monde qui suivait, moi aussi, quoique j'eusse ma hotte, j'ai suivi, les autres criaient après moi que cela leur craflait la figure, mais nous suivions toujours, les railles l'ont fait entrer dans un poste ; ça été fini, on ne l'a plus revu.

Lesorne s'aperçut qu'il marchait un peu plus vite : il ralentit son pas, conservant un air tout à fait comme il faut.

— Si c'était Brodard, dit un autre.

— *Sinve!* il ne peut pas être double.

Lesorne arriva un peu verdâtre, à la cité des Kroumirs où il conta le boniment préparé sur son voyage et l'achat d'un fonds.

— On trouvera ce qu'il vous faut, dit le Renard-Noir. Ah! vous savez la nouvelle, Brodard est arrêté.

— Oui, dit Lesorne, on me l'a dit.

— C'est bien heureux pour vous ! continua le Renard-Noir.

— Pourquoi?

— Parce que vous lui ressemblez comme deux gouttes d'eau.

— Vous croyez?

— J'en suis sûr; et puis, une chose encore aurait été contre vous, c'est qu'on aurait pu vous voir avec la redingote brune, qui était sous votre blouse.

Lesorne se taisant, le Renard-Noir continua :

— Comme ça se trouve cependant! Avant qu'on ait Brodard, j'aurais juré que c'était vous.

— Et vous vous seriez trompé, comme vous voyez !

— En effet; ce qui n'empêche pas, ajoutait à part soi le Renard-Noir, que pour n'être pas Brodard, tu n'en vaux pas mieux!

Lesorne réfléchissait à ce qui lui serait arrivé, si le Renard-Noir l'eût pris pour Brodard.

— Vous avez l'air tout drôle, dit l'hôte.

— Moi?... pourquoi?... je suis fatigué, voilà tout.

— Vous venez de loin?

— Mais oui, de chez moi.

— C'est donc à l'hôtel de Niort, chez vous ?

— Possible ! répondit Lesorne payant d'audace; il avait été filé.

Les deux bandits étaient faits pour s'entendre et ils s'entendirent.

Moyennant finances, du côté de Lesorne, discrétion, du côté du Renard-Noir.

Huit jours ne s'étaient pas écoulés, que Lesorne était établi dans une des petites boutiques qui avoisinent les fortifications. Le Renard-Noir ne lui avait pris que moitié pour sa peine (*cinq mille balles*); il lui avait, de plus, fourni des papiers : ceux de son frère, disparu depuis cinq ou six mois, et qu'il n'avait *pas eu le temps* de faire chercher.

Ce frère étant un peu ivrogne, un peu batailleur, il avait dû lui arriver quelque aventure finale, vers la Seine ou ailleurs. Ne faut-il pas bien en terminer ?

Les papiers étaient en règle ; c'est sous le nom de Edme Pascal, dit le Renard-Rouge (par allusion sans doute au teint de l'ivrogne), que Lesorne ouvrit sa boutique, de l'autre côté des fortifications, vers Saint-Ouen.

C'était un débit de vins, bière, liqueurs, un de ces établissements nommés caboulots, qui servent si souvent de souricières et que la police les tolère.

L'enseigne était : *Au Poivrot.* Edme Pascal, vin — bière — liqueurs.

Lesorne eut une véritable chance que ce fut le Renard-Noir qui fit faire l'enseigne, car le peintre n'était autre que Jehan Troussebane; les fresques pieuses étant terminées, nos artistes redescendaient vers les enseignes, qui leur rapportaient un peu plus, mais qui mettaient leur talent à la merci des vents et de la pluie.

Jehan Troussebane eut reconnu Lesorne, même avec sa moustache en croc, et cela l'eût aidé au mémoire que lui et ses amis préparaient sur l'affaire Brodard. Avec cela, elle eût été évidente.

Lesorne, afin de devenir un personnage nouveau, s'adjoignit une femme, fournie comme tout le reste par le Renard-Noir : une *largue d'ocas*, comme il disait — femme d'occasion.

La femme, nous la connaissons ; c'est la *Pelouette* (la louve) de Saint-Lazare.

Elle aussi cherchait un *amadouage d'ocas* — mariage d'occasion. Elle était lasse de rouler.

— Je veux, disait-elle, me *remiser* de temps en temps — à l'ombre.

La Pelouette était superbe au comptoir : on l'appelait la belle Mannezingue ; bientôt le caboulot fut largement achalandé.

Parfois la Pelouette regardait attentivement Lesorne qui allait, venait, servant si prestement les pratiques que personne n'avait le temps de le regarder en face.

— On dirait, pensait-elle, que cet homme-là a peur du jour.

La Pelouette pourtant donnait dans l'œil à Lesorne, parfois l'idée lui prenait de l'épouser.

Puisqu'il avait les papiers d'Edme Pascal, c'était pour s'en servir. Le Renard-Noir l'avait assuré que son frère avait été si peu de temps à Paris et qu'il y était si peu connu, qu'il n'y avait pas d'inquiétude à avoir.

Quant à ceux qui pourraient s'en souvenir, comme il y avait cinq ans qu'il était disparu, ils le trouveraient changé, voilà tout. Le témoignage du Renard-Noir devait lever tous les doutes.

— Où diable ai-je déjà vu cet homme-là ? se demandait un jour M. X... en allant procéder, dans la souricière *du Poivrot,* à une rafle de vagabonds ?

Mais Lesorne se faisait à chaque instant une tête nouvelle.

— Comme cet homme a le visage mobile ! disait un habitué, un *poivrot* qu'on eût dit détaché de l'enseigne. On voit bien que c'est un bon zig, les braves gens ont comme ça le visage mobile.

Ce n'était pas l'avis de la Pelouette : à chaque proposition de Lesorne pour le mariage légitime, elle ne pouvait se défendre d'un mouvement de frayeur.

Pourtant elle n'était pas difficile, la Pelouette.

Le procès Brodard allait son train.

L'entêtement de l'accusé à soutenir qu'il arrivait à Paris, au lieu de s'en enfuir quand on l'avait arrêté, trouvait des partisans ; il y avait à l'appui, un récit détaillé de la sortie du bagne de Brodard sous le nom de Lesorne, ce récit était signé par les peintres, et par Jacques, le garçon d'hôtel ; Kerouen et les Philippe, avaient également écrit, pour témoigner des diverses choses qu'ils savaient sur les Brodard, mais comme ils n'étaient, ni les uns ni les autres, des gens *comme il faut,* on n'apportait pas d'empressement à les faire appeler.

Les événements qui survinrent à Londres précipitèrent les choses.

CXIV

LE FILS ET LA MÈRE

Sansblair reçut un soir en passant dans une rue déserte un coup de poignard qui glissa dans les doublures de ses vêtements ; il ne vit personne et se crut dupe d'une illusion jusqu'à ce que rentré chez lui il vérifia le fait. Ses vêtements étaient troués.

C'était la seconde tentative d'assassinat contre lui.

Décidé à se venger sans plus tarder, Sansblair alla trouver Mme Marcel et commença à tâter le terrain ; il prétendait avoir remarqué qu'elle était d'excellent conseil en affaires et voulut savoir son avis sur un tas de choses inutiles.

Mme Marcel lui proposa pour achever la conversation de venir les conduire en cab, elle et sa fille, à une promenade hors de la ville. La fille se chargerait d'occuper le petit s'il ne fallait pas qu'il entendît.

Elle voyait bien *qu'une chance* lui arrivait pour ses projets ; mais Davys-Roth ne se montrait pas : elle craignait de récolter plus d'ennuis que de profit. Le profit, c'était là le grand mobile, il dominait la vengeance.

Le hasard voulut que ce jour-là, Mme Marcel se trouvât en possession d'un journal français, contenant une petite digression à l'affaire Brodard, digression tout à fait dans le même ton. Il s'agissait des documents cent fois renouvelés des frères Philippe, sur la première maison de convalescence, ils promettaient d'amener un témoin redoutable ; mais ils étaient menacés, de leur côté, d'être traduits en police correctionnelle sous le fait de calomnies sur des personnages respectables.

— Connaissez-vous l'histoire du moment, dit Mme Marcel en tendant le journal à Claude Plumet.

Celui-ci parcourut l'article.

— Il ne s'agit pas de faire du mal à maman, n'est-ce pas ? demanda le petit.

L'enfant inquiet se rapprochait.

— Est-il farce ce petit drôle ! qui est-ce qui s'en occupe de ta mère ?

— Ce n'est donc pas votre fils ? demanda Mme Marcel.

— Mais si, dit Claude ; l'enfant a parfois de ces hallucinations, je ne les combats pas, de peur de les augmenter ; il s'imagine que sa mère est encore vivante.

Mme Marcel flairait un secret.

Les promeneurs, arrivés dans ces régions pleines de la verdure, riche et profonde des houblonnières et des arbres fruitiers ; dans des paturages où l'herbe monte aux genoux des animaux, s'enfoncèrent dans la campagne laissant le cab les attendre sur la route.

Le petit, inquiet, se rapprochait toujours, laissant seule Blanche Marcel qui s'efforçait en vain de le retenir ; une vague inquiétude le mordait au cœur.

— Il y a, dit Mme Marcel à Claude Plumet, une affaire qui tournera au profit des incrédules sans être bien lucrative pour ceux qui l'entreprendront.

— Et la vengeance, dit Claude Plumet?

— Mon cher monsieur, la vengeance est légère sous la dent, quand elle n'est point accompagnée d'agréments plus solides!

— Alors, dit à bout portant Claude Plumet, il ne faudrait compter sur vous que pour des expéditions grassement payées?

— Qui vous dit qu'il s'agisse de moi?

— Tout, ma chère dame. Voyons, jouons cartes sur table : voulez-vous faire alliance avec ceux qui savent que la princesse Mathias n'a pas toujours porté ce nom?

— Quels sont les risques, et quels sont les résultats?

— Les risques, comme la princesse est à Londres, peuvent être assez grands.

« Les résultats? Je vous l'ai dit : la vengeance satisfaite — je n'en vois pas d'autres pour moi.

« Quant à vous, les circonstances vous en donneront peut-être.

L'idée vint à l'humble femme que les chances étaient du côté de la princesse. Elle feignit donc, voulant, ou avoir un pied dans chaque camp, ou se vendre plus chèrement à Helmina.

Sansblair n'était pas de la force de Mme Marcel pour concevoir des trahisons; il fut dupe de son hypocrisie, quand elle lui dit :

— Toute réflexion faite, je m'allie à vous; nous verrons après ce qui en résultera. Seulement, entamez la lutte, je viendrai à l'appui. Moi aussi, je sais sur la maison de convalescence et sur Davys-Roth, des choses que les ennemis de la religion devraient payer cher.

— Ces gens-là n'ont jamais le sou, dit Plumet; ils ne payent que de leur peau et nous n'en ferions rien.

Les oiseaux chantaient dans les houblons, et dans les grasses prairies, les troupeaux couchés à l'ombre des arbres, allongeaient paresseusement des mufles frais et roses, à point pour les bouchers.

Blanche Marcel, qui n'aimait ni les fleurs, ni les oiseaux, ni les chemins creux voûtés de verdure, brisait avec ennui, du bout de son ombrelle, les tiges de plantes fleuries; les marguerites, moins grandes qu'en France, cachées presque comme des violettes dans la hauteur de l'herbe, tombaient décapitées sur son passage.

L'enfant, lui, toujours inquiet, marchait à son côté, les yeux fixés sur Claude Plumet. Un vague malaise l'envahissait.

Sansblair et Mme Marcel arrêtèrent ce jour-là, que tous deux changeraient de domicile, afin d'éviter un guet-apens; que chacun d'eux écrirait à Paris les faits par lui connus, et que les lettres seraient adressées au journal qui avait inséré celles de Philippe. Celle de Sansblair devait, ainsi qu'ils en étaient convenus, partir la première.

Il l'envoya en effet ; elle était ainsi conçue :

« Je tiens à la disposition du journal *le Niveau* des faits (appuyés de preuves)
« dont la publication sera de nature à faire prendre au sérieux les documents
« publiés sur la maison de convalescence — de Notre-Dame-de-la-Bonne-Garde.
« Il y a aussi, concernant d'autres affaires, quelques documents curieux dont je
« tiens à votre disposition des copies, car je garde l'original, par exemple ceci :
« Donné pour faire disparaître Gabriel, dit Sansblair, cinquante mille francs.

« Signé : DE MÉRIA. »

« Nicolas Nigel, dit Mandolet, dit Trompe-l'Œil — celui qui possède les papiers. »

Le journal crut à une fumisterie et fit lithographier la lettre avec cette annotation : canard d'Outre-Manche.

Mme Marcel agit tout autrement, elle écrivit à la princesse et au prince Mathias :

« Ma belle dame,

« Je ne puis, par des raisons toutes particulières, m'exposer à aller vous trou-
« ver dans votre palais. Venez vous-même chez moi, à moins que vous ne pré-
« fériez apprendre par les journaux les intéressants détails de l'affaire de la
« maison de convalescence. Et vous, cher prince, décidez madame votre épouse,
« car l'histoire de Nicolas et celle d'Helmina sont intimement liées ensemble.

« FEMME MARCEL,
« Cité de Londres. »

« *P.-S.* J'aurais pu vous cacher mon adresse, comme il était convenu avec
« d'autres personnes, mais je crois que nous nous arrangerons ensemble. »

Le prince et la princesse Mathias commençaient à conduire paisiblement leur barque au milieu des écueils ; ils reçurent avec assez de calme la lettre de Mme Marcel.

— Il faut prendre immédiatement un parti, dit la princesse.

— J'y songeais.

— Que trouvez-vous ? dit de nouveau la princesse.

— Je cherche, répondit-il.

— Vous cherchez ? Eh bien, moi, j'ai trouvé ! Ne sommes-nous pas agents de Rome et agents de la Russie ? N'avons-nous pas le devoir de dénoncer quiconque attaque ceux dont nous sommes les mandataires ?

— En effet !

— Et vous ne trouviez pas cela ? continua-t-elle d'un air de profonde pitié.

— Vous ne m'avez pas laissé le temps.

C'était Edmond, sourd-muet de naissance.

— Ah! dit-elle avec amertume, c'est que je me souviens d'avoir été autrefois plus ferme que vous tous. Je le suis encore.

— A propos, encore une mauvaise nouvelle, dit le prince. De Méria, dit-on, commence à recouvrer quelques lueurs de raison.

— Vous voyez bien qu'il faut aviser de suite : l'orage gronde de toutes parts.

Le prince paraissait accablé.

— Allons donc, dit Mme Mathias, ne soyez pas lâche. Cet instant est un mauvais passage, qu'il fallait traverser tôt ou tard. On sort bien d'un coupe-gorge.

— Malheureusement; car Sansblair en est sorti et d'autres encore.

— Que les hommes sont lâches! dit Helmina. Au lieu de perdre votre temps en vaines réflexions, rédigez de suite l'ordre à vos affiliés de créer un délit contre les personnages qui nous menacent; une fois en prison, on verra ce qu'il en faudra faire.

Cette conversation fut interrompue par l'arrivée du personnage qu'on attendait le moins; l'enfant pâle, tremblant, effaré, se précipita vers la princesse en criant :

— Maman! maman!

Il l'avait saisie par sa robe et y cachait sa tête.

Helmina le repoussa comme elle eût fait d'un reptile.

Jamais elle n'avait fait la moindre attention au pauvre petit; à peine si elle le reconnaissait (un enfant tient si peu de place); le temps où, mise sur le pavé par ses créanciers, elle s'enfuyait tenant son fils par la main; était si loin qu'il ne lui venait plus à la pensée.

Helmina se pendit au cordon de la sonnette.

— Jetez ce petit polisson dehors, dit-elle aux domestiques qui se présentèrent.

Mais Firmin criait toujours :

— Maman! maman!

— Il est fou! disaient les domestiques en cherchant à l'entraîner.

Il mordait, il égratignait, cherchant à s'approcher d'Helmina.

La princesse s'aperçut alors que le petit lui tendait un flacon, mais ce ne fut pas elle qui le prit : ce fut Claude Plumet qui avait suivi Firmin.

Claude Plumet, terrible, s'étant aperçu que son fils d'adoption, au courant de ce qui se passait, venait avertir sa mère et lui rapporter une des preuves qu'il avait contre elle.

— Quoi! s'écria Sansblair d'une voix terrible, oubliant qu'il était lui-même un assassin. Ne pourra-t-on obtenir justice?

Helmina et Nicolas se taisaient, écrasés.

Sansblair, poussé au paroxysme de l'indignation, voulut se précipiter sur Helmina et il l'eût étranglée, si l'enfant ne se fût jeté devant elle.

Un instant ému, le bandit s'arrêta devant Firmin, qui recommençait à vouloir enlacer Helmina de ses bras.

Obéissant à un mouvement instinctif, elle détacha de sa jupe de satin bleu d'azur les petites mains sales qui s'y cramponnaient; le mouvement fut si brutal que l'enfant tomba en arrière. Sansblair se précipita sur lui et l'emporta inanimé disant à Helmina :

— C'est votre fils, madame! vous l'avez oublié, mais lui s'est souvenu.

Un silence glacé accueillit ces paroles. Les domestiques durent trouver que les maîtres de la maison étaient bien patients de ne point faire arrêter l'homme qui les insultait ainsi; mais Nicolas et Helmina savaient le moyen d'arrêter les indiscrétions : l'hypocrisie et la corruption. Une fois remis de leur épouvante, ils prétendirent que Plumet était fou et que sa folie avait rejailli sur son fils. L'incident ne fut point ébruité.

Sansblair emportait l'enfant dans ses bras avec une tendresse qu'il ne se fût point soupçonné; il le coucha, essaya de le faire revenir à lui, mais les soins paraissaient inutiles.

Le médecin fut plus heureux : il rappela l'enfant à la vie, mais pour le voir en proie à des convulsions qui, produites par la chute ou par la douleur, ne le tuèrent pas moins. Vers le huitième ou neuvième jour, il mourut répétant encore :

— Maman! maman!

Pendant ce temps, la police du Saint-Père, dont faisait partie le prince Mathias, cherchait activement Claude Plumet, qui au désespoir après la mort de l'enfant, étant parti pour l'Australie.

Il avait, en partant, envoyé sous pli cacheté à Mme Marcel le fameux papier.

« Donné pour faire disparaître Gabriel, dit Sansblair, cinquante mille francs.

« DE MÉRIA. »

— Si ceci est véritable, dit la hideuse femme en tressaillant de joie, il ne s'agit que de bien mener sa barque. Mais comment faire pour ne pas sombrer dans ces écueils. Quel dédale !

Elle fut interrompue par l'entrée d'un homme de pieuse allure, qui la convoqua avec sa fille à une réunion de personnes pieuses, assemblées dans une des rues les plus belles de Londres, Regent-Street.

Les noms étaient recommandables, la rue était sûre, l'heure relativement peu avancée. Pourtant, Mme Marcel et sa fille, après avoir formellement promis de se rendre à l'invitation, partaient en secret pour Douvres, d'où elles devaient s'embarquer pour la Belgique.

La souricière de la réunion était trop grossière pour d'aussi fin gibier. Le prince et la princesse Mathias s'en aperçurent trop tard.

La vieille comtesse Phégir et le jeune président remarquèrent, sans étonnement, qu'une sorte de désarroi régnait chez les illustres personnages : il y avait longtemps que la vieille sorcière et le jeune serpent flairaient un scandale.

Les dames Rousserand suivaient avec un intérêt puissant les articles du journal *le Niveau*, à propos de la maison de convalescence.

Mais nulle part les feuilles mal pensantes ne causaient une plus profonde impression qu'au bagne de Toulon. passées en fraude, elles étaient lues avec passion et commentées par le bonnisseur avec sa logique ordinaire.

Les esprits étant surexcités, on ne pouvait plus dormir: il fallait recommencer les aventures du grand Colas avec la fille du Rajah, leurs amours travesties par le ratichon, et finalement le triomphe du grand Colas, qui devenu rajah ouvre toutes les geôles comme des volières et fait pendre le ratichon, puis on en revenait encore à l'affaire Brodard.

CXV

L'ABBÉ HUBERT ET Mᵐᵉ MIXLIN

Depuis qu'on reparlait dans la mauvaise presse de la maison de convalescence des jeunes filles pauvres, Mᵐᵉ Mixlin était comme galvanisée, — l'idée de venger Rose lui donnait la force de vivre.

La pauvre femme ne sentant presque rien des besoins de la vie, obéissant à son idée sans regarder autre chose, était parvenue à faire, tout entravée qu'elle était par la misère, le jour qui lui était nécessaire.

Elle avait su par exemple, de la bouche même des parents, l'âge de la fille qu'avait perdue Mᵐᵉ Pignard au temps où le jardin était un cimetière.

La petite Pignard avait *six ans!* précieux indice, que Mᵐᵉ Mixlin recueillit, car entre le squelette d'un enfant de cet âge et celui d'une fillette de onze ans la différence est grande.

Mᵐᵉ Mixlin, sans rien dire à personne, alla voir l'inscription mise par les Pignard sur la petite tombe où ils avaient déposé les ossements réclamés par eux; elle y lut :

Ci-gît
Célanire-Polymnie Pignard, incomparable par ses vertus,
Morte à l'âge de six ans.

La mère de Rose tenait sa preuve.

Pendant ce temps l'abbé Hubert faisait la contre-mine.

Il s'informa de toutes les choses relatives à la maison de convalescence, à Davys-Roth, à tout ce qui touchait de près ou de loin à l'église et ayant comme par hasard lié connaissance avec M. X... il se trouva bientôt au courant de tout ce que savait celui-ci; peu s'en fallut que le policier aux abois, lui fît confidence de ses ennuis relativement aux relations amicales qu'il avait entretenues si longtemps avec de Méria, Nicolas et autres.

Bientôt M. X... et l'abbé Hubert devinrent tellement intimes, que l'abbé fourrait son nez dans toutes les affaires.

M. X... s'idiotisant de plus en plus, et l'abbé l'éblouissant chaque jour davantage par ses talents de jurisprudence, il arriva un moment où il fit complètement tout chez son ami.

Les premiers rapports pour les recherches, au sujet de la jeune folle qui s'était enfuie de la maison de convalescence, passèrent dans la poche de l'abbé; il les fit suivre de quelques lettres de Mᵐᵉ Mixlin échappées à la destruction. Tout ce qu'il trouvait y passait, le résultat de la perquisition faite chez Davys-Roth après l'affaire du bris de la serrure, tout enfin.

La perquisition à la maison de convalescence suivit le même chemin; M. X... ne feuilletait même plus ses papiers, l'abbé lui épargnait ce soin.

Tous deux soutenaient des thèses fort intéressantes sur la question sociale, vue à leur point de vue, c'est-à-dire du côté de la nécessité de la répression.

Où en serait-on, disait l'abbé, s'il n'y avait ni prêtres ni gendarmes? On ne craindrait ni la prison de l'enfer, ni la prison. Les *honnêtes gens* qui ont de petites faiblesses, seraient à la merci des impies, montrés au doigt par toutes les mains calleuses et condamnés comme tout le monde!

Cette idée que des malotrus porteraient impunément la main sur les saints en train de se payer quelques péchés mignons, les remplissait de douleur. Dire que l'impiété gagne tellement qu'on regarde les hauts personnages sans la moindre crainte.

Doucement allongé dans son fauteuil, M. X... suivait paresseusement les discours éloquents de l'abbé Hubert, et comme il avait eu déjà en haut lieu des compliments sur une certaine affaire instruite par les inspirations de l'abbé, il recommençait à se bercer d'illusions comme au temps où il se voyait en songe, la balance à la main, devant les peuples respectueusement courbés.

Pendant ce temps, l'article du *Niveau*, tout en étant traité de fumisterie, faisait son chemin et, malgré son titre de canard d'outre-manche, il occupait la pensée de la pauvre éplucheuse aux halles, Mme Mixlin.

Est-ce que vous pensez encore que votre Rose était fourrée là-dedans, disaient les dames de la halle, à la pauvre mère?

— Vous verrez, répondait-elle. Et de nouveau, elle courbait la tête sur ses légumes pour cacher l'émotion de son visage.

Le jour où M. X... eut de nouvelles félicitations de ses chefs à propos d'un travail dicté par l'abbé Hubert, on lui dit en même temps : vous allez du reste reprendre d'anciens travaux; vous possédez tous les dossiers de l'affaire de la maison de convalescence, il faudra en terminer avec ce fatras. Est-ce qu'une soi-disant Claire Marcel ne vient pas d'arriver dans le village où son oncle était curé? Mais ce doit être une imposture et il s'agira de le prouver.

M. X... pensa cette fois encore à son guide, son ami, l'abbé Hubert; pour sûr il le tirerait d'embarras. Ce fut donc avec un sourire béat et satisfait qu'il reçut la nouvelle.

Claire Marcel était en effet arrivée avec le vieux Kerouen et son amie Guthile.

Le vieillard avait eu soin de faire constater par le maire et tous les habitants du village, l'identité de Claire.

Ils allèrent en arrivant à Paris au bureau du journal le *Niveau*, où ils déposèrent une copie de la déclaration de Claire.

Une autre copie fut envoyée au procureur de la République.

Celle du journal parut le lendemain ; elle était ainsi conçue :

« Moi, Claire Marcel, j'atteste la vérité des accusations qui ont été portées par la presse, au sujet de la maison de convalescence de Notre-Dame-de-la-Bonne-Garde, et je suis prête à en témoigner, afin que les mêmes dangers ne se présentent pas pour de pauvres enfants, à la maison de protection qu'on élève pour les jeunes filles pauvres. » « CLAIRE MARCEL. »

Il n'y eut qu'un cri à l'imposture dans la presse pieuse.

La lettre ayant été publiée, les magistrats durent appeler Claire Marcel devant eux.

Ce premier interrogatoire les épouvanta, tant les indications données par la jeune fille étaient précises.

Les autres témoins nommés par elle durent être cités de nouveau.

Tout cela se passait dans le plus grand silence : le jugement, disait-on, aurait lieu à huis clos.

On aurait pu croire que la vérité triompherait.

Tout semblait venir au jour dans cette ténébreuse affaire : c'est ainsi quand les choses font voir de grandes évidences.

Claire Marcel, le vieux Darek et Guthile logeaient chez le vieux Montnoir de plus en plus étonné d'avoir vécu si longtemps sans soupçonner le vrai côté de la vie.

Nous y voilà! se disait l'abbé Hubert : que tout arrive au jour et que tout soit anéanti. Il était calme tout autant que M. X... qui s'appuyait sur les lumières de son ami.

Pendant ce temps, dans le silence de son cabanon, de Méria, à moitié rétabli du choc terrible qu'avait éprouvé son cerveau, relisait le fac-simile de l'écriture de Sansblair, dont un infirmier lui avait par hasard enveloppé quelque chose, et chaque fois qu'il avait médité sur ce chiffon de papier, il le resserrait précieusement dans un trou de ses vêtements, faisant poche avec la doublure.

Il était pas mal abandonné M. de Méria; ce n'était pas souvent que les dames Rousserand, obéissant à un sentiment de pitié, songeaient à lui : l'horreur qu'il leur inspirait n'avait pas diminué.

CXVI

LES PETITS MOYENS DE L'ABBÉ HUBERT.

— La fin justifie les moyens! disent les jésuites.

En rajeunissant la plupart de leurs maximes, l'abbé Hubert conservait le fond.

Pour lui les moyens n'avaient pas besoin d'être justifiés; pourvu qu'ils conduisissent au succès, peu lui importait la pensée des troupeaux humains s'ils obéissaient.

Personne, du reste, n'avait rien à y voir, puisqu'il ne prenait pas de confidents.

L'arrivée de Claire Marcel ne le troubla pas; pour qu'un témoin soit cru il faut que la raison de ce témoin soit lucide. Or, Claire avait fait un séjour à Sainte-Anne; de plus, il pratiquait comme Davys-Roth les maximes du jésuite Airault :

« Savoir que les hommes peuvent sans scrupule attenter les uns contre les

« autres par la médisance, la calomnie, le faux témoignage, et qu'on peut tuer le
« *calomniateur* en cachette, pour éviter le scandale.

Voir le chapitre de la calomnie :

« *Code des jésuites,* — faisant suite aux ouvrages de Michelet et Quinet. — En
vente, rue de Richelieu, 35, et chez tous les libraires de France et de l'étranger, en 1845. »

L'abbé Hubert connaissait la demeure de Claire. Il avait remarqué combien
les manières de la jeune fille étaient simples et dignes; il savait qu'elle ne sortait jamais seule; que les Darek avaient dans leur pays une réputation inatta-
quable; il éprouvait de plus un caprice pour Claire. Cela n'empêchait pas qu'il ne
résolût de la calomnier de telle sorte qu'elle tombât dans le mépris, seule manière de tuer l'accusation.

Grâce à son caractère sacré, il put lire la lettre de Claire au procureur de la
République et s'imprima tellement l'écriture dans les yeux qu'il pût, en rentrant
chez lui, l'imiter parfaitement.

Le regard de l'abbé Hubert conservait, comme des photographies que sa mémoire y retrouvait à volonté, les choses dont il avait besoin.

Cet être était parfaitement doué pour le métier qu'il faisait.

L'abbé écrivit, en imitant l'écriture de Claire, une lettre à qui il s'agissait de
faire prendre le bon chemin, car le cabinet noir pouvait l'oublier. Parfois ses
membres laissent glisser des trésors entre leurs griffes noires.

Cette lettre était ainsi conçue :

« A monsieur A. B., poste restante, Épinal.

« Mon cher ami,

« J'espère parvenir à grossir ma dot à l'aide de ce qui nous a été promis pour
« perdre Notre-Dame-de-la-Bonne-Garde; les gens de justice ont jusqu'à présent
« avalé le canard sans assaisonnement.

« Quelle noce nous allons faire! Ce vieux grigou de Montnoir s'est trouvé à
« point pour abriter dans son hôtel ébréché ta bien aimée, ta douce colombe,

« CLAIRE MARCEL. »

« Je demeure toujours à l'hôtel de Montnoir; mais écris-moi, poste restante
« comme la première fois. »

Ayant terminé cette belle épître, l'abbé Hubert écrivit d'un autre genre une
dénonciation anonyme destinée à attirer l'attention sur la fausse lettre de
Claire.

« Monsieur le procureur de la République,

« Ma conscience me fait un devoir de vous prévenir que mon ancienne maî-
« tresse, Claire Marcel, est en train de tromper la justice afin de se faire payer
« une dot par une société d'incrédules. Vous en aurez la preuve en saisissant les
« lettres qu'elle écrit à son nouvel amant à Épinal, et réciproquement.

« Recevez mes respects,
« Un honnête homme trompé. »

Ayant mis cette lettre à la poste, il attendit qu'elle dût être sûrement parvenue pour y mettre le faux qu'il venait de commettre au nom de Claire Marcel.

Cette œuvre infernale fut saisie comme il le pensait et mise au dossier de
Notre-Dame-de-la-Bonne-Garde!

L'instruction de l'affaire Brodard ne pouvant être terminée de longtemps, à
cause des recherches sur les nombreux crimes commis depuis l'assassinat de
l'homme de la carrière jusqu'à celui de Rosa à l'aide de ce que Lesorne appelait
le coup de la noix, celle de la maison de convalescence fut inscrite avant.

Il est vrai que la lettre saisie contribua beaucoup à *éclaircir* les choses puisqu'elle disculpait Notre-Dame-de-la-Bonne-Garde en perdant ses accusateurs.

La sécurité des pieuses maisons qui s'établissaient sur ce modèle exigeait
qu'on fît justice des calomnies. Grâce à la lettre attribuée à Claire on le pouvait.

Ce devait être une permission du Ciel, que cette lettre eût été saisie.

Pendant ce temps, Mᵐᵒ Mixlin fit mettre dans le journal *le Niveau* une note
relative à l'âge de sa fille et à celui de la petite Pignard.

— L'affaire se corse! disaient les petits crevés.

L'opinion générale était que rien n'aboutissait et l'étonnement fut grand quand
le jour du jugement fut fixé et les témoins assignés comme s'il s'agissait de déposer contre des criminels ordinaires.

Les frères Philippe, les peintres qui avaient signé quelques articles furent
assignés, ainsi que le comte de Montnoir et le libraire Guillaume qui avaient
reçu et logeaient les Darek et Claire Marcel.

Le jugement ne devait point avoir lieu comme on l'avait toujours pensé à
huis clos, mais publiquement.

Cette annonce était en gros caractères dans la presse *honnête* suivie de
réflexions peu polies pour l'autre presse.

Mais les journaux impies ne se rendaient pas pour cela, ils ne pouvaient
croire que justice fût rendue, et que l'affaire ne fût pas un jugement à surprise.

Les juges, eux, étaient fixés. L'abbé Hubert, en retournant à Rome, avait fait
un léger détour pour mettre à la poste, à Épinal, la troisième lettre ainsi conçue :

« Mademoiselle Claire Marcel, bureau restant, rue des Postes, à Paris.

« Ma colombe,

« J'attends vainement une missive, est-ce qu'il te serait arrivé quelque désa-
« grément ?

« Le vieux Darek et sa fille sont bien ruraux pour le rôle à effet que nous
« leur avons donné; mais s'il faut compter sur la bêtise phénoménale des juges
« (comme tu me le disais dans ta première) et sur la godicherie du jury, je
« compte plus encore sur tes charmes personnels pour agir efficacement. Quant
« à la presse, elle nous a trop bien servis pour douter d'elle.

« Ton amant qui t'aime,
« A. B.

« Écris toujours poste restante, à Épinal. »

Il prit une pierre et lui frappa sur les mains,

Chacun avait son compte dans cette lettre perfide, les juges, le jury, la presse. Il augurait bien de son œuvre.

L'ayant mise à la poste, il reprit le chemin de fer jusqu'à Marseille où il s'embarqua pour le port d'Ostie.

L'abbé Hubert avait laissé à son ami M. X... des instructions pour le procès. Il faut, lui dit-il, être juste dans les appréciations qu'à l'aide des documents passés vous apporterez au tribunal; ils sont nombreux, on en a reçu quelques nouveaux; tout est complet. Que le Saint Esprit vous éclaire et que Dieu vous garde !

Mais M. X... cherchait vainement les documents anciens; tout le dossier avait disparu.

Cela ne pouvait être attribué qu'à quelque impie voulant faire disparaître certains indices.

Le dossier fut reconstitué d'après les souvenirs et le témoignage de M. X..., mais en quelques lignes seulement : c'est-à-dire la fuite de Claire de Notre-Dame-de-la-Bonne-Garde, son séjour à Sainte-Anne, son arrestation, le voyage de son oncle qui l'avait emmenée la reconnaissant aliénée et sa fuite nouvelle, quand la mort subite du vieillard lui rendit la liberté.

La perquisition faite à la maison de convalescence, amenait la découverte, dans la partie qui avait attenu au cimetière, du corps de la petite Pignard reconnu par les parents.

Les détails qui eussent pu éclairer les juges, quelques lettres du médecin aliéniste, tout ce qui était à la charge des pieux personnages, n'existait plus.

Le nouveau dossier, se composait des déclarations de Claire Marcel et de ses amis et *des deux lettres poste restante* Paris et Épinal, écrites par l'abbé Hubert, C'est pourquoi les juges étaient fixés.

Il y eut au jugement une affluence considérable ; aucun témoin n'était oublié.

Claire, vêtue de noir entre le vieux Darek et Guthile, fit sensation ; les deux amies, l'une pâle et amaigrie, l'autre forte et fière comme les filles de Gaule, s'appuyaient l'une sur l'autre ; Guthile avait quitté sa tunique de la caverne pour un vêtement plus simple encore que celui de Claire ; elle regardait de ses grands yeux profonds cette première échappée de vue sur le monde.

Le vieux Darek songeait devant le tribunal, dont il n'augurait rien de bon.

Kerouen, les frères Philippe et même tous ceux qui, de près ou de loin, avaient entendu parler de l'affaire tels que les peintres, Jacques, le garçon d'hôtel, le vieux comte et le libraire Guillaume, — s'étonnaient de la conscience qu'on avait mise à les appeler.

— Les témoins seront les mêmes pour la plupart dans le procès Brodard, disaient les gens bien informés.

— C'est tout simple : impies, communards, bandits, tout cela se tient, répondaient les dévots.

Personne au banc des accusés ; tous contumax.

Le président se leva :

— Messieurs les magistrats, messieurs les jurés, dit-il, le tribunal a bien voulu examiner dans leurs plus minutieux détails, les diverses dépositions et dénonciations contre l'asile pieux de Notre-Dame-de-la-Bonne-Garde. *Vous allez juger vous-mêmes de la valeur de ces dénonciations.*

Sa voix d'une douceur grasse, ronronnait un peu ; il faisait le gros dos en posant ses mains potelées sur la table — et son air était très doux.

— Voilà qui s'annonce mal, dit le fils du guillotiné.

— J'appelle de nouveau votre attention, messieurs, continua le président, sur la moralité de la principale accusatrice, Claire Marcel.

(Si le vagabond qui donnait des consultations sur le Code eût été là, il eût remarqué que le président insinuait, avant que personne n'eût parlé, certaines suppositions sur un témoin.)

La tenue de la jeune fille était si modeste que personne ne le prit d'abord en mauvaise part.

Il ajouta seulement quelques paroles insignifiantes ne se trouvant pas en disposition de faire ronfler des périodes.

L'avocat général se leva à son tour et fit contre la maison de convalescence un étrange réquisitoire consistant à présenter les faits sous un jour fallacieux.

Ayant fait un assez long discours équivoque il conclut comme le président à appeler l'attention sur la moralité de l'accusatrice.

Claire qui croyait presque à un compliment se sentait gênée et oppressée.

Elle fut appelée la première, et reçut tout à coup cette étrange question :

— Qui connaissez-vous à Épinal?

— A Épinal, répéta Claire surprise, j'ai un grand-oncle et un cousin.

— Comment s'appelle ce cousin?

— Abel Bernard, répondit-elle.

— En effet, répondit le procureur général en consultant la lettre envoyée d'Épinal par l'abbé Hubert, lettre saisie, comme il le pensait bien, au bureau.

Le hasard, complice comme toujours, avait complété l'œuvre.

— En effet, dit le procureur général, ce sont les initiales.

Cela prenait la tournure d'un interrogatoire.

— Racontez, continua le procureur général, les faits que vous avez annoncés dans votre lettre.

La pauvre enfant, rougissant de honte, redit toute la terrible histoire avec ses péripéties.

— Quel a été votre but en portant cette accusation? demanda le procureur général.

— Empêcher d'autres jeunes filles d'être victimes d'un nouveau crime de ce genre.

— Prétendez-vous donc que dans toutes les pieuses maisons où l'on reçoit des jeunes filles pauvres il se passe des faits semblables.

— Je n'ai le droit d'accuser que ce j'ai vu, monsieur, et si je l'ai fait c'est que je l'ai cru de mon devoir.

— Ces paroles sont différentes des appréciations que vous avez données à d'autres personnes.

— Je n'ai jamais dit autre chose.

— Ce n'est pas l'avis du tribunal. Voici ce que vous écriviez il y a quelques jours au cousin Abel Bernard d'Épinal que vous venez de nommer :

A Monsieur A. B..., poste-restante, à Épinal.

« Mon cher ami,

« J'espère parvenir à grossir ma dot à l'aide de ce qui nous a été promis pour perdre Notre-Dame-de-la-Bonne-Garde. Les gens de justice ont jusqu'à présent avalé le canard sans assaisonnement. »

Il lut ainsi toute la lettre d'une voix âpre et lente. L'assemblée eut un cri de surprise.

— C'est un infâme mensonge, criaient les amis de Claire.

— Nous voilà plus que jamais en face de la question sociale, disait le fils du guillotiné.

Le défenseur continuait.

— Voici une autre lettre adressée à Claire Marcel par son correspondant.

Il commença la lecture du second chef-d'œuvre de l'abbé Marcel. La phrase à effet : *s'il faut toujours compter sur la bêtise phénoménale des juges, comme tu le disais dans ta première, et sur la godicherie du jury*, acheva l'œuvre de mensonge infâme.

Attaqués dans leur vanité, les juges frémissaient d'indignation, les jurés à qui elle avait été sympathique, se demandaient si le visage de la jeune fille était à ce point le masque d'un monstre. Les accusations portées et poursuivies dans un but d'intérêt tombaient d'elles-mêmes. Notre-Dame-de-la-Bonne-Garde sortait toute blanche de l'accusation.

— Ces lettres sont fausses, dit Claire d'une voix indignée.

L'expert en écriture s'avança et prêta serment ; on le regardait comme un homme infaillible et le fait est qu'il ne s'était guère trompé en sa vie qu'une dizaine ue fois : il est vrai que c'était pour des condamnations'capitales.

Ce monsieur déclara que la lettre adressée à M. A. B..., poste restante, à Épinal, était bien de la même écriture que les déclarations de Claire. Aucune lettre ne laissait de doute.

En effet, l'abbé Hubert qui était en matière de faux un véritable génie avait eu soin de fixer dans son cerveau et dans sa rétine les vingt-cinq lettres de l'alphabet éparses dans la déclaration de la jeune fille. Cela n'était pas plus difficile et ce n'est peut-être pas plus rare que la faculté d'effectuer à la minute des calculs prodigieux.

Si les accusations de Claire n'étaient qu'une honteuse comédie, ses amis devenaient des dupes où des fripons et Notre-Dame-de-la-Bonne-Garde passait de droit dans le martyrologe.

Ce changement à vue avait lieu.

— Fille Marcel, déclama sentencieusement le procureur général, vous êtes accusée de faux témoignage en matière criminelle.

« 2° Dénonciation calomnieuse.

« 3° Diffamation publique.

« Crimes dont vous aurez à répondre devant la cour d'assises. Nous sommes également obligés de nous assurer de vos complices, et d'assigner les journaux qui ont contribué à répandre ces imputations infâmes.

En conséquence, la cour ayant statué sur les *calomnies* contre Notre-Dame-de-la-Bonne-Garde, le procès de ses diffamations suivra, sur la réquisition du ministère public.

Mme Mixlin se levant tout à coup, s'écria :

— C'est donc une diffamation que de lire sur la tombe de la petite Pignard

morte à six ans ; ma fille à moi en avait douze. Comment confondre leurs ossements ?

Elle avait parlé d'une voix si forte et si rapide qu'on n'avait point eu le temps
de l'interrompre. L'avocat se recueillit un instant.

— Lors même, dit-il, que dans cet ancien cimetière on aurait oublié de relever
d'autres corps que celui de l'enfant Pignard ; lors même qu'il y aurait eu erreur,
il n'en reste pas moins avéré que Notre-Dame-de-la-Bonne-Garde ne peut être
responsable des ossements trouvés dans un lieu où on a inhumé pendant plusieurs années antérieurement.

La cour se retira pour délibérer. Il y eut un verdict négatif sur les accusations
portées contre Notre-Dame-de-la-Bonne-Garde !

Sous les inculpations diverses énumérées par l'avocat général, Claire Marcel
et *ses complices* furent envoyés au dépôt. Leur jugement eut lieu huit jours après.

Grâce à la phrase sur *le vieux grigou* de Montnoir, le comte n'avait point été
inquiété (grâce aussi peut-être à son titre).

— C'est la question sociale, lui disait l'enfant se souvenant des réflexions de
son père d'adoption.

Il pleurait de tout son cœur, le pauvre petit, songeant qu'il ne le reverrait
peut-être jamais.

Il y eut dans la presse *impie* un véritable cyclone soulevant par tourbillons
toutes ces idées subversives contre l'ordre, le clergé, la magistrature ; on jetait
par poignées à la face des juges les preuves qui avaient menti et les documents fal-
sifiés. Puis il y eut une explosion de colère contre l'arrêt qui frappait les accusateurs devenus accusés et d'autres affaires revinrent qui firent oublier celle-là. Il
y en a tant !

Ce jugement condamnait en vertu de l'article 364 — Claire Marcel coupable
de faux témoignage en matière criminelle, ayant reçu des promesses pour perpétrer son crime, à cinq ans de travaux forcés, ainsi que ses deux complices, les
Darek père et fils ; Guthile Darek à trois ans de la même peine ; les deux Philippe à deux ans de travaux forcés.

Cette condamnation était relativement douce : on admit comme circonstance
atténuante pour les accusés autres que Claire et les Kérouen la probabilité qu'ils
avaient pu être induits en erreur.

Les peintres Jehan Troussebane et Lapersonne eurent un mois seulement
et une amende de cent francs comme pour une simple dénonciation calomnieuse.

Mᵐᵉ Mixlin, n'ayant agi que d'après son désespoir de mère, fut acquittée.

Le vieux comte pensa un instant qu'il aurait la joie de revoir son ami le libraire, les juges ne faisant peser sur lui nulle autre charge que d'avoir été l'ami
de Kérouen, mais le dossier du vieux vagabond était là. Guillaume était fils de
guillotiné, il avait subi plusieurs condamnations pour vagabondage. On ne pouvait faire autrement que d'en ajouter une, ne fût-ce qu'un an de réclusion pour lui
apprendre.

Là-bas, dans les Vosges, la pauvre mère Kérouen s'imaginant que le bon droit triomphe toujours, allait chaque jour à la ville acheter le journal ; elle s'attendait à y voir la nouvelle maison de protection pour les jeunes filles pauvres soumise au moins à une sorte de surveillance qui garantirait la sécurité des enfants. Quel fut son étonnement en lisant le jugement qui frappait son mari, ses enfants et Claire !

Les deux petites Anglaises la virent rentrer au Kaer de Rouen et se coucher de suite comme un chien assommé.

A force de caresses les pauvres petites orphelines en obtinrent la vérité, toutes trois pleurèrent longuement.

Le lendemain elle reçut une lettre de son mari :

« Ma chère femme, lui disait-il, je crois rêver quand je songe à notre condamnation. Pourtant ne te désole pas puisque nous ne sommes pas coupables.

« Nous allons demander à partir pour la nouvelle Calédonie. Viens nous rejoindre avec les deux enfants : mieux vaut le bagne ensemble que la séparation.

« Nous t'embrassons tous,
« Ton mari, DAREK. »

Cette lettre ouvrit à la pauvre femme un horizon nouveau. Jusqu'au départ des condamnés elle s'occupa des préparatifs du départ, fit sécher des graines, raccommoda le linge, s'occupa de mille détails qui lui faisaient trouver le temps moins long.

Lourde est la vie pour les pauvres gens ; ils la traînent longtemps avant d'en être délivrés. Le Kaer de Rouen était devenu lugubre ; les trois femmes étaient silencieuses : on n'y entendait d'autre voix que celle du vieux chien qui hurlait, marchant constamment derrière sa maîtresse ou couché sur ses pieds comme s'il craignait de la perdre.

— Pauvre bête, pensait la femme de Darek, faudra-t-il t'abandonner ?

Un soir il cessa de pousser ses hurlements plaintifs et s'étendit devant la pierre du foyer et, les yeux fixés sur sa maîtresse, il expira.

Avait-il deviné qu'on allait partir, ou l'aubergiste, de plus en plus persuadé qu'il se passait au Val des Chênes des choses surnaturelles, avait-il voulu à l'aide d'une boulette faire cesser les hurlements de mauvais présage qu'il entendait chaque nuit au Kaer de Rouen.

CXVII

COMME UNE FAMILLE S'EN VA

Lorsque le bruit des crimes du faux Brodard parvint au véritable, il avait réfléchi tout un jour seul dans la campagne.

Il avait un devoir à accomplir, il s'agissait, non pas de lui Brodard, qui se savait innocent, mais de la déportation dont il était un membre, il s'agissait de l'homme du peuple.

Combien devaient s'amasser là-bas en Calédonie, d'imprécations sur sa tête.

Non seulement, l'amnistie n'avait pas encore eu lieu, mais une partie de cette foule qui devait l'exiger plus tard et y acculer ceux qui en parlaient pour éviter de la faire, croyait les mensonges qu'on lui avait débités sur les vaincus.

Est-ce que lui Brodard, allait contribuer à faire passer pour des criminels ses compagnons d'exil? non, cela ne se pouvait pas.

Il marchait à grands pas évitant les chemins fréquentés et quand il trouvait un endroit assez désert, il se jetait la face contre terre, la mordait, comme pour la punir de mettre au monde des êtres pour les dévorer et de sa poitrine gonflée sortaient des rugissements.

Quand il rentra le soir, il était calmé : son parti était pris.

Ses enfants l'attendaient pour le repas de famille, eux aussi savaient les terribles nouvelles, mais ils n'osaient en parler à Brodard.

Les premiers détails des faits passés pendant que Brodard était à l'hospice et qu'il n'avait pu lire à cette époque, étaient consignés avant les faits nouveaux, si bien que le fantastique *coup de la noix* planait sur la vie entière de Brodard, lui faisant l'effet d'un mirage effrayant. — Il se mit à table avec les autres et sauf son visage bouleversé on l'eût cru dans son état ordinaire, il mangeait pour se donner des forces.

Au dessert Brodard tira de sa poche un paquet de journaux et le posa sur la table.

— Vous savez, n'est-ce pas? dit-il.

Personne ne répondait.

— Vous n'ignorez pas, continua Brodard, de quoi je suis accusé, il faut que j'aille tout dire ; il faut que la vérité soit connue.

Il ignorait que la vérité en cette circonstance était incroyable.

Auguste se leva.

— Père, dit-il, je vais avec toi.

— Non, dit Brodard, vous avez tous souffert assez longtemps, mes enfants ont été plus malheureux que des chiens perdus, je ne veux plus de cela, parce que nous serions deux inutilement, les miens iraient donc crever au coin des bornes. — Je suis seul en cause ! rien ne m'oblige à dire où sont mes petits, le loup défend les siens ! — Pour cette fois je vous impose ma volonté et vous la respecterez.

« Que rien ne soit changé ici ; demain je prendrai le chemin de fer pour Paris. Ne cherchez pas à m'écrire, ne dites pas où je vais.

« Les journaux vous donneront assez de nouvelles, ajouta-t-il avec amertume. — Ne cherchez pas à me faire changer de résolution, vous seriez coupables et vous me tortureriez inutilement.

Ils pleuraient autour de lui, baissant la tête. On faisait silence comme autour d'un mort osant à peine marcher.

Toto regardait du côté de la porte, où, avec son instinct de brute, il voyait peut-être entrer la fatalité; il poussa un hurlement sinistre ; une fois déjà il avait hurlé ainsi.

Le lendemain toute la famille alla conduire Brodard au chemin de fer.

— Où donc allez-vous? dit le vieux mineur qui avait sauvé Angèle des mains de Potache, comme ça se rencontre, je ne travaille pas. Vous m'avez l'air tout chose, je vais vous accompagner.

Brodard lui tendit la main.

— Vieux, dit-il, je te recommande ma famille, ils seront tristes, car je pars pour longtemps, et ils se font de la peine : on peut mourir en route… un tas de bêtises, quoi! tu iras les voir, n'est-ce pas? Il souriait péniblement.

Le vieillard n'en fut pas dupe, il serra fortement la main de Brodard en disant :

— Tu peux être tranquille!

Brodard embrassa les uns après les autres silencieusement, son fils, sa belle-fille, Angèle et les petites; quand il tendit les bras au vieillard, celui-ci sentit tout froid le visage du voyageur.

Le chemin de fer siffla, la machine commença à souffler, c'était fini, Brodard s'en allait.

La vie est par étapes, il était à la dernière, cette pensée le rassurait.

Les Brodard s'en retournaient tristement avec le vieux; — le chien les quitta, la petite Louise criait : Toto! toto! mais Toto n'entendait pas, il courait sous les vagons après son maître ; il n'y courut pas longtemps le pauvre animal, son corps broyé, ensanglanta les rails, ils le surent le lendemain.

— Le chien, disaient-ils, précède le maître.

Mme Grégoire n'en put supporter davantage, elle tomba malade aussitôt le départ de Brodard ; elle ne traîna pas longtemps, les autres tous jeunes se soutenaient; il y a tant de sève dans les branches vertes qu'elles se tordent longtemps dans la flamme. Mais le coup de serpe était donné.

Auguste sentit alors la même douleur qu'autrefois, quand il avait sauvé ses compagnons dans l'écroulement du dortoir, des déchirements dans la poitrine.

On voit bien, disait M. Potache, que les Karadeuk ne sont pas des gens craignant Dieu, le ciel ne les bénit pas.

Il buvait là-dessus quelques bouteilles de vin vieux, avec ses amis, en discutant des moyens les plus propres à empêcher les mineurs de se révolter. Quelques bonnes compagnies de soldats, disait-il, voilà le meilleur argument à opposer aux prétentions des travailleurs, c'est le plus touchant! Et il riait, de son gros rire bête.

Le vieux mineur perdait sa peine à égayer la famille Brodard.

— Mais vous n'avez donc pas de nouvelles, demandait-il?

Les malheureux n'en avaient que trop.

Le procès de Notre-Dame-de-la-Bonne-Garde leur donnait de tristes appréhensions pour celui de Brodard.

Si on s'était trompé malgré tant de témoignages, on se tromperait bien mieux quand toutes les preuves accableraient l'innocent.

La date fut enfin fixée.

Philippe voulut être présenté par le père Guillaume.

Si les journaux étaient lus attentivement au bagne de Toulon, ils l'étaient plus encore au cabaret du *Poivrot*, chez Edme Pascal où la belle Mannezingue trouvait sans cesse sur les tables grasses, son mari accoudé lisant tout ce qui se rapportait à ce scélérat de Brodard.

— Quel gueux! disait Edme Pascal, il n'y a qu'un communard capable de pareils crimes! Pour moi, ça me révolte ces abominations.

Il en disait tant et tant que la Pelouette finit par avoir peur de lui. Que peut-il bien avoir fait? se disait-elle pour s'acharner autant!

Le bon vieux mineur, pour distraire ses amis les Karadeuk, leur porta un jour le *Journal des tribunaux*.

C'était la première séance de l'affaire Brodard.

Le réquisitoire l'occupait tout entière. Le n° 30,215 du bagne de Toulon, condamné aux travaux forcés à perpétuité pour tentative de meurtre sur son ancien patron. (*D'abord taciturne impossible à utiliser, il était devenu tout autre depuis le départ de Lesorne, ces deux hommes exerçaient l'un sur l'autre une fâcheuse influence.*)

Telle était la note envoyée de Toulon à M. X..., à l'arrivée de Lesorne passant pour Brodard.

« Il était, dit le procureur impérial, l'inventeur d'une méthode d'assassinat « qui avait fait école. On devait lui imputer tous les crimes commis de cette sorte.

« De Toulon, il était inspirateur ; en liberté, il était exécuteur ; il lui avait « fallu, pour se faire gracier par l'administration (pour services), une duplicité « phénoménale, il en faisait preuve encore en prétendant qu'il était venu se li- « vrer lui-même.

« Dans ce cas n'amènerait-il pas des témoins ? n'aurait-il pas des preuves ?

« Mais rien ! rien ! Vous allez le voir tout couvert du sang de ses victimes, « jouer les grands sentiments, on l'arrête au moment où il allait partir.

« — Je venais, dit-il.

« Infâme mensonge ! et les agents ne lui trouvent même pas son billet de « chemin de fer. Ne se serait-il pas empressé de le montrer ?

« Il feint de travailler ou de rendre quelques services à la préfecture, et c'est « lui qui a guidé son fils dans le sentier du mal.

« Nous le trouvons l'accompagnant chez une nommée Mme Grégoire, qui proté- « geait les débordements d'une fille appelée Clara Busoni, dès le premier soir « de son arrivée à Paris.

« Ce premier jour d'arrivée coïncide pour la seconde fois avec une tentative « d'assassinat sur son ancien patron ! — Cette fois la tentative réussit. — Sans blair « est-il l'assassin ? on le croit, mais à coup sûr Brodard est complice.

« Pourtant on est dupe de la régularité de sa vie ; il travaille comme manœu- « vre à la préfecture même. Quelque temps après, Brodard dirige l'évasion de « son fils.

« Évasion accomplie à l'aide de bandits avec lesquels correspondaient le père « et le fils.

« Brodard, au dire de tout le monde, n'avait qu'un bon sentiment : son « amour pour ses enfants ; cet amour lui avait fait commettre d'autres crimes pour « assurer leur sécurité. C'est à l'aide des sommes volées chez la comtesse de « Beaulieu qu'il devait les entretenir quelque part. C'est cela qu'il ne voulait « pas dire d'où il venait.

« Que de crimes ! perpétrés par cet horrible coup de bâton qui brise le crâne, « Combien il en commit avant la malheureuse Rosa ! Les attentats seuls, qu'il « essayait autrement ne réussissaient pas ; témoin celui qu'il avait commis « contre la comtesse Olympe de Beaulieu et la baronne Amélia.

« Qui sait si l'amitié de Brodard avec Lesorne ne venait pas d'une complicité
« antérieure à leur séjour au bagne de Toulon ?

« Lesorne, gracié (pour services rendus à l'administration), avait cessé, sitôt
« son arrivée, d'être docile aux avis de la préfecture ; il avait été constamment
« mal noté. — Au bagne ils étaient ensemble, le passé de Lesorne, qu'on ne pou-
« vait malheureusement poursuivre, puisqu'il était mort, devait être mêlé au
« passé de Brodard ! Il y avait entre eux autre chose qu'une ressemblance phy-
« sique ; — ils avaient renoué au bagne leurs relations interrompues par la dépor-
« tation et elles avaient porté leurs fruits. »

Le magistrat faisait là une tirade interminable et d'un effet pathétique sur
les figures sinistres de Brodard et de Lesorne ; l'un ayant terminé tragique-
ment sa vie sur un chemin ; l'autre assis au banc des accusés.

Le vieux mineur leva la tête, un peu fatigué d'avoir lu tout le discours, et vit
que tout le monde pleurait autour de lui.

— C'est bête de s'émouvoir comme ça, dit-il ; que serait-ce donc si vous
connaissiez les gens. — Moi qui vous parle, j'ai vu des déportés qui en parlaient de Brodard, comme d'un homme déjà trop bon, il y a quelque chose là-
dessous.

Les Brodard sanglotaient.

— Je vais cesser, dit le vieillard, cela vous rendrait malades.

— Non, non, s'écria Auguste, lisez toujours, il faut que nous sachions tout,
nous vous dirons pourquoi.

La fin du réquisitoire était grosse d'horreurs ; le ministère public entassait
sur Brodard plus de crimes que dix hommes n'en eussent pu commettre en plusieurs années.

« La fable grossière de son retour ne pouvait tromper personne et quant à ses
« témoins l'affaire de Notre-Dame-de-la-Bonne-Garde en avait démasqué plu-
« sieurs. »

— Mais, interrompit le vieillard, vous savez donc quelque chose sur l'affaire ?

Auguste se leva pâle.

— Oui, dit-il, nous savons tout ; et il n'y a pas de serment qui tienne devant
cette situation. Écoutez :

— Brodard, c'est le père, c'est Yvon Karadeuk. Comprenez-vous, maintenant ?

Alors, au vieillard terrifié, ils racontèrent tout, tandis qu'un doux rayon de
soleil entrait par la fenêtre, on entendait dans le jardin cultivé par Brodard,
bourdonner les abeilles qui volaient toutes couvertes d'une poussière d'or. Les
oiseaux y chantaient à pleine gorge ; on sentait germer la terre chauffée par le
printemps.

— Que vas-tu faire, mon garçon ? dit le vieux mineur.

— Nous allons partir pour Paris ; je dirai tout ce que père a caché ; on nous
croira peut-être ?

Le mineur secoua la tête.

— Non, dit-il, on ne vous croira pas, mais c'est votre devoir ; allez.

Le lendemain, les Karadeuk partaient pour Paris, prétextant une maladie du père ; ils laissaient Sophie et Louisette chez la vieille femme.

— Elles me tiendront compagnie, dit la bonne femme, qui depuis la mort de son amie trouvait la vie lourde.

CXVIII

L'HONNEUR DU PEUPLE

Quand Angèle, Clara et Auguste arrivèrent à Paris, on commençait à entendre les témoins cités par Brodard, pour attester de quelle manière il leur avait raconté sa sortie de Toulon sous le nom de Lesorne.

Jehan Troussebane et Lapersonne racontèrent les faits de la même manière ; mais devait-on attendre la vérité de gens qui venaient d'être condamnés pour faux témoignage ? C'était une leçon apprise longtemps d'avance ; on avait un répertoire, peut-être même serait-il dangereux pour les témoins que la cour entendait en vertu de son pouvoir discrétionnaire de continuer ce jeu-là.

La déposition du garçon de café Jacques, qui fut identiquement la même ne pouvait avoir plus de poids puisqu'il appartenait évidemment à la même bande.

M. X..., qui avait instruit autrefois l'affaire Rousserand, était malade d'une attaque d'apoplexie.

Ses chefs lui avaient fait quelques reproches de la perte des papiers, et ce linge sale, quoique lavé en famille avait été rude — On regrettait son absence pour la troisième affaire Brodard. — Toujours devant les tribunaux, ces Brodard ! quelle famille !

Personne ne pouvait, ou personne ne voulait dire ce qu'était devenue la marchande de mouron chez qui Brodard avait trouvé asile.

Le pharmacien, qui l'avait secouru sous le nom de Lesorne, avait vendu sa maison.

Trompe-l'œil était mort !

Une seule chose pouvait éclairer les juges : la lettre trouvée par Kérouen Darek dans la chambre de la vieille et signée Yvon Karadeuk. Mais Kérouen comprenait que Brodard ne voulait pas livrer sa famille, il attendait pour faire cette révélation.

Il fallut à Auguste une volonté immense pour pénétrer dans la salle bondée de monde, on le repoussait avec tant d'acharnement, que ses habits en étaient déchirés, son chapeau avait roulé à terre sous les pieds des agents, et plusieurs coups de poing lui meurtrissaient le visage.

Les deux femmes attendaient à la porte, n'ayant pas la force d'Auguste pour lutter contre les faiseurs d'ordre.

Au moment où, ainsi défiguré, ses vêtements arrachés et salis (car il lui avait fallu plusieurs fois être terrassé), Auguste, par surprise, se glissait dans la salle d'audience, le président interrogeait Brodard :

— Puisque vous attestez avoir vécu sous un autre nom, quel est ce nom ?

Dans quelle circonstance l'avez-vous pris ? Comment se fait-il que vous y restiez sans éveiller les soupçons ?

Brodard se leva :

— Je suis venu me livrer, dit-il, mais je ne veux pas livrer mes enfants, c'est pour eux que j'ai accepté de sortir à la place de Lesorne, mais c'est pour l'honneur du peuple que je suis venu. — Oui, je suis Brodard, je n'ai jamais commis de crimes ; j'étais absent de Paris ; j'arrivais quand on m'a arrêté. Faites de moi ce que vous voudrez, je suis innocent.

Il ne put en dire davantage. Brodard n'était pas orateur, et les événements avaient agrandi son intelligence sans lui en faciliter l'expression, tout se passait à l'intérieur, il ne savait pas trouver les mots.

De grosses larmes roulaient dans ses yeux quand il se rassit.

Il y eut un moment de silence.

Brodard se releva tout à coup.

— S'il y a ici des déportés, cria-t-il, j'en appelle à eux !

Plusieurs voix répondirent, couvertes aussitôt par des rappels à l'ordre.

— Il dit la vérité, criait un vieillard, je l'ai rencontré quand il était colporteur sous le nom de Lesorne.

C'était le vieux de Saint-Ouen — Les huissiers le firent sortir.

Une autre voix se fit entendre : Kérouen Darek s'écria du banc des témoins :

— Il faut tout dire, j'ai dans la doublure de ma veste de travail une lettre trouvée dans la chambre de Mme Grégoire ; on y verra le nom que portait Brodard et où il était.

Il y eut interruption de l'audience, tandis qu'on allait chercher au vestiaire de Mazas la veste de Kérouen.

Brodard sanglotait; sa famille était perdue et pourtant il sentait que Kérouen avait eu raison.

Toutes les recherches pour trouver la lettre furent inutiles, les vêtements du prisonnier avaient été fouillés, et... la lettre égarée.

Un remous se fit dans l'auditoire.

— Voilà, dit l'avocat du ministère public, le dernier scandale que la cour tolérera. Désormais, il ne lui est plus permis de se prêter à ces comédies ; le témoin Kérouen ne sera plus entendu et la série de ceux qui se présenteraient dans les mêmes conditions est terminée ; jamais pareil dédale n'a été inventé dans le but d'égarer la justice !

Son indignation n'était pas jouée, il en devenait terrible.

— On m'entendra pourtant, cria une voix dans l'auditoire ; je suis Auguste Brodard, le fils de l'accusé.

A la vue de l'homme au visage tuméfié, aux vêtements déchirés, qui cherchait à s'approcher de la cour, une foule d'agents se précipitèrent. Auguste fut entouré, et sur l'ordre du tribunal cet *ivrogne* fut conduit au poste.

Brodard n'avait pas vu Auguste, mais il avait reconnu sa voix ; surexcité par l'horreur de sa situation il se leva une fois encore et d'une voix forte :

— Je suis innocent ! cria-t-il, j'en appelle à tous ceux qui m'entendent !

La foule, péniblement impressionnée par l'histoire de la lettre, gardait le silence.

Au poste où Auguste avait été conduit il fut pris d'une faiblesse ; de sa poitrine malade s'échappaient des flots de sang qu'on prenait pour du vin. — On le mit *cuver* au violon.

— Que cela sent mauvais ! disaient les hommes du poste ; on dit encore que les ouvriers sont malheureux ! il en a *sa claque* de soûlerie, celui-là !

Angèle et Clara, qui avaient suivi Auguste, se tenaient à la porte du poste.

— Que faites-vous là ? dit un agent.

— Nous attendons le prisonnier.

— Vous avez le temps d'attendre ; ce n'est pas près qu'il sorte.

— Nous ne faisons pas de mal en restant là.

— Croyez-moi, dit l'agent, retournez chez vous.

(Elles n'avaient pas encore de chez elles, ayant couru au tribunal d'abord.)

L'agent continua :

— Si dans cinq minutes vous êtes encore là, je vous fais coffrer.

— Pourquoi attendre, dit un second agent ; on doit les coffrer d'abord.

Et il nota sur son calepin la faiblesse du premier.

Au poste où on les fit entrer, l'état d'Auguste les ayant mises au désespoir, cette scène agaça le commissaire de police. Toutes deux, malgré leurs récriminations ou plutôt à cause de cela, furent envoyées au Dépôt ; de là à Saint-Lazare leurs noms n'étant pas pour la première fois sur les registres d'écrou. — Elles devaient avoir à répondre de ce qu'elles avaient fait depuis ce temps-là.

C'était ce qu'elles demandaient, mais il devait être trop tard.

L'audience continua ; elle devait se prolonger longtemps : c'était la dernière. Les juges avaient hâte d'en finir.

Brodard, immobile, regardait les juges et l'auditoire d'un regard vague et froid comme eût regardé un mort.

Le dernier témoin appelé par Brodard ayant été introduit, ce fut au tour des témoins à charge. — Les plus terribles furent la vieille dévote, le grand serin d'abbé, tous les imbéciles qui avaient banqueté avec Lesorne ; pour eux, ils le reconnaissaient jusqu'aux plus petits détails ; c'était bien l'accusé ; son nez, ses yeux, ils avaient remarqué, l'un la mèche de cheveux qui faisait pointe sur son front ; l'autre, un signe au coin de l'œil ; après leur déposition, il eût été absurde de douter de l'identité du criminel !

Cela marchait comme sur des roulettes. — Oui, il fallait en finir !

La comtesse de Beaulieu et son amie témoignèrent avec des larmes de leur hésitation à reconnaître, non pas Brodard, mais le caractère de Brodard ; — elles l'avaient trouvé changé.

Il y eut d'abord un peu d'émotion, mais ces dames étaient si bonnes !... On ne leur demanda même pas comment elles avaient connu Brodard auparavant.

Brodard n'avait pas voulu de défenseur.

— Je suis un misérable ou je suis un honnête homme, disait il ; les avocats n'y peuvent rien. Qu'on décide !

On lui nomma d'office un jeune homme dont il était la première cause, et qui pensait beaucoup à faire un brillant début ; très peu à saisir le vif de la situation.

Ce jeune homme fit des phrases sonores. Au lieu d'affirmer l'innocence de son client, il implora la clémence de la cour.

Brodard, d'un cri indigné, lui imposa silence :

— Je ne veux pas qu'on demande de grâce, s'écria-t-il, je suis innocent !

La cour se retira pour délibérer.

Brodard, reconnu coupable sur toutes les questions, fut condamné à la peine de mort.

Il entendit son arrêt le front haut, et se tournant du côté du public, répéta encore :

— Je suis innocent !

CXIX

EN RADE

Le mois suivant, deux navires en détresse tiraient les coups de canon mesurés comme un glas, par le plus beau cyclone qu'on eût encore subi, en vue des roches de granit rose qui dominent la baie de Jakson. — Au fond de l'horizon, les cîmes des montagnes bleues se confondant à l'azur sombre du ciel.

Sydney, la ville immense, fut bâtie par le travail obscur et rude des convicts.

Ces êtres hors la loi, courbés sous une discipline cruelle, voyaient-ils parfois dans leur sommeil, par-delà les prairies, Sydney assise, regorgeant de richesses sous les eucalyptus ?

La colonie, aujourd'hui toute-puissante, est pleine d'ouvrages gigantesques auxquels ont seuls travaillé, dans l'ombre, les convicts, pareils aux polypes qui élèvent des récifs pour en faire des îles, des continents peut-être.

Le convict vit dans chaque œuvre, car toutes ont été fécondées de sa sueur ou de son sang.

Ses fils sont plus heureux. Combien de négociants de Sydney sont fils de convicts !

L'un des deux navires était français : c'étaient le *Beaumanoir*, parti de Brest pour Nouméa avec une *cargaison de forçats*, et devant toucher à Sydney pour prendre des approvisionnements destinés à la Nouvelle-Calédonie ; l'autre, le *John-Bull*, était anglais ; il avait des passagers pour l'Australie.

Le français était un navire de l'État ; l'anglais un navire marchand ; tous deux dansaient comme des coquilles de noix sur les flots.

Des lambeaux de voiles flottaient en haillons blancs dans les brouillards ; les mâts brisés tombaient ; la mort, comme une épousée, s'enveloppait d'un voile transparent ; un voile de nuées, tout illuminé d'éclairs !

Les deux navires en perdition avaient leurs phares allumés ; malgré la fureur de la tempête ils manœuvraient pour s'éviter.

Efforts inutiles, il était impossible qu'à **travers les** éléments déchaînés ils échappassent à l'abordage.

La cargaison de forçats *mâles* et *femelles*, les uns dans les cages de tribord, les autres dans celles de bâbord, s'inquiétaient peu ; pourquoi faire ?

Les efforts qu'ils pouvaient faire pour se sauver n'étaient-ils pas subordonnés à l'ouverture des cages, toujours gardées par des factionnaires armés ; ils attendaient.

Quelques passagers, **parents** des condamnés, qui avaient obtenu de les suivre, étaient parqués dans une cabine commune.

Les hommes d'un côté, les femmes de l'autre, séparés par un grillage en bois comme les cages, mais sans factionnaire, coupant le compartiment par le milieu en traversant l'entrée. — Du côté des passagers femmes, il y avait la mère des Darek et les petites anglaises ; elles avaient obtenu de suivre les condamnés.

Parmi les hommes transportés, étaient les principaux condamnés de Notre-Dame-de-la-Bonne-Garde : les Darek.

Parmi les femmes transportées étaient Guthile et Claire Marcel.

Les deux jeunes filles avaient vu depuis quelque temps la vie sous un aspect si triste, que l'espoir d'être en famille dans un pays presque désert encore, les reposait.

La tempête ne pouvait les effrayer. Que leur importait de vivre ou de mourir, puisqu'ils ne se quitteraient plus.

On ne voyait rien qu'une nuit profonde dans laquelle hurlait le vent ; l'abordage devenait imminent.

On essayait, du port, de venir au secours des malheureux avec des navires ; les barques, par le cyclone, étant plus en péril que capables de sauver les autres.

Un épouvantable craquement se fit entendre. Le *Beaumanoir*, jeté sur le *John-Bull*, avait brisé la coque du bateau marchand qui, tournoyant sur lui-même, s'enfonça dans les flots :

Nuls cris ne s'étaient fait entendre ; la tombe s'ouvrait, il fallait y descendre.

Le *Beaumanoir* surnageait encore, mais le choc épouvantable, brisant tout ce qui était encore intact, jeta la flamme des phares sur des matières inflammables, ils s'éteignirent, l'incendie s'alluma !

La pluie diluvienne qui termine ces tempêtes ne tombait pas encore ; les nues n'avaient pas crevé, les vents déchaînés poussaient au large le malheureux navire qui portait l'incendie. — Quand la trombe versa ses torrents le désastre était terminé.

Sur le rivage couvert de débris, le soleil du lendemain se leva radieux, la terre fumait sous des effluves d'orage. Des kangourous de toutes tailles, depuis celle du poulain jusqu'à celle de la souris, sortant de leur cachette, montraient leur tête çà et là, prêts à regagner les bois et les grandes plaines.

Les singes inquiets, se tenant d'une main aux palmiers ou aux eucalyptus, gesticulaient de l'autre en grimaçant comme s'ils eussent voulu mimer des reproches à la tempête.

Des épaves sans nombre, étaient amoncelées de tous côtés ; celles des deux

La fente était très-haute,

navires : fragments de mâts, planches de toutes sortes, se montraient avec les autres. -

Mais les plus tristes épaves étaient les épaves humaines.

Des cadavres blancs ou noirs étaient partout sur le rivage.

Quelques naufragés avaient été jetés vivants encore sur la côte ; parmi ces derniers se trouvait Sansblair, plus horrible que jamais, car son visage avait encore subi des avaries, un bossellement nouveau.

Étonné d'en réchapper toujours, il regrettait d'avoir à revivre, comme il le disait.

Deux autres encore avaient survécu : Kérouen Darek et Claire Marcel.

Ils avaient la vie et la liberté, mais à quel prix ?

Quand le destin vous jette une chance au visage, elle est toujours payée par un million de tourments.

CXX

CHEVAUX DE RETOUR

A Saint-Lazare comme au Dépôt, Clara Busoni et Angèle Brodard étaient inscrites, étant comme on dit à tous les bagnes « des chevaux de retour ».

Angèle était enfiévrée ; Clara abattue, terrifiée : leurs deux caractères achevaient de s'affirmer dans le paroxysme de la douleur.

Désormais Angèle n'abandonnerait plus sa vengeance ; Clara ne reprendrait jamais courage.

Angèle sans verser une larme, Clara baignée de pleurs, souffraient l'une et l'autre d'une façon opposée.

Un travail s'accomplissait en elles, conduisant l'une à l'idiotisme, l'autre à la vengeance ; les apparences étaient les mêmes.

Muettes, elles regardaient sans voir autour d'elles, la pensée fixée sur le coup qui les frappait, et comme il arrive toujours, n'en soupçonnant pas même toute l'étendue.

L'idée que Brodard pût être condamné à la peine capitale ne leur était pas venue ; pas plus que celle de la mort d'Auguste.

Elles restaient inertes, se levant à l'heure, se couchant à l'heure, mangeant à peine, et les yeux fixés sans voir sur cette longue suite de vagabondes que Saint-Lazare verse chaque matin sur le pavé pour les reprendre le lendemain.

Où donc iraient-elles ailleurs ? puisqu'elles sont sans asile, sans travail, sans pain.

Couchant dehors, où les chiens crèveraient, elles meurent, n'ayant plus que des vêtements sans nom, une partie est restée dans la fange où élles ont dormi.

Parfois c'est la jupe qui manque, parfois c'est la chemise, et comme on ne peut pas procéder à sa toilette sans avoir un endroit abrité, la vermine remue dans les chiffons qui pourrissent sur le corps puisqu'on ne peut en changer, et s'y trouvant mal à l'aise tant ils sont infects les compagnons de saint Labre s'en vont par bandes chercher du linge plus propre.

En faisant leur toilette dans le ruisseau les malheureux offenseraient la pudeur, mais en laissant des multitudes d'êtres dans cette fange on offense l'humanité.

Il y a à Saint-Lazare, pour les rassasiés, des légendes terribles.

Par exemple, la femme mourant de faim, qui fut arrêtée comme vagabonde pour s'être assise par deux fois sur les bancs du boulevard ; elle avait jeûné longtemps, qu'en entrant en prison elle avait, cemme dit le peuple, le corps vidé ; elle vacillait sur ses jambes comme un femme ivre.

Oui ivre en effet, — ivre de faim.

Celle-là est morte !

Et les mères ! vagabondes aussi celles-là, doublement vagabondes, car il y en a deux à nourrir avec rien, deux à loger sans toit.

D'autres, après avoir été reçues avec leur enfant, se le voient enlever parce qu'il a trois ans, c'est la loi.

S'il y a à Saint-Lazare le quartier des nourrices, et là comme ailleurs, la mère aime son enfant, mais qu'importe ! les trois ans ont sonné, la loi pêche dans le tas pour les enfants trouvés, pépinière du bagne.

A qui la faute ? au réseau monstrueux qui jette la meute humaine sur le gibier humain ! le piqueur sur la meute, le maître sur le piqueur, et toujours, toujours ainsi.

Un jour, il y eut une lettre à l'adresse d'Angèle Brodard, lettre courte et lamentable que les deux malheureuses lurent ensemble.

« Ma chère Angèle, ma chère Clara,

« Adieu. — Ce sera peut-être bientôt fini pour vous aussi. — Je vous embrasse « pour la dernière fois vous et les petites.

« Auguste BRODARD. »

Elles ne pleurèrent pas ! elles étaient atterrées ! Ces paroles : ce sera peut-être bientôt fini pour vous, les calmaient ; leur douleur était un écrasement. — Dans cet écrasement Clara perdit ses dernières forces, Angèle compléta ses élans de vengeance.

Quelques jours après, assises toutes deux dans la cour des filles (tel était leur quartier), elles restaient immobiles.

C'était l'heure de la récréation, leurs compagnes passaient et repassaient par groupes ; elles entendaient des bouts de conversation comme on entend souffler le vent.

Deux jeunes filles, jolies comme des églantines des haies, causaient d'une chose horrible : il y avait eu une révolte dans la maison où *on la louait* et la... *directrice* avait été étranglée.

— Ça n'a pas fait un pli, disait-elle.

— Qui a fait le coup ? disait l'autre ?

— La petite pâle, tu sais, Marguerite; on venait d'amener sa petite sœur Anna, — c'est la mère qui l'a vendue comme son aînée, et vendu à la même personne. L'enfant a quinze ans ; elle croyait être dans une maison de *commerce*, tout à coup on voulut l'emmener dans un cabinet ; elle comprit, elle avait peur ! Elle se mit à crier, mais d'un accent si déchirant, que cela fendait le cœur. Alors nous avons toutes couru pour la défendre, madame s'est trouvé enveloppée, etc., Marguerite, avec ses petites mains nerveuses, petites comme des mains d'enfants, l'a étranglée ! Elle se cramponnait ! on aurait dit un diable. Elle criait : Tiens ! voilà au nom de ma sœur, voilà en mon nom ! Nous étions toutes froides... Quand madame n'a plus remué, Marguerite l'a laissée tomber à terre, et nous nous sommes sauvées dans nos chambres.

— Il n'y avait donc personne ?

— Si, mais plus souvent que ceux qui étaient là iraient se jeter dans la gueule du loup. On ne croirait jamais que ça été fait si rapidement, et que les hommes présents (ils étaient deux) ont eu peur. Marguerite était comme un tigre.

— On croirait peut-être que vous l'avez laissée étrangler par plaisir.

La jeune fille au doux visage se pencha vers l'autre et lui chuchota quelque chose à l'oreille.

— C'est bien fait, dit l'autre, en a-t-elle vendu de la chair fraîche en sa vie, celle-là !

Et toujours par groupes , passant et repassant, d'autres étaient venues, puis d'autres encore.

Angèle et Clara n'éprouvaient aux diverses choses qu'elles entendaient, que l'impression vague du rêve.

Deux femmes arrêtées de la veille se racontaient en quelles circonstances.

— Comment qu'on t'a *cueilli, la Coqueluche*?

— Voilà, je m'étais sauvée *de la boîte* pour voir passer le vieux qui allait *baiser la camarde* (mourir); je suivais le monde, y en avait, y en avait ! qui allaient bêcher le *coupe-sifflet de Charlot* (le couteau de la guillotine). Moi, je suivais avec les autres *le mannequin du trimbaleur des raccourcis* (la voiture des condamnés) ; on se poussait, on s'écrasait : quand on arriva, y en avait qui attendaient depuis la veille au soir les *arpions* dans la boue.

Tout le groupe convergeait vers la conteuse, l'écoutant avec attention ; il leur semblait y être. Elles marchaient lentement, les yeux fixes, l'oreille tendue —dame quand on n'éprouve plus qu'une immense indifférence, un récit dramatique fait plaisir.

Elle continua :

— On parlait beaucoup en se bousculant, on disait qu'il n'était pas fait comme les autres, que c'était un *communard*. Moi, je n'avais pas encore vu de communard, croirait-on ça ?

« Il n'était pas *frileux* dans le *mannequin* (la voiture), il levait la tête tant qu'il pouvait en regardant la foule, il y en avait qui disaient : C'est un martyr, on le vengera ! Ceux-là n'allaient pas loin, on les coffrait ; il n'y avait pas de ratichon sur l'échafaud, il a crié très haut : Je suis innocent !

« On aurait dit que le bourreau *avait le trac*, puis, la machine a mal basculé, on lui a coupé *la tronche* (la tête) à deux fois.

« Moi j'ai eu peur, j'ai bousculé tout le monde, on m'a arrêtée, et comme j'étais en *rupture de trottoir*, me voilà.

« C'est dommage ! j'aurais voulu voir Brodard jusqu'au bout. *La tronche* tenait encore quand on m'a prise. »

Clara poussa un grand cri !

Angèle se jeta à terre comme si elle eût voulu s'y cacher et sanglotait, on eût dit un râle.

Il fallut la porter à l'infirmerie et l'y attacher.

— Te fais pas de la bile, petite ! disait une vieille paralytique couchée dans le lit voisin ; moi j'ai vu couper le cou à mon homme, et on va le couper à *mon fieu* (mon fils), ça n'est qu'une minute de *désagrément*, on dort après.

— Qu'est-ce qu'ils ont fait? dit une autre.

— Est-ce que je sais, moi! mon homme a eu son père au bagne, on ne pouvait pas l'innocenter.

Elle se tut, s'amusant à regarder machinalement le vol d'une mouche qui bourdonnait autour d'une toile d'araignée.

CXXI

UNE FÊTE AU POIVROT

Un peu plus loin du boulevard Ornano que le cabaret des *Trois-Canons*, s'ouvrait le caboulot du *Poivrot*.

Jamais Lesorne ne s'était vu si tranquille ; une douce quiétude achevait son masque hypocrite, il était tout à fait réussi.

La belle Mannezingue commençait à songer à la fuite, la peur la prenait tout à fait, sans qu'elle sût pourquoi ; il lui semblait que le patron sentait le *refroidi* (la mort).

Plus Lesorne aimait sa femme, plus celle-ci se défiait de son mari *d'occas*.

Edme Pascal, dit le Renard Rouge, avait tout à fait effrayé la Pelouette de Saint-Lazare, ce qui pourtant n'était pas facile.

Le jour qu'elle avait choisi pour fuir était la fête de Saint-Ouen ; tandis que des milliers de promeneurs se croisent en tout sens, au bruit des grosses caisses et des fifres des saltimbanques ; à cette heure où chacun regagne son gîte, les omnibus regorgent, les fiacres sont occupés, les rues pleines d'un fourmillement de monde.

Ce jour-là, plus encore que d'ordinaire, la belle Mannezingue avait peur ; le Renard Noir était venu déjeuner avec *son frère*. Il avait été avec elle d'une amabilité charmante ; mais rien n'y faisait, l'idée de se sauver la tenait de plus en plus fort.

Dans le cabaret des *Trois-Canons*, il y avait depuis le matin les assistants de trois ou quatre enterrements ; dans celui du *Poivrot* il y avait une noce.

Noce bruyante s'il en fût, qui n'avait pas voulu s'asseoir près de gens en deuil, cela leur eût porté malheur. Il y avait encore, outre les gens de la noce, quelques saltimbanques, l'un d'eux ayant un grand singe attaché près de lui, ils buvaient et chantaient aux tables qui se trouvaient devant la porte. Des mendiants bossus, boiteux ou aveugles, venaient en passant tendre leur sébile, dans laquelle les saltimbanques jetaient généreusement une pièce d'autant plus grosse, que le mendiant paraissait plus misérable.

Les deux Renards, comme on appelait Edme Pascal et son frère supposé, assis à l'intérieur, devant une table chargée de vins différents, s'abreuvaient largement, l'un, songeant à ce qu'il pressurait d'or sur la misère dans la cité des Kroumirs ; l'autre se disant que Lesorne et Brodard étant morts, Edme Pascal pouvait vivre au grand jour !

Deux particuliers venaient de s'asseoir à une table voisine, l'un, borgne et cagneux, fauchant de ses longues jambes comme une araignée d'eau ; l'autre, petit et vieux, le visage ridé comme une vieille pomme : ils formaient un couple assez réussi.

— *Louque* un peu le patron, père Bigorne, dit le plus grand ; est-ce que tu ne lui trouves pas une ressemblance ?

Le petit vieux s'écarquillait les yeux en vain. Il avait autrefois trop peu vu Lesorne.

— Alors, c'est que *t'as* pas travaillé pour de bon *dans le bois de chênes* avec lui. Si *les refroidis réviquaient* (si *les morts ressuscitaient*) je croirais que c'est lui.

— Qui, lui ?

— Lesorne, mais bah ! tout est possible. Pourquoi que Brodard n'aurait pas dit la vérité ?

Mû par une idée tenace, il se leva et marchant droit au patron.

— Bonjour, Lesorne ! dit-il à demi-voix.

Le bandit leva la tête, affreusement pâle, il n'eut pas un tressaillement, mais ses prunelles dilatées jetaient un éclat phosphorescent comme celles d'un loup pris au piège.

— Vous vous trompez, dit-il ; je suis Edme Pascal et ne connais pas Lesorne.

— Vous ne connaissez pas non plus le grand Adolphe, continua l'homme avec une insistance qui effraya le bandit.

— Non, dit-il, je ne connais pas non plus le grand Adolphe.

La Pelouette, assise au comptoir, saisissait les détails de cette scène ; et de plus en plus effrayée, elle venait de glisser dans sa poche quelques poignées de pièces de cent sous du tiroir, pour le voyage lointain qu'elle voulait entreprendre.

— Et le père Bigorne, vous ne le connaissez pas non plus, continua le grand Adolphe froidement, en montrant le vieux ridé.

— Je ne l'ai jamais vu, dit Lesorne.

Le Renard Noir s'amusait beaucoup.

— Nous sommes sortis de Clairvaux cette semaine, et nous voilà tous deux sans ouvrage, expliquait Adolphe du même ton, notre temps est fini.

— Je vous répète que je ne vous connais pas, dit encore Lesorne.

On commençait à écouter !

— C'est dommage, reprit le grand Adolphe ; si vous nous aviez connus tant soit peu, nous vous aurions demandé un peu d'ouvrage !

— Je n'ai pas besoin de vous connaître pour cela, dit Lesorne, je n'ai jamais refusé d'occuper le pauvre monde.

— Ce patron-là est vraiment un brave homme ! se disaient les ouvriers à la table de la noce.

— Et il n'y aurait pas moyen d'en avoir un peu tout de suite, d'ouvrage ?

— Mais si ! dit Lesorne — il avait son projet, — ces deux misérables qui se jetaient ainsi en travers de sa sécurité, n'en avaient pas pour longtemps ; à la première occasion favorable il s'en débarrasserait.

— Pour le moment, vous pouvez aider à faire le service, il y a assez de travail pour tout le monde aujourd'hui.

— Venez, dit la Pelouette, je vais vous diriger ; et les appelant près du comptoir, elle leur indiqua les brocs de fer blanc, les verres, les boks et se mit à leur commander le service auquel ne suffisait pas ce soir-là le garçon ordinaire. Maintenant, dit-elle, Cadet vous montrera — (Cadet) c'était le garçon).

Les nouveaux employés faisaient merveille. Lesorne, qui ne les quittait pas des yeux, les vit parler avec la belle Mannezingue ; la jalousie lui monta au cerveau comme la peur lui tenaillait les entrailles.

Est-ce qu'il allait être pris au moment où il était si paisible, si bien établi ? Est-ce que la Pelouette allait parler de près comme cela au grand Adolphe ?

Une idée vint à Lesorne : assommer les deux hommes, lestement, à la cave, au milieu du bruit de la fête ; il y avait encore des buveurs, saltimbanques et noceurs à toutes les tables ; et même quelques ouvriers avec leur famille, laissant leurs enfants se rassasier de la vue du grand singe. Cet échantillon des ancêtres les charmait tellement, qu'ils lui prodiguaient le pain d'épice et les sucres d'orge dans une grande proportion ; si grande, que le singe gorgé commença à jeter à pleines mains les sucres d'orges au visage de tout le monde.

Quelle joie pour les enfants ! Cela devint du délire quand le singe s'assit sur les pains d'épice, les retirant majestueusement de là, pour les lancer en guise de pavés.

Le grand Adolphe était descendu à la cave ; c'était celui-là surtout que Lesorne voulait anéantir. Il descendit derrière lui à pas de loup un pavé à la main, regarda tout autour de lui, et ne voyant personne, il lui asséna, tandis qu'il était baissé sous le tonneau, deux énormes coups qui l'abattirent comme un bœuf assommé.

Alors Lesorne montant le panier de vin, ferma la cave et prit la clef du cadenas.

— Votre compagnon, dit-il au père Bigorne, vous prie de l'attendre chez moi !

Puis il appela son garçon, et lui dit paisiblement :

— Désormais, vous ne prendrez plus de vin à la cave sans mon ordre j'ai enfermé des pièces que je trouve falsifiées, — allez acheter quelques brocs chez le voisin, pour ce soir.

Il disait tout cela avec calme, tranquille, depuis que son crime était accompli ; il songeait froidement au moyen qu'il emploierait après la fermeture du caboulot pour éloigner la Pelouette et le garçon et se débarasser du père Bigorne — pourquoi ces gens-là venaient-ils le trouver ? C'était leur faute.

Ce qui gênait Lesorne, ce n'était pas sa conscience, mais ce qu'il ferait de deux cadavres dans un endroit ou quelque vagabond allant coucher dans les fossés des fortifications, ou quelque brigade en tournée parviendrait à les découvrir.

— Lesorne n'eut pas besoin d'éloigner la Pelouette ; elle n'était plus au comptoir.

Le père Bigorne buvait, tout en servant les clients ; il finit par s'endormir les coudes sur la table, ce qui fit sourire Lesorne.

La belle Mannezingue ne rentrait pas, mais en revanche des clients nouveaux arrivaient toujours : c'étaient les attardés de la fête, l'arrière-garde des amateurs de fêtes qui, obligés de partir à pied puisqu'il n'y avait plus ni fiacres ni tramways, se reposait là quelques instants.

Parmi eux une escouade de gendarmes buvait avant de regagner Paris.

Les mendiants restés à la fête se repliaient pour la plupart sur Paris ; parmi eux, le jeune sourd-muet.

Edmond tendait sa sébile à la ronde. Lesorne cherchait la Pelouette.

Sûr du grand Adolphe, qu'il avait *refroidi*, maître du père Bigorne, qui semblait avoir pris à tâche de lui donner une nouvelle inquiétude : son amour en ce moment se doublait de colère.

Edmond, à la vue de Lesorne, s'arrêta un instant ; puis, avec un air égaré, il courut aux gendarmes dont la vue lui rappelait l'affaire de l'avenue des Ormes, et leur montrait Lesorne ; il faisait avec les signes du plus violent effroi le signe de piocher la terre.

Les gendarmes n'y comprenaient rien ; des cris épouvantables, partis de la cave, achevèrent de compliquer la situation.

Ayant inutilement cherché autour d'eux, ils enjoignirent à Lesorne d'ouvrir les portes de toutes ses pièces ; il prétendit avoir égaré les clefs de la cave. Mais les gémissements qui en sortaient ne laissant aucun doute, la porte fut enfoncée, tandis qu'on s'assurait de la personne de Lesorne.

Le grand Adolphe était debout, la tête toute sanglante, vacillant sur ses jambes.

Le récit de l'affaire mystérieuse du Poivrot occupait le lendemain une large place dans les faits divers de tous les journaux.

De Méria, en voie de guérison, ayant obtenu depuis longtemps déjà que l'un des internes lui prêtât quelques feuilles publiques, tomba sur l'histoire invraisemblable de Lesorne. Il prit sa tête dans ses deux mains, le pressant pour essayer de se délivrer des nuages qui enveloppaient encore sa pensée, et reçut en lisant, une commotion qui l'élucida un peu.

Pendant ce temps, madame la princesse Mathias et son époux, tranquillisés par le jugement rendu en faveur de Notre-Dame-de-la-Bonne-Garde, arrivaient à Paris, où, sous les auspices de la nouvelle directrice, la maison de protection des jeunes filles pauvres faisait merveille. (Qu'avaient-ils à craindre maintenant ?)

Au bagne de Toulon, les forçats se passionnaient pour le mystère du Poivrot, riant des *Gobillards*, qui n'y comprenaient rien, mais n'y voyant guère plus clair.

On s'assura de l'accusateur et de l'accusé.

CXXII

LA RÉHABILITATION

Cette fois, il n'y avait pas moyen de nier l'existence de Lesorne, attestée par le grand Adolphe. avec une énergique persistance; les choses se retournaient de nouveau.

Malheureusement, on ne pouvait empêcher que la justice n'eût *été satisfaite ;* il n'y avait pas moyen de recoller la tête de Brodard! Ce n'était pas la première fois que cela arrivait, ce n'était pas non plus la dernière.

M. X..., devenu de plus en plus gâteux, n'avait plus à instruire l'affaire ; elle se déroulait naturellement. Dirigée par le jeune Félix que nous connnaissons, il y aurait réhabilitation, disait-on.

On ignore généralement que la réhabilitation, en France, n'implique pas la déclaration que le condamné reconnu innocent a injustement subi sa peine. — C'est simplement un *acte d'indulgence* faisant cesser les inculpations qui pourraient résulter pour l'avenir de condamnation reconnue injuste. — Ces inculpations ne pouvaient avoir lieu puisque Brodard n'existait plus.

Son fils étant mort, sa belle-fille à l'hospice de la prison, à demi hébétée, Angèle emprisonnée de nouveau comme infraction à la police des mœurs puisqu'elle ne s'était pas présentée depuis plus d'un an; ses amis sous le poids de condamnations diverses, nul ne s'en plaignait.

On n'oubliait pas cependant que les faits allégués par Brodard étant vrais, Clara Busoni mariée sous un faux nom avait une peine à encourir outre la nullité du mariage.

En outre, le procès de Lesorne ne touchait pas aux verdicts prononcés contre les calomniateurs de Notre-Dame-de-la-Bonne-Garde.

Pourtant, le prince et la princesse Mathias ne jugèrent pas prudent de faire un long séjour à la nouvelle maison; pour eux, le vent soufflait en tempête.

C'était vraiment dommage pour le prince qui avait déjà remarqué deux ou trois jeunes filles fort jolies, qu'il voulait protéger d'une façon toute particulière.

Comme il suivait d'un œil de regret la récréation, où se développaient les grâces un peu timides des fillettes, il entendit une des plus jolies faire cette remarque à une compagne :

Le prince Mathias ! Je le reconnais bien, c'est lui qui est entré chez M. Trompe-l'œil le matin de l'assassinat, je l'ai vu!

Une sueur froide couvrit le misérable : c'était la petite fille de la rue de la Chance-Midi! il n'en demanda pas davantage, le départ fut fixé pour le lendemain.

Londres ne leur paraissant pas sûr, ils se demandaient avec inquiétude où ils allaient aller. L'abbé Hubert les tira d'embarras, en envoyant au prince et à la princesse, en termes très respectueux, une invitation pressante pour aller le trouver à Rome même, afin de recevoir pour prix de leurs bonnes œuvres la bénédiction papale accompagnée d'autres distinctions.

Personne, ils le supposaient, ne les tourmenterait à Rome; ils partirent, heureux du hasard qui ne les abandonnait pas.

L'abbé Hubert les reçut avec une joie plus grande encore que la leur : désormais, l'Église allait être délivrée d'un grand danger dans leur personne — on n'entendit plus parler désormais de ces deux pieux personnages.

Lesorne, après un jugement insignifiant, fut condamné aux travaux forcés à perpétuité : on était si las de tous ces Brodard et de tous ces Lesorne qu'on avait peur d'en voir encore d'autres sortir de terre; cela faisait l'effet d'une fumisterie.

Personne, si ce n'est Mme Mixlin et les frères Philippe, ne s'intéressait à ces choses que la curiosité publique avait pressurées sans les comprendre. — Le drame qui s'était joué entre Lesorne et Brodard était si compliqué que cela fatiguait la mémoire. Une fois Lesorne parti pour Toulon, l'affaire parut définitivement enterrée. Nous oublions cependant le vieux Montnoir et son petit-fils qui attendaient avec impatience la sortie du fils du guillotiné. L'enfant, sérieux comme un vieillard, tenait la librairie du père Guillaume qu'il voulait lui conserver et qui faisait vivre en attendant son grand-père et lui.

Parfois il se surprenait disant comme son père d'adoption, devant les injustices et les crimes de la société : C'est la question sociale !

Les petits crevés avaient une rude occupation cette année-là ; se supplanter mutuellement dans le cœur d'une belle petite, sortie on ne savait d'où et qui depuis cinq mois avait déjà ruiné le vieil imbécile qui l'avait lancée, et perdu de dettes deux jeunes cocodès de la haute espèce.

On connaissait cette femme sous le nom de Fleur d'or ; à cause, sans doute, de sa chevelure d'un blond si doux qu'il tirait sur l'or pâle.

Fleur d'or avait pour dame de confiance, une femme au visage sinistre dont les cheveux noirs étaient mêlés d'une neige de cheveux blancs ; ses yeux lançaient de sombres lueurs comme si une pensée cruelle l'eût occupée tout entière.

Parfois Fleur d'or et madame Catherine échangeaient un diabolique sourire. — Cette vieille, disait un petit crevé émergé d'un cercle catholique, avait l'air du démon qui attendait l'âme de la belle pécheresse. — Un autre gandin prétendait au contraire que la vieille n'était qu'un gnome au service de la belle Fleur d'or.

Les mères et les épouses maudissaient la fille de marbre qui exigeait des montagnes d'or et soufflait sur la passion tantôt avec de chaudes effluves qui allumaient l'incendie, tantôt avec une froide haleine qui la dispersait comme la cendre au vent, ne laissant que la mort. — Peu importait à Fleur d'or, elle devenait pâle et froide, ne souriant qu'à l'annonce de quelque désastre arrivé à l'un de ses amants.

Cette femme porte malheur ! disait-on, c'était un attrait de plus, l'attrait de la flamme pour les phalènes.

Fleur d'or donnait deux soirées par semaine, elle y applaudissait aux ruses des belles petites pour faire financer petits et grands crevés, ou pour les tromper, et cela avec une grâce si perfide que l'amour qu'ils avaient pour elle augmentait en raison des perfidies dont elle les entourait. Elle donnait en outre quelques soupers ou des hommes seuls étaient admis.

Le vicomte de la Faille, l'un des plus stupides mollusques qui rampaient autour de Fleur d'or, amena un soir à un de ces soupers un ami qui, disait-il, relevait d'une longue maladie, et cherchait à se distraire.

Cet homme entièrement chauve, le regard éteint, vacillant sur ses jambes, semblait âgé de plus de soixante ans ; il en était loin pourtant. Sorti depuis peu d'une maison de fous, le comte de Méria, car c'était lui qui promenait son désœuvrement et ses ennuis grâce à une rente que lui jetait dédaigneusement, de loin, sa femme qui ne voulait plus le voir.

Au nom du comte de Méria, Fleur d'or ne fit pas un mouvement : elle leva sur lui son regard impassible, mais ses joues s'empourprèrent d'une lueur fugitive, c'était la première fois que son visage glacé rougissait depuis qu'on la connaissait. suivant quelques-uns, Fleur d'or devait avoir été déjà morte, telle était la légende qu'on ne croyait pas, mais qui était un encore charme de plus.

On se mit à table, les cocodès de tout plumage se battaient les flancs pour faire de l'esprit, ne parvenant qu'à mettre leur bêtise en relief; de Méria, cherchait des mots pour en faire quelques phrases, — depuis qu'il avait été fou il avait beaucoup de peine à exprimer une idée quelconque.

Ce triste personnage se sentit renaître à des désirs de plaisirs à la vue de Fleur d'or, elle lui rappelait vaguement quelqu'un.

— J'ai déjà vu, belle dame, disait-il, une personne ayant cette charmante couleur de cheveux.

Et comme les monomanes, il répétait sa dernière phrase lentement, et à plusieurs reprises : charmante couleur de cheveux ! charmante couleur de cheveux !

— Ah ! dit Fleur d'or avec insouciance.

— Et moi, dit Félix, je ne l'ai jamais vue ! Si cependant : c'était sur une fresque, dans une maison de charité aujourd'hui fermée.

— La maison de protection des jeunes filles pauvres, dit un autre, je l'ai vue également : c'était une vierge qui fuyait, les cheveux dénoués devant un tas de saints de mauvaise mine, dont un ressemblait vaguement à monsieur de Méria.

— Il est impie ce Noriac !

L'autre se rengorgeait, tandis que de Méria poussait un gémissement.

— Mon cher, je ne vous amènerai plus, dit la Faille, vous êtes sinistre.

De Méria se tut comme un enfant.

Fleur d'or le considérait avec une attention que les convives prirent pour un caprice de la belle fille. — Les femmes ! murmuraient-ils de cet air dégagé qu'ils affectent en parlant du *beau sexe*, comme ils disent.

— Vous ne buvez pas, messieurs, dit Fleur d'or qui avait soin de laisser son verre plein ; elle le leva en disant :

— A la santé des joyeux compagnons !

— Et des belles ! dit galamment Félix.

Tous les verres se levèrent.

— Je crois, messieurs, dit Fleur-d'or, que de nos jours on ne sait pas boire.

« Ce n'est plus le temps de Henri IV

> « Dont le triple talent
> « Est de boire et de battre
> « Et d'être un vert galant.

La plupart des gommeux qui écrivaillaient pour se donner un genre, dans les journaux réactionnaires, piqués de la plaisanterie, la prirent pour un défi.

— A la santé de Fleur d'or, dit l'un d'eux, versant une bouteille entière dans un bol énorme et l'élevant en l'air.

Ce fut une vraie folie ! les autres demandèrent des bols, et chacun luttant contre son estomac qui refusait une telle quantité, se soumit volontairement à la question du vin.

Les uns en avalèrent une partie, les autres essayèrent en vain malgré les rires des vainqueurs et alors renversant la tête en arrière, faisant entonnoir avec les bols ils se vidèrent le liquide dans la gorge.

Quelques-uns tombèrent à terre succombant sous un humble dégoût; les autres purent s'asseoir, mais n'en valaient guère mieux; un ou deux, parvenus sans grimace au tour de force, se tenaient debout n'osant remuer, dans la crainte de succomber eux aussi au dégoût. Parmi eux était le jeune magistrat.

Fleur d'or regardait impassible.

De Méria assis dans une demi-ivresse, laissait échapper des paroles sans suite, il venait d'absorber le contenu d'un des bols.

— Allez chercher Mme Catherine, dit Fleur d'or au domestique qui servait.

Quelques minutes après la vieille femme entrait, montrant de Méria plongé dans des hallucinations alcooliques. Fleur d'or lui dit : Écoutez.

Celle-ci reconnut le misérable à travers la ruine de son visage; elle joignit les mains.

— Pierre, dit la courtisane au domestique qui allait sortir, appelez les autres et venez tous. Vous allez être témoins d'une étrange chose.

De Méria laissait échapper des paroles entrecoupées : — Sansblair, mon bon, reprends ton violon, on dirait le paradis de Maho met avec cette musique.

« Ah! voilà le vicomte d'Epailhac; tu as changé de peau, Nicolas, mon ami!

Fleur d'or secoua le bras du jeune magistrat endormi les coudes sur la table.

— Monsieur Félix, dit-elle, réveillez-vous, écoutez ce que raconte M. de Méria.

Félix, dégrisé par la voix sombre de Fleur d'or, secoua sa tête alourdie par l'ivresse et crut entrer en plein dans le songe quand il entendit de Méria élucider devant lui l'enquête qu'il avait faite autrefois à Notre-Dame-de-la-Bonne-Garde.

Tout en croyant rêver, ce qu'il entendait l'impressionna tellement, qu'à son tour, il secoua les trois hommes restés à table la tête appuyée sur leurs bras arrondis.

— Écoutez, dit-il.

« N'aie pas peur, Rose, disait de Méria, ne crie donc pas ainsi, nous allons dans une belle maison, on te donnera tout ce que tu voudras!

Félix avait tiré son carnet, il écrivait; les autres écoutaient à demi hallucinés.

Mme Catherine, debout contre le mur, les yeux grands ouverts, pâle, buvait les paroles.

Les domestiques, ne comprenant rien encore à l'intérêt qu'on apportait aux divagations d'un ivrogne, regardaient les visages livides de Fleur d'or et de la vieille.

L'un d'eux se disait : C'est bien vrai que Mme Fleur d'or a été morte, voilà celui qui l'a tuée.

L'ivrogne continua :

— Ah! voilà Claire Marcel, c'est Davys-Roth qui s'est trompé! — Vous baissez, mon père!...

« Helmina! ma belle, il faut aller au passage l'Écuyer chez la mère Nicole, vous verrez Sophie Brodard comme elle est jolie!

« ... Nous sommes les lions du seigneur, il nous faut la nourriture des lions pour rugir ses louanges. Olympe, ma chère, de l'or, donne toujours!

« Ah! la petite Rose qui crie...

« ... Vous vous trompez, messieurs les agents, je suis le comte de Méria, et nous portons cette jeune fille à l'hospice le plus proche.

« ... La petite Rose est toujours là!

« ... Elle ne veut pas mourir.

« ... Non, je ne peux pas! le ruban a cassé, c'est horrible!

« ... Elle est lourde, elle a encore chaud! la voilà sous la chaux avec l'autre! celle de Nicolas! ah! le chat! chassez cette bête!

« Voilà Sansblair, baron! un baron allemand, mon cher!

« ... Il a tué le beau-père et le voilà qui me fait chanter.

« ... Ah! le chat qui crie! et le violon de Sansblair. Ma tête s'en va! il joue nos crimes!

« ... Ma femme est belle! si elle pouvait m'aimer, Nicolas l'emmène! et moi je m'en vais dans le brouillard!

« ... Je ne sais plus!

Le misérable se tut, sa pensée s'en était allée en effet.

Félix fit signer les témoins et dit :

— Je suis le substitut du procureur de la république! cet homme est un assassin et je l'arrête, au nom de la loi.

Mais de Méria ne comprenait plus, Félix envoya chercher des agents pour l'emporter; son zèle connaissait d'autant moins de bornes qu'il avait déjà été trompé une fois, il voulait se réhabiliter!

Une fois seules, Fleur d'or et Mme Catherine se rapprochèrent l'une de l'autre.

— Enfin, dit Fleur d'or, voilà votre Rose vengée!

— Pas encore, dit l'autre, on ne tient qu'un cadavre! de Méria va redevenir fou. On ne fera pas revenir les autres témoins, d'où on les a envoyés.

— Peut-être, dit Fleur d'or. Vous avez eu affaire à quelques misérables, on peut les trouver; mais moi, c'est la société tout entière.

Elle cacha son visage dans ses mains.

— Hélas! dit la vieille, n'est-ce point aussi la société tout entière qui est complice de la mort de ma Rose!

ÉPILOGUE

Il n'y eut en effet nul recours contre de Méria, redevenu subitement idiot, malgré les réclames de Félix qui pressait cette affaire. On se contenta, nous l'avons dit, pour les condamnés pour faux témoignage, de Notre-Dame-de-la-Bonne-Garde, d'abréger le temps de la pénitence; sous forme de lettres de grâce — quant à ceux qui étaient morts en rade de Sydney par le cyclone, on n'y pouvait rien, voudrait-on, par hasard, que la magistrature commandât aux vents et aux tempêtes?

En vain les journaux racontaient l'épisode du fugitif retour à la raison de de Méria et des démarches faites par le substitut Félix pour faire sortir de prison les frères Philippe, les peintres et le père Guillaume; il restait toujours attaché au nom de chacun d'eux, quelque chose qui les faisait mal regarder.

Ils n'en reprenaient pas moins leur vie laborieuse; regardant pour ce qu'ils valent les mépris inconscients.

Mais on n'achetait plus au libraire; on ne faisait plus de commandes aux peintres; les frères Philippe étaient sans ouvrage;

— *La question sociale!* disait le père Guillaume.

La vieille et Fleur d'or continuaient leur œuvre vengeresse, échangeant de temps à autre le sinistre sourire qui glaçait et charmait les petits crevés.

Elles virent arriver un jour une femme au visage dur, dans lequel faisaient une douceur magnétique, deux larges yeux ronds, semblables à ceux des oiseaux nocturnes.

Elle avait insisté pour parler à Fleur d'or, mais Mme Catherine lui inspira une curiosité ou un intérêt si grand qu'elle voulut d'abord l'entretenir.

— Ce que je vais vous dire vous étonnera peut-être, dit la femme avec une sorte d'autorité, mais cela vous intéresse autant que moi. Vous vivez trop retirées, vous et Mme Fleur d'or, pour ne pas aimer les récits mystérieux et je vois à vos allures qu'on ne m'a pas trompée; vous poursuivez une œuvre commune.

— Ne m'interrompez pas, ajouta-t-elle en voyant que la vieille allait répondre; je ne sais pas si les papiers et les documents que je possède, iront au but que vous poursuivez, mais quelques indices me l'annoncent; répondez auparavant à quelques questions : Fleur d'or est-elle assez riche, pour acheter dans la rue du Fer-à-Moulin, une masure qu'on appelle la maison de Mme la Bourelle?

— Que voulez-vous qu'elle fasse de cette masure, dit Mme Catherine.

— Y chercher à l'endroit que je lui indiquerai! mais je lui vendrai cette indication très cher, sans cela elle pourrait posséder éternellement la masure sans pouvoir en faire usage.

— En faire usage! pourquoi? demanda Mme Catherine.

— Pour prouver à l'occasion que la personne (qui de l'étranger, car je ne veux pas qu'elle se brûle à la chandelle), que la personne, dis-je, qui avancera tel ou tel récit pourrait avoir pour appui, les découvertes faites dans cette maison, et réciproquement. — On pourrait aussi prouver une partie des faits arrivés à Notre-Dame-de-la-Bonne-Garde — on a voulu faire disparaître les témoins, j'en connais qui en savent long ! je correspondrais avec eux.

Mme Catherine tremblait comme une feuille.

— J'avais bien deviné ! continua froidement l'inconnue. — Mme Mixlin ! vous pouvez maintenant prévenir Angèle Brodard. Je suis à vos ordres à toutes deux moyennant certaines conditions.

— Lesquelles ?

— Vous poursuivez la vengeance, moi je poursuis la fortune, il faut que chacune de nous soit satisfaite. Je vous livre vos ennemis, — vous me donnez ce que vous possédez, ce n'est pas trop payé. La vengeance est le plaisir des dieux. Si vous acceptez, je m'établis chez nous.

— Venez, dit Mme Mixlin !

Elle la conduisit dans le boudoir où seule en ce moment rêvait douloureusement Fleur d'or la tête appuyée dans ses mains. — Le monstre fut admis à la poursuite de l'œuvre commune.

Pendant que ces événements se passaient en France, un obscur mariage avait lieu à Sydney entre deux étrangers ; les grâces qui avaient été faites après les révélations de de Méria, ayant atteint les naufragés Kérouen Darek et Claire Marcel, ils pouvaient sans danger se marier devant le consul de France à Sydney.

Quant au désir de revoir la France, il était loin de leur pensée, Claire et Kérouen n'y laissaient, à part le kaër de Rouen et les catacombes, que des souvenirs douloureux : Venez, écrivaient-ils aux frères Philippe ! là-bas, tout nous rappelle des mauvais jours, ici nous avons un horizon nouveau un peu sauvage, c'est ce qui nous plaît.

Mais les Philippe qui savaient que le vieux monde recèle dans son agonie une lointaine aurore, restaient à la voir lever, bien d'autres qu'eux avaient été pris dans les rouages vermoulus, ils voulaient aider à les briser, et puis Philippe aimait encore trop Claire Marcel, nul étranger n'assistait au mariage de Claire et de Kérouen, ils étaient tous deux en grand deuil, et les témoins, quatre mineurs comme le marié, profitaient de cette journée, non pour s'amuser, mais pour se reposer du travail écrasant des mines.

Assis sur le rivage, à l'ombre des eucalyptus, ils se faisaient raconter les aventures des naufragés qu'ils entrecoupaient de naïves exclamations, car les mineurs étaient du pays, quand un mouvement inaccoutumé se fit sur le rivage.

On venait de retirer de l'eau nn homme qui paraissait mort, cet homme n'était autre que Sansblair.

A travers la transformation qu'il avait fait subir à son visage, Claire reconnut le misérable.

Elle l'avait entrevu le jour du naufrage à travers la tempête qui jetait pêle-mêle sur la côte les épaves du *Beaumanoir* et celles de John Bul, les morts et les vivants.

Comme Claire et Kérouen, le misérable avait essayé de vivre, pendant quelques mois, le travail des mines l'avait étourdi, puis la pensée était revenue et avec elle le dégoût.

L'horrible dégoût de soi-même, qui monte à la gorge et étouffe.

Le souvenir de Pierrot, ce pauvre petit être qui aurait pu l'aimer, devenait de plus en plus vif — Sansblair résolut de se débarrasser du fardeau de la vie.

Par cette fraîche matinée où la brise de mer passait avec des bruits de harpe dans les airs, Sansblair écoutant les motifs étranges et puissants qu'échangent la mer et les flots, s'achemina vers le rivage attiré par cette puissante harmonie, qui sans la rencontre du monstrueux *cher frère* en eût fait un grand artiste.

Il resta longtemps debout les yeux fixés sur la mer, puis, de plus en plus appelé par l'immensité, par l'inconnu, par la voix des flots et des vents, il s'en alla au fond de l'onde, d'où les marins du brick anglais *the Leaf*, qui, le bien nommé qu'il était, roulait léger sur les flots comme une vraie feuille.

Pendant ce temps, Olympe cherchait à se distraire par des occupations auxquelles dans sa jeunesse elle ne s'était jamais livrée qu'en songe.

Tandis que la grosse Amélie rêvait étendue nonchalamment sur un canapé, à la vengeance qu'elle pourrait tirer de Nicolas, depuis longtemps déjà envoyé d'où l'on ne revient pas par les soins de l'abbé Hubert, Olympe vêtue en amazone, montée sur un cheval fougueux, surprenait comme une vision rapide les paysans endormis au bord des routes, ou assis aux portes des cabanes. Mais elle parvenait seulement à s'étourdir la pauvre fille, le passé la tenait, c'est une pieuvre dont on ne se débarrasse pas souvent.

Nous avons depuis longtemps perdu de vue Grenuche, d'abord incarcéré avec Philippi, et oublié par les magistrats, quand l'abbé Hubert réussit à étouffer cette première affaire, et à renvoyer à Rome le maladroit Philippi, tout au plus bon à faire baiser aux fils de Brutus les pieds du *sacro Bambino*.

Le père Guillaume, mis en liberté provisoire grâce à l'insistance du vieux Montnoir à déclarer qu'il accuserait Philippi, si on maintenait Guillaume en prison, chercha à s'occuper de Grenuche, mais les événements survenus coupèrent court à tout.

On finit par ne plus penser à Grenuche, et on la confondit en dernier lieu avec les prisonniers mis en liberté après l'arrestation de Lesorne.

Une fois dehors, Grenuche s'en alla droit devant lui, n'osant entrer nulle part, tant la frayeur le tenait, n'ayant sur lui ni papiers ni argent; il n'avait fait aucun travail en prison.

C'est ordinairement vers sept heures du matin que les prisonniers partent en liberté, Grenuche s'assit devant *la Santé*, où il était en prévention l'instant d'auparavant, et se demanda ce qu'il allait devenir; il voulait demander conseil au père Guillaume, mais il ignorait que le vieillard fût sorti. Ayant songé là pendant une heure ou deux, Grenuche s'en alla triste comme un chien perdu.

Il avait bien la ressource d'implorer la charité, mais s'il eût mendié, on l'eût arrêté de nouveau.

Du travail, il n'y fallait pas penser, il n'avait pas de papiers.

S'il couchait dans les champs, les gendarmes ne manqueraient pas de le trouver.

Pour vivre à l'hôtel, il fallait de l'argent; Grenuche ne possédait pas un sou.

L'existence lui semblait lourde, la ville immense; il regrettait le bagne où il ne craignait pas d'être surpris et où il couchait à l'abri de la pluie écoutant les récits du bonnisseur. La journée s'avançait à marcher devant lui sans avoir un but, ni un projet. Il lui semblait, tant il avait faim, qu'il ne pourrait jamais se rassasier, et tant il avait marché, qu'il ne se délasserait jamais.

Il y avait un grand vent qui lui jetait à la figure des poignées de poussière.

N'y tenant plus, Grenuche jeta ses regards du côté du cimetière : le mur était bas, il put l'escalader et se trouva en pleine paix, dans la ville des morts.

Harassé, il s'étendit sous un arbre et s'endormit profondément. C'était un frais et coquet cimetière des environs de Paris, il était planté d'allées de pins à l'ombre noire, qu'entrecoupaient par places des bosquets de saules pleureurs et des massifs de roses.

Le vent passant dans les branches faisait une plainte douce et triste, et l'odeur des roses arrivait pénétrante.

Grenuche ne s'était jamais arrêté à sentir l'odeur des roses ni à écouter les plaintes du vent; il avait eu assez d'entendre tomber sur son dos les pluies d'orage ou les tempêtes, et de sentir la faim lui mordre la poitrine.

Oui, vraiment! il était mieux au bagne. Peut-être ferait il mieux d'y retourner!

Sur ces amères pensées, il essayait en vain de dormir étendu sous l'ombre épaisse.

Des cris d'enfants lui firent prêter l'oreille; d'abord perçants, ils devinrent de plus en plus étouffés; on devait appuyer un mouchoir sur la bouche de la personne qui criait.

Grenuche se leva et courut dans la direction où il entendait des gémissements. Ils partaient d'un massif de saules pleureurs. Un homme de haute stature y maintenait, couché à terre, une pauvre enfant de huit à dix ans, qui se débattait désespérément.

Grenuche, dont nous connaissons la force, tomba sur l'homme, et après une terrible lutte, il le précipita à ses pieds.

On entendit un bruit sec : l'homme venait de se briser le crâne à l'angle d'une tombe! le coup de Lesorne! *le coup de la noix* fait par le hasard.

Grenuche releva l'enfant qui s'était abritée dans les saules, ne sachant si ce nouvel arrivant était encore un ennemi.

— Viens, petite, dit-il ; je vais te reconduire.

— Bien vrai ! dit l'enfant.

— Oui, où demeures-tu?

— Bien loin, monsieur; nous sommes à la cité des Kroumirs, on la démolit. Mais maman y couche toujours avec ma petite sœur et moi, parce qu'il y a encore les murs; on n'a ôté que les toits, et les ouvriers ne travaillent pas la nuit.

— Comment es-tu venue si loin?

— J'allais faire des bouquets des champs pour les vendre ; j'ai marché sur la route. Alors le *monsieur* que vous avez battu m'a prise par la main; nous avons marché longtemps, il m'interrogeait, et puis il disait qu'il nous voulait du bien, qu'il allait donner de l'ouvrage à maman et qu'il me conduisait voir ses enfants. Mais nous n'arrivions pas; il faisait noir. Tout d'un coup il s'est jeté sur moi, et il m'a apportée ici en sautant par-dessus le mur.

Grenuche se baissa et reconnut que l'homme était mort.

— Viens, petite, dit-il; je vais te reconduire chez toi ; mais il ne faut pas parler de ce qui s'est passé. Tu vois, l'homme est mort; on nous mettrait en prison; moi, pour l'avoir jeté sur cette pierre; toi, pour te faire raconter ce qui s'est passé.

— Et qu'est-ce qu'on ferait de nous en prison?

— Comme on croirait que j'ai tué l'homme pour le voler, on me guillotinerait, et toi, on te garderait en prison jusqu'à vingt et un ans.

— Oh! il y fait bon en prison! On a du pain tous les jours et on dort dans un lit. J'y ai déjà été avec maman et ma petite sœur. Même qu'on nous a mis des draps à Saint-Lazare. Je n'osais pas coucher dedans. Je n'avais jamais vu de draps.

— Cette fois tu serais seule, sans ta mère ni ta petite sœur.

— Ah! et puis je ne voudrais pas qu'on vous tue pour m'avoir sauvée.

— Allons, viens vite!

— Je ne peux plus marcher, dit l'enfant en pleurant.

En effet, elle avait marché depuis Paris ; ses pieds étaient si meurtris qu'elle ne tenait pas debout.

Grenuche la prit dans ses bras, escalada de nouveau le mur et reprit le chemin de Paris, tremblant à chaque pas qu'on ne l'arrêtât.

Chemin faisant, il causait avec l'enfant.

— Quel âge as-tu ?

— Bientôt dix ans, monsieur!

— Depuis combien de temps vas-tu chercher des fleurs dans les champs?

— Depuis la mort de papa, il y a trois ans.

— Et tu n'avais pas peur, toute seule, dans les champs?

— Oh! si, monsieur! surtout depuis qu'on m'avait déjà emportée, la première année.

« Cette fois-là personne ne m'a sauvée; j'en ai rêvé longtemps! Je croyais toujours que j'étais prise par un loup; je voyais ses yeux comme deux chandelles. — Oh ! j'ai pleuré plus d'un an, je n'ai pas osé le dire à maman.

— Tu me le dis bien à moi! pourquoi ne le lui aurais-tu pas dit?

— Dame! vous ne me battrez pas, vous, et peut-être bien qu'elle m'aurait battue.

— En voilà une, pensa Grenuche, qui ne pourra pas éviter son sort.

L'enfant s'était endormie.

La cité des Kroumirs n'était plus qu'un monceau de décombres. Dans ce monceau, quatre murs sans toiture, et dans un angle, un peu de paille sur laquelle dormait une enfant de quatre ou cinq ans. — On entendait la mère sangloter. Son aînée n'était pas rentrée.

— La voilà ! dit Grenuche, déposant la petite fille endormie près de sa sœur. — La voilà ! Mais il vaudrait mieux vous jeter à l'eau avec vos deux filles que de les laisser aller seules.

— Hélas ! monsieur, j'y ai souvent pensé ; mais elles sont si jeunes encore pour mourir ! elles ont si bonne envie de vivre !

Grenuche s'enfuit, la reconnaissance de cette femme pouvait le perdre.

Il allait au hasard dans le demi-jour matinal, et instinctivement se trouva devant la boutique du père Guillaume.

Celui-ci le reconnut.

— Entre donc, vieux, dit-il.

Grenuche se laissa conduire dans l'arrière-boutique.

— D'où sors-tu ? dit le vieux libraire.

— On m'avait oublié en prison, répondit Grenuche, et tout d'un coup on m'a mis en liberté, en disant : Lesorne est condamné ! Je n'ai pas compris pourquoi on me disait cela.

— C'est qu'on te croit de l'affaire Brodard-Lesorne, mon bonhomme ; tu profites de l'erreur. Tu sais bien que celle de Philippi a été étouffée, nous t'avons réclamé aussitôt que j'ai été en liberté, ma bonne vieille bête de comte et moi ; car il est bon comme le pain, ce vieux-là ! Mais on nous a dit de nous tenir tranquilles ; que Montnoir était fou ! que moi j'étais loin d'inspirer la confiance ! et que si tu n'étais pas déjà en liberté cela t'empêcherait d'y aller, — la question sociale, quoi !

En parlant ainsi, il avait servi à Grenuche un copieux déjeuner.

Celui-ci oubliait tout pour le moment, il buvait et mangeait avec une avidité inouïe. Sa bouche était un vrai gouffre.

— Allons, dit le père Guillaume, tu vas te faire crever ; en voilà assez pour le moment.

Grenuche leva la tête, cherchant à reprendre sa pensée, si bien mêlée à l'immense appétit qu'il l'avait avalée avec la nourriture dont il se bourrait.

— Que vas-tu faire ? continua Guillaume.

— Je n'en sais rien.

— Reste avec nous, les affaires ne sont pas brillantes, mais on verra à s'arranger, et puis il faut que tu voies le môme, c'est celui-là qui est crâne !

Grenuche s'étendit tout de son long sur sa chaise, appuya ses bras sur la table et s'endormit.

Il fallut l'éveiller pour le dîner.

Le môme dût aussi être secoué plusieurs fois, tant il était plongé dans une lecture qui l'absorbait.

C'était le procès de trois nihilistes, condamnés à être pendus pour la paix et la tranquillité du tzar de toutes les Russies. On avait trouvé, comme pièce à conviction, dans les papiers de l'un d'eux, la fameuse déclaration de Bakounine.

« Nous ne bâtissons pas, nous démolissons ; nous n'annonçons pas de nouvelles « révélations, nous écartons le vieux mensonge ; l'homme contemporain, triste

« *pontifex maximus*, ne fait que voir le pont, un autre inconnu futur passera sur le
« pont. Ne reste pas sur la vieille rive.

« Le monde dans lequel nous vivons se meurt, et ses successeurs, pour respirer
« librement, doivent d'abord l'enterrer ; au lieu de cela, les hommes cherchent à
« le guérir et en retardent la mort. En passant du vieux monde dans le nouveau,
« on ne peut rien emporter avec soi. — Vive le chaos et la destruction ! Vive la
« mort ! »

— A quoi penses-tu, petit ? dit le père Guillaume en frappant sur l'épaule de
l'enfant.

— Je ne sais trop comment vous expliquer cela, dit le môme ; il me semble que
les paroles avec lesquelles on conduit aujourd'hui les hommes à la mort seront
justement celles qui les aideront à passer du vieux monde dans le nouveau.

— Bravo ! mon garçon, dit le vieux ; l'avenir est à la jeunesse, cela fait aussi
partie de la question sociale.

Grenuche devint employé à la librairie Guillaume. Ils n'en furent ni plus riches
ni plus pauvres, mais un naufragé de plus fut sauvé ; parfois, un sur dix mille
parvient ainsi à la rive. Le vieux Montnoir s'en trouva heureux : il était d'autant plus sensible aux misères du peuple qu'il les avait connues plus tard.

Nous fermons le livre sur ces deux groupes : celui du père Guillaume, cherchant à sauver les malheureux, celui de Fleur-d'Or poursuivant les coupables ; et
nous disons avec Bakounine : Le monde dans lequel nous vivons se meurt et ses
successeurs, pour respirer librement, doivent d'abord l'enterrer.

Nul n'est plus violemment brisé dans les rouages de la destinée que les innocents.

Combien de fuyards dans les guerres civiles attrapent, en passant, la mort,
qui laisse debout les combattants.

Il en advint ainsi des deux pauvres petites, promenées çà et là par la destinée, sans qu'elles fussent plus responsables que l'agneau qu'on égorge.

Grenuche avait raison : les misérables devraient emporter leurs petits dans le
néant plutôt que de les livrer aux tortures de la vie.

Nous avons vu que Louise et Sophie Brodard furent laissées en garde à la
vieille parente de Jacques.

Tant que la brave femme fut sur pied, elles furent choyées, les pauvres petites,
comme elles ne l'avaient jamais été.

— C'est à cause de leur malheur ! disait la vieille.

Mais les longs jours passés à sarcler en se traînant sur les genoux ; à moisson-
ner le dos courbé ; à subir les alternatives du chaud et du froid, de la pluie et du
soleil, firent de la fermière comme des autres femmes qui travaillent à la terre ;
les douleurs, la nouèrent ; la paralysie l'immobilisa. Chaque genre de travail
apprête jusqu'à présent la mort du travailleur ; il lui fallut faire venir sa nièce
pour prendre la direction de la ferme.

Cette nièce, Mme Legof, arriva de la Bretagne avec sa fille, de l'âge de Louise
ce fut un jour de joie pour les deux enfants ; elles ne se lassaient pas de courir et
de jouer ensemble.

Jusque-là Louisette avait eu pour société ses sœurs, déjà tristes comme aux jours du vieil âge, et Thérèse, de son côté, avait toujours été seule : elles causèrent et rirent sans fin : il fallut les forcer de se coucher.

On avait caché aux petites Brodard l'exécution de leur père ; elles songeaient à le revoir, qu'il dormait depuis longtemps la tête coupée, dans le cimetière des suppliciés.

Mme Legof soigna d'abord sa tante avec beaucoup de dévouement, puis elle éprouva un peu de fatigue ; tout le monde alors fut moins heureux à la ferme : la pauvre vieille toute triste dans son lit, se demandait ce que les petites Brodard deviendraient quand elle aurait les yeux fermés.

La ferme était au fond d'une étroite vallée, ayant d'un côté des bois de chênes et de bouleaux, de l'autre, des ravins et des roches arides.

Là, il faisait toujours humide, toujours sombre, mais on y avait été si heureux jusque-là que ni la maîtresse ni les domestiques ne s'en étaient aperçus. Ce bien-être s'envola aussitôt que Mme Legof prit la direction en place de sa tante.

Sophie, devenant très souffrante, fut placée à l'hospice de Saint-Étienne.

— On ne peut, dit Mme Legof, avoir deux malades.

Louisette, employée à garder les vaches, ne voyait sa vieille amie que quelques instants, le matin et le soir : les premiers jours, elle fut triste, puis il lui prit comme une folie de rire, — de rire pour sa vie, sans doute.

Dans les prés où l'herbe lui montait aux genoux, elle comme une petite folle. Quelquefois Thérèse Legof était avec elle, alors Louise lui apprenait toutes les chansons qu'elle savait, car Louise Brodard chantait depuis le berceau ; elle était avide de la vie, la pauvre petite ; elle voulait y goûter sans doute comme on mord dans un fruit vert

Elle n'oubliait pas son père ni ses sœurs pour cela, mais elle voulait rire, rire toujours ; elle voulait jouer et courir dans les prés, sur la lisière du bois, sous l'ombre noire des grands hêtres.

Le père Legaël, le vieux bouvier, qui venait de la Bretagne comme Mme Legof, s'était pris d'une grande amitié pour Louise ; il lui apprenait, le dimanche, des bardits du temps des Gaules, elle disait très bien, la petite Louisette, le chant des prisonniers :

> « Coule, coule, sang du captif ;
> « Germe, grandis, moisson vengeresse ! »

Thérèse Legof admirait Louise ; c'était une grosse fillette aux joues rouges et rondes, aux yeux bleus, aux cheveux blonds ; elle sentait la supériorité de la petite Brodard sans la moindre envie, mais il n'en était pas ainsi de Mme Legof : la jalousie aveugle et folle des mères se mit de la partie.

Thérèse n'avait pas de facilité ; il fallait lui répéter cent fois le même couplet afin qu'elle le sût. Il en était de même de tout. Aussi, Mme Legof s'imaginait-elle que la petite abandonnée voulait dominer sa fille.

Un soir que les enfants jouaient ensemble dans la cuisine de la ferme, la jalousie prit si fort à Mme Legof qu'elle secoua rudement Louisette par le bras et la mit dehors.

Louise s'assit sur le seuil, les mains jointes sur les genoux.

Elle resta aussi une heure ou deux toussant un peu à l'air de la nuit toujours âpre à la campagne.

Enfin, Mme Legof l'appela ; c'était le repas des garçons de ferme : ordinairement, elle mangeait à une petite table avec Thérèse se demandant ce qu'elle avait fait de mal pour qu'on l'exilât de la compagnie de Thérèse.

— Louise s'assit au bout de la table et resta tout le temps du dîner, son assiette pleine sans y toucher.

— Petite grimacière ! dit Mme Legof en passant.

L'enfant ne répondit pas ; quant aux gens de la ferme, ils avaient assez à faire de manger, aspirant avec bruit la soupe qu'à l'aide de leur fourchette ils chargeaient sur la cuillère, versant à la ronde la cruche de piquette, et coupant leur pain à l'aide d'un couteau attaché par une ficelle à la boutonnière du gilet.

On a grand faim, en rentrant des travaux des champs. Après le repas, lorsque les couteaux furent ployés, le père Legaël, posant sa large main sur l'épaule de la petite, lui dit :

— Pourquoi es-tu là ce soir?

— Je ne sais pas, monsieur.

— Pourquoi ne manges-tu pas ?

— Je n'en sais rien, monsieur.

Il lui leva un peu la tête avec son énorme main ; l'enfant avait des larmes plein les yeux.

Attendri, le père Legaël résolut de la consoler, si c'était possible, mais toute son éloquence échoua.

— Demain ce sera passé, pensa-t-il.

Elle restait seule, assise sur le banc, n'osant bouger, ne sachant pas si, comme on venait de la chasser de la petite table, on ne la chasserait point aussi du petit matelas placé au pied du lit de Thérèse.

L'enfant ne se trompait pas.

Un gros chien qu'on avait pris depuis la mort de toto, et qui gardait les troupeaux avec elle, vint lui lécher les mains.

Emue de cette marque d'affection, de la bonne bête, et n'osant aller pleurer près de la fermière, l'enfant jeta ses bras au cou du chien et l'embrassa : il se sauva en gémissant.

— Tout le monde m'en veut, même les bêtes, pensait la petite, c'est parce que je ris et que je chante toute la journée pendant que le père, les sœurs et Auguste sont bien loin, mais ce n'est pas ma faute si j'ai faim de rire et de chanter, cela ne m'empêche pas de penser à eux.

Mme Legof entrait à ce moment ; une superstition fort répandue dans les provinces veut que le hurlement d'un chien porte malheur ; sa colère de toute la journée contre l'enfant prit un caractère plus violent.

— Allons, dit-elle, on t'a trop gâtée ; tu te crois tout ici. Viens ! et prenant une lanterne, elle précéda l'enfant tremblante jusqu'à une des étables ; le chien la suivit en rampant, c'était là qu'il couchait pour protéger les moutons.

Le matelas de Louise y avait été apporté déjà ; son lit était fait sur un tas de paille, dans l'angle le plus propre, entre deux grandes chèvres des montagnes, qui allaitaient leurs petits.

Je ne serai pas toute seule, pensa l'enfant en regardant les chèvres.

Les filles de ferme couchaient dans l'étable aux vaches, les garçons avec les chevaux ; Louise ne se sentait pas trop épouvantée d'être avec les chèvres et les moutons ; mais la façon dont il y avait été conduite, lui serrait le cœur.

— Déshabille-toi, dit Mme Legof.

Elle se tenait debout, sa lanterne à la main, tandis que l'enfant laissait tomber ses petits vêtements encore gracieux. Angèle aimait à parer ses jeunes sœurs et tout n'était pas usé.

Sa petite robe à manches courtes, décolletée en carré, tout en étant d'une grosse étoffe, parait l'enfant ; Mme Legof, dans un accès de jalousie maternelle, lui avait fait ajouter un fichu d'indienne à ramages, croisé sur sa poitrine.

— Bonsoir, madame, dit l'enfant, droite sur son petit lit et n'osant l'embrasser.

Mme Legof ne répondit pas et sortit avec sa lanterne.

Alors, malgré la présence des deux grandes chèvres qui s'étaient couchées sur le bord de son lit, Louise fut prise d'une grande frayeur.

Il faisait si noir dans l'étable qu'on ne distinguait pas les animaux ; à peine, si par la lucarne on voyait un point moins compacte.

Louise mit sa couverture sur sa tête, et se blottit au fond du lit ; mais elle essayait en vain de dormir, la peur la tenait.

Elle entendit sonner les heures à l'horloge du village et les compta s'imaginant qu'elle ne revenait jamais le matin.

Vers deux heures, il se fit un grand mouvement dans le troupeau, la petite entendait souffler les béliers comme quand ils sentent le loup.

Effrayée, elle sortit un peu de ses couvertures pour appeler le chien ; il vint en effet, mais s'échappa de ses bras en poussant de si horribles plaintes qu'elle se mit à pleurer.

— Comme Thérèse est heureuse dans son petit lit ! se disait-elle.

Ce n'était pas jalousie, mais elle eût voulu pour tout au monde être dans la petite chambre avec Thérèse.

Le chien renouvelait à de rares intervalles sa plainte épouvantable, enfin il cessa tout à fait et se mit à gronder en faisant du bruit comme s'il eût rongé du bois.

Louise voulut crier, sa langue restait immobile dans sa bouche, sa gorge était serrée.

Alors il se passa une chose affreuse, le chien commença contre le troupeau une chasse frénétique qui passait sur le corps de l'enfant blottie sous ses couvertures, bientôt elles furent en lambeaux.

Les petits pieds fourchus des moutons lui entraient dans le corps, les grandes chèvres sautaient parfois sur elle, pesant de tout leur poids sur ce pauvre petit être qui se sentait mourir.

Elle fut prise d'un courage suprême, sentant que le danger était dans l'étable, elle songea à l'échelle par où on montait au grenier. Son lit se trouvait sous cette échelle, ébranlée à chaque instant par la course vertigineuse des animaux.

Pour se dresser au milieu des bêtes affolées et saisir l'échelle, il fallut à la pauvre petite la volonté du désespoir.

Déjà elle avait franchi les premiers échelons quand elle se sentit arrêter par sa chemise, l'enfant y porta la main, et mordue cruellement elle monta affolée jusqu'en haut de l'échelle, qui oscillait, battue en brèche par les bêtes courant en tout sens.

Les béliers soufflaient furieusement, quelques agneaux poussaient un bêlement plaintif et se taisaient.

Louise atteignait le grenier au moment où l'échelle s'abattait.

Alors se sentant en sûreté, elle enveloppa sa main mordue dans un lambeau de sa chemise, et elle attendit.

L'horrible course continuait ; il se dégageait du troupeau haletant, poursuivi par le chien, changé tout à coup en loup dévorant, une indiscible terreur.

Quoique nul de ces animaux ne fût grimpeur, quoique l'échelle fût renversée, il semblait à l'enfant les voir dans la nuit monter vers elle.

La porte de l'étable s'ouvrit enfin un peu avant le jour ; les garçons de ferme avec leurs lanternes faisaient la ronde du matin ; la bergerie, étant séparée par une cour des autres bâtiments, ils n'avaient rien entendu.

Le chien se précipita au dehors, on vit alors à la lueur blafarde des lanternes, la boucherie hideuse qu'avait fait l'animal enragé.

Quelques animaux étaient morts, d'autres marchaient tout sanglants.

On fut longtemps sans trouver la petite, qu'on cherchait sous les cadavres des moutons ; quelqu'un s'avisa enfin du grenier.

L'enfant ne pouvait plus faire un mouvement, il fallut la descendre comme si elle eut été morte.

M⁰ᵉ Legof était au désespoir, d'autant plus qu'elle avait le remords de son cruel accès de jalousie maternelle.

La plaie n'avait pas été brûlée de suite, il était probable que le mal était irréparable.

Aussi on défendit à Louise d'en parler à la pauvre vieille paralytique.

Mais à défaut de remèdes naturels, Mᵐᵉ Legof croyait aux remèdes surnaturels, elle écrivit en Bretagne où pullulent les Notre-Dame, ayant chacune sa spécialité, l'une empêche les naufrages ; l'autre précipite les impies au fond des abîmes ; celles qui n'ont pas encore une clientèle solide guérissent de tout, pour achalander leur boutique.

On envoya des cheveux de la petite Louise *à la sainte face de Tours*, laquelle est une guenille, sur laquelle sont marqués trois trous noirs comme on représente la lune. Ç'est, disent les bonnes gens, le visage de J.-C. qui, appliqué sur les malades ou sur quelque chose qui les a touchés, guérit radicalement.

Personne après cette pieuse précaution ne conservait d'inquiétude au sujet de l'enfant.

La petite était rentrée en faveur toute heureuse que la terrible nuit eut eu le résultat ; on la laissait même comme par le passé, jouer avec Thérèse, lui apprendre des chansons, lui lire sous les images les histoires du petit Poucet et de Peau d'Ane, comment aurait-on conservé des craintes après l'intervention de la sainte face.

Comme elle était heureuse, la petite Louise !

Mais, environ six semaines après ces événements, elle perdit l'appétit ; son visage s'enfiévra, et un jour, jouant avec sa petite compagne, elle s'écria tout à coup :

— Sauve-toi, Thérèse, me voilà comme le chien !

Elle fut prise de spasmes, il fallut l'étouffer comme on fait encore dans les provinces aux personnes atteintes de la rage.

Mme Legof, poursuivie de remords, fit revenir Sophie de l'hospice et la soigna à la ferme, mais la mort de la petite Louise n'était pas faite pour guérir rapidement une maladie toute de tristesse. Sophie resta languissante.

Quant aux dames Rousserand, comme le groupe de Fleur-d'Or et le groupe du père Guillaume, elles poursuivent un but ; elles veulent guérir les plaies empoisonnées de la vieille société ; les pauvres femmes rêvent le ressemelage de ces bottes de Robert Macaire, avec lesquelles marchent les améliorations mensongères.

Elles ne parviendront à rien, les braves dames Rousserand, qu'à se consoler un peu en s'illusionnant beaucoup.

Le père Guillaume ne parviendra pas non plus, et la vengeance de Fleur d'Or ne sera qu'un coup d'épingle donné au colosse vermoulu de la corruption antique.

Le *môme* a raison : avec sa *vieille expérience* d'enfant abandonné, et les frères Philippe sont de son avis :

« Les successeurs du vieux monde, pour respirer librement, doivent d'abord l'enterrer! »

Jusque-là, la misère sera éternelle — nul édifice durable ne peut être bâti sur des ruines.

En attendant chacun poursuit son œuvre, et l'ancien monde, miné comme un arbre rongé des vers, ne tardera pas à s'écrouler.

Ainsi, dans les solitudes calédoniennes, un Niaouli plusieurs fois centenaire s'effondre tout à coup, dispersant dans l'air un nuage de poussière, tandis que les roussettes tombées des branches battent des ailes, surprises de s'éveiller dans le vide.

Mais rude est l'ouvrage pour ceux qui poursuivent leur but, à moins qu'ils n'aient ou la conviction qui fait les martyrs, ou la grande habitude de certaines douleurs qui trempe le cœur et en fait de l'acier.

Ainsi Fleur-d'Or était parvenue à se bronzer le cœur, et pourtant elle souffrait encore ; il y a des gens dont la plaie saigne toujours.

Elle en était venue même, comme bien d'autres, à se complaire justement dans ce que sa situation avait d'horrible : la vue de Mme Marcel avec sa face monstrueuse lui plaisait. Ce monstre familier, qui avait adopté les vengeances d'Angèle et de Mme Mixlin, avait eu soin de se faire donner par anticipation les meubles et immeubles que pourraient à leur mort posséder les deux femmes ; elle était leur héritière, et la pauvre Angèle ne pouvait sans sa permission faire passer quelques douceurs à Claire, ni un peu d'argent à Sophie, de plus en plus languissante.

Tout ce que possédait Angèle semblait à Mme Marcel lui appartenir déjà.

Il était arrivé à la femme aux yeux jaunes de faire examiner par des bijoutiers les parures de Fleur-d'Or ou de les faire passer à sa fille.

Peu importait à Angèle et à Mme Mixlin puisque ce monstre les aidait.

Vers l'automne, un jeune comte qui entretenait Fleur-d'Or eut l'idée de faire décorer de fresques les appartements de sa déesse ; il avait vu les œuvres de Jean Troussebane et de Lapersonne à la maison de protection des jeunes filles pauvres.

Il voulut offrir à Fleur-d'Or de semblables décorations dans ses appartements. afin de lui faire ce riche cadeau d'une manière plus agréable, il conduisit à une campagne sa maîtresse et les deux femmes qui composaient sa maison pendant qu'on décorait le salon

Quelle ne fut pas en effet la surprise d'Angèle, en rentrant un mois après, de le voir décoré de fresques représentant des scènes que la malheureuse ne connaissait que trop bien.

Elle reconnut à n'en pas douter la manière et les souvenirs des deux pauvres artistes. Mais Fleur-d'Or ne fut pas la plus surprise, ce fut le jeune comte en trouvant dans de gracieux types de femmes le portrait idéalisé de sa maîtresse.

L'un des tableaux surtout, représentant une jeune fille d'environ seize ans, debout, rêveuse et triste comme Mignon, frappa ce jeune oisif. C'est vraiment un chef-d'œuvre! dit-il. Ces gens du peuple destinés au travail ont des mains et des cerveaux faits exprès pour nous créer des jouissances.

Il faisait la roue en passsant devant les fresques.

— Cette ressemblance est miraculeuse vraiment! disait-il.

— En effet, dit Angèle frappée au cœur; toute sa pauvre vie honnête lui revenait.

Elle s'appuya sur un meuble pour ne pas tomber.

L'autre, avec sa fatuité d'imbécile s'imagina que cette émotion était causée par la générosité du cadeau.

— Ce n'est rien, ma belle, dit-il; en comparaison de ce que je voudrais vous offrir.

En effet, *il en tenait* pour Fleur-d'Or, suivant l'expression de ses amis; il l'aimait presque davantage que ses chevaux.

A part une danse de sylphes, par Lapersonne, et une ronde de noirs faite par le même, pour complaire au nègre, les sujets étaient plutôt mélancoliques que légers.

Fleur-d'Or les regardait abîmée dans sa contemplation.

— Si vous voulez voir travailler les peintres, belle dame, dit le comte, ils n'ont pas terminé la salle basse; demain ils seront à leur poste de bonne heure.

Angèle eut les yeux ouverts toute la nuit. Il faut, dit-elle à Mme Mixlin, que j'aie le courage de tout avouer à ces honnêtes gens qui, mieux que nous peut être savent venger les morts.

Le lendemain, aussitôt qu'elles furent seules, Angèle et Mme Mixlin descendirent dans la salle basse.

Mme Marcel, occupée à supputer, aidée d'un connaisseur, la valeur des fresques terminées, les laissait libres.

Les peintres étaient au travail ; à peine s'ils firent un mouvement en entendant entrer les deux femmes.

Jehan, la tête inclinée, peignait un tableau champêtre, le même type sortait de son pinceau : une jeune fille de seize ans, au doux et chaste visage. Cette fois elle était au fond d'un chemin creux, couvert de grandes branches déjà atteintes par l'hiver ; la jeune fille était pâle, un peu diaphane ; on eût dit une apparition plutôt qu'un être vivant.

Angèle s'approcha résolument ; le nègre l'aperçut le premier, il poussa un cri d'étonnement ; les deux autres levèrent la tête.

— Angèle ! dit Jehan, laissant tomber ses pinceaux.

— Oui, dit-elle, Angèle, qui ne veut pas que vous la condamniez sans l'entendre. A la hâte, car Mme Marcel pouvait entendre, Fleur-d'Or raconta de si terribles choses que les deux peintres baissaient la tête.

Quand Jehan releva la sienne son visage était inondé de larmes. Mme Mixlin avait tant vieilli qu'il lui fallut se faire reconnaître.

— Hélas ! hélas ! disait Jehan ; et il pleurait comme un enfant.

Les deux femmes sortirent ; il était temps, elles étouffaient.

Angèle entendit en s'éloignant la voix de Jehan qui s'adressait à Lapersonne.

— Dire que je l'aimais ! Ah pourquoi n'est-elle pas morte ?

A quelques jours de là, par une belle soirée d'automne, deux jeunes gens simplement vêtus, un jeune homme et une jeune femme, parcouraient les boulevards s'arrêtant parfois pour regarder une chose ou l'autre, causant doucement, comme s'ils étaient libres de s'attarder ou non. Une tranquillité parfaite régnait dans leur démarche, leurs fronts étaient calmes comme leurs regards. On les eût dit parfaitement heureux, c'est qu'ils allaient quitter la vie comme on quitte un vêtement souillé.

Ils s'en allaient, les pauvres enfants, au sommeil éternel.

C'était lâche, mais l'un était un pauvre artiste, l'autre, une femme brisée toute jeune par la douleur ; ils s'en allaient furtivement comme deux amoureux. Mais c'était, les pauvres enfants, vers le froid lit de la Seine. La nuit était tombée ; arrivés sur ce pont de planches qui avoisine la Morgue, ils échangèrent, en regardant l'eau bleuâtre des anneaux de fiancés, le pont était désert, l'heure propice pour s'en aller au fil de l'onde.

Le lendemain, à la Morgue étaient une belle fille qu'on reconnaissait avec étonnement pour Fleur-d'Or et un jeune homme autrefois joyeux, le peintre Jehan. Mme Marcel emporta jusqu'à la dernière miette tout ce que possédait la fille de marbre, et la mère de Rose s'en alla seule, poursuivant sans aide son idée fixe : Venger sa fille !

Le suicide de Fleur-d'Or avec Jehan Troussebane parvint par les journaux au bagne de Toulon.

— Je parie, dit Lesorne, que cette Fleur-d'Or était Angèle Brodard, et heureux de l'attention qu'on lui prêtait, le sinistre criminel racontait une idylle qu'il supposait entre Angèle et Jehan.

Quelques yeux étaient humides.

— Pantres ! dit Lesorne.

Mais l'impression était donnée. On ne parla plus guère ce soir-là.

Grenuche avait raison : il valait mieux, comme pour la petite fille de la cité des Kroumirs, aller plus tôt que plus tard dormir dans la Seine.

— C'est la question sociale, dirait le père Guillaume.

LOUISE MICHEL.

FIN DE LA MISÈRE

TABLE DES MATIÈRES

FIN DE LA TABLE DES MATIÈRES.

TABLE DES GRAVURES

FIN DE LA TABLE DES GRAVURES.

SCEAUX. — IMP. CHARAIRE ET FILS.